교주 완월회맹연 5

교주 완월회맹연 5

玩月會盟宴

완월회맹연 번역연구모임

㉥

《완월회맹연》 교주본과 현대역본을 내면서

조선시대 최장편 국문소설 《완월회맹연》

완월회맹연(玩月會盟宴, 달구경을 하면서 굳은 약속을 하는 모임 혹은 잔치). 이는 18세기 조선의 장편소설 제목이다. 달밤의 약속이라니, 낭만적이다. 무슨 이야기일까? 《완월회맹연》은 고전문학 연구자들에게는 익숙한 작품일 터인데, 일반 독서 대중들에게는 낯선 소설일 수도 있겠다. 《완월회맹연》의 교주본과 현대역본 출판을 앞두고 쓰는 서문은 각별하다. 궁금한 작품이었고 또 널리 알리고 싶은 작품이었지만 너무나도 방대한 분량에 압도되어 오늘날의 독서물로 번역할 엄두를 내기 어려운 작품이었기 때문이다. 번역을 하기 위해서는 원문 교주본이 필요하다. 제대로 된 번역을 하기 위해서는 원문에 대한 정확한 이해가 확보되어야 하는데, 이 긴 분량을 교감 작업을 하면서 주석하는 일 역시 엄두가 나지 않기는 마찬가지였다. 그런데 지금 그 1차 교주본과 현대역본의 출간을 앞두고 서문을 쓰고 있다. 1976년 창덕궁 낙선재에서 《완월회맹연》이 발견된 이후 첫 번째 교주 및 현대역 작업의 결과물이 이제 첫선을 보이는 것이다.

창덕궁 안에 있는 낙선재에 소장되어 있었던 장서각본《완월회맹연》의 독자는 비빈과 상궁, 궁녀 등 궁중에 거처하는 여성들이었을 것이다. 조선시대에는 소설을 읽기도 했지만 남이 읽어주는 것을 듣는 방식으로 즐기기도 했다. 그렇기 때문에 '독자'라는 단어를 사용하기가 조심스러운 부분이 있는데, 180권이나 되는 작품을 듣는 방식으로 즐긴다는 것은 엄두가 나지 않을 것으로 보이기에 이 같은 국문장편소설의 경우는 독자라는 단어가 적합할 것으로 보인다.

이 최장편 국문장편소설의 작가는 안겸제의 어머니로 알려진 여성이다. 이를 뒷받침하는 것은 조재삼(1808-1866)이 쓴《송남잡지(松南雜識)》의 기록이다.

> 또 완월은 안겸제의 어머니가 지은 바로, 궁궐에 흘려 들여보내 이름과 명예를 넓히고자 했다(又玩月 安兼濟母所著 欲流入宮禁 廣聲譽也).

안겸제의 어머니가《완월》을 지었는데, 궁중에 들여보내 자기 이름이 알려지고 명예가 더해지기를 바라서 이 소설을 지었다는 내용이다. 조선시대 소설은 작가가 밝혀진 경우가 드문데, 이 장편 거질은 작가가 거론되고 창작 이유까지 언급되어 있다. 더구나 작가가 여성이라니 더더욱 눈길이 가지 않을 수 없다.《완월》은《완월회맹연》을 가리키는 것으로 보인다. 조재삼의 기록은 신뢰할 만한 근거가 있다. 조재삼 집안과 안겸제의 모친 전주 이씨는 외가이자 사돈지간으로, 조재삼의 외고조부가 안겸제 모친과 재종지간이며 조재삼의 큰며느리도 전주 이씨이다. 이런 경로로 조재삼은 집안끼리의 왕래를 통해 안겸제 모친에 대한 소식을 들었을 수 있다. 안겸제의 모친 전주 이씨는 1694년에 아버지 이언경과 어머니 정부인 안동 권씨 사이에서 태어나 20세 무렵 안개(1693-1769)와 혼인했으며, 안겸제는 그녀의 셋째 아들이다. 지금도 파주에 가면 전주 이씨가 남편인 안개와 함께 묻힌 묘소가 있다. 무덤 앞의 비석에 새겨진 비문을 보면 전주 이씨는 부덕을 갖췄으며 여사(女史)의 풍모가 있는 여성이었음을 알 수 있다. 이런 자질은《완월회맹연》의 작가로서 잘 어울리는 요소이다. 그뿐만 아니라 안겸제 모친 전주 이씨의 친정 가문 여성들에게 소설을 즐기는 문화가 있었다는 연구 결과도 보고되어 있다. 다만 소설 분량이 너무 방대하고 후반부에 약간 결이 다른 서술들이 발견된다는 점을 염두에 두고 볼 때《완월회맹연》을 지은 작가가 전주 이씨 한 명만이 아닐 가능성은 있다. 중국의 장편소설인 탄사소설《재생연(再生緣)》도 공동 창작 작품으로, 원래 작가였던 진단생이 마무리를 못 하고 죽자 후에 양덕승이라는 여성이 그 뒤를 채워 결말을 맺었다.

《완월회맹연》은 180권으로 이루어진, 단일 작품으로는 가장 긴 서사 분량을 지닌 한글소설이다. 지금 우리가 보기에 180권이나 되는 소설 작품은 돌출적인 작품인 것처럼 보일 수도 있다. 그러나 17세기 중후반부터 조선에서는 이 같은 길이의 국문장편소설을 창작하고 즐기는 여가 문화가 펼쳐졌을 것으로 보인다. 17세기 작품인《소현성록》연작이 그 효시가 되는 작품이며, 소위 삼대록계 국문장편소설로 불리는 다수의 작품이 있고, 이 같은 장편대하소설들은 18, 19세기까지 지속적으로 창작되고 독자들을 확보했다. 세책가라고 불리는 책 대여점에서도 국문장편소설은 중요한 비중을 차지했다. 이런 소설들은 가문소설이라고 불리기도 하는데, 그 까닭은 이런 소설에서는 대개 두세 가문이 등장하여 혼인 관계로 사건이 얽히고 삼대에 걸쳐 가문의 흥망성쇠를 보여주는 서사가 펼쳐지기 때문이다.

'완월회맹연'이라는 제목처럼 이 작품은 아름다운 달밤에 자식들의 혼인 약속을 정하는 것이 서사의 근간을 이룬다. 그 이야기의 세계는 우아하고 유장하고 섬세하고 구체적이며 때로는 격렬하며 역동적이고 선악의 길항이나 인간 내면의 여러 겹 층위를 다양하게 드러내어 보여주고 있다.《완월회맹연》서사 세계의 정교함과 풍부함 그리고 문제적 징후를 포착해 내는 시선은 중국의《홍루몽》에 비견할 만하다. 또《완월회맹연》서사의 방대함이란 여느 연의소설에 견주어도 못지않은 장강 같은 흐름을 보여준다. 이 작품에는 조선시대의 상층 문화가 상세하게 재현되어 있다. 배경은 중국이지만 이 작품이 다루고 있는 내용은 조선시대 상층 양반들의 이야기이자 그들의 생활문화이다. 180권에 달하는 서사 분량 속에 당대 문화의 규범과 일상의 디테일들이 풍부하고도 섬세하게 담겨 있는 것이다. 그러나 그렇다고 하여 이 작품이 상층의 인물만을 재현하는 것은 아니다.《완월회맹연》은 하층 인물들 또한 구체적으로 실감나게 재현하고 있으며 하층 인물의 경우에도 인물마다 이야기를 만들어주고 있다. 이 교주와 번역 작업을 통해《완월회맹연》의 서사 세계와 그 가치가 드러날 수 있기를 기대한다.

《완월회맹연》 교주 및 현대역 작업 과정

《완월회맹연》 교주 및 번역 작업은 이화여자대학교 고전소설 전공자들이 진행하고 있다. 박사 논문을 쓴 선배부터 석사과정 학생에 이르기까지 이화여대에서 고전소설을 전공하는 이들이 모여 매주 열너덧 명의 인원이 강독 스터디에 참여하고 있으며, 그중 국문장편소설을 번역할 역량을 갖춘 구성원들이 주축이 되어 교주 및 번역 작업을 담당하고 있다.《완월회맹연》 강독은 2016년 무렵부터 시작하여 그 이후 매주 토요일에 각자 입력하고 주석한 원문과 번역문을 가지고 와서 안 풀리는 부분을 함께 풀어가고 있다. 이 모임에는 이미 삼대록계 국문장편소설을 번역·출판한 경험을 비롯하여 다수의 한문소설을 번역한 경험을 지닌 연구자들 여럿이 함께하고 있는데,《완월회맹연》 번역은 기존에 했던 어떤 국문장편소설들보다도 난도가 높은 것으로 보인다. 방학 동안에는 조금 더 집중적으로 작업을 해왔으며 코로나 이후로는 토요일마다 계속 줌(zoom)을 통해 같은 작업을 이어가고 있다. 혼자서는 도저히 안 풀리던 구절이 여럿이 함께 의논하면 신기하게도 풀리곤 하는 경험을 반복하고 있다. 여럿의 입이 난공불락의 글자들을 녹여 뜻을 드러내는 듯하다. 이렇듯 노력을 기울이고 있지만 그 과정에서 툭툭 오류들이 발견되고 수정될 때마다 아차 싶고 교차 검토에서도 오류가 바로잡히는 것을 보게 된다. 첫 번 시도하는《완월회맹연》 교주 및 번역 작업에 만전을 기하고자 노력하지만 여전히 발견하지 못한 부분들이 남아 있을 수도 있다. 이어지는 또 다른 작업에서 오류가 시정되기를 바라면서《완월회맹연》의 첫 번 교주본과 현대역본을 세상에 내보낸다.

《완월회맹연》은 180권으로 이루어진, 단일 작품으로는 가장 긴 서사 분량을 지닌 한글소설이다. 이 작품은 현재 두 개의 완질본이 있는데, 하나는 한국학중앙연구원 장서각본(180권 180책)이고 다른 하나는 서울대학교 규장각본(180권 93책)이다. 장서각본은 원래 창덕궁 낙선재에 소장되어 있었다. 이 두 이본은 책수가 다르고 필사 과정에서 약간의 차이를 보이는 부분들이 있으나 전체적인 내용과 분량은 서로 유사하다. 이 두 이본 중에는 장서각본이 전체적으로 더 보관 상태가 깨끗하며, 상대적으로 구개음화나 단모음화가 일어나지 않은 표기가 빈번하므로 필사 시기도 앞설 가능성이 높을 것으로 논의되고 있다. 그러므로《완월회맹연》의 교주 작업 역시 장서각본을 대상으로 했으며, 규장각본으로 교감 작업을 병행하여 장서각본의 원문이 불확실한 부분을 보완했다. 이 작업을 마친 후에는 본격적으로 규장각본을 함께 검토하고 교열하면서 교주 및 번역 작업을 해오고 있다.

《완월회맹연》은 한글소설이지만 한자 어휘 및 용사나 전고 등의 한문 교양이 대거 사용되고 있다. 교주본 작업을 하면서 각주를 통해 용사나 전고 등의 전거를 최대한 정확하게 밝히고자 했다. 미진한 경우에는 맥락에 따라 추정을 하고 그 추정 근거를 밝히는 방식으로 작업했다. 각자 교열 및 주석 작업을 한 후에는 수차례에 걸쳐 서로의 교주본 파일을 교차 검토하면서 교주본의 완성도를 높이기 위해 노력했으며 오류가 발견되는 경우 강독 모임을 통해 그 경우의 수들을 공유하면서 각자 수정을 하여 교주 및 번역의 일관성을 유지할 수 있도록 했다.

국문장편소설에는 길이가 긴 문장들이 자주 보이는데《완월회맹연》도 한 문장의 길이가 매우 긴 경우들이 빈번하게 등장하며 그 안에서 초점화자가 바뀌는 경우들이 있기에 주술 관계나 수식 관계를 파악할 때 각별한 주의를 기울였다. 긴 문장 속에서 자칫하면 서술어의 주체를 놓치기 쉽고, 경우에 따라서는 인물들의 호칭도 헷갈릴 수 있기에

조심스럽다. 남성 인물들은 대개 성씨에 관직명을 더해 부르는데 두세 가문의 인물들이 주로 나오므로 같은 성씨가 반복되는 데다가 여러 인물들이 같은 벼슬을 할 수도 있고 같은 인물이라 해도 승진이나 부서 이동에 따른 호칭 변동이 있을 수 있다. 여성 인물의 경우에도 용례는 다르나 비슷한 어려움에 처할 경우가 생긴다. 친정의 맥락에서는 남편 성씨에 따라 부르기도 하기 때문이다. 예를 들어 서씨 성을 가진 여성이 정씨 집안으로 시집을 가면 시집 맥락에서는 계속 서부인으로 불리다가 친정의 맥락에서는 정부인으로 불리는 식이다. 더군다나 친족 관계 호칭도 상황에 따라 변할 수 있기에 인물들 간의 관계를 잘 따져가면서 확인할 필요도 있다.

《완월회맹연》 번역은 특히 이런저런 신경을 늘 쓰고 있어야 맥락이 풀리는 경우가 많다. 매주 하는 강독 모임에서 발견하는 즐거움이 있다면 그것은 이런 문제 해결에서 온다. 혼자서는 맥락이 잘 안 잡히던 부분이 여럿의 공동 고민을 경유하면 툭 하고 풀리는 시원함을 경험한다. 이러니 힘들지만 우리는 서로에게 책임을 느끼며 모이는 데 열심을 낼 수밖에 없다. 《완월회맹연》 교주와 번역은 이화여대 《완월회맹연》 번역팀의 열너덧 명이 한마음으로 진행하고 있다. 이렇게 작업할 수 있음에 감사하고 또 묵묵하게 힘든 작업을 해내는 구성원들 모두에게 존경을 보낸다. 보다 구체적인 번역 원칙은 교주본의 일러두기에 적어놓았다. 《완월회맹연》 작품 자체에 대해서는 이 팀의 공동 저서인 《달밤의 약속, 완월회맹연 읽기》에 미룬다.

우리 팀은 우선 교주와 번역을 시작했는데 막상 이런 장편 거질을, 그것도 원문 입력과 주석까지 더한 학술적 성격의 초역을 출판해 줄

출판사를 만나는 것이 또 하나의 숙제였다. 이처럼 방대한 작업의 출판을 기꺼이 결정해 주신 휴머니스트 출판사에 마음 깊은 곳에서 우러나는 감사를 드린다.

이야기는 인류의 유산이자 자산이다. 지금도 새로운 이야기들이 만들어지고 있다. 《완월회맹연》은 18세기 조선에서 만들어진 유례없는 장편소설이다. 이 작품이 지니는 여러 매력적인 지점들과 의미 있는 부분들로 인해 《완월회맹연》에 대해서는 지속적으로 연구들이 쌓이고 있다. 이런 《완월회맹연》의 첫 교주본을 낼 수 있게 되다니 감개가 무량하다. 《완월회맹연》 교주본과 현대역본 출판은 학문적 연구의 활성화는 물론이며 다양한 문화콘텐츠의 원천으로도 충분히 활용 가능할 것이다.

2021년 투명한 가을 공기 속에서

조혜란 씀

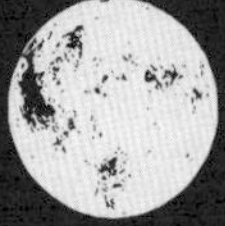

일러두기

- 교주본은 장서각본을 중심으로 규장각본을 대교하며, 교감 내용은 각주로 제시함.
- 띄어쓰기가 되어 있지 않은 원문의 가독성을 높이기 위해 현대어 문법에 따라 띄어쓰기를 하고(단, 호칭과 관직은 붙여 씀), 대화문이나 이야기가 전환되는 장면에서는 줄 바꾸기를 함.
- 장서각본의 면수를 표시하고 새로운 면이 시작되는 글자 위에 ● 표시를 하였음.
- 문장부호의 경우 대화는 큰따옴표(" "), 강조는 작은따옴표(' '), 병렬은 가운뎃점(·), 의문형은 물음표(?), 그 외 느낌표, 마침표, 쉼표만 사용함.
- 순한글 고어로 표기되어 있는 원문의 문해성을 높이기 위해 한자어의 경우 한자를 병기함. 원문에 각주 형식으로 전고 및 어휘의 의미를 보충함.
- 동일 한자어의 한자 병기는 원문 1면에 1회를 기준으로 하고, 빈도에 따라 조정함.
- 각주 형식은 '표제어: 기본형 혹은 원형. 의미. 출전' 순으로 제시하고, 표제어는 원문에 병기된 한자를 포함하며, 출전은 필요한 경우에만 제시함.
- 한자와 각주는 고어대사전, 한자어사전, 국어사전, 한국고전번역원DB 등을 참고하여 작성함.
- 원문의 세주는【 】로 표시함.

차례

정잠과 정삼 집안

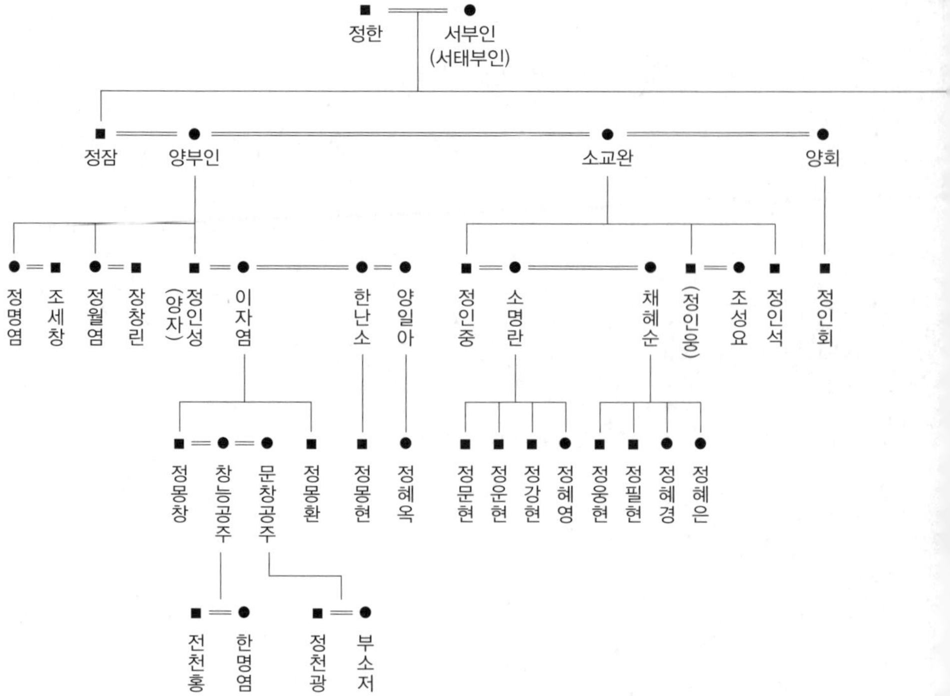

정한
서부인
(서태부인)
정잠
양부인
소교완
양회
정명염
조세창
정월염
장창린
정인성
(양자)
이자염
한난소
양일아
정인중
소명란
채혜순
(정인웅)
조성요
정인석
정인회
정몽창
창능공주
문창공주
정몽환
정몽현
정혜옥
정문현
정운현
정강현
정혜영
정웅현
정필현
정혜경
정혜은
전천홍
한명염
정천광
부소저

인물 관계도

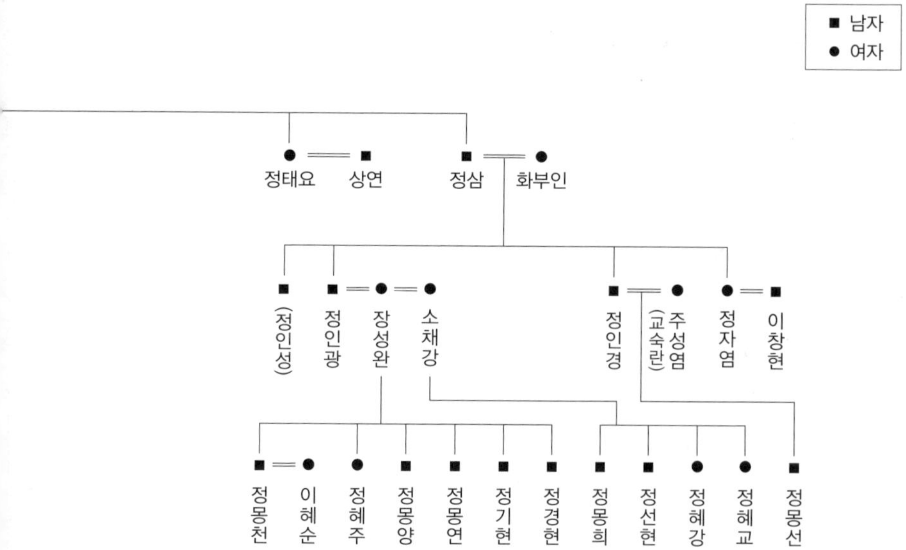

■ 남자
● 여자
정태요
상연
정삼
화부인
(정인성)
정인광
장성완
소채강
정인경
주성염
(교숙란)
정자염
이창현
정몽천
이혜순
정혜주
정몽양
정몽연
정기현
정경현
정몽희
정선현
정혜강
정혜교
정몽선

정흠과 정염 집안

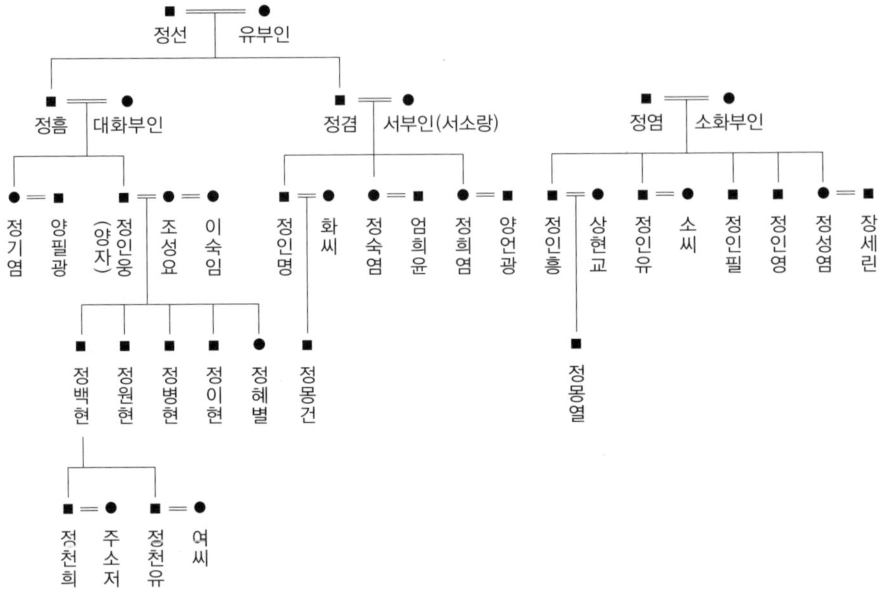

조세창 집안

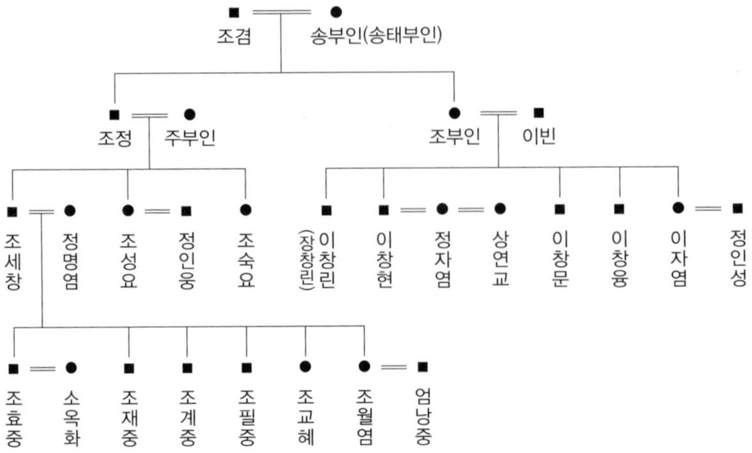

장헌 집안

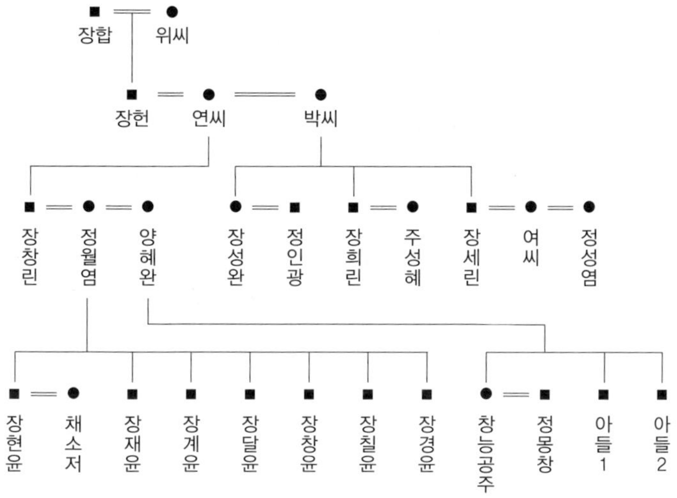
장합
위씨
장헌
연씨
박씨
장창린
정월염
양혜완
장성완
정인광
장희린
주성혜
장세린
여씨
정성염
장현윤
채소저
장재윤
장계윤
장달윤
장창윤
장칠윤
장경윤
창능공주
정몽창
아들1
아들2

소교완 집안

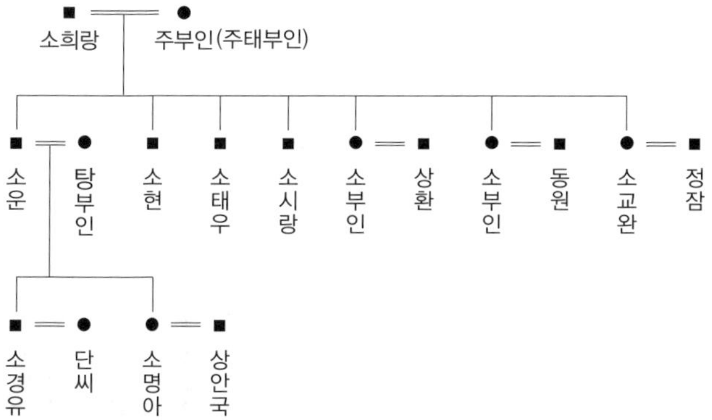
소희랑
주부인(주태부인)
소운
탕부인
소현
소태우
소시랑
소부인
상환
소부인
동원
소교완
정잠
소경유
단씨
소명아
상안국

상연 – 정태요 집안

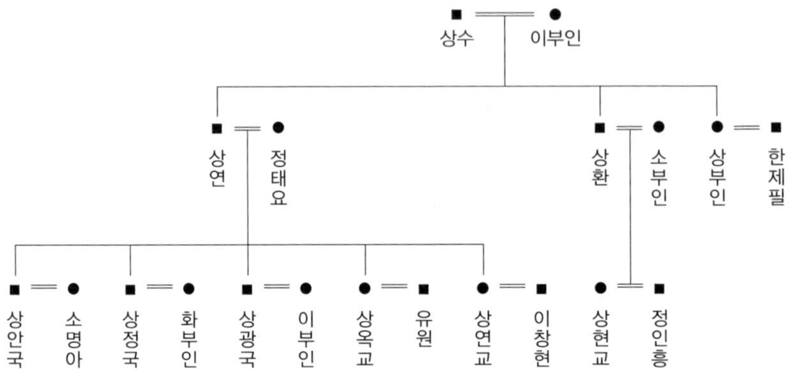

주성염(교숙란) 집안: 정인경 처가

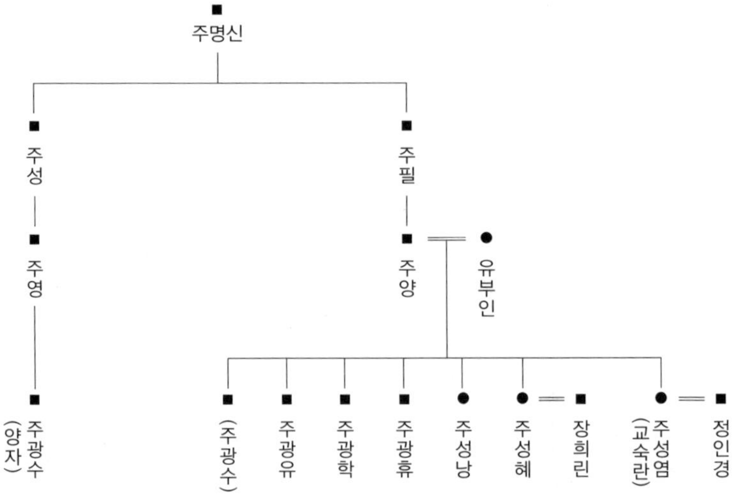

완월회맹연
玩月會盟宴

권디ᄉᆞ십일
卷之四十一

1면 어시(於是)의 부ᄆᆡ(駙馬)[1] 드러와 공쥬 모녀[2]의 거동을 보고 졍참졍 곤계(昆季)의게 드른 바를 공쥬긔 젼ᄒᆞ고 탄왈(嘆曰)

"졍ᄌᆞ(程子)의 슈신대도(修身大道)로ᄡᅧ 월녀텬손(月女天孫)[3]이 하강ᄒᆞ여도 ᄆᆞ음을 기우릴 ᄌᆡ(者) 아니로ᄃᆡ 간악ᄒᆞᆫ 비ᄌᆡ(婢子) 작얼(作孼)ᄒᆞ여 녀ᄋᆞ(女兒)를 ᄒᆡ(害)ᄒᆞ다[4] ᄒᆞ니 나의 의긔(疑忌)ᄒᆞᄂᆞᆫ 밧ᄌᆞᄂᆞᆫ[5] 졍닌셩의 위의긔상(威儀氣像)이 ᄇᆡᆨ분(百分) 가바압디 아니ᄒᆞ니 아모 담대ᄒᆞᆫ 비ᄌᆡ라도 허무ᄒᆞᆫ 바를 ᄶᅮ며 죄를 녀ᄋᆞ의게 도라보ᄂᆡᆫ디 못ᄒᆞᆯ 듯ᄒᆞ고 난일(亂逸)ᄒᆞ믈 졍ᄌᆞ의게 밀위디 못ᄒᆞᆯ 듯ᄒᆞ니 이 ᄀᆞ온ᄃᆡ 반ᄃᆞ시 별단ᄉᆞ괴(別段事故) 이실 거시로ᄃᆡ 남의 가간범ᄇᆡᆨ(家間凡百)을 셰밀이 므ᄅᆞ미 블가(不可)ᄒᆞ여 아이의 알녀 아니코 그윽이 ᄉᆡᆼ각ᄒᆞ미 비록 원통ᄒᆞ믈 합개(闔家) 알고 신ᄇᆡᆨ(申白)ᄒᆞ믈 니ᄅᆞ나 녀ᄋᆞ의 월환(月環)[6]이 졍ᄌᆞ의 낭듕(囊中)의 들미 심히 측ᄒᆞ고 셩ᄉᆞ의 초패(貂佩)[7]

2면 녀ᄋᆞ의 경ᄃᆡ(鏡臺)의 너히미 심히 ᄒᆡ연(駭然)ᄒᆞ니 댱뷔(丈夫) 몽ᄉᆞ(夢事)를 취신(取信)ᄒᆞᆯ 바ᄂᆞᆫ 아니로ᄃᆡ 녀ᄋᆞ(女兒)를 ᄎᆞᆺ기의 다ᄃᆞ라ᄂᆞᆫ 몽듕션군(夢中先君)의 디교(指敎)ᄒᆞ시미 ᄒᆞᆫ 일도 어긔디 아닌디라

1 부ᄆᆡ(駙馬): 부마. 한제선.

2 공쥬 모녀: 공주 모녀. 영능공주와 한난소.

3 월녀텬손(月女天孫): 월녀천손. '월녀'는 미인의 대명사. 춘추시대 월나라와 오나라에는 미인이 많았던 것으로 유명하여 '오희월녀(吳姬越女)'라는 단어가 생겨남. '천손'은 천제(天帝)의 손녀라는 뜻으로, 직녀성의 별칭.

4 ᄒᆡ(害)ᄒᆞ다: 규장각본에는 'ᄒᆡ다'로 되어 있음.

5 밧ᄌᆞ: 밧[所] 자(者). 바의 것.

6 월환(月環): 귀걸이.

7 초패(貂佩): 부채의 고리나 자루에 다는 옥으로 된 장신구인 옥선초(玉扇貂)와 황금에 문양 새긴 노리개인 금문패(金紋佩).

뜻을 낫초와 졍ᄌᆞ(程子)의 빈희(嬪姬)를 쳥ᄒᆞ미 문호(門戶)를 츄락ᄒᆞ고 젼졍(前程)이 무광(無光)ᄒᆞ믄 니ᄅᆞ도 말고 심히 가련ᄒᆞ나 텬하(天下)를 널니 도라도 신낭(新郎)을 구ᄒᆞᄆᆡ 졍닌셩의 ᄎᆡ 잡으리[8] 잇디 아닐 거시오 텬연(天緣)이 아니면 녀ᄋᆡ 셔시[9]의게 양휵(養畜)을 바드나 그 ᄀᆞᆺ튼 누얼(陋孽)을 므릅쓰디 아닐 거시오 졍운ᄇᆡᆨ의 곤계(昆季) 여ᄎᆞ여ᄎᆞ 결의(結義)ᄒᆞ믈 니ᄅᆞᄃᆡ 내 구디 듯디 아니코 혼인을 쳥ᄒᆞ엿ᄂᆞ니 녀ᄋᆡ 텬가여ᄆᆡᆨ(天家餘脈)이나 발셔 일이 블ᄒᆡᆼ괴이(不幸怪異)ᄒᆞ여 타문(他門)을 ᄉᆡᆼ각디 못ᄒᆞ게 되여시니 현마 져를 엇디ᄒᆞ리오? 소위공[10]의 화벌명예(華閥名裔)[11]로도 ᄉᆞ회를 ᄀᆞᆯ희ᄆᆡᄂᆞᆫ ᄯᆞᆯ의 디위(地位) 경쳔(輕賤)ᄒᆞ믈 거리ᄭᅵ디 아냐 졍닌광의 빈희로 도라보ᄂᆡ엿ᄂᆞ니 내 비록 귀쥬(貴主)로 ᄇᆡ톄(配體)[12]ᄒᆞ나 고명덕ᄒᆡᆼ(高明德行)이 엇디 소위공을 앙망(仰望)ᄒᆞ리오? 졍닌셩의 빈희 삼으미 쳠(嫌)되디[13] 아닌디라 귀쥬(貴主)ᄂᆞᆫ ᄋᆞ녀(兒女)의 호위(虎威)로ᄡᅧ 션후ᄎᆞ례(先後次例)와 디위경듕(地位輕重)을 ᄉᆡᆼ각ᄒᆞ여 거리ᄭᅵ디 마ᄅᆞ쇼셔." 3면

공쥐 고요히 슈미(首尾)를 드ᄅᆞᄆᆡ 블ᄒᆡᆼ경ᄒᆡ(不幸驚駭)ᄒᆞ믈 니긔디 못ᄒᆞ나 몽ᄉᆞ(夢事)를 영합(迎合)ᄒᆞ니 텬의(天意)며 긔봉(奇逢)인 ᄃᆞᆺ 시브고 본ᄃᆡ 녀ᄌᆞ의 슬긔로ᄡᅧ 남ᄌᆞ의게 ᄌᆞ랑ᄒᆞ미 업고 대ᄉᆞ(大事)의

---

8 ᄎᆡ 잡으리: 채 잡을 이. '채 잡다'는 수레의 손잡이인 채를 잡다는 뜻. 주도적인 역할을 하거나 주도권을 잡는 것을 의미함.

9 셔시: 서씨. 정겸의 부인.

10 소위공: 소수.

11 화벌명예(華閥名裔): 빛난 가문의 뛰어난 후손.

12 ᄇᆡ톄(配體): 배체. 배우자.

13 쳠(嫌)되디: 규장각본에는 '혐되디'로 되어 있음.

간예(干預)ᄒᆞ미 업ᄂᆞᆫ디라 오딕 빵셩(雙星)이 미미(微微)ᄒᆞ고 아황(蛾黃)[14]이 졔졔(齊齊)ᄒᆞ여 이윽도록 말을 못 ᄒᆞ더니 날호여 ᄀᆞᆯ오ᄃᆡ

“군ᄌᆡ(君子) 쳥혼을 간졀이 ᄒᆞ시나 졍공(程公)이 깃거 아니 ᄒᆞ여 허(許)ᄒᆞ미 업ᄉᆞᆯ딘ᄃᆡ 엇디 냥연(良緣)을 일우미 되리오?”

부ᄆᆡ(駙馬) 왈

“운ᄇᆡᆨ 등의 딘심(眞心)이 우리 부녀ᄅᆞᆯ 나모라 믈니치미 아니라 스ᄉᆞ로 번화ᄅᆞᆯ 피ᄒᆞ고 과람(過濫)ᄒᆞ믈 깃거 아니미어니와 아녜(兒女) 져 집을 ᄇᆞ라고 내 다ᄅᆞᆫ ᄉᆞ회ᄅᆞᆯ 구(求)치 아니ᄒᆞ믈 보면 졔 엇디 감동ᄒᆞ미 업ᄉᆞ리오?”

쇼졔(小姐) 좌(座)의셔 부모의 ᄒᆞ시ᄂᆞᆫ 말솜을 드ᄅᆞᄆᆡ 놀나고 븟리믈[15] 니긔디 못ᄒᆞ여 옥면(玉面)이 난난(赧赧)ᄒᆞ여 취식(醉色)이 은은(隱隱)
4면 ᄒᆞ니 졀츌(絶出)ᄒᆞ고 어리로온 ᄐᆡ되(態度) 졀묘ᄒᆞ니 부모의 ᄉᆞ랑을 니ᄅᆞᆯ ᄇᆡ 이시리오? 부ᄆᆡ(駙馬) ᄡᅳ다ᄃᆞᆷ아 ᄋᆡ련ᄒᆞ미 골졀(骨節)이 녹ᄂᆞᆫ ᄃᆞᆺ 그 손을 잡아 쳑연함톄(慽然含涕)ᄒᆞ여 누얼(陋孼)을 므ᄅᆞᆸ뼈 우믈의 ᄯᅥ러딘 바ᄅᆞᆯ 목젼(目前)의 ᄃᆡ(對)ᄒᆞᆫ ᄃᆞᆺ 잔인 참분(慘憤)ᄒᆞ믈 니긔디 못ᄒᆞ더니 쇼졔(小姐) 믄득 ᄌᆡᄇᆡ(再拜)ᄒᆞ고 회포ᄅᆞᆯ 고(告)ᄒᆞ여 왈

“쇼녜(小女) ᄇᆡ호미 업시 ᄉᆡᆼ어(生於)ᄒᆞ와 녜의(禮義)ᄅᆞᆯ 아디 못ᄒᆞ오나 부뫼 우ᄒᆡ 계신 바의 규녜(閨女) 믄득 인뉸(人倫)을 쳔ᄌᆞ(擅恣)ᄒᆞ여 념치(廉恥)의 샹딘(喪盡)ᄒᆞᆷ과 언ᄉᆞ(言辭)의 ᄒᆡ연(駭然)ᄒᆞ믈 엇디

14 아황(蛾黃): 옛날에 여자들이 이마에 바르던 누른빛이 나는 화장품. 이후 여성의 아름다운 이마를 가리키는 표현이 됨.

15 븟리믈: 규장각본에는 ‘븟쓰림을’로 되어 있음.

도라보디 아니리잇고마ᄂᆞᆫ 쇼녀의 므ᄅᆞᆸ쁜 바 누셜(陋說)이 ᄎᆞ마 뉸긔(倫紀)ᄅᆞᆯ ᄉᆡᆼ각디 못ᄒᆞ올디라 비록 원억(冤抑)ᄒᆞ믈 졍공(程公) 니ᄅᆞ나 쇼녀의 ᄆᆞᄋᆞᆷ ᄀᆞ온ᄃᆡ 붓그리미 사ᄅᆞᆷ ᄃᆡ(對)ᄒᆞᆯ 면목이 업ᄉᆞᆫ 바의 엇디 쏘 젼졍(前程)이 남 ᄀᆞᆺ기ᄅᆞᆯ ᄇᆞ라리잇고? 이제 부모 슬하의 ᄌᆞᄋᆡ(慈愛)ᄅᆞᆯ 밧ᄌᆞᆸ고 곤계(昆季) 남ᄆᆡ 안항(雁行)의 즐기믈 다ᄒᆞ니 쇼녀의게 이에셔 즐거온 거시 업ᄉᆞᆸᄂᆞᆫ디라. 쇼녜 쇼ᄉᆡᆼ디시(蘇生之時)ᄅᆞᆯ 모ᄅᆞᆯ ᄯᆡ의도 오날을 밋쳐 기다리디 못ᄒᆞ고 우믈의 잠겨 죽으려 ᄒᆞ미 잇ᄉᆞᆸᄂᆞ니 ᄒᆞ믈며 친젼(親前)의 도라와 만ᄉᆡ(萬事) 여의(如意)ᄒᆞ온디라 일간별실(一間別室)의 몸을 ᄀᆞᆷ초와 인뉸셰ᄉᆞ(人倫世事)ᄅᆞᆯ 샤졀(謝絶)ᄒᆞ고 부모ᄅᆞᆯ 뫼셔 죵신(終身)ᄒᆞ믈 원ᄒᆞ옵ᄂᆞ니 쇼녀의 뜻을 굿ᄐᆞ여 아ᄉᆞ시면 ᄒᆞᆫ번 죽어 미심(微心)을 ᄇᆞᆰ힐디라. 쇼녜 발셔 부모긔 인효(仁孝)ᄒᆞᆫ ᄌᆞ식이 되디 못ᄒᆞ여 ᄉᆡᆼ지디은(生之之恩)과 구로디혜(劬勞之惠)의 텬디(天地)로 활연(豁然)ᄒᆞᆫ 대은(大恩)을 호발(毫髮)도 갑ᄉᆞ오미 업시 문호(門戶)ᄅᆞᆯ 츄락ᄒᆞ며 조션(祖先)을 쳠욕(添辱)ᄒᆞ미 되엿ᄉᆞ오니 쏘 엇디 경참(驚慙)ᄒᆞ믈 닐위디 아니리잇고? 졀졀(切切)이 블모ᄅᆞᆯ 슬허ᄒᆞᄃᆡ[16] 능히 그러치 아닐 바ᄅᆞᆯ ᄭᆡ닷디 못ᄒᆞ리로소이다."

5면

언파(言罷)의 엄연비읍(奄然悲泣)ᄒᆞ니 초ᄃᆡ(楚臺)의 구ᄅᆞᆷ이 눈섭을 침노ᄒᆞ고 무산(巫山)의 안개 향합(香盒)의 ᄇᆞᆰ은 긔운을 모화시니 금당의 흰 부용이 녹슈의 ᄂᆡ와다 광풍을 시ᄅᆞᆷᄒᆞᄂᆞᆫ ᄃᆞᆺ[17] ᄋᆡ원가련(哀怨可

16 블모ᄅᆞᆯ 슬허ᄒᆞ되: 규장각본에는 '부모를 셜워ᄒᆞ되'로 되어 있음.

17 녹슈의 ᄂᆡ와다 광풍을 시ᄅᆞᆷᄒᆞᄂᆞᆫ ᄃᆞᆺ: 규장각본에는 '뉴슈의 ᄂᆡ와ᄂᆞᆫ ᄃᆞᆺ 광풍을 시름ᄒᆞ니'로 되어 있음.

憐)ᄒᆞᆫ[18] 톄되(態度) 비길 ᄃᆡ 업ᄉᆞ디라. 부마와 공쥬 녀ᄋᆞ(女兒)의 말을 드르ᄆᆡ 아연읍탄(啞然泣嘆)ᄒᆞ여 더옥 슬프믈 니긔디 못ᄒᆞ나 그 고집

6면 셰오디 못ᄒᆞᆯ 줄을 ᄌᆡ삼(再三) 니ᄅᆞᄃᆡ 쇼져(小姐)의 강녈ᄒᆞᆫ ᄯᅳᆺ이 쳘옥(鐵獄) ᄀᆞᆺᄐᆞ여 두로혀미 업ᄉᆞ니 부ᄆᆡ(駙馬) 크게 심우(心憂)ᄅᆞᆯ 삼으니 녀ᄋᆞ(女兒)의 ᄆᆞᄋᆞᆷ을 일시의 곳치디 못ᄒᆞᆯ디라 도로혀 어로만져 위로ᄒᆞ며 다ᄃᆞᆺ디 아닌 일을 근심치 말나 ᄒᆞ니 쇼졔 ᄇᆡ샤(拜謝)ᄒᆞ고 다시 말을 아니 ᄒᆞ나 이후로 모친 침뎐(寢殿)의 그윽ᄒᆞᆫ 협실(夾室)의셔 고요히 《녜긔(禮記)》와 《녈녀젼(列女傳)》을 강(講)ᄒᆞ며 《효경(孝經)》과 《논어(論語)》ᄅᆞᆯ 외와 잠심득의(潛心得意)ᄒᆞᆯ ᄲᅳᆫ이오 ᄌᆞᄆᆡ군종뉴(姊妹群從類)의도 ᄌᆞ로 나디 아니ᄒᆞ니 부뫼 그 ᄯᅳᆺ을 셰오디 못ᄒᆞ여 아ᄃᆡᆨ ᄒᆞᄂᆞᆫ ᄃᆡ로 두어시ᄃᆡ 쇼져의 깁흔 ᄯᅳᆺ으로 맛ᄎᆞᆷᄂᆡ 인뉸셰ᄉᆞ(人倫世事)ᄅᆞᆯ 모로미 될가 우려ᄒᆞ더라. 이의 도라완 니 슌여(旬餘)의 ᄎᆞ형(次兄) 슈형이 취실(娶室)ᄒᆞ여 신부ᄅᆞᆯ 마ᄌᆞᆯᄉᆡ 부부의 아ᄅᆞᆷ다오미 쥬화옥슈(珠花玉樹) ᄀᆞᆺᄐᆞ니 부마와 공쥬 춍부(冢婦) 뉴시의 슉뇨특이(淑窈特異)ᄒᆞ믈 당ᄃᆡ무빵(當代無雙)이라 ᄒᆞ다가 ᄎᆞ부(次婦) 위시의 초츌(超出)ᄒᆞ미 뉴시의 아ᄅᆡ 아닌디라 심하의 흔열(欣悅)ᄒᆞ나 녀ᄋᆞ의

7면 고집이 괴이ᄒᆞ여 군ᄌᆞ 맛 뉵녜(六禮)ᄅᆞᆯ 슈히 일우미 ᄯᅳᆺᄀᆞᆺ디 못ᄒᆞᆯ 바ᄅᆞᆯ 민민블낙(憫憫不樂)ᄒᆞ여 심우(心憂)ᄅᆞᆯ 삼으니 한공ᄌᆞ 형뎨(兄弟) 민망ᄒᆞ여 ᄆᆡ양 쇼져ᄅᆞᆯ ᄃᆡ(對)ᄒᆞ면 부모의 졀우(切憂)ᄅᆞᆯ 덜며 텬니(天理)와 인ᄉᆞ(人事)ᄅᆞᆯ 슌(順)ᄒᆞ여 별 의견을 두디 말나 ᄒᆞᄃᆡ 쇼졔 ᄒᆞᆫ갈

18 ᄋᆡ원가려(哀怨可憐)ᄒᆞᆫ: 규장각본에는 'ᄋᆡ원가련ᄒᆞᆫ'으로 되어 있음.

ᄀᆞᆺ치 뜻을 곳치미 업더라.

각셜. 영종황뎨(英宗皇帝) 대위(大位)ᄅᆞᆯ 복(復)ᄒᆞ시므로브터 억조창ᄉᆡᆼ(億兆蒼生)과 ᄉᆞ셔인민(士庶人民)이 흔열치 아니리 업ᄉᆞᄃᆡ 안남이 짜히 멀고 왕홰(王化) 밋디 못ᄒᆞ니 교디·남월 등쳐(等處)의 ᄇᆡᆨ셩이 변ᄒᆞ여 도젹이 되여 번시로 더브러 작난ᄒᆞᄂᆞᆫ디라. 교디 참졍 왕흠이 남ᄒᆡ 졀도ᄉᆞ(節度使) 셕흥으로 더브러 방어ᄒᆞ다가 힘이 밋디 못ᄒᆞ여 왕흠이 난군듕(亂軍中)의 졀ᄉᆞ(節死)ᄒᆞ고 셕흥이 필마쳑신(匹馬隻身)으로 계오 목숨을 보젼ᄒᆞ여 황셩(皇城)의 니ᄅᆞ러 ᄑᆡ군(敗軍)ᄒᆞᆫ 죄ᄅᆞᆯ 쳥ᄒᆞ니 쥬현(州縣)의 ᄉᆞ망ᄌᆡ(死亡者) 브디기쉬(不知其數)라. 이 ᄀᆞᆺᄐᆞ여 역텬무도(逆天無道)ᄒᆞᆷ만 아니라 교디·남월 등쳐의 흉활(凶猾)ᄒᆞᆫ ᄇᆡᆨ셩이 월왕과 남왕을 도도와 변(變)을 디으ᄆᆡ 텬됴형셰(天朝形勢)ᄅᆞᆯ 일일히 탐디(探知)ᄒᆞ미 잇ᄉᆞ니 그 봉예(鋒銳)[19]ᄅᆞᆯ 가히 어려온디라. 졀도ᄉᆞ 셕 8면
흥이 병마도춍ᄉᆞ(兵馬都統使) 셕현의 뎨(弟)로 무용이 졀셰(絶世)ᄒᆞ며 녀력(膂力)이 강장(強將)ᄒᆞ여 초ᄑᆡ왕(楚霸王)[20]의 버금이로ᄃᆡ 젹병(敵兵)을 능히 벙으리왓디 못ᄒᆞ고 일명(一命)을 계오 보젼ᄒᆞ여 올 ᄲᅮᆫ이오 왕흠의 디용(知勇)이 겸비ᄒᆞ여 문뮈(文武) 빵젼(雙全)ᄒᆞ므로도 젼패졀ᄉᆞ(戰敗節死)ᄒᆞ믈 텬ᄌᆡ(天子) 드ᄅᆞ시ᄆᆡ 경동ᄎᆞ악(驚動嗟愕)ᄒᆞ샤 변뵈(變報) 급ᄒᆞ므로조ᄎᆞ 옥톄(玉體) 농상(龍床)의 편치 못ᄒᆞ시며 됴애(朝野) 흉흉ᄒᆞᄃᆡ 좌각노(左閣老) 니빈은 임의 강좌(江左) 팔십 쥬(州)

19 봉예(鋒銳): 규장각본에는 '봉혜'로 되어 있음.

20 초ᄑᆡ왕(楚霸王): 초패왕. 진(秦)나라 말기의 무장이었던 항우. 진나라를 멸망시킨 후 팽성에 도읍하고 스스로를 서초(西楚)의 패왕이라 칭했음.

ᄅᆞᆯ 딘무순찰(振武巡察)ᄒᆞ라 ᄒᆞ시ᄂᆞᆫ 명을 밧ᄌᆞ와 츈졍월(春丁月)노 츌힝(出行)ᄒᆞᆯ 바ᄅᆞᆯ 뎡(定)ᄒᆞ엿고 우각노(右閣老) 양션은 광동 딘무ᄉᆞ(鎭撫使) 교디(敎旨)ᄅᆞᆯ 밧ᄌᆞ와 ᄯᅩᄒᆞᆫ 츌힝이 블원(不遠)ᄒᆞ므로 교디·안남 등쳐(等處)의 츌뎡(出征)ᄒᆞᆯ ᄌᆡ(者) 잇디 아닌디라 됴졍(朝廷) 의논이 다 졍쳥계ᄅᆞᆯ 밀위여 참졍공의 덕망이 아니면 난신(亂臣)을 딘복(鎭服)디 못ᄒᆞᆯ 거시오 안남을 항복 밧디 못ᄒᆞ리라 ᄒᆞ니 상셔 셔유졍·당뎨·당예 등 일반 듕신(衆臣)이 우반무당(右班武將) 병마도총ᄉᆞ 셕현과 금포

9면 당군 딘가슉과 오위도총관 곽창셕 등으로 더브러 황태부 참디졍ᄉᆞ 졍잠을 쳔거(薦擧)ᄒᆞ여 남방 딘뉴ᄉᆞ 평남대원슈ᄅᆞᆯ 겸ᄒᆞ이샤 교디·남월 등쳐(等處)ᄅᆞᆯ 평뎡(平定)ᄒᆞ시믈 주(奏)ᄒᆞ온ᄃᆡ 샹(上)이 ᄯᅩᄒᆞᆫ 이 ᄯᅳᆺ이 계시ᄃᆡ 졍공(程公)이 뉵칠 년을 호디노영(胡地虜營)의 풍상변고(風霜變故)ᄅᆞᆯ ᄀᆞᆺ초 것기 그 일식(一息)이 끗디 아님도 텬우신조(天佑神助)ᄒᆞ미어ᄂᆞᆯ 환경(還京) 일 년의 다시 원방디(遠方地)의 ᄂᆡ여보ᄂᆡ믈 ᄎᆞ마 못 ᄒᆞ샤 유예미결(猶豫未決)ᄒᆞ시더니 졍공이 쳐음의 스ᄉᆞ로 국디듕ᄉᆞ(國之重事)ᄅᆞᆯ ᄌᆞ원(自願)ᄒᆞ여 당치 못ᄒᆞ나 ᄇᆡᆨ뇨(百僚)의 의논이 구일(具一)ᄒᆞᆷ과 텬심(天心)의 그러히 넉이시ᄃᆡ 즉시 결(決)치 못ᄒᆞ시ᄂᆞᆫ 바ᄅᆞᆯ 앙탁(仰度)ᄒᆞᄆᆡ 개연이 ᄉᆞᄉᆞ(私事)ᄅᆞᆯ 더디고 원방위디(危地危地)ᄅᆞᆯ 영화로온 ᄶᅡ갓치 쾌히 ᄌᆞ원ᄒᆞ올ᄉᆡ 튱녈(忠烈)이 의의(毅毅)ᄒᆞ며 관일졔텬(貫日齊天)[21]ᄒᆞ미 쥬가(周家)의 태공(太公)[22]이오 한ᄃᆡ(漢代)의

21 관일졔텬(貫日齊天): 관일제천. 해를 꿰뚫고 하늘과 나란할 정도의 충성.

22 태공(太公): 주나라 무왕을 도와 은나라를 멸망시킨 강태공.

와룡(臥龍)[23]이라. 텬안(天顔)이 번연동ᄉᆡᆨ(幡然動色)ᄒᆞ샤 왈

"딤(朕)이 브ᄌᆡ박덕(不才薄德)으로뼈 대위(大位)ᄅᆞᆯ 니으ᄆᆡ 딘실노 션왕(先王)의 이(理) 업셔 창민(蒼民)의 실산(失散)이 극(極)ᄒᆞ니 몬져ᄂᆞᆫ 왕딘 흉젹(凶賊)을 통용(寵用)ᄒᆞ여 녈ᄉᆞ(烈士)ᄅᆞᆯ ᄒᆡ튝(害逐)ᄒᆞ 10면
고 몸이 노영(虜營)의 ᄲᆡ히여 견융(犬戎)의 동쥬(東周)ᄅᆞᆯ 혁멸(革滅)ᄒᆞᄂᆞᆫ 변[24]을 당ᄒᆞᄃᆡ 됴졍(朝廷)의 튱녈디ᄉᆞ(忠烈志士)와 졍·됴 이공(二公)의 졍튱(貞忠)을 힘닙어 참화ᄅᆞᆯ 면ᄒᆞ고 모든 튱신(忠臣)의 늉공(隆功)으로 다시 위(位)ᄅᆞᆯ 님(臨)ᄒᆞ나 덕이 능히 텬하(天下)ᄅᆞᆯ 덥허 흐ᄅᆞ디 못ᄒᆞ여 ᄉᆞᄒᆡ(四海)의 인의(仁義)ᄅᆞᆯ 뵈디 못ᄒᆞ므로 반(反)ᄒᆞᄂᆞᆫ 졔후(諸侯)와 도망ᄒᆞᄂᆞᆫ ᄇᆡᆨ셩이 쳐쳐(處處)의 변을 디어 노국(魯國)의 약ᄒᆞᆷ과 쇠쥬(衰周)의 위ᄐᆡᄒᆞ믈 방블(髣髴)ᄒᆞ거ᄂᆞᆯ 경(卿)이 문무의 밀위므로조ᄎᆞ 디듕ᄎᆞ대(至重且大)ᄒᆞᆫ ᄉᆞ업을 쳥ᄒᆞ니 혜건ᄃᆡ 경은 왕좌(王佐)ᄒᆞᆯ 냥이 잇ᄉᆞ며 셩패의 슌ᄒᆞᆫ ᄌᆡ죄 잇ᄉᆞ니 안남을 평뎡(平定)ᄒᆞ미 쉽고 만민을 딘복(鎭服)기ᄅᆞᆯ 긔필(期必)ᄒᆞᆯ디라 남만(南蠻) ᄇᆡᆨ셩이 다시 텬일(天日)을 보며 젹ᄌᆡ(赤子) ᄌᆞ모(慈母)ᄅᆞᆯ 어드미라. 뉵칠 년을 호디(胡地)의 ᄇᆡᆨ우풍상(百憂風霜)을 당ᄒᆞᆫ 바로 무ᄉᆞ환경(無事還京)ᄒᆞ미 일 년이 ᄎᆡ 못 ᄒᆞ여 다시 위디(危地)ᄅᆞᆯ 님ᄒᆞ여 흉봉(凶鋒)을 ᄃᆡ(對)케 ᄒᆞ니 ᄎᆞ마 못 ᄒᆞᆯ ᄇᆡ로ᄃᆡ 경의 튱냥대ᄌᆡ(忠良大才)ᄅᆞᆯ 미더 브득이 허(許)ᄒᆞᄆᆡ 오날브터 샤딕(社稷)을 경의게 븟쳐 존망(存亡)을 의탁ᄒᆞᄂᆞ 11면

23 와룡(臥龍): 삼국시대 촉한의 전략가였던 제갈량의 별호. 자는 공명.

24 견융(犬戎)의 동쥬(東周)ᄅᆞᆯ 혁멸(革滅)ᄒᆞᄂᆞᆫ 변: 견융은 고대 중국의 서방에 있던 이민족의 이름. 주나라 유왕이 무도하여 견융에게 살해되자 아들 평왕이 동주로 도읍을 옮겼음.

니 칠십이 셩(城)을 허ᄒᆞ고 망ᄒᆞᆫ 연나라롤 회복ᄒᆞ믄 악의(樂毅)[25]오 텬하롤 일광(一匡)[26]ᄒᆞ여 졔후(諸侯)롤 규구(葵丘)[27]의 모드믹 쥬실(周室)을 존슝(尊崇)[28]ᄒᆞ여 창싱(蒼生)으로 ᄒᆞ여곰 피발좌임(被髮左衽)[29]을 면(免)케 ᄒᆞ믄 관듕(管仲)[30]이라. 경은 아오로 관악(管樂)[31]을 겸ᄒᆞ여 텬하롤 일광ᄒᆞ며 오민(吾民)으로뻐 남만이젹(南蠻夷狄)의 ᄎᆞ조ᄒᆞᆫ 원한을 면케ᄒᆞ존 딤(朕)이 ᄉᆞ무여한(死無餘恨)이라. 경닌셩이 비록 나히 젹으나 윤공윤식(允恭允塞)[32]ᄒᆞ여 문학대되(文學大道) 족히 뎨ᄌᆞ(諸子)의 ᄉᆡ(師) 될디라 경이 다려가 군무(軍務)롤 상의ᄒᆞ고 승젼(勝戰) 후 즉시 보ᄂᆡ디 경은 머므러 교디·남월 등쳐(等處)롤 딘무(鎭撫)ᄒᆞ여 션태부(先太夫)의 ᄉᆞ히(四海)롤 안무(按撫)ᄒᆞ여 구쥬(九州)롤 슌시(巡視)ᄒᆞ던 ᄉᆞ업을 니어 월상·교디·남만의 ᄌᆞ로 작변ᄒᆞ믈 영영(永永)[33]히 막ᄌᆞᆯ나 위엄으로뻐 졔어ᄒᆞ고 인덕으로뻐 교화ᄒᆞ미 밋딩ᄒᆞᆯ가 ᄒᆞ노라."

---

25 악의(樂毅): 전국시대 연나라의 명장. 강대국이었던 제나라의 칠십여 성(城)을 함락시키고, 이들을 모두 연나라 군현으로 소속시켰음.

26 일광(一匡): 어지러운 천하를 다스려 바로잡음.

27 규구(葵丘): 춘추시대 때 제나라 환공이 제후들을 모아 왕실에 충성을 바치기로 맹세한 지역.

28 존슝(尊崇): 규장각본에는 '존숭'으로 되어 있음.

29 피발좌임(被髮左衽): '피발'은 머리를 풀어헤치는 것이고 '좌임'은 옷깃을 왼쪽으로 여미는 것으로, 모두 오랑캐의 미개한 풍속을 가리킴.

30 관듕(管仲): 관중. 춘추시대 제나라의 뛰어난 재상.

31 관악(管樂): '관중'과 '악의'의 병칭으로, 국가의 동량(棟梁)을 가리키는 말.

32 윤공윤식(允恭允塞): 윤공윤색. '윤공'은 《서경》 〈요전(堯典)〉에서 요임금의 덕을 "공경하고 밝으며, 문채가 빛나고 사려가 있었으며, 진실로 공손하고 능히 겸양하셨다(欽明文思允恭克讓)."라고 찬양한 데서 나온 말. '윤색'은 《서경》 〈순전(舜典)〉에서 순임금의 덕을 "깊고 지혜로우시며, 문채가 빛나고 밝으시며, 온화하고 공손하며, 성실하고 독실하셨다(濬哲文明溫恭允塞)."라고 찬양한 데서 나온 말.

33 영영(永永)히: 규장각본에는 '년연히'로 되어 있음.

인ᄒᆞ여 문무(文武)의 쥬ᄉᆞ(奏辭)ᄅᆞᆯ 좃ᄎᆞ샤 참졍을 ᄇᆡ(拜)ᄒᆞ여 제남딘무뎡토ᄉᆞ 대원슈ᄅᆞᆯ 겸ᄒᆞ이시니 공이 돈슈사은(頓首謝恩)ᄒᆞ며 셩교(聖敎)ᄅᆞᆯ 블감승당(不堪承當)ᄒᆞ여 오ᄃᆡᆨ 죽기로뼈 만(萬)의 일(一)을 갑ᄉᆞ올[34] 주(奏)ᄒᆞ더라. 샹(上)이 다시 젼디(傳旨)ᄒᆞ샤 병마도춍ᄉᆞ 12면
셕현으로 부원슈ᄅᆞᆯ ᄒᆞ이시고 딘가슉·곽챵셕으로 좌우 션봉(先鋒)을 ᄒᆞ이시며 니부시랑 듕셔샤인 동궁ᄃᆡᆨ학ᄉᆞ 졍닌셩으로 듕군호위 쳬찰ᄉᆞᄅᆞᆯ ᄒᆞ이시니 시랑이 블승황공(不勝惶恐)ᄒᆞ여 듕군호위 쳬찰ᄉᆞᄅᆞᆯ 환슈(還收)ᄒᆞ시면 다만 아비ᄅᆞᆯ 좃ᄎᆞ 군듕(軍中)의 이시믈 간졀이 쥬(奏)ᄒᆞ니 원간 듕군호위 쳬찰ᄉᆡ 믄득 대원슈의 군무(軍務)ᄅᆞᆯ 춍졔(摠制)ᄒᆞ미 업ᄉᆞ나 션봉 이하ᄅᆞᆯ 춍녕(摠領)ᄒᆞᄆᆡ 소임의 듕(重)ᄒᆞ미 부원슈의 우히오 대원슈의 버금이라. 고로 시랑이 고샤블감(固辭不堪)ᄒᆞᄃᆡ 텬의(天意) 뎡(定)ᄒᆞ샤 슌슈(順受)ᄒᆞ믈 니ᄅᆞ시니 시랑이 ᄒᆞᆯ일업셔 고두사은(叩頭謝恩)ᄒᆞᆯᄉᆡ ᄎᆞ일(此日)의 군신샹ᄒᆡ(君臣上下) 대ᄉᆞ(大事)ᄅᆞᆯ 뎡ᄒᆞᄆᆡ 츌뎡일(出征日)을 ᄐᆡᆨ(擇)ᄒᆞ니 츈졍월 십칠 일 경딘(庚辰)이라. 졀도ᄉᆞ 셕흥은 ᄑᆡ군디댱(敗軍之將)인 고로 ᄇᆡᆨ의(白衣)로 죵군(從軍)ᄒᆞ여 닙공ᄌᆞ훈(立功自勳)ᄒᆞ라 ᄒᆞ시니 흥이 남만(南蠻)ᄇᆡᆨ셩의 탕화(湯火)[35]ᄅᆞᆯ 근심ᄒᆞ여 츌뎡일이 오히려 임념(荏苒)이 격(隔)

34 갑ᄉᆞ올: 규장각본에는 '갑ᄉᆞ오믈'로 되어 있음.

35 탕화(湯火): 몹시 괴롭거나 위험한 상태. 일반적으로 백성들이 도탄에 빠지는 상황을 말함. 한나라 문제(文帝) 때 조조(鼂錯)가 전쟁에서는 신상필벌을 엄히 할 것을 말하면서 "이렇게 함으로써 그 군사들로 하여금 화살과 돌을 무릅쓰고 끓는 물과 타는 불 속으로 뛰어들게 할 수 있습니다(故能使其衆 蒙矢石 赴湯火)."라고 한 데서 나온 말. 《한서(漢書)》 권49 〈조조전(鼂錯傳)〉.

13면 ᄒᆞ여시믈 졀박히 넉이ᄃᆡ 임의 신년(新年)이 님박(臨迫)ᄒᆞ엿고 그젼 길일이 업순 고로 감히 더ᄃᆡ믈 일콧디 못ᄒᆞ더라. 졍공이 ᄌᆞ달(子孫)노 더브러 퇴됴(退朝)ᄒᆞ여 운산의 도라와 ᄌᆞ젼(慈殿)의 뵈올ᄉᆡ 경조[36]와 쇼뷔[37] 다 ᄒᆞᆫ가디로 연듕(筵中)으로조ᄎᆞ 나온 ᄇᆡ로ᄃᆡ 태부인긔 참졍 부ᄌᆞ의 츌뎡디ᄉᆞ(出征之事)ᄅᆞᆯ 즉시 고(告)치 못ᄒᆞ니 이 ᄒᆞᆫ갓 녜ᄉᆞ츌뎡(例事出征)이면 승젼(勝戰)ᄒᆞᆫ 후 즉시 회군(回軍)ᄒᆞᆯ ᄇᆡ로ᄃᆡ 교디·남월 등쳐(等處)의 딘뉴ᄉᆞᄅᆞᆯ 겸ᄒᆞᄆᆡ 긴 니별이 아득ᄒᆞ여 쉬 오면 오뉵 년이오 더ᄃᆡ면 십 년을 그음ᄒᆞᆯ디라 부인이 반ᄃᆞ시 놀나고 슬허ᄒᆞ실가 몬져 말을 ᄂᆡ디 못ᄒᆞ더니 참졍이 ᄌᆞ안(慈顔)을 우러러 위험디지(危險之地)의 흉봉(凶鋒)을 당ᄒᆞ여 나아가ᄆᆡ 긴 니별의 아득ᄒᆞ미 오뉵 년을 그음케 될 바ᄅᆞᆯ ᄎᆞ마 고치 못ᄒᆞ더니 뫼셔 셕반(夕飯)을 파(罷)ᄒᆞ고 인ᄒᆞ여 혼뎡디네(昏定之禮)[38]ᄅᆞᆯ 일우ᄆᆡ 곤계(昆季) 퇴(退)ᄒᆞ여 셔헌의 나오니 경조와 쳐ᄉᆡ 뭇ᄌᆞ와 ᄀᆞᆯ오ᄃᆡ

"형댱(兄丈)이 엇디 츌뎡디ᄉᆞᄅᆞᆯ 고치 아니ᄒᆞ시니잇고?"

참졍이 츄연역ᄉᆡᆨ(惆然易色) 왈

14면 "튱신(忠臣)이 효ᄌᆞ 되디 못ᄒᆞᆫ다 ᄒᆞ미 우형(愚兄)을 니ᄅᆞ미라. 우형이 감히 튱의(忠義) 이시라 ᄒᆞ미 아니로ᄃᆡ 션군(先君)의 튱녈대도(忠烈大道)ᄅᆞᆯ 츄락(墜落)디 말고ᄌᆞ ᄒᆞ미라 능히 ᄉᆞᄉᆞ(私事)ᄅᆞᆯ 도라보디 못ᄒᆞ니 부모긔 블효ᄅᆞᆯ ᄡᆞ흘 곳이 업도다. 이러므로 ᄎᆞ마 우려ᄅᆞᆯ 더으실

36 경조: 정염.

37 쇼뷔: 소부. 정겸.

38 혼뎡디네(昏定之禮): 혼정지례. 부모님의 잠자리를 보아 드리는 일.

바롤 급히 고(告)치 못ᄒᆞ믄 금일(今日)가지나 침쉬(寢睡) 안온(安穩)ᄒᆞ시믈 위ᄒᆞ여 붉는 날 알외고ᄌᆞ ᄒᆞ미니 급히 고ᄒᆞ미 므어시 유익ᄒᆞ리오? ᄒᆞ믈며 우형의 가ᄉᆡ(家事) 심히 괴려(乖戾)ᄒᆞᆫ디라 닌ᄃᆞᆼ이 골육동긔(骨肉同氣) 간의 변을 짓고야 긋칠 ᄋᆞ히라 현뎨(賢弟) 등이 비록 잇ᄉᆞ나 오히려 ᄃᆞᆼᄋᆞ의 다ᄃᆞ라ᄂᆞᆫ ᄌᆞ여딜(子與姪)의 친소(親疏)롤 두어 져의 원언(怨言)을 듯디 말고ᄌᆞ ᄒᆞ리니 이ᄂᆞᆫ 실노 우형의 ᄇᆞ라ᄂᆞᆫ ᄇᆡ 아니라. ᄎᆞ후(此後)ᄂᆞᆫ 여ᄇᆡᆨ[39]으로브터 은ᄇᆡᆨ[40]·슈ᄇᆡᆨ[41]이 본 젹마다 엄칙(嚴飭)ᄒᆞ여 셜ᄉᆞ 인션디도(仁善之道)의 닐위디 못ᄒᆞ나 우형이 집을 ᄯᅥ난 ᄉᆞ이의 놀나온 변괴(變怪)나 다시 업게 ᄒᆞ믈 ᄇᆞ라노라.”

쳐ᄉᆡ 밋쳐 ᄃᆡ(對)치 못ᄒᆞ여셔 경죄 탄식고 ᄃᆡ왈(對曰)

“쇼뎨(小弟) 셩되(性度) 본ᄃᆡ 밍녈(猛烈)치 못ᄒᆞ오나 ᄌᆞ딜(子姪)의 과실의 다ᄃᆞ라ᄂᆞᆫ 딘실노 츄호(秋毫) 관샤(寬赦)ᄒᆞᆯ ᄯᅳᆺ이 업더니 홍ᄋᆡ 친ᄌᆡ(親子)오 닌셩 등 ᄒᆞ여ᄂᆞᆫ ᄌᆡ죵딜(再從姪)[42]이믈 아디 못ᄒᆞ고 쇼견을 다ᄒᆞ여 교회(敎誨)ᄒᆞᄂᆞᆫ ᄇᆡ러니 향ᄌᆞ(向者) 닌ᄃᆞᆼ의 현보[43]롤 공교로이 ᄒᆡ(害)ᄒᆞᄂᆞᆫ 심디(心地)롤 ᄉᆞᆺ치건ᄃᆡ[44] 딘실노 경ᄒᆡᄎᆞ악(驚駭嗟愕)ᄒᆞᆫ디라. 형댱(兄丈)이 미양 상(象)[45]의 후신(後身)이 아니면 위각의 넉시라 ᄒᆞ시던 바롤 과연이 ᄉᆡ다ᄅᆞᄆᆡ 블힝한심(不幸寒心)ᄒᆞ미 이에 디 15면

39 여ᄇᆡᆨ: 여백. 정삼.
40 은ᄇᆡᆨ: 은백. 정염.
41 슈ᄇᆡᆨ: 수백. 정겸.
42 ᄌᆡ죵딜(再從姪): 재종질. 육촌 형제의 아들.
43 현보: 정인성.
44 ᄉᆞᆺ치건ᄃᆡ: ᄉᆞᆺ치다. 알아차리다.
45 상(象): 순임금의 이복동생.

난 ᄇᆡ 업ᄉᆞ오니 엇디 내 ᄌᆞ식의 ᄉᆞ오나오믈 봄과 다ᄅᆞ리잇고? 골육(骨肉)을 상ᄒᆡ(傷害)ᄒᆞ미 고금(古今)의 대변(大變)이로ᄃᆡ 형댱이 기시(其時)의 텬뉸(天倫)을 버혀 ᄒᆞᆫ ᄆᆡ의 맛ᄎᆞ셔도 쇼뎨ᄂᆞᆫ 실노 말니미 업ᄉᆞᆯ너니이다. 나히 열흘 넘디 못ᄒᆞᆫ ᄋᆞᄒᆡ 교묘간계(巧妙奸計) 그곳의 밋쳐 ᄲᆡᄅᆞᆫ 술흘 가져 형을 ᄡᅩ고ᄌᆞ ᄒᆞᄆᆡ 몬져 슈(嫂)의 죄ᄅᆞᆯ 일위ᄂᆡ려 ᄒᆞ다가 형댱 명감디하(明鑑之下)의 일이 ᄯᅳᆺᄀᆞᆺ디 못ᄒᆞ니 초패(招牌)ᄅᆞᆯ 도적ᄒᆞ여 ᄂᆡ도ᄒᆞᆫ 녀ᄌᆞ의게 죄ᄅᆞᆯ ᄡᅴ오며 남녀의 머리털흘 가져 동
16면 심결(同心結)[46]ᄒᆞ여 한시[47]로 ᄒᆞ여곰 타문(他門)을 ᄉᆡᆼ각디 못ᄒᆞ게 ᄆᆡᆫᄃᆞ니 당ᄎᆞ(當此)ᄒᆞ여ᄂᆞᆫ 그 근본이 혁혁(赫赫)ᄒᆞ믈 드ᄅᆞ면 져 한시 결개(潔介)ᄒᆞᆫ ᄯᅳᆺ이 폐륜(廢倫)키ᄅᆞᆯ 달게 넉이ᄂᆞᆫ 줄은 모로고 ᄂᆡᆫ셩이 한시ᄅᆞᆯ 마ᄌᆞ 취(娶)ᄒᆞᆯ진ᄃᆡ 형세 더옥 두터올 바ᄅᆞᆯ 필연 싀오(猜惡)ᄒᆞ여 져의 작용(作用)을 뉘웃ᄎᆞ리이다 ᄏᆞ니와 연이나 우리 문듕(門中)의 잇디 아닌 괴이ᄒᆞᆫ 놀나온 거시라 쇼인(小人)의 ᄐᆡ(態) 유시(幼時)의 길며 부형의 심술이 날노 ᄌᆞ라 옷밤[48]의 셩(性)을 아오랏ᄂᆞᆫᄃᆡ 풍용(風容)이 ᄀᆞ장 아ᄅᆞᆷ답고 민쳡ᄒᆞ니 악ᄉᆞ(惡事)ᄅᆞᆯ ᄒᆞ려 ᄒᆞᄆᆡ 므슴 일을 못 ᄉᆡᆼ각ᄒᆞ리잇고? 형댱이 집의 계시며 졔 나히 어리ᄃᆡ 그러ᄒᆞ니 항ᄎᆞ 형댱이 나가시고 그 간힐(奸黠)ᄒᆞ미 ᄌᆞ라미니잇가? 아모리 엄칙(嚴責)ᄒᆞ라 당부ᄒᆞ시나 녜ᄉᆞ로이 남활(濫猾)ᄒᆞ며 방ᄌᆞᄒᆞᆫ ᄋᆞᄒᆡ와 달나 요악(妖惡)을 ᄡᅵᆫ 거시니 순셜(脣舌)노 개심(改心)치 못ᄒᆞᆯ ᄇᆡ오 졸연(猝然)이

46 동심결(同心結): 비단 띠로 서로 꼬아서 풀리지 않도록 굳게 매는 매듭.

47 한시: 한씨. 한난소.

48 옷밤: 올빼미의 방언.

져어치 못ᄒᆞᆯ 인믈이니이다."

말을 맛ᄎᆞᄆᆡ 시랑[49]이 경ᄒᆡ(驚駭)ᄒᆞ믈 곰초디 못ᄒᆞ여 궤이고왈(跪而告曰)

"듕뎨(仲弟) 혹ᄌᆞ(或者) 그ᄅᆞᆺᄒᆞᆫ 일이 잇ᄉᆞ오나 슉당군죵(叔堂群從)이 교회(敎誨)ᄒᆞ샤 허믈을 면케 ᄒᆞ시미 돈목인의(敦睦仁義)ᄒᆞ시ᄂᆞᆫ 17면
덕홰(德化)어ᄂᆞᆯ 엇던 연고로 쇼딜(小姪)의 무상(無狀)ᄒᆞᆫ 죄ᄅᆞᆯ 듕뎨의게 모다 안기시고 ᄎᆞ마 못 ᄒᆞᆯ 말ᄉᆞᆷ으로ᄡᅧ 듕뎨ᄅᆞᆯ ᄒᆞᆫ낫 쇼인(小人)으로 밀위시ᄂᆞ니잇가? 고인(古人)이 운(云)ᄒᆞᄃᆡ '악ᄒᆞᆫ 말노 ᄌᆞ딜(子姪)을 ᄭᅮ딧디 아니터라.' ᄒᆞ믈 ᄉᆡᆼ각디 못ᄒᆞ시니 딘실노 쇼딜ᄇᆡ(小姪輩)의 평일 슉당(叔堂)을 의앙(依仰)ᄒᆞ던 ᄇᆡ 아니로소이다."

경죄 쳥흘(聽訖)의 완시이 시랑ᄒᆞ며 미미히 함쇼왈(含笑曰)

"우슉(愚叔)이 블명무식(不明無識)ᄒᆞ여 비록 알오미 업ᄉᆞ나 여뎨(汝弟)ᄅᆞᆯ 몰나보디 아니리니 듕ᄋᆡ 벽셔경 일삭(一朔) 뉴쳐(留處)의 개과슈ᄒᆡᆼ(改過修行)ᄒᆞ여 다시 블인(不仁)을 디으미 업ᄉᆞᆯ딘ᄃᆡ 내 당당이 현딜(賢姪)의 앏ᄒᆡ 눈을 감아 말을 경급(輕急)히 ᄒᆞ믈 샤례ᄒᆞ리니 현딜은 노(怒)ᄒᆞ디 말고 당ᄂᆡ(將來)ᄅᆞᆯ 보와 닌듕의 작용(作用)이 어ᄃᆡ 밋ᄎᆞ며 내 말이 허망ᄒᆞᆫ가 볼디어다."

시랑이 미급ᄃᆡ(未及對)의 참졍이 탄왈(嘆曰)

"은ᄇᆡᆨ의 말이 뎡히 내 쇼견의 어긔미 업거ᄂᆞᆯ 닌셩이 어이 그러치 아니믈 닷토ᄂᆞ뇨? 대져 군ᄌᆞᄂᆞᆫ 슉연(肅然)ᄒᆞ여 안과 밧기 ᄀᆞ리오미 업ᄂᆞ니

49 시랑: 정인성.

18면 네라도 듕ᄋᆞ의 간흉교특(奸凶巧慝)ᄒᆞᆫ 인믈을 모로디 아닐디라. 임의 알며 은ᄇᆡᆨ의 ᄇᆞᆰ히 니ᄅᆞ믈 놀나미 엇디 뎡ᄃᆡᆨ(正直)기의 머디 아니랴?"

도라 쳐ᄉᆞ다려 닐너 왈

"은ᄇᆡᆨ의 니ᄅᆞᄂᆞᆫ ᄇᆡ 딘실노 맛당ᄒᆞ니 다시 부탁ᄒᆞ미 우읍거니와 그러나 ᄌᆞ로 치칙(治責)ᄒᆞ여 망극디변(罔極之變)이나 업게 ᄒᆞ라."

쳐ᄉᆡ ᄌᆡᄇᆡ왈(再拜曰)

"닐너 듯디 아니코 쳐도 곳치디 못ᄒᆞ면 홀일업ᄉᆞᆸ거니와 엇디 제 ᄆᆞ옴ᄃᆡ로 방약(傍若)[50]게야 바려둘 니 잇ᄉᆞ리잇고?"

참졍이 츄연블낙(惆然不樂)ᄒᆞ여 믁연졍좌(默然正坐)러니 날호여 시랑 등이 부슉(父叔)의 침구ᄅᆞᆯ 베플며 야심(夜深)ᄒᆞ믈 일ᄏᆞ라 취침(就寢)ᄒᆞ시믈 쳥ᄒᆞᄃᆡ 공이 드ᄃᆡ여 삼뎨(三弟)로 더브러 상(牀)의 오ᄅᆞ고 ᄌᆞ딜(子姪)을 다 상하(牀下)의셔 ᄌᆞ게 ᄒᆞᆯᄉᆡ 이공(二公)과 쳐ᄉᆡ 벼개와 니블을 년(連)ᄒᆞ여 참졍의 손을 만디며 낫ᄎᆞᆯ 우러러 츄연하루(惆然下淚) 왈

"칠팔 ᄌᆡ(載)ᄅᆞᆯ 만니이국(萬里異國)의 난호여 쥬쥬야야(晝晝夜夜)의 안항(雁行)의 긴 거ᄉᆞᆯ 늣기고 존무(存無)ᄅᆞᆯ ᄉᆞ상(思想)ᄒᆞ여 심골(心骨)의 박힌 병이 되엿던 바로 이졔 단취(團聚)[51] 일 년이 못 ᄒᆞ여 다시
19면 긴 니별을 디어 위험디지(危險之地)의 나아가시게 되니 쇼뎨(小弟) 등의 여할여삭(如割如削)ᄒᆞᆫ 심회(心懷)ᄅᆞᆯ 어ᄃᆡ 비겨 의논ᄒᆞ리잇가?"

참졍이 ᄯᅩᄒᆞᆫ 삼뎨(三弟)의 팔ᄒᆞᆯ 어로만져 츄연하루(惆然下淚) 왈

---

50 방약(傍若): 방약무인(傍若無人)의 준말.

51 단취(團聚): 단취. 집안 식구나 친한 사람들끼리 화목하게 한자리에 모임.

"만빅[52]을 원억(冤抑)히 여희고 우리 네 몸이 남아 딘퇴(進退)의 셰로 ᄯᆞ라 그림ᄌᆞ 얼골을 좃촘 ᄀᆞᆺ톨가 ᄒᆞ더니 우형(愚兄)이 블초블우(不肖不遇)ᄒᆞ여 편위(偏闈)예 외로오심과 현뎨(賢弟) 등의 우ᄋᆡ(友愛)ᄅᆞᆯ 도라보디 못ᄒᆞ고 ᄌᆞ로 긴 니별을 디어 몸이 집의 오ᄅᆡ 들기ᄅᆞᆯ 엇디 못ᄒᆞ니 ᄐᆡᄐᆡ(太太)의 비결(悲結)ᄒᆞ심과 현뎨 등의 슬허ᄒᆞ믈 깃치미 우형의 죄라 므어ᄉᆞᆯ 한ᄒᆞ리오? 슈연(雖然)이나 우형이 나가도 실가(室家)의 밋븐 ᄌᆞ(者) 잇셔 ᄌᆞ위(慈闈)ᄅᆞᆯ 시봉(侍奉)ᄒᆞᆷ과 동긔디친(同氣之親)으로 화목ᄒᆞ며 슬하ᄅᆞᆯ 년무(憐撫)ᄒᆞᆯ딘ᄃᆡ 므ᄉᆞᆷ 근심이 잇ᄉᆞ리오? 과연 이상별믈(異常別物)이라 녀ᄌᆞ의 사ᄅᆞᆷ되오미 망ᄋᆡᄅᆞᆯ 곰초고 경슐을 ᄡᅳ리쳐 유슌ᄒᆞᆫ 부인의 방향을 디으며 유덕ᄒᆞᆫ 슉녀의 톄례(體例)[53]ᄅᆞᆯ 입ᄂᆡᄂᆡ니 이거시 젹은 블ᄒᆡᆼ이리오? 소시 결단코 ᄇᆡᆨᄋᆞ(伯兒) 부부ᄅᆞᆯ 보젼치 못ᄒᆞᆯ 거시오 ᄋᆡᆼᄋᆡ 한혜(漢惠)[54]의 눈 머ᄂᆞᆫ 탄(嘆)이 이시리니 내 집을 업치고 말디라. ᄌᆞ위(慈闈)예 우려ᄒᆞ시믈 혜아리옵건ᄃᆡ 내 ᄆᆞ옴이 어ᄂᆡ ᄶᅴ의 평안ᄒᆞ리오마ᄂᆞᆫ 맛ᄎᆞᆷᄂᆡ 혼용(昏庸)ᄒᆞ여 됴흔 결단을 두디 못ᄒᆞᄂᆞ니 삼뎨(三弟)ᄂᆞᆫ 다 ᄒᆞᆫ가디로 유심상찰(留心詳察)ᄒᆞ여 우리 현부(賢婦)ᄅᆞᆯ 져기 보젼케 ᄒᆞ라." 20면

쳐ᄉᆞ와 경조 등이 이의 다ᄃᆞ라ᄂᆞᆫ 심히 그ᄅᆞᆺ 아ᄅᆞ시믈 일ᄏᆞ라 존슈(尊嫂)의 셩ᄒᆡᆼ녜덕(性行禮德)이 조곰도 블미(不美)ᄒᆞᆫ 거죄(擧措) 업ᄉᆞᆫ 바

---

52 만빅: 만백. 정흠.

53 톄례(體例): 체례. 관리 사이에 지키는 예절. 덕 있는 부인이 갖추어야 할 예절, 법도의 의미로 쓰임.

54 한혜(漢惠): 전한의 제2대 황제인 혜제(惠帝). 즉위한 뒤 여태후가 척부인을 인시(人彘)로 만든 것을 보고 놀라 쓰러진 이후, 정치에의 뜻을 잃고 술과 유희에 빠져 살았음.

ᄅᆞᆯ 고(告)ᄒᆞᄃᆡ 공이 ᄒᆞᆫ갈ᄀᆞᆺ치 악악(惡惡)ᄒᆞ므로 ᄎᆡ워[55] 츄호(秋毫)도
어디리 넉이미 업ᄉᆞ니 시랑과 닌웅이 상하(牀下)의셔 듯ᄌᆞ오ᄆᆡ 참황
뉵니(慘惶忸怩)ᄒᆞ믈 니긔디 못ᄒᆞ여 ᄒᆞᄃᆡ 부슉(父叔)의 문답이 죵용
(從容)ᄒᆞ시믈 감히 번득디 못ᄒᆞ더라. 명효(明曉)의 신셩디녜(晨省之
禮)[56]ᄅᆞᆯ 일울ᄉᆡ 남ᄌᆞ녀인(男子女人)의 써나디 업시 모다시ᄃᆡ 됴통ᄌᆡ 부
인은[57] 구가(舅家)의 잇고 댱어ᄉᆞ 부인은[58] 니아의 이시므로 이에 참예
(參預)치 못ᄒᆞ엿더라. 참정이 ᄌᆞ후(慈候)의 안온(安穩)ᄒᆞ시믈 뭇ᄌᆞ오
21면 며 인ᄒᆞ여 됴션(朝饍)을 파(罷)ᄒᆞᄆᆡ 비로소 •츌뎡소유(出征所由)ᄅᆞᆯ 고
(告)ᄒᆞ니 태부인이 듯기ᄅᆞᆯ 다 못 ᄒᆞ여셔 경동비결(驚動悲結)ᄒᆞ믈 니
긔디 못ᄒᆞ나 젼일(前日) 노영ᄒᆡᆼ도(虜營行途)의 ᄎᆞ악(嗟愕)ᄒᆞᆫ 원별(遠
別)도 능히 견ᄃᆡ여 스ᄉᆞ로 권ᄒᆞ여 보ᄂᆡ엿고 시랑 형뎨남ᄆᆡ(兄弟男妹)
ᄅᆞᆯ 다 ᄉᆡᆼ존거쳐(生存去處)ᄅᆞᆯ 모로게 실산(失散)ᄒᆞ여실 졔도 비회(悲
懷)ᄅᆞᆯ ᄎᆞᆷ으며 셰월을 보ᄂᆡ엿ᄂᆞᆫ디라 교디와 안남 등쳐(等處)의 도적이
만코 위ᄐᆡᄒᆞ미 극(極)ᄒᆞ나 노영의셔 더으든 아닐 거시오 시랑을 마ᄌᆞ
써날 ᄇᆡ 더옥 비졀(悲絶)ᄒᆞ나 월청강 봉적시(逢賊時)의 아조 죽은가
념녀ᄒᆞ던 바로 비(比)치 못ᄒᆞᆯ디라. 이 부ᄌᆞ(父子)의 튱녈대회(忠烈大
孝) 나라흘 갑고 집을 맛ᄎᆞᆷᄂᆡ 져바리디 아닐 바ᄅᆞᆯ 깁히 밋ᄂᆞᆫ디라 과도
히 쳑비(慽悲)ᄒᆞᆫ ᄉᆞ식(辭色)으로ᄡᅧ 참정의 심회ᄅᆞᆯ 동(動)ᄒᆞ미 블가(不
可)ᄒᆞᆫ 고로 십분 강인(強忍)ᄒᆞ며 화열(和悅)ᄒᆞ믈 짓고ᄌᆞ ᄒᆞ나 ᄌᆞ연 미

---

55 ᄎᆡ워: ᄎᆡ우다. 결정하다.

56 신셩디녜(晨省之禮): 신성지례. 새벽에 부모의 밤사이 안부를 살핌.

57 됴통ᄌᆡ 부인: 정명염.

58 댱어ᄉᆞ 부인: 정월염.

우(眉宇)의 슈운(愁雲)[59]이 취집(聚集)ᄒᆞ며 냥안(兩眼)의 징쳥(澄淸)이 어ᄅᆡ믈 ᄭᆡ닷디 못ᄒᆞ여 오ᄅᆡ 말ᄉᆞᆷ이 업더니 날호여 탄식왈(嘆息曰)

"션군(先君)이 평ᄉᆡᆼ의 ᄉᆞᄉᆞ(私事)ᄅᆞᆯ 도라보디 아니샤 튱의(忠義)ᄅᆞᆯ 다코ᄌᆞ ᄒᆞ시ᄆᆡ 구쥬(九州)ᄅᆞᆯ 슌시(巡視)ᄒᆞ시고 ᄉᆞᄒᆡ(四海)ᄅᆞᆯ 안찰(按 22면
察)ᄒᆞ샤 형초(荊楚)[60]ᄅᆞᆯ 교유(敎誘)ᄒᆞ시며 연위(燕魏)ᄅᆞᆯ 딘무(鎭撫)ᄒᆞ실 ᄯᆡ의 삼 년을 젼장(戰場)의셔 곤뇌(困惱)ᄒᆞ샤 맛ᄎᆞᆷᄂᆡ 대공(大功)을 셰오시니 ᄇᆡᆨᄋᆡ(伯兒) 임의 몸을 나라ᄒᆡ 허ᄒᆞᆫ ᄇᆡ오 닌셩이 ᄯᅩᄒᆞᆫ 션조(先祖)의 업을 니어 텬은(天恩)을 갑ᄉᆞᆸ고ᄌᆞ ᄒᆞᄆᆡ 장ᄎᆞ 그러치 아니코 엇디 ᄒᆞ리오마ᄂᆞᆫ 노모의 구구(區區)ᄒᆞᆫ ᄉᆞ졍(事情)이 단회(團會) 일 년의 ᄯᅩ 원별(遠別)을 당ᄒᆞ여 ᄌᆞ(子)와 손(孫)을 위험지디(危險之地)의 보ᄂᆡ믈 슬허ᄒᆞᄂᆞ니 이ᄂᆞᆫ 부인녀ᄌᆞ(婦人女子)의 면치 못ᄒᆞᆯ 상니인졍(常理人情)이라 족히 니ᄅᆞᆯ ᄇᆡ 아니오 대개 니ᄅᆞᆯ딘ᄃᆡ 쥬우신욕(主憂臣辱)[61]이오 쥬욕신ᄉᆡ(主辱臣死)[62]니 셰록디신(世祿之臣)[63]으로 션군(先君)의 튱녈대도(忠烈大道)ᄅᆞᆯ 닛디 아냐 님군의 근심을 더지 아니ᄒᆞ면 우흐로 나라 져바리고 아ᄅᆡ로 망친(亡親)의 깃친 ᄯᅳᆺ을 모로미니 그 블튱블효(不忠不孝)ᄅᆞᆯ 다 니ᄅᆞᆯ 것가? 노뫼(老母) 오히려 일박

59 슈운(愁雲): 수운. 근심스러운 기색.

60 형초(荊楚): 초나라를 가리키는 다른 말.

61 쥬우신욕(主憂臣辱): 주우신욕. 임금이 근심하는 일이 있으면 신하가 그 근심을 풀기 위하여 치욕을 감수하고 나가서 해결해야 함.

62 쥬욕신ᄉᆡ(主辱臣死): 주욕신사. 임금에게 치욕이 있으면 신하가 그 치욕을 씻기 위하여 목숨을 바침.

63 셰록디신(世祿之臣): 세록지신. 대대로 나라의 녹봉을 받는 신하.

셔산(日薄西山)[64]ᄒᆞᆫ 노인과 다ᄅᆞ며 소식뷔 ᄇᆡᆨᄋᆞᄅᆞᆯ ᄃᆡ(代)ᄒᆞ여 공봉디졀(恭奉之節)이 디극ᄒᆞᆯ 거시오 삼ᄋᆞ(三兒)와 이딜(二姪)이 잇ᄂᆞᆫ 바의

23면 손ᄋᆞ(孫兒) 등이 ᄎᆞ례로 댱셩(長成)ᄒᆞ니 슬하의 젹막ᄒᆞ미 업ᄉᆞ믈 인ᄒᆞ여 너의 부ᄌᆞ(父子)ᄅᆞᆯ 니ᄌᆞᆯ 젹이 만흐려니와 너의 부ᄌᆞᄂᆞᆫ 만니젼딘(萬里戰陣)의 노고(勞苦)ᄒᆞᄂᆞᆫ 결을의 고원(故園)을 ᄉᆞ상(思想)ᄒᆞ여 군친(君親)을 영모(永慕)ᄒᆞᆷ과 형뎨(兄弟)ᄅᆞᆯ ᄉᆞ렴(思念)ᄒᆞ여 도로혀 ᄒᆞᆫ 병이 되리니 가히 근심되지 아니랴?"

참정 부ᄌᆡ 브복문교(俯伏問教)의 다시 니러 ᄌᆡᄇᆡ(再拜)ᄒᆞ며 부ᄌᆡ 셔로 위회(慰懷)ᄒᆞ여 비록 젼진험디(戰陣險地)의 니ᄅᆞ나 맛ᄎᆞᆷᄂᆡ 위ᄐᆡ(危殆) 업ᄉᆞᆯ 바ᄅᆞᆯ 일ᄏᆞ라 그 ᄉᆞ이 안녕이 계샤 블초(不肖)로뼈 셩녀(聖慮)의 거리ᄭᅵ믈 두지 마ᄅᆞ시면 광음(光陰)이 슉홀(倏忽)ᄒᆞ여 ᄇᆡᆨ구지과극(白駒之過隙)[65]이오니 언마ᄒᆞ여 도라오믈 어드리잇고? 니합(離合)이 젹은 ᄃᆞᆺ ᄉᆞ이니 금ᄎᆞ고별(今次告別)을 주(奏)ᄒᆞ미 만분민박(萬分憫迫)ᄒᆞ오나 환경(還京)ᄒᆞᄂᆞᆫ 날은 깃브미 ᄎᆞ별(此別)이 업던 바의 비(比)치 못ᄒᆞᆯ 바ᄅᆞᆯ 일ᄏᆞ라 이셩(怡聲)으로 위로ᄒᆞᆯᄉᆡ 참정은 비록 화평ᄒᆞ나 듕심(中心)의 쳑연(惕然)ᄒᆞ믈 인ᄒᆞ여 말ᄉᆞᆷ의 빗최믈 면치 못ᄒᆞᄃᆡ 시랑은 화(和)ᄒᆞᆫ 우음과 브드러온 안ᄉᆡᆨ이 츈풍(春風)이 화챵ᄒᆞᆷ

---

64 일박셔산(日薄西山): 일박서산. 해가 서산에 이른 것처럼 살날이 얼마 남지 않은 상황.

65 ᄇᆡᆨ구지과극(白駒之過隙): 백구지과극. 흰 망아지가 담장 틈 사이를 지나가는 것처럼 인생이 너무도 빨리 허무하게 흘러가는 것. 《장자》 〈지북유(知北游)〉의 "천지간의 인생이란 마치 하얀 망아지가 담장의 틈 사이를 지나가는 것처럼 순간일 따름이다(人生天地之間 若白駒之過隙 忽然而已)."라는 구절에서 나온 말.

굿ᄐᆞ니 참졍이 더옥 두굿기며[66] 태부인이 어로만져 칭이왈(稱愛曰) 24면
"가위(可謂) 승어뷔(勝於父)[67]로다. 여부(汝父)ᄂᆞᆫ 원별(遠別)을 니ᄅᆞ미 계오 쳑안(慽顔)을 ᄀᆞ리올 ᄯᅳᆫ이오 너ᄂᆞᆫ 말ᄉᆞᆷ과 안식이 더옥 화평ᄒᆞ니 내 ᄆᆞ옴의 화열ᄒᆞ미 디극ᄒᆞ나 ᄯᅥ나믜 ᄉᆡᆼ각이 더으리니 ᄉᆞ모ᄒᆞᄂᆞᆫ 졍을 니긔디 못ᄒᆞ리로다."

시랑이 년망비샤(連忙拜謝) 왈

"엇디 셩교ᄅᆞᆯ 감승(堪承)ᄒᆞ리잇고? 블승황공(不勝惶恐)ᄒᆞ여이다. 쇼손(小孫)이 나가오나 닌광 등의 능담확논(能談確論)과 닌웅의 긔화미셜(奇話美說)노 ᄒᆞ나히 족히 쇼손의 뉴(類)ᄂᆞᆫ 셰흘 당ᄒᆞ리이다."

뎡언간(正言間)의 됴니부[68]와 댱어ᄉᆞ[69]의 니ᄅᆞ믈 고(告)ᄒᆞ거ᄂᆞᆯ 참졍이 ᄌᆞ딜(子姪)을 명ᄒᆞ여 마ᄌᆞ 드러오라 ᄒᆞ니 냥인(兩人)이 승당녜필(昇堂禮畢)의 태부인 존후(存候)ᄅᆞᆯ 뭇ᄌᆞᆸ고 인ᄒᆞ여 악댱(岳丈)과 현보의 츌졍(出征)이 듯기의 놀납ᄉᆞ오나 ᄌᆡ덕(才德)이 족히 광구(恇懼)[70]ᄅᆞᆯ 근심홀 ᄇᆡ 아니믈 일ᄏᆞ라 태부인을 위로ᄒᆞᄆᆡ 부인이 ᄯᅩᄒᆞᆫ 빗ᄎᆞᆯ 낫토디 아냐 슌슌화평(順順和平)ᄒᆞᆫ 안식으로 담화(談話)ᄒᆞ더니 날호여 됴니부ᄅᆞᆯ 향ᄒᆞ여 손녀ᄅᆞᆯ 도라보ᄂᆡ여 부녀남ᄆᆡ(父女男妹) 원별(遠別)ᄒᆞᄂᆞᆫ 25면
졍을 펴게 ᄒᆞ믈 쳥ᄒᆞᆫᄃᆡ 니뷔 쥰슌ᄃᆡ왈(逡巡對曰)

"졍니(情理)와 인ᄉᆞ(人事)의 당연이 이에 와 ᄇᆡ별(拜別)ᄒᆞ염 즉ᄒᆞ오

---

66 두굿기며: 두굿기다. 기뻐하다.

67 승어뷔(勝於父): 승어부. 아비보다 나음.

68 됴니부: 조이부. 조세창.

69 댱어ᄉᆞ: 장어사. 장창린.

70 광구(恇懼): 겁을 내고 두려워함.

ᄃᆡ 디금(只今) 산졈(産漸)이 잇ᄉᆞ오니 움ᄌᆞᆨ이기 어려올가 ᄒᆞᄂᆞ이다."
일좨(一座) 크게 경희(驚喜)ᄒᆞᄂᆞᆫ 듕 참졍의 침위(沈威)홈과 쳐ᄉᆞ의 단믁(端默)ᄒᆞ므로도 쇼용(笑容)이 화연(和然)ᄒᆞ며 태부인이 두굿기믈 니긔디 못ᄒᆞ여 함쇼왈(含笑曰)
"현셔(賢壻)의 년광(年光)이 삼십이 블원(不遠)ᄒᆞ고 손녜(孫女) ᄯᅩᄒᆞᆫ 이십을 디나미 오ᄅᆡᄃᆡ 만니이국(萬里異國)의 슈환(愁患)을 쳡봉(疊逢)ᄒᆞ여 자경(子慶)이 완만ᄒᆞ믈 굼거워ᄒᆞ더니[71] 요ᄒᆡᆼ 금년의 단취(團聚)ᄒᆞ나 잉신(孕娠)ᄒᆞ믄 ᄉᆡᆼ각디 아니코 만삭(滿朔)기의 니ᄅᆞᄃᆡ 손녀의 거디(擧止) 젼일(前日)노 다ᄅᆞ미 업ᄉᆞ니 젼혀 유의치 아니미라. 원ᄂᆡ 금삭(今朔)이 산월(産月)이랏다 미리 아라 유익ᄒᆞ믄 업거니와 ᄋᆞ히 셩졍이 너모 쇼졸(疏拙)ᄒᆞ여 디금 노모다려도 니ᄅᆞ미 업ᄉᆞ니 이ᄂᆞᆫ ᄌᆞ뫼(慈母) 잇디 아니므로 소친디의(所親之義) 업ᄉᆞᆫ 연괴(緣故)라. 당금(當今)의 현공(賢公)의 영귀ᄒᆞ므로뼈 졔 몸이 국부인(國
26면
夫人)[72]의 봉작(封爵)이 잇고 브ᄌᆡ무덕(不才無德)이나 노모의 년디(憐之)ᄒᆞᄂᆞᆫ 뜻은 다ᄅᆞᆫ 손ᄋᆞ(孫兒)의 더으미 잇ᄂᆞᆫ 바ᄂᆞᆫ 그 위인이 심히 공근(恭勤)ᄒᆞ여 존당은ᄐᆡᆨ(尊堂恩澤)이 아니면 영귀(榮貴)ᄒᆞᆫ 듕의도 몸을 편히 홀 ᄋᆞ히 아니라. 고로 노모의 ᄆᆞ옴이 디극ᄒᆞᆫ ᄇᆡ러니 엇디 ᄐᆡ신(胎娠)의 대경(大慶)이 만월(滿月)의 밋쳐시믈 알니오? 원간 현공(賢公)은 몬져 알오미 계시던가?"
됴공이 흠신ᄃᆡ왈(欠身對曰)

71 굼거워ᄒᆞ더니: 굼겁다. 궁금하다, 답답하다.

72 국부인(國夫人): 봉작을 받은 여성들을 총칭하는 명부(命婦) 중 외명부의 봉작 이름.

"쇼싱(小生)은 본ᄃᆡ 쇼활(疎濶)ᄒᆞ온디라 엇디 미리 알오미 잇ᄉᆞ리잇고? 금됴(今朝)의 취셩각 시ᄋᆞ(侍兒) 등이 쥬인(主人)의 산졈(産漸)이 잇ᄉᆞ믈 고ᄒᆞ거ᄂᆞᆯ 드럿ᄂᆞ이다."【됴공의 답언(答言)이 비록 여ᄎᆞ(如此)ᄒᆞ나 부인의 유신(有娠)ᄒᆞ던 달브터 그윽이 농장(弄璋)의 경ᄉᆡ(慶事) 잇ᄉᆞᆯ 바ᄅᆞᆯ 디긔(知機)ᄒᆞ미 잇더라】

참졍이 미쇼왈(微笑曰)

"ᄌᆞ의[73]의 부쳬(夫妻) 심히 남다ᄅᆞ미 잇도다. 유신ᄒᆞ믈 몰낫다가 갓 드ᄅᆞᆯᄉᆞ록 분산(分産)은 위ᄐᆡᄒᆞᆫ 일이라 그 산졈을 알고 믄득 피ᄒᆞ여 이리 오믄 어인 뜻이뇨?"

니뷔 쇼왈(笑曰)

"연젼(筵前)으로셔 나온 후 즉시 알현(謁見)ᄒᆞ염 즉ᄒᆞ오ᄃᆡ 날이 져므러 못 왓ᄉᆞᆸ기로 금일(今日)은 인ᄉᆞ(人事)ᄅᆞᆯ 폐(廢)치 못ᄒᆞ여 왓ᄉᆞᆸ거ᄂᆞᆯ 악댱(岳丈)이 엇디 괴이히 넉이시ᄂᆞ니잇고? 셜샤 산졈이 급ᄒᆞ믈 아온들 쇼싱이 분산(分産)식이ᄂᆞᆫ 고랑(姑娘)[74]이 아니오니 엇디 ᄂᆡ당 27면
(內堂)을 딕희여 안ᄌᆞ시리잇가? 향ᄀᆡᆨ(嚮刻) 약만 ᄂᆡ여준 후 이리 왓ᄂᆞ이다."

경조공이 쇼왈(笑曰)

"말을 쾌히 ᄒᆞ며 무심소활(無心疎濶)ᄒᆞᆫ ᄃᆞ시 이리오미나 ᄌᆞ의의 심ᄉᆡ(心事)즉 분분요요(紛紛擾擾)ᄒᆞ여 ᄒᆡ만(解娩)을 우려ᄒᆞᄂᆞᆫ 밧긔 남

---

73 ᄌᆞ의: 자의. 조세창.

74 고랑(姑娘): 규장각본에는 '가랑'으로 되어 있음.

녀ᄅᆞᆯ 판단치 못ᄒᆞ여 ᄉᆡᆼᄌᆞ(生子)ᄅᆞᆯ 죄오ᄂᆞᆫ[75] 뜻이 구회(九廻)[76]의 ᄌᆡᆫ납이 쒸놀기ᄅᆞᆯ 면치 못ᄒᆞ리로다."

됴공이 역쇼왈(亦笑曰)

"이모디년(二毛之年)[77]의 ᄉᆡᆼᄌᆞᄅᆞᆯ 희망ᄒᆞ오미 그 므솜 변이리잇고마ᄂᆞᆫ ᄌᆡᆫ납이 낣쒤 줄은 모로오ᄃᆡ ᄆᆞᄋᆞᆷ이 타연 무려(無慮)튼 아녀이다."

쇼뷔 무장대쇼(撫掌大笑) 왈

"젼일(前日)은 년쇼무려(年少無慮)ᄒᆞ여 ᄌᆞ경(子慶)의 유무ᄅᆞᆯ 거리ᄭᅵ디 아니ᄒᆞ더니 이졔 나히 만코 ᄌᆞ식이 업ᄉᆞ믈 근심ᄒᆞ여 원별디여(遠別之餘)의 단취(團聚)ᄒᆞᄆᆡ 즉시 유신(有娠)ᄒᆞ니 됴홰(造化) 신긔타 ᄒᆞ리로다."

니뷔 우음을 ᄯᅴ워 다시 ᄃᆡ(對)코ᄌᆞ ᄒᆞ더니 됴부 시녜(侍女) 니ᄅᆞ러 졍부인의 ᄒᆡ만(解娩)ᄒᆞ믈 고ᄒᆞᄂᆞᆫ디라. 참졍이 몬져 남녀ᄅᆞᆯ ᄆᆞᄅᆞᄃᆡ 시녜 밋쳐 남녀ᄅᆞᆯ 아디 못ᄒᆞ고 다만 분산(分産)ᄒᆞ심만 아라시므로 ᄃᆡᄒᆞ니
28면 참졍이 니부ᄅᆞᆯ 도라보아 ᄒᆞᆷ긔 가기ᄅᆞᆯ 일ᄏᆞ라 됴아로 향ᄒᆞᆯᄉᆡ 경조 등과 시랑 형뎨 일시의 뒤흘 조ᄎᆞ 됴부의 니ᄅᆞᄆᆡ 셔실(書室)이 븨여 태ᄉᆞ 부ᄌᆡ(父子) 잇디 아닌디라. 참졍이 시동(侍童)으로 ᄒᆞ여곰 와시믈 통(通)ᄒᆞᆯᄉᆡ 니뷔 댱어ᄉᆞᄅᆞᆯ 도라보아 빙공(聘公)을 뫼셔시라 ᄒᆞ며 이에 몸을 니러 ᄂᆡ루(內樓)의 니ᄅᆞᄆᆡ 냥ᄃᆡ존당(兩代尊堂)이 다 취셩각

---

75 죄오ᄂᆞᆫ: 죄오다. 조이다.

76 구회(九廻): 구회장(九廻腸)이라고도 함. 시름 깊은 마음속을 비유하는 구곡간장(九曲肝腸)과 같은 뜻.

77 이모디년(二毛之年): 이모지년. 머리카락 색이 두 가지가 되는 나이. 진(晉)나라의 유명한 미남인 반악이 32세에 머리털이 세기 시작한 데서 나온 말.

의 가신디라. 즉시 몸을 두로혀 취셩각의 다드릭니 왕부(王父)와 야야(爺爺)는 쳥사(廳舍)의 좌(坐)흐시고 태모(太母)와 모친은 방듕(房中)의 계신디라. 신ᄋ(新兒)의 우름 소릐 홍종(洪鍾)을 울니는 듯 쳥건웅호(淸健雄豪)흐여 구만니 댱공(長空)의 봉황이 쳐음으로 우는 듯 이 곳 남ᄋ디셩(男兒之聲)이라 심하(心下)의 환희흐믈 니긔디 못흐나 부조(父祖)의 이의 계시믈 민망이 넉여 풍한(風寒)이 극흔 바의 쳥샤의 계신 빈 가(可)치 아니믈 일크라 뎡침(正寢)으로 드릭시믈 쳥흔디 태시 희긔(喜氣) 늉늉(隆隆)흐여 흔연쇼디(欣然笑之) 왈

"향긱(嚮刻) 여부(汝父)의 이에 니릭미 오날놀 경스롤 당흐여는 몸이 비록 어롬 우힉 이시나 치운 줄을 모롤 바의 흐믈며 모구(毛具)롤 굿초와 어한(御寒)[78]흐미냐? 네 나히 삼십이 머디 아냐시디 부뷔(夫婦) 먼니흔 연고로 농장디경(弄璋之慶)[79]을 의논치 못흐리러니 금년의 단취(團聚)흐며 여ᄎ대경(如此大慶)이 잇스니 노뷔(老父) 셕신(夕死)들 므솜 여한이 잇스리오?" 29면

인흐여 신싱(新生)이 남ᄋ(男兒)믈 닐너 즐기믈 니긔디 못흐디 오히려 보디 못흐믈 굼거워흐니 니뷔 왕부(王父)와 야야(爺爺)의 깃그시는 안화(顔華)롤 우러오미 쏘흔 희힝만열(喜幸萬悅)흐여 창외(窓外)의셔 모친을 쳥흐여 왈

"태야(太爺) 신ᄋ(新兒)롤 보디 못흐샤 굼거워흐시니 산모롤 병풍으

---

78 어한(御寒): 추위에 언 몸을 녹게 함.

79 농장디경(弄璋之慶): 농장지경. 아들을 낳은 즐거움. 예전에 중국에서 아들을 낳으면 규옥(圭玉)으로 된 구슬의 덕을 본받으라는 뜻으로 구슬을 장난감으로 주었다는 데서 유래함.

로 ᄀᆞ리오시고 신ᄋᆞᄅᆞᆯ 병외(屛外)로 ᄂᆡ여 태애 보시게 ᄒᆞ쇼셔.”
부인이 응답ᄒᆞ며 산모ᄅᆞᆯ 병풍으로 ᄀᆞ리오고 신ᄋᆞᄅᆞᆯ 병외로 ᄂᆡ여노흔 후 ᄋᆞᄌᆞ(兒子)다려 니ᄅᆞᄃᆡ 니뷔 냥대존당(兩代尊堂)을 뫼셔 입실ᄒᆞ여 신ᄋᆞᄅᆞᆯ 볼ᄉᆡ 이향(異香)이 몬져 옹비(齆鼻)ᄒᆞ믈 괴이히 넉이더니 밋 아ᄒᆡᄅᆞᆯ 보ᄆᆡ 이 진실노 샤딕(社稷)의 대뵈(大寶)오 국가의 졍상(禎祥)이며 덕문(德門)의 경홰(慶華)오 됴시의 긔린(麒麟)이라. 산실(産室)의 샹운셔ᄎᆡ(祥雲瑞彩) 됴요(照耀)ᄒᆞ여 ᄒᆡ파(海波)의 금가마괴[80]
30면 홀연 ᄯᅥ러디고 텬샹(天上)의 다람홰 스ᄉᆞ로 소ᄉᆞ시니 두렷ᄒᆞᆫ 톄형(體形)을 ᄀᆞᆺ초 일워 슈려쇄락(秀麗灑落)ᄒᆞ미 쇽ᄌᆞ(俗子)로 ᄂᆡ도ᄒᆞᆫ디라. 태ᄉᆞ와 ᄉᆞ도ᄂᆞᆫ 도로혀 톄면(體面)과 위의(威儀)ᄅᆞᆯ 일허 웃ᄂᆞᆫ 닙을 주리디 못ᄒᆞ며 숑태부인이 니부의 등을 어로만져 환연왈(歡然曰)
“노뫼(老母) 향ᄀᆡᆨ(嚮刻) 뎡현부의게ᄂᆞᆫ 치하(致賀)ᄅᆞᆯ 못ᄂᆡ ᄒᆞ엿거니와 손ᄋᆞ(孫兒)의게 일장흔하(一場欣賀)ᄅᆞᆯ 다시 ᄒᆞ리로다. 늣게야 ᄉᆡᆼᄌᆞ(生子)ᄒᆞᆫ들 엇디 이ᄃᆡ도록 희한ᄒᆞᆫ 긔남(奇男)을 ᄉᆡᆼ(生)ᄒᆞ여 우리 냥노(兩老)의 목젼(目前) 즐김과 종샤(宗嗣)의 영화ᄅᆞᆯ 닐윌 줄 ᄉᆡᆼ각ᄒᆞ여시리오? 이 다 오문(吾門)의 졍튱대효(貞忠大孝)와 뎡현부의 슉뇨디덕(淑窈之德)을 텬되(天道) 감응(感應)ᄒᆞ샤 홀연 웅비(熊羆)ᄅᆞᆯ ᄭᅮᆷᄭᅮ어 긔린(麒麟)을 ᄉᆡᆼ득(生得)ᄒᆞ니 노뫼 오날 죽어도 무한일 쁜 아니라 너의 안항(雁行)이 업셔 외로오믈 다시 한(恨)치 아니ᄒᆞ나니 쇽인(俗人)의 용상(庸常)ᄒᆞᆫ 십ᄌᆞ(十子)ᄅᆞᆯ 두어신들 엇디 나의 ᄒᆞᆫ 손

80 금가마괴: 금까마귀. 곧 금오(金烏)로, 해를 가리킴.

ᄌᆞ(孫子)ᄅᆞᆯ 밋ᄎᆞ며 비록 일ᄌᆞᆨ이 ᄉᆡᆼᄉᆞᆫ(生産)ᄒᆞ여 ᄌᆞ녜(子女) 션션(詵詵)[81]ᄒᆞᆫ들 ᄯᅩ 엇디 금일(今日) ᄉᆡᆼᄋᆞ(生兒)ᄀᆞᆺ치 특이ᄒᆞ믈 ᄇᆞ라리오? 노뫼 비로소 튱녈여음(忠烈餘陰)[82]과 젹션디경(積善之慶)[83]을 ᄭᆡ닷괘라." 31면

니뷔 지ᄇᆡ(再拜)ᄒᆞ여 블감당(不堪當)이믈 일ᄏᆞᆺ고 비로소 부친긔 졍참졍 곤계(昆季)의 니ᄅᆞ러시믈 고ᄒᆞ니 ᄉᆞ되 쇼왈(笑曰)

"임의 드러시ᄃᆡ 손ᄋᆞ(孫兒)ᄅᆞᆯ 보기의 급ᄒᆞ여 즉시 나가지 못ᄒᆞ롸."[84]

ᄒᆞ며 이의 산모의 음식디졀(飮食之節)을 뭇고 날호여 노공(老公)을 뫼셔 셔헌의 니ᄅᆞ러 졍참졍 곤계ᄅᆞᆯ 반길ᄉᆡ 쥬ᄀᆡᆨ(主客)이 다 흔희쾌열(欣喜快悅)ᄒᆞ여 ᄋᆞ부(兒婦)의 슌산(順産)ᄒᆞᆷ과 신손(新孫)의 긔이ᄒᆞ믈 ᄀᆞᆺ초 젼ᄒᆞ니 참졍공 등이 더옥 깃거 우음을 먹음고 치하(致賀) 분분(紛紛)ᄒᆞ더니 경죄 다시 우어 골오ᄃᆡ

"셩방[85]이 ᄌᆞ녀의 분산(分産)식이ᄂᆞᆫ 고랑(姑娘)이 아니어니 비록 며ᄂᆞ리 ᄒᆡ만(解娩)이 듕대(重大)ᄒᆞᆫ들 엇지 취각을 딕희고 나오디 못ᄒᆞᆯ 거시 이시리오?"

ᄉᆞ되 답쇼왈(答笑曰)[86]

"며ᄂᆞ리 유신(有娠)ᄒᆞᆷ도 아디 못ᄒᆞ엿다가 소활(疎闊)ᄒᆞᆫ ᄌᆞ식이 궐쳐

---

81 션션(詵詵): 선선. 메뚜기가 의좋게 날아 모여드는 모양. 부부가 화합하여 자손이 많음을 비유하는 말로《시경》〈주남(周南)〉'종사(螽斯)'의 "수많은 베짱이들 화목하게 모여들듯 그대의 자손 또한 번성하리라(螽斯羽 詵詵兮 宜爾子孫 振振兮)."에서 옴.

82 튱녈여음(忠烈餘陰): 충렬여음. '여음'은 조상의 공덕으로 자손이 받는 복.

83 젹션디경(積善之慶): 적선지경. 조상이 쌓은 선행으로 인해 생긴 경사.

84 못ᄒᆞ롸: 규장각본에는 '못ᄒᆞ미라'로 되어 있음.

85 셩방: 성방. 조정.

86 ᄉᆞ되 답쇼왈(答笑曰): 규장각본에는 생략되어 있음.

(厥妻)의 산졈(産漸)이 이시믈 드ᄅᆞᄆᆡ 약을 준 후 어ᄃᆡ로 가더라 ᄒᆞ여 ᄂᆞᆯ 경희(驚喜)ᄒᆞ믈 니긔디 못ᄒᆞ여 취각의 니ᄅᆞᆫᄌᆞᆨ ᄋᆞᄒᆡ 발셔 낫ᄂᆞᆫ디라. 비단 분산식이ᄂᆞᆫ 고랑이 아니나 환희ᄒᆞ믈 인ᄒᆞ여 비로소 신ᄋᆞ(新
32면 兒)가디 보고 나오ᄆᆡ ᄌᆞ연 더ᄃᆡ믈 면치 못ᄒᆞ괘라."

경죄 쇼왈(笑曰)

"죵ᄇᆡᆨ시(從伯氏)[87] ᄌᆞ의ᄅᆞᆯ ᄃᆡ(對)ᄒᆞ여 여ᄎᆞ(如此) 니ᄅᆞ시니 ᄌᆞ의의 ᄃᆡ답(對答)이 ᄯᅩᄒᆞᆫ 여ᄎᆞ여ᄎᆞᄒᆞ여 분산(分産) ᄃᆡᆨ희ᄂᆞ 니ᄅᆞᆯ 심히 ᄇᆡ쳑(排斥)ᄒᆞ더니 형은 며ᄂᆞ리 ᄒᆡ산(解産)의 ᄒᆞᆫ낫 튱근(忠勤)ᄒᆞᆫ 고랑(姑娘)이 되닷다."

ᄉᆞ되 쇼왈(笑曰)

"고랑 아냐 미말쇼ᄋᆡ(微末小兒) 되엿셔도 신ᄉᆡᆼᄋᆞ(新生兒)ᄅᆞᆯ 보ᄆᆡ 만심(滿心)이 쾌활ᄒᆞ니 엇디 ᄃᆡᆨ희여 ᄒᆡ산(解産) ᄉᆡ이기ᄅᆞᆯ 염(厭)ᄒᆞ리오마ᄂᆞᆫ 돈ᄋᆡ(豚兒)[88] 인ᄉᆡ(人事) 디극히 미거(未擧)ᄒᆞ믈[89] 면치 못ᄒᆞ여 ᄒᆡ만(解娩)의 듕대(重大)ᄒᆞ믈 모로고 오히려 소리히[90] 넉이ᄂᆞᆫ가 피ᄒᆞ여 어ᄃᆡ로 갓던 거시니 그런 긔괴(奇怪)ᄒᆞᆫ 일이 어ᄃᆡ 이시리오?"

좌위(左右) 일시의 개쇼(大笑)[91]ᄒᆞ며 통ᄌᆡ ᄯᅩᄒᆞᆫ 화안(和顔)을 ᄉᆞᆨ여 우음을 씌엿더라. 참졍 곤계(昆季) 이윽이 담화ᄒᆞ다가 일모(一暮) 귀가

87 죵ᄇᆡᆨ시(從伯氏): 종백씨. 사촌 맏형. 여기서는 정잠을 가리킴.

88 돈ᄋᆡ(豚兒): 돈아. 남에게 자기의 아들을 낮추어 부를 때 쓰는 말.

89 미거(未擧)ᄒᆞ믈: 미거하다. 철이 없고 사리에 어둡다.

90 소리히: 솔이(率爾)하다. 말이나 행동이 신중하지 못하고 가볍다. 규장각본에는 '소리의'로 되어 있음.

91 개쇼(大笑): 규장각본에는 'ᄃᆡ소'로 되어 있음. 맥락상 규장각본을 반영함.

ᄒᆞ여 태젼(太殿)의 현셩(見省)ᄒᆞ고 녀ᄋᆞ(女兒)의 ᄉᆡᆼ남(生男)ᄒᆞᆷ을 주(奏)ᄒᆞ며 됴공 냥ᄃᆡ(兩代)의 흔희(欣喜)ᄒᆞ던 바를 고ᄒᆞᆯᄉᆡ 역시 희열(喜悅)ᄒᆞᆷ을 마디 아니ᄒᆞ니 쳐ᄉᆞ와 경조 등의 깃거ᄒᆞ미 일반이오 졔부인(諸夫人) 경ᄒᆡᆼ(慶幸)ᄒᆞ미 친녀(親女)의 다ᄅᆞ미 업ᄉᆞ니 소부인의 쳔연ᄌᆞ약(天然自若)[92]히 희열ᄒᆞ미 듕도(中道)[93]의 디극ᄒᆞᆫ디라. 태부인의 흔심만ᄒᆡᆼ(欣心萬幸)ᄒᆞᆫ 듕이나 그으이 소부인의 위인을 아쳐ᄒᆞ여[94] 참졍을 도라보아 개유왈(開諭曰) 33면

“듕ᄋᆞ를 가도와 두미 일됴일셕(一朝一夕)의 회딘텬셩(回進天性)[95]ᄒᆞ기 어렵고 원별(遠別)을 당ᄒᆞ여 부ᄌᆞ형뎨(父子兄弟) ᄒᆞᆫ 당(堂)의셔 별회(別懷)를 펴디 못ᄒᆞ미 심히 블평(不平)ᄒᆞ니 듕ᄋᆞ를 샤(赦)ᄒᆞ여 부ᄋᆡᄌᆞ은디도(父愛子恩之道)를 일치 말미 가(可)치 아니랴?”

참졍이 닌듕을 통완(痛惋)ᄒᆞ미 플니디 아니ᄒᆞ나 ᄌᆞ긔 잇ᄂᆞᆫ ᄯᅵ의 샤ᄒᆞ미 올코 ᄌᆞ괴(慈敎) 여ᄎᆞ(如此)ᄒᆞ시니 당ᄎᆞ시(當此時)ᄒᆞ여ᄂᆞᆫ 태부인 명ᄒᆞ시ᄂᆞᆫ 바를 셰쇼미ᄉᆞ(細小微事)의 어길 ᄯᅳᆺ이 업ᄉᆞᆫ디라. ᄇᆡ이슈명(拜而受命)ᄒᆞ고 닌웅으로ᄡᅧ 닌듕을 브ᄅᆞ라 ᄒᆞᆫᄃᆡ 시랑 곤계(昆季) 블승ᄒᆡᆼ희(不勝幸喜)ᄒᆞ여 ᄲᆞᆯ니 나아가 부명(父命)을 젼ᄒᆞ니 닌듕이 즉시 태젼(太殿)의 니ᄅᆞ러 듕계(中階)의셔 브복쳥죄(俯伏請罪)ᄒᆞ며 감히 당의 오로디 못ᄒᆞ니 태부인이 오로믈 명ᄒᆞ고 참졍이 ᄌᆞ교를 밧ᄌᆞ

92 쳔연ᄌᆞ약(天然自若): 천연자약. 태연한 모습.

93 듕도(中道): 중도. 도에 맞음.

94 아쳐ᄒᆞ여: 아처하다. 싫어하다.

95 회딘텬셩(回進天性): 회진천성. 성품을 바꾼다는 뜻.

오라 ᄒᆞ므로 날호여 승당ᄇᆡ알(昇堂拜謁)ᄒᆞᄆᆡ 장궤국궁(長跪鞠躬)[96]ᄒᆞ
34면 여 황황튝쳑(惶惶蹴踖)[97]ᄒᆞ믈 니긔지 못ᄒᆞᄂᆞᆫ ᄃᆞᆺᄒᆞ니 옥 ᄀᆞᆺᄐᆞᆫ 얼골은 쵹영디하(燭影之下)의 더옥 찬난ᄒᆞ며 양뉴(陽柳) 갓ᄐᆞᆫ 풍ᄎᆡ(風采)ᄂᆞᆫ 오ᄅᆡ 보디 못ᄒᆞ던 눈을 경동(驚動)커ᄂᆞᆯ 프ᄅᆞᆫ 눈섭은 텬창(天倉)[98]의 빗기고 ᄆᆞᆰ은 눈은 영ᄎᆡ(英彩) ᄉᆞ벽(四壁)의 어ᄅᆞᆫ기니[99] ᄌᆡ(資) 방탕ᄒᆞ며 춍명이 졀영(絶英)ᄒᆞ여 당금(當今)의 희한ᄒᆞᆫ 풍ᄎᆡ긔질(風采氣質)이 어ᄂᆞᆯ 일편심졍(一片心情)의 만악(萬惡)이 구비(具備)ᄒᆞ고 교릉(驕陵)이 겸젼(兼全)ᄒᆞ여 밧그로 뎡딕(正直)ᄒᆞ믈 엇디 못ᄒᆞ며 광명딘슉(廣明眞肅)ᄒᆞ미 만니(萬里)의 멀오미 잇ᄉᆞ니 군죵형뎨(群從兄弟) 셔로 ᄇᆞᆺ드러 반기ᄆᆡ 긔상(氣像)이 현슈(懸殊)ᄒᆞ여 군ᄌᆞ의 무리의 졸연(猝然)이 난ᄃᆡ업ᄉᆞᆫ 쇼인(小人)이 님(臨)ᄒᆞ엿ᄂᆞᆫ디라. 태부인이 그 작인(作人)을 이갓치 ᄒᆞ고 심술이 괴이ᄒᆞ믈 시로이 앗기며 한탄ᄒᆞ여 겻ᄐᆡ 나아오라 ᄒᆞ여 디난 바ᄅᆞᆯ 다시 일ᄏᆞᆺ디 아니ᄒᆞ나 후일을 경계ᄒᆞ미 십분 단엄싁싁ᄒᆞ니 닌듕이 본ᄃᆡ 왕모(王母)ᄅᆞᆯ 긔탄(忌憚)ᄒᆞᄂᆞᆫ디라 심하(心下)의 한(恨)ᄒᆞ미 업ᄂᆞᆫ 거시 아니로ᄃᆡ 감히 ᄉᆞ식(辭色)디 못ᄒᆞ여 슌슌
35면 이 샤죄ᄅᆞᆯ 쳥ᄒᆞᆯ ᄲᅳᆫ이라. 참졍이 져의 거동을 볼ᄉᆞ록 통완(痛惋)ᄒᆞ미 튱만(充滿)ᄒᆞᆫ디라 믁연(默然)이 말이 업다가 날호여 태부인이 취침

96 장궤국궁(長跪鞠躬): '장궤'는 윗사람 앞에서 꿇어앉는 것. '국궁'은 존경의 뜻으로 몸을 굽히는 것.

97 황황튝쳑(惶惶蹴踖): 황황축척. '황황'은 너무나 두렵고 당황해하는 것. '축척'은 조심스럽게 걷는 모양.

98 텬창(天倉): 천창. 이마의 양쪽 가장자리.

99 영ᄎᆡ(英彩) ᄉᆞ벽(四壁)의 어ᄅᆞᆫ기니: 규장각본에는 '샤벽의 영ᄎᆡ 어ᄅᆞᆫ거리니'로 되어 있음.

(就寢)ᄒᆞ시믈 보고 믈너 셔루(書樓)의 나와 광금댱금(廣衾長衾)[100]의 원니(遠離)ᄒᆞᄂᆞᆫ 회포ᄅᆞᆯ 펼ᄉᆡ 쳐ᄉᆡ 시랑의 손을 잡고 참졍긔 고왈(告曰)

"닌셩은 승젼(勝戰) 후 즉시 도라올 거시니 그 니별(離別)이 블과 일년 ᄉᆞ이어놀 쇼뎨(小弟)의 결연(缺然)ᄒᆞᆫ 심ᄉᆡ(心事) 형댱(兄丈)을 오ᄅᆡ 떠난 바와 일반이니 일노 ᄌᆞ식을 향ᄒᆞᆫ 뜻이 형댱을 우럿ᄂᆞᆫ 졍셩의 더으믈 알 ᄇᆡ오 쇼뎨의 셩위(誠友) 쳔박ᄒᆞ믈 알니로소이다."

참졍이 역탄식왈(亦嘆息曰)

"부ᄌᆡ(父子) 십 년을 상니(相離)ᄒᆞ엿던 바로 다시 원별(遠別)을 당ᄒᆞ여 슈히 도라오리라 ᄒᆞ며 결연ᄒᆞᆫ 빗치 업ᄂᆞᆫ ᄌᆞ(者)ᄂᆞᆫ 인졍이 아니니 현뎨(賢弟)의 이러ᄒᆞ미 어이 ᄌᆞᄋᆡ(慈愛)의 과ᄒᆞ미 잇ᄉᆞ리라 ᄒᆞ고 우ᄋᆡ(友愛)의 박(薄)ᄒᆞ미 잇다 ᄒᆞ리오? 현뎨ᄂᆞᆫ 오히려 남ᄌᆡ라 니졸 ᄯᅢ도 잇ᄉᆞ려니와 슈슈(嫂嫂)[101]ᄂᆞᆫ 닌셩을 ᄉᆡᆼ(生)ᄒᆞ샤 우형(愚兄)의게 도라 보ᄂᆡ신 후로 ᄒᆞᆫ 일도 됴흔 경ᄉᆡᆨ(景色)을 보디 못ᄒᆞ시고 당금(當今)의 또 원별(遠別)을 딧게 되니 심ᄉᆞ의 ᄎᆞ아(嗟訝)ᄒᆞ믈 뭇디 아냐 알디라. ᄒᆞᆫ번 ᄉᆡᆨ어(色語)의 낫토미 업ᄉᆞ시니 우형(愚兄)이 딘실노 그 덕냥(德量)을 경복(敬服)ᄒᆞᄂᆞᆫ ᄀᆞ온ᄃᆡ 션합(先閤)의 디감(知鑑)이 붉으믈 ᄉᆡᆼ각ᄒᆞᄆᆡ ᄌᆞ연 감쳑(感慽)ᄒᆞ믈 니긔디 못ᄒᆞ노라. 셕일(昔日)의 내 닌셩으로 명녕(螟蛉)[102]을 뎡(定)ᄒᆞᄆᆡ 션합의 깃브미 망외(望外)의 넘씨ᄂᆞᆫ디라【참졍이 션합이라 ᄒᆞᄆᆞᆫ 양부인을 니ᄅᆞᆫ 말이라】 ᄆᆡ양 날을 ᄃᆡ(對)ᄒᆞ 36면

---

100 광금댱금(廣衾長衾): 광금장금. 넓고 긴 이불.

101 슈슈(嫂嫂): 수수. 형수. 여기서는 정삼의 아내인 화부인.

102 명녕(螟蛉): 명령. '양자(養子)'를 의미함. '명령'은 벌레의 유충으로《시경》〈소완(小宛)〉에 나나니벌이 명령을 물어다가 자신의 새끼로 기른다는 내용이 있음.

여 니ᄅᆞᄃᆡ 사ᄅᆞᆷ이 ᄋᆞᄃᆞᆯ을 두디 못ᄒᆞ고 명ᄋᆞ(螟蛾)[103]를 엇ᄂᆞᆫ ᄌᆡ(者) 져마다 박브득이(迫不得已)ᄒᆞ미로ᄃᆡ 우리ᄂᆞᆫ 딘실노 좀ᄋᆞᄃᆞᆯ[104]을 낫치 아닌 ᄇᆡ 다힝ᄒᆞᆫ지라. 태임(太姙)이 ᄐᆡ교(胎教)ᄒᆞ샤 문왕(文王)이 셩인(聖人)이 되시며 ᄆᆡᆼ뫼(孟母) 삼쳔디교(三遷之教)ᄒᆞ샤 ᄆᆡᆼᄌᆡ(孟子) 대유(大儒)의 니ᄅᆞ시니 화ᄆᆡ의 태되(態度) 엇디 태임과 ᄆᆡᆼ모의 나리미 잇ᄉᆞ리오? 닌셩이 반ᄃᆞ시 승당입실(升堂入室)[105]ᄒᆞ여 군ᄌᆞ대유(君子大儒)의 어ᄀᆡ미 업셔 존당(尊堂)의 쾌ᄒᆞ고 빗나미 이에 극ᄒᆞᆯ디라 쳡이 흉한대악(兇悍大惡)기를 면ᄒᆞ나 셜ᄉᆞ 험난ᄒᆞ여 셩ᄋᆞ를 괴롭게 ᄒᆞᄂᆞᆫ 일이 잇셔도 화ᄆᆡᄂᆞᆫ 맛ᄎᆞᆷᄂᆡ 졔ᄉᆞ(娣姒)[106]의 우목화공(友穆和恭)ᄒᆞᄂᆞᆫ 졍을 상히오디 아니리니 혹ᄌᆞ(或者) 인ᄉᆡ(人事) 밧괴여 쳡 죽고 ᄒᆞᆺ

37면 ᄌᆞ최를 니을 사ᄅᆞᆷ이 인덕(仁德)의 갓갑디 아니ᄒᆞ여도 오ᄋᆡ(吾兒) 능히 셩효(誠孝)로 감화ᄒᆞᆯ 거시오 화ᄆᆡ 공경화우(恭敬和友)ᄒᆞ여 간ᄃᆡ로[107] 변괴(變怪)를 니ᄅᆞ혀디 아니리라 ᄒᆞ더니 당ᄎᆞ(當此)ᄒᆞ여 그 말이 마ᄌᆞ 화슈 알오미 ᄇᆞᆰ으ᄃᆡ 션합(先閤)의 후(後)를 니을 사ᄅᆞᆷ이 그ᄃᆡ도록 ᄒᆞᆯ 줄을 ᄉᆡᆼ각디 못ᄒᆞ여 인효(仁孝)의 감화ᄒᆞ여 변괴를 니ᄅᆞ혀디 아닐가 넉여 그 말이 ᄯᅩᄒᆞᆫ 인졍을 췌탁(揣度)[108]ᄒᆞ미로ᄃᆡ 그 과연 졍 밧긔 만나시니 죵종 괴란(怪亂)을 엇디 막을 도리 잇ᄉᆞ리오?”

---

103 명ᄋᆞ(螟蛾): 명아. '명령'과 같은 말.

104 좀ᄋᆞᄃᆞᆯ: 좀아들. 못난 아들을 일컫는 말.

105 승당입실(升堂入室): 마루에 올라 방으로 들어간다는 말로, 학문이 점차 깊어짐을 비유적으로 일컫는 말.

106 졔ᄉᆞ(娣姒): 제사. 손아래 동서와 손위 동서.

107 간ᄃᆡ로: 간대로. 멋대로, 함부로.

108 췌탁(揣度): 췌탁. 남의 마음을 미루어서 헤아림.

언파(言罷)의 탄식블예(嘆息不豫)ᄒᆞ니 쳐ᄉᆞ와 경조 등이 양부인의 온온디덕(溫溫之德)을 ᄉᆡ로이 ᄉᆡᆼ각ᄒᆞ미 츄연감회(惆然感懷)ᄒᆞ나 굿ᄐᆞ여 말이 업ᄉᆞᄃᆡ 시랑은 블승통열(不勝痛裂)ᄒᆞ여 야야(爺爺)의 말ᄉᆞᆷ마다 쳑안(慽顔)을 ᄀᆞ리오디 못ᄒᆞᄂᆞᆫ ᄀᆞ온ᄃᆡ 소부인을 극악대흉(極惡大凶)으로 밀위시믈 졀박초민(切迫焦憫)ᄒᆞ여 고두읍간(叩頭泣諫)ᄒᆞ니 참졍이 도로혀 우으며 손을 잡아 위로왈(慰勞曰)

"너ᄂᆞᆫ ᄇᆞ졀업시 닷토디 말나. 내 젼후의 너와 웅ᄋᆞ롤 위ᄒᆞ여 블호디ᄉᆡᆨ(不好之色)을 낫토미 업ᄂᆞ니 그 밧긔 더을 일이 ᄯᅩ 엇디 이시리오?" 38면

말을 맛ᄎᆞ미 눈을 ᄀᆞᆷ고 다시 일ᄏᆞᄅᆞ미 업더라. 참졍공이 발졍(發程)ᄒᆞᆫ 후 소부인의 작난(作亂)이 엇더ᄒᆞᆫ고? 하회(下回)롤 보아야 알니로다.

시시(是時)의 졍쳐ᄉᆞ 운계 션ᄉᆡᆼ이 형댱(兄丈)의 다시 말ᄉᆞᆷ 업ᄉᆞ믈 보고 시랑을 나호여[109] 금니(衾裏)의 포화ᄒᆞ미 강보ᄋᆞ(襁褓兒)롤 ᄌᆞ뫼(慈母) ᄑᆞᆷ음 ᄀᆞᆺᄐᆞ니 시랑이 감은황공(感恩惶恐)ᄒᆞ여 도로혀 몸을 편히 쉬디 못ᄒᆞ니 부ᄌᆞ(父子)의 유유(悠悠)ᄒᆞᆫ 졍과 텬뉸(天倫)의 무한ᄒᆞᆫ ᄯᅳᆺ을 어ᄃᆡ 비ᄒᆞ리오? 시랑이 ᄀᆞ마니 눈믈을 ᄂᆞ리와 잠을 일우디 못ᄒᆞ며 원별(遠別)의 결연(訣然)ᄒᆞ믈 능히 참디 못ᄒᆞ더라. 명됴(明朝)의 참졍이 교댱(敎場)의 나아가 군무(軍務)롤 졈검ᄒᆞ고 날이 느즌 후 도라와 태부인긔 뵈오며 인ᄒᆞ여 시침(侍寢)코ᄌᆞ ᄒᆞᆫᄃᆡ 태부인이 쇼왈(笑曰)

"금야(今夜)ᄂᆞᆫ 화현뷔 이에셔 ᄌᆞ므로 셩ᄋᆡ 드러와 한미와 어미롤 시

109 나호여: 나오게 하여.

침ᄒᆞ여 원별ᄒᆞᄂᆞᆫ 졍을 위로코ᄌᆞ ᄒᆞᄂᆞ니 오ᄋᆞ(吾兒)ᄂᆞᆫ 취각의 가 밤을 디ᄂᆡ미 올흘가 ᄒᆞ노라."

공이 슈명(受命)ᄒᆞ고 다시 우음을 씌여 고왈(告曰)

39면 "닌셩의 아비 된 ᄌᆞ(者)ᄂᆞᆫ 몸 우ᄒᆡ 대댱군(大將軍) 인쉬(印綬)[110] 잇ᄉᆞ오ᄃᆡ 규ᄂᆡ(閨內)의 원별(遠別)을 니ᄅᆞᄂᆞᆫ 구구(區區)ᄒᆞ오믈 면치 못ᄒᆞ옵거ᄂᆞᆯ 닌셩은 엇디 이 쇼임(所任)을 폐(廢)ᄒᆞᄂᆞ니잇고?"

부인이 함쇼왈(含笑曰)

"노뫼(老母) 셩ᄋᆞᄅᆞᆯ 운각으로 가라 권치 아니미 아니로ᄃᆡ 오날은 브ᄃᆡ 이에셔 ᄌᆞ고ᄌᆞ ᄒᆞ니 그 ᄯᅳᆺ을 욱이디 못ᄒᆞ미로다."

참졍이 시랑을 도라보아 왈

"금야(今夜)ᄂᆞᆫ 존당(尊堂)을 시침(侍寢)ᄒᆞ올디라도 명야(明夜)ᄂᆞᆫ 운각의 가 디ᄂᆡ믈 샤양치 말나."

시랑이 ᄇᆡ이슈명(拜而受命)ᄒᆞ고 이에 부공(父公)[111]을 뫼셔 취루의 안침(安寢)ᄒᆞ시믈 보온 후 다시 부친과 이슉(二叔)의 침슈(寢睡)ᄅᆞᆯ ᄉᆞᆯ피고 비로소 태뎐(太殿)의 드러가니 왕모(王母)ᄂᆞᆫ 임의 취침(就寢)ᄒᆞ시ᄃᆡ 모친은 오히려 안ᄌᆞ 계신디라 이에 침구ᄅᆞᆯ 베퍼 안휴(安休)ᄒᆞ시믈 쳥ᄒᆞ며 스ᄉᆞ로 모친 손을 밧들고 므롭ᄒᆡ 머리ᄅᆞᆯ 다혀 ᄀᆞᆯ오ᄃᆡ

"쇼ᄌᆡ(小子) 이졔 슬하ᄅᆞᆯ 써나오ᄆᆡ 도라오미 명년(明年)이 되올 ᄃᆞᆺᄒᆞ오ᄃᆡ ᄌᆞ위(慈闈) 쇼ᄌᆞᄅᆞᆯ ᄉᆡᆼ각ᄒᆞ샤 구구상념(區區想念)ᄒᆞ실 바ᄅᆞᆯ ᄉᆡᆼ각ᄒᆞ오니 쇼ᄌᆞ의 심회 일시나 편ᄒᆞᆯ ᄊᆡ 잇ᄉᆞ오리잇가? 슈연(雖然)이

---

110 인쉬(印綬): 인수. 군대를 동원할 수 있는 발병부(發兵符) 주머니를 매어 차던 끈.

111 부공(父公): 정인성의 양아버지 정잠.

나 두 아이 디효(至孝)ᄒᆞ며 댱슈와 소쉬 인효슉현(仁孝淑賢)ᄒᆞ와【소시ᄂᆞᆫ 한님 닌광의 쇼셩(小星)[112]이란 말이라】 봉시감탕(奉侍甘湯)의 근심이 업ᄉᆞ올디라 ᄌᆞ위(慈闈) 심ᄉᆞᄅᆞᆯ 널니 ᄒᆞ샤 쇼ᄌᆞ(小子)로뼈 셩녀 40면
(聖慮)의 거리ᄭᅵ디 마ᄅᆞ시고 셩휘(省候) 안강(安康)ᄒᆞ샤 쇼ᄌᆡ 만니(萬里)의셔 ᄇᆞ라ᄂᆞᆫ 바ᄅᆞᆯ 져바리디 마ᄅᆞ쇼셔.”

셜파(說罷)의 모친 팔흘 날호며 유유(悠悠)ᄒᆞᆫ 졍을 니긔디 못ᄒᆞ니 부인이 날호여 댱복을 탈(脫)ᄒᆞ고 벼개의 나아갈ᄉᆡ 스ᄉᆞ로 ᄋᆞᄌᆞ(兒子)ᄅᆞᆯ 겻ᄐᆡ 누으믈 니ᄅᆞ며 ᄯᅩᄒᆞᆫ 무빈(楙鬢)[113]을 어로만져 강쇼왈(强笑曰)

“네 겻ᄐᆡ 잇ᄉᆞ니 십여년디ᄉᆡ(十餘年之事) 작셕(昨夕) ᄀᆞᆺᄐᆞ여 인간 셰월이 슌식(瞬息) ᄀᆞᆺᄐᆞ믈 ᄭᆡ닷괘라. 네 금야(今夜)의 날을 ᄯᆞᆯ와 ᄌᆞ든므어시 나흐리오? 내 비록 부녀의 조ᄇᆞ야오미나 이 니별은 과도히 슬허치 아니ᄒᆞ고 너의 도라올 ᄣᆡ의 슉슉(叔叔)의 훌훌상심(欻欻傷心)ᄒᆞ실 바와 너의 울울비결(鬱鬱悲結)ᄒᆞᆯ 바ᄅᆞᆯ ᄉᆡᆼ각ᄒᆞᄆᆡ 내 ᄆᆞ음이 됴치 아니ᄒᆞ거니와 광음(光陰)이 신쇽ᄒᆞ니 슉슉의 환귀ᄒᆞ시민들 언마 ᄉᆞ이리오? ᄋᆞᄒᆡᄂᆞᆫ 몸을 ᄌᆞ보(自保)ᄒᆞ여 만니의 잇ᄉᆞ나 부모의 우려ᄅᆞᆯ 깃치디 말며 젼딘(戰陣)의 공을 일워 셩은(聖恩)을 만분디일(萬分之一)이나 갑ᄉᆞ오라.”

시랑이 ᄯᅩᄒᆞᆫ 이ᄣᆡ의 대야(大爺)ᄅᆞᆯ 뫼셔 ᄒᆡᆼ(行)ᄒᆞ나 도라올 ᄣᆡ의 비 41면
결(悲結)ᄒᆞᆯ 바ᄅᆞᆯ ᄉᆡᆼ각ᄒᆞᆫ즉 몬져 심회요동(心懷搖動)ᄒᆞ믈 ᄭᆡ닷디 못ᄒᆞᄂᆞᆫ디라 모친이 상비(傷悲)ᄒᆞ시믈 ᄎᆞᆷ고 이러ᄐᆞᆺ 니ᄅᆞ시믈 당ᄒᆞ여ᄂᆞᆫ

112 쇼셩(小星): 소성. 첩을 일컫는 말.

113 무빈(楙鬢): 풍성한 귀밑머리. 여기서는 머리를 뜻함.

또 셕ᄉᆡ(昔事) 녁녁(歷歷)ᄒᆞ여 영일뎐[114] 션비[115](先妣)의 픔어 기ᄅᆞ시던 바와 모ᄌᆞ(母子)로 뎡(定)ᄒᆞ미 환희(歡喜)ᄒᆞ여 냥(兩) 져져(姐姐)의 더으시던 바롤 ᄉᆡᆼ각홀ᄉᆞ록 심원(心源)이 여촌(如寸)ᄒᆞ여 만흔 셰월의 디통(至痛)이 ᄒᆞᆫ갈ᄀᆞᆺᄐᆞ니 능히 참디 못ᄒᆞ여 옥면(玉面)의 슈운(愁雲)이 쳑쳑(慽慽)ᄒᆞ며 봉안(鳳眼)의 징쳥(澄淸)이 빗기 흘너 ᄇᆞᆰ은 귀밋출 좀으ᄂᆞᆫ디라. 블승오열(不勝嗚咽)ᄒᆞ여 ᄀᆞᆯ오ᄃᆡ

"ᄌᆞ위(慈闈) 쇼ᄌᆞ(小子)롤 년무(憐撫)ᄒᆞ시믈 당ᄒᆞ와 영일뎐 고ᄉᆡ(古事) 아ᄋᆞ라ᄒᆞ믈 ᄉᆡᆼ각ᄒᆞ옵건ᄃᆡ 블쵸(不肖)의 무디(無知)ᄒᆞ오미 토목(土木) ᄀᆞᆺᄉᆞ오나 능히 참디 못ᄒᆞ리로소이다. 션비 쇼ᄌᆞ롤 과우듕ᄋᆡ(過遇重愛)ᄒᆞ샤 친ᄉᆡᆼ(親生)의 더으시던 은혜롤 호발(毫髮)도 갑ᄉᆞ오미 업시 몸이 ᄌᆞ로 집을 ᄯᅥ나오니 앗츰마다 문묘(門廟)의 ᄇᆡ알(拜謁)홈도 하졍[116](下情)과 ᄀᆞᆺ디 못ᄒᆞ고 긔ᄉᆞ[117](忌祀)의 슌슌(巡巡)이 참ᄇᆡ(參拜)치 못ᄒᆞ게 되오니 통열(痛裂)ᄒᆞ믈 엇디 니긔리잇고?"

42면 언필(言畢)의 쳔만관인(千萬寬忍)코ᄌᆞ ᄒᆞ나 ᄌᆞ연이 억졔(抑制)치 못ᄒᆞᄂᆞᆫ디라. 부인이 ᄯᅩᄒᆞᆫ 감쳑(感慽)ᄒᆞ믈 니긔디 못ᄒᆞ여 츄연(惆然)이 낫빗촐 곳치며 위로왈(慰勞曰)

"션형(先兄)의 조셰(早世)ᄒᆞ시믄 ᄒᆞᆫ갓 ᄌᆞ녀디심(子女之心)을 니ᄅᆞ디 말고 범연(泛然)ᄒᆞᆫ 친쳑이라도 통심ᄋᆡ상(痛心哀傷)ᄒᆞ리니 너의 디통(至痛)이 ᄯᅩ 엇디 이러치 아니리오마ᄂᆞᆫ 범ᄉᆡ(凡事) 듕도(中道)의

---

114 영일뎐: 영일전. 양부인의 처소.

115 션비(先妣): 선비. 남에게 돌아가신 자기 어머니를 이르는 말.

116 하졍(下情): 하정. 자기 심정이나 뜻을 겸손하게 이르는 말.

117 긔ᄉᆞ(忌祀): 기제사.

어긔디 아니미 맛당ᄒᆞ고 존당(尊堂)과 슉슉(叔叔)의 디ᄌᆞ과우(止慈過遇)ᄅᆞᆯ 또 아니 도라보ᄋᆞᆸ디 못ᄒᆞ리니 네 유시(幼時)의 디통을 픔어 안흐로 간위(肝胃)ᄅᆞᆯ ᄉᆞᆯ와 젹취(積聚)ᄒᆞᄆᆡ 구혈(嘔血)[118]이 일고 밧그로 우황이식(憂惶異色)ᄒᆞ여 의홰(儀華) 초췌ᄒᆞᆯ 젹이 만흐니 내 혜건ᄃᆡ 네 ᄒᆞᆫ 번 밥 먹디 못ᄒᆞᄆᆡ 슉슉(叔叔)이 삼 일을 블식(不食)ᄒᆞ시며 네 ᄒᆞ로밤 ᄌᆞ디 아니믈 아ᄅᆞ신즉 일슌침슈(一旬寢睡)ᄅᆞᆯ 폐(廢)ᄒᆞ시니 ᄉᆡᆼ부모(生父母)의 졍은 ᄀᆞᆺ토여 니ᄅᆞ디 말고 슉슉의 텬뉸(天倫) 밧ᄌᆞ별ᄒᆞ신 듕ᄋᆡ(重愛)ᄅᆞᆯ ᄉᆡᆼ각건ᄃᆡ 네 몸을 더옥 여린 옥ᄀᆞᆺ치 조심ᄒᆞ미 올코 션져(先姐)의 유교(遺敎)ᄅᆞᆯ 폐부(肺腑)의 삭이미 대회(大孝)라 엇디 관심활ᄒᆡ(寬心濶海)치 아냠 족ᄒᆞ리오? 내뼈 알기ᄅᆞᆯ 널노 ᄒᆞ여곰 셩명광달(聖明曠達)ᄒᆞ여 훤츨ᄒᆞᆫ 댱뷔(丈夫) 될가 ᄒᆞ엿더니 보 43면 아오ᄆᆡ 심히 조ᄇᆞ야온 ᄋᆡᄒᆡ로다. 효ᄂᆞᆫ 증슌(曾舜)[119]의 디난 ᄌᆡ(者) 업ᄂᆞᆫ디라. 후셰(後世)의 신ᄉᆡᆼ(申生)[120]의 슌(順)ᄒᆞ여 죽으믈 일ᄏᆞᆺ디 아니코 슌(舜)이 우믈의 겻굼글 두심과 집 우ᄒᆡ 피화(避火)ᄒᆞ시믈[121] 더옥 대회(大孝)라 ᄒᆞᄂᆞ니 ᄒᆞᆫ갓 살신셩명(殺身性命)을 ᄎᆞ마 못 ᄒᆞ실 쁜 아니

118 구혈(嘔血): 위나 식도 따위의 질환으로 피를 토함.

119 증슌(曾舜): 증순. 증자와 순임금. 두 사람 모두 지극한 효성으로 이름난 인물.

120 신ᄉᆡᆼ(申生): 신생. 진(晉)나라 헌공의 태자. 헌공의 첩 여희가 헌공에게 자신을 모함하자 사실을 밝히지 않은 채 자살함.

121 슌(舜)이 우믈의 ~ 피화(避火)ᄒᆞ시믈: 순임금의 계모가 순을 죽이려 우물을 파 들어가게 하고 돌로 우물 위를 막자 순은 옆으로 굴을 파서 무사히 집으로 돌아갔고, 또 계모가 순에게 식량창고를 지으라 하고 창고에 불을 지르자 순이 지붕에서 뛰어내려 불을 피했다고 함. 《사기》〈오제본기〉에 나옴.

라 몸이 죽으ᄆᆡ 취명(臭名)[122]이 부모긔 더으믈 두리시미니 엇디 이 큰 조심이 아니리오? 이졔 슉슉(叔叔)이 헌공(獻公)[123]으로 텬디(天地)의 멀오미 계시고 가ᄂᆡ(家內)의 녀희(驪姬)[124] ᄀᆞᆺᄐᆞ니 잇디 아닐ᄉᆡ만졍 혹ᄌᆞ(或者) 이런 일이 잇던들 네 듕이(重耳)[125]의 도망ᄒᆞ믈 효측(效則)디 아니ᄒᆞ리로다."

셜파(說罷)의 기리 탄식ᄒᆞ니 시랑이 듯ᄌᆞᆸ기ᄅᆞᆯ 다ᄒᆞᄆᆡ 모친의 ᄇᆰ으샤미 타연무려(泰然無慮)ᄒᆞ신 듕의 발셔 의심과 념녜(念慮) 이에 밋쳐시믈 놀나며 슬허ᄒᆞ여 ᄌᆞ긔 블효ᄅᆞᆯ 깁히 탄ᄒᆞ고 ᄯᅩ 거드디 아니ᄒᆞ나 양모(養母)ᄅᆞᆯ 녀희게 비기시믈 어이 모로리오? 블승경ᄒᆡ(不勝驚駭)ᄒᆞ여 여러 말숨으로 변ᄇᆡᆨ(辯白)ᄒᆞᆯ 즈음이면 혹 조뫼(祖母) ᄊᆡ여 드ᄅᆞ
44면 실가 ᄒᆞ여 다만 ᄡᅳ리쳐 ᄃᆡ왈(對曰)

"ᄌᆞ괴(慈敎) 쳐음 말숨은 맛당ᄒᆞ시더니 나죵 말숨은 그ᄅᆞᆺ 발(發)ᄒᆞ셔이다. 쇼ᄌᆡ(小子) 신ᄉᆡᆼ(申生)의 공슌(恭順)ᄒᆞᆷ도 업ᄉᆞ며 뎨슌(帝舜)의 대효(大孝)도 업ᄉᆞ오니 셔로 비겨 의논ᄒᆞᆯ ᄇᆡ 아니오 가간(家間)의 녀희(驪姬)의 뉴(類) 잇디 아닌 바의 당치 아닌 말숨이 엇디 괴이치 아니리잇가? ᄌᆞ위(慈闈) 쇼ᄌᆞ를 헤아리신 바와 다ᄅᆞ다 ᄒᆞ시니 쇼ᄌᆡ ᄯᅩ

---

122 취명(臭名): 취명. 나쁜 평판.

123 헌공(獻公): 진(晋)나라의 21대 군주. 총첩 여희의 참소에 넘어가 태자 신생을 자살하게 만들었음.

124 녀희(驪姬): 여희. 진(晋)나라 헌공의 첩으로, 헌공의 총애를 받아 왕비가 된 뒤 자신이 낳은 아들 해제가 왕이 되기를 원해 태자 신생을 무함했고 그 결과 신생은 자진하여 죽었음.

125 듕이(重耳): 중이. 진나라 헌공의 아들. 진 헌공의 총첩 여희의 참소로 인해 태자 신생이 죽자 망명했다가 19년 후에 귀국하여 문공(文公)으로 즉위함.

황공ᄒᆞ옵거니와 ᄌᆞ위 셩덕규구(聖德規矩)로뼈 밋쳐[126] 다닷디 아닌 의외디언(意外之言)을 ᄒᆞ실 줄은 뜻ᄒᆞ지 아니ᄒᆞ엿ᄂᆞ이다.”

부인이 미쇼왈(微笑曰)

“그러ᄒᆞ다. 모ᄌᆡ 셔로 인믈을 아디 못ᄒᆞ미어니와 네 모로디 아니ᄒᆞ리니 ᄉᆡᆼ각ᄒᆞ여 보라. 근간(近間) 네 우암(愚暗)ᄒᆞ여 쏘 우은 일이 잇ᄂᆞ니 댱뷔(丈夫) 엇디 그만 디혜(智慧) 업ᄉᆞ리오? 초패(貂佩)의 긔ᄉᆡ(奇事) 나므로 죄를 임의 슈형(受刑)ᄒᆞᆫ 시비의게 밀위고 미화당 녀ᄌᆞ의 얼골도 보디 못ᄒᆞ여실 ᄲᅳᆫ 아니라 그 유무를 알오미 업던 바로뼈 명명혁혁(明明赫赫)히 고ᄒᆞ여 네 ᄋᆞᆲ히 빙옥(氷玉) ᄀᆞᆺᄐᆞ믈 ᄇᆞᆰ히며 한시의 원통ᄒᆞ믈 네 닙으로 발명(發明)ᄒᆞ여 줄ᄉᆡ 기시(其時)의ᄂᆞᆫ 근파(根派) 45면
를 아디 못ᄒᆞᄂᆞᆫ ᄋᆞ히니 셔ᄆᆡ(庶妹)[127]로 ᄆᆡᄌᆞ려 ᄒᆞ다가 녕능휘 ᄎᆞᄌᆞ 니ᄅᆞ미 근본이 존귀ᄒᆞ믈 안 후ᄂᆞᆫ 다시 남ᄆᆡ(男妹)로 결의(結義)ᄒᆞ여실딘ᄃᆡ 져 한시 므ᄉᆞ 일 우믈의 써러디고 이졔 쏘 폐륜(廢倫)키를 결단ᄒᆞ리오? 젹은 ᄉᆞ졍을 거리쪄 큰 모(謨)흘 어ᄌᆞ러이며 쳔승왕희(千乘王姬)의 교옥(嬌玉)으로 ᄒᆞ여곰 평ᄉᆡᆼ을 희디으니[128] 이 가히 됴흔 일이 되랴? 디금(只今)의 ᄒᆞᆫ갈ᄀᆞᆺ치 한시의 말의 밋ᄎᆞ면 스ᄉᆞ로 머리를 굽혀 음ᄒᆡᆼ디죄(淫行之罪)를 디은 ᄃᆞ시 아이의 변ᄇᆡᆨ(辯白)이 업ᄉᆞ니 여뫼(汝母) 그윽이 취(取)치 아니ᄒᆞ노라. 그러므로 듕ᄋᆞ를 일시의 감화ᄒᆞ여 모든 의논이 듕ᄋᆞ를 올타 ᄒᆞ랴?”

---

126 밋쳐: 규장각본에는 ‘미쳐’로 되어 있음.

127 셔ᄆᆡ(庶妹): 서매. 정실이 아닌 첩에게서 태어난 누이.

128 희디으니: 희짓다. 남의 일에 방해가 되게 하다.

ᄒᆞ니 시랑이 난쇼의 근본이 환혁(煥赫)ᄒᆞ믈 드룬 후로 심니(心裏)의 블평ᄒᆞ미 더을 쁜 아니라 대져 남녀의 머리털흘 합ᄒᆞ여 동심결(同心結)을 ᄒᆞᆫ ᄇᆡ 이상ᄒᆞ기로 정녈(貞烈)ᄒᆞᆫ 녀ᄌᆞ(女子) 폐륜키를 결단ᄒᆞᄃᆡ 맛ᄎᆞᄂᆡ 언두(言頭)의 거들미 업고 무심히도 듕뎨(中弟)의 죄를 삼아 발명
46면 (發明)ᄒᆞ미 업ᄉᆞ니 타인은 ᄒᆞᆫ갓 쇼져의 말을 ᄒᆞ여도 ᄌᆞ긔ᄂᆞᆫ 못 듯ᄂᆞᆫ ᄃᆞᆺᄒᆞ더니 모친이 기리 개연(慨然)ᄒᆞ믈 픔엇다가 밤이 깁흐며 좌위(左右) 고요ᄒᆞ믈 인ᄒᆞ여 이ᄀᆞᆺ치 니ᄅᆞ시믈 드ᄅᆞᄆᆡ ᄌᆞ긔 초(初)의 니롤[129] 못 ᄉᆡᆼ각ᄒᆞ미 아니로ᄃᆡ ᄎᆞ마 엄노(嚴怒)를 도도와 듕뎨의 몸의 셜샹가상(雪上加霜)을 못 ᄒᆞ고 ᄯᅩᄒᆞᆫ 난쇼를 보디 못ᄒᆞ여시므로 귀ᄒᆞᆫ 격(格)을 모로ᄆᆡ 셔쇼랑의 어더 기룬 바로 일개 쳔일(賤兒)진ᄃᆡ ᄌᆞ긔 난일(亂逸)ᄒᆞᆫ 일홈을 드롤디언졍 그 녀ᄌᆞ의 나죵이 근심될 바ᄂᆞᆫ 황황초삭(惶惶焦鑠)ᄒᆞ여 망극통열(罔極痛裂)ᄒᆞᆫ 기온ᄃᆡ 헤이리지 이녓던디라 다민 어심(於心)의 거림ᄒᆞ믄 삼아시ᄃᆡ 부친이 듕뎨를 아조 죽이고ᄌᆞ ᄒᆞ믈 당ᄒᆞ여 참황(慘惶)ᄒᆞ미 념블급타(念不及他)[130]ᄒᆞ고 ᄌᆞ긔 젼졍(前程)의 유ᄒᆡ(有害)ᄒᆞᆫ 누얼(陋孼)이라도 발명(發明)코ᄌᆞ 의ᄉᆡ 업셔 다시 그븟치 말나믈 블힝이 넉이ᄂᆞᆫ디라. 이에 모친 손을 밧드러 미미(微微)히 우어 ᄃᆡ왈(對曰)

“쇼ᄌᆞ(小子)의 우암블민(愚暗不敏)ᄒᆞ믈 ᄌᆞ위(慈闈) 통ᄒᆡ(痛駭)ᄒᆞ시거니와 이 ᄯᅩ ᄋᆞ히 텬셩(天性)을 곳치디 못ᄒᆞ오미니 ᄌᆞ위ᄂᆞᆫ 만ᄉᆞ(萬
47면 事)를 소셕(消釋)ᄒᆞ시고 그만ᄒᆞ여 안침(安枕)ᄒᆞ샤 셩톄(聖體)를 ᄒᆡ롭게 마ᄅᆞ쇼셔. 젹은 일도 실언왕ᄉᆞ(失言往事)ᄒᆞᄂᆞᆫ 탄(嘆)이 잇ᄉᆞ오

129 니롤: 규장각본에는 '일을'로 되어 있음.

130 념블급타(念不及他): 염불급타. 바빠서 다른 생각을 할 겨를이 없음.

며 공명(孔明)의 디혜(智慧)로도 소루(疏漏)ᄒᆞ미[131] 잇ᄉᆞ니 ᄒᆞ믈며 쇼ᄌᆞ(小子)의 용상혼녈(庸常昏劣)ᄒᆞ미니잇가?"

부인이 쇼왈(笑曰)

"네 임의 드러와실딘ᄃᆡ 잠이나 평안이 홀디니 어이 ᄌᆞ지 아니코 어미만 ᄌᆞ라 ᄒᆞᄂᆞ뇨? 내 ᄌᆞ모(慈母)의 ᄆᆞ옴이 되여 범ᄇᆡᆨ형셰(凡百形勢)와 원별(遠別)이 타연홀[132] 거시 아니로ᄃᆡ 오히려 네 ᄯᅳᆺ과 ᄀᆞᆺ디 아니ᄒᆞ니 과연 남ᄌᆞ의 톄(體)오 부인의 ᄆᆞ옴이라. ᄯᅩ ᄌᆞ모롤 ᄃᆡ(對)ᄒᆞ여 형톄간 블미(不美)ᄒᆞᆫ 말을 슈치(羞恥)ᄒᆞ니 ᄋᆞ녀ᄌᆞ(兒女子)의 ᄐᆡ(態) 아니라?"

시랑이 쇼이ᄃᆡ왈(笑而對曰)

"ᄋᆞᄒᆡ 본ᄃᆡ 영욕(榮辱)의 요동ᄒᆞ미 업ᄉᆞᆸ고 희로(喜怒)의 옴지 아니ᄒᆞ옵ᄂᆞᆫ디라 셩되(性度) 쳔균(千鈞)으로ᄡᅧ 듕(中)을 삼으니 므ᄉᆞ 일 ᄋᆞ녀ᄌᆞ의 ᄐᆡ롤 가져시리잇고? ᄌᆞ위(慈闈) 어셔 ᄌᆞ과져 ᄒᆞ시니 그만ᄒᆞ여 좀드ᄉᆞ이다."

ᄒᆞ며 다시 말을 아니 ᄒᆞ나 ᄌᆞ로 니러 조모의 침슈(寢睡)롤 ᄉᆞᆯ피고 모친 손을 밧드러 밤을 ᄉᆡ오ᄃᆡ 낫인즉 빈ᄀᆡᆨ(賓客)을 졉응(接應)ᄒᆞ미 일시 안헐(安歇)ᄒᆞ미 업ᄉᆞ므로 태모(太母)와 냥모친(兩母親)긔도 총총(悤悤)이 뵈옵고 나가니 태부인이 원별디일(遠別之日)이 갓가오믈 상심ᄒᆞ나 참졍 부ᄌᆞ(父子)의 회포롤 돕디 못ᄒᆞ여 억졔ᄒᆞᄂᆞᆫ[133] 만터라. ᄎᆞ일(此日)의 참졍공이 쳐ᄉᆞ로 더브러 태부인을 시침(侍寢)홀ᄉᆡ 시랑을 명 48면

131 소루(疏漏)ᄒᆞ미: 소루하다. 생각이나 행동이 꼼꼼하지 못하고 거칠다.

132 타연홀: 타연하다. 태연(泰然)하다.

133 억졔ᄒᆞᄂᆞᆫ: 규장각본에는 '억졔ᄒᆞ미'로 되어 있음.

ᄒᆞ여 졔운각으로 가라 ᄒᆞᆫᄃᆡ 시랑이 감히 샤양치 못ᄒᆞ여 취루와 봉누의 혼뎡(昏定)ᄒᆞᆫ 후 드ᄃᆡ여 운각의 니ᄅᆞ니 쇼졔(小姐) 긔이영지(起而迎之)ᄒᆞ여 좌(座)ᄅᆞᆯ 일우ᄆᆡ 시랑이 악댱(岳丈)의 강좌(江左)로 발ᄒᆡᆼ(發行)ᄒᆞ실 날이 슈일(數日)이 격(隔)ᄒᆞ여시믈 일ᄏᆞ라 냥대인(兩大人)의 원방위디(遠方危地)ᄅᆞᆯ 향ᄒᆞ시ᄂᆞᆫ 바와 ᄯᅧ디ᄂᆞᆫ ᄌᆞ딜(子姪)의 초박우려(焦迫憂慮)ᄒᆞᆯ 바ᄅᆞᆯ 인ᄉᆞᄒᆞᄆᆡ 쇼졔 부ᄌᆞ(夫子)[134]ᄅᆞᆯ 우봉(遇逢)ᄒᆞ여 여러 일월의 ᄒᆡᄅᆞᆯ 밧고와시ᄃᆡ 언어ᄅᆞᆯ 슈작(酬酌)ᄒᆞ미 업던 바로ᄡᅧ 금일(今日) 브득이 ᄃᆡ답을 일우ᄆᆡ 존구(尊舅)의 츌뎡(出征)과 가친(家親)의 원ᄒᆡᆼ(遠行)을 우러러 결연(缺然)ᄒᆞᆫ 하졍(下情) 밧긔 초박앙예ᄒᆞ믈 잠간 베플ᄉᆡ 동용쥬션(動容周旋)이며 셰언(細言)의 초옥음이 경가명ᄒᆞ여 유봉(幼鳳)이 단혈(丹穴)의 우지ᄃᆡᄂᆞᆫ ᄃᆞᆺ 미미(微微)ᄒᆞᆫ 아미(蛾眉)와 졔졔(齊齊)ᄒᆞᆫ 셩안(星眼)의 광ᄎᆡ(光彩) 휘요(輝耀)ᄒᆞ며 염ᄐᆡ(艷態) 교교(皎皎)ᄒᆞ여 먼 뫼 그림ᄌᆡ 강한(江漢)의 ᄯᅥ러지고 흐ᄅᆞᄂᆞᆫ 날 경긔(精氣) 벽파(碧波)의 ᄇᆞᄋᆡᄂᆞᆫ ᄃᆞᆺ 츄상(秋霜)의 ᄆᆞᆰ은 골격과 쳔연(天然)ᄒᆞᆫ 덕ᄒᆡᆼ의 문명(文明)이 밧그로 ᄯᅴ여시며 현일(賢逸)ᄒᆞᆫ 심셩의 효의ᄅᆞᆯ 안흐로 ᄀᆞᆷ초앗고 광활ᄒᆞᆫ 거동은 가을 바다ᄒᆡ 호연(浩然)이 진ᄋᆡ(塵埃) ᄭᅵ이디 아니ᄒᆞ며 봄 하날이 ᄋᆡᄋᆡ(靄靄)ᄒᆞ여 샹셔(祥瑞)의 구름을 ᄯᅴ엿ᄂᆞᆫ ᄃᆞᆺ 은연(隱然)ᄒᆞᆫ 슈ᄉᆡᆨ(愁色)이 셜부(雪膚)[135]ᄅᆞᆯ 침노ᄒᆞ니 어리롭고 고으미 만고ᄅᆞᆯ 기우려 비ᄒᆞᆯ 곳이 업ᄉᆞᄃᆡ 시랑이 오ᄃᆡᆨ 공경습복(恭敬慴伏)ᄒᆞ미 발연동지(勃然動止)ᄒᆞ여 슈심졍디(修心靜止)ᄒᆞᆯ ᄲᅳᆫ이오 조곰

49면

134 부ᄌᆞ(夫子): 부자. 남편을 높여 부르는 말.

135 셜부(雪膚): 설부. 눈처럼 흰 살결이라는 뜻으로, 미인의 살결을 일컫는 말.

도 부박상이(浮薄相愛)ᄒᆞᆫ 빗치 업더라. 명됴(明朝)의 관소(盥梳)를 일워 뎡당(正堂)으로 향ᄒᆞᆯ시 날호여 쇼져를 도라보아 희미히 쇼왈(笑曰)【시랑이 니쇼져를 향ᄒᆞ여 존당봉공지졀(尊堂奉恭之節)의 ᄒᆞᆫ 말ᄉᆞᆷ 부탁ᄒᆞ미 업ᄉᆞ믄 니시의 위인이 다시 부쵹(咐囑)ᄒᆞᆯ 말이 업순 연괴니라】"젼월(前月)의 웅비(熊羆)를 ᄭᅮᆷᄭᅮ믜 반ᄃᆞ시 태신(胎娠)의 경ᄉᆡ(慶事)이시리니 ᄉᆡᆼ(生)이 도라올 즈음은 ᄋᆞ히 셰샹의 나 여러 ᄃᆞᆯ이 될디라. 50면 부ᄌᆞ텬는(父子天倫)이 디듕ᄎᆞ대(至重且大)ᄒᆞ니 호란(胡亂)ᄒᆞ여[136] 변괴나 업게 ᄒᆞ쇼셔."

셜파(說罷)의 화연(和然)이 우음을 ᄯᅴ여시니 쇼졔(小姐) 크게 븟그려 츄패(秋波) 나즉ᄒᆞ고 옥면(玉面)의 훈ᄉᆡᆨ(暈色)을 ᄯᅴ여시니 ᄒᆞᆫ 덩이 홍옥을 ᄇᆡᆨ깁의 ᄡᅡᆫ 돗 능히 답디 못ᄒᆞᄃᆡ 시랑의 우연ᄒᆞᆫ 말이 아니믈 디긔(知機)ᄒᆞ더라. ᄎᆞ일(此日)은 샹원일(上元日)[137]이라 문묘(門廟)의 증상(烝嘗)을 밧드러 대졔(大祭)를 디ᄂᆡ며 옥궐(玉闕)의 됴회(朝會)ᄒᆞᆯ ᄉᆡ 시랑이 부슉(父叔)을 뫼셔 궐졍(闕廷)으로 향ᄒᆞᆯᄉᆡ 이날 니각뇌 동(東)으로 향ᄒᆞᄂᆞᆫ디라. 니쇼졔 존구(尊舅)의 츌졍(出征)으로ᄡᅧ 가친(家親)긔 ᄇᆡ별(拜別)ᄒᆞ믈 쳥(請)치 못ᄒᆞ더니 냥위존귀(兩位尊舅) 화거쥬륜(華車朱輪)을 출혀 잠간 나아가 숑별(送別)ᄒᆞ믈 니ᄅᆞ므로 비로소 본아(本衙)의 도라오나 야야(爺爺)를 ᄒᆞᆫᄢᅴ도 뫼시디 못ᄒᆞ고 거교(車轎)의 나리며 즉시 ᄇᆡ별ᄒᆞ니 효녀의 결울(結鬱)ᄒᆞᆫ 졍이 비길 ᄃᆡ 업ᄉᆞᄃᆡ 이의 디류(遲留)ᄒᆞ여 냥대존당(兩代尊堂)과 형뎨남ᄆᆡ(兄弟男

136 호란(胡亂)ᄒᆞ여: 호란하다. 한데 뒤섞여 어수선하고 분간하기 어렵다.
137 샹원일(上元日): 상원일. 음력 정월 보름날.

妹) 셔로 그리던 회포를 니ᄅᆞ디 못ᄒᆞ고 총총이 댱어ᄉᆞ 부인으로 더브
51면 러 운산으로 도라오니라.

ᄎᆞ셜(且說) 만셰황애(萬歲皇爺) ᄇᆡᆨ관(百官)을 거나리샤 니각노를 동교(東郊)의 숑별ᄒᆞ시니 이 셜화(說話)ᄂᆞᆫ 《셩호연》의 ᄌᆞ셔ᄒᆞ니라. 경시랑이 군친(群親)을 뫼셔 악댱(岳丈)을 교외의 ᄇᆡ별(拜別)ᄒᆞ고 난개(鑾駕) 환궁(還宮)ᄒᆞ시믈 인ᄒᆞ여 부슉(父叔)을 밧드러 본아(本衙)의 도라오ᄆᆡ 태뎐(太殿)의 뵈온 후 믈너 명광헌의 니ᄅᆞ니 닌옹이 군죵(群從)으로 더브러 관등(觀燈)[138]치 아니ᄒᆞ고 이에 홀노 시랑을 조ᄎᆞ 낫ᄎᆞᆯ 우러러며 손을 잡아 원별(遠別)의 아득ᄒᆞ믈 슬허 미우(眉宇)의 슈운(愁雲)이 취집(聚集)ᄒᆞ고 ᄡᅣᆼ셩(雙星)의 징패(澄波) 어ᄅᆡ여 ᄆᆞ옴을 잡디 못ᄒᆞ니 시랑이 어로만져 위로ᄒᆞ며 우어 ᄀᆞᆯ오ᄃᆡ

"네 과연 심ᄒᆞᆫ 궁상(窮狀)읫 거시로다[139]. 고루(高樓)의 가 등화(燈火)나 보고 쥬찬(酒饌)이나 먹을 거시어ᄂᆞᆯ 므ᄉᆞ 일 이에 와 쳑안우ᄉᆡᆨ(慽顔憂色)으로 심회를 것ᄌᆞᆸ디 못ᄒᆞᄂᆞ뇨? 내 십 년을 집을 써나 ᄒᆡ외타국(海外他國)으로 표박(漂迫)ᄒᆞ여 야야(爺爺)의 환휘(患候) 급ᄒᆞ시믈 당ᄒᆞᄆᆡ 초황망극(焦遑罔極)ᄒᆞ미 어ᄃᆡ 비ᄒᆞ리오마ᄂᆞᆫ 오히려 보젼(保全)ᄒᆞ믈 어더 엄위(嚴威)를 봉시(奉侍)ᄒᆞ여 고국의 환귀(還歸)ᄒᆞ
52면 미 잇ᄉᆞ니 만일 너 ᄀᆞᆺᄐᆞᆯ딘ᄃᆡ ᄋᆡ를 ᄐᆡ오며 간을 ᄉᆞᆯ와 형ᄒᆡ(形骸)도 남디 못ᄒᆞ리로다."

공ᄌᆡ(公子) 댱탄왈(長嘆曰)

138 관등(觀燈): 등대를 세우고 여러 가지 등을 달아 불을 켜는 것.

139 궁상(窮狀)읫 거시로다: 규장각본에는 '궁샹의 것시로다'로 되어 있음.

“쇼뎨(小弟) 본ᄃᆡ 편ᄋᆡᆨ(偏隘)ᄒᆞ고 협조(狹阻)ᄒᆞ니 형댱(兄丈)의 관통 활달(貫通豁達)ᄒᆞ시믈 엇디 바라리잇고? 연이나 부ᄌᆞ형뎨(父子兄弟) 상니원별(相離遠別)을 당ᄒᆞ여 결연(缺然)ᄒᆞ믈 ᄎᆞᆷ디 못ᄒᆞᆯ ᄇᆡ어ᄂᆞᆯ 금ᄌᆞ(今者) 우리 집 형셰와 쇼뎨의 부형(父兄)을 원별(遠別)ᄒᆞᄂᆞᆫ 회푀(懷抱) ᄀᆞᆺᄐᆞ니 업ᄉᆞ오니 므ᄉᆞᆷ 흥황(興況)으로 술을 취ᄒᆞ고 고루(高樓)의 올나 등화(燈火)ᄅᆞᆯ 보리잇가? 우명일(又明日) 죵군(從軍)ᄒᆞ실 바ᄅᆞᆯ ᄉᆡᆼ각ᄒᆞᄆᆡ 쇼뎨의 심ᄉᆡ 더옥 초민(焦悶)ᄒᆞ믈 니긔디 못ᄒᆞ리로소이다.”

셜파(說罷)의 읍하여우(泣下如雨)ᄒᆞ니 시랑이 그 효우(孝友)ᄅᆞᆯ 아ᄅᆞᆷ다이 넉이나 슬프믈 도으미 무익ᄒᆞᆫ 고로 쳑비(慽悲)ᄒᆞᆫ 안ᄉᆡᆨ을 낫토디 아니ᄒᆞ고 ᄌᆡ삼 위로ᄒᆞ더니 야심(夜深)ᄒᆞᆫ 후 군죵형뎨(群從兄弟) 모다 니ᄅᆞ러 시랑을 우러러 원니디회(遠離之懷)ᄅᆞᆯ 디향(指向)치 못ᄒᆞ더라. 명일(明日)의 일개(一家) 취회(聚會)ᄒᆞ여 잔을 날녀 참졍 부ᄌᆞᄅᆞᆯ 원별ᄒᆞᄂᆞᆫ 졍을 니ᄅᆞ며 닙공승젼(立功勝戰)ᄒᆞ여 슈히 도라오믈 원ᄒᆞᆯᄉᆡ 태부인이 심회ᄅᆞᆯ 디향치 못ᄒᆞ여 참졍 부ᄌᆡ 면젼(面前)을 써난 53면 ᄊᆡ면 현연(泫然)이 빵누(雙淚)ᄅᆞᆯ 나리와 상비(傷悲)ᄒᆞ기ᄅᆞᆯ 마디 아니ᄒᆞ니 소·화·상 삼부인(三夫人)이 ᄌᆞ부녀ᄋᆞ(子婦女兒)ᄅᆞᆯ 거ᄂᆞ려 이셩낙ᄉᆡᆨ(怡聲樂色)으로 위로ᄒᆞ며 쳐ᄉᆡ 경조 등으로 더브러 각별ᄒᆞᆫ ᄉᆞ괴(事故) 업ᄉᆞ면 태부인 좌측(坐側)을 써나미 업ᄂᆞᆫ디라. 참졍이 블효ᄅᆞᆯ 슬허ᄒᆞᄃᆡ 능히 ᄒᆡᆼ도(行途)ᄅᆞᆯ 머출 길히 업ᄉᆞᄆᆡ ᄎᆞ야(此夜)ᄅᆞᆯ 태뎐(太殿)의셔 시침(侍寢)ᄒᆞ다가 계명(鷄鳴)의 봉궐(鳳闕)의 샤됴(辭朝)[140]ᄒᆞ

---

140 샤됴(辭朝): 사조. 외직으로 부임하는 관원이 떠나기 전 임금에게 하직하는 일.

니 샹(上)이 친히 상방금인(尙方金印)[141]을 ᄎᆡ오시고 어슈(御手)로 참졍의 ᄉᆞᄆᆡᄅᆞᆯ 년(連)ᄒᆞ샤 국가 대ᄉᆞᄅᆞᆯ 쇽탁(屬託)ᄒᆞ시며 듕군호위톄찰ᄉᆞ 닌셩을 갓가이 브ᄅᆞ샤 남뎡디ᄉᆞ(南征之事)ᄅᆞᆯ 문논(問論)ᄒᆞ실ᄉᆡ 톄찰의 언논(言論)이 쾌강(快强)ᄒᆞ고 의ᄉᆡ(意思) 부셩(富盛)ᄒᆞ니 금회(襟懷) 광달(曠達)ᄒᆞ며 의ᄆᆡ 명투(明透)ᄒᆞ믈 좌우딘신(左右縉紳)이 막블경탄(莫不驚歎)ᄒᆞ여 귀ᄅᆞᆯ 기우리고 낫빗ᄎᆞᆯ 곳치지 아니리 업ᄉᆞ니 텬안(天顔)이 대열(大悅)ᄒᆞ샤 칭탄왈(稱歎曰)

"경(卿)의 부ᄌᆞᄂᆞᆫ 딘실노 왕좌디ᄌᆡ(王佐之才)[142]라. 겸ᄒᆞ여 녀상(呂尙)[143]과 냥평(良平)[144]의 디나미 잇다."

ᄒᆞ시니 졔신(諸臣)이 년셩숑화(連聲頌和)ᄒᆞ며 참졍 부ᄌᆡ 블감(不
54면 堪)이어ᄂᆞᆯ 샹(上)이 다시 위유(慰諭)ᄒᆞ샤 왈

"원슈의 태부인이 의려이망(倚閭而望)ᄒᆞᆯ 서시오 톄찰이 구경디ᄒᆡ(俱慶之孩)니 맛당이 도라가 위열(慰悅)ᄒᆞ고 남강의 뉴딘(留陣)ᄒᆞᆫ족 딤(朕)이 교외의 젼숑(傳送)ᄒᆞ리라."

ᄒᆞ시니 원싊 슉샤텬은(肅謝天恩)ᄒᆞᆫ 후 퇴츌궐문(退出闕門)ᄒᆞ여 고별친우(告別親友)ᄒᆞ며 휘동위의(揮動威儀)ᄒᆞ여 슈디부문(隨至府門)ᄒᆞ니 원족근친(遠族近親)이 함취듕당(咸聚中堂)ᄒᆞ여 상향고별(相向告

---

141 상방금인(尙方金印): 임금이 내려주는 황금 도장.

142 왕좌디ᄌᆡ(王佐之才): 왕좌지재. 임금을 보좌하여 큰 공을 세울 능력을 가진 인재.

143 녀상(呂尙): 여상. 본명은 강아. 은나라 주왕이 정치를 어지럽게 하자 요동 지방에 이주해 40년간 숨어 낚시를 하며 지냈고, 이후 주나라 무왕을 도와 은나라를 토벌하는 데 성공함.

144 냥평(良平): 양평. 장량과 진평을 아울러 이르는 말. 지략으로 유방의 천하통일을 도운 한나라의 개국공신.

別)ᄒᆞᆯᄉᆡ 구족노쇼(九族老少)의 일인(一人)도 참예치 아니니 업더라. 원쉬 톄찰을 다리고 존당(尊堂)을 우러러 ᄇᆡ별(拜別)ᄒᆞᆯᄉᆡ 원쉬 몸의 홍금일월포ᄅᆞᆯ 착(着)ᄒᆞ고 허리의 냥디ᄇᆡᆨ옥ᄃᆡᄅᆞᆯ 두로며 면뉴통텬관을 삽(揷)ᄒᆞ고 볼의 구장보운니ᄅᆞᆯ 신엇ᄂᆞᆫᄃᆡ 요하(腰下)의 옥결금인과 상방검(上房劒)이 빗나시니 텬일디표(天日之表)의 늉늉(隆隆)ᄒᆞ미 젼일(前日)의 다ᄅᆞ고 뇽호디습(龍虎之襲)의 탁낙(卓犖)ᄒᆞ미 젼(前)ᄒᆡ와 밧괴여시니 이 니ᄅᆞᆫ[145] 뇽댱여룡(勇將如龍)이오 호댱악회(豪將若虎)라. 이ᄂᆞᆫ 도로혀 신긔치 아니커ᄂᆞᆯ 톄찰의 늉복(戎服) ᄀᆞ온ᄃᆡ 위의 환환혁혁(換換赫赫)ᄒᆞ여 긔위(氣宇)[146] 굉걸(宏傑)ᄒᆞ미 쇼년댱군(小年將軍)의 영쥰(英俊)ᄒᆞ미 ᄉᆡᆼ혀날 쁜 아니라 상격(相格)의 비범ᄒᆞᆷ과 픔슈(稟受)의 긔이(奇異)ᄒᆞ미 완연이 신뇽(神龍)의 톄(體)오 방블(髣髴)이 셩인의 규뫼(規模) 머므러 듄엄(俊嚴) 싁싁ᄒᆞ미 ᄇᆡᆨ신(百神)이 호위ᄒᆞ며 만믈(萬物)이 실쇼ᄒᆞ여 규강이 일동(一動)의[147] 운위(雲雨) 취디(聚之)ᄒᆞ고 운뮈(雲霧) ᄉᆞ빈의 노룡(老龍)이 승어텬(昇於天)이어든 팔뇽(八龍) 칠ᄒᆡ신(七海神)이 상호(相護)ᄒᆞ며 태산의 ᄆᆡᆼ쉬(猛獸) ᄒᆞᆫ번 브ᄅᆞ디지ᄆᆡ ᄇᆡᆨ쉬(百獸) 딘공쥰무ᄒᆞᄂᆞᆫ ᄃᆞᆺ 쳠망ᄌᆡ(瞻望者) 실혼경심(失魂驚心)ᄒᆞ믈 ᄭᆡ닷디 못ᄒᆞ니 존당부모(尊堂父母)의 흔연ᄋᆡ듕(欣然愛重)ᄒᆞ미 황홀ᄒᆞ여 능히 아모라타 형용치 못ᄒᆞᄂᆞᆫ 바의 훌훌(欻欻)히 결ᄒᆞ여 하ᄃᆡᆨ(下直)ᄒᆞ믈 당ᄒᆞ니 가ᄂᆞᆫ 바와 보ᄂᆡᄂᆞᆫ 졍이 샹하(上下)치 못ᄒᆞ 55면

145 이 니ᄅᆞᆫ: 규장각본에는 '일른'으로 되어 있음.

146 긔위(氣宇): 기우. 기개와 도량.

147 일동(一動)의: 규장각본에는 '일도의'로 되어 있음.

거ᄂᆞᆯ 참졍이 태부인 안강(安康)ᄒᆞ시믈 튝(祝)ᄒᆞᄂᆞᆫ 결을의 식부(息婦) 니쇼져의 셤슈(纖手)ᄅᆞᆯ 어로만져 기리 무양(無恙)ᄒᆞ믈 당부ᄒᆞᄆᆡ 년년ᄒᆞ미 냥녀(兩女)의 우히오 듕ᄋᆡ(重愛)ᄒᆞ미 ᄋᆞᄌᆞ(兒子)의 더은디라. 손으로 닌듕을 ᄀᆞᄅᆞ치며 쳐ᄉᆞᄅᆞᆯ 도라보아 ᄌᆞ긔 회환(回還) 젼(前)의 대단ᄒᆞᆫ 변괴(變怪)나 업기ᄅᆞᆯ 당부ᄒᆞ고 ᄋᆞᄌᆞ로 더브러 문묘(門廟)의
56면 하딕ᄒᆞᄆᆡ 안쉬(眼水) 여우(如雨)ᄒᆞ여 능히 금(禁)치 못ᄒᆞᄃᆡ 시ᄀᆡᆨ(時刻)이 더ᄃᆡ믈 ᄭᆡ다라 위의(威儀)ᄅᆞᆯ 두로혀 남강으로 향ᄒᆞ니 텬ᄌᆞ(天子) 옥가(玉駕)ᄅᆞᆯ 남문의 머므ᄅᆞ샤 졍원슈ᄅᆞᆯ 젼별(餞別)ᄒᆞ실ᄉᆡ 십이 누샹(樓上)의 어좌(御座)ᄅᆞᆯ ᄇᆡ셜(排設)ᄒᆞ니 ᄣᆡ 졍히 츈졍월(春正月) 념간(念間)이라 일양(一樣)이 초동(初冬)ᄒᆞ여 쳥풍(靑風)이 소슬ᄒᆞᆫᄃᆡ 샹셔(祥瑞)의 구롬은 어막(御幕)을 둘넛고 구룡금상(九龍金床)의 경취(景趣) 단공이라. 최외(崔嵬)ᄒᆞᆫ 텬졍(天庭)의 샹운(祥雲)이 ᄋᆡᄋᆡ(靄靄)ᄒᆞ며 ᄉᆞ면(四面)의 얽혓ᄂᆞᆫᄃᆡ 문무텬관(文武千官)이 위ᄎᆞ(位次)로 조ᄎᆞ 관복(官服)을 졍제(整齊)ᄒᆞ여 좌우의 시립(侍立)ᄒᆞ여시며 딘쥬 발을 황금 갈고리의 놉히 거러시니 어원풍뉴(御苑風流)ᄂᆞᆫ 구소(九霄)의 ᄉᆞᄆᆞᆺ고 보ᄇᆡ의 침향ᄂᆡ 슈막(繡幕)의 가득ᄒᆞ엿거ᄂᆞᆯ 원쉬(元帥) 군댱늉복(軍裝戎服)으로 단디(壇地) 아ᄅᆡ 나아가 산호ᄇᆡ무(山呼拜舞)[148] ᄒᆞᆯᄉᆡ 샹(上)이 흔연이 므러 ᄀᆞᆯ오ᄉᆞᄃᆡ

"경(卿)이 교지ᄅᆞᆯ 안유(安諭)ᄒᆞ여 민심을 뎡(靜)ᄒᆞᆫ 후ᄂᆞᆫ 타쳐(他處)ᄅᆞᆯ

148 산호ᄇᆡ무(山呼拜舞): 산호배무. '산호'는 '산호만세(山呼萬歲)'의 뜻으로 황제의 만수무강을 축원하여 부르는 만세. '배무'는 '배례(拜禮)하고 무도(舞蹈)하다.'의 뜻으로 꿇어앉아 절을 하고 춤을 추는 것. 모두 신하가 제왕을 뵙는 예절.

밋쳐 도라보디 못ᄒᆞ여도 즉시 안남을 뎡벌(征伐)홀 거시니 어ᄂᆡ ᄶᅵ롤 긔약(期約)ᄒᆞ리오?"

원쉬 ᄃᆡ쥬왈(對奏曰)

"셩샹(聖上)의 부탁ᄒᆞ시미 디듕ᄎᆞ대(至重且大)ᄒᆞ시니 미신(微臣)이 당치 못ᄒᆞ올디라. 슉야(夙夜)의 공공업업(兢兢業業)ᄒᆞ와 방어젹니(魴魚頳尾)ᄒᆞ오ᄆᆡ 왕실여훼(王室如燬)ᄒᆞ미[149] 업ᄉᆞ믈 긔약ᄒᆞ오리니 교디롤 몬져 인졍(仁政)으로ᄡᅧ 져기 취합(聚合)ᄒᆞ온 후 하말초츄디간(夏末初秋之間)의 안남을 뎡벌(征伐)홀가 ᄒᆞ옵ᄂᆞ니 셩패간(成敗間) 댱졸(將卒)의 환경(還京)ᄒᆞ오믄 명년츈하간(明年春夏間)의 되올 거시오 신의 도라오옵기는 오뉵 년을 그음ᄒᆞᄂᆞ이다."[150]

샹(上)이 졈두(點頭)[151]ᄒᆞ시고 골오ᄉᆞᄃᆡ

"경(卿) 부ᄌᆞ(父子) 문ᄉᆞ(文士)로 융긔(戎器)롤 소임(所任)치 아냐시나 모략이 졍통(精通)ᄒᆞ믄 알거니와 딤(朕)이 ᄒᆞᆫ번 군뉼(軍律)을 보고ᄌᆞ ᄒᆞᄂᆞ니 경이 대군(大軍)을 휘동(揮動)ᄒᆞ며 닌셩으로 듕군(中軍)을 지휘케 ᄒᆞ라."

ᄒᆞ신ᄃᆡ 원쉬(元帥) ᄇᆡ샤(拜謝)ᄒᆞ고 믈너 평원광야(平原曠野)의 딘셰(陣勢)롤 버리며 군뉼을 교습(教習)ᄒᆞ여 셩감(聖鑑)을 기다릴ᄉᆡ ᄒᆡᆼ군법뉼(行軍法律)이 태공(太公)이 ᄆᆡᆼ진(孟津)의 님(臨)홈과 와룡(臥

57면

149 방어젹니(魴魚頳尾)ᄒᆞ오ᄆᆡ 왕실여훼(王室如燬)ᄒᆞ미: 낚싯줄에 걸려서 몸부림치는 물고기처럼 백성들이 도탄에 빠지고 왕실이 불타는 듯하게 위태로운 것을 의미함. 《시경》 〈주남(周南)〉 '여분(汝墳)'에 나옴.

150 그음ᄒᆞᄂᆞ이다: 그음ᄒᆞ다. 한정하다.

151 졈두(點頭): 점두. 고개를 살짝 끄덕이며 승낙을 표하는 것.

龍)이 긔산(祁山)의 진(陳) 치미라. 뉵화텬문(六花天門)[152]과 팔문금쇄(八門金鎖)[153]의 대오(隊伍) 정제(整齊)ᄒᆞ고 긔률(紀律)이 엄슉ᄒᆞ니 비단 긔ᄂᆞᆫ 븕은 ᄃᆡ의 나븟기며 금갑(金甲) 은회(銀灰)ᄂᆞᆫ 일ᄉᆡᆨ(日色)의 ᄇᆡᄋᆡᄂᆞᆫᄃᆡ 검극(劍戟)은 상셜(霜雪) ᄀᆞᆺ고 금괴(金鼓) 졔명(齊鳴)ᄒᆞ니 샹이 칭디(稱之)ᄒᆞ샤 왈

58면 "대ᄌᆡ(大才)라 ᄎᆞ인(此人)이여! 말셰탁쇽(末世濁俗)의 ᄎᆞ인의 부ᄌᆡ(父子) 잇던고?"

ᄒᆞ시며 대진(大陣)이 먼니 힝토록 바라보샤 칭탄ᄒᆞ믈 마디 아니ᄒᆞ시니 쥬공(周公)[154]이 동졍(東征)ᄒᆞ시ᄆᆡ 셩왕(成王)[155]이 젼별(餞別)ᄒᆞ신 바와 흡연(恰然)ᄒᆞ더라. 원슈의 대군이 ᄒᆞᆫ번 움즈이ᄆᆡ 만군댱졸(萬軍將卒)이 니가(離家)ᄒᆞᄂᆞᆫ 괴로오믈 닛고 ᄒᆞᆫ갈ᄀᆞᆺ치 의ᄉᆡ(意思) 흔흔(欣欣)ᄒᆞ니 이ᄂᆞᆫ 다 원슈의 덕을 고무ᄒᆞ미러라. 어개(御駕) 환궁(還宮)ᄒᆞ시ᄆᆡ 일반친븡(一般親朋)이 호가(護駕)ᄅᆞᆯ 파(罷)ᄒᆞᆫ 후 남강의 니ᄅᆞ러 졍원슈ᄅᆞᆯ 젼숑(傳送)ᄒᆞᆯᄉᆡ 임의 셕양(夕陽)이 ᄌᆡ산(在山)ᄒᆞ고 초츈화풍(初春和風)이 오히려 겨을 긔운을 띄여시니 텬ᄉᆡᆨ(天色)이 녈녈(烈烈)ᄒᆞ며 슈셜(粹雪)이 쇼소(蕭蕭)ᄒᆞ여 시졀이 ᄂᆡᆼ낙(冷落)ᄒᆞ고 경믈(景物)이 소조(蕭條)ᄒᆞᆫ디라. 대군을 강안(江岸)의 머므러 병ᄆᆞ(兵馬)

152 뉵화텬문(六花天門): 육화천문. '육화'는 진법(陣法)의 일종으로, 당나라 태종 때의 이정이 제갈량의 팔진도(八陣圖)를 기본으로 하여 만든 것.

153 팔문금쇄(八門金鎖): 조조(曹操)가 창안한 진법으로, 여덟 방향으로 통로가 나도록 군사를 배치하여 그 문으로 들어온 적군이 빠져나가지 못하도록 막는 것.

154 쥬공(周公): 주공. 주나라 무왕의 동생으로, 무왕 사후에 어린 성왕을 대신해 섭정을 했음.

155 셩왕(成王): 성왕. 주나라 2대 왕. 어린 나이에 아버지 무왕의 뒤를 이어 왕위에 올라 주공의 섭정 하에 있었음.

ᄅᆞᆯ 밥 먹이ᄆᆡ 문ᄉᆡᆼ고구(門生故舊)와 ᄌᆞ셔뎨딜(子婿諸姪)이며 원근친쳑(遠近親戚)이 막ᄎᆞ(幕次)의셔 고별ᄒᆞ니 소월(素月)은 강졍(江汀)의 됴요(照耀)ᄒᆞ고 오작(烏鵲)은 남디(南枝)의 슬피 우니[156] 훼목쵹쳐(喙目觸處)[157]의 ᄇᆡᆨ쉬(百愁) 층ᄉᆡᆼ(層生)ᄒᆞᄂᆞᆫ디라. 부ᄌᆞ형뎨(父子兄弟) 년기슬(連其膝) 집기슈(執其手)ᄒᆞ여 니별을 슬허ᄒᆞᄆᆡ 언언(言言)이 훤당(萱堂) 감디(甘旨)의 진심(盡心)ᄒᆞ믈 쵹탁(囑託)ᄒᆞ며 일반제우(一 59면
般諸友)ᄅᆞᆯ ᄃᆡ(對)ᄒᆞ여ᄂᆞᆫ 국ᄉᆞ(國事)ᄅᆞᆯ 딘념(盡念)ᄒᆞ여 그 말ᄉᆞᆷ이 ᄌᆞᄌᆞ(字字)히 튱효(忠孝)의 비로ᄉᆞ니 좌위(左右) 흠탄경복(欽歎敬服)ᄒᆞ더라. 이러ᄐᆞᆺ 담논(談論)ᄒᆞ여 밤이 가ᄂᆞᆫ 줄 니졋더니 이윽고 신계(晨鷄) 악악(喔喔)ᄒᆞ고 군듕(軍中)의 ᄉᆡ벽 븍소ᄅᆡ 눙눙(隆隆)ᄒᆞᆫ디라. 동방이 희고ᄌᆞ ᄒᆞᄆᆡ 드ᄃᆡ여 분슈(分手)ᄒᆞᆯᄉᆡ 경조와 쇼부공이 ᄌᆞ딜(子姪)을 거ᄂᆞ려 ᄎᆞ마 손을 노치 못ᄒᆞ니 원쉬(元帥) 이ᄯᆡᄅᆞᆯ 당ᄒᆞ여 졍마(征馬)ᄅᆞᆯ 의디ᄒᆞ며 ᄎᆡᄅᆞᆯ 머므러 표연이 뒤흘 도라보ᄆᆡ 안쉬(眼水) 쳔항(千行)이오 비블ᄌᆞ승(悲不自勝)이라. 임의 날이 느ᄌᆞᄆᆡ 이공(二公)의 별뉘(別淚) 한삼(汗衫)의 가득ᄒᆞ여 ᄌᆞ딜노 더브러 부듕(府中)의 도라오니 쳐ᄉᆞᄂᆞᆫ 태부인 면측(面側)을 ᄯᅥ나디 못ᄒᆞ여 강촌의 가미 업고 집의셔 형댱(兄丈)과 ᄋᆞᄌᆞ(兒子)ᄅᆞᆯ 니별ᄒᆞ엿ᄂᆞᆫ디라 비로소 별누의 무궁ᄒᆞ믈 금억(禁抑)ᄒᆞ여 이셩화어(怡聲和語)로 모부인을 관위(款

---

156 오작(烏鵲)은 남디(南枝)의 슬피 우니: 조조(曹操)가 지은 〈단가행(短歌行)〉에서 전란으로 인해 정처없이 떠도는 상황을 비유한 "까마귀와 까치가 남쪽으로 날아와 나무 위를 세 바퀴나 돌았는데도 의지할 만한 가지를 찾지 못했네(烏鵲南飛 繞樹三匝 無枝可依)."라는 구절에서 온 것으로 추정.

157 훼목쵹쳐(喙目觸處): 훼목촉처. 눈 닿는 곳마다.

慰)홀시 빅 가디로 열의(悅意)룰 구ᄒᆞ여 동동쵹쵹(洞洞屬屬)ᄒᆞ미 ᄉᆞ심(私心)을 결을치 못ᄒᆞ더니 이공과 한님이 군죵형뎨(群從兄弟)로 드
60면 러와 문후(問候)ᄒᆞ기룰 다ᄒᆞ미 원슈와 톄찰의 힝군긔률(行軍紀律)이 회음(淮陰)[158]과 무후(武侯)[159]의 나리지 아니턴 바룰 ᄀᆞᆺ초 일ᄏᆞ라 신긔롭던 거동이 목젼(目前)의 ᄃᆡ(對)ᄒᆞᆫ ᄃᆞᆺᄒᆞ니 태부인이 비록 두굿기미 깁흐나 만금듕탁(萬金重託)의 ᄌᆞ(子)와 손(孫)이 원방위디(遠方危地)룰 향ᄒᆞ니 댱셩(長城)과 교악(嶠嶽)의 밋브미 업순 ᄃᆞᆺ 스ᄉᆞ로 듕회(中懷) 슈울(愁鬱)ᄒᆞ믈 니긔디 못ᄒᆞ니 쳐ᄉᆡ 더옥 민민(憫憫)ᄒᆞ여 이공(二公)으로 더브러 모부인 상하(牀下)룰 쥬야시측(晝夜侍側)ᄒᆞ여 반의(斑衣)[160]룰 효측(效則)ᄒᆞ며 희히(戲諧)로 날을 보ᄂᆡᄂᆞᆫ ᄀᆞ온ᄃᆡ 셔ᄌᆡ(書齋)의 믈너온즉 츄연(惆然)이 됴흔 빗치 업셔 만니힝군(萬里行軍)을 념녀ᄒᆞ여 디극ᄒᆞᆫ 우ᄋᆡ(友愛)와 ᄋᆞᄌᆞ(兒子)룰 유련(留連)ᄒᆞᆫ 졍을 니긔디 못ᄒᆞ니 한님이 블승민박(不勝憫迫)ᄒᆞ여 ᄉᆞ됴(辭朝) 여가의 ᄒᆞᆫ ᄯᆡ도 왕모(王母)와 야야(爺爺)의 면젼(面前)을 ᄯᅥ나디 아냐 닌경·닌웅으로 더브러 존당(尊堂) 우려ᄒᆞ시믈 위로홀시 부형(父兄)의 도학셩힝(道學性行)을 니은 바 완슌효우(婉順孝友)ᄒᆞᆫ 거동으로 이셩화어와 풍싱활논(風生闊論)이 사ᄅᆞᆷ의 근심을 소삭(消索)게 ᄒᆞ여 태부인
61면 과 쳐ᄉᆞ 부뷔 참경 부ᄌᆞ의 원별(遠別)을 슬허ᄒᆞ나 한님 형뎨룰 ᄃᆡ(對)

158 회음(淮陰): 회음후(淮陰侯)였던 한신을 가리킴. 한신은 유방의 신하로 전한의 장군이자 제후였던 인물.

159 무후(武侯): 제갈무후(諸葛武侯). 곧 제갈량.

160 반의(斑衣): 춘추시대 초나라 사람 노래자가 나이 든 뒤에도 부모님을 기쁘게 해 드리기 위해 입었던 색동옷.

ᄒᆞ면 ᄌᆞ연 근심을 니ᄌᆞ미 되ᄂᆞᆫ디라. 이러틋 흐ᄅᆞᄂᆞᆫ 셰월을 보ᄂᆡ여 참졍 부ᄌᆞ의 닙공승젼(立功勝戰)ᄒᆞ믈 구족(九族)이 ᄒᆞᆫ가디로 희망ᄒᆞ니 효우돈목(孝友敦睦)ᄒᆞᄂᆞᆫ 가풍이 여러 ᄒᆡ의 ᄒᆞᆫ갈ᄀᆞᆺᄐᆞ며 싀복(廝僕)[161]이 ᄒᆞᆫ 솟ᄐᆡ[162] 밥을 난호고 구족이 동포골육(同胞骨肉)의 졍을 가져 남녀노쇼(男女老少)의 ᄉᆞ졍(私情)을 두ᄂᆞᆫ ᄌᆡ(者) 업셔 댱공예(張公藝)의 구셰동거(九世同居)[163]ᄅᆞᆯ 효측(效則)ᄒᆞᆯ ᄇᆡ로ᄃᆡ 이 듕(中)의 가탄통ᄒᆡ(可嘆痛駭)ᄒᆞᆫ 바ᄂᆞᆫ 소부인의 ᄌᆡ조ᄅᆞᆯ 낫타ᄂᆡ미 업시 시쇽용인(時俗庸人)으로 의논치 못ᄒᆞᆯ ᄇᆡ오 춍민영달(聰敏英達)ᄒᆞ미 셰ᄃᆡ(世代)의 잇디 아닌 바로 심슐 가지기ᄅᆞᆯ 한악블인(悍惡不仁)이 ᄒᆞ여 스ᄉᆞ로 님보(林甫)[164]와 왕망(王莽)[165]의 비겨 난셰(亂世)ᄅᆞᆯ 기다리지 아냐 간웅(奸雄)을 ᄌᆞ임(自任)ᄒᆞ니 것ᄎᆞ로 졍시문풍(程氏門風)을 좃ᄎᆞ며 졔ᄉᆞ(娣姒)의 셩덕(盛德)을 닙ᄂᆡᄂᆡ여 합족친권(闔族親眷)을 돈목(敦睦)ᄒᆞᄆᆡ 입의 ᄭᅮᆯ을 드리워시니 뉘 그 ᄇᆡ의 칼히 곰초여시믈 알니오? 쳐음 계괴(計巧) 헛곳의 도라져 시랑 형뎨 ᄉᆞ라 도라오ᄆᆡ 닙신셩취(立身成娶)ᄒᆞ고 길인(吉人)의 복녹(福祿)이 텬시(天時)ᄅᆞᆯ 응ᄒᆞ여 군ᄌᆞ(君子) 62면

161 싀복(廝僕): 시복. 하인과 종.

162 솟ᄐᆡ: 규장각본에는 '솟ᄒᆡ'로 되어 있음.

163 댱공예(張公藝)의 구셰동거(九世同居): 장공예는 9세(世)의 친족을 한집에서 거느리며 생활한 인물. 당 고종이 직접 그 집을 방문하여 비결을 물으니 지필(紙筆)을 청한 뒤 단지 참을 인(忍) 자만 백여 차례 쓰자 고종이 눈물을 흘리며 비단을 하사하였다 함. 《구당서(舊唐書)》 권188에 나옴.

164 님보(林甫): 임보. 당나라 현종 때의 재상 이임보. 성품이 간사하고 교활하며 권술(權術)이 있어 정사를 마음대로 하고 스스로 방자하여 마침내 안사의 난이 일어나는 한 원인이 됨.

165 왕망(王莽): 전한 말기의 관료이자 신나라의 황제. 역성혁명에 성공했으나 정치를 잘못하여 백성들은 다시 도탄에 빠지고 농민 반란이 일어나 혼란 중에 살해당했음.

ᄂᆞᆫ 젼뎐반측(輾轉反側)[166]ᄒᆞ미 잇디 아냐 뇨됴슉녀(窈窕淑女)ᄅᆞᆯ 긔득(旣得)ᄒᆞ며 슉녀ᄂᆞᆫ 〈표ᄆᆡ(摽梅)[167]〉ᄅᆞᆯ 읇디 아냐셔 군ᄌᆞᄅᆞᆯ 우봉(遇逢)ᄒᆞ여 각각 ᄇᆡ톄(配體)의 상젹(相適)ᄒᆞ미 일빵ᄇᆡᆨ옥(一雙白玉)은 ᄆᆰ은 거ᄉᆞᆯ 더으고 냥개명쥬(兩介明珠)ᄂᆞᆫ 고은 빗출 ᄯᅴ여시니 월염의 댱ᄌᆞᄅᆞᆯ 만남과 닌셩의 니시ᄅᆞᆯ 쉬ᄒᆞ미며 닌광의 댱시ᄅᆞᆯ 우(遇)ᄒᆞ미 다 텬연(天緣)과 긔봉(奇逢)이라 ᄌᆞ긔 이심(已甚)히 업시코져 ᄒᆞᄂᆞᆫ ᄇᆡ 다 긔이ᄒᆞ고 비상ᄒᆞ여 사ᄅᆞᆷ이 업손 곳의 혼ᄌᆞ 안ᄌᆞ시면 혀ᄅᆞᆯ ᄆᆞᆯ고 니ᄅᆞᆯ 가라 큰 원슈ᄅᆞᆯ 못 갑흠 ᄀᆞᆺᄐᆞ니 어ᄃᆡ로 조ᄎᆞ 모ᄌᆞ의 졍이 잇ᄉᆞ리오마ᄂᆞᆫ 대슌(大舜)[168] ᄀᆞᆺᄐᆞᆫ ᄋᆞ돌과 상군(湘君)[169] ᄀᆞᆺᄐᆞᆫ 며ᄂᆞ리와 조ᄋᆞ(曹娥)[170] ᄀᆞᆺᄐᆞᆫ ᄯᆞᆯ이 ᄒᆞᆫ갈ᄀᆞᆺ치 큰 효ᄅᆞᆯ 다ᄒᆞ여 졍셩이 흡흡(洽洽)히 셩인의 녜(禮)ᄅᆞᆯ 다ᄒᆞ니 엇디 민ᄌᆞ(閔子)[171]·왕상(王祥)[172]을 일ᄏᆞᆯ ᄇᆡ리오? 모ᄌᆞ의 의로뼈 만니(萬里) 죵군(從軍)의 흉봉(凶鋒)을 당ᄒᆞ여 나아갈 바ᄅᆞᆯ 망연이

166 젼뎐반측(輾轉反側): 전전반측. 《시경》 〈주남(周南)〉 '관저(關雎)'의 "그리는 마음 가이 없어 이리 뒤척 저리 뒤척 잠 못 이루네(求之不得 寤寐思服 悠哉悠哉 輾轉反側)."에서 인용한 것.

167 〈표ᄆᆡ(摽梅)〉: 《시경》 〈소남(召南)〉 '표유매(摽有梅)'. 혼기를 놓쳐버릴까 두려워하는 여자의 탄식을 담고 있음.

168 대슌(大舜): 대순. 순임금. 아버지가 새장가를 든 후 새어머니와 이복동생과 공모하여 순임금을 죽이려 했으나 순임금은 이때마다 효성을 발휘하고 부모 탓을 하지 않았음.

169 상군(湘君): 상수(湘水)의 신. 순임금이 죽은 후 상수에 빠져 죽은 순임금의 두 왕비 아황과 여영을 이름.

170 조ᄋᆞ(曹娥): 조아. 동한 때의 효녀. 부친이 강에 빠져 시신을 찾지 못하자, 열네 살의 조아가 투신해 죽어 부친의 시신을 업고 떠올랐다고 함.

171 민ᄌᆞ(閔子): 민자. 춘추시대 노나라의 학자인 민자건. 공자의 제자 중 한 명으로 효성과 덕행으로 유명했음.

172 왕상(王祥): 자신을 죽이려는 계모 주씨에게 효성을 다해 그 마음을 돌린 것으로 유명한 한나라 때의 효자.

니ᄌᆞᆫ ᄃᆞᆺ 근심치 아니코 공을 셰워 남만(南蠻)을 삭평(削平)ᄒᆞ며 셩명 이 놉고 위엄이 드렐 바ᄅᆞᆯ 졀졀챵한(切切愴恨)ᄒᆞ여 신셕(晨夕)의 ᄀᆞ 63면 마니 튝원(祝願)ᄒᆞᄂᆞᆫ 바ᄂᆞᆫ 시랑의 죽엄이 ᄉᆞ장(沙場)[173]의 바리고 ᄇᆡᆨ골(白骨)도 도라오미 업ᄉᆞᆯ 바ᄅᆞᆯ 갈망ᄒᆞ며 참졍이 취각을 무상히 왕ᄂᆡ(往來)ᄒᆞ므로브터 니쇼져ᄅᆞᆯ 조ᄅᆞ고 보ᄎᆡ믈 ᄆᆞ옴ᄃᆡ로 못 ᄒᆞᄂᆞᆫ 고로 함분잉통(含憤仍痛)ᄒᆞ여 쇽으로 믜오믈 픔은 디 오ᄅᆡᆫ디라 이ᄊᆡ의 다시 간험ᄒᆞ믈 ᄇᆞ리지 아니코 어ᄂᆡ 날의 독슈(毒手)ᄅᆞᆯ 시험ᄒᆞ리오? 참졍 부ᄌᆡ 츌뎡(出征) 후로브터 병셰 더으롸[174] ᄒᆞ여 니쇼져ᄅᆞᆯ 취각의 두고 ᄉᆞ실(私室)의 믈너가믈 허치 아냐 이목(耳目)이 번거치 아닌 ᄯᆡ와 고요ᄒᆞᆫ 밤을 당ᄒᆞ면 쳔셔만단(千緒萬端)으로 슈죄즐칙(數罪叱責)ᄒᆞ여 아닌 말과 업ᄂᆞᆫ 허믈을 일ᄏᆞᄅᆞᄆᆡ 죡히 ᄉᆞ죄(死罪)라도 일워닐 ᄇᆡ오 듯ᄂᆞᆫ 바의 모골이 딘경(震驚)ᄒᆞᄃᆡ 니쇼제 오딕 ᄉᆞ긔(辭氣) 안안(晏晏)ᄒᆞ며 동지(動止) 한일(閑逸)ᄒᆞ여 슌슌(巡巡)이 쳥죄(請罪)ᄒᆞ고 언언(言言)이 공근(恭勤)ᄒᆞ여 효슌(孝順)ᄒᆞ므로ᄡᅧ 부인의 모진 셩과 독ᄒᆞᆫ 노(怒)ᄅᆞᆯ 프러ᄇᆞ리니 부인이 그 위인이 시랑과 상젹(相適)ᄒᆞ여 남네(男女) 다ᄅᆞᆯ디언졍 픔쉬(稟受)ᄌᆞᆨ 셔로 ᄀᆞᆺ트믈 싀오(猜惡)ᄒᆞ여 타인문견(他人聞見)의ᄂᆞᆫ 니시ᄅᆞᆯ 앏히 두어 ᄌᆞ긔(自己) 병셰(病勢)ᄅᆞᆯ 위로ᄒᆞ건[175] 쳬ᄒᆞ 64면 나 이ᄊᆡ의 업시ᄒᆞᆷ 의ᄉᆡ 착급(著急)ᄒᆞᆫ 고로 ᄌᆞ로 됴셕(朝夕)을[176] 주디 아

173 ᄉᆞ장(沙場): 사장. 전쟁터.

174 더으롸: 규장각본에는 '더옥 더으롸'로 되어 있음.

175 위로ᄒᆞ건: 규장각본에는 'ᄒᆞ건'으로 되어 있음.

176 의ᄉᆡ 착급(著急)ᄒᆞᆫ 고로 ᄌᆞ로 됴셕(朝夕)을: 규장각본에는 'ᄇᆞ로 챡급ᄒᆞ니 ᄌᆞ로 엄식을'로 되어 있음.

니ᄒᆞ며 혹 주ᄂᆞᆫ 날이면 독ᄒᆞᆫ 약(藥)을 섯거 장뷔(臟腑) 뻑고 골졀이 녹아 ᄉᆞ오 삭(朔) 신고(辛苦)ᄒᆞ다가 ᄌᆞ진(自盡)ᄒᆞᆯ 약을 먹이ᄃᆡ ᄯᅩᄒᆞᆫ 병나디 아니코 눕디 아니니 도로혀 이상히 넉이나 긋칠 ᄆᆞ음은 업셔 음식을 먹ᄂᆞᆫ 날이면 셧기ᄂᆞᆫ ᄇᆡ 독약이오 그러치 아니면 일긔ᄆᆡᆨ듁(一器麥粥)도 주디 아니ᄒᆞ니 화부인이 눈ᄎᆡᄅᆞᆯ ᄉᆞᆺ치며 태부인이 의심을 두어 문후(問候)ᄒᆞᄂᆞᆫ ᄣᆡᄅᆞᆯ 당ᄒᆞᆫ즉 화미딘찬(華味珍饌)으로 간간이 긔아(饑餓)ᄅᆞᆯ 구ᄒᆞ니 일노조ᄎᆞ 져기 긔아ᄅᆞᆯ 면ᄒᆞ미 되더라.

각셜. 댱상셔 헌의 ᄎᆞᄌᆞ(次子) 희린은 박부인의 소ᄉᆡᆼ(所生)이니 유시
(幼時)의 그 부모 무식블인(無識不仁)ᄒᆞᆷ과 표문(表門)의 쥰쥰무디(蠢
蠢無知)ᄒᆞ믈 보아 ᄇᆡ흔 ᄇᆡ 업ᄂᆞᆫ 고로 ᄒᆡᆼ실(行實)의 근후(勤厚)ᄒᆞᆷ과
인ᄉᆞ(人事)의 뎡딕(正直)ᄒᆞ미 잇디 아냐[177] 다ᄃᆞᆷ디 아닌 황금과 ᄇᆞᆰ디 못
ᄒᆞᆫ 명쥬(明珠) ᄀᆞᆺ더니 그 샤ᄇᆡᆨ(舍伯) 어ᄉᆞ공[178]이 도라오므로브터[179] 효우
65면 (孝友)와 ᄒᆞᆨᄒᆡᆼ(學行)을 본바다 비록 ᄯᆞ로오디 못ᄒᆞᆯ ᄇᆡ나 ᄇᆡᆨ분디일(百
分之一)을 우러러 힘뻐 습양(習養)ᄒᆞ니 당ᄎᆞ시(當此時)ᄒᆞ여ᄂᆞᆫ 현ᄉᆞ
인걸(賢士人傑)이 되믈 샤양(辭讓)치 아닐디라. 부모의 ᄉᆞ랑이 만금
(萬金)의 디나고 ᄐᆡᆨ부(擇婦)ᄒᆞᄂᆞᆫ 뜻이 고산(高山) 태악(泰嶽)으로 비
길 ᄇᆡ로ᄃᆡ 어ᄉᆡ 부귀ᄅᆞᆯ 보디 아니코 가벌(家閥)과 슉녀(淑女)ᄅᆞᆯ 구ᄒᆞ
여 쳐ᄉᆞ 쥬양의【숑됴(宋朝) 념계션ᄉᆡᆼ(濂溪先生)의 후예(後裔)라】ᄎᆞ

177 그 부모 ~ 잇디 아냐: 규장각본에는 '그 부모 불인함과 ᄒᆡᆼ실의 근후함과 인ᄉᆞ의 증직ᄒᆞ미 잇디 아냐'로 되어 있음.

178 어ᄉᆞ공: 어사공. 장창린.

179 도라오므로브터: 규장각본에는 '도라오므로'로 되어 있음.

녀(次女)로 뎡혼(定婚)ᄒᆞ니 이 곳 문쳥션싱[180]의 뎨ᄌᆞ(弟子)로 위인이 쳥고낙낙(淸高落落)ᄒᆞ여 학식이 과인(過人)ᄒᆞ니 이에 공경흠복(恭敬欽服)ᄒᆞ여 힘뼈 결혼홀시 댱공과 박시ᄂᆞᆫ 그 쳥고ᄒᆞᆫ 션비믈 깃거 아니ᄒᆞ더라. 길일(吉日)의 희린이 빅냥우귀(百兩于歸)ᄒᆞ여 대례(大禮)롤 일우니 신부의 안식(顔色)이 빅셜(白雪) ᄀᆞᆺᄐᆞ며 빵안(雙眼)이 명경(明鏡) ᄀᆞᆺ고 와잠미(臥蠶眉)의 닙은 도쥬 ᄀᆞᆺᄐᆞ나 니믹 너모 닉밀며 코히 놉고 신댱(身長)이 훤훤ᄒᆞ여 여ᄉᆞ(例事) 폭(幅) 븕은 깁이 버들 갓ᄐᆞᆫ 허리롤 둘너시며 ᄌᆞ젹초(紫赤綃) 일 필(匹)이 쟝복(章服)을 일웟ᄂᆞᆫ디라 엇디 댱공과 박시의 쓰의 합ᄒᆞ리오? 블열변식(不悅變色)ᄒᆞ여 박시ᄂᆞᆫ 어ᄉᆞ롤 ᄭᅳ디져 한(恨)ᄒᆞ믈 마디 아니ᄒᆞ고 댱공은 일언(一言)을 블개(不開)ᄒᆞ딕 그 녜뫼(禮貌) 슉균(淑均)ᄒᆞ며 동디(動止) 유한(幽閒)ᄒᆞ여 딘퇴졀죄(進退節操) 식니군ᄌᆞ(識理君子)의 풍이 잇ᄉᆞ니 연부인과 어ᄉᆞ 부뷔 대희ᄒᆞ고 경한님 부인이 역시 힝희(幸喜)ᄒᆞ니 희린이 범빅(凡百)을 연부인과 샤빅(舍伯)의 말솜을 쥰힝(準行)ᄒᆞ여 ᄉᆞ샤의견(私私意見)을 두디 아닌디라 신부롤 보고 부친과 모친이 악연실망(愕然失望)ᄒᆞ나 형댱(兄丈)의 칭션(稱善)ᄒᆞ므로조ᄎᆞ 용쇽(庸俗)디 아니믈 알믹 금슬의 낙(樂)이 무산초협(巫山楚峽)의 운우(雲雨)롤 화(和)ᄒᆞ며[181] 교칠(膠漆)[182]의 화ᄒᆞᆫ 쓰이 빅 년(年)의 늣거오미 잇ᄉᆞ니 댱공 66면

180 문쳥션싱: 문청선생. 정한.

181 무산초협(巫山楚峽)의 운우(雲雨)롤 화(和)ᄒᆞ며: 남녀의 육체적 관계를 이르는 말. 초나라의 희왕이 비와 구름으로 변신하는 무산 신녀와 육체적 사랑을 나누었다고 함.

182 교칠(膠漆): 아교풀로 붙이고 그 위에 옻칠을 하면 떨어지지 않고 벗겨지지도 않는 것처럼, 서로 떨어질 수 없는 사이를 이름.

과 박시 오히려 박ᄃᆡ(薄待)ᄒᆞ라 권(勸)튼 못ᄒᆞ고 ᄉᆞ랑치 아닐 쁜이러니 날이 오ᄅᆡᄆᆡ 신부의 셩힝슉덕(性行淑德)이 크게 아ᄅᆞᆷ다오니 댱공은 깃거 비로소 ᄉᆞ랑이 동(動)ᄒᆞ며 박시ᄂᆞᆫ 그 용모긔질이 언연이 댱부(丈夫) ᄀᆞᆺᄐᆞ여 염미(艶美)ᄒᆞ고 고요ᄒᆞᆫ 곳이 업ᄉᆞ믈 ᄋᆡᄃᆞᆯ와ᄒᆞ며 또 검소(儉素)ᄒᆞ고 쳥고(淸高)ᄒᆞ미 뉴다ᄅᆞ믈 깃거 아니 ᄒᆞᄃᆡ 그 효슌(孝順)ᄒᆞ며 유화(柔和)ᄒᆞ믈 아ᄅᆞᆷ다이 넉여 쳐음 블열통한(不悅痛恨)ᄒᆞ던 바와 다ᄅᆞ나 졍시(程氏)[183]와 녀ᄋᆞ(女兒)로 비(比)ᄒᆞᄆᆡ 텬디(天地)
67면 현격ᄒᆞ믈 한(恨)ᄒᆞ고 탄(嘆)ᄒᆞᄂᆞᆫ 듕(中) 녀ᄋᆞ의 긔질(氣質)노뻐 졍한님[184] 갓ᄐᆞᆫ ᄉᆞ회ᄅᆞᆯ 어드니 그 ᄇᆡ체(配體)의 상젹(相適)ᄒᆞ미 쥬화옥슈(珠花玉樹) ᄀᆞᆺᄐᆞᄃᆡ 한님의 고집이 디금(只今)의 한갈ᄀᆞᆺᄐᆞ므로 등뎨시(登第時)의 졍쳐ᄉᆡ ᄒᆞᆫ번 압셰워 댱아의 니ᄅᆞᆫ 밧 무심히도 발을 드ᄃᆡ미 업셔 희린의 입장(入丈)ᄒᆞᄂᆞᆫ 날도 님(臨)치 아나시니 박시 졀졀민민(切切憫憫)ᄒᆞ여 ᄉᆞ쳐(私處)로 요괴로온 무녀(巫女)와 간샤(奸邪)ᄒᆞᆫ 복ᄌᆞ(卜者)ᄅᆞᆯ 블너 녀ᄋᆞ의 젹국(敵國)을 업시ᄒᆞ고 한님을 회심(回心)코ᄌᆞ 요도(妖徒)ᄅᆞᆯ 구식(求索)ᄒᆞ미 동셔(東西)의 파다ᄒᆞ엿더니 일일(一日)은 박낭듕 부인 시녀 교츈이 쥬인의 셔함(書函)을 밧드러 왓다가 믄득 고왈(告曰)

"쇼비(小婢) 이리 오ᄋᆞᆸ더니 길히셔[185] ᄒᆞᆫ 신긔로온 도승(道僧)을 보과이다."

---

183 졍시(程氏): 정씨. 정월염.

184 졍한님: 정한림. 정인광.

185 길히셔: 규장각본에는 '길의셔'로 되어 있음.

박시 쳥미파(廳未罷)의 깃브믈 니긔디 못ᄒᆞ여 썔니 므러 골오ᄃᆡ
"어ᄃᆡ셔 엇더ᄒᆞᆫ 션승(仙僧)을 만나시며 므ᄉᆞ 일 신긔로오믈 본다? 모로미 붉히 닐너 날노 ᄒᆞ여곰 ᄌᆞ셔히 알게 ᄒᆞ고 딘실노 긔특(奇特)ᄒᆞ거든 션승을 블너오라."
교츈의 위인이 잠간 교민(巧敏)ᄒᆞ며 날닌 혀롤 놀녀 능히 사룸을 혹(惑)게 ᄒᆞᄂᆞᆫ 고로 문견(聞見)을 젼(傳)ᄒᆞᄂᆞᆫ 바의 듯ᄂᆞᆫ ᄌᆞ(者)로 ᄒᆞ여곰 목젼(目前)의 보ᄂᆞᆫ ᄃᆞᆺᄒᆞᆫ디라. 이에 길ᄒᆡ셔 ᄇᆡᆨ의노승(白衣老僧)을 만나니 션풍이골(仙風異骨)이 포단(蒲團) 우ᄒᆡ 공부롤 닷가 댱ᄉᆡᆼ블ᄉᆞ(長生不死)롤 긔약(期約)ᄒᆞᆯ 쁜 아니라 사룸으로 ᄒᆞᆫ번 보ᄆᆡ 얼골노조ᄎᆞ 팔ᄌᆞ길흉(八字吉凶)을 소연(昭然)이 션디(先知)ᄒᆞ고 소ᄅᆡ롤 드러 픔은 뜻을 쾌히 알며 현우션악(賢愚善惡)을 깁히 ᄉᆞ못고 ᄌᆡ익(災厄)을 낫낫치 아라 능히 여룬 복을 둣터이 ᄒᆞ며 져룬[186] 슈(壽)롤 길게 졔도(濟度)ᄒᆞᄂᆞᆫ ᄉᆡᆼ블(生佛)이믈 ᄀᆞᆺ초 일ᄏᆞᄅᆞ니 박시 귀롤 기우려 듯기롤 맛ᄎᆞᄆᆡ 긔이ᄒᆞ고 신통ᄒᆞ믈 니긔디 못ᄒᆞ여 낫 가리오ᄂᆞᆫ 녜문(禮文)이 업ᄉᆞᆯ딘ᄃᆡ 고ᄃᆡ 길ᄒᆡ 가 마ᄌᆞ오고ᄌᆞ 뜻이 블 ᄀᆞᆺᄐᆞ니 ᄒᆞᆫ갓 발을 구ᄅᆞ며 일변(一邊)으로 교츈의 등을 미러 골오ᄃᆡ
"그 ᄉᆡᆼ블이 발셔 어ᄃᆡ로 가시면 엇디ᄒᆞ리오? 모로미 썔니 가 쳥ᄒᆞ여 오라. 만일 슌(順)히 오나든[187] 딕노(直路)로 오지 말고 후원으로조ᄎᆞ 바로 이리 오라."
교츈이 응낙ᄒᆞ며 다시 나와 니고(尼姑)롤 쳥ᄒᆞᆯᄉᆡ 박시의 니룬 ᄃᆡ로

68면

186 져룬: 져르다. 짧다.
187 오나든: 규장각본에는 '오거든'으로 되어 있음.

후문으로 휘도라 바로 박시 침당(寢堂)으로 드러오니 박시 좌ᄎᆞ(座次)ᄅᆞᆯ 졍(正)히 ᄒᆞ고 스ᄉᆞ로 셰슈분향(洗手焚香)ᄒᆞ여 니고(尼姑)ᄅᆞᆯ 기다리미 간졀ᄒᆞ다가 교츈의 니ᄅᆞ믈 보고 년망(連忙)이 당의 나려 공경ᄒᆞ여 마ᄌᆞᆯᄉᆡ 니괴 산간의 ᄒᆞᆫ낫 걸승(乞僧)으로 잠간 사ᄅᆞᆷ의 ᄉᆞ쥬길흉(四柱吉凶)을 ᄭᆡ다ᄅᆞ미 잇ᄉᆞ나 팔좌(八座)[188] ᄂᆡᄌᆞ(內子)의 존귀ᄒᆞ므로뼈 ᄯᅡᄒᆡ 나려 맛ᄂᆞᆫ 영화로온 녜슈(禮數)ᄅᆞᆯ ᄉᆡᆼᄂᆡ(生來)의 엇디 어들 ᄇᆡ리오? 십분황공(十分惶恐)ᄒᆞ여 합장ᄇᆡ례(合掌拜禮)의 만복(萬福)을 튝(祝)ᄒᆞ며 날호여 부인으로 더브러 당의 오로ᄆᆡ 박시 당당ᄒᆞᆫ ᄉᆡᆼ블(生佛)을 만난 ᄃᆞ시 언언(言言)이 ᄉᆞ뷔(師父)라 ᄒᆞ고 혹 부쳬라 일ᄏᆞ라 존경ᄒᆞ믈 디극히 ᄒᆞ며 몬져 ᄇᆡᆨ은(白銀) 십 냥과 두 빵 황쵹(黃燭)과 ᄒᆞᆫ 필 ᄇᆡᆨ깁으로 녜믈(禮物)을 삼고 댱공과 ᄌᆞ긔의 년치(年齒)ᄅᆞᆯ 닐너 화복을 츄졈(推占)ᄒᆞ니 니괴 ᄋᆞᆫ화의 심신이 황홀ᄒᆞ여 평ᄉᆡᆼ ᄌᆡ조ᄅᆞᆯ 다ᄒᆞᄆᆡ 대져 디ᄂᆞᆫ 바ᄅᆞᆯ 의연이 맛치고 목금형셰(目今形勢)ᄅᆞᆯ 보ᄂᆞᆫ ᄃᆞ시 니ᄅᆞ더라.

69면

(책임교주 탁원정)

188 팔좌(八座): 재상급의 8명의 고위 관료. 여기에서는 높은 관직을 뜻함.

완월회맹연 玩月會盟宴

권디ᄉᆞ십이 卷之四十二

1면 ᄌᆡ셜(再說). 니괴(尼姑) 은화의 심신이 황홀ᄒᆞ여 평ᄉᆡᆼ ᄌᆡ조ᄅᆞᆯ 다ᄒᆞᄆᆡ 대져(大抵) 디난 바ᄅᆞᆯ 의연이 맛치고 목금형셰(目今形勢)ᄅᆞᆯ 보ᄂᆞᆫ ᄃᆞ시 닐너 갈ᄉᆡ 댱쇼져[1]의 슈복(壽福)을 대찬(大讚)ᄒᆞ여 반ᄃᆞ시 쳔승디국(千乘之國)[2]을 모림(母臨)[3]ᄒᆞ며 휘젹(翬翟)[4]의 존귀ᄅᆞᆯ 누리리라 ᄒᆞᄃᆡ 디난 ᄋᆡᆨ화(厄禍)의 다ᄃᆞ라ᄂᆞᆫ 머리ᄅᆞᆯ 흔드러 ᄯᅩ ᄌᆡᄋᆡᆨ(災厄)이 업디 아니믈 고ᄒᆞ여 왈

"빈되(貧道) 심산(深山)의 슈도(修道)ᄒᆞᄂᆞᆫ 듕으로 셰샹(世上)을 샤졀(謝絶)ᄒᆞ연 디 여러 ᄒᆡ러니 거야(去夜)의 관음대ᄉᆡ(觀音大士) 현셩(顯聖)ᄒᆞ샤 ᄀᆞᆯ오샤ᄃᆡ '어딘 집 귀ᄒᆞᆫ ᄯᆞᆯ이 복션(福善)을 밧게 되여시ᄃᆡ 횡ᄋᆡᆨ(橫厄)이 디듕(至重)ᄒᆞ니 네 모로미 졔도(濟度)ᄒᆞ여 옥황(玉皇)의 ᄉᆡᆼ민(生民)ᄒᆞ신 덕과 셰존(世尊)의 활인(活人)ᄒᆞ시ᄂᆞᆫ 은ᄐᆡᆨ(恩澤)을 너비 알게 ᄒᆞᄃᆡ 경사(京師) 여ᄎᆞ여ᄎᆞᄒᆞᆫ 집을 ᄎᆞᄌᆞ라.' ᄒᆞ시ᄆᆡ 산의 이의 니ᄅᆞ럿ᄉᆞᆸᄂᆞ니 부인은 ᄉᆡᆼ각ᄒᆞ샤 귀쇼져(貴小姐)의 도ᄋᆡᆨ(度厄)[5]의 정셩(精誠)을 다ᄒᆞ쇼셔."

2면 박시 더옥 긔이(奇異)히 넉여 엿튼 소견과 괴이ᄒᆞᆫ 의ᄉᆞᄅᆞᆯ 낫낫치 니ᄅᆞ며 녀ᄋᆞ(女兒)의 젹인(敵人) 소시[6]ᄅᆞᆯ 업시ᄒᆞ믈 의논ᄒᆞ여 '만일의 소시ᄅᆞᆯ 죽이고 셔랑(壻郞)의 ᄆᆡ몰(埋沒)ᄒᆞᆫ 고집을 화슌관후(和順寬厚)

---

1 댱쇼져: 장소저. 장성완.
2 쳔승디국(千乘之國): 천승지국. 큰 나라의 제후는 천 대의 병거(兵車)를 갖출 수 있다는 데서 온 것으로, 제후가 다스리는 나라를 이르는 말. 《맹자》 〈양혜왕상편(梁惠王上篇)〉.
3 모림(母臨): 후비(后妃)가 국모(國母)로서 백성들에게 임하는 것.
4 휘젹(翬翟): 휘적. 붉은 비단에 나는 꿩을 수놓은 것으로, 왕후가 입던 옷.
5 도ᄋᆡᆨ(度厄): 도액. 가정이나 개인에게 닥칠 액을 미리 막는 일. 액막이.
6 소시: 소씨. 정인광의 첩 소채강.

케 ᄒᆞᆯ딘ᄃᆡ 만금억ᄌᆡ(萬金億資)라도 앗기미 업ᄉᆞ리라.' ᄒᆞ며 녀ᄋᆞ의 ᄌᆡ익(災厄)을 소멸ᄒᆞᆯ 바를 므ᄅᆞᆫᄃᆡ 니괴(尼姑) 쳥졍(清淨)ᄒᆞᆫ 도승(道僧)이 아니오 탐욕이 무한ᄒᆞᆫ 쇽승(俗僧)이라 박시의 쇽업ᄉᆞᆫ 거동을 보ᄆᆡ ᄌᆡ리(財利)를 만히 앗고져 ᄒᆞ여 잡져이 셜ᄌᆡ디슈(設祭之需)를 긔록ᄒᆞᄆᆡ ᄇᆡᆨ금(百金)이 거의로ᄃᆡ 박시 앗기디 아니코 도튝(禱祝)ᄒᆞᆯ 날을 뎡(定)ᄒᆞ며 소시를 엇디ᄒᆞ여야 업시ᄒᆞᆯ 계교를 급히 므ᄅᆞ니 니괴 쇼왈(笑曰)

"귀쇼져(貴小姐)의 ᄌᆡ익을 몬져 소멸ᄒᆞᆫ 후 이런 일을 의논ᄒᆞ쇼셔. 셔어(齟齬)히 ᄒᆞ다가ᄂᆞᆫ 쇼져긔 졍위(正位)를 보젼(保全)치 못ᄒᆞ게 되오리니 몬져 블젼(佛前)의 졍셩(精誠)을 드려 도튝(禱祝)ᄒᆞ고 경칙(經冊)을 슈십 냥 은ᄌᆞ(銀子)를 드려 장만ᄒᆞ여 쇼졔(小姐) ᄉᆡ벽마다 친히 숑경(誦經)ᄒᆞ시기를 삼십 일만 ᄒᆞ시면 ᄌᆡ익을 소멸ᄒᆞ며 필연 귀ᄌᆞ(貴子)를 ᄉᆡᆼ(生)ᄒᆞ시리이다."

3면

박시 녀ᄋᆞ(女兒)의 졍위(正位)를 안보(安保)치 못ᄒᆞ리란 말의 더옥 놀납고 ᄎᆞ악(嗟愕)ᄒᆞ여 만심(滿心)이 셔늘ᄒᆞ니 ᄌᆞ긔(自己) 본ᄃᆡ 후(後)로뼈 션(先)을 밧고와 원군(原君)[7]을 믈니치며 그 ᄌᆞ리를 아ᄉᆞ 흔흔열낙(欣欣悅樂)ᄒᆞ여 보와시므로 소쇼져의 셩심혜ᄒᆡᆼ(誠心慧行)을 능히 아디 못ᄒᆞ고 업시치 아냐셔ᄂᆞᆫ 녀ᄋᆞ의 위(位)를 앗기ᄂᆞᆫ 폐단이 이실가 근심ᄒᆞ며 믜워ᄒᆞ던 바의 니괴(尼姑) 이ᄀᆞᆺ치 니ᄅᆞ믈 경ᄒᆡ(驚駭)ᄒᆞ여 ᄌᆞ긔 경칙(經冊) 어들 갑ᄉᆞᆯ 혜여 주고 ᄌᆞ긔게ᄂᆞᆫ 교츈만치 영니ᄒᆞᆫ

7 원군(原君): 정실부인. 본처.

비ᄌᆡ(婢子) 업다 ᄒᆞ여 낭듕 부인긔 교춘을 비러 산ᄉᆞ(山寺)의 왕ᄂᆡ(往來)ᄒᆞ려 홀시 니괴 상부경궁(相府卿宮)의 오ᄅᆡ 안ᄌᆞ시미 ᄆᆞ 옴의 숑황(悚惶)ᄒᆞ며 혹 알 니 잇셔 부인의 ᄌᆡ믈(財物) 허비(虛費)롤 말닐가 념녀ᄒᆞ여 이날의 도툑ᄉᆞ(禱祝祀)롤 아조 출혀 달나 ᄒᆞᆫᄃᆡ 박시 조곰도 의심치 아니코 일일히 드ᄂᆞᆫ 슈(需)롤 므러 니ᄅᆞᄂᆞᆫ ᄃᆡ로 ᄂᆡ여주고 다시 왕ᄂᆡᄒᆞ여 기리 ᄉᆞ괴미 되게 ᄒᆞ라 ᄒᆞ니 니괴 합장응ᄃᆡ(合掌應對)ᄒᆞ며 드ᄃᆡ여 문을 나ᄆᆡ 본ᄃᆡ 교춘으로 더브러 각별친후(各別親厚)ᄒᆞ던 니괴라 오날놀 밋친 부인을 만나 만흔 ᄌᆡ믈(財物)을 어드니 즐겁고 다힝ᄒᆞ며 우읍고 긔괴(奇怪)ᄒᆞ믈 니긔디 못ᄒᆞ여 셔로 일장(一場)을 크게 우으며 그윽ᄒᆞᆫ 곳의 가 은화롤 둘ᄒᆡ[8] 난호ᄆᆡ 니고(尼姑)ᄂᆞᆫ 오히려 ᄉᆞ오 냥 은ᄌᆞ(銀子)롤 허비ᄒᆞ여 블젼(佛前)의 딘향ᄎᆞ(進享茶)롤 장만ᄒᆞ여 가디고 산소로 올나갓더니 칠팔 일이 디난 후의《능엄경(楞嚴經)》[9]으로브터 샹하낙길(上下落帙)ᄒᆞ며 편편(片片)히 ᄒᆡ여진 잡경(雜經) 삼십여 권을 금ᄉᆞ홍보(金絲紅褓)[10]ᄒᆡ ᄡᆞ셔 교춘으로 ᄒᆞ여곰 박시긔 드린 후 여ᄎᆞ여ᄎᆞᄒᆞ니 춘이 즉시 당부의 와 박시긔 뵈고 산소의 올나가 도툑(禱祝)의 무궁ᄒᆞᆫ 졀조(絶調)롤 일ᄏᆞᄅᆞ며 한업ᄉᆞᆫ 슈고롤 니언ᄌᆞᄉᆞ(利言恣肆)히 고ᄒᆞ고 니고ᄂᆞᆫ 숑경셜법(誦經說法)을 파(罷)ᄒᆞᆫ 후 긔력(氣力)이 밋디 못ᄒᆞ여 나려오디 못ᄒᆞ므로 졔 홀노 경칙(經冊)을 밧드러 오므로ᄡᅧ 고ᄒᆞ며 니고ᄂᆞᆫ 후일의 죵용이 ᄂᆡ알(內謁)홀 바롤

4면

8 둘히: 규장각본에는 '둘의'로 되어 있음.

9 《능엄경(楞嚴經)》: 불교의 이치와 수행의 방법을 구체적으로 제시한 불교 경전으로, 총 10권으로 구성되어 있음.

10 금ᄉᆞ홍보(金絲紅褓): 금사홍보. 금빛 나는 실과 붉은 빛깔의 보자기.

일ᄏᆞᄅᆞ니 박시 일편심경(一片心情)이 업ᄉᆞ므로뼈 엇디 이런 일의 의
심을 두리오? 교츈이 슈일근노(數日勤勞)ᄒᆞ믈 각별샹사(各別賞賜)ᄒᆞ 5면
며 급급히 쇼져(小姐)의게 일장셔간(一場書簡)을 븟쳐 경칙 삼십여
권을 어더 노화시니 만일 그곳의셔 숑경(誦經)ᄒᆞ미 비편(非便)ᄒᆞ량이
면 삼십 일 위한(爲限)ᄒᆞ고 도라와 대익(大厄)을 소멸ᄒᆞ라 ᄒᆞ며 만일
ᄌᆞ긔의 말을 듯디 아니ᄒᆞ면 친히 나아가 소녀[11]ᄅᆞᆯ 난타ᄒᆞ고 졍ᄌᆞ(程子)
ᄅᆞᆯ 즐욕(叱辱)ᄒᆞᆫ 후 녀ᄋᆞ(女兒)ᄅᆞᆯ 쾌히 아ᄉᆞ 도라오렷노라 ᄒᆞ여 긔엄
(氣嚴)을 만히 ᄌᆞ랑ᄒᆞ여시니 쇼졔 간필(看畢)의 ᄒᆡ연ᄎᆞ악(駭然嗟愕)
ᄒᆞ믈 니긔디 못ᄒᆞ나 모친의 인믈을 아ᄂᆞᆫ디라 간(諫)ᄒᆞ여 드ᄅᆞᆯ 길히 업
ᄉᆞ며 경칙을 슈히 가져오디 아니ᄒᆞ여셔ᄂᆞᆫ 이에 와 므슴 ᄒᆡ거(駭擧)ᄅᆞᆯ
닐 ᄃᆞᆺᄒᆞ므로 출하리 응슌(應順)ᄒᆞᄂᆞᆫ 쳬ᄒᆞ고 경칙을 가져오거든 즉시
소화(消火)ᄒᆞ리라 쥬의(主意)ᄅᆞᆯ 뎡(定)ᄒᆞ미 회간(回簡)의 ᄀᆞ장 반기
ᄂᆞᆫ ᄃᆞ시 명일(明日) 유모ᄅᆞᆯ 보ᄂᆡ여든 맛쳐 보ᄂᆡ시고 다ᄅᆞᆫ 시녀ᄂᆞᆫ 주
어 보ᄂᆡ디 마ᄅᆞ쇼셔 ᄒᆞ여 숑경ᄒᆞ믈 게얼니 아니 ᄒᆞ리이다 ᄒᆞ여시니
박시 대열ᄒᆞ여 스ᄉᆞ로 쾌활ᄒᆞ믈 니긔디 못ᄒᆞ며 망녕(妄靈)된 의ᄉᆡ 착
급ᄒᆞ여 명일(明日) 셜난이 와셔 가져가기ᄅᆞᆯ 기다리디 못ᄒᆞ고 이날 져 6면
믄 후 ᄌᆞ긔 시녀로뼈 경칙을 밧드러 쇼져(小姐)긔 젼ᄒᆞ과져 ᄒᆞᆯᄉᆡ 다
시 글을 깃쳐 명효(明曉)브터 숑경ᄒᆞᄂᆞᆫ 거시 올흐므로 셜난의 오기ᄅᆞᆯ
기다리디 못ᄒᆞ여 ᄌᆞ레 보ᄂᆡ노라 ᄒᆞ며 ᄇᆡᆨ의관음(白衣觀音) ᄀᆞᄐᆞᆫ 셩승
(聖僧)이 숑경길일(誦經吉日)을 ᄐᆡᆨ(擇)ᄒᆞᆫ ᄇᆡ 명일(明日)이라 ᄒᆞ여 경

11 소녀: 소씨 여자. 소채강.

ᄎᆡᆨ(經冊)의 정셩을 다ᄒᆞᆯ딘ᄃᆡ 대ᄋᆡᆨ(大厄)을 소멸ᄒᆞ고 비웅(羆熊)의 샹셔(祥瑞)ᄅᆞᆯ 어더 ᄐᆡ경(泰慶)을 졈복(占卜)ᄒᆞ미 되리라 ᄒᆞ여 신통ᄒᆞ믈 누누히 베퍼 쇼져로 ᄒᆞ여곰 가ᄇᆡ야이 넉이디 못ᄒᆞ게 당부ᄒᆞ여 보ᄂᆡ니 시ᄋᆞ(侍兒) 소ᄎᆔᄂᆞᆫ 본ᄃᆡ 문 밧글 ᄌᆞ로 나미 업ᄉᆞ며 어미의 집으로조ᄎᆞ 갓 올나와 안역ᄒᆞ연 디 협슌(挾旬)이므로 동셔(東西)ᄅᆞᆯ 블분(不分)ᄒᆞᄃᆡ 텬셩(天性)인ᄌᆞᆨ ᄀᆞ장 고결ᄃᆡᆨᄇᆡᆨ(高潔直白)ᄒᆞ니 박시 ᄉᆡᆼ각ᄒᆞᄃᆡ 다ᄅᆞᆫ 시녀ᄅᆞᆯ 주어 보ᄂᆡ면 혹ᄌᆞ(或者) 바로 가지 아니코 듕간(中間)의셔 더러 셔실(鬩失)[12]ᄒᆞᄂᆞᆫ 폐단이 이실가 념녀ᄒᆞ여 소ᄎᆔᄅᆞᆯ 맛져 보ᄂᆡ니 소ᄎᆔ 졍부(程府)의 왕ᄂᆡ(往來)ᄒᆞ미 쳐음이라 엇디 댱쇼져 침소(寢所)
7면 ᄅᆞᆯ 아라 바로 드러가리오? 이ᄯᆡ 졍부 졔소년(諸少年)이 명광헌의 모다 담화ᄒᆞ더니 소ᄎᆔ 그ᄅᆞᆺ 쇼져(小姐) 침소만 넉여 ᄉᆞ못 드러가다가 셔동(書童)을 만나 당부의셔 와시믈 니ᄅᆞ고 ᄎᆡᆨ ᄡᆞᆫ 것과 셔간(書簡)을 주며 드려달나 ᄒᆞ니 셔동이 아모 연괸(緣故) 줄 아디 못ᄒᆞ고 댱어ᄉᆞ 곤계(昆季) 셔ᄎᆡᆨ(書冊)을 셔로 갈나 보던 고로 시ᄋᆡ 가져왓ᄂᆞᆫ가 ᄒᆞ여 밧드러 졔상공(諸相公) ᄋᆞᆲᄒᆡ 노흐니 ᄎᆞᄉᆡ(此事) ᄒᆞ여(何如)오? ᄎᆞ일(此日) 한님이 군죵졔뎨(群從諸弟)로 더브러 져녁 문안의 드러가고자 ᄒᆞᄃᆡ 표형(表兄) 화시랑 등이 맛촘 니ᄅᆞ러 담화ᄒᆞ여 슈히 니디 아니ᄒᆞᄆᆡ ᄯᅩᄒᆞᆫ 담쇼ᄒᆞ더니 셔동이 ᄎᆡᆨ ᄡᆞᆫ 거ᄉᆞᆯ ᄋᆞᆲᄒᆡ 노흐믈 보고 어ᄃᆡ셔 왓ᄂᆞᆫ고 므ᄅᆞᆫᄃᆡ 셔동이 댱부의셔 오믈 고ᄒᆞ거ᄂᆞᆯ 혹ᄉᆞ 닌흥이 쇼왈(笑曰)

“내 ᄇᆡᆨ승[13]의게 구ᄒᆞᆫ ᄎᆡᆨ(冊)이 잇더니 금일(今日)의 보ᄂᆡ도다.”

---

12 셔실(鬩失): 서실. 알지 못하는 사이에 물건을 잃어버리는 것.

13 ᄇᆡᆨ승: 백승. 장창린.

ᄒᆞ며 몬져 셔간(書簡)을 펴보려 ᄒᆞᆯ시 화시랑 등이 일시의 ᄒᆞᆫ 권식 집어 보려 ᄒᆞ다가 제목의 ᄡᅳᆫ 거시 잡경칙(雜經冊)이믈 보고 크게 ᄒᆡ연(駭然)ᄒᆞ여 도로 노화ᄇᆞ리며 화시랑이 뎡식왈(正色曰)

"원뵈[14] 셩문학도(聖門學徒)로 ᄉᆞ리(事理) 개명(開明)ᄒᆞ고 녜의(禮儀) 통쳘(洞徹)ᄒᆞ거놀 엇디 블경(佛經)의 허무탄망(虛無誕妄)ᄒᆞ믈 취(取)ᄒᆞ여 대ᄉᆞ로이 어더다가 보려 ᄒᆞᄂᆞ뇨? 아등(我等)이 현뎨(賢弟)로ᄡᅧ 이런 위인으로 아디 아녓더니 금일(今日) 음숑(吟誦)코져 가져와시믈 보미 한심괴ᄒᆡ(寒心怪駭)ᄒᆞ믈 니긔디 못ᄒᆞ리로다." 8면

학시 셔간을 드러 ᄒᆞᆫ번 보다가 댱어ᄉᆞ의 소작(所作)이 아니믈 놀나 즉시 노화ᄇᆞ리고 화시랑긔 흔연이 샤죄왈(謝罪曰)

"쇼뎨(小弟) 셩되(性度) 허랑ᄒᆞ므로 블셔(佛書)의 허무탄망ᄒᆞ믈 모로미 아니로ᄃᆡ 그 의논인즉 통달ᄒᆞ믈 인ᄒᆞ여 ᄒᆞᆫ번 보려 ᄒᆞ미러니 표형(表兄)이 이러ᄐᆞᆺ 칙(責)ᄒᆞ시니 쇼뎨 허믈을 비로소 ᄭᆡ닷ᄉᆞᆸᄂᆞᆫ디라. 즉시 도라보ᄂᆡ샤이다."

셜파(說罷)의 도로 ᄡᆞᄂᆞᆫ디라. 한님이 학ᄉᆞ와 엇게ᄅᆞᆯ 갈와 좌(座)ᄅᆞᆯ 일웟던 고로 학ᄉᆡ 셔간을 잡아 펼치ᄂᆞᆫ 바의 ᄒᆞᆫ번 눈을 들ᄆᆡ 쳣 줄노브터 나죵가지 ᄇᆡ이ᄂᆞᆫ디라 이 반ᄃᆞ시 박부인 셔ᄉᆡ(書辭)믈 알고 그 측냥업시 못삼긴 인믈노 ᄯᆞᆯ의게 블경(佛經)을 보니믈 칙망(責望)ᄒᆞᆯ 거ᄉᆞᆫ 아니로ᄃᆡ 쇼졔 그 모친의 과실을 간(諫)치 아니코 도로혀 셜난을 보ᄂᆡ여 가져오려 ᄒᆞ던 바ᄅᆞᆯ 만심대ᄒᆡ(滿心大駭)ᄒᆞ며 블열노긔(不悅怒氣)ᄒᆞ 9면

14 원뵈: 원보. 정인홍.

니 미우(眉宇)의 츄상(秋霜)이 은은(誾誾)ᄒᆞ여 왈

"현뎨(賢弟) 댱시ᄅᆞᆯ 위ᄒᆞ여 표형(表兄)의 ᄎᆡᆨ(責)ᄒᆞ시믈 감슈(甘受)ᄒᆞ여 업ᄂᆞᆫ 허믈을 ᄌᆞ당(自當)ᄒᆞ믄 어인 일고? 블셔(佛書)ᄅᆞᆯ 사ᄅᆞᆷ마다 볼 거시 아니오 더옥 군ᄌᆞ의 곳의 머믈 ᄇᆡ 아니라 도로 ᄂᆡ여주려니와 우리 가ᄂᆡ(家內)의 블경을 음숑(吟誦)ᄒᆞᄂᆞᆫ 니고(尼姑)의 샷기 드려와 션조(先祖)의 계훈(戒訓)을 어그ᄅᆞᆺᄎᆞ며 왕모(王母)와 존당(尊堂)의 규구(規矩)ᄅᆞᆯ 어그ᄅᆞᆺ치ᄂᆞᆫ 바ᄅᆞᆯ ᄉᆡᆼ각디 못ᄒᆞ괘라."

좌듕(座中)이 박부인이 그 ᄯᆞᆯ의게 보ᄂᆡᆫ 바 경ᄎᆡᆨ(經冊)이믈 디긔(知機)ᄒᆞ나 댱쇼져ᄅᆞᆯ ᄒᆞᆫ번 본 ᄌᆡ(者)야 뉘 블경을 음숑ᄒᆞ고 안ᄌᆞ시리라 ᄒᆞ리오? 반ᄃᆞ시 묘ᄆᆡᆨ(苗脈)이 잇ᄉᆞ믈 ᄭᆡ다ᄅᆞ며 학ᄉᆡ 흠신샤례(欠身謝禮) 왈[15]

"과연 경ᄎᆡᆨ을 유의ᄒᆞᆫ 번 업고 그 셔간(書簡)이 ᄇᆡᆨ승의 보ᄂᆡ미 아니믈 보오ᄆᆡ ᄆᆞᄋᆞᆷ의 ᄒᆡ연(駭然)ᄒᆞᄃᆡ 말이 길 거시므로 표형의 ᄎᆡᆨ언(責言)을 스ᄉᆞ로 감슈ᄒᆞ엿더니 형댱(兄丈)이 발셔 그 셔ᄉᆞᄅᆞᆯ 보시도소이다. 원간 존슈(尊嫂)ᄂᆞᆫ 인듕셩인(人中聖人)이시라 엇디 허무탄망(虛無誕
10면 妄)ᄒᆞᆫ 바ᄅᆞᆯ 착의(着意)ᄒᆞ시리잇고마ᄂᆞᆫ 그 ᄌᆞ부인(慈夫人)의 ᄠᅳᆺ을 슌(順)ᄒᆞ여 경ᄎᆡᆨ을 가져다가 업시ᄒᆞ고 거즛 음숑(吟誦)ᄒᆞ므로ᄡᅧ ᄃᆡ(代)코져 ᄒᆞ시미니 형댱(兄丈)의 신셩명달(神聖明達)ᄒᆞ시므로 엇디 ᄉᆡᆼ각디 못ᄒᆞ샤 블열미쾌(不悅未快)히 넉이시ᄂᆞ니잇고? 우리 아ᄅᆞᆫ 쳬 말고 경ᄎᆡᆨ을 드려보ᄂᆡ여 슈슈(嫂嫂) 침실의 ᄒᆞ로나 머므ᄅᆞ미 되거든 쇼

---

15 흠신샤례(欠身謝禮) 왈: 규장각본에는 '흠신사왈'로 되어 있음.

뎨(小弟) 죄ᄅᆞᆯ 당ᄒᆞ리이다."

한님이 ᄎᆞ게 우어 ᄀᆞᆯ오ᄃᆡ

"원보ᄂᆞᆫ 어인 사ᄅᆞᆷ이완ᄃᆡ 간셥디 아닌 일의 죄 당ᄒᆞ믈 그리 즐겨ᄒᆞᄂᆞ뇨? 경칙이야 아모 괴이ᄒᆞᆫ 거신들 남의 모녀간 보ᄂᆡ며 밧ᄂᆞᆫ 거ᄉᆞᆯ 내 아ᄅᆞᆫ 쳬ᄒᆞ랴? 다만 경칙 보ᄂᆞᆫ 거시 머리 ᄆᆡᆫ 나귀의 소임이라 엇디 부녀의 음ᄉᆞᆼᄒᆞᆯ ᄇᆡ리오?"

설파(說罷)의 셔동(書童)을 명ᄒᆞ여 ᄎᆡᆨ(冊)과 셔간을 도로 ᄂᆡ여주라 ᄒᆞᄃᆡ 온ᄉᆡᆨ(慍色)과 노긔(怒氣) 표표(表表)ᄒᆞ니 화시랑이 도로혀 ᄒᆡ유(解諭)ᄒᆞ여 원보의 말이 올흐믈 니ᄅᆞ고 상ᄉᆡᆼ 등이 이에 잇더니 일시의 우어 왈

"우리 남의 부인ᄂᆡ 시비(是非)ᄒᆞᆯ ᄇᆡ 아니로ᄃᆡ 댱상셔 계비(繼妃)의 셩ᄒᆡᆼ(性行)이 조협(阻狹)ᄒᆞ여 ᄉᆞ리(事理)의 관쳘(觀徹)치 못ᄒᆞ믈 드럿ᄂᆞ니 경칙을 보ᄂᆡ미 필연 ᄌᆡ보[16]ᄅᆞᆯ 브족(不足)ᄒᆞ여 실가(室家)ᄅᆞᆯ ᄃᆡ 11면
졉(待接)ᄒᆞᄂᆞᆫ 도리 박(薄)ᄒᆞ므로뼈 슈슈의 대ᄋᆡᆨ(大厄)을 소멸코ᄌᆞ ᄒᆞ미라. 비록 아ᄅᆞᆷ답디 아닌 일이나 부인ᄂᆡ 괴이치 아닌 일이오 기실(其實)은 ᄌᆡ보의 박졍ᄆᆡ연(薄情昧然)ᄒᆞᆫ 허믈이라 엇디 네 일이 멀믈 ᄉᆡᆼ각디 아니코 박부인만 외오 넉이며 원보ᄂᆞᆫ 슈숙간(嫂叔間)이로ᄃᆡ 댱슈의 셩효덕ᄒᆡᆼ(誠孝德行)을 알거ᄂᆞᆯ 현뎨(賢弟)ᄂᆞᆫ 부부간의 아디 못ᄒᆞ미 어둡디 아니랴?"

한님이 맛ᄎᆞᆷᄂᆡ 블열통ᄒᆡ(不悅痛駭)ᄒᆞᆫ 빗ᄎᆞᆯ 거두디 아니ᄒᆞ더니 화시

---

16 ᄌᆡ보: 재보. 정인광.

랑 등이 일시의 도라가ᄆᆡ 졔뎨군죵(諸弟群從)을 다리고 존당(尊堂)의
드러가 시측(侍側)ᄒᆞᆯᄉᆡ 쇼년부인(少年夫人)ᄂᆡ 니ᄅᆞ러 써디니 업ᄉᆞᄃᆡ
홀노 댱쇼졔 좌(座)의 잇디 아니니 상ᄉᆡᆼ 등이 한님의 향ᄀᆡᆨ(嚮刻) 분노
턴 거동을 거동을[17] ᄉᆡᆼ각고 그윽이 함쇼(含笑)ᄒᆞ더니 태부인이 한님을
도라보아 ᄀᆞᆯ오ᄃᆡ
"댱쇼뷔 본ᄃᆡ 젹상(積傷)ᄒᆞᆫ 바로 토혈(吐血)이 무상(無常)ᄒᆞ며 침식
을 평상(平常)치 못ᄒᆞ더니 금일(今日) 오후로브터 셰 번 토혈ᄒᆞ고 졍
12면 신을 슈습(收拾)디 못ᄒᆞᆫ다 ᄒᆞᄆᆡ 여뷔(汝父) 친히 가보앗거니와 네 ᄯᅩ
그 병을 보아 의치(醫治)[18]로 슈히 낫게 ᄒᆞ라."
한님이 브복문교(仆伏聞敎)의 ᄃᆡ왈(對曰)
"댱시 병이 잇디 아니ᄒᆞ와도 명효(明曉)브터 삼십 일을 긔약(期約)ᄒᆞ
옵고 공부ᄒᆞ기의 니러 난니지 아니ᄒᆞ오리니 왕모(王母)ᄂᆞᆫ 믈녀(勿慮)
ᄒᆞ쇼셔."
태부인이 쳥필(聽畢)의 댱시 공부ᄒᆞ단 말을 괴이히 넉여 그 연고ᄅᆞᆯ
ᄌᆞ셔히 므ᄅᆞᆫᄃᆡ 한님이 피셕쳥죄(避席請罪) 왈
"쇼손(小孫)이 용암잔녈(庸暗孱劣)ᄒᆞ와 가졔법되(家齊法度) 업ᄉᆞ온
고로 댱시의 망측ᄒᆞ오미 블도(佛道)ᄅᆞᆯ 위임(委任)ᄒᆞ와 쇼손의 평ᄉᆡᆼ
듯디 못ᄒᆞ며 보디 못ᄒᆞ던 블셔(佛書)ᄅᆞᆯ 뫼ᄀᆞᆺ치 날나 ᄡᆞ코 명일(明日)
이 숑경길일(誦經吉日)이라 ᄒᆞ여 공부ᄅᆞᆯ 등한(等閑)이 아니 ᄒᆞ려 뎡
(定)ᄒᆞ오니 엇디 한심치 아니ᄒᆞ리잇고? 쇼손이 몬져 경칙(警責)디 못

17 거동을 거동을: '거동을'의 중복 오기.
18 의치(醫治): 의술로 병을 고침.

ᄒᆞ온 죄를 밧ᄌᆞ온 후 져를 도라보ᄂᆡ여 셕가(釋迦)의 도(道)와 노댱(老莊)의 허무망탄(虛無妄誕)ᄒᆞᆫ 바를 두어 가ᄂᆡ(家內)를 어ᄌᆞ러이믈 졔방(制防)코져 ᄒᆞᄂᆞ이다.”

태부인이 미쇼왈(微笑曰)

“ᄋᆞᄒᆡ 엇디 현쳐(賢妻)의 셩심슉ᄒᆡᆼ(誠心淑行)을 망연이 아디 못ᄒᆞ고 13면
괴이ᄒᆞᆫ 말노 험뉴ᄒᆞᄂᆞ뇨? 댱쇼뷔 사ᄅᆞᆷ의 디난 ᄀᆡ특ᄒᆞᆫ 노ᄅᆞᆺ술 ᄒᆞ지 못ᄒᆞ나 그 ᄀᆞᆺ튼 이도(異道)ᄂᆞᆫ 원슈ᄀᆞᆺ치 알니니 블경(佛經)을 ᄲᆞ코 공뷔(工夫)라 ᄒᆞ미 엇디 니ᄅᆞ민고?”

한님이 다시 ᄃᆡ왈(對曰)

“쇼손이 엇디 져를 ᄒᆞᆫ갓 말 못 ᄒᆞᆯ ᄇᆡ라 ᄒᆞ여 일호(一毫)나 험뉴ᄒᆞᆯ ᄇᆡ 잇ᄉᆞ리잇고? 블경을 ᄲᆞ코 공부코져 ᄒᆞ믄 군죵(群從)의 동시(同視)ᄒᆞ온 ᄇᆡ니 하문(下問)ᄒᆞ시면 아ᄅᆞ시리이다.”

태부인이 졔ᄉᆡᆼ(諸生)을 도라보아 그 곡졀(曲折)을 므ᄅᆞᆫᄃᆡ 상ᄉᆡᆼ 등이 이의 본 바를 ᄃᆡ(對)ᄒᆞ여 비록 블경을 가져오미나 댱슈의 ᄆᆞᄋᆞᆷ이 아닌 바를 고ᄒᆞ며 학ᄉᆡ 박부인 셔ᄉᆞ(書辭)를 어ᄉᆞ 댱공의 셔간(書簡)으로 아라본 바를 대강 고ᄒᆞᆯᄉᆡ 슈슈(嫂嫂)의 허믈이 아닌 바를 죵형(從兄)이 깁히 미안ᄒᆞ미 블가(不可)ᄒᆞ믈 일ᄏᆞᄅᆞ니 태부인이 슈미(首尾)를 일통(一通)의 함쇼왈(含笑曰)

“블셔(佛書)를 보ᄂᆡ여 ᄯᆞᆯ노 ᄒᆞ여곰 음숑(吟誦)ᄒᆞ여 ᄌᆡ익(災厄)을 소
멸코져 ᄒᆞᄂᆞᆫ 부인과 그를 보고 노(怒)ᄒᆞ여 현쳐(賢妻)를 츌거(黜去) 14면
키로 의논ᄒᆞᄂᆞᆫ 인ᄉᆡ(人士) 셔로 방블(髣髴)ᄒᆞ니 그 고ᄉᆡᆼ(姑甥)이 아ᄃᆡᆨ ᄉᆞ리(事理) 광달(曠達)ᄒᆞᆯ 날이 머럿도다. 경운당 등의 블경(佛經)이 ᄲᆞ히며 댱시 스ᄉᆞ로 괴도(怪道)를 ᄒᆡᆼ(行)코져 ᄒᆞ믈 친히 본 후 보

ᄂᆡ여도 늣디 아니니 뉸긔(倫紀) 일듕(一重)ᄒᆞ믈 엇디 가바야이 츌거ᄅᆞᆯ 니ᄅᆞᄂᆞ뇨? 네 비록 졔가(齊家)의 엄슉ᄒᆞ나 닐너도 댱공의 그ᄅᆞᆺ 인도ᄒᆞᆫ 박시가디ᄂᆞᆫ 졔어(制御)치 못ᄒᆞ리니 취모(娶母)의 허믈을 엇디 알 거시라 네 죄 잇ᄉᆞ롸 ᄒᆞ여 다ᄉᆞ리믈 쳥ᄒᆞᄂᆞᆫ다? 내 혼망(昏忘)ᄒᆞ여 아디 못ᄒᆞ거니와 그 ᄀᆞᆺᄐᆞ여 대단ᄒᆞᆫ ᄇᆡ 아닌가 ᄒᆞᄂᆞ니 댱쇼뷔 반ᄃᆞ시 블경을 업시ᄒᆞᆯ디라. 네 ᄯᅩ 가옹(家翁)의 도량(度量)으로 믈시(勿施)ᄒᆞ미 올흐니라.”

한님이 만분블열(萬分不悅)ᄒᆞ나 부친이 드ᄅᆞᆫ 쳬ᄒᆞ미 업고 왕뫼(王母) 이러ᄐᆞᆺ 니ᄅᆞ시니 엇디 감히 욱이리오? 이에 ᄌᆡ비(再拜)ᄒᆞ여 명을 밧ᄌᆞ온ᄃᆡ 태부인이 다시곰 댱시의 병을 므ᄅᆞ라 ᄒᆞ더라. 시시(是時)의 댱쇼졔 일일디ᄂᆡ(一日之內)의 젹상(積傷)ᄒᆞᆫ 병이 복발(復發)ᄒᆞᄆᆡ ᄉᆞ
15면 니ᄇᆡᆨᄒᆡ(四肢百骸)ᄅᆞᆯ 고동ᄒᆞᆯ ᄲᆞᆫ 아니라 토혈(吐血)이 본ᄂᆡ 무상(無常)ᄒᆞᆫ 고로 이날 통셰(痛勢) 비경(非輕)ᄒᆞ며 피ᄅᆞᆯ 년(連)ᄒᆞ여 토ᄒᆞᄆᆡ 안ᄉᆡᆨ(顔色)이 찬 옥 ᄀᆞᆺ고 긔운을 능히 슈습(收拾)디 못ᄒᆞ니 상부인의 ᄎᆞ녀(次女) 여ᄉᆡᆼ 쳐 슉교 쇼졔(小姐) 경운당의 니ᄅᆞ럿다가 이 거동을 보ᄆᆡ 놀나며 근심ᄒᆞ여 즉시 쳐ᄉᆞ긔 고ᄒᆞᆫᄃᆡ 쳐ᄉᆡ 친히 니ᄅᆞ러 쇼져ᄅᆞᆯ 볼ᄉᆡ 쇼졔 황공블안(惶恐不安)ᄒᆞ여 년망(連忙)이 니러나고져 ᄒᆞ니 쳐ᄉᆡ 그 편히 누어시믈 ᄌᆡ삼(再三) 니ᄅᆞᄃᆡ 감히 눕디 못ᄒᆞᄂᆞᆫ디라. 이에 좌우 슈(手)ᄅᆞᆯ 잡아 딘ᄆᆡᆨ(診脈)ᄒᆞᄆᆡ ᄆᆡᆨ되(脈度) 부삭(浮數)[19]ᄒᆞ여 비록 일시 발(發)ᄒᆞᆫ ᄇᆡ나 젹취(積聚)ᄒᆞᆫ 병근(病根)이 비경ᄒᆞᆫ디라 ᄀᆞ장 경

19 부삭(浮數): 부삭맥(浮數脈). 맥후(脈候)의 한 종류로 맥이 뜨면서 빠르게 뛰는 것.

녀(驚慮)ᄒᆞ여 신셕문안(晨夕問安)ᄒᆞᄂᆞᆫ 녜(禮)ᄅᆞᆯ 날회고 아딕 조심 됴리(調理)ᄒᆞ라 ᄒᆞ며 ᄌᆞ졔명약(自製命藥)ᄒᆞ여 십 쳡(貼)을 디어 셜난으로 ᄒᆞ여곰 날마다 두 쳡식 달혀 ᄡᅳ라 ᄒᆞ고 심니(心裏)의 젹상ᄒᆞᆫ 병과 디난 바ᄅᆞᆯ 슬피 넉이며 ᄋᆡ듕(愛重)ᄒᆞᄂᆞᆫ 졍(情)이 친ᄉᆡᆼ쇼교(親生小嬌)의 조곰도 나리디 아니ᄒᆞᄃᆡ 그 편히 누엇기ᄅᆞᆯ 위ᄒᆞ여 즉시 니러 존당(尊堂)의 도라오ᄆᆡ 태부인이 그 병의 경듕(輕重)을 므른ᄃᆡ 쳐ᄉᆡ 다 16면
만 젹상ᄒᆞᆫ 병이 깁흐므로 토혈을 ᄌᆞ로 ᄒᆞ고 통쳐(痛處) 업디 아니므로 ᄃᆡ(對)ᄒᆞ나 그 위듕(危重)ᄒᆞᄆᆞᆯ 일ᄏᆞᆺ디 아니ᄒᆞᄃᆡ 태부인이 우려ᄅᆞᆯ 노치 못ᄒᆞ여 한님을 보며 문병ᄒᆞᄆᆞᆯ 니ᄅᆞ나 한님이 당시의 위인으로 벼 블법(佛法)을 존슝(尊崇)ᄒᆞ여 허무탄망(虛無誕妄)ᄒᆞᆫ 경칙(經冊)을 잠심독숑(潛心讀誦)치 아닐 바ᄅᆞᆯ 모로디 아니ᄒᆞᄃᆡ 괴이ᄒᆞᆫ 블셔(佛書)ᄅᆞᆯ 집의 드리ᄆᆞᆯ 블쾌ᄒᆞ여 큰 고집이 다시 발(發)ᄒᆞᄆᆡ 엇디 됴흔 안식으로 병을 므ᄅᆞᆯ 의ᄉᆡ 이시리오마ᄂᆞᆫ 왕뫼 ᄌᆡ삼 니ᄅᆞ시니 ᄂᆡᆼ연브동(冷然不動)ᄒᆞ미 가(可)치 아냐 유유(唯唯)히 슈명(受命)ᄒᆞᄆᆡ 날호여 혼뎡디녜(昏定之禮)ᄅᆞᆯ 파(罷)ᄒᆞ고 믈너 명광헌의 나오니 학ᄉᆞ 닌흥은 ᄂᆡ당(內堂)의 슉침(宿寢)ᄒᆞ며 딕ᄉᆞ 닌유ᄂᆞᆫ 입번(入番)[20]ᄒᆞ엿고 길ᄉᆞ 닌명은 그 부친 쇼부공[21]을 뫼셔 경심헌의셔 ᄌᆞᄆᆡ 닌경 등이 좃ᄎᆞᆺᄂᆞᆫ디라. 군죵제뎨(群從諸弟) 업ᄉᆞᄆᆞᆯ 인ᄒᆞ여 듕쳥(中廳)의 좌(座)ᄅᆞᆯ 일운 후 셔동(書童)으로 ᄒᆞ여곰 경운당 시녀ᄅᆞᆯ 다 잡아오라 ᄒᆞ니 슈유(須臾)의 댱쇼져 유모 셔파와 시ᄋᆞ(侍兒) 츈홍 등을 다 ᄆᆡ여 왓거ᄂᆞᆯ 한님 17면

---

20 입번(入番): 관아에서 당직을 서는 것.

21 쇼부공: 소부공. 정겸.

이 슈려(秀麗)ᄒᆞᆫ 미우(眉宇)의 믁믁(默默)ᄒᆞᆫ 노긔(怒氣)ᄅᆞᆯ 씌여 몬져 셔파ᄅᆞᆯ ᄐᆡ벌(笞罰)ᄒᆞᆯᄉᆡ 정셩엄문(正聲嚴問) 왈

"너 쳔비(賤婢) 비록 무디블식(無知不識)ᄒᆞ나 오히려 이에 완 디 여러 일월(日月)의 가법과 문풍을 거의 알오미 이실디라. 부인의 쇼임(所任)이 다만 듕궤(中饋)[22]ᄅᆞᆯ 쥬(主)ᄒᆞ며 녀힝(女行)을 웃듬ᄒᆞ여 효봉구고(孝奉舅姑)와 승슌군ᄌᆞ(承順君子) ᄯᆞᄅᆞᆷ이어ᄂᆞᆯ 이도(異道)와 블셔(佛書)의 탄망(誕妄)ᄒᆞ믈 가져 유문(儒門)의 힝(行)ᄒᆞ믄 내 집 미말쳔비(微末賤婢)도 아닛ᄂᆞᆫ 노ᄅᆞᆺᄉᆞᆯ 여쥐(汝主) ᄒᆞᆯ노 긔탄업시 잡져온 블셔ᄅᆞᆯ 모호믄 이 어인 도리뇨? 결단코 긔도(祈禱)ᄒᆞᄂᆞᆫ 방술(方術)과 숑경(誦經)ᄒᆞᄂᆞᆫ 부인을 가ᄂᆡ(家內)의 용납디 아니리니 이거시 다 여등(汝等)의 작용으로 쥬인(主人)으로 ᄒᆞ여곰 유문의 죄인을 ᄆᆡᆫᄃᆞᆯ미라. 금번(今番)은 처음인 고로 쟝벌(杖罰)ᄒᆞ여 후인(後人)을 징계ᄒᆞ노라."

셜파(說罷)의 ᄀᆡ개(箇箇)히 고찰(考察)ᄒᆞ여[23] 삼십 장(杖)을 ᄆᆡᆼ타(猛打)ᄒᆞ고 기여(其餘) 제시ᄋᆞ(諸侍兒)ᄅᆞᆯ 각기 슈십 장식 듕타(重打)ᄒᆞ여 믈니친 후 시녀ᄅᆞᆯ 블너 소시ᄅᆞᆯ 쳥ᄒᆞ여 왈

"이곳이 우리 곤계(昆季)의 머므ᄂᆞᆫ 쳐쇠(處所)나 기실(其實)은 외당
18면 이 아니오 경(卿)의 쳐소의셔 머디 아니ᄒᆞ니 잠간 나오면 말ᄉᆞᆷ을 경운당의 젼(傳)코ᄌᆞ ᄒᆞ노라."

ᄒᆞ니 ᄎᆞ시(此時) 소쇼제 경운당의셔 댱쇼져ᄅᆞᆯ 구호ᄒᆞ더니 셔헌(書軒)

---

22 듕궤(中饋): 중궤. 집안살림 중 음식을 담당하는 사람.

23 ᄀᆡ개(箇箇)히 고찰(考察)ᄒᆞ여: 개개고찰. 매질을 할 때 형리(刑吏)가 매를 잘 때리고 있는지 감시하며 몹시 치게 하는 것.

시동(侍童)이 한님 명을 젼ᄒᆞ며 셔파 등 시녀를 모다 잡아가더니 이윽고 듕장(重杖)을 밧고 드러와 누쉬(淚水) 여우(如雨)ᄒᆞ며 ᄋᆡ돏고 슬프믈 니긔디 못ᄒᆞ니 댱쇼제 향ᄀᆡᆨ(嚮刻) 소츄의 일을 드른 후 므ᄉᆞᆷ 일이 이실 바를 디긔(知機)ᄒᆞᄃᆡ 임의 업친 믈 갓튼 고로 소츄를 당부ᄒᆞ여 ᄎᆡᆨ(冊)을 그릇 명광헌으로 가져갓던 바를 고치 말나 ᄒᆞ니 소취 계오 뎡당(正堂)을 ᄎᆞᄌᆞ 드러오나 쳐음 일을 그릇ᄒᆞ여 박부인 당부를 어긔워시ᄆᆡ 죄를 두려 뎡히 황황초조(惶惶焦燥)ᄒᆞᄂᆞᆫ 바의 쇼제 이ᄀᆞᆺ치 니ᄅᆞ믈 다힝ᄒᆞ여 년망(連忙)이 ᄇᆡ샤(拜謝)ᄒᆞ고 즉시 도라가니 쇼제 경ᄎᆡᆨ(經冊)을 아이의 졔목도 보미 업시 모다 소화(燒火)코져 ᄒᆞ다가 모친이 혹ᄌᆞ(或者) ᄎᆞᆺᄂᆞᆫ 일이 이실가 ᄒᆞ여 츄연으로 ᄒᆞ여곰 깁히 너허 두라 ᄒᆞ더니 시녜 급히 드러와 소쇼져긔 한님 소명(召命)을 젼ᄒᆞᄂᆞᆫ디라.

소쇼제 셔연(徐然)이 니러 명광헌으로 나아갈ᄉᆡ 먼니 ᄇᆞ라보ᄆᆡ 상광 19면
셔ᄎᆡ(祥光瑞彩) 어ᄅᆡ여시니 비컨ᄃᆡ 됴일(朝日)이 운ᄃᆡ(雲臺)의 ᄇᆞᆰ아시며 슈월(水月)이 동호(洞湖)의 ᄂᆡ왓ᄂᆞᆫ ᄃᆞᆺ 구름 귀밋ᄐᆡ 무산(巫山)의 져믄 빗치 셩(盛)ᄒᆞ고 안개 머리ᄂᆞᆫ 초ᄃᆡ(楚臺)의 봄빗치 므ᄅᆞ녹아시니 뇽슈ᄉᆞ져(龍髓麝臍)[24]ᄂᆞᆫ 모영(暮影)의 공교ᄒᆞ믈 믈니치며 옥부(玉膚) 츄영은 괵국부인(虢國夫人)의 지분념(脂粉厭)ᄒᆞ믈[25] 됴히 넉이ᄂᆞᆫ디라.

츄쉬(秋水) 어린 골격과 빙쳥소쇄(氷清瀟灑)ᄒᆞᆫ 긔질이 상낭쇄려(爽朗

24 뇽슈ᄉᆞ져(龍髓麝臍): 용수사제. '용수'는 '용뇌향', '사저'는 '사향'으로, 여인의 아름다운 향을 나타냄.

25 괵국부인(虢國夫人)의 지분념(脂粉厭)ᄒᆞ믈: 양귀비의 언니인 괵국부인의 얼굴 피부가 너무 고와 언제나 분단장을 하지 않고 민낯으로 현종을 대한 것.

灑麗)[26]ᄒᆞ고 고고쳥아(孤高淸雅)ᄒᆞ여 탁셰(濁世)의 흐린 긔운이 머므디 아닌 바의 셤셤(纖纖)ᄒᆞᆫ 허리와 뇨뇨(姚姚)ᄒᆞᆫ 향ᄉᆡ 연화(煙火)[27] 밧 사ᄅᆞᆷ이라. 졈졈 나아가 명광헌 층계의 다ᄃᆞᄅᆞᄆᆡ 한님이 팔흘 드러 승당(陞堂)ᄒᆞ믈 쳥ᄒᆞᄃᆡ 쇼졔 유유디지(悠悠遲遲)ᄒᆞ여 슈히 오로디 못ᄒᆞ거ᄂᆞᆯ 한님이 흔연이 ᄀᆞᆯ오ᄃᆡ

"이곳은 본ᄃᆡ 외당이 아니라. ᄂᆡ헌뎡침(內軒正寢)의 ᄌᆡ변(災變)이 잇ᄉᆞ면 피우(避寓)ᄒᆞ시고 군죵졔뎨(群從諸弟) 독셔의 고요ᄒᆞ믈 취(取)ᄒᆞ여 이의 머므나 빈ᄀᆡᆨ(賓客)을 이에셔 보ᄂᆞᆫ 일이 업더니 디친(至親)이 동긔(同氣)의 감(減)치 아닌 고로 금일(今日) 표형(表兄)이 맛ᄎᆞᆷ 니ᄅᆞ러 계시거ᄂᆞᆯ 우리 이에셔 담화ᄒᆞ엿거니와 그 밧 외인(外人)의 ᄌᆞ최 밋ᄎᆞ미 업ᄂᆞ니 혐의(嫌疑)로이 넉이디 말디어다. ᄉᆡᆼ이 비록 무식ᄒᆞ나 녀ᄌᆞ의 죡젹(足跡)이 대단이 비편(非便)ᄒᆞᆫ 곳의 닐위지 아니리라."

쇼졔(小姐) 브득(不得)이 쳥샤(廳舍)의 오로ᄆᆡ 한님이 안ᄉᆡᆨ을 슈렴(收斂)ᄒᆞ여 ᄀᆞᆯ오ᄃᆡ

"현경(賢卿)이 내 말을 가져 경운당의 젼(傳)ᄒᆞ라. 우리 션죄(先祖) 훈(訓)을 두샤 긔도(祈禱)ᄒᆞᄂᆞᆫ 방술을 집의 용납디 아니시고 우리 왕모(王母)와 ᄌᆞ졍(慈庭)의 규ᄂᆡ(閨內)ᄅᆞᆯ 신임ᄒᆞᄂᆞᆫ 미말ᄎᆞ환(微末叉鬟)이라도 노댱(老莊)의 도ᄅᆞᆯ 아디 못ᄒᆞ며 블셔(佛書)의 허무ᄒᆞ믈 감히 니ᄅᆞ디 못ᄒᆞ거ᄂᆞᆯ 부인은 쇼집소ᄉᆡ(所執所思) 우리 가풍으로 더브러

20면

---

26 상낭쇄려(爽郞灑麗): 상랑쇄려. 트이고 깨끗함.

27 연화(煙火): 밥 짓는 연기. 속세를 말함.

진월(秦越)[28]의 멀오미 ᄒᆞᆫ갓 규귀(規矩) 셔로 합(合)디 아님만 아니라. 그으이 ᄉᆡᆼ각건ᄃᆡ 존문고풍(尊門高風)이 본ᄃᆡ 오가풍쇽(吾家風俗)과 소양블모(霄壤不侔)[29]ᄒᆞ니 ᄎᆡᆨ망ᄒᆞ미 우으ᄃᆡ 우리 친위존당(親闈尊堂)이 일월혜ᄐᆡᆨ(日月惠澤)ᄒᆞ샤 그 일죵은혜(一種恩惠)ᄅᆞᆯ 드리오시니 ᄀᆞᆺᄐᆞ여 긔특이 넉이시ᄂᆞᆫ ᄇᆡ 아니로ᄃᆡ 슬하의 년무(憐撫)ᄒᆞ시ᄂᆞᆫ 졍(情)을 ᄉᆞᆺ디 못ᄒᆞ시미니 ᄉᆡᆼ은 본ᄃᆡ 효도치 못ᄒᆞ나 인ᄌᆡ(人子) 엇디 친의(親意)ᄅᆞᆯ 위역(違逆)ᄒᆞ여 디지(遲遲)ᄒᆞ미 이시리오? 과연 항복되며 깃브믈 아디 못ᄒᆞᄃᆡ 이제 숑경존블(誦經尊佛)ᄒᆞ므로 셜난 등을 약간 21면
장벌(杖罰)ᄒᆞ여 후일을 징계(懲戒)ᄒᆞ엿ᄂᆞ니 그브치 일이란 거시 대져 말 만흔 비ᄇᆡ(婢輩)의 닙으로조ᄎᆞ 나ᄂᆞᆫ디라. 부인녀ᄌᆞ(婦人女子)의 셩(性)이 기우러디며 혹ᄌᆞ(或者) 듯ᄂᆞᆫ ᄇᆡ 허무탄망(虛無誕妄)ᄒᆞ여도 오히려 신디(信之)ᄒᆞ여 믈니치기ᄅᆞᆯ 졀엄(絶嚴)이 못 ᄒᆞᄂᆞᆫ 고로 가간(家間)의 어ᄌᆞ러오믈 닐위고 혹 변(變)을 짓ᄂᆞᆫ ᄌᆡ(者) 업디 아니니 ᄉᆡᆼ이 비록 용우(庸愚)ᄒᆞ나 가ᄂᆡ(家內)ᄅᆞᆯ 호란(胡亂)ᄒᆞᄂᆞᆫ 디경(地境)의 밋쳐ᄂᆞᆫ ᄒᆞᆫ갈ᄀᆞᆺ치 됴흔 안식을 디으며 화평치 못ᄒᆞ리니 존당(尊堂)과 이친(二親)의 듕ᄋᆡ(重愛)ᄒᆞ시므로ᄡᅧ ᄌᆞ득(自得)ᄒᆞ여 나의게 친명(親命)을 더어 업누ᄅᆞ디 못ᄒᆞᆯ 바ᄅᆞᆯ ᄭᆡ다ᄅᆞ쇼셔 ᄒᆞ라."

셜파(說罷)의 ᄉᆡᆨ위(色宇) 엄녈(嚴烈)ᄒᆞ여 사ᄅᆞᆷ이 감히 우러러보디 못ᄒᆞᆯ ᄇᆡ로ᄃᆡ 소쇼제 공경ᄒᆞ여 드ᄅᆞᆯ디언졍 과도히 두리고 구겁(懼怯)ᄒᆞ

28 진월(秦越): 춘추전국시대의 진나라와 월나라를 이름. 진나라는 서북쪽, 월나라는 동남쪽에 있어 거리가 멀었기 때문에 거리나 사이가 먼 것을 비유하는 의미로 쓰임.

29 소양블모(霄壤不侔): 소양불모. 하늘과 땅의 차이처럼 현격한 차이를 의미함. '천양지차(天壤之差)'와 같은 말.

미 잇디 아냐 아황(蛾黃)이 졔졔(齊齊)ᄒᆞ며 명뫼(明眸) 미미(微微)ᄒᆞ여 믄득 ᄃᆡ왈(對曰)

"쥬우신욕(主憂臣辱)이오 쥬욕신ᄉᆡ(主辱臣死)라. 부인은 곳 쳡의 녀군(女君)[30]이시니 부군(夫君)의 미안디괴(未安之敎)[31] 이의 밋ᄎᆞ시미 녀군의 블안디졀(不安之節)이 업디 아니시믈 당ᄒᆞ여 엇디 ᄂᆡ외(內外)의 부리시믈 ᄉᆞ양ᄒᆞ리잇고마ᄂᆞᆫ 맛당이 니ᄅᆞ시ᄂᆞᆫ ᄃᆡ로 고ᄒᆞ오려니와 이도(異道)와 블셔(佛書)ᄂᆞᆫ 부인의 ᄇᆡ쳑(排斥)ᄒᆞ시ᄂᆞᆫ ᄇᆡ라. 본ᄃᆡ 박부인이 보ᄂᆡ신 바룰 찰찰(察察)히[32] 치칙(治責)ᄒᆞ샤 디어(至於) 부인의 유모시ᄋᆞ(乳母侍兒)를 장벌(杖罰)ᄒᆞ시고 쳡으로ᄲᅧ 말ᄉᆞᆷ을 젼ᄒᆞ라 ᄒᆞ시미 용납홀 ᄯᅡ히 업게 ᄒᆞ시니 가히 원민(怨憫)치 아니리잇가? 니ᄅᆞ시ᄂᆞᆫ 바 부인의 셩이 기울며 혹 듯ᄂᆞᆫ ᄇᆡ 탄망(誕妄)타 ᄒᆞ시믄 박부인이 그릇 블경(佛經)을 보ᄂᆡ시나 녀군이 이의 다ᄃᆞ라ᄂᆞᆫ 모괴(母敎)라 봉승(奉承)ᄒᆞ미 업거놀 모녀간 왕복셔ᄉᆞ(往復書辭)를 인ᄒᆞ여 허믈과 죄를 니ᄅᆞ시니 군ᄌᆞ(君子)의 화홍(和弘)ᄒᆞᆫ 덕이 잇ᄉᆞᆷ을 아디 못ᄒᆞ리로소이다."

22면

언필(言畢)의 슉연뎡쇡(肅然正色)ᄒᆞ니 교익(嬌額)이 ᄇᆡᆨ셜(白雪)의 바ᄋᆡ고 아미(蛾眉)의 초월(初月)이 셤농(纖濃)ᄒᆞ니 낭셩(郎星)은 명경(明鏡)을 거럿ᄂᆞᆫ ᄃᆞᆺ 홍험(紅頰)은 도홰(桃花) 작작(灼灼)ᄒᆞᄃᆡ 쥬슌(朱脣)이 ᄋᆡ랑ᄒᆞ며 호치(皓齒) 개션(開宣)ᄒᆞ니 졀셰(絶世)ᄒᆞᆫ 풍모(風貌)의 싁싁ᄒᆞᆫ 위의(威儀) 셜봉(雪峰)이 한일(寒日)의 소ᄉᆞ 잇고 츄상

30 녀군(女君): 여군. 정실부인.

31 미안디괴(未安之敎): 미안지교. 온당하지 않은 분부, 가르침.

32 찰찰(察察)히: 지나치게 꼼꼼하고 자세하게.

(秋霜)의 계지(桂枝) 움즈이니 당당고고(堂堂高高)ᄒᆞ며 강강녈녈(剛剛烈烈)ᄒᆞᆫ 거동이 소셩암[33]의 싱휵(生畜)이 아니면 이러치 못ᄒᆞᆯ디라. 23면
한님이 댱쇼져를 듕이(重愛)ᄒᆞ고 소쇼져를 이경(愛敬)ᄒᆞᄂᆞᆫ 뜻이 범연(泛然)ᄒᆞᆫ 부부의 등한(等閑)ᄒᆞᆫ 금슬노 만히 다ᄅᆞ미 잇ᄉᆞ나 텬셩(天性)이 항장녈일(抗壯烈日)ᄒᆞ고 강항쥰위(强項俊威)ᄒᆞ므로 규니(閨內)의 구구침닉(區區沈溺)ᄒᆞ여 흔연상이(欣然相愛)ᄒᆞᄂᆞᆫ 뉴(類)를 녹녹(碌碌)히 넉이ᄂᆞᆫ디라 댱쇼져로브터 소시를 ᄃᆡ(對)ᄒᆞ미 ᄌᆞ즈나 여러 말 문답을 두디 아냐시며 이인(二人)의 슈습(收拾)ᄒᆞ여 말 업ᄉᆞ미 날노 더은 ᄃᆞᆺᄒᆞ여 신혼초봉(新婚初逢)의 다ᄅᆞ미 업ᄉᆞ니 소시로 ᄒᆞ여곰 경운당의 젼어(傳語)ᄒᆞ라 ᄒᆞ믜 함믁(含黙)히 말을 아닐가 ᄒᆞᆫ 거시 금일(今日)의 밋쳐ᄂᆞᆫ 좀져이 슈치(羞恥)ᄒᆞ미 업셔 댱시의 원민ᄒᆞ믈 낫토고 ᄌᆞ긔(自己)의 과도ᄒᆞ믈 붉히ᄂᆞᆫ ᄀᆞ온ᄃᆡ 이의 나오믈 비례(非禮)로뼈 의논ᄒᆞ여 ᄌᆞ긔 져를 협졔(脅制)ᄒᆞᄆᆡ 갓가오믈 몬져 디긔(知機)ᄒᆞᆫ 바를 놀나며 어히업시 넉여 침음뎡식(沈吟正色) 왈
"경(卿)이 본ᄃᆡ 단듕간냑(端重簡略)ᄒᆞ믈 흠상(欽尙)ᄒᆞ던 ᄇᆡ어ᄂᆞᆯ 엇디 오날ᄂᆞᆯ 이리 말 만히 구ᄂᆞ뇨? ᄌᆡ(子) 이의 나오믈 비쳔(卑賤)이 넉이거니와 이곳이 셔헌(書軒)이 아니오 아모 부인인들 못 나올 ᄇᆡ 아니니라." 24면
소시 다시 말ᄒᆞ지 아니코 셔연(徐然)이 니러 경운당의 니ᄅᆞ니 댱쇼제 츄연냥구(惆然良久)의 왈
"우졔(愚弟) 현ᄆᆡ(賢妹)를 ᄃᆡ(對)ᄒᆞᄆᆡ ᄆᆡ양 참안(慙顔)ᄒᆞ믈 니긔디

33 소셩암: 소성암. 소수.

못ᄒᆞᄂᆞ니 셰간(世間)의 날ᄀᆞᆺ치 ᄇᆡ은(背恩)ᄒᆞᄂᆞᆫ ᄌᆡ(者) 쏘 잇ᄉᆞ랴?"
셜파(說罷)의 탄화(嘆禍)ᄒᆞᄂᆞᆫ 쯧이 잇ᄉᆞ니 이ᄂᆞᆫ 소시로 ᄒᆞ여곰 한님의 젹거인(嫡居人)[34]이 되디 못ᄒᆞ고 그 어질며 놉흔 위인으로뼈 사ᄅᆞᆷ의 아ᄅᆡ 굴(屈)ᄒᆞ믈 앗기미라. 소시 본ᄃᆡ 댱쇼져로 더브러 안항(雁行) 이ᄌᆞ(二字)ᄅᆞᆯ 영화로이 넉이고 위굴(位屈)ᄒᆞ믈 초창(悄愴)ᄒᆞ미 업던 바로뼈 쇼져의 ᄇᆡ은ᄒᆞ롸 ᄒᆞ미 ᄌᆞ긔의 위회(慰懷) 가ᄌᆞᆨ디 못ᄒᆞ믈 탄(嘆)ᄒᆞ민 줄 알고 도로혀 블안ᄒᆞ여 ᄀᆞᆯ오ᄃᆡ
"부인의 홍혜명투(弘惠明透)ᄒᆞ시므로뼈 엇디 브졀업ᄉᆞᆫ 일의 호셕ᄒᆞ믈 두시ᄂᆞ니잇가? 쳡이 명광헌의 나아가미 쏘ᄒᆞᆫ 운ᄋᆡᆨ(運厄)이오 됴히 부인의 명ᄒᆞ시믈 밧드러 요란ᄒᆞᆫ 거죄(擧措) 업시 다녀오니 고고졍녀(孤高貞女)의 놉흔 디취(志趣) 아니로소이다마ᄂᆞᆫ 이 과연 쳡의 딕분ᄂᆡᄉᆡ(職分內事)오니 현마 엇디ᄒᆞ리잇고?"
댱쇼졔 기리 탄식왈(嘆息曰)
25면 "반ᄃᆞ시 부ᄌᆞ(夫子)의 ᄎᆡᆨ언(責言)이 잇ᄉᆞ려든 비록 깃븐 말이 아니나 엇디 니ᄅᆞ디 아닛ᄂᆞ뇨? 현ᄆᆡ(賢妹)ᄅᆞᆯ 하위(下位)의 굴(屈)ᄒᆞ며 오날 ᄀᆞᆺᄐᆞᆫ 괴로온 거ᄅᆞᆷ이 잇게 홈도 우져(愚姐)의 탓시 아니라 못 ᄒᆞ리니 현ᄆᆡ 비록 한(恨)ᄒᆞ미 업ᄉᆞ나 아심(我心)이 가히 안안(晏晏)ᄒᆞ랴?"
소쇼졔 화열(和悅)ᄒᆞᆫ 안식을 곳치디 아냐 부인을 위로ᄒᆞ며 한님의 말을 날호여 젼ᄒᆞ고 희미히 함쇼왈(含笑曰)
"부ᄌᆡ(夫子) 원간 사ᄅᆞᆷ을 협졔ᄒᆞ미 심ᄒᆞᆫ디라. 부인의 유ᄋᆞ(乳兒)ᄅᆞᆯ 장

34 젹거인(嫡居人): 적거인. 정실부인.

벌(杖罰)ᄒᆞ니 쳡의 좌위(左右) 공구튝쳑(恐懼踧踖)ᄒᆞ미 더으려든 믄득 원군(原君)의 형셰(形勢) 쇠(衰)ᄒᆞᆷ을 인ᄒᆞ여 방ᄌᆞ(放恣)ᄒᆞ미 잇ᄉᆞᆯ가 ᄒᆞ여 쳡으로 ᄒᆞ여곰 부인긔 젼어(傳語)ᄒᆞ미 시ᄋᆞ(侍兒)로 일톄(一體)를 뵈여 법녕(法令)을 셰오고져 ᄒᆞ니 쟝부(丈夫)의 위엄인즉 약(弱)디 아니ᄒᆞ나 덕인즉 화홍(和弘)ᄒᆞ미 아닌디라. 쳡이 망녕(妄靈)도이 시비(是非)ᄒᆞ미 아니로ᄃᆡ 녜브터 젹쳡(嫡妾)의 존비(尊卑) 잇ᄉᆞ나 폐부(肺腑)의 친(親)[35]을 두어 평ᄉᆡᆼ 호리지ᄉᆞ(毫釐之事)[36]의도 간곡(肝曲)의 머므러 함인(含忍)키를 못 ᄒᆞ므로 우견(愚見)을 굼초지 못ᄒᆞᄂᆞ이다."

댱쇼져 맛ᄎᆞᆷᄂᆡ 즐겨 아냐 왈

"현미ᄂᆞᆫ 타연ᄒᆞ여 거리ᄭᅵ지 아니ᄒᆞ거니와 우져(愚姐)ᄂᆞᆫ 허믈이 다다(多多)ᄒᆞ고 덕이 박(薄)ᄒᆞᆫ지라 엇디 군ᄌᆞ의 가상(家上)을 ᄃᆡ(對)ᄒᆞ며 존고(尊姑)의 의방(義方)을 우러오리오? ᄉᆞᄉᆞ로 ᄉᆞ오납고ᄌᆞ ᄒᆞ미 아니로ᄃᆡ 블민지ᄒᆡᆼ(不敏之行)과 블혜지ᄉᆡ(不惠之事) ᄀᆞᆺ초 니러나니 ᄒᆞᆫ갓 유ᄋᆞ(乳兒)의 금일칙벌(今日責罰)을 만남ᄲᅮᆫ 아니라 쵹쳐(觸處)의 민망괴치(憫惘愧恥)ᄒᆞᆷ을 어이 다 니ᄅᆞ리오?"

소시 쇼져(小姐)의 심ᄉᆡ(心思) 이러ᄒᆞ미 젼혀 댱공과 박시의 실덕실언(失德失言)을 인ᄒᆞ여 여ᄎᆞᄒᆞᆷ을 위ᄒᆞ여 ᄋᆡ돌와홀 ᄲᅮᆫ이오 박시 ᄌᆞ긔(自己)를 죽이고ᄌᆞ ᄒᆞᆷ을 모로디 아니ᄒᆞᄃᆡ 그 인믈을 쵹가치 아니므로 한(恨)ᄒᆞ미 업더라. 명일신셩(明日晨省)의 태부인이 한님을 도라보아 골오ᄃᆡ 26면

35 폐부(肺腑)의 친(親): 간과 폐가 붙어 있는 것처럼 가까운 관계.

36 호리지ᄉᆞ(毫釐之事): 호리지사. 매우 작은 일.

"네 당쇼부의 병을 가보니 증셰(症勢) 엇더ᄒᆞ더뇨?"

한님이 그윽이 민망ᄒᆞᄃᆡ 감히 쇽이디 못ᄒᆞ여 복슈ᄃᆡ왈(伏首對曰)

"쇼손(小孫)이 거야(去夜)의 명광헌의셔 맛참 문ᄌᆞ(文字)를 볼 거시 잇ᄉᆞ와 ᄌᆞ연 ᄌᆞᆷ심독디(潛心讀之)ᄒᆞ오ᄆᆡ 운각 소환(所患)을 뭇디 못ᄒᆞ엿ᄂᆞ이다."

태부인이 쇼왈(笑曰)

"사ᄅᆞᆷ이 엇디 이러ᄐᆞᆺ 무심무려(無心無慮)ᄒᆞ리오? 금일이나 문병ᄒᆞ믈 념(厭)치 말나."

한님이 결ᄒᆞ여 명을 밧ᄌᆞ오나 친히 가 그 병을 ᄉᆞᆯ필 뜻은 업ᄉᆞᆫ디라 유유디지(悠悠遲遲)ᄒᆞ여 슈일(數日)을 쳔연(遷延)ᄒᆞ다가 입번(入番)ᄒᆞ
27면
ᄂᆞᆫ 날이 다ᄃᆞᄅᆞᄆᆡ 드ᄃᆡ여 한님원으로 향ᄒᆞᄃᆡ 운각의 드러가 ᄒᆞᆫ번 문병ᄒᆞ미 업더니 일슌지후(一旬之後)의 쇼졔(小姐) 삼간 대셰(大勢) ᄎᆞ얼(差歇)[37]ᄒᆞ여 계오 니러나ᄃᆡ ᄃᆡᄀᆡᆨ(對客)을 젼혀 못 ᄒᆞ고 질셰(疾勢) 오히려 가ᄇᆡ얍디 아니ᄒᆞ니 쳐ᄉᆡ 념녀(念慮)ᄒᆞ며 화부인이 보호ᄒᆞ믈 강보영ᄋᆞ(襁褓嬰兒)갓치 ᄒᆞ니 쇼졔 더옥 블안황공(不安惶恐)ᄒᆞ여 앏흔 거ᄉᆞᆯ 강인(强忍)ᄒᆞ고 거ᄉᆞ리ᄂᆞᆫ 음식을 계오 후셜(喉舌)을 넘기나 토혈(吐血)이 날노 더으며 ᄀᆡ비(肌膚) 심히 슈쳑(瘦瘠)ᄒᆞ여 표연(飄然)이 우화(羽化)ᄒᆞᆯ ᄃᆞᆺᄒᆞ니 합개(闔家) 다 그 병이 깁흐믈 근심ᄒᆞᄂᆞᆫ 듕(中)이나 한님이 홀노 단연무려(端然無慮)ᄒᆞ여 한원(翰院)의 츌번(出番)[38]ᄒᆞᄃᆡ 경운당의 ᄌᆞᆨ젹(足跡)이 ᄒᆞᆫ 번도 님(臨)치 아니ᄒᆞ믄 ᄒᆞᆫ갈ᄀᆞᆺ더라. 이

---

37 ᄎᆞ헐(差歇): 상태가 조금 나아짐.

38 츌번(出番): 출번. '입직'과 비슷한 의미. 관에 들어가서 숙직하는 것.

러구러 일삭(一朔)이 디나ᄆᆡ 댱부 박부인은 녀ᄋᆞ(女兒) 존블숑경(尊佛誦經)ᄒᆞ믈 게얼니 아니므로 아ᄂᆞᆫ디라 소시를 업시홀 뜻이 더옥 착급(著急)ᄒᆞᄃᆡ 니괴(尼姑) ᄒᆞᆫ번 단녀간 후 다시 오미 업ᄉᆞ니 심폐(心肺)를 빗최여 일을 ᄶᅬ홀 ᄌᆞ(者) 잇디 아닌디라 오딕 교츈을 극ᄒᆞᆫ 모ᄉᆞ(謀士)로 아라 ᄌᆞ로 블너 니고 쳥(請)홀 일을 의논ᄒᆞ며 소시를 업시홀 ᄶᅬ를 므른ᄃᆡ 교츈이 일시 은화(銀貨)를 탐(貪)ᄒᆞ여 니고(尼姑)를 쳔거(薦擧)ᄒᆞ미 잇ᄉᆞ나 니괴 상부귀문(相府貴門)의 ᄌᆞ로 왕ᄂᆡᄒᆞ믈 진짓 ᄌᆡ죄 업시 젹은 법술(法術)이므로 박부인 ᄌᆡ화(財貨)를 만히 징삭(徵索)ᄒᆞ여시ᄆᆡ 다시 당면(當面)ᄒᆞ여 뵈ᄂᆞᆫ 날이면 그 쳥ᄒᆞᄂᆞᆫ 일을 셩패간(成敗間) 믈니치지 못ᄒᆞ게 되엿ᄂᆞᆫ디라. 졍한님 ᄉᆞ쥬(四柱)를 츄졈(推占)홀 ᄯᅢ의 소시의 명슈(命數)를 보ᄆᆡ ᄀᆞ장 달슈영복디인(達壽永福之人)이라 졔 본ᄃᆡ 용인쇽ᄌᆞ(庸人俗子)의 ᄉᆡᆼ살(生殺)가지ᄂᆞᆫ 방술(方術)을 더으려니와 대귀인(大貴人)을 엇지ᄒᆞ리오? 과연 ᄒᆡ(害)치 못홀 줄 알고 다시 댱부의 니ᄅᆞ미 업더니 슈일(數日)이 디난 후 교츈이 니괴 죽으므로ᄲᅧ 고(告)ᄒᆞᆫᄃᆡ 박시 아연실망(啞然失望)ᄒᆞ여 뜻 갓디 못ᄒᆞ믈 각골창한(刻骨悵恨)ᄒᆞ며 교츈을 보ᄎᆡ여 다시 신긔로온 무복(巫卜)을 쳥ᄒᆞ여 오라 ᄒᆞᄃᆡ 츈이 만나지 못ᄒᆞ므로ᄲᅧ ᄃᆡ(對)ᄒᆞ고 부인이 ᄆᆡ양 계교를 뭇ᄂᆞᆫ 바의 ᄒᆞᆫ 말도 부인의 뜻을 맛초디 못ᄒᆞ미 무미(無味)ᄒᆞ여 쳔인(賤人)의 망측히 싀투(猜妬)ᄒᆞᄂᆞᆫ 문견(聞見)을 젼ᄒᆞ며 우어 ᄀᆞᆯ오ᄃᆡ 28면

"한님 부인이 져기 ᄆᆡᆼ녈(猛烈)ᄒᆞ시면 소쇼져 아냐 금달공쥐(禁闥公主)[39]

39 금달공쥐(禁闥公主): 금달공주. '금달'은 대궐 안을 가리키는 말로, '금달공주'는 대궐 안에 사는 공주를 말함.

29면 신들 남의 부빈(副嬪)이 되여 일싱(一生)이 편ᄒᆞ기ᄅᆞᆯ ᄇᆞ라리잇가? 부인이 이러ᄐᆞᆺ 인유(仁柔)ᄒᆞ샤 원군(原君)의 위엄을 낫토디 아니시고 도로혀 쇠쥬(衰主)의 잔미(孱微)ᄒᆞ미 강진의 핍박ᄒᆞᆯ 바ᄅᆞᆯ 근심치 아니시니 이ᄂᆞᆫ 명(命)이시어니와 엇디 ᄋᆡ돏디 아니리잇고? 부인이 한님 부인 젼졍(前程)을 위ᄒᆞ샤 민민초려(憫憫焦慮)ᄒᆞ시미 슉식(宿食)을 일우디 못ᄒᆞ시며 한님 부인 형셰(形勢) 망ᄒᆞᄂᆞᆫ 나라 멸(滅)ᄒᆞᄂᆞᆫ 집 ᄀᆞᆺᄐᆞ여 누란(累卵)의 급ᄒᆞ미 잇ᄉᆞ오니 당금(當今)ᄒᆞ여ᄂᆞᆫ 인명혜덕(仁明惠德)디 아냐도 츌거(黜去) 밧긔 더으지 아니ᄒᆞ오리니 그 텬셩(天性)을 곳치지 못ᄒᆞ샤 소쇼져긔 ᄎᆞ마 험악(險惡)을 더으지 아니실지라.[40] 부인이 위엄을 빗ᄂᆡ샤 소시ᄅᆞᆯ 옴겨다가 쳐치(處置)ᄒᆞ시미 올흘가 ᄒᆞᄂᆞ이다."

박시 쳥파(聽罷)의 대희왈(大喜曰)

"너ᄂᆞᆫ 쳔인(賤人)이라도 의논이 명쾌ᄒᆞ니 나의 깁히 밋ᄂᆞᆫ ᄇᆡ라. ᄂᆡ ᄡᅳᆯ ᄃᆡ업ᄉᆞᆫ 비ᄌᆞ(婢子) 열흘 두어신들 엇디 너 ᄒᆞ나흘 당ᄒᆞ리오? 다만 소시ᄅᆞᆯ 옴겨다가 쳐치치 못ᄒᆞᆯ 바ᄂᆞᆫ 져ᄅᆞᆯ 내 집의 닐원ᄌᆞᆨ 친쳑의 졍(情)ᄡᅳᆫ 아니라 소공이 녀ᄋᆞ(女兒)ᄅᆞᆯ 구활(救活)ᄒᆞᆫ 덕으로 친분이 더옥 ᄃᆞᆺ터오ᄆᆡ 연부인과 졔ᄋᆡ(諸兒) 져ᄅᆞᆯ ᄉᆞ디(死地)의 함닉(陷溺)디 아니리니
30면 ᄎᆞᆯ하리 방심(放心)치 못ᄒᆞᆯ 만치 시녀(侍女)로 욕ᄆᆡ(辱罵)ᄒᆞ며 셔간(書簡)으로 ᄉᆞ디져 대분(大憤)을 만의 ᄒᆞ나히나 플고 종용이 묘ᄒᆞᆫ 쐬ᄅᆞᆯ 그어 소녀로 ᄒᆞ여곰 졍ᄌᆞ(程子)와 화락디 못ᄒᆞ게 져희(沮戲)ᄒᆞ리라."

ᄒᆞ며 이날브터 담ᄃᆡ(膽大)ᄒᆞ고 말 잘ᄒᆞᄂᆞᆫ 시녀ᄅᆞᆯ ᄀᆞᆯ희여 소시ᄅᆞᆯ 참욕

40 아니실지라: 규장각본에는 '못ᄒᆞ실지라'로 되어 있음.

즐미(慘辱叱罵)ᄒᆞ고 오라 ᄒᆞ니 비록 일신(一身)이 도시(都是) 남이나 경부(程府) 삼엄뎡슉(森嚴整肅)ᄒᆞᆫ 녜의법문(禮儀法門)의 가 어ᄃᆡ로 조ᄎᆞ 소시ᄅᆞᆯ 우러러 므ᄉᆞᆷ 말노 입을 버리리오? ᄒᆞᆫ갓 한님 부인긔 알현(謁見)ᄒᆞ며 부인의 명이 여ᄎᆞ여ᄎᆞᄒᆞ믈 고(告)ᄒᆞ니 쇼졔(小姐) 블승히연(不勝駭然)ᄒᆞᄃᆡ 모친의 셩픔(性品)이 일시 간(諫)ᄒᆞ여 곳칠 ᄇᆡ 아닌 고로 다만 슌슌(巡巡)이 소시ᄅᆞᆯ 즐욕(叱辱)ᄒᆞ므로뼈 회쥬(回奏)ᄒᆞ고 아이의 다시 오디 말나 ᄒᆞᄃᆡ 박시 날마다 다핫게 시녀ᄅᆞᆯ 보ᄂᆡ여 소시ᄅᆞᆯ 즐욕ᄒᆞᆫ 후 그 ᄃᆡ답이 엇더ᄒᆞ며 가듕긔식(家中氣色)이 ᄯᅩ 엇더ᄒᆞ더뇨 ᄌᆞ셔히 알고 오라 ᄒᆞ여 스ᄉᆞ로 위엄이 잇ᄉᆞ믈 뵈고ᄌᆞ ᄒᆞ니 댱쇼졔 그 모친의 ᄒᆡᆼᄉᆡ(行使) 이 ᄀᆞᆺᄐᆞ믈 타인이 알가 븟그리며 필경(畢竟)이 고요치 못ᄒᆞᆯ 바ᄅᆞᆯ 념녀(念慮)ᄒᆞ믜 날마다 오ᄂᆞᆫ 시녀ᄅᆞᆯ 일일히 ᄀᆞᄅᆞ쳐 여ᄎᆞ여ᄎᆞ 회쥬ᄒᆞ라 ᄒᆞ니 졔시녜(諸侍女) 일죵(一從) 쇼져(小姐)의 명을 밧드러 도라가 박시긔 고왈(告曰) 31면

"소쇼져ᄅᆞᆯ 무한참욕(無限慘辱)ᄒᆞᄃᆡ 쳥이블문(聽而不聞)ᄒᆞ고 조곰도 다ᄅᆞᆫ 긔식(氣色)이 업ᄉᆞ며 가듕동정(家中動靜)을 알고ᄌᆞ ᄒᆞ나 뎡당(正堂)의 무고(無故)히 드러가지 못ᄒᆞ고 졔위상공(諸位相公)과 모든 부인이 엄엄슉슉(嚴嚴肅肅)ᄒᆞ샤 블감앙시(不敢仰視)ᄒᆞ올디라. 고로 셔어(齟齬)히 여어 보디 못ᄒᆞ엿ᄂᆞ이다."

박시 쳥파(聽罷)의 가장 위엄 잇건 체ᄒᆞ여 ᄒᆞᆫ갓 소시 참욕(慘辱)기ᄅᆞᆯ 긋치지 말나 ᄒᆞ며 일노뼈 구실을 삼아 ᄌᆞ고 ᄭᆡ면 어둡기ᄅᆞᆯ 그음ᄒᆞ여 시녀ᄅᆞᆯ 보ᄂᆡ여 소시ᄅᆞᆯ 욕ᄒᆞ고 오라 ᄒᆞ니 ᄎᆞ두냥냥(叉頭娘娘)이 졍부(程府)의 와 죵일(終日) 잇기 브졀업시 넉여 잇다감 졔 ᄒᆡᆼ각(行閣)의 셔 쉬ᄂᆞᆫ ᄇᆡ 되엿더라.

각셜(却說). 경조윤 졍공[41]의 ᄎᆞᄌᆞ(次子) 금문딕ᄉᆞ 닌유로뼈 집금오 소문유의 녀(女)와 뎡혼(定婚)ᄒᆞ여 길월냥신(吉月良晨)의 딕ᄉᆡ 빙ᄎᆡ빅냥(聘采百兩)으로 소쇼져를 마ᄌᆞ 도라오니【이 곳 소위공의 손네(孫女)오 졍한님 부빈(副嬪) 소쇼져의 딜녜(姪女)라】 대가(大家)의 슝샤(崇事)ᄒᆞᄂᆞᆫ 녀ᄌᆞ로 부모의 교훈을 바다 님하(林下)의 풍치와 슉녀(淑女)의 방향을 심고(審考)ᄒᆞ니 ᄒᆞᆫ갓 용ᄉᆡᆨ(容色)의 념미(艶美)홈만 아

32면 니라 경조 부뷔(夫婦) 대연(大宴)을 딘셜(陳設)ᄒᆞ여 신부의 대례(大禮)를 바드며 그 미려(美麗)ᄒᆞ미 ᄇᆞ라믜 디나믈 ᄒᆡᆼ열(幸悅)ᄒᆞ여 듕빈(衆賓)으로 더브러 즐길ᄉᆡ 치하(致賀)를 샤양ᄒᆞ미 업ᄉᆞ니 쳐ᄉᆞ 부부와 쇼부 ᄂᆡ외(內外) 쏘ᄒᆞᆫ 흔열(欣悅)ᄒᆞ여 합샤(闔舍)의 다 ᄒᆞᆫ가디로 깃브미 친ᄌᆞ(親子)와 딜ᄋᆡ(姪兒)믈 간격(間隔)디 아니ᄒᆞᄂᆞᆫ디라. 한님이 ᄎᆞ혼(此婚)을 듕ᄆᆡ(仲媒)ᄒᆞ엿ᄂᆞᆫ 고로 웃고 경조긔 고왈(告曰)

“쇼딜(小姪)이 아니면 소슈 ᄀᆞᄐᆞᆫ 현녀슉완(賢女淑婉)을 취(娶)ᄒᆞ미 어렵숩거놀 슉뷔(叔父) 엇디 ᄆᆡ작(媒妁)의 공(功)을 ᄉᆡᆼ각디 아니ᄒᆞ시ᄂᆞ니잇가?”

경죄 왈

“현딜(賢姪)이 ᄆᆡ작의 공이 업디 아니ᄒᆞᄃᆡ 옥당명환(玉堂名宦)으로 부귀일신(富貴一身)ᄒᆞ니 은화금빅(銀貨金帛)으로 더으디 못홀 거시오 쥬찬(酒饌)은 내 각별 주디 아니ᄒᆞ나 연셕(宴席)의 흔ᄒᆞᆫ 술을 현딜이 홀노 쥬릴 ᄇᆡ 아니니 므어ᄉᆞ로 공을 갑흘 바를 아디 못ᄒᆞ여 인ᄉᆞ

---

41 경조윤 졍공: 경조윤 정공. 정염.

(人事)ᄒᆞ미 더듸엿더니 지뵈[42] 스ᄉᆞ로 징싁(徵索)ᄒᆞ니 원간 유쥬무량(有酒無量)[43]이라 금일(今日)의 술이 오히려 ᄎᆞ디 못ᄒᆞ도다."

셜파(說罷)의 친히 잔을 줍아 한님을 권ᄒᆞ니 한님이 ᄌᆡ삼(再三) 샤양ᄒᆞ다가 밧ᄌᆞ와 거후ᄅᆞ미 다시 좌(座)의 들ᄉᆡ 상부인[44]이 낭쇼왈(朗笑曰)

"경조의 술 앗기미 이상ᄒᆞ기로 ᄆᆡ작(媒妁)의 공(功)을 갑흐미 이 갓ᄐᆞ니 딜ᄋᆡ(姪兒) 듕ᄆᆡ(仲媒)를 ᄌᆞ임(自任)ᄒᆞ미 오날놀 쾌ᄒᆞ믈 보고ᄌᆞ ᄒᆞ미랏다." 33면

한님이 쇼이ᄃᆡ왈(笑而對曰)

"슈삼ᄇᆡ(數三盃) 술이 다힝ᄒᆞ미 아니오라 슉당(叔堂)의 샤쥬(賜酒)ᄒᆞ시미 영화로오니 쇼딜(小姪)이 일노브터 동셔로 ᄆᆡ작을 ᄌᆞ임(自任)코ᄌᆞ ᄒᆞ옵ᄂᆞ디라 슉모(叔母)ᄂᆞᆫ 쇼ᄆᆡ(小妹)의 고집을 좃디 마ᄅᆞ시고 됴히 인눈(人倫)을 일워 평ᄉᆡᆼ이 안한(安閑)케 ᄒᆞ쇼셔."

상부인이 탄왈(嘆曰)

"부모디심(父母之心)이 ᄌᆞ식으로 ᄒᆞ여곰 폐륜(廢倫)ᄒᆞ믈 보고ᄌᆞ ᄒᆞ리오마ᄂᆞᆫ 져의 뜻이 죽기로ᄡᅧ 사ᄅᆞᆷ의 실개(室家) 되기를 원치 아니코 인눈(人倫)을 일워도 하위(下位)의 비굴(卑屈)ᄒᆞ미 갑족공후(甲族公侯)의 크게 블힝(不幸)ᄒᆞ미어놀 겸(兼)ᄒᆞ여 제 ᄆᆞ옴이 폐륜키를 뎡(定)ᄒᆞ니 우리 그 엇디ᄒᆞ리오? 우슉(愚叔)의 교ᄋᆞ[45]를 위ᄒᆞᆫ 심ᄉᆡ(心思)

42 ᄌᆡ뵈: 재보. 정인광.

43 유쥬무량(有酒無量): 유주무량. 공자가 한 말로 "술을 마시는 데 정해진 양이 없다"는 뜻. 《논어》〈향당(鄕黨)〉.

44 상부인: 정태요.

45 교ᄋᆞ: 교아. 상여교.

쥬야(晝夜)의 평안치 못ᄒᆞ여 슬프고 잔잉ᄒᆞ미 칼흘 삼킨 ᄃᆞᆺᄒᆞᄃᆡ 됴흔 모칙(謀策)이 업ᄉᆞ니 명되(命途) 그ᄃᆡ도록 험흔쳔박(險釁淺薄)홀 줄을 어이 뜻ᄒᆞ여시리오?”

셜파(說罷)의 함연톄루(涵然涕淚)ᄒᆞ믈 ᄭᆡ닷디 못ᄒᆞ니 한님이 화연(和然)이 위로ᄒᆞ며 인ᄒᆞ여 긴 말솜을 베퍼 쇼ᄆᆡ(小妹)의 위굴(位屈)ᄒᆞ믈 혐의(嫌疑)로이 녁이미 크게 가(可)치 아니홈과 니챵현의 부빈(副嬪) 되미 쇽ᄌᆞ(俗子)의 원위(原位)예셔 쾌ᄒᆞ믈 ᄀᆞᆺ초 일ᄏᆞᄅᆞ며 다시 우어 ᄀᆞᆯ오ᄃᆡ

34면

“쇼딜(小姪)이 유시(幼時)의 쇼ᄆᆡ(小妹)로 더브러 희롱ᄒᆞᆫ 말솜이 아니 잇ᄂᆞ니잇가? 당ᄎᆞ시(當此時)ᄒᆞ여ᄂᆞᆫ 그 말이 맛ᄉᆞ온디라 므ᄅᆞᆺ 딘쥐(眞珠) 일홈이 야광(夜光)으로 ᄒᆞᆫ가디라 ᄒᆞ옵ᄂᆞ니 부빈이라 혐의ᄒᆞ어 폐륜ᄒᆞ리 어ᄃᆡ 잇ᄉᆞ리잇가?”

부인 왈(曰)

“교익 진짓 덕이 잇고 힝실이 놉거ᄂᆞᆯ ᄌᆡ뵈 홀노 유시로브터 ᄋᆞ녀(兒女)롤 하ᄌᆞ(瑕疵)ᄒᆞ여 일편도이 ᄌᆞ염의 하위(下位)예 굴(屈)ᄒᆞ리라 ᄒᆞ니 그 어인 뜻이뇨? 옥교와 슉교ᄂᆞᆫ 작셩긔딜(作性氣質)이 녀교만 못ᄒᆞᄃᆡ 뉴싱과 연싱의 뎡실(正室)이 되며 또 젹인(敵人)이란 거술 보디 아냐시니 셰간(世間)의 녀교만 못ᄒᆞᆫ 녀ᄌᆡ(女子) ᄒᆞ고만흐ᄃᆡ 군ᄌᆞ(君子)로 ᄇᆡ(配)ᄒᆞ고 쥰걸(俊傑)노 빵(雙) 지은 ᄌᆡ(者) ᄒᆞ나둘히 아니라 녀괴 사ᄅᆞᆷ의 젹거부뷔(嫡居夫婦) 되미 그ᄃᆡ도록 외람ᄒᆞ랴? 구ᄐᆞ여 쇼셩(小星)[46]

46 쇼셩(小星): 규장각본에는 ‘쇼싱’으로 되어 있음.

의 쳔비(賤卑)ᄒᆞ믈 당ᄒᆞ염 즉ᄒᆞ리오?”

한님이 우으며 샤례왈(謝禮曰)

“쇼딜이 블민(不敏)ᄒᆞ와 슉모존의(叔母尊意)를 아지 못ᄒᆞᄋᆞᆸ고 유시로브터 우견(愚見)을 곰초디 못ᄒᆞ여 바른 ᄃᆡ로 고ᄒᆞᄆᆡ 슉모의 ᄎᆡᆨ(責)을 밧ᄌᆞ오니 ᄃᆡᆨ언(直言)의 ᄒᆡ(害)를 ᄭᆡ다ᄅᆞ리로소이다. 연이나 뉴져와 연ᄆᆡᄂᆞᆫ 쇼ᄆᆡ(小妹)만 못ᄒᆞᆫ ᄀᆡ딜ᄉᆡᆨ덕(氣質色德)이로ᄃᆡ 뉴ᄌᆞ와 연낭의 뎡실(正室)이 되여시믈 ᄌᆞ랑ᄒᆞ시거니와 뉴·연의 원비(原妃) 되ᄂᆞ니의셔 니ᄌᆞ의 시쳡(侍妾) 되미 쾌홀가 ᄒᆞᄋᆞᆸᄂᆞ니 뉴·연 냥ᄉᆡᆼ(兩生)인들 하풍(下風)이리잇가마ᄂᆞᆫ 니ᄇᆡᆨ달[47]의게 비길진ᄃᆡ 십분의 팔구를 밋디 못ᄒᆞ오리니 슉뫼(叔母) 교ᄆᆡ의 위굴(位屈)ᄒᆞ믈 ᄉᆡᆼ각디 마ᄅᆞ시고 당금뎨일인(當今第一人)으로뼈 동상(東床)을 빗ᄂᆡ샤 죵ᄆᆡ(從妹)의 덕셩ᄀᆡ딜(德性氣質)을 져ᄇᆞ리디 마ᄅᆞ시미 올흐니이다.”

상부인이 함쇼(含笑)ᄒᆞ며 한님의 등을 쳐 ᄡᅮ디져 왈

“네 나의 ᄌᆞ녀셔랑(子女壻郞)을 다 돈견(豚犬)으로 ᄎᆡ워 뉴·연 냥ᄉᆡᆼ의 고학대ᄌᆡ(高學大才)로뼈 니창현의게 팔구(八九)를 밋디 못ᄒᆞ리라 ᄒᆞ거니와 챵현이 므ᄉᆞᆷ ᄀᆡ특ᄒᆞ미 잇셔 그ᄃᆡ도록 홀 니 이시리오? 위풍ᄀᆡ딜(威風氣質)이 현보[48]의셔 낫디 못ᄒᆞ니 일ᄃᆡ현냥(一代賢良)이라 홀 법은 잇거니와 현뵈 잇ᄂᆞᆫ 바의 챵현으로뼈 당금뎨일(當今第一)이라 ᄒᆞ미 올흐랴?”

한님이 쇼왈(笑曰)

35면

47 니ᄇᆡᆨ달: 이백달. 이창현.

48 현보: 정인성.

"슉뫼 원간 샤심(私心)이 다다(多多)ᄒᆞ셔이다. 샤ᄇᆡᆨ(舍伯)은 쳔고(千古)의 희한ᄒᆞᆫ 대되(大道)오 니ᄌᆞ는 샤ᄇᆡᆨ을 ᄃᆡ젹(大敵)ᄒᆞᆯ 슝학대ᄌᆡ(崇學大才)라. 당금의 이 두 사ᄅᆞᆷ 잇ᄉᆞ미 괴이ᄒᆞ오니 ᄌᆞ연 뎨일위인(第一爲人)이라 ᄒᆞ오미 괴이치 아니ᄒᆞᆸ거ᄂᆞᆯ 슉뫼(叔母) 엇디 샤ᄇᆡᆨ(舍伯)이 잇고 니ᄌᆡ 잇ᄂᆞᆫ 거ᄉᆞᆯ 그 ᄒᆞ나히 아니라 ᄒᆞ시ᄂᆞ니잇고? 뉴·연 냥싱(兩生)이 아ᄅᆞᆷ다올시 니ᄌᆞ의 팔구ᄅᆞᆯ 우러ᄋᆞᆸ디 못ᄒᆞ리라 ᄒᆞ지 그러치 못ᄒᆞ오면 ᄇᆡᆨ분디일(百分之一)인들 앙망(仰望)ᄒᆞ리잇가?"

상부인이 한님의 니ᄌᆞ 칭찬ᄒᆞ미 과도ᄒᆞ믈 니ᄅᆞ며 ᄌᆞ긔교옥(自己嬌玉)으로뼈 빈희(嬪姬)의 굴(屈)ᄒᆞᆯ ᄇᆡ 아니라 ᄒᆞ여 슉딜(叔姪)이 웃고 닷토기ᄅᆞᆯ 마지 아니ᄒᆞ니 경조와 쇼뷔 ᄯᅩᄒᆞᆫ 공언공논(公言公論)으로 니ᄌᆞᄅᆞᆯ 칭찬ᄒᆞ여 혼ᄉᆞ(婚事)ᄅᆞᆯ 권ᄒᆞ며 쳐ᄉᆡ 날호여 쇼왈(笑曰)

"교ᄋᆡ 폐륜(廢倫)ᄒᆞ믈 ᄌᆞ원(自願)ᄒᆞ나 샹형[49]과 셔셰(姐姐) 쥬관(主管)ᄒᆞ시리니 엇디 유녀(幼女)의 고집을 조ᄎᆞ미 올흐리잇가? 디금(只今)은 니셕뵈[50] 나갓거니와 도라오ᄂᆞᆫ 날이라도 상의ᄒᆞ여 셩네(成禮)ᄒᆞ미 맛당ᄒᆞ니이다. 광ᄋᆞ[51]ᄂᆞᆫ ᄇᆡᆨ달을 바랄 위인이 아니로ᄃᆡ 소공이 만ᄂᆡ(晩來)의 필와(畢瓦)[52]ᄅᆞᆯ 어더 위굴(位屈)ᄒᆞ믈 혐의로이 넉이디 아니ᄒᆞ고 셩ᄋᆞ[53]ᄂᆞᆫ ᄇᆡᆨ달의셔 나으며 못 ᄒᆞ미 업ᄉᆞᄃᆡ 한부ᄆᆡ[54] 기녀(其女)의 쇼셩지

49 샹형: 상형. 상연.

50 니셕뵈: 이석보. 이빈.

51 광ᄋᆞ: 광아. 정인광.

52 만ᄂᆡ(晩來)의 필와(畢瓦): 늦게 얻은 귀한 딸.

53 셩ᄋᆞ: 성아. 정인성.

54 한부ᄆᆡ: 한부마. 한제선.

위(小星之位)ᄅᆞᆯ 거리ᄭᅵ디 아냐 구혼ᄒᆞ미 간졀ᄒᆞ니 녕능후[55]와 소위공[56]
이 엇디 상형만 못ᄒᆞ고 니부인과 녕능공쥐 엇디 져져(姐姐)만 못ᄒᆞ시 37면
리잇고? 텬연(天緣)의 듕(重)ᄒᆞ믈 위ᄒᆞ며 ᄉᆞ셰(事勢)의 쥬편(主便)ᄒᆞ
믈 ᄉᆡᆼ각ᄒᆞ미라. 교ᄋᆞ로 닐너도 규슈(閨秀)의 념치(廉恥)로 인뉸(人倫)
을 쳔ᄌᆞ(擅恣)치 못ᄒᆞ리니 져져ᄂᆞᆫ 션후(先後)의 경듕(輕重)을 다시 ᄉᆡᆼ
각디 마ᄅᆞ쇼셔. 져근 일도 명슈(命數) 밧긔 나디 아니ᄒᆞᄂᆞ니 교ᄋᆞ의 긔
셩작픔(氣性作稟)이 초츌특이(超出特異)ᄒᆞ므로ᄡᅧ 사ᄅᆞᆷ의 아ᄅᆡ 되여
졍위(正位)ᄅᆞᆯ 당(當)치 못ᄒᆞ미 그 엇더ᄒᆞᆫ 긔한이완ᄃᆡ 면(免)ᄒᆞ리잇고?
다만 위로ᄒᆞᆯ 밧ᄌᆡ 져희 동포골육(同胞骨肉)의 나리미 업ᄉᆞ니 외람이
이비(二妃)의 고ᄉᆞ(故事)[57]ᄅᆞᆯ ᄯᆞ로며 니ᄌᆞ의 위인이 셩문대도(聖門大
道)의 감연(欿然)ᄒᆞ미[58] 잇디 아니ᄒᆞ니 ᄌᆞ염과 녀교의 일ᄉᆡᆼ이 빗날 바
ᄅᆞᆯ 깃거ᄒᆞᄂᆞ니 범범(泛泛)이 니ᄅᆞ려 ᄒᆞ여ᄂᆞᆫ 구ᄒᆞ여 엇디 못ᄒᆞᆯ 혼쳬(婚
處)로ᄃᆡ 상형과 져졔(姐姐) 깁히 즐기디 아니시고 교ᄋᆡ 죽기로ᄡᅧ 샤양
ᄒᆞᆫ다 ᄒᆞᄆᆡ 쇼뎨(小弟) ᄌᆞ로 권치 못ᄒᆞ엿거니와 죵시(終是)히 폐륜(廢
倫)ᄒᆞᄂᆞᆫ 괴거(怪擧)ᄂᆞᆫ 업ᄉᆞᆯ 바의 그러ᄒᆞ미 유익디 아니ᄒᆞ니이다.”

상부인이 이공(二公)과 쳐ᄉᆞ의 말의 다ᄃᆞ라ᄂᆞᆫ 탄식고 ᄀᆞᆯ오ᄃᆡ

“니ᄌᆞ의 아ᄅᆞᆷ다오미 부ᄌᆞ(夫子)[59] 후 일인(一人)이라 닐너도 우리 만ᄂᆡ
(晩來)의 필와(畢瓦)로ᄡᅧ 빈희(嬪姬)의 쳔(賤)ᄒᆞ믈 ᄎᆞ마 감심(甘心) 38면

---

55 녕능후: 영능후. 한제선.

56 소위공: 소수.

57 이비(二妃)의 고ᄉᆞ(故事): 요임금의 두 딸인 아황과 여영 자매가 함께 순임금에게 시집간 일.

58 감연(欿然)ᄒᆞ미: 감연하다. 마음에 차지 않아 서운하다.

59 부ᄌᆞ(夫子): 부자. 공자(孔子)를 높여 이르는 말.

치 못ᄒᆞ고 졔 쏘 죽어 면키ᄅᆞᆯ 결단ᄒᆞ여 샤양ᄒᆞ니 ᄌᆞ연 셰월을 쳔연(遷延)[60]ᄒᆞ미 되엿거니와 필경 모다 권ᄒᆞ믈 듯고 광딜[61]의 언참(言讒)으로 그 밧긔 나디 아닐가 ᄒᆞ노라.”

쳐ᄉᆡ 오ᄅᆡ 쳔연ᄒᆞ미 가(可)치 아니믈 권ᄒᆞ고 날호여 곤계ᄌᆞ딜(昆季子姪)을 거ᄂᆞ려 셔헌(書軒)의 나가니 합ᄂᆡ(閤內)의 피(避)ᄒᆞ엿던 ᄂᆡᄀᆡᆨ(內客)이 다시 좌(座)ᄅᆞᆯ 일우고 담화ᄒᆞᆯᄉᆡ 이날 결친년인가(結親緣姻家) 부인ᄂᆡ 아니 오니 업ᄉᆞᄃᆡ 댱샹셔 원비(原妃) 연부인이 그 모친 환후(患候)로 인ᄒᆞ여 셩ᄂᆡ본부(城內本府)의 도라갓ᄂᆞᆫ 고로 이에 참예(參預)치 못ᄒᆞ여시ᄃᆡ 박시ᄂᆞᆫ 묘ᄒᆞᆫ 쇠ᄅᆞᆯ ᄂᆡ고 큰 의ᄉᆞᄅᆞᆯ 픔ᄃᆞ시 쯧 잡기ᄅᆞᆯ ᄀᆞ장 흰츨이 ᄒᆞ고 함분인통(含憤忍痛)키ᄅᆞᆯ ᄇᆡᆨ분(百分) 잘ᄒᆞᄂᆞᆫ ᄃᆞ시 스ᄉᆞ로 ᄆᆞ음과 ᄆᆡᆼ셰ᄒᆞ여 ‘소시 믜온 거ᄉᆞᆯ 잠간 견ᄃᆡ여 보고 졍부졔인(程府諸人)의 긔ᄉᆡᆨ(氣色)을 탐관(探觀)ᄒᆞ리라.’ ᄒᆞ여 녀ᄋᆞ(女兒)의게 가노라 ᄒᆞ미 업시 박부의 가노라 ᄒᆞ며 졸연(猝然)이 화거쥬륜(華車朱輪)을 ᄀᆞᆺ초아 운산의 니ᄅᆞ니 어ᄉᆞ 부인이 존고(尊姑)의 님(臨)ᄒᆞᆯ 줄을 ᄉᆡᆼ각디 아냣더니 의외예 연셕(宴席)의 참예ᄒᆞ믈 의아ᄒᆞ
39면 여 쏘 므ᄉᆞᆫ 취ᄐᆡ(醜態)ᄅᆞᆯ 드러닐가 그윽이 념녀(念慮)ᄒᆞ고 졍한님 부인이 쏘ᄒᆞᆫ ᄌᆞ모(慈母)의 ᄒᆡᆼᄎᆡ(行次)로ᄃᆡ 반가오믄 버금이오 근심되며 졀박(切迫)ᄒᆞ미 옥장(玉臟)이 ᄌᆞ로 놀납고 난연(赧然)ᄒᆞ믈 기ᄅᆡ 숨 쉬ᄆᆡ 젹상(積傷)ᄒᆞᆫ 간격(肝膈)이 초삭(焦鑠)ᄒᆞ믈 ᄭᆡ닷디 못ᄒᆞᄃᆡ 만목(萬目)이 버러시니 므ᄉᆞᆷ 말을 ᄒᆞ리오? 어ᄉᆞ 부인으로 더브러 하

---

60 쳔연(遷延): 천연. 시간을 미루고 지체함.

61 광딜: 광질. 인광 조카.

당영지(下堂迎之)ᄒᆞ미 박시 썰치고 모든 부인니 좌(座)의 나아가 빈쥐(賓主) 셔로 인ᄉᆞ(人事)홀ᄉᆡ 졍·댱 이쇼져(二小姐)ᄂᆞᆫ 그으이 박시의 닙을 우러러 엇더ᄒᆞᆫ 괴악(怪惡)ᄒᆞᆫ 말이 ᄯᅩ 날가 졀박ᄒᆞ믈 니긔디 못ᄒᆞ더니 이윽고 졔공(諸公)의 입닋(入內)ᄒᆞ믈 인ᄒᆞ여 닋각(內客)이 합닋로 피(避)ᄒᆞ미 된 고로 여러 말숨을 밋쳐 발치 못ᄒᆞᆫ디라. 댱쇼졔 합닋의 여러 닋긱이 업술단ᄃᆡ 엇디 실언실조(失言失措)치 말고 됴히 참연(參宴)ᄒᆞ다가 도라가기를 비러 보고ᄌᆞ 아니리오마ᄂᆞᆫ 졔긱(諸客)이 가득ᄒᆞ엿고 ᄋᆡ걸(哀乞)ᄒᆞ여 듯디 아닐 거시므로 닙을 여러 보디 못ᄒᆞ고 착급ᄒᆞ믈 니긔디 못ᄒᆞ여 츈홍으로 ᄒᆞ여곰 희린 공ᄌᆞ와 맛촌 후 여ᄎᆞ여ᄎᆞ 병보(病報)를 고(告)ᄒᆞ라 ᄒᆞ니 츈홍이 슈명(受命)ᄒᆞ고 졔공(諸公)이 외당으로 나아가며 박시 다시 좌(座)의 들기를 님(臨)ᄒᆞ여 믄득 급히 고왈(告曰) 40면

"본부(本府) ᄎᆞ공지(次公子) 곽긔(癨氣)[62]로 혼졀(昏絶)ᄒᆞ여 ᄡᅵ 오ᄅᆡ도 디우금(至于今) 회소(回蘇)치 못ᄒᆞ여 계시다 ᄒᆞᄂᆞ이다."

박시 금일(今日) 졍부(程府)의 니ᄅᆞ미 연셕(宴席)을 참예코져 ᄒᆞ미 아니라 ᄌᆞ긔(自己) 손으로 소시를 맛ᄎᆞ 업시ᄒᆞ고 쳐ᄉᆞ와 화부인을 일장대욕(一場大辱)ᄒᆞ여 한님으로 ᄒᆞ여곰 소시를 취(娶)케 ᄒᆞ미 만만무상(萬萬無狀)ᄒᆞ믈 칙(責)ᄒᆞ며 경조 부부가지 즐욕(叱辱)ᄒᆞ여 소가의 요종간뉴(妖種奸流)로뼈 며ᄂᆞ리 삼으미 사름의 홀 ᄇᆡ 아니믈 닐너 ᄒᆞᆫ바탕 작난(作亂)을 싀훤이 ᄒᆞ고 도라가랴 그ᄽᅡᆫ의 참기를 만히 ᄒᆞ

62 곽긔(癨氣): 곽기. 갑자기 토하고 설사가 나는 급성 위장병.

여 파연(罷宴)키를 기다리더니 쳔만(千萬) ᄉᆡᆼ각디 아닌 바의 ᄋᆞᄌᆞ(兒子)의 혼졀ᄒᆞ믈 드ᄅᆞᄆᆡ 본ᄃᆡ 춍명셩신(聰明誠信)ᄒᆞ미 업거니 엇디 거ᄌᆞᆺ말이믈 알니오? 크게 경동초조(驚動焦燥)ᄒᆞᆫ 듕(中) 경영ᄒᆞ엿던 대ᄉᆞ(大事)를 허슈히 일우디 못ᄒᆞ고 춍춍(悤悤)이 쥬륜(朱輪)을 ᄌᆡ쵹ᄒᆞ여 도라가나 이 가온ᄃᆡ 못 삼긴 헤아리미 다시 긔회(機會)를 어더 작난코ᄌᆞ ᄒᆞ므로 금번(今番)가지ᄂᆞᆫ 됴흔 빗ᄎᆞ로 도라가리라 ᄒᆞ여 블평디ᄉᆞ(不平之辭)를 낫토디 아니ᄒᆞ나 소시를 보ᄆᆡ 졀치(切齒)ᄒᆞ믈 면
41면 치 못ᄒᆞ니 신부 소시ᄂᆞᆫ 더옥 믜올 일이 업ᄉᆞᄃᆡ 소시의 딜녜(姪女)라 ᄒᆞ여 삼킬 ᄃᆞᆺ 믜워ᄒᆞ므로 보ᄂᆞᆫ 빵동(雙瞳)이 호란(胡亂)ᄒᆞ니[63] 좌위(左右) ᄒᆡ연망측(駭然罔測)ᄒᆞ믈 니긔디 못ᄒᆞ더라.

ᄎᆞ셜(且說). 박시 ᄋᆞᄌᆞ(兒子)의 병보(病報)를 듯고 급급히 도라가니 어ᄉᆞ 부인이 슉슉(叔叔)의 혼졀(昏絶)ᄒᆞ니 딘짓 말이 아니믈 디긔(知機)ᄒᆞ나 인ᄉᆞ(人事)의 마디못ᄒᆞ여 즉시 도라가니 태부인이 결연(缺然)ᄒᆞ믈 니긔디 못ᄒᆞ더라. 이윽고 파연(罷宴)ᄒᆞᄆᆡ ᄂᆡ외빈ᄀᆡᆨ(內外賓客)이 각산(各散)ᄒᆞ니 쳐ᄉᆞ와 이공(二公)이 드러와 태부인을 뫼실ᄉᆡ 한님이 댱어ᄉᆞ 부인긔ᄂᆞᆫ 친ᄆᆡ(親妹)의 더은 ᄌᆞ별(自別)ᄒᆞᆫ 정(情)이 초년화란(初年禍亂)을 동고(同苦)ᄒᆞᆫ 연괴(緣故)라 셔로 ᄃᆡ(對)ᄒᆞᆫ즉 화연(和然)ᄒᆞ여 말ᄉᆞᆷᄒᆞᄆᆡ 의논이 합ᄒᆞ며 ᄆᆞᄋᆞᆷ이 빗최ᄂᆞᆫ디라 좌간(坐間)의 업ᄉᆞ믈 셔운ᄒᆞ여 뭇ᄌᆞ오ᄃᆡ

"댱져졔 어ᄃᆡ 가시니잇가?"

---

63 호란(胡亂)ᄒᆞ니: 호란하다. 한데 뒤섞여 어수선하고 분간하기 어렵다.

태부인이 답왈(答曰)

"연셕(宴席)의 박부인이 참예ᄒᆞ엿더니 여ᄎᆞ여ᄎᆞᄒᆞᆫ 일노 박부인이 춍춍(悤悤)이 도라가ᄆᆡ 월ᄋᆡ 뒤흘 니어 발셔 도라가니라."

한님이 셰린의 곽긔(癨氣) 보디 아냐 허언(虛言)이믈 디긔ᄒᆞᄆᆡ 날호여 쇼왈(笑曰)

"블긴(不緊)ᄒᆞᆫ 힝ᄎᆡ(行次) 연셕의 참예ᄒᆞ엿다가 져져(姐姐)조ᄎᆞ 머므디 못ᄒᆞ게 희롤 딧도다."

ᄡᅵ예 댱시 등 졔쇼졔(諸小姐) 져녁 문안(問安)의 모드미 업ᄉᆞ므로 상부인이 잠쇼왈(潛笑曰) 42면

"므ᄉᆞᆷ 일노 그 힝ᄎᆞ(行次)조ᄎᆞ 블긴(不緊)ᄒᆞ리오? 다만 젼일(前日)은 쳥ᄒᆞ여도 온가지로 칭탁블ᄂᆡ(稱託不來)ᄒᆞ더니 금일(今日)은 쾌히 연셕(宴席)의 님(臨)ᄒᆞ여 동용언ᄉᆡ(動容言辭) 만히 늙어시니 향ᄌᆞ(向者)의 ᄌᆞ졍(慈庭)이 니ᄅᆞ샤ᄃᆡ 너의 고싱(姑甥)의 인ᄉᆡ(人事) 심히 머럿다 ᄒᆞ시더니 그려도 박시ᄂᆞᆫ 인ᄉᆡ 퍽 나아시ᄃᆡ ᄌᆡ보ᄂᆞᆫ 이졔도 나흘날이 머러 취모(娶母)의 강님(降臨)ᄒᆞ믈 블긴타 ᄒᆞ니 셔랑(婿郞)은 반ᄌᆡ(半子)라 반ᄌᆡ 엇디 져럴 니 이시리오?"

한님이 관(冠)을 숙여 함쇼브ᄃᆡ(含笑不對)ᄒᆞ니 쇼부공 부인 셔시 쇼왈(笑曰)

"현딜(賢姪)이 셕년(昔年)의 남화위녀(男化爲女)ᄒᆞ여 댱공의 ᄋᆡ쳡(愛妾)이 되여실 졔 박시 투긔(妬忌)ᄒᆞ라 나오던 거죄(擧措) 심히 우읍더라 ᄒᆞ믈 젼언(傳言)으로 잠간 드ᄅᆞᄆᆡ ᄌᆡ보ᄂᆞᆫ 취모의 과실이라 ᄒᆞ여 평ᄉᆡᆼ 언두(言頭)의 니ᄅᆞ믈 듯디 못ᄒᆞ엿ᄂᆞ니 금일은 고요ᄒᆞ여 다ᄅᆞᆫ 사ᄅᆞᆷ이 업ᄉᆞ니 ᄒᆞᆫ번 셜파(說破)ᄒᆞ라."

한님이 궤이딕왈(跪而對曰)

"ᄒᆞᆫ번 고ᄒᆞ오미 므어시 어려오리잇고마ᄂᆞᆫ 이 곳 쇼딜(小姪)의 죵신참덕(終身慙德)이라 쇼딜이 남을 쇽인 허믈이 듕(重)ᄒᆞ오니 엇디 남의 부녀의 망측ᄒᆞ믈 니ᄅᆞ리잇고?"

상부인이 쇼왈(笑曰)

43면 "셔미(庶妹)의 단뎡(端正)ᄒᆞ므로 긔괴졀도디ᄉᆞ(奇怪絶倒之事)를 듯고ᄌᆞ ᄒᆞ여 므ᄅᆞ미 희귀ᄒᆞ고 ᄌᆞ위(慈闈)의 ᄒᆞᆫ번 우으시믈 돕ᄉᆞ오며 현딜(賢姪)은 ᄆᆞ옴의 너허두고 미양 혼ᄌᆞ 웃디 말나."

뎡언간(正言間)의 쳐ᄉᆞ 쥬공이 댱부의 니ᄅᆞ러 녀ᄋᆞ(女兒)를 본 후 다시 졍아(程衙)의 니ᄅᆞ러 운계 션싱긔 셔로 보믈 쳥ᄒᆞ미 쳐ᄉᆡ 즉시 니러 밧그로 향ᄒᆞᄂᆞᆫ디라 상부인이 한님을 갓가이 안치며 박시의 투긔(妬忌)ᄒᆞ라 ᄂᆡ닷던 바롤 므ᄅᆞᆫ딕 한님이 쇼이딕왈(笑而對曰)

"슉모(叔母)의 온침녜듕(穩沈禮重)ᄒᆞ시므로 굿ᄐᆞ여 괴려지ᄉᆞ(乖戾之事)를 드ᄅᆞ려 ᄒᆞ실 줄은 싱각디 아닌 빅로소이다. 실노 므ᄅᆞ실 거시 업ᄉᆞᆸ고 그 거동을 보디 못ᄒᆞ여 계시나 상(狀)을 보신들 상한쳔녀(常漢賤女)의 괴흉망픿(怪凶妄悖)ᄒᆞᆫ 뉴(類) 젹인(敵人)을 싀투(猜妬)ᄒᆞ미 ᄒᆞ나둘히 아니오니 글노뼈 츄이ᄒᆞ여 다ᄅᆞ지 아니ᄒᆞ믈 싱각ᄒᆞ여 보실 거시니이다."

학ᄉᆞ 닌흥이 쇼왈(笑曰)

"박부인의 말ᄉᆞᆷ은 남의 부녀의 말이니 가히 닐너 우을 빅 아니어니와 댱공이 형당(兄丈)을 ᄋᆡ희(愛姬)로 딕졉(待接)ᄒᆞ여 쳥산녹슈(青山綠水)로 뎡밍(定盟)ᄒᆞ던 바롤 싀로이 듯고ᄌᆞ ᄒᆞᄂᆞ이다."

한님이 미쇼왈(微笑曰)

"이 쏘흔 내 허믈이니 져 무디블인(無知不仁)흔 댱툭[64]을 칙망(責望) 44면
홀 것가?"

학시 박쇼왈(拍笑曰)

"형댱(兄丈)이 스스로 허믈을 삼으시고 댱공을 벗기미 디극흐시니 비로소 빙악(聘岳)이 듕(重)흔 줄을 알니로소이다."

한님이 쇼왈(笑曰)

"원뵈 날을 격동치 아니타. 브듸 듯고즈 홀딘듸 비록 신신(新新)치 아니흐나 흔번 셜파(說破)흐미 어려오리오?"

흐고 드듸여 긔강지디의셔 댱공을 만난 바와 스셰브득(事勢不得)이 남화위녀(男化爲女)흐여 속인 일노브터 경사(京師)가지 올나와 디닌 바롤 잠간 셜파홀시 댱공의 어리며 우은 거동이 목젼(目前)의 듸(對)흔 듯흐고 나죵의 쥬푀(朱標)[65] 업스믈 보믜 칼흘 들고 다라드던 바와 여러 번 비러 용납(容納)흐믈 엇디 못흐믜 눈의 지롤[66] 너흐며 낫치 춤 밧타 쌈 치고 도라오믈 듸강 일크르믜 오히려 젼일(前日) 고흐던 바의셔 더 즈셔흐니 댱공의 망측긔괴(罔測奇怪)흐미 식로이 낫타나며 이 듕(中)의 겻근 바 익회(厄禍) 놀납고 위틔흔 조각이 만흔디라. 긔강 옥듕(獄中)의 곤(困)홀 제 엇디 최언션 곳 아니면 술믈 어드리오? 일좨(一座) 웃는 듕이나 경히(驚駭)흐믈 니긔디 못흐며 학시 쇼왈(笑曰) 45면

"형댱(兄丈)이 댱공을 한(恨)흐시미 화상디스(畵像之事) 싸롬이 아니

64 댱툭: 장축. 장헌을 짐승에 빗대어 비하하는 표현.

65 쥬푀(朱標): 주표. 여자의 팔에 꾀꼬리의 피로 문신한 자국. 성교를 하면 이것이 없어진다고 하여 처녀의 징표로 여겼음.

66 지롤: 규장각본에는 '지흘'로 되어 있음.

로소이다.”

한님이 쇼왈(笑曰)

“원뵈 엇디 날을 그ᄃᆡ도록 용쇽(庸俗)히 넉이ᄂᆞ뇨? 내 일시 댱튝의 ᄒᆡ(害)코ᄌᆞ ᄒᆞ믈 바다 옥듕의 곤ᄒᆞ고 칼 아ᄅᆡ 위ᄐᆡ(危殆)홀 번ᄒᆞ여시나 임의 죽기ᄅᆞᆯ 면ᄒᆞ여시니 한홀 ᄇᆡ 아니오 ᄎᆞ역운쉬(此亦運數)니 져ᄅᆞᆯ 홀노 ᄎᆡᆨ망(責望)ᄒᆞ리오?”

ᄒᆞᆫᄃᆡ 좌우(左右) 션(善)타 ᄒᆞ더라. 이ᄣᆡ 댱쇼졔 모친을 ᄹᆞᆯ니 도라가게 ᄒᆞᆫ 후 파연(罷宴)ᄒᆞ믈 기다려 침소의 믈너와 그 모친의 셩질을 ᄋᆡᄃᆞᆯ나ᄒᆞ며 ᄌᆞ긔(自己) 명도(命途)의 남 ᄀᆞᆺ디 못ᄒᆞ믈 슬허ᄒᆞ더니 셔ᄑᆡ 뎡당(正堂)으로조ᄎᆞ 나오ᄆᆡ 그윽이 눈믈을 먹음고 참연(慘然)이 괴치(愧恥)ᄒᆞᄂᆞᆫ ᄉᆡᆨ(色)이 잇ᄉᆞ니 쇼졔(小姐) 츄연(惆然)이 연고(緣故)ᄅᆞᆯ 므ᄅᆞᆫᄃᆡ 셔ᄑᆡ 탄식ᄃᆡ왈(嘆息對曰)

“맛ᄎᆞᆷ 태원뎐 복시양낭(僕侍養娘)[67]의 두어 잔 술을 난호ᄌᆞ ᄒᆞ믈 인ᄒᆞ여 난함(欄檻)의 니ᄅᆞ럿ᄉᆞᆸ더니 쥬군(主君)과 졔상공(諸相公)의 ᄒᆞ시ᄂᆞᆫ 말ᄉᆞᆷ을 듯ᄌᆞ오ᄆᆡ ᄌᆞ연 낫치 달호이며 눈믈이 나믈 ᄭᆡ닷디 못ᄒᆞ오니 쳐음 갓던 일이 후회로소이다.”

46면 드ᄃᆡ여 셔·상 이부인(二夫人)과 졔쇼년상공(諸少年上公)의 슈작셜화(酬酌說話)ᄅᆞᆯ 일일히 젼(傳)ᄒᆞ니 쇼졔(小姐) 듯디 아닌들 엇디 그 부모의 괴이ᄒᆞᆫ ᄒᆡᆼᄉᆡ(行使) 우음 밧탕이 되고 남의 시비(是非)ᄅᆞᆯ 막디 못ᄒᆞ믈 ᄋᆡᄃᆞᆯ나ᄒᆞ며 한님의 언언(言言)이 댱튝이라 ᄭᅮᄃᆡᆺ던 바와 눈의 ᄌᆡ

67 복시양낭(僕侍養娘): ‘복시’는 종, ‘양낭’은 유모.

롤 너코 춤을 밧타 난타즐민(亂打叱罵)ᄒᆞ믈 가히 업시ᄒᆞᆫ 후도 오히려 통히(痛駭)ᄒᆞ믈 원슈ᄀᆞᆺ치 넉이믈 오날놀 쳐음으로 듯ᄂᆞᆫ ᄇᆡ 아니로ᄃᆡ 이런 말을 출하리 모롬만 ᄀᆞᆺ디 못ᄒᆞᆫ 고로 유랑(乳娘)을 도라보와 말을 긋치라 ᄒᆞ고 뇨연단좌(窈然端坐)ᄒᆞ여 ᄌᆞ긔 몸이 셰샹(世上)의 난 연고로 부모의 취명(臭名)이 더어시믈 슬허ᄒᆞ니 ᄌᆞ연 샤일빵광(射日雙眶)의 징픿(澄波) 징동(爭動)ᄒᆞ여 화싀(和氏)의 구슬[68]이 구으ᄂᆞᆫ ᄃᆞᆺ ᄒᆞ더니 날호여 몸을 니러 혼뎡(昏定)ᄒᆞ라 나아가ᄆᆡ 졔싱(諸生)은 맛춤 다 믈너갓시며 졔부인(諸夫人)과 쇼져 등이 태부인을 뫼셧ᄂᆞᆫ 바의 엄한님 부인 슉염과 뉴학ᄉᆞ 부인 옥괴 쵹하(燭下)의셔 산호판(珊瑚板)의 구슬 바독을 버리고 나죽이 승부를 닷토ᄂᆞᆫᄃᆡ ᄃᆡ져 엄한님 부인의 슈단(手段)이 신능긔이(神能奇異)ᄒᆞ여 뉴학ᄉᆞ 부인의 민쇽영달(敏速英達)ᄒᆞᆫ ᄌᆡ조로도 능히 밋디 못ᄒᆞ며 손을 밋쳐 놀니디 못ᄒᆞ여셔 의ᄉᆡ 삭연(索然)이 막히믈 면치 못ᄒᆞ니 연싱 부인 슉교와 ᄋᆞ쇼져(兒小姐) 등이 셔로 돌녀 긔국(棋局)을 닷토와 ᄒᆞ나토 니긔디 못ᄒᆞ고 또ᄒᆞᆫ 맛출 ᄌᆡ(者) 업ᄉᆞ니 됴통ᄌᆡ 부인이 함쇼왈(含笑曰)

"우져(愚姐)ᄂᆞᆫ 평싱 용소(庸疎)ᄒᆞ여 잡기디뉴(雜技之類)의 시험ᄒᆞ미 업거니와 엄뎨 ᄉᆞᄉᆞ로 승허ᄒᆞ미 보기의 분ᄒᆞ며 졔뎨(諸弟) ᄒᆞ나토 당치 못ᄒᆞ미 괴이ᄒᆞᆫ디라. 내 잠간 엄뎨로 더브러 승부를 닷토리라."

ᄒᆞ고 판을 나와 구슬을 희롱ᄒᆞᄆᆡ 됴부인 슈단은 온침(穩沈)ᄒᆞ여 쳐음은 소리ᄒᆞᆫ ᄃᆞᆺᄒᆞ더니 졈졈ᄒᆞ여 ᄉᆞ방(四方)이 완비(完備)ᄒᆞ며 팔진(八

68 화싀(和氏)의 구슬: 화씨의 구슬. '화씨'는 춘추시대 초나라의 변화(卞和)로, 변화가 형산(荊山)에서 얻어 초왕에게 바친 진귀한 옥을 '화씨벽(和氏璧)'이라고 함.

47면

陣)이 뎡뎨(整齊)ᄒᆞ여 됴홰(造化) 신능(神能)ᄒᆞ고 ᄌᆡ죄 무궁ᄒᆞ니 ᄒᆡ음업시 번복(飜覆)이 블측(不測)ᄒᆞᆫ 가온ᄃᆡ 엄부인이 손을 놀니디 못ᄒᆞ여 힘힘히 ᄡᆞ히믈 면치 못ᄒᆞ니 태부인이 화연이 쇼왈(笑曰)

"사ᄅᆞᆷ이 미셰(微細)ᄒᆞᆫ 곳의 다ᄃᆞ라도 어버이롤 달므미 잇도다. 명ᄋᆞ의 쳐음 슈단이 온침ᄒᆞ고 나죵이 신긔ᄒᆞ미 젼혀 부풍(父風)이라 엇디 긔특디 아니리오? ᄒᆞ믈며 슉염의 ᄌᆞ허(自許)ᄒᆞᄂᆞᆫ 놉흔 흥을 ᄒᆞᆫ 판의 48면 ᄉᆡᆨ그니 졔ᄋᆞ(諸兒)의 향긱(嚮刻) 니긔디 못ᄒᆞᆫ 분을 아오로 셜(雪)ᄒᆞ미 쾌ᄒᆞᆫ디라. 슉ᄋᆞᄂᆞᆫ 다시 명ᄋᆞ 듯ᄂᆞᆫᄃᆡ ᄌᆡ조롤 ᄌᆞ랑치 말나."

엄부인이 낭연(朗然)이 웃고 ᄃᆡ왈(對曰)

"쇼손(小孫)이 여러 번을 니긔엿ᄉᆞ오ᄆᆡ ᄆᆞ음이 교만ᄒᆞ여 손 ᄡᅳ기롤 게얼니 ᄒᆞ오므로 됴져긔 디ᄂᆞᆫ 욕(辱)을 보앗숩거니와 다시 본 ᄌᆡ조롤 다 ᄒᆞ면 엇디 됴져의 아ᄅᆡ 되리잇고?"

양부인 긔염이 잠쇼왈(潛笑曰)

"사ᄅᆞᆷ이 셜영(設令) ᄌᆡ죄 이신들 엇디 ᄌᆞ부(自負)ᄒᆞ기롤 져러틋 ᄒᆞ리오? 연이나 됴져긔ᄂᆞᆫ 임의 ᄑᆡ군디댱(敗軍之將)이 되여 말이 빗치 업셧거니와 우져(愚姐)로 더브러 ᄒᆞᆫ 판을 시험ᄒᆞ미 엇더ᄒᆞ뇨?"

엄부인이 답쇼왈(答笑曰)

"져졔(姐姐) 날을 ᄉᆞ술노 디우고ᄌᆞ[69] ᄒᆞ시거니와 내 ᄯᅩ 가딘 ᄌᆡ죄 잇ᄉᆞ니 져졔 간ᄃᆡ로 쇽이디 못ᄒᆞ리이다."

ᄒᆞ고 작판(作盤)ᄒᆞ여 경긱(傾刻)의 엄부인이 두 판을 디고 ᄒᆞᆫ 판을 니

69 디우고ᄌᆞ: 디우다. '떨어뜨리다, 낮추다, 모자라게 하다'라는 뜻의 옛말.

긔니 양부인의 ᄌᆡ죄 쳐음과 나죵이 다 비상(非常)ᄒᆞᆫ디라. 태부인이 니쇼져의 ᄌᆡ조ᄅᆞᆯ 마ᄌᆞ 보고ᄌᆞ ᄒᆞ여 판을 갓가이 노흐며 니시ᄅᆞᆯ 도라보아 왈

“ᄋᆞ뷔(兒婦) 긔염으로 더브러 ᄒᆞᆫ 판을 두어 노모(老母)로 ᄒᆞ여곰 구경케 ᄒᆞ미 엇더ᄒᆞ뇨?”

쇼졔(小姐) 감히 샤양치 못ᄒᆞ여 슈명(受命)ᄒᆞ니 태부인이 겻ᄐᆡ 안ᄌᆞ 49면
믈 명ᄒᆞ고 양부인이 니쇼져ᄅᆞᆯ ᄃᆡ(對)ᄒᆞ여 흑ᄇᆡᆨ(黑白)을 난홀ᄉᆡ 냥인의 ᄎᆡ쉬(彩袖) 어ᄌᆞ러이 나븟겨 흑ᄇᆡᆨ(黑白)을 버리며 다만 하덕디슈와 음양디홰(陰陽之化) 블측(不測)ᄒᆞ여 풍운이 ᄉᆞᄉᆡᆨ(四塞)ᄒᆞ고 뇌괴발동ᄒᆞ여 스ᄉᆞ로 조화(調和)ᄅᆞᆯ 돕ᄂᆞᆫ ᄃᆞᆺ 팔과 ᄒᆞᆫ후의 연연ᄒᆞ며 구외심산(深山)의 경닙ᄒᆞ니 어ᄂᆡ 능ᄒᆞ고 뉘 신긔ᄒᆞ믈 범안(凡眼)의 ᄭᆡ닷디 못ᄒᆞᆯ너니 니시의 나삼(羅衫)이 표표(飄飄)히 나븟기ᄆᆡ 이 믄득 헌원(軒轅)의 신긔(神技)며 복희(伏羲)의 슐법(術法)이라 현봉(懸峯)의 학이 샹셔(祥瑞)ᄅᆞᆯ 짓ᄂᆞᆫ ᄃᆞᆺ 됴홰(造化) 신능(神能)ᄒᆞ고 번복(飜覆)이 블측(不測)ᄒᆞᆫ 가온ᄃᆡ 양부인의 명안(明眼)이 잠간 변ᄒᆞ여 아험(娥頫)이 화연(和然)이 열니ᄂᆞᆫ 바의 경동(驚動)ᄒᆞᄂᆞᆫ 빗치 니러나며 의ᄉᆡ ᄉᆡᆨ연(索然)이 막히이니 니시 날호여 판을 밀고 옥슈(玉手)ᄅᆞᆯ ᄭᅩᆺᄌᆞ 단좌(端坐)ᄒᆞᄆᆡ 졔인(諸人)이 아연대경(啞然大驚)ᄒᆞ여 일시의 신긔(神奇)ᄒᆞ믈 칭찬ᄒᆞᆯ ᄲᅳᆫ 아니라 화부인의 쇼안(笑顔)이 화연ᄒᆞ여 엄한님 부인을 도라보아 ᄀᆞᆯ오ᄃᆡ

“현딜(賢姪)이 평ᄉᆡᆼ 능(能)ᄒᆞ믈 ᄌᆞ허(自許)ᄒᆞ더니 오날ᄂᆞᆯ 됴딜의게
ᄒᆞᆫ 번을 디고 양딜의게 두 번을 ᄑᆡ(敗)ᄒᆞ더니 이제 ᄯᅩ 딘짓 ᄌᆡ조ᄅᆞᆯ 보 50면
ᄆᆡ 엇더ᄒᆞ뇨? 양딜의 슈단(手段)이 됴딜의 디나며 현딜(賢姪)의 셰

번 더으다 ᄒᆞ여도 ᄋᆞ부(我婦)의게ᄂᆞᆫ 밋디 못ᄒᆞ리니 일노조ᄎᆞ 사ᄅᆞᆷ의 ᄌᆡ죄 쳔ᄇᆡᆨ 층(層)이믈 알니로다.”

엄부인이 홀홀(忽忽)이 칭션왈(稱善曰)

“니형의 슈단은 와룡(臥龍)과 태공(太公)의 신긔ᄒᆞ미라도 밋디 못ᄒᆞ리니 쇼딜(小姪)의 부유(蜉蝣) ᄀᆞᆺ튼 ᄌᆡ조로뼈 엇디 니형의 슈단을 당ᄒᆞ리잇고? 그러ᄒᆞ오나 니형이 댱져와 ᄃᆡ국(對局)ᄒᆞ믈 다시 구경코져 ᄒᆞᄂᆞ이다.”

태부인이 댱시ᄅᆞᆯ 명ᄒᆞ여 양부인 긔염으로 더브러 ᄒᆞᆫ번 승부ᄅᆞᆯ 보라 ᄒᆞᆫᄃᆡ 댱쇼졔 슈명(受命)ᄒᆞ고 양부인으로 ᄃᆡ좌(對坐)ᄒᆞ여 작판(作板) ᄒᆞᆯᄉᆡ 셤셤옥슈(纖纖玉手)ᄅᆞᆯ 완완(緩緩)이 움ᄌᆞᆨ이ᄂᆞᆫ 곳의 문명(文明)이 졔졔(齊齊)ᄒᆞ며 긔뉼(紀律)이 ᄉᆡᆨᄉᆡᆨᄒᆞ여 조화(造化)의 신능(神能)ᄒᆞᆷ과 번복(飜覆)의 측냥(測量)치 못ᄒᆞᆯ ᄇᆡ 니쇼져로 흡ᄉᆞ(恰似)ᄒᆞ니 동(東)으로 막고 셔(西)흐로 ᄡᆞᄂᆞᆫ 바의 양부인이 술연이[70] 막히이니 이에 판을 밀며

“엄뎨ᄅᆞᆯ ᄒᆞᆫ 판 니긘 후로 니져긔 ᄑᆡᄒᆞ고 ᄯᅩ 댱져긔 굴(屈)ᄒᆞ니 동셔패
51면 군디댱(東西敗軍之將)이 어ᄃᆡ로 용납ᄒᆞ리오? 다만 엄뎨의긔 신긔ᄒᆞ믈 ᄌᆞ랑ᄒᆞ여 샹좌ᄅᆞᆯ 당ᄒᆞ고 냥져져(兩姐姐)긔ᄂᆞᆫ 머리ᄅᆞᆯ 움쳐 긔국(棋局)을 다시 의논치 아니리라.”

일좌(一座) 대쇼(大笑)ᄒᆞ며 냥쇼져(兩小姐)의 신긔대ᄌᆡ(神技大才)ᄅᆞᆯ 복복칭탄(僕僕稱歎)ᄒᆞ여 만ᄉᆞ(萬事)의 긔이(奇異)ᄒᆞ미 쇽인(俗人)의

70 술연이: 손쉽게, 한순간에, 선뜻.

싱각디 못홀 빅라 ᄒᆞ더니 쳐ᄉᆡ 이공(二公)과 ᄌᆞ딜(子姪)노 더브러 드러와 혼뎡(昏定)홀ᄉᆡ 상부인이 향긱(嚮刻) 졔딜(諸姪)과 니·댱 냥인(兩人)의 위긔(圍碁)[71]ᄒᆞ던 바롤 일ᄏᆞ라 칭션(稱善)ᄒᆞ믈 마디 아니ᄒᆞ니 쳐ᄉᆡ 흔연왈(欣然曰)

"사ᄅᆞᆷ이 ᄌᆡ죄 잇ᄉᆞ미 빅집ᄉᆞ(百執事)의 둔미(鈍微)ᄒᆞ믈 면ᄒᆞᄂᆞᆫ디라. 쇼뎨(小弟)의 냥뷔(兩婦) 박혁잡기(博奕雜技)의 통(通)ᄒᆞ믈 족히 칭션홀 빅리잇가?"

경죄 쇼왈(笑曰)

"ᄌᆡ보의 긔국슈단(棊局手段)이 졔ᄋᆞ(諸兒)의 읏듬이러니 현보와 긔국을 닷토미 셰 판의 ᄒᆞᆫ 판을 계오 니긔믈 우셧더니 니·댱의 ᄌᆡ죄 이러틋 신긔홀딘ᄃᆡ[72] 현보ᄂᆞᆫ 이의 업거니와 ᄌᆡ보로 ᄒᆞ여곰 냥딜(兩姪)과 승부롤 결(決)케 ᄒᆞ샤이다."

태부인이 ᄆᆡ양 한님 부부의 금슬이 소원(疏遠)ᄒᆞᆫ가 의려(疑慮)ᄒᆞᄂᆞᆫ디라 함쇼왈(含笑曰)

"노뫼(老母) 져의 부부의 위긔(圍碁)ᄒᆞ믈 보고ᄌᆞ ᄒᆞᄃᆡ ᄋᆞ뷔(兒婦) 과도히 슈습(收拾)ᄒᆞ니 능히 손을 놀니디 못ᄒᆞ고 광ᄋᆡ 능쳥젓기로 ᄋᆞ부(兒婦)의 슈습(收拾)ᄒᆞ믈 인ᄒᆞ여 위력(威力)으로 니긔미 될가 권(勸)치 못ᄒᆞ노라." 52면

경죄 쇼이ᄃᆡ왈(笑而對曰)

"닌광이 비록 능쳥져오나 존젼(尊前)의셔 모든 공안(公眼)이 동시(同

71 위긔(圍碁): 위기. 바둑 두는 것.

72 이러틋 신긔홀딘ᄃᆡ: 규장각본에는 '이럿틋 할진ᄃᆡ'로 되어 있음.

視)ᄒᆞ옵ᄂᆞᆫ 바의 엇디 위력으로 니긔려 ᄒᆞ리잇고? ᄒᆞᆫ번 명ᄒᆞ여 두이시믈 ᄇᆞ라ᄂᆞ이다."

쳐ᄉᆡ 쇼왈(笑曰)

"현뎨(賢弟) 원간 남의 ᄌᆞ부(子婦)ᄅᆞᆯ 심히 보ᄎᆡ여 그 민망ᄒᆞ여 ᄒᆞ믈 도라보디 아니ᄒᆞ니 그 심슐을 괴이히 넉이노라."

쇼뷔 역쇼왈(亦笑曰)

"경조 형의 쇼ᄇᆡ(少輩) 보ᄎᆡ시기ᄂᆞᆫ 본셩(本性)이어시니와 ᄇᆡᆨ뫼(伯母) 보고ᄌᆞ ᄒᆞ시니 형댱(兄丈)이 명ᄒᆞ여 작판(作板)케 ᄒᆞ쇼셔."

쳐ᄉᆡ 태부인의 ᄒᆞᆫ번 우ᄋᆞ시믈 쳔금(千金)으로ᄡᅧ 밧고디 못ᄒᆞᆯ 낙ᄉᆞ(樂事)로 아ᄂᆞᆫ디라 이에 한님과 댱쇼져ᄅᆞᆯ 도라보며 함쇼왈(含笑曰)

"현뷔(賢婦) 반ᄃᆞ시 민망ᄒᆞ여 ᄒᆞ려니와 ᄌᆞ졍(慈庭)이 ᄒᆞᆫ번 보고ᄌᆞ ᄒᆞ시니 ᄋᆞᄌᆞ(兒子)와 현부ᄂᆞᆫ 긔국(棊局)을 ᄒᆞᆫ번 시험ᄒᆞ여 ᄌᆞ셩의 우ᄋᆞ시믈 돕ᄉᆞ오라."

한님은 ᄇᆡ이슈명(拜而受命)ᄒᆞᄃᆡ 댱쇼져ᄂᆞᆫ 결ᄒᆞ여 명을 밧ᄌᆞᆸᄂᆞᆫ 듕(中) 슈괴(羞愧)ᄒᆞ며 졀민(絶憫)ᄒᆞ여 치신무디(置身無地)ᄒᆞ니 태부인
53면 이 나호여 갓가이 안치며 됴부인이 판(板)을 옴겨 댱쇼져 앏히 노흐니 한님이 남ᄌᆞ(男子)의 긔상(氣像)이로ᄃᆡ 존젼(尊前)의셔 박혁(博奕)을 부뷔(夫婦) 희롱ᄒᆞ믈 황공ᄒᆞ여 일분슈치(一分羞恥)ᄒᆞᄂᆞᆫ 고로 ᄡᅡᆼ미(雙眉)ᄅᆞᆯ 낫초고 봉안(鳳眼)이 미미(微微)ᄒᆞ여 완완(緩緩)이 판(板) 앏히 나아가 안ᄌᆞᄆᆡ 됴부인이 다시 댱쇼져의 ᄭᅧ존 손을 ᄲᅢ혀 ᄀᆞᆯ오ᄃᆡ

"현뎨(賢弟) 샤양ᄒᆞ여 엇디 못ᄒᆞᆯ ᄇᆡ니 임의 ᄃᆡ국(對局)ᄒᆞ여 승부ᄅᆞᆯ 결ᄒᆞᆯ 바의 엇디 손을 ᄭᅧᄌᆞ 흑ᄇᆡᆨ(黑白)을 난호디 아니ᄒᆞᄂᆞ뇨?"

언필(言畢)의 초옥셤슈(楚玉纖手)ᄅᆞᆯ 닛그러 구술을 난호게 ᄒᆞ미 쇼졔

(小姐) 본ᄃᆡ 슈한(愁恨)이 쳡다(疊多)ᄒᆞ여 호황(好況)이 돈무(頓無)ᄒᆞ니 ᄌᆞ미졔ᄉᆞ(姉妹娣姒)로도 긔국(碁局)을 닷토던 ᄇᆡ 업ᄉᆞ므로뼈 금야(今夜)의 양부인과 승부ᄅᆞᆯ 결(決)ᄒᆞ미 쳐음이어ᄂᆞᆯ ᄯᅩ 한님으로 작판(作板)ᄒᆞ미[73] 죽기도곤 슬흔 ᄇᆡ로ᄃᆡ 엄귀(嚴舅) 명ᄒᆞ시며 태부인이 희안(喜顔)으로 ᄒᆞᆫ번 보려 ᄒᆞ시니 감히 말믈 엇디 못ᄒᆞ여 젼혀 흥미 업시 판을 ᄉᆞᆯ피디 아니코 한님의 다 버리믈 기다려 됴부인이 닛그ᄂᆞᆫ ᄃᆡ로 버리기ᄂᆞᆫ 다 ᄒᆞ여시나 한님이 ᄌᆞ긔(自己)와 좌ᄎᆡ(座次) 갓가오ᄆᆡ 옥면(玉面)이 난안(赧顔)ᄒᆞ니 홍일(紅日)이 쳐음으로 부상(扶桑)의 녕농(玲瓏)ᄒᆞᆷ ᄀᆞᆺᄐᆞᆫ디라. 한님이 손을 옴겨 두기ᄅᆞᆯ 시작ᄒᆞᄆᆡ ᄯᅩᄒᆞᆫ 마 54면
디못ᄒᆞ여 옥슈션메(玉袖仙袂)ᄅᆞᆯ 움즉일ᄉᆡ 션빈보험(蟬鬢寶臉)의 구ᄉᆞᆯ 갓ᄐᆞᆫ 향한(香汗)이 난낙(亂落)ᄒᆞ니 홍되(紅桃) 됴로(朝露)ᄅᆞᆯ 씌여시며 부게(芙蕖) 취우(驟雨)ᄅᆞᆯ 므릅쁜 ᄃᆞᆺ 아연(雅然)ᄒᆞᆫ ᄐᆡ되(態度) 더옥 긔특ᄒᆞᆫ 바의 시쳠(視瞻)이 구ᄉᆞᆯ판의 잇디 아니ᄒᆞ고 ᄆᆞᄋᆞᆷ이 승부의 머므디 아니ᄒᆞᄃᆡ 텬ᄉᆡᆼ긔ᄌᆡ(天生奇才)ᄂᆞᆫ 스ᄉᆞ로 힘ᄡᅳᄂᆞᆫ ᄇᆡ 업시 귀신이 돕ᄂᆞᆫ ᄃᆞᆺ ᄉᆞᄅᆞᆷ이 혜아리디 아닌 바의 텬디됴화(天地造化)ᄅᆞᆯ 거두어시니 한님의 슈단(手段)이 와룡(臥龍)과 태공(太公)의 블급(不及)ᄒᆞ미 업ᄉᆞᄃᆡ 오히려 당시긔ᄂᆞᆫ 일두(一頭)ᄅᆞᆯ 샤양ᄒᆞᆯ디라. 임의 ᄡᆞ히고 일허 손ᄡᅳᆯ 곳이 업ᄉᆞ니 심하(心下)의 그 ᄌᆡ조ᄅᆞᆯ 이상히 넉이며 긔이히 아나 ᄉᆞ식(辭色)디 아니코 몸을 니러 학ᄉᆞ 웃 좌(座)의 나아가니 일좨(一座) 당쇼져의 신슐긔ᄌᆡ(神術奇才)ᄅᆞᆯ 경복(敬服)ᄒᆞᆯ ᄲᅮᆫ 아니라 한님의

73 작판(作板)ᄒᆞ미: 규장각본에는 '더브러 작판ᄒᆞ미'로 되어 있음.

헛도이 디고 믈너나믈 크게 우으니 태부인이 두굿기며 아ᄅᆞᆷ다오믈 니긔디 못ᄒᆞ나 한님의 거동이 댱시ᄅᆞᆯ 갓가이 ᄃᆡ(對)ᄒᆞᆯᄉᆞ록 남의 집 상면(相面)치 못ᄒᆞᆯ 부녀(婦女)ᄅᆞᆯ 보ᄂᆞᆫ ᄃᆞᆺ 긔운이 싁싁ᄒᆞ고 안ᄉᆡᆨ이 단엄(端

55면 嚴)ᄒᆞᆯ 쓴 아니라 작판(作板)ᄒᆞ여 승부ᄅᆞᆯ 결(決)ᄒᆞ도록 무심히도 눈 들미 업ᄉᆞ니 댱시 슈괴(羞愧)ᄒᆞ여 황연(惶然)ᄒᆞ믄 더옥 니ᄅᆞᆯ ᄇᆡ 아니라 그윽이 종고녜악(鐘鼓禮樂)의 화챵(和暢)ᄒᆞ미 잇디 아닌가 의려(疑慮)ᄒᆞ여 댱시ᄅᆞᆯ 년ᄋᆡ(憐愛)ᄒᆞᄂᆞᆫ 뜻이 더옥 간절ᄒᆞ더라. 쳐ᄉᆡ 날호여 침구(寢具)ᄅᆞᆯ 베플며 태부인 취침(就寢)ᄒᆞ시믈 청ᄒᆞ니 태부인이 즉시 상요[74]의 나아갈ᄉᆡ 졔공(諸公)이 각각 퇴(退)ᄒᆞᄆᆡ 한님이 부모의 안휴(安休)ᄒᆞ시믈 보온 후 거ᄅᆞᆷ을 두로혀 경운당의 니ᄅᆞ니 죡젹(足跡)이 님(臨)치 아닌 디 슈삭(數朔)이 디난디라. 것ᄎᆞ로 쥰졀(峻節) 싁싁ᄒᆞ미 잇ᄉᆞ나 딘심듕졍(眞心中情)인즉 ᄉᆞᄉᆡᆼ(死生)의 동결(同結)ᄒᆞᆯ ᄇᆡ로ᄃᆡ 블셜(佛說)의 잡칙(雜冊)을 집의 드려 머므ᄅᆞ믈 미온(未穩)ᄒᆞ여 그 후 ᄃᆞᆯ이 포집어시ᄃᆡ 오히려 프디 아녓ᄂᆞᆫ디라 쵹하(燭下)의 셔로 ᄃᆡᄒᆞ나 믁믁무언(默默無言)이러니 날호여 빵광(雙眶)을 흘녀 완시(緩視)컨ᄃᆡ 쇼졔(小姐) 옥면(玉面)이 ᄌᆞ연 ᄒᆡ완(解緩)ᄒᆞ니 십층운환(十層雲鬟)이 편편(翩翩)ᄒᆞ여 딘슈아미(螓首蛾眉)[75]의 ᄉᆡᆼ혀난 프ᄅᆞᆫ 빗치 무협(巫峽)의 구ᄅᆞᆷ이 됴텬(朝天)의 쎠러진 ᄃᆞᆺ 젹막ᄒᆞᆫ 보조개의 태ᄋᆡᆨ디부용(太液之芙蓉)이 이ᄉᆞᆯ을 먹음은 ᄃᆞᆺ 표연(飄然)ᄒᆞ여 즐기디 아닛ᄂᆞᆫ 거동과 울

56면 울ᄒᆞ여 근심을 씌인 형상의 병을 시러 신음ᄒᆞᄂᆞᆫ 모양이 만고(萬古)ᄅᆞᆯ

74 상요: 침상에 편 요라는 뜻으로, '잠자리'를 이르는 말.

75 딘슈아미(螓首蛾眉): 진수아미. '매미의 이마에 나방의 눈썹'이라는 뜻으로, 미인을 가리킴.

기우려 비(比)홀 빅 업ᄉᆞ니 사름으로 ᄒᆞ여곰 ᄒᆞᆫ번 ᄇᆞ라보믹 의ᄉᆡ(意思) 젼도(顚倒)ᄒᆞ믈 ᄭᆡ닷디 못홀디라. 한님의 포회(抱懷)ᄒᆞ엿던 온심(慍心)이 ᄒᆡ음업시 프러디ᄃᆡ 본ᄃᆡ 강ᄆᆡᆼ(强猛)ᄒᆞ미 남다ᄅᆞᆫ 고로 미미ᄒᆞᆫ 가월텬챵(佳月天窓)의 온ᄉᆡᆨ(慍色)을 ᄯᅴ여 슉연뎡셩(肅然正聲) 왈 “ᄉᆡᆼ은 본ᄃᆡ 용우잔녈(庸愚孱劣)ᄒᆞ여 상문교옥(相門嬌玉)의 ᄧᅡᆨ이 아니라. 스ᄉᆞ로 외람ᄒᆞ믈 모로디 아니므로 결승(結繩)의 호연(好緣)을 ᄇᆞ라디 아니커 부인이 ᄇᆞ졀업시 녕엄(令嚴)의 명을 듯디 아니ᄒᆞ고 괴로이 훼면할이(毁面割耳)[76]ᄒᆞ여 오문(吾門)의 드러오믹 신셰(身世)의 므ᄉᆞᆫ 쾌ᄒᆞ미 잇ᄉᆞ리오? 다만 ᄉᆡᆼ이 부인의 고졀(高節)을 감연(感然)ᄒᆞ며 일개(一家) 칭도(稱道)ᄒᆞᄂᆞᆫ 빅러니 금일(今日) 부인의 ᄒᆡᆼᄉᆡ(行使) 크게 혜아림과 다ᄅᆞᆫ디라. 아디 못게라 존블숑경(尊佛誦經)ᄒᆞ여 므ᄉᆞᆷ 팔ᄌᆞ(八字)의 유익ᄒᆞ미 되고 ᄯᅩ 므ᄉᆞᆷ 오ᄂᆞᆫ 익(厄)을 졔방(除防)코져 ᄒᆞᄂᆞ뇨? 셜ᄉᆞ 블법(佛法)을 슝상(崇尙)ᄒᆞ여 만복(萬福)이 ᄧᅡᆨ 업ᄉᆞ리라 ᄒᆞ여도 내 집은 결단ᄒᆞ여 블법으로ᄡᅧ 션조(先祖)의 죄인이 되디 못ᄒᆞ리니 그ᄃᆡ 숑경존블(誦經尊佛)코져 홀딘ᄃᆡ 그곳이 업디 아냐 산문도관(山門道觀)이 ᄒᆞᆫ두 곳이 아니어ᄂᆞᆯ 엇디 오가(吾家)의셔 블셜(佛說)과 이도(異道)ᄅᆞᆯ ᄒᆡᆼ(行)ᄒᆞ리오? 원간 산ᄉᆞ승니(山寺僧尼)의 무리 일즉 디아비ᄅᆞᆯ 상(喪)ᄒᆞ며 혹 궁극ᄒᆞᆫ 셜우믈 인ᄒᆞ여 셕가(釋迦)의 ᄊᆡᆺ친 도ᄅᆞᆯ 니어 부쳐ᄅᆞᆯ 존(尊)ᄒᆞ고 경칙(經冊)을 음숑(吟誦)키ᄅᆞᆯ 위업 57면

76 훼면할이(毁面割耳): 얼굴을 훼손하고 귀를 칼로 베어냄.

(爲業)ᄒᆞᄂᆞ니 셰군(細君)[77]의 신셰명도(身世命途)ᄂᆞᆫ 그런 뉴(類)와 다ᄅᆞᆫ디라. ᄉᆡᆼ이 만일 죽엇셔도 그ᄃᆡ 친당(親堂)이 계시며 우리 부뫼(父母) 계시니 삼죵디의(三從之義) 잇ᄂᆞᆫ디라 졸연(猝然)이 투입산문(投入山門)ᄒᆞ여 단발위리(斷髮圍籬)ᄒᆞ미 어렵거ᄂᆞᆯ ᄒᆞ믈며 내 ᄉᆞ라 잇ᄉᆞ미 ᄯᅩ ᄂᆡ ᄇᆡᆨ부대인(伯父大人)과 형댱(兄丈)이 만니위봉(萬里危逢)을 당ᄒᆞ여 힝ᄒᆞ시니 ᄌᆞ뎨디심(子弟之心)의 초박(焦迫)ᄒᆞᆫ 념녀(念慮)ᄲᅮᆫ 아니라 대인(大人)과 왕뫼(王母) 민울(悶鬱)ᄒᆞ믈 니긔디 못ᄒᆞ시니 뵈오ᄆᆡ 졀민(絶憫)ᄒᆞ미 노히디 아니ᄒᆞ므로 이에 오ᄅᆡ 드러오디 못ᄒᆞ미 시봉(侍奉)의 여가(餘暇)치 못ᄒᆞᆫ 연괴(緣故)라. 녀ᄌᆞ(女子) 져기 쳥한(淸閑)ᄒᆞᆯ딘ᄃᆡ 가부(家夫)의 츌입왕ᄂᆡ(出入往來)ᄅᆞᆯ 언두(言頭)의 올념ᄌᆞᆨ디 아니커ᄂᆞᆯ 셰군은 ᄉᆞᄉᆞ(事事)의 유명ᄒᆞ여 ᄉᆡᆼ의 드러오며 나가믈 일일히 긔록ᄒᆞ엿다가 존당(尊堂)의 고ᄒᆞᄂᆞᆫ디 금일(今日)도 태뫼(太母)뫼[78] 여ᄎᆞ여ᄎᆞ 니ᄅᆞ시믈 셰군도 드러실디라. ᄉᆡᆼ이 블초(不肖)ᄒᆞ여
58면 미셰(微細)ᄒᆞᆫ 곳의 셩녀(聖慮)ᄅᆞᆯ 허비ᄒᆞ시게 ᄒᆞ니 스ᄉᆞ로 허믈을 ᄭᆡ닷ᄂᆞ니 ᄎᆞ후(此後)ᄂᆞᆫ 경운당[79] 슉딕(宿直)을 게얼니 아니 ᄒᆞ리라."

셜파(說罷)의 한엄녈슉(寒嚴烈肅)ᄒᆞ니 쇼제(小姐) 고요히 드러오ᄆᆡ ᄌᆞ긔(自己)의 허믈 되며 몸 둘 곳이 업ᄉᆞᆫ 바ᄅᆞᆯ 모로디 아니ᄒᆞᄂᆞᆫ 가온ᄃᆡ 말단ᄉᆞ(末端辭)의 밋쳐ᄂᆞᆫ 공연이 억뉴(抑留)ᄒᆞ여 보치고져 ᄒᆞ믈 블복(不服)ᄒᆞ나 오딕 함한(含恨)ᄒᆞ여 ᄉᆞ식(辭色)을 낫토디 아니코 피

---

77 셰군(細君): 세군. 제후의 부인을 뜻하던 말로, 동방삭이 자신의 처를 세군이라고 부른 뒤로 아내를 가리키는 말이 됨.

78 태뫼(太母)뫼: 규장각본에는 'ᄐᆡ뫼'로 되어 있음. '뫼'가 중복 필사됨.

79 경운당: 규장각본에는 '경운당을'로 되어 있음.

셕쳥죄(避席請罪)ᄒᆞ나 황겁(惶怯)ᄒᆞ여 구ᄎᆞ(苟且)ᄒᆞ미 잇디 아니ᄒᆞ고 표리일쳥(表裏一淸)ᄒᆞ니 한님의 만균디듕(萬鈞之重)과 강쳥디심(江淸之心)인들 엇디 항복되며 경탄ᄒᆞᆫ 뜻이 잘 업ᄉᆞ리오마ᄂᆞᆫ ᄒᆞᆫ갈ᄀᆞᆺ치 늠연뎡식(凜然正色)ᄒᆞ여 블셔(佛書)ᄅᆞᆯ 모화 드리ᄂᆞᆫ 소조(所遭)ᄅᆞᆯ 다시곰 므러 쇼ᄅᆡ 졈졈 밍녈(猛烈)ᄒᆞ고 긔위(氣宇) 더옥 한믁(閑默)ᄒᆞᄃᆡ 쇼졔 다만 츄파(秋波)ᄅᆞᆯ 낫초아 드ᄅᆞᆯ ᄯᆞᄅᆞᆷ이오 다시 ᄃᆡ(對)ᄒᆞ미 업셔 아인농ᄌᆞ(啞人聾者) ᄀᆞᆺᄐᆞ며 온온(溫溫)ᄒᆞᆫ 화긔(和氣)ᄅᆞᆯ 변ᄒᆞ미 업ᄉᆞ니 심상평담(尋常平淡)ᄒᆞ여 안한유일(安閑愉逸)ᄒᆞᄃᆡ 놉흔 긔상이 아라 ᄒᆞ여[80] 젹뇨(寂寥)히 태공(太空)의 머룸 ᄀᆞᆺ고 일월(日月)의 ᄉᆞᄉᆞ(私事) 업슴 ᄀᆞᆺᄐᆞ니 사ᄅᆞᆷ의 견집(堅執)ᄒᆞᆫ 뜻을 일시의 ᄉᆞᆯ와 ᄇᆞ리ᄂᆞᆫ디라. 한님이 믁연찰식(默然察色)이러니 ᄎᆞ일(此日) 태부인이 59면
한님의 경운당으로 갓시믈 알고 시녀 비취로 ᄒᆞ여곰 한님과 댱시의 긔식(氣色)을 탐디(探知)ᄒᆞ여 오라 ᄒᆞ니 원ᄂᆡ 댱쇼져 유모시ᄋᆞ(乳母侍兒)ᄅᆞᆯ 장벌(杖罰)ᄒᆞ믈 가듕(家中)이 젼연브디(全然不知)로ᄃᆡ 명광헌의 복시셔동(僕侍書童) 소학은 한님 유모 난취의 ᄋᆞᄃᆞᆯ인 고로 홀노 셜난 등의 슈장(受杖)ᄒᆞ믈 아라 졔 아ᄋᆞ 비취다려 잠간 셜파(說破)ᄒᆞ여 그 원억(冤抑)ᄒᆞ믈 위ᄒᆞ여 슬허ᄒᆞ더니 ᄎᆞ일 비취 경운당 동졍(動靜)과 젼젼셜화(輾轉說話)ᄅᆞᆯ ᄌᆞ셔히 고ᄒᆞᆫᄃᆡ 태부인이 블열빈미(不悅嚬眉) 왈

"남ᄌᆡ(男子) 규ᄂᆡ(閨內)의 구구(區區)ᄒᆞᆯ 거ᄉᆞᆫ 아니어니와 광ᄋᆞᄂᆞᆫ 너

80 아라 ᄒᆞ여: 규장각본에는 '아으라 하여'로 되어 있음.

모 강확준위(强確俊威)ᄒᆞ여 인션관대(仁善寬大)ᄒᆞᆫ 덕이 업ᄉᆞᆫ디라. 경칙(經冊)을 졔 안ᄒᆡ 모호고ᄌᆞ ᄒᆞ미 아니믈 모로디 아니ᄒᆞᆯ 거시로ᄃᆡ 유모시ᄋᆞᄅᆞᆯ 무죄히 즐타(叱打)ᄒᆞ며 임의 날이 오란 바로뼈 그만ᄒᆞ여 프러 ᄇᆞ리디 아니코 험도이 ᄋᆞ부(兒婦)ᄅᆞᆯ 보ᄎᆡ려 시작ᄒᆞ니 ᄋᆞᄒᆡ 십분궤집(十分詭執)ᄒᆞ고 용치 아니토다. 내 져ᄅᆞᆯ 권ᄒᆞ여 드려보ᄂᆡ믈 다 ᄋᆞ부의 탓ᄉᆞᆯ ᄉᆞᆷ으니 엇디 뮙디 아니며 또 엇디 ᄋᆞ부ᄅᆞᆯ 져ᄅᆞᆯ 맛져 보ᄎᆡ고 조ᄅᆞ게 ᄒᆞ리오?”

60면 셜파(說罷)의 난취ᄅᆞᆯ 명ᄒᆞ여 댱쇼져ᄅᆞᆯ 브ᄅᆞ라 ᄒᆞ니 슈유(須臾)의 댱쇼졔 승명ᄂᆡ알(承命來謁)이어ᄂᆞᆯ 태부인이 우연이 좀이 업ᄉᆞ믈 인ᄒᆞ여 ᄋᆞ부(兒婦)ᄅᆞᆯ 블너 긔국(碁局)을 다시 시험코져 ᄒᆞ더니라 ᄒᆞ며 뉴·연 냥쇼져(兩小姐)ᄅᆞᆯ 명ᄒᆞ여 각각 ᄒᆞᆫ 판식 두이ᄆᆡ 냥쇼졔 경ᄀᆡᆨ(頃刻)의 의ᄉᆡ 삭막ᄒᆞ고 정신이 묘연ᄒᆞ여 손을 움ᄌᆞᆨ이디 못ᄒᆞ며 목우인(木偶人)[81]ᄀᆞᆺ치 안ᄌᆞ시니 태부인이 웃고 인ᄒᆞ여 댱시ᄅᆞᆯ 상하(牀下)의셔 ᄌᆞ라 ᄒᆞ며 셤슈(纖手)ᄅᆞᆯ 어로만져 ᄉᆞ랑ᄒᆞ믈 영ᄋᆞ(嬰兒)ᄀᆞᆺ치 ᄒᆞ고 ᄉᆞ실(私室)의 도라보ᄂᆡ디 아니ᄒᆞ니 쇼졔(小姐) 블감쳥(不敢請)이언졍 고쇼원(固所願)[82]애라 엇디 한님을 ᄉᆡᆼ각ᄒᆞ리오? ᄎᆞ야(此夜)ᄅᆞᆯ 시침(侍寢)ᄒᆞᄆᆡ 년(連)ᄒᆞ여 믈너나디 말믈 바라더니 상부인이 댱쇼져 업ᄉᆞᆫ ᄊᆡᄅᆞᆯ 타 우으며 태부인긔 고왈(告曰)

“광ᄋᆡ 작야(昨夜)의ᄂᆞᆫ 만히 무류(無聊)ᄒᆞ여 잠을 일우디 못ᄒᆞ엿ᄉᆞ오리니 금야(今夜)란 댱시ᄅᆞᆯ ᄉᆞ실노 도라보ᄂᆡ쇼셔.”

---

81 목우인(木偶人): 나무 인형. 아무 재주와 능력이 없는 사람을 가리키는 말.

82 블감쳥(不敢請)이언정 고쇼원(固所願): 감히 청하지 못하지만 본디 바라던 바임.

태부인이 쇼왈(笑曰)

"그 심술이 통한(痛恨)ᄒᆞ니 보ᄂᆡ디 말고져 ᄒᆞ노라."

상부인이 쇼이ᄃᆡ왈(笑而對曰)

"블연(不然)ᄒᆞ여이다. 닌광의 본심이 댱시ᄅᆞᆯ 박ᄃᆡ(薄待)코져 ᄒᆞ미 아니오 궤집(詭執)ᄒᆞᆫ 아ᄒᆡ 맛ᄎᆞᆷ 험상(險狀)을 브리미나 어룬이 다 아ᄅᆞᆫ 61면
쳬ᄒᆞ미 셰쇄(細瑣)ᄒᆞ오니 ᄡᅳ리쳐 ᄇᆞ려두시면 댱시의 위인이 도쳑(盜跖) ᄀᆞᆺᄐᆞᆫ 블인(不仁)이라도 감화(感化)ᄒᆞ올디라 ᄒᆞ믈며 닌광을 감동치 못ᄒᆞ리잇가? 태ᄐᆡ(太太) 이런 곳을 ᄉᆞᆯ피시믈 두디 아니시더니 닌광 부부의 다ᄃᆞ라ᄂᆞᆫ 유심상찰(有心詳察)ᄒᆞ시니 ᄌᆞᄋᆡ(慈愛)의 과도ᄒᆞ실 ᄲᅮᆫ 아니라 듕약ᄒᆞ와 노심쇼치(老心所致)신가 ᄒᆞᄂᆞ이다."

태부인이 역쇼왈(亦笑曰)

"사ᄅᆞᆷ의 ᄂᆞᆰ으미 죽기도곤 괴롭다 ᄒᆞ미 일노뼈 니ᄅᆞ미로다. 닌광의 인믈이 셰ᄎᆞ고 난ᄃᆡ업ᄉᆞᆫ 궤게(詭擧) 심ᄒᆞ니 노뫼(老母) 댱ᄋᆞ의 괴로오미 심ᄒᆞ믈 닛디 못ᄒᆞ여 ᄌᆞ연 년셕(憐惜)ᄒᆞ미 되거ᄂᆞᆯ 녀ᄋᆞ(女兒)ᄂᆞᆫ 어믜 노망(老妄)이라 우으니 엇디 본졍(本情)이 아니오 노망이리오? 연이나 네 댱ᄋᆞᄅᆞᆯ ᄉᆞ실(私室)노 보ᄂᆡ믈 욱이니 노뫼(老母) ᄯᅩᄒᆞᆫ 욱이디 못ᄒᆞ노라."

상부인이 낭쇼왈(朗笑曰)

"태ᄐᆡ 댱시ᄅᆞᆯ 년ᄋᆡ(憐愛)ᄒᆞ시미 일편되실ᄉᆡ 노감쇼치(老感所致)ᄒᆞ시믈 고ᄒᆞ엿ᄉᆞᆸ거니와 엇디 본졍 아니시라 ᄒᆞ리잇고? ᄌᆞ괴(慈教) 여ᄎᆞᄒᆞ시니 블승황공(不勝惶恐)ᄒᆞ여이다."

셜파(說罷)의 모녀(母女) 우으며 태부인이 댱시ᄅᆞᆯ 명ᄒᆞ여 샤실(私室)의 가 안헐(安歇)ᄒᆞ믈 니ᄅᆞᆫᄃᆡ 댱쇼졔 엇디 샤양ᄒᆞ리오? 비록 소원이 62면

아니나 마디못ᄒᆞ여 운당의 도라오ᄆᆡ 믄득 졍신이 현난(眩亂)ᄒᆞ여 만신(滿身)을 분쇄(粉碎)ᄒᆞᄂᆞᆫ ᄃᆞᆺ 앏흐미 심ᄒᆞᆫ 바의 토혈(吐血)을 시작ᄒᆞ니 그ᄅᆞ시 넘으ᄃᆡ 능히 긋치기ᄅᆞᆯ 못ᄒᆞᄂᆞᆫ디라. 유랑시ᄋᆡ(乳娘侍兒) 황황(遑遑)ᄒᆞ여 일변(一邊) 쇼져(小姐)ᄅᆞᆯ 븟들고 일변 토ᄒᆞᄂᆞᆫ 피ᄅᆞᆯ 바드며 유랑이 오열뉴톄(嗚咽流涕) 왈

"본부부인(本府夫人)은 쇼져의 여ᄎᆞ(如此) 듕(重)ᄒᆞᆫ 질환을 념녀(念慮)치 아니시고 날노 ᄒᆡ거피ᄉᆞ(駭擧悖事)ᄅᆞᆯ ᄉᆡᆼ각ᄒᆞ샤 금일(今日)도 소쇼져ᄅᆞᆯ 즐욕난타(叱辱亂打)ᄒᆞ고 오라 ᄒᆞ샤 다ᄉᆞᆺ 번 비ᄌᆞ(婢子)ᄅᆞᆯ 보ᄂᆡ시니 비ᄌᆞ 등이 비록 말을 아니코 도라가나 ᄌᆞ최 너모 ᄌᆞ즈니 사ᄅᆞᆷ이 다 괴이히 넉이ᄂᆞᆫ디라 엇디 민망치 아니리오?"

쇼졔 유모의 이런 말을 블긴(不緊)히 넉이나 토혈이 긋치디 아니믈 인ᄒᆞ여 말을 못 ᄒᆞᄆᆡ 안식이 졈졈 ᄎᆞᆫ 옥 ᄀᆞᆺᄐᆞ여 슈족(手足)이 어름이 되여시니 유모시ᄋᆡ 쇼져의 이러ᄒᆞ믈 모로디 아니코 쳐음 보미 아니로ᄃᆡ 슌슌(巡巡)히 창황(蒼黃)ᄒᆞ여 다ᄅᆞᆫ ᄃᆡ 고ᄒᆞᆯ 곳이 업ᄉᆞ므로 소쇼져나 쳥ᄒᆞ여 ᄒᆞᆫ가디로 구호코ᄌᆞ ᄒᆞ더니 념(念) 밧긔 한님이 개호입실(開戶
63면 入室)ᄒᆞᄆᆡ 쇼졔 나오ᄂᆞᆫ 피ᄅᆞᆯ 먹음고 강인(强忍)ᄒᆞ여 니러셔니 유랑(乳娘)이 그ᄅᆞᆺ술 믈니며 당외(堂外)로 퇴(退)ᄒᆞᆯ시 한님이 쇼져(小姐)의 토혈이 무상(無常)ᄒᆞᆷ과 병증(病症)이 깁흐믈 드러시나 이 ᄀᆞᆺᄐᆞᆫ 거동을 쳐음 보ᄂᆞᆫ디라 그 젹혈(積血)이 슈승(數升)이 넘고 옥면(玉面)의 ᄉᆡᆼ긔(生氣) 업ᄉᆞ믈 대경ᄒᆞ여 이의 문왈(問曰)

"부인이 원간 토혈이 무상타 ᄒᆞ더니 병이 발(發)ᄒᆞ면 날마다 져러ᄒᆞ니잇가?"

쇼졔 닙의 피ᄅᆞᆯ 먹음엇ᄂᆞᆫ디라 즉시 답(答)디 아니코 고개ᄅᆞᆯ 두로혀 비

왓고ᄌᆞ ᄒᆞᄆᆡ ᄯᅩᄒᆞᆫ 한업ᄉᆞᆫ 피롤 능히 금(禁)치 못ᄒᆞ여 형ᄉᆡᆨ(形色)이 위위(危危)ᄒᆞ니 한님이 엇디 괄연(恝然)이 ᄒᆡᆼ노(行奴) 보ᄃᆞᆺ ᄒᆞ리오? 겻ᄐᆡ 나아가 좌우 슈(手)롤 잡으ᄆᆡ 임의 어롬이 되엿ᄂᆞᆫ디라. 더옥 경ᄒᆡ(驚駭)ᄒᆞ여 다시 간ᄆᆡᆨ(看脈)ᄒᆞ니 뉵ᄆᆡᆨ(六脈)이 다 쇠약ᄒᆞ여 딘원(眞元)[83]이 초갈(焦渴)[84]ᄒᆞ여시며 그 가온ᄃᆡ 심녜(心慮) 듕(重)ᄒᆞ여 딜(疾)을 더으미 되여시니 증셰(症勢) 비경(非輕)ᄒᆞ여 만분위ᄐᆡ(萬分危殆)ᄒᆞᆫ디라. 셜난을 명ᄒᆞ여 명광헌 셔동(書童)을 블너 삼공ᄌᆞ(三公子)긔 고ᄒᆞ고 약궤(藥櫃)롤 가져오라 ᄒᆞ니 셔패 보보급급(步步急急)ᄒᆞ여 약궤롤 즉시 밧드러 왓거놀 한님이 삼다(參茶)의 환약을 화(和)ᄒᆞ여 쇼져(小姐)의 마시믈 쳥ᄒᆞ니 쇼졔 이의 바다 마시며 어득ᄒᆞᆫ 경신과 요요히 알픈 거ᄉᆞᆯ 쳔만강인(千萬强忍)ᄒᆞ여 ᄉᆞᄉᆞ로 몸을 니러 좌(座)롤 뎡(定)ᄒᆞᄃᆡ 능히 병을 니긔디 못ᄒᆞᄂᆞᆫ 거동이라 한님이 츈홍을 명ᄒᆞ여 침금(寢衾)을 포셜(布設)ᄒᆞ고 ᄉᆞᄉᆞ로 상요의 오ᄅᆞ며 쇼져롤 향ᄒᆞ여 누어 딘뎡(鎭靜)ᄒᆞ믈 쳥ᄒᆞᄃᆡ 유유디지(悠悠遲遲)ᄒᆞ여 즐겨 좃ᄎᆞ미 업시 졈졈 형ᄉᆡᆨ(形色)이 엄엄(奄奄)ᄒᆞ니[85] 한님이 ᄎᆞ악(嗟愕)ᄒᆞᆫ 우려롤 능히 억졔치 못ᄒᆞ여 몸을 니러 부인을 븟드러 그 침금의 편히 쉬게 ᄒᆞ여 병톄(病體)롤 요동ᄒᆞ미 업게 ᄒᆞ고 날호여 웃옷과 ᄡᅴ롤 그ᄅᆞᄆᆡ 단의침건(單衣寢巾)으로 와상(臥床)의 비겨 졉목(接目)ᄒᆞᆯ 의ᄉᆡ 업ᄉᆞ니 ᄌᆞ로 고개롤 두로혀 관형찰ᄉᆡᆨ(觀形察色)ᄒᆞ믈 마디 아니ᄒᆞ 64면

83 딘원(眞元): 진원. 사람 몸의 원기(元氣).

84 초갈(焦渴): 심한 목마름을 느끼는 상태 또는 초조한 심정을 의미.

85 엄엄(奄奄)ᄒᆞ니: 엄엄하다. 숨이 곧 끊어지려 하거나 매우 약한 상태에 있다.

더라. 이ᄣᆡ 쇼제 상요의 누은 후ᄂᆞᆫ 더옥 죽은 ᄃᆞᆺᄒᆞ여 혼혼블셩(昏昏不醒)ᄒᆞ니 한님이 다시 니러 촉(燭)을 나와 알ᄑᆡ 노코 손으로ᄡᅧ 쇼져의 낫과 가ᄉᆞᆷ의 다혀 보ᄆᆡ 온긔(溫氣) 잇디 아닌디라 심하(心下)의 츄연(惆然)ᄒᆞ며 챵도(愴悼)ᄒᆞ여 이에 금금(衾衾)을 치그어 덥고 약궤ᄅᆞᆯ
65면 나와 두어 낫 환약을 ᄀᆞᆯᄒᆡ여 청슈(淸水)의 화(和)ᄒᆞ여 그 닙의 흘니니 쳐음은 혼혼(昏昏)ᄒᆞ여 아디 못ᄒᆞ다가 일죵(一鍾)이나 후셜(喉舌)을 넘긴 후 졍신을 슈습(收拾)ᄒᆞ미 잇셔 한님이 앏ᄒᆡ 안ᄌᆞ시믈 보고 경동(驚動)ᄒᆞ여 니러나고ᄌᆞ ᄒᆞᄂᆞᆫ디라. 한님이 움즉이디 못ᄒᆞ게 ᄒᆞ며 손을 쥐믈너 가장 이윽ᄒᆞᆫ 후 온긔(溫氣)ᄅᆞᆯ 일우니 비로소 벼개의 빙고 반와(半臥)ᄒᆞ여시ᄃᆡ 잡은 손을 노치 아니코 죵야블ᄆᆡ(終夜不寐)러니 명효(明曉)의 니러날ᄉᆡ 셜난을 블너 닐너 ᄀᆞᆯ오ᄃᆡ

"네 슈모(主母)의 병셰 비경ᄒᆞ니 존당(尊堂)의 신셩(晨省)ᄒᆞ미 어려올디라 뎡당(正堂)의 대단ᄒᆞ믈 고치 말디언졍 유질(有疾)ᄒᆞ여 블참(不參)ᄒᆞᄂᆞᆫ 연유ᄅᆞᆯ 알외고 소시ᄅᆞᆯ 쳥ᄒᆞ여 구호케 ᄒᆞ라."

셜파(說罷)의 존당의 신셩ᄒᆞ려 드러가니 태부인이 댱시의 오디 아니믈 뭇거ᄂᆞᆯ 화부인이 그 병이 잇ᄉᆞ믈 고ᄒᆞᆫᄃᆡ 태부인이 한님을 도라보아 왈

"이번으란 향ᄌᆞ(向者)쳐로 쇽이디 말고 치약구병(治藥救病)ᄒᆞ라."

상부인이 작야(昨夜) 경운당 소식을 비취의 규시(窺視)ᄒᆞ여 고ᄒᆞ므
66면 로ᄡᅧ 알오ᄃᆡ 태부인이 념녀(念慮)ᄅᆞᆯ 과도히 ᄒᆞ실가 ᄒᆞ여 댱시의 병이 위듕(危重)턴 바ᄅᆞᆯ 고치 아냣ᄂᆞᆫ디라 이에 함쇼왈(含笑曰)

"현딜(賢姪)이 안ᄒᆡᄅᆞᆯ 보고 쳐음으로 병을 당ᄒᆞᄆᆡ 경악ᄒᆞ믈 비ᄒᆞᆯ ᄃᆡ 업ᄉᆞᆯ디라. 븟들고 우디 아니ᄒᆞ엿ᄂᆞ냐?"

한님이 쇼이ᄃᆡ왈(笑而對曰)

"졔 죽디 아냐시니 우디 아녓ᄂᆞ이다."

좌위(左右) 대쇼(大笑)ᄒᆞ더니 뉴부인 옥픠 함쇼왈

"지뵈 댱공을 통한(痛恨)ᄒᆞᄂᆞᆫ 고로 그 ᄯᆞᆯ이 죽어신들 므어시 비통ᄒᆞ여 울니잇가?"

한님이 역쇼왈(亦笑曰)

"인졍(人情)과 션악(善惡)이 다 ᄒᆞᆫ가지니 져제(姐姐) 셰샹(世上)을 바리시ᄂᆞᆫ 날의 뉴형이 ᄒᆞᆫ번 곡님(哭臨)ᄒᆞ미 업ᄉᆞᆯ딘ᄃᆡ 져져의 녕ᄇᆡᆨ(靈魄)이 고마와ᄒᆞ시리잇가?"

뉴부인이 낭쇼왈(朗笑曰)

"지보의 ᄒᆞᄂᆞᆫ 일이 인졍의 갓갑디 아니믈 인ᄒᆞ여 댱시 죽어도 우디 아닐가 ᄒᆞ미어놀 엇디 ᄉᆞ랏ᄂᆞᆫ 날을 두고 뉴군의 울며 아니 울믈 의논ᄒᆞᆯ 것가? ᄯᅩᄒᆞᆫ ᄉᆞ라셔 블평(不平)이 구던 ᄌᆞ(者)야 죽은 후 우러든 므어시 고마오리오?"

한님이 옥면화협(玉面華頰)의 뉴연(柔軟)ᄒᆞᆫ 우음을 ᄯᅴ여 이이(怡怡)히 담화ᄒᆞ더니 쳐ᄉᆡ 날호여 한님을 도라보아 왈

"여쳬(汝妻) 젹상(積傷)ᄒᆞᆫ 병이 근위(根委) 비경(非輕)이라. 네 소활(疎闊)ᄒᆞ여 의치(醫治)롤 힘쓰디 아니리니 내 친히 구호코ᄌᆞ ᄒᆞ나 ᄋᆞ뷔(兒婦) 심히 블안ᄒᆞ여 병듕(病中) ᄆᆞ음을 노치 못ᄒᆞᄆᆡ 유ᄒᆡ무익(有害無益)ᄒᆞ미 되ᄂᆞᆫ 고로 드러가 보디 못ᄒᆞᄂᆞ니 네 모로미 딘심치약(盡心治藥)ᄒᆞ여 소루(疏漏)ᄒᆞ미 업게 ᄒᆞ라." 67면

ᄒᆞ니 한님이 슈명(受命)ᄒᆞ고 셔루(書樓)의 나와 약을 디어 운당의 보ᄂᆡ여 소시로 ᄒᆞ여곰 달혀 ᄡᅳ라 ᄒᆞᆫ 후 다시 드러가 간병(看病)코ᄌᆞ ᄒᆞ더니 홀연 댱공이 니ᄅᆞ럿ᄂᆞᆫ디라. 비록 현현(顯顯)이 피ᄒᆞ믈 낫토디

아니ᄒᆞ나[86] 본ᄃᆡ 블힝이 넉이며 상면(相面)키ᄅᆞᆯ 괴로와ᄒᆞᄂᆞᆫ디라[87] 이날도 댱부로 통ᄒᆞᆫ 협문(夾門)으로조ᄎᆞ 동ᄌᆡ(童子) 압셔시믈 보고 필연 댱공이 오ᄂᆞᆫ 줄 알ᄆᆡ 즉시 몸을 ᄲᆡ혀 ᄂᆡ헌(內軒)으로 향ᄒᆞᄃᆡ 좌위(左右) 다 무심ᄒᆞ더라. 댱공이 쳐ᄉᆞᄅᆞᆯ ᄃᆡ(對)ᄒᆞ여 슈일격조(數日隔阻)ᄒᆞ믈 인ᄉᆞ(人事)ᄒᆞ며 녀ᄋᆞ(女兒)ᄅᆞᆯ 보와디라 쳥ᄒᆞ니 쳐ᄉᆡ 닌경을 명ᄒᆞ여 경운당으로 인도ᄒᆞ라 ᄒᆞᆫᄃᆡ 댱공이 운당의 니ᄅᆞ러 개호입실(開戶入室)ᄒᆞᄆᆡ 쇼졔(小姐) 능히 긔동(起動)ᄒᆞᆯ 근녁(筋力)이 업ᄉᆞ나 계오
68면 앏흔 거ᄉᆞᆯ 딘뎡(鎭靜)ᄒᆞ고 어득ᄒᆞᆫ 거ᄉᆞᆯ 슈습(收拾)ᄒᆞ여 셔연(徐然)이 니러 나ᄌᆞᆨ이 좌하(座下)의 ᄌᆡᄇᆡ(再拜)ᄒᆞ며 다시 ᄭᅮ러 존후(存候)ᄅᆞᆯ 뭇ᄌᆞ오ᄆᆡ 반기ᄂᆞᆫ 빗과 효슌(孝順)ᄒᆞᆫ 거동이 애ᄋᆡ(靄靄)히 삼츈혜양(三春惠陽)이 동군(東君)을 마ᄌᆞᆫ ᄃᆞᆺ ᄋᆡ랑ᄒᆞᆫ 단슌(丹脣)과 개견ᄒᆞᆫ 호치(皓齒)와 졔졔(齊齊)ᄒᆞᆫ 아미(蛾眉)의 미미(微微)ᄒᆞᆫ 슈패(秋波) 먼 뫼 그림ᄌᆡ 강한(江漢)의 ᄶᅧ러지고 흘난ᄒᆞᆫ 졍ᄎᆡ(精彩) 벽파(碧波)의 바ᄋᆡᄂᆞᆫ ᄃᆞᆺ 교교(皎皎)ᄒᆞ며 쇄쇄(灑灑)ᄒᆞ여 빗난 깁이 옥부(玉膚) 츄영을 ᄀᆞ리오ᄆᆡ ᄇᆡᆨ옥(白玉)을 탁마(琢磨)ᄒᆞ여 ᄌᆞᆫ흙의 무드미오 명쥬(明珠)ᄅᆞᆯ 건져 님듕(林中)의 더짐 ᄀᆞᆺ거ᄂᆞᆯ 슈약(瘦弱)ᄒᆞᆫ 병톄(病體)의 위름(危懔)ᄒᆞᆫ 거동이 것거디고 ᄡᅳ러질 ᄃᆞᆺ 션도(仙道)ᄅᆞᆯ ᄇᆡ호미 업ᄉᆞ나 표연(飄然)이 우화등션(羽化登仙)[88]ᄒᆞᆯ ᄃᆞᆺ ᄒᆞᆫ디라. 댱공이 비록 디인안광(知人眼光)이 ᄇᆞᆰ디 못ᄒᆞ나 녀ᄋᆞ(女兒)의 병 듕(重)ᄒᆞ미야 어이

86 아니ᄒᆞ나: 규장각본에는 '못ᄒᆞ나'로 되어 있음.

87 괴로와ᄒᆞᄂᆞᆫ디라: 규장각본에는 '괴로이 아ᄂᆞᆫ디라'로 되어 있음.

88 우화등션(羽化登仙): 우화등선. 사람이 신선이 되어 하늘로 올라감을 이르는 말.

모로리오? 경악초려(驚愕焦慮)ᄒᆞ여 편히 누으믈 니ᄅᆞ며 손을 ᄌᆞᆸ고 눈이 두렷ᄒᆞ여 앏흔 곳을 므ᄅᆞ미 쇼계(小姐) 대단치 아니므로ᄡᅧ ᄃᆡ(對)ᄒᆞ니 공이 ᄌᆡ삼(再三) 누으라 ᄒᆞᄃᆡ 쇼계 맛ᄎᆞᆷᄂᆡ 눕디 못ᄒᆞ니 긔ᄉᆡᆨ(氣色)이 엄엄(奄奄)ᄒᆞ여 경ᄀᆡᆨ(頃刻)의 위ᄐᆡᄒᆞᆯ ᄃᆞᆺᄒᆞᆫ디라 공이 블승분분초조(不勝忿憤焦燥)ᄒᆞ여 셜난 등을 블너 므ᄅᆞᄃᆡ 69면

"녀ᄋᆞ(女兒) 병셰 여ᄎᆞ(如此)ᄒᆞᄃᆡ 한님이 죵시(終是)히 드러오미 업ᄂᆞ냐?"

셔패 공의 위인을 아ᄂᆞᆫ디라 어이 ᄒᆡ롭게 고ᄒᆞ리오? 년망(連忙)이 ᄃᆡ왈(對曰)

"쥬군(主君)이 극딘구호(極盡救護)ᄒᆞ샤 조곰도 범연(泛然)ᄒᆞ시미 업ᄂᆞ이다."

공이 목젼(目前)의 한님이 잇디 아니믈 미안(未安)ᄒᆞ여 혀 ᄎᆞ고 다시 말이 업더니 친히 녀ᄋᆞᄅᆞᆯ 붓드러 벼개의 누인 후 쳥샤(廳舍)의 나와 한님을 쳥ᄒᆞᆯᄉᆡ 쇼계(小姐) 작긔(作氣)ᄒᆞ여 니러 안ᄌᆞᆫ ᄯᆡᄂᆞᆫ 오히려 졍신을 슈습(收拾)ᄒᆞ나 머리ᄅᆞᆯ 벼개의 더진ᄌᆞᆨ 혼혼(昏昏)ᄒᆞ여 인ᄉᆞ(人事)ᄅᆞᆯ 일ᄂᆞᆫ디라 그 부친이 한님을 쳥ᄒᆞᄂᆞᆫ 바ᄅᆞᆯ ᄡᅧ 곰 아디 못ᄒᆞ더니 츄연이 딘젼고왈(進前告曰)

"노애(老爺) 쥬군(主君)을 쳥ᄒᆞ시니 아모 곡졀(曲折)인 줄 아디 못ᄒᆞ리로소이다."

쇼계 대경ᄒᆞ여 다시 니러 안ᄌᆞ며 부친의 드러오시믈 쳥ᄒᆞ여 뭇ᄌᆞ와 ᄀᆞᆯ오ᄃᆡ

"야애 한님을 쳥ᄒᆞ여 므ᄉᆞᆷ 말을 ᄒᆞ려 ᄒᆞ시ᄂᆞ니잇고?"

공이 빈미왈(顰眉曰)

"다룬 말이 아니라 네 병이 이디도록 위듕(危重)ᄒᆞ니 쳥ᄒᆞ여 약을 의논홀 ᄲᅳᆫ 아니라 이곳의셔ᄂᆞᆫ 졍셩으로 구호홀 도리 업ᄉᆞ니 본부로 다려갈 ᄯᅳᆺ을 니ᄅᆞ고ᄌᆞ ᄒᆞ노라."

70면 쇼졔 가(可)치 아니믈 간(諫)코져 홀 즈음의 쳐ᄉᆡ 니ᄅᆞ러 ᄒᆞᆫ번 깃츰ᄒᆞ고 디게[89]롤 녀니 다시 말을 ᄂᆡ디 못ᄒᆞ고 년망(連忙)이 니러나나 그 거동이 만분위ᄐᆡ(萬分危殆)ᄒᆞ여 보기의 놀나오니 쳐ᄉᆡ 일견(一見)의 번연대경(幡然大驚)ᄒᆞ여 밧비 나아 안ᄌᆞ 그 손을 ᄌᆞᆸ아 겻ᄐᆡ 안치며 ᄀᆞᆯ오ᄃᆡ

"현뷔(賢婦) 근일(近日)의 심히 슈쳑(瘦瘠)ᄒᆞ여 보기의 놀나오니 념녜(念慮) 노히디 아니ᄒᆞ던 거시어니와 엇디 일야디간(一夜之間)의 이ᄃᆡ도록 놀나이 되여시믈 알니오? 모로미 긔동(起動)치 말고 됴리(調理)ᄒᆞ라."

인ᄒᆞ여 간ᄆᆡᆨ(看脈)ᄒᆞ며 근심되믈 니긔디 못ᄒᆞ여 셜난 등으로 ᄒᆞ여곰 쇼져롤 븟드러 안와(安臥)케 ᄒᆞ라 ᄒᆞ고 쳥샤의 나오니 댱공이 눈섭을 ᄧᅵᆼ긔며 탄왈(嘆曰)

"녀ᄋᆡ 이러ᄐᆞᆺ 병이 위듕ᄒᆞᄃᆡ 져 무리 비ᄇᆡ(婢輩)들만 좌우의 잇셔 약음(藥飮)과 미듁(糜粥)을 ᄡᅵ의 ᄲᅳᆯ 길히 업ᄉᆞ니 ᄎᆞ악(嗟愕)ᄒᆞ다."

ᄒᆞ더라.

(책임교주 탁원정)

---

89 디게: 지게. 지게문. 마루와 방 사이의 문.

완월회맹연 玩月會盟宴

권디ᄉᆞ십삼 卷之四十三

1면 익셜(益說). 댱공이 눈셥을 찡그며 탄왈(嘆曰)[1]

"녀인(女兒) 이러툿 병이 위듕(危重)ᄒᆞ디 져 무리 비비(婢輩)들만 좌우의 잇셔 약음(藥飮)과 미듁(糜粥)을 씨의 쁠 길히 업ᄉᆞ니 ᄎᆞ악우려(嗟愕憂慮) 밧긔 잔인ᄒᆞ믈 니긔디 못ᄒᆞ여 지보롤 쳥ᄒᆞ여 내 집의 다려가 구호(救護)ᄒᆞ믈 의논코져 ᄒᆞ더니 지뵈 죵시(終是) 외디(外待)ᄒᆞ니 어심(於心)의 심히 무류(無聊)ᄒᆞ여 ᄒᆞ노라."

쳐신 흔열왈(欣悅曰)

"ᄋᆞ부(兒婦)의 병셰(病勢) 념녀(念慮)로오나 본디 젹상(積傷)ᄒᆞᆫ 증(症)이니 졸연(猝然)이 쾌ᄎᆞ(快差)ᄒᆞ미 어렵고 존부(尊府)의 다려가믄 비록 교ᄌᆞ(轎子)의 시러가미나 병의 ᄒᆡ로올디라 잠간 가복(可復)ᄒᆞ믈 기다려 존부로 다려가미 됴흘가 ᄒᆞ노라. 돈ᄋᆞ(豚兒)ᄂᆞᆫ 필연 형의 소명(召命)을 몰낫도다."

언필(言畢)의 좌우로 ᄒᆞ여곰 한님을 브룬디 ᄎᆞ시(此時) 한님이 댱공을 피ᄒᆞ여 봉일뎐의 잇더니 댱공의 쳥ᄒᆞᄂᆞᆫ 젼에(傳語)[2] 니ᄅᆞ미 번연

2면 (幡然)이 즐겨 아냐 거연브동(居然不動)ᄒᆞ디 화부인이 태뎐(太殿)의 봉시(奉侍)ᄒᆞ여시므로 이에 댱공의 쳥(請)ᄒᆞ믈 응(應)ᄒᆞ라 권ᄒᆞ리 업더니 밋 쳐ᄉᆞ의 소명이 니ᄅᆞ미 감히 디류(遲留)치 못ᄒᆞ여 즉시 응명(應命)ᄒᆞ미 안식이 싀싀ᄒᆞ고 소ᄅᆡ가 유이(柔怡)ᄒᆞ여 경순(敬順)ᄒᆞᄂᆞᆫ 셩효(誠孝) ᄉᆞ룸이오 ᄒᆞᆫ 조각 강인(强忍)ᄒᆞᄂᆞᆫ 긔운이 업ᄉᆞᆫ 둧ᄒᆞ더라.

쳐신 댱공을 ᄀᆞᄅᆞ쳐 골오디

1 탄왈(嘆曰): 규장각본에는 생략되어 있음.

2 젼에(傳語): 규장각본에는 '젼의'로 되어 있음.

“인형(仁兄)이 발셔 오샤 너ᄅᆞᆯ 블너 계시거ᄂᆞᆯ 네 어이 응ᄒᆞ미 업더뇨?”

한님이 ᄃᆡ왈(對曰)

“쇼ᄌᆡ(小子) 맛ᄎᆞᆷ ᄂᆡ당(內堂)의 봉시ᄒᆞ와 존옹(尊翁)의 ᄂᆡ림(來臨)ᄒᆞ시믈 아디 못ᄒᆞ엿ᄂᆞ이다.”

언파(言罷)의 머리ᄅᆞᆯ 숙이며 몸을 굽혀 댱공을 향ᄒᆞ여 브득이 녜(禮)ᄅᆞᆯ 베플고 믈너 말셕(末席)의 시좌(侍坐)ᄒᆞ니 댱공이 믄득 긔운과 위엄을 브려 보고ᄌᆞ ᄒᆞ여 홀연 낫갓ᄎᆞᆯ 집흐리며 ᄒᆞᆫ번 큰 깃ᄎᆞᆷ ᄒᆞᄆᆡ 다시 소ᄅᆡᄅᆞᆯ 가다ᄃᆞᆷ아 ᄀᆞᆯ오ᄃᆡ

“져혀 아디 못ᄒᆞ엿더니 이졔 녀ᄋᆞᄅᆞᆯ 보ᄆᆡ 병셰 만분위듕(萬分危重)ᄒᆞ여 심히 위ᄐᆡᄒᆞᄃᆡ 좌우의 인ᄉᆞ(人事) 모로ᄂᆞᆫ 비ᄇᆡ 밧긔 드리미러 보리 져혀 업ᄉᆞ니 뉘라셔 약믈(藥物)과 듁음(粥飮)을 ᄊᆡ의 맛게 ᄒᆞ리오? 이곳의 두어셔ᄂᆞᆫ 셩ᄒᆞᆫ ᄌᆡ(者)라도 병이 날 거시오 병든 ᄌᆞᄂᆞᆫ 죽 3면
으미 반ᄃᆞᆺᄒᆞᆯ 거시니 금일(今日)이라도 시러 도라가 구호(救護)코ᄌᆞ ᄒᆞᄃᆡ 존옹(尊翁)이 허(許)치 아니시니 민민(憫憫)ᄒᆞ믈 니긔디 못ᄒᆞ리로다. 므롯 ᄉᆡᆼ댱(生長)이 궁곤비쳔(窮困卑賤)ᄒᆞᆫ 뉴(類)ᄂᆞᆫ 간고(艱苦)ᄒᆞ믈[3] 당(當)ᄒᆞ여도 타연ᄒᆞ여 괴로오믈 아디 못ᄒᆞ거니와 ᄉᆡᆼ어부귀(生於富貴)ᄒᆞ고 댱어호치(長於豪侈)ᄒᆞ여 셰샹우고(世上憂苦)ᄅᆞᆯ 당치 아닌 ᄌᆞᄂᆞᆫ 졸연(猝然)이 견ᄃᆡ디 못ᄒᆞᆯ디라. 녀ᄋᆡ 빙청옥결(氷淸玉潔)[4] ᄀᆞᆺ치 ᄆᆞᆰ은 긔딜(氣質)이 유란(幽蘭)과 혜초(蕙草) ᄀᆞᆺᄐᆞ므로뼈 부

3 궁곤비쳔(窮困卑賤)ᄒᆞᆫ 뉴(類)ᄂᆞᆫ 간고(艱苦)ᄒᆞ믈: 규장각본에는 ‘궁곤비쳔하니ᄂᆞᆫ 각고하믈’로 되어 있음.

4 빙청옥결(氷淸玉潔): 빙청옥결. 얼음처럼 맑고 옥처럼 깨끗함.

귀 일신(一身)ᄒᆞ여 계젼(階前)의 거롬을 옴기ᄆᆡ 미풍(微風)을 근심ᄒᆞ며 옥계(玉階)의 몸을 동(動)ᄒᆞᄆᆡ 셤진(纖塵)[5]을 아쳐홀 바로뼈 존문(尊門)의 쇽현(續絃)[6]ᄒᆞ여 태고(泰高)ᄒᆞᆫ 녜도(禮道)의 약ᄒᆞᆫ ᄋᆞ히 만히 상(傷)ᄒᆞ미 잇ᄂᆞᆫ가 ᄒᆞᄂᆞ니 이 말을 븟치미 우읍거니와 ᄌᆡ보ᄂᆞᆫ 안히로 아디 말나. 녀ᄋᆡ ᄌᆡ보롤 위ᄒᆞ여 훼면할이(毁面割耳)ᄒᆞ고 낙슈투강(落水投江)ᄒᆞ여 살신셩명(殺身成名)코ᄌᆞ ᄒᆞ믈 츄연(惆然)ᄒᆞ여 그 위딜(危疾)의 고렴(顧念)ᄒᆞ미 죽기나 면(免)케 ᄒᆞ미 인ᄌᆞ(仁者)의 덕(德)일가 ᄒᆞ노라."

한님이 심니(心裏)의 가쇼(可笑)롭고 ᄒᆡ괴(駭怪)ᄒᆞ나 그 인ᄉᆞ롤 ᄉᆡ

4면 로이 최망(責望)홀 ᄇᆡ 아니오 부친긔 ᄒᆡ로온 말이 밋디 아닌 고로 노(怒)홀 일이 잇디 아냐 화평이 드롤 쁜이러니 뎡공이 다시 쳐ᄉᆞ롤 향ᄒᆞ여 왈

"형이 쇼뎨(小弟)의 녀ᄋᆞ(女兒) 다려가믈 허(許)치 아니시니 존부(尊府)의 슈간(數間) 별당을 셔ᄅᆞ쳐 녀ᄋᆞ롤 옴기면 우리 부부와 돈ᄋᆞ(豚兒) 등이 왕ᄂᆡ(往來)ᄒᆞ여 구호(救護)코ᄌᆞ ᄒᆞᄂᆞ니 존부의ᄂᆞᆫ 쇼녀(少女) 일인(一人)이 유뮈(有無) 블관(不關)ᄒᆞ여 ᄉᆞᄉᆡᆼ(死生)이 긴급디 아니ᄒᆞ거니와 쇼뎨의 ᄉᆞ졍(私情)인즉 일녀식(一女息)의 죽으믈 ᄎᆞ마 보디 못ᄒᆞ여 인형(仁兄)의 졀박ᄒᆞᆫ 졍니(情理)롤 도라보믈 ᄇᆞ라노라."

쳐ᄉᆡ 화연(和然)이 답왈(答曰)[7]

---

5 셤진(纖塵): 섬진. 매우 잔 티끌.

6 쇽현(續絃): 속현. '금슬(琴瑟)'을 부부에 비유한 것에서 연유하여 '상처(喪妻)'를 '단현(斷絃)'이라 하고 '재취(再娶)'를 '속현'이라 했음. 여기서는 장성완이 정인광과 혼인한 것을 이름.

7 화연(和然)이 답왈(答曰): 규장각본에는 '화연니 도라보아 왈'로 되어 있음.

"별당이 아니라도 이곳의 인형과 존싊(尊嫂) 왕ᄂᆡᄒᆞ여 간병(看病)ᄒᆞ셔도 비편(非便)ᄒᆞᆯ 일이 업거니와 ᄋᆞᄇᆡ(兒婦) 비록 유질(有疾)ᄒᆞ나 쇼년(少年)이 부셩(富盛)ᄒᆞ고 긔딜픔싊(氣質稟受) 하원(遐遠)ᄒᆞ여 요절박명(夭折薄命)ᄒᆞᆯ ᄋᆞᄒᆡ 아니라 결단ᄒᆞ여 블길(不吉)ᄒᆞᆯ 바의 념녜(念慮) 밋디 아닛ᄂᆞ니 인형은 과려(過慮)치 말고 ᄋᆞ부의 젹상(積傷)ᄒᆞ미 돈ᄋᆞ의 빌ᄆᆡ로 인ᄒᆞ미니 결ᄌᆡᄒᆡ지(結者解之)라 돈ᄋᆞ로 ᄒᆞ여곰 ᄋᆞ부의 병셰ᄅᆞᆯ 곳쳐 졈졈 젹상ᄒᆞ믈 가복(可復)게 ᄒᆞ미 올흘가 ᄒᆞ노라." 5면

댱공이 비록 블평(不平)ᄒᆞᆫ 회푀(懷抱) 잇셔 한님을 박졍(薄情)ᄒᆞᆫ가 노(怒)ᄒᆞ미나 쳐ᄉᆞ의 만분화평(萬分和平)ᄒᆞᆷ[8]과 한님의 외면(外面)으로 공슌(恭順)ᄒᆞ믈 ᄃᆡ(對)ᄒᆞ여 므어시라 블평지셜(不平之說)을 ᄒᆞ리오? 눈섭을 찡긔며 닙을 감믈고 오ᄅᆡ 말을 아니 ᄒᆞ다가 날호여 약 쓰ᄂᆞᆫ 바ᄅᆞᆯ 므ᄅᆞᆫ 후 셜난 등을 블너 좌우의 ᄯᅥ나디 말고 구호ᄒᆞ믈 ᄐᆡ만(怠慢)이 말나 ᄒᆞ며 몸을 니러 도라가ᄂᆞᆫ디라. 쳐ᄉᆡ 나와 셔헌(書軒)의 좌(坐)ᄒᆞᄆᆡ 한님이 공슈시립(拱手侍立)이러니 쳐ᄉᆡ 광미(廣眉)ᄅᆞᆯ 튝합(縮合)ᄒᆞ여 왈

"ᄋᆞ부의 병을 보고 ᄆᆡᆨ도(脈度)ᄅᆞᆯ ᄉᆞᆯ피건ᄃᆡ 위ᄐᆡᄒᆞ미 젼일(前日)도곤 더으니 네 모로미 구호ᄒᆞ믈 게얼니 말나. 원딘이 초갈(焦渴)ᄒᆞ며 ᄆᆡᆨ되(脈度) 허약ᄒᆞ여 미들 거시 업ᄉᆞ니 어이 근심되지 아니리오?"

한님이 야야(爺爺)의 우려ᄒᆞ시믈 민망ᄒᆞ여[9] 쇼년(少年) 방강(方剛)의 일시 딜병(疾病)으로ᄡᅧ 우려ᄒᆞ실 ᄇᆡ 아니믈 쥬(奏)ᄒᆞ더라. ᄎᆞ시(此時)

---

8 만분화평(萬分和平)ᄒᆞᆷ: 규장각본에는 '화평함'으로 되어 있음.

9 우려ᄒᆞ시믈 민망ᄒᆞ여: 규장각본에는 '근심되시믈 우려ᄒᆞ여'로 되어 있음.

의 댱쇼졔 그 부친의 념치 업ᄉᆞᆫ 말을 드ᄅᆞᄆᆡ ᄉᆡ로이 괴황(怪惶)ᄒᆞ미 더
으고 심ᄉᆡ(心思) 요동ᄒᆞ여 소시의 손을 잡으며 츄연함누(惆然含淚) 왈
6면 “ᄆᆡᄆᆡ(妹妹)야. 인ᄉᆡᆼ셰간(人生世間)의 근심을 픔고 결박ᄒᆞᆫ 심ᄉᆡ(心
思) ᄂᆞᆯ ᄀᆞᆺᄐᆞᆫ ᄌᆡ(者) ᄯᅩ 잇ᄉᆞ랴?”
소시 역시 함누왈(含淚曰)
“부인이 일ᄌᆞᆨ 평안ᄒᆞ신 날이 업ᄉᆞ며 근일(近日)은 블인(不仁)ᄒᆞᆫ 쳡의
연고로 더옥 블안(不安)ᄒᆞ시믈 ᄉᆞᆺ치옵건ᄃᆡ 쳡심(妾心)이 ᄯᅩ 엇디 평
안ᄒᆞ리잇고? 슉모의 그러ᄒᆞ시미 ᄌᆞᄋᆡ(慈愛)의 디극(至極)ᄒᆞ시므로
비로ᄉᆞ미니 쳡이 조곰도 함한(陷恨)ᄒᆞ미 업거ᄂᆞᆯ 부인은 엇디 ᄀᆞ만ᄒᆞᆫ
심녀(心慮)ᄅᆞᆯ 더으시ᄂᆞ니잇고?”
댱쇼졔 소시의 알오미 ᄇᆞᆰ으믈 더옥 괴연(怪然)이 넉이며 본ᄃᆡ 심폐
(心肺)ᄅᆞᆯ 셔로 은휘(隱諱)ᄒᆞ미 업ᄂᆞᆫ디라 옥안(玉顏)이 함쳑(含慽)ᄒᆞ
여 기리 탄식왈(嘆息曰)
“나의 블안ᄒᆞ미 ᄀᆞᆺᄐᆞ여 현ᄆᆡ(賢妹)의 ᄉᆞ단(事端)ᄲᅳᆫ 아니라 스ᄉᆞ로 명
도(命途)ᄅᆞᆯ 슬허ᄒᆞᄂᆞ니 현ᄆᆡ 도로혀 블안ᄒᆞ미 이실딘ᄃᆡ 나의 ᄆᆞ음이
더옥 안한(安閑)ᄒᆞ믈 어드리오? 누연(傫然)ᄒᆞᆫ 쳑신(隻身)이 스ᄉᆞ로
딘(盡)ᄒᆞ여 셰간(世間)의 영욕비환(榮辱悲歡)을 샤졀(謝絶)코ᄌᆞ ᄒᆞ나
득(得)디 못ᄒᆞ니 다만 누ᄅᆞᆯ 한(恨)ᄒᆞ리오?”
언파(言罷)의 냥인(兩人)의 회푀(懷抱) 상반(相伴)ᄒᆞ여 댱우단탄(長
吁短嘆)ᄒᆞ믈 마디 아니ᄒᆞ더라. ᄎᆞ일(此日) 댱이랑(張二郞) 희린이 졍
아(程衙)의 니ᄅᆞ러 ᄆᆡ져(妹姐)의 병을 볼ᄉᆡ 그 증셰 비경(非輕)ᄒᆞ믈
7면 크게 우려ᄒᆞ여 한님을 보아 ᄀᆞᆯ오ᄃᆡ
“형은 존당(尊堂)을 봉시(奉侍)ᄒᆞᆫ 여가의 져져(姐姐)의 병후ᄅᆞᆯ ᄉᆞᆯ필

결을이 업ᄉᆞᆯ디라. ᄒᆞᆫ 간 방을 빌니샤 쇼뎨(小弟) 등으로 ᄒᆞ여곰 져져ᄅᆞᆯ 구호케 ᄒᆞ시면 쇼뎨 등이 동긔디졍(同氣之情)으로 현마 범연(泛然)ᄒᆞ리잇가?"

한님이 완쇼왈(緩笑曰)

"내 집은 셩ᄒᆞᆫ ᄌᆞ(者)도 병드리고 죽이ᄂᆞ니 너의 등은 누의ᄅᆞᆯ ᄉᆞᆯ오과져 ᄒᆞ거든 ᄌᆞ로 와 구호ᄒᆞ라. 문승【희린의 ᄌᆞ회(子號)라】은 ᄌᆡ작일(再昨日)의 곽격증(癨膈症)[10]으로 상ᄉᆞ(喪事) 나게 되엿다 ᄒᆞ더니 이러ᄐᆞᆺ 쾌ᄎᆞᄒᆞ니 안ᄉᆡᆨ이 도화(桃花) ᄀᆞᆺᄐᆞ며 긔운이 튱텬(衝天)ᄒᆞ니 그므ᄉᆞᆷ 병이 그ᄃᆡ도록 위급ᄒᆞ더뇨?"

희린이 화연(和然)이 웃고 다ᄅᆞᆫ 말을 시작ᄒᆞ여 죵용이 담화ᄒᆞ다가 날호여 도라가니 한님이 태뎐(太殿)의 드러가 죵일(終日)ᄒᆞ여 혼뎡(昏定)을 일운 후 쳐ᄉᆡ 경운당의 드러가라 ᄒᆞᆫᄃᆡ 한님이 역시 쇼져의 병을 념녀(念慮)ᄒᆞᄂᆞᆫ 고로 여러 날 ᄌᆞᆷ을 폐(廢)ᄒᆞᄂᆞᆫ 괴로오믈 아지 못ᄒᆞ며 의건(衣巾)을 탈ᄒᆡ(脫解)ᄒᆞ미 업셔 ᄲᅳᆫ 약을 맛보고 듁음(粥飮)의 온닝(溫冷)을 말업시 ᄉᆞᆯ펴 병인(病人)으로 ᄒᆞ여곰 젹구(適口)ᄒᆞ게 ᄒᆞ미
신긔ᄒᆞᄃᆡ 호발(毫髮)도 구구(區區)ᄒᆞ고 셰쇄(細瑣)ᄒᆞ미 업ᄉᆞ며 믁연 8면
(默然)이 닙을 여디 아냐 쥰엄(俊嚴)ᄒᆞ미 위의(威儀)ᄅᆞᆯ 일치 아니ᄒᆞ고 비록 당태종(唐太宗)이 군신(群臣)의게 낫빗 허(許)ᄒᆞ믈 효측(效則)ᄒᆞ나 텬ᄉᆡᆼ긔상(天生氣像)인ᄌᆞᆨ 츄텬(秋天) ᄀᆞᆺᄐᆞᆫ디라 셜난 등이 부인을 구호ᄒᆞ믈 인ᄒᆞ여 면젼(面前)의 ᄌᆞ로 나오나 스ᄉᆞ로 튝쳑젼뉼(蹴

10 곽격증(癨膈症): 급성 위장병.

踖戰慄)ᄒᆞ여 퇴(退)ᄒᆞᄆᆡ 빈한(背汗)이 쳠의(沾衣)ᄒᆞᄂᆞ디라. 한님이 년일년야(連日連夜)의 부인을 구호ᄒᆞ미 일슌(一旬)이 디나ᄃᆡ 조곰도 게어른 ᄠᅳᆺ이 업ᄉᆞ며 희미ᄒᆞᆫ 조으롬도 잇디 아니ᄒᆞ니 ᄇᆡ톄(配體)의 졍(情)이 박(薄)홀딘ᄃᆡ 엇디 이러홀 니 잇ᄉᆞ리오마ᄂᆞᆫ 댱공과 박시ᄂᆞᆫ 셔랑(壻郞)의 인믈을 탁냥(度量)치 못ᄒᆞ고 날이 오ᄅᆡᄃᆡ 녀ᄋᆡ(女兒) 가복(可復)디 못ᄒᆞᄆᆞᆯ 셔랑의 탓ᄉᆞᆯ 삼ᄂᆞᆫ디라. 일일(一日)은 박시 ᄒᆞᆫ 장 셔간(書簡)을 ᄆᆡᆫᄃᆞ라 시ᄋᆞ(侍兒) 쇼츄ᄅᆞᆯ 주며 니ᄅᆞᄃᆡ

"네 셔함(書函)을 가져 졍부(程府)의 가 화부인긔 드린 후 쇼져의 병을 ᄌᆞ셔히 알고 오라."

ᄒᆞ니 소츄 졍부의 니ᄅᆞᄆᆡ 화부인이 맛참 경운당의 니ᄅᆞ러 쇼져의 병을 므ᄅᆞ며 미듁(米粥)을 친히 가져 먹기ᄅᆞᆯ 권ᄒᆞ더니 홀연 댱부(張府)

9면 시ᄋᆡ 셔함을 올니ᄂᆞᆫ디라 날호여 봉셔(封書)ᄅᆞᆯ 탁열(坼閱)ᄒᆞᄆᆡ 만편셔ᄉᆞ(萬篇書辭)의 ᄒᆡ이괴패(駭異怪悖)ᄒᆞᄆᆞᆯ 어이 니ᄅᆞᆯ 거시 이시리오? 쳣머리의 녜ᄉᆞ(例事) 문후셔간(問候書簡)이 아니라 한님의 박졍무신(薄情無信)ᄒᆞ미 오긔(吳起)[11]예 ᄀᆞᆺ ᄌᆞ최ᄅᆞᆯ 니어 무죄ᄒᆞᆫ 안ᄒᆡᄅᆞᆯ 죽이려 ᄒᆞᆯ ᄲᅮᆫ 아니라 쳐ᄉᆞ와 부인이 일편되고 ᄌᆞᄋᆡ 업셔 포달(褒妲)[12] ᄀᆞᄐᆞᆫ 간음요녀(奸淫妖女) 소시ᄂᆞᆫ ᄉᆞ랑ᄒᆞ고 녀ᄋᆞ(女兒)의 유한슉뇨(幽閑淑

---

11 오긔(吳起): 오기. 전국시대의 장군이자 정치가. 노나라가 제나라의 침략을 받았을 때 오기를 장군으로 임명하고자 했으나, 오기의 처가 제나라 사람이어서 의심을 받자 오기가 처를 죽여 결의를 밝히고 노나라의 장군이 되어 제나라 군대를 대파한 고사가 《사기》 〈손자오기열전〉에 있음.

12 포달(褒妲): 포사와 달기. 포사는 주나라 유왕의 비(妃)로, 평소 잘 웃지 않아 유왕이 그녀를 웃기기 위해 봉화를 올려 제후들을 헛걸음하게 하자 비로소 웃었다고 함. 달기는 은나라 주왕의 비로, 음란하여 주왕의 폭정을 방조해 망하게 했음.

窈)ᄒᆞ미 셩녀(聖女)의 풍(風)이 이시믄 도로혀 ᄉᆡᆼ각디 아냐 그 병이 소녀의 간활(奸猾)ᄒᆞᆫ 독슈(毒手)로 만일 치독(置毒)ᄒᆞ미 아니면 져쥬(咀呪)의 흉셔(凶書)ᄅᆞᆯ 디어시ᄃᆡ 부인이 사ᄅᆞᆷ의 존괴(尊姑) 되여 사ᄅᆞᆷ의 션악(善惡)을 ᄉᆞᆯ피디 아니ᄒᆞ며 소녀의 간악(奸惡)을 ᄌᆞᆼ시(終是) ᄇᆞᆰ히디 아니ᄒᆞ기로 분완통ᄒᆡ(憤惋痛駭)ᄒᆞ믈 니긔디 못ᄒᆞ여 마ᄃᆡᄅᆞᆯ ᄭᆡ치고ᄌᆞ ᄒᆞᄂᆞ니 이 글을 본 후 다시 소녀의 죄ᄅᆞᆯ 다ᄉᆞ리디 아니ᄒᆞ면 스ᄉᆞ로 친히 나아가 간모(奸謀)ᄅᆞᆯ 발각ᄒᆞᄂᆞᆫ 날은 일문노유(一門老幼) 일장대욕(一場大辱)[13]을 면(免)치 못ᄒᆞ리라 ᄒᆞ여 으ᄅᆞ고 져혀 ᄉᆞᄃᆡᆺ기ᄅᆞᆯ 긔탄업시 ᄒᆞ여시니 부인이 심하(心下)의 ᄒᆡ연(駭然)ᄒᆞ미 업지 아니ᄒᆞ나 안ᄉᆡᆨ의 화평ᄒᆞ미 ᄒᆞᆫ갈ᄀᆞᄐᆞ여 셔간을 도로 봉(封)ᄒᆞ여 손의 10면
쥐더니 고개ᄅᆞᆯ 두로혀ᄆᆡ 댱시(張氏) 돗 아ᄅᆡ 브복(俯伏)ᄒᆞ여 명(命)을 ᄃᆡ(待)ᄒᆞ며 죄ᄅᆞᆯ 쳥(請)ᄒᆞ니 초고(憔枯)ᄒᆞᆫ 안ᄉᆡᆨ(顔色)과 ᄋᆡ원(哀怨)ᄒᆞᆫ 병톄(病體)의 경황(驚惶)ᄒᆞ고 젼뉼(戰慄)ᄒᆞ믈 아오라 ᄡᅡᆼ안(雙眼)의 징ᄑᆡ(澄波) 동(動)ᄒᆞ며 아미(蛾眉)의 슈운(愁雲)이 취집(聚集)ᄒᆞ여 셜비(雪膚)[14] 은연이 슈괴(羞愧)ᄒᆞ고 보험이 ᄌᆞ약(自若)히 ᄇᆞᆰ어시니 프ᄅᆞᆫ 머리ᄂᆞᆫ 달 ᄀᆞᄐᆞᆫ 니마의 삽삽히 엉긔여시며 안개 귀밋ᄎᆞᆫ 교옥(皎玉) ᄀᆞᄐᆞᆫ ᄲᅣᆷ험을 년(聯)ᄒᆞ여시니 슈졍 ᄀᆞᄐᆞᆫ 골슈와 도화(桃花) ᄀᆞᄐᆞᆫ 보조ᄀᆡ 소상(蕭爽)ᄒᆞ고 향미(香美)ᄒᆞ여 단장(丹粧)치 아닌 ᄐᆡ되(態度) 상ᄒᆡ의셔 졀승(絶勝)ᄒᆞ며 병든 형상이 셩ᄒᆞᆫ ᄭᆡ의셔 더 고으믈 겸ᄒᆞ여 은연이 튝쳑(蹴踖)ᄒᆞ여 유ᄉᆞ디심(有死之心)ᄒᆞ고 무ᄉᆡᆼ지긔(無

13 일장대욕(一場大辱): 규장각본에는 '대욕'으로 되어 있음.
14 셜븨(雪膚): 규장각본에는 '설뷔'로 되어 있음.

生之氣)ᄒᆞ니[15] 부인이 년셕(憐惜)ᄒᆞ믈 니긔디 못ᄒᆞ여 밧비 그 옥슈(玉手)ᄅᆞᆯ 잡으며 운환(雲鬟)을 ᄡᅳ다ᄃᆞᆷ아 츄연(惆然)이 즐겨 아냐 ᄀᆞᆯ오ᄃᆡ

"현부(賢婦)의 엄엄위위(奄奄危危)ᄒᆞᆫ 병톄(病體)ᄅᆞᆯ 동ᄒᆞ여 연고 업시 이러ᄒᆞ믈 보건ᄃᆡ 내 심ᄉᆡ(心思) 얇흔디라. 므ᄉᆞ 일 당치 아닌 쳥죄(請罪)ᄅᆞᆯ ᄒᆞᄂᆞ뇨? 박부인이 일시 그ᄅᆞᆺ ᄉᆡᆼ각ᄒᆞ샤 나의게 과도ᄒᆞᆫ 말ᄉᆞᆷ으
11면 로 인아의 됴흔 거ᄉᆞᆯ 상ᄒᆡ오고ᄌᆞ ᄒᆞ실디라도 내 결단코 닷토와 노호오믈 두디 아닐 거시오 ᄒᆞ믈며 이 셔ᄉᆞ(書辭)ᄂᆞᆫ 과도ᄒᆞ신 ᄇᆡ 아니라 의심이 당치 아닌 곳의 밋ᄎᆞᄆᆡ 날노 ᄒᆞ여곰 ᄉᆞᆯ피과져 ᄒᆞ시미니 현뷔 ᄎᆞ경(差境)ᄒᆞ믈 기다려 귀근(歸勤)ᄒᆞᄂᆞᆫ 날이라도 그러치 아니믈 고(告)ᄒᆞᆯ ᄲᅳᆫ이어ᄂᆞᆯ 엇디 ᄆᆞᄋᆞᆷ을 요동ᄒᆞ여 병톄의 ᄒᆡ롭게 ᄒᆞᄂᆞ뇨? 현뷔 날노ᄡᅧ 싀어미라 ᄒᆞ여 이런 일을 슈치(羞恥)ᄒᆞ믈 삼거니와 내 딘실노 현부로ᄡᅧ 친ᄋᆞ(親兒)로 다ᄅᆞ미 업고 녕ᄉᆞ당(令慈堂)의 실덕(失德)ᄒᆞ시ᄆᆡ 다ᄅᆞ라ᄂᆞᆫ 널니 젼셜(傳說)ᄒᆞᆯ ᄇᆡ 업ᄂᆞ니 이 ᄒᆞᆫ 장 셔ᄉᆞ로 ᄆᆞᄋᆞᆷ의 블평(不平)ᄒᆞ믈 픔으랴? 쳥컨ᄃᆡ 안심됴병(安心調病)ᄒᆞ여 슈히 가경(佳境)의 니ᄅᆞ면 효되(孝道) 이 밧긔 업ᄉᆞ리니 다시 쳥죄 이ᄶᆞ(二字)ᄅᆞᆯ 드노치 말나."

셜파(說罷)의 쇼져의 유랑(乳娘)을 블너 박부인긔 젼어왈(傳語曰)

"나리붓치신 글월을 밧드러 보오ᄆᆡ 상면(相面)ᄒᆞᆫ ᄃᆞᆺ 반가오나 맛ᄎᆞᆷ ᄋᆞ부(兒婦)의 병소(病所)의 왓ᄂᆞᆫ 고로 ᄌᆞᆼ용치 못ᄒᆞ여 회간(回簡)을 닥지 못ᄒᆞ오니 후일의 셔찰(書札)을 밧드러 샤례ᄒᆞ리이다."

15 유ᄉᆞ디심(有死之心)ᄒᆞ고 무ᄉᆡᆼ지긔(無生之氣)ᄒᆞ니: 죽음을 결심하여 살고자 하는 기색이 조금도 없음.

ᄒᆞ며 쇼져롤 붓드러 평신(平身)ᄒᆞ믈 니ᄅᆞᄃᆡ 쇼졔(小姐) 함연톄루(涵 12면
然涕淚)ᄒᆞ여 셩덕을 샤례ᄒᆞ나 ᄌᆞ모(慈母)의 허믈이 ᄌᆞ긔(自己)의 블
초(不肖)ᄒᆞᆫ 연괴라 ᄒᆞ여 죄롤 기다리고 감히 평신치 못ᄒᆞ니 부인이
박시의 일을 ᄋᆡ돌니 넉이며 쇼져의 심녀(心慮)롤 깁히 잔인ᄒᆞ여 좌우
로뼈 블을 가져다가 셔간(書簡)을 소화(燒火)ᄒᆞ여 왈

“녕ᄌᆞ당의 친찰(親札)을 소화ᄒᆞ미 인ᄉᆞ(人事)의 미안ᄒᆞᄃᆡ 이롤 머므러 두ᄆᆡ 현부의 블평ᄒᆞ미 더을디라. 나의 말 업ᄉᆞ미 소화ᄒᆞᆫ 셔장(書狀) 갓ᄐᆞ리니 현부ᄂᆞᆫ 됴금도 거리씨디 말고 됴리(調理)ᄒᆞ여 슈히 니러나게 ᄒᆞ라.”

쇼졔 감은황공(感恩惶恐)ᄒᆞ여 감뉘(感淚) 쎠러지믈 ᄊᆡ닷디 못ᄒᆞ더니 한님이 모친긔 뵈오려 드러와 쇼져의 슬허ᄒᆞ믈 인ᄒᆞ여 모친이 심히 즐기디 아니시믈 쳠망(瞻望)ᄒᆞ고 박시의 셔간으로 이러ᄒᆞ믄 ᄯᅩᄒᆞᆫ 녀외디ᄉᆡ(慮外之事)[16]라 쇼져의 범ᄉᆡ(凡事) 초츌탁아(超出卓雅)ᄒᆞ므로뼈 존젼(尊前)을 삼가디 아니ᄒᆞᄂᆞᆫ가 그윽이 블열(不悅)ᄒᆞᄃᆡ[17] ᄉᆞᄉᆡᆨ(辭色)디 아니ᄒᆞ며 다만 모친긔 고왈(告曰)

“일긔(日氣) 훈열(薰熱)ᄒᆞ와 방듕(房中)이 심히 온ᄉᆡᆨ(溫塞)ᄒᆞᄋᆞᆸ고 ᄯᅩ
좌우 창호(窓戶)롤 여디 못ᄒᆞ오니 사ᄅᆞᆷ이 드러 안ᄌᆞᄆᆡ 번열(煩熱)ᄒᆞ
믈 니긔디 못ᄒᆞᄋᆞᆸᄂᆞᆫ디라 ᄌᆞ위(慈闈) 엇디 오ᄅᆡ 계실 곳이리잇고? 그 13면
만ᄒᆞ여 뎡침(正寢)으로 도라가시믈 ᄇᆞ라ᄂᆞ이다.”

16 녀외디ᄉᆡ(慮外之事): 여외지사. 뜻밖의 일.

17 존젼(尊前)을 삼가디 ~ 그윽이 블열(不悅)ᄒᆞᄃᆡ: 규장각본에는 ‘존젼을 그윽이 삼가디 아니ᄒᆞᄂᆞᆫ가 블열ᄒᆞᄃᆡ’로 되어 있음.

부인이 날이 임의 져므러시니 존고(尊姑)의 셕반(夕飯) 딘ᄒᆞ시믈 보오려 ᄒᆞ여 브득이 니러날ᄉᆡ 쇼져를 당부ᄒᆞ여 됴병(調病)ᄒᆞ믈 ᄌᆡ삼(再三) 니룬 후 뎡침(正寢)으로 향홀ᄉᆡ 한님이 뫼셔 드러가 왕모(王母)와 냥위존당(兩位尊堂)을 밧드러 셕반을 파(罷)ᄒᆞ고 인ᄒᆞ여 시좌(侍坐)러니 길ᄉᆞ 닌명이 드러와 우으며 골오ᄃᆡ

"댱공은 과연 의심 만코 괴이ᄒᆞᆫ 위인일너이다."

쇼화부인이 문왈(問曰)

"므ᄉᆞ 일을 ᄉᆡ로이 괴이타 시비(是非)ᄒᆞᄂᆞ뇨?"

길ᄉᆡ ᄃᆡ왈(對曰)

"다룬 일이 아니오라 댱슈(張嫂)의 병이 오ᄅᆡ 위름(危懍)ᄒᆞ미 므솜 의심되미 잇다 ᄒᆞ여 술ᄉᆞ(術士)를 드려 병소(病所)를 망긔(望氣)[18]코져 의논ᄒᆞ오니 슉뷔(叔父) ᄉᆞ리(事理)로 ~~죵용~~히 그러치 아니믈 니ᄅᆞ시믜 욱이든 못 ᄒᆞ나 ᄀᆞ장 블쾌ᄒᆞ여 슈슈(嫂嫂)도 보디 아니코 도라가더이다."

태부인이 쇼왈(笑曰)

"댱헌의 그러ᄒᆞ미 괴이치 아니커니와 금일(今日)은 더옥 연시 친환(親患)으로 귀근(歸覲)ᄒᆞ엿고 어ᄉᆡ 먼니 나갓시니 그 실언실조(失言失措)를 간(諫)ᄒᆞ리 업ᄂᆞᆫ디라 어이 그룻되미 업ᄉᆞ리오? 월ᄋᆡ 쏘ᄒᆞᆫ 연태부인이 병듕(病中) 보고ᄌᆞ ᄒᆞ므로 연아의 갓다가 다시 니부로 갓다 ᄒᆞ니 그 집안이 더 오죡ᄒᆞ랴."

14면

18 망긔(望氣): 운기(雲氣)를 관찰하여 장래의 길흉을 예측하던 일종의 점후술(占候術).

학ᄉᆞ 닌흥이 ᄃᆡ왈(對曰)

"대모(大母)ᄂᆞᆫ 댱ᄌᆞ(張子) 희린 등을 보디 못ᄒᆞ시니잇가? 희린도 아ᄅᆞᆷ답거니와 셰린의 츌뉴(出類)ᄒᆞ오믄 십분(十分) 비상ᄒᆞ오니 엇디 그 집의 사ᄅᆞᆷ이 업다 ᄒᆞ시리잇고?"

태부인이 미쇼왈(微笑曰)

"희린 등의 풍ᄎᆡ문한(風采文翰)과 언논긔상(言論氣像)이 비록 아ᄅᆞᆷ답다 ᄒᆞ려니와 기형(其兄)과 비길진ᄃᆡ 반블급(半不及)이라 엇디 그 부모의 실톄(失體)ᄅᆞᆯ 잘 ᄀᆞᆷ초리오?"

한님은 댱공의 ᄒᆡᆼᄉᆞᄅᆞᆯ 더옥 ᄒᆡ괴히 넉여 일언(一言)을 블개(不開)ᄒᆞ더니 쵹(燭)을 ᄇᆞᆰ힌 후 쳐ᄉᆡ 드러와 ᄒᆞᆫ갓 태부인 침금(寢衾)을 베퍼 안휴(安休)ᄒᆞ시믈 쳥(請)ᄒᆞᆯ ᄯᆞᄅᆞᆷ이오 댱공 다히 말ᄒᆞ미 업ᄉᆞ니 태부인이 ᄯᅩᄒᆞᆫ 뭇디 아니코 망긔디셜(望氣之說)을 아ᄅᆞᆫ 쳬 아니 ᄒᆞ더라. 쳐ᄉᆡ 한님을 도라보아 댱시(張氏)의 병을 가보라 ᄒᆞᆫᄃᆡ 한님이 날호여 퇴(退)ᄒᆞ여 경운당의 니ᄅᆞ니 쇼제 홀노 혼졀(昏絶)ᄒᆞ여 인ᄉᆞ(人事)ᄅᆞᆯ 몰난 디 ᄡᆡ 오ᄅᆡᄃᆡ 소시도 이날은 태부인을 시측(侍側)ᄒᆞᄂᆞᆫ 고로 이에 업고 셜난 등만 황황(遑遑)ᄒᆞᆯ 쁜이라. 한님이 향ᄀᆡᆨ(嚮刻) 모젼(母 15면
前)의셔 쇼제 쳑쳑비상(慽慽悲傷)ᄒᆞ던 바ᄅᆞᆯ 미온(未穩)ᄒᆞ여 비록 병이 듕(重)ᄒᆞ나 쥰졀(峻切)이 니ᄅᆞ고져 드러왓더니 ᄯᅩ 혼도(昏倒)ᄒᆞ여 위ᄐᆡᄒᆞ믈 보ᄆᆡ 근심이 깁허 친히 약을 흘니며 손을 쥐믈너 구호ᄒᆞᄂᆞᆫ 졍셩이 ᄌᆞ긔 몸이 닛브믈 ᄡᆡ닷디 못ᄒᆞ고 졉목(接目)디 아니미 일양(一樣)이로ᄃᆡ 조곰도 괴로와ᄒᆞᄂᆞᆫ 빗치 업ᄂᆞᆫ디라. ᄀᆞ장 오란 후 쇼제 슘을 두로혀며 졍신을 잠간 슈습(收拾)ᄒᆞ여 한님이 겻ᄐᆡ 안ᄌᆞ시믈 보고 긔동(起動)ᄒᆞ여 닐고ᄌᆞ ᄒᆞ거ᄂᆞᆯ 한님이 손으로 누ᄅᆞᄆᆡ 능히 움ᄌᆞᆨ

이디 못ᄒᆞᄂᆞᆫ디라. 이에 미음을 드러 마시믈 권ᄒᆞᆫᄃᆡ 쇼제 슬흐나[19] 마디 못ᄒᆞ여 딘음(進飮)ᄒᆞ니 이에 그릇ᄉᆞᆯ 믈닌 후 향ᄌᆞ(向者) 모젼의 쳑안비용(慽顔悲容)으로 ᄌᆞ안(慈顔)의 쳑의(慽意)ᄒᆞ시믈 더으던 바ᄅᆞᆯ 닐너 비록 효로ᄡᅧ 밧드디 못ᄒᆞ나 이우(貽憂)로ᄡᅧ 증(增)ᄒᆞ믄 만히 블가(不可)ᄒᆞ믈 니ᄅᆞᆯᄉᆡ 긔위(氣宇) 쥰슉(峻肅)ᄒᆞ며 말ᄉᆞᆷ이 엄졍(嚴正)ᄒᆞ여 풍ᄉᆡᆼ(風生)ᄒᆞᆫ 강위(剛威)ᄂᆞᆫ 태산(太山)이 약ᄒᆞ고 믁믁(默默)ᄒᆞᆫ 긔상은 하일(夏日)이 가외(可畏)ᄒᆞ니 쇼제 튝연브ᄌᆞ안(蹴然不自安)ᄒᆞ여 모친의 셔간(書柬)을 존괴(尊姑) 보실 ᄯᆡ의 잠간 보아 짐작ᄒᆞ엿ᄂᆞᆫ디라 ᄉᆡᆼ각ᄒᆞᆯᄉᆞ록 구연뉵니(懼然忸怩)ᄒᆞ며 참안슈괴(慙顔羞愧)ᄒᆞ미 치신무디(置身無地)ᄒᆞ니 졀졀(切切)이 이러ᄐᆞᆺ 난안(赧顔)ᄒᆞᆫ 명되(命道) 셰간(世間)의 낫시믈 슬허ᄒᆞᄃᆡ 읍읍비상(悒悒悲傷)ᄒᆞ믈 뵈디 아니ᄒᆞ니 한님이 박시의 망측ᄒᆞᆫ 셔간이 왓던 바ᄂᆞᆫ 아디 못ᄒᆞ나 쇼져의 심ᄉᆡ(心思) 부모로 말ᄆᆡ암아 ᄊᆞᆯᄂᆞᆫ ᄃᆞᆺᄒᆞ믈 모로디 아닛ᄂᆞᆫ디라 목젼(目前)의 그 위위(危危)ᄒᆞ믈 ᄃᆡ(對)ᄒᆞ여 디리히 온의(慍意)ᄅᆞᆯ 픔으미 심히 가(可)치 아닌 고로 ᄒᆞᆫ번 쥰졀(峻切)이 니ᄅᆞᆫ 후ᄂᆞᆫ 즉시 긋쳐 말을 아니 ᄒᆞ고 약궤(藥櫃)ᄅᆞᆯ 나호여 쇼져의 벼ᄀᆡ 가의 누엇더니 거년금일(去年今日)이 댱쇼져ᄅᆞᆯ 우귀(于歸)ᄒᆞ던 길일(吉日)이믈 ᄉᆡᆼ각ᄒᆞᄆᆡ 희미ᄒᆞᆫ 우음을 먹음어 ᄀᆞᆯ오ᄃᆡ

16면

"부인이 거년금일을 ᄉᆡᆼ각ᄒᆞ시ᄂᆞ니잇가?"

쇼제 믁믁브답(默默不答)ᄒᆞ니 한님이 믄득 의ᄉᆡ(意思) 은근ᄒᆞ믈 ᄉᆡ

19 슬흐나: 규장각본에는 '슬프나'로 되어 있음.

닷디 못ᄒᆞ여 션ᄌᆞ(扇子)ᄅᆞᆯ 드러 쵹(燭)을 멸(滅)ᄒᆞ며 의건(衣巾)을 ᄒᆡ
탈(解脫)ᄒᆞ고 개연이 상(牀)의 오로니 쇼제 대경대황(大驚大惶)ᄒᆞ나
엇디 그 위위ᄒᆞᆫ 약딜(弱質)이 구정(九鼎)을 ᄒᆞᆫ 팔 ᄀᆞ온ᄃᆡ 움ᄌᆞᆨ이ᄂᆞᆫ 장 17면
용(壯勇)을 능히 벙으리와드리오? 무협(巫峽)의 운우(雲雨)ᄅᆞᆯ 디어
양ᄃᆡ(陽臺)의 츈풍디락(春風之樂)이 흡연(洽然)ᄒᆞ여 금슬(琴瑟)이 화
(和)ᄒᆞ고 녜악(禮樂)이 챵(昌)ᄒᆞ니 '국풍(國風)은 호ᄉᆡᆨ(好色)이 블음
(不淫)ᄒᆞ며 소아(小雅)ᄂᆞᆫ 비방(誹謗)이 블난(不亂)이라.'[20] ᄒᆞ미 이에
가히 비(比)ᄒᆞᆯ너라. 효신(曉晨)의 관소(盥梳)ᄒᆞ고 부모와 왕모(王母)
긔 문후(問候)ᄒᆞᆫ 후 인ᄒᆞ여 됴반(早飯)을 파(罷)ᄒᆞᄆᆡ 셜난 등이 약을
달혓ᄂᆞᆫ가 보고ᄌᆞ ᄒᆞ여 장ᄎᆞᆺ 경운당을 향ᄒᆞᆯᄉᆡ 믄득 드ᄅᆞ니 운각 다히
요요분난(擾擾紛亂)ᄒᆞ여 호읍디셩(號泣之聲)과 욕ᄆᆡ디언(辱罵之言)
이 젼ᄌᆞ(前者)의 듯디 못ᄒᆞ던 음셩이라 다시 셔헌(書軒)으로 향(向)
ᄒᆞ더니 홀연 방듕(房中)으로 조ᄎᆞ 슈산돈쵹(手散頓足)[21]ᄒᆞ며 밧긔 ᄂᆡ
다라 쳥샤(廳舍)ᄅᆞᆯ 울히고 난함(欄檻)[22]을 두다려 분분고셩(紛紛高聲)
ᄒᆞ며 무한참욕(無限慘辱)으로 ᄌᆞ긔(自己)ᄅᆞᆯ ᄭᅮ짓ᄂᆞᆫ ᄌᆡ(者) 잇ᄂᆞᆫ디라.
십분경괴(十分驚怪)ᄒᆞ여 족용(足踊)을 듕디(中止)ᄒᆞ고 ᄌᆞ셔히 드ᄅᆞ
니 이ᄂᆞᆫ 다ᄅᆞ니 아니라 ᄌᆞ긔 빙모(聘母) 박부인이라. 박시 손벽을 두

20 국풍(國風)은 호ᄉᆡᆨ(好色)이 ~ 비방(誹謗)이 블난(不亂)이라: 《사기》 〈굴원열전〉의 "〈국풍〉은 색을 좋아하면서도 음란한 지경에는 이르지 않았고 〈소아〉는 원망을 하면서도 어지러운 지경에는 이르지 않았는데, 〈이소〉의 경우는 〈국풍〉과 〈소아〉 두 가지를 겸했다고 이를 만하다(國風好色而不淫 小雅怨誹而不亂 若離騷者 可謂兼之矣)."라고 한 데서 온 것.

21 슈산돈쵹(手散頓足): 수산돈족. 손을 어디에 둘 줄 모르고 발을 구름.

22 난함(欄檻): 난간.

다리며 고셩대즐(高聲大叱) 왈

“젹츄(賊酋) 닌광은 드ᄅᆞ라. 네 아비 간젹(奸賊) 졍삼과 네 어미 요녀(妖女) 화시ᄂᆞᆫ 눈이 이시나 망울이 업셔 소녀 ᄎᆡ강의 간음교활(奸淫 18면 狡猾)ᄒᆞ믈 아디 못ᄒᆞ고 너 젹쉬 ᄯᅩᄒᆞᆫ 소녀의 교언녕식(巧言令色)의 침닉(沈溺)ᄒᆞ여 아녀(兒女)의 셩덕슉ᄒᆡᆼ(盛德淑行)을 여시ᄒᆡᆼ노(如視行奴)ᄒᆞ며 박ᄃᆡᄎᆞ악(薄待嗟愕)ᄒᆞᄃᆡ 졍삼 부뷔(夫婦) 위인부모(爲人父母)ᄒᆞ여 방탕난ᄌᆞ(放蕩亂子)ᄅᆞᆯ 계칙(戒責)디 아니ᄒᆞ고 음황ᄑᆡ리(淫荒悖理)ᄒᆞ믈 도와 현부(賢婦)ᄅᆞᆯ 블ᄋᆡ(不愛)ᄒᆞ며 간녀(奸女)ᄅᆞᆯ 편ᄋᆡ(偏愛)ᄒᆞᄂᆞᆫ 고로[23] 소녀의 요악(妖惡)ᄒᆞᆫ 슈단(手段)이 아녀ᄅᆞᆯ 죽이려 ᄒᆞᄆᆡ 방연(龐涓)[24]의 져쥬(咀呪)ᄒᆞ미 아니면 치독(置毒)ᄒᆞ미 명명(明明)ᄒᆞ거ᄂᆞᆯ 우리 졀박ᄒᆞᆫ ᄉᆞ졍을 ᄎᆞᆷ디 못ᄒᆞ여 슐ᄉᆞ(術士)로 망긔(望氣)ᄒᆞ믈 쳥ᄒᆞᄃᆡ 졍삼 간젹(奸賊)이 거ᄌᆞᆺ 뎡대(正大)ᄒᆞ고 법다온 쳬ᄒᆞ여 혹ᄌᆞ(或者) 소녀의 간뫼(奸謀) 발각ᄒᆞᆯ가 두려 셩화(星火)ᄀᆞᆺ치 막ᄌᆞᄅᆞ며 화시 흉믈이 나의 셔간(書簡)을 보ᄃᆡ 일ᄌᆞ(一字) 회답을 아니 ᄒᆞ고 소녀의 악ᄉᆞ(惡事)ᄅᆞᆯ 덥허 아녀의 죽을 날을 기다리니 너의 부부부ᄌᆡ(夫婦父子) 므ᄉᆞᆷ 원슈로 나의 ᄯᆞᆯ을 죽이려 ᄒᆞᄂᆞ뇨? 이제ᄂᆞᆫ 내 ᄯᆞᆯ이 살길히 업ᄉᆞ니 내 친히 칼흘 날녀 소녀의 머리ᄅᆞᆯ 시험ᄒᆞᆫ 후 졍삼 부ᄌᆞᄅᆞᆯ

---

23 편ᄋᆡ(偏愛)ᄒᆞᄂᆞᆫ 고로: 규장각본에는 ‘편ᄋᆡᄒᆞ여’로 되어 있음.

24 방연(龐涓): 전국시대 위나라 사람으로, 귀곡자(鬼谷子)에게 함께 병법을 배운 손빈을 시기하여 그를 과형과 묵형에 처하게 함. 제나라로 탈출한 손빈이 위나라로 쳐들어가면서 마릉에서 나무를 깎아 “방연이 이 나무 밑에서 죽을 것이다.”라는 글을 써 놓고 좌우에 궁노수(弓弩手)를 매복시켜 두었는데, 제나라가 쳐들어왔다는 소식을 들은 방연이 마릉에 당도해 나무에 글이 쓰여 있는 것을 보고 채 읽기도 전에 궁노수들의 기습을 받아 패사(敗死)한 내용이 《사기》 〈손자오기열전〉에 전함.

버히리라.”

셜파(說罷)의 방셩대곡(放聲大哭)ᄒᆞ니 원(怨)ᄒᆞᄂᆞᆫ 비분(悲憤)과 한(恨)ᄒᆞᄂᆞᆫ 소ᄅᆡ 운각을 흔드러 믯친 진납이와 셩닌 괴양이 갓ᄐᆞ니 한 19면
님이 쳔만(千萬) ᄉᆡᆼ각디 아닌 바의 여ᄎᆞ(如此) 광경을 당ᄒᆞᄆᆡ 인ᄌᆞ(人子)의 ᄎᆞ마 듯디 못ᄒᆞᆯ 욕셜이 친위(親闈)예 밋ᄎᆞ며 ᄌᆞ긔 팔 셰(歲)브터 쳡봉화란(疊逢禍亂)ᄒᆞ여 다 니ᄅᆞᆯ ᄇᆡ 아니로ᄃᆡ 일ᄌᆞᆨ 이런 참욕(慘辱)은 듯디 못ᄒᆞ엿고 평ᄉᆡᆼ 분원(憤怨)이 믯친 ᄇᆡ 댱공이 부슉(父叔)의 화상(畵像)을 그려 ᄒᆡ(害)코ᄌᆞ ᄒᆞ던 흉의(凶意)ᄅᆞᆯ 몽ᄆᆡ디간(夢寐之間)의 ᄉᆡᆼ각ᄒᆞ여도 놀납거ᄂᆞᆯ 금일(今日) 박시의 욕ᄆᆡ(辱罵)ᄒᆞ믄 화상디ᄉᆞ(畵像之事)로 비겨 의논치 못ᄒᆞᆯ디라. 듯기ᄅᆞᆯ ᄎᆡ 못 ᄒᆞ여 놉흔 셩이 쳘골(徹骨)ᄒᆞ며 엄ᄒᆞᆫ 분뇌(忿怒) 하날을 쌔칠 ᄃᆞᆺᄒᆞ니 댱시(張氏) 아냐 월녀(越女)[25] 텬손(天孫)[26]이라도 안면을 거리ᄭᅵᆯ ᄇᆡ 업고 박시 아녀 옥황(玉皇)의 부인이라도 공경ᄒᆞᆯ ᄯᅳᆺ이 업ᄉᆞ니 즉시 드리다라 그 욕ᄒᆞᄂᆞᆫ 닙을 무즈리며 혀ᄅᆞᆯ ᄲᆞ히디 못ᄒᆞ며 댱시ᄅᆞᆯ 쇄골분신(碎骨粉身)ᄒᆞ여 분을 프디 못ᄒᆞ믈 착급ᄒᆞ니 엇디 밋쳐 관홍인셔(寬弘仁恕)[27] ᄒᆞᆯ 도리ᄅᆞᆯ ᄉᆡᆼ각ᄒᆞ리오? 운각의셔 명광헌이 ᄒᆞᆫ갓 듕문(中門)이 ᄀᆞ리와실디언졍 심히 갓가오ᄃᆡ 거ᄅᆞᆷ을 옴기려 ᄒᆞᄆᆡ 몸이 ᄯᅥᆯ니고 분긔(憤
氣) 녈화(熱火) ᄀᆞᆺᄐᆞ니 뇽미(龍眉) 것구로 셔며 봉목(鳳目)이 엄엄(嚴 20면

25 월녀(越女): ‘월녀’는 미인의 대명사. 춘추시대 월나라와 오나라에는 미인이 많았던 것으로 유명하여 ‘오희월녀(吳姬越女)’라는 단어가 생겨남.

26 텬손(天孫): 천손. 천제(天帝)의 손녀라는 뜻으로, 직녀성의 별칭.

27 관홍인셔(寬弘仁恕): 규장각본에는 ‘관홍인션’으로 되어 있음.

嚴)히 둥그러 계오 협문(夾門)을 드러 경운당 난함(欄檻)을 더위잡고[28] 션ᄌᆞ(扇子)ᄅᆞᆯ 드러 창호(窓戶)ᄅᆞᆯ 두다리며 녀셩대호(厲聲大號) 왈 "텬디간(天地間)의 인ᄆᆡ골을 쁜 흉믈이 엇디 이러ᄐᆞᆺ 궁흉패셜(窮凶悖說)노 금슈이젹디ᄒᆡᆼ(禽獸夷狄之行)을 내게 더으ᄂᆞ뇨? 내 비록 용녈(庸劣)ᄒᆞ나 원슈의 ᄢᅵᄅᆞᆯ 일시도[29] 부뷔(夫婦)라 못 ᄒᆞ리니 오날노 큰 결단을 ᄂᆡ려니와 댱흉(張凶)의 ᄂᆡ실(內室)의 엇디 감히 이에 와 작난(作亂)ᄒᆞᆯ 도리 이시리오? 좌우ᄂᆞᆫ ᄲᆞᆯ니 븟드러 도라가디 아니ᄒᆞ면 셜난 등의 머리ᄅᆞᆯ 버혀 셜분(雪憤)ᄒᆞ리라."

언필(言畢)의 분긔(憤氣) 븍밧쳐 가ᄉᆞᆷ이 막히ᄆᆡ 믄득 것구러디믈 면(免)치 못ᄒᆞ니 비록 엄엄(奄奄)ᄒᆞ여 인ᄉᆞ(人事)ᄅᆞᆯ 모로ᄂᆞᆫ 가온ᄃᆡ나 그 긔상의 참엄(斬嚴)ᄒᆞ미 비컨ᄃᆡ 남산(南山)이 최최(崔崔)ᄒᆞ여 옥셕(玉石)이 암암(巖巖)ᄒᆞᆫ 듕(中) 노회(老虎) 풍운(風雲)을 디으ᄆᆡ ᄇᆡᆨ싊(百獸) 딘공(震恐)ᄒᆞᄂᆞᆫ ᄃᆞᆺ 븍ᄒᆡ(北海)의 대에(大魚) 노(怒)ᄅᆞᆯ 발(發)ᄒᆞᄆᆡ 대양(大洋)이 딘탕(震盪)ᄒᆞ여 어룡(魚龍)이 댱호(長號)ᄒᆞᄂᆞᆫ ᄃᆞᆺᄒᆞ니 어ᄂᆡ 담대(膽大)ᄒᆞᆫ 시비 나아가 븟들니오? 박시의 평ᄉᆡᆼ 쓴 긔운과 망녕된 셩딜이 존비귀쳔(尊卑貴賤)을 모로고 텬하(天下)의 내
21면 우ᄒᆡ 다시 뉘 이시리 ᄒᆞ여 쇽업ᄉᆞᆫ 댱공의 앏ᄒᆡ셔나 셩악(性惡)을 나ᄂᆞᆫ ᄃᆡ로 브려 두릴 거시 업시 ᄒᆞ며 디현대효(至賢大孝)의 어ᄉᆞ 부뷔(夫婦) 동동쵹쵹(洞洞屬屬)히 위와드믈 인ᄒᆞ여 형상 업ᄉᆞᆫ 뜻이 너모ᄌᆞ라 교랑의 죄ᄉᆞ(罪死)한 후로 슈삼 삭(朔) 튝쳑(蹴踖)ᄒᆞ던 뜻이 다

28 더위잡고: 더위잡다. 높은 곳에 오르려고 무엇을 끌어 잡다.

29 일시도: 규장각본에는 생략되어 있음.

시 잇디 아닌디라 연부인의 모ᄌᆡ(母子) 업ᄉᆞ믈 타 일장히거(一場駭擧)를 ᄆᆞ옴ᄃᆡ로 ᄇᆞ리다가 한님의 ᄒᆞᆫ번 호령으로조ᄎᆞ 유랑(乳娘) 등이 죽기를 그음ᄒᆞ여 븟드러 댱부(張府)로 가ᄂᆞᆫ디라. ᄎᆞ시(此時) 한님이 스ᄉᆞ로 졍신을 슈습(收拾)ᄒᆞ여 명광헌으로 도라오ᄆᆡ 죵뎨(從弟) 닌영이 홀노 잇ᄂᆞᆫ디라. 급히 의ᄃᆡ(衣帶)를 그ᄅᆞ고 존당(尊堂)을 향ᄒᆞ여 셕고ᄃᆡ죄(席藁待罪)ᄒᆞᆯᄉᆡ 닌영으로 ᄒᆞ여곰 왕모(王母)와 부모긔 박시 흉인(凶人)의 ᄎᆞᆷ욕난셜(慘辱亂說)이 친위(親闈)에 밋ᄌᆞ오ᄆᆡ 원슈의 ᄢᅵ를 다ᄉᆞ리디 아니시며 다시 ᄌᆞ긔(自己)의 블효를 쇽(贖)디 못ᄒᆞ온 젼(前)은 언연(偃然)이 곤계(昆季)로 머리 디어 존당의 봉시(奉侍)치 못ᄒᆞᆯ 줄을[30] 알외라 ᄒᆞᆫᄃᆡ 공ᄌᆡ 놀나[31] 급히 드러가 고(告)ᄒᆞᆯᄉᆡ ᄎᆞ일(此日) 쳐ᄉᆞᄂᆞᆫ 맛ᄎᆞᆷ 화ᄂᆡᄉᆞ의 쳥(請)ᄒᆞ믈 인ᄒᆞ여 화부로 향ᄒᆞ여시므로 좌간(座間)의 참예치 아닌디라 태부인과 화부인이 블힝ᄒᆞ믈 니긔디 못ᄒᆞ고 이공(二公)과 졔부인(諸夫人)이 댱시(張氏)를 위ᄒᆞ여 근심ᄒᆞᄂᆞᆫ디라. 태부인이 즉시 젼어왈(傳語曰) 22면

"아모 대변(大變)이 잇셔도 여뷔(汝父) 날이 져므디 아냐셔 도라오리니 기다려 의논ᄒᆞ라."

ᄒᆞᆫᄃᆡ 공ᄌᆡ 명을 바다 도로 나가거ᄂᆞᆯ 이공이 미조ᄎᆞ 나아가니 이ᄣᆡ 한님이 닌영을 존당(尊堂)의 드려보닌 후 놉흔 셩을 능히 참디 못ᄒᆞ여 좌우를 호령ᄒᆞ여 경운당 시녀를 모다 ᄌᆞᆸ아오라 ᄒᆞ며 댱쇼져긔 젼어왈

"내 블힝ᄒᆞ여 금슈이적디ᄌᆞ(禽獸夷狄之子)로 ᄇᆡ필(配匹)ᄒᆞᄆᆡ 참욕

---

30 못ᄒᆞᆯ 줄을: 규장각본에는 '못ᄒᆞ믈'로 되어 있음.

31 놀나: 규장각본에는 생략되어 있음.

픠셜(慘辱悖說)이 냥친(兩親)긔 밋ᄌᆞ오니 뎡히 힝셰닙됴(行世入朝)홀 낫치 업ᄂᆞᆫ디라 스ᄉᆞ로 형벌ᄒᆞ여 블쵸관영디죄(不肖貫盈之罪)를 쇽(贖)고ᄌᆞ ᄒᆞ거니와 그ᄃᆡ의 죄 ᄯᅩ 어ᄃᆡ 밋쳣ᄂᆞ뇨? 흉언패셜(凶言悖說)을 ᄎᆞ마[32] 다시 옴기디 못ᄒᆞᄂᆞ니 사ᄅᆞᆷ이 텬디간(天地間)의 머므러 흉악을 그럿틋 ᄇᆞ리고 ᄯᅩ ᄆᆞ슴 노ᄅᆞ술 못 ᄒᆞ리오? 원슈의 ᄯᆞᆯ를 일시도 부뷔(夫婦)라 못 ᄒᆞ리니 쎨니 빙ᄎᆡ(聘采) 문명(問名)을 ᄂᆡ여보ᄂᆡ며 디은 죄 팔좌(八座)의 언연(偃然)이 잇디 못ᄒᆞ리니 급히 ᄌᆞ결(自決)ᄒᆞ여 쇽죄(贖罪)ᄒᆞ라." 23면

ᄒᆞ고 ᄉᆞ예(司隸)를 ᄉᆞ디져 몬져 셜난을 듕타(重打)홀ᄉᆡ 소ᄅᆡ를 놉혀 슈죄왈(數罪曰)

"내 쳐음브터 네 집 이젹디힝(夷狄之行)을 흉히 넉여 블인(不仁)의 ᄯᆞᆯ를 취(娶)치 아니려 ᄒᆞ거ᄂᆞᆯ 변셩역명(變姓易名)ᄒᆞ고 굿ᄐᆞ여 내게 도라와 쳡쳡(疊疊)히 원슈를 디으며 궁흉패셜(窮凶悖說)이 친위(親闈)예 밋게 ᄒᆞ니 그 ᄆᆞ슴 심슐이뇨? 내 비록 용녈ᄒᆞ나 너 쳔녀노쥬(賤女奴主)를 쳐치치 못ᄒᆞ랴?"

셜파(說罷)의 호령이 산악(山岳) ᄀᆞᆺ고 위엄이 질풍뇌우(疾風雷雨) ᄀᆞᆺᄐᆞ여 미미히 고찰ᄒᆞ여 슈십 장(杖)의 니ᄅᆞᄆᆡ 셔패 혼졀ᄒᆞ여 인ᄉᆞ(人事)를 모로ᄂᆞᆫ디라. ᄭᅳ어 ᄂᆡ친 후 츈홍 등 제시ᄋᆞ(諸侍兒)를 니어 듕타ᄒᆞ여 모다 혼도(昏倒)ᄒᆞᄆᆡ ᄆᆞᆯ니치고 비로소 하리(下吏)를 명ᄒᆞ여 녜부원 최태강을 블너 셩친녹(成親錄)을 가져오라 ᄒᆞ며 필연(筆硯)

32 ᄎᆞ마: 규장각본에는 생략되어 있음.

을 나와 표(表)를 올녀 박시의 젼젼블인투악(輾轉不仁妬惡)과 댱시(張氏)로 인ᄒᆞ여 부모긔 참욕(慘辱)이 밋ᄎᆞ믈 의률쳐치(依律處置)ᄒᆞᆯ 바를 초(草) 잡아 녜부(禮部)의 몬져 문셔를 ᄆᆡᆫ들고 욕급친위(辱及親闈)ᄒᆞ미 칠거(七去)의 죄 업ᄉᆞ나 츌쳐이이(黜妻離異)[33]ᄒᆞ믈 고(告)ᄒᆞ여 분두(憤頭)의 ᄡᅳ기를 풍우(風雨)ᄀᆞᆺ치 ᄒᆞ더니 닌영이 나와 ᄀᆞᆯ오ᄃᆡ 24면

"쇼뎨(小弟) 발셔 나오더니 샹슉 대인(大人)이 니ᄅᆞ러 계시므로 이졔야 오과이다."

ᄒᆞ며 태부인 젼어(傳語)를 고(告)ᄒᆞ니 한님이 분노를 니긔디 못ᄒᆞ여 다시 말을 아니 ᄒᆞ고 다시 경운당의 젼어ᄒᆞ여 ᄌᆞ결쇽죄(自決贖罪)ᄒᆞ믈 ᄌᆡ촉ᄒᆞ미 급어셩화(急於星火)[34]ᄒᆞ니 공ᄌᆡ 말 븟치기 어려이 넉여 역시 졍듕(庭中)의 셧더니 경조와 쇼뷔 뎡국공으로 더브러 ᄌᆞ딜(子姪)을 거ᄂᆞ려 니ᄅᆞᄆᆡ 한님이 오히려 관(冠)을 ᄡᅳ디 아니코 니러 마ᄌᆞᆯ ᄉᆡ 이공(二公)이 함쇼왈(含笑曰)

"므ᄉᆞᆷ 연고로 졍듕의 거젹을 ᄭᆞᆯ라 ᄃᆡ죄(待罪)ᄒᆞ며 또 므ᄉᆞᆷ 일노 셩친녹(成親錄)을 가져오라 ᄒᆞ여 요란이 셔도ᄂᆞ뇨?"

한님이 창연슈루(愴然垂淚) 왈

"쇼딜(小姪)이 무상(無狀)ᄒᆞ오ᄆᆡ 무식완뷔(無識頑婦) 업슈히 넉여 믄득 니ᄅᆞ러 흉언참욕(凶言慘辱)으로 냥친(兩親)긔 밋ᄌᆞ오니 텬디간(天地間)의 여ᄎᆞ 대변(大變)이 또 어ᄃᆡ 이시리잇고? 결단ᄒᆞ여 이젹금슈디류(夷狄禽獸之類)를 머믈디 못ᄒᆞ오리니 셩친녹을 아니 가져오고

---

33 츌쳐이이(黜妻離異): 출처이이. '출처'는 아내를 내쫓는 것이고 '이이'는 이혼하는 것.

34 급어셩화(急於星火): 급어성화. 마치 별똥의 불빛처럼 급하고 빠름.

엇디 ᄒᆞ리잇가?"

냥공(兩公)이 탄왈(嘆曰)

"너의 쳐변(處變)이 경상튼 못 ᄒᆞ려니와 맛ᄎᆞᆷᄂᆡ 과도ᄒᆞᆫ디라. 어이 관 25면 홍(寬弘)ᄒᆞ믈 ᄉᆡᆼ각디 아니ᄒᆞ며 ᄯᅩ 엇디 형댱(兄丈)긔 픔달(稟達)치 아니코 ᄌᆞ젼(自專)ᄒᆞᄂᆞ뇨?"

한님이 냥슉(兩叔)의 말ᄉᆞᆷ을 듯ᄌᆞ오ᄆᆡ ᄉᆡ로이 분ᄒᆡ(憤駭)ᄒᆞ믈 니긔디 못ᄒᆞ여 ᄃᆡ왈(對曰)

"부모ᄅᆞᆯ 욕ᄒᆞᄂᆞᆫ ᄌᆞ(者)ᄂᆞᆫ 곳 원쉬(怨讐)라. 쇼딜이 원슈ᄅᆞᆯ 갑고ᄌᆞ ᄒᆞᄂᆞᆫ 바의 엇디 다른 거ᄉᆞᆯ 도라보리잇고? 이졔로 궐하(闕下)의 나아가 표(表)ᄅᆞᆯ 올닐 거시오ᄃᆡ 대인(大人)이 도라오시믈 기다리옵ᄂᆞ니 인ᄌᆞ(人子) 엇디 ᄌᆞ젼ᄒᆞᄂᆞᆫ 일이 이시리잇가? 대인이 만일 쇼딜의 ᄯᅳᆺ을 막으시면 쇼딜이 붓그리고 ᄋᆡ돌오미 블효와 통한(痛恨)ᄒᆞ믈 니긔디 못ᄒᆞ오리니 ᄎᆞᆯ하리 죽ᄉᆞ와 텬하의 블효디죄(不孝之罪)ᄅᆞᆯ 쇽(贖)고ᄌᆞ ᄒᆞᄂᆞ이다."

냥공(兩公)이 블힝ᄒᆞ믈 니긔디 못ᄒᆞ여 왈

"현딜(賢姪)의 혜아리미 그ᄅᆞ든 아니 ᄒᆞ거니와 형댱(兄丈)의 쳐치(處置)ᄒᆞ시ᄂᆞᆫ ᄇᆡ 온당(穩當)ᄒᆞᆯ 듯ᄒᆞ니 너모 고집디 말나. ᄒᆞ믈며 샹표디ᄉᆞ(上表之事)와 녜부(禮部)의 츌쳐이이(黜妻離異)ᄒᆞ므로 문셔ᄅᆞᆯ 올니믄 더옥 가(可)치 아닌가 ᄒᆞ노라."

한님이 분연ᄃᆡ왈(忿然對曰)

"이젹완부(夷狄頑婦)의 무샹ᄑᆡᄒᆡᆼ(無狀悖行)을 샹표(上表)ᄒᆞ와 딘쥬(陳奏)치 아니코 엇디 ᄒᆞ오며 츌쳐이이ᄅᆞᆯ 녜부의 고(告)치 아니코 ᄯᅩ 엇디 ᄒᆞ리잇고?"

뎡국공 상공이 납ᄎᆡ(納采) 문명(問名)이 한님 겻ᄐᆡ 노혀시믈 보고 도로혀 우어 ᄀᆞᆯ오ᄃᆡ 26면

"져 빙ᄎᆡ(聘采) 문명을 뉘라셔 가져갈가 이러ᄐᆞᆺ 븟들고 잇ᄂᆞᆫ다?"

한님이 츄연ᄃᆡ왈(惆然對曰)

"츌쳐이이ᄒᆞ올 바의 납ᄎᆡ 문명을 ᄎᆞᆺᄉᆞ오미 엇디 괴이ᄒᆞ리잇고?"

상공이 쇼왈(笑曰)

"ᄌᆡ보의 일시 분노ᄂᆞᆫ 괴이타 니ᄅᆞᆯ ᄇᆡ 아니어니와 녕존(令尊)이 어딘 며ᄂᆞ리ᄅᆞᆯ 무죄히 ᄂᆡ치디 아닐 거시오 표문(表文)이 텬졍(天庭)의 오ᄅᆞᆯ 니도 업거니와 셜ᄉᆞ 샹달(上達)ᄒᆞ미 잇셔도 셩심(聖心)이 댱시(張氏)의 효졀녈ᄒᆡᆼ(孝節烈行)을 긔특이 넉이시ᄂᆞᆫ ᄇᆡ라 엇디 모과(母過)의 쇼쇼ᄒᆞᆫ 바ᄅᆞᆯ 기녀(其女)의게 년좌(緣坐)ᄒᆞ샤 ᄌᆡ보의 원(願)을 맛치시리오?"

한님이 통한분에(痛恨憤恚)ᄒᆞ여 다시 말을 아니 ᄒᆞ며 오딕 야야(爺爺)의 도라오시믈 고ᄃᆡ(苦待)ᄒᆞ더라. ᄎᆞ일(此日) 쳐ᄉᆡ 화ᄂᆡᄉᆞ 곤계(昆季)ᄅᆞᆯ ᄎᆞᄌᆞ 그 의논ᄒᆞᄂᆞᆫ 바ᄅᆞᆯ 상확(相確)[35]ᄒᆞ여 가부(可否)ᄅᆞᆯ 뎡(定)ᄒᆞᆫ 후 ᄌᆞ당(慈堂)의 봉시(奉侍)ᄒᆞ리 업ᄉᆞᆷ과 가ᄂᆡ(家內)의 우환(憂患)이 잇셔 ᄎᆞ부(次婦)의 병이 비경(非輕)ᄒᆞ믈 일ᄏᆞ라 즉시 도라오노라 ᄒᆞᆫ ᄇᆡ ᄉᆞ이 가장 갓갑디 아닌 고로 날이 오히려 셔령(西嶺)의 걸녓 27면 ᄂᆞᆫ디라 바로 태뎐(太殿)의 드러가 ᄌᆞ부인(慈夫人)긔 뵈ᄋᆞᆸ고 반일존후(半日存候)ᄅᆞᆯ ᄆᆞᆺᄌᆞ오니 태부인이 안ᄉᆡᆨ(顔色)이 슈우(愁憂)ᄒᆞ믈 ᄀᆞᆷ초

35 상확(相確): 서로 의논하여 확정함.

디 못ᄒᆞ여 빈미탄왈(嚬眉嘆曰)

"노모(老母)의 긔거(起居)야 반일디ᄂᆡ(半日之間)의 다ᄅᆞ미 잇ᄉᆞ리오마ᄂᆞᆫ 댱쇼뷔(張少婦) 대화(大禍)ᄅᆞᆯ 만나시니 ᄒᆞᆫ갓 광ᄋᆞ의 가ᄉᆡ(家事) 완젼치 못ᄒᆞ믈 근심ᄒᆞᆯ 쁜 아니라 ᄋᆞᄒᆡ 과강(過强)ᄒᆞᆫ 셩을 ᄎᆞᆷ디 못ᄒᆞ여 쳐단(處斷)이 죵용치 못ᄒᆞᆯ가 부ᄒᆡ(府下) 딘경(震驚)ᄒᆞ니 이 엇디 져근 블ᄒᆡᆼ(不幸)이리오?"

인ᄒᆞ여 박시 니ᄅᆞ러 닌광다려 참욕(慘辱)ᄒᆞ던 바ᄅᆞᆯ 젼(傳)ᄒᆞᆫᄃᆡ 쳐ᄉᆡ 경ᄒᆡ(驚駭)ᄒᆞ나 사ᄉᆡᆨ(辭色)디 아니코 화열(和悅)이 쥬(奏)ᄒᆞ여 모친의 우려ᄅᆞᆯ 더ᄅᆞ시게 ᄒᆞ고 시ᄋᆞ(侍兒)로 ᄒᆞ여곰 한님을 블너 왈

"일이 완급경듕간(緩急輕重間)의 부ᄌᆡ(父子) 상의ᄒᆞ여 결단ᄒᆞ미 올ᄒᆞ니 ᄲᆞᆯ니 드러오라."

ᄒᆞᆫᄃᆡ 한님이 야야의 도라오신 ᄌᆞᆯ 알고 드ᄃᆡ여 명을 니어 나아가ᄃᆡ 관ᄃᆡ(冠帶)ᄅᆞᆯ 그ᄅᆞᆫ ᄎᆡ 태뎐(太殿)의 다ᄃᆞ라 복계청죄(伏階請罪)ᄒᆞ니 이공(二公)과 샹공이 뒤흘 니어 드러와 승당(昇堂)ᄒᆞ며 졔ᄉᆡᆼ(諸生)은 다 계젼(階前)의 셧ᄂᆞᆫ디라. 쳐ᄉᆡ 안ᄉᆡᆨ(顏色)이 만분화평(萬分和平)ᄒᆞ
28면 고 소ᄅᆡ 유열(愉悅)ᄒᆞ여 왈

"내 ᄋᆞᄒᆡ 엇디 죄 아닌 일의 스ᄉᆞ로 죄ᄅᆞᆯ 삼아 거죄(擧措) 괴이ᄒᆞ뇨?"

한님이 ᄌᆡᄇᆡ계슈(再拜稽首) 왈

"블쵸(不肖) 그ᄅᆞᆺ 이젹디녀(夷狄之女)ᄅᆞᆯ ᄇᆡ필(配匹)ᄒᆞ온 연고로 참욕(慘辱)이 친위(親闈)예 밋ᄉᆞ오니 이 엇디 쇼ᄌᆞ(小子)의 스ᄉᆞ로[36] 죄ᄅᆞᆯ

36 쇼ᄌᆞ(小子)의 스ᄉᆞ로: 규장각본에는 '스ᄉᆞ로 쇼ᄌᆞ의'로 되어 있음.

범(犯)ᄒᆞᆷ과 다ᄅᆞ리잇고? 댱부(張婦)【댱가(張家)의 안ᄒᆡ란 말이라[37]】의 무상(無狀)ᄒᆞ믈 텬졍(天庭)의 딘쥬(陳奏)ᄒᆞ여 뉼쳐(律處)ᄒᆞ시믈 쳥(請)ᄒᆞ오며 녜부(禮部)의 문셔ᄅᆞᆯ 올녀 츌쳐이이(黜妻離異)ᄒᆞ믈 고(告)ᄒᆞ려 ᄒᆞ오ᄃᆡ 야야의 도라오시믈 기다려 픔달(稟達)ᄒᆞ온 후 쳐결(處決)ᄒᆞ려 ᄒᆞ옵더니 날이 발셔 져므러 더ᄃᆡ믈 졀박ᄒᆞ여 ᄒᆞᄂᆞ이다."

ᄒᆞ여 긔운과 셩음(聲音)을 십분 낫초와 분긔ᄅᆞᆯ 억제ᄒᆞᄂᆞᆫ ᄇᆡ 만흐ᄃᆡ 옥면(玉面)이 여ᄒᆡ(如灰)ᄒᆞ고 노ᄉᆡᆨ(怒色)이 엄엄(嚴嚴)ᄒᆞ여 맛ᄎᆞᆷᄂᆡ 못 견ᄃᆡᄂᆞᆫ 형상이라 쳐ᄉᆡ 더옥 화평이 ᄀᆞᆯ오ᄃᆡ

"부ᄌᆞ(父子)의 ᄯᅳᆺ이 굿ᄐᆞ여 다ᄅᆞᆯ ᄇᆡ 아니오 쇼ᄌᆞ(少者)ᄂᆞᆫ 댱ᄌᆞ(長者)의 말을 조ᄎᆞ미 올흐니 네 아비 아니라도 나힌ᄌᆞᆨ 너희 두 벌이 남으니 이 곳 댱ᄌᆡ라 ᄉᆡᆼ각ᄂᆞᆫ ᄇᆡ 너의셔 나흘 ᄃᆞᆺᄒᆞ고 일이 너모 급ᄒᆞ면 후(後)의 뉘웃ᄎᆞ미[38] 잇ᄂᆞᆫ디라. 모로미 의관을 ᄀᆞᆺ초와 오ᄅᆞᆯ딘ᄃᆡ 부ᄌᆡ(父子) 29면
죵용이 가부(可否)ᄅᆞᆯ 상확(相確)고ᄌᆞ ᄒᆞᄂᆞ니 내 ᄋᆞᄒᆡ 션ᄇᆡ(先輩) 글을 닑어 효ᄌᆞ의 되(道) 친(親)을 밧들ᄆᆡ ᄆᆞᄋᆞᆷ을 편케 ᄒᆞ미 올흔 줄 알디라. 네 거동을 보니 내 ᄯᅳᆺ이 심히 블평(不平)ᄒᆞ여 깃브미 업도다."

셜파(說罷)의 닌경을 명ᄒᆞ여 한님의 관(冠)과 씌ᄅᆞᆯ 주라 ᄒᆞᆫᄃᆡ 한님이 부친의 말ᄉᆞᆷ과 긔ᄉᆡᆨ이 이러ᄐᆞᆺ 유화(柔和)ᄒᆞ시믈 보ᄆᆡ 마디못ᄒᆞ여 의관을 ᄀᆞᆺ초와 당(堂)의 오ᄅᆞᆫ 후 돗 아ᄅᆡ 계슈브복(稽首俯伏)ᄒᆞ니 쳐ᄉᆡ 명ᄒᆞ여 평신(平身)ᄒᆞ라 ᄒᆞ고 미염(美髯)을 어로만디며 미미히 우음을 먹음어 슉시냥구(熟視良久)의 왈

37 댱가(張家)의 안ᄒᆡ란 말이라: 규장각본에는 생략되어 있음.

38 뉘웃ᄎᆞ미: 규장각본에는 '뉘우치미'로 되어 있음.

"오ᄋᆡ(吾兒) 슌(舜)으로ᄡᅧ 엇더ᄒᆞ시다 ᄒᆞᄂᆞ뇨?"

한님이 다시 니러 ᄌᆡᄇᆡ왈(再拜曰)

"만고대셩(萬古大聖)이시니 유효디되(有孝之道) 오딕 슌이 착ᄒᆞ시다 ᄒᆞ니이다."

쳐ᄉᆡ 우왈(又曰)

"연즉(然則) 무왕(武王)과 무경(武庚)[39]【은(殷) 쥬(紂)의 ᄋᆞ돌이라[40]】을 ᄯᅩᄒᆞᆫ[41] 엇더타 ᄒᆞᄂᆞ뇨?"

한님이 ᄃᆡ왈(對曰)

"곤(鯤)[42]이【하우시(夏禹氏)의 아비[43]】 비록 ᄉᆞ오나오나 요(堯)와 슌이 위부복셜(爲父復雪)ᄒᆞ시미 업ᄉᆞ시니이다."

쳐ᄉᆡ 쇼왈(笑曰)

"그러ᄒᆞ다. 무경의 부(父)ᄂᆞᆫ 문왕(文王)을 가도고 ᄇᆡᆨ읍고(伯邑考)[44]ᄅᆞᆯ 【쥬(周) 문왕의 댱ᄌᆞ(長子)[45]】 죽이니 부형디쉬(父兄之讐) 이에셔 더으미 업ᄉᆞᄃᆡ 무왕이 엇디 무경을 봉(封)ᄒᆞ샤 은국(殷國) 종샤(宗社)

39 무경(武庚): 상나라 주왕의 아들. 상나라가 멸망한 뒤 도읍이었던 은(殷)에 머무르며 유민들을 다스렸고, 주의 무왕이 죽은 뒤에 주공이 성왕을 대신해 섭정을 하자 주공의 동생들과 연합하여 반란을 일으킴.

40 은(殷) 쥬(紂)의 ᄋᆞ돌이라: 규장각본에는 생략되어 있음.

41 ᄯᅩᄒᆞᆫ: 규장각본에는 생략되어 있음.

42 곤(鯤): 하나라를 세운 우임금의 아버지. 순임금 때 황하 치수에 나섰다 실패하여 처형됨.

43 하우시(夏禹氏)의 아비: 규장각본에는 생략되어 있음.

44 ᄇᆡᆨ읍고(伯邑考): 백읍고. 주 문왕의 아들이자 무왕의 형. 상나라 주왕에 의해 능지(凌遲)형을 선고받았으며, 아버지 문왕보다 먼저 죽었기 때문에 동생인 희발이 부친의 지위를 계승해 무왕이 됨.

45 쥬(周) 문왕의 댱ᄌᆞ(長子): 규장각본에는 '쥬 문왕의 종쟈라'로 되어 있음.

ᄅᆞᆯ 맛디시뇨?"

한님이 우ᄃᆡ왈(又對曰) 30면

"사ᄅᆞᆷ의 종샤(宗社)ᄅᆞᆯ 멸(滅)ᄒᆞ며 셩시(盛時)ᄅᆞᆯ ᄉᆞᆺᄎᆞ미 대셩인(大聖人)의 ᄎᆞ마 못ᄒᆞᆯ ᄇᆡ라 고로 무경을 봉(封)ᄒᆞ샤 은실(殷室)을 닛게 ᄒᆞ시미오 임의 쥬(紂)ᄅᆞᆯ 죽여 복슈ᄒᆞ미 크신ᄌᆞᆨ 무경을 ᄯᅩ 엇디 죄ᄒᆞ시리잇가?"

쳐ᄉᆡ 우쇼왈(又笑曰)

"이ᄂᆞᆫ 네 말이 올흐니 나의 소견은 너만 못ᄒᆞ거니와 ᄯᅩ 여부(汝父)의 소견은 다ᄅᆞ니 오ᄋᆞ(吾兒)ᄂᆞᆫ 아븨[46] 모황(耄荒)ᄒᆞ믈 괴이히 넉이리로다. 고쉬(瞽叟)[47] ᄉᆞ오납디 아닌ᄌᆞᆨ 슌(舜)을 엇디 어디시다 ᄒᆞ리오마ᄂᆞᆫ 그 효ᄒᆞ미 디극ᄒᆞ샤 ᄌᆞ도(子道)ᄅᆞᆯ 다ᄒᆞ시니 텬히(天下) 다 슌을 착ᄒᆞ시다 ᄒᆞ여 일 년의 셩읍(成邑)ᄒᆞ시고 삼 년의 셩도(成都)ᄒᆞ시니 외(堯) 그 디극히 어디시믈 깃그샤 텬하로ᄡᅧ 젼(傳)ᄒᆞ시며 ᄯᅩ 곤(鯤)의 ᄉᆞ오나오미 아니면 위(禹) 엇디 착ᄒᆞ시믈 알니오마ᄂᆞᆫ 그 ᄉᆞ히(四海)의 부(富)ᄒᆞᆫ 문명(文明)을 ᄃᆡ(代)ᄒᆞ시니 슌이 그 어디시믈 ᄇᆞ리디 못ᄒᆞ신 연괴(緣故)라. 여뷔 평ᄉᆡᆼ 미암(迷暗)ᄒᆞ여 아ᄂᆞᆫ ᄇᆡ 업ᄉᆞ나 셩인의 덕을 앗기고 ᄌᆡ조ᄅᆞᆯ ᄉᆞ랑ᄒᆞ시ᄂᆞᆫ 대도(大道)ᄅᆞᆯ 우러러 만분디일(萬分之一)을 ᄯᆞᆯ와 갓숩고ᄌᆞ ᄒᆞᆫ들 밋ᄎᆞ랴? 고금(古今)이 다ᄅᆞ다 ᄒᆞ거니와 당금(當今)의 사ᄅᆞᆷ이 어버이 ᄉᆞ오나오믄 고슈와 곤만 못ᄒᆞ고 ᄌᆞ식의 어질믄 방블(彷 31면

---

46 아븨: 규장각본에는 '아뷔'로 되어 있음.

47 고쉬(瞽叟): 고수. 순의 아버지. 고수가 아들 순에게 우물을 파게 한 후 순이 우물로 들어가자 우물을 메워 버렸는데, 순이 우물 옆에 굴을 파서 죽음을 면한 일이 있음.

佛)이 슌우디덕(舜禹之德)이 이시면 ᄎᆞ마 가히 ᄇᆞ릴소냐? 후ᄇᆡᆨ의 실ᄂᆡ(室內) 네 아비ᄅᆞᆯ ᄯᆞ디ᄌᆞ미 고슈의 ᄉᆞ오나옴과 곤의 홍슈(洪水)ᄅᆞᆯ 그ᄅᆞᆺ 다ᄉᆞ리ᄆᆡ 비ᄒᆞᆫᄌᆞᆨ 그 경(輕)ᄒᆞ며 듕(重)ᄒᆞ미 엇더ᄒᆞ고 현부(賢婦)의 어질미 슌우(舜禹)의 셩덕(聖德)을 니어시니 여ᄇᆡ 엇디 ᄇᆞ리리오? 내 능히 ᄇᆞ리디 못ᄒᆞᄂᆞ니 네 만일 ᄉᆞ랑ᄒᆞ여 그 슈욕(受辱)을 복셜(復雪)ᄒᆞᆯ딘ᄃᆡ 내 ᄯᅩ 너의 ᄎᆞ마 견ᄃᆡ디 못ᄒᆞᄂᆞᆫ ᄠᅳᆺ을 강박(强迫)ᄒᆞ리오마ᄂᆞᆫ 인ᄌᆡ(人子) 부모의 그ᄅᆞ미 잇셔도 세 번 간(諫)ᄒᆞ여 득(得)디 못ᄒᆞᆫᄌᆞᆨ 호이슈디(好而受之)ᄒᆞᄂᆞ니 ᄒᆞ믈며 어버이 어진 사ᄅᆞᆷ을 앗기미 므ᄉᆞᆷ 허믈이완ᄃᆡ 브ᄃᆡ 명을 거ᄉᆞ려 좇디 아닐 것가? 네 ᄂᆡᆨ이 ᄉᆡᆼ각ᄒᆞ여 보라."

한님이 브복문교(俯伏聞教)의 계슈ᄌᆡᄇᆡ(稽首再拜)ᄒᆞ고 슈루이ᄃᆡ(垂涙而對) 왈

"셩괴(誡教) 디ᄎᆞ(至此)ᄒᆞ시니 블최(不肖) 감히 므ᄉᆞᆷ 말ᄉᆞᆷ을 ᄒᆞ리잇고마ᄂᆞᆫ 이ᄂᆞᆫ 젼혀 슬하의 졍(情)을 유련(留連)ᄒᆞ샤 은혜ᄅᆞᆯ 너비 드리오고ᄌᆞ ᄒᆞ시미나 블최 져 블인음패(不仁淫悖)ᄒᆞ온 댱부(張婦)의게
32면 ᄒᆞᆫ 터럭 셜분(雪憤)을 못 ᄒᆞ오며 이 통한(痛恨)ᄒᆞᆷ과 블효ᄅᆞᆯ 어ᄂᆞ 싸ᄒᆡ ᄇᆞ흐리잇가? 댱녀(張女)ᄅᆞᆯ 초(初)의 업ᄉᆞ니로 아ᄅᆞ샤미 ᄒᆡᆼ심(幸甚)일가 ᄒᆞᄂᆞ이다."

쳐ᄉᆡ 광미(廣眉)ᄅᆞᆯ 튝합(縮合)ᄒᆞ여 블열왈(不悅曰)

"엇디 닐너든 듯디 아니ᄒᆞ고 ᄯᅩ 이 말을 ᄒᆞᄂᆞᆫ다? ᄋᆞ부(兒婦)ᄅᆞᆯ 아모리 업ᄉᆞ니로 알녀 ᄒᆞ여도 완월ᄃᆡ(玩月臺) ᄆᆡᆼ약(盟約) 후의 발셔 내 며ᄂᆞ리로 아라시며 임의 구ᄆᆡᆼ(舊盟)을 셩젼(成全)ᄒᆞ여 슬하의 니ᄅᆞᆫ 후ᄂᆞᆫ 그 셩효녈졀(誠孝烈節)을 흠복(欽服)ᄒᆞᆯ ᄲᅮᆫ 아니라 방블(彷彿)이 셩인의 덕이 잇고 흡연(洽然)이 슉완(淑婉)의 풍(風)이 가ᄌᆞ믈 친ᄋᆡ(親愛)ᄒᆞ

여 내 실노 슬하의 두믈 외람이 넉이거놀 이런 괴이훈 지앙(災殃)이 잇셔 네 뜻의 원슈로 알오미 잇ᄉᆞ니 블힝경히(不幸驚駭)ᄒᆞ미 이에 디눈 비 업ᄂᆞᆫ디라. 내 허다 긴 말노뼈 베플믄 너의 이러틋 분분졀치(憤憤切齒)ᄒᆞ미 네 몸의 욕(辱)을 한(恨)ᄒᆞ미 아니오 어버이게 욕이 밋ᄎᆞ믈 노분(怒憤)ᄒᆞ여 일편도이 슈욕(受辱)을 복셜(復雪)홈만 듕(重)히 넉이고 어버이 길게 근심을 삼아 졀박(切迫)히 즐기디 아닛ᄂᆞᆫ 바룰 욱이디 아닐 거시므로 간졀이 니ᄅᆞ미 잇거놀 어이 회심(回心)ᄒᆞ미 업ᄂᆞ뇨? 내 훈갓 현부(賢婦)룰 ᄎᆞ마 샤(赦)ᄒᆞ여 도라보니디 못홀 ᄯᆞ롬만 아니라 ᄌᆞ위(慈闈) 이 일노뼈 우환(憂患)을 삼으샤 ᄋᆞ부(兒婦)룰 위ᄒᆞ여 블힝민녀(不幸憫慮)ᄒᆞ믈 니긔디 못ᄒᆞ시니 너ᄂᆞᆫ 혹ᄌᆞ(或者) 내 말을 듯디 아니미 잇셔도 나ᄂᆞᆫ ᄎᆞ마 ᄌᆞ위의 우려룰 오날놀 ᄆᆞ옴으로 홀 일을 조ᄎᆞ 더으옵디 못ᄒᆞ리니 일이 비록 온합(穩合)디 못ᄒᆞ나 구식고부(舅媳姑婦)의 졍(情)은 밧고이디 아닐디라. 네 비록 의룰 긋ᄎᆞ나 내 ᄆᆞ옴을 버히디 못ᄒᆞ미ᄂᆞᆫ 츌쳐이이(黜妻離異)가 되디 못홀 바룰 싱각디 못ᄒᆞᄂᆞ냐?" 33면

셜파(說罷)의 샹표(上表)와 문셔 쁜 거술 가져오라 ᄒᆞ여 손의 쥐고 한님을 보아 왈

"내 이룰 소화(燒火)ᄒᆞ여 업시코ᄌᆞ ᄒᆞᄃᆡ 네 긋ᄐᆞ여 텬졍(天庭)의 딘달(陳達)ᄒᆞ며 녜부(禮部)의 고장(告狀)ᄒᆞ려 ᄒᆞ면 두 번 쁘ᄂᆞᆫ 슈고룰 업게 ᄒᆞ여 이의 두리니 모로미 싱각ᄒᆞ여 ᄒᆞ라."

한님이 밋쳐 ᄃᆡ(對)치 못ᄒᆞ여셔 태부인이 위연태식(喟然太息)[48] 왈

48 위연태식(喟然太息): 한숨 쉬며 탄식하는 것. 규장각본에는 '우연티식'으로 되어 있음.

"박시의 실언실조(失言失措)ᄂᆞᆫ 족(足)히 칙망(責望)ᄒᆞᆯ ᄇᆡ 아닌 바의 너의 즐욕(叱辱)홈과 무죄ᄒᆞᆫ 셜난 등을 죽게 쳐 ᄂᆡ치미 거의 슈욕을 복셜ᄒᆞ엿거ᄂᆞᆯ 이졔 다시 나를 거시 므어시리오? 납치(納采)와 문명(問名)을 ᄎᆞᄌᆞ ᄂᆡ여가고 셩친녹(成親錄)을 녜부(禮部)의 가 가져온다 ᄒᆞ니 거죄(擧措) 크게 블가(不可)ᄒᆞᆫ디라. 다시 ᄉᆡᆼ각ᄒᆞ여 아비의 경계를 드ᄅᆞ며 노모(老母)의 댱ᄋᆞ(張兒)를 위ᄒᆞᆫ 근심을 덜면 이 가히 회(孝) 아니랴?"

한님이 왕모(王母)의 우ᄉᆡᆨ(憂色)을 쳠망(瞻望)ᄒᆞ고 야야(爺爺)의 말ᄉᆞᆷ을 밧ᄌᆞ오ᄆᆡ ᄌᆞ긔(自己) 분노를 플 길히 업ᄂᆞᆫ디라. 박시 더옥 긔탄(忌憚)이 업ᄉᆞᆯ디라 통한에분(痛恨恚憤)ᄒᆞ미 이에 더으미 업ᄉᆞᄃᆡ 텬셩(天性)이 탁별(卓別)이 효슌(孝順)ᄒᆞᆫ 밧긔 가풍(家風)의 슉슉(肅肅)ᄒᆞᆫ 녜뫼(禮貌) 친명(親命)을 위역(違逆)ᄒᆞ미 이상ᄒᆞᆫ 변괴(變故)로 아ᄂᆞᆫ디라 야야의 슌슌간졀(諄諄懇切)ᄒᆞ신 말ᄉᆞᆷ 가온ᄃᆡ 니ᄅᆞ시ᄂᆞᆫ 바를 듯디 아닌즉 부ᄌᆞ(父子)의[49] 친ᄋᆡ(親愛) 소(疎)ᄒᆞᆯ디라 크게 경황(驚惶)ᄒᆞ여 ᄌᆡᄇᆡ계슈(再拜稽首) 왈

"흉강(凶强)ᄒᆞᆫ 완부(頑婦)의 참욕난셜(慘辱亂說) 됴흔 드시 바드며 공슌히 머리를 굽혀 ᄒᆞᆫ 터럭 긋도 갑디 못ᄒᆞ올 ᄇᆡ 쇼ᄌᆞ(小子)의 용녈무상(庸劣無狀)ᄒᆞ온 밧긔 블회(不孝) 뫼 ᄀᆞᆺᄉᆞ오나 왕뫼 일노뼈 우려ᄒᆞ시고 대인(大人) 명괴(名教) 슌슌(巡巡)이 은혜를 드리오샤 쇼ᄌᆞ의 에분ᄒᆞᆫ[50] 심ᄉᆞ(心思)를 ᄉᆡᆼ각디 아니시니 쇼ᄌᆞ의 사심(私心)이 만분통

49 부ᄌᆞ(父子)의: 규장각본에는 '부ᄌᆡ'로 되어 있음.

50 에분ᄒᆞᆫ: 규장각본에는 '분ᄒᆞᆫ'으로 되어 있음.

히(萬分痛駭)ᄒᆞ오나 셩교(誠敎)를 엇디 거역ᄒᆞ미 잇ᄉᆞ리잇고? 샹표(上表)와 녜부(禮部) 고장(告狀)을 그만 긋ᄎᆞ리이다."
쳐ᄉᆡ 희연(喜然)ᄒᆞ여 표문(表文)과 문셔를 즉시 ᄉᆞᆯ와 업시ᄒᆞ며 상부인긔 뭇ᄌᆞ와 ᄀᆞᆯ오ᄃᆡ
"니현부와 졔딜녀(諸姪女) 등이 모다 어ᄃᆡ 갓ᄂᆞ니잇가? 쇼뎨(小弟) 댱쇼부(張少婦)를 보고 위로코ᄌᆞ ᄒᆞ옵ᄂᆞ니 딜녀 등이 이시면 경운당의 몬져 통(通)코ᄌᆞ ᄒᆞᄂᆞ이다."
상부인이 츄연왈(惆然曰)
"댱시(張氏) 그 모친의 왓실 ᄯᅢ의는 혼도(昏倒)ᄒᆞ여 인ᄉᆞ(人事)를 모로다가 닌광이 셔파 등을 즐타(叱打)홀 즈음의야 비로소 ᄭᆡ여 비실(鄙室)의 셕고ᄃᆡ명(席藁待命)ᄒᆞᄆᆡ 소시 ᄯᅩᄒᆞᆫ 안연(晏然)치 못ᄒᆞ여 원군(原君)을 조ᄎᆞ 하실(下室)의 잇ᄂᆞᆫᄃᆡ 딜부(姪婦) 등이 모다 ᄋᆡᆨ화(厄禍)를 인ᄉᆞᄒᆞ며 황황참참(惶惶慘慘)ᄒᆞᆫ 경상(景狀)을 위ᄒᆞ여 슬허ᄒᆞ미 각각 제 ᄋᆞᆲ히 당(當)ᄒᆞ니와 ᄀᆞᆺ치 아ᄂᆞᆫ 고로 이에 잇디 아닌디라. 현뎨(賢弟) 가보려 ᄒᆞ면 시녀 등으로 가 젼(傳)ᄒᆞ라 ᄒᆞ미 됴흘가 ᄒᆞ노라."
쳐ᄉᆡ 드ᄃᆡ여 시ᄋᆞ(侍兒)로 ᄒᆞ여곰 졔쇼져(諸小姐)의게 말을 젼ᄒᆞ여 댱시를 븟드러 경운당으로 드러가라 ᄒᆞ고 친히 ᄋᆞ부(兒婦)를 보아 위로코ᄌᆞ ᄒᆞᄂᆞᆫ ᄯᅳᆺ을 니ᄅᆞ라 ᄒᆞᆫᄃᆡ 한님이 만분블열(萬分不悅)ᄒᆞ며 댱시를 디은 죄 업시 증분(憎憤)ᄒᆞ믈 니긔디 못ᄒᆞ나 어ᄃᆡ 가 엄의(嚴意)를 막ᄌᆞᆯ나 므ᄉᆞᆷ 말을 ᄂᆡ리오? ᄒᆞᆫ갓 분(憤)을 ᄎᆞᆷ고 노(怒)를 셔려 것ᄎᆞ로 승안(承顔)ᄒᆞᄂᆞᆫ 화긔(和氣)를 디을디언졍 과연 ᄉᆞ식(辭色)을 곰초디 못ᄒᆞᄂᆞᆫ디라. 쳐ᄉᆡ ᄋᆞᄌᆞ(兒子)의 긔ᄉᆡᆨ(氣色)을 모로디 아니ᄒᆞ나 ᄯᅩᄒᆞᆫ ᄡᅳ리쳐 아ᄅᆞᆫ 쳬 아니 ᄒᆞ고 날호여 몸을 니러 운각으로 향ᄒᆞ며 한님을 36면

도라보아 왈
“셩친녹(成親錄)을 가져오디 말믈 ᄌ셔히 분부ᄒ고 쏘 납ᄎ(納采) 문명(問名)을 도로 드려보ᄂ니라.”
ᄒᆞᆫ듸 한님이 ᄉᄉ(事事)의 뜻을 셰오디 못ᄒ믈 졀졀(節節) ᄋ돌와ᄒ나 감히 위역(違逆)디 못ᄒ여 슈명(受命)ᄒ니 뎡국공 샹공이 쇼왈(笑曰)
“그만ᄒ면 ᄌ보의 셔도던[51] 거죄(擧措) 고요ᄒ도다. 향ᄀ(嚮刻)은 몹쁠 ᄇ름이 장부(丈夫)를 흔드렷더니 이졔야 딘뎡(鎭靜)ᄒ도다.”
한님은 희쇼(戲笑)의 뜻이 업셔 져두믁연(低頭默然)이러니 날호여 밧그로 향(向)ᄒᄂ디라. 쇼부공이 쇼왈
“형댱(兄丈)의 쥰졀(峻切)이 니ᄅ심과 ᄇ모(伯母)의 우려ᄒ시믈 보옵고 마디못ᄒ여 별 거조를 긋치오나 그 분(憤)인즉 일신(一身)의 튱만(充滿)ᄒ며 슈욕(受辱)을 복셜(復雪)치 못ᄒᄂ ᄋ돌오미 졔 몸을 두다려 죽고ᄌ ᄒ거ᄂᆯ 상형은 엇디 경 업순 희롱으로뼈 져의 분을 더으ᄂ뇨?”
상공이 쇼왈(笑曰)
“그 아비 아니면 기ᄌ(其子)의 거조(擧措)를 프디 못ᄒ려니와 분뇌(憤怒) 밋쳐 플니디 못ᄒ여시니 부인을 향ᄒ여 블평(不平)ᄒᆞᆫ 거죄 업디 아닐가 시븐디라. 내 말이 분 도들 일이야 어이 이시리오?”
경조공이 역쇼왈(亦笑曰)
“나히 져믄 ᄋ히나 심디(心地) 남다ᄅ미 이셔 ᄆ오 셰ᄎ고 어려온디

37면

51 셔도던: 서돌다. 서두르다, 분주하게 다니다. 규장각본에는 ‘셔두던’으로 되어 있음.

라. 친명(親命)을 거역디 못ᄒᆞ여 여러 말 닷토미 업ᄉᆞ나 그 노분(怒憤)이 새질 ᄂᆞᆯ이 머러시니 댱시(張氏)의 괴로오미 가장 오랄디라 그 부뫼(父母) 엇디 ᄯᆞᆯ의 신셰ᄅᆞᆯ 희짓ᄂᆞᆫ[52] 마얼(魔孽)[53]이 아니리오?”

태부인이 맛당ᄒᆞ믈 일ᄏᆞᄅᆞ며 댱시ᄅᆞᆯ 위ᄒᆞ여 잔잉ᄒᆞᆫ 념녀(念慮)ᄅᆞᆯ 노치 못ᄒᆞ더라.

시시(是時)의 댱쇼졔 혼졀(昏絶)ᄒᆞ여 인ᄉᆞ(人事)ᄅᆞᆯ 모로다가 계오 졍신을 슈습ᄒᆞᄆᆡ 부ᄂᆡ(府內) 요요딘경(擾擾震驚)ᄒᆞ여 유랑(乳娘)과 시녀 등을 일일히 잡아ᄂᆡ며 한님의 젼언(傳言)이 경ᄀᆡᆨ(頃刻)의 다하 죽기ᄅᆞᆯ ᄌᆡ쵹ᄒᆞ미 급어셩화(急於星火)ᄒᆞ니 비로소 모친이 니ᄅᆞ러 광언패셜(狂言悖說)노 구고(舅姑)와 한님을 무한즐욕(無限叱辱)ᄒᆞ여 변 38면
(變)을 니ᄅᆞ혀고 도라가시믈 드ᄅᆞᄆᆡ 스ᄉᆞ로 죄ᄅᆞᆯ 범(犯)ᄒᆞᆷ도곤 더어 참황(慘惶)ᄒᆞᆷ과 망극ᄒᆞ미 비ᄒᆞᆯ 곳이 업ᄉᆞ니 졀졀(切切)이 몸이 셰샹의 낫던 바ᄅᆞᆯ 블ᄒᆡᆼ통돌(不幸痛咄)ᄒᆞᄃᆡ 구고의 명이 업시셔 한님의 죽으믈 ᄌᆡ쵹ᄒᆞᆷ만 밧드러 칼과 노 ᄒᆡ(下) 명(命)을 ᄀᆞᆺᄎᆞ믄 ᄉᆞ쳬(事體)의 블가(不可)ᄒᆞ며 ᄌᆞ긔(自己)의 명이 스ᄉᆞ로 죽으랴 셔도디 아냐도 ᄉᆞᆯ기 어려오므로 그음이 딘(盡)ᄒᆞᆯ 날을 기다리고 즉시 혼셔(婚書)와 빙믈(聘物)을 밧드러 ᄂᆡ여보ᄂᆡᆫ 후 쳥상(靑裳)과 단의(單衣)로뼈 비실(鄙室)의 ᄒᆞᆫ 닙 거젹을 ᄂᆡᆺ그러 ᄉᆞ죄(死罪) 듕슈(重囚)로 ᄌᆞ쳐(自處)ᄒᆞ니 소시 이 거동을 보ᄆᆡ 기실(其實)은 ᄌᆞ긔의 빌미로 니러난 연괴(緣故)라 죄ᄅᆞᆯ ᄡᆞ흔 ᄃᆞᆺ 블안ᄒᆞ믈 니긔디 못ᄒᆞ며 원군(原君)이 셕고ᄃᆡ죄

52 희짓ᄂᆞᆫ: 희짓다. 남의 일에 방해가 되게 하다. 규장각본에는 ‘모ᄃᆡᆺᄂᆞᆫ’으로 되어 있음.

53 마얼(魔孽): 마귀.

(席藁待罪)ᄒᆞᄆᆡ ᄉᆞ체의 안연(晏然)치 못ᄒᆞ여 역시 관패(冠佩)[54]ᄅᆞᆯ 그ᄅᆞ고 부인을 븟드러 거젹 아ᄅᆡ 뫼실ᄉᆡ 니부인과 상·화 등 제ᄉᆞ쇼괴(娣姒小姑) 일시의 모다 경상(景狀)의 참참(慘慘)ᄒᆞ믈 위ᄒᆞ여 ᄎᆞ셕(嗟惜)ᄒᆞ며 한님의 박졀(迫切)ᄒᆞᆫ 젼어(傳語)ᄅᆞᆯ 그윽이 아쳐ᄒᆞ여 뉴부인 옥교와 연부인 슉교ᄂᆞᆫ 눈믈을 나리와 한탄왈(恨嘆曰)

39면 "ᄒᆞᆫ 조각 허믈이 업ᄉᆞ믈 모로디 아닛ᄂᆞᆫ 바로ᄡᅧ 엇디 ᄎᆞ마 이런 말을 ᄒᆞ리오? ᄎᆞ(此)ᄂᆞᆫ 인졍(人情)이 아니로다."

ᄒᆞ고 모다 댱시(張氏)ᄅᆞᆯ 위ᄒᆞ여 슬허ᄒᆞ며 근심ᄒᆞ믈 각각 압ᄒᆡ 당(當)ᄒᆞᆫ 바 ᄋᆡᆨ화(厄禍)의 디지 아니커ᄂᆞᆯ 항ᄎᆞ 니쇼져ᄂᆞᆫ 남모로ᄂᆞᆫ 고상(苦狀)과 깁흔 근심을 홀노 당ᄒᆞ여 일시도 안한(安閑)ᄒᆞ믈 엇디 못ᄒᆞᄂᆞᆫ ᄇᆡ라 댱시의 이 ᄀᆞᆺᄐᆞ믈 보ᄆᆡ 츄연(惆然)이 늣겨 옥뉘(玉淚) 나리믈 ᄊᆡ닷디 못ᄒᆞ더니 존구(尊舅)의 명이 댱시ᄅᆞᆯ 븟드러 경운당으로 도라가라 ᄒᆞ고 친히 니ᄅᆞ러 위로코ᄌᆞ ᄒᆞ믈 닐너시니 제쇼졔(諸小姐) 크게 다ᄒᆡᆼᄒᆞ여 일시의 댱쇼져ᄅᆞᆯ 븟드러 운당으로 도라가믈 일ᄏᆞᄅᆞ며 니쇼졔 ᄯᅩᄒᆞᆫ 존구의 명이 계시믈 젼(傳)ᄒᆞᆫᄃᆡ 댱시 즐겨 움ᄌᆞᆨ이디 아냐 ᄀᆞᆯ오ᄃᆡ

"존구의 늉은혜ᄐᆡᆨ(隆恩惠澤)이 이에 밋ᄎᆞ실ᄉᆞ록 쳡(妾)의 블초무상(不肖無狀)ᄒᆞ미 텬디(天地) ᄉᆞ이의 용납디 못ᄒᆞᆯ 죄ᄅᆞᆯ 범(犯)ᄒᆞ여시믈 ᄉᆡᆼ각건ᄃᆡ 므ᄉᆞᆷ ᄆᆞ음으로 안연이 쥬루고ᄃᆡ(朱樓高臺)[55]의 평상(平常)ᄒᆞᆫ 사ᄅᆞᆷ ᄀᆞᆺᄐᆞ리잇고? 오ᄃᆡᆨ 비실(鄙室)의 업ᄃᆡ여 죽으믈 기다릴 ᄲᅳᆫ이로소이다."

54 관패(冠佩): 쓰개와 노리개 등.

55 쥬루고ᄃᆡ(朱樓高臺): 주루고대. 화려한 누각과 높이 쌓은 대.

니쇼졔 왈

"블연(不然)ᄒᆞ다. 부인의 참황(慘惶)ᄒᆞᆫ 심ᄉᆞ(心思)의 이러ᄒᆞ미 괴이 40면
치 아니커니와 존구대인(尊舅大人)이 명ᄒᆞ샤 부인을 운당으로 도라
가게 ᄒᆞ라 ᄒᆞ시고[56] 친히 니ᄅᆞ샤 부인을 위로ᄒᆞ믈 닐너 계시니 부인이
침당(寢堂)으로 도라가디 아니면 존구대인이 비실(鄙室)노 님(臨)ᄒᆞ
실디라. 더옥 황공ᄒᆞᆫ 일이니 ᄎᆞᆯ하리 경운당 계졍(階庭)의 ᄃᆡ죄(待罪)
ᄒᆞ미 올흘가 ᄒᆞᄂᆞ이다."

댱시(張氏) 일이 그러ᄒᆞ믈 ᄭᆡ다라 다시 거젹을 닛그러 운당 계졍의 니ᄅᆞᆯ시 소시 ᄯᅩᄒᆞᆫ 뒤흘 조ᄎᆞ시며 졔쇼졔(諸小姐) 일시의 운당으로 향ᄒᆞ더니 쳐ᄉᆡ 니ᄅᆞ러 댱·소 이인(二人)의 복디쳥죄(伏地請罪)ᄒᆞ믈 보고 츄연(惆然)이 됴흔 빗치 업셔 좌우로 ᄒᆞ여곰 븟드러 올니라 ᄒᆞ며 댱시ᄅᆞᆯ 향ᄒᆞ여 왈

"ᄋᆞᄌᆞ(兒子)의 거죄(擧措) 요란ᄒᆞ니 현부(賢婦)의 도리 안안(晏晏)치
못ᄒᆞ려니와 졔 우히 내 잇셔 식부(息婦)의 허믈이 ᄒᆞᆫ 조각 업ᄉᆞ믈 닐
너 과거(過擧)ᄅᆞᆯ 긋치게 ᄒᆞ엿ᄂᆞ니 현부ᄂᆞᆫ 모로미 안심ᄒᆞ여 승당(昇
堂)ᄒᆞ라. 내 임의 시녀로 말을 젼ᄒᆞ여 현부로 ᄒᆞ여곰 이러치 말고ᄌᆞ
ᄒᆞ거ᄂᆞᆯ 엇디 이 ᄀᆞᆺᄐᆞᆫ 거조로ᄡᅧ 날을 보ᄂᆞ뇨? 현뷔 무죄히 ᄃᆡ명(待命) 41면
ᄒᆞ믈 보니 아심(我心)이 심히 블평ᄒᆞᆫ디라. ᄋᆞᄌᆡ 셜ᄉᆞ 조급ᄒᆞ고 블통
(不通)ᄒᆞ여 식부의게 인졍(人情) 밧 싀포(猜暴)히 굴미 잇셔도 현부
ᄂᆞᆫ 싀아뷔 ᄠᅳᆺ을 ᄉᆡᆼ각ᄒᆞ여 일양(一樣) 듕도(中道)ᄅᆞᆯ ᄒᆡᆼᄒᆞ여 과도치 아

---

56 부인을 운당으로 ~ ᄒᆞ라 ᄒᆞ시고: 규장각본에는 '운당으로 도라가라 ᄒᆞ시고'로 되어 있음.

니미 올흐니라.”

ᄒᆞ니 셩음(聲音)이 화평ᄒᆞ며 안식이 유열(愉悅)ᄒᆞ여 년ᄋᆡ(憐愛)ᄒᆞ미 유유권권(柔柔眷眷)ᄒᆞ여 친ᄉᆡᆼ교옥(親生嬌玉)의 감(減)ᄒᆞ미 업ᄂᆞᆫ디라. 댱쇼졔 졍계(庭階)의 업ᄃᆡ여 존구(尊舅)의 은혜로온 교어(敎語)ᄅᆞᆯ 듯ᄌᆞᆸ고 다시 니러 ᄌᆡᄇᆡ(再拜)ᄒᆞᄆᆡ 감격ᄒᆞ미 골슈(骨髓)의 박히며 젼뉼(戰慄)ᄒᆞ고 참황(慘惶)ᄒᆞ미 비길 곳이 업ᄉᆞ나 스ᄉᆞ로 념치(廉恥) 상진(喪盡)ᄒᆞᆫ 사ᄅᆞᆷ이 될디언졍 엄구(嚴舅)의 명을 여러 번 위역(違逆)디 못ᄒᆞ여 쳔만(千萬) 브득이 승당브복(昇堂俯伏)ᄒᆞᆫᄃᆡ 쳐ᄉᆡ 광슈(廣袖)로조ᄎᆞ 소슈(素手)ᄅᆞᆯ ᄂᆡ여 쇼져의 옥슈(玉手)ᄅᆞᆯ 잡으며 믄득 희허탄식(噫歔嘆息) 왈

“너의 조흔험ᄋᆡᆨ(阻釁險厄)ᄒᆞ미 남다ᄅᆞᆫ 연고로 몬져 겻근 ᄇᆡ 혈육디신(血肉之身)의 견ᄃᆡ디 못ᄒᆞᆯ ᄇᆡ로ᄃᆡ 오히려 쇼쇼여ᄋᆡᆨ(小小餘厄)이 미딘(未盡)ᄒᆞ여 이ᄀᆞᆺ치 난안(赧顔)ᄒᆞᆫ 경계ᄅᆞᆯ 당ᄒᆞ니 엇디 ᄎᆞ홉디[57] 아니리
42면 오? 비록 네 심ᄉᆡ(心思) 황황(遑遑)ᄒᆞ여 아모리 ᄒᆞᆯ 바ᄅᆞᆯ 아디 못ᄒᆞ나 존당(尊堂)과 우리 부뷔(夫婦) 현부(賢婦)의 대효슉ᄒᆡᆼ(大孝淑行)을 깁히 알고 합문남녜(闔門男女) ᄋᆞ부(兒婦)의 허믈 업ᄉᆞ믈 니ᄅᆞ니 므어시 븟그러오미 잇ᄉᆞ리오? ᄂᆡ광이 본ᄃᆡ 셩되(性度) 편급(偏急)ᄒᆞ여 군ᄌᆞ의 화홍(和弘)ᄒᆞᆫ 덕이 브족(不足)ᄒᆞ며 협쳔과강(狹淺過强)ᄒᆞᆫ 거죄(擧措) 업지 아니ᄒᆞ거니와 현부의 뇨됴유한(窈窕幽閑)ᄒᆞᆫ 덕ᄒᆡᆼ(德行)은 제라도 모ᄅᆞᆯ 거시 아니니 현부ᄂᆞᆫ 내 말을 결단 업고 우몽(愚蒙)ᄒᆞ므

57 ᄎᆞ홉디: 차홉다. 매우 슬퍼 탄식할 때 쓰는 말. 여기서는 안타깝다는 뜻으로 쓰임.

로 아디 말며 ᄎᆞ역(此亦) 현부의 ᄋᆡᆨ슈(厄數)ᄅᆞᆯ 마ᄌᆞ 격ᄂᆞᆫ ᄇᆡ믈 ᄉᆡᆼ각ᄒᆞ여 병톄(病體)ᄅᆞᆯ 샹손(傷損)치 말고 됴호(調護)ᄒᆞ믈 등한이 말나."

언필(言畢)의 친히[58] 쇼져ᄅᆞᆯ 니ᄅᆞ혀 방듕(房中)으로 들믈 명ᄒᆞ며 소시ᄅᆞᆯ 도라보아 ᄀᆞᆯ오ᄃᆡ

"현뷔(賢婦) 셕고ᄃᆡ명(席藁待命)ᄒᆞᄆᆡ 네 도리 안연무ᄉᆞ(晏然無事)치 못ᄒᆞ려니와 식뷔(息婦) 임의 침방(寢房)으로 들고 네 ᄉᆞᄉᆞ로 허믈이 업ᄂᆞ니 엇디 관패(冠佩)ᄅᆞᆯ 업시ᄒᆞ여 죄듕(罪中)의 잇슴 ᄀᆞᆺᄐᆞ미 올흐리오? 모로미 복ᄉᆡᆨ(服色)을 곳쳐 평상(平常)케 ᄒᆞ며 좌우ᄅᆞᆯ 도라보니 댱식부의 시녀로 일홈ᄒᆞᆫ 거ᄉᆞᆫ 목젼(目前)의 어른기미 업ᄂᆞᆫ디라 ᄋᆞᄌᆞ(兒子)의 패광과도(悖狂過度)ᄒᆞ미 댱시(張氏)의 유랑(乳娘) 시ᄋᆞ(侍兒)ᄅᆞᆯ 다 각별듕장(各別重杖)ᄒᆞ여 죽엄이 되여시믈 짐작ᄒᆞ나 ᄀᆞᆺᄐᆞ여 므ᄅᆞᆯ ᄇᆡ 아니니 네 아딕 난취로 더브러 좌우의 잇셔 구호ᄒᆞ라." 43면

ᄒᆞ고 즉시 약을 주어 달혀 오라 ᄒᆞ여 친히 온닝(溫冷)을 맛초와 쇼져ᄅᆞᆯ 먹인 후 난취ᄅᆞᆯ 블너 혼셔(婚書)와 빙폐(聘幣)ᄅᆞᆯ 도로 드려오라 ᄒᆞᆫᄃᆡ 이ᄯᅢ 한님이 분긔(憤氣) 막힐 ᄃᆞᆺᄒᆞ나 부명(父命)을 위역(違逆)디 못ᄒᆞ여 ᄒᆞᆫ 말을 아니코 ᄀᆞ장 슌편(順便)ᄒᆞᆫ ᄃᆞ시 빙폐 문명(問名)을 도로 드려보ᄂᆡ니 쳐ᄉᆡ 쇼져ᄅᆞᆯ 주어 두엇던 곳의 도로[59] 너흐라 ᄒᆞ며 다시곰 경계ᄒᆞ여 안심됴호(安心調護)ᄒᆞ믈 당부ᄒᆞ니 쇼제 감은골슈(感恩骨髓)ᄒᆞ고 황공튝쳑(惶恐踧踖)ᄒᆞ여 슌슌(順順)히 ᄇᆡ샤(拜謝)ᄒᆞᆯ ᄯᆞ름이오 감히 일언(一言)을 ᄃᆡ(對)치 못ᄒᆞ더라. 날호여 쳐ᄉᆡ 츌외(出

---

58 친히: 규장각본에는 생략되어 있음.

59 도로: 규장각본에는 생략되어 있음.

外)ᄒᆞ미 화부인과 슉당(叔堂) 졔부인(諸夫人)이 모다 니ᄅᆞ러 ᄒᆞᆫ갈ᄀᆞᆺ치 위로ᄒᆞ며 년ᄋᆡ(憐愛)ᄒᆞ여 그 황황(惶惶)ᄒᆞ고 참참괴치(慘慘愧恥)ᄒᆞᆫ 심ᄉᆞ(心思)ᄅᆞᆯ 잔잉ᄒᆞ여 화부인은 친녀(親女)의 ᄋᆡᆨ화(厄禍)ᄅᆞᆯ 근심ᄀᆞᆺᄐᆞ니 쳘업ᄉᆞᆫ 박시의 변모(變貌) 업ᄂᆞᆫ[60] 욕셜을 몽니(夢裏)의나 거리ᄭᅵ미 잇ᄉᆞ리오? 더옥 그 병이 듕(重)ᄒᆞ믈 우려ᄒᆞ여 만ᄉᆞ(萬事)ᄅᆞᆯ 파탈(擺脫)ᄒᆞ며 심녀(心慮)ᄅᆞᆯ 요동치 말믈 일ᄏᆞᄅᆞ니 쇼졔 구고(舅姑)와 슉당의 은ᄐᆡᆨ(恩澤)을 망극ᄒᆞ여 도로혀 갑ᄉᆞ올 바ᄅᆞᆯ 모로거ᄂᆞᆯ 태부인이 보유(補遺)ᄒᆞᆯ 딘미(珍味)와 청상(淸爽)ᄒᆞᆫ 과실을 보ᄂᆡ여 힘ᄡᅧ 나오고 슈히 가복(可復)ᄒᆞ믈 당부ᄒᆞ니 쇼졔 딘실노 먹어 ᄉᆞᆯ고져 ᄯᅳᆺ이 업ᄉᆞ나 존당(尊堂) 은우(恩遇)와 구고의 덕의(德義)[61]ᄅᆞᆯ 져ᄇᆞ리디 못ᄒᆞ여 거ᄉᆞ리는 바ᄅᆞᆯ 강인(强忍)ᄒᆞ니 화부인이 ᄌᆡ삼(再三) 됴호ᄒᆞ믈 당부ᄒᆞ며 졔부인으로 더브러 존당으로 향ᄒᆞᆯ시 소시와 난취ᄅᆞᆯ 명ᄒᆞ여 이에셔 구호ᄒᆞ믈 게얼니 말나 ᄒᆞ더라. ᄎᆞ시(此時) 한님이 ᄇᆡᆨ만 댱(丈)이나 놉흔 분(憤)과 쳘골(徹骨)ᄒᆞᆫ 노긔(怒氣)ᄅᆞᆯ 호발(毫髮)도 셜(雪)치 못ᄒᆞ고 통한(痛恨)과 증홰 댱쇼져긔 도라디니 엇디 부부의 듕(重)ᄒᆞᆫ 의(義)와 ᄉᆞᄉᆡᆼ(死生)을 동결(同結)코져 ᄒᆞ던 ᄌᆞ별(自別)ᄒᆞᆫ ᄯᅳᆺ이 츄호(秋毫)나 이시리오? 이날 군죵형뎨(群從兄弟) 다 혼뎡(昏定)의 드러가기ᄅᆞᆯ 기다려 이에 셔동(書童)으로 ᄒᆞ여곰 경운당 시녀 듕의 잠간 정신을 슈습(收拾)ᄒᆞ여 말을 젼(傳)ᄒᆞᆯ 만ᄒᆞᆫ ᄌᆡ(者) 잇거든 비록 ᄒᆡᆼ

44면

60 변모(變貌) 업ᄂᆞᆫ: 변모없다. 체면을 돌보지 않고 말이나 행동을 거리낌 없이 함부로 하는 태도가 있다.

61 덕의(德義): 규장각본에는 '은의'로 되어 있음.

뵈(行步) 녜ᄉᆞ롭디 못ᄒᆞᆯ디라도 ᄭᅳ어오라 ᄒᆞ니 셔동이 슈명ᄒᆞ고 ᄒᆡᆼ각 (行閣)의 나와 ᄉᆞᆯ핀ᄌᆞᆨ 셔파ᄂᆞᆫ 반ᄉᆡᆼ반ᄉᆞ(半生半死)ᄒᆞ여 인ᄉᆞ(人事)ᄅᆞᆯ 45면
모로며 홍영 등 제시ᄋᆞ(諸侍兒)ᄂᆞᆫ 죽엄이 되여시ᄃᆡ 홀노 녹셤이 잠간 졍신을 ᄎᆞᆯ혀 쇼져의 좌우의 황연(荒然)이 뫼신 ᄌᆞ(者) 업ᄉᆞᆯ 바ᄅᆞᆯ ᄉᆡᆼ각 고 계오 움ᄌᆞ여 운당으로 드러가고ᄌᆞ ᄒᆞ더니 셔동이 한님 명(命)을 젼 (傳)ᄒᆞ며 나가ᄌᆞ ᄒᆞᆫᄃᆡ 녹셤이 유랑(乳娘) 등 보다가 잠간 맛기ᄅᆞᆯ 덜ᄒᆞ 믄 소부로조ᄎᆞ 온 연괴(緣故)러니 다시 브ᄅᆞ믈 당ᄒᆞᄆᆡ 반ᄃᆞ시 죽으량 으로 아라 통원(痛冤)ᄒᆞ미 더으나 부인의 황황망망(遑遑茫茫)ᄒᆞᆫ 심 ᄉᆞ(心思)ᄅᆞᆯ ᄉᆡᆼ각ᄒᆞᄆᆡ 홀노 ᄉᆞᆯ고ᄌᆞ ᄯᅳᆺ이 업셔 셔동을 조ᄎᆞ 명광헌 계 젼(階前)의 브복(俯伏)ᄒᆞᆫᄃᆡ 한님이 튱만(充滿)ᄒᆞᆫ 분뇌(憤怒) 조곰도 프러디미 업셔 일빵(一雙) 봉미(鳳眉)ᄅᆞᆯ 움ᄌᆞ이ᄆᆡ 냥졍(兩睛) 츄파 (秋波)의 영ᄎᆡ(映彩) 발양(發揚)ᄒᆞ여 녀셩엄ᄆᆡ(厲聲嚴罵) 왈

“여쥐(汝主) 완한무디(頑漢無知)ᄒᆞ며 흉패극악(凶悖極惡)ᄒᆞᆫ 이젹(夷 狄)이 ᄌᆞ로 ᄒᆞᆫ 조각 념치(廉恥) 아니ᄒᆞ나 오히려 인ᄆᆡ골을 므릅쁜 바 로 우리 친위(親闈)예 그 갓ᄐᆞᆫ 참욕(慘辱)을 깃쳐 날노 더브러 쳡쳡 (疊疊)히 원슈ᄅᆞᆯ 짓고 안연(晏然)이 팔좌(八座)의 거(居)치 못ᄒᆞᆯ ᄡᅳᆫ
아니라 셰(勢) 냥닙(兩立)디 못ᄒᆞᆯ ᄇᆡ 되여 내 ᄉᆞᆫᄌᆞᆨ 여쥬ᄅᆞᆯ 죽이고 견 46면
ᄃᆡᆯ ᄇᆡ오 여쥐 내 집의 됴히 머믈녀 ᄒᆞᆫᄌᆞᆨ 내 과연 블효관영지죄(不孝 貫盈之罪)ᄅᆞᆯ 니긔디 못ᄒᆞ여 죽어 모로미 될디라. 이러므로 ᄲᆞᆯ니 ᄌᆞ결 쇽죄(自決贖罪)ᄒᆞ믈 닐너시ᄃᆡ 완한무디ᄒᆞ미 그 이젹 ᄀᆞᆺᄐᆞᆫ 부모ᄅᆞᆯ 젼 습(傳襲)ᄒᆞ여 호발(毫髮)을 요동ᄒᆞ미 업시 우리 존당친위(尊堂親闈) 예 활은늉튁(濶恩隆澤)을 의디ᄒᆞ여 도로혀 날을 제어(制御)ᄒᆞ며 ᄯᅳᆺ 을 ᄉᆡᆨ딜너 양양(揚揚)히 ᄉᆞᆯ기ᄅᆞᆯ 영화(榮華)로이 넉이고 죽기ᄅᆞᆯ 고염

(苦厭)ᄒᆞ니 텬디간(天地間)의 이런 념치(廉恥) 또 어ᄃᆡ 이시리오? 내 이제 셰 가지 죽을 거ᄉᆞᆯ 주ᄂᆞ니 스ᄉᆞ로 취ᄒᆞ여 짐쥬(鴆酒)의 고요히 맛고ᄌᆞ 아니 ᄒᆞ거든 단검(短劍)의 ᄌᆞ문(自刎)ᄒᆞ고 날을 괴로이 넉이거든 셕 ᄌᆞ 깁의 결항(結頸)ᄒᆞ여 슈히 죽어 속죄ᄒᆞ며 브졀업시 셰샹을 뉴련(留連)ᄒᆞ여 날노 ᄒᆞ여곰 친히 칼과 노ᄅᆞᆯ 가져 핍살ᄒᆡ인(逼殺害人)ᄒᆞᄂᆞᆫ 박ᄒᆡᆼ(薄行)이 잇게 말나 젼ᄒᆞ라."

셜파(說罷)의 일긔(一器) 짐쥬(鴆酒)와 삼 쳑(尺) 흰 깁과 요하(腰下)의 ᄑᆡ도(佩刀)ᄅᆞᆯ 글너 셔동(書童)으로 ᄒᆞ여곰 경운당 듕문(中門) 밧
47면 긔 가 녹셤을 주어 드려보ᄂᆡ니라 ᄒᆞ고 쇼져의 회답(回答)을 즉시 와 고(告)ᄒᆞ라 ᄒᆞ며 녹셤의 ᄃᆡ답(對答)을 기다리디 아니코 급급히 쓰어 운당으로 보ᄂᆡ니 녹셤이 쥬인(主人)을 ᄃᆡ(代)ᄒᆞ여 한님이 보ᄂᆞᆫᄃᆡ 짐쥬(鴆酒)ᄅᆞᆯ 마셔 여ᄎᆞ망극(如此罔極)ᄒᆞᆫ 션어(傳語)ᄅᆞᆯ 쇼져긔 전(傳)치 말고ᄌᆞ ᄒᆞᄃᆡ 짐쥬ᄅᆞᆯ 셔동이 가져시며 밋쳐 말을 못 ᄒᆞ여셔 쓰어 ᄂᆡ치니 ᄒᆞᆫ갓 망망비원(茫茫悲怨)ᄒᆞ믈 픔어 계오 운당으로 드러올ᄉᆡ 쇼져의 쳐변(處變)이 죵용치 아닐 바ᄅᆞᆯ 근심ᄒᆞ나 마디못ᄒᆞ여 짐쥬와 칼과 깁을 탁ᄌᆞ(卓子) 우ᄒᆡ 노코 쇼져 앏ᄒᆡ 나아가 통읍(痛泣)ᄒᆞ믈 마디 아니ᄒᆞ니 쇼졔 츄파(秋波)ᄅᆞᆯ 드러보고 날호여 문왈(問曰)

"쥬군(主君)의 젼에(傳語) 이실딘ᄃᆡ 니ᄅᆞᆯ 거시어ᄂᆞᆯ 엇디 울며 말을 아니 ᄒᆞᄂᆞ뇨?"

셤이 한님의 젼어ᄅᆞᆯ ᄎᆞ마[62] 옴기디 못ᄒᆞ나 또 아니 고(告)치 못ᄒᆞ여 이에

62 ᄎᆞ마: 규장각본에는 생략되어 있음.

칼과 짐쥬와 깁으로뼈 촉명(促命)ᄒᆞ믈 고ᄒᆞᆯᄉᆡ 탄셩쳬읍(嘆聲涕泣) 왈 "비ᄌᆞ(婢子) 블튱무상(不忠無狀)ᄒᆞ와 이러ᄐᆞᆺ 망극ᄒᆞ온 젼어롤 안연(晏然)이 고ᄒᆞ오니 그 죄 쏘ᄒᆞᆫ 죽어 쇽(贖)지 못ᄒᆞ리로소이다."

쇼졔 썅미(雙眉)롤 낫초와 듯기롤 다ᄒᆞᄆᆡ 이에 회답왈(回答曰) "쳡의 블초무상(不肖無狀)ᄒᆞᆫ 죄악이 관영(貫盈)ᄒᆞ여 부월(斧鉞)을 감심(甘心)ᄒᆞ올 ᄇᆡ니 엇디 돗 우ᄒᆡ 죵용히 죽기롤 명ᄒᆞ시믈 밧드디 아니리잇고마ᄂᆞᆫ 텬셩(天性)이 이완(弛緩)ᄒᆞ며 혼용(昏庸)ᄒᆞ여 쾌ᄒᆞᆫ 결단을 못 ᄒᆞ올 ᄲᅮᆫ 아니라 엄구(嚴舅)와 존괴(尊姑) 졍녕(丁寧) 교지(敎指)ᄒᆞ샤 죽기롤 허(許)치 아니시니 황황(遑遑)ᄒᆞ고 얼울ᄒᆞᆫ[63] 심ᄉᆞ(心思) ᄉᆞ싱(死生)을 가져 아모리 ᄒᆞᆯ 바롤 아디 못ᄒᆞᆯ디언졍 감히 구고(舅姑) 은퇵(恩澤)을 의디ᄒᆞ와 부ᄌᆞ(夫子)의 명을 위역(違逆)고ᄌᆞ ᄒᆞ미 아니라 우흐로 존당(尊堂)의 픔보(稟報)ᄒᆞ샤 의논을 뎡(定)ᄒᆞ신 후 쳡을 죽이샤 텬하(天下) 블효멸는(不孝滅倫)을 경계ᄒᆞ시고 쳡이 무상ᄒᆞ여 셰샹을 뉴련(留連)ᄒᆞᄂᆞᆫ 탐욕이 듕(重)ᄒᆞ오나 구괴 명ᄒᆞ샤 살기롤 계칙(戒飭)디 아냐 계신족 유유디지(悠悠遲遲)ᄒᆞ여 몸 우ᄒᆡ 죄롤 디으며 굿ᄐᆞ여 목숨을 도모치 아닐디라. 부ᄌᆞ의 명이 디듕(至重)ᄒᆞ시나 구고 명괴(命敎) 졍녕ᄒᆞ시믈 일시의 져ᄇᆞ리디 못ᄒᆞ여 셰 가디 죽으믈[64] 주시ᄂᆞᆫ 바롤 이에 머므ᄅᆞ고 다시 존고롤 기다려 결단코ᄌᆞ ᄒᆞᄂᆞ이다 고(告)ᄒᆞ라."

셤이 즉시 나갈ᄉᆡ 난취 ᄯᆞ니 짐쥬(鴆酒)롤 들고 명광헌으로 나오니 한님이 바야흐로 의관을 슈렴(收斂)ᄒᆞ며 뎡당(正堂)으로 향코ᄌᆞ ᄒᆞ더

48면

49면

63 얼울ᄒᆞᆫ: 얼울하다. 일이 어그러져 마음이 불안하다.

64 죽으믈: 규장각본에는 생략되어 있음.

니 녹셤이 정하(庭下)의 ᄭᅮ러 부인의 말솜을 고ᄒᆞᄂᆞ디라. 그 본심이 엇디 살고ᄌᆞ ᄒᆞ여 ᄉᆞᄂᆞᆫ ᄇᆡ 아니믈 모로리오마ᄂᆞᆫ 분노롤 플 곳이 업셔 딘목대즐(瞋目大叱) 왈

"무식완부(無識頑婦)롤 측(側)ᄒᆞ여[65] 우리 친위(親闈)롤 욕ᄒᆞ고 ᄉᆞᄉᆞ로 안연ᄒᆞ여 죽기롤 ᄉᆞᆶ결의도 ᄉᆡᆼ각디 아니ᄒᆞ며 언언(言言)이 존명(尊命)을 빙ᄌᆞ(憑藉)ᄒᆞ여 내 말을 홍모(鴻毛)ᄀᆞᆺ치 넉이니 념치(廉恥) 상딘(喪盡)ᄒᆞ고 극악ᄒᆞ미 딘실노 '유시부(有是父) 유시ᄌᆞ(有是子)며 유시모(有是母) 유시녀(有是女)라'. 내 비록 유ᄒᆡᆼ(儒行)을 일흐나 위친(爲親)ᄒᆞ여 슈욕(受辱)을 복셜(復雪)코ᄌᆞ ᄒᆞ미 엇디 머리롤 숙여 삼가고 두리미 이시리오? ᄒᆞᆫ번 날을 빗겨 이젹금슈지ᄌᆞ(夷狄禽獸之子)롤 두 조각의 ᄂᆡᆫ 후의야 긋칠 줄을 모로ᄂᆞᆫ다."

말이 맛디 아니ᄒᆞ여셔 난취 짐쥬롤 들고 나와 고두톄읍(叩頭涕泣) 왈

"상공이 ᄎᆞ마 이런 패덕(悖德)의 거조(擧措)롤 엇디 ᄒᆡᆼ(行)코ᄌᆞ ᄒᆞ시ᄂᆞ니잇가? 대쥬군(大主君)과 부인이 친님(親臨)ᄒᆞ샤 쇼져롤 여ᄎᆞ여ᄎᆞ 위로ᄒᆞ시며 귀듕년ᄋᆡ(貴重憐愛)ᄒᆞ시미 디란보옥(芝蘭寶玉)의 비(比)치 못ᄒᆞ올 바로 쳔비(賤婢) 등을 당부ᄒᆞ샤 좌우의 ᄯᅥ나디 말고 구호ᄒᆞ믈 틔만(怠慢)이 말나 ᄒᆞ여 계시거ᄂᆞᆯ 상공이 칼과 깁이며 독약으로ᄡᅧ 부인을 쵹명(促命)ᄒᆞ시니 부인이 만일 편혹(偏酷)히 ᄉᆡᆼ각이 계실딘ᄃᆡ 엇디 태산을 가져 홍모의 븟치미 되디 아니리잇고마ᄂᆞᆫ 인효홍대(仁孝弘大)ᄒᆞ시미 대쥬군(大主君)과 부인의 계칙(戒飭)을 봉승(奉

50면

65 무식완부(無識頑婦)롤 측(側)ᄒᆞ여: 규장각본에는 '무식완뷔'로 되어 있음.

承)ᄒᆞ시고 샹공의 과거(過擧)와 패덕(悖德)을 ᄀᆞ리오샤 일시의 살신ᄒᆡ명(殺身害命)을 두디 아니ᄒᆞ시니 셩ᄒᆡᆼ쳐변(性行處變)이 사ᄅᆞᆷ의 ᄎᆞᆷ디 못ᄒᆞᆯ 바ᄅᆞᆯ 능히 견ᄃᆡ시ᄂᆞᆫ디라. 쳔비 대쥬군의 명을 밧드러 쇼져 환후(患候)ᄅᆞᆯ 구호ᄒᆞ옵거ᄂᆞᆯ 상공은 ᄊᆡ마다 쇼져의 명을 ᄌᆡ쵹ᄒᆞ시니 쳔비 쇼져의 명을 ᄃᆡ(代)ᄒᆞ와 이 약을 마셔뼈곰[66] 상공의 분노ᄅᆞᆯ 일호(一毫)나 더ᄅᆞ시게 ᄒᆞ리이다."

언필(言畢)의 그ᄅᆞᆺᄉᆞᆯ 드러 닙의 다히ᄂᆞᆫ디라. 한님이 본ᄃᆡ 유모ᄅᆞᆯ 듕(重)히 넉여 ᄃᆡ졉이 심상치 아닌 고로 경동안ᄉᆡᆨ(驚動顏色)ᄒᆞ여 친히 그ᄅᆞᆺᄉᆞᆯ 아ᄉᆞ 더디며 왈

"죄당ᄉᆞ신(罪當死事)[67]즉 일긔(一器) 짐쥬(鴆酒)의 고요히 목숨을 맛ᄎᆞ미 올커ᄂᆞᆯ 굿ᄐᆞ여 ᄉᆞᆯ기ᄅᆞᆯ 탐ᄒᆞ여 어미ᄅᆞᆯ 식여 내 ᄋᆞᆲ히셔 여ᄎᆞ 괴거(怪擧)ᄅᆞᆯ ᄒᆞ게 ᄒᆞ리오? 일마다 통ᄒᆡ(痛駭)ᄒᆞᆫ디라. 댱시(張氏)의 죄과(罪過) 엇디 어미의게 당(當)ᄒᆞ뇨? 내 슈욕(受辱)을 복셜(復雪)치 못ᄒᆞᆫ 통한(痛恨)이 골졀(骨節)의 박혓ᄂᆞᆫ 바의 유뫼(乳母) ᄯᅩ 어ᄌᆞ로온 말노 내 분(憤)을 도으니 내 임의 금슈이젹디ᄌᆞ(禽獸夷狄之子)로 ᄇᆡ필(配匹)ᄒᆞ미 명되(命途) 긔궁(奇窮)ᄒᆞᆫ 연괴(緣故)라 군ᄌᆞ의 온듕(穩重)ᄒᆞᆫ 도ᄅᆞᆯ 다ᄒᆞ기 어려오니 원슈ᄅᆞᆯ 갑흘 바의 므어ᄉᆞᆯ 삼가리오? 내 손으로 이젹디츄(夷狄之酋)ᄅᆞᆯ 뉵살(戮殺)ᄒᆞ고 긋치리라." 51면

난취 비읍왈(悲泣曰)

"상공이 실덕패도(失德悖道)ᄅᆞᆯ ᄉᆡᆼ각디 아니시며 부인을 살ᄒᆡ(殺害)

---

66 마셔뼈곰: 규장각본에는 '마셔쎠'로 되어 있음.

67 죄당ᄉᆞ신(罪當死事): 죄당사사. 죄가 있어서 마땅히 죽이는 것.

ᄒᆞ샤 슈욕을 복셜홈만 쾌ᄒᆞ므로 아ᄅᆞ시니 쳡이 대쥬군(大主君)의 명을 밧ᄌᆞ와 쇼져ᄅᆞᆯ 구호ᄒᆞ다가 상공의 엄노(嚴怒)ᄅᆞᆯ 간(諫)치 못ᄒᆞ여 쇼져ᄅᆞᆯ 비명(非命)의 맛출딘ᄃᆡ 대쥬군의 치죄(治罪)ᄒᆞ시믈 기다리디 아니ᄒᆞ여셔 비ᄌᆡ(婢子) 스ᄉᆞ로 블튱(不忠)과 븟그리믈 니긔디 못ᄒᆞ여
52면 상공 면젼(面前)의셔 ᄒᆞᆫ번 죽어 미심(微心)을 ᄇᆞᆰ히리이다."

한님이 봉안(鳳眼)을 흘녀 슉시냥구(熟視良久)의 뎡ᄉᆡᆨ왈(正色曰)

"어미 날을 삼 년 졋 먹인 공이 듕(重)ᄒᆞ거니와 늙도록 인ᄉᆡ(人事) 져리 괴이(怪異)ᄒᆞᆫ 후(後)ᄂᆞᆫ 죽어도 앗갑디 아니ᄒᆞ니 죽기ᄅᆞᆯ 압셰워 날을 져히디[68] 말고 어미 ᄆᆞ옴의 혜아려 ᄉᆞᄉᆡᆼ(死生)을 아모리나 ᄒᆞ라. 부모긔 참욕(慘辱)을 닐윈 한(恨)도 복셜치 못ᄒᆞ엿거니와 내 유모ᄅᆞᆯ 마ᄌᆞ 죽게 ᄒᆞᆯ딘ᄃᆡ 셜난을 쳔참만뉵(千斬萬戮)[69]ᄒᆞ여 분(憤)을 플며 원(怨)을 갑흘 ᄯᆞᄅᆞᆷ이니 어미ᄂᆞᆫ 그만 알고 이실디어다."

셜파(說罷)의 ᄉᆞᄆᆡᄅᆞᆯ ᄯᅥᆯ쳐 존당(尊堂)으로 드러가니 유랑(乳娘)과 녹셤이 눈믈을 머음고 운각으로 도라와 쇼져ᄅᆞᆯ 구호ᄒᆞ더라. 시시(是時)의 박시 망녕(妄靈)된 언어와 밋친 거조(擧措)ᄅᆞᆯ 졍한님긔 더어 분노ᄅᆞᆯ 니ᄅᆞ혀 녀ᄋᆞ(女兒)의 대화(大禍)ᄅᆞᆯ 깃치고 도라와 죵일토록 남긔 빗기 오로며 동산의 치다라 명광헌 다히ᄅᆞᆯ ᄇᆞ라보고 다시 시녀 등을 헷쳐 졍부(程府) 소식을 듯보아 한님의 거죄 크게 요란ᄒᆞ여 영영 츌쳐
53면 이이(黜妻離異)코ᄌᆞ ᄒᆞ믈 드ᄅᆞᄆᆡ ᄯᅩᄒᆞᆫ 분ᄒᆞ고 노호으며 초삭(焦鑠)

68 져히디: 저히다. 두렵게 하다, 위협하다.

69 쳔참만뉵(千斬萬戮): 천참만륙. 천 번 베고 만 번 죽임.

ᄒᆞ고 황겁(惶怯)ᄒᆞ여 밧비 시노(侍奴)를 니부[70]의 보ᄂᆡ여 어ᄉᆞ 부인 졍시(程氏)[71]로 ᄒᆞ여곰 바로 본부(本府)로 나아가 녀ᄋᆞ(女兒)를 구호ᄒᆞ라 ᄒᆞ며 뎡히 심신을 딘뎡(鎭靜)치 못ᄒᆞ여 ᄌᆞ긔(自己) 뉘웃ᄂᆞᆫ 뜻도 업디 아니ᄒᆞ더니 날이 져믄 후 희린 형뎨(兄弟) 도라와 모친의 간 곳이 업ᄉᆞ믈 경아(驚訝)ᄒᆞ여 원님(苑林)의 ᄎᆞᄌᆞ 니ᄅᆞ러 ᄇᆡ알(拜謁)ᄒᆞ고 왈

"ᄌᆞ위(慈闈) 엇디 이의 계시니잇가?"

박시 즉시 남긔 나려 침소로 도라올ᄉᆡ ᄎᆞ마 졍부(程府)의 가 일장(一場) 욕ᄆᆡ(辱罵)ᄒᆞ고 오믈 쾌히 니ᄅᆞ디 못ᄒᆞ여 머믓머믓ᄒᆞ더니 이ᄌᆞ(二子) 다시 동산 남긔 오로미 괴이(怪異)ᄒᆞ믈 일ᄏᆞ론ᄃᆡ 박시 ᄀᆞ장 참연(慘然)ᄒᆞᆫ 빗치 잇셔 ᄀᆞᆯ오ᄃᆡ

"낸들 엇디 남긔 오로믈 즐겨 ᄒᆞ리오마ᄂᆞᆫ 졍닌광 젹ᄌᆞ(賊子) 하 변져이[72] 군다 ᄒᆞ거ᄂᆞᆯ 잠간 보려 남긔 올낫더니라."

뎡언간(正言間)의 댱공이 인옹(姻翁) 쥬쳐ᄉᆞ를 ᄎᆞᄌᆞ보고 도라오니 이ᄌᆞ 황망이 당(堂)의 나려 마ᄌᆞ며 박시 댱공이 도라오ᄆᆡ ᄒᆞᆫ 형셰(形勢)를 어든 ᄃᆞᆺᄒᆞ여 비로소 녀ᄋᆞ의 병을 보라 졍부의 갓던 말과 녀ᄋᆞᄂᆞᆫ 혼도(昏倒)ᄒᆞ여 죽엄이 되어시ᄃᆡ 시녀 밧긔 겻틔 잇ᄂᆞᆫ ᄌᆞ(者) 업고 ᄒᆞᆫ 그ᄅᆞᆺ ᄆᆡ음과 ᄒᆞᆫ 쳡 약도 ᄡᅳᄂᆞᆫ 일이 업ᄂᆞᆫ가 시브거ᄂᆞᆯ 분홈과 셜우믈 니긔디 못ᄒᆞ여 졍ᄌᆞ(程子)를 향ᄒᆞ여 두어 말노뼈 원망ᄒᆞᄆᆡ 졍ᄌᆞ ᄉᆞ오나온 셩이 블 니ᄃᆞᆺ ᄒᆞ여 날을 ᄭᅮ디져 도라보ᄂᆡ며 녀ᄋᆞ의 유랑(乳娘) 54면

70 니부: 이부. 이씨 부중. 이빈의 집.

71 어ᄉᆞ 부인 졍시(程氏): 어사 부인 정씨. 정월염.

72 변져이: 규장각본에는 '변명이'로 되어 있음.

시ᄋᆞ(侍兒) 등을 여ᄎᆞ여ᄎᆞ 듕타(重打)ᄒᆞ고 즉금(卽今) 녀ᄋᆞ롤 죽이려 셔돈다 ᄒᆞ니 텬디간(天地間)의 져런 궁흉극포(窮凶極暴)ᄒᆞᆫ 거시 어ᄃᆡ 이시리오?"

ᄒᆞ며 호통읍읍(號痛泣泣)ᄒᆞ여 분원(憤怨)ᄒᆞ믈 니긔디 못ᄒᆞ니 댱공은 딘짓 박시의 텬뎡비필(天定配匹)이라 믄득 대로대분(大怒大憤)ᄒᆞ여 고셩대언(高聲大言) 왈

"편익(偏隘)ᄒᆞᆫ 부인이 일시 말을 삼가디 못ᄒᆞ미 이신들 긔 므솜 대ᄉᆡ(大事)라 졍ᄌᆡ ᄎᆞ마 아녀(兒女)롤 영영 폐출(廢黜)ᄒᆞ고 또 죽이려 져도록 ᄒᆞ리오?[73] 이 분(憤)은 과연 ᄎᆞᆷ기 어려오니 졍쳐ᄉᆞ롤 내 친히 가ᄎᆞᄌᆞ 교ᄌᆞ(敎子) 그롯ᄒᆞ믈 ᄊᆞ디ᄌᆞ리라."

이ᄌᆡ(二子) 대경(大驚)ᄒᆞ여 년망(連忙)이 고두졍간(叩頭正諫)ᄒᆞᆯᄉᆡ '보친의 실언실녜(失言失體)ᄒᆞ시므로ᄡᅧ 졍ᄌᆞ의 노(怒)ᄅᆞᆯ 니ᄅᆞ혀시나 55면 야애(爺爺) 아ᄅᆞᆫ 쳬 마ᄅᆞ시고 ᄇᆞ려두시면 오히려 졍ᄌᆡ 히로(解怒)ᄒᆞᆯ ᄊᆡ 잇ᄉᆞ리이다. 연이나 졍쳐ᄉᆞ롤 보와 블호디셜(不好之說)을 더은 후ᄂᆞᆫ 졍ᄌᆞ의 노분(怒憤)이 익익층가(益益層加)ᄒᆞ여 ᄆᆡ져(妹姐)ᄂᆞᆫ 아조 볼 거시 업ᄉᆞ며 구가(舅家)의 영영 기인(棄人)이 될 바롤 니ᄒᆡ(利害)로ᄡᅧ 간(諫)ᄒᆞ고 ᄉᆞ쳬(事體) 블가(不可)ᄒᆞ믈' 닷토니 공이 비록 ᄌᆞ식의 말이나 소견이 ᄌᆞ긔(自己)의 블통용녈(不通庸劣)ᄒᆞ며 우혹광탕(愚惑狂蕩)[74]홈과 달나 언언(言言)이 뎡대쥰딕(正大峻直)ᄒᆞ니 므어시 그ᄅᆞ다 ᄒᆞ리오? 심듕(心中)의 졍한님을 노ᄒᆞ미 깁흐나 이ᄌᆞ(二子)의

73 죽이려 져도록 ᄒᆞ리오?: 규장각본에는 '쥭니려 셔도니'로 되어 있음.

74 우혹광탕(愚惑狂蕩): 어리석어서 미혹하며 광망하고 방탕함.

졍간(正諫)을 아니 듯디 못ᄒᆞ여 졍쳐ᄉᆞᄅᆞᆯ ᄎᆞᄌᆞ 칙(責)ᄒᆞᆯ 바ᄅᆞᆯ ᄀᆞᆺ치렷노라 ᄒᆞ니 이ᄌᆡ ᄌᆡ삼(再三) 아ᄅᆞᆫ 쳬 마ᄅᆞ시믈 쳥ᄒᆞ고 모친의 실덕실언(失德失言)이 졀졀(節節)이 ᄆᆡ져의 신셰ᄅᆞᆯ 그ᄅᆞᆺ ᄆᆡᆫᄃᆞ시믈 비열(悲咽)ᄒᆞ며 졔졍(諸程)을 볼 낫치 업ᄉᆞ믈 참슈황괴(慘羞惶愧)ᄒᆞ니 박시 분울(憤鬱)ᄒᆞ고 츄회(惆懷)ᄒᆞ믈 겸ᄒᆞ여 ᄯᅩᄒᆞᆫ 울며 말을 못 ᄒᆞ니 희·셰 냥ᄌᆡ(兩子) 금일(今日) 일시의 나갓던 연고로 모친의 실톄(失體)ᄅᆞᆯ ᄀᆞ리오디 못ᄒᆞ믈 ᄋᆡ돏고 뉘웃쳐 ᄎᆞ후(此後)ᄂᆞᆫ 아모 긴급ᄒᆞᆫ ᄉᆞ괴(事故) 잇셔도 형뎨(兄弟) 홈긔 나가디 못ᄒᆞ량으로 결단ᄒᆞ더라[75]. 이ᄣᆡ 당어ᄉᆞ 부인 졍시(程氏) 니아의 머므더니 박부인 시뇌(侍奴) 니ᄅᆞ러 56면
다ᄅᆞᆫ 곡졀(曲折)은 아니 ᄒᆞ고 다만 이졔로 본부(本府)의 나아가 녀ᄋᆞ(女兒)ᄅᆞᆯ 보며 급화(急火)ᄅᆞᆯ 구ᄒᆞ라 ᄒᆞᄂᆞᆫ디라 반ᄃᆞ시 박시의 비져ᄂᆡᆫ ᄉᆞ단(事端)이믈 디긔(知機)ᄒᆞᄆᆡ 블힝ᄒᆞ믈 니긔디 못ᄒᆞ고 한님의 셩경을 ᄋᆞᄂᆞᆫ 고로 노분(怒憤)을 발(發)ᄒᆞᆫ 바의 ᄀᆞ바야이 프디 아닐 바ᄅᆞᆯ 모로디 아니ᄒᆞᄃᆡ 존고(尊姑)의 명을 거역디 못ᄒᆞ여 ᄲᆞᆯ니 거장(車帳)을 ᄎᆞᆯ혀 존당(尊堂) 태부인과 됴부인긔 ᄇᆡ별(拜別)ᄒᆞᆫ 후 ᄎᆞᆼᄎᆞᆼ(悤悤)이 본부로 도라오니 임의 일ᄉᆡᆨ(日色)이 져므러 뎡당(正堂)의 쵹(燭)을 ᄇᆞᆰ히고 슉당제종(叔堂諸從)이 혼뎡디녜(昏定之禮)ᄅᆞᆯ 일우더라. 부인이 금년(金蓮)을 가바야이 움겨 승당젼셕(昇堂前席)의 안셔(安舒)히 ᄇᆡ례(拜禮)ᄒᆞ며 날호여 좌(座)의[76] 나아가 근일존후(近日存候)ᄅᆞᆯ 뭇ᄌᆞ온ᄃᆡ 태부인과 슉당이 흔연이 반기ᄂᆞᆫ 빗ᄎᆞᆯ 여러 ᄌᆞᆼ용이 말ᄉᆞᆷᄒᆞᄃᆡ ᄀᆞᆺ

75 나가디 못ᄒᆞ량으로 결단ᄒᆞ더라: 규장각본에는 'ᄂᆞ가디 말믈 결단ᄒᆞ더라'로 되어 있음.

76 좌(座)의: 규장각본에는 생략되어 있음.

ᄐᆞ여 댱시(張氏)의 봉변(逢變)ᄒᆞ믈 일ᄏᆞᄅᆞ미 업ᄉᆞ니 댱부인[77]이 몬져 말을 ᄂᆡ여 뭇ᄌᆞ오미 블쾌ᄒᆞ여 유유디지(悠悠遲遲)ᄒᆞ더니 샹부인이 문왈(問曰)

57면 "현딜(賢姪)이 니아의 가 머므던 바로 졸연(猝然)이 야식(夜色)을 므릅뼈 바로[78] 이리 도라오니 아니 므솜 소식을 드럿ᄂᆞ냐?"

댱부인이 ᄃᆡ왈(對曰)

"근간(近間) 쇼고(小姑)의 병셰(病勢) 비경(非輕)ᄒᆞ믈 듯ᄌᆞᆸ고 우려를 노치 못ᄒᆞ와 금일(今日) 셤옥으로 ᄒᆞ여곰 가감(加減)을 아라 오라 ᄒᆞ온즉 밋쳐 부문(府門)을 드디 못ᄒᆞ여셔 쇼괴 대화(大禍)를 맛낫다 ᄒᆞ오믹 블승경ᄒᆡ(不勝驚駭)ᄒᆞ여 다시 셤옥다려 곡졀을 뭇디 못ᄒᆞ고 바로 이리 오괘이다. 그러ᄒᆞ오나 화(禍)의 근본과 죄의 경듕(輕重)을 ᄌᆞ셰히 알고ᄌᆞ ᄒᆞᄂᆞ이다."

샹부인이 미급답(未及答)의 한님이 징패(澄波) 몽농(朦朧)ᄒᆞ며 미위(眉宇) 한상(寒霜) ᄀᆞᆺᄐᆞ여 나즉이 ᄀᆞᆯ오ᄃᆡ

"화의 근본은 쇼뎨(小弟) 이젹금슈디츄(夷狄禽獸之酋)로뼈 ᄇᆡ필(配匹)ᄒᆞᆫ 연괴(緣故)오 죄의 듕(重)ᄒᆞ믄 참욕난셜(慘辱亂說)이 친위(親闈)예 밋ᄌᆞ오미니 블효관영디죄(不孝貫盈之罪)를 다ᄉᆞ리려 ᄒᆞ오믹 그 목숨을 남기디 못ᄒᆞᆯ ᄇᆡ니이다. 쇼뎨 용렬(庸劣)ᄒᆞ고 무샹(無狀)ᄒᆞ여 흉한(凶漢)ᄒᆞᆫ 완부(頑婦)의 가업순 즐욕(叱辱)을 됴흔 ᄃᆞ시 바드미 되엿ᄂᆞᆫ디라. 다만 댱가(張家)를 ᄉᆡᆼ각ᄒᆞ면 놀나오미 극(極)ᄒᆞᆫ 바의

77 댱부인: 장부인. 정월염.

78 바로: 규장각본에는 생략되어 있음.

져제(姐姐) 져 블인(不仁)의 ᄌᆞ부(子婦)로 이젹디츄(夷狄之酋)ᄅᆞᆯ 두호(斗護)[79]코ᄌᆞ 대ᄉᆞ로이 오신 바ᄅᆞᆯ 헤아리ᄆᆡ ᄒᆡ연(駭然)ᄒᆞ미 ᄀᆡᆼ가일 58면 층(更加一層)이라 초국(楚國) 귵이 화(化)ᄒᆞ여 제(齊) 감이 되믈 위ᄒᆞ여 통돌(痛咄)ᄒᆞᄂᆞ이다."

부인이 츄파(秋波)ᄅᆞᆯ 완젼이 ᄒᆞ며 옥ᄉᆡᆨ(玉色)이 담담(淡淡)ᄒᆞ고 ᄉᆞ긔(辭氣) ᄌᆞ약(自若)ᄒᆞ여 잠간 경동(驚動)ᄒᆞ며 노호오미 업셔 날호여 ᄀᆞᆯ오ᄃᆡ

"나ᄂᆞᆫ 쇼고(小姑)의 병셰(病勢) 비경(非輕)ᄒᆞ믈 듯고 근심ᄒᆞᄂᆞᆫ ᄇᆡ오 다시 화ᄋᆡᆨ(禍厄)을 만나시믈 경심(驚心)ᄒᆞ엿더니 금일(今日) ᄌᆡ보의 언ᄉᆞ(言辭)ᄅᆞᆯ 드러오ᄆᆡ 쏘ᄒᆞᆫ 광증(狂症)이 업디 아닌디라. 내 비록 편협(偏狹)ᄒᆞᆫ 녀ᄌᆡ(女子)나 엇디 ᄌᆡ보의 광언망담(狂言妄談)을 갈와 노ᄒᆞ미 잇ᄉᆞ리오? 쇼괴 원간 조흔궁ᄋᆡᆨ(阻釁窮厄)이 심ᄒᆞᆫ디라 어이 젼졍(前程)이 쾌ᄒᆞ여 광부(狂夫)의 보ᄎᆡᄂᆞᆫ 화(禍)ᄅᆞᆯ 아니 바들 니 잇ᄉᆞ리오? 모로미 너모 마ᄅᆞᆯ디어다. 구ᄉᆡᆼ(舅甥)의 의(義)ᄂᆞᆫ 다시 닐넘ᄌᆞᆨ디 아니타 ᄒᆞ고 션왕부(先王父) 뎨ᄌᆞ(弟子)로 냥대인(兩大人) 친위(親友)믈 도라보아도 욕ᄆᆡ(辱罵)ᄒᆞ믈 항상이 아념 ᄌᆞᆨᄒᆞ니라."

한님이 져져(姐姐)ᄅᆞᆯ 공경ᄒᆞ며 돈목(敦睦)ᄒᆞᄂᆞᆫ 밧긔 ᄌᆞ별(自別)ᄒᆞᆫ 졍(情)이 친ᄆᆡ(親妹)의 더으더니 오날ᄂᆞᆯ 댱가(張家)ᄅᆞᆯ 둣덥허 공경ᄒᆞ라 ᄒᆞ믈 드ᄅᆞᄆᆡᄂᆞᆫ 더옥 분연(憤然)ᄒᆞ여 댱공과 박시ᄅᆞᆯ 일장참욕(一場慘 59면 辱)고ᄌᆞ ᄒᆞᄃᆡ 부친이 좌(座)의 계신 고로 말을 쾌히 못 ᄒᆞ고 다만 ᄀᆞᆯ

79 두호(斗護): 남을 두둔하여 보호함.

오딕

"쇼뎨(小弟)는 텬셩(天性)이 우딕(愚直)ᄒᆞ여 곳치며 변ᄒᆞ기를 ᄌᆞ로 못 ᄒᆞ오니 밋치는 사름이 밋치디 쇼뎨 엇디 광증을 들녀시리잇고? 다만 용녈무상(庸劣無狀)ᄒᆞ여 욕급친위(辱及親闈)ᄒᆞ는 폐부(廢婦) 댱녀(張女)를 다ᄉᆞ리디 못ᄒᆞ미 한(恨) 되ᄂᆞ이다."

댱부인이 완이(莞爾)히 함쇼왈(含笑曰)

"다ᄉᆞ리나 폐츌(廢黜) 밧긔 더으며 폐츌ᄒᆞ나 싀포(猜暴)의 보칙고 욕미(辱罵)ᄒᆞᄂᆞ니 보다가 아니 나으며 임의 젼졍이 쾌치 못ᄒᆞ거니 영츌(永黜)을 뉘 그리 두려ᄒᆞᄂᆞ냐?"

한님이 역쇼왈(亦笑曰)

"져져(姐姐)의 언ᄉᆡ(言辭) 쏘ᄒᆞᆫ 댱가의 며ᄂᆞ리 되셤 ᄌᆞᆨᄒᆞ니 쇼뎨 져져의 이ᄀᆞᆺ치 그룻되시믈 개연(慨然)ᄒᆞᄂᆞ이다."

상부인이 참디 못ᄒᆞ여 쇼왈(笑曰)

"너희 남ᄆᆡ(男妹)간이 ᄋᆞ시(兒時)로브터 ᄌᆞ별(自別)ᄒᆞ더니 오날놀 졍의(情義)를 상히올 작시냐? 엇디 징힐(爭詰)ᄒᆞ믈 긋치지 아니ᄒᆞᄂᆞ뇨?"

댱부인이 쇼이딕왈(笑而對曰)

"쇼딜(小姪)이 슈미렬(雖微劣)이오나 심졍(心情)이 병드디 아닌 바로 ᄌᆡ보의 광담(狂談)을 ᄌᆞᆨ가ᄒᆞ와 징힐ᄒᆞ리잇고?"

경조공이 쇼왈(笑曰)

60면 "너희 남ᄆᆡ 셔로 밋쳣다 그룻되엿다 ᄒᆞ여 ᄌᆞᆨ가치 아니렷노라 ᄒᆞ며 혹 위ᄒᆞ여 ᄋᆡ돌와ᄒᆞ노라 ᄒᆞ여 언힐젼징(言詰戰爭)이 니어시니 져리코 졍의 상치 아니랴?"

한님은 분뇌(憤怒) 튱격(衝擊)ᄒᆞ여시므로 담쇼(談笑)의 ᄯᅳᆺ이 업ᄉᆞ딕

댱부인은 미미(微微)훈 쇼안(笑顔)으로 낭낭(朗朗)이 담쇼ᄒᆞ여 이윽ᄒᆞ미 태부인이 취침(就寢)ᄒᆞ시니 쳐ᄉᆞ 곤계(昆季)ᄂᆞᆫ ᄌᆞ딜(子姪)을 거ᄂᆞ려 믈너나고 화·상 이부인(二夫人)은 ᄒᆞ여 시침(侍寢)ᄒᆞ미 댱부인이 비로소 시ᄋᆞ(侍兒)로 쵹(燭)을 붉히라 ᄒᆞ며 유랑(乳娘)으로 침구를 옴겨 경운당으로 오라 ᄒᆞ고 날호여 운당의 니ᄅᆞ니 이ᄯᅵ 댱쇼졔 존구(尊舅)의 명으로 침소롤 ᄯᅥ나디 못ᄒᆞ나 스ᄉᆞ로 황툑(惶踧)ᄒᆞ며 젼뉼(戰慄)ᄒᆞ여 출하리 죄벌(罪罰)을 바듬만 ᄀᆞᆺ디 못ᄒᆞ니 엇디 병장침구(屛帳寢具)를 평상(平常)이 ᄒᆞ리오? 운모병(雲母屛)[80]과 녹슈장(綠繡帳)을 믈니치고 취화금요(翠華錦褥)의 ᄃᆡ모상(玳母床) 산호안(珊瑚案)을 업시ᄒᆞ며 ᄒᆞᆫ 닙 초셕(草席)과 빗 업ᄉᆞᆫ 금침(衾枕)을 나와 혼혼(昏昏)이 인ᄉᆞ(人事)를 ᄎᆞᆺ출 ᄃᆞᆺ 통셰(痛勢) 이날은 더으니 난취와 녹셤이 초황(焦遑)ᄒᆞ고 소쇼졔 우젼(憂煎)ᄒᆞ여 좌우의 ᄯᅥ나미 업더니 61면
댱부인이 니ᄅᆞ러 쇼져의 누은 상(牀) 아ᄅᆡ 나아가 나즉이 소ᄅᆡᄒᆞ여 왈 "현ᄆᆡ(賢妹) 이런 ᄯᅵ의ᄂᆞᆫ 졍신을 바려 사ᄅᆞᆷ의 츌입왕ᄂᆡ(出入往來)를 모로ᄂᆞ니잇가?"

쇼졔 츄파(秋波)를 드러 ᄉᆞᆯ피고 이에 니러날ᄉᆡ 믄득 아미(蛾眉) 슈영(垂影)ᄒᆞ며 옥안(玉顔)이 젹막(寂寞)ᄒᆞ니 눈믈 흔젹이 머므ᄂᆞᆫᄃᆡ 봄비 잠간 니화(梨花)의 져젓ᄂᆞᆫ ᄃᆞᆺ 아미를 잠간 ᄶᅵᆼ긔미 븕은 ᄂᆡ 녹엽(綠葉)의 어리엿ᄂᆞᆫ ᄃᆞᆺ 희허(欷歔)ᄒᆞᄂᆞᆫ 거동이 원가(遠嫁)ᄒᆞᄂᆞᆫ 소군(昭君)[81]의 셜셜(屑屑)ᄒᆞ믈 아쳐로이 넉이니 가히 비겨 욕홀 ᄇᆡ 아니로ᄃᆡ 명

---

80 운모병(雲母屛): 아름다운 운모석으로 만든 병풍으로, 귀부인의 방을 장식하는 데 쓰임.

81 소군(昭君): 한나라 원제 때의 궁녀 왕소군. 흉노와의 친화정책으로 흉노로 시집가게 됨.

도(命途)ᄅᆞᆯ 늣기고 시운을 탄(嘆)ᄒᆞ여 스ᄉᆞ로 몸이 셰상의 이시믈 슬허ᄒᆞ니 그 회픠 ᄀᆞᆺ초 남다ᄅᆞ믈 뭇디 아냐 알디라. 댱부인이 쏘ᄒᆞᆫ 함누쳑연(含淚惕然)ᄒᆞ여 집슈년비(執手連臂) 왈

"부인의 조흔변ᄋᆡᆨ(阻釁變厄)이 오히려 미딘(未盡)ᄒᆞ여 이런 괴이ᄒᆞᆫ ᄉᆞ단(事端)이 뜻밧긔 니러나니 명도ᄅᆞᆯ 슬허ᄒᆞᆯ 밧긔 므어ᄉᆞᆯ 한(恨)ᄒᆞ리오? 존당슉당(尊堂叔堂)이 조곰도 거리ᄭᅵᆷ과 블평ᄒᆞ믈 머므ᄅᆞ디 아
62면 니시ᄃᆡ 종뎨(從弟) 홀노 과격급거(過激急遽)ᄒᆞ여 존고(尊姑)의 일시 실언(失言)을 깁히 한(恨)ᄒᆞ미 잇ᄂᆞᆫ가 시브거니와 타일(他日)의 반ᄃᆞ시 뉘웃ᄎᆞ미 되리니 현ᄆᆡ(賢妹)ᄂᆞᆫ 병회(病懷)ᄅᆞᆯ 안안(晏晏)이 ᄒᆞ여 위증(危症)을 더으디 말미 냥가친위(兩家親闈)예 효도ᄅᆞᆯ 닐위민가 ᄒᆞ노라."

쇼졔 탄왈(嘆曰)

"블쵸(不肖)ᄒᆞᆫ 몸이 셰간(世間)의 머므ᄅᆞ미 완악무디(頑惡無知)ᄒᆞᆫ디라 죽으ᄆᆡ 블회(不孝) 되고 ᄉᆞᆯᄆᆡ 구로ᄉᆡᆼ휵디은(劬勞生畜之恩)[82]을 갑ᄉᆞ올가 ᄒᆞ엿더니 절절(節節)이 블효ᄅᆞᆯ 깃치며 괴란(怪亂)을 일위혀 디어구고(至於舅姑)긔 욕(辱)이 밋ᄉᆞ온 바ᄂᆞᆫ 쇼ᄆᆡ(小妹)의 목숨을 긋고 일신을 쇄분(碎粉)ᄒᆞ여도 죄ᄅᆞᆯ 다 쇽(贖)디 못ᄒᆞᆯ디라. 구고(舅姑)의 늉은혜튁(隆恩惠澤)이 협골흡쳬(狹骨洽體)ᄒᆞ와 안소(安所) 평신(平身)ᄒᆞ믈 명ᄒᆞ시나 쳡심(妾心)이 황황(惶惶)ᄒᆞ며 듕회(中懷) 딘뉼(震慄)ᄒᆞ와

82 구로싱휵디은(劬勞生畜之恩): 구로생휵지은. 부모님이 낳고 기르시며 수고한 은혜. 《시경》 〈소아(小雅)〉 '료아(蓼莪)'의 "슬프고 슬퍼라 부모님이여, 나를 낳고 기르시느라 수고로우셨다(哀哀父母 生我劬勞)."에서 유래함.

죄ᄅᆞᆯ 밧ᄌᆞᆸ디 못ᄒᆞ미 더옥 구숑(懼悚)ᄒᆞ니 엇디 안안이 병을 됴호(調護)코ᄌᆞ 뜻이 이시리잇고마ᄂᆞᆫ ᄯᅩ 완이(緩弛)ᄒᆞ고 무상(無狀)ᄒᆞ여 죽어 죄ᄅᆞᆯ 속(贖)디 못ᄒᆞ며 ᄒᆞᆫ갓 뉵니괴황(忸怩愧惶)ᄒᆞᆯ ᄲᅮᆫ 아니라 블초관영디죄(不肖貫盈之罪)ᄅᆞᆯ 혜아리ᄆᆡ 졍히 용납ᄒᆞᆯ ᄯᅡ히 업도소이다.”

말ᄉᆞᆷ을 계오 일우나 긔운이 실낫갓고 거동이 위름(危懍)ᄒᆞ니 댱부인 63면
이 더옥 놀나며 근심ᄒᆞ여 편히 누어 말ᄒᆞ믈 니ᄅᆞ고 ᄯᅩᄒᆞᆫ 침구ᄅᆞᆯ 갓가이 베픈 후 댱쇼져와 가ᄌᆞᄅᆞ니 누어 구호ᄒᆞᆯᄉᆡ 소시 ᄯᅩᄒᆞᆫ 이에 잇셔 ᄒᆞᆫ가디로 밤을 디ᄂᆡᄆᆡ 삼 인(人)이 의합됴영(意合照影)ᄒᆞ여 셔로 동포골육(同胞骨肉)이 아니믈 ᄭᆡ닷디 못ᄒᆞᄃᆡ 쇼졔 만ᄉᆡ(萬事) 무렴(無念)ᄒᆞ여 스ᄉᆞ로 합연(溘然)이 셰샹을 모로고져 ᄒᆞ므로 졍부인과 소시의 겻틔셔 위로ᄒᆞ며 구호ᄒᆞ미 디극ᄒᆞᆷ도 감은(感恩)ᄒᆞ믈 아디 못ᄒᆞᄂᆞᆫ ᄃᆞᆺ 담담이 닙을 다다 ᄌᆞ로 말ᄒᆞ믈 괴로와 희허(噫噓)히 숨 쉬여 명도(命途)ᄅᆞᆯ 슬허ᄒᆞᆯ ᄲᅮᆫ이니 졍부인과 소시 능히 잠을 일우디 못ᄒᆞ더라. 명됴(明朝)의 댱부인이 뎡당(正堂)의 신셩(晨省)ᄒᆞᄆᆡ 쳐ᄉᆡ 소시ᄅᆞᆯ 블너 비록 댱시ᄅᆞᆯ 구호ᄒᆞ나 신혼(晨昏)을 폐(廢)치 마라 거지(擧止)ᄅᆞᆯ 평상(平常)이 ᄒᆞ믈 명ᄒᆞ니 소시 감히 역(逆)디 못ᄒᆞ여 신혼셩뎡(晨昏省定)은 참예ᄒᆞ미 되엿더라. 션시(先時)의 졍한님이 박시ᄅᆞᆯ 통한(痛恨)ᄒᆞ여 댱시(張氏)ᄅᆞᆯ 영츌(永黜)ᄒᆞ고 소시ᄅᆞᆯ 올녀 뎡비(正妃)ᄅᆞᆯ 존(尊)
코져 ᄒᆞ엿더니 밋쳐 의논을 ᄂᆡ지 못ᄒᆞ여셔 부친 뜻이 ᄂᆡ도ᄒᆞ여 셩친 64면
녹(成親錄) 가져오믈 막으며 댱시로ᄡᅧ 뎡위(正位)ᄅᆞᆯ 완젼ᄒᆞ여 녯 침소의 편히 이시믈 블승분에(不勝憤恚)ᄒᆞᄂᆞᆫ 바의 져져(姐姐) ᄯᅩ 니ᄅᆞ러 댱시 침각(寢閣)의 머므러 디극히 구호ᄒᆞ믈 짐작ᄒᆞ고 더옥 통히(痛駭)ᄒᆞ여 져져 존당(尊堂)의 봉시(奉侍)ᄒᆞᄂᆞᆫ ᄢᅵᄅᆞᆯ 알면 녹셤을 ᄌᆞᆸ

아ᄂᆡ여 쇼져의 죽디 아닛ᄂᆞᆫ 연고ᄅᆞᆯ 므러 말ᄉᆞᆷ이 졈졈 열일쥰격(烈日峻激)ᄒᆞ며 노분(怒憤)이 시시(時時)로 층가(層加)ᄒᆞ여 ᄒᆞᆫ 조각 인졍이 머므디 아닌 ᄃᆞᆺᄒᆞ니 셤이 쥬야(晝夜)로 한님이 쇼져ᄅᆞᆯ 촉명(促命)ᄒᆞᆯ 젹마다 망극ᄒᆞ믈 형상치 못ᄒᆞ고 난쉬 ᄋᆡ돌오며 슬허 한님의 언ᄉᆡ(言辭) 인졍의 멀믈 한(恨)ᄒᆞᄃᆡ 감히 화부인ᄭᅴ도 고(告)치 못ᄒᆞ믄 한님을 슈칙(受責)ᄒᆞ미 잇셔 노분이 댱쇼져ᄭᅴ 더을가 두리미러라. 일일(一日)은 한님이 녹셤을 블너 ᄒᆞᆫ 봉 글월과 두 낫 환약을 주어 쇼져ᄭᅴ 드려보ᄂᆡ니 쇼졔 날호여 봉셔(封書)ᄅᆞᆯ 탁열(坼閱)ᄒᆞᄆᆡ 세 줄 글의 죽
65면 디 아니ᄒᆞ미 념치(廉恥) 상딘(喪盡)ᄒᆞ고 흉한극악(凶漢極惡)ᄒᆞ믈 슈죄(數罪)ᄒᆞ여 칼과 노흐 목숨을 긋디 못ᄒᆞ거든 이 두 낫 환약을 삼켜 밧비 죽어 죄ᄅᆞᆯ 만일(萬一)이나 쇽(贖)ᄒᆞ라 ᄒᆞ엿ᄂᆞᆫ디라. 쇼졔 환약과 셔장(書狀)을 아오로 경ᄃᆡ(鏡臺) 쇽의 드리친 후 고요히 누어 ᄀᆞᆺ트여 ᄉᆡ로이 슬허홈도 업ᄉᆞ며 슌슌(巡巡)히 경황(驚惶)홈도 잇디 아니ᄒᆞᄃᆡ 심신이 블안우구(不安憂懼)ᄒᆞ믄 젼일(前日)의 비홀 ᄇᆡ 아니라 ᄉᆞᄉᆞ로 초황(焦遑)ᄒᆞ여 병을 더으고ᄌᆞ ᄒᆞ미 아니로ᄃᆡ ᄀᆡ운이 날노 엄엄(奄奄)ᄒᆞ고 듁음(粥飮)이 졈졈 거ᄉᆞ려 쳥슈(淸水) 일시(一匙)ᄅᆞᆯ 슌강(順降)치 못ᄒᆞ니 쳐ᄉᆞ 부뷔(夫婦) 크게 우려ᄒᆞ여 날마다 니ᄅᆞ러 위로무ᄋᆡ(慰勞撫愛)ᄒᆞ며 딘심보호(盡心保護)ᄒᆞ믈 친녀(親女)의 더으고 댱부인이 소시로 더브러 쥬야(晝夜) 운당의 잇셔 구호ᄒᆞᄂᆞᆫ 경셩이 그 알ᄂᆞᆫ 바ᄅᆞᆯ 난호디 못ᄒᆞ믈 ᄋᆡ돌와ᄒᆞᄆᆡ 밋쳐 여러 날 잠을 폐(廢)ᄒᆞ며 몸을 닛비ᄒᆞᄃᆡ 게어른 ᄯᅳᆺ이 업ᄉᆞ니 구호의 범연(泛然)ᄒᆞᆫ 거시 아니로ᄃᆡ 쇼져의 질셰(疾勢) 일일위급(日日危急)ᄒᆞ니 졈졈(漸漸)ᄒᆞ여
66면 안고 눕기ᄅᆞᆯ ᄉᆞᄉᆞ로 못 ᄒᆞᄆᆡ 구고(舅姑)의 님(臨)ᄒᆞ시믈 당ᄒᆞ면 븟들

녀 안ᄌᆞ믈 황황(惶惶)ᄒᆞ며 튝쳑(踧踖)ᄒᆞᆯ디언졍 긔운이 밋디 못ᄒᆞ여 ᄡᆞ로 안기ᄅᆞᆯ 못 ᄒᆞᄂᆞᆫ디라. 쳐ᄉᆞ 부뷔(夫婦) 참연(慘然)ᄒᆞᆫ 우려ᄅᆞᆯ 니긔디 못ᄒᆞ여 ᄯᅩᄒᆞᆫ 식블감미(食不甘味)[83]ᄒᆞ고 침블안셕(寢不安席)[84]ᄒᆞᄃᆡ 태부인 심녀(心慮)ᄅᆞᆯ 더으디 못ᄒᆞ여 ᄆᆡ양 병근(病根)이 듕(重)ᄒᆞᆯ디언졍 일시 위급ᄒᆞᆫ 딜환(疾患)은 아니믈 쥬(奏)ᄒᆞ여 ᄌᆞ뎐(慈殿)을 님(臨)ᄒᆞᆫᄌᆞᆨ ᄐᆡ연(泰然)이 념녀(念慮)ᄅᆞᆯ 아니 ᄒᆞᄂᆞᆫ ᄃᆞᆺᄒᆞ니 태부인이 오히려 ᄌᆞ셰 아디 못ᄒᆞ고 오ᄅᆡ 침병(沈病)ᄒᆞ믈 우려ᄒᆞ여 보유(補遺)ᄒᆞᆯ 찬픔(饌品)[85]과 향긔로온 과실을 당ᄒᆞ면 슌슌(巡巡)히 댱시(張氏)의게 보ᄂᆡ여 병구(病口)의 맛보라 ᄒᆞᄃᆡ 쇼제 혼혼(昏昏)ᄒᆞ여 졍신을 슈습(收拾)디 못ᄒᆞᆯ ᄡᅵᄂᆞᆫ 막연이 아디 못ᄒᆞ나 시ᄋᆡ(侍兒) 쳐ᄉᆞ와 화부인 명으로 쇼제 딘ᄒᆞ던 바ᄅᆞᆯ 회쥬(回奏)ᄒᆞ니 태부인이 댱시의 병이 그ᄃᆡ도록 위듕ᄒᆞ믄 ᄭᆡ닷디 못ᄒᆞᄃᆡ 합문졔인(闔門諸人)은 회소(回蘇)치 못ᄒᆞᆯ 줄노 아ᄂᆞᆫ디라 이공(二公)과 졔부인(諸夫人)이 깁흔 우려로 태부인이 듯디 못ᄒᆞᄂᆞᆫ 바의 셔로 참연ᄒᆞ믈 닐너 그 심녀ᄅᆞᆯ 동ᄒᆞ므로ᄡᅧ 병 67면
셰(病勢) 더은가 잔인ᄒᆞ믈 니긔디 못ᄒᆞᄃᆡ 한님은 호발(毫髮)의 요동ᄒᆞ여 념녀ᄒᆞ미 업셔 명광헌의셔 좌위(左右) 고요ᄒᆞ고 운당의 져져(姐姐) 등이 잇디 아니믈 알면 녹셤을 잡아ᄂᆡ여 쇼져의 디금(只今) 죽디 아닛ᄂᆞᆫ ᄠᅳᆺ을 므러 흉완(凶頑)ᄒᆞ믈 크게[86] 욕ᄒᆞ며 약을 삼켜 어셔 죽으라 ᄌᆡ촉ᄒᆞ니 노긔(怒氣) 엄녈(嚴烈)ᄒᆞ고 말ᄉᆞᆷ이 태강(太强)ᄒᆞ여 듯ᄂᆞᆫ

---

83 식블감미(食不甘味): 식불감미. 걱정이 많아 음식을 먹어도 맛을 못 느낌.

84 침블안셕(寢不安席): 침불안석. 걱정이 많아서 편안히 자지 못함.

85 찬픔(饌品): 찬품. 반찬거리.

86 크게: 규장각본에는 생략되어 있음.

ᄌᆞ(者)로 ᄒᆞ여곰 심경(心驚) 낙담(落膽)ᄒᆞ여 고ᄃᆡ 죽을지라. 녹셤이 텬디(天地) 망망(茫茫)ᄒᆞ여 드러와 댱어ᄉᆞ 부인긔 한님이 쇼져롤 촉명(促命)ᄒᆞ미 일일익심(日日益甚)ᄒᆞ믈 고(告)ᄒᆞᆫᄃᆡ 부인이 도로혀 싀포(猜暴)히 넉이며 인졍이 아니믈 한(恨)ᄒᆞᄃᆡ 욕급친위(辱及親闈)ᄒᆞ믈 통히분완(痛駭憤惋)ᄒᆞ여 부부의 ᄉᆞᄉᆞ밀은(私私密恩)을 버히고 슈욕(受辱)을 복셜(復雪)코ᄌᆞ ᄒᆞ미 ᄯᅩᄒᆞᆫ 괴이ᄒᆞᆫ 일이 아니므로 아딕 댱쇼져롤 디셩(至誠)으로 구호ᄒᆞᆯ ᄲᅳᆫ이오 아른 쳬ᄒᆞ여 말노ᄡᅧ 닷토미 업더니 경조공의 뎨ᄉᆞᄌᆞ(第四子) 닌영이 한님이 댱시(張氏)롤 죽으라 ᄒᆞᄂᆞᆫ 젼어(傳語)와 칼과 깁 슈건이며 짐쥬(鴆酒)롤 드려보ᄂᆡ믈 명광헌 뒤 쳥샤(廳舍)의셔 보고 그으이 인졍이 아닌가 경히(驚駭)ᄒᆞ여 가마니 모부인(母夫人)긔 고ᄒᆞ니 쇼화부인이 드ᄅᆞ미 댱시(張氏)의 명도(命途)롤 슬허ᄒᆞ여 ᄌᆞ연 안식(顔色)이 쳑의(慽意)ᄒᆞ더니 경죄 드러와 연고롤 므ᄅᆞᆫᄃᆡ 부인은 오딕 댱시의 병이 위틔ᄒᆞ믈 ᄎᆞ셕(嗟惜)ᄒᆞ민 줄노 ᄃᆡ(對)ᄒᆞ나 닌영이 ᄎᆞᆷ디 못ᄒᆞ여 죵형(從兄)의 댱시롤 촉명ᄒᆞ던 바롤 고ᄒᆞ니 공이 경아왈(驚訝曰)

68면

"인ᄌᆡ(人子) 부모긔 참욕(慘辱)이 밋ᄎᆞ믈 안연(晏然)ᄒᆞᆯ ᄇᆡ 아니어니와 댱시의 허믈이 아니믈 ᄇᆞᆰ히 알므로ᄡᅧ 엇디 ᄎᆞ마 디우금(至于今) 노(怒)롤 프디 아니코 그 위듕ᄒᆞᆫ 병셰롤 념녀치 아니ᄒᆞ며 도로혀 날마다 죽기롤 ᄌᆡ촉ᄒᆞ리오? ᄌᆡ뵈 원간 태강과격(太强過激)[87]ᄒᆞ여 운계형댱(兄丈)의 인션관대(仁善寬待)ᄒᆞᆫ 덕과 화슈의 슉ᄒᆡᆼ(淑行)을 픔습

87 태강과격(太强過激): 매우 강하고 지나치게 격렬함.

(禀襲)디 아녓도다."

셜파(說罷)의 외루(外樓)로 나아가니 쳐ᄉᆡ 바야흐로 댱시의 병을 근심ᄒᆞ여 광미(廣眉)롤 튝합(縮合)ᄒᆞ고 친히[88] ᄌᆡ류(劑類)[89]롤 모화 약을 딧ᄂᆞᆫ디라. 경죄 나아안ᄌᆞ 왈

"형댱이 누롤 위ᄒᆞ여 스ᄉᆞ로 약을 디으시ᄂᆞ니잇가?" 69면

쳐ᄉᆡ 답왈(答曰)

"댱ᄋᆞ(張兒)의 병이 좀약의 효험을 보디 못ᄒᆞ게 되여시ᄃᆡ 힘힘히 더져 두어 쇽슈대텬(束手待天)ᄒᆞ미 참연(慘然)ᄒᆞᆫ 고로 십여 쳡 약을 디어 쓰고져 ᄒᆞ노라."

경죄 우왈(又曰)

"형댱이 약 디으시믈 닌광이 아ᄂᆞ니잇가?"

쳐ᄉᆡ 왈

"별노 알 거시 므어시며 임의 디어쓰ᄆᆡ 또ᄒᆞᆫ 모롤 일인들 므어시리오?"

경죄 빈미왈(嚬眉曰)

"원간 광딜이 인졍(人情)의 먼 ᄋᆞᄒᆡ러이다. 져 광망상셩(狂妄喪性)ᄒᆞᆫ 부인이 셜ᄉᆞ 언어롤 삼가디 못ᄒᆞ여 형댱과 슈슈(嫂嫂)롤 욕ᄆᆡ(辱罵)ᄒᆞ미 이신들 그 인ᄉᆞ롤 굿ᄐᆞ여 칙망ᄒᆞᆯ ᄇᆡ니잇가마ᄂᆞᆫ 인ᄌᆞ디되(人子之道) 부모긔 욕(辱)이 밋ᄎᆞ믈 타연치 못ᄒᆞ여 임의 별반 거조(擧措)롤 ᄒᆞ다가 형댱의 간졀ᄒᆞ신 경계(警戒)롤 밧ᄌᆞ와 츌쳐(黜妻)ᄒᆞ믈 아닐딘ᄃᆡ 그만ᄒᆞ여 노(怒)롤 플미 올삽거ᄂᆞᆯ 졔 ᄯᅳᆺ을 셰오디 못ᄒᆞ고 분(憤)을 셜

88 친히: 규장각본에는 생략되어 있음.

89 ᄌᆡ류(劑類): 제류. 여러 가지 약재.

치(雪恥) 못ᄒᆞᆫ 증홰 다 댱시(張氏)의게 도라져 쳐음의 여ᄎᆞ여ᄎᆞ 쵹명(促命)ᄒᆞ며 버거 쏘 이리이리 아니 죽으믈 슈죄ᄒᆞ여 날마다 쵹명ᄒᆞᄂᆞᆫ

70면 젼언(傳言)이 셕목(石木)이라도 견ᄃᆡ여 듯디 못ᄒᆞᆯ ᄇᆡ라 ᄒᆞ니 댱시 맛참 조협(躁狹)디 아닐ᄉᆡ만졍 블연(不然)즉 가부(家夫)의 박익비인졍(薄隘非人情)을 원(怨)ᄒᆞ여 죽으미 되여시리니 형댱(兄丈)의 며ᄂᆞ리 ᄉᆞ랑홈도 헛곳의 도라디고 닌광의 악ᄉᆡ(惡事) 놀납디 아니리잇고?" 쳐시 듯기를 다 못 ᄒᆞ여셔 한님을 크게 무상(無狀)히 넉이며 그 심졍의 싀포(猜暴)ᄒᆞ믈 경히(驚駭)ᄒᆞ여 이윽이 말이 업더니 날호여 ᄀᆞᆯ오ᄃᆡ "디ᄌᆞ(知子)ᄂᆞᆫ 막여뷔(莫如父)라[90] ᄒᆞ여시ᄃᆡ 우형(愚兄)은 혼용(昏庸)ᄒᆞ여 닌광의 악싀흉호(惡豺凶虎)[91] ᄀᆞᆺᄐᆞ믈 오히려 아디 못ᄒᆞ도다." ᄒᆞ더라.

(책임교주 탁원정)

---

90 디ᄌᆞ(知子)ᄂᆞᆫ 막여뷔(莫如父)라: 자식을 아는 것은 아버지만 한 사람이 없다는 뜻. 《한비자》〈십과(十過)〉에 나옴.

91 악싀흉호(惡豺凶虎): 악시흉호. 승냥이같이 악하고 범처럼 흉함.

완월회맹연 玩月會盟宴

권디ᄉᆞ십ᄉᆞ 卷之四十四

1면 화셜(話說). 쳐싀 날호여 골오되

"디즈(知子)는 막여뷔(莫如父)라 ᄒᆞ여시되 우형(愚兄)은 혼용(昏庸)ᄒᆞ여 닌광의 악싀흉호(惡豺凶虎) ᄀᆞᆺᄐᆞᆷ을 오히려 아디 못ᄒᆞ고 향즈(向者)의 요란(搖亂)ᄒᆞᆷ을 긋친 후로는 포회(抱懷)ᄒᆞᆫ 노분(怒憤)이 ᄎᆡ 업디 아니ᄆᆞᆯ 짐작ᄒᆞ여 져롤 되ᄒᆞ면 순순(諄諄)히[1] 경계(警戒)ᄒᆞ며 ᄆᆡ양 화홍관대(和弘寬大)ᄒᆞᆷ을 니ᄅᆞ니 졔 또 유연(悠然)이 아비의 말을 조촐 듯ᄒᆞ여[2] 흉포(凶暴)ᄒᆞᆫ[3] 심디(心志)롤 낫토디 아니니 내 ᄠᅧ ᄉᆡᆼ각ᄒᆞ되 취모(娶母)의 실언(失言)을 안히의게 탓ᄒᆞ여 부부의 화합(和合)ᄒᆞ미 더딜가 념녀ᄒᆞ나 아비 되여 셰쇄디ᄉᆞ(細鎖之事)롤 아른 쳬ᄒᆞ미 괴로와 말을 아닐 ᄲᅮᆫ이오 그되도록 인졍(人情) 밧긔 잇ᄉᆞᆷ은 ᄭᆡ닷디 못ᄒᆞ엿더니 져 흉심(凶心)이 날노 극악(極惡)ᄒᆞ여 ᄋᆞ부(我婦)롤 죽이고 긋치려 홀딘되 ᄋᆞ뷔 그 위딜(危疾) 가온되 엇니 능히 보명(保命)ᄒᆞ미 되리오? 가히 방하(放下)치 못ᄒᆞ리로다."

쇼뷔 좌(座)의 잇더니 우어 골오되

2면 "경조 형이 ᄌᆞ딜(子姪)의 그ᄅᆞᆷ을 이심히 들쳐니기의 셩벽(性癖)ᄒᆞ시니 쇼ᄇᆡ(少輩)의 ᄌᆞᄌᆞ리 넉이미 괴이(怪異)치 아니ᄒᆞᆫ디라. 져러커든 닌둥의 눈 흘긔ᄆᆞᆯ 아니 바드리잇가?"

경죄 화연(和然)이 답쇼왈(答笑曰)

1 순순(諄諄)히: 순순히. 친절히.

2 졔 또 유연(悠然)이 ~ 듯ᄒᆞ여: 규장각본에는 '졔 또ᄒᆞᆫ 아비의 말을 유연니 좃촐 듯하여'로 되어 있음. 유연하다는 것은 여유롭고 침착하다는 뜻.

3 흉포(凶暴)ᄒᆞᆫ: 규장각본에는 '흉포'로 되어 있음.

"져희게 어지리 녁이믈[4] 엇고ᄌᆞ ᄒᆞ고 낫ᄎᆞᆯ 쳠미(諂媚)[5]ᄒᆞ여 무상(無狀)ᄒᆞᆫ ᄒᆡᆼᄉᆞ(行事)ᄅᆞᆯ 보와도 닙을 다다 잠ᄌᆞᆷ(潛潛)ᄒᆞ랴? 닌듕이 날을 믜이 녁이미 눈 흘길 쁜 아니라 살노[6] 뽄다 ᄒᆞ여도 그[7] 요ᄉᆞ간흉(妖邪奸凶)ᄒᆞ믈 아니 ᄭᅮ딧디 못ᄒᆞ리라."

ᄒᆞ니[8] 원ᄂᆡ 닌듕이 경조공의 쥰엄(峻嚴)ᄒᆞᆷ과 져ᄅᆞᆯ ᄆᆡ양(每樣) 간악다 ᄭᅮ디ᄌᆞ믈 원(怨)ᄒᆞ여 경죄 무심(無心)히 ᄉᆞᆯ피디 아닛ᄂᆞᆫ 바의 눈을 흘긔여 믜워 보다가 ᄒᆞᆨᄉᆞ 닌흥의게 일장(一場) 노즐(怒叱)을 당ᄒᆞ니 대참대괴(大慙大愧)ᄒᆞᄂᆞᆫ 즁도 원(怨)을 픔어 경조 부ᄌᆞᄅᆞᆯ 졀치부심(切齒腐心)ᄒᆞ더라. 쳐ᄉᆡ 약 딧기ᄅᆞᆯ 다ᄒᆞᄆᆡ 친히 가디고 운당의[9] 드러와 소시로 ᄒᆞ여곰 잘 달혀 쁘라 ᄒᆞ며 댱시의 셤슈(纖手)ᄅᆞᆯ ᄌᆞᆸ아 ᄆᆡᆨ도(脈度)ᄅᆞᆯ ᄉᆞᆯ핀 후 미듁(糜粥)을 가져 먹기ᄅᆞᆯ 권ᄒᆞ여 그 슌강(順降)치 못ᄒᆞ믈 념녀(念慮)ᄒᆞ더니 쇼졔 이윽고 피ᄅᆞᆯ 셧거 회구(廻口)ᄒᆞ고 혼도 3면
(昏倒)ᄒᆞ여 식경(食頃)이나 ᄭᆡ디 못ᄒᆞ니 쳐ᄉᆡ 블승참연(不勝慘然)ᄒᆞ여 친히 약을 쳐 구호(救護)ᄒᆞ며 초조번녀(焦燥煩慮)ᄒᆞ믈 마디 아니ᄒᆞ더니 ᄀᆞ장 오란 후 쇼졔 ᄉᆞᆷ을 두로고 면부(面膚)[10]의 양긔(陽氣) 잇ᄉᆞ니 쳐ᄉᆡ 댱부인과 소시ᄅᆞᆯ 당부ᄒᆞ여 만일 위ᄐᆡ(危殆)ᄒᆞ미 잇거든 고ᄒᆞ라 ᄒᆞ고 태부인긔 뵈오믈 인ᄒᆞ여 존당의 드러가 시좌(侍坐)ᄒᆞᄃᆡ 댱

4 져희게 어지리 녁이믈: 규장각본에는 '어디리 녁이믈 져희게'로 되어 있음.
5 쳠미(諂媚): 첨미. 아양을 떨며 아첨하는 모양.
6 살노: 규장각본에는 '활노'로 되어 있음.
7 그: 규장각본에는 'ᄒᆞᆫᄉᆞ'로 되어 있음.
8 ᄒᆞ니: 규장각본에는 없음.
9 운당의: 규장각본에는 '운당'으로 되어 있음.
10 면부(面膚): 왕이나 왕세자 부부의 얼굴을 이르는 말.

시의 위ᄐᆡ롭던 ᄇᆞᄅᆞᆯ ᄉᆞ식디 아니코 화열(和悅)이 셕반(夕飯)을 파ᄒᆞᄆᆡ 쵹(燭)을 ᄂᆡ어 봉시(奉侍)ᄒᆞ엿다가 태부인이 취침(就寢)ᄒᆞ신 후 믈너 봉일뎐의 도라오ᄆᆡ 화부인은 댱시의 병을 보라 운당의 가고 삼ᄌᆞ 닌경은 약을 달히노라 밋쳐 도라오디 아녀시며 좌의 뫼신 ᄌᆡ 한님 일인(一人)ᄲᅮᆫ이라. 알패셔 슌ᄒᆞ고 믈너가 ᄂᆡ도ᄒᆞ여[11] 댱시의 위름(危懍)ᄒᆞᆫ 바ᄅᆞᆯ 조곰도 츄연(惆然)치 아니코 도로혀 독약(毒藥)과 모딘 호령(號令)으로 죽기ᄅᆞᆯ ᄌᆡ촉ᄒᆞ미 날노 심ᄒᆞ믈 만분통ᄒᆡ(萬分痛駭)ᄒᆞ고 ᄌᆞ긔의 명을 위역(違逆)ᄒᆞ여 ᄉᆞᄉᆞ 의견을 세운 후 말녀ᄒᆞ믈 심ᄒᆞ
4면 (心下)의 대로(大怒)ᄒᆞᄃᆡ 댱시의 질셰(疾勢) 위악(危惡)ᄒᆞ믈 우례(憂慮) 듕(重)ᄒᆞ며 범ᄇᆡᆨ(凡百)의 과급(過急)ᄒᆞ기ᄅᆞᆯ 아니 ᄒᆞᄂᆞᆫ디라. 임의 간졀이 니ᄅᆞ고 슌슌(諄諄)이 경계(警戒)ᄒᆞ여 화홍인ᄌᆞ(和弘仁慈)ᄒᆞ믈 당부ᄒᆞᆫ ᄇᆡ 헛곳의 도라져 봉승(奉承)ᄒᆞᄆᆡ 업ᄉᆞ믈 보ᄆᆡ 다시 니ᄅᆞ미 무익(無益)다 ᄒᆞ여 봉안(鳳眼)이 ᄆᆡᆼ녈(猛烈)ᄒᆞ고 미위(眉宇) 한상(寒霜)을 ᄯᅴ여 한님의 돗 아ᄅᆡ 시립(侍立)ᄒᆞ여시믈 본 쳬ᄒᆞ미 업ᄉᆞ니 한님이 감히 부안(父顔)을 쳠망(瞻望)치 못ᄒᆞ나 야심(夜深)토록 침슈(寢睡)ᄅᆞᆯ 폐ᄒᆞ시믈 졀민(切悶)ᄒᆞ여 가득이 숑황(悚惶)ᄒᆞ믈 므릅ᄡᅳ고 나ᄌᆞᆨ이 침구(寢具) 베프믈 청ᄒᆞᄃᆡ 쳐ᄉᆡ 굿ᄐᆞ여 드ᄅᆞᆫ 쳬ᄒᆞ미 업셔 몸을 동치 아니ᄒᆞ니 다시 쳥치 못ᄒᆞ며 야야(爺爺)의 이 ᄀᆞᆺᄐᆞ시믈 쳐음으로 당ᄒᆞ여 만심(滿心)이 젼뉼(戰慄)ᄒᆞᄆᆡ 아모리 ᄒᆞᆯ 바ᄅᆞᆯ 모로고 태ᄐᆡ(太太)의 도라오시믈 기다리ᄃᆡ ᄯᆡ 오라도록 동졍(動靜)이 업ᄉᆞ니

11 ᄂᆡ도ᄒᆞ여: ᄂᆡ도ᄒᆞ다. 크게 다르다.

더옥 민울(憫鬱)ᄒᆞ여 오ᄃᆡᆨ 관(冠)을 숙이며 머리ᄅᆞᆯ 굽혀 감히 낫ᄎᆞᆯ 드디 못ᄒᆞ더니 이윽고 닌경이[12] 도라오ᄆᆡ 쳐ᄉᆡ 문왈(問曰)

“네 아ᄌᆞ미 디금은 엇더타 ᄒᆞ더뇨?”

공ᄌᆡ ᄃᆡ왈(對曰)

“향ᄀᆡᆨ(嚮刻) 토혈(吐血)ᄒᆞ고 혼혼(昏昏)ᄒᆞ다 ᄒᆞ더니 약믈(藥物)을 년쇽(連續)히 ᄡᅳ오ᄆᆡ 잠간 졍신(情神)을 슈습(收拾)ᄒᆞ시ᄂᆞᆫ가 시브더이다.”

쳐ᄉᆡ 다시 믓디 아니코 믁연위좌(默然危坐)여ᄂᆞᆯ 한님의 졀민(切憫)ᄒᆞ미 부모(父母)의 침쉬(寢睡) 안온(安穩)ᄒᆞ시믈 엇디 못ᄒᆞ샤 야야(爺爺)ᄂᆞᆫ 밤이 반이로ᄃᆡ 안ᄌᆞᆫ 거ᄉᆞᆯ 곳치디 아니시며 태ᄐᆡ(太太)ᄂᆞᆫ 경운당의셔 댱시ᄅᆞᆯ 구호ᄒᆞ여 초조번민(焦燥煩悶)ᄒᆞ시믈 ᄉᆡᆼ각ᄒᆞᄆᆡ 젼혀 ᄌᆞ긔(自己) 블효(不孝)ᄅᆞᆯ 탄(嘆)ᄒᆞ더니 밤이 ᄀᆞ장 깁흔 후 화부인이 도라와 좌뎡(坐定)ᄒᆞᄆᆡ 쳐ᄉᆡ 다만 ᄀᆞᆯ오ᄃᆡ

“복(僕)이 우용(愚庸)ᄒᆞ여 ᄌᆞ식의 셰미디ᄉᆞ(細微之事)ᄅᆞᆯ ᄉᆞᆯ피디 못ᄒᆞ거ᄂᆞᆯ 부인은 녀ᄌᆞ의 ᄌᆞ상(仔詳)ᄒᆞ므로뼈 며나리 ᄉᆞᄉᆡᆼ우고(死生憂苦)ᄅᆞᆯ 단연(斷然)이 념녀(念慮)치 아니ᄒᆞ시ᄂᆞ뇨? 이 과연 복(僕)의 밋던 ᄇᆡ 아니로소이다.”

언필(言畢)의 긔위(氣宇) 한믁(端默)ᄒᆞ니 부인이 쳐ᄉᆞ의 이 말ᄉᆞᆷ ᄂᆡ미 므ᄉᆞᆷ ᄉᆞ괴(事故) 잇ᄉᆞᄆᆞᆯ 짐작ᄒᆞ여 오ᄃᆡᆨ 블찰블명(不察不明)ᄒᆞ므로뼈 손샤(遜謝)[13]ᄒᆞᄆᆡ 말ᄉᆞᆷ이 간냑(簡略)ᄒᆞ고 긔운(氣運)이 나ᄌᆞᆨᄒᆞᆯ ᄲᆞᆫ이라. 다시 므ᄉᆞᆷ 연괴(緣故)믈 믓디 아니ᄒᆞ니 쳐ᄉᆡ 역시 마ᄃᆡᄅᆞᆯ ᄭᆡ쳐

12 닌경이: 규장각본에는 ‘닌경’으로 되어 있음.

13 손샤(遜謝): 손사. 겸손하게 사양함.

니ᄅᆞ디 아니ᄒᆞ며 침음믁연(沈吟默然)이라. 한님이 부모의 안휴(安休)
6면 치 못ᄒᆞ시믈 착급(着急)ᄒᆞ여 닌경을 눈 준ᄃᆡ 공ᄌᆡ 쏘ᄒᆞᆫ 민민(憫憫)ᄒᆞ믈 니긔디 못ᄒᆞ므로 즉시 니러 니블과 벼개[14]ᄅᆞᆯ 안아 포셜(鋪設)ᄒᆞ믈 쳥(請)ᄒᆞ고 부인이 블안(不安)ᄒᆞᆫ 빗치 잇ᄉᆞ므로 쳐ᄉᆡ 마디못ᄒᆞ여 비로소 상요(床褥)의 나아가니 한님 곤계(昆季) 모친(母親)의 취침(就寢)ᄒᆞ시믈 쳥ᄒᆞᆫ 후 믈너날ᄉᆡ 공ᄌᆞᄂᆞᆫ 셔루(書樓)의 가 ᄌᆞ고ᄌᆞ ᄒᆞᄃᆡ 한님이 부친의 은의(恩意)ᄅᆞᆯ ᄉᆞᆺ치ᄆᆡ 촌심(寸心)이 황황(遑遑)ᄒᆞ여 안헐(安歇)ᄒᆞᆯ 뜻이 업ᄉᆞᆫ 고로 죵야(終夜)토록 봉일뎐 쳥샤(廳事)의 안ᄌᆞᄉᆡ와 계명(鷄鳴)을 응ᄒᆞ여 관소(盥梳)ᄒᆞ고 드러가 닌경으로 더브러 부모의 의ᄃᆡ(衣帶)ᄅᆞᆯ 밧들며 소셰(梳洗)[15]ᄅᆞᆯ 나와 완슌(婉順)ᄒᆞᆫ 낫빗과 동쵹(洞屬)[16]ᄒᆞᆫ 효셩(孝誠)이 문왕(文王)[17]이 왕계(王季)[18]ᄅᆞᆯ 뫼심과 증ᄌᆡ(曾子)[19] 증셕(曾晳)[20]을 밧들미라도 이에셔 더으디 못ᄒᆞᆯ ᄇᆡ로ᄃᆡ 쳐ᄉᆡ 통완(痛惋)ᄒᆞ믈 픔엇ᄂᆞᆫᄃᆡ라. 엇디 안ᄉᆡᆨ(顔色)을 허ᄒᆞ여 젼일 디극(至極)던 ᄌᆞᄋᆡ(慈愛)ᄅᆞᆯ 동ᄒᆞ리오? 한님이 면젼(面前)의 어ᄅᆞᆫ 기미(幾微) 이신ᄌᆞᆨ ᄉᆡᆨᄉᆡᆨ 엄녈(嚴烈)ᄒᆞ미 더으고 무심(無心)히도 한님의 말을 드ᄅᆞᆫ

---

14 니블과 벼개: 규장각본에는 '벼ᄀᆡ와 이불'로 되어 있음.

15 소셰(梳洗): 소세. 머리를 빗어서 단정히 하고 세수를 하는 것.

16 동쵹(洞屬): 동촉. 《예기(禮記)》〈제의(祭儀)〉에 등장하는 말로, 성실한 태도로 삼가 공경함을 말함.

17 문왕(文王): 중국 고대 주나라의 기초를 닦으며 덕치에 힘쓴 명군(名君). 그의 통치로 나라가 잘 다스려지자 기산(岐山)에 봉황새가 날아와 울었다고 함.

18 왕계(王季): 주나라 문왕의 아버지.

19 증ᄌᆡ(曾子): 증자. 공자의 제자인 증삼. 효로 이름난 인물.

20 증셕(曾晳): 증석. 증자의 아버지.

쳬ᄒᆞ미 업셔 언어(言語)로 통(通)치 아니ᄒᆞᄃᆡ 태부인 알플 님ᄒᆞ면 화긔(和氣) 우흴[21] 듯ᄒᆞ여 한님을 통히(痛駭)ᄒᆞᄂᆞᆫ 바ᄅᆞᆯ 낫토디 아니ᄒᆞ니 태부인은[22] 젼혀 모로미 되엿더라. 한님이 부친(父親)의 깁히 노(怒)ᄒᆞ 7면
시믈 황튝(惶蹴)ᄒᆞ나 당시ᄅᆞᆯ 죽으라 ᄌᆡ촉ᄒᆞ믄 ᄒᆞᆫ갈갓ᄐᆞ여 셔실(書室)이 고요ᄒᆞ며 좌우(左右)의 사ᄅᆞᆷ이 업ᄉᆞᆫ즉 녹셤을 블너 쇼져의 디금 ᄉᆞᄂᆞᆫ 뜻이 므어ᄉᆞᆯ[23] 위ᄒᆞ고 ᄯᅩ 뉘게 욕을 닐위고져 ᄒᆞ미믈 므러 분완통히(憤怨痛駭)ᄒᆞ미 ᄇᆡᆨ년ᄃᆡ쳑(百年大隻) ᄀᆞᆺᄐᆞ니 녹셤이 어ᄃᆡ 가 쇼져의 딜셰(疾勢) 위독(危篤)ᄒᆞ믈 감히 고ᄒᆞ리오? ᄒᆞᆫ갓 심간(心肝)[24]이 터딜 듯 비원(悲怨)을 픔을 ᄲᅳᆫ이러니 쳐ᄉᆞ의 명약(命藥)ᄒᆞᆫ 바 약회(藥效) 신긔(神奇)ᄒᆞ여 쇼져의 위악(危惡)ᄒᆞ던 병셰 일분 나으미 잇셔 혼혼침침(昏昏沈沈)히 인ᄉᆞ(人事)ᄅᆞᆯ ᄇᆞ렷던 바ᄅᆞᆯ 잠간 슈습(收拾)ᄒᆞᄃᆡ 심녜(心慮) 블평(不平)ᄒᆞ믄 졍신(情神)을 ᄎᆞᆯ힐ᄉᆞ록 더은디라. 댱부인이 우젼초려(憂煎焦慮)ᄒᆞ믈 니긔디 못ᄒᆞᄃᆡ 그 구고(舅姑)의 셩픔(性品)을 아ᄂᆞᆫ 고로 맛ᄎᆞᆷᄂᆡ 위틔(危殆)ᄒᆞ믈 혼동(混同)치 아니므로 희린 형뎨 ᄯᅩᄒᆞᆫ[25] 졍부의 왕ᄂᆡ(往來)ᄒᆞᆯ 낫치 업셔 ᄆᆡ져(妹姐)의 병을 근심ᄒᆞ나 젼일(前日) ᄀᆞᆺ치 가보디 못ᄒᆞ고 부친이 혹 졍부의 가랴 ᄒᆞ여도 다시 말을 그ᄅᆞᆺᄒᆞ여 ᄆᆡ져의 블평ᄒᆞ믈 더을가 두리ᄆᆡ 간졀(懇切)이 말뉴(挽 8면
留)ᄒᆞ니 댱공이 츌입(出入)을 임의(任意)로 못 ᄒᆞ여 ᄯᅩᄒᆞᆫ 여러 달 졍

21 우흴: 우희다. 움키다.
22 태부인은: 규장각본에는 'ᄐᆡ부인니'로 되어 있음.
23 므어ᄉᆞᆯ: 규장각본에는 '누구를'로 되어 있음.
24 심간(心肝): 심장과 간장이라는 뜻으로, 깊은 마음속을 비유하는 말.
25 희린 형뎨 ᄯᅩᄒᆞᆫ: 규장각본에는 'ᄯᅩᄒᆞᆫ 희린 형뎨'로 되어 있음.

부의 가디 못ᄒᆞ엿더니 일일(一日)은 정쳐ᄉᆡ 협문(夾門)으로조ᄎᆞ 니ᄅᆞ러 셔로 볼ᄉᆡ 댱공이 이ᄌᆞ(二子)의 간절(懇切)ᄒᆞ믈 드러시므로 블평(不平)ᄒᆞᆫ ᄉᆞ식(辭色)을 못 ᄒᆞ나 일단 한님을 한(恨)ᄒᆞᄂᆞᆫ 뜻이 업디 아닌디라. 쳐ᄉᆡ 한가(閑暇)히 우으며 화열(和悅)이 ᄃᆡ(對)ᄒᆞ여 미돈(迷豚)[26]의 광망(狂妄)ᄒᆞ믈 거리씨디 말나 ᄒᆞ여 다만 ᄋᆞ부(兒婦)의 병셰(病勢) 비경(非輕)[27]ᄒᆞ믈 념녀(念慮)ᄒᆞᆯ 쁜이오. 다ᄅᆞᆫ 블평디ᄉᆡᆨ(不平之色)이 업ᄉᆞ니 댱공의 념치(廉恥) 상딘(喪盡)ᄒᆞ므로도 쳐ᄉᆞ의 양츈화긔(陽春和氣)ᄅᆞᆯ ᄃᆡᄒᆞ여 므어시라 블호디ᄉᆡᆨ(不好之色)을 두며 츄텬긔상(秋天氣像)을 우러러 간 ᄃᆡ로 가바야이 온ᄉᆡᆨ(慍色)을 낫토리오? 노긔(怒氣)ᄅᆞᆯ 십분(十分) 쥬리잡아[28] 이윽이 담화(談話)ᄒᆞ다가 쳐ᄉᆡ 도라오ᄆᆡ 댱공이 또ᄒᆞᆫ 니ᄅᆞ러 녀ᄋᆞ(女兒)의 병톄(病體)ᄅᆞᆯ 위로(慰勞)ᄒᆞ니 ᄎᆞ일(此日) 한님이 됴당(朝堂)[29]의 간 고로 보디 못ᄒᆞᆫ ᄇᆡ 되니라. 일일(一日)은 소위공 셩암션ᄉᆡᆼ[30]이 졍아의 와 쳐ᄉᆞᄅᆞᆯ 볼ᄉᆡ 친녀(親女) 양녀(養女)와 손네(孫女) 다 졍문의 쇽현(續絃)ᄒᆞᄃᆡ[31] 굿ᄐᆞ여 ᄌᆞ로 와 보미 업더니 댱시의 병이 깁흐믈 듯고 념녀(念慮)ᄒᆞ여 이날의 쳐ᄉᆞᄅᆞᆯ 보와 댱시의 병셰(病勢)ᄅᆞᆯ 므ᄅᆞᆫᄃᆡ 비경(非輕)ᄒᆞ므로뼈 ᄃᆡ(對)ᄒᆞᄂᆞᆫ디라. 날호여 운당의 드러가 보고ᄌᆞ ᄒᆞᄆᆡ 한님이 인도(引導)ᄒᆞᆯᄉᆡ 몽니(夢裏)

9면

26 미돈(迷豚): 남에게 자신의 아들을 낮추어 이르는 말.

27 비경(非輕): 규장각본에는 '위경'으로 되어 있음.

28 쥬리잡아: 줄여 잡다. 누그러뜨리다.

29 됴당(朝堂): 조당. 임금이 신하와 정치를 의논하는 곳. 규장각본에는 '돈당'으로 되어 있음.

30 소위공 셩암션ᄉᆡᆼ: 소수. 호는 성암. 정한의 죽마고우. 장헌의 이종형제.

31 쇽현(續絃)ᄒᆞᄃᆡ: 규장각본에는 '속현할ᄉᆡ'로 되어 있음. '속현'은 남성이 새 아내를 맞는 것을 비유하는 말.

의 업ᄉᆞ니 쳐ᄉᆡ ᄋᆞᄌᆞ(兒子)와 말ᄒᆞ지 아니미 여러 날이라. 스ᄉᆞ로 소공을 인도(引導)ᄒᆞ여 운당의 니ᄅᆞ니 소공이 쇼왈(笑曰)

"ᄌᆡ뵈 비록 승안(承顔)[32]ᄒᆞᄂᆞᆫ 화긔(和氣)ᄅᆞᆯ 디으나 당ᄋᆞ의 딜셰(疾勢)ᄅᆞᆯ 므ᄅᆞᄆᆡ 유유(唯唯)ᄒᆞ여 ᄃᆡ답(對答)이 업ᄉᆞ며 은연이 함분인통(含憤忍痛)ᄒᆞᄂᆞᆫ 빗치 이시니 블승의아(不勝疑訝)ᄒᆞ여라."

쳐ᄉᆡ ᄃᆡ왈(對曰)

"조협(躁狹) 블통(不通)ᄒᆞᆫ ᄋᆞᄒᆡ 군ᄌᆞ(君子)의 화홍(和弘)ᄒᆞᆫ 도량(度量)이 업셔 졔 취모의 일시실언(一時失言)을 깁히 한(恨)ᄒᆞ여 그 ᄀᆞᆺᄐᆞ미니이다."

소공이 젼ᄉᆞ(前事)ᄅᆞᆯ 모로다가 금일(今日) 쳐음으로 드ᄅᆞᄆᆡ 박시의 위인(爲人)을 긔괴(奇怪)히 녁이ᄂᆞᆫ디라. 반ᄃᆞ시 셔랑(壻郞)과 친옹(親翁)을 참욕(慘辱)ᄒᆞ여 녀ᄋᆞ(女兒)의게 대화(大禍)ᄅᆞᆯ 깃치믈 디긔(知機)ᄒᆞᄆᆡ 경ᄒᆡ(驚駭)ᄒᆞ믈 니긔디 못ᄒᆞ나 다시 뭇디 아니코 이의 입실(入室)ᄒᆞ여 냥녀ᄅᆞᆯ 보ᄆᆡ 댱시의 엄엄ᄒᆞᆫ 병상이 위ᄐᆡ(危殆)ᄒᆞ며 소시의 우환(憂患)을 근심ᄒᆞ미 또ᄒᆞᆫ 슈쳑(瘦瘠)ᄒᆞ믈 면치 못ᄒᆞ엿ᄂᆞᆫ디라. 공이 경악(驚愕)ᄒᆞ믈 ᄧᅴ여 댱시의 손을 잡아 그 ᄆᆡᆨ도(脈度)ᄅᆞᆯ ᄉᆞᆯ피고 미우(眉宇)ᄅᆞᆯ ᄶᅵᆼ긔여 왈 10면

"뉵ᄆᆡᆨ(六脈)이 허약(虛弱)ᄒᆞ고 초갈(焦渴)ᄒᆞ여 병근(病根)이 깁허시며 심히 위ᄐᆡ(危殆)ᄒᆞ니 엇디 놀납디 아니리오? 겸ᄒᆞ여 심녜(心慮) 크게 동ᄒᆞ여 병의 유ᄒᆡ(有害)케 ᄒᆞ니 이 또 조ᄇᆞ야온[33] 연괴라. 엇디 관

---

32 승안(承顔): 웃어른을 뵈는 것.

33 조ᄇᆞ야온: 조ᄇᆡ얍다. 좁다, 좀스럽다.

심활히(寬心濶解)키롤 못 ᄒᆞ여 병회(病懷)롤 요란(搖亂)케 ᄒᆞ고 어룬의 근심을 깃치믈 싱각디 아니ᄒᆞᄂᆞ뇨?"

쇼졔 머리롤 숙여 듯ᄌᆞ올 ᄯᆞᆫ이오 가히 회포(懷抱)롤 고치 못ᄒᆞᄂᆞᆫ디라. 소공이 이련(哀憐)ᄒᆞᄂᆞᆫ 졍(情)이 친녀(親女)와 양녜(養女)믈 ᄭᅵ닷디 못ᄒᆞ며 손녀 딕ᄉᆞ 닌유의 부인을 블너 ᄒᆞᆫ가지로 안쳐 이윽이 말솜ᄒᆞ다가 댱시롤 당부ᄒᆞ여 병이 슈히 나으믈 니ᄅᆞ고 녀ᄋᆞ롤 경계ᄒᆞ여 구호(救護)ᄒᆞ믈 게얼니 말나 ᄒᆞ며 손녀롤 도라보와 됴히 이시라 ᄒᆞ고 날호여 쳐ᄉᆞ로 더브러 외헌(外軒)의 나오ᄆᆡ 한님이 맛촘 ᄂᆡ당(內堂)

11면 의 드러갓ᄂᆞᆫ디라. 소공이 쳐ᄉᆞ롤 향ᄒᆞ여 쇼왈

"후ᄇᆡᆨ의 부인이 ᄌᆡ보롤 거워 즐욕(叱辱)으로ᄡᅧ 더으ᄆᆡ 인ᄌᆞ의 ᄎᆞ마 듯디 못ᄒᆞᆯ ᄇᆡ 만흔 듯ᄒᆞ디라. 녀ᄇᆡᆨ은 ᄆᆞ옴의 거리ᄭᅵ디 아니ᄆᆡ 괴이치 아니코 ᄌᆡ보의 위인이 분노롤 니ᄅᆞ현속 심히 어려온 듯ᄒᆞ니[34] 슈상(手上)[35]은 오히려 심상(尋常)ᄒᆞᆫ 듯ᄒᆞ여 그 노긔(怒氣)롤 대ᄉᆞ로이 넉이미 업ᄉᆞ려니와 슈하(手下)[36]의 거ᄒᆞᆫ ᄌᆞᄂᆞᆫ 쇼텬(所天)[37]의 노분(怒忿)을 당ᄒᆞ여 감히 안연(安然)치 못ᄒᆞᆯ ᄇᆡ오. 댱ᄋᆡ ᄒᆞᆫ 터럭 허믈이 업ᄉᆞᆯ디라도 ᄌᆡ뵈 그 모과(母過)로ᄡᅧ 댱ᄋᆞ의 죄롤 삼은즉 댱ᄋᆡ 인ᄉᆞ(人事)의 타연(妥然)치 못ᄒᆞ여 황민툑쳑(惶憫踧踖)ᄒᆞ미 아모리 ᄒᆞᆯ 바롤 모롤디라. ᄌᆡ보의 셩졍(性情)이 심히 강확(剛確)ᄒᆞ므로 ᄉᆞᆺ촐 프러 ᄇᆞ리미 업ᄉᆞᆯ디니 댱ᄋᆡ 쳔만원억(千萬怨抑)ᄒᆞ나 죄롤 딋고 벌을 밧디 못ᄒᆞᆫ 심시

---

34 니ᄅᆞ현족 심히 어려온 듯ᄒᆞ니: 규장각본에는 '이라현족ᄒᆞ니'로 되어 있음.

35 슈샹(手上): 수상. 손윗사람.

36 슈하(手下): 수하. 손아랫사람.

37 쇼텬(所天): 소천. 아내가 남편을 일컫는 말.

ᄎᆞᆯᄒᆞ리 은회(隱懷) 업ᄉᆞᆷ만 갓디 못ᄒᆞ여 딘퇴(進退)의 얼울(虩虺)ᄒᆞ미 극ᄒᆞ리니 노인(老人)의 ᄉᆡᆼ각인ᄌᆞᆨ 댱ᄋᆞᄅᆞᆯ 아딕 샤(赦)ᄒᆞ여 도라보닐 딘ᄃᆡ ᄌᆡ보ᄂᆞᆫ 츌거(黜去)로 치부(置薄)ᄒᆞ고 댱ᄋᆞᄂᆞᆫ 죄로ᄡᅧ 도라가므로 쳐신ᄒᆞ여[38] 익화(厄禍)ᄅᆞᆯ 마ᄌᆞ ᄡᅵ오며 ᄌᆡ보의 노긔(怒氣) ᄑᆞ러지기ᄅᆞᆯ 기다려 일틱(一宅)의 못게 ᄒᆞ미 편당(便當)ᄒᆞᆯ가[39] ᄒᆞᄂᆞ니 녀빅의 혜아리미 엇디 노인만 못ᄒᆞ리오마ᄂᆞᆫ ᄌᆡ보의 노긔(怒氣)ᄅᆞᆯ ᄉᆡᆨ고ᄌᆞ ᄒᆞ미 도로혀 댱ᄋᆞ의 난안(赧顔)ᄒᆞᄆᆞᆯ ᄉᆡᆼ각디 못ᄒᆞ미 되엿ᄂᆞᆫ디라. 쳥컨ᄃᆡ 일이 쥬편(周徧)ᄒᆞᄆᆞᆯ ᄉᆞᆯ필디어다." 12면

쳐ᄉᆡ 소공의 말ᄉᆞᆷ이 맛당ᄒᆞᄆᆞᆯ 아나 심하(心下)의 한님을 통히(痛駭)ᄒᆞ여 ᄒᆞᆫ 번 다ᄉᆞ리ᄆᆞᆯ 폐(廢)치 말고ᄌᆞ ᄒᆞᄂᆞᆫ디라. 이에 ᄃᆡ왈

"닌광의 블인광망(不仁狂妄)ᄒᆞ오ᄆᆞᆯ ᄇᆞᆰ히 알며 식부(息婦)의 위단(危端)ᄒᆞᄆᆞᆯ 잠간 덜고ᄌᆞ ᄒᆞ여 이러ᄐᆞᆺ 니ᄅᆞ시니 년딜(緣姪)[40]이 엇디 밧드디 아니리잇고마ᄂᆞᆫ 다만 ᄋᆞ뷔(兒婦) 심히 위름(危懍)ᄒᆞ와 디쳑(咫尺)이라도 힝ᄒᆞ미 어렵게 되엿ᄉᆞ오니 됴호(調護)ᄒᆞ여 대셰(大勢) 나은 후 보ᄂᆡ샤이다."

뎡언간(正言間)의 한님이 길ᄉᆞ 등 군죵(群從)으로 더브러 드러와 시립(侍立)ᄒᆞ니 소공이 다시 댱시다히 말을 아니 ᄒᆞ고 이윽이 다ᄅᆞᆫ 말을 슈작(酬酌)ᄒᆞ다가 도라가니 쳐ᄉᆞ 곤계ᄌᆞ딜(昆季子姪)노 더브러 비숑(拜送)ᄒᆞ더라. 이ᄯᅴ 박시 망녕(妄靈)된 노긔(怒氣)와 패악(悖惡)

---

38 도라가므로 쳐신ᄒᆞ여: 규장각본에는 '도라가므로ᄡᅧ 도라가'로 되어 있음.

39 편당(便當)ᄒᆞᆯ가: 편당하다. 마땅하다.

40 년딜(緣姪): 연질. 조카뻘 되는 사람.

13면 ᄒᆞᆫ 언ᄉᆞ(言辭)로 한님의 노분(怒憤)을 니ᄅᆞ혀 녀아(女兒)의게 대화(大禍)롤 깃치고 스ᄉᆞ로 ᄋᆡ돌오며 분ᄒᆞ믈 니긔디 못ᄒᆞ여 능히 먹디 못ᄒᆞ고 ᄌᆞ디 못ᄒᆞ미 신샹딜고(身上疾苦)로 다ᄅᆞ미 업ᄂᆞᆫ디라. 허망(虛妄)ᄒᆞᆫ 인ᄉᆡ(人事) 엇디 병 되디 아니리오? 화통(火痛)이 듕(重)ᄒᆞ여 상셕(床席)[41]의 침와(沈臥)ᄒᆞ미 쥬야(晝夜)로 녀ᄋᆞ롤 브ᄅᆞ디져 슬허ᄒᆞᄂᆞᆫ 거동(擧動)이 목젼의 시슈(屍首)[42]롤 ᄃᆡ흠 곳ᄐᆞ니 엇디 ᄉᆞ의(邪議)[43]롭디 아니리오? 이ᄌᆡ(二子) 블승초민(不勝焦憫)ᄒᆞ여 거죄(擧措) 괴이(怪異)ᄒᆞ믈 간(諫)ᄒᆞ며 위로(慰勞)ᄒᆞ믈 마디 아니ᄒᆞ고 댱어ᄉᆞ 부인이 쇼고(小姑)롤 구호ᄒᆞᄆᆡ 슈히 도라가믈 ᄉᆡᆼ각디 아니터니 존고(尊姑)의 환휘(患候) 비경(非輕)ᄒᆞ믈 드ᄅᆞᄆᆡ 믈너 잇디 못ᄒᆞ여 구가(舅家)로 도라가려 홀ᄉᆡ 박시 글월을 깃쳐 녀ᄋᆞ와 홈긔 도라오믈 간졀이 닐넛ᄂᆞᆫ 고로[44] 어ᄉᆞ부인(御史夫人)이 존당 태부인과 쳐ᄉᆞ 부부긔 존고(尊姑)의 병듕(病中) 쇼고(小姑)롤 ᄉᆡᆼ각ᄂᆞᆫ 졍(情)이 더옥 병톄(病體)의 ᄒᆡ로오믈 고ᄒᆞ여 쇼괴 비록 병이 듕ᄒᆞ나 더브러 도라가믈 쳥(請)ᄒᆞᆫᄃᆡ 쳐ᄉᆡ 소공의 말을 조ᄎᆞ 임의 ᄋᆞ부롤 보ᄂᆡ고ᄌᆞ ᄒᆞ엿더니 이에 태부인긔 고왈(告曰)

14면 "모녀의 병듕(病中) 셔로 ᄉᆡᆼ각ᄒᆞᄆᆡ 질(疾)을 더으미 괴이(怪異)치 아니ᄒᆞ오니 ᄋᆞ부(我婦)롤 잠간 도라보ᄂᆡ여 박부인 병이 가복(可復)ᄒᆞ온 후 다려오미 맛당홀가 ᄒᆞᄂᆞ이다."

41 상셕(床席): 상석. 침대에 까는 돗자리.

42 시슈(屍首): 시수. 시신.

43 ᄉᆞ의(邪議): 사의. 부정한 의논.

44 닐넛ᄂᆞᆫ 고로: 규장각본에는 '일너ᄂᆞᆫ디라'로 되어 있음.

태부인이 한님의 댱시ᄅᆞᆯ 촉명(促命)ᄒᆞᄂᆞᆫ 바ᄅᆞᆯ 젼혀 아디 못ᄒᆞ다가 금됴(今朝)의야 연부인 슉괴 잠간 고ᄒᆞ므로ᄡᅧ 알ᄆᆡ 한님을 깁히 싀험(猜險)이 넉이고 댱시ᄅᆞᆯ 위ᄒᆞ여 잔인 비편(非便)ᄒᆞ믈 니긔디 못ᄒᆞ여 잠간 도라보ᄂᆡ여 닌광의 죽으라 ᄌᆡ촉ᄒᆞᄂᆞᆫ 호령(號令)이나 듯디 말과ᄌᆞ ᄒᆞ여 즉시 허ᄒᆞ니 쳐ᄉᆡ 드ᄃᆡ여 거장(車帳)을 ᄎᆞᆯ히라 ᄒᆞ며 댱부인을 도라보아 왈

"ᄋᆞ뷔(我婦) 움ᄌᆞᆨ이미 어려오리니 여등(汝等)이 좌우(左右)로 붓드러 이에 와 ᄌᆞ위(慈闈)긔 하딕(下直)게 ᄒᆞ라."

댱부인이 슈명(受命)ᄒᆞ고 즉시 운당의 니ᄅᆞ러 쇼져ᄅᆞᆯ 보아 존당(尊堂) 슉당(叔堂)의[45] 귀령(歸寧)[46]을 허ᄒᆞ시ᄂᆞᆫ 뜻을 니ᄅᆞ며 잠간 긔운(氣運)을 슈습(收拾)ᄒᆞ여 왕모긔 하딕ᄒᆞ믈 니ᄅᆞ니 당시 딘실(眞實)노 긔동(起動)ᄒᆞᆯ 근녁(筋力)이 업ᄉᆞ나 금번(今番) 도라가미 일흠은 근친(覲親)[47]이로ᄃᆡ 기실(其實)은 츌거(黜去)로다 ᄒᆞ미 업ᄉᆞ니 슈히 도라와 존당 구고(舅姑)ᄅᆞᆯ 봉시(奉侍)ᄒᆞ미 어려온디라. 평ᄉᆡᆼ(平生) 긔운(氣運)을 다 ᄒᆞ여 의상(衣裳)을 슈렴(收斂)ᄒᆞ고 ᄒᆞᆫ 우흠 믈을 우희여 옥안(玉顔)을 슈결(水潔)ᄒᆞ나 운발(雲髮)을 소하(梳下)치 못ᄒᆞᄆᆡ【머리 빗디 못ᄒᆞ단 말이라】 삽삽(颯颯)히[48] 헛튼 거ᄉᆞᆯ ᄡᅳ리치며 어ᄉᆞ 부인을 붓들고 니러나고ᄌᆞ ᄒᆞᄆᆡ ᄒᆡᆼ보(行步)ᄅᆞᆯ 일울 길히 업ᄉᆞ니 댱부인[49]이 민망(憫惘)ᄒᆞ 15면

45 슉당(叔堂)의: 규장각본에는 '슉당긔'로 되어 있음.
46 귀령(歸寧): 시집간 여자가 친정으로 가는 것.
47 근친(覲親): 시집간 여자가 친정으로 가는 것.
48 삽삽(颯颯)히: 바람이 쌀쌀한 모양.
49 댱부인: 규장각본에는 '부인'으로 되어 있음.

여 단단이 븟들며 신고(辛苦)히 태뎐(太殿)의 다ᄃᆞᄅᆞᄆᆡ 댱시 복계쳥죄(伏稽請罪)ᄒᆞ여 블효관영디죄(不孝貫盈之罪)와 텬딜(天疾)이 미류(彌留)ᄒᆞ여 오ᄅᆡ 신혼(晨昏)의 참예치 못ᄒᆞ믈 일ᄏᆞ라 셩녀(聖慮) 깃치믈 황공(惶恐)ᄒᆞ니 태부인이 븟드러 올니믈 명ᄒᆞᄆᆡ 쳐ᄉᆡ 볼 젹ᄆᆞ다 년ᄋᆡ(憐愛)ᄒᆞ미 더어 ᄉᆡ로이 쳥죄(請罪)ᄒᆞ미 블가(不可)ᄒᆞ믈 닐너 ᄌᆞ교(慈教)ᄅᆞᆯ 밧드러 ᄇᆡ시(陪侍)ᄒᆞ라 ᄒᆞᆫᄃᆡ 쇼졔 감히 고집(固執)디 못ᄒᆞ여 다시 니러 계오 당의 올나 ᄇᆡ알(拜謁)ᄒᆞᄆᆡ 위ᄐᆡ(危殆)ᄒᆞᆫ 거동(擧動)이 보기의 두리온디라. 태부인이 이ᄃᆡ도록 ᄒᆞ믈 아디 못ᄒᆞ엿다가 ᄯᅥᆯ니 손을 잡아 겻ᄐᆡ 안치고 현연(泫然)이 빵톄(雙涕)ᄅᆞᆯ 나리와 탄왈(嘆曰)

"ᄋᆞ부(我婦)의 젹상(積傷)ᄒᆞᆫ 병이 깁허 증셰 비경(非輕)ᄒᆞ믄 드럿거니와 엇디 이러ᄐᆞᆺ 엄엄위위(奄奄危危)히 되여시믈 ᄯᅳᆺᄒᆞ여시리오? 네
16면 거동(擧動)이 아마 가복(可復)ᄒᆞᆯ 날이 머러시니 엇디 놀납디 아니랴. 너의 ᄋᆡᆨ회(厄禍) 괴이(怪異)ᄒᆞ여 ᄉᆡ험(猜險)ᄒᆞᆫ 가부(家夫)의 모디리 보ᄎᆡ믈 당ᄒᆞ나 오히려 갈호ᄉᆡ랑(蝎虎豺狼)이 아니라 간ᄃᆡ로 사ᄅᆞᆷ을 죽이디 아니리니 심회(心懷)ᄅᆞᆯ 안안(安安)이 ᄒᆞ여 병을 됴호(調護)ᄒᆞ고 브졀업시 우탄(憂歎)ᄒᆞ여 질셰(疾勢)ᄅᆞᆯ 더으디 말나."

쇼졔 브복문파(俯伏聞罷)의 ᄇᆡ슈샤은(拜首謝恩)ᄒᆞ며 감히 일언(一言)을 ᄃᆡ(對)치 못ᄒᆞ니 쳐ᄉᆡ 태부인긔 고왈(告曰)

"ᄋᆞ부(我婦)의 위름(危懍)ᄒᆞ온 거동(擧動)이 존젼의 오ᄅᆡ 시좌(侍坐)치 못ᄒᆞ오리니 일ᄌᆞᆨ이 도라가 됴호(調護)ᄒᆞ와 ᄎᆞ경(差境)이 이신 후 슬하(膝下)의 ᄇᆡ시(陪侍)ᄒᆞ믈 명(命)ᄒᆞᄉᆞ미 맛당ᄒᆞᆯ가 ᄒᆞᄂᆞ이다."

태부인이 졈두(點頭)ᄒᆞ고 이에 댱시 보ᄂᆡ믈 결연(缺然)이 넉이나 그 위ᄐᆡ(危殆)ᄒᆞ믈 념녀(念慮)ᄒᆞ여 옥슈(玉手)ᄅᆞᆯ 어로만져 다시곰 안심

됴호(安心調護)ᄒᆞ믈 당부ᄒᆞ며 구고슉당(舅姑叔堂)이 ᄒᆞᆫ가디로 ᄋᆡ경년셕(哀哽憐惜)ᄒᆞ여 병셰 슈히 ᄎᆞ헐(差歇)ᄒᆞ믈 닐너 기리 작별(作別)ᄒᆞᄆᆡ 의의(依依)[50] 결울ᄒᆞᆫ 뜻이 아ᄋᆞ라ᄒᆞᆫ 원별(遠別)을 당ᄒᆞᆫ ᄃᆞᆺ 부인ᄂᆡ는 쳑연함비(惕然含悲)ᄒᆞ니 ᄒᆞ믈며 졔쇼져(諸小姐)는 댱시로 의합슈젹(意合手適)ᄒᆞ여 일시상니(一時相離)롤 악연(愕然)[51]ᄒᆞ던 바로뼈 이졔 위듕(危重)ᄒᆞᆫ 병을 시러 도라가ᄆᆡ 슈히 가복(可復)ᄒᆞ여 못기롤 긔필(期必)치 못ᄒᆞ니 각각 훌연이 일흔 거시 잇는 ᄃᆞᆺ 챵결(悵缺)ᄒᆞ믈[52] 억제(抑制)치 못ᄒᆞᄃᆡ 존젼(尊前)의셔 회포(懷抱)롤 여디 못ᄒᆞ여 ᄒᆞᆫ갓 결훌(缺欻)ᄒᆞᆫ 정을 씌여 작별(作別)ᄒᆞᆯᄉᆡ ᄢᅵ맛촘 앗촘 문안(問安)을 당ᄒᆞ엿는 고로 졔ᄉᆡᆼ의 좌간(座間)의 모다 참예ᄒᆞᆫ디라. 한님이 댱시롤 보고 거연(居然)이 니러나고ᄌᆞ ᄒᆞ거놀 쇼뷔 그 ᄉᆞᄆᆡ롤 좁아 안쳐 ᄀᆞᆯ오ᄃᆡ
"인ᄌᆡ(人子) 친의(親意)롤 슌(順)ᄒᆞ미 웃듬이라. 현딜(賢姪)이 근일(近日) 형댱 은의(恩義)롤 모로디 아닐 거시어놀[53] 쏘 엇디 녜ᄉᆞ로이 구디 아니려 ᄒᆞᄂᆞ뇨?"
한님이 댱시롤 ᄃᆡᄒᆞ미 만만비소원(萬萬非所願)이로ᄃᆡ 슉부의 잡아 안치믈 감히 쩔치디 못ᄒᆞ여 브득이(不得已) 좌(座)ᄒᆞᄆᆡ 눈을 낫초와 무심(無心)히도 들미 업더니 댱어ᄉᆞ 부인과 댱시 모든 ᄃᆡ 하딕 ᄇᆡ별(拜別)ᄒᆞ는디라. 한님이 져져(姐姐)롤 아니 ᄇᆡ숑(拜送)치 못ᄒᆞ여 몸을 니러 절ᄒᆞᄆᆡ 댱시 쏘 졔ᄉᆡᆼ(諸生)으로 ᄇᆡ별(拜別)ᄒᆞᆯᄉᆡ 태부인이 한 17면

50 의의(依依): 아쉬워하며 그리워하는 모양.
51 악연(愕然): 정신이 아찔해질 정도로 놀라는 것.
52 챵결(悵缺)ᄒᆞ믈: 창결하다. 몹시 서운하고 섭섭하다.
53 아닐 거시어놀: 규장각본에는 '아닐디라'로 되어 있음.

님을 도라보아 왈

18면 "ᄋᆞ뷔(我婦) 금됴(今朝)의 가 져녁의 오미 잇셔도 네 ᄯᅩᄒᆞᆫ 안ᄌᆞ셔 보ᄂᆡ미 가치 아니ᄒᆞᄂᆞ니라."

한님이 결결이 증분(憎憤)[54]ᄒᆞ나 왕모의 명(命)을 역(逆)디 못ᄒᆞ여 브득이 팔흘 드러 졔ᄉᆡᆼ(諸生)과 ᄀᆞᆺ치 답녜(答禮)ᄒᆞ여 보ᄂᆡ니 임의 댱부인이 댱시로 더브러 존당의 하딕ᄇᆡ샤(下直拜謝)ᄒᆞ고 ᄒᆞᆫ 덩[55]의 올나 도라갈ᄉᆡ 소쇼졔 누슈(淚水)롤 먹음어 원군(原君)을 ᄇᆡ별(拜別)ᄒᆞ니 댱쇼졔 ᄯᅩᄒᆞᆫ 의의 결연(缺然)ᄒᆞ믈 니긔디 못ᄒᆞ더라. 거괴(車轎) 계오 문을 나ᄆᆡ 소부 시ᄋᆡ 소공의 셔간(書柬)을 밧드러 쳐ᄉᆞ긔[56] 드리니 쳐ᄉᆡ 보건ᄃᆡ 다른 ᄉᆞ에(辭語) 업고 다만 녀ᄋᆞ의 귀령(歸寧)을 쳥(請)ᄒᆞ여시니 원간 댱어ᄉᆞ 부인이 작셕(昨夕)의 도라갈 바롤 몬져 의논ᄒᆞ엿던 바로 소시 좌의셔 듯고 도라갈 ᄯᅳᆺ을 디긔(知機)ᄒᆞᄆᆡ 홀노 구가(舅家)의 머믈고ᄌᆞ 아니므로 부친을 촉(促)ᄒᆞ여 급급(急急)히 귀근(歸覲)을 쳥ᄒᆞ미러라. 쳐ᄉᆡ ᄯᅩᄒᆞᆫ 소시의 ᄆᆞ옴을 혜아려 굿ᄐᆞ여 막디 아니ᄒᆞ며 태부인긔 고ᄒᆞ여 즉시 허락ᄒᆞ니 소시 심니(心裏)의 ᄒᆡᆼ열(幸悅)ᄒᆞ여 존당 구고긔 하딕ᄇᆡ샤(下直拜謝)ᄒᆞᆯᄉᆡ 한님이 그 도라가ᄂᆞᆫ 바롤 십분블

19면 열(十分不悅)[57]ᄒᆞ나 존당 부뫼 허(許)ᄒᆞ시니 홀노 막디 못ᄒᆞ여 그 졀ᄒᆞᄂᆞᆫ ᄇᆡ의 거슈답녜(擧手答禮)ᄒᆞ더라. 태부인이 댱어ᄉᆞ 부인과 댱쇼져와 소시롤 일시(一時)의 보ᄂᆡᆫ 후 슈듕긔화(手中奇花)롤 일흔 ᄃᆞᆺᄒᆞᆯ 쁜

54 증분(憎憤): 규장각본에는 '승분'으로 되어 있음.

55 덩: 가마.

56 밧드러 쳐ᄉᆞ긔: 규장각본에는 없는 내용임.

57 십분블열(十分不悅): 규장각본에는 '블열'로 되어 있음.

아니라 당시의 병셰(病勢) 위름(危懔)ᄒᆞ믈 깁히 념녀(念慮)ᄒᆞ고 한님의 박졍(薄情)ᄒᆞ믈 ᄉᆡ로이 통ᄒᆡ(痛駭)ᄒᆞ여 쳐ᄌᆞ롤 도라보아 왈

"당ᄋᆡ 엄엄(奄奄)ᄒᆞᆫ 위딜(危疾)을 시러[58] 도라가니 ᄆᆞ음의 닛기 어려온디라. 졔 침소(寢所)의셔 됴병(調病)ᄒᆞᆯ ᄶᅵ의도 념녀(念慮)롤 노치 못ᄒᆞ던 바로 죽으라 ᄒᆞ미 인졍(人情)이 아닌[59] 말이 만턴가 시브ᄃᆡ 노뫼(老母) 아득히 ᄉᆞᆯ피디 못ᄒᆞ고[60] 광ᄋᆞ의 ᄒᆞᄂᆞᆫ ᄃᆡ로 바려두미 되여시니 ᄋᆞᄒᆡ(兒孩) 셩픔(性品)이 문풍(門風)의 인ᄌᆞ(仁慈)ᄒᆞ믈 담디 아니ᄒᆞ여 과격싀험(過激猜險)ᄒᆞ미 심히 인덕(仁德)을[61] 슝상(崇尙)치 아니ᄒᆞ니 당시의 일ᄉᆡᆼ(一生)이 안안(安安)치 못ᄒᆞᆯ[62] ᄲᅮᆫ 아니라 광ᄋᆞ의 험피(險詖)ᄒᆞᆫ 셩졍(性情)이 ᄀᆞ장 념녀로온디라. 엇디 계칙(戒飭)디 아니ᄒᆞᄂᆞ뇨?"

쳐ᄉᆡ 브복쳥교(俯伏聽教)의 하셕ᄌᆡᄇᆡ(下席再拜) 왈

"블최혼용(不肖昏庸)ᄒᆞ와 오딕 ᄌᆞᄋᆡ(慈愛)의 구구(區區)ᄒᆞ며 부ᄌᆞ(父子)의 죵용(慫慂)홈만 귀히 넉이옵고 일족 ᄌᆞ딜노 ᄒᆞ여곰 아비 염ᄒᆞ믈 ᄭᆡ닷디 못ᄒᆞ게 ᄒᆞ온디라. ᄉᆞᄉᆞ(事事)의 명찰(明察)치 못ᄒᆞ와 의리(義理)로 경계(敬啓)치 못ᄒᆞ오믄 블초의 허믈이옵거니와 이졔롤 당ᄒᆞ와 광ᄋᆞ의 실언(失言)이 과ᄒᆞᄆᆡ 다ᄃᆞ라ᄂᆞᆫ 슌슌(順順)히 경계ᄒᆞ며 간간(懇懇)이 ᄒᆡ로(偕老)ᄒᆞᆯ 바롤 니ᄅᆞ와 셕목(石木)이라도 감동(感動)ᄒᆞᆯ ᄲᅮᆫ 아니오라 ᄋᆞ부(我婦)의 무죄(無罪)ᄒᆞ믈 졔라도 모로디 아니 20면

58 위딜(危疾)을 시러: 규장각본에는 '위딜을 몸의 실어'로 되어 있음.

59 인졍(人情)이 아닌: 규장각본에는 없는 내용임.

60 ᄉᆞᆯ피디 못ᄒᆞ고: 규장각본에는 '모로고'로 되어 있음.

61 인덕(仁德)을: 규장각본에는 '인덕의'로 되어 있음.

62 못ᄒᆞᆯ: 규장각본에는 '안일'로 되어 있음.

ᄒᆞ올 ᄇᆡ어ᄂᆞᆯ 흉험(凶險)ᄒᆞᆫ 셩(性)과 괴망(怪妄)ᄒᆞᆫ 노(怒)ᄅᆞᆯ 니긔디 못ᄒᆞ여 칼과 깁이며 독약(毒藥)을 보ᄂᆡ여 죽으믈 ᄌᆡ쵹ᄒᆞ고 일일쵹명(日日促命)이 급어셩화(急於星火)ᄒᆞ오니 당시 하ᄒᆡ(河海)의 너ᄅᆞᆷ과 텬디(天地)의 멀오믈 겸ᄒᆞ여 광부(狂夫)의 거조(擧措)ᄅᆞᆯ 역경ᄒᆞ여 죽디 아니며 칼과 약을 ᄀᆞᆷ초와 원망(怨望)을 낫토디 아니ᄒᆞ오나 심혼(心魂)이 ᄎᆞ악(嗟愕)ᄒᆞ미야 엇디 ᄉᆞ라 욕을 밧고ᄌᆞ ᄒᆞ리잇가? ᄎᆞᄉᆞ(此事)ᄅᆞᆯ 블쵸(不肖) 오히려 아디 못ᄒᆞ엿ᄉᆞᆸ더니 일슌디젼(一旬之前)의 ᄌᆞ셔(仔細)히 듯ᄌᆞ오ᄆᆡ 블승통ᄒᆡ(不勝痛駭)ᄒᆞ오나 광ᄋᆡ 아비 이시믈 아디 못ᄒᆞ와 디극(至極)히 니ᄅᆞᄂᆞᆫ 바ᄅᆞᆯ 홍모(鴻毛)ᄀᆞᆺ치 넉이오니 졔 임의 아비ᄅᆞᆯ 아디 못ᄒᆞᄋᆞᆸ거ᄂᆞᆯ 블쵸(不肖) 홀노 ᄌᆞ식(子息)을 알기 어렵ᄉᆞ온디라. ᄆᆞᄋᆞᆷ의 결(決)ᄒᆞ와 부ᄌᆞ의 은ᄋᆡ(恩愛)ᄅᆞᆯ ᄭᅳᆺ쳐 문 밧긔 ᄂᆡ
21면 쳐 눈 앏ᄒᆡ 용납(容納)디 밀고ᄌᆞ ᄒᆞ오ᄃᆡ ᄌᆞ의(慈意)ᄅᆞᆯ 아디 못ᄒᆞ와 감히 ᄌᆞ젼(自專)치 못ᄒᆞ고 유유(悠悠)히 여러 날을 쳔연(遷延)ᄒᆞᄋᆞᆸ더니 금일 ᄌᆞ괴(慈敎) 여ᄎᆞ(如此)ᄒᆞ시니 광ᄋᆡ 아비 경계(警戒)ᄅᆞᆯ 좃디 아니려 ᄒᆞ오ᄆᆡ 이졔 ᄂᆡ쳐 졔 임의 안ᄒᆡᄅᆞᆯ 죽이거나 ᄉᆞᆯ오거나 동셔(東西)의 거리ᄭᅵᆫ 거시 업게 ᄒᆞ미 맛당ᄒᆞᆯ가 ᄒᆞᄂᆞ이다."

셩음(聲音)이 나ᄌᆞᆨᄒᆞ고 안ᄉᆡᆨ(顔色)이 유화(柔和)ᄒᆞ여 노ᄉᆡᆨ(怒色)이 낫타나디 아니ᄒᆞ나 츄파빵광(秋波雙眶)을 ᄒᆞᆫ번 흘녀 한님을 보ᄆᆡ 임의 눈을 아니 드러 보미 여러 날이라. 쥰엄(峻嚴)ᄒᆞᆫ 빗치 한님의 만신(滿身)을 경황(驚惶)케 ᄒᆞ니 한님이 관영(冠纓)[63]을 ᄒᆡ탈(解脫)ᄒᆞ고 계

63 관영(冠纓): 갓끈.

하(階下)의 브복(俯伏)ᄒᆞ여시니 학ᄉᆞ 등이 일시(一時)의 당의 나려 쳐ᄉᆞ의 노긔(怒氣) 놉흐믈 보ᄆᆡ 한님을 위ᄒᆞ여 근심ᄒᆞ믈 마디 아니ᄒᆞ더라. 태부인이 이에 미우(眉宇)ᄅᆞᆯ 튝합(縮合)ᄒᆞ여 탄왈(嘆曰)

"ᄌᆞ식 된 ᄌᆡ 아비의 인ᄌᆞ(仁慈)ᄒᆞ믈 좃디 아니ᄒᆞ고 아비 된 ᄌᆡ 노(怒)ᄒᆞ미 엇디 괴이(怪異)타 ᄒᆞ리오? 아조 문 밧그로 ᄂᆡ쳐 은ᄋᆡ(恩愛)ᄅᆞᆯ 버히며 텬뉸(天倫)을 끗ᄎᆞ믄 가치 아니ᄒᆞ니 댱벌(杖罰)노 계칙(戒責)[64] ᄒᆞ여 아비 엄ᄒᆞ믈 알게 ᄒᆞ고 죵용(慫慂)히 경계(警戒)ᄒᆞ여 싀험(猜險)ᄒᆞᆫ 셩졍(性情)과 쥰급(峻急)ᄒᆞᆫ[65] 픔도(品度)ᄅᆞᆯ ᄇᆞ리게 ᄒᆞ미 올흐니 너의 부ᄌᆡ 노모(老母)의 말을 괴이(怪異)히[66] 넉이디 말고 노모의 뜻이 긴급ᄒᆞᆫ ᄉᆞ고 밧근 졔ᄋᆞᄅᆞᆯ 일시 ᄶᅥ나믈 결박히 넉이믈[67] ᄉᆡᆼ각ᄒᆞ라."

쳐ᄉᆡ 온화히 ᄇᆡ슈왈(拜手曰)

"쇼ᄌᆡ 엇디 디극(至極)ᄒᆞ신 셩의(聖意)ᄅᆞᆯ 밧드디[68] 아니리잇고? 광ᄋᆞ의 싀험흉패(猜險凶悖)ᄒᆞ미 비록 통ᄒᆡ(痛駭)ᄒᆞ오나 ᄌᆞ교(慈教)ᄅᆞᆯ 밧드러 부ᄌᆞ졍의(父子情意)ᄅᆞᆯ 버히미 업시 약간 ᄐᆡ벌(笞罰)노뼈 계칙(戒飭)ᄒᆞ리이다."

태부인이 다시 ᄀᆞᆯ오ᄃᆡ

"노뫼 당부치 아니ᄒᆞ나 너의 쳐치 과격(過激)ᄒᆞ믄 업ᄉᆞ려니와 너모

22면

---

64 계칙(戒責): 경계하고 타이름.

65 쥰급(峻急)ᄒᆞᆫ: 준급하다. 높고 험하여 몹시 가파르다.

66 괴이(怪異)히: 규장각본에는 '고히'로 되어 있음.

67 결박히 넉이믈: 규장각본에는 없는 내용임.

68 엇디 디극(至極)ᄒᆞ신 셩의(聖意)ᄅᆞᆯ 밧드디: 규장각본에는 '디극ᄒᆞ신 셩의을 엇디 밧드디'로 되어 있음.

듕장(重杖)ᄒᆞ여 ᄋᆞ히 몸이 상케 말나.”

쳐ᄉᆡ 슈명(受命)ᄒᆞ고 온온(溫溫)ᄒᆞᆫ 화긔(和氣)와 유이(柔怡)ᄒᆞᆫ 셩음(聲音)을 변ᄒᆞ미 업셔 이윽이 뫼셧다가 날호여 믈너 계취졍으로 나오ᄆᆡ 이공이 뒤흘 좃ᄎᆞ며 제ᄉᆡᆼ(諸生)이 일시(一時)의 뫼셔 나올ᄉᆡ 한님이 부친 뜻이 아조 문 밧그로 닉쳐 면젼(面前)의 용납디 말고ᄌᆞ ᄒᆞ시ᄂᆞᆫ 바의 태뫼 평일 ᄌᆞᄋᆡ(慈愛)를 뉴련(留連)치 아니실가 심담(心膽)이 ᄭᅱ노라 황황(惶惶)ᄒᆞ며 망극ᄒᆞ믈 니긔디 못ᄒᆞ여 스ᄉᆞ로 혜오ᄃᆡ

23면 ‘인ᄌᆡ 부모(父母) 면젼의 용납(容納)ᄒᆞ믈 엇디 못 ᄒᆞ고 문 밧긔 닉치인즉 텬디간(天地間)의 용납디 못ᄒᆞ오리니 엇디 일시(一時)나 낫출 드러 인뉴(人類)의 튱슈(充數)ᄒᆞ리오? 출하리 죽음만 ᄀᆞᆺ디 못ᄒᆞ다.’

ᄒᆞ여 흐르ᄂᆞᆫ 눈믈이 ᄇᆡᆨ옥용화(白玉容華)를 젹시더니 뜻 아닌 왕모의 은혜(恩惠)로온 말숨이 ᄌᆞ긔 심폐(心肺)를 빗최샤 장벌(杖罰)노뼈 경칙(警飭)ᄒᆞ라 ᄒᆞ시믈 듯ᄌᆞ오ᄆᆡ 딘실노 죽ᄂᆞᆫ 날이 ᄉᆞᄂᆞᆫ ᄒᆡ ᄀᆞᆺᄐᆞ여 만심(滿心)이 상쾌ᄒᆞᆫ디라. 가득이 깃브며 다ᄒᆡᆼ(多幸)ᄒᆞ미 듕장(重杖)의 결박ᄒᆞ믈 밋쳐 ᄉᆡᆼ각디 못ᄒᆞ고 텬디회ᄉᆡᆨ(天地晦塞)ᄒᆞ던 바로뼈 일월(日月)의 혁연(赫然)ᄒᆞᆫ 명광(明光)을 ᄃᆡᄒᆞᆫ ᄃᆞᆺ 도로혀 환열(歡悅)ᄒᆞ미 극(極)ᄒᆞ여 톄루(涕淚)를 거두며 부슉(父叔)을 좃ᄎᆞ 나와 계젼(階前)의 브복(俯伏)ᄒᆞ니 쳐ᄉᆡ 이공(二公)으로 더브러 쳥샹(廳上)의 좌ᄒᆞ고 혹ᄉᆞ 등 제소년(諸少年)이 좌우(左右)의 공슈시립(拱手侍立)ᄒᆞ여시니 풍ᄎᆡ문딜(風采文質)이 완비(完備)ᄒᆞ여 왕발(王勃)[69]의 요슈(夭

69 왕발(王勃): 당나라의 시인으로 〈등왕각서(滕王閣序)〉를 지음. 천재 시인으로 유명했으나 스물일곱이라는 젊은 나이에 배에서 떨어져 익사함.

壽)홈과 낙빈왕(駱賓王)[70]의 블길(不吉)ᄒᆞ믈 아쳐ᄒᆞ며 틱강(太康)[71]의 쵸박(焦迫)홈과 니보(夷甫)[72]의 방낭(放浪)[73]ᄒᆞ믈 쌔리니 져마다 대군ᄌᆞ(大君子)의 돈후(敦厚)ᄒᆞᆫ 픔격이어ᄂᆞᆯ 한님은 더옥 표표(漂漂)히 쒸여나고 늠늠(凜凜)이 소ᄉᆞ시니 비록 관영(冠纓)을 히탈ᄒᆞ고 졍하(庭下)의 굴슬브복(屈膝俯伏)ᄒᆞ여 ᄒᆞᆫ낫 죄슈(罪囚)의 모양이 되여시나 왕왕(汪汪)ᄒᆞᆫ 픔쉬(稟受) 대현군ᄌᆞ(大賢君子)의 미딘(未盡)ᄒᆞ미 업ᄉᆞ며 쥰믹(峻邁)ᄒᆞᆫ 긔상이 악와(渥洼)의 농믹(龍馬) 나렷ᄂᆞᆫ ᄃᆞᆺ[74] 황툭(惶蹴)ᄒᆞᆫ 거동(擧動)과 구숑(懼悚)ᄒᆞᄂᆞᆫ 모양(模樣)이 엄부(嚴父)의 노(怒)를 플고 인심(人心)을 감동(感動)ᄒᆞᆯ 거시로딕 쳐ᄉᆡ 임의 별넌 디 오릭믹 일단 화긔양츈(和氣陽春)을 업슈히 넉이던 빅 븍풍(北風)을 인ᄒᆞ여 훗터디고 상텬(霜天)이 널녈(烈烈)ᄒᆞ여 음익(陰靄)를 디으믹 슈셜(垂雪)을 날니ᄂᆞᆫ ᄃᆞᆺᄒᆞᆫ 소릭[75] 호령(號令)의 건장(健壯)ᄒᆞᆫ 챵두(蒼頭)[76]와 녕한(獰悍)ᄒᆞᆫ ᄉᆞ예(私隷)[77] 긴 믹와 형판(刑板)을 가져 딕령(待令)ᄒᆞ니 쳐ᄉᆡ 기리 슈죄(數罪)[78]ᄒᆞ미 업셔 다만 니ᄅᆞ딕 24면

---

70 낙빈왕(駱賓王): 당나라의 시인. 왕발, 양형, 노조린과 함께 초당 4걸로 일컬어짐.

71 틱강(太康): 태강. 중국 고대 하나라의 임금. 사냥을 즐기고 노닐며 백성들에 관한 일을 잊어버리자 예(羿)가 쫓아내었다고 함.

72 니보(夷甫): 이보. 서진(西晉) 사람 왕연의 자. 왕연은 죽림칠현 중 한 사람인 왕융의 친척으로, 노장 사상에 심취하며 청담에 몰두했다고 함.

73 방낭(放浪): 규장각본에는 '박낭'으로 되어 있음.

74 악와(渥洼)의 농믹(龍馬) 나렷ᄂᆞᆫ ᄃᆞᆺ: 한 무제 때 악와라는 물에서 용마가 나왔다는 고사가 있음.

75 소릭: 규장각본에는 '소릭와'로 되어 있음.

76 챵두(蒼頭): 창두. 남자 종.

77 ᄉᆞ예(私隷): 사예. 사노비.

78 슈죄(數罪): 수죄. 범죄를 낱낱이 세는 것.

"아비ᄅᆞᆯ 아디 못ᄒᆞᄂᆞᆫ[79] 무상블쵸(無狀不肖) 안ᄒᆡᄅᆞᆯ 알기 어렵거니와 흉험잔인(凶險殘忍)ᄒᆞ며 무식패려(無識悖戾)ᄒᆞ미 인명(人命)의 디듕(至重)ᄒᆞᆷ과 ᄇᆡ체(配體)의 뉸의(倫義)ᄅᆞᆯ 아디 못ᄒᆞ여 인졍(人情)의 ᄎᆞ마 못 ᄒᆞᆯ 바로뼈 죽기ᄅᆞᆯ ᄌᆡ촉ᄒᆞ미 ᄇᆡᆨ년원슈(百年怨讐) ᄀᆞᆺᄐᆞ니 사ᄅᆞᆷ이 능히 그갓치 싀험ᄒᆞ믈 ᄒᆡᆼᄒᆞ고 또 므슴 노ᄅᆞᆺᄉᆞᆯ 못 ᄒᆞ리오? 너ᄅᆞᆯ 다ᄉᆞ리미 토목(土木)을 두다림만 ᄀᆞᆺ디 못ᄒᆞᄃᆡ ᄌᆞ괴(慈敎) 먼니 ᄂᆡ치믈 허치 아니시고 ᄎᆡᆨ벌(責罰)노 경칙ᄒᆞ여 곳치과져 ᄒᆞ실ᄉᆡ 거역디 못ᄒᆞ여 장벌(杖罰)을 더으며 부ᄌᆞ은ᄋᆡ(父子恩愛)ᄅᆞᆯ ᄉᆞᆺ디 아닛ᄂᆞ니 존당의 디ᄌᆞ(至慈)와 아비의 암약(暗弱)ᄒᆞ믈 더 업슈히 넉이디 말고 ᄎᆞ후(此後)나 인션ᄒᆡᆼ의(仁善行義)ᄅᆞᆯ 힘ᄡᅳ디어다."

셜파[80]의 그 ᄃᆡ답(對答)을 기다리디 아니코 올녀 ᄆᆡ라 ᄒᆞ니 믁믁(默默)ᄒᆞᆫ 미우(眉宇)의 셜풍(雪風)이 은은(殷殷)ᄒᆞ여 이러ᄐᆞᆺ 딘노(震怒)ᄒᆞ미 평ᄉᆡᆼ(平生) 쳐음이라. ᄉᆞ예(私隸) 막블젼뉼(莫不戰慄)ᄒᆞ여 호흡(呼吸)을 통(通)치 못ᄒᆞ며 졔ᄉᆡᆼ(諸生)이 디은 죄 업시 공구튝쳑(恐懼踧踖)ᄒᆞ여 ᄇᆡ한(背汗)이 졈의(沾衣)ᄒᆞ고 면ᄉᆡᆨ(面色)이 여회(如灰)ᄒᆞ여 감히 머리ᄅᆞᆯ 드디 못ᄒᆞᄃᆡ 한님은 ᄆᆞ음을 구디 잡아 고요히 장하(杖下)의 나아갈ᄉᆡ 임의 결박기ᄅᆞᆯ 다ᄒᆞᄆᆡ ᄉᆞ예 감히 인졍(人情)을 두디 못ᄒᆞ여 녕한(獰悍)ᄒᆞᆫ 힘을 다ᄒᆞ니 ᄆᆡ ᄉᆞᆺ치 다ᄃᆞᆺᄂᆞᆫ 곳마다 연연(軟軟)ᄒᆞᆫ 셜부(雪膚)의 혈ᄉᆡᆨ(血色)이 은영(隱映)ᄒᆞ더니 십여 장이 넘으ᄆᆡ 깁 ᄀᆞᆺᄐᆞᆫ 가족이 ᄯᅥ러지고 젹혈(赤血) 낭ᄌᆞ(狼藉)ᄒᆞᄃᆡ 쳐ᄉᆡ 조곰

25면

79 아디 못ᄒᆞᄂᆞᆫ: 규장각본에는 '모ᄅᆞᄂᆞᆫ'으로 되어 있음.

80 셜파: 규장각본에는 '언파'로 되어 있음.

도 긋칠 의ᄉᆡ 업셔 가디록 고찰(考察)ᄒᆞ며 이공이 ᄯᅩᄒᆞᆫ 닙을 녀지 아 26면
니ᄒᆞ니 졔ᄉᆡᆼ(諸生)이 황황착급(遑遑着急)ᄒᆞ여 각각 난화 슈장(受杖)치 못ᄒᆞ믈 한ᄒᆞ나 어ᄃᆡ 가 감히 간(諫)ᄒᆞ리오? 이러ᄐᆞᆺ 초황(焦惶)ᄒᆞᄂᆞᆫ ᄉᆞ이의 발셔 ᄉᆞ십여 쟝(杖)의 밋쳐 셩혈(腥血)[81]이 ᄡᅡᄒᆡ 괴이ᄃᆡ 한님은 ᄒᆞᆫ낫 죽엄 ᄀᆞᆺᄐᆞ여 고요히 숨소ᄅᆡ도 놉디 아니코 황황튝쳑(惶惶蹴踖)ᄒᆞ미 몸을 가져 잠간도 동ᄒᆞ미 업ᄉᆞ니 졔ᄉᆡᆼ(諸生)이 혼졀(昏絶)ᄒᆞ엿ᄂᆞᆫ가 더옥 착급ᄒᆞ여 죽으믈 그음ᄒᆞ고 고두간걸(叩頭懇乞)ᄒᆞ여[82] 한님의 슈쟝(受杖)ᄒᆞᄂᆞᆫ 바ᄅᆞᆯ 난화 그 위ᄐᆡ(危殆)ᄒᆞ믈[83] 잠간 멈추믈 쳥(請)ᄒᆞᆯᄉᆡ 친뎨(親弟)며 죵뎨(從弟)와 ᄌᆡ죵(再從)의 니ᄅᆞ히[84] 쳬읍ᄋᆡ걸(涕泣哀乞)ᄒᆞ여 혈셩(血誠)[85]으로 앗기고 슬허ᄒᆞ미 일신(一身) ᄀᆞᆺᄐᆞ니 졔졍이 동긔(同氣)의 감(減)치 아닌 듕 닌웅의 고두ᄋᆡ걸(叩頭哀乞)ᄒᆞᄂᆞᆫ 말ᄉᆞᆷ이 셕목(石木)도 감동(感動)ᄒᆞᆯ ᄃᆞᆺ 개ᄀᆡ(箇箇)히 특뉸(特倫)ᄒᆞ며 비쇽(非俗)ᄒᆞ여 말셰범뉴(末世凡類)의 ᄂᆡ도ᄒᆞ거ᄂᆞᆯ 닌듕 일인(一人)이 홀연(忽然) 난ᄃᆡ업ᄉᆞᆫ 은악양션(隱惡佯善)으로 ᄂᆡ외현격(內外懸隔)ᄒᆞ고 언ᄒᆡᆼ(言行)이 판이(判異)ᄒᆞ니 ᄯᅩ 엇디 한님의 슈장ᄒᆞ믈 경
심(驚心)ᄒᆞ리오마ᄂᆞᆫ 군죵(群從)으로조ᄎᆞ 딘졍(眞情)으로 ᄋᆡ걸(哀乞) 27면
ᄒᆞᄂᆞᆫ 쳬ᄒᆞ여 모든 이목(耳目)을 ᄀᆞ리오니 쳐시 딘노(震怒)[86]ᄒᆞᆫ 듕(中)

---

81 셩혈(腥血): 성혈. 비린내가 나는 피.

82 고두간걸(叩頭懇乞)ᄒᆞ여: 규장각본에는 '고두ᄒᆞ여'로 되어 있음.

83 그 위ᄐᆡ(危殆)ᄒᆞ믈: 규장각본에는 '위ᄐᆡᄒᆞᆷ을'로 되어 있음.

84 니ᄅᆞ히: 규장각본에는 '일일히'로 되어 있음.

85 혈셩(血誠): 혈성. 진심.

86 딘노(震怒): 규장각본에는 '딜노'로 되어 있음.

의도 닌듕의 위인(爲人)[87]을 근심ᄒᆞ며 한님의 견고장밍(堅固壯猛)ᄒᆞ믈 도로혀 이상히 넉이더니 냥공이 비로소 쳐ᄉᆞ긔 고왈(告曰)

"ᄌᆡ보의 광망(狂妄)ᄒᆞᆫ 허믈이 업디 아니ᄒᆞ나 형댱의 치칙(治責)ᄒᆞ시미 죄의 죡(足)ᄒᆞ니 ᄉᆞᄉᆡᆼ(死生)을 고렴(顧念)ᄒᆞ샤 그만 샤(赦)ᄒᆞ시고 죵용이 경계(警戒)ᄒᆞ샤 부ᄌᆞ은ᄋᆡ(父子恩愛)를 온젼이 ᄒᆞ쇼셔."

쳐ᄉᆡ 본ᄃᆡ ᄌᆞᄋᆡ(慈愛) 과(過)ᄒᆞᆯ ᄲᅮᆫ 아니라 평일(平日)의 유죄(有罪)ᄒᆞᆫ 노복(奴僕)이라도 피육(皮肉)이 상토록 장벌(杖罰)ᄒᆞ미 업던 바로ᄃᆡ ᄋᆞᄌᆞ(兒子)의 춍명특달(聰明特達)ᄒᆞ므로ᄡᅧ 강쥰(强峻)ᄒᆞᆫ 노(怒)를 니긔디 못ᄒᆞ여 무죄(無罪)ᄒᆞᆫ 안ᄒᆡ를 죽으라 보ᄎᆡ던 바를 통ᄒᆡᄒᆞ여 듕장(重杖)을 더으나 그 효슌(孝順)ᄒᆞᆷ과 튝쳑(蹴躤)ᄒᆞ미 알픈 거ᄉᆞᆯ 견ᄃᆡ고 그 문 밧긔 ᄂᆡ치디 아니믈 영ᄒᆡᆼ(榮幸)ᄒᆞ여 일ᄇᆡᆨ 장(杖)이라도 감슈ᄒᆞᄂᆞᆫ 바를 일변(一邊) ᄋᆡ련(哀憐)ᄒᆞ여 드ᄃᆡ여 치기를 날회고 니어 샤(赦)ᄒᆞ실ᄉᆡ 명광헌의 가 딘뎡(鎭定)ᄒᆞ여 면젼(面前)의 뵈이라 ᄒᆞ니 한님이 더옥 감은(感恩)ᄒᆞ여 결ᄒᆡ(結解)ᄒᆞ믈 기다려 ᄂᆞ려 계슈샤죄(稽首謝罪)ᄒᆞ며 ᄌᆡᄇᆡ이퇴(再拜而退)ᄒᆞ여 명광헌으로 향ᄒᆞᆯᄉᆡ 거지(擧止) 안셔ᄒᆞ고 ᄒᆡᆼ뵈(行步) 여젼(如前)ᄒᆞ여 평일(平日)노 다ᄅᆞ미 업ᄉᆞ니 이공이 ᄀᆞ장 이상(異常)히 넉여 왈

"사ᄅᆞᆷ의 긔운(氣運)이 쟝(壯)타 ᄒᆞᆫ들 엇디 이ᄃᆡ도록 ᄒᆞ리오? 장싊(杖數) 비록 ᄉᆞ십예(四十餘)나 피육(皮肉)이 ᄡᅥ러디며 젹혈(赤血)이 님니(淋灕)ᄒᆞ여 견ᄌᆞ(見者)로ᄡᅧ 경황(驚惶)ᄒᆞ믈 니긔디 못ᄒᆞ거ᄂᆞᆯ 도로

28면

87 위인(爲人): 규장각본에는 '거동'으로 되어 있음.

혀 타연안상(妥然安常)ᄒᆞ여 조곰도 슈장(受杖)ᄒᆞᆫ 바 ᄀᆞᆺ디 아니니[88] 졔 져러ᄐᆞᆺ 견고(堅固)ᄒᆞ믈 사ᄅᆞᆷ마다 그런가 넉여 싀험(猜險)ᄒᆞᆫ 거죄(擧措) 잇ᄂᆞ니라."

ᄒᆞᆫᄃᆡ 쳐ᄉᆡ 날호여 쇼왈(笑曰)

"졔 ᄯᅩ 혈육디신(血肉之身)이라. ᄆᆞ음이 광망(狂妄)ᄒᆞ여 인졍(人情) 밧 거조(擧措)ᄅᆞᆯ ᄒᆞᆫ들 엇디 듕장을 타연(妥然)ᄒᆞ미 잇ᄉᆞ리오? ᄒᆞ믈며 평ᄉᆡᆼ(平生)의 장칙(杖責)을 바드미 쳐음이라. 견ᄃᆡ기ᄅᆞᆯ 잘ᄒᆞ나 면뫼(面貌) 프ᄅᆞ고 슌협(脣頰)이 흑식(黑色)ᄒᆞ니 이졔 십여 장(杖)을 더을 딘ᄃᆡ 혼졀(昏絶)ᄒᆞ기 쉬올디라. 우형이 일즉 과도(過度)ᄒᆞ미 업더니 금일(今日)의 광ᄋᆞᄅᆞᆯ 댱칙(杖責)ᄒᆞ미 평일(平日) 노복(奴僕)도 듕칙(重責)디 못ᄒᆞ던 ᄯᅳᆺ과 다ᄅᆞ도다."

경죄 쇼왈(笑曰)

"져리 앗기며 후회(後悔)ᄒᆞ시량이면 아이의 장칙(杖責)지 마ᄅᆞ실 것 아니니잇가? 쇼졔 ᄆᆞ음의ᄂᆞᆫ 그 피육(皮肉)이 후란(朽爛)[89]ᄒᆞ믈 경참(驚慘)ᄒᆞ엿더니 졔 거동(擧動)이 타연(妥然)ᄒᆞ믈 본즉 념녜(念慮) 노히거니와 쇼뎨 ᄀᆞᆺ틀딘ᄃᆡ 오날가디 ᄎᆞᆷ디 못ᄒᆞ여 발셔 듕장(重杖)을 더으고 말너니이다." 29면

쇼뷔 함쇼왈(含笑曰)

"ᄌᆞ식(子息)이 비록 ᄯᅳᆺ ᄀᆞᆺ디 못ᄒᆞ나 급급(急急)히 장벌ᄒᆞ여 ᄌᆞ로 상케 ᄒᆞ미 므어시 쾌ᄒᆞ리잇가? 쇼뎨ᄂᆞᆫ 다만 닌명ᄲᅳᆫ이어니와 경조 형댱

---

88 아니니: 규장각본에는 '아니'로 되어 있음.

89 후란(朽爛): 물러 터짐.

은 닌흥 등 졔ᄋᆞᄅᆞᆯ 쇼블여의(小不如意)ᄌᆞᆨ ᄐᆡ과(太過)히 장벌(杖罰)ᄒᆞ여 가죡이 ᄯᅥ러디며 션혈(鮮血)이 낭ᄌᆞ(狼藉)ᄒᆞ믈 보신 후야 긋치ᄂᆞᆫ 픔도(品度)로뼈 하리(下吏)와 노복(奴僕)의 유죄ᄌᆞ(有罪者)ᄂᆞᆫ 열 죄ᄅᆞᆯ 모화 ᄒᆞᆫ 번 다ᄉᆞ리시ᄂᆞᆫ ᄇᆡ 블과 경(經)ᄒᆞᆫ 벌을 ᄡᅳ시니 그 엇던 셩졍이 남의게ᄂᆞᆫ 인후화슌(仁厚和順)ᄒᆞ고 ᄌᆞ식(子息)의게ᄂᆞᆫ 험난태강(險難太强)ᄒᆞ신디 아디 못ᄒᆞᆯ ᄇᆡ러이다."

쳐ᄉᆡ 쇼왈(笑曰)

"그 므어시 알기 어려오리오? ᄉᆞ졍(私情)이 과(過)ᄒᆞ며 ᄇᆞ라ᄂᆞᆫ ᄇᆡ 이상ᄒᆞ여 ᄉᆞᄌᆡ(四子) 안ᄆᆡᆼ(顔孟)[90] 증쥬(曾朱)[91] ᄀᆞᆺ과져 ᄒᆞ다가 쇼쇼과실(小小過失)이 이신즉 엇디 셩인(聖人)이 되디 못ᄒᆞᄂᆞᆫ고 분완(憤惋)ᄒᆞ여 과히 치ᄎᆡᆨ(治責)ᄒᆞᄆᆡ ᄇᆡᆨᄒᆡᆼ(百行)이 득듕(得中)콰져 ᄒᆞ미오. 하리노복(下吏奴僕)의 다ᄃᆞ라ᄂᆞᆫ 그 허믈이 잇셔도 놀납디 아냐 디우하쳔(至于下賤)의 그러ᄒᆞ미 상ᄉᆡ(常事)라 ᄒᆞ여 쾌히 프러ᄇᆞ리ᄆᆡ 치ᄎᆡᆨ(治責)이 게어ᄅᆞᆫ 연괴(緣故)라. 원간 황ᄒᆡ쉬(黃海水) 쳔 년의 일쳥(一淸)ᄒᆞ고 셩인이 오ᄇᆡᆨ 년의 일ᄉᆡᆼ(一生)ᄒᆞᄂᆞ니[92] 셩인의 강ᄉᆡᆼ(降生) 츌셰ᄒᆞ미 그 엇던 노ᄅᆞ시라 은ᄇᆡᆨ의 ᄉᆞᄌᆡ(四子) 다 셩현(聖賢)이 되리오? 쇽졀업시 쇽졀업시 닌흥의 혈육(血肉)이 상ᄒᆞ며 은ᄇᆡᆨ의 치ᄎᆡᆨᄒᆞ미 슈고

30면

90 안ᄆᆡᆼ(顔孟): 안맹. 공자의 제자인 안회와 유학을 널리 알린 맹자.

91 증쥬(曾朱): 증주. 공자의 만년의 제자인 증자와 성리학을 집대성한 주희.

92 황ᄒᆡ쉬(黃海水) 쳔 년의 ~ 일ᄉᆡᆼ(一生)ᄒᆞᄂᆞ니: 삼국시대 위나라 이강의 〈운명론〉에 '황하가 한번 맑아지면 성인이 출현한다'는 구절이 있으며 이 구절의 주석에 '황하는 천 년에 한 번 맑아지는데, 그 상서로운 징조에 응하여 성인이 나온다고 세상에서 전한다'는 구절이 있음. 또《맹자》〈공손추 하〉에서는 오백 년마다 한 번씩 왕자가 나온다고 하였음.

로올 ᄯᆞ름이라. 맛츰 닌흥의 픔격(品格)이 견고(堅固)홀시만졍 그러치 아냐는 그 아비 손씨의 발셔[93] 미 아릐 죽어시리라."

경죄 호호 대쇼(大笑)ᄒᆞ고 다시 말을 아니 ᄒᆞ더라. 이ᄯᅢ 졔싱(諸生)이 한님을 븟드러 명광헌의 도라오미 앗기며 놀나오믈 오히려 뎡(定)치 못ᄒᆞᄃᆡ 한님이 강인쇼왈(强忍笑曰)

"우형이 무상ᄒᆞ여 엄노(嚴怒)를 당ᄒᆞ여 슈장(受杖)ᄒᆞ미 이의 니ᄅᆞ럿거니와 셩댱디년(盛壯之年)의 ᄉᆞ십 장칙(杖責)을 밧다 현마 죽을 거시 아니어놀 엇디 현뎨(賢弟) 등이 존젼의셔 읍읍비도(泣泣悲悼)ᄒᆞ여 거죄(擧措) 괴이(怪異)터뇨?"

닌경과 닌명은 광슈(廣袖)를 드러 쳬루(涕淚)를 거두며 돗출 바로 ᄒᆞ고 벼개를 밧드러 한님의 눕기를 쳥ᄒᆞ며 닌흥은 한님의 말을 듯고 누흔(淚痕)이 마ᄅᆞ디 아닌 듕 도로혀 쇼왈(笑曰) 31면

"형댱(兄丈)의 져러틋 타연(妥然)ᄒᆞ심은 싱각디 못ᄒᆞ고 귀톄(貴體) 상ᄒᆞ시미 ᄎᆞ마 보디 못홀 디경(地境)의 밋ᄎᆞ니 쇼뎨(小弟) 등이 밋쳐 존젼(尊前)을 삼가리잇가? 과연 살이 ᄯᅥᆯ니며 졍신(情神)이 비월(飛越)ᄒᆞ여 죄를 난화 밧줍디 못ᄒᆞ미 한(恨) 되더이다."

한님이 기리 웃고 벼개의 누으며 왈

"이젹(夷狄) 완부(頑婦)의 참욕(慘辱)을 본 후로 나의 블효(不孝)를 ᄲᆞ흘 터히 업고 만일(萬一)도 쇽(贖)홀 길히 업ᄉᆞ믈 한ᄒᆞ더니 금일(今日) 장벌(杖罰)을 밧ᄌᆞ와 만일의 쇽ᄒᆞ미 되니 ᄯᅩ흔 ᄆᆞ음이 편ᄒᆞ도다."

93 발셔: 규장각본에는 없는 내용임.

계ᄉᆡᆼ(諸生)이 밋쳐 ᄃᆡ(對)치 못ᄒᆞ여셔 닌웅 공ᄌᆡ 믄득 낫빗ᄎᆞᆯ 뎡히 ᄒᆞ며 소ᄅᆡ ᄅᆞᆯ 화히 ᄒᆞ여 ᄃᆡ왈(對曰)

"형댱(兄丈)의 셩효(誠孝)로뻐 엄하(嚴下)의 슈장ᄒᆞ시고 믈너와 이러ᄐᆞᆺ 타연ᄌᆞ약(妥然自若)ᄒᆞ실 줄은 ᄉᆡᆼ각디 아니ᄒᆞ과이다. 연이나 계부대인(季父大人)의 셩덕(聖德)이 초목곤튱(草木崑虫)의 니ᄅᆞ히 상ᄒᆡ 32면 오시믈 ᄎᆞ마 못 ᄒᆞ시니 ᄒᆞ믈며 텬눈디ᄌᆞ(天倫之子)와 골육(骨肉)의 은ᄋᆡ(恩愛)니잇가? 형댱이 존교(尊敎)ᄅᆞᆯ 위월(違越)ᄒᆞ샤 댱슈의게 블근인졍(不近人情)이 만흐실ᄉᆡ 계부대인(季父大人)이 마디못ᄒᆞ샤 장ᄎᆡᆨ(杖責)을 더으시나 피육(皮肉)이 후란(朽爛)ᄒᆞᄂᆞᆫ 바의 밋쳐ᄂᆞᆫ 타인디심(他人之心)도 ᄎᆞ마 눈을 드러 보디 못ᄒᆞ거든 계부대인의 디극(至極)ᄒᆞ신 ᄌᆞᄋᆡ(慈愛)와 무궁(無窮)ᄒᆞ신 셩덕(聖德)의 ᄆᆞ음을 알치 아니시며 골졀(骨節)이 져리디 아니시리잇가마ᄂᆞᆫ 임의 시작ᄒᆞ미 ᄭᅳᆺ출 누ᄅᆞ디 못ᄒᆞ샤 ᄉᆞ십여 장의 밋ᄎᆞ시나[94] 계부대인의[95] 형댱(兄丈)을 앗기시믄 형쟝의 장벌(杖罰)을 당ᄒᆞ심도곤 더으시믈 우러러 헤아리샤 ᄉᆡᆼ디(生之)ᄒᆞ신 유톄(遺體)[96]ᄅᆞᆯ 상ᄒᆡ오믈 슬허ᄒᆞ고 뉘웃ᄎᆞ샤 다시 그ᄅᆞ미 업과져 ᄒᆞ시미 가(可)커ᄂᆞᆯ 엇디 흔연담쇼(欣然談笑)ᄒᆞ샤 알픈 거ᄉᆞᆯ 강인(强忍)ᄒᆞ며[97] 박부인 욕ᄒᆞ믈 ᄒᆞᆫ갈ᄀᆞᆺ치 긋치디 아니시니 조협(躁狹)ᄒᆞᆫ 부인의 실조망언(失措妄言)을 디리히 ᄎᆡᆨ망(責望)ᄒᆞᆯ ᄇᆡ 아니믈 모로지 아니실 바로 이 ᄀᆞᆺᄐᆞ시미 더옥 블가(不可)ᄒᆞ니이다."

94 밋ᄎᆞ시나: 규장각본에는 '미텨셔뇨'로 되어 있음.

95 계부대인의: 규장각본에는 '계부ᄃᆡ인이'로 되어 있음.

96 유톄(遺體): 유체. '부모가 물려주신 몸'이라는 뜻으로, 자신의 몸을 이르는 말.

97 강인(强忍)ᄒᆞ며: 규장각본에는 '강인ᄒᆞ면'으로 되어 있음.

한님이 고요히 듯기롤 다 ᄒᆞ미 신연(新然)히 낫빗ᄎᆞᆯ 곳치고 거슈칭션(擧手稱善) 왈 33면

"현ᄌᆡ(賢哉) 현ᄌᆡ며 대ᄌᆡ(大哉) 대ᄌᆡ라. 현뎨(賢弟)의 인효(仁孝)ᄒᆞᆫ 말ᄉᆞᆷ이여. 우형(愚兄)의 블쵸무상(不肖無狀)ᄒᆞ므로 ᄒᆞᆫ번 드ᄅᆞ미 셕연 감오(感悟)ᄒᆞ믈 니긔디 못ᄒᆞ리로다. 우형의 엄위의 셩덕(聖德)과 블쵸 앗기시믈 모로디 아니ᄒᆞᄃᆡ 텬셩(天性)의 디효(至孝)ᄒᆞ미 현뎨(賢弟)롤 밋디 못ᄒᆞ므로 인ᄌᆞ디되(人子之道) ᄎᆡᆨ벌(責罰)ᄒᆞ시ᄂᆞᆫ 바의[98] 공슌히 밧ᄌᆞᆸ고 유죄무죄간(有罪無罪間)의 믈너나ᄆᆡ 원망(怨望)치 아니믈 읏듬으로 알며 부모의 ᄉᆡᆼ휵(生畜)ᄒᆞ신 유톄(遺體)롤 상ᄒᆡ오미 블회 더옥 듕ᄒᆞᆷ과 친위예 블쵸(不肖) 앗기시ᄂᆞᆫ ᄯᅳᆺ이 나의 슈장(受杖)ᄒᆞᄂᆞᆫ 바의 더으시믈 오히려 버금으로 ᄉᆡᆼ각ᄒᆞ미 되여시니 이 엇디 무상ᄒᆞ미 아니리오? 우리 군죵형뎨(群從兄弟)의 져마다 단쳐(短處) 잇셔 허믈을 면치 못ᄒᆞ나 샤ᄇᆡᆨ(舍伯)의 디셩대회(至誠大孝) 계시고 현뎨(賢弟)의 인효(仁孝)ᄒᆞ미 이 ᄀᆞᆺᄐᆞ니 아등이 거의 허믈을 면ᄒᆞ며 죄롤 버셔날가 힝심ᄒᆞ노라."

셜파의 깁을 믯쳐 상쳐롤 스ᄉᆞ로 ᄡᆞᄆᆡ여 흐ᄅᆞᄂᆞᆫ 피롤 업시키 어렵고 골졀이 울히여 긔동(起動)이 졀박(切迫)ᄒᆞ믈 니긔디 못ᄒᆞ니[99] 닌웅 공ᄌᆡ 년망(連忙)이 ᄇᆡ샤(拜謝)ᄒᆞ여 블감(不堪)ᄒᆞ믈 일ᄏᆞᄅᆞ며 군죵(群從)으로 더브러 한님의 겻흘 ᄯᅥ나지 아냐 디극(至極)히 구호(救護)ᄒᆞᆯ 34면

98 ᄎᆡᆨ벌(責罰)ᄒᆞ시ᄂᆞᆫ 바의: 규장각본에는 'ᄎᆡᆨ벌ᄒᆞ심을'로 되어 있음.

99 졀박(切迫)ᄒᆞ믈 니긔디 못ᄒᆞ니: 규장각본에는 '졀박ᄒᆞ니'로 되어 있음.

ᄉᆡ 한님이 스ᄉᆞ로 약을 구ᄒᆞ여 먹고 이윽이 누어[100] 알픈 거ᄉᆞᆯ 딘뎡(鎭定)코ᄌᆞ ᄒᆞ나 울히며[101] 뿌셔 심상(尋常)ᄒᆞᆫ 통쳐(痛處)와 ᄀᆞᆺ디 아니ᄒᆞ니 슈히 평상(平常)ᄒᆞ믄 ᄇᆞ라지 못ᄒᆞ고 소셩(蘇醒)[102]ᄒᆞ미 여의(如意)치 못ᄒᆞᆯ가 민민(憫憫)ᄒᆞ여 혜오ᄃᆡ 이러ᄐᆞᆺ ᄆᆞ음을 노코 누어셔ᄂᆞᆫ 일삭디ᄂᆡ(一朔之內)의 쟝체(杖處) 완합(完合)기를 밋디 못ᄒᆞ리니 강인작긔(强忍作氣)ᄒᆞ여 존당의 ᄇᆡ시(拜侍)ᄒᆞ며 긔거(起居)를 욱임딜노[103] ᄒᆞ여 볼 거시라 ᄒᆞ고 혈흔(血痕)이 낭ᄌᆞ(狼藉)ᄒᆞᆫ 옷ᄉᆞᆯ 버셔 믈니친 후 의ᄃᆡ(衣帶)를 ᄀᆞᆺ치ᄆᆡ 군죵졔뎨(群從諸弟)를 도라보아 왈

"현뎨(賢弟) 등은 이에 이시랴 ᄒᆞᄂᆞ냐?"

언필(言畢)의 니러셔니 닌경 공ᄌᆡ ᄉᆞᄆᆡ를 붓드러 왈

"엇디 됴리(調理)치 아니시고 니러나시ᄂᆞ니잇가?"

한님이 답왈(答曰)

"누어셔ᄂᆞᆫ 알프디 아니코 단녀ᄂᆞᆫ 더 알프랴? 오륙 월 복셔(伏暑)의 어이 누어 견ᄃᆡ리오?"

35면 ᄒᆞ며 십분 강작(强作)[104]ᄒᆞ여 ᄒᆡᆼ보(行步)를 옴기니 졔ᄉᆡᆼ(諸生)이 일시의 엇개를 ᄀᆞᆯ와 계취졍의 니ᄅᆞ러ᄂᆞᆫ 한님이 쳥하(廳下)의셔 ᄉᆞ러 명을 기다리니 쳐ᄉᆡ 심하(心下)의 ᄋᆡ련(哀憐)ᄒᆞ미 동ᄒᆞ여 임의 치췩(治責)을 엄히 ᄒᆞ고 듕쟝(重杖)을 더은 바의 ᄯᅩ 엇디 남은 은의(隱義)를

100 누어: 규장각본에는 없는 내용임.

101 울히며: 규장각본에는 '울히고'로 되어 있음.

102 소셩(蘇醒): 소성. 중병 등으로 정신을 잃은 후 깨어나는 것.

103 욱임딜: 우김질, 우격다짐, 강제로 하는 것.

104 강작(强作): 억지로 기운을 냄.

두어 ᄌᆞᄋᆡ(慈愛)의 흡연(洽然)ᄒᆞᆫ 바를 덜니오? 이에 승당(昇堂)ᄒᆞ믈 명ᄒᆞᆫᄃᆡ 한님이 감은숑튝(感恩悚蹴)ᄒᆞ여 계슈ᄇᆡ샤(稽首拜謝)ᄒᆞ며 비로소 군죵(群從)으로 더브러 승당시측(昇堂侍側)ᄒᆞ니 긔운(氣運)이 온화(溫和)ᄒᆞ고 안ᄉᆡᆨ(顏色)이 유열(愉悅)ᄒᆞ여 삼츈셔일(三春曙日) ᄀᆞᆺᄐᆞᆫ디라. 엇디 블안(不安)ᄒᆞ며 질통(疾痛)ᄒᆞ믈 낫타ᄂᆡ리오? 이공이 그 긔운을 댱(壯)히 넉이ᄃᆡ 쳐ᄉᆞᄂᆞᆫ 비록 눈 드러 보디 아니ᄒᆞ나 그 화왕(花王)[105] ᄀᆞᆺᄐᆞᆫ 면모의 오히려 쳥긔(青氣) 잇고 뉴미셩안(柳眉星眼)의 경ᄉᆡᆨ이ᄎᆡ(驚色異彩) 업디 아니믈 슷치ᄆᆡ ᄎᆞ마 못 견ᄃᆡᄂᆞᆫ 바를 욱임질노 니러 단니려 ᄒᆞ믈 명명(明明)이 디긔(知機)ᄒᆞ니 쟝쳐(杖處) 덧날가 념녜(念慮) 젹디 아니ᄒᆞᄃᆡ ᄀᆞᆺᄐᆞ여 말을 아니 ᄒᆞ더니 날호여 이공과 ᄌᆞ딜노 더브러 태뎐의 드러가 ᄌᆞ부인을 뫼실ᄉᆡ 태부인이 한님의 긔게(起居) 평상(平常)ᄒᆞ믈 보ᄆᆡ 슈장(受杖)ᄒᆞ미 그ᄃᆡ도록디 아닌가 넉이나 평ᄉᆡᆼ(平生) 댱벌(杖罰)의 괴로오믈 모로다가 졸연(猝然)이 당ᄒᆞ여 반ᄃᆞ시 신긔 블안(不安)ᄒᆞ믈 짐작ᄒᆞᄆᆡ 년셕(憐惜)ᄒᆞ믈 니긔디 못ᄒᆞ여 나호여 등을 등을[106] 어로만져 왈 36면

"어나 사ᄅᆞᆷ이 ᄌᆞ식을 ᄉᆞ랑치 아니리오마ᄂᆞᆫ 여부(汝父)의 별뉸ᄌᆞᄋᆡ(別倫慈愛)ᄂᆞᆫ 타인(他人)으로 더브러 만히 다ᄅᆞᆫ디라. 평ᄉᆡᆼ의 즐타디셩(叱咤之聲)이 견마(犬馬)의도 밋디 아닌 바로ᄲᅧ 오날ᄂᆞᆯ 너를 칙벌(責罰)ᄒᆞᄆᆡ 그윽이 몸을 알하 너의 슈장(受杖)ᄒᆞᄆᆡ셔 셰 번 더을디라. ᄌᆞ식 된 지 엇디 경심계디(驚心戒志)ᄒᆞ여 허믈을 곳쳠 즉디 아니리

---

105 화왕(花王): '꽃 중의 왕'이라는 뜻으로 모란을 비유.

106 등을: 규장각본에는 없는 내용임. '등을'이 중복 필사됨.

오? 임의 슈장(受杖)ᄒᆞ미 이실딘ᄃᆡ 긔동(起動)이 평상치 못ᄒᆞ리니 편히 누어 됴리(調理)ᄒᆞ여 소셩(蘇醒)ᄒᆞᆫ 후 니러 단니미 올커ᄂᆞᆯ 어이 강병(强病)ᄒᆞ여 브ᄃᆡ 단니려 ᄒᆞᄂᆞ뇨?”

한님이 국궁문파(鞠躬聞罷)의 ᄌᆡᄇᆡ샤죄(再拜謝罪)ᄒᆞ여 흐리눅게 어진 거동(擧動)과 어리로이 어엿븐 형상이 쳘셕(鐵石) ᄀᆞᆺᄐᆞᆫ 간장과 싀랑(豺狼)[107] ᄀᆞᆺᄐᆞᆫ ᄆᆞ음이라도 ᄉᆞ랑ᄒᆞ오믈 니긔디 못ᄒᆞᆯ디라. 경ᄌᆡ 흔연(欣然)이 ᄋᆡ경(愛敬)ᄒᆞ여 집슈함쇼(執手含笑) 왈

37면

“너의 싀포(猜暴)ᄒᆞ며 험악(險惡)ᄒᆞ믈 형댱(兄丈)은 아득히 모로시ᄂᆞᆫ 거ᄉᆞᆯ 내 여ᄎᆞ여ᄎᆞ(如此如此) 고ᄒᆞ여 금일(今日) 쟝ᄎᆡᆨ(杖責)을 어더 주니 네 ᄆᆞ옴의 날을 고마와 아니려니와[108] 죄를 디은 후 벌을 밧ᄌᆞ와 개심슈덕(改心修德)ᄒᆞ미 올흐니 이졔나 박졍싀포(薄情猜暴)키를 말디어다.”

한님이 면슈이쳥(面垂而聽)의 봉안(鳳眼)을 잠간 드러 경조를 쳠망(瞻望)ᄒᆞ며 ᄇᆡᆨ년용화(白蓮容華)의 미미(微微)ᄒᆞᆫ 우음을 먹음어시니 쇼부공이 쇼왈(笑曰)

“광딜의게 원망 드롤 노ᄅᆞᄉᆞᆯ ᄒᆞ여 계시거든[109] 좀잠(潛潛)이나 ᄒᆞ시ᄂᆞᆫ 거시 아니라 듕장(重杖)을 어더 주미 므ᄉᆞᆷ 은덕(恩德)이라 ᄌᆞ랑은 엇디 ᄒᆞ시ᄂᆞ뇨?”

경ᄌᆡ 답쇼왈(答笑曰)

---

107 싀랑(豺狼): 시랑. 승냥이와 이리.

108 아니려니와: 규장각본에는 ‘아니ᄒᆞ련니’로 되어 있음.

109 ᄒᆞ여 계시거든: 규장각본에는 ‘하시거든’으로 되어 있음.

“슈빅이 실노 녹녹(碌碌)ᄒᆞᆫ 사ᄅᆞᆷ이로다. 내 져의 원망을 두려 ᄒᆞᆫ 말을 아닌 ᄃᆞ시 감초랴.”

쇼뷔 또 우어 왈

“ᄀᆞᆽᄐᆞ여 ᄀᆞᆷ초리잇가마ᄂᆞᆫ ᄀᆞᆸ히 니ᄅᆞ미 그놈이 ᄆᆡ이 원을 픔ᄂᆞᆫ가 형댱(兄丈)의 낫출 ᄉᆡ로이 치와보더이다.”

경ᄌᆡ 쇼왈(笑曰)

“의심이 궁극ᄒᆞ다. ᄌᆡ뵈 엇디 함노(含怒)ᄒᆞ고 날을 보리오? 내 하 광명뎡딕(光明正直)ᄒᆞ미 졔[110] ᄆᆞ음의 긔이히 넉여 앙쳠(仰膽)ᄒᆞ미니라.”

셜파(說罷)의 좌위(左右) 대쇼(大笑)ᄒᆞ고 졔소년(諸小年)은 미미(微微)ᄒᆞᆫ 우음이 유미(柳眉)[111]ᄅᆞᆯ 둘너시니 쳐ᄉᆞ의 침일(沈佚)ᄒᆞ므로도 쾌히 우어 왈

“사ᄅᆞᆷ이 알기ᄅᆞᆯ 져리 ᄒᆞ고 이시니[112] 스ᄉᆞ로 날도곤 나으미 깃브리로다.[113]”

경ᄌᆡ 쇼이ᄃᆡ왈(笑而對曰)

“쇼뎨 엇디 남도곤 나으랴 ᄒᆞ리잇고마ᄂᆞᆫ 공번되고[114] 화평(和平)ᄒᆞ며 너그럽고 슌담(純淡)ᄒᆞ믄 남의셔 나으니이다.[115]”

쳐ᄉᆡ 쇼왈[116](笑曰)

38면

---

110 졔: 규장각본에는 없는 내용임.

111 유미(柳眉): ‘버들잎 같은 눈썹’이라는 뜻으로, 아름다운 눈썹을 비유하는 말.

112 이시니: 규장각본에는 ‘이시’로 되어 있음.

113 깃브리로다: 규장각본에는 ‘잇ᄉᆞ리로다’로 되어 있음.

114 공번되고: 공번되다. ‘공변되다’의 옛말. 행동이나 일 처리가 사사롭거나 한쪽으로 치우치지 않고 공평하다.

115 나으니이다: 규장각본에는 ‘나으니라’로 되어 있음.

116 쇼왈: 규장각본에는 ‘왈’로 되어 있음.

"화평(和平)ᄒᆞᄃᆡ 광증(狂症)이 잇셔 ᄌᆞ딜(子姪)의게ᄂᆞᆫ 싀험(猜險)ᄒᆞ미 업디 아니코 공번되ᄃᆡ ᄉᆞ졍(私情)이 과ᄒᆞ여 ᄌᆞ식마다 셩인(聖人)이 되라 두다리니[117] 그 버ᄅᆞ시 과연 남다ᄅᆞᆫ디라. 슌담(純淡) 너그러온 사ᄅᆞᆷ은 그러치 아닐 ᄃᆞᆺᄒᆞᆫ디라."

경죄 대쇼ᄒᆞ고 희학(戲謔)이 은은(殷殷)ᄒᆞ며 담쇠(談笑) 긋디[118] 아니ᄒᆞ더니 셕반(夕飯)이 오로ᄆᆡ 군죵형뎨 태부인을 뫼시고 ᄌᆞ딜(子姪)을 거ᄂᆞ려 딘반(進飯)ᄒᆞᆯᄉᆡ 한님이 마디못ᄒᆞ여 술을 드나 밥이 닙의 들ᄆᆡ 모ᄅᆡ를 씹ᄂᆞᆫ ᄃᆞᆺ 두어 술이 넘디 못ᄒᆞ여 슬혀 거술니ᄃᆡ 왕모와 부뫼 념녀(念慮)ᄒᆞ실가 두려 강인(强忍)ᄒᆞ여 식반을 예ᄉᆞ로이 ᄒᆞ고 인ᄒᆞ여 쵹(燭)을 니어 뫼셧다가 태부인이 상요(床褥)의 나아가시니 쳐ᄉᆡ 믈너 경심헌의 슉침(宿寢)ᄒᆞᆯᄉᆡ 이공이 다 ᄂᆡ당(內堂)의셔 밤을 디ᄂᆡ고 졔ᄉᆡᆼ(諸生)이 명광헌으로 퇴ᄒᆞᄃᆡ 한님이 ᄂᆡ경으로 더브러 부친 상하(床下)의 시좌(侍座)ᄒᆞ여 믈너나디 아니ᄒᆞ니 쳐ᄉᆡ ᄋᆞᄌᆞ의 쉬디 못ᄒᆞᆷ을 우려ᄒᆞ여 왈

39면

"밤이 깁헛거ᄂᆞᆯ 엇디 아니 ᄒᆞᄂᆞ뇨[119]? 경ᄋᆞᄂᆞᆫ 이에셔 ᄌᆞ고 광ᄋᆞᄂᆞᆫ 믈너가 됴호(調護)ᄒᆞ여[120] 니러단니라."

한님이 복디ᄃᆡ왈(伏地對曰)

"ᄀᆞᆺᄐᆞ여 됴호치 아니ᄒᆞ오나 긔거(起居)의 편치 아니미 업ᄉᆞ니 상하(床下)의 시측(侍側)ᄒᆞᆷ을 원ᄒᆞ나이다."

117 두다리니: 규장각본에는 '두다리시니'로 되어 있음.
118 긋디: 규장각본에는 '긋치디'로 되어 있음.
119 아니 ᄒᆞᄂᆞ뇨: 규장각본에는 '아니 ᄌᆞ나뇨'로 되어 있음.
120 됴호(調護)ᄒᆞ여: 규장각본에는 '조호하고'로 되어 있음.

쳐ᄉᆡ 홀연 미우(眉宇)ᄅᆞᆯ 찡긔여 왈

"ᄌᆞ고 시브면 아모 ᄃᆡ셔나 ᄌᆞ려니와 듕장을 어려이 넉이디 아냐 긔거ᄅᆞᆯ 완연(完然)이 ᄒᆞ믄 ᄆᆡ 아니 타ᄂᆞᆫ 도젹이라. 헛 긔운과 거ᄌᆞᆺ[121] 장ᄆᆡᆼ(壯猛)을 ᄌᆞ랑ᄒᆞ미 굿ᄐᆞ여 긔특디 아닌디라. 악졍ᄌᆞ츈(樂正子春)은 ᄇᆞᆯ이 상ᄒᆞᄆᆡ 두 ᄃᆞᆯ을 근심ᄒᆞ니[122] 엇디 고인(古人)의 유톄(遺體)ᄅᆞᆯ[123] 앗기ᄆᆞᆯ 효측(效則)디 아냠 즉ᄒᆞ리오? 너희 무상패ᄒᆡᆼ(無狀悖行)을 통ᄒᆡ(痛駭)ᄒᆞ여 ᄌᆞ식을 알오미 업고ᄌᆞ ᄒᆞ엿더니 ᄌᆞ위(慈闈) 여등(汝等)의 ᄒᆞ 40면
로 니측(離側)[124]ᄒᆞᄂᆞᆫ 거ᄉᆞᆯ ᄎᆞᆷ디 못ᄒᆞ시므로 디ᄌᆞ(支子)ᄅᆞᆯ ᄎᆞ마 버히디 못ᄒᆞ여 장ᄎᆡᆨ(杖責)으로ᄡᅧ 너희 박ᄒᆡᆼ패리(薄倖悖理)ᄅᆞᆯ 다ᄉᆞ리고 부ᄌᆞ은ᄋᆡ(父子恩愛)ᄅᆞᆯ 완젼(完全)ᄒᆞᄂᆞ니 모로미 아븨 약ᄒᆞᄆᆞᆯ 업슈히 넉이디 말고 ᄆᆞᄋᆞᆷ을 곳쳐 화홍(和弘)ᄒᆞ여 문풍(門風)을 츄락(墜落)디 말딘ᄃᆡ 텬뉸디졍(天倫之情)과 위부디심(爲父之心)으로ᄡᅧ 힝치 아니랴."

한님이 궤복(跪伏)ᄒᆞ여 듯기ᄅᆞᆯ 다ᄒᆞᄆᆡ 감은(感恩)ᄒᆞᆫ 눈믈이 가바야이 소ᄉᆞ나ᄆᆞᆯ ᄊᆡ닷디 못ᄒᆞ여 오ᄃᆡᆨ 말을 못 ᄒᆞ더니 날호여 광메(廣袂)[125]ᄅᆞᆯ 드러 누흔(淚痕)을 거두고 ᄇᆡ이계슈(拜而稽首) 왈

"블초ᄌᆡ(不肖子) 무상패광(無狀悖狂)ᄒᆞ와 엄교(嚴敎)의 간졀(懇切)ᄒᆞ샤믈 봉승(奉承)치 못ᄒᆞ온 죄 만ᄉᆞ유경(萬死猶輕)이ᄋᆞᆸ거ᄂᆞᆯ 벌을

---

121 거ᄌᆞᆺ: 규장각본에는 없는 내용임.

122 악졍ᄌᆞ츈(樂正子春)은 ~ 두 ᄃᆞᆯ을 근심ᄒᆞ니: 악정자춘은 춘추시대 노나라 사람으로 증자의 제자임. 당을 내려오다 우연히 발을 다치자 부모님께 물려받은 몸을 훼손했다며 두 달간 우울해했다고 함.

123 유톄(遺體)ᄅᆞᆯ: 규장각본에는 '유쳬'로 되어 있음.

124 니측(離側): 이측. 부모의 곁을 떠남.

125 광메(廣袂): 규장각본에는 '광미'로 되어 있음.

밧ᄌᆞ오미 디극경헐(至極輕歇)ᄒᆞᆫ 바의 왕모와 대인(大人) 은ᄐᆡᆨ(恩澤)이 쳔신(賤身)을 하렴(下念)ᄒᆞ시미 슌슌(恂恂) 이러ᄐᆞᆺ ᄒᆞ시니 블ᄎᆈ(不肖) 비록 토목심장(土木心腸)이오나 엇디 황공감은(惶恐感恩)ᄒᆞ믈[126] 니길 ᄇᆡ리잇고? 어리고 아득ᄒᆞ와 스ᄉᆞ로 허믈과 죄ᄅᆞᆯ 아디 못ᄒᆞ여 범ᄒᆞᆯ디언졍 엄교(嚴教)ᄅᆞᆯ 슈심명골(鏤心銘骨)ᄒᆞ와 다시 위역(違
41면 逆)ᄒᆞ미 업ᄉᆞ리이다."

셜파(說罷)의 감은(感恩)ᄒᆞᆫ ᄉᆞᄉᆡᆨ(辭色)과 튝쳑(踧踖)ᄒᆞᆫ 거동(擧動)이 인심(人心)을 감동(感動)ᄒᆞ니 쳐ᄉᆡ 본ᄃᆡ 의문(疑問)을 활냑(闊略)[127]ᄒᆞ고 ᄌᆞᄋᆡ(慈愛)ᄅᆞᆯ 두터이 ᄒᆞᄂᆞᆫ디라. ᄋᆞᄌᆞ의 쾌히 ᄊᆡ다라 곳치믈 보고 엇디 오ᄅᆡ 엄슉(嚴肅)ᄒᆞᆫ 빗ᄎᆞᆯ 디어 그 ᄆᆞᄋᆞᆷ을 블평(不平)케 ᄒᆞ리오? 안ᄉᆡᆨ(顔色)과 셩음(聲音)이 다 화평(和平)ᄒᆞ여 경계(警戒)ᄒᆞ미 죵용(慫慂)ᄒᆞ고 상하(牀下)의 헐슉(歇宿)[128]ᄒᆞ믈 지쵹ᄒᆞ니 한님이 슌슌ᄇᆡ샤(順順拜謝)ᄒᆞ고 닌경을 닛그러 침금(寢衾)의 나아가ᄃᆡ 의ᄃᆡ(衣帶)ᄅᆞᆯ 그ᄅᆞᆯ디언졍 쇽옷ᄉᆞᆯ[129] 버ᄉᆞ미 업더니 닌경 등은 즉시 잠드나 한님은 죵야(終夜)토록 ᄌᆞ디 못ᄒᆞ고 비록 통셩(痛聲)이 업ᄉᆞ나 어ᄅᆞᆷᄎᆞᄅᆞᆯ 두어 번 마시고 쳔식(喘息)[130]이 블평ᄒᆞ여 통셰(痛勢) 대단ᄒᆞᆫ 거동(擧動)이니 쳐ᄉᆡ 고요히 잠든 ᄃᆞᆺᄒᆞ여 다시 말을 아니나[131] 심하(心下)의 잔인ᄒᆞ

---

126 감은ᄒᆞ믈: 규장각본에는 '감은ᄒᆞ오믈'로 되어 있음.

127 활냑(闊略): 활략. 죄를 용서하고 놓아주거나 눈감아 줌. 규장각본에는 '화략'으로 되어 있음.

128 헐슉(歇宿): 헐숙. 어떤 곳에 대어 쉬고 묵음

129 쇽옷ᄉᆞᆯ: 규장각본에는 '속옷ᄉᆞᆯ 속옷ᄉᆞᆯ'로 되어 있음.

130 쳔식(喘息): 천식. 숨결.

131 아니나: 규장각본에는 '아니ᄒᆞ나'로 되어 있음.

고 우려(憂慮)ᄒᆞ여 역시 잠을 일우디 못ᄒᆞ여[132] 효신(曉晨)이 되니 한님이 몬져 니러나 관소(盥梳)ᄒᆞ고 닌경으로 더브러 부친의 의ᄃᆡ(衣帶)롤 밧드러 셤김과 금구(衾具)롤 거두미 평일(平日)노 ᄒᆞᆫ가디라. 쳐ᄉᆡ 믈너가 됴리(調理)ᄒᆞ믈 명ᄒᆞᄃᆡ 한님이 나ᄌᆞᆨ이 ᄃᆡ왈(對曰)

"왕뫼 우려(憂慮)ᄒᆞ실 ᄃᆞᆺᄒᆞ오니 신셩(晨省)[133] 후 쉬고져 ᄒᆞᄂᆞ이다." 42면

쳐ᄉᆡ 졈두(點頭)ᄒᆞ고 즉시 드러가 야ᄅᆡ(夜來)[134] 존후(存候)롤 뭇ᄌᆞ와 태부인 안온(安穩)ᄒᆞ시미 평셕(平昔) ᄀᆞᆺᄐᆞ믈 보온 후 한님을 도라보와 쉬라 ᄒᆞ니 한님이 비로소 퇴ᄒᆞ여 명광헌의 나와 장쳐(杖處)의 약을 ᄇᆞ미고 됴반(早飯)을 블식(不食)ᄒᆞ고 반일(半日)을 누엇더니 낫문안 ᄯᅴ 되여시믈 보고 단연(端然)이[135] 니러나 존당의 시측(侍側)ᄒᆞᆯ시 화긔(和氣) 여젼ᄒᆞ여 장쳐(杖處)의 대단ᄒᆞ믈 조곰도 ᄉᆞ식디 아니나 명일(明日)은 입번(入番)ᄒᆞᆯ 날이믈 그윽이 녁이더니 경죄 쇼왈(笑曰)

"네 그 장쳐롤 가지고 명일 입직(入直)[136]을 ᄒᆞ려ᄂᆞᆫ다."

쳐ᄉᆞᄂᆞᆫ 맛참 좌듕(座中)의 잇디 아냐 외루(外樓)의셔 ᄃᆡᄀᆡᆨ(待客)ᄒᆞᄂᆞᆫ디라. 한님이 미쇼ᄃᆡ왈(微笑對曰)

"입번(入番)치 못ᄒᆞᆯ 일이 어이 잇ᄉᆞ리잇가?"

경죄 쇼왈(笑曰)

---

132 못ᄒᆞ여: 규장각본에는 '못ᄒᆞ고'로 되어 있음.

133 신셩(晨省): 신성. 자식이 아침에 부모에게 문안인사를 하는 것.

134 야ᄅᆡ(夜來): 야래. 밤사이.

135 단연(端然)이: 단정한 모양.

136 입직(入直): 관아에 들어가서 일을 하는 것.

"너모 모딘 쳬 말나. 네 져ᄃᆡ도록 ᄐᆡ연ᄒᆞ니 내[137] 형댱(兄丈)긔 고ᄒᆞ여 별곤(別棍) 일ᄇᆡᆨ을 ᄎᆡ와 네 거동(擧動)이 엇디 되ᄂᆞᆫ고 보고져 ᄒᆞ노라."

한님이 ᄯᅩ 봉안을 드러 경조ᄅᆞᆯ 쳠망ᄒᆞ고 화(和)ᄒᆞᆫ 우음이 ᄆᆞᆰ은 귀밋ᄎᆞᆯ 미미히[138] 침노(侵擄)ᄒᆞ니 쇄락ᄒᆞᆫ 긔운이 향풍(香風)을 인ᄒᆞ여ᄂᆞᆫ디

43면 라. 경ᄌᆈ ᄋᆡ듕ᄒᆞ믈 니긔디 못ᄒᆞ여 쇼왈[139](笑曰)

"네 므ᄉᆞᆷ ᄯᅳᆺ으로 날을 치와다 보ᄂᆞᆫ다."

한님이 잠쇼ᄃᆡ왈(潛笑對曰)

"작일도 앙쳠ᄒᆞ오미 긔이히 넉여 ᄉᆡ로이 보미라 ᄒᆞ시ᄃᆡ 쇼딜의 ᄯᅳᆺ은 그러치 아냐 ᄌᆞ딜의게 인의 젹으시믈 의아ᄒᆞ와 존위(尊位)ᄅᆞᆯ ᄉᆡ로이 쳠망(瞻望)ᄒᆞ엿ᄉᆞᆸ더니 ᄯᅩ 은혜롭디 못ᄒᆞᆫ 말ᄉᆞᆷ을 ᄒᆞ시니 슌슌히 의혹(疑惑)ᄒᆞ와 ᄌᆞ연 우러러보오믈 면치 못ᄒᆞ미로소이다."

경ᄌᆈ 쇼왈

"이놈이 이리 완만(頑慢)ᄒᆞ고 남활(濫猾)ᄒᆞ여 어룬 두릴 줄을 모로니 이 죄ᄅᆞᆯ 엇디 다ᄉᆞ려야 맛당ᄒᆞ리오? 아마도 이제 뉵십 장(杖)을 더어 일ᄇᆡᆨ을 ᄎᆡ오미[140] 쾌ᄒᆞᆯ가 시브도다. 네 원간 날을 ᄉᆡ록ᄉᆡ록 쳠망(瞻望)ᄒᆞ니 그 엇더ᄒᆞ여 뵈ᄂᆞ뇨?"

한님이 쇼이ᄃᆡ왈(笑而對曰)

"별노 엇더ᄒᆞ실 거시 므어시리잇가? 아모 ᄃᆡ도 츌뉴(出類)치 아닌 곳이 업셔 뵈ᄃᆡ 다만 ᄌᆞ딜의게 용(容)치 못ᄒᆞ실 ᄃᆞᆺᄒᆞ이다."

137 내: 규장각본에는 없는 내용임.

138 미미히: 규장각본에는 없는 내용임.

139 쇼왈: 규장각본에는 없는 내용임.

140 ᄎᆡ오미: 규장각본에는 'ᄎᆡ와냐'로 되어 있음.

쇼뷔 대쇼왈(大笑曰)

"즤보의 말이 형댱(兄丈)의 긔픔(氣品)인즉 용이(容易)ᄒᆞ고 ᄌᆞ딜(子姪)의게만 ᄉᆞ오납다 ᄒᆞ미니 형댱(兄丈)도 험난(險難)ᄒᆞᆫ 쳬ᄒᆞ시다가 즤죵딜(再從姪)의게 대욕(大辱)을 보셔이다."

경죄 대쇼(大笑)ᄒᆞ고 즐왈(叱曰)

"이놈이 졔 안ᄒᆡ 죽이려 셔돌 젹브터 므ᄉᆞᆫ 증(症)을 들녓더니 아마 상셩(喪性)[141]을 ᄒᆞ엿ᄂᆞᆫ가? 엇디 졸연(猝然)이 ᄌᆞ딜(子姪)의 도리(道里)를 폐(廢)ᄒᆞ고 언에(言語)[142] 슌슌무상(循循無狀)ᄒᆞ뇨?" 44면

한님이 몸을 굽혀 왈

"그 말ᄉᆞᆷ이 그ᄃᆡ도록 무상ᄒᆞᆫ 일이 잇ᄉᆞ리잇고? 한무(漢武)의 위엄(威嚴)으로도 급암(汲黯)의 딕간(直諫)을 죄 주디 못ᄒᆞ엿ᄉᆞᆸᄂᆞ니[143] 슉뷔(叔父) 비록 존엄(尊嚴)ᄒᆞ시나 한무(漢武)만 갓디 못ᄒᆞ시고 쇼딜(小姪)이 즤하ᄌᆡ(在下者)나 군신(君臣)의 명분(名分)으로ᄂᆞᆫ 잠간 다ᄅᆞ미 잇ᄉᆞ므로뼈 딕ᄌᆡ(直者) 션언(善言)이 무소부형디젼(無所腐刑之前)이라 ᄒᆞ믈 ᄉᆡᆼ각건ᄃᆡ 쇼딜이 슉부 면젼(面前)의셔 딕언(直言)ᄒᆞᆫ 죄 대단치 아니ᄒᆞ오리니 일ᄇᆡᆨ 장(杖) 마ᄌᆞᆯ 줄은 ᄉᆡᆼ각디 못ᄒᆞ리로소이다. 원간 쇼딜(小姪)의 텬셩(天性)은 광망(狂妄)타 ᄒᆞ실 법은 잇거니와 졸연이 광증(狂症)을 들녀 샹셩(喪性)타 ᄒᆞ시믄 슉부 안ᄎᆞᆼ(眼聰)이 변ᄒᆞ

---

141 상셩(喪性): 상성. 본성을 잃고 다른 사람처럼 변함.

142 언에(言語): 규장각본에는 없는 내용임.

143 한무(漢武)의 위엄(威嚴)으로도 ~ 못ᄒᆞ엿ᄉᆞᆸᄂᆞ니: 급암은 한 무제 때의 강직한 신하로, 황제의 면전에서 그 실책을 거리낌없이 쟁론하였기에 무제가 늘 두렵게 생각하여 '나라의 안위를 맡길 만한 중신(社稷之臣)에 가깝다'고 칭찬하였음.

신 연괴(緣故)니이다."

경좌 웃고 슌슌(諄諄)이 즐칙(叱責)ᄒᆞ믈 마디 아닛ᄂᆞᆫ 듕도 취듕경ᄋᆡ(取重敬愛)ᄒᆞ미 친ᄌᆞ(親子)의 더으더라. 한님이 이윽이 뫼셧다가 날호여 퇴(退)ᄒᆞ여 모부인(母夫人) 침소(寢所)의 니ᄅᆞ니 부인이 태뎐으로조ᄎᆞ 갓 도라와 시녀 등의 삼 숌은 거ᄉᆞᆯ 간검(看檢)[144]ᄒᆞ나 여러 가디

45면 블평ᄒᆞᆫ 회푀 방촌(方寸)[145]이 어ᄌᆞ러올 ᄲᅳᆫ 아니라 쳬찰의 만니위봉(萬里危鋒)을 근심ᄒᆞ고 ᄲᅥ난 디 ᄉᆞ오 삭(朔)의 비록 셔편(書便)을 인ᄒᆞ여 무ᄉᆞ득달(無事得達)ᄒᆞ믈 아나 음용(音容)[146]이 아ᄋᆞ라ᄒᆞ여 단회(團會)의 긔약(期約)이 머러시니 명년(明年) 츈하간(春夏間)을 기리 ᄉᆡᆼ각ᄒᆞᄆᆡ 십 년이나 즈음친[147] ᄃᆞᆺ 간졀이 ᄉᆡᆼ각ᄂᆞᆫ 졍과 울울히 그리운 의ᄉᆡ ᄀᆞᆺ초 발ᄒᆞ니 능히 ᄇᆡ졔(排除)치 못ᄒᆞ여 기리 일셩(一聲)을 탄ᄒᆞᄆᆡ 빵셩(雙星)의 츄패(秋波) 어ᄅᆡ믈 ᄭᆡ닷디 봇ᄒᆞ여 쳑연상심(惕然傷心)이러니 한님이 다ᄃᆞ라 모친의 슬허ᄒᆞ시믈 보고 놀나고 상비(傷悲)ᄒᆞ믈 니긔디[148] 못ᄒᆞ나 모친(母親)의 회포(懷抱)ᄅᆞᆯ 도와 쳑쳑(慽慽)ᄒᆞ미 블가(不可)ᄒᆞ므로 믄득 작위화ᄉᆡᆨ(作爲和色)ᄒᆞ여 슬젼(膝前)의 시좌(侍坐)ᄒᆞᆯᄉᆡ 이셩(怡聲)으로 뭇ᄌᆞ와 왈

"부ᄂᆡ(府內) 무ᄉᆞ(無事)ᄒᆞ고 형이 만니(萬里)의 갓시나 몸이 무양(無

144 간검(看檢): 살피고 검사함.

145 방촌(方寸): 사방 한 촌의 좁은 땅이라는 뜻으로, 마음을 의미하기도 함.

146 음용(音容): 음성과 생김새.

147 즈음친: 즈음씨다. 가로막히다.

148 상비(傷悲)ᄒᆞ믈 니긔디: 규장각본에는 '샹비ᄒᆞ믈 ᄭᆡ다라 니긔디'로 되어 있음. '상비'는 몹시 슬퍼하는 모양.

差)ᄒᆞ믈 아ᄅᆞ시는 바로ᄡᅧ 엇디 심회(心懷)롤 동ᄒᆞ시ᄂᆞ니잇가? 아니 므ᄉᆞᆫ 별단ᄉᆞ괴(別段事故) 잇ᄂᆞ니잇가?"

부인이 슈루(垂淚) 답왈(答曰)

"므ᄉᆞᆷ ᄉᆞ괴 잇ᄉᆞ리오마는 내 본ᄃᆡ 극ᄒᆞᆫ 무복디인(無福之人)이라. 슈쇼(數小) ᄌᆞ녀로ᄡᅧ 남ᄀᆞᆺ치 슬하의 두어 모ᄌᆞ디졍(母子之情)을 펴디 말나 ᄒᆞ엿는가. 여등(汝等)을 아득히 실니(失離)ᄒᆞ엿던 바로 계오 단회디경(團會之慶)을 어드ᄆᆡ 빅ᄋᆡ(伯兒) ᄯᅩ 만니위봉(萬里危鋒)을 당ᄒᆞ여 험노흉디(險路凶地)롤 ᄇᆞᆲ고 너의 가ᄉᆡ(家事) 완젼치 못ᄒᆞ여 무죄(無罪)ᄒᆞᆫ 현쳐(賢妻)롤 패악(悖惡)히 보치다가 굿투여 도라가는 경ᄉᆡᆨ(景色)이 잇게 ᄒᆞ니 네 몸이 부젼의 슈칙(受責)ᄒᆞ여 장칙(杖責)의 괴로오믈 당ᄒᆞ니 ᄌᆞ모의 ᄯᅳᆺ이[149] 엇디 편ᄒᆞ리오? 여러 가디로 내 명도(命途)롤 탄ᄒᆞᄂᆞ니 부ᄌᆡ 계칙(戒飭)ᄒᆞ시는 바의 내 어미 되여 ᄋᆞ돌의 힝ᄉᆞ(行事)롤 창쥰(唱準)ᄒᆞ미 블가ᄒᆞ므로 일족 너롤 ᄃᆡᄒᆞ여 니ᄅᆞ디 아냣거니와 네 일분인심(一分人心)이 이실딘ᄃᆡ ᄒᆞᆫ갓 뎡실(正室)은 니ᄅᆞ디 말고 미말(微末) 쇼희(小姬)들 그 어질믈 알고 무죄(無罪)ᄒᆞ믈 모로지 아닛는 바의 ᄎᆞ마 칼 독약(毒藥)이며 깁을 주어 죽으라 ᄌᆡ촉홀소냐? 네 ᄆᆞ음의 싀험(猜險)ᄒᆞ믈 ᄉᆡᆼ각ᄒᆞᄆᆡ 심골(心骨)이 셔늘ᄒᆞ믈 ᄭᆡ닷디 못ᄒᆞ노라."

한님이 관(冠)을 숙여 듯기롤 다ᄒᆞᄆᆡ 모친(母親)의 심회(心懷) 이러ᄐᆞᆺ ᄒᆞ시믈 민민초박(悶悶焦迫)ᄒᆞ나 맛ᄎᆞᆷᄂᆡ 우ᄉᆡᆨ(憂色)을 뵈지 아니ᄒᆞ는디라. 도로혀 ᄌᆞ안(慈顏)을 우러러 난연(朗然)이 우으며 좌롤 나 46면

149 ᄯᅳᆺ이: 규장각본에는 'ᄆᆞ옴니'로 되어 있음.

오혀 궤복(跪伏)ᄒᆞ여 광슈(廣袖)롤 드러 모친 낫치 누흔(淚痕)[150]을 업시ᄒᆞ며 왈

47면 "사ᄅᆞᆷ이 각각 죡(足)ᄒᆞᆫ 줄을 모로고 다복영귀(多福榮貴)ᄒᆞᆫ 뉴(類)도 무한(無限) 낫바ᄒᆞ여 영복(榮福)이 죡디 못ᄒᆞᆯ가 탄ᄒᆞᄂᆞᆫ ᄌᆞᄂᆞᆫ 기심(其心)이 무염디욕(無厭之欲)[151]이라. ᄌᆞ위(慈闈)예 활연관통(闊然貫通)ᄒᆞ심과 의리의 온합(穩合)ᄒᆞ시므로 니합(離合)이 ᄡᅵ 잇고 우락(憂樂)이 유슈(有數)ᄒᆞ믈 ᄇᆞᆰ히 ᄉᆡᆼ각ᄒᆞ샤 셰쇽(世俗) 용용부녀(庸庸婦女)의 우몽편식(愚蒙偏塞)홈과 다ᄅᆞ시거ᄂᆞᆯ 엇디 무익디비(無益之悲)로뼈 심회(心懷)롤 상손ᄒᆞ시ᄂᆞ니잇고? 셕년(昔年)의 블초(不肖) 등이 도듕(途中) 젹변(賊變)을 인ᄒᆞ여 일시(一時)의 실산디화(失散之禍)롤 당ᄒᆞ니 ᄉᆡᆼᄉᆞ존몰(生死存沒)을 고ᄒᆞᆯ 길히 업ᄉᆞᆫ디라. 친위 존당을 아득히 ᄯᅥ나온 심ᄉᆞᄂᆞᆫ 다시 니ᄅᆞ디 말고 ᄌᆞ위(慈闈) 오히려 단회디경(團會之慶)을 희망(希望)ᄒᆞ샤 쳡쳡(疊疊)ᄒᆞᆫ 통회(痛悔)롤 억졔(抑制)ᄒᆞ시미 계시니 ᄎᆞ시(此時)로 비길진ᄃᆡ 비환(悲歡)이 ᄂᆡ도ᄒᆞᆫ디라. 형댱(兄丈)이 만니 위봉을 당ᄒᆞᆫ ᄇᆡ 념녀(念慮)롭디 아니타 못 ᄒᆞ오나 텬니(天理) 인ᄉᆡ(人事) 맛촘ᄂᆡ 위디(危地)의 니ᄅᆞ디 아니ᄒᆞ리니 명년(明年) 츈하지간(春夏之間)은 반ᄃᆞ시 닙공반사(立功反師)ᄒᆞ여 튱효(忠孝)롤 완젼(完全)ᄒᆞᆯ디라. 이 가히 근심되디 아니코 쇼ᄌᆡ 블초(不肖)ᄒᆞ므로 엄

48면 젼(嚴前)의 슈장(受杖)ᄒᆞ나 이 ᄯᅩ 죄 크고 벌(罰)이 경ᄒᆞᆫ디라 죡히 거

150 누흔(淚痕)을: 규장각본에는 '누흔니'로 되어 있음.

151 무염디욕(無厭之欲): 무염지욕. 《진서(晉書)》 〈오은지열전(吳隱之列傳)〉에 "지명은 석문인데 탐천이라는 물이 있어 마시는 자는 끊임없는 욕심을 품는다(地名石門 有水曰貪泉 飮者懷無厭之欲)."라는 구절이 있음.

리씔 빅 아니오 블초(不肖)의 가시(家事) 뎡제(整齊)치 못ᄒᆞᆫ 거솔 근심ᄒᆞ시고 져의 도라가믈 닛디 못ᄒᆞ시나 쇼즤 임의 츌쳐니이(黜妻離異)[152]홀 뜻을 셰오디 못ᄒᆞ엿고 대인이 귀령(歸寧)이라 일홈ᄒᆞ샤 도라보ᄂᆡ신 빅니 거취(去就)의 젼일(前日)과 다ᄅᆞ미 업솔디라. 만일 브ᄅᆞ고ᄌᆞ ᄒᆞ실딘ᄃᆡ 쇼즤 굿ᄐᆞ여 막으미 업ᄉᆞ오리ᄂᆡ[153] ᄆᆞᄉᆞ 일 심녀(心慮)롤 번거롭게 ᄒᆞ시ᄂᆞ니잇가? 쇼즤 무식완부(無識頑婦)의 참욕난셜(慘辱亂說)을 ᄒᆡ분통한(解忿痛恨)ᄒᆞᄃᆡ ᄒᆞᆫ 터럭을 갑디 못ᄒᆞ고 져롤 죽으라 ᄒᆞ미 도로혀 큰 죄목(罪目)이 되여 평싱 쳐음으로 장벌(杖罰)을 밧ᄌᆞ와 죄롤 쇽ᄒᆞ오미 되여시니 ᄌᆞ위(慈闈)ᄂᆞᆫ 다시 싀험(猜險)ᄒᆞ믈 칙디[154] 마ᄅᆞ쇼셔. ᄒᆡᄋᆞ(孩兒)의 관인(寬仁)ᄒᆞ미 아니면 댱녜 목슘이 남아실가 시브니잇가? 피ᄎᆡ(彼此) 다 쳥츈(青春)이 바야히오[155] 녹발(綠髮)이 쇠홀 날이 머러시니 일시(一時) 실화(失和)ᄒᆞ미 이신돌 긔 므솜 대시(大事)라 졀우(切憂)롤 삼으시ᄂᆞ니잇고? 인인(人人)이 다 ᄋᆞ돌 본 며ᄂᆞ리라 ᄒᆞ엿고 친ᄒᆞ믈 닐너도 친싱골육(親生骨肉) ᄀᆞᆺᄐᆞ미니잇가마ᄂᆞᆫ 우리 친위 존당은 며ᄂᆞ리 본 ᄋᆞ돌노 아ᄅᆞ시니 ᄒᆡᄋᆞ(孩兒)의 울민분에(鬱憫忿恚)ᄒᆞᆫ 심ᄉᆞ(心思)롤 조곰도 술피디 아니시니 딘실(眞實)노 소박ᄌᆞ(所薄者)의 친(親)ᄒᆞ시고 소친ᄌᆞ(所親者)의 박(薄)ᄒᆞ시니이다.[156]" 49면

152 니이(離異): 규장각본에는 '이니'로 되어 있음.

153 업ᄉᆞ오리ᄂᆡ: 규장각본에는 '업솔디라'로 되어 있음.

154 다시 싀험(猜險)ᄒᆞ믈 칙디: 규장각본에는 '싀험ᄒᆞ믈 다시 칙디'로 되어 있음.

155 바야히오: 바야히다. 무르녹다. 일이나 상태가 한창 이루어지려는 단계에 달하다.

156 소박ᄌᆞ(所薄者)의 ~ 박(薄)ᄒᆞ시니이다: 《대학》에 "후하게 할 곳에 박하게 하고, 박하게 할 곳에 후하게 할 자는 있지 않다(所厚者薄 所薄者厚 未之有也)."라는 구절이 있음.

셜파(說罷)의 모친 므롭ᄒᆡ 니마ᄅᆞᆯ 다히고 가ᄉᆞᆷ의 손을 너허 졋ᄉᆞᆯ 만디며 쇼왈(笑曰)

"ᄒᆡ의(孩兒) 슬샹(膝上)의 교ᄋᆡ(敎愛)ᄅᆞᆯ 밧ᄌᆞᆸ던 시졀의ᄂᆞᆫ 셰간(世間) 근심과 괴로오믈 모로더니 어인 명되(命途) 블인디ᄌᆞ(不人之者)ᄅᆞᆯ ᄇᆡ필(配匹)ᄒᆞᄆᆡ 이런 통증(痛憎)ᄒᆞᆫ 일을 만히 보ᄂᆞ니잇고? 부모ᄂᆞᆫ 쇼ᄌᆞ(小子)의 빙가(聘家)[157] 그ᄅᆞᆺ 어드믈 ᄋᆡ돌니도 아니 넉이시고 져 블인디뉴(不人之類)ᄅᆞᆯ 두호(斗護)ᄒᆞᆷ만 ᄌᆞ별(自別)이 ᄒᆞ신들 져 금쉬(禽獸) 어ᄃᆡ 감격(感激)ᄒᆞᆫ 줄이나 아더니잇가?"

부인이 손으로 그 머리ᄅᆞᆯ 미러 왈

"부존이엄(父尊而嚴)이오 모ᄌᆞ이친(母慈而親)이라 ᄒᆞ엿거니와 졈디 아닌 거시 엇디 이리 미거(未擧) 능증이[158] 구ᄂᆞ뇨? 네 날을 죡ᄒᆞᆫ 줄을 모로ᄂᆞᆫ 무염디욕(無厭之慾)의 비ᄒᆞ거니와 내 과연 죡ᄒᆞᆫ 바ᄅᆞᆯ 아디 못ᄒᆞᄂᆞ니 여등(汝等)을 두어 보ᄂᆞᆫ ᄌᆞᄂᆞᆫ 문ᄎᆡ긔딜(文彩氣質)이 빗나니 ᄌᆞ식을 못나치 아녓다도 ᄒᆞ려니와 너의 광망무식(狂妄無識)ᄒᆞ미 문
50면 풍(門風)을 츄락(墜落)디 아닐 줄을 밋디 못ᄒᆞ고 ᄇᆡᆨᄋᆞ(伯兒)의 다ᄃᆞ라ᄂᆞᆫ 너의 우광(愚狂)ᄒᆞᆷ ᄀᆞᆺ디 아니나 심ᄉᆡ(心思) 안안화열(安安和悅)ᄒᆞ믈 엇디 못ᄒᆞᆯ ᄃᆞᆺᄒᆞ니 젼진위봉(戰陣危鋒)을 당치 아닌 ᄣᆡ라도 내 져의 부부ᄅᆞᆯ 위ᄒᆞᆫ 근심이 엇디 범연(凡然)ᄒᆞ리오마ᄂᆞᆫ 내 ᄎᆞ마 져ᄅᆞᆯ 위ᄒᆞ여 우려(憂慮)ᄒᆞᄂᆞᆫ 바ᄅᆞᆯ 낫토디 못ᄒᆞ믄 ᄋᆞᄒᆡ(兒孩) 효셩(孝誠)되미 남다ᄅᆞᆫ디라. 어믜 져ᄅᆞᆯ ᄃᆡᄒᆞ여 근심ᄒᆞ믈 보면 반ᄃᆞ시 우황초박(憂

157 빙가(聘家): 아내의 본가.

158 능증이: 능청맞게.

惶焦迫)ᄒᆞ여 더옥 심회(心懷) 블안(不安)홀 거시므로 도로혀 우몽(愚蒙)ᄒᆞ여 모로ᄂᆞᆫ 듯ᄒᆞ엿ᄂᆞ니 심녜(心慮) 이러틋 ᄒᆞᆫ 후 므어시 즐거오리오? 네 이제도 빙악(聘岳)을 참욕ᄒᆞ믈 타연(妥然)이 ᄒᆞ여 언ᄉᆡ(言詞) 패망(悖妄)ᄒᆞ믈 아디 못ᄒᆞ니 부젼(父前)의 슈장(受杖)ᄒᆞ나 개과(改過)ᄒᆞ미 업ᄉᆞᆫ디라. 사ᄅᆞᆷ이 내 부모 셤기믈 효도(孝道)로 ᄒᆞᄂᆞᆫ ᄌᆞᄂᆞᆫ 남의 어룬도 공경(恭敬)ᄒᆞ믈 두ᄂᆞ니 댱공이 너의게 덕을 깃치디 못ᄒᆞ고 박부인이 일시(一時) 실언(失言)ᄒᆞ미 이신들 긔 므ᄉᆞᆫ 대ᄉᆡ(大事)라. ᄆᆞ음의 한ᄒᆞ믈 ᄇᆡᆨ년ᄃᆡ쳑(百年大隻)ᄀᆞᆺ치 ᄒᆞᄂᆞ뇨? 모로미 그만ᄒᆞ여 프러 니ᄌᆞ라."

한님이 업ᄃᆡ여 듯기룰 맛ᄎᆞᄆᆡ ᄇᆡ이샤왈(拜而辭曰)

"쇼ᄌᆡ 슈[159]블초광망(雖不肖狂妄)이나 ᄌᆞ위(慈闈)롤 엇디 무염디욕(無厭之欲)의 비ᄒᆞ미 잇ᄉᆞ리잇가? 사ᄅᆞᆷ이 족ᄒᆞᆫ 줄을 모로ᄂᆞᆫ 바롤 알외노라 ᄒᆞᄆᆡ[160] 언ᄉᆡ(言詞) 블민(不敏)ᄒᆞ미 그러ᄒᆞ옵거니와 ᄌᆞ위(慈闈) 엇디 마ᄃᆡ롤 ᄉᆡ쳐 듯디 아니시ᄂᆞ니잇고? 져 댱가롤 공경(恭敬)ᄒᆞ라 ᄒᆞ신들 쇼ᄌᆡ(小子) 므ᄉᆞᆫ ᄆᆞ음으로 친위롤 ᄒᆡ(害)코져 ᄒᆞ며 참욕(慘辱)ᄒᆞᆫ 블인(不人)을 경ᄃᆡ(敬待)ᄒᆞ리잇고? ᄒᆡᄋᆡ(孩兒) 무식완부(無識頑婦)의 참셜(讒說)을 당ᄒᆞ여 하 분ᄒᆞ니 그 말을 출혀 듯든 못ᄒᆞ엿거니와 ᄌᆞ위(慈闈)게 므ᄉᆞᆫ 셔간(書柬)을 븟쳣더니로라 ᄒᆞ여 망측괴패디셜(罔測怪悖之說)이 구블가도디언(口不可道之言)이니 그 셔듕ᄉᆞ(書中辭)의 반ᄃᆞ시 ᄒᆡ연(駭然)홀 거시로ᄃᆡ ᄌᆞ졍(慈庭)이 ᄋᆞ히다려도 ᄉᆞ 51면

---

159 슈: 규장각본에는 없는 내용임.

160 알외노라 ᄒᆞᄆᆡ: 규장각본에는 '알외오ᄆᆡ'로 되어 있음.

식(辭色)디 아니시니 이 쏘 친이(親愛)ᄒᆞ시ᄂᆞᆫ 도리(道理) 아니니이다. 디어형댱(至於兄丈)과 슈슈(嫂嫂)의 다ᄃᆞ라ᄂᆞᆫ 슈화(水火)의 잠기미 잇셔도 근심치 아니셤 즉ᄒᆞ니 쇼쇼블관디ᄉᆞ(小小不關之事)ᄅᆞᆯ 거리쟈 우환(憂患)을 솜디 마ᄅᆞ쇼셔. ᄋᆞᄒᆡ ᄌᆞ위(慈闈) 알오믈 활냥대도(闊量大道)ᄒᆞ샤 셩인(聖人)의 덕이 계시고 총명예디(聰明叡智)ᄒᆞ샤 져근 일의 심녀(心慮)ᄅᆞᆯ 동치 아니실가 ᄒᆞ엿ᄉᆞᆸ더니 맛ᄎᆞᆷᄂᆡ 부인녀ᄌᆞ(婦人女子)의 션회(善懷)[161]ᄒᆞ시믈 면치 못ᄒᆞ시니 대져 부인ᄂᆡ 잔 념녜

52면 (念慮) 만흐시미 ᄒᆞᆫ갈ᄀᆞᆺ치 본셩(本性)이로소이다. 텬하(天下)의 명박궁인(命薄窮人)이 ᄒᆞ나둘히 아니라 혹 남녀간(男女間)의 일(一) 골육(骨肉)을 두디 못ᄒᆞ고 싱계(生計) 빈한(貧寒)ᄒᆞ여 ᄆᆡᆨ듁ᄎᆡ근(麥粥菜根)[162]도 일일냥시(一日兩時)ᄅᆞᆯ ᄎᆞᆯ히디 못ᄒᆞ여 초창비우(焦愴悲憂)ᄒᆞᄂᆞ니 만흐니 ᄌᆞ위(慈闈)ᄂᆞᆫ 비록 공후ᄇᆡᄌᆞ람(公侯伯子男)[163]의 영귀(榮貴)ᄅᆞᆯ 아디 못ᄒᆞ시나 엄위예 대도고학(大道高學)이신ᄌᆞᆨ 텬ᄌᆡ(天子) 브득신(不得臣)ᄒᆞ시고 졔휘(諸侯) 브득우(不得友)ᄒᆞᄂᆞᆫ[164] 바의 ᄉᆞ졍[165]이

161 션회(善懷): 선회. 근심과 걱정이 많다는 뜻으로, 《시경》 〈재치(載馳)〉에 "여자가 그리움 많은 것은 또한 각기 도리가 있거늘(女子善懷 亦各有行)"이라는 구절이 있음.

162 ᄆᆡᆨ듁ᄎᆡ근(麥粥菜根): 맥죽채근. 보리죽과 풀뿌리.

163 공후ᄇᆡᄌᆞ람(公侯伯子男): 공후백자남. 봉건 사회의 작위를 이르는 말. 'ᄇᆡ'는 'ᄇᆡᆨ'의 오기로 보임.

164 텬ᄌᆡ(天子) 브득신(不得臣)ᄒᆞ시고 ~ 브득우(不得友)ᄒᆞᄂᆞᆫ 바: 천자도 신하로 삼을 수 없고, 제후도 벗으로 삼을 수 없을 만큼 세상의 이익을 따라 영합하지 않는 것. 《후한서》 권68 〈곽태열전〉에서 혹자가 범방에게 곽임종이 어떤 사람인지 묻자, "그는 세상을 피해 숨어도 개지추처럼 어버이의 뜻을 어기지 않고, 절조가 곧아도 유하혜처럼 속세와 단절하지 않으며, 천자도 신하로 삼을 수 없고 제후도 벗으로 삼을 수 없다. 나는 그 밖의 것은 알지 못한다."라고 말한 것에서 차용.

165 ᄉᆞ졍: 규장각본에는 'ᄌᆞ졍'으로 되어 있음.

가상(家上)의 거ᄒᆞ샤 부부의 뉸(倫)과 붕우(朋友)의 의(義)ᄅᆞᆯ 아오로 시니 이 과연[166] 희한ᄒᆞᆫ 복경(福慶)[167]이시어ᄂᆞᆯ 비록 블초(不肖)ᄒᆞ나 ᄉᆞ개(四個) ᄌᆞ녀(子女)ᄅᆞᆯ 두샤 슬ᄒᆡ(膝下) 젹막(寂寞)ᄒᆞ시미 업고 딘짓 ᄌᆡ죄 업시 헛된 영홰(榮華) 깃브디 아닐디언정 ᄋᆞᄒᆡ(兒孩) 등이 두 번 어향(御香)을 뽀히고[168] 셤계(蟾桂)[169]로 목젼(目前)을 훤영(喧榮)ᄒᆞ여 인ᄌᆞ의 디락(至樂)되옴과 ᄉᆡᆼ셰(生世)의 쾌락ᄒᆞ미 이에 디난 ᄇᆡ 업ᄉᆞ니 ᄌᆞ위(慈闈) 딘실(眞實)노 ᄋᆞᄃᆞᆯ을 두어 계신디라. 므어시 블쾌ᄒᆞ시며 근심되여 회포ᄅᆞᆯ 어ᄌᆞ럽게 ᄒᆞ시ᄂᆞ니잇고?"

부인이 그 신긔(身氣) 블안(不安)ᄒᆞ믈 ᄉᆞ식(辭色)디 아니코 이러ᄐᆞᆺ 다언(多言)ᄒᆞ미 효의(孝義)에 비로ᄉᆞ믈 년디(戀之)ᄒᆞ여 이연(怡然)이 ᄀᆞᆯ오ᄃᆡ

"네 어ᄃᆡ 가 몹ᄡᅳᆯ 술을 취ᄒᆞ엿ᄂᆞᆫ가. 엇디 이리 어린 말을 디리히 ᄒᆞ여 53면
어미로ᄡᅧ 어린 ᄋᆞᄒᆡ 달ᄂᆡ듯 ᄒᆞᄂᆞ뇨? 박부인 셔ᄉᆞ(書辭)ᄅᆞᆯ 가져 즉시 니ᄅᆞ디 아니타 ᄒᆞ여 친ᄋᆡ(親愛)ᄒᆞ미 업다 ᄒᆞ니 더옥 밋치미 심ᄒᆞ도다. 그 셔ᄉᆡ 므ᄉᆞᆫ 별단ᄉᆞ의(別段思議)리오? 다만 ᄋᆞ부(我婦)의 병을 우려ᄒᆞ여실 ᄲᅳᆫ이라."

이에 벼개ᄅᆞᆯ 더져 잠간 누어시라 ᄒᆞ니 한님이 안ᄌᆞ시ᄆᆡ 과연 어려온

---

166 과연: 규장각본에는 '또'로 되어 있음.

167 복경(福慶): 복과 경사.

168 어향(御香)을 뽀히고: '임금의 향기를 쏘인다'는 뜻으로, 임금의 은혜를 입는 것을 일컬음.

169 셤계(蟾桂): 섬계. '섬궁절계(蟾宮折桂)'의 준말로, 과거 급제를 뜻함. 진 무제 때 극선(郤詵)이 현량 대책(賢良 對策)에서 장원을 하고는, 소감을 묻는 무제의 질문에 "계수나무 가지를 꺾은 격이요, 곤륜산의 옥돌 한 조각을 캔 격이다."라고 답변한 고사에서 유래.

디라. 모친 등 뒤ᄒᆡ 드러누으며 웃고 왈

"쇼ᄌᆡ 술을 졉구(接口)ᄒᆞᆫ 일이 업ᄂᆞ이다 ᄏᆞ니와[170] 취ᄒᆞ엿다 ᄒᆞ시니 아모리면 취ᄒᆞᆫ 놈이 인ᄉᆞ(人事)ᄅᆞᆯ 츌히리잇가? 다만 됴반(早飯)을 블식(不食)ᄒᆞ엿더니 심히 허핍(虛乏)ᄒᆞᆫ디라. 무어시 잇거든 쥬쇼셔."

부인이 즉시 ᄒᆞᆫ 그ᄅᆞᆺ 미시[171]와 ᄉᆞ오(四五) 개(個) 딘과(眞瓜)[172]ᄅᆞᆯ 주며 왈

"네 비록 강ᄆᆡᆼ(強猛)ᄒᆞ믈 ᄌᆞ긔(自期)ᄒᆞ여 듕장(重杖)을 관계히 아니 넉이나 신긔(身氣) ᄆᆡ이 블평(不平)ᄒᆞ리니 됴반을 블식ᄒᆞ여시니 잠간 면시(眠視)ᄒᆞ여 긔운을 펴라. 부ᄌᆞ의 너ᄅᆞᆯ ᄎᆡᆨ벌(責罰)ᄒᆞ시미 엇디 강질작긔(強疾作氣)ᄒᆞ여 병을 닐위고 취모(娶母) 욕ᄒᆞ믈 ᄒᆞᆫ갈ᄀᆞᆺ치 ᄒᆞ시미리오?"

한님이 샤례(射禮)ᄒᆞ고 밧ᄌᆞ와 즉시 다 먹고 도라누어 비로소 졉목
54면 (接目)ᄒᆞᄆᆡ 심히 혼도(昏倒)ᄒᆞ여 아모란 줄 모로고 ᄌᆞᄂᆞᆫ 바의 허한(虛汗)[173]이 구ᄉᆞᆯ 구으ᄃᆞᆺ ᄒᆞ고 통셩(痛聲)이 의의히 동ᄒᆞ니 부인이 ᄋᆡ디년디(愛之憐之)ᄒᆞ여 깁 슈건을 가져 그 ᄂᆞᆺ치 흐ᄅᆞᄂᆞᆫ ᄯᆞᆷ을 ᄡᅵᄉᆞᄃᆡ ᄉᆡᆼ이 아디 못ᄒᆞ니 굿ᄐᆞ여 ᄭᆡ오디 아니ᄒᆞ더니 쳐ᄉᆡ 믄득 입실(入室)ᄒᆞᄂᆞᆫ디라. 부인이 니러셔 ᄋᆞᄌᆞ(兒子)ᄅᆞᆯ ᄭᆡ오고ᄌᆞ ᄒᆞ거ᄂᆞᆯ 쳐ᄉᆡ 말녀 왈

"거야(去夜)의 잠을 젼혀 폐ᄒᆞ여시니 이제 ᄌᆞ기도 괴이(怪異)치 아닌디라. ᄭᆡ오디 마ᄅᆞ쇼셔."

부인이 ᄯᅩᄒᆞᆫ 올히 넉여 ᄭᆡ오디 아니ᄒᆞ니 쳐ᄉᆡ ᄋᆞᄌᆞ의 겻ᄐᆡ 나아안ᄌᆞ

---

170 ᄏᆞ니와: 규장각본에는 'ᄆᆡ오'로 되어 있음.

171 미시: 미숫가루.

172 딘과(眞瓜): 진과. 참외.

173 허한(虛汗): 기운이 허약하여 나는 땀.

손을 드러 그 머리롤 집허보니 덥기 블 곳고 침셩(寢聲)이 블평ᄒᆞ니 광미(廣眉)롤 찡그여 이윽이 말을 아니터니 날호여 부인을 향ᄒᆞ여 왈
"ᄋᆞ히(兒孩)롤 므어솔 먹이시니잇가?"
부인 왈
"됴반(早飯)을 블식(不食)ᄒᆞ엿노라 ᄒᆞ거놀 미시와 딘과(眞瓜)롤 주엇ᄂᆞ니이다."
쳐ᄉᆡ 우왈(又曰)
"ᄋᆞ히 셩되 궤고블통(詭固不通)ᄒᆞ나 효순(孝順)ᄒᆞ미 특이ᄒᆞ고 관쳘회홍(貫徹恢弘)ᄒᆞ니 개과(改過)ᄒᆞ미 어렵디 아닐디라. ᄎᆞ후 현부(賢婦)의게 대단이 블평ᄒᆞ믈[174] 더으디 아니ᄒᆞ고 빙가(聘家)의 견집(堅執)ᄒᆞ미 업술 둣ᄒᆞ니이다."
부인이 다만 ᄋᆞᄌᆞ의 ᄭᆡ기롤 기다려 보유(補遺)홀 거솔 먹일 바롤 등디(等待)ᄒᆞ고 녀나 말이 업ᄉᆞ니 쳐ᄉᆡ 이윽이 안ᄌᆞ 믹(脈)을 보고 관형찰식(觀形察色)ᄒᆞ여 작인긔셩(作人氣性)의 특츌비범(特出非凡)ᄒᆞ미 좀ᄌᆞᄂᆞᆫ 모양이 더옥 긔이(奇異)ᄒᆞᆫ디라. ᄋᆡ련귀듕(愛憐貴重)ᄒᆞ미 ᄉᆡ롭더니 드ᄃᆡ여 나가고 한님은 셕양(夕陽)이 기운 후 ᄭᆡ여 니러 안ᄌᆞ 55면
모부인(母夫人)긔 고왈(告曰)
"발셔 날이 져므러시니 쇼ᄌᆡ 디리히 ᄌᆞ과이다."
부인이 이에 셕반(夕飯)을 주어 왈
"신긔 비록 블평(不平)ᄒᆞ나 너모 밥을 폐치 말나."

---

174 대단이 블평ᄒᆞ믈: 규장각본에는 '블평을 ᄃᆡ단니'로 되어 있음.

한님이 딘실노 ᄉᆞ식디념(思食之念)이 업ᄉᆞᄃᆡ 부모의 셩념(誠念)[175]을 우민(憂悶)[176]ᄒᆞ여 강인(强忍)ᄒᆞ여 딘반(進飯)ᄒᆞ고 즉시 니러 존당의 드러가 혼뎡디녜(昏定之禮)ᄅᆞᆯ 일우니 태부인이 나호여 어로만져 셕반 나온 다쇼ᄅᆞᆯ 뭇고 신긔(身氣) 블안(不安)ᄒᆞᆫ가 므러 권권무유(眷眷撫諭)[177]ᄒᆞ니 한님이 더옥 황감블승(惶感不勝)ᄒᆞ여 관계치 아니믈 ᄃᆡᄒᆞ여 믈우셩녀(勿憂聖慮)ᄒᆞ시믈 쳥ᄒᆞ고 퇴ᄒᆞ여 야야(爺爺)ᄅᆞᆯ 뫼셔 밤을 디ᄂᆡᄆᆡ 명일 입번(入番)ᄒᆞ니 부모 슉당(叔堂)이 그 신긔 블안ᄒᆞ므로뼈 입ᄃᆡᆨ(入直)ᄒᆞ믈 우려ᄒᆞ더니 십여 일 후 츌번(出番)ᄒᆞᆯ 쁜 아니라 황애 졍닌광의 튱뎡언논(忠貞言論)이 당당ᄃᆡᆨᄇᆡᆨ(堂堂直白)ᄒᆞ여 한ᄃᆡ(漢代) 급암(汲黯)[178]과 당(唐) 젹 위징(魏徵)[179]의 일뉼(一類) 쁜 아니라 왕톄

56면 (王體)ᄅᆞᆯ 결ᄒᆞ고[180] 국녹(國祿)을 쇠ᄒᆞᄆᆡ 먼 긔약이 공부(公府)[181]의 큰 그ᄅᆞᆺ시오 동냥(棟樑)의 아ᄅᆞᆷ다온 ᄌᆡ목(材木)으로 통우녜경(寵遇禮敬)[182]ᄒᆞ샤 간의태우 대원도찰ᄉᆞᄅᆞᆯ 특명[183] 졔슈(除授)ᄒᆞ시니 한님이 나히 졈고 ᄌᆡ죄 소우(疏迂)ᄒᆞ믈 쥬(奏)ᄒᆞ여 뎐폐(殿陛)의 나려 샤양(辭讓)ᄒᆞ믈 간졀(懇切)이 ᄒᆞᄃᆡ 샹(上)이 죵블윤(終不允)ᄒᆞ시니 딘실노 위람

---

175 셩념(誠念): 성념. 정성스러운 마음.

176 우민(憂悶): 근심하고 번민함.

177 권권무유(眷眷撫諭): 가엽게 여기는 마음으로 부드럽게 어루만지는 것.

178 급암(汲黯): 전한 무제 때의 신하로, 성정이 엄격하고 직간을 잘했다고 함.

179 위징(魏徵): 당나라의 정치가. 위징은 당 태종에게 가감 없는 간언을 했고, 태종은 이를 거의 다 받아들였다고 함. 이는 나중에 태종이 소위 '정관(貞觀)의 치(治)'를 이루는 근간이 되었음.

180 결ᄒᆞ고: 규장각본에는 '셜하고'로 되어 있음.

181 공부(公府): 임금이 정사를 보는 곳, 또는 관아.

182 통우(寵遇): 총우. 사랑스러워하며 특별히 대우함.

183 특명: 규장각본에는 없는 내용임.

블열(危濫不悅)[184]ᄒᆞ나 마디못ᄒᆞ여 샤은이퇴(謝恩而退)ᄒᆞ여 부듕(府中)의 도라와 존당 부모긔 알현(謁見)홀ᄉᆡ ᄌᆡ샹(宰相)의 관ᄌᆞ(貫子)[185]ᄂᆞᆫ 구름 빈샹(鬢上)의 휘황(輝煌)ᄒᆞ여 쇼년을 빗ᄂᆡ고 명ᄉᆞ복식(名士服色)은 일신(一身)을 현난(絢爛)ᄒᆞᆫᄃᆡ 요하(腰下) 영광(榮光)을 표ᄒᆞᆫ 옥ᄇᆡ(玉杯) 궁슈를 조ᄎᆞ 다이(多異)ᄒᆞ니 최ᄉᆞ의 소ᄅᆡ 낭낭(琅琅)ᄒᆞ여 군ᄌᆞ(君子)의 화연(和然)ᄒᆞᆫ 심니(心裏)를 ᄭᆡ칠지라. 쇄락(灑落)ᄒᆞᆫ 풍의(風儀)와 찬연(燦然)ᄒᆞᆫ 용화(容華)의 고고(高高)ᄒᆞᆫ 긔상(氣相)이 의의(猗猗)히[186] 츄텬(秋天) ᄀᆞᆺ고 암암(巖巖)히[187] 태산상봉(泰山上峯) ᄀᆞᆺ거ᄂᆞᆯ 츄이과졍(趨而過庭)[188]ᄒᆞ여 승당전셕(昇堂前席)의 족확여야(足躩如也)ᄒᆞ며 국궁여야(鞠躬如也)[189]ᄒᆞ여 모든 ᄃᆡ ᄌᆡᄇᆡ현셩(再拜見省)ᄒᆞ고 하긔이셩(下氣怡聲)[190]ᄒᆞ여 십여 일(日) 존후(存候)를 뭇줍고 공슈시립(拱手侍立)ᄒᆞ니 태부인이 그 작ᄎᆡ(爵次) 도도믈 즐겨 ᄒᆞ미 아니로ᄃᆡ 인졍의 두굿기믈 면치 못ᄒᆞ여 쳐ᄉᆡ 부귀(富貴)를 부운(浮雲)ᄀᆞᆺ치 넉이고 공명(功名)을 헌 신ᄀᆞᆺ치 아ᄂᆞᆫ ᄆᆞ음으로뼈 ᄋᆞᄌᆞ의 년쇼고작(年少高爵)이 과ᄒᆞ믈 외람블열(猥濫不悅)ᄒᆞ믈 모로ᄂᆞᆫ ᄇᆡ 아니로 57면

184 위람블열(危濫不悅): 규장각본에는 '외람불열'로 되어 있음.

185 관ᄌᆞ(貫子): 관자. 망건에 달아 당줄을 꿰는 작은 단추 모양의 고리.

186 의의(猗猗)히: 의의하다. 아름답고 성하다.

187 암암(巖巖)히: 암암하다. 산이나 바위가 높고 험하다.

188 츄이과졍(趨而過庭): 추이과정. 공자의 아들이 종종걸음으로 뜰 앞을 지났다는 데서 나온 말로, 아들이 어버이에게 공손하게 가르침을 받는 자세를 의미함.

189 족확여야(足躩如也)ᄒᆞ며 국궁여야(鞠躬如也): 종종걸음을 하고 존경의 뜻으로 몸을 구부리는 것. 《논어》 〈향당(鄕黨)〉 편에 나오는 표현.

190 하긔이셩(下氣怡聲): 하기이성. 《예기》의 "부모가 계신 처소에 이르러서는 기운을 낮추고 소리를 부드럽게 한다."라는 구절에서 유래.

ᄃᆡ 십여 일 입번(入番)ᄒᆞᄆᆡ 훌연ᄒᆞ고 그 쟝쳐(杖處)ᄅᆞᆯ 념녀(念慮)ᄒᆞ여 방심(放心)치 못ᄒᆞ더니 금일 ᄃᆡᄒᆞᄆᆡ 화풍경운(和風慶雲)이 ᄉᆡ롭고 작ᄎᆡ(爵次) 슝고(崇高)ᄒᆞ미 엄연 ᄌᆡ상(宰相)이니 ᄉᆡ로이 아ᄅᆞᆷ답고 년ᄋᆡ(戀愛)ᄒᆞ미 동ᄒᆞ여 그 문후(問候)ᄒᆞᄂᆞᆫ 바의 흔연(欣然)이 답ᄒᆞ고 날호여 좌ᄅᆞᆯ 주니 경죄 ᄯᅩᄒᆞᆫ 흔연과ᄋᆡ(欣然過愛)ᄒᆞ미 친ᄌᆞ(親子)의 다ᄅᆞ미 업ᄂᆞᆫ디라. 희연(喜然)이 쇼왈(笑曰)

"형댱(兄丈)이 안연(顔淵)의 안빈(安貧)[191]과 원헌(原憲)의 청념(淸廉)[192]을 겸ᄒᆞ샤 ᄇᆡᆨ운송니(白雲松裏)의 ᄠᅳᆺ을 븟치시고 부귀작녹(富貴爵祿)을 헌 신[193]ᄀᆞᆺ치 녁이시던 ᄇᆡ로ᄃᆡ 금일 닌광의 벼ᄉᆞᆯ 도도믈 보시ᄆᆡ 믄득 흔열ᄒᆞ미 계시니 낙낙(落落) 고의(故義)ᄅᆞᆯ 도로혀 이졔(夷齊)의 청심(淸心)[194]으로ᄡᅧ 이윤(伊尹)의 ᄉᆞ업[195]을 흠모ᄒᆞ시미니잇가?"

쳐ᄉᆡ 화연(和然) 쇼왈

"내 본ᄃᆡ ᄀᆡ산고의(箕山故義)[196]와 고듁청풍(孤竹淸風)[197]을 ᄯᅩᆯ오미 아니라. ᄌᆡ죄 업고 덕이 박ᄒᆞ여 문달(聞達)[198]을 구치 못ᄒᆞ고 ᄌᆞ식이 승어부

191 안연(顔淵)의 안빈(安貧): 공자의 제자 안연은 안빈낙도를 추구한 것으로 유명함.

192 원헌(原憲)의 청념(淸廉): 원헌의 청렴. 원헌은 공자의 제자 중 하나로, 자는 자사(子思)임. 절의를 지키고 안빈낙도하는 삶을 살았다고 함.

193 헌 신: 규장각본에는 '흔신'으로 되어 있음.

194 이졔(夷齊)의 청심(淸心): 이제의 청심. 권력에 아첨하기 싫어 수양산에서 고사리를 캐 먹다 죽었다는 백이와 숙제의 청렴한 마음.

195 이윤(伊尹)의 ᄉᆞ업: 이윤의 사업. 이윤은 은나라 태종 때의 명신으로 모략에 능했다고 함.

196 ᄀᆡ산고의(箕山故義): 기산고의. 중국 고대 요임금 시절, 명예와 이익을 피해 기산에 숨었다고 하는 허유와 소부의 높은 뜻.

197 고듁청풍(孤竹淸風): 고죽청풍. 백이와 숙제의 맑은 풍격.

198 문달(聞達): 이름이 세상에 널리 알려짐.

(勝於父)ᄒᆞ여 쇼년영복(少年榮福)이 족의(足矣)니 인졍이 엇디 환흡(歡洽)디[199] 아니리오? 심하의 흔힝(欣幸)ᄒᆞ미 므솜 허믈이라 조롱ᄒᆞᄂᆞ뇨?" 58면

경쇠 칭희복ᄉᆡ(稱喜福事)러니 쇼뷔 미염(美髥)을 어로만져 희이 냥구(良久)의 쳐ᄉᆞ의 말솜이 긋치믈 날호여 고왈(告曰)

"경조 형댱(兄丈)이 대강 용심(容心)이 바히 업다 못 홀소이다. ᄌᆞ딜(子姪)의 허믈을 찰찰(察察)이 젹발됴양(摘發照陽)ᄒᆞ시믈 스ᄉᆞ로 니ᄅᆞ신 바 광명쥰딕(光明峻直)ᄒᆞ시미라 ᄒᆞ려니와 디어(至於) 그 작ᄎᆡ승픔(爵次陞品)ᄒᆞ믄 일가슉친(一家熟親)[200]이 ᄒᆞᆫ가디로 깃거ᄒᆞ고 외람(猥濫)ᄒᆞᆫ 은영(恩榮)[201]을 블안홀 거시어놀[202] 홀연이 지보의 은영을 당ᄒᆞ여 운계 형댱(兄丈)이 비록 쳥심고의(淸心高義) 낙낙ᄒᆞ샤 부귀(富貴)ᄅᆞᆯ 폐샤(敝屣)[203]ᄀᆞᆺ치 보시나 ᄌᆞ딜의 영광의 흔열(欣悅)ᄒᆞ믄 우인디우(憂人之憂)ᄒᆞ고 낙인디낙(樂人之樂)ᄒᆞ믄[204] 상니인졍(常理人情)이시어놀 은빅시 은연이 조롱(嘲弄)코져 ᄒᆞ시미 근어복통(近於腹痛)이신 둧ᄒᆞ이다."

---

199 환흡(歡洽)디: 환흡하다. 즐겁고 흡족하다.

200 슉친(熟親): 숙친. 오래 보아 친분이 두터운 사람.

201 은영(恩榮): 임금이 내리는 은혜.

202 은영(恩榮)을 블안홀 거시어놀: 규장각본에는 '은영을 깃거치 아니코 불안할 거시어날'로 되어 있음.

203 폐샤(敝屣): 폐사. 헌신짝.

204 우인디우(憂人之憂)ᄒᆞ고 낙인디낙(樂人之樂)ᄒᆞ믄: 《소학》 〈가언(嘉言)〉에 "두계량은 호협하고 의를 좋아하여 남의 근심을 걱정하고 남의 즐거움을 즐거워하여 맑고 탁한 것에 잃는 바가 없었다."라는 구절이 있음.

좌위 미급딕(未及對)의 경죄 즐목쇼디(叱目笑之) 왈

"내 슈빅 알오믈 이러치 아닌가 ᄒᆞ더니 금일의 홀연 녹녹(碌碌)ᄒᆞ고 용졸(庸拙)ᄒᆞᆫ[205] 말을 ᄒᆞ여 ᄌᆞ딜을 다 외친닉소(外親內疏)ᄒᆞ믈 괴이히 59면 넉이더니 금일 쏘 쳠미(諂媚)ᄒᆞᄂᆞᆫ 언싀 나의 딕빅졍일(直白精一)ᄒᆞ믈 언연(偃然)이 하ᄌᆞ(瑕疵)ᄒᆞ니 댱창(臧倉)이 밍ᄌᆞ(孟子)를 훼(毁)ᄒᆞ므로[206] ᄒᆞᆫ가디로딕 기심(其心)이 다 통(通)ᄒᆞ니 아니 분변(分辨)치 못ᄒᆞ리라. 운계 형댱(兄丈)이 블구문달(不求聞達)ᄒᆞ샤 공명부귀(功名富貴)ᄂᆞᆫ 어아(於我)의 여운(如雲)이라 ᄒᆞ샤 텬ᄌᆡ 감히 브ᄅᆞ디 못ᄒᆞ시고 졔후(諸侯) 감히 벗ᄒᆞ디 못ᄒᆞ니 내 ᄆᆞ옴의 형댱의[207] 도덕대셩(道德大性)을 흠복(欽服)디 아니미 아니로딕 쏠와 밋출 길 업ᄉᆞ니 닙신양명(立身揚名)이 형댱(兄丈)긔ᄂᆞᆫ 득죄(得罪)ᄒᆞ미라 ᄒᆞ엿더니 ᄌᆞ딜의 공명(功名)은 술술 깃거ᄒᆞ시고 금일 ᄌᆡ보의 승픔(陞品)ᄒᆞᆫ 은권(恩眷)을 희열(喜悅)ᄒᆞ시미 현어ᄉᆞ쉭(見於辭色)ᄒᆞ시니 내 뼈 혜오딕 빅이(伯夷)의 쳥심(淸心)으로 이윤(伊尹)의 ᄉᆞ업을 올히 넉이시미라 ᄒᆞ여 언(言)ᄒᆞᆫ 빈 므어슨 복통(腹痛)이라 슈빅의 언ᄉᆡ(言辭) 이갓치 쳠비ᄒᆞᄂᆞ뇨?"

쇼뷔 앙면(仰面) 대쇼왈(大笑曰)

"쇼뎨[208] ᄀᆞᆺᄐᆞ니ᄂᆞᆫ 용졸쇼암(庸拙疏暗)ᄒᆞ여 본딕 디취(志趣)[209]의 뎡ᄒᆞᆫ

---

205 용졸(庸拙)ᄒᆞᆫ: 용졸하다. 용렬하고 졸렬하다.

206 댱창(臧倉)이 밍ᄌᆞ(孟子)를 훼(毁)ᄒᆞ므로: 노나라 평공이 맹자와의 만남을 원하자 맹자가 아버지의 장례는 간소하게 치렀지만 어머니의 장례는 호화롭게 치렀다고 하며 맹자를 평가절하함.

207 형댱의: 규장각본에는 '형댱긔ᄂᆞᆫ 득죄ᄒᆞ미라 형의'로 되어 있음.

208 쇼뎨: 규장각본에는 '뎨'로 되어 있음.

209 디취(志趣): 규장각본에는 '거취'로 되어 있음.

빅 업ᄉᆞ므로 사ᄅᆞᆷ이 각각 디취와 소댱(所長)ᄃᆡ로 쳐신ᄒᆞᆯ 빅라 ᄒᆞ여 운계 형댱(兄丈) 셩학대도(聖學大道)롤 경앙(景仰)ᄒᆞ나[210] 별노 유의(留意)ᄒᆞ옵ᄂᆞᆫ 뜻이 업고 형댱이 ᄉᆞ히(四海)의 드레ᄂᆞᆫ 문명(文名)과 일가ᄌᆞ딜(一家子姪)의게 광풍취우(狂風驟雨) ᄀᆞᄐᆞ신 위엄(威嚴)을 항복(降服)ᄒᆞ오나 우러러 법밧디 못ᄒᆞ와 무ᄉᆞ평담(無事平淡)ᄒᆞᆯ 쁜이어ᄂᆞᆯ 향일(向日) ᄌᆡ보의 과거롤 쇼뎨 쏘 어질고 가타ᄒᆞ미 업ᄉᆞ오ᄃᆡ ᄆᆞ옴의 싀험잔포(猜險殘暴)히 넉일디언졍 밋쳐 발셜(發說)치 못ᄒᆞ여 형댱(兄丈)이 분분(紛紛)이 운계 형댱긔 고ᄒᆞ여 장칙(杖責)을 어더 주시고 급급히 ᄌᆡ보의게 유공(有功)ᄒᆞᆫ 일이나 힝ᄒᆞᆫ ᄃᆞ시 ᄒᆞ여 공과(矜誇)ᄒᆞ시다가 견패(見敗)ᄒᆞ시믈 보오니 심ᄂᆡ(心內)의 우어 출하리 좀좀ᄒᆞ시미 나으믈 고ᄒᆞ미어ᄂᆞᆯ 녹녹다 공치(空致)ᄒᆞ시니 소리(率爾)ᄒᆞᆫ 딕언(直言)이 무익(無益)ᄒᆞ믈 알소이다. ᄌᆡ보의 십여 일(日) 입번(入番)의 승픔환가(陞品還家)ᄒᆞ미 인졍(人情)의 흔희(欣喜)ᄒᆞ미 샹ᄉᆡ(常事)오 그 험피ᄀᆡᆨ(險陂客)이 듕장(重杖)을 닙고 일일도 됴호(調護)치 못ᄒᆞ여 입딕(入直)ᄒᆞ니 운계 형댱 ᄌᆞᄋᆡ(慈愛)로쎠 일심(一心)의 권권(眷眷)이 방하(放下)치 못ᄒᆞ시다가 샹통(上寵)[211]의 늉셩(隆盛)ᄒᆞ신 이슈(異數)[212]롤 밧ᄌᆞ와 도라오니 부귀롤 깃거ᄒᆞ시미 아니로ᄃᆡ 군은(君恩)을 황감(惶感)ᄒᆞ시고 그 몸이 무양(無恙)ᄒᆞ믈 희열(喜悅)ᄒᆞ시미어ᄂᆞᆯ 형댱이 쇼뎨와 ᄒᆞᆫ가디로 반기고 반기고 깃거ᄒᆞᆯ 쁜이로ᄃᆡ 형 60면

---

210 경앙(景仰)ᄒᆞ나: 경앙하다. 덕이나 인품을 사모하여 우러러보다.

211 샹통(上寵): 상총. 임금의 은총.

212 이슈(異數): 이수. 특별한 은총.

61면 댱이 홀연 말숨을 슌담(順談)치 아니케 ᄒᆞ샤 조롱ᄒᆞ미 갓가오니 쇼뎨 딕언을 ᄒᆞ오미 쳠미(諂媚)ᄒᆞᄂᆞᆫ 쇼인(小人)으로 밀위시니 이 엇디 원민(怨憫)치 아니리잇고?"

쳐ᄉᆡ 쇼왈(笑曰)

"내 ᄋᆞᄌᆞ의 ᄌᆡ학(才學)이 소루(疏漏)ᄒᆞ여 공명(功名)을 일우디 못ᄒᆞ믈 누츄(陋醜)히 언(言)ᄒᆞᆫ 비어놀 은빅이 녜 아니턴 조쇼(嘲笑)를 심히 ᄒᆞ다가 슈빅의게 탄박(彈駁)[213]을 바드니 사름이 나히 만하 가ᄆᆡ 셩되 달낫ᄂᆞᆫ가. 슈빅의 온침공근(穩沈恭勤)ᄒᆞ미 홀연 강항딕개(强抗直介)코져 ᄒᆞ고 은빅의 공졍광명(公正光明)ᄒᆞ미 휴쇼이 브경키의 갓가오뇨?"

경조와 쇼뷔 일시의 웃고 경죄 ᄌᆡ삼 닷토아 ᄌᆞ긔 당당딕개(堂堂直介)ᄒᆞᆫ 뎡논(正論)이어놀 쇼부의 아쳠(阿諂)ᄒᆞ믈 가타 ᄒᆞ여 열디(悅之)ᄒᆞ시믈 일장언징(一場言爭)ᄒᆞ여 희쇼(喜笑) 분분(紛紛)ᄒᆞ고 희학(謔謔)이 방ᄌᆞ(放恣)ᄒᆞ니 태부인이 화긔(和氣)롤 여러 희위(喜憂)[214] 환흡(歡洽)ᄒᆞ니 션ᄉᆡᆼ과 상부인이 간간이 찬쇼(讚笑)ᄒᆞ여 즐기더니 낫 문안을 파ᄒᆞ미 도찰이 ᄯᅩᄒᆞᆫ 퇴ᄒᆞ여[215] 명광헌의 나올ᄉᆡ 군죵제뎨(群從諸弟) 일시의 ᄯᆞ라나와 문왈(問曰)

"형댱(兄丈)이 그런 댱쳐(杖處)롤 됴리(調理)ᄒᆞ시미 업시 입번(入番)ᄒᆞ샤 십여 일이 디나시니 오죡[216]ᄒᆞ시리잇가?"

태위 답왈(答曰)

---

213 탄박(彈駁): 죄목을 들며 책망함.

214 희위(喜憂): 희우. 기쁨과 근심.

215 ᄯᅩᄒᆞᆫ 퇴ᄒᆞ여: 규장각본에는 '퇴하여 ᄯᅩ한'으로 되어 있음.

216 오죡: 규장각본에는 '오쟉'으로 되어 있음.

"각별 대단 알ᄂᆞᆫ 거시 아냐 셩농(成膿)ᄒᆞ여 긔게(起居) 편치 아닌디라. 침으로 뿌셔 농즙(膿汁)을 ᄂᆡ면 나을가 시브도다." 62면

학ᄉᆡ 보기롤 쳥ᄒᆞ니 도찰이 웃고 믈니쳐 왈

"이만 장창(杖瘡)의 엇디 남을 식이리오? 여등 곳ᄐᆞ니ᄂᆞᆫ 심ᄉᆡ(心思) 경악(驚愕)ᄒᆞ여 놀나리니 믈너안ᄌᆞ시미 가ᄒᆞ도다."

셜파(說罷)의 관복(官服)을 그ᄅᆞ고 낭듕(囊中)의 침을 ᄂᆡ여 긴 팔흘 도로쳐 장창(杖瘡)이 셩농(成膿)ᄒᆞᆫ 곳을 스ᄉᆞ로 뿌시ᄆᆡ 농즙이 무한 흐ᄅᆞᄂᆞᆫ디라. 즉시 삐셔 업시ᄒᆞ고 다시 약을 바ᄅᆞᄆᆡ 의ᄃᆡ(衣帶)롤 슈습ᄒᆞ니 안연평셕(安然平席)이라. 졔뎨(諸弟) 경왈(驚曰)

"형댱(兄丈)이 괄골(刮骨)ᄒᆞᄂᆞᆫ 댱긔(壯氣)[217] 계시도소이다. 져 농즙을 너코 군젼(君前)의 엇디 언앙굴신(偃仰屈伸)을 ᄒᆞ시며 스ᄉᆞ로 침을 뿌시며 다시 됴호(調護)치 아니시ᄃᆡ 무방(無妨)ᄒᆞ니잇가?"

도찰이 쇼왈(笑曰)

"대댱부의 긔운은 본ᄃᆡ 그러홀디라. 현뎨 등이 괴이히 넉이ᄂᆞ뇨? 됴리(調理)코져 누으ᄆᆡ 유희이무익(有害而無益)ᄒᆞ니라."

이에 니러나 뎡심헌의 가 부슉(父叔)을 봉시(奉侍)ᄒᆞᄃᆡ 긔ᄉᆡᆨ(氣色)을 ᄒᆞᆫ갈ᄀᆞᆺ치 화평이 ᄒᆞ여 조곰도 질통(疾痛)ᄒᆞᄂᆞᆫ 빗치 업ᄉᆞ니 제ᄉᆡᆼ(諸生)이 그 견고장ᄆᆡᆼ(堅固壯猛)ᄒᆞ믈 이상히 넉이더라. 어시의 졍부인이 쇼고(小姑)로 더브러 댱부의 도라와 댱공과 박부인긔 알현(謁見)홀 63면

ᄉᆡ 공과 박시 녀ᄋᆞ의 병셰(病勢) 오히려 위름(危懍)ᄒᆞ믈 근심ᄒᆞ고 슬

---

217 괄골(刮骨)ᄒᆞᄂᆞᆫ 댱긔(壯氣): 괄골하는 장기. 화타가 관우의 뼈를 깎아 독을 빼내는 치료를 했지만 관우가 아파하는 기색을 보이지 않았다고 함.

허홀ᄉᆞ록 셔랑(壻郞)을 한(恨)ᄒᆞ믄 각골(刻骨)ᄒᆞ니 박시의 모착 업ᄉᆞᆫ 노홈과 형상 업ᄉᆞᆫ 즐욕(叱辱)은 갈ᄉᆞ록 더으니 쇼계 부모의 거동(擧動)이 ᄉᆡ로이 도쳑(盜跖) ᄀᆞᆺᄐᆞ여 슌셜(脣舌)노 곳치디[218] 못홀 바룰 보믹[219] ᄌᆞ긔 엄엄위악(奄奄危惡)ᄒᆞᆫ 바로 긴 셜화(說話)룰 시작디 못ᄒᆞ여 도로혀 모친 병회(病懷)룰 위로ᄒᆞ고 믈너 응셜각 녯 침소의 도라오믹 즉시 관픽(冠佩)룰 그ᄅᆞ고 포딘(鋪陳)[220]의 휘황ᄒᆞᆫ 거ᄉᆞᆯ 믈니쳐 빗 업ᄉᆞᆫ 금구(衾具)와 좌우(左右) 창호(窓戶)룰 구디 닷고 ᄒᆞᆫ번 벼개의 의디ᄒᆞ여 잠연(潛然)이 눈을 감으믹 빅병(百病)이 교침(交侵)ᄒᆞ니 골졀(骨節)이 녹는 ᄃᆞᆺᄒᆞ여 강인(强忍)ᄒᆞ던 병셰 ᄉᆡ로이 위듕(危重)ᄒᆞᄃᆡ 그 부모의 우려룰 더으디 아니려 만신고통(滿身苦痛)ᄒᆞᄂᆞᆫ 바룰 ᄀᆞᆺᄐᆞ여 고치 아니코 됴셕식반(朝夕食飯)이 니ᄅᆞ면 평상(平常)이 딘식(進食)ᄒᆞ미 나즌 상의 ᄒᆞᆫ 그ᄅᆞᆺ 친션(饌饍)과 밥을 옴겨 알픽 노코 믈을[221] 구ᄒᆞ여 두어 술을 맛보나 딘실노 후셜(喉舌)을 넘기ᄂᆞᆫ 거시 업ᄉᆞ니 졍부인

64면 이 듁음(粥飮)을 다ᄉᆞ려 쇼져의 딘ᄒᆞ믈 권ᄒᆞ고 ᄒᆞᆫ갈ᄀᆞᆺ치 구호(救護)ᄒᆞ여 졍셩을 다ᄒᆞᄂᆞᆫ 듕 졍부의셔 쇼져룰 보ᄂᆡ믹[222] 일가의 훌연(欻然)이 못 닛ᄂᆞᆫ 질셰(疾勢)룰 념녀ᄒᆞ여 션싱이 친히 약을 디어 ᄌᆞ로[223] 보ᄂᆡ고 태부인과 화부인이 난취룰[224] 명ᄒᆞ여 쇼져의 좌우(左右)룰 ᄠᅥ나디 말

---

218 슌셜(脣舌)노 곳치디: 규장각본에는 '슌셜노 ᄉᆡ로니 곳치디'로 되어 있음.

219 보믹: 규장각본에는 없는 내용임.

220 포딘(鋪陳): 포진. 바닥에 깔아 놓는 방석, 요, 돗자리 등을 이르는 말.

221 노코 믈을: 규장각본에는 '노코 ᄒᆞᆫ 그ᄅᆞᆺ 물을'로 되어 있음.

222 보ᄂᆡ믹: 규장각본에는 '보낸 후'로 되어 있음.

223 ᄌᆞ로: 규장각본에는 없는 내용임.

224 화부인이 난취룰: 규장각본에는 '화부인이 친니 난취를'로 되어 있음.

고 구호(救護)ᄒᆞ라 ᄒᆞ며 구미(口味) 뎡홀 과실디뉴(果實之類)와 보호홀 듁음(粥飮)을 날마다 보ᄂᆡ여 슌슌 먹으믈 당부ᄒᆞ니 쇼졔 더옥 블안황공(不安惶恐)ᄒᆞ믈 니긔디 못ᄒᆞᄂᆞᆫ디라. 박시 녀ᄋᆞ롤 다려오므로 화통(火痛)이 잠간 낫고 졍부 태부인과 쳐ᄉᆞ 부부의 디극(至極)ᄒᆞᆫ 셩덕(聖德)이 녀ᄋᆞ의게 ᄀᆞ장 은혜(恩惠)로오믈 보건ᄃᆡ 원ᄒᆞ던 ᄯᅳᆺ이 져기 플니여 다만 셔랑(壻郎)을 한노(恨怒)ᄒᆞ여 태우와[225] 소시롤 즐욕(叱辱)홀 ᄯᆞᄅᆞᆷ이라. 응셜각 듕의 가 녀ᄋᆞ롤 보ᄆᆡ 플 ᄌᆞ리와 뵈 니블이 완연(完然)ᄒᆞᆫ 죄인(罪人)의 거쳬(居處)라. 슬프믈 니긔디 못ᄒᆞ여 구괴(舅姑) 귀령(歸寧)으로 보ᄂᆡᆫ 바의 이러ᄐᆞᆺ ᄒᆞ미 므ᄉᆞᆷ ᄯᅳᆺ인고 므ᄅᆞᄆᆡ 쇼졔 비로소 구고긔 참욕(慘辱)을 닙원 블효관영지죄(不孝貫盈之罪)롤 믈ᄃᆡ(勿待)ᄒᆞ여 념치 인ᄉᆞ의 안연이 평상(平常)ᄒᆞᆫ 사ᄅᆞᆷ ᄀᆞᆺ디 못홀 바롤 주(奏)홀ᄉᆡ 삼엄(森嚴)ᄒᆞᆫ 녜의(禮儀)와 슉뎡(淑貞)ᄒᆞᆫ 언ᄉᆡ(言辭) 온합슌효(溫合順孝)ᄒᆞ여 모친 실덕패언(失德悖言)을 요란이 일ᄏᆞᆺ디 아니ᄒᆞ나 쳥문(聽聞)[226]의 한심ᄒᆞ믈 고ᄒᆞ여 ᄌᆞ긔 죄듕(罪中)의 복(服)ᄒᆞ믈 슬허치 아니코 모친의 실톄실도(失體失道)롤 븟그리고 슬허ᄒᆞ여 ᄎᆞ후(此後)나 허믈을 ᄇᆞ리고 덕을 닷그시믈 ᄋᆡ걸(哀乞)ᄒᆞᄆᆡ 다ᄃᆞ라ᄂᆞᆫ 졀졀명명(絶絶明明)ᄒᆞᆫ 말ᄉᆞᆷ이 도도딕빅(滔滔直白)ᄒᆞ여 강개(慷慨)ᄒᆞ고 뎡대(正大)ᄒᆞ며[227] 간졀(懇切)ᄒᆞ고 쳐조홀 ᄲᅳᆫ 아니라 사ᄅᆞᆷ이 비록 쳐음 그ᄅᆞ미 이시나 허믈을 곳쳐 슈덕(修德)ᄒᆞᄆᆡ 유현유고(惟天惟高)의 유 65면

225 한노(恨怒)ᄒᆞ여 태우와: 규장각본에는 '한노ᄒᆞ여 다만 틔우와'로 되어 있음.

226 쳥문(聽聞): 청문. 들리는 소문.

227 뎡대(正大)ᄒᆞ며: 규장각본에는 '뎡ᄃᆡᄒᆞ고'로 되어 있음.

텬유덕(惟天有德)이라 ᄒᆞ니 ᄇᆡᆨ상[228](白狀)으로도 복(復)ᄒᆞ고 맛ᄎᆞᆷᄂᆡ 역(逆)ᄒᆞᄆᆡ ᄇᆡᆨ앙(百殃)으로ᄡᅧ 화ᄒᆞ믈 ᄀᆞᆺ초 베퍼 소가의 활혜대은(闊惠大恩)을 원슈로ᄡᅧ 갑디 못홀 바의 소시 ᄒᆞᆫ 사ᄅᆞᆷ만 니ᄅᆞ디 말고 졍ᄌᆞ의 ᄇᆡᆨ(百) 미인(美人)과 쳔(千) 요긔(妖妓) 잇셔도 ᄌᆞ가의게 ᄒᆡ 되디 아니믈 ᄀᆞᆺ초 고ᄒᆞ여 통달ᄒᆞᆫ 말ᄉᆞᆷ이 슌니합도(順理合道)ᄒᆞ여 활연관통(豁然貫通)ᄒᆞ니 징징[229](澄澄)이 츄슈(秋水)의 명감(明鑑)이 걸녀시며 호호[230](浩浩)히 창ᄒᆡ(蒼海) 년ᄒᆡ(煙晦)를 거덧ᄂᆞᆫ ᄃᆞᆺ 박시 무식ᄒᆞᆫ 흉금(胸襟)과 아득ᄒᆞᆫ ᄠᅳᆺ이 일시의 경탁징쳥(激濁澄淸)홀 ᄃᆞᆺᄒᆞᄃᆡ 이 본ᄃᆡ 댱뷔(臟腑) 삼기디 아닌 긔괴(奇怪)ᄒᆞᆫ 인믈이라. 녀ᄋᆞ의 말ᄉᆞᆷ이 어질고 긔특ᄒᆞ믄 골슈(骨髓)의 ᄉᆞ못ᄎᆞ 도로혀 녀ᄋᆞ롤 븟들고 일장[231]을 통곡ᄒᆞ여 왈

66면

“내 일시 분두(憤頭)의 언ᄉᆡ 압뒤흘 술피디 못ᄒᆞᆫ들 긔 므ᄉᆞᆷ 대ᄉᆡ라. 졍ᄌᆡ 나의 그ᄅᆞ믈 너의게 년좌(緣坐)ᄒᆞᄆᆡ 대역디뉼(大逆之律) ᄀᆞᆺ치 ᄒᆞ리오? 아모리 ᄉᆡᆼ각ᄒᆞ여도 너의 신셰 슬프고 졍ᄌᆞ의 ᄉᆞ오나오미 통ᄒᆡ(痛駭)ᄒᆞᆫ디라. 내 죽디 아닌 젼의 소녀의 작변(作變)이 졍가롤 어ᄌᆞ러여 닌광 블인의게 ᄒᆡ롤 닐히믈 발각(發覺)홀딘ᄃᆡ 흉금이 개활(開活)ᄒᆞ리로다.”

쇼졔 황망(慌忙)이 븟드러 우롬을 긋치시믈 쳥ᄒᆞ고[232] 위로ᄒᆞ며 고간(固

---

228 ᄇᆡᆨ상(白狀): 백상. 스스로 자신의 죄상을 말함. 또는 그런 문서.

229 징징(澄澄): 매우 맑은 모양.

230 호호(浩浩)히: 호호하다. 한없이 넓고 크다.

231 일장을: 규장각본에는 없는 내용임.

232 긋치시믈 쳥ᄒᆞ고: 규장각본에는 ‘긋치시게 ᄒᆞ고’로 되어 있음.

諫)ᄒᆞ여 실덕픽언(失德悖言)을 다시 마ᄅᆞ시믈[233] 간걸(懇乞)ᄒᆞ니 박시 오히려 사ᄅᆞᆷ의 ᄆᆡ골을 뗏ᄂᆞᆫ 고로 녀ᄋᆞ의 이 곳ᄐᆞ믈 ᄃᆡᄒᆞ여 ᄎᆞ마 악악(諤諤)ᄒᆞᆫ[234] 흉언(凶言)을 발치 못ᄒᆞ여 긋치고 ᄒᆞᆫ갓 읍읍통도(泣泣痛悼)ᄒᆞᆯ ᄯᅳᆷ이러니 이ᄯᅵ 연부인이 태부인 환후(患候)로 황망(慌忙)이 본부(本府)의 도라가 시탕(侍湯)ᄒᆞᄆᆡ[235] ᄆᆡᆺ쳐 타ᄉᆞ(他事)ᄅᆞᆯ 결을치 못ᄒᆞ더니 희린 등의 쇼언(所言)이 녀ᄋᆞ의 도라오믈 니ᄅᆞ나 ᄉᆞ긔(事機)[236] 슈상(殊常)ᄒᆞ고 녀ᄋᆞ의 문후(問候) 시인(侍人)이 오ᄂᆞᆫ 일이 업ᄉᆞ니 의아(疑訝)ᄒᆞ고 념녀(念慮)ᄒᆞ더니 태부인 환휘(患候) 가복(可復)ᄒᆞ믈 인ᄒᆞ여 부인이 도라와 박시의 셔랑(壻郞)과 인웅 부부ᄅᆞᆯ 즐욕(叱辱)ᄒᆞᆷ과 쇼졔 이에 도라와 스ᄉᆞ로 죄인으로 쳐ᄒᆞ믈 보ᄆᆡ 블힝ᄎᆞ악(不倖嗟愕)ᄒᆞ믈 니긔디 못ᄒᆞ여 박시ᄅᆞᆯ ᄃᆡᄒᆞ여 공연이 녀ᄋᆞ의 신셰ᄅᆞᆯ 희디어 대화(大禍) 깃치믈 통탄(痛嘆)ᄒᆞ고 녀ᄋᆞ의 쳐신(處身)이 안연(安然)치 못ᄒᆞ미 올흐믈 일ᄏᆞ라 굿ᄐᆞ여 듕회(衆會)의 나기ᄅᆞᆯ 기다리디 아니코 친히 응셜각의 와 녀ᄋᆞᄅᆞᆯ 어로만져 이 ᄯᅩ 운익(運厄)의 비상(非常)ᄒᆞᆫ 연괴(緣故)믈 니ᄅᆞ고 병셰(病勢) 비경(非輕)ᄒᆞ믈 우려ᄒᆞ여 보호ᄒᆞ믈 디극(至極)히 ᄒᆞᄃᆡ 쇼졔 능히 듁음(粥飮)을 슌강(順降)치 못ᄒᆞ고 비위 거ᄉᆞ려 회구(廻口)ᄒᆞ미 더으니 연부인이 민민(憫憫)ᄒᆞᆫ 근심을 노치 못ᄒᆞ고 경부인이 양쇼져와 쥬시로 더브러 쇼고(小姑)ᄅᆞᆯ 위로ᄒᆞ고 구호(救護)ᄒᆞ더니 하뉵월(夏六月) 슌간(旬間)은 양부인 긔ᄉᆡ(忌祀)라. 67면

233 마ᄅᆞ시믈: 규장각본에는 'ᄆᆞ라시게'로 되어 있음.

234 악악(諤諤)ᄒᆞᆫ: 악악하다. 거리낌 없이 말하다.

235 시탕(侍湯)ᄒᆞᄆᆡ: 시탕하다. 윗사람의 병환에 약시중을 들다.

236 ᄉᆞ긔(事機): 사기. 일이 되어 가는 가장 중요한 기틀.

정시 잠간 본부의 도라와 션비(先妣) 긔ᄉᆞ(忌祀)ᄅᆞᆯ 참예ᄒᆞᆯᄉᆡ 됴통ᄌᆡ[237] 부인과 댱어ᄉᆞ 부인이 더옥 통회(痛悔)ᄅᆞᆯ 니긔디 못ᄒᆞ고 촉쳐만비(觸處滿悲)의 호통운졀(號痛韻絶)ᄒᆞ믈 ᄭᆡ닷디 못ᄒᆞ니 상·화 이부인의 참연비통(慘然悲痛)ᄒᆞ미 셰월이 오릴ᄉᆞ록 더으나 태부인을 관위(寬慰)ᄒᆞ고[238] 냥뎔녀ᄅᆞᆯ 위로ᄒᆞ여 슬프믈 뎡(靜)ᄒᆞᆯᄉᆡ[239] 니(二) 쇼졔(小姐) 비

68면 록 존고(尊姑)긔 알현(謁見)치 못ᄒᆞ여시나 텬셩디효(天性至孝)로ᄡᅧ 냥쇼고(兩小姑)의 ᄉᆡ로온 디통(至痛)과 시랑의 만니(萬里)의셔 비만통열(悲滿痛烈)ᄒᆞ믈 ᄀᆞᆺ초 ᄉᆡᆼ각ᄒᆞ니 더옥 쳑연감창(慽然感愴)ᄒᆞ믈 니긔디 못ᄒᆞ더라. 임의 향ᄉᆞ(享祀)ᄅᆞᆯ 맛고 댱어ᄉᆞ 부인이 즉시 도라갈ᄉᆡ 태부인과 쳐ᄉᆡ 댱시 병셰 낫디 아니믈 듯고 근심ᄒᆞ며 념녀ᄒᆞ믈 마디 아니코 태우ᄂᆞᆫ ᄀᆞᆺᄐᆞ여 믓디 아니ᄒᆞ고 ᄆᆡ져(妹姐)ᄅᆞᆯ ᄃᆡᄒᆞ여 다시 블호ᄒᆞ믈 낫토디 아니ᄒᆞ니 부인이 ᄯᅩᄒᆞᆫ 간의ᄅᆞᆯ ᄂᆡᄒᆞ나[240] 이다히 말ᄋᆞᆯ 아니 ᄒᆞ더라.

화표. 소부인이 시셰 삼츄(三秋)의 쇽ᄒᆞ니 츤 셔리 나리ᄆᆡ 홍안(鴻雁)[241]이 남으로 도라가며 츄풍이 소링(蕭冷)ᄒᆞ고[242] 낙엽이 만산(滿山)ᄒᆞ니 경믈(景物)의 소조(蕭條)ᄒᆞ미[243] 슈인(愁人)의 심ᄉᆞᄅᆞᆯ 돕ᄂᆞᆫ디라. 어시의 군후(君侯)의 신상(身上)을 ᄉᆞ렴(思念)ᄒᆞᄆᆡ ᄇᆡᆨ슈(白首)의 창(槍)ᄃᆡᄅᆞᆯ 베

237 됴통ᄌᆡ: 규장각본에는 '소통ᄌᆡ'로 되어 있음.

238 관위(寬慰)ᄒᆞ고: 규장각본에는 '관위ᄒᆞ나'로 되어 있음. 너그럽게 위로한다는 뜻.

239 뎡(靜)ᄒᆞᆯᄉᆡ: 규장각본에는 '딘졍할ᄉᆡ'로 되어 있음.

240 ᄃᆡᄒᆞ나: 규장각본에는 'ᄒᆞ나니'로 되어 있음.

241 홍안(鴻雁): 큰 기러기와 작은 기러기.

242 소링(蕭冷)ᄒᆞ고: 소랭하다. 쓸쓸하고 싸늘하다.

243 소조(蕭條)ᄒᆞ미: 소조하다. 분위기가 쓸쓸하다.

고 찬 날흘 므룹뼈 위봉(危鋒)을 몸소 당ᄒᆞ여시니 반비(班妃)[244]의 슬픈 글이 아니어니 어안(魚雁)이 쳑셔(尺書)롤 젼치 아니ᄒᆞᄂᆞᆫ디라. 됴양셕월(朝陽夕月)의 남텬(南天)을 챵망(悵望)ᄒᆞ여 야란[245]의 비단을 보ᄂᆡᄂᆞᆫ ᄯᅴ 아니오. 가군(家君)이 ᄯᅩ 두랑(杜郎)[246]의 졍이 업ᄉᆞ니 한이 심골(心骨)의 얽히고 원(怨)이 골슈(骨髓)의 ᄉᆞᄆᆞᆺᄎᆞ 심상의 남도 풍상(風霜)을 용녀(用慮)ᄒᆞ여[247] 쳐연(凄然)이 심ᄉᆞ롤 디젹디 못ᄒᆞ다가 도로혀 다시 ᄉᆡᆼ각ᄒᆞᄆᆡ 무류(無聊)ᄒᆞ고 ᄯᅩ 노호오니 믄득 녀ᄌᆞ(女子)의 구ᄎᆞ(苟且)ᄒᆞᆷ을 원한(怨恨)ᄒᆞ여 탄식(歎息)고 한슘이 가ᄉᆞᆷ의 나리오니 스ᄉᆞ로 신셰의 비챵(悲愴)ᄒᆞᆷ을 니긔디 못ᄒᆞ여 홀연이 교아(咬牙)ᄒᆞ여 ᄀᆞᆯ오ᄃᆡ

“도시 눌노 인ᄒᆞ여 이러틋 ᄒᆞ리오? 그 귀ᄒᆞᆫ ᄋᆞ돌을 위ᄒᆞᆫ 연괴니 내 ᄆᆡᆺ쳐 뼈 민모(閔母)의 은ᄒᆞᆷ을[248] 뵈디 아니ᄒᆞ여시ᄃᆡ 삭술 의심ᄒᆞ여 블희롤 억졔ᄒᆞ미어니 닌셩이 업ᄉᆞ면 내게 현효(顯效)ᄒᆞᆫ[249] ᄋᆞ돌이 잇ᄉᆞ니 내 신셰 이럴 니 업술 거술 이 도시 닌셩 부부의 연괴라. 날노 더브러 삼ᄉᆡᆼ(三生)의 구개(仇家)로다. 닌셩의 특뉸(特倫)ᄒᆞᆫ ᄌᆞ딜노[250] ᄒᆞ여곰 목젼의 군후의 태악(泰嶽)과 댱셩(長城)을[251] 문희쳐 노슈로 ᄒᆞ여곰 ᄌᆞ 69면

---

244 반비(班妃): 반첩여. 전한 성제 때의 후궁.

245 야란: 소약란. 진나라 때의 열녀로, 남편을 그리며 지은 회문시(回文詩)로 유명함.

246 두랑(杜郎): 시성(詩聖)이라 불렸던, 성당(盛唐) 시대의 시인 두보.

247 용녀(用慮)ᄒᆞ여: 용려하다. 마음을 쓰거나 몹시 걱정하다.

248 민모(閔母)의 은ᄒᆞᆷ: 민자건은 공자의 열 제자 중 한 명으로, 효성으로 이름난 인물. 계모가 자신이 낳은 두 아들에게는 따뜻한 솜옷을 입히고 전처 자식인 자건에게는 홑옷을 입혔는데, 이를 안 아버지가 계모를 내쫓으려 하자 이를 만류했다는 고사가 있음.

249 현효(顯效)ᄒᆞᆫ: 현효하다. 효험이 나타나다.

250 ᄌᆞ딜노: 규장각본에는 ‘ᄌᆞ딜노써’로 되어 있음.

251 댱셩(長城)을: 규장각본에는 ‘약’으로 되어 있음.

하(子夏)의 상명디통(喪明之痛)[252]을 보게 ᄒᆞ리니 년시쇠경(年時衰境)의 셔하지통(西河之痛)[253]을 당ᄒᆞ여[254] 한이 엇디 층봉(層峰) ᄡᆞ롬이리오? 내 녀ᄌᆞ의 구구(區區)ᄒᆞᆫ 심졍으로 닌셩의 일명(一命)을 앗기미 아니라 노쉬 비록 확셕견고(確哲堅固)ᄒᆞ나 관일(貫一)ᄒᆞᆫ 튱의로 노영 븍
70면 디(北地)의 간담이 ᄉᆞ라디고 ᄯᅩ 남황 장녀의 근노(勤勞) 우국(憂國)ᄒᆞ미 혈육디신(血肉之身)이 견딜 ᄇᆡ 아니라. 내 이ᄅᆞᆯ ᄉᆡᆼ각ᄒᆞᄆᆡ 간담(肝膽)이 최졀(摧折)ᄒᆞ니 디금의 ᄉᆞ량(思量)[255]ᄒᆞ여 투셔 긔긔(奇奇)ᄅᆞᆯ ᄌᆞ져[256]ᄒᆞᄃᆡ 다시 ᄉᆡᆼ각ᄒᆞ니 ᄎᆞ슈의 긔딜이 졍양디긔(正陽之氣)ᄅᆞᆯ 일신의 오ᄅᆞᆺᄒᆞ여 텬디의 별츌(別出)이라. 일노 드ᄃᆡ여 간ᄃᆡ로 손익디 아닐디니 내 안듕졍(眼中釘)[257]을 맛당이 ᄲᆡ히고 견ᄃᆡ리라."
ᄒᆞ더라.[258]

(책임교주 남혜경)

---

252 ᄌᆞ하(子夏)의 상명디통(喪明之痛): 자하의 상명지통. 자식을 잃은 슬픔. 공자의 제자인 자하가 서하에 있을 때 자식을 잃고, 너무 슬피 운 나머지 실명하였다고 함.

253 셔하지통(西河之痛): 자식을 잃은 슬픔. 서하는 공자의 제자인 자하가 살았던 곳으로, 이곳에서 하나뿐인 아들을 잃는 아픔을 겪음.

254 당ᄒᆞ여: 규장각본에는 '당ᄒᆞ게 ᄒᆞ리니'로 되어 있음.

255 ᄉᆞ량(思量): 규장각본에는 'ᄌᆞ량'으로 되어 있음.

256 ᄌᆞ져: 규장각본에는 'ᄌᆞ셔'로 되어 있음.

257 안듕졍(眼中釘): 안중정. 눈에 박힌 못. '눈엣가시'라는 뜻.

258 ᄒᆞ더라: 규장각본에는 없는 내용임.

완월회맹연 玩月會盟宴

권디ᄉᆞ십오 卷之四十五

1면 익셜. 소부인이 싱각ᄒᆞᄃᆡ

'노슈(老叟)의 긔딜이 졍양디긔(正陽之氣)를 일신(一身)의 오ᄅᆞᆺᄒᆞ여 텬디(天地)의 별츌(別出)이라. 일노 드ᄃᆡ여 간ᄃᆡ로 손익(損益)디 아닐디니 내 안듕졍(眼中釘)을 맛당이 ᄲᅢ히리라. ᄎᆞ쉬(此叟) ᄇᆡ톄(配體)의 듕홈과 항녀(伉儷)[1]의 무거오믈 싱각디 아니ᄒᆞ여 연고 업시 내게 괴로오미 만단(萬端)이라. 인졍이 당연이 실가(室家)의 쳐(處)ᄒᆞ고 가댱(家長)의 존(存)ᄒᆞ여시니 안면이 상슉(相熟)ᄒᆞᆫ 바의 인졍이 ᄯᅩᄒᆞᆫ 도라올 거시로ᄃᆡ 이ᄂᆞᆫ 그러치 아니ᄒᆞ여 내 비록 뇨됴슉녀(窈窕淑女)와 셩녀현완(聖女賢婉)의 밋디 못ᄒᆞ나 녀힝(女行)의 졍뎡(貞靜)ᄒᆞ미 간ᄃᆡ로 브죡디 아니ᄒᆞᄃᆡ 날 알기를 다만 포악찰녀(暴惡刹女)로 아라 실가의 쳐ᄒᆞ믈 블힝이 넉일 ᄲᅳᆫ이니 내 엇디 구구히 노슈의 은졍(恩情)을 녀렴ᄒᆞ미 아니라 사ᄅᆞᆷ을 춰ᄒᆞ미 기기소단(棄其所短)ᄒᆞ고 춰기소댱(取其所長)ᄒᆞ디 아냐 날을 바히 아디 못ᄒᆞ니 엇디 아니리오? 날노 ᄒᆞ여곰 필경 져의 집 듕궤(中饋)를 님치 못ᄒᆞ여 ᄌᆞ식의 디통(至痛)을 깃치고

2면 나의 신셰를 가져 영폐(永廢)ᄒᆞ여 무광(無光)ᄒᆞᆫ 츌뷔(黜婦) 되게 ᄒᆞ리니 니ᄅᆞᆫ바 군ᄌᆞ디덕(君子之德)은 풍야(風也)오 쇼인디덕(小人之德)은 최야(草也)[2]라 ᄒᆞ니 초샹디풍(草上之風)이 군ᄌᆞ의 덕이라. ᄎᆞ쉬 당당ᄒᆞᆫ 셩덕군ᄌᆞ(聖德君子)로 승당입실(升堂入室)의 브죡ᄒᆞᆫ ᄇᆡ 업ᄉᆞᄃᆡ 집뇨(執拗)ᄒᆞ여 어용(御用)ᄒᆞ기를 싱각디 아니ᄒᆞ미 날 보기를 ᄉᆞ갈(蛇

1 항녀(伉儷): 항려. 남편과 아내로 이루어진 짝.

2 군ᄌᆞ디덕(君子之德)은 풍야(風也)오 쇼인디덕(小人之德)은 최야(草也): 《논어》 안연편에 나오는 "군자의 덕은 바람이고 소인의 덕은 풀이니, 풀에 바람이 불면 눕는다(君子之德風也 小人之德草也 草尙之風 必偃)."라는 구절을 인용한 것임.

蝎)[3]ᄀᆞᆺ치 ᄒᆞ니 내 쏘ᄒᆞᆫ 싀랑(豺狼)의 흉험ᄒᆞ믈 아라 피ᄎᆡ 뜻이 여ᄎᆞᄒᆞ니 이 엇디 의 이실가 ᄒᆞ며 낙이쳐로(樂爾妻帑)[4]ᄒᆞ여 당당ᄒᆞᆫ 뉸상(倫常)이 완젼ᄒᆞ믈 어드리오? 내 뜻이 이러ᄒᆞ여 ᄌᆞ연이 환션(紈扇)을 ᄌᆡᄇᆡᄒᆞ니 엇디 피연(疲軟)[5]ᄒᆞ고 누루(陋陋)ᄒᆞ디 아니리오? 이도시 녀ᄌᆞ되오미 욕되고 가연(可憐)ᄒᆞ니 엇디 통한(痛恨)치 아니며[6] 우리 부뫼 셩덕(聖德)ᄒᆞ시ᄆᆡ 내 ᄌᆞ쇼(自少)로 부모의 교훈을 밧ᄌᆞᆸ고 의방(義方)[7]을 드ᄃᆡ여 녀ᄒᆡᆼ(女行)의 그ᄅᆞ미 업거ᄂᆞᆯ ᄒᆞ믈며 부모의 만ᄂᆡ필와(晩來畢瓦)로 귀듕긔ᄋᆡ(貴重寄愛)ᄒᆞ미 비길 ᄃᆡ 업고 일가졔족(一家諸族)의 ᄉᆞ랑을 오로디 졈득(占得)ᄒᆞ여[8] 신셰(身世) 쾌활(快闊)ᄒᆞ고 녀ᄒᆡᆼ의 졍뎡(貞靜)ᄒᆞ미 슉녀의 일두(一頭)ᄅᆞᆯ 샤양(辭讓)치 아닐디라. ᄒᆞ믈며 ᄌᆡ조ᄂᆞᆫ 영셜(詠雪)[9] 회문(回文)[10]을 묘시(藐視)[11]ᄒᆞ니 므어시 브족ᄒᆞ리오마 3면
ᄂᆞᆫ 엇디ᄒᆞ여 노슈의 부실(副室)[12]이 되여 신셰 이러ᄐᆞᆺ 뜻 갓디 못ᄒᆞ고

---

3 ᄉᆞ갈(蛇蝎): 사갈. 뱀과 전갈.

4 낙이쳐로(樂爾妻帑): 낙이처로. 《시경》 〈상체〉의 "너의 집안을 화순하게 하며 너의 처자식을 즐겁게 하는 것, 이것을 찾고 이것을 도모하면 진정 그렇게 될 것이니라."라는 구절을 인용한 것임.

5 피연(疲軟): 피곤하고 나른한 상태.

6 아니며: 규장각본에는 '아니리오'로 되어 있음.

7 의방(義方): 아버지가 아들에게 하는 가르침.

8 졈득(占得)ᄒᆞ여: 점득하다. 독차지하다.

9 영셜(詠雪): 여자의 뛰어난 글재주를 이르는 말로, 《열녀전》에 진나라 사도온이 눈경치를 읊은 일화가 수록되어 있음.

10 회문(回文): 진(晉)나라의 열녀 소약란이 남편을 그리며 지은 회문시(回文詩).

11 묘시(藐視): 업신여기고 깔봄.

12 부실(副室): 정식 아내가 아닌 아내.

어나 ᄯᆡ의 양미토긔(揚眉吐氣)[13]ᄒᆞ여 내 ᄯᅳᆺ을 펴리오? 혜아리미 쳔셔만단(千緖萬端)이라. 말죵의 닌셩이 아니면 이러치 아닐너니라.’

ᄉᆡᆼ각이 이에 밋쳐ᄂᆞᆫ 양비절치(攘臂切齒)ᄒᆞ니 엇디 모ᄌᆞ의 뉸의(倫義)ᄅᆞᆯ 맛ᄎᆞᆷᄂᆡ 보젼ᄒᆞ여 효ᄌᆞ로 ᄒᆞ여곰 디통(至痛)을 픔디 아니케 ᄒᆞᆯ 니 이시리오? 평당이 환가(還家)ᄒᆞᆯ 디쇽(遲速)이 머러시니 ᄯᆡᄅᆞᆯ 어덧ᄂᆞᆫ디라. 이ᄯᆡ의 닌셩 부부ᄅᆞᆯ 졔긔ᄒᆞ디 아니ᄒᆞ고 어ᄂᆞ ᄯᆡᄅᆞᆯ 기다리리오? 드ᄃᆡ여 녹빙·계월노 밀밀잠어(密密潛語)ᄒᆞ여 ᄭᅬᄒᆞᆯ ᄇᆡ 닌셩을 죽일 ᄉᆞ의(邪議)니 ᄌᆞᄀᆡᆨ(刺客)을 보ᄂᆡ여 ᄯᅳᆺ을 일우면 대션(大善)이로ᄃᆡ 블힝이 일우디 못ᄒᆞ고 발각ᄒᆞ면 괴로오니 맛당이 져쥬(咀呪)ᄒᆞ여 닌셩을 죽이리라. 냥녜(兩女) 승명(承命)ᄒᆞ여 평ᄉᆡᆼ의 디간디요(至奸至妖)ᄅᆞᆯ 갈딘(竭盡)ᄒᆞ여 이에 져쥬ᄒᆞ여 졍쳬찰의 명ᄆᆡᆨ(命脈)을 ᄭᅳᆺᄎᆞᆯ 줄노 혜아리ᄆᆡ 젼일의 져쥬ᄒᆞ미 ᄒᆞᆫ두 번이 아니로ᄃᆡ 맛ᄎᆞᆷᄂᆡ 공효(功效)ᄅᆞᆯ 보디 못ᄒᆞ여시니 이번인들 엇디 미드리오? 냥녜 ᄃᆡ왈(答曰)

4면 “그러ᄒᆞ이다마ᄂᆞᆫ 이번은 방연의 신술(神術)이 묘치 아니ᄒᆞ미 업ᄉᆞ니 엇디 남의 금화(金貨)ᄅᆞᆯ 만히 밧고셔 실ᄉᆡ 업게 ᄒᆞ리잇가? 쇼비(小婢) 목견(目見)ᄒᆞ니 젼일과 다ᄅᆞ더이다. 이번이야 현마[14] 아니 일우리잇가? 도ᄉᆞ의 말을 드ᄅᆞ니 검슐(劍術)의 신긔ᄒᆞ미 형가(荊軻)[15]·섭졍(聶政)[16]의 뉘 아니라 ᄒᆞ니 시험ᄒᆞ미 됴흘 ᄃᆞᆺᄒᆞ이다.”

---

13 양미토긔(揚眉吐氣): 양미토기. 이백의 〈여한형주서(與韓荊州書)〉의 구절을 차용. 눈썹을 치켜올리고 기운을 토하는 의기양양한 태도.

14 현마: ‘설마’의 옛말.

15 형가(荊軻): 연(燕)나라 태자 단(丹)을 위해 진시황을 죽이려다 피살됨.

16 섭졍(聶政): 섭정. 전국시대 때 엄중자를 위해 연나라 재상 협루를 암살하고 자결함.

부인 왈

"과연 방슐(方術)의 신긔ᄒᆞ미 네 말과 ᄀᆞᆺ틀딘ᄃᆡ 일이 흔젹 업셔 맛당ᄒᆞ리니[17] 만일 공효(功效)의 허실을 보아 블연(不然)즉 검슐을 ᄡᅳ리니 독약을 읏듬ᄒᆞ여 텬하의 뎨일 독초(毒草)로 합졔(合劑)ᄒᆞᆫ[18] 바롤 만히 ᄉᆞ오라. 몬져 니녀롤 방슐과 독약으로 시험ᄒᆞ여 톄찰(體察)의 ᄉᆞ싱(死生)을 판단ᄒᆞ리라."

냥녜 응명이퇴(應命而退)ᄒᆞ니 닌듕이 ᄌᆡ좌참셜(在坐參說)이라가 이에 ᄀᆞᆯ오ᄃᆡ

"근ᄂᆡ(近來) 약이 뎨일독최(第一毒草)라 ᄒᆞ여 시험ᄒᆞ미 여러 슌(旬)이로ᄃᆡ ᄒᆞᆫ번 효험(效驗)을 보디 못ᄒᆞ니 그 엇딘 연괴(緣故)니잇가?"

부인이 빈미왈(嚬眉曰)

"닌셩은 달인(達人)이라. 신기(神祇) 겻ᄒᆞ로 보호ᄒᆞ미 그 엇디 인녁(人力)으로 간ᄃᆡ로[19] 잔ᄒᆡ(殘害)ᄒᆞ리오? 내 셰ᄎᆞ(歲次)롤 보아 하날을 슌슈ᄒᆞᆯ 거시로ᄃᆡ 인듕승텬(人衆勝天)[20]으로 내 져롤 브ᄃᆡ 용납디 말냐 ᄒᆞ니 여러 번 약이(藥餌)롤 시험ᄒᆞᄃᆡ 죵시(終始) 응동(應動)ᄒᆞ미 업ᄉᆞ니 이 더옥 졀ᄒᆡ(切駭)ᄒᆞ도다. 목금(目今)의 남황 댱녀의 남은 인싱 5면

17 맛당ᄒᆞ리니: 규장각본에는 '맛당이 ᄒᆞ리니이'로 되어 있음.

18 합졔(合劑)ᄒᆞᆫ: 합제하다. 두 가지 이상의 약재를 섞어 쓰다.

19 간ᄃᆡ로: 규장각본에는 없는 내용임.

20 인듕승텬(人衆勝天): 인중승천. 많은 무리로 사람을 이긴다는 뜻. 《사기》 권66 〈오자서열전(伍子胥列傳)〉의 "사람의 무리가 많으면 하늘을 이길 때도 있지만 하늘의 뜻이 정해지면 또한 사람을 무너뜨리는 법이다."라는 구절에서 차용.

이 방슐의 긔이ᄒᆞ믈 만나 고항(膏肓)[21]의 얾ᄆᆡ이면 ᄎᆞ계(此計)[22] 대션(大善)이로ᄃᆡ 도ᄉᆞ의 슐업(術業)이 여의치 못ᄒᆞ니 가한(可恨)이로다."

닌듕이 뜻이 환환(歡歡)ᄒᆞ니 흔흔(欣欣)이 모친긔 고ᄒᆞᄃᆡ

"슈시(嫂氏)ᄅᆞᆯ 금일의 시험ᄒᆞ쇼셔. 쇼ᄌᆡ 신승(神僧)으로 셔로 알오미 잇ᄉᆞ니[23] 술업(術業)의 고명(高名)ᄒᆞ미 금고(今古)의 ᄃᆡ두(對頭)ᄒᆞ리[24] 업ᄉᆞᆫ디라 션술(仙術)이 ᄎᆞ인(此人)의 오로리 업ᄉᆞ리이다. 져쥬(詛呪)의 신묘(神妙)ᄒᆞ믄 방연(龐涓)이 바랄 ᄇᆡ 아니오. 환슐(幻術)의 신긔ᄒᆞᆷ과 츄졈(推占)의 긔묘ᄒᆞ믄 곽박(郭璞)[25] 니순풍(李淳風)[26]이 하풍(下風)을 감심(甘心)ᄒᆞᆯ ᄇᆡ오 과거 미ᄅᆡ의 신통(神通)ᄒᆞᆫ 술업은 ᄎᆞ인(此人)의 승(勝)ᄒᆞ리 업ᄂᆞ니 아모커나 ᄇᆡᆨ시(伯氏)[27]의 신슈(身數)ᄅᆞᆯ 츄졈ᄒᆞ여 보ᄉᆞ이다."

부인이 답왈(答曰)

"과연 네 말 갓ᄐᆞᆯ딘ᄃᆡ 방ᄒᆡ(妨害)롭디 아니ᄒᆞ도다."

닌듕이 만심환열(滿心歡悅)ᄒᆞ여 즉시 형노ᄅᆞᆯ ᄎᆞᄌᆞ가니 어시의 댱형뇌 요슐(妖術)을 널니 ᄇᆡ포(排布)ᄒᆞ여 공연(空然)ᄒᆞᆫ ᄌᆡ보(財寶)ᄅᆞᆯ 아ᄉᆞ며 살인(殺人)을 일삼아 일일(一日)도 살인ᄒᆞ디 아니며 ᄌᆡ믈(財物)

6면 을 겁탈(劫奪)ᄒᆞ디 아닛ᄂᆞᆫ 날이 업ᄉᆞ니 이러코 졔 엇디 텬앙(天殃)을

---

21 고항(膏肓): 고황. 심장과 횡경막 사이. 여기에 병이 들면 낫게 하기 힘들다고 함.

22 ᄎᆞ계(此計): 규장각본에는 'ᄎᆞ셰'로 되어 있음.

23 잇ᄉᆞ니: 규장각본에는 '잇ᄉᆞ오니'로 되어 있음.

24 ᄃᆡ두(對頭)ᄒᆞ리: 대두하다. 맞서 겨루다.

25 곽박(郭璞): 진(晉)나라 때 사람으로 풍수지리와 신선 사상으로 이름이 높았음.

26 니순풍(李淳風): 이순풍. 당나라 태종 때의 천문학자이자 풍수가.

27 ᄇᆡᆨ시(伯氏): 백씨. 큰형.

면ᄒᆞ리오? ᄎᆞ회(嗟乎)라. 하날[28] 그믈이 셧긔여 요종(妖種)을 노화 이러틋 작얼(作孽)ᄒᆞ니[29] 엇디 통한(痛恨)치 아니리오? 닌듕이 니ᄅᆞ믹 셔로 마ᄌᆞ 반기ᄂᆞᆫ 졍이 피ᄎᆞ(彼此)의 환연(歡然)ᄒᆞᆫ 희우(喜宇)를 쎨치더라. 드듸여 졍셜(情說)[30]이 비비(霏霏)ᄒᆞ더니 닌듕이 ᄀᆞᆯ오듸

"대댱뷔 닙어텬하(立於天下)[31]ᄒᆞ믹 신세롤 쾌히 홀디니 고어(古語)의 왈 녕위계구(寧爲鷄口)언졍 무위우후(無爲牛後)[32]라 ᄒᆞ니 ᄌᆡ덕(才德)이 간듸로 나의게 오로디 아니듸 우리 빅시(伯氏) 셰샹의 이시미니 하날이 유(瑜)롤 ᄂᆡ고 냥(亮)을 ᄂᆡᆫ 탄(歎)[33]이 잇ᄂᆞᆫ디라. ᄎᆞᄉᆡᆼ(此生)의 셔 빅시롤 졔거(除去)ᄒᆞᆫ 연후(然後)의야 내 닙어텬하ᄒᆞ리니 ᄉᆞ부(師傅)ᄂᆞᆫ 신통(神通)이 무량(無量)ᄒᆞ니 나의 심폐(心肺)롤 셔로 고ᄒᆞ디 아녀도 일호(一毫)롤 모로디 아니ᄒᆞ리니 한셜(閑說)을 번거로이 베프디 아닛ᄂᆞ니 내 ᄯᅳᆺ을 알디어다."

언파(言罷)의 ᄉᆞᄆᆡ 안흐로셔 황금 빅 일과 명쥬(明紬) 십 믹와 ᄌᆞ금(紫金) 팔 쇠롤 ᄂᆡ여노흐니 형뇌 이롤 보믹 셔ᄎᆡ보광(瑞彩寶光)이 찬난휘황(燦爛輝煌)ᄒᆞ여 눈알핑 현혹(眩惑)ᄒᆞ니 블곳ᄐᆞᆫ 욕심이 황황(遑遑)ᄒᆞ여 이에 ᄉᆞᄆᆡ롤 드러 ᄀᆞᆯ오듸 7면

28 하날: 규장각본에는 '하날이'로 되어 있음.

29 작얼(作孽)ᄒᆞ니: 작얼하다. 훼방을 놓다.

30 졍셜(情說): 정설. (남녀가) 정답게 이야기를 주고받는 것.

31 닙어텬하(立於天下): 규장각본에는 '닙어셰ᄉᆞᆼ'으로 되어 있음.

32 녕위계구(寧爲鷄口)언졍 무위우후(無爲牛後): 차라리 닭의 입이 될지언정 소의 꼬리가 되지 말라는 뜻. 《전국책(戰國策)》 〈한책(韓策)〉에 나오는 말.

33 하날이 유(瑜)롤 ᄂᆡ고 냥(亮)을 ᄂᆡᆫ 탄(歎): 주유가 죽을 때 '하늘이 주유를 내고 제갈량을 냈다'고 탄식하며 죽었다고 함.

"나[34] 당형뇌 공ᄌᆞ의 뜻을 알고 아ᄂᆞ니[35] 당법ᄉᆞ의 슈단(手段)을 보면 ᄌᆞ연 알니이다. 그ᄃᆡ와 내 심폐(心肺) 상됴(相照)ᄒᆞ니 한셜(閑說)이 브졀업도다. 근ᄂᆡ(近來)의 내 신긔(神氣) 쾌건(快健)ᄒᆞ고 긔운(氣運)이 앙앙(昻昻)ᄒᆞ니 칼 ᄡᅳ미 됴토다."

닌듕이 답왈(答曰)

"블감쳥(不敢請)이언졍 고소원얘(固所願也)라. 일을 당ᄒᆞᄆᆡ 셩ᄉᆞ(成事)ᄒᆞ미 션칙(善策)이니라."

뇌 홀연 빈미왈(嚬眉曰)

"군ᄌᆞ의 문의 환슐(幻術)이 드디 못ᄒᆞ면 엇디ᄒᆞ리오? 일을 ᄆᆡᄌᆞ면 벅벅이 ᄉᆞᆺ출 곰으리니 묘계(妙計)롤 ᄡᅳ리이다."

ᄒᆞ고 이에 손을 곱아 이윽이 츄졈(推占)ᄒᆞ다가 침음(沈吟)ᄒᆞ여 ᄉᆡᆼ각기롤 오ᄅᆡ ᄒᆞ더니 희위(喜憂) 졔미(齊眉)ᄒᆞ여 골오ᄃᆡ

"묘코 묘ᄒᆞ니 상신(上申)[36] 갑ᄌᆞ일(甲子日)의 방슐(方術)을 시작ᄒᆞ여 칠 일이 디나면 심입고항(深入膏肓)ᄒᆞ리니[37] 졔 엇디 면ᄒᆞ리오? 십왕뎐하(十王殿下)[38]의 셩명을 거럿도다. 그ᄃᆡᄂᆞᆫ 소우(消憂)ᄒᆞ고 믈녀(勿慮)ᄒᆞ라. 나 형뇌 이시니 하날과 귀신이 무섭디 아니토다."

닌듕이 대락환희(大樂歡喜)ᄒᆞ니 니러 심심작ᄇᆡ(深甚作拜) 왈

---

34 나: 규장각본에는 없는 내용임.

35 아ᄂᆞ니: 규장각본에는 '아논이니'로 되어 있음.

36 상신(上申): 음력 정월 이후의 첫 신(申)일.

37 심입고항(深入膏肓)ᄒᆞ리니: 심입고황하다. 치료가 어려운 심장과 횡경막 사이에 병을 깊이 들게 한다는 뜻.

38 십왕뎐하(十王殿下): 십왕전하. 십왕은 사람이 죽은 후 저승에서 재판을 행한다는 열 명의 신.

"디아ᄌᆞ(知我者)의 댱뇌시니 쇼ᄌᆞ의 죽어가ᄂᆞᆫ 목숨을 건디쇼셔. 활블(活佛)[39] 댱노의 은혜 태산이 경(輕)ᄒᆞ리니 유명시죵(幽明始終)[40]ᄒᆞ여 화산의 플 ᄆᆡᆺ기[41]로 긔약ᄒᆞ리라." 8면

뇌 이에 닌듕을 븟드러 ᄀᆞᆺ쳐 왈

"블감블감(不敢不敢)ᄒᆞ니 공ᄌᆞᄂᆞᆫ 의문(疑問)을 ᄀᆞᆺ치쇼셔. 뇌 당당이 갈녁딘셩(竭力盡誠)ᄒᆞ리니 타일(他日)의 득디(得志)ᄒᆞ여든 닛디 말미 노의 원(願)이니이다. 드ᄃᆡ여 갑ᄌᆞ일(甲子日)이 우명일(又明日)이니 방슐을 ᄒᆡᆼᄒᆞᆯ디라. 그ᄣᅵ의 참예ᄒᆞ쇼셔."

닌듕이 희락(喜樂)ᄒᆞ고[42] 상약(相約)ᄒᆞ고 도라와 모친(母親)을 보와[43] 일일히 젼ᄒᆞᆫᄃᆡ 부인이 희이졈두(喜而點頭) 왈

"과연 이러ᄒᆞ면 딘실노 맛당ᄒᆞᄃᆡ 닌셩은 군ᄌᆡ라 요ᄉᆡ(妖邪) 간ᄃᆡ로 침입ᄒᆞ기 쉽디 아니ᄒᆞ니 도시 별믈(別物)[44]이믈 통도(痛悼)ᄒᆞ노라. 아모커나 ᄎᆞ계(此計) 뎨일(第一)이니 딘심갈녁(盡心竭力)ᄒᆞ여 요ᄒᆡᆼ(僥倖) ᄯᅳᆺ ᄀᆞᆺᄐᆞ면 셰간(世間)의 ᄒᆡᆼ(幸)이라."

ᄒᆞ더라. 시시의 녹빙을 ᄉᆞ 도라오니 부인이 명ᄒᆞ여 찬션(饌饍)[45]의 약을

39 활블(活佛): 활불. '살아 있는 부처'라는 뜻으로, 덕을 많이 쌓은 승려를 비유하는 말.

40 유명시죵(幽明始終): 유명시종. 《논어집주》의 "대개 유명과 시종은 애당초 두 이치가 없다(蓋幽明始終 初無二理)."라는 구절에서 차용함.

41 화산의 플 ᄆᆡᆺ기: 결초보은(結草報恩). 은혜를 잊지 않고 갚음.

42 희락(喜樂)ᄒᆞ고: 규장각본에는 '희락하여'로 되어 있음.

43 보와: 규장각본에는 '보고'로 되어 있음.

44 별믈(別物): 별물. 이상스럽고 특별한 사람.

45 찬션(饌饍): 찬선. 식사.

9면

두어 올니라 ᄒᆞ고 쇼져ᄅᆞᆯ 명소(命召)[46]ᄒᆞ니 ᄊᆡ의 니쇼졔 부인의 식이ᄂᆞᆫ 침션방젹(針線紡績)과 깁 ᄧᆞ미 졍한(定限)이 최급(最急)ᄒᆞ여[47] 야란의 ᄌᆡ조와 난디(蘭芝)의 삼일단오필(三日斷五匹)[48]이라도 능히 밋디[49] 못ᄒᆞᆯ ᄇᆡ로ᄃᆡ 쇼졔 근심ᄒᆞ며 우려ᄒᆞ믈 낫타ᄂᆡ디 아니ᄒᆞ여 셰간(世間)의 긔특ᄒᆞᆫ ᄌᆡ조와 혜일(慧日)[50]ᄒᆞᆫ 슈단(手段)이 금고(今古)의 ᄃᆡ두(對頭)ᄒᆞ리[51] 업더라. 부인이 놉히 언와(偃臥)ᄒᆞ여[52] 쇼져ᄅᆞᆯ ᄋᆞᆲ히 두어 ᄊᆡ로 당샤(堂舍)ᄅᆞᆯ[53] 쇄소(灑掃)ᄒᆞ며 셔ᄉᆞ(書寫) 대ᄒᆡᆼ(代行)과 ᄌᆞ긔 두발 소하(梳下)ᄒᆞ기ᄅᆞᆯ 다 쇼져ᄅᆞᆯ 식이니 일신(一身)의[54] 다다(多多)ᄒᆞᆫ 고역(苦役)이 비ᄒᆞᆯ ᄃᆡ 업ᄉᆞ니 쇼졔 셤셰(纖細)ᄒᆞᆫ 약신(弱身)이 일일소식(日日小食)은 슈ᄎᆞ 날반도 주ᄂᆞᆫ ᄊᆡ 젹으니[55] 혈육디신(血肉之身)이 엇디[56] 견ᄃᆡ리오마ᄂᆞᆫ 텬ᄉᆡᆼ특뉸(天生特倫)ᄒᆞᆫ ᄌᆞ딜(資質)이 견고(堅固)ᄒᆞ고 졍뎡(貞靜)ᄒᆞ니[57] 간ᄃᆡ로 죽디 아니ᄒᆞ여 식이ᄂᆞᆫ 바ᄅᆞᆯ 능당(能當)[58]ᄒᆞ여 밀니이디 아

---

46 명소(命召): 임금이 신하를 은밀하게 궁궐로 부르는 것. 이 대목에서는 상위자인 소교완이 하위자인 이자염을 부르는 것.

47 깁 ᄧᆞ미 졍한(定限)이 최급(最急)ᄒᆞ여: 규장각본에는 '깁 ᄊᆞ기 최급ᄒᆞ니'로 되어 있음.

48 삼일단오필(三日斷五匹): 삼일에 다섯 필을 짤 정도로 열심히 일하는 것. 〈공작시(孔雀詩)〉의 "삼일에 다섯 필을 짜는데도 시어머니는 일부러 느리다고 미워하시네."라는 구절에서 차용.

49 밋디: 규장각본에는 '미디'로 되어 있음.

50 혜일(慧日): '지혜의 빛'이라는 뜻으로, 본디 부처의 지혜를 이르는 용어.

51 ᄃᆡ두(對頭)ᄒᆞ리: 대두할 이. 겨룰 사람.

52 언와(偃臥)ᄒᆞ여: 언와하다. 편히 눕다.

53 당샤(堂舍)ᄅᆞᆯ: 규장각본에는 '당ᄉᆞᄒᆞ며'로 되어 있음.

54 일신(一身)의: 규장각본에는 '일신니'로 되어 있음.

55 젹으니: 규장각본에는 '업ᄉᆞ니'로 되어 있음.

56 혈육디신(血肉之身)이 엇디: 규장각본에는 '혈뉵디신니 ᄎᆞ마 엇디'로 되어 있음.

57 졍뎡(貞靜)ᄒᆞ니: 정정하다. 여자의 행실이 곧고 조용하다.

58 능당(能當): 감당할 수 있음.

니ᄒᆞ니 부인이 일변 이상히 넉이며[59] 또 싀긔ᄒᆞ여 보치고 조ᄅᆞᄂᆞᆫ 밧긔 딕ᄉᆞ(織事)의 졸급(拙急)ᄒᆞᆫ 긔한(期限)이 아마도 밋디 못ᄒᆞᆯ ᄇᆡ로ᄃᆡ 슌슌 긔한 젼의 밧치ᄃᆡ 초솔(草率)[60]ᄒᆞ디 아니ᄒᆞ고 졍공(精工)ᄒᆞ고 묘완(妙完)ᄒᆞ니 부인이 ᄇᆡᆨ집ᄉᆞ(百執事)의 능통ᄒᆞ지 아닌 ᄇᆡ 업ᄂᆞᆫ디라. 침션방젹(針線紡績)의 ᄌᆡ죄 션능(善能)ᄒᆞ므로 쇼져의 딕ᄉᆞ(織事)ᄅᆞᆯ 보고 실셩긔찬(失聲奇讚)ᄒᆞ믈 ᄭᆡ닷디 못ᄒᆞ여 왈

"ᄋᆡ(哀)라 ᄎᆞ인(此人)이여. 하날이 유의(留意)ᄒᆞ여 ᄂᆡ시도다. 날노 ᄒᆞ여곰 하풍(下風)을 감심(甘心)ᄒᆞ리니 내 브ᄃᆡ 하날을 어긔오미 엇디 내게 죄 되디 아니리오?"

격졀(激切)ᄒᆞ여 암암(暗暗)이 긔찬(寄讚)ᄒᆞ기ᄅᆞᆯ 마디 아니ᄒᆞ더라. ᄎᆞ 10면
일 딕ᄉᆞ(織事)와 침션(針線)을 다 맛쳐 밧치고 다시 부인 교령(教令)을 기다릴ᄉᆡ 부인이 머므러 ᄀᆞᆯ오ᄃᆡ

"네 날로 침션의 골몰(汨沒)ᄒᆞ여 ᄒᆞᆫ가디로 딘반(進飯)치 못ᄒᆞ니 금일은 내 너와 ᄒᆞᆫ가디로 딘반ᄒᆞ리라."

쇼졔 황공(惶恐)ᄒᆞ여 이에 샤례(謝禮)ᄒᆞ고 뫼셧더니 이윽고 반션(飯饍)이 오로ᄆᆡ 부인이 안ᄉᆡᆨ(顔色)이 흔연(欣然)ᄒᆞ여 쇼져ᄅᆞᆯ 갓가이 좌ᄅᆞᆯ 주어 ᄌᆞ긔 상의 찬션(饌饍)을 하져(下箸)[61] 아니 ᄒᆞ여 슈긔(數器)ᄅᆞᆯ 믈녀주니 쇼졔 황공 감격ᄒᆞ여 밧ᄌᆞ와 먹으려 ᄒᆞᄆᆡ 독ᄒᆞᆫ ᄂᆡ 코ᄒᆞᆯ 거ᄉᆞ리니 마디못ᄒᆞ여 딘식(進食)ᄒᆞᄆᆡ 부인이 유심상찰(有心詳察)ᄒᆞ여 그

59 넉이며: 규장각본에는 '넉이고'로 되어 있음.
60 초솔(草率): 거칠고 볼품없음.
61 하져(下箸): 하저. 젓가락을 댐. 곧 음식을 먹는다는 뜻.

먹으믈 본 후의야[62] 시션(時膳)을 파ᄒᆞᄆᆡ 다시 당듕(堂中)을 쇄소(灑掃)ᄒᆞ라 ᄒᆞ니 쇼졔 안셔(安舒)히 승명(承命)[63]ᄒᆞ여 젼도(顚倒)히 집ᄉᆞᄅᆞᆯ 잡들ᄉᆡ 부인이 관찰(觀察)이 빈빈(頻頻)ᄒᆞ니[64] 쇼졔 구름 ᄀᆞᆺ튼 운환(雲鬟)의 ᄃᆡ모(玳瑁)[65] 빗치 어ᄅᆡ엿고 구화션삼(九華蟬衫)[66]의 홍문(紅紋)이 영농ᄒᆞ며 ᄌᆞ하보ᄃᆡ(紫霞寶帶)의 샹광(祥光)이 애애(靄靄)ᄒᆞ니 치마ᄂᆞᆫ 소상(瀟湘) 여ᄉᆞᆺ 복(幅) 프ᄅᆞᆫ 믈결을 발낫고 귀밋ᄎᆞᆫ 무산(巫

11면 山) ᄒᆞᆫ 조각 시ᄅᆞᆷᄒᆞᄂᆞᆫ 구ᄅᆞᆷ[67]을 ᄡᅳ럿ᄂᆞᆫ디라. 일월용화(日月容華)ᄂᆞᆫ 단엄(端嚴)ᄒᆞᆫ 긔상이오 년화긔딜(蓮花氣質)은 한가ᄒᆞᆫ ᄐᆡ되(態度)라. 난ᄌᆞ혜딜(蘭資蕙質)[68]은 딘실노 텬하절염(天下絶艶)이오 명모호치(明眸皓齒)[69]ᄂᆞᆫ 과연 보디 못ᄒᆞᆫ ᄇᆡ라. 눅쳑신댱(六尺身長)의 일쳑셰요(一尺細腰)로 농셤(濃纖)이 득듕(得中)ᄒᆞ고 슈단(手段)이 합도(合度)ᄒᆞ여 디란(芝蘭) 갓튼 긔딜노ᄡᅧ ᄃᆡᆨᄉᆞ(織事)의 노고(勞苦)ᄒᆞ고 고역(苦役)의 달호이며[70] 츄ᄉᆞ 날반(糲飯)도 주디 아니ᄒᆞ니 쳔부장확(賤婦臧獲)이라도 견ᄃᆡᆯ ᄇᆡ 아니로ᄃᆡ 니쳑(黧瘠)[71]ᄒᆞ고 슈경(瘦硬)ᄒᆞ미 극ᄒᆞᄆᆡ 미풍(微風)의 ᄡᆞᆯ니일 ᄃᆞᆺ 편편(翩翩)ᄒᆞᆫ 신댱의 가ᄂᆞᆫ ᄯᅵ 느려시니 표연

62 본 후의야: 규장각본에는 '보온 후야'로 되어 있음.

63 승명(承命): 규장각본에는 '셩명'으로 되어 있음.

64 관찰(觀察)이 빈빈(頻頻)ᄒᆞ니: 규장각본에는 '관찰빈빈할ᄉᆡ'로 되어 있음.

65 ᄃᆡ모(玳瑁) 빗: 대모 빛. 대모거북이의 껍데기는 공예품을 만드는 데 쓰임.

66 구화션삼(九華蟬衫): 구화선삼. 매우 화려하며 매미 날개 같은 옷.

67 무산(巫山) ᄒᆞᆫ 조각 시ᄅᆞᆷᄒᆞᄂᆞᆫ 구름: 규장각본에는 '시름을 ᄒᆞᄂᆞᆫ'으로 되어 있음.

68 난ᄌᆞ혜딜(蘭資蕙質): 난자혜질. 여자의 아름다운 외모와 뛰어난 자질을 난초에 비유하는 말.

69 명모호치(明眸皓齒): '맑은 눈동자와 흰 이'라는 뜻으로 미인을 비유하는 말.

70 달호이며: '다루다'의 옛말. 규장각본에는 '달호이고'로 되어 있음.

71 니쳑(黧瘠): 이척. 병으로 인해 살이 검어지고 야위는 것.

이 우화(羽化)ᄒᆞᆯ ᄃᆞᆺᄒᆞᆫ디라. 부인의 요장악담(妖腸惡膽)이라도 아연(啞然)이 바라보와 그 긔딜의 션완(善婉)ᄒᆞᆷ과[72] 픔셩(品性)의 긔이ᄒᆞ믈 이상이 넉이고 앗가 독을 만히 먹여시니 완젼ᄒᆞᆫ 아미로뼈 셤삭ᄒᆞᆫ 별문호의 업ᄃᆡ믈 비론ᄒᆞᄃᆡ 죽으믈 착급히 죄오ᄃᆡ 굿ᄐᆞ여 히로오미 업ᄂᆞᆫ디라. 심하의 괴려(乖戾)ᄒᆞ믈 니긔디 못ᄒᆞ여 좌블안셕(坐不安席)이라. 빙궤반와(憑櫃半臥)ᄒᆞ여 관찰(觀察)이 유심상시(有心詳視)ᄒᆞᆯ ᄯᆞ름이러니 ᄡᅵ예 쇼계 쇄소뎡돈(刷掃整頓)ᄒᆞ기를 다ᄒᆞᄆᆡ 이에 나족이 ᄃᆡᄉᆞ롤 쳥ᄒᆞᄂᆞᆫ디라. 부인이 망단(望斷)[73]ᄒᆞ고 의괴(疑怪)ᄒᆞ믈[74] 니긔 12면
디 못ᄒᆞ여 도로혀 어린 ᄃᆞᆺ 믁연반향(默然半晌)이러니 쇼졔[75] 부인 좌하(座下)의 국궁(鞠躬)ᄒᆞ엿ᄂᆞᆫ디라. 약이 뎨일노 독ᄒᆞ여 즉시 반독(反毒)을 아니 ᄒᆞ여 이윽ᄒᆞ여 독을 펴랴 ᄒᆞᄂᆞᆫ가 념녜 쳔셔만단(千緖萬端)이니 ᄌᆞ연 안식(顔色)이 ᄌᆞ로[76] 변ᄒᆞᄂᆞᆫ디라. 디량(志量)의 괴려(乖戾)ᄒᆞᆷ과 심용(心用)의 포악(暴惡)ᄒᆞ믈 어이 다 니ᄅᆞ리오? 이에 슈션과 방젹을 주어 뎡한(定限)을 더옥 밧비 독쵹혼동(督促混同)ᄒᆞ여 맛디니 쇼계 아연ᄒᆞᆫ 화긔(和氣)로 밧ᄌᆞ와 침당의 도라가니 사긔(辭氣) 안안유일(安安惟一)ᄒᆞ여 조곰도 음독(飮毒)ᄒᆞᆫ 형상이 아니어ᄂᆞᆯ 부인이 측냥(測量)치 못ᄒᆞ여 녹빙을 블너 므ᄅᆞᄃᆡ

"네 엇디 약을 그ᄅᆞᆺ ᄉᆞ와 여ᄎᆞ 졀ᄒᆡ(絶駭)ᄒᆞᆫ 거동(擧動)을 볼 줄 알니

---

72 션완(善婉)ᄒᆞᆷ과: 규장각본에는 '션완ᄒᆞ미'로 되어 있음.

73 망단(望斷): 바라는 일이 실패함.

74 의괴(疑怪)ᄒᆞ믈: 규장각본에는 '고니하믈'로 되어 있음.

75 쇼계: 규장각본에는 '조계'로 되어 있음.

76 ᄌᆞ로: 규장각본에는 없는 내용임.

오? 이쳐로 만환(漫漶)ᄒᆞ여[77] 어나 시졀의 악부(惡婦)ᄅᆞᆯ 죽여 셜한(雪恨)ᄒᆞ리오?"

빙이 호원(呼冤)ᄒᆞ여 ᄃᆡ왈(對曰)

"그럴 니 업ᄉᆞ니 남은 찬션(饌饍)이 이시니 부인 면젼(面前)의 보쇼셔."

아ᄌᆞ의 쇼졔 식상(食床)[78]의 찬미(饌米) ᄒᆞᆫ 그릇ᄉᆞᆯ ᄂᆡ여 졍듕(庭中)의 현학(玄鶴)[79]을 ᄒᆞᆫ번 먹이ᄆᆡ 경ᄀᆡᆨ(頃刻)의 폭ᄉᆞ(暴死)ᄒᆞ고 남은 거ᄉᆞᆯ 짜ᄒᆡ 바리ᄆᆡ 연염(煙焰)[80]이 딘동(振動)ᄒᆞ니 부인이 졀치왈(切齒曰)

13면 "아모커나 요졍별츌(妖精別出)이라. 이상ᄒᆞ고 긔이ᄒᆞ여 혈육디신(血肉之身)이 져거ᄉᆞᆯ 먹으ᄃᆡ 관겨(關係)치 아니ᄒᆞ니 이ᄂᆞᆫ 분명이 환슐(幻術)ᄒᆞ미로다. 내 맛ᄎᆞᆷᄂᆡ 요녀(妖女)ᄅᆞᆯ 죽여 셜한(雪恨)ᄒᆞ고 말니니 제 엇디 ᄆᆡ양 환슐(幻術)ᄒᆞ리오?"

교아(咬牙)ᄒᆞ기ᄅᆞᆯ 마디 아니ᄒᆞ더라. 닌듕이 입ᄂᆡ(入內)ᄒᆞ여 모친긔 므ᄅᆞᆫᄃᆡ

"금일 슈시(嫂氏) 완젼ᄒᆞ니 아마도 이상ᄒᆞᆫ 요슐(妖術)을 ᄡᅳᄂᆞᆫ가 시버이다. 맛당이 ᄐᆡ벌(笞罰)ᄒᆞ여 오날ᄂᆞᆯ 셜한을 ᄒᆞᆯ 거니이다."

부인이 잠연이 말이 업셔 상요의 언와(偃臥)ᄒᆞ여 ᄋᆞᄌᆞ의 말을 ᄃᆡ치 아니ᄒᆞ더라. 부인이 요장악담(妖腸惡膽)으로 슉야(夙夜) ᄉᆞ량(思量)ᄒᆞᄂᆞᆫ ᄇᆡ의 셩ᄉᆞ 슉완(淑婉)을 맛ᄎᆞ며 대효군ᄌᆞ(大孝君子)ᄅᆞᆯ 죽이려 쥬의(主意)ᄒᆞ여 이밧 타ᄉᆞ(他事)ᄅᆞᆯ 결을치 못ᄒᆞ여 ᄉᆈᄅᆞᆯ 범연이 ᄒᆞ미 아

---

77 만환(漫漶)ᄒᆞ여: 만환하다. 모호하여 분별이 되지 않는 상태.

78 식상(食床): 밥상.

79 현학(玄鶴): 검은 빛깔의 학 또는 늙은 학.

80 연염(煙焰): 연기와 불꽃.

니로ᄃᆡ 하날과 귀신이[81] 겻트로 돕디 아니ᄒᆞ여[82] 뜻갓치 되디 아니ᄒᆞ니 갈ᄉᆞ록 절ᄒᆡ 분완ᄒᆞ여 간장의 블이 니러 연염(煙焰)이 흉듕(胸中)의 뒤덥히니[83] 심홰(心火) 쓸허 엇디ᄒᆞ면 닌셩을 쾌히 죽여 내 평ᄉᆡᆼ의[84] 쾌창ᄒᆞ믈 보리오? 이쳐로 ᄉᆡᆼ각ᄒᆞ여 호ᄉᆞ난상(胡思亂想)이 가득ᄒᆞ니 도로혀 흉간(胸肝)을 ᄉᆞᆯ오더니 홀연 희미ᄒᆞᆫ 바람이 소상(蕭爽)ᄒᆞᆫ 향긔 14면
(香氣)ᄅᆞᆯ 움ᄌᆞᆨ이ᄂᆞᆫᄃᆡ 나유(羅幃)[85]ᄅᆞᆯ 셔관(徐觀)ᄒᆞ니 일ᄡᅡᆼ셩안(一雙星眼)이 ᄒᆡ음업시 ᄯᅴ이ᄂᆞᆫ디라. 오날ᄂᆞᆯ 보건ᄃᆡ ᄋᆞᄌᆞ의 슈광(秀光)이 젼일의[86] ᄇᆡ승(倍勝)ᄒᆞᆫ디라. 닌웅이 상하의 나아가 뭇ᄌᆞ오ᄃᆡ

"ᄐᆡᄐᆡ 존휘 어ᄃᆡ 흠안(欠安)ᄒᆞ시니잇가? 초민(焦悶)ᄒᆞ이다."

부인이 답왈(答曰)

"네 어미 심셰 편치 아니ᄒᆞ거니와 알픈 ᄃᆡᄂᆞᆫ 업ᄂᆞ니 깁히 념녀토록 ᄒᆞ랴?"

공ᄌᆡ 모친을 뫼셔 이윽이 말ᄉᆞᆷᄒᆞᄆᆡ 퇴ᄒᆞ여 명광헌의 도라가니 부인이 ᄋᆞᄌᆞ의 나가믈 ᄇᆞ라보아

"그 과연 ᄀᆡ특ᄒᆞᆫ ᄀᆡ딜(氣質)이오 현효(賢孝)ᄒᆞᆫ 군ᄌᆡ라. 이 ᄋᆞᄃᆞᆯ을 두엇거니 나의 만금소탁(萬金所托)이라. 하날이 악부(惡婦)의 무상(無狀)ᄒᆞ믈 가상(可償)ᄒᆞ고 조션(祖先)이 찰녀(刹女)의 죄악을 샤ᄒᆞ실노

---

81 귀신이: 규장각본에는 '귀신을'로 되어 있음.

82 아니ᄒᆞ여: 규장각본에는 '아냐'로 되어 있음.

83 뒤덥히니: 규장각본에는 '뒤덥허'로 되어 있음.

84 평ᄉᆡᆼ의: 규장각본에는 없는 내용임.

85 나유(羅幃): 비단 장막.

86 젼일의: 규장각본에는 '젼일보더'로 되어 있음.

다. 내 젼젼의 젹악(積惡)ᄒᆞ여 브ᄃᆡ 닌셩을 죽이려 ᄒᆞ니 엇디 죄악의 ᄡᅣ디지 아니리오? 닌셩의 대현(大賢)이믈 모로디 아니ᄒᆞᄃᆡ 나의 닌셩 죽일 ᄯᅳᆺ은 두로혈 길 업ᄉᆞ니 내 십ᄉᆡᆼ구ᄉᆞ(十生九死)ᄒᆞ여[87] 닌셩이 목젼(目前)의 죽ᄂᆞᆫ 양(樣)을 보고야 긋칠디니 나의 ᄒᆞᆫ 조각 이 ᄆᆞ음은 믈니치디 못ᄒᆞ고 플고ᄌᆞ ᄒᆞ여도 되삼기니 므ᄉᆞ디하(無死地下)로다. 닌

15면 셩을 죽이ᄂᆞᆫ 날 내 심셰ᄂᆞᆫ 쾌창ᄒᆞᄃᆡ 져 ᄋᆞ돌이 형을 ᄯᆞᆯ와 죽으려 ᄒᆞᆯ 거시니 어린 ᄋᆞᄒᆡ 언마ᄒᆞ여 상ᄒᆞ리오? 난쳐ᄒᆞ고 괴로오니 내 ᄋᆞᄒᆡ 효뎨(孝悌)ᄒᆞ미 도로혀 감귤(柑橘)의 ᄐᆡ산(太酸)홈과 니어(鯉魚)의 다골(多骨)ᄒᆞ미[88] 아니리오? 둘ᄋᆞᄂᆞᆫ 유튱(幼沖)의 실기의방(失其義方)ᄒᆞ여 방ᄌᆡ오입(放恣誤入)[89]이라. 어니 ᄯᅵ의 회딘뎡도(回進正道)ᄒᆞ리오? 이 ᄋᆞᄒᆡ 픔셩이 ᄋᆞ오와 ᄀᆞᆺ디 아니ᄒᆞ니 딘소위(眞所謂) 티셰(治世)의 능신(能臣)이오 난셰(亂世)의 간웅(奸雄)[90]을 ᄌᆞ임(自任)ᄒᆞ니 엇디 앗갑고 ᄋᆡ둛디 아니ᄒᆞ리오? 모형(母兄)의 과악으로 닌웅이 평ᄉᆡᆼ의 디통(至痛)을 픔어 ᄉᆞᆯ미 죽음만 ᄀᆞᆺ디 못ᄒᆞᆫ 줄노 아라 셰간의 ᄉᆡᆼ취(生聚)[91] 업셔 ᄒᆞ리니 유튱(幼沖)의 이러ᄒᆞ미 엇디 블상ᄒᆞᆫ 죄 아니리오? 남의

---

87 구ᄉᆞ(九死)ᄒᆞ여: 규장각본에는 '구ᄉᆞ하여도'로 되어 있음.

88 감귤(柑橘)의 ᄐᆡ산(太酸)홈과 니어(鯉魚)의 다골(多骨)ᄒᆞ미: 송(宋)나라 팽연재가 "내가 평생에 한스러운 것은 다섯 가지뿐이니, 첫째는 준치의 가시가 많은 것이요, 둘째는 감귤이 많이 신 것이요, 셋째는 순채의 성질이 냉한 것이요, 넷째는 해당화의 향기가 없는 것이요, 다섯째는 증자고가 시를 잘 짓지 못한 것이다."라고 한 것에서 차용. 원전은 '금귤(金橘)'과 '준치[鰣魚]'이지만 변형된 표현.

89 방ᄌᆡ오입: 규장각본에는 '반ᄌᆡ 외닙'으로 되어 있음.

90 티셰(治世)의 능신(能臣)이오 난셰(亂世)의 간웅(奸雄): 후한 때 관상을 잘 보는 허소가 조조를 평가한 말.

91 ᄉᆡᆼ취(生聚): 생취. 생산하고 모으는 것.

ᄌᆞ식을 ᄒᆡᄒᆞ려 ᄒᆞ다가 나의 긔특ᄒᆞᆫ ᄋᆞᄃᆞᆯ을 병드리니 이 엇디 내 죄 아니리오? 언언(諺言)의 왈 텬작얼(天作孽)은 유가위(猶可違)어니와 ᄌᆞ작얼(自作孽)은 블가활(不可活)[92]이라 ᄒᆞ니 내 믄득 이ᄅᆞᆯ 모로디 아니ᄒᆞᄃᆡ 몸소 힝치 못ᄒᆞ여 니ᄒᆡ(利害)ᄅᆞᆯ 소연(昭然)이 알오ᄃᆡ 쾌혁ᄒᆞ여 회딘뎡도(回進正道)ᄒᆞᄆᆡᄂᆞᆫ 망연만니(茫然萬里)ᄒᆞ니 내 뜻이라도 엇디 괴이치 아니리오? 내 닌셩 부부로 더브러 젹셰(積世)의 구개(仇家)오 금ᄉᆡᆼ(今生)의 업원(業冤)이라. 져의 착ᄒᆞ고 셩효(誠孝)ᄒᆞ믈 보ᄆᆡ 16면
믄득 내 ᄆᆞᄋᆞᆷ의 싀긔ᄒᆞ고 믜오미 일층(一層)이 더ᄒᆞ여 밧비 죽이디 못ᄒᆞ미 한 되니 이[93] ᄆᆞᄋᆞᆷ은 무가ᄂᆡ하(無可奈何)라. 내 뜻을 스ᄉᆞ로 임타(任他)ᄒᆞ여 죽이면 죽이고 ᄉᆞᆯ오면 ᄉᆞᆯ와[94] 나의 장악(掌握) 듕의 너허 두어 조로다가 셰ᄎᆞᄅᆞᆯ 보아 요힝 내 블션(不善)을 도로혀 회딘뎡도(回進正道)ᄒᆞ면 션칙(善策)이오. 그러치 못ᄒᆞ여도 나와 다못[95] 져ᄒᆡ 부부의 팔ᄌᆞ(八子)와 명운(命運)이라. 현마 엇디ᄒᆞ리오? 이러ᄐᆞᆺ 호ᄉᆞ난상(胡思亂想)이 폐간(肺肝)의 얽ᄆᆡ이니 내 역시 병 되고 괴롭도다."

ᄊᆡ의 니쇼제 뎡당의셔 부인의 은혜로이 주ᄂᆞᆫ 바 찬션(饌膳)을 밧ᄌᆞ와 딘식(進食)ᄒᆞᄆᆡ 몸가의 ᄀᆞᆷ촌 바 ᄒᆡ독(解毒)을 즉시 먹음어 부인이 ᄉᆞᆯ피ᄂᆞᆫ 눈을 옴기디 아니ᄒᆞᄃᆡ 쇼져의 쳐변(處變)[96]이 신이(神異)ᄒᆞ여 흔

92 텬작얼(天作孽)은 유가위(猶可違)어니와 ᄌᆞ작얼(自作孽)은 블가활(不可活): 천재(天災)는 피할 수 있어도 자기가 초래한 화(禍)는 피할 수 없음. 《서경》 〈태갑중(太甲中)〉 편에 나오는 말.

93 이: 규장각본에는 없는 내용임.

94 ᄉᆞᆯ와: 규장각본에는 '살오고'로 되어 있음.

95 다못: 다만.

96 쳐변(處變): 처변. 갑작스럽게 생긴 일을 잘 수습함.

젹 업시 ᄒᆡ독을 먹음어 장부(腸腑)의 펴딘 독긔(毒氣)ᄅᆞᆯ ᄉᆞᆯ와 죽디 아니ᄒᆞ고 ᄉᆞ라 무방(無妨)ᄒᆞ믈 어더시니 이 ᄯᅩᄒᆞᆫ 엇디 하날이 길인(吉人)을 도으시미 아니리오? 쇼졔 침각(寢閣)의 도라와 이윽ᄒᆞᆫ 후 독을 다 토ᄒᆞᄆᆡ 신긔(身氣) 여상(如常)ᄒᆞ여 긔운이 안안[97]ᄒᆞᆫ디라. 이에 혼뎡 17면 (昏定)ᄒᆞᆯᄉᆡ 부인이 쇼져ᄅᆞᆯ 보고 노한(怒恨)이 튱장[98](充腸)ᄒᆞ니 만ᄉᆡ(萬事) 등한(等閑)ᄒᆞᆫ디라. 독ᄒᆞᆫ 안ᄎᆡ(眼彩) 사ᄅᆞᆷ의게 ᄡᅩ여 쇼져ᄅᆞᆯ 보기ᄅᆞᆯ 오ᄅᆡ ᄒᆞᄂᆞᆫ디라. 쇼졔 황공ᄒᆞ여 복슈ᄃᆡ죄(伏首待罪)러니 부인이 비록 별믈악심(別物惡心)으로 여러 번 듕독(中毒)ᄒᆞᄃᆡ 시러곰[99] 영합(迎合)디 못ᄒᆞ니 믄득 심홰(心火) 졸발(猝發)ᄒᆞ여 안ᄉᆡᆨ이 도로혀 초독ᄂᆡᆼ엄(楚毒冷嚴)ᄒᆞ니 졔ᄌᆞ졔뷔(諸子諸婦) ᄌᆞ안(慈顔)의 블호(不好)ᄒᆞ시믈 황툑(惶蹴)ᄒᆞ여 혼뎡을 맛고 퇴ᄒᆞ여 침소로 도라갈ᄉᆡ 닌웅이 셔당의 나와 고요히 ᄉᆡᆼ각ᄒᆞᄆᆡ 모친의 ᄒᆡᆼᄒᆞ시ᄂᆞᆫ ᄇᆡ 일마다 한심ᄒᆞᆫ디라. ᄇᆡᆨ시(伯氏)와 내 몸의 소근(所勤)이 업ᄉᆞᄃᆡ 인졍텬니(人情天理)의 아조 상멸[100](相滅)ᄒᆞ여 이러ᄐᆞᆺ ᄒᆞ니 어나 시졀의 뎡도(正道)의 도라가리오? 각골망극통돌(刻骨罔極痛突)ᄒᆞ니 가ᄉᆞᆷ을 어로만져 슬픈 누싊(淚水) 벼개ᄅᆞᆯ 젹시더니 ᄣᆡ 오란 후 닌듕이 드러와 공ᄌᆞ의 취침(就寢)ᄒᆞ여시믈 보고 믄득 므러 왈

"닌웅 아ᄌᆞᄂᆞᆫ 다 내당(內堂)의셔 어ᄂᆡ ᄣᆡ 나왓던다. 우형(愚兄)이 너와 ᄒᆞᆫ가디로 나올 거시로ᄃᆡ 오날 셕식(夕食) 후 이상이 조을녀 ᄂᆡ당

97 안안: 규장각본에는 '여상'으로 되어 잇음.

98 튱장: 규장각본에는 '통경'으로 되어 있음.

99 시러곰: '능히'의 우리말.

100 상멸(相滅): 규장각본에는 '상별'로 되어 있음.

협실(夾室)의 슈시(嫂氏) 계시므로 듕당(中堂)의 누엇다가 줌드러 ᄭᆡ여 보니 ᄶᅵ 반야(半夜)의 디나시니 놀나 나왓노라. 네 나올 졔 날을 ᄎᆞᄌᆞ 흔가디로 나오디 아니흔다. 네 홀노 나와 침셕(寢席)을 ᄎᆞᄌᆞ니 광금(廣衾)과 긴 벼개 쳐량(凄涼)ᄒᆞ디 아니흔다. 동긔(同氣)ᄂᆞᆫ 일신(一身)이라. 네 나히 어리므로 동긔의 디극(至極)히 귀ᄒᆞ믈 모로ᄂᆞᆫ도다. ᄇᆡᆨ시(伯氏) 계시면 이런 일이 업ᄉᆞᆯ디라. 금일 너의 유튱(幼沖)ᄒᆞ고 미거(未擧)ᄒᆞ믈 보건ᄃᆡ ᄇᆡᆨ시 어ᄂᆡ ᄶᅵ의 도라오실고 ᄉᆞ렴(思念)이 더ᄒᆞ도다. 너와 내 엄졍(嚴情)을 원니(遠離)ᄒᆞ고 ᄇᆡᆨ시룰 원별(遠別)ᄒᆞ여 염냥(炎涼)이 ᄌᆞ로 밧괴이니 앙모(仰慕)ᄒᆞᄂᆞᆫ 졍을 견ᄃᆡ디 못ᄒᆞ여 금일 내 심ᄉᆞ(心思)롤 디젹디 못ᄒᆞ니 ᄇᆡᆨ시 ᄉᆡᆼ각ᄂᆞᆫ 노ᄅᆡ나 브ᄅᆞ리라."

18면

언파의 가셩(歌聲)을 ᄲᅵ흐니 기셩(其聲)이 녈녈(熱烈)ᄒᆞ여 쳥월(淸越)ᄒᆞ고 활낭(闊朗)ᄒᆞ여 놉히 반공(半空)의 셧도더니 다시 음셩(音聲)을 다ᄃᆞᆷ으ᄆᆡ 묽은 곡됴와 쇄락(灑落)흔 셩음(聲音)이 구텬(九天)의 ᄉᆞᄆᆞᆺᄎᆞ 아아(峨峨)히 텬변(天邊)의 둘넛ᄂᆞᆫ디라. 음뉼ᄇᆡᆨ가(音律百歌)와 그밧 ᄌᆡ조의 탁월(卓越)ᄒᆞ미 ᄇᆡᆨᄉᆞ(百事)의 무블통디(無不通知)라. ᄶᅵ의 삼낭이 그 말솜과 동디(動止)[101]롤 ᄉᆞᄆᆞᆺ 보와 말업시 안슈(眼水)롤 나리올 ᄯᆞᄅᆞᆷ이오 이 과연 동긔(同氣)ᄂᆞᆫ 일신(一身)이로ᄃᆡ 무고(無故)히 셔로 구젹(仇敵)이 니러시니 고간(固諫)ᄒᆞᄂᆞᆫ ᄉᆞ에(辭語)[102] 드러갈 길 업ᄂᆞᆫ디라 쇽졀업시 망극흘 ᄯᆞᄅᆞᆷ이라. 즁시(仲氏)[103]의 ᄌᆞ락(自樂)ᄒᆞ여 브ᄅᆞ

19면

---

101 동디(動止): 동지. 행동거지.

102 ᄉᆞ에(辭語): 규장각본에는 '사의'로 되어 있음.

103 즁시(仲氏): 중씨. 둘째 형.

ᄂᆞᆫ 가셩(歌聲)도 귀예 드디 아니ᄒᆞ고 말솜을 ᄃᆡᄒᆞᆫ 뜻이 업ᄂᆞᆫ디라 좀젹(潛跡)ᄒᆞ여실 쁜이러니 닌둥의 이리ᄒᆞ믄 공ᄌᆞ의 ᄉᆡ엿ᄂᆞᆫ가 ᄌᆞᄂᆞᆫ가 동졍(動靜)을 규찰(窺察)ᄒᆞᄂᆞᆫ 의ᄉᆡ러라. 공ᄌᆡ 잠연이 말ᄒᆞ디 아니ᄒᆞ니 젹실(適實)이 ᄌᆞᄂᆞᆫ 줄노 혜아려 다시 말ᄒᆞ지 아니ᄒᆞ고 쾌히 옷솔 글너 더지고 좀드더라. 공ᄌᆡ 이에 소셰(梳洗)ᄒᆞ고 뎡당의 신셩(晨省)ᄒᆞ니 부인과 슈시 안여평셕(安如平席)ᄒᆞ여 신셩의 모닷더라. 작야(昨夜)의 부인이 소져를 도라보니고 공ᄌᆞ로 안휴(安休)ᄒᆞ믈 명ᄒᆞ여 셔ᄌᆡ(書齋)로 도라보니ᄆᆡ 초연독좌(悄然獨坐)[104]ᄒᆞ여 심ᄉᆡ 어ᄌᆞ러오니 상셕(床席)의 오를 뜻이 업ᄂᆞᆫ디라. 금노(金爐)의 향을 다시 더으고 명촉(明燭)을 도도와 한이 뉴미(柳眉)를 둘넛더니 계월이 ᄌᆞ최 업시 니ᄅᆞ러 후함(後檻)의셔 넌ᄌᆞ시 기춤ᄒᆞ니 부인이 입ᄂᆡ(入內)ᄒᆞ믈 명ᄒᆞᆫᄃᆡ 월이 개호입실(開戶入室)ᄒᆞ여 신ᄉᆡᆨ(神色)이 ᄎᆞ악(嗟諤)ᄒᆞ여 부인긔 고ᄒᆞᄃᆡ

"이공ᄌᆡ 바야흐로 셔ᄌᆡ 후함의셔 방슐(方術)을 방장(方張)ᄒᆞ시ᄃᆡ 쇼
20면 비 그 튝ᄉᆞ샤의(祝辭辭意)를 숫치건ᄃᆡ 쳬찰 상공을 죽여디라 튝원(祝願)홀 쁜 아니라 삼공ᄌᆞ를 더옥 급히 죽여디라 뜻이니 셰간의 져쥬(詛呪)라 ᄒᆞᄂᆞᆫ 거시 인골(人骨)을 먹이며 인골을 ᄌᆞᄂᆞᆫ[105] 방외(房外)의 갓가이 무더 그 사름을 병드리니 공ᄌᆡ 년유옥골(年幼玉骨)이니 이 독ᄒᆞᆫ 술슈(術數)를 쓰며 요예디믈(妖穢之物)을 측근(側近)ᄒᆞ여 날이 오ᄅᆡᄆᆡ 언마ᄒᆞ여 고항(膏肓)의 침입(侵入)ᄒᆞ리잇가? 부인이 공ᄌᆞ의 신상의 이러틋 위급ᄒᆞ믈 아디 못ᄒᆞ시리니 쇼비(小婢) 드ᄅᆞᄆᆡ 망극ᄒᆞ여

---

104 초연독좌(悄然獨坐): 규장각본에는 '쇼년독자'로 되어 있음.

105 ᄌᆞᄂᆞᆫ: 규장각본에는 없는 내용임.

고ᄒᆞᄂᆞ니 션쳐(善處)ᄒᆞ쇼셔. 금야(今夜)의 쇼비 아라신들 이젼의 몃 번인동 알니잇가? 텬하의 이런 허무ᄒᆞᆫ 일이 잇ᄂᆞ니잇가? 앗가올샤 우리 공ᄌᆞ의 디란혜초(芝蘭蕙草) ᄀᆞᄐᆞᆫ 긔딜노 이 병의 곰기여 미급장년(未及壯年)의 ᄉᆞ디 못ᄒᆞ시리니 부인의 신셰 엇더ᄒᆞ시리잇가?"

셜파(說罷)의 ᄋᆡ읍(哀泣)ᄒᆞ니 부인이 이 ᄋᆞ돌의 힝ᄉᆞ롤 미흡ᄒᆞᄃᆡ 당시의 ᄌᆞ긔 대계(大計)롤 운동(運動)ᄒᆞ여 톄찰을 죽이려 ᄒᆞ믈 마디못ᄒᆞ여 아딕 조아롤 삼아시나 초셰(超世)ᄒᆞᆫ ᄌᆞ질노 블인(不仁)의 함닉(陷溺)ᄒᆞ믈 앗기고 블힝ᄒᆞ니 악ᄉᆞ(惡事)롤 슝상(崇尙)ᄒᆞ믈 깃브디 아니ᄒᆞ여 아쳐ᄒᆞ고 새리더니 ᄎᆞᄉᆞ(此事)롤 시쳥(視聽)ᄒᆞᄆᆡ 역경대한(亦驚大恨)ᄒᆞ여 혜오ᄃᆡ 21면

'어미 브ᄌᆞ(不慈)ᄒᆞ여 ᄌᆞ식을 그른 곳의 ᄲᅢ디게 ᄒᆞᄂᆞᆫ도다. 오디괘(吾之過)라 엇디 한흡디 아니리오? 닌셩이 아니면 내 므ᄉᆞ 일 허믈의 ᄲᅢ디며 브ᄌᆞᄒᆞ믈 감심ᄒᆞ리오. 필경(畢境) 귀구(歸咎)[106] ᄌᆞ 닌셩이라. 이럴ᄉᆞ록 다함[107] 원슈롤 ᄆᆡᆺᄂᆞᆫ디라.'

듕ᄋᆞ롤 대한(大恨)ᄒᆞ여 심ᄂᆡ(心內)의 ᄭᅮ디ᄌᆞᄃᆡ 요악(妖惡)ᄒᆞᆫ ᄌᆞ식이 금옥 ᄀᆞᄐᆞᆫ ᄋᆞ을 싀긔ᄒᆞ여 죽이려 ᄒᆞ니 엇디 통한치 아니리오?

'닌셩은 당당ᄒᆞᆫ 군ᄌᆞ로 셩댱디년(盛壯之年)의 ᄇᆡᆨ신(百神)이 호위ᄒᆞᄂᆞᆫ 사ᄅᆞᆷ이니 잡슐요ᄉᆡ(雜術妖邪) 간ᄃᆡ로 침핍(侵逼)디 못ᄒᆞ려니와 닌웅은 옥ᄀᆞᆺ치 ᄆᆞᆰ고 슈졍(水晶)ᄀᆞᆺ치 틔 업ᄉᆞ니 디란(芝蘭)의 브드러오믈 겸ᄒᆞ여 년긔(年紀) 약년(若年)이라. 잡슐요ᄉᆡ(雜術妖邪) 드

---

106 귀구(歸咎): 허물을 돌림.

107 다함: 다만. 오직.

디 아닐 줄 어이 알니오? 이 ᄋᆞᄃᆞᆯ을 ᄉᆞᆯ오디 못ᄒᆞ면 날을 죽이미니 엇디 원슈롭디 아니리오? 내 져의 과악(過惡)을 모로디 아니ᄒᆞᄃᆡ ᄌᆞ식의 허믈을 표양(褒揚)[108]ᄒᆞ디 못ᄒᆞ고 요힝(僥倖) 작셩의 길션(吉善)ᄒᆞ미 잇ᄂᆞᆫ디라. 비록 심장(心臟)의 요악(妖惡)을 슝상ᄒᆞᄃᆡ 타일의 회딘(回進)ᄒᆞᆯ 긔약(期約)을 바라더니 이러ᄐᆞᆺ 악ᄉᆞ(惡事)ᄅᆞᆯ ᄎᆞ마 ᄒᆞ고 므

22면 ᄉᆞ 일을 못 ᄒᆞ리오. 내 사ᄅᆞᆷ의 어미 되여 교훈을 뎡도(正道)로 ᄒᆞ디 못ᄒᆞ여시니 ᄌᆞ식을 ᄒᆞᆫ갓 그ᄅᆞ다 못 ᄒᆞᆯ디라.[109]'

싱각이 이에 도라가ᄆᆡ 소ᄅᆡᄅᆞᆯ 나ᄌᆞᆨ이 ᄒᆞ여 월을 경계왈(警戒曰)

"블힝(不倖)이 여ᄎᆞ(如此)ᄒᆞ니 사ᄅᆞᆷ이 알 니 이실가 두리노라. 네 맛당이 명일(明日)의 망긔ᄌᆞ(望氣者)[110]ᄅᆞᆯ 쳥ᄒᆞ여 사ᄅᆞᆷ이 알게 말고 ᄀᆞ마니 찰형(察形)ᄒᆞ여 요예디믈(妖穢之物)을 업시ᄒᆞ여 쇠 우ᄒᆡ 쇠ᄅᆞᆯ 눌너 ᄎᆞ계(此計)ᄅᆞᆯ 파케 ᄒᆞ라."

월이 응명(應命)ᄒᆞ여 낙낙(諾諾)히[111] 퇴ᄒᆞ다 명효(明曉)의 신셩(晨省)ᄒᆞᆯ시 부인이 뎡당(正堂)의 니ᄅᆞ러 태부인긔 문후(問候)ᄒᆞ니 태부인이[112] 유연(悠然)이 니ᄅᆞᄃᆡ

"어제ᄂᆞᆫ 현뷔(賢婦) 이에 오디 아니ᄒᆞ니 어ᄃᆡ 알프더냐. 엇디 보디 못ᄒᆞ리러뇨?"

소부인이 아연ᄒᆞᆫ 화긔(和氣)로 셩젼운빈(星纏雲鬢)을 잠간 숙여 옥음

108 표양(褒揚): 칭찬하고 장려함.

109 못 ᄒᆞᆯ디라: 규장각본에는 '못 하리라'로 되어 있음.

110 망긔ᄌᆞ(望氣者): 망기자. 하늘의 기운을 읽고 운수를 점치는 사람.

111 낙낙(諾諾)히: 규장각본에는 없는 내용.

112 태부인이: 규장각본에는 '부인니'로 되어 있음.

(玉音)이 낭낭(琅琅)ᄒᆞ여 복슈ᄃᆡ왈(伏首對曰)

"블초뷔(不肖婦) 각별ᄒᆞᆫ 쳔딜(天疾)이 업ᄉᆞ오ᄃᆡ 쇼뷔(少婦) 셕후(夕後)의 홀연 혼식(昏塞)ᄒᆞ와 오ᄅᆡ 회운(回運)치 못ᄒᆞ오니 인졍(人情)의 황황(遑遑)ᄒᆞ와 그 ᄋᆞᄒᆡ롤 구호(救護)ᄒᆞᄋᆞᆸ노라 혼졍(昏定)의 참예(參詣)치 못ᄒᆞ오니 하졍(下情)이 창결죄탄(悵缺罪嘆)이러이다."

태부인 왈

"쇼뷔 엇더ᄒᆞ뇨?"

ᄃᆡ왈(對曰)

"밤듕의야 계ᄋᆞ 회운(回運)ᄒᆞᄃᆡ 신긔(身氣)ᄂᆞᆫ 무방(無妨)ᄒᆞ더이다.[113] 그 ᄋᆞᄒᆡ 근ᄂᆡ(近來) 니쳑(痍瘠)ᄒᆞ미 심ᄒᆞ고 괴이히 혼식(昏塞)ᄒᆞ기롤 ᄌᆞ로 ᄒᆞ오니 민망ᄒᆞ여 시름 되이다." 23면

타연(妥然)이 흐ᄅᆞᄂᆞᆫ 말숨이 뉴슈(流水)롤 묘시(藐視)ᄒᆞ니 일턱(一宅) 졔인인(諸人人)이 작야ᄉᆞ(昨夜事)롤 뉘 모로리오? 이 딘짓 언죡이식비(言足而飾非)[114]라. 졔인(諸人)이 통한(痛恨)치 아니리 업고 공ᄌᆡ ᄌᆡ좌(在座)라 모친의 언ᄉᆞ거동(言詞擧動)을 듯고 보ᄂᆞᆫ 바의 낫치 더오며 귀 달호이니 신ᄉᆡᆨ(神色)이 져상(沮喪)ᄒᆞ여 옥면(玉面)을 기리 숙여시니 태부인이 공ᄌᆞ롤 어엿비 넉이고 소부인의 말숨을 다시 ᄃᆡ치 아니코 두 번을 거듧 보아 무상(無狀)히 넉이더라. ᄯᅵ의 니쇼졔 신셩(晨省)홀ᄉᆡ 졔인이 보건ᄃᆡ 쇼졔 옥이 여의고 ᄭᅩᆺ치 슈쳑(瘦瘠)ᄒᆞ여

---

113 태부인 왈 ~ 무방(無妨)ᄒᆞ더이다: 규장각본에는 없는 내용임.

114 언족이식비(言足而飾非): 언족이식비. 말솜씨가 좋아서 잘못을 꾸며댈 수 있었다는 뜻으로, 《사기》에서 걸왕과 주왕을 묘사하는 대목에서 차용.

니쳑(黧瘠)ᄒᆞ미 극ᄒᆞ믹 미풍(微風)의 �니일 ᄃᆞᆺ 완혜(婉慧)ᄒᆞᆫ 긔딜이 변ᄒᆞ여 촉뇌(髑髗)[115] 되여시니 태부인이 ᄎᆞ아(嗟訝)ᄒᆞ믈 금치 못ᄒᆞ여 명ᄒᆞ여 갓가이 안치고 옥슈(玉手)ᄅᆞᆯ 어로만져 니쳑ᄒᆞ믈 념녀ᄒᆞ고 이련(哀憐)ᄒᆞ며 잔잉ᄒᆞ여 그 손과 팔흘 보건ᄃᆡ ᄒᆞᆫ 곳 셩ᄒᆞᆫ ᄃᆡ 업시 터디고 웃쳐져 피 믯쳐시니[116] 아ᄂᆞᆫ 일이로ᄃᆡ 블힝 ᄎᆞ악ᄒᆞ여

"므ᄉᆞ 일 이리 두로 상ᄒᆞ엿ᄂᆞᆫ다. 근ᄂᆡ 셩치 못ᄒᆞ기[117] ᄌᆞ즈니 우려ᄒᆞ더니 이러키ᄂᆞᆫ 엇딘 일인다."

24면 쇼졔 황공욕ᄉᆞ(惶恐欲死)ᄒᆞ여 복슈(伏首) 유유(唯唯)ᄒᆞ니 감히 ᄃᆡ치 못ᄒᆞ거놀 소부인이 낭쇼(朗笑)ᄒᆞ여 ᄃᆡ왈(對曰)

"ᄎᆞ이(次兒) 년긔(年紀) 어리디 아니ᄒᆞ니 범ᄉᆡ(凡事) 슉셩(夙成)ᄒᆞᄃᆡ 엇디ᄒᆞᆫ디 졔 몸이 앏흐면 브드잇고[118] 닙으로 믯쓰더[119] 슌슌 상쳐ᄅᆞᆯ ᄂᆡ니 엇디ᄒᆞ여 작셩(作性)이 그러ᄒᆞᆫ디[120] 작야(昨夜)의도[121] 막히여 졔 방의도 가디 못ᄒᆞ고 협실(夾室)의 누엇더니 좁은 방의 더옥 브드잇기ᄅᆞᆯ 쉽게 ᄒᆞ여 져러ᄐᆞᆺ 긔븨(肌膚)[122] 상ᄒᆞ엿ᄂᆞ이다."

언파(言罷)의 쇼셩(笑聲)이 한가ᄒᆞ여 옥반(玉盤)의 구슬이 구으ᄂᆞᆫ디

---

115 촉뇌(髑髗): 촉노. 해골.

116 웃쳐져 피 믯쳐시니: 으깨어져서 피가 맺혔다는 뜻. 규장각본에는 '웃쳐져 한 곳 셩한 ᄃᆡ 없시 피 믜쳐시니'로 되어 있음.

117 못ᄒᆞ기: 규장각본에는 '못하미'로 되어 있음.

118 브드잇고: 브드잇다. 부딪히다.

119 닙으로 믯쓰더: 규장각본에는 '입을 부쓰더'로 되어 있음.

120 그러ᄒᆞᆫ디: 규장각본에는 '그러ᄒᆞ이'로 되어 있음.

121 작야(昨夜)의도: 규장각본에는 '쟉의도'로 되어 있음.

122 져러ᄐᆞᆺ 긔븨(肌膚): 규장각본에는 '긔뷔 져러ᄐᆞᆺ'으로 되어 있음.

라. 효셩(曉星) 안치(眼彩)를 구을녀 쇼져를 다시 보아

"날이 붉은 후는 더 나은다.[123] 어두온 시벽의 너룰 보니고[124] 실족(失足)ᄒᆞ여 낙상(落傷)ᄒᆞᆫ가 념녀를 노치 못ᄒᆞ리러니 다힝이 오날은 낙상은 아니 ᄒᆞᆫ가 시브니 힝이로다. 커니와[125] 어이 ᄒᆞᆫ 사롬이 미양 어린 ᄋᆞ히 울면 발버릇는 형상을 아니 ᄒᆞ면 져러홀 니 업ᄉᆞ리라."

언파(言罷)의 안식(顏色)이 화연(和然)ᄒᆞ여 ᄉᆞ랑ᄒᆞ고 귀듕(貴重)ᄒᆞ는 모양이 안모(顏貌)의 낫타나니 쇼졔 감격황공(感激惶恐)ᄒᆞ여 유유(唯唯)홀 ᄯᆞ롬이오 말숨을 디치 못ᄒᆞ니 삼낭이 참관(參觀)ᄒᆞ여 모친의 언ᄉᆞ거동(言辭擧動)을 보건디 죽어 보디 아니미 원이로디 임의(任意)치 못ᄒᆞ고 년긔(年紀) 최쇼(最少)ᄒᆞ니 몬져 퇴(退)ᄒᆞ디 못ᄒᆞ여 옥면(玉面)을 기리 숙여 신식(神色)을 일헛더라. 25면

션셜. 쳐ᄉᆞ 쥬공의 명은 양이오 ᄌᆞ는 딘빅이니 호는 슈량지라. 숑현(宋賢) 념계션싱(濂溪先生) 쥬돈(周敦)의 후예오 녜부상셔(禮部尙書) 문연각(文淵閣) 태학ᄉᆞ(太學士) 쥬필의 지(子)니 사롬되오미 공검인후(恭儉仁厚)ᄒᆞ고 학문 도덕ᄒᆞ여 효리귀가(孝里貴家)의 놉흔 군지로디 셩졍이 낙낙담쇼(落落淡素)ᄒᆞ여 스ᄉᆞ로 문달(聞達)을 구치 아니ᄒᆞ고 먼니 소유(巢由)[126]의 ᄌᆞ최를 ᄯᆞ로며 갓가이 ᄌᆞ릉(子陵)[127]의 쳥풍

---

123 더 나은다: 규장각본에는 '더 나은가'로 되어 있음.

124 너롤 보니고: 규장각본에는 '가다'로 되어 있음.

125 커니와: 규장각본에는 없는 내용임.

126 소유(巢由): 소부와 허유. 중국 요임금 때 살았다는 선비로, 허유는 요임금이 자신에게 왕위를 물려주겠다는 소식을 듣자 영천강에 귀를 씻었으며 소부는 소에게 영천강 물을 마시지 못하게 했다고 함.

127 ᄌᆞ릉(子陵): 엄자릉. 동한 시대의 은둔지사 엄광.

(淸風)을 니으니 평ᄉᆡᆼ 안빈낙도(安貧樂道)ᄒᆞ여 부귀ᄅᆞᆯ 부운(浮雲)의 더디고 문외산야(門外山野)의 형비듁싀(荊扉竹柴)ᄅᆞᆯ 한가히 ᄒᆞᄆᆡ 삼슌구식(三旬九食)이 낙ᄌᆡ기듕(樂在其中)ᄒᆞ니 실듕(室中)의 항녀(伉儷)ᄅᆞᆯ ᄀᆞᆺ촌 ᄌᆡ 또ᄒᆞᆫ 가졍의 의방(義方)과 냥인(良人)[128]의 념결(廉潔)ᄒᆞ믈 공경ᄒᆞ여 냥홍(梁鴻)의 간난(艱難)ᄒᆞ믈[129] 달게 넉이ᄆᆡ 거안제미(擧案齊眉)[130]의 부되(婦道) 온합(穩合)ᄒᆞ고 덕셩이 딘슉(眞淑)ᄒᆞ니 국초의 셩ᄇᆡᆨ 뉴긔의 후손녜(後孫女)니 시듕(侍中) 뉴운의 일괴(一嬌)라. 부뷔 상경상화(相敬相和)ᄒᆞ여 금슬(琴瑟)의 낙이 관져(關雎)의 시(詩)ᄅᆞᆯ 숑(誦)ᄒᆞ니 슬하의 디엽(枝葉)이 션션(詵詵)ᄒᆞ여[131] ᄉᆞᄌᆞ이녜(四子二女) 목젼(目前)의 버러시니 ᄀᆞᆺᄐᆞ여 젹막(寂寞)다 니ᄅᆞ디 못ᄒᆞᆯ ᄇᆡ로ᄃᆡ 쥬쳐ᄉᆞ와 뉴부인의 일ᄌᆞᆨ 심골(心骨)의 박힌 통(痛)이 층봉(層峯)의 우ᄅᆞᆷ[132]을 도로혀 블워ᄒᆞᄂᆞᆫ 밧지 이시니 이 곳 다ᄅᆞᆫ 일이 아니라. 공과 부인이 십슈 년 젼의 신몽(神夢)을 응ᄒᆞ여 흐ᄅᆞᄂᆞᆫ ᄌᆞ음셩이 실듕(室中)의 써러디며 셔ᄎᆡ(瑞彩) 휘황(輝煌)ᄒᆞ고 향운(香雲)이 ᄉᆞ집(四

26면

128 냥인(良人): 양인. 부부가 상대를 일컫는 말.

129 냥홍(梁鴻)의 간난(艱難)ᄒᆞ믈: 양홍은 중국 한나라 건무로, 영원 연간(26-104)에 활동했던 은사. 어느 날 축사에 불이 나서 키우던 돼지를 배상해야 하는 처지가 되자 몸소 머슴 노릇을 하며 배상했다고 함. 그의 절개를 높이 사서 많은 집에서 혼담이 들어왔지만 거절하고 어진 추녀인 맹여광과 혼인함. 맹여광과 함께 패릉산에 들어가서 검소하게 생활했다고 함.

130 거안졔미(擧案齊眉): 거안제미. 중국 후한 때 얼굴이 못생긴 맹광이라는 처녀가 양홍 같은 군자가 아니면 결혼하지 않겠다고 했는데, 맹광은 양홍에게 극진히 대하며 밥상을 눈썹 위까지 들어 올려 바쳤다고 함.

131 션션(詵詵)ᄒᆞ여: 선선하다. 많고 성하다.

132 층봉(層峯)의 우ᄅᆞᆷ: 층봉의 울음. 한유가 간언을 하다 조주로 좌천되고 식구들이 도성에서 쫓겨났는데, 그중 넷째 딸이 수레에서의 여독을 견디지 못하고 죽어 층봉역 길 남쪽 산 아래에 묻은 것에서 유래. 딸을 먼저 떠나보낸 슬픔.

集)ᄒᆞ믈 감동ᄒᆞ여 잉신(孕娠)ᄒᆞ미 잇더니 임의 십 삭(朔)의 밋쳐 분만(分娩)ᄒᆞᄆᆡ 이 ᄒᆞᆫ낫 녀ᄋᆡ로ᄃᆡ 작인긔셩(作人氣性)이 탈연비쇽(脫然非俗)ᄒᆞ여 산쳔슈긔(山川秀氣)ᄅᆞᆯ 거두어 미옥(美玉)이 ᄆᆞᆰ디 못ᄒᆞᆫ 긔보ᄂᆞᆫ 이향(異香)이 만실(滿室)ᄒᆞ니 공이 ᄒᆞᆫ번 보ᄆᆡ 낫빗ᄎᆞᆯ 곳쳐 왈

"내 발셔 두 ᄯᆞᆯ을 ᄉᆡᆼ(生)ᄒᆞᆫ ᄇᆡ니 녀ᄋᆡ(女兒) 귀ᄒᆞ미 아니라 당당이 규측(閨側)의 셩범(聖範)이 되리니 엇디 아ᄅᆞᆷ답디 아니리오."

ᄒᆞ고 팔 우희 ᄌᆞ셩 두 ᄌᆡ 금으로 일워 삐셔도 업디 아니ᄒᆞ믈 인ᄒᆞ여 명을 셩염이라 ᄒᆞ고 ᄌᆞᄅᆞᆯ ᄌᆞ희라 ᄒᆞ여 년ᄋᆡ귀듕(憐愛貴重)ᄒᆞ미 텬뉸 27면 (天倫) 밧긔 ᄌᆞ별(自別)ᄒᆞ더니 뉴부인이 쇼져ᄅᆞᆯ 탄ᄉᆡᆼ(誕生)ᄒᆞᆫ 오뉵삭의 쳥젼 본부로조ᄎᆞ 뉴시듕의 병뵈(病報) 니ᄅᆞᄆᆡ 창황(蒼黃)이 귀령(歸寧)ᄒᆞᆯᄉᆡ 듕노(中路)의셔 밤을 당ᄒᆞ여[133] ᄒᆞᆫ 무리 대젹(大賊)을 만나 일힝 낭탁(囊橐)[134]을 일흘 ᄲᅳᆫ 아니라 신ᄉᆡᆼᄋᆞ쇼져(新生兒小姐)ᄅᆞᆯ 아ᄉᆞ 표풍취우(漂風驟雨)ᄀᆞᆺ치 다ᄅᆞ니 경ᄀᆡᆨ(頃刻)의 간 바ᄅᆞᆯ 아디 못ᄒᆞᆫ디라. 부인의 딜ᄌᆞ(姪子) 뉴공ᄌᆡ 슉모(叔母)의 힝거(行車)ᄅᆞᆯ 위호(衛護)ᄒᆞ여 가던 ᄇᆡ로ᄃᆡ 능히 ᄯᆞᆯ와ᄌᆞᆸ디 못ᄒᆞ고 쇽졀업시 본현의 고ᄒᆞ여 방방곡곡(坊坊曲曲)이 츄심(推尋)ᄒᆞ나 맛ᄎᆞᆷᄂᆡ 거쳐ᄅᆞᆯ 아디 못ᄒᆞ니 부인이 호통운졀(呼痛殞絶)ᄒᆞ여 참연ᄋᆡ상(慘然哀傷)ᄒᆞ미 목젼(目前)의 죽엄을 봄 ᄀᆞᆺ디 못ᄒᆞᆫ디라. 뉴공ᄌᆡ 더옥 민황초우(憫惶焦憂)ᄒᆞ여 계오 위로 보호ᄒᆞ여 쳥젼의 니ᄅᆞᄆᆡ 뉴공의 환휘(患候) 잠간 가경(佳

---

133 밤을 당ᄒᆞ여: 규장각본에는 없는 내용임.

134 낭탁(囊橐): 주머니.

境)의 이시나 셩염을 일흐므로뼈[135] 통상(痛傷)ᄒᆞ믈 마디 아니ᄒᆞ니 부
인이 ᄋᆡ도간졀(哀悼懇切)ᄒᆞ나 병친(病親)의[136] 심회(心懷)ᄅᆞᆯ 요동(搖
動)치 못ᄒᆞ여 도로혀 위로관위(慰勞寬慰)ᄒᆞ여 슈삼 월 시질봉탕(侍疾
奉湯)이러니 뉴공의 병휘 일일가복(日日可復)ᄒᆞᄆᆡ 드ᄃᆡ여 친측(親
28면 側)을 ᄇᆡ별(拜別)ᄒᆞ고 경ᄉᆞ(京師)로 도라올ᄉᆡ 쳐ᄉᆞ의 상심통울(傷心
痛鬱)ᄒᆞ미 부인으로 ᄒᆞᆫ가디라. 부뷔 신셕(晨夕)[137]의 한창비열(恨愴悲
咽)ᄒᆞ미 여러 일월(日月)의 층가익심(層加益甚)ᄒᆞ니 졔ᄌᆞ녜(諸子女)
동긔(同氣)ᄅᆞᆯ 실니(失離)ᄒᆞᆫ 슬픈 밧긔 부모의 통회(痛悔)ᄅᆞᆯ 졀박(切
迫)ᄒᆞ여 ᄆᆡ양 이셩(怡聲) 낙(樂)으로 위로ᄒᆞ믈 마디 아니ᄒᆞᄃᆡ 부인은
졈졈 딜(疾)이 니러 면식(眠食)[138]을 ᄊᆡ로 못 ᄒᆞ고 쳐ᄉᆞᄂᆞᆫ 오히려 슈학
(數學)을 통(通)ᄒᆞ고 건슈(乾數)ᄅᆞᆯ ᄉᆞᆯ펴 니합(離合)의 ᄊᆡ와 화복(禍
福)의 긔미ᄅᆞᆯ 알오미 잇ᄂᆞᆫ디라[139]. 셩염을 일흔 후로 회셩을 츄슈(推數)
ᄒᆞᄆᆡ 반ᄃᆞ시 십오 년 ᄂᆡ의 골육(骨肉)이 단취(團聚)ᄒᆞ여 텬뉸(天倫)
의 남은 한이 업ᄉᆞᆯ ᄃᆞᆺᄒᆞᆫ 고로 일분(一分) 위로(慰勞)ᄒᆞ미 되더라. 션
시(先時)의 안셩도위 교셩의 댱ᄌᆞ 교한필이 실듕(室中)의 두 부인을
두어시니 원비(元妃) 녀시ᄂᆞᆫ 국구(國舅)[140] 녀형슈의 필녜(畢女)오 ᄎᆞ비
호시ᄂᆞᆫ 병부쥬ᄉᆞ 호규의 녜니 원간 호쥬ᄉᆡ 교부마로 더브러 동년졀븅

135 일흐므로뼈: 규장각본에는 '일흔 후로'로 되어 있음.

136 병친의: 규장각본에는 '부친의 환후 듕'으로 되어 있음.

137 신셕(晨夕): 신석. 새벽과 저녁.

138 면식(眠食): 규장각본에는 '침식'으로 되어 있음.

139 알오미 잇ᄂᆞᆫ디라: 규장각본에는 '아ᄂᆞᆫ디라'로 되어 있음.

140 국구(國舅): 왕비의 아버지.

(同年切朋)이라. 교한필의 ᄌᆡ뫼초셰(才貌超世)ᄒᆞ믈 ᄉᆞ랑ᄒᆞ여 교부마 안셩후ᄅᆞᆯ ᄃᆡᄒᆞ여 쥬딘(周陳)의 호연(好緣)[141]을 쳥ᄒᆞᆫᄃᆡ 교부매 호쥬ᄉᆞ의 셰엄(勢嚴)과 권위 ᄌᆞ가만 못ᄒᆞ믈 브족히 넉이나 호가 규슈(閨秀) 29면 의 졀셰(絶世)ᄒᆞ믈 아ᄂᆞᆫ 고로 즉시 허(許)ᄒᆞ여 ᄐᆡᆨ일ᄒᆡᆼ빙(擇日行聘)ᄒᆞ미 잇더니 홀연 호쥬ᄉᆡ 병득(病得)ᄒᆞ여 녀ᄋᆞ의 길ᄉᆞ(吉事)ᄅᆞᆯ 보디 못ᄒᆞ고 쳥슈댱년(青鬢壯年)의 염연별셰(奄然別世)[142]ᄒᆞ니 본ᄃᆡ 문회(門戶) 녕낙(零落)ᄒᆞ여 친쳑이 녕정(零丁)[143]ᄒᆞ고 가계(家計) 쳥빈ᄒᆞᆫ디라. 고ᄋᆞ(孤兒)와 과쳬(寡妻) 블의예 상화(喪禍)ᄅᆞᆯ 당ᄒᆞ여 븡셩디곡(崩城之哭)과 곡용디셩(哭踊之聲)이 텬디(天地)ᄅᆞᆯ 변ᄉᆡᆨ(變色)ᄒᆞᆯ ᄡᅳᆫ이오 상ᄉᆞ(喪事)ᄅᆞᆯ 다ᄉᆞ려 녜로 념장(殮葬)ᄒᆞ리 업ᄉᆞ니 문견ᄌᆡ(聞見者) 참연(慘然)ᄒᆞ고 호공 ᄌᆡ시(在時)의 쳥명념결(淸名廉潔)ᄒᆞ믈 친위(親闈)ᄀᆡ ᄃᆡᄒᆞ던디라. 졔븡(諸朋)이 그 위인(爲人)을 앗기며 치상(治喪)을 쥬장(主掌)[144]ᄒᆞ리 업ᄉᆞ믈 츄연(惆然)ᄒᆞ여 져마다 은화필ᄇᆡᆨ(銀貨匹帛)을 가져 념장디구(殮葬之具)ᄅᆞᆯ 도와 그 션산(先山)가디 보ᄂᆡᄃᆡ 교부마ᄂᆞᆫ 것인ᄉᆞ로 약간 부위(賻儀)[145]ᄅᆞᆯ ᄒᆞᆯ디언졍 ᄂᆡ심(內心)으로 참연(慘

---

141 쥬딘(朱陳)의 호연(好緣): 주진의 호연. 중국 서주(徐州) 고풍현의 한 마을에 주씨와 진씨 두 성씨만 살았는데 대대로 두 집안끼리 혼인하며 평화롭게 살았다는 전설에서 '주진지호'는 혼인의 인연을 뜻하게 됨. 당나라 시인 백거이가 쓴 오언시 〈주진촌(朱陳村)〉으로 인해 널리 알려짐.

142 염연별셰(奄然別世): 염연별세. 갑자기 세상을 떠남. '염연(奄然)'은 급작스러운 모양을 나타내는 말. '염연'은 '엄연'의 오기로 보임. 규장각본에는 '엄연별셰'로 되어 있음.

143 녕정(零丁)ᄒᆞ고: 영정하다. 기세가 보잘것없어져서 의지할 데가 없어지다.

144 쥬장(主掌): 주장. 어떤 일을 책임지는 것.

145 부위(賻儀): 부의. 상갓집에 부치는 부조금.

然)ᄒᆞ미 잇디 아니ᄒᆞ고 호시ᄅᆞᆯ 거두어 식부(息婦)ᄅᆞᆯ 삼을 ᄠᅳᆺ은 더옥 잇디 아니ᄒᆞᄃᆡ 안경공쥐 홀노 호시ᄅᆞᆯ 위ᄒᆞ여 잔인ᄒᆞ고 ᄋᆞᄌᆞ(我子)의 친ᄉᆡ(親事) 그ᄅᆞᆺ되믈 ᄎᆞ셕(嗟惜)ᄒᆞ여 길히 비록 여러 쳔니ᄅᆞᆯ 격ᄒᆞ여
30면 시나 범ᄉᆞ의 고렴(顧念)ᄒᆞ믈 두터이 ᄒᆞ여 필ᄇᆡᆨ(匹帛)과 쳔금(千金)으로뻐 계활(計活)[146]의 간난(艱難)ᄒᆞ고 고초(苦楚)ᄒᆞ믈 위로ᄒᆞ여 구제(救濟)ᄒᆞᄂᆞᆫ 도리(道理)[147] 극딘(極盡) 은혜롭더라. 어시의 호쥬ᄉᆞ 부인 방시 각골명심(刻骨名身)ᄒᆞ여 결초함벽(結草含璧)기ᄅᆞᆯ ᄀᆡ약ᄒᆞ고 호 쇼제 ᄯᅩᄒᆞᆫ 교가 혼셔빙ᄎᆡ(婚書聘幣)ᄅᆞᆯ 딕희여 타문(他門)을 원치 아니ᄒᆞ고 교개 ᄇᆞ리면 공규(空閨)의 페륜디인(廢倫之人) 되기ᄅᆞᆯ 결단ᄒᆞ니 기졍(其情)이 쳐의(悽矣)오 기츼(其趣)가 ᄋᆡ심(哀甚)ᄒᆞᄃᆡ 안경휘 조곰도 츄연(惆然)ᄒᆞ미 업더니 녀국귀 쳥혼ᄒᆞᄆᆡ 만구응슌(滿口應順)ᄒᆞ여 소로히 녜ᄅᆞᆯ 일우ᄆᆡ 녀시의 묘려(妙麗)ᄒᆞ미 당가(唐家) 태딘(太眞)[148]과 한가(漢家) 비연(飛燕)[149]의 일뉴(一類)니 ᄇᆡᆨᄌᆞ쳔딜(百姿千質)이 졀승초셰(絶勝超世)ᄒᆞᆯ ᄲᅳᆫ 아니라 국구(國舅)의 부귀와[150] 황이의 존통을 아올나 ᄀᆡ구(器具)의 풍셩ᄒᆞᆷ과[151] 범ᄇᆡᆨ의 호ᄉᆞ극부(豪侈極富)ᄒᆞ미 교부마의 ᄠᅳᆺ의 ᄎᆞ고 ᄆᆞ음의 족ᄒᆞᆫ디라. 엇디 향니(鄕里)의 빈고(貧苦)ᄒᆞᆫ 호시ᄅᆞᆯ 몽니(夢裏)의나 뉴렴(留念)ᄒᆞ여 슬하의 거둘 의ᄉᆡ 이시

---

146 계활(計活): 살림을 할 계책 또는 살림을 꾀하여 살아나가는 것.

147 도리: 규장각본에는 '도리가'로 되어 있음.

148 태딘(太眞): 태진. 양귀비.

149 비연(飛燕): 조비연.

150 부귀와: 규장각본에는 '극부하미'로 되어 있음.

151 ᄀᆡ구(器具)의 풍셩ᄒᆞᆷ과: 규장각본에는 'ᄀᆡ구와 풍셩과'로 되어 있음.

리오마ᄂᆞᆫ 안경공쥬 부마의 망우(亡友)ᄅᆞᆯ 져바림과 호시ᄅᆞᆯ 무고히 거두디 말고ᄌᆞ ᄒᆞ믈 개탄(慨嘆)ᄒᆞ여 통한(痛恨)ᄒᆞ믈 마디 아냐 ᄆᆡ양(每樣) ᄋᆞᄌᆞᄅᆞᆯ ᄃᆡᄒᆞ여 호시ᄅᆞᆯ ᄇᆞ리디 못ᄒᆞᆯ 바ᄅᆞᆯ 니ᄅᆞ더니 호쥬ᄉᆞ의 삼긔 31면
(三忌)ᄅᆞᆯ 맛디 못ᄒᆞ여셔 안경휘 기셰(棄世)ᄒᆞ니 교한필이 ᄯᅩᄒᆞᆫ 거창(鉅創)[152]을 당ᄒᆞ니 공쥬 ᄯᅩᄒᆞᆫ 호가 혼ᄉᆞᄅᆞᆯ 니ᄅᆞ디 못ᄒᆞ나 심니의 호시ᄅᆞᆯ 년측(憐惻)ᄒᆞ여 금ᄇᆡᆨ으로ᄡᅥ ᄌᆞ뢰(資賴)[153]ᄒᆞ믈 마디 아니ᄒᆞ더니 훌훌ᄒᆞᆫ 광음이 살 ᄀᆞᆺᄐᆞ여 교부마의 삼상(三喪)을 맛ᄎᆞᄆᆡ 교한필이 임의 결복(闋服)ᄒᆞ여 오라디 아냐셔 농방(龍榜)[154]의 승영ᄒᆞ니 묘예화문(妙譽華聞)[155]과 영통부귀(榮寵富貴) 더옥 혁혁(赫赫)ᄒᆞ고 녀시 이팔디셰(二八之歲)ᄅᆞᆯ 넘디 못ᄒᆞᆫ 바로 팔좌(八座)의 존(尊)과 ᄂᆡᄌᆞ의 귀(貴)ᄅᆞᆯ 당ᄒᆞ여 교우ᄒᆞᆫ 긔운이 동셔의 것칠 것 업거ᄂᆞᆯ 공쥬 간간이 호가 뎡혼디ᄉᆞ(定婚之事)ᄅᆞᆯ 일ᄏᆞ라 ᄇᆞ릴 ᄠᅳᆺ이 업ᄉᆞ믈 그윽이 원한ᄒᆞᄃᆡ 능히 믈니쳐 호시로 ᄒᆞ여곰 타쳐의 도라가게 못 ᄒᆞᆫ 후ᄂᆞᆫ ᄎᆞᆯ하리 명예ᄅᆞᆯ 모호고 호시ᄅᆞᆯ 슈히 닐위여 그윽이 모진 손ᄲᅵ로ᄡᅥ 젼졔(剪除)ᄒᆞᄂᆞᆫ 거시 올타 ᄒᆞ여 녀후(呂后)[156]의 투악(妬惡)과 측텬(則天)[157]의 흉교(凶狡)ᄅᆞᆯ 기리 듕심(中心)의 ᄀᆞᆷ초고 밧그로 흔연(欣然)이 투긔(妬忌) 업ᄉᆞ믈

152 거창(鉅創): 당하기 힘겹게 규모가 큰 일. 왕의 승하를 가리키기도 함. 문맥상 안경후의 죽음을 이름.

153 ᄌᆞ뢰(資賴): 자뢰. 밑천을 삼음.

154 농방(龍榜): 용방. 문과에 급제하는 것.

155 묘예화문(妙譽華聞): 아름다운 명예.

156 녀후(呂后): 여후. 한 고조의 황후 여치(呂雉). 한 고조 유방을 도와 천하를 평정함. 아들인 혜제가 죽자 후궁의 아들을 소제(少帝)로 세우고 스스로 조정을 다스림.

157 측텬(則天): 측천. 중국 당나라의 여성 황제 측천무후(則天武后).

32면 낫토고 덕이 이시믈 ᄌᆞ랑ᄒᆞ여 호시의 슬픈 졍ᄉᆞᄅᆞᆯ 위ᄒᆞ여 ᄎᆞ탄(嗟嘆)
ᄒᆞ고 특별이 교한필을 권ᄒᆞ여 ᄌᆡ실(再室)노 거두믈 니ᄅᆞ니 한필이 ᄯᅩ
ᄒᆞᆫ 어디리 넉이고 공쥐 ᄒᆡᆼ열(幸悅)ᄒᆞ믈 니긔디 못ᄒᆞ여 즉시 호가의
길일(吉日)을 ᄌᆡ쵹ᄒᆞ니 호개[158] 유공블급(猶恐不及)[159]ᄒᆞ여 밧비 ᄐᆡᆨ일(擇
日)ᄒᆞ여 혼녜(婚禮)ᄒᆞᆯᄉᆡ 취쳐(娶處)로 나려가믈 괴로이 넉여 호쥬ᄉᆞ
부인 방시로 ᄒᆞ여곰 기녀(其女)ᄅᆞᆯ 다려 경샤(京師) 고ᄐᆡᆨ(故宅)의 와
셩친(成親)케 ᄒᆞ니 호가ᄂᆞᆫ 교가의 말이면 유명시죵(惟命是從)ᄒᆞᄂᆞᆫ디
라. 비록 ᄯᅳᆺ ᄀᆞᆺᄐᆞ미 업ᄉᆞᆫ들 어ᄃᆡ 가 위역(違逆)ᄒᆞᆯ 의ᄉᆞ(意思)ᄅᆞᆯ ᄂᆡ리
오? 방시 브득이 녀ᄋᆞ로 더브러 혼녜ᄅᆞᆯ 일워 교가로 보ᄂᆡ니 공쥐 호
시의 현알(見謁)ᄒᆞᄂᆞᆫ 녜ᄅᆞᆯ 밧고 모다 보건ᄃᆡ ᄉᆡᆨ모(色貌) 교염절세(嬌
艶絶世)ᄒᆞ여 낙신(洛神)[160]의 비ᄒᆞᆯ ᄇᆡ오 ᄒᆡᆼ동쥬션(行動周旋)이 영오쇼
민(穎悟素敏)ᄒᆞ니 좌ᄀᆡᆨ(座客)이 만구칭션(萬口稱羨)ᄒᆞ고 너시로 일
ᄡᅡᆼ묘완(一雙妙婉)이라 ᄒᆞ며 공쥐 심니의 ᄋᆡ련(愛憐)ᄒᆞ미 친녀(親女)
ᄀᆞᆺᄐᆞ나 녀시 블평(不平)ᄒᆞ미 이실가 과ᄋᆡ(過愛)ᄒᆞ믈 낫타ᄂᆡ디 아니
ᄒᆞ고 한필은 기부디ᄌᆡ(其父之子)라 세엄(勢嚴)을 듕히 넉이고 부귀
33면 (富貴)ᄅᆞᆯ 흠모(欽慕)ᄒᆞᄂᆞᆫ디라. 호시의 ᄌᆡ뫼(才貌) 초츌(超出)ᄒᆞ믈 ᄋᆡ
듕(愛重)치 아니미 아니로ᄃᆡ 녀시의 권위(權威) 당당(堂堂)ᄒᆞ믈 긔ᄃᆡ
(期待)ᄒᆞ여 범ᄉᆞ(凡事)의 공경듕ᄃᆡ(恭敬重對)ᄒᆞ미 호시로 비ᄒᆞᄆᆡ 텬
디(天地) ᄉᆞ이 ᄀᆞᆺᄐᆞ니 호시 비록 녀시의 산악(山岳) ᄀᆞᆺᄐᆞᆫ 긔세ᄅᆞᆯ 항형

158 호개: 규장각본에는 없는 내용임.

159 유공블급(猶恐不及): 유공불급. 못 미칠 듯이 한다는 뜻으로, 《격몽요결》에서 차용.

160 낙신(洛神): 중국 고대 전설상의 왕인 복희씨의 딸 복비(宓妃)로, 낙수(洛水)에 빠져 죽어 물의 신이 되었다고 함.

(抗衡)치 못ᄒᆞ나 본뜻인즉 교우ᄒᆞ고 잠간 고결ᄒᆞ여 사ᄅᆞᆷ의게 굴하(屈下)ᄒᆞ믈 감심(甘心)치 아닐 ᄇᆡ라. 교싱이 ᄇᆡ쳬(配體)의 졍이 두터온 바로ᄡᅧ ᄌᆞ가의[161] ᄉᆡᆨ모긔딜(色貌氣質)이 녀시 아ᄅᆡ 아니어ᄂᆞᆯ 친졍 빈부 궁달(貧富窮達)이 ᄂᆡ도ᄒᆞ믈 인ᄒᆞ여 ᄃᆡ졉의 경듕(輕重)이 ᄂᆡ도ᄒᆞ여 노쥬간(奴主間) ᄀᆞᆺᄐᆞ믈 깁히 에분통ᄒᆡ(恚憤痛駭)ᄒᆞ여 구ᄎᆞ(苟且)히 교가의 잇기를 원치 아니ᄒᆞ고 ᄌᆞ모를 ᄂᆡᆺ그러 쳐ᄌᆔ 궁향(窮鄕)의 ᄆᆡᆨ쇽(麥粟)을 삼고 ᄎᆡ근(菜根)을 너흐러 궁곤빈쳔(窮困貧賤)을 ᄀᆞᆺ초 겻글 디언졍 녀시의 보ᄎᆡᄂᆞᆫ 죵이 되여 안경긍 부귀를 보고져 아니ᄒᆞᄂᆞᆫ 고로 셩녜(成禮) 후 ᄌᆞ모(慈母)의 귀향ᄒᆞᄂᆞᆫ 바의 도라가기를 쳥ᄒᆞ여 구가(舅家)의 머믈 뜻이 업ᄉᆞ니 공ᄌᆔ 그윽이 ᄋᆡ경ᄒᆞ여 먼니 보ᄂᆡ믈 ᄎᆞ마 못 ᄒᆞ여 구디 허치 아니ᄒᆞ고 교한필이 ᄯᅩᄒᆞᆫ 신졍(新情)이 환흡(歡洽)ᄒᆞ여 쳐쥬로 보ᄂᆡ믈 앗겨 ᄒᆡᆼ도(行途)를 심히 막ᄌᆞᄅᆞ니[162] 호시 능히 ᄌᆞ젼(自專)치 못ᄒᆞ여 모친의 ᄒᆡᆼ도(行途)를 좃디 못ᄒᆞ고 ᄉᆞ셰(事勢) 브득이(不得已) 교부의 머므나 녀시의 간포한악(奸暴悍惡)ᄒᆞ미 사ᄅᆞᆷ이 아디 못ᄒᆞ고 남이 보디 못ᄒᆞᄂᆞᆫ 바의 다ᄃᆞ라ᄂᆞᆫ 호시를 참욕즐ᄆᆡ(慘辱叱罵)ᄒᆞ여 년쇼녀ᄌᆡ(年少女子) 에분딜통(恚憤疾通)ᄒᆞ여 ᄌᆞ딘ᄌᆞ멸(自盡自滅)키를 계교ᄒᆞᆯᄉᆡ 쳔금을 널니 흣터 인심을 취합(聚合)ᄒᆞ고 요모간계(妖謀奸計)로 호시를 ᄒᆡᄒᆞᄆᆡ 교시 친쳑종당(親戚宗黨)이 다 ᄒᆞᆫ갈ᄀᆞᆺ치 녀시를 칭션(稱善)ᄒᆞ고 호시를 욕ᄆᆡ(辱罵)ᄒᆞ여 영명(榮名)이 녀시긔 온젼(穩全)ᄒᆞ고 과악(過惡)이 호시긔 도라져 침윤디참(浸 34면

161 ᄌᆞ가의: 규장각본에는 'ᄌᆞ가'로 되어 있음.
162 막ᄌᆞᄅᆞ니: 막ᄌᆞᄅᆞ다. 잘라 막다.

潤之譖[163])이 귀예 ᄇᆡ고 부슈디죄 ᄆᆞ음의 졋ᄂᆞᆫ 디경의 공쥬 모ᄌᆡ 엇디 호시를 어딘가 넉이며 녀시를 ᄉᆞ오나온가 넉이리오마ᄂᆞᆫ 원간 공쥬와 한필은 호시를 믜워ᄒᆞ미 심상치 아닌디라. 그 과악(過惡)을 드ᄅᆞ나 칙망(責望)치 아니ᄒᆞ고 져의 그러ᄒᆞ미 션빙후영(先聘後迎)ᄒᆞᆫ 바로 위회(位號) 나ᄌᆞ딘 거술 분원(憤怨)ᄒᆞ민가 넉여 공쥬ᄂᆞᆫ 범ᄉᆞ(凡事)의 구구계렴(區區繫念)ᄒᆞ고 두호(斗護)ᄒᆞ여 보호ᄒᆞ믈 ᄌᆞ별이 ᄒᆞ고 한필

35면 은 녀시를 공경ᄒᆞ미 비치 못ᄒᆞ나 부부 ᄉᆞᄉᆞ은졍(私私恩情)은 변치 아니ᄒᆞ더니 녀·호 냥인이 ᄒᆡ를 년ᄒᆞ여 잉신(孕娠)ᄒᆞ여 만월(滿月)ᄒᆞ미 각각 분산(分産)ᄒᆞ니 녀시ᄂᆞᆫ ᄉᆡᆼ녀(生女)ᄒᆞ고 호시ᄂᆞᆫ ᄉᆡᆼ남(生男)홀 ᄲᅳᆫ 아니라 유ᄌᆞ(幼子)의 작인(作人)이 크게 비상ᄒᆞ여 녀시의 유녀(幼女)로 비컨ᄃᆡ 텬디현슈(天地懸殊)ᄒᆞ니 공쥬와 교ᄉᆡᆼ의 깃브미 어ᄃᆡ 비ᄒᆞ리오마ᄂᆞᆫ 녀시의 싀이(撕捱)ᄒᆞ미 이실가 념녀ᄒᆞ여 ᄌᆞ녀 두 ᄋᆞᄒᆡ를 ᄒᆞᆫ갈ᄀᆞᆺ치 무양(撫養)ᄒᆞ더니 일 년이 계오 디나며 녀시의 유네(幼女) 병득(病得)ᄒᆞ여 죽고 ᄯᅳᆺᄒᆞ디 아닌 호시 ᄯᅩ 유신(有娠[164])ᄒᆞ미 분명ᄒᆞ니 녀시의 칼흘 결은 ᄆᆞ음과 살흘 빗긴 독을 ᄯᅩ 어이 니를 거시 이시리오?[165] ᄀᆞ마니 무복(巫卜)을 모화 길흉을 추졈(推占)ᄒᆞ미 호시의 잉신(孕娠)ᄒᆞ미 ᄯᅩ 남ᄌᆡ(男子)가 므론ᄌᆞ 져마다[166] 녀시ᄂᆞᆫ 다시 복경(復慶)이 업ᄉᆞ

163 침윤디참(浸潤之譖): 침윤지참. 점차로 젖어 들게 하는 참소. 《논어》〈안연(顔淵)〉의 "점차로 젖어 들 듯하는 참소와 피부로 절박하게 느끼게 하는 고자질을 해도 효과가 없다면 그런 사람은 총명하다고 이를 만하다."라는 구절에서 차용.

164 유신(有娠): 아이나 새끼를 밤.

165 ᄯᅩ 어이 니를 거시 이시리오: 규장각본에는 '어ᄃᆡ다 비하리오'로 되어 있음.

166 져마다: 규장각본에는 없는 내용임.

리라 ᄒᆞ고 호시 반ᄃᆞ시 쏘 남ᄌᆡ라 ᄒᆞ여 호시의 ᄌᆞ궁(子宮)[167]을 칭호(稱好)ᄒᆞ니[168] 녀시 듯ᄂᆞᆫ 말마다 분분(忿憤)ᄒᆞᆫ 심장이 터질 ᄃᆞᆺᄒᆞ니 ᄒᆡ음업시[169] 가ᄉᆞᆷ의 화염(火焰)이 니러나 십만 진납이 요요(擾擾)ᄒᆞᄆᆞᆯ 금치 못ᄒᆞ니 이 본ᄃᆡ 흉교갈힐(凶狡奸黠)ᄒᆞ여[170] 디뫼(智謀) 유여(有餘)ᄒᆞᆫ디라. 엇디 젹은 분을 ᄎᆞᆷ디 못ᄒᆞ여 큰 모(謀)흘 어ᄌᆞ러이미 잇ᄉᆞ리오? 비록 유녀(幼女)ᄅᆞᆯ 죽이고 통상(痛傷)ᄒᆞ나 거ᄌᆞᆺ말을 디어 다시 잉신(孕身)이 이시롸 ᄒᆞ여 졈졈 잉부(孕婦)의 ᄒᆡ완(懈緩)ᄒᆞᆫ[171] 거동(擧動)으로ᄡᅧ 사ᄅᆞᆷ을 뵈더니 호시의 산월(産月)이 다ᄃᆞᄅᆞ니 쏘 ᄌᆞ긔 십삭(十朔)이 ᄎᆞᆺ노라 ᄒᆞ고 ᄀᆞ마니 졍신(情神) 인ᄉᆞ(人事)ᄅᆞᆯ 흐리오ᄂᆞᆫ 약을 어더 공쥬와 모ᄌᆞ와 호시ᄅᆞᆯ 아오로 먹이니 굿ᄐᆞ여 병들미 업시 긔운(氣運)을 슈습(收拾)디 못ᄒᆞ고 졍신이 현난(眩亂)ᄒᆞ여[172] 슉ᄆᆡᆨ블변(菽麥不辨)[173] ᄀᆞᆺᄐᆞ여시니 녀시 쾌활(快活)ᄒᆞᄆᆞᆯ 니긔디 못ᄒᆞ여 쏘 말을 디어 공쥬로브터 합문(闔門) 쇼속이 다 독녀(獨女)ᄅᆞᆯ 어더 ᄉᆞᄉᆡᆼ(死生)이 위화(危禍)타 ᄒᆞ여 사ᄅᆞᆷ의 왕ᄂᆡᄅᆞᆯ 막고 유모 노시로 더브러[174] 동심합모(同心合 36면

---

167 ᄌᆞ궁(子宮): 자궁. 사람이 태어난 연월일시를 별자리에 배당한 십이궁 중 하나. 자식 복에 대한 운수를 점치는 별자리.

168 칭호(稱好)ᄒᆞ니: 규장각본에는 '칭션칭호하니'로 되어 있음.

169 ᄒᆡ음업시: 규장각본에는 없는 내용임.

170 이 흉교갈힐(凶狡奸黠)ᄒᆞ여: '흉교간힐ᄒᆞ여'의 오기. 규장각본에는 '간힐흉교ᄒᆞ니'로 되어 있음.

171 ᄒᆡ완(懈緩)ᄒᆞᆫ: 해완하다. 태만하고 게으르다.

172 현난(眩亂)ᄒᆞ여: 규장각본에는 '현난'으로 되어 있음.

173 슉ᄆᆡᆨ블변(菽麥不辨): 숙맥불변. 콩과 보리도 구분할 수 없을 정도로 어리숙함. 《춘추좌씨전》의 '불변숙맥(不辨菽麥)'에서 유래.

174 더브러: 규장각본에는 '하여'로 되어 있음.

謀)ᄒᆞ여 은화필ᄇᆡᆨ(銀貨匹帛)을 흣터 남녀간(男女間) 신ᄉᆡᆼᄋᆞ(新生兒)ᄅᆞᆯ 구ᄒᆞ니 원간 노유랑의 가부(家夫) 댱손탈은 슈륙(水陸)으로 반환츌몰(返還出沒)ᄒᆞ여 사ᄅᆞᆷ의 ᄌᆡ보(財寶)ᄅᆞᆯ 겁냑(劫掠)ᄒᆞ며 민간(民間)의 어린 ᄋᆞᄒᆡᄅᆞᆯ 도젹ᄒᆞ여 길너 창누(娼樓)의 팔며 혹 ᄌᆞ식 업ᄉᆞᆫ ᄌᆞ의게 파라 금은(金銀)을 취ᄒᆞᄂᆞᆫ디라. 맛ᄎᆞᆷ 쳐쥬 담양 ᄉᆞ이로 노략(擄

37면 掠) 갓다가 쥬쳐ᄉᆞ 부인 ᄒᆡᆼ낭(行囊)을 도젹ᄒᆞ여 ᄉᆡᆼ디(生之) 오뉵 삭 ᄋᆞ쇼져ᄅᆞᆯ 도젹(盜賊)ᄒᆞ여 도라와 노녀ᄅᆞᆯ 주니 노녀 대열(大悅)ᄒᆞ여 ᄲᆞᆯ니 녀시긔 고ᄒᆞ니 녀시 역희만열(亦喜萬悅)ᄒᆞ여 즉시 다려 드려와 협실(夾室)의 ᄀᆞᆷ초왓더니[175] 두어 날이 넘디 못ᄒᆞ여 호시 산졈(產漸)[176]이 잇ᄉᆞ니 녀시 노녀로 ᄒᆞ여곰 호시의 좌우(左右) 시ᄋᆞ(侍兒)ᄅᆞᆯ 다 졍신 흐리오ᄂᆞᆫ 약을 먹여 인ᄉᆞᄅᆞᆯ 모로게 ᄒᆞᆫ 후 호시 분만(分娩)ᄒᆞᄆᆡ 과연 ᄯᅩ 남ᄋᆡ(男兒)라. 급급히 거두어 침소로 옴기고 댱손ᄐᆡᆯ의 도젹ᄒᆞ여 온 바 유녀(幼女)로뼈 호시 산실(產室)의 두어 신ᄉᆡᆼ녀(新生女)라 ᄒᆞ니 ᄶᆡ의 공쥬로브터 교ᄉᆡᆼ이 만일 졍신을 슈습ᄒᆞ미 이실던ᄃᆡ ᄉᆡᆼ디(生之) 오뉵 삭 유녀ᄅᆞᆯ 신ᄉᆡᆼ으로 알니오마ᄂᆞᆫ 독약의 인ᄉᆡ(人事) 흐리여 딘짓 ᄉᆡᆼ남(生男)ᄒᆞᆫ 호시ᄂᆞᆫ 남의 녀ᄋᆞ로뼈 ᄌᆞ긔 쇼ᄉᆡᆼ(所生)이라 ᄒᆞᄆᆡ 그ᄃᆡ로 알미 되여시니 기외(其外)ᄅᆞᆯ 엇디 니ᄅᆞᆯ 거시 이시리오? 녀시 임의 존고(尊姑)와 가부(家夫)ᄅᆞᆯ 속이고 호시 ᄉᆡᆼᄋᆞ(生兒)ᄅᆞᆯ 도젹ᄒᆞ여 ᄀᆞᆷ초앗다가 호시 분만(分娩)ᄒᆞᆫ 이틀 후의 졔 ᄯᅩ 산졈(產漸)이 이실와

38면 ᄒᆞ여 괴로이 질통디셩(疾通之聲)을 긋치디 아니터니 노파로 더브러

175 ᄀᆞᆷ초왓더니: 규장각본에는 '감초와 두워더니'로 되어 있음.

176 산졈(產漸): 산점. 아이를 낳으려는 기미.

일장(一場)을 덤벙이다가[177] 믄득 ᄉᆡᆼᄌᆞ(生子)ᄒᆞ므로ᄡᅧ 공쥬와 ᄉᆡᆼ의게 고ᄒᆞ니 공쥬 모ᄌᆡ 비록 인ᄉᆡ(人事)[178] 희미ᄒᆞ고 졍혼(精魂)이[179] 현난(眩亂)ᄒᆞ나 녀시 듕히 넉일 줄은 아ᄂᆞᆫ디라. 유녀ᄅᆞᆯ 죽여 상비(傷悲)ᄒᆞ던 ᄉᆞᆺᄐᆡ ᄉᆡᆼᄌᆞᄒᆞ믈 환ᄒᆡᆼ(歡幸)ᄒᆞ여 즉시 산실(産室)의 가 유ᄌᆞ(幼子)ᄅᆞᆯ 보고 녀시ᄅᆞᆯ 보호ᄒᆞ여 삼칠일 후 녀시 노녀로 더브러 흉ᄉᆞ(凶事)ᄅᆞᆯ ᄭᅬᄒᆞ여 호시 ᄋᆞᄌᆞᄅᆞᆯ 업시코져 ᄒᆞᆯᄉᆡ 시의 호시 댱ᄌᆡ(長子) 슈셰유ᄋᆡ(數歲乳兒)나 ᄒᆡᆼ뵈(行步) 실ᄒᆞ고 말이 분명ᄒᆞ여 놉흔 픔슈(稟受)와 ᄲᆡ혀난 긔상이 취듁벽오(翠竹碧梧)의 난곡(鸞鵠)이 춤추며[180] 벽ᄒᆡ교룡(碧海蛟龍)이 쳐음으로 풍운(風雲)을 가다ᄃᆞᆷᄂᆞᆫ ᄃᆞᆺ 영ᄎᆡ동인(靈彩動人)ᄒᆞ고 격되(格度) 비범(非凡)ᄒᆞ니 녀시 그 작인(作人)의 비범(非凡)ᄒᆞ믈 더옥 블열통한(不悅痛恨)ᄒᆞ나 공쥬 교ᄉᆡᆼ 보ᄂᆞᆫ ᄃᆡᄂᆞᆫ ᄌᆞᄋᆡ(慈愛) 긔츌(己出) ᄀᆞᆺᄐᆞ니 공쥬 모ᄌᆞᄂᆞᆫ 그 간교흉활(奸巧凶猾)ᄒᆞ믈[181] 흉활(凶猾)ᄒᆞ믈 몽니(夢裏)의나 ᄭᆡ다ᄅᆞ리오? 녀시 일종(一鍾) 독약(毒藥)을 유ᄋᆞ의 나리븟고 ᄆᆡᆺ쳐 소ᄅᆡᄅᆞᆯ 못 ᄒᆞ게 휘모라 농(籠)의 너허 노녀로 ᄒᆞ여곰 댱손탈을 주어[182] 강슈(江水)의 ᄡᅴ오라 ᄒᆞ니 손탈이 즉시 농을 디고 강을 향ᄒᆞ더니 홀연 일신(一身)이 한튝(寒縮)ᄒᆞ고 모발이 ᄉᆞᆺ그 39면

177 일장(一場)을 덤벙이다가: 규장각본에는 '덤벙이더니'로 되어 있음.

178 공쥬 모ᄌᆡ 비록 인ᄉᆡ(人事): 규장각본에는 '공쥬와 ᄉᆡᆼ이 경신이'로 되어 있음.

179 졍혼(精魂)이: 규장각본에는 '인ᄉᆡ'로 되어 있음.

180 취듁벽오(翠竹碧梧)의 난곡(鸞鵠)이 춤추며: 한유의 〈전중소감 마군 묘명(殿中少監馬君墓銘)〉에 "물러나 소부(少傅)를 보매 푸른 대나무와 푸른 오동에 난새와 고니가 우뚝 선 듯했으니, 능히 그 가업을 지킬 만한 이였다."라고 한 것에서 차용.

181 간교흉활(奸巧凶猾)ᄒᆞ믈: 규장각본에는 '흉활ᄒᆞ믈'로 되어 있음.

182 노녀로 ᄒᆞ여곰 댱손탈을 주어: 규장각본에는 '노녀를 쥬워 댱손탈노 하여금'으로 되어 있음.

러ᄒᆞ여 심신(心神)이 젼구(戰懼)[183]ᄒᆞᆫ 듕 일위(一位) 노승(老僧)이 당젼(當前)ᄒᆞ여 ᄒᆞᆫ 번 발 구ᄅᆞ고 두어 말 딘언(眞言)[184]의 댱손탈이 등의 딘 농을 더디고 것구러디니 노승이 드ᄃᆡ여 농을 앗고 좃ᄎᆞᆫ 바 쇼리(小吏)로 ᄒᆞ여곰[185] 칼긋ᄎᆞ로 좌우비상(左右臂上)의 쓰ᄃᆡ '내 댱손탈 흉젹(凶賊)이 평ᄉᆡᆼ 블의악ᄉᆞ(不義惡事)ᄅᆞᆯ 슝상(崇尙)ᄒᆞ여 인명(人命)을 상ᄒᆡ오고 ᄌᆡ보(財寶)ᄅᆞᆯ 탈취(奪取)ᄒᆞ여 ᄒᆡ듕(海中)의 츌몰(出沒)ᄒᆞ며 심산(深山)의 은복(隱伏)ᄒᆞ믈 능ᄉᆞ(能事)로 ᄒᆞ니 임의 죄악이 관영(貫盈)ᄒᆞ여 블용쥬(不容誅)어ᄂᆞᆯ 다시 남의 텬뉸(天倫)을 난상(亂常)[186]ᄒᆞ고 교공ᄌᆞ 시신을 강슈(江水)의 ᄯᅴ오려 ᄒᆞ니 사ᄅᆞᆷ이 비록 모로나 텬일(天日)이 ᄌᆡ샹(在上)ᄒᆞ고 신명(神明)이 ᄌᆡ방(在傍)ᄒᆞ니 엇디 너의 흉심(凶心)을 맛쳐 대귀늉복디인(大貴隆福之人)이 힘힘히[187] 강어(江魚)의 복식(腹食)이 되리오? 몬져 네 팔 우ᄒᆡ 글을 삭여 금일디악(今日之惡)을 표ᄒᆞ고 타일(他日) ᄒᆞᆫ 번 관형(官刑)의 복ᄒᆞ여 신슈(身首) 이쳐(異處)ᄒᆞ믈 면치 못ᄒᆞ리라.' 쓰기ᄅᆞᆯ 맛고 농을 가져 그윽ᄒᆞᆫ 곳의 가 회ᄉᆡᆼ단(回生丹)을 감노(甘露)의 화ᄒᆞ며 교ᄋᆞ의 닙의 흘니ᄆᆡ
40면 이 본ᄃᆡ 탁별(卓別)ᄒᆞᆫ 슈복(壽福)을 타 낫ᄂᆞᆫ 고로 ᄉᆡᆼ긔(生氣) 영졀(永絶)턴 ᄇᆡ 믄득 독을 토ᄒᆞ고 숨을 ᄂᆡ둘너 슈세(數歲) ᄒᆡᄌᆞ(孩子)의 죽

---

183 젼구(戰懼): 전구. 두려움에 벌벌 떠는 모양.

184 두어 말 딘언(眞言)의: 규장각본에는 '두어 번 딘언ᄒᆞ더니'로 되어 있음.

185 쇼리(小吏)로 ᄒᆞ여곰: 규장각본에는 없는 내용임.

186 난상(亂常)ᄒᆞ고: 난상하다. 윤리를 어지럽히다.

187 힘힘히: 부질없이. 규장각본에는 '힘함이'로 되어 있음.

은 넉시 운소(雲霄)로조ᄎᆞ 다시 도라오니 니괴(尼姑)[188] 대희(大喜)ᄒᆞ여 밧드러 녜부상셔 위국공 등침의 부인 뉴시긔 드려 무휵(撫畜)ᄒᆞᆯ시 유부인긔 슈셰 ᄒᆡᄌᆡ 이셔 유되(乳道) 풍죡ᄒᆞ여 냥ᄋᆞ 기ᄅᆞ미 구간(苟艱)치 아니ᄒᆞ고 교ᄋᆞ 다려온 혜안법ᄉᆞᄂᆞᆫ 부인 표죵(表從) 셔슉모(庶叔母) 강시라. 나히 밋쳐 이칠(二七)이 못ᄒᆞ여 뎡혼ᄒᆡᆼ빙(定婚行聘)ᄒᆞ여 밋쳐[189] 셩혼치 못ᄒᆞ여셔 신낭이 죽으니 부뫼 ᄯᆞᆯ의 졍녈(貞烈)을 좃디 아니ᄒᆞ여 타쳐(他處)의 셩혼(成婚)코ᄌᆞ ᄒᆞ니 강시 여러 번 말노 닷토와 ᄆᆞ옴을 덕힐 길히 업ᄉᆞ므로 개연(慨然)이 인눈세ᄉᆞ(人倫世事)를 샤졀(謝絶)ᄒᆞ여 ᄉᆞ문(寺門)의 도라가 단발위리(斷髮圍籬)[190]ᄒᆞ고 블가의 뎨ᄌᆡ(弟子) 된 오십 년의 크게 득도(得道)ᄒᆞ여 과거미릭ᄉᆞ(過去未來事)를 목젼(目前)ᄀᆞᆺ치 혜아리고 ᄌᆞ비현심(慈悲賢心)이 사ᄅᆞᆷ의 급ᄒᆞᆫ 곳과 잔인ᄒᆞᆫ 일의 다ᄃᆞ라ᄂᆞᆫ 구활(救活)ᄒᆞ믈 못 밋촐 ᄃᆞᆺᄒᆞ니 유부인이 비록 등공의 엄뎡(嚴正)ᄒᆞᆫ 법녕(法令)과 텬싱단일(天生端一)ᄒᆞᆫ 법도(法度)로ᄡᅧ 평싱 귀신을 밋디 아니ᄒᆞ고 블도를 빗쳑(排斥)ᄒᆞ여 유문법졔(儒門法制)를 어긔미 업ᄉᆞ나 혜안의 다ᄃᆞ라ᄂᆞᆫ 신통녕이(神通靈異)ᄒᆞ믈[191] 이상이 넉이고[192] 쳥졍결조(淸淨潔操)ᄒᆞ여 딘욕(塵欲)과 셰렴(世念)[193]을 ᄉᆞᆺ쳐 믈외(物外)의 버셔나믈 공경ᄒᆞ여 등공이 나가고 41면

188 니괴(尼姑): 니고. 비구니.

189 밋쳐: 규장각본에는 없는 내용임.

190 단발위리(斷髮圍籬): 머리칼을 자르고 바깥 출입을 삼감.

191 신통녕이(神通靈異)ᄒᆞ믈: 규장각본에는 '신통녕이하미'로 되어 있음.

192 넉이고: 규장각본에는 '넉여'로 되어 있음.

193 셰렴(世念): 세념. 세상일에 대한 온갖 생각.

부ᄂᆡ 고요ᄒᆞᆫ ᄯᆡᄅᆞᆯ 당ᄒᆞᆫᄌᆞᆨ 쳥ᄒᆞ여 길흉츄졈(吉凶推占)ᄒᆞ나 혜안이 상
부후문(相府侯門) 왕ᄂᆡ(往來)ᄅᆞᆯ 즐겨 아냐 ᄉᆞ오 년의 ᄒᆞᆫ 번도 ᄂᆡ현
(來現)[194]ᄒᆞ미 업다가 홀연 교ᄋᆞᄅᆞᆯ 다려와 근본셩시(根本姓氏)ᄂᆞᆫ 니ᄅᆞ
디 아니ᄒᆞ고 다만 ᄉᆞ부지엽(士夫枝葉)이오 명문ᄉᆡᆼ츌(名門生出)이라
ᄒᆞ여 무양(撫養)ᄒᆞ믈 일ᄏᆞᆺ고 표홀(飄忽)이 도라간 후ᄂᆞᆫ 젼일 잇던 동
화문 밧 벽운암을 ᄯᅥ나 산쳔의 오유(遨遊)ᄒᆞ니 비록 쳥코ᄌᆞ ᄒᆞ나 거
쳐ᄅᆞᆯ 알 길히 업ᄂᆞᆫ디라. 등공이 본ᄃᆡ ᄋᆞᄒᆡᄅᆞᆯ 심ᄋᆡ(甚愛)ᄒᆞ고 부인이
남달니 인ᄌᆞ(仁慈)ᄒᆞ므로ᄡᅧ 교ᄋᆞ의 작인(作人)이 특이비쇽(特異非
俗)ᄒᆞ믈 더옥 년ᄋᆡ(憐愛)ᄒᆞ여 친ᄌᆞ와 ᄒᆞᆫ가디로 무양(撫養)ᄒᆞ고 등공
이 ᄃᆡ인(對人)ᄒᆞᆫᄌᆞᆨ 친ᄌᆞ와 교ᄋᆞ와 냥ᄋᆞᄅᆞᆯ 가져 부인 ᄡᅡᆼᄉᆡᆼ(雙生)이라
ᄒᆞ니 원ᄂᆡ 곤산ᄇᆡᆨ옥(崑山白玉)과 녀슈단금(麗水鍛金)이 픔쉬(稟受)
다ᄅᆞ나 보광(寶光)이 셔로 방블(彷彿)ᄒᆞ고 쳔니(千里)의 닷ᄂᆞᆫ ᄆᆡ야지
와 븍ᄒᆡ(北海)의 ᄯᅱᄂᆞᆫ 큰 고기 조홰(造化) ᄀᆞᆺ디 아니ᄒᆞ나 신긔ᄒᆞ믄 흡
42면 ᄉᆞᄒᆞᆫ디라. 등ᄋᆞ의 발췌특이(拔萃特異)홈과 교ᄋᆞ의 늠쥰슈앙(凜俊晬
盎)ᄒᆞ미 난형난뎨(難兄難弟)라. ᄒᆞ믈며 사ᄅᆞᆷ이 녁여 보ᄆᆡ 비록 긔격
(氣格)이 다ᄅᆞ나 등공과 유부인 ᄉᆡᆼ휵(生畜)이라 ᄒᆞ여 픔슈작셩(稟受
作性)이 만히 ᄀᆞᆺ튼가 녁이니 엇디 ᄂᆡ도ᄒᆞᆫ 교가ᄌᆡ믈 ᄭᆡ다ᄅᆞ리오? 더
옥 등공이 그ᄯᆡ 하람윤으로 갓 가라 임소(任所)로조ᄎᆞ 올나완 디 돌
을 포집디 못ᄒᆞ여[195] 교ᄋᆞᄅᆞᆯ 엇고 친ᄋᆞᄂᆞᆫ 임소의셔 ᄉᆡᆼᄒᆞᆫ ᄇᆡ러라. 졔우친
쳑(諸友親戚)이 다 등공의 신실당뷔(信實丈夫)믈 아ᄂᆞᆫ 고로 져마다

194 ᄂᆡ현(來現): 내현. 와서 뵘.

195 돌을 포집디 못ᄒᆞ여: 규장각본에는 '돌이 못 되어'로 되어 있음.

고지 드러시니 엇디 의심을 두리오? 냥ᄋᆡ(兩兒) ᄌᆞ라 ᄒᆞᆫ가디로 십삼
셰 되ᄆᆡ 등공이 너비 슉녀ᄅᆞᆯ ᄐᆡᆨ홀ᄉᆡ 공은 개국공신 위국공 등유의 젹
댱손(嫡長孫)으로 덕망문질(德望文質)이 됴야간(朝野間) 낫타나고
뉴부인이 ᄯᅩ 명문 슉녀로 셩ᄒᆡᆼ이 화슌(和順)ᄒᆞ니 인인이 그 부귀ᄅᆞᆯ
흠앙(欽仰)ᄒᆞ고 냥공ᄌᆞ의 긔이ᄒᆞ믈 칭도(稱道)ᄒᆞ여 유녀ᄌᆡ(有女者)
져마다 젹승(赤繩)의 가연(佳緣)을 현망(懸望)ᄒᆞ나 공의 ᄐᆡᆨ뷔(擇婦)
비상(非常)ᄒᆞ여 후문상부(候門相府)의 부귀 일신ᄒᆞᆫ 교ᄋᆞ(驕兒)ᄅᆞᆯ 구
치 아니ᄒᆞ고 ᄆᆞᆰ은 가문의 덕 잇ᄂᆞᆫ 녀ᄌᆞᄅᆞᆯ 구ᄒᆞᄆᆡ 스ᄉᆞ로 덕요(德耀)[196]
의 퍼딘 허리와 무염(無鹽)[197]의 얼골을 혐의(嫌疑)치 아니터니 샹셔 니 43면
상이 등공으로 듁마붕위(竹馬朋友)라 등ᄋᆞ 등을 크게 ᄉᆞ랑ᄒᆞ여 녀ᄋᆡ
바야흐로 도요(桃夭)의 시[198]ᄅᆞᆯ 읇게 되여시믈 일ᄏᆞ라 진딘(晉奏)의 호
연(好緣)[199]을 쳥ᄒᆞ니 공이 냥ᄋᆞ의 호구(好逑)ᄅᆞᆯ 브ᄃᆡ ᄒᆞᆫ가지로 ᄐᆡᆨᄒᆞᆫ 고
로 ᄎᆞᄌᆡ(此子) ᄀᆞᆺ치 댱셩(長成)ᄒᆞ여시니 일시(一時)의 현부(賢婦)ᄅᆞᆯ
보고ᄌᆞ ᄒᆞᄂᆞᆫ ᄯᅳᆺ을 니ᄅᆞᆫᄃᆡ 니공이 기뎨(其弟) 좌복야(左僕射) 슌의 댱
녜(長女) ᄌᆞ라시믈 닐너 냥공ᄌᆞ(兩公子)로 구혼ᄒᆞ니 등공이 니공은

196 덕요(德耀): 후한 양홍의 처 맹광. 부유한 집안 출신이었으나 남편의 뜻을 따라 가시나무로 만든 비녀를 하고 검소하게 지내며 끼니때마다 밥상을 높이 들어〔거안제미(擧案齊眉)〕 남편에 대한 공경심을 표했다고 함.

197 무염(無鹽): 전국시대 제나라의 추녀 종리춘의 출신 지역에서 온 별칭. 나이 마흔에 제선왕의 실정에 대해 간언하여 나라를 위기에서 건졌기 때문에 선왕이 감동하여 후궁으로 삼았다고 함. 《열녀전》 권6 〈제종리춘(齊鍾離春)〉에 나옴.

198 도요(桃夭)의 시: 도요는 《시경》 〈주남(周南)〉의 편명임. "싱싱한 복숭아나무, 꽃이 활짝 피었도다. 그녀 시집감이여, 집안 살림 잘하리라."라는 구절이 있음.

199 진딘(晉奏)의 호연(好緣): 혼인을 뜻하는 '주진의 호연'의 오기로 보임.

실노 은휘(隱諱)치 아니ᄒᆞᄂᆞᆫ 고로 이에 ᄀᆞ마니 ᄎᆞᄌᆡ 친ᄉᆡᆼ(親生)이 아니오 어더 기ᄅᆞᆫ ᄇᆡ믈 니ᄅᆞ니 니공이 그 작인(作人)이 결비쳔츌(決非賤出)이라 ᄒᆞ여 복야(僕射)ᄅᆞᆯ 녁권(力勸)ᄒᆞ여 동상(東牀)[200]을 삼으라 ᄒᆞᆫᄃᆡ 복얘 ᄯᅩ 교ᄋᆞᄅᆞᆯ 입막디빈(入幕之賓)을 삼고 상셔ᄂᆞᆫ 등ᄋᆞ로ᄡᅧ 셔랑(壻郞)을 삼으니 ᄎᆞ설(此說)이 ᄯᅩ 《셩호연》의 ᄌᆞ셔ᄒᆞᆫ 고로 이에 올니디 아니ᄒᆞᆫ디라. 《셩호연》을 본즉 교ᄋᆞ의 츌인비상(出人非常)ᄒᆞᆫ ᄉᆞ젹(事蹟)과 니쇼져의 슉뇨현텰(淑窈賢哲)ᄒᆞ믈 ᄇᆞᆰ히 알 ᄇᆡ오 교ᄋᆡ 닙신취쳐(立身娶妻)의 니ᄅᆞ히 등가ᄌᆞ로 ᄒᆡᆼ셰ᄒᆞ여 친ᄉᆡᆼ 부뫼 이시믈 망연브디(茫然不知)ᄒᆞ다가 댱손탈이 복쥬(伏誅)ᄒᆞ고 혜안이 그 텬뉸을
44면 단원(團圓)케 ᄒᆞ여 초의 손탈의 팔의 ᄀᆡᆨ셔(刻書)ᄒᆞ고 교공ᄌᆞᄅᆞᆯ 구ᄒᆞ여 뉴부인긔 드리믈 일장(一場) ᄒᆡ비(賅備)[201]히 셜파(說破)ᄒᆞᄆᆡ 드ᄃᆡ여 본셩(本姓)을 회복ᄒᆞ여 등ᄌᆡ현이 밧괴여 교유현이 된디라. 교ᄋᆡ 본ᄉᆡᆼ(本生) 부모ᄅᆞᆯ ᄎᆞᄌᆞ 텬뉸(天倫)을 단회(團會)ᄒᆞ나 맛ᄎᆞᆷᄂᆡ 등공 부부의 휵양(畜養)ᄒᆞᆫ 은덕을 감골(感骨)ᄒᆞ여 ᄌᆞ도(子道)ᄅᆞᆯ ᄒᆞᆫ갈ᄀᆞᆺ치 ᄒᆞ더라. 시시(是時)의 손탈 흉젹(凶賊)이 팔 우ᄒᆡ 칼 슷ᄎᆞ로 글을 ᄡᅳ나 알프며 놀나오믈 모로고 것구러졋더니 반일(半日) 후 계오 인ᄉᆞᄅᆞᆯ ᄎᆞᆯ혀 보니 공ᄌᆞ 너흔 농은 간 곳이 업고 졔 팔 우ᄒᆡ ᄀᆡᆨ셔(刻書)ᄒᆞᆫ ᄉᆞ의(辭意) 만분경황(萬分驚惶)ᄒᆞ니 팔흘 ᄡᆡᆨ가 블길ᄒᆞᆫ ᄉᆞ의(辭意)ᄅᆞᆯ 업시코ᄌᆞ ᄒᆞ나 능히 알픈 거ᄉᆞᆯ ᄎᆞᆷ고 ᄡᆡᆨ글 길히 업ᄉᆞ니 흉ᄒᆞᆫ ᄀᆡ운이 셔리 마ᄌᆞᆫ ᄇᆡ얌 ᄀᆞᆺᄐᆞ여 옷ᄉᆞᆯ ᄡᅳ져 팔흘 ᄡᆞ고 죽을 형상으로 도라오니 노녜 마

200 동상(東牀): '동쪽 평상'이라는 뜻으로, 사위를 이르는 말.

201 ᄒᆡ비(賅備)히: 해비하다. 넉넉하다.

조 뇌다라 그 형상의 괴히(怪駭)ᄒᆞ믈 므룬딕 손탈이 손을 졋고 방의 드러가 팔흘 뵈고 농을 니고(尼姑)의게 아이믈 니ᄅᆞ니 노녜 대황대구(大惶大懼)ᄒᆞ여 아모리 홀 줄 몰나 녀시의 ᄎᆞ악(嗟愕)ᄒᆞᆫ 심녀(心慮)를 돕디 못ᄒᆞ여[202] 도로혀 경참(驚慘)ᄒᆞ믈 억졔ᄒᆞ고 됴흔 낫ᄎᆞ로 녀시를 보아 손탈이 농을 강슈(江水)의 ᄯᅴ이고 온 바를[203] 고ᄒᆞ니 녀시 대열 45면 대희(大悅大喜)ᄒᆞ여 금빅(金帛)으로 듕상(重賞)ᄒᆞ고 가듕(家中) 긔식(氣色)을 볼ᄉᆡ 공쥬 모ᄌᆡ 유ᄋᆡ 오릭 오디 아니믈 괴이ᄒᆞ여 쳐음은 호시 침소로브터 두로 ᄎᆞᄌᆞ 후원(後園)과 ᄒᆡᆼ각(行閣)의 아니 본 ᄃᆡ 업ᄉᆞ나 맛춤ᄂᆡ 그림ᄌᆞ도 업ᄉᆞ니 ᄋᆞ히 보던 시비와 유모를 져주ᄃᆡ 여츌일구(如出一口)히 호부인이 픔고 잠들므로 져히ᄂᆞᆫ 잠간 믈너갓던 바를 고ᄒᆞ니 호시 ᄯᅩ ᄋᆞᄌᆡ 겻틔셔 ᄌᆞ더니 ᄌᆞ개(自家) 졉목(接目)ᄒᆞᆫ ᄊᆡ[204] 간 곳이 업다 ᄒᆞᄂᆞᆫ디라. 공쥬 모ᄌᆡ 노복을 헷쳐 방방곡곡(坊坊曲曲)이 어드라 ᄒᆞ고 몸소 ᄎᆞᆺ기를 궁극히 ᄒᆞ나[205] 일월이 포되ᄃᆡ 브디거쳐[206](不知居處)ᄒᆞ니 호시의 통도(痛悼)홈과 공쥬 모ᄌᆞ의 비상(悲傷)ᄒᆞ미 목젼의 죽엄을 봄만 ᄀᆞᆺ디 못ᄒᆞ고 녀시 거ᄌᆞᆺ 슬픈 형상이 타인의[207] 이목을 ᄀᆞ리와 교정(矯情)[208]의 간특(奸慝)ᄒᆞ미 호시의 딘뎡 ᄋᆡ졀(哀切)ᄒᆞ

202 못ᄒᆞ여: 규장각본에는 '못ᄒᆞ고'로 되어 있음.

203 ᄯᅴ이고 온 바를: 규장각본에는 'ᄯᅳ닌 ᄇᆞ로'로 되어 있음.

204 ᄌᆞ개(自家) 졉목(接目)ᄒᆞᆫ ᄊᆡ: 규장각본에는 '졉목ᄒᆞᆫ ᄊᆡ'로 되어 있음.

205 궁극히 ᄒᆞ나: 규장각본에는 없는 내용임.

206 일월이 포되ᄃᆡ 브디: 규장각본에는 '일월이로ᄃᆡ'로 되어 있음.

207 타인의: 규장각본에는 '타의'로 되어 있음.

208 교정(矯情): 교정. 진심을 속이고 거짓을 꾸밈.

므로 일반이니 뉘 져 셤휼특틔(憸譎慝態)[209]와 요악졍상(妖惡情狀)을 ᄉᆞ못 알니오? 그 어질믈 션복ᄒᆞ니 녀시 흔흔ᄌᆞ득(欣欣自得)ᄒᆞ여 유모로 더브러 간모흉계(奸謀凶計)를 운동(運動)ᄒᆞ여 호시를 깅참(坑

46면 塹)의 닉(溺)ᄒᆞ여 부부의 낙과 비쳬의 졍을 아조 버힐ᄉᆡ 호시 필젹(筆蹟)을 모화 흉음(凶淫)ᄒᆞᆫ 셔ᄉᆞ(書辭)로 ᄋᆞ지 교가 골육이 아니니 오릐두어 텬뉸(天倫)을 난상(亂常)치 못ᄒᆞ여 친부를 맛져 보ᄂᆡ나 모지 단회ᄒᆞᆯ 디쇽(遲速)을 몰나 챵결(悵缺)ᄒᆞᆫ 회포를 ᄀᆞᆺ초 일ᄏᆞ라 셔쥬 친모긔 붓친 ᄃᆞ시 ᄒᆞ여 호시 업ᄉᆞᆫ ᄡᅵ 연갑(硯匣)의 너허 교싱이 몬져 보게 ᄒᆞ고 후의 밤을 당ᄒᆞ여 호시를 쳥ᄒᆞ여 거즛 담화ᄒᆞᄂᆞᆫ 쳬ᄒᆞ고[210] 머믈워 두고 변용(變容)ᄒᆞᄂᆞᆫ 약을 시녀를 디휘(指揮)ᄒᆞ여 흉ᄉᆞ(凶事)를 일워 가호시 언연이 ᄒᆞᆫ낫[211] 건댱웅환ᄒᆞᆫ[212] 남ᄌᆞ로 졉톄동와(接體同臥)ᄒᆞ여 은졍(恩情)이 환환(歡歡)ᄒᆞ고 의ᄉᆡ(意思) 탕일(蕩佚)ᄒᆞ여 보기의 눅눅ᄒᆞ니[213] 교싱이 드러오다가 목도(目睹)ᄒᆞ고 흉참경분(凶慘驚憤)ᄒᆞ믈 니긔디 못ᄒᆞ여 크게 소릐 디ᄅᆞ고 간부(姦夫)를 잡으려 ᄒᆞ다가 노긔(怒氣) 복밧쳐 것구러졋더니 가호시와 간부ᄌᆡ(姦夫者) 황황도쥬(遑遑逃走)ᄒᆞ여 후창(後窓)으로 ᄂᆡ다ᄅᆞ니 밋쳐 잡디 못ᄒᆞ고 향ᄌᆞ 음황(淫荒)ᄒᆞᆫ 셔ᄉᆞ(書辭)를 본 후ᄂᆞᆫ 의심이 듕ᄒᆞ나 나죵을 보고ᄌᆞ ᄉᆞ식(辭色)디 아냣다가 ᄎᆞ변을 보고 흉히참분(凶駭慘憤)ᄒᆞ믈 니긔디 못ᄒᆞ여 공쥬

209 셤휼특틔(憸譎慝態): 섬휼특태. 간사하게 속이고 사특한 태도.

210 쳬ᄒᆞ고: 규장각본에는 '쳬ᄒᆞ여'로 되어 있음.

211 ᄒᆞᆫ낫: 규장각본에는 없는 내용임.

212 건댱웅환ᄒᆞᆫ: 규장각본에는 '건댱ᄒᆞᆫ'으로 되어 있음.

213 눅눅ᄒᆞ니: 눅눅ᄒᆞ다. 속이 좋지 않다.

긔 소유(所由)ᄅᆞᆯ 고ᄒᆞ고 호시ᄅᆞᆯ 죽여 업시 ᄒᆞ믈 쳥ᄒᆞᆫᄃᆡ 공ᄌᆔ ᄎᆞ악경ᄒᆡ(嗟愕驚駭)ᄒᆞ믈 니긔디 못ᄒᆞ나 인명폭ᄉᆞ(人命暴死)ᄒᆞ믈 ᄎᆞ마 보디 47면
못ᄒᆞ여 밧비 호시ᄅᆞᆯ 차ᄌᆞ 후당(後堂) 심쳐(深處)의 가도라 ᄒᆞ니 녀시의 시녜 고왈

“향ᄀᆡᆨ(嚮刻) 호부인이 보보급급(步步急急)ᄒᆞ고[214] 황황망조(遑遑罔措)ᄒᆞ여 바로 부인 침소로 오시ᄃᆡ 곡졀을 몰나 ᄒᆞ더니 여ᄎᆞ(如此) 변괴(變故)로소이다.”

공쥬 모ᄌᆡ 더옥 ᄒᆡ분(懈憤)ᄒᆞ여 녀시ᄅᆞᆯ 블너 호시ᄅᆞᆯ 본가 므ᄅᆞ니 녀시의 ᄃᆡ답이 시녀의 말과 ᄀᆞᆺᄐᆞᆫ디라. 교싱이 못 죽이믈 한ᄒᆞ나 모명(母命)을 역(逆)디 못ᄒᆞ여 후당 누옥(陋屋)의 가도고 신싱 유녀ᄂᆞᆫ 공쥬 침뎐(寢殿)의셔 무양(撫養)ᄒᆞ여 기모(其母)의 죄ᄅᆞᆯ 년좌(緣坐)ᄒᆞ미 업ᄉᆞ니 녀시 호시의 ᄉᆞ라시믈 오히려[215] 한(恨)ᄒᆞ고 바로 타인의 ᄌᆞ(子)ᄅᆞᆯ 어더 기ᄅᆞᆯ디언졍 호시 싱ᄋᆞᄅᆞᆯ 져의 싱ᄋᆞ라 ᄒᆞ여 오ᄅᆡ 두디 못ᄒᆞᆯ디라. 이러ᄐᆞ시 헤아리ᄆᆡ 가지와 닙흘 ᄀᆞᆯ기고 블희ᄅᆞᆯ 아조 ᄏᆡ여 흔젹을 업시코져 일일은 신싱 ᄋᆞᄌᆞ의 닙의 독을 브어 싱긔 업ᄉᆞᆫ 후 믄득 돈죡호통(頓足呼痛)ᄒᆞ여 블승ᄋᆡ졀(不勝哀絶)ᄒᆞ니 공쥬 모ᄌᆡ 창황(蒼黃)이 와본즉 유ᄋᆡ 칠규(七竅)[216]의 피ᄅᆞᆯ 흘니고 일신의 프ᄅᆞᆫ 빗치 쳥화(青華)[217] ᄀᆞᆺᄐᆞ여 임의 졀명(絶命)ᄒᆞ엿ᄂᆞᆫ디라. 편작(偏鵲)의 신슐(神術)이라도 능히 ᄒᆡ올 ᄇᆡ 업ᄉᆞ니 븟들고 크게 우러 심신을 뎡치 못ᄒᆞᄂᆞᆫ 바의 48면

214 보보급급(步步急急)ᄒᆞ고: 규장각본에는 ‘보보급급히’로 되어 있음.

215 오히려: 규장각본에는 없는 내용임.

216 칠규(七竅): 사람의 얼굴에 있는 일곱 개의 구멍.

217 쳥화(青華): 청규. 중국에서 나는 푸른 물감의 일종.

녀시는 고흉돈족(叩胸頓足) 통도(痛悼)ᄒᆞ여 ᄋᆞᄌᆞ의 죽엄이 괴이홈과 의심이 만흐믈 일ᄏᆞ라 좌우(左右) 시녀롤 져주어디라 ᄒᆞ니 교싱이 쏘훈 그러히 넉여 시녀(侍女) ᄎᆞ환(叉鬟)을 엄형츄문(嚴刑推問)홀ᄉᆡ 훈갈ᄀᆞᆺ치 원통ᄒᆞ믈 일ᄏᆞ라 시역살쥬(弑逆殺主)의 뜻이 업ᄉᆞ믈 고ᄒᆞ나 기듕 녀시의 심복(心腹) 시녀 일인이 임의 강보(襁褓)롤 ᄌᆞ살(恣殺)ᄒᆞ여[218] 죄롤 호시의게 밀위믈 언약훈 ᄇᆡ라. 믄득 크게 울고 호시의 쳥쵹(請囑)으로 ᄋᆞ공ᄌᆞ롤 시살(弑殺)ᄒᆞ믈 복초(服招)ᄒᆞ니 교싱이 대경대로(大驚大怒)ᄒᆞ여 원이 극슈(極髓)의 밋ᄎᆞ니[219] 경긱(頃刻)의 호시의 골절(骨節)을[220] 쇄분(碎粉)ᄒᆞ고 장부(腸腑)롤[221] 너흘고져[222] ᄒᆞ여 집검분연(執劍憤然) 왈

"원슈 호녀롤 쳔참만뉵(千斬萬戮)ᄒᆞ여 망ᄋᆞ(亡兒)의 원슈롤 갑하 비명요절(非命夭折)훈 한을 설(雪)훈 후 역비(逆婢)롤 촌참(寸斬)ᄒᆞ여 통원(痛冤)을 플니라."

ᄒᆞ고 급히 후졍(後庭)으로 향ᄒᆞ니 시의 호시 궁원극통(窮怨極痛)을 셔려 누옥심쳐(陋屋深處)의 비만(悲滿)훈 심ᄉᆡ 규텬(叫天)ᄒᆞ여 ᄉᆞ뭇디 못ᄒᆞ고 고디(叩地)ᄒᆞ여 통치 못ᄒᆞ니 명믹(命脈)이 구듬과 팔ᄌᆞ(八字)의 무상(無常)ᄒᆞ믈 셜워 쥬쥬야야(晝晝夜夜)의 황양(黃壤)[223]의 엄

---

218 ᄌᆞ살(恣殺)ᄒᆞ여: 규장각본에는 '사술'로 되어 있음.
219 밋ᄎᆞ니: 규장각본에는 '미ᄎᆞ믹'로 되어 있음.
220 호시의 골절(骨節)을: 규장각본에는 '호시를'로 되어 있음.
221 쇄분(碎粉)ᄒᆞ고 장부(腸腑)롤: 규장각본에는 '쇄분하고 골절을 ᄇᆞ오며 장부를'로 되어 있음.
222 너흘고져: 너흘다. '물다'의 옛말.
223 황양(黃壤): 저승.

군(嚴君)과 셔쥬 외로온 ᄌᆞ모(慈母)ᄅᆞᆯ 브ᄅᆞ디져 안쉬(眼水) 쳠금(沾 49면
襟)ᄒᆞ니 좃ᄎᆞᆫ 비ᄌᆞ(婢子) 일인이 ᄯᅩᄒᆞᆫ 통원ᄒᆞᆫ 회포ᄅᆞᆯ 니긔디 못ᄒᆞ여 쳬황오열(涕荒嗚咽)이러니 천만의외(千萬意外)예 교ᄉᆡᆼ이 옥문(屋門)을 ᄭᆡ치고 돌입ᄒᆞ여 발연대ᄆᆡ(勃然大罵) 왈

"흉음극악(凶淫極惡)히 삼긴 계집이 간부(姦夫)의 더러온 ᄡᅵᄅᆞᆯ 나하 우리 고문화벌(高門華閥)의 욕을 닐위고 이제 ᄌᆞ식을 칙오고 흉ᄉᆡ(凶事) 발각(發覺)ᄒᆞ나 관형(官刑)의 복ᄒᆞ믈 당치 아니코 후졍벽쳐(後庭僻處)의 고요 안한(安閒)ᄒᆞ미 족ᄒᆞ믈 모로고 날노 더브러 므ᄉᆞᆫ 원쉬완ᄃᆡ 요악쳔비(妖惡賤婢)ᄅᆞᆯ 다ᄅᆡ여 녀시의 ᄉᆡᆼᄋᆞ(生兒)ᄅᆞᆯ 치독살ᄒᆡ(置毒殺害)ᄒᆞ니 실노 일시도 살믈 용납디 못ᄒᆞᆯ 원쉬라. 당당이 ᄒᆞᆫ칼ᄒᆡ 음부(淫婦)ᄅᆞᆯ 뼈흐러 분원(憤怨)을 셜(雪)ᄒᆞ리라."

언필(言畢)의 ᄡᅡᆼ미(雙眉)ᄅᆞᆯ 거ᄉᆞ리고 냥안(兩眼)을 놉히 ᄠᅧ 바로 호시ᄅᆞᆯ 즛뼈흘 거동(擧動)이라. 호시의 유뎨(乳弟) 열셤이 ᄉᆞ긔 크게 흉ᄒᆞ믈 보고 ᄎᆞᆯ하리 노쥐(奴主) 신슈(身首)[224]나 온젼코져 ᄒᆞ여 급히 호시ᄅᆞᆯ 업고 나ᄂᆞᆫ ᄃᆞ시 연졍대슈(蓮汀大水)의 써러디니 교ᄉᆡᆼ의 거롬이 열
셤을 밋디 못ᄒᆞ미 아니오 져 노쥬ᄅᆞᆯ 짐즛 년디(蓮池)의 ᄲᆡ디고ᄌᆞ ᄒᆞ 50면
미 아니로ᄃᆡ 본셩(本性)이 조급(早急)ᄒᆞᆫ 고로 분긔(憤氣) 막히니 잠간 딘뎡(鎭靜)ᄒᆞᆫ 후 즉직(卽刻)의 뉵장(肉醬)을 ᄆᆡᆫ돌고ᄌᆞ ᄒᆞᆯ 차의 셤이 발셔 호시ᄅᆞᆯ 업고 하날을 우러러 ᄒᆞᆫ 소ᄅᆡ 원통을 브ᄅᆞ고 투졍닉슈(投汀溺水)ᄒᆞ니 ᄎᆞ시 교ᄉᆡᆼ의 ᄆᆞ음은 ᄒᆞᆫ 조각 인졍(人情)이 업셧ᄂᆞᆫ디

224 신슈(身首): 신수. 몸과 목.

라 목젼(目前)의 노쥐 낙슈취ᄉᆞ(落水取死)ᄒᆞᆷ을 보나 측은ᄒᆞ미 업고 오히려 신슈(身首) 온젼ᄒᆞᆷ을 통히(痛駭)ᄒᆞ여 즉시 졔노(諸奴)를 명ᄒᆞ여 믈을 프고 시신(屍身)을 어더니라 ᄒᆞ나 낙일(落日)이 엄ᄌᆞ(崦嵫)[225]의 ᄌᆞᆷ기고 국월상풍(菊月霜風)이 발ᄒᆞ여 믈결이 흉용(洶湧)ᄒᆞ니 원간 이 연졍(蓮汀)이 강슈를 통ᄒᆞ엿ᄂᆞᆫ디라. 교ᄉᆡᆼ이 슈셰(水勢)를 ᄉᆡᆼ각디 아니ᄒᆞ고 ᄒᆞᆫ갓 녇디만 프라 ᄒᆞ니 노복(奴僕)이 챵망(悵惘)ᄒᆞ야 식[226]을 ᄢᅵ여 거ᄌᆞᆺ 믈을 프ᄂᆞᆫ 쳬ᄒᆞ나 딘실노 시신을 어드려 ᄒᆞ미 아니라. 죵시(終是) 두 시신을 엇디 못ᄒᆞ고 ᄉᆡᆼ이 뼈흐러 죽이디 못ᄒᆞᆷ을 분한(憤恨)ᄒᆞ나 홀일 업셔 도라와 역비(逆婢)나 버히고ᄌᆞ ᄒᆞ더니 ᄯᅩ[227] 믄득 호시 죽이라 간 ᄉᆞ이 도쥬ᄒᆞ여 브디거쳐(不知居處)ᄒᆞ니 두로 분만(憤懣)ᄒᆞ여 ᄒᆞᆫ갓 ᄋᆞᄌᆞ의 시신을 어로만져 일셩댱통(一聲長痛)ᄒᆞᆷ을 마디아니니 녀시 거ᄌᆞᆺ 각골(刻骨) 셜워ᄒᆞᄂᆞᆫ 쳬ᄒᆞ나 호시 닉사(溺死)ᄒᆞᆷ을 보고 냥ᄌᆞ(兩者)를 다 셔ᄅᆞ져 후환(後患)을 업시ᄒᆞ니 심니(心裏)의 샹쾌(爽快)ᄒᆞ여 일통 대업을 일운 ᄃᆞᆺᄒᆞᆫ디라. 엇디 슈셰히ᄌᆡ(數歲孩子) 독약을 먹여 농듕(籠中)의 너허 강슈의 ᄢᅵ온 바 유현이 ᄉᆞ라 등가귀ᄌᆞ로 됴히 ᄌᆞ라믈 몽니(夢裏)의나 ᄉᆡᆼ각ᄒᆞ며 강어복식(江魚腹食)이 된가 녀인 호시 노쥐 ᄯᅩᄒᆞᆫ 혜안 이승(尼僧)의 구활디은(救活之恩)으로 완연ᄉᆡᆼ득(完然生得)ᄒᆞ여 쳐쥐 본부의 숨은 줄 어이 알니오? 다만 유녀ᄂᆞᆫ 호시 친ᄉᆡᆼ(親生)도 아니오 타일 업시코져 ᄒᆞ여도 어렵디 아닐

51면

---

225 엄ᄌᆞ(崦嵫): 엄자. 해가 지는 곳.

226 식: 규장각본에는 '야식'으로 되어 있기 때문에 의미상 장서각본에 '야'가 누락된 것으로 보고 '야식'으로 해석함.

227 ᄯᅩ: 규장각본에는 없는 내용임.

가 ᄒᆞ여 당금 졔 예셩(譽聲)[228]을 요구ᄒᆞ고 현명을 구ᄒᆞ여 교싱 모지 습습경복(敬服)ᄒᆞ고 암암칭긔(暗暗稱奇)코ᄌᆞ ᄒᆞ여 유ᄌᆞ롤 념쟝(殮葬)ᄒᆞᆫ 후 존고(尊姑)와 가부(家夫)롤 ᄃᆡᄒᆞ여 눈믈을 흘녀 왈

"호시 ᄉᆞ부디엽(士夫枝葉)과 명문싱츌(名門生出)노 음비(淫卑)ᄒᆞᆫ 셩과 궁흉(窮凶)ᄒᆞᆫ 심슐이 과연 녀치(呂雉)[229]와 측텬(則天)의 일뉴(一類)라. 호·교 냥문(兩門)의 욕됨과 붓그러오믈 닐위니 그 죽으미 앗가온 ᄇᆡ 아니나 오딕 참디 못ᄒᆞᆯ 잔인ᄒᆞ미 져 신싱히녜(新生孩女)라. 싱디슈삼월(生之數三月)의 인뉸(人倫)의 변을 만나 어미 닉슈(溺水)ᄒᆞᆫ 귀신이 되니 쇼ᄋᆡ 존당(尊堂)과 군ᄌᆞ의 ᄋᆡ휼년디(愛恤憐之)ᄒᆞ시미 어미 업ᄉᆞ나 이시미 더으고 고문화벌(高門華閥)과 텬가여손(天家餘孫)으로 부귀혁연(富貴赫然)ᄒᆞᄃᆡ 기모(其母)의 죄루(罪累)롤 아ᄂᆞᆫ ᄌᆞᄂᆞᆫ 타일 녀ᄋᆡ 댱셩(長成)ᄒᆞᄆᆡ 병든 누ᄌᆞ(陋者)와 길가[230] 츄한(醜漢)이라도 의ᄉᆡ(意思) 결쳥(潔淸)ᄒᆞᆫ죽 반ᄃᆞ시 녀ᄋᆞ와 셩혼ᄒᆞ믈 즐기디 아니리니 그 젼졍(前程)이 엇디 잔잉치 아니리오? ᄒᆞ믈며 목금(目今)의 상공 골육(骨肉)이 남녀간 녀ᄋᆞ쁜이라 가히 귀듕ᄒᆞ고 어엿브미 만믈의 비길 ᄇᆡ 업ᄉᆞ려든 더옥 져의 작셩(作性)이 탁범초츌(卓凡超出)ᄒᆞ미니잇가? 호시 쳡의 소싱을 살(殺)ᄒᆞ나 쳡은 뼈 ᄒᆞᄃᆡ 군ᄌᆞ의 골육인즉 창쳡(娼妾) 소싱도 ᄌᆞ녀디명(子女之命)[231]이 귀듕ᄒᆞ니 거두어 무휼(撫恤)ᄒᆞᆯ 뜻이 잇ᄂᆞᆫ디라. 엇디 음흉발부(陰凶浡婦)의 죄롤 져 강보유 52면

228 예셩(譽聲): 예성. 칭찬하는 소리.

229 녀치(呂雉): 여치. 한(漢) 고조의 황후. 고조 사후 어린 효혜제를 대신하여 수렴청정했음.

230 길가: 규장각본에는 없는 내용임.

231 ᄌᆞ녀디명(子女之命)이: 규장각본에는 'ᄌᆞ녀디면니면'으로 되어 있음.

녀(褓襁幼女)의게 년좌(緣坐)ᄒᆞ여 포회젹원(抱懷積怨)ᄒᆞ리오? 그윽
53면 이 녀ᄋᆡ 져의 소ᄉᆡᆼ(所生)이믈 ᄎᆞ셕(嗟惜)ᄒᆞᄂᆞ니 녀ᄋᆞ의 젼졍(前程)을
위ᄒᆞ여 일가친쳑의 ᄌᆞ시 모로ᄂᆞ니로 ᄒᆞ여곰 유녀를 쳡의 소ᄉᆡᆼᄋᆞ(所
生兒)라 ᄒᆞ여 호시의 ᄉᆡᆼᄉᆞ유무(生死有無)를 일ᄏᆞᆺ디 마ᄅᆞ시믈 쳥ᄒᆞ고
샹공의 다ᄅᆞᆫ 가실(家室)이 잇던 줄 모로고 ᄌᆞ연 셰과년다(歲過年多)
ᄒᆞ므로 인ᄒᆞ여 호시의 누ᄒᆡᆼ(陋行)은 곰초이고 녀ᄋᆞᄂᆞᆫ 쳡의 소ᄉᆡᆼ으로
일홈ᄒᆞ여 부귀 완젼ᄒᆞ고 혼뇌(婚路) 슌ᄒᆞ여 시비ᄒᆞ리 업ᄉᆞ리니 존고
(尊姑)와 샹공은 ᄂᆡᆨ이 ᄉᆡᆼ각ᄒᆞ샤 ᄎᆞ시의 결단ᄒᆞ쇼셔.”
공쥬 모ᄌᆡ 쳥미(聽未)의 크게 어딜게 넉여 덕냥(德量)을 칭열ᄒᆞ고 일
이 과연 그러ᄒᆞ믈 언언션복(言言善服)ᄒᆞ여 유녀로 녀시 소ᄉᆡᆼ이라 ᄒᆞ
여 즉시 시녀로 ᄒᆞ여곰 유녀를 녀시 침소로 옴기고 복부ᄎᆞ환(僕夫叉
鬟)의게 하령(下令)ᄒᆞ여 현우션악간(賢愚善惡間) 호시를 일ᄏᆞᆺᄂᆞᆫ ᄌᆞ
ᄂᆞᆫ ᄉᆞ죄(死罪)를 명ᄒᆞ리라 ᄒᆞ고 일노조ᄎᆞ 교ᄉᆡᆼ이 더옥 녀시의 슈듕
(手中)의 잠기여 일의 가부(可否)와 츌입의 완급(緩急)을 몬져 녀녀의
게 고ᄒᆞ미 되여 ᄇᆡᆨᄉᆞ(百事)를 ᄂᆡ령(內令)을 쥰봉(遵奉)ᄒᆞᄂᆞᆫ 우은 거
54면 시 되여시ᄃᆡ 닙됴츌방(入朝出榜)ᄒᆞᄆᆡ 간험교활(姦險狡猾)ᄒᆞ여 것ᄎᆞ
로 쳥근념딕(淸勤廉直)ᄒᆞ믈 낫토고 안흐로 탐남블인디ᄉᆡ(貪濫不仁
之事) 다다(多多)ᄒᆞ니 군ᄌᆞ식안(君子識眼) 곳 아니면 능히 ᄉᆞ못 알기
어려온디라. 셕애 왕안셕(王安石)을 녀어ᄉᆡ[232] 탄박(彈駁)고ᄌᆞ ᄒᆞ믈 ᄉᆞ
마공(司馬公)이 경아(驚訝)ᄒᆞ더니 후의 안셕이 간상(奸狀)이 현져(顯

232 녀어ᄉᆡ: 여혜경(呂惠卿). 북송 천주(泉州) 진강(晉江) 사람으로 왕안석과 의기투합했으나 왕안석이 실각한 이후에는 왕안석의 복귀를 적극적으로 반대함.

著)ᄒᆞ니 쇼인의 졍ᄐᆡ(情態) 비록 공교ᄒᆞ나 맛ᄎᆞᆷᄂᆡ 안젼의 도망키 어렵더라. 유녜 나히 슈삼 셰 되ᄆᆡ 언ᄉᆡ(言辭) 슉셩(夙成)ᄒᆞ여 ᄇᆞᆯ이 일ᄌᆞᆨ 계졍(階庭)의 나리디 아니ᄒᆞ고 눈이 듕문(中門)을 엿보디 아니ᄒᆞ여 비례브동(非禮不動) 비례블견(非禮不見)[233]의 쳔연이 규구(規矩)[234]와 부덕(婦德)을 ᄌᆞᆸ으니 공쥬의 만금귀듕(萬金貴重)은 니ᄅᆞ디 말고 교ᄉᆡᆼ이 다만 ᄎᆞᄋᆞ(此兒)쁜이라 그 어려 디각이 업ᄉᆞᆫ ᄊᆡ의 눈변(倫變)을 만나 기뫼(其母) 년디(蓮池)의 슈ᄉᆞ(水死)ᄒᆞ여 죄명의 흉ᄒᆡ(凶駭)ᄒᆞ미 죽어도 ᄲᅵᆺ디 못ᄒᆞᆯ 고로 소ᄉᆡᆼ디지(所生之地)ᄅᆞᆯ 밧고와 녀시의 ᄉᆡᆼᄋᆡ(生兒)라 ᄒᆞ여시나 딘짓 소친디의(所親之義)ᄅᆞᆯ 일허 명되(命途) 슬프믈 그ᄋᆞᆨ이 년셕ᄋᆡ창(憐惜哀愴)ᄒᆞ여 어로만져 ᄉᆞ랑ᄒᆞᆷ과 ᄡᅳ다ᄃᆞᆷ아 귀듕ᄒᆞ미 심상의 ᄀᆡ화(奇花)ᄅᆞᆯ 픔고 장쥬(掌珠)ᄅᆞᆯ 어로만디ᄂᆞᆫ ᄃᆞᆺ ᄒᆞ로나[235] 못 보면 훌연ᄒᆞ여 병이 되고 잠간 ᄯᅥ나도 셥셥ᄒᆞ미 슈듕보옥(手中寶玉)을 일흔 ᄃᆞᆺᄒᆞ니 그 어엿비 넉이ᄂᆞᆫ 졍과 아ᄅᆞᆷ다와ᄒᆞᄂᆞᆫ ᄯᅳᆺ이 음악난녀(淫惡亂女)의 소ᄉᆡᆼ이믈 유혐(留嫌)ᄒᆞ미 업ᄉᆞ니 녀시 더옥 딜오싀ᄋᆡ(疾惡撕捱)ᄒᆞ여 밋쳐 ᄌᆞ라지 아녀셔 죽이고져 ᄒᆞ나 슉난이 독약(毒藥)을 먹으나 경ᄀᆡᆨ(頃刻)의 토ᄒᆞ여 장부(臟腑)ᄅᆞᆯ 침노ᄒᆞ미 업ᄉᆞ니 공쥬와 교병부의 눈이 밋디 아닛ᄂᆞᆫ 곳의ᄂᆞᆫ 음식을 아니 주나 ᄀᆡ아(饑 55면

233 비례브동(非禮不動) 비례블견(非禮不見): 비례부동 비례불견. 《논어》 〈안연〉 편의 "예가 아니면 보지 말고, 예가 아니면 듣지 말고, 예가 아니면 말하지 말고, 예가 아니면 행동하지 말라."라는 구절에서 차용.

234 규구(規矩): 규구준승(規矩準繩)의 준말. 일상에서 지켜야 할 법도.

235 ᄒᆞ로나: 규장각본에서는 'ᄒᆞ로만'으로 되어 있음.

餓)ᄒᆞᄂᆞᆫ ᄉᆞ식이 업ᄉᆞ니[236] 녀시 그 남다ᄅᆞ믈 더옥 믜워ᄒᆞᄂᆞᆫ 듕 여러 일월의 졀박히 ᄐᆡ신디경(胎娠之慶)을 ᄇᆞ라나 맛ᄎᆞᆷᄂᆡ 웅비(熊羆)[237]ᄅᆞᆯ ᄭᅮᆷᄭᅮ디 못ᄒᆞ니 다ᄅᆞᆫ ᄌᆞ녜 업ᄂᆞᆫ 고로 교병뷔 슉난 ᄉᆞ랑ᄒᆞᄂᆞᆫ 졍이 온젼ᄒᆞ여 갈니이디 아니ᄒᆞ믈 통한ᄒᆞ여 노녀로 더브러 다ᄅᆞᆫ ᄭᅬᄅᆞᆯ 그어 믄득 유신(有娠)ᄒᆞ믈 낫타ᄂᆡ고 그ᄉᆞ이 작인(作人)이 비쇽(非俗)ᄒᆞᆫ 신ᄉᆡᆼᄒᆡᄌᆞ(新生孩子)ᄅᆞᆯ 구ᄒᆞ더니 맛ᄎᆞᆷ 동닌(洞隣)의 유ᄉᆡᆼ 마은의 쳐 가시 빵ᄐᆡ냥ᄌᆞ(雙胎兩子)ᄅᆞᆯ ᄉᆡᆼᄒᆞ고 즉시 죽으니 마ᄉᆡᆼ의 유뫼(乳母) 노녀로 디극졍후(至極情厚)ᄒᆞ여 ᄉᆞ괴미 오란 고로 노네 황유랑을 ᄃᆡᄒᆞ여 냥
56면 ᄋᆞ 듕 ᄒᆞ나흘 팔고 ᄒᆞ나흘 기ᄅᆞ라 ᄒᆞᆫᄃᆡ 황녜 ᄉᆞ리ᄅᆞᆯ 모로고 쳔금을 혹ᄒᆞ여 져의 공ᄌᆡ(公子) 교가의 ᄌᆞ식이 되면 부귀 극ᄒᆞ리라 ᄒᆞ여 가연이[238] 허락ᄒᆞ고 마ᄉᆡᆼ이 모로게 유ᄋᆡ 죽다 ᄒᆞ고 ᄒᆞ나흘 노녀ᄅᆞᆯ 준ᄃᆡ 대열(大悅)ᄒᆞ여 금ᄇᆡᆨ(金帛)을 가져 은혜ᄅᆞᆯ 샤례(謝禮)ᄒᆞ고 흔흔(欣欣)이 회듕(懷中)의 너코 도라와 비로소 녀시 분만ᄒᆞ여 ᄉᆡᆼᄋᆡ 남ᄌᆡ믈 닐너 가듕(家中)이 딘동(震動)ᄒᆞ고 친쳑이 흔하(欣賀)ᄒᆞ니 ᄉᆡ로온 툥셰(寵勢)와 무거온 디위(地位)ᄅᆞᆯ 능히 독당(獨當)ᄒᆞ나 녀시 다만 스ᄉᆞ로 낫치 못ᄒᆞ믈 한ᄒᆞ여 강보젹ᄌᆞ(襁褓赤子)의 무ᄉᆞ댱셩(無事長成)ᄒᆞ믈 긔필치 못ᄒᆞ여 ᄎᆞᆯ하리 ᄒᆡᄅᆞᆯ 년ᄒᆞ여 ᄉᆡᆼ산ᄒᆞ건 쳬ᄒᆞ고 여러흘 모화 슬하

236 공쥬와 교병부의 ~ ᄉᆞ식이 업ᄉᆞ니: 규장각본에는 없는 내용임.

237 웅비(熊羆): 아들의 상징. 《시경》 〈사간(斯干)〉에 "점관(占官)이 점을 쳐보니 작은 곰과 큰 곰은 아들을 낳을 조짐이고 살모사와 뱀은 딸을 낳을 꿈이다(大人占之 維熊維羆 男子之祥 維虺維蛇 女子之祥)."라는 말이 있음.

238 가연이: 흔쾌히.

(膝下) 장옥(掌玉)[239]이 션션(禪禪)ᄒᆞ믈 남이 일ᄏᆞᆺ과져 ᄒᆞ여 궁모곡계(窮謀曲計)로 ᄯᅩᄒᆞᆫ 무론귀쳔(無論貴賤)ᄒᆞ고 남의 신ᄉᆡᆼ ᄋᆞᄌᆞᄅᆞᆯ 가져 산휵(産畜)기ᄅᆞᆯ 잘ᄒᆞ건 쳬ᄒᆞ고 ᄒᆡᄅᆞᆯ 년ᄒᆞ여 삼개 긔동이 옥남긔 구ᄉᆞᆯ ᄭᅩᆺ치 ᄭᅩᆨ지ᄅᆞᆯ 년ᄒᆞᆷ ᄀᆞᆺᄐᆞ니 공쥬 모ᄌᆞ는 텬디긔 샤례ᄒᆞ고 ᄌᆞ긍심하(自矜心下)ᄒᆞ여 몽ᄆᆡ(夢寐)의도 그 간계(奸計)ᄅᆞᆯ ᄭᆡ닷디 못ᄒᆞ고 옥누고ᄃᆡ(玉樓高臺)의 안와(安臥)ᄒᆞ여 ᄌᆞ녀ᄅᆞᆯ 교무(嬌撫)ᄒᆞᆯᄉᆡ 삼ᄌᆞᄅᆞᆯ 귀듕ᄒᆞ나 쇽난 ᄉᆞ랑은 감(減)치 아냐 여러 곳의 갈니이므로뼈 호발(毫髮)도 젼ᄌᆞ(前者)의 못 ᄒᆞ미 업ᄉᆞ니 녀시 타인디ᄉᆡᆼ(他人之生)과 쳔인디츌(賤人之出)을 가져 분분이 모호믄 읏듬이 공쥬 모ᄌᆡ 삼ᄌᆞᄅᆞᆯ 어들ᄉᆞ록 녀ᄋᆞᄅᆞᆯ 년ᄋᆡᄒᆞ고 쇼져의 긔이ᄒᆞ미 초츌탁아(超出卓雅)ᄒᆞ여 무교(無敎)히 셩취(成就)ᄒᆞ고 블언이딘학(不言而進學)ᄒᆞ여 가ᄋᆞᄌᆞ(假兒子) 삼인의 쇼쇼 미용(美容)과 경쳔(經賤)ᄒᆞᆫ 영긔(英氣)로 감히 앙망(仰望)치 못ᄒᆞᆯ ᄇᆡ니 분한(憤恨)이 날노 더어 간흉극포(奸凶極暴)ᄒᆞ미 능히 ᄀᆞᆷ촐 길히 업셔 이목(耳目)이 번거치 아닌 곳의ᄂᆞᆫ 발연(勃然)ᄒᆞᆫ 노ᄉᆡᆨ(怒色)과 독ᄒᆞᆫ 손ᄡᅵ로 무단ᄒᆞᆫ 슈죄즐칙(數罪叱責)이 사ᄅᆞᆷ의 견ᄃᆡᆯ ᄇᆡ 아니오 간간이 쳘편옥쳑(鐵鞭玉尺)으로 일신을 두다려 ᄲᅨ 바아지고 가족이 ᄡᅥ러져 뉴혈(流血)이 돌디(突地)ᄒᆞ나 앗기고 측은ᄒᆞ미 업셔 일시의 죽이디 못ᄒᆞ믈 졀치통한(切齒痛恨)ᄒᆞ니[240] 쇼제 어린 나ᄒᆡ 녀시의 흉독(凶毒)을 당ᄒᆞ여 보젼(保全)ᄒᆞ미 위ᄐᆡᄒᆞ고 쳐신ᄒᆞ미 두리오나 텬셩디효(天性至孝)로 ᄯᅩᄒᆞᆫ 긔질이 비상ᄒᆞ여 알픈 거ᄉᆞᆯ ᄎᆞᆷ고 셜 57면

239 장옥(掌玉): 장중보옥(掌中寶玉). 보배처럼 여기는 사랑하는 자식.

240 통한(痛恨)ᄒᆞ니: 규장각본에는 '통한ᄒᆞ나'로 되어 있음.

우믈 셔리담아 일양(一樣) 효슌온화(孝順穩和)홀 쓴이오 원언(怨言)과 비분디식(悲憤之色)이 업ᄉᆞ니 공쥬 모지 녀시의 부ᄌᆞ(不慈)ᄒᆞ믈

58면 모로고 아득ᄒᆞᆫ 가온ᄃᆡ 잇ᄂᆞ니라. 쇼졔 오ᄂᆞᆯ 셰로브터 야야(爺爺)의 탐남간활(貪濫奸猾)ᄒᆞ믈 아라 잇다감 외방(外方) 군현(郡縣)의 봉헌(奉獻)ᄒᆞᄂᆞᆫ 녜믈(禮物)과 각국 졔왕의 상문(上聞)ᄒᆞᄂᆞᆫ 단ᄌᆞ(單子)의 긔딘이보(奇珍異寶)와 은화필빅(銀貨匹帛)이 ᄡᅡ히믈 보면 안식을 슈경(修正)ᄒᆞ고 간ᄒᆞ여 ᄀᆞᆯ오ᄃᆡ

“교문 쇼녀ᄂᆞᆫ 나라히 가음열고 방창부고(邦倉府庫)의 ᄌᆡ믈이 족ᄒᆞ믈 니ᄅᆞ미 아니라 빅셩이 가음열믈 니ᄅᆞ미니 나라 티되(治道) 빅셩이 가음열면 크게 다ᄉᆞᆯ미오 태위 부ᄒᆞ면 빅셩의 ᄌᆡ믈이 착냑(捉掠)ᄒᆞ여 ᄉᆞ목(司牧)[241]의 부ᄒᆞ믈 위ᄒᆞᆫ 연괴라. 가히 스ᄉᆞ로 탐식블이(貪索不已)ᄒᆞ미 아니라 민구어쳠(民具爾瞻)이 혁혁ᄉᆞ윤디뉴(赫赫師尹之類)[242] 업ᄉᆞ미라. 거죄(擧朝) ᄌᆡ하(在下)ᄒᆞ고 일국이 어쳠(爾瞻)ᄒᆞ여 시비(是非)ᄅᆞᆯ 청요(淸要)로 쳑벌(陟罰)ᄒᆞ고 훼예(毁譽)ᄅᆞᆯ 염긔(厭忌)로조ᄎᆞ 말ᄆᆡ암으니 대인이 줌녕셰벌(簪纓世閥)[243]노 텬가디예(天家之裔)로뼈 조괴농방(早魁龍榜)ᄒᆞ샤 봉각(鳳閣)의 병필학ᄉᆞ(秉筆學士)[244]로 당ᄃᆡ(當

241 ᄉᆞ목(司牧): 사목. 지방관.

242 민구어쳠(民具爾瞻)이 혁혁ᄉᆞ윤디뉴(赫赫師尹之類): 《시경》〈절남산(節南山)〉의 “빛나고 빛나는 태사(太師) 윤씨여, 백성들이 모두 그대를 우러러보도다(赫赫師尹 民具爾瞻).”라는 구절에서 나옴.

243 줌녕셰벌(簪纓世閥): 잠영세벌. ‘잠영’은 관원이 쓰던 비녀와 갓끈이라는 뜻으로, 지체가 높은 관리를 이름. ‘세벌’은 여러 대 내려온 관료 집안.

244 병필학ᄉᆞ(秉筆學士): 병필학사. 병필지임(秉筆之任), 즉 사필(史筆)을 잡은 소임이라는 뜻으로, 예문관의 검열(檢閱)을 이르던 말.

職)이 ᄌᆡ렬(宰列)의 계시니 병부듕권(兵部重權)과 위셰(威勢)의 혁연(赫然)ᄒᆞ미 더브러 ᄀᆞᆺᄐᆞᆫ[245] ᄌᆡ 드믄디라. 권위(權威)롤 요망(要望)ᄒᆞ고 쳥ᄉᆞ아댱(廳事亞長)[246]이 그 ᄆᆞᄋᆞᆷ을 도모ᄒᆞ므로 흠앙(欽仰)ᄒᆞ여 딘보[247] 필ᄇᆡᆨ(珍寶疋帛)으로뼈 쳔만슈롤 건너 딘상ᄒᆞ니 이 다 민폐(民弊)[248] 되ᄂᆞᆫ 바의 ᄀᆞᆺ치디 아닛ᄂᆞᆫ디라. 일노 말ᄆᆡ암아 ᄇᆡᆨ셩을 고륙ᄒᆞ여 도탄(塗炭)의 잠으니 텬하롤 깃기ᄂᆞᆫ[249] ᄌᆡᄉᆡᆼ은 나라히 평안ᄒᆞ고 ᄌᆡ상을 깃기ᄂᆞᆫ 59면
나라흔 망ᄒᆞᄂᆞ니 원컨ᄃᆡ 야야(爺爺)ᄂᆞᆫ 모든 폐믈(幣物)을 믈니치믈 절엄(絶嚴)히 ᄒᆞ샤 문졍(門庭)의 보화 시ᄅᆞᆫ 술위와 금ᄇᆡᆨ 가딘 사ᄅᆞᆷ이 간ᄃᆡ로 니ᄅᆞ게 마ᄅᆞ셤 즉ᄒᆞ니이다."

병뷔 쳐음은 경의문왈(驚疑問曰)

"어린 ᄋᆞ희 니ᄅᆞᄂᆞᆫ ᄇᆡ 딘실노 ᄉᆡᆼ각 밧기라. 아니 뉘 ᄀᆞᄅᆞ치더냐?"

쇼졔 처연탄왈(凄然嘆曰)

"쇼녜 존당 부모의 교ᄋᆡ롤 밧ᄌᆞ와 호치듕(豪侈中) ᄉᆡᆼ댱(生長)ᄒᆞ여 과연 셰졍(世情)과 믈니(物理)롤 아디 못ᄒᆞᄃᆡ 잇다감 ᄉᆞ셔(史書)롤 인ᄒᆞ여 고인(故人)의 현우(賢愚)와 금디인(今之人)의 션악(善惡)을 혜건ᄃᆡ 딘실노 젹덕디문(積德之門)의 여경(餘慶)을 긔필ᄒᆞ고 젹앙디가(積殃之家)의 화얼(禍孽)을 한치 못ᄒᆞᆯ디라. 사ᄅᆞᆷ이 어딜고 유덕(有

---

245 ᄀᆞᆺᄐᆞᆫ: 규장각본에는 '갓촌'으로 되어 있음.

246 쳥ᄉᆞ아댱(廳事亞長): 청사아장. '아장'은 조선시대 사간원의 사간과 사헌부의 집의를 이르던 말.

247 딘보(珍寶): 규장각본에는 '금보'로 되어 있음.

248 민폐(民弊): 백성들에게 끼치는 피해.

249 깃기ᄂᆞᆫ: 깃기다. 기뻐하게 하다.

德)ᄒᆞ여 ᄒᆡᆼ실이 놉고 쳥념(淸廉)ᄒᆞ나 홀노 복을 타디 못ᄒᆞ여 긔궁험흔ᄌᆡ(奇窮險釁者) 이시나 이ᄂᆞᆫ 죡히 븟그럽디 아니며 슬프디 아닌디

60면 라. 그 아름다온 일홈이 ᄉᆡᆼ젼신후(生前身後)의 빗ᄂᆡ 일ᄏᆞᄅᆞ미 된즉 엇디 블인탐학(不仁貪虐)ᄒᆞ여 일홈 업ᄉᆞᆫ 보화와 츌쳐 업ᄉᆞᆫ ᄌᆡ믈노 일ᄉᆡᆼ 호부(豪富)ᄒᆞᄆᆡ 낫디 아니리잇가? 태모(太母) 봉읍(封邑) 소산(所産)이 합문(闔門)의 호샤극부(豪奢極富)ᄒᆞ믈 닐월 거시오 대인 녹봉(祿俸)이 일가군쳑(一家群戚)의 ᄉᆞᆯ올 거시오 이에셔 바랄 ᄇᆡ 아니라. 각읍 쥬현(州縣)과 외국 졔왕의 딘헌(進獻)ᄒᆞᄂᆞᆫ 금ᄇᆡᆨ 보믈을 고듕(庫中)의 ᄡᅧᆨ이미 그 ᄌᆡ변(災變) 되미 샹셰 아닌 고로 ᄎᆞ후(此後) 영졀(永絶)ᄒᆞ시믈 알외미오 사ᄅᆞᆷ의 가ᄅᆞ치믈 바드미 아니라. 양딘(楊震)이 밤의 금을 샤양(辭讓)ᄒᆞ미 텬니(天理)와 ᄆᆞ음을 쇽이디 못ᄒᆞ미니[250] 딘실노 효측(效則)ᄒᆞ염 즉ᄒᆞ니이다."

병뷔 어로만져 탄디칭션(歎之稱善) 왈

"대ᄌᆡ대ᄌᆡ(大哉大哉)라 아디쇼교(我之小嬌)의 약셕디언(藥石之言)[251]이여! 여뷔(汝父) 박비(薄菲)ᄒᆞ므로 너ᄅᆞᆯ 둘 줄 ᄉᆡᆼ각디 아니홀와[252] 내 비록 념딕(廉直)디 못ᄒᆞ나 엇디 현녀(賢女)의 졍간(正諫)을 좃디 아니리오?"

이후 쥬현방ᄇᆡᆨ(州縣方伯)의 봉헌(奉獻) 긔딘이보(寄珍異寶)ᄅᆞᆯ 비록 ᄆᆡᄆᆡ히 믈니치든 못ᄒᆞ나 즐겨 밧기ᄅᆞᆯ 덜ᄒᆞ고 죵용ᄒᆞᆫ ᄯᅢᄅᆞᆯ 타 모젼의

---

250 양딘(楊震)이 밤의 ~ 쇽이디 못ᄒᆞ미니: 양진이 형주 자사로 부임했을 때 왕밀이 밤중에 찾아와서 금 열 근을 바쳤는데, 양진이 하늘이 알고 땅이 알고 내가 알고 자네가 안다면서 받지 않았다는 고사에서 차용.

251 약셕디언(藥石之言): 약석지언. 약과 침 같은 말이라는 뜻으로, 경계가 되는 훌륭한 말.

252 아니홀와: 규장각본에는 '아닌 ᄇᆡ라'로 되어 있음.

ᄀ마니 녀ᄋ의 말을 옴겨 알외고 탄식왈(嘆息曰)

"호시 죄과(罪過)ᄂ 만ᄉ무셕(萬死無惜)이니 셰월이 오랄ᄉ록 신슈(身首)를 이쳐(異處)치 못ᄒ오미 통한(痛恨)ᄒ오나 난ᄋ의 쳥졍결조(淸淨潔操)홈과 고고항항(高高抗抗)ᄒ믄 만히 호쥬ᄉ의 픔되 이시니 여믹(餘脈)이 업디 아니믈 알너이다." 61면

공쥐 역탄왈(亦嘆曰)

"호시[253] 죄과(罪過)ᄂ 한심ᄒ나 기녜(其女) 져러틋 아름다오니 졔 스ᄉ로 낙슈투강(落水投江)치 아녓던들 ᄒ 구셕의 목슘을 빌녀 텬년(天年)[254]을 맛게 ᄒᆯ 거술 너의 과급(過急)ᄒ 연고로 망ᄋ(亡兒)의 원슈도 갑디 못ᄒ고 싱ᄋ(生兒)의 어미도 보젼치 못ᄒ니 엇디 후회치 아니리오?"

병뷔 츄연(惆然)이 식(色)을 곳쳐 믁연(默然)이러라. 슉난이 맛츰 당외(堂外)의셔 궁ᄋ(宮兒) 등의 슈션을 보더니 조모(祖母)와 야야(爺爺)의 문답(問答)을 듯고 드러와 연고(緣故)를 뭇ᄌ오니 병뷔 블힝(不倖)ᄒ미 극(極)ᄒ나 녀ᄋ의 거동(擧動)이 그만ᄒ여 모로고 이실 비 아니니 대강을 셜파(說破)ᄒ디 쇼졔 듯기를 다 못 ᄒ여셔 호통운절(號痛殞絶)ᄒ여 인ᄉ(人事)를 모로니 병뷔 창황이 약믈을 드리워 구호(救護)ᄒ고 공쥐 붓드러 슬픈 안쉬(眼水) 쳠의(沾衣)ᄒ여 왈

"인ᄌ디심(人子之心)의 엇디 이러치 아니리오마ᄂ 여뫼(汝母) 죄과를 ᄲ하 죽어도 쇽(贖)기 어려온 고로 너를 소싱(所生)으로 칭ᄒ고 호 62면

253 역탄왈(亦嘆曰) 호시: 규장각본에는 없는 내용임.

254 텬년(天年): 천년. 타고난 수명.

가를 졀의(絶義)ᄒᆞ여 아이의 아니 취ᄒᆞ엿던 ᄃᆞ시 ᄒᆞᄂᆞ니 너ᄂᆞᆫ 쏘ᄒᆞᆫ 아비 쯧을 조ᄎᆞ 죄루(罪累)의 죽은 ᄌᆞ모(慈母)ᄅᆞᆯ ᄉᆡᆼ각디 말고 녀시ᄅᆞᆯ 의디(依支)ᄒᆞ여 친뫼(親母) 아니믈 혐의(嫌疑)치 말나."

쇼계 계오 말을 일워 ᄋᆡ혈통읍(哀血痛泣) 왈

"태모(太母)의 명괴(明教) 만히 블가ᄒᆞ시이다. ᄌᆞ고(自古)의 혹 모역(謀逆)ᄒᆞᆫ 국젹(國賊)으로ᄡᅧ 대의멸친(大義滅親)[255]이라 ᄒᆞ여 친쳑이 바리고 향당(鄕黨)[256]이 타비(唾鄙)ᄒᆞ여 상상(常常)의 아던 바ᄅᆞᆯ 니ᄅᆞ디 아니나 텬늎(天倫)의 경과 모녀의 ᄌᆞᄋᆡ(慈愛)와 엇디 사ᄅᆞᆷ이 닐너 긋치며 ᄆᆞᄋᆞᆷ의 버혀 ᄉᆡᆼ각디 말니잇고?《모시(毛詩)》[257]의 골와시ᄃᆡ '은막대어부(恩莫大於父)샷다 디막대어모(知莫大於母)샷다' ᄒᆞ니 비록 부위(父位) 존(尊)ᄒᆞ미 병텬(倂天)ᄒᆞ나 쏘 ᄌᆞ모의 디졍(至情)이 텬긔로 할연(割然)ᄒᆞ니 블초녜 ᄉᆞᄉᆞ로 부귀ᄒᆞ믈 인ᄒᆞ여 죄루(罪累)의 원몰(怨沒)ᄒᆞᆫ ᄌᆞ모의 의ᄅᆞᆯ ᄉᆞᆺ쳐 텬늎(天倫)을 버히고 영영 소ᄉᆡᆼ디친(所生之親)을 밧고미 될딘ᄃᆡ 금슈(禽獸)의 디난 무디(無知)홈과 하날을 모로ᄂᆞᆫ 악인(惡人)을 비록 사ᄅᆞᆷ이 벌ᄒᆞ지 아니나 우흐로 쳥쳥(靑靑)ᄒᆞᆫ 냥부호텬(陽府昊天)과 아ᄅᆡ로 침침(沈沈)ᄒᆞᆫ 음ᄉᆞ후퇴(陰祠后土) ᄒᆞᆫ

63면 가디로 버히믈 줄디라. 쇼네[258] 엄하(嚴下)의 죽어도 이ᄂᆞᆫ ᄎᆞ마 슌슈(順受)치 못ᄒᆞ오리니 비록 셰월이 오ᄅᆡ나 년디(蓮池)의 ᄌᆞ모의 넉솔 블

---

255 대의멸친(大義滅親): 대의에 입각하여 친족의 정을 끊는 것.《춘추좌씨전》에서 차용.

256 향당(鄕黨): 마을사람.

257《모시(毛詩)》:《시경(詩經)》의 별칭. 한대(漢代) 모형(毛亨)과 모장(毛萇)이 전한 시.

258 쇼네: 규장각본에는 '소녜ᄂᆞᆫ'으로 되어 있음.

너 허위(虛位)를 베퍼 삼년증상(三年蒸嘗)[259]을 일우게 ᄒᆞ시고 쇼녀를 죄인디ᄉᆡᆼ(罪人之生)이라 ᄒᆞ여 더럽다 아니실딘ᄃᆡ 후당 ᄒᆞᆫ구셕의 일간누실(一間陋室)을 빌니신즉 쇼녜 평ᄉᆡᆼ을 거혼(拒婚)ᄒᆞ여 ᄌᆞ모(慈母)의 튱슈(充數)치 못홀디언졍 망모(亡母)의 향화(香火)[260]를 위ᄒᆞ여 죽디 아니리이다."

언필(言畢)의 또 울고 막혀 경ᄉᆡᆨ(景色)이 참참(慘慘)ᄒᆞ고 졍ᄉᆞ(情事) ᄋᆡ졀(哀切)ᄒᆞ니 공쥬의 통도ᄋᆡ상(痛悼哀傷)ᄒᆞ믄 니ᄅᆞ도 말고 병뷔이 ᄯᅩᆯ ᄉᆞ랑ᄒᆞ믄 만금보옥(萬金寶玉)의 비(比)치 못ᄒᆞᄂᆞᆫ 바로 그 질텬호원(叱天呼冤)ᄒᆞᄂᆞᆫ 우름이 간혈(肝血)이 ᄉᆞ라지믈 알 ᄇᆡ오 디란약딜(芝蘭弱質)이 경긱(頃刻)의 엄호운졀(奄號殞絶)키를 ᄌᆞ로 ᄒᆞ니 일노 드ᄃᆡ여 치부(置簿)ᄒᆞᆫ 병을 닐월가 초조젼급(焦燥戰急)ᄒᆞ여 호시를 앗기미 아니로ᄃᆡ 녀ᄋᆞ의 디통(至痛)을 위ᄒᆞ여 슬픈 안쉬(眼水) 경경(耿耿)[261]이 ᄲᅧ러디믈 ᄭᆡ닷디 못ᄒᆞ니 황망(慌忙)이 녀ᄋᆞ의 향신(香身)을 븟드러 슬샹(膝上)의 ᄀᆞ로 안고 일변 졉싀교면(接腮交面)ᄒᆞ여 ᄋᆡ련(愛憐)ᄒᆞᄂᆞᆫ 졍을 억제치 못ᄒᆞ여 ᄌᆞ젼(慈前)의 고왈(告曰)

"효ᄂᆞᆫ ᄇᆡᆨᄒᆡᆼ디원(百行之源)이오 졍은 위력(威力)으로 ᄭᅳᆺ디 못홀디라. 64면
ᄋᆞᄒᆡ ᄉᆡᆼ모(生母)를 위ᄒᆞ여 인ᄉᆞ디도(人事之道)를 다ᄒᆞ고ᄌᆞ ᄒᆞ오니 ᄭᅮ디져 긋칠 ᄇᆡ 아니오 말녀도 드롤 ᄇᆡ 아니니 출하리 졔 ᄯᅳᆺ을 조ᄎᆞ 모녀 텬셩(天性)을 온젼케 ᄒᆞ고ᄌᆞ ᄒᆞ오나 셩회(聖孝) 디극(至極)ᄒᆞ

---

259 증상(蒸嘗): 제사. 겨울 제사는 증(蒸), 가을 제사는 상(嘗)이라고 함.

260 향화(香火): 향불이라는 뜻으로, 제사를 비유하는 말.

261 경경(耿耿): 매우 염려됨.

고 집녜(執禮) 틱고(太高)ᄒᆞ오니 일노뼈 디통(至痛)을 삼아 약딜(弱質)이 깁히 상홀가 쇼ᄌᆞ의 언경(言輕)ᄒᆞᆷ을 후회ᄒᆞ나 밋디 못ᄒᆞ리로소이다.”

공쥐 역읍하루(亦泣下淚) 왈

“죵시 긔(欺)일 거순 아니로ᄃᆡ ᄎᆞ시(此時)의 아라 어린 심장(心腸)의 상(傷)ᄒᆞ미 되니 엇디 블힝(不幸)치 아니리오? 호시 비록 죄루(罪累) 듕 죽어시나 ᄌᆞ식은 어미롤 ᄇᆞ리디 아니미 졍니 당연ᄒᆞ고 네 ᄯᅩ ᄌᆞ식을 도라보ᄆᆡ 기모(其母)롤 아조 폐(廢)치 못ᄒᆞ리니 모로미 ᄉᆡᆼ각ᄒᆞ여 난ᄋᆞ의 디통을 ᄒᆞᆫ 일이나 덜게 하라.”

병뷔 ᄇᆡ이슈명(拜而受命)ᄒᆞ고 좌우(左右)로 ᄆᆡ음을 가져 녀ᄋᆞ롤 ᄡᅳ다둠아 먹기롤 권ᄒᆞ여 왈

“네 비록 통졀(痛切)ᄒᆞᆫ 심회(心懷) 남다ᄅᆞ나 존당 우려(憂慮)와 아뷔 졀우(切憂)롤 도라보아 음식을 나오고 죵용이 상의ᄒᆞ여[262] 어믜 녕빅(靈魄)을 년디(蓮池)의 마ᄌᆞ 삼년증상(三年蒸嘗)과 ᄉᆞ시향화(四時香火)롤 ᄆᆞ옴ᄃᆡ로 ᄒᆞ라. 내 셜ᄉᆞ ᄌᆞ식을 ᄉᆞ랑치 아니ᄒᆞ나 죽은 어믜 년좌(緣坐)롤 어린 ᄯᆞᆯ의게 ᄡᅳ며 너롤 후당(後堂) ᄒᆞᆫ구셕의 두어 ᄌᆞ녀 뉴의 튱슈(充數)치 아니리오? 네 거동(擧動)을 보니 내 역시 죵일 블식(不食)의 허핍(虛乏)ᄒᆞᆷ을 모로고 심원이 요요(擾擾)ᄒᆞ여 방촌(方寸)이 비비(悲悲)ᄒᆞ니 통셕(痛惜)ᄒᆞᆷ을 니긔디 못ᄒᆞ리로다.”

셜파(說罷)의 함연톄루(涵然涕淚)ᄒᆞ니 쇼제 디통(至痛)이 층쳡(層疊)

65면

262 상의ᄒᆞ여: 규장각본에는 ‘상의하고’로 되어 있음.

ᄒᆞ고 비원(悲寃)이 듕듕(重重)ᄒᆞ여 부친의 슬허ᄒᆞᆷ과 태모의 ᄋᆡ도(哀悼)ᄒᆞ시믈 밋쳐 ᄉᆡᆼ각디 못ᄒᆞ엿더니 야야(爺爺)의 말ᄉᆞᆷ이 이 ᄀᆞᆺᄐᆞ여 ᄌᆞ긔ᄅᆞᆯ 위ᄒᆞ여 죵일(終日) 폐식(廢食)ᄒᆞ여 상도(傷悼)ᄒᆞ시믈 드ᄅᆞᄆᆡ 블효ᄅᆞᆯ 더옥 슬허ᄒᆞ고 명도(命途)ᄅᆞᆯ 늣겨 오열뉴쳬(嗚咽流涕) 왈

“블초(不肖)의 졍경(情景)의 망극ᄒᆞᆷ과 디통의 쳡다(疊多)ᄒᆞ믈 인ᄒᆞ와 태모와 야애 식치(食置)ᄅᆞᆯ 폐ᄒᆞ시고 비회(悲懷)ᄅᆞᆯ 요동ᄒᆞ시니 블효의 무거오미 만ᄉᆞ무셕(萬死無惜)이로소이다. 이에 존당과 야야의 년무(憐撫)ᄒᆞ시ᄂᆞᆫ 은혜 블초(不肖) 일신의 협골흡쳬(浹骨洽體)ᄒᆞ오나 망모(亡母)의 누얼(陋孼)을 신셜(伸雪)치 못ᄒᆞᆫ 후ᄂᆞᆫ 당당ᄒᆞᆫ 죄인디ᄉᆡᆼ(罪人之生)이라. 하면목(何面目)으로 화당고루(華堂高樓)의 안거(安居)ᄒᆞ리잇고? 하당(下堂) 심쳐(深處)ᄅᆞᆯ 원ᄒᆞᄂᆞ이다.”

병뷔 고흉통도(叩胸痛悼) 왈 66면

“잔인ᄒᆞ고 슬픈 말을 다시 말나. 우리 모ᄌᆡ 너ᄅᆞᆯ 후당(後堂) 심쳐(深處)의 두고 홀노 엇디 이에 이시리오?”

인ᄒᆞ여 듁 그ᄅᆞᄉᆞᆯ 드러 영ᄋᆞ(嬰兒)ᄀᆞᆺ치 ᄡᅳ다둠아 권ᄋᆡ(眷愛)ᄒᆞ니 쇼졔 딘실노 ᄉᆞᆯ고져 의ᄉᆡ 업ᄉᆞ나 망모(亡母)의 혈식(血息)이 ᄌᆞ가 일신ᄲᅳᆫ이믈 ᄉᆡᆼ각ᄒᆞᄆᆡ ᄯᅩᄒᆞᆫ ᄎᆞ마 ᄌᆞ딘ᄌᆞ멸(自盡自滅)ᄒᆞ여 망모로 ᄒᆞ여곰 텬디의 궁극(窮極)ᄒᆞᆫ 누얼을 므릅ᄡᅳ고 황양고혼(黃壤孤魂)이 ᄉᆞ시도 ᄉᆞᆺᄎᆞᆯ 슬프믈 더으디 못ᄒᆞ여 의리ᄅᆞᆯ 관대히 ᄉᆡᆼ각ᄒᆞ고 ᄇᆞ득이 듁 그ᄅᆞᆺᄉᆞᆯ 밧ᄌᆞ와 두어 번 마시고 다시 ᄋᆡ통망망(哀慟茫茫)ᄒᆞ니 병뷔 겻ᄐᆡ 나호여 다ᄅᆡ믈 마디 아니코 임의 밤이 깁흐ᄆᆡ 슬프믈 딘뎡(鎭靜)ᄒᆞ여 편히 ᄌᆞ라 ᄒᆞᆯᄉᆡ 스ᄉᆞ로 녀ᄋᆞ의 ᄌᆞ리ᄅᆞᆯ 펴며 벼개ᄅᆞᆯ 바로 ᄒᆞ여 주고 년셕귀듕(憐惜貴重)ᄒᆞ미 비길 곳이 업ᄉᆞ니 쇼졔 텬셩디효(天性之孝)로

존당(尊堂)과 야야(爺爺)의 이우(貽憂)[263]ᄅᆞᆯ 더으디 못ᄒᆞ여 스ᄉᆞ로 디통을 관억(寬抑)ᄒᆞ고 ᄯᅩᄒᆞᆫ 야심(夜深)ᄒᆞ믈 일ᄏᆞ라 야야의 나가 취침(就寢)ᄒᆞ시믈 쳥ᄒᆞ니 상셰 왈

"네 날을 편히 ᄌᆞ과져 ᄒᆞ거든 네 모로미 우디 말고 ᄌᆞ위(慈闈)ᄅᆞᆯ 뫼셔 67면 됴히 ᄌᆞ라. 네 몸을 보호ᄒᆞ고 무익(無益)ᄒᆞᆫ 슬프믈 과히 말나. 여뷔 너의 말인ᄌᆞᆨ 아모 어려온 일이라도 조ᄎᆞ리라."

쇼졔 디ᄌᆞ(至慈)ᄅᆞᆯ 감격ᄒᆞ여 눈믈을 거두고 ᄇᆡ샤슈명(拜辭受命)ᄒᆞ니 ᄉᆞᄆᆡ ᄌᆡ삼(再三) 당부ᄒᆞ여 편히 ᄌᆞ라 ᄒᆞ고 날호여 외헌(外軒)으로 나가니 공쥐 쇼져ᄅᆞᆯ 나호여 픔고[264] 읍읍(悒悒)히 슬허ᄒᆞ다가 잠간 잠드니 녀시의 ᄉᆡ로 산 시비 녈잉이 녀시 귀근(歸覲)ᄒᆞᄂᆞᆫ 바의 조ᄎᆞ가지 아니ᄒᆞ고 공쥬 침뎐(寢殿)의 ᄉᆞ후(伺候)ᄒᆞ더니 임의 픔은 ᄯᅳᆺ이 가득ᄒᆞ나 조각[265]을 못 어더 쇼저긔 고치 못ᄒᆞ고 민민(悶悶)ᄒᆞ던디라. 공쥬의 침쉬 깁흐믈 보고 힝보ᄅᆞᆯ ᄌᆞ최 업시ᄒᆞ여 쇼져 누은 알ᄑᆡ 나아가 ᄉᆞᆫ으로 후창(後窓)을 ᄀᆞᄅᆞ쳐 잠간 나가믈 쳥ᄒᆞ니 쇼졔 잉의 위인(爲人)이 능녀(凌厲)ᄒᆞ나[266] 조곰도 흉활(凶猾)치 아니믈 아ᄂᆞᆫ 고로 반ᄃᆞ시 니ᄅᆞ고ᄌᆞ ᄒᆞᄂᆞᆫ 말이 이시믈 디긔(知機)ᄒᆞ고 잠간 몸을 니러 여측(如厠)ᄒᆞ믈 일ᄏᆞᆺ고 잉으로 쵹(燭)을 ᄌᆞᆸ히고 후함으로 나오니 잉이 눈을 둘너 좌우(左右)ᄅᆞᆯ ᄉᆞᆯ펴 동정(動靜)이 젹젹ᄒᆞ고 븍소ᄅᆡ 월월ᄒᆞ여 시방 ᄌᆞ정(子

---

263 이우(貽憂): 근심과 걱정.

264 픔고: 규장각본에는 '픔의 픔고'로 되어 있음.

265 조각: '겨를'의 옛말.

266 능녀(凌厲)ᄒᆞ나: 능려하다. 뛰어나고 훌륭하다.

正)이오 경장(更將) ᄉᆞ경초(四更初)의 만뇌구젹(萬籟俱寂)[267]ᄒᆞ고 ᄇᆡᆨ실(百室)이 고요ᄒᆞ믈 보ᄆᆡ 잠간 ᄆᆞ음을 노화 고두ᄇᆡ복(叩頭拜伏) 왈 68면 "쇼비(小婢) 녈익[268]은 쳐쉬 호쥬ᄉᆞ딕 쇼ᄎᆞ두오 냥인(良人)의 ᄌᆞ식으로 부뫼 간난(艱難)ᄒᆞ여 녀부인긔 은화(銀貨)를 취ᄒᆞ여 바든 ᄇᆡ 아니라. 셕년(昔年) 왕애의 녀군 호부인이 누얼(陋孽)을 므릅뼈 여ᄎᆞ여ᄎᆞ 심원누옥(深苑陋屋)의 곤(困)ᄒᆞ신 바로 죄명(罪名)과 화얼(禍孽)이 일익층가(日益層加)ᄒᆞ여 모일(某日)의 쥬군(主君)이 발검살ᄒᆡ(拔劍殺害)코ᄌᆞ ᄒᆞ시니 쇼비의 형 녈셤이 부인을 업고 창황(蒼黃)이 년디(蓮池)의 ᄯᅥ러디니 뉘 이셔 구호(救護)ᄒᆞ며 ᄯᅩ 엇디 ᄉᆞᆯ기를 ᄇᆞ라리잇고 마ᄂᆞᆫ 힝혀 이승(尼僧)을 만나 활은늉해(闊恩隆惠)로 노쥐(奴主) 긔특(奇特)이 ᄌᆡᄉᆡᆼ(再生)ᄒᆞᄆᆡ[269] 촌진(寸進)ᄒᆞ여 쳐쉬 도라가 태부인 방시를 뫼셔 비회(悲懷) 셔로 위로ᄒᆞ여[270] 셰월을 보ᄂᆡ시나 심골(心骨)의 박힌 원과 듕니(中裏)의 얽힌 통이 스ᄉᆞ로 명완(命頑)ᄒᆞ믈 늣기시고 쇼져의 ᄉᆞᄉᆡᆼ존몰(死生存沒)을 몰나 더옥 통돌(痛咄)ᄒᆞ믈 마디 아니시ᄃᆡ 호부 노복(奴僕)이 감히 이에 와 어룬기디 못ᄒᆞ고 녈셤은 궁듕(宮中) 소쇽(所屬)의 면목(面目)이[271] 닉은 고로 셔어(齟齬)ᄒᆞᆫ[272] 계교(計巧)를 쓰디 못ᄒᆞ여 쇼비ᄂᆞᆫ 금년 이칠의 일즉 궁듕 졔인(諸人)의 얼골 아

---

267 만뇌구젹(萬籟俱寂): 만뢰구적. 매우 잠잠하고 고요함.

268 녈익: 문맥상 시비 열앵을 의미하므로 '녈잉'의 오기로 봄.

269 ᄌᆡᄉᆡᆼ(再生)ᄒᆞᄆᆡ: 규장각본에는 'ᄉᆞ라나ᄆᆡ'로 되어 있음.

270 태부인 방시를 ~ 셔로 위로ᄒᆞ여: 규장각본에는 'ᄐᆡ부인긔 의디ᄒᆞ고'로 되어 있음.

271 소쇽(所屬)의 면목(面目)이: 규장각본에는 '소속이라 이목이'로 되어 있음.

272 셔어(齟齬)ᄒᆞᆫ: 서어하다. 상하의 치아가 가지런하지 않다는 뜻으로, 어긋난다는 것을 비유.

ᄂᆞᆫ 니 업ᄂᆞᆫ 고로 부인디ᄀᆈ(婦人之敎) 여ᄎᆞᄒᆞ샤 거ᄌᆞᆺ 냥인인 쳬ᄒᆞ고
69면 귀궁(貴宮)의 팔니여 쇼져의 평부(平否)[273]ᄅᆞᆯ ᄌᆞ로 알게 ᄒᆞ라 ᄒᆞ시ᄂᆞᆫ 고
로 왕년(往年) 하ᄉᆞ월(夏四月)의 녀부인 시네(侍女) 되여 쇼져긔 뵈
완 디 여러 일월의 감히 긴 셜화ᄅᆞᆯ 고치 못ᄒᆞ믄 쇼졔 셕ᄉᆞ(昔事)ᄅᆞᆯ 젼
연브디(全然不知)ᄒᆞ시고 녀부인 ᄉᆡᆼ츌(生出)노 아ᄅᆞ시니 졸연(猝然)
이 마ᄃᆡᄅᆞᆯ ᄊᆡ쳐 ᄲᅵᄅᆞᆯ 바ᄅᆞ기 어려온 고로 유유(悠悠)[274]히 셰월을 쳔연
(遷延)ᄒᆞ더니 오날ᄂᆞᆯ 쇼졔 소ᄉᆡᆼ디지(所生之地)ᄅᆞᆯ 분변ᄒᆞ시고 부인이
ᄌᆡ셰(在世)ᄒᆞ신 줄을 모로샤 년디(蓮池)의 초혼(招魂) 셜허위(設虛
位)ᄒᆞ샤 졔ᄉᆞ(祭事)ᄒᆞ믈 의논ᄒᆞ실ᄉᆡ 비ᄌᆡ(婢子) 비로소 젼후곡졀(前
後曲折)을 알외ᄂᆞ니 만일 부인의 ᄌᆡᄉᆡᆼ(再生)ᄒᆞ시믈 녀부인이 안ᄌᆞᆨ 다
시 ᄒᆡᄒᆞ미 딜디이심(疾之已甚)[275]ᄒᆞ리니 쇼져ᄂᆞᆫ 범ᄉᆞ(凡事)ᄅᆞᆯ 아라ᄒᆞ
샤 초혼증상디ᄉᆞ(招魂烝嘗之事)ᄅᆞᆯ 의논치 마ᄅᆞ샤 부인이 ᄌᆡ셰(在世)
ᄒᆞ신 바의 상ᄉᆞ(喪事)ᄅᆞᆯ 다ᄉᆞ리미 일의 괴이ᄒᆞ믈 ᄉᆡᆼ각ᄒᆞ쇼셔.”

인ᄒᆞ여 픔으로셔 일봉셔(一封書)ᄅᆞᆯ ᄂᆡ여드려 왈

“이 곳 부인 셔간(書簡)이라. 쇼비 이에 온 후 궁극히 왕편(往便)을 어
더 부인긔 쇼져 슈미긔이(秀美奇異)ᄒᆞ시믈 고ᄒᆞ엿더니 이 셔간을 보
ᄂᆡ시며 아모 졔라도 쇼졔 녀시 ᄉᆡᆼ츌(生出)이 아니믈 아ᄂᆞᆫ 날 드리라
ᄒᆞ신 고로 금일 드리ᄂᆞ이다.”

70면 쇼졔 눈으로 ᄋᆡᆼ을 보며 귀로 그 말을 드러오ᄆᆡ 여의여황(如疑如荒)ᄒᆞ

273 평부(平否): 안부.

274 유유(悠悠)히: 때가 오랜 모양.

275 딜디이심(疾之已甚): 질지이심. 《논어》 〈태백(泰伯)〉에 있는 “인(仁)하지 못한 사람을 너무 심히 미워하면 난을 부르게 된다.”라는 구절에서 차용.

여 심신이 어린 둧 취흔 둧 측냥(測量)치 못흐더니 모친 글을 바드믹 더옥 희환비열(喜歡飛悅)흐여 밧비 탁봉(坼封)[276]흐믹 만편셔亽(滿片書辭)의 익절통만(哀切痛滿)흐믄 니루도 말고 쇼져의 기리 보명(保命)흐믈 한업시 당부흐고 텬되(天道) 죵시(終是) 주가의게 일편도이 박(薄)디 아니리니 참누(慙累)룰 신셜(伸雪)흐고 모녜 싱면(生面)을 단회(團會)흐여 텬눈의 여한(餘恨)이 업술 줄 일쿠라 디졍(至情)이 디상(紙上)의 버럿고 혈심(血心)[277]이 글 가온딕 버러 바라 어엿비 넉임과 귀듕흐믈 측냥치 못흐니 쇼졔 만만긔약(萬萬期約) 밧 모친 싱존을 알고 다시 셔장(書狀)을 밧드러 만심(滿心)이 환희젼도(歡喜顚倒)흐니 디난 화얼(禍孼)의 망측흠과 당금(當今) 싱활의 비원(悲怨)흐믈 거리끼디 아니터라.

(책임교주 남혜경)

---

276 탁봉(坼封): 편지 등의 봉한 것을 풂.

277 혈심(血心): 진심에서 우러나오는 정성.

완월회맹연
玩月會盟宴

권디ᄉᆞ십뉵
卷之四十六

1면 어시(於是)의 숙난쇼졔 만만긔약(萬萬期約) 밧 모친 ᄉᆡᆼ존을 알고 다시 셔장(書狀)을 밧드러 만심환희젼도(滿心歡喜顚倒)ᄒᆞ니 디난 화얼(禍孽)의 망측(罔測)홈과 당금ᄉᆡᆼ활(當今生活)의 비원(悲怨)ᄒᆞ믈 거리ᄭᅵ디 아니코 비록 구ᄎᆞᄒᆞ고 슬픈 졍이나 텬도(天道)의 보우(保佑)ᄒᆞ믈 힘닙어 능히 셰샹의 머므ᄅᆞ시믈 긔힝ᄎᆞ열(奇幸且悅)ᄒᆞ나 ᄌᆞ긔 초칠디셰(初七之歲)의 니ᄅᆞ도록 소ᄉᆡᆼ지디(所生之地)ᄅᆞᆯ 모로고 ᄉᆡᆼ모(生母)의 궁원극통(窮冤極痛)을 몽ᄆᆡ(夢寐)의도 ᄭᆡ닷디 못ᄒᆞ여 암연무려(黯然無慮)히 일월(日月)을 홀노 즐기던 바ᄅᆞᆯ ᄒᆡ연통도(駭然痛悼)ᄒᆞ여 질셔ᄋᆡ호[1]의 빵뉘(雙淚) 빈빈(頻頻)ᄒᆞ여 옥면(玉面)을 젹시더니 날호여 가ᄉᆞᆷ을 어로만져 통ᄒᆡ(痛駭)ᄅᆞᆯ 억제ᄒᆞ고 나ᄌᆞᆨ이 니ᄅᆞᄃᆡ "너[2]의 민오(敏悟)ᄒᆞᆫ 튱셩(衷誠)을 인ᄒᆞ여 우리 모녜 ᄉᆡᆼ존을 아라 쳔ᄌᆡ디하(千載之下)[3]의 뉴셰(留世)ᄒᆞ믈 젼ᄒᆞ니 잇디 공이 놉고 덕이 깁디 아니리오마ᄂᆞᆫ ᄉᆡᆼ각건ᄃᆡ 이곳의 ᄆᆡ신(埋身)ᄒᆞ미 죵시궤샤(終始詭詐)ᄒᆞ여 딕ᄇᆡᆨ(直白)기의 먼디라. 네 엄위(嚴闈)[4]로 쥬군(主君)으로 칭홀딘ᄃᆡ 비ᄌᆞ디되(婢者之道) 엇디 쥬모(主母) 셤기믈 친소(親疏)로 ᄒᆞ여
2면 뎡당태ᄐᆡ(正堂太太)[5]ᄅᆞᆯ 쇽이기ᄅᆞᆯ 위쥬ᄒᆞ며 쳐쥐태ᄐᆡ[6]긔 밀밀셰담

1 질셔ᄋᆡ호: 규장각본은 '질셔애호'로 되어 있음. 간절한 소리로 슬프게 울었다는 뜻의 '질성애호(疾聲哀號)'의 뜻으로 추정.

2 너: 시비 열앵.

3 쳔ᄌᆡ디하(千載之下): 천재지하. 천 년의 시간이 흐른 뒤라는 뜻으로 여기서는 교숙란이 어머니를 모르고 살던 기간을 의미.

4 엄위(嚴闈): 교한필.

5 뎡당태ᄐᆡ(正堂太太): 정당태태. 교한필의 첫째 부인 여씨.

6 쳐쥐태ᄐᆡ: 처주태태. 교한필의 둘째 부인 호씨.

(密密細談)으로 번거ᄒᆞᆫ 가ᄉᆞ(家事)ᄅᆞᆯ 일일고달(一一告達)ᄒᆞ미 올흐리오? 오딕 나의 ᄉᆡᆼ존ᄒᆞ여 무양(無恙)ᄒᆞᆷ만 알외고 ᄎᆞ후 ᄉᆞ셰(事勢)ᄅᆞᆯ 보아 탈신귀향(脫身歸鄕)ᄒᆞ량이어든 이에 머므디 말고 셜영(設令) 뎡당ᄌᆞ위(正堂慈闈)ᄅᆞᆯ 뫼셔 면젼(面前)의 ᄉᆞ후(伺候)ᄒᆞᆯ디라도 튱의ᄅᆞᆯ 다ᄒᆞ여 ᄒᆞᆫ갈ᄀᆞᆺ치 툥신(寵信)ᄒᆞ시ᄂᆞᆫ 은덕을 갑ᄉᆞᆸ고 실덕(失德)ᄒᆞ시ᄂᆞᆫ 바ᄅᆞᆯ 방ᄌᆞ히 표양(表揚)ᄒᆞ여 죄의 닉(匿)ᄒᆞᄆᆞᆯ 달게 넉이디 말나. 내 이제ᄂᆞᆫ 모친이 ᄌᆡ셰(在世)ᄒᆞ시ᄆᆞᆯ 아라시니 죵용이 회셔(回書)ᄅᆞᆯ 닷가 너ᄅᆞᆯ 주어 쳐쥬로 보ᄂᆡ리라.”

ᄒᆞ고 모친 글을 회듕(懷中)의 ᄀᆞᆷ초고 즉시 입실ᄒᆞ여 공쥬[7] 상하(床下)의 누으ᄃᆡ 각별 녈ᄋᆡᆼ을 향ᄒᆞ여 비밀히 눈 주며 규규(赳赳)히 말ᄒᆞ미 업ᄉᆞ니 위의단슉(威儀端肅)ᄒᆞ여 브뎡(不淨)ᄒᆞᆫ 빗치 몸을 침노치 못ᄒᆞ고 긔되(氣道) 한일(閑逸)ᄒᆞ여 슉연함믁(肅然緘默)ᄒᆞ미 태공(太空)의 말 업ᄉᆞᆷ과 일월(日月)의 ᄉᆞᄉᆞ(私私) 업ᄉᆞᆷ ᄀᆞᆺᄐᆞ니 ᄋᆡᆼ이 듕심(中心)의 더옥 앙복션탄(仰服羨歎)ᄒᆞ여 호부인의 ᄎᆞ시(此時) 긔흔궁ᄋᆡᆨ(奇釁窮厄)[8]을 슬허 아니 ᄒᆞ고 이 ᄒᆞᆫ ᄯᆞᆯ이 타인의 십ᄌᆞ(十子)ᄅᆞᆯ 두ᄆᆡ 더 3면
으믈 흔흔쾌열(欣欣快悅)ᄒᆞ여 녀시의 싀포잔학(猜暴殘虐)ᄒᆞ미나 간ᄃᆡ로 쇼져ᄅᆞᆯ ᄒᆡ치 못ᄒᆞᆯ가 깁히 밋고 먼니 바라ᄂᆞᆫ ᄯᅳᆺ이 태산 ᄀᆞᆺ더라.

명일(明日) 병뷔[9] 드러와 ᄌᆞ후(慈候)ᄅᆞᆯ 뭇ᄌᆞᆸ고 쇼져ᄅᆞᆯ 어로만져 일한(日寒)이 극ᄒᆞᄆᆞᆯ 일ᄏᆞ라 온미(溫糜)ᄅᆞᆯ 권ᄒᆞ고 니ᄅᆞᄃᆡ

---

7 공쥬: 공주. 교한필의 어머니. 동일 인물을 '안경공주'와 '안성공주'로 표기하고 있으나 현대역에서는 '안경공주'로 통일함.

8 긔흔궁ᄋᆡᆨ(奇釁窮厄): 기흔궁액. 기박한 액운.

9 병뷔: 병부상서. 여기서는 교숙란의 아버지 교한필.

“오ᄋᆡ(吾兒) 디통(至痛)을 니긔디 못ᄒᆞ여 아븨 초민(焦悶)ᄒᆞᆫ 졍ᄉᆞ(情事)ᄅᆞᆯ ᄉᆡᆼ각디 못ᄒᆞ고 호텬ᄋᆡ혈(號天哀血)ᄒᆞ여 긔운이 ᄌᆞ로 막히니 내 소견을 니ᄅᆞ디 못ᄒᆞ엿거니와 아모리 ᄉᆡᆼ각ᄒᆞ여도 네 유튱약긔(幼冲弱氣)로 임의 죽어 뉵칠 년 된 어믜 상녜(喪禮)ᄅᆞᆯ 이졔 ᄎᆞᆯ히믄 일이 심히 블가(不可)ᄒᆞ니 네 ᄯᅩ ᄉᆡᆼ각ᄒᆞ여 보라. 긔일(忌日)을 당ᄒᆞ여 졍셩으로 밧들고 ᄉᆞ시향화(四時香火)ᄅᆞᆯ 졍셩으로 ᄒᆞ믄 가(可)커니와 ᄉᆡ로이 치상(治喪)ᄒᆞ믈 초상(初喪)ᄀᆞᆺ치 ᄒᆞ믄 네 몸을 상ᄒᆡ올 ᄲᅳᆫ이오 사ᄅᆞᆷ이 나의 쳐ᄉᆞ(處事)ᄅᆞᆯ 우을 거시니 그 므어시 유익ᄒᆞ리오? 오ᄋᆡ 본ᄃᆡ 효슌(孝順)ᄒᆞ니 모휵디은(母畜之恩)을 갑디 못ᄒᆞᆯ가 슬허ᄒᆞᄂᆞᆫ 바로 ᄒᆞᆯ노 부ᄉᆡᆼ(父生)ᄒᆞᆫ 덕을 아디 못ᄒᆞ랴? 죵시ᄉᆞ셰(終始事勢)ᄅᆞᆯ 보아 비록 작죄
4면 (作罪) 무거오나 임의 몸이 죽엇고 ᄌᆞ식이 잇셔 이러틋 셜워ᄒᆞ니 너의 디통(至痛) 덜믈 위ᄒᆞ여 여모(汝母)[10]의 죄ᄅᆞᆯ 벗기고 신쥬(神主)의 나의 계비(繼妃)로 ᄒᆞ여뼈곰[11] ᄇᆡᆨ년의ᄉᆡ 독헌ᄒᆞ리니[12] 네 ᄯᅳᆺ이 엇더ᄒᆞ뇨?”

쇼졔 져두복슈(低頭伏首)ᄒᆞ여 쳬루(涕淚)ᄅᆞᆯ 드리워 문파(聞罷)의 모친 ᄉᆡᆼ존ᄒᆞ믈 아랏거니 엇디 ᄉᆞ의(私意)로 이 상ᄉᆞ(喪事)ᄅᆞᆯ 다ᄉᆞ려 년디(蓮池)의 초혼(招魂)ᄒᆞ고 ᄌᆞ긔 ᄯᅩ 괴이ᄒᆞᆫ 긔상(朞喪)을 닙어 대도(大道)의 이쳘(離轍)ᄒᆞ미 이시리오? 오딕 부명(父命)을 바다 ᄉᆞᄉᆞ의견(私私意見)을 못 셰오ᄂᆞᆫ ᄃᆞ시 ᄒᆞ여 비읍ᄃᆡ왈(悲泣對曰)

“쇼ᄋᆡ 암연블초(黯然不肖)ᄒᆞ여 소ᄉᆡᆼᄌᆞ모(所生慈母)ᄅᆞᆯ 디금(至今) 모

10 여모(汝母): 너의 어머니. 여기서는 교한필의 둘째 부인 호씨.

11 계비(繼妃)로 ᄒᆞ여뼈곰: 규장각본에는 ‘계비로 뼈곰’으로 되어 있음.

12 ᄇᆡᆨ년의ᄉᆡ 독헌ᄒᆞ리니: 미상. 문맥상 ‘제사를 지낸다’는 의미로 추정. 규장각본도 동일.

로다가 작일(昨日) 비로소 허다망극(許多罔極)ᄒᆞᆫ 변고(變故)ᄅᆞᆯ 듯ᄌᆞ오ᄆᆡ 인ᄌᆞ(人子)의 ᄎᆞᆷ디 못ᄒᆞᆯ 디통(至痛)이라. 궁극ᄒᆞᆫ 졍니(情理) ᄒᆞᆫ 일이나 미졍(微情)을 펴고ᄌᆞ ᄒᆞᄋᆞᆸ더니 야애(爺爺) 이러ᄐᆞᆺ 블가ᄒᆞ믈 니ᄅᆞ시니 다시 ᄉᆡᆼ각건ᄃᆡ 우리 집은 ᄌᆞ모로ᄡᅧ 폐ᄒᆞ나 외왕모(外王母)[13]ᄂᆞᆫ ᄌᆞ식을 공연이 ᄇᆞ리디 아니실디라. 반ᄃᆞ시 의상을 쟝ᄒᆞ고 신위(神位)ᄅᆞᆯ 밧드러 삼년증상(三年烝嘗)을 일워 계시리니 야애 만일 쇼녀의 졍니ᄅᆞᆯ 민측(憫惻)ᄒᆞ실딘ᄃᆡ 블쵸(不肖) ᄌᆞ라믈 기다려 ᄌᆞ모의 녕위(靈位)ᄅᆞᆯ 마ᄌᆞ 도라오게 ᄒᆞ시고 슈년 ᄂᆡ의 쳐취로 ᄒᆡᆼᄒᆞ여 외왕모ᄅᆞᆯ 뵈와 망모(亡母)의 낫촐 ᄃᆡ케 ᄒᆞ시면 쇼녜 엄훈(嚴訓)을 밧드러 ᄉᆡ로이 상ᄉᆞ(喪事)ᄅᆞᆯ 촐히미 업ᄉᆞ리이다."

병뷔 녀ᄋᆞ의 졸연(猝然) 소ᄉᆡᆼ(所生)을 ᄭᆡ쳐 ᄋᆡ통망극(哀痛罔極)ᄒᆞ믈 보ᄆᆡ 참연ᄋᆡ측(慘然哀惻)ᄒᆞ미 호시ᄅᆞᆯ 앗기미 아니로ᄃᆡ 녀ᄋᆞ의 유튱약긔(幼沖弱氣) 상ᄒᆞᆯ가 초조ᄒᆞ더니 그 회심(回心)ᄒᆞ믈 블승대열(不勝大悅)ᄒᆞ여 광슈(廣袖)ᄅᆞᆯ 드러 녀ᄋᆞ의 경영(輕英)[14]ᄒᆞᆫ 셰신(細身)을 ᄡᅳ리쳐 안아 슬샹(膝上)의 교무왈(嬌撫曰)

"내 ᄋᆞᄒᆡ 슬겁고[15] 효도로오미 이 ᄀᆞᆺᄐᆞ여 망모(亡母)ᄅᆞᆯ ᄉᆡᆼ각ᄒᆞ여 디통이 각별ᄒᆞᆫ 듕의도 아븨 말을 조ᄎᆞ 범ᄉᆞ(凡事)의 슌편(順便)ᄒᆞᆯ 도리ᄅᆞᆯ ᄉᆡᆼ각ᄒᆞ여 아뷔 슈회(愁懷)ᄅᆞᆯ 위ᄒᆞ여 네 몸을 안향(安享)이 쳐코ᄌᆞ ᄒᆞ니 이 엇디 대효(大孝) 아니리오? 쳐쥬 ᄒᆡᆼ도(行途)ᄂᆞᆫ 약녜(弱女) 쳔 니의 능

13 외왕모(外王母): 외할머니. 여기서는 교한필의 장모 방씨.

14 경영(輕英): 여리고 아리땁다는 뜻.

15 슬겁고: 슬겁다. 마음씨가 너그럽고 미덥다.

히 말ᄆᆡ암디 못ᄒᆞ리니 내 당당이 거마ᄅᆞᆯ ᄀᆞᆺ초와 호쥬ᄉᆞ[16] 부인을 쳥ᄒᆞ여 경샤 고ᄐᆡᆨ(故宅)의 와 너ᄅᆞᆯ 보게 ᄒᆞ고 타일 너의 ᄌᆞ라믈 기다려 여모(汝母)의 신위(神位)ᄅᆞᆯ 내 친히 마ᄌᆞ 오리니 오ᄋᆞᄂᆞᆫ 방심(放心)ᄒᆞ라."

6면 쇼졔 황공블안(惶恐不安)ᄒᆞ여 나ᄌᆞᆨ이 몸을 ᄡᆡ혀 ᄌᆡᄇᆡ블감(再拜不堪)이러라. ᄎᆞ일 상셰 쳐쥐 방부인긔 글을 븟쳐 녀ᄋᆞ의 졍ᄉᆞᄅᆞᆯ 고ᄒᆞ고 잠간 와 보믈 쳥ᄒᆞ고 거마ᄅᆞᆯ 출혀 보ᄂᆡ니 쇼졔 ᄯᅩᄒᆞᆫ 왕모(王母)긔 샹셔(上書)ᄅᆞᆯ 올녀 ᄀᆞ마니 모친긔 회셔(回書)ᄅᆞᆯ 닷가 보ᄂᆡ니라.

일슌디후(一旬之後)의 녀시 본부(本府)로조ᄎᆞ 도라오니 녈ᄋᆡᆼ이 교부의 댱구(長久)히 잇기ᄅᆞᆯ 위ᄒᆞ여 녀시긔 낫ᄎᆞ로 아당ᄒᆞ고 쇼져ᄅᆞᆯ 헐ᄲᅳ려 쇼졔 소ᄉᆡᆼᄌᆞ모(所生慈母)ᄅᆞᆯ 위ᄒᆞ여 슬허ᄒᆞᄂᆞᆫ 바ᄅᆞᆯ 맛ᄎᆞᆷᄂᆡ ᄀᆞᆷ촐 길히 업고 방부인이 올나와 쇼져ᄅᆞᆯ 보ᄂᆞᆫ 디경(地境)은 더옥 긔(欺)일 길히 업ᄂᆞᆫ 고로 좌우(左右) 고요ᄒᆞ믈 타 나아가 고왈(告曰)

"부인이 옥쥬와 쥬군이 브졀업시 말ᄉᆞᆷᄒᆞ샤 여ᄎᆞ여ᄎᆞ 문답ᄒᆞ신 고로 쇼졔 ᄉᆡᆼ뫼(生母) 닉슈(溺水)ᄒᆞ믈 ᄭᆡ다라 통상(痛傷)ᄒᆞ믈 마디 아니ᄒᆞ니 쥬군이 그 심ᄉᆞᄅᆞᆯ 위로ᄒᆞ시며 디통을 덜고져 ᄒᆞ샤 쳐쥐 샤ᄌᆞ(使者)ᄅᆞᆯ 보ᄂᆡ여 호쥬ᄉᆞ 부인을 쳥ᄒᆞ여 조손(祖孫)이 셔로 보게 ᄒᆞ시니 쇼비 쳔견(淺見)은 쇼졔 부인으로ᄡᅥ 친ᄌᆞ뫼 아니라 ᄒᆞ여 졍셩이 변ᄒᆞᆯ가 ᄒᆞᄂᆞ이다."

녀시 ᄋᆡᆼ으로 노쥬(奴主)의 명회 ᄒᆡᄅᆞᆯ 포집디 못ᄒᆞ여시나 그 위인이
7면 민오ᄌᆡ릉(慜悟才能)ᄒᆞ여 졔 ᄯᅳᆺ 맛초미 말을 발치 아냐 몬져 알오미

16 호쥬ᄉᆞ 부인: 호주사 부인. 병부주사 호규의 부인 방씨, 곧 교한필의 장모.

여신(如神)ᄒᆞᄆᆡ 심히 통신(寵信)ᄒᆞ여 범ᄉᆞ의 복심(腹心)을 삼으미 유모 버금이라 ᄎᆞ언(此言)을 듯고 대로왈(大怒曰)

“존고와 상공이 내 말을 듯디 아니코 공연이 호시 죽은 거ᄉᆞᆯ 일ᄏᆞ라 난ᄋᆞ로 ᄒᆞ여곰 나의 소ᄉᆡᆼ 아니믈 알게 ᄒᆞ니 엇디 통ᄒᆡ(痛駭)치 아니며 난ᄋᆡ 뉵칠 셰 쇼ᄋᆡ로ᄃᆡ 춍명이 이상ᄒᆞ여 심디(心志) 원하(遠遐)ᄒᆞ미 셰쇽 용이ᄒᆞᆫ ᄋᆞᄒᆡ 아니라. 범ᄋᆞ와 ᄀᆞᆺ디 아니니 내 발셔 업시코ᄌᆞ ᄒᆞ연 디 오ᄅᆡᄃᆡ 별츌요죵(別出妖種)이 견고강확(堅固强確)ᄒᆞᆷ도 범ᄋᆞ로 ᄂᆡ도ᄒᆞ여 음식을 ᄣᆡ로 주디 아니ᄒᆞ며 피육(皮肉)이 상토록 두다려도 병드디 아니코 알치 아니ᄒᆞ며 ᄯᅩᄒᆞᆫ 원언(怨言)과 노ᄉᆡᆨ(怒色)이 업셔 평담무려(平淡無慮)ᄒᆞ니 내 더옥 업시치 못ᄒᆞᆯ가 우환을 삼ᄂᆞ니 방가 노괴(老姑) 흔흔이 올나와 난ᄋᆞᄅᆞᆯ 보려니와 내 가마니 화공(火攻)의 긔계(奇計)ᄅᆞᆯ ᄀᆞᆺ초와 난ᄋᆞ의 조손(祖孫)으로 ᄒᆞ여곰 ᄇᆡᆨ희(伯姬)[17]의 고집ᄒᆞ미 업시 화염 듕 ᄇᆡᆨ골이 ᄒᆞᆫ 우흠 ᄌᆡᄅᆞᆯ 화ᄒᆞ게 ᄒᆞ리라.”

잉이 쳥파의 모골이 딘경(震驚)ᄒᆞ믈 ᄭᆡ닷디 못ᄒᆞ나 안ᄉᆡᆨ을 ᄌᆞ약(自若)히 ᄒᆞ고 우어 왈

“부인의 ᄉᆡᆼ각ᄒᆞ시ᄂᆞᆫ ᄇᆡ 다묘(多妙)코 쾌치 아니미 업ᄂᆞ이다. 방부인 8면
이 올나와 ᄋᆞ쇼져ᄅᆞᆯ 다려가거든 쇼비 조ᄎᆞ가 ᄉᆞ긔ᄅᆞᆯ 보와 블 노흘 날을 고ᄒᆞ리이다. 부인은 밧그로 사ᄅᆞᆷ을 식여 블을 쾌히 노흐쇼셔.”

녀시 졈두(點頭)ᄒᆞ고 슉난 조손을 아오로 죽이리라 ᄒᆞ여 ᄎᆞ후ᄂᆞᆫ 슉난

17 ᄇᆡᆨ희(伯姬): 춘추시대 노(魯)나라 선공(宣公)의 딸로, 송(宋)나라의 공공(恭公)에게 시집갔다가 과부가 되었는데, 집에 불이 났는데도 집 밖으로 나가지 않아 불에 타 죽어서 후대에 절개 있는 여성으로 칭송받음.

을 ᄃᆡᄒᆞ나 인졍 밧 악착(齷齪)ᄒᆞᆫ 거조(擧措)ᄅᆞᆯ 긋치고 그 ᄋᆡ통ᄒᆞᄂᆞᆫ 졍ᄉᆞᄅᆞᆯ 위ᄒᆞ여 슬허ᄒᆞᄂᆞᆫ 쳬ᄒᆞ더니 슈월 후 방부인이 경샤 고ᄐᆡᆨ의 니ᄅᆞ러 쇼져ᄅᆞᆯ 상면(相面)ᄒᆞ믈 착급현망(着急懸望)ᄒᆞ니 병뷔 몬져 가 방부인긔 원졍구치(遠程驅馳)ᄅᆞᆯ 위로ᄒᆞ고 호시의 죄괘(罪科) 호대(浩大)ᄒᆞ나 녀ᄋᆞ[18]의 디통을 돕디 못ᄒᆞ여 타일 신위ᄅᆞᆯ 마ᄌᆞ올 뜻을 고ᄒᆞ니 방시 눈믈을 드리워 관인(寬仁)ᄒᆞ믈 칭샤ᄒᆞ고 부인은 긴 말이 업더라. 병뷔 도라와 녀ᄋᆞᄅᆞᆯ 보ᄂᆡᆯᄉᆡ 녀시 녈잉을 그윽이 눈 주어 화공(火攻)ᄒᆞᄂᆞᆫ 날 ᄂᆡ응외합(內應外合)고져 ᄒᆞᄂᆞᆫ 뜻을 뵈니 잉이 ᄯᅩᄒᆞᆫ 앙연응슌(仰然應順)ᄒᆞᄂᆞᆫ 바로뼈 ᄃᆡᄒᆞ고 쇼져ᄅᆞᆯ 봉시(奉侍)ᄒᆞ여 호부의 니ᄅᆞᄆᆡ 방시 녀ᄋᆞ로 더브러 올나와시나 이목을 두려 녀ᄋᆞᄂᆞᆫ 협실의 ᄀᆞᆷ
9면 초고 ᄌᆞ긔 혼ᄌᆞ ᄉᆞᆨ난을 볼ᄉᆡ 셔로 븟드러 실셩뉴쳬(失聲流涕)ᄒᆞ여 오열블능셩(嗚咽不能聲)이러니 쇼셰 몬져 슬프믈 딘뎡ᄒᆞ여 쳔니장졍(千里長程)의 무ᄉᆞ샹경(無事上京)ᄒᆞ시믈 ᄒᆡᆼ열(幸悅)ᄒᆞ고 화변(禍變)의 망극ᄒᆞ미 디금 조손의 졍을 펴디 못ᄒᆞ고 소ᄉᆡᆼ지디(所生之地)ᄅᆞᆯ 분변치 못ᄒᆞ여 금슈(禽獸)의 무디ᄒᆞᄆᆡ 더으믈 통읍각골(慟泣刻骨)ᄒᆞ니 옥안이 참담ᄒᆞ여 셩안(星眼)의 누싊(淚水) 징낙(爭落)ᄒᆞ고 뉴미(柳眉)의 슈운(愁雲)이 쳡다(疊多)ᄒᆞ니 ᄭᅩᆺ치 바ᄅᆞᆷ을 만나고 ᄃᆞᆯ이 구ᄅᆞᆷ의 ᄡᆞ힌 ᄃᆞᆺ 경영(輕英)ᄒᆞᆫ ᄌᆞᄐᆡ(姿態)와 빙졍(氷淨)ᄒᆞᆫ ᄐᆡ되(態度) 션향(仙香)이 욱욱(郁郁)ᄒᆞ니 난최(蘭草) ᄆᆞᄅᆞ녹고 ᄇᆡᆨ년(白蓮) 일디(一枝) 이ᄉᆞᆯ의 잠겻ᄂᆞᆫ ᄃᆞᆺ 동쥬슌이셔언(動朱脣而敍言)의 옥음(玉音)이

---

18 녀ᄋᆞ: 여아. 교한필의 둘째 부인 호씨.

뇨료(窈廖)ᄒᆞ여 ᄉᆡᄉᆞ리 아릿다이 브ᄅᆞ고 져비 교교히 말ᄒᆞᄂᆞᆫ ᄃᆞᆺ 졀셰
(絶世)ᄒᆞᆫ 긔딜(氣質)과 가려(佳麗)ᄒᆞᆫ 쳬되(體度) 비길 곳이 업ᄉᆞ니 방
시 황홀년ᄋᆡ(恍惚戀愛)ᄒᆞ여 손을 ᄌᆞᆸ고 낫ᄎᆞᆯ 어로만져 말ᄒᆞᆯ 줄을 닛고
녀ᄋᆞ의 명도(命途)ᄅᆞᆯ 슬허 안쉬(眼水) 여우(如雨)ᄒᆞ믈 ᄊᆡ닷디 못ᄒᆞ더
니 날이 져믈ᄆᆡ 쇼졔 다ᄅᆞᆫ 시ᄋᆞᄂᆞᆫ 다 도라보ᄂᆡ고 녈ᄋᆡᆼ만 쇼져ᄅᆞᆯ 뫼셧
더니 날이 져믈ᄆᆡ 부인이 비로소 녀ᄋᆞᄅᆞᆯ 볼ᄉᆡ 호시의 착급ᄒᆞᆫ 졍과 쇼 10면
져의 황홀ᄒᆞᆫ 심ᄉᆡ 아모라타 가을ᄌᆞᆸ디[19] 못ᄒᆞ니 모녀의 봉영비회(逢迎
悲懷)와 궁원디회(窮怨之悔)ᄂᆞᆫ 태ᄉᆞ공(太史公)[20]의 ᄒᆡᆼ문(行文)과 ᄇᆡᆨ거
인[21]의 댱시(長詩)라도 다 ᄡᅳ기 어려온디라. 기리 통상ᄋᆡ도(痛傷哀悼)
ᄒᆞᄆᆡ 쥬뤼(珠淚) ᄒᆡᆼ뉴(行流)ᄒᆞ여 ᄎᆡ슈(彩袖)ᄅᆞᆯ 적시고 옥졔(玉涕) 산
산(潸潸)ᄒᆞ여 교험을 ᄌᆞᆷ으니 쇼졔 츄호도 녀시의 한악브ᄌᆞ(悍惡不慈)
ᄒᆞ믈 원망ᄒᆞ미 업고 말ᄉᆞᆷ이 가ᄉᆞ의 괴이ᄒᆞᆫ 곳의 밋디 아니니 녈ᄋᆡᆼ이
더옥 경복(敬服)ᄒᆞ나 부인 삼ᄃᆡ(三代) ᄒᆞᆫ가디로 슈회(愁懷)ᄅᆞᆯ 펴ᄂᆞᆫ
바의 녀시의 화공(火攻)ᄒᆞᄂᆞᆫ 획계(劃計)ᄅᆞᆯ 고ᄒᆞᄃᆡ 죵시(終是) 보젼이
위란(危亂)ᄒᆞ니 ᄎᆞᆯ하리 계교(計巧)로 부인 조손 모녜 화영의 소신(燒
身)ᄒᆞ믈 쥬ᄒᆞ고 밧비 쇼져ᄅᆞᆯ 다려 쳐쥬로 ᄒᆡᆼᄒᆞ여 아딕 고요히 셰월을
보ᄂᆡ며 일이 되여 가믈 보미 션ᄎᆡᆨ(善策)이믈 고ᄒᆞ니 부인 모녜 크게
올히 넉여 ᄋᆡᆼ의 튱의디모(忠義之謀)ᄅᆞᆯ 탄칭(歎稱)ᄒᆞ여 ᄉᆡᆼ젼의 큰 공
을 갑디 못ᄒᆞ면 후셰의 ᄆᆡᆼ셰코 져바리디 아닐 바ᄅᆞᆯ 일ᄏᆞᄅᆞ니 ᄋᆡᆼ이 고

19 가을ᄌᆞᆸ디: 가을잡다. '걷잡다'의 뜻으로 추정.

20 태ᄉᆞ공(太史公): 태사공. 《사기》를 저술한 중국 전한(前漢) 시대의 역사가 사마천.

21 ᄇᆡᆨ거인: 백거인. 백거이(白居易)로 보임. 규장각본도 동일.

11면 두블감(叩頭不堪)ᄒᆞ믈 고ᄒᆞ더라. 호시 녀ᄋᆞ롤 픔고 누어 ᄀᆞᆯ오ᄃᆡ
"여뫼(汝母) 죄앙(罪殃)이 다쳡(多疊)ᄒᆞᆫ 몸으로 원치 아닛ᄂᆞᆫ 인뉸(人倫)을 일워 삼싱원슈(三生怨讐) 녀녀로 더브러 동녈(同列)ᄒᆞ니 교문의 드던 날브터 호구낭혈(虎口狼穴)을 님(臨)ᄒᆞᆫ 위란(危亂)ᄒᆞ미 오히려 일식(一息)을 니ᄋᆞᆷ은 ᄇᆡ 명완(命頑)ᄒᆞᆫ 연괴(緣故)라. 이제 내 흉ᄒᆞᆫ 원슈의 톱 아리 드러 엄을 ᄲᅢ히고 삼키고져 ᄒᆞ니 두리오미 범을 겻디은 둧ᄒᆞ고 위틔ᄒᆞ미 태산의 누란(累卵)을 더짐 ᄀᆞᆺᄐᆞ니 내 ᄎᆞ마 니ᄌᆞ랴? 네 비록 엄부(嚴父)와 왕모(王母)롤 ᄀᆡ이고 탈신ᄒᆞ여 ᄌᆞ모롤 조ᄎᆞ믈 원치 아니ᄒᆞ나 내 능히 너롤 더지고 타연이 도라셔디 못ᄒᆞ리니 오ᄋᆞᄂᆞᆫ 어믜 궁극ᄒᆞᆫ 졍을 ᄉᆡᆼ각ᄒᆞ고 네 몸의 위화(危禍)롤 피ᄒᆞ여 잠간 쳐쥐로 나려가 보명(保命)ᄒᆞ믈 쥐ᄒᆞ미 엇더ᄒᆞ뇨?"
쇼졔 모친의 슬픈 졍과 궁원ᄒᆞᆫ 회포롤 모로미 아니오 모녜 훌훌이 상별(相別)ᄒᆞ여 유명(幽明)을 격ᄒᆞᆫ ᄃᆞ시 원니(遠離)홈도 ᄎᆞ마 못 견딜 바롤 알오ᄃᆡ 일ᄌᆞᆨ 대의(大義)롤 잡고 법규(法規)의 착난(錯亂)치 아니ᄒᆞ며 오딕 하날을 역(逆)디 말고ᄌᆞ ᄒᆞ미 브디어텬(付之於天)ᄒᆞ고
12면 도모(圖謀)ᄒᆞ여 면(免)코져 아니 ᄒᆞᄂᆞᆫ디라. 존당과 야야(爺爺)롤 쇽여 인명ᄉᆞᆼ(人命死生)의 디듕ᄎᆞ대(至重且大)ᄒᆞᆫ 바롤 타연이 ᄉᆞ랏ᄂᆞᆫ 바로뼈 죽으롸 ᄒᆞ여 왕모(王母)와 야야롤 골슈디통(骨髓之痛)을 일위고 양양(揚揚)이 쳐쥐로 향홀 쯧이 업ᄂᆞᆫ 고로 이에 잉의 획계(劃計)ᄒᆞ미 블가ᄒᆞ믈 고ᄒᆞ고 ᄎᆞ마 쳐쥐로 도쥬(逃走)치 못홀 바롤 갓초 쥬(奏)ᄒᆞᄃᆡ 녀시의 과악(過惡)을 언두(言頭)의 올니디 아니코 ᄉᆞᆼ(死生)이 유졍(有定)ᄒᆞ고 화복(禍福)이 유슈(有數)ᄒᆞ니 인녁(人力)으로 피ᄒᆞ여 면홀 ᄇᆡ 아니믈 일ᄏᆞ라 블초(不肖)로뼈 셩녀(聖慮)의 거리ᄭᅵ디 마ᄅᆞ

시믈 쳥ᄒᆞ니 간졀ᄒᆞᆫ 말ᄉᆞᆷ이 혜리(慧理) 통연(洞然)ᄒᆞ고 뎡대(正大)ᄒᆞᆫ 논단(論斷)이 의리(義理) 당연ᄒᆞᆯ ᄲᅮᆫ 아니라 디극ᄒᆞᆫ 셩회(誠孝) 민ᄌᆞ(閔子)[22]의 치위롤 거리ᄭᅵ디 아닛ᄂᆞᆫ ᄯᅳᆺ과 왕샹(王祥)[23]의 졍셩으로 흡흡(恰恰)ᄒᆞ니 디통(至痛)을 니긔디 못ᄒᆞ고 쳐변(處變)을 난연ᄒᆞ여 듕니(中裏)의 슈울(愁鬱)ᄒᆞ미 가득ᄒᆞ나 것ᄎᆞ로 능히 화열(和悅)ᄒᆞ믈 닐위여 모친의 통회(痛懷)롤 돕디 아니니 호시 녀ᄋᆞ의 ᄯᅳᆺ이 쳥개(淸介)ᄒᆞ믈 좁고 궤비(詭秘)ᄒᆞ믈 믈니쳐 그 딕ᄇᆡᆨ(直白)ᄒᆞ미 보명(保命)이 위티ᄒᆞ믈 근심ᄒᆞ여 톄ᄉᆡ(涕泗) 방타(滂沱)ᄒᆞ여 왈

"녀녀의 공교로이 ᄉᆞᄉᆞ(賜死)ᄒᆞ믈 ᄎᆞ마 못 ᄒᆞᆯ딘ᄃᆡ 져 호혈(虎穴)을 됴흔 ᄃᆞ시 가셔 엇디코ᄌᆞ ᄒᆞᄂᆞᆫ다?" 13면

쇼졔 온화이 ᄃᆡ왈(對曰)

"ᄌᆞ위(慈闈)롤 훌훌이 ᄇᆡ별(拜別)ᄒᆞ오미 심ᄉᆡ 아득ᄒᆞ오나 그 밧 보젼치 못ᄒᆞᆯ가 근심은 업ᄉᆞᆸᄂᆞ니 원컨ᄃᆡ 당치 아닌 원녀(遠慮)롤 마ᄅᆞ쇼셔. 뎡당태ᄐᆡᄂᆞᆫ ᄌᆞ위로 더브러 블화(不和)ᄒᆞ믄 젹인(敵人)[24] 두 ᄌᆞ롤 혐의ᄒᆞ시나 쇼녀ᄂᆞᆫ 년무(憐撫)ᄒᆞ시ᄂᆞᆫ 셩덕이 호연ᄒᆞ시니 므ᄉᆞ 일 블측(不測)ᄒᆞᆫ ᄃᆡ 의심ᄒᆞ샤 악착(齷齪)ᄒᆞ믈 디목(指目)ᄒᆞ리잇고? 화공(火攻)을 의논ᄒᆞ믄 쇼녜 굿ᄐᆞ여 친ᄉᆡᆼᄌᆞ모(親生慈母)롤 ᄎᆞᄌᆞ 왕모(王母)롤 뫼셔 오믈 통한ᄒᆞ시미나 화염(火焰) 듕 무ᄉᆞ히 도라가면 슬하ᄌᆞᄋᆡ(膝下慈

22 민ᄌᆞ(閔子): 민자. 민자건(閔子騫). 민자건은 춘추시대 노(魯)나라 사람으로 공자의 제자 중 한 명이며, 계모에 대한 지극한 효성으로 이름났음.

23 왕샹(王祥): 왕상. 왕상(184-268)은 중국 삼국시대의 관료로, 효성이 지극하여 계모 주씨가 자신을 사랑하지 않음에도 극진히 모셔 효성으로 많은 일화를 남겼음.

24 젹인(敵人): 적인. 남편의 다른 처(妻)나 첩(妾)을 이름.

愛) 젼일 ᄀᆞᆺᄐᆞ시리니 녈잉의 망언(妄言)의 경동(輕動)치 마ᄅᆞ쇼셔."
방부인 모녜 홀일업시 탄식고 슬허ᄒᆞ믈 마디 아니ᄒᆞ더니 슈일이 못 너머셔 녀시 녈잉을 블너
"날포[25] 쳔연(遷延)ᄒᆞ미 무익ᄒᆞᆫ디라. 금야(今夜)의 블을 노코ᄌᆞ ᄒᆞᄂᆞ니 ᄂᆡ응(內應)을 잘 ᄒᆞ여 실슈ᄒᆞ미 업게 ᄒᆞ라."
ᄒᆞ니 잉이 쇼져 모녜 상봉ᄒᆞᆫ 회포ᄅᆞᆯ 만일(萬一)도 펴디 못ᄒᆞ여셔 원니(遠離)ᄒᆞᄂᆞᆫ 졍니(情理) ᄎᆞ악(嗟愕)ᄒᆞ믈 위ᄒᆞ여 ᄎᆞᆷ디 못ᄒᆞᄂᆞᆫ 고로
14면 거ᄌᆞᆺ 금일(今日)은 여러 사ᄅᆞᆷ이 모혀시니 블을 노화도 ᄌᆞᆸ기 쉬오믈 일ᄏᆞ라 명일(明日) ᄉᆞ셰(事勢)ᄅᆞᆯ 보아 야심(夜深)ᄒᆞ믈 기다려 노키ᄅᆞᆯ 일ᄏᆞᆺ고 ᄲᆞᆯ니 도라와 밧비 힝니ᄅᆞᆯ ᄎᆞᆯ혀 니발(離發)ᄒᆞ믈 ᄌᆡ촉ᄒᆞ니 호시 녀ᄋᆞᄅᆞᆯ 위디(危地)의 더지고 도라가ᄂᆞᆫ 심회 색거디며 바ᄋᆞ디ᄂᆞᆫ ᄃᆞᆺ 븟들고 그 고집히 ᄉᆞ디(死地)ᄅᆞᆯ 취ᄒᆞ믈 한ᄒᆞ며 모녜 ᄉᆡᆼ면(生面)으로 나시 봉영(逢迎)ᄒᆞ믈 긔필치 못ᄒᆞ니 오열통상(嗚咽痛傷)ᄒᆞ믈 마디 아니니 쇼져의 훌훌망망(欻欻茫茫)ᄒᆞᆫ 비회(悲懷)ᄅᆞᆯ ᄯᅩ 엇디 니ᄅᆞᆯ 거시 이시리오? 일빅 줄 체뤼(涕淚) ᄡᅡᆼ광(雙眶)을 폐ᄒᆞ고 말을 ᄒᆞ고져 ᄒᆞᄆᆡ 경열블능어(硬咽不能語)ᄒᆞ여 ᄒᆞᆫ갓 모녀조손(母女祖孫)이 졉ᄉᆡ교면(接腮交面)ᄒᆞ여 기리 안강(安康)ᄒᆞ시믈 쳥ᄒᆞ고 보명(保命)ᄒᆞ믈 당부ᄒᆞ여 날이 맛고 밤이 다ᄒᆞᄃᆡ 침슈의 ᄯᅳᆺ이 업셔 임의 효션(曉饍)을 올니ᄆᆡ 삼ᄃᆡ ᄒᆞᆫ 상의셔 딘반(進飯)ᄒᆞᆯ시 눈믈이 그ᄅᆞᆺ시 ᄯᅥ러져 피ᄅᆞᆯ 화ᄒᆞ고 한숨이 바ᄅᆞᆷ을 일워 간격(肝膈)이 초삭(焦鑠)ᄒᆞ믈 ᄭᆡ닷디 못

25 날포: 하루가 조금 넘는 기간.

ᄒᆞ나 장ᄎᆞ 머므디 못ᄒᆞᆯ디라. 모녀조손이 일장(一場) 뉴톄(流涕)의 긴 니별을 디으ᄆᆡ 호시 ᄎᆞ마 녀ᄋᆞᄅᆞᆯ 노코 거듕의 오로디 못ᄒᆞ고 쇼졔 ᄎᆞ 15면 마 모친 낫ᄎᆞᆯ 떠히디 못ᄒᆞ나 날이 늣고 알 니 이신ᄌᆞᆨ 피ᄎᆞ 유ᄒᆡ무익(有害無益)ᄒᆞ므로 좌우 시녀 쇼져ᄅᆞᆯ 븟들고 호부인을 뫼셔 거듕의 들ᄆᆡ 호ᄉᆡᆼ[26]이 쇼져ᄅᆞᆯ 당부ᄒᆞ여 ᄌᆡ삼 보젼ᄒᆞ믈 니ᄅᆞ고 일시의 술위[27]ᄅᆞᆯ 닌닌이 두로혀 쳐쥬로 향ᄒᆞ니 그 졍경이 텬디ᄅᆞᆯ 변ᄉᆡᆨᄒᆞ고 귀신을 늣길디라. 쇼졔 고루(高樓)ᄅᆞᆯ 비겨 힝거(行車)ᄅᆞᆯ 바라고 비블ᄌᆞ식(悲不自息)ᄒᆞ니 늣기ᄂᆞᆫ 소ᄅᆡ ᄌᆞ로 ᄉᆞᆺ쳐디고 비뤼(悲淚) ᄂᆡᄅᆞᆯ 일워 의상을 ᄌᆞᆷ으니 녈ᄋᆡᆼ이 쳔만관위(千萬寬慰)ᄒᆞ여 날이 느ᄌᆞ믈 당ᄒᆞ여 ᄋᆡᆼ이 쇼져ᄅᆞᆯ 밧드러 원듕별쳐(園中別處)의 옴기고 반야삼경(半夜三更)의 댱손탈이 밧긔셔 블 노흐믈 응ᄒᆞ여 ᄂᆡ외각(內外閣) 듕의 의심 업시 블을 노화 대풍이 발블(勃發)ᄒᆞ믈 인ᄒᆞ여 화셰(火勢) ᄆᆡᆼ녈(猛烈)ᄒᆞ니 여러 사ᄅᆞᆷ이 잇셔도 이런 화셰ᄅᆞᆯ 뎡키 어렵거든 문외벽항(門外僻巷)의 인개(人家) 드믄디라 뉘 잇셔 블을 구ᄒᆞ리오? 댱손탈이 산샹(山上)의셔 집이 ᄉᆞ회믈 보고 즉시 도라가 날이 ᄇᆞᆰ은 후 교부의 소식을 고ᄒᆞ니 병 16면 뷔 대경ᄎᆞ악(大驚且愕)ᄒᆞ여 챵황이 니ᄅᆞ러 빈집이 ᄉᆞ회믈 아디 못ᄒᆞ고 녀ᄋᆞ의 ᄉᆞᄉᆡᆼ을 몰나 더옥 초조ᄒᆞ더니 쇼졔 별당의셔 야야ᄅᆞᆯ 마ᄌᆞ ᄌᆞ긔 표슉(表叔)이 구ᄒᆞ여 이에 옴기므로 계오 화염소신(火焰燒身)ᄒᆞ기ᄅᆞᆯ 면ᄒᆞ믈 고ᄒᆞ니 병뷔 녀ᄋᆞ의 져기 무ᄉᆞᄒᆞ믈 보ᄆᆡ 조곰 ᄆᆞ음을 눅여 호ᄉᆡᆼ 모ᄌᆞ의 거쳐ᄅᆞᆯ 므ᄅᆞ니 쇼졔 ᄃᆡ왈(對曰)

26 호ᄉᆡᆼ: 호생. 교숙란의 외삼촌.

27 술위: 수레.

“의외 화환(火患)을 당ᄒᆞ여 노복이 만히 죽으니 왕모와 표슉이 니ᄅᆞᄃᆡ 반ᄃᆞ시 슈인(讐人)이 잇셔 우리 모ᄌᆞᄅᆞᆯ ᄒᆡᄒᆞ여 도라가ᄂᆞᆫ 길흘 ᄉᆞᆺᄎᆞ미니 이ᄅᆞᆯ 잇셔ᄂᆞᆫ 다시 ᄒᆡᄅᆞᆯ 보미 쉽다 ᄒᆞ여 몬져 암ᄌᆞ도관(庵子道觀)을 어더 놀나믈 뎡ᄒᆞ고 ᄒᆡᆼ니ᄅᆞᆯ 다ᄉᆞ려 쳐쥬로 가리라 ᄒᆞ고 미명(未明)의 산곡별쳐(山谷別處)로 ᄒᆡᆼᄒᆞ시니이다.”

병뷔 빈미블열(顰眉不悅) 왈

“날을 다시 보고 가ᄂᆞᆫ 거시 아니라 발셔 어ᄃᆡ로 피ᄒᆞ여시니 그리 경솔ᄒᆞ리오?”

좌우시ᄌᆞ(左右侍者)로 근쳐 암ᄌᆞ도관을 보아 호부 일ᄒᆡᆼ이 머므ᄂᆞᆫ가
ᄎᆞᄌᆞ라 ᄒᆞ고 일승화교(一乘華轎)ᄅᆞᆯ 가져 녀ᄋᆞᄅᆞᆯ ᄌᆡ쵹ᄒᆞ여 거듕의 올
니고 호ᄒᆡᆼ(護行)ᄒᆞ여 부듕으로 도라오니 공쥐 반겨 원별(遠別)을 단
17면 취(團聚)ᄒᆞᆷ ᄀᆞᆺᄐᆞ나 녀시의 흉심악장(凶心惡腸)은 그 화염 듕 소신ᄒᆞ
믈 버셔나 완젼여구(完全如舊)ᄒᆞ여 도라오믈 분완통한(憤惋痛恨)ᄒᆞ
여 뽀아보ᄂᆞᆫ 눈ᄊᆞᆯ과 절치(切齒)ᄒᆞᄂᆞᆫ ᄆᆡ오믄 날노 더ᄒᆞ고 시로 더은
디라. ᄀᆞ마니 녈잉을 블너 므러 왈 화공긔계(火攻奇計)ᄅᆞᆯ ᄎᆞᆯ혀 무익
ᄒᆞᆫ 호부ᄅᆞᆯ ᄉᆞᆯ오고 방시 모ᄌᆞᄅᆞᆯ 못 죽이믈 한ᄒᆞ여 손탈의 당뉴(黨類)
ᄅᆞᆯ 보ᄂᆡ여 호부 ᄒᆡᆼ거ᄅᆞᆯ ᄯᆞᆯ와 즛치고ᄌᆞ ᄒᆞ거ᄂᆞᆯ 잉이 됴흔 말노 다ᄅᆡ
여 방시의 무용(無用)ᄒᆞᆷ과 호ᄉᆡᆼ의 오졸(迂拙)ᄒᆞ미 일분(一分)도 소져
의 우익(羽翼)이 되디 못ᄒᆞᄂᆞᆫ 바의 그 잇ᄂᆞᆫ 거시 두렵디 아니니 ᄀᆞᆺᄐᆞ
여 ᄯᆞᆯ와 죽이미 손탈 등의 슈고ᄲᆞᆫ이오 유익ᄒᆞ미 업ᄉᆞ믈 고ᄒᆞ니 녀시
평ᄉᆡᆼ 디릉다모(知能多謀)ᄒᆞ믈 ᄌᆞ부ᄒᆞ나 잉의게 졍ᄇᆡᆨ(精魄)을 아이고
듕심(中心)을 일흐니 그 말인ᄌᆞᆨ 아니 올히 넉이미 업ᄂᆞᆫ 고로 호부 일
ᄒᆡᆼ을 작변(作變)치 아니니 이ᄅᆞᆯ 힘닙어 호가 일ᄒᆡᆼ이 무ᄉᆞ귀향(無事歸

鄕)ᄒᆞ니라. 병뷔 하리(下吏)로 호부 힝거를 ᄎᆞᄌᆞ나 죵시(終是) 거쳐를 모로고 도라오니 비록 화환(火患)이 녀녀의 슈단이믈 모로나 ᄌᆞ긔 쳥ᄒᆞ여 와셔 화지로ᄡᅧ 창황이 분니(分離)케 ᄒᆞ니 심니(心裏)의 블평ᄒᆞ고 녀ᄋᆡ 왕모를 훌연이 ᄶᅥ나 회푀 쳑상(慽傷)ᄒᆞ믈 더옥 ᄋᆡ련ᄒᆞ여 범ᄇᆡᆨ의 ᄋᆡ디셕디(愛之惜之)ᄒᆞ여 구구무양(區區撫養)ᄒᆞ미 도로혀 쥬을 들믈 면치 못ᄒᆞ고 공쥬의 편ᄋᆡ(偏愛)ᄒᆞ미 더옥 형언(形言)키 어려오니 녀시 일노 드ᄃᆡ여 싀오(猜惡)ᄒᆞ미 더어 브ᄃᆡ 쇼져를 업시ᄒᆞ고 긋치려 ᄒᆞᄂᆞᆫ디라. 녈잉이 것ᄎᆞ로 녀시의 ᄯᅳᆺ을 못 밋출 ᄃᆞᆺ 영합ᄒᆞ여 언언(言言)이 쇼져를 헐ᄲᅳ리고 ᄉᆞᄉᆞ(事事)의 업시키를 도모ᄒᆞᄂᆞᆫ ᄃᆞᆺᄒᆞ나 기실은 ᄆᆡ양 그 흉계를 헷쳐 고고히 쇼져를 보호ᄒᆞ여 위ᄐᆡᄒᆞᆫ 바의 죽기로ᄡᅧ 븟들고 험난ᄒᆞᆫ 형셰의 목숨을 ᄇᆞ려 구ᄒᆞ여 디극ᄒᆞᆫ 튱심이 금셕(金石)의 경셩을 가져 거ᄌᆞᆺ 간당(奸黨)의 동심일체(同心一體)로 말을 교밀이 ᄒᆞ고 쇠오믈 요괴로이 ᄒᆞ여 영영이 녀녀의 ᄆᆞ옴을 현혹ᄒᆞ여시나 본심인즉 쳐쥐 외로온 쥬모와 낭혈(狼穴)의 위란ᄒᆞᆫ 쇼져를 밧들미 동쵹(洞屬)ᄒᆞ여 일야(日夜) ᄉᆞ심(捨心)을 결을치 못ᄒᆞ니 쇼져ᄂᆞᆫ 귀인이라 맛ᄎᆞᆷ 시운(時運)의 건둔(蹇屯)ᄒᆞ믈 인ᄒᆞ여 초년궁ᄋᆡᆨ(初年窮厄)이 비상ᄒᆞ나 죵시 텬디보우(天地保佑)ᄒᆞ고 ᄇᆡᆨ신(百神)이 호위ᄒᆞ여 녈잉의 튱(忠)이 아니라도 힘힘이 독슈의 요몰(夭沒)ᄒᆞᆯ ᄇᆡ 아니로ᄃᆡ 잉이 아니면 ᄉᆞ디를 쥐ᄒᆞ여 무한이 위ᄐᆡᄒᆞ믈 당ᄒᆞ리니 엇디 잉의 공이 크디 아니리오? 이러ᄐᆞᆺ 간모악ᄉᆡ(奸謀惡事) 니은 ᄉᆞ이의 광음(光陰)이 슉홀(倏忽)ᄒᆞ여 ᄉᆞ오 년 츈츄를 뒤이져 쇼져의 년긔 이뉵(二六)을 디난디라. 옥이 날노 향긔롭고 ᄃᆞᆯ이 졈졈 둥글며 ᄭᅩᆺ치 ᄢᅵ로 방ᄐᆡᆨ(芳澤)을 여니 비록 남모로ᄂᆞᆫ 위란을 당ᄒᆞ여 슬프고 괴로온 밧지 18면 19면 이에 더으미 업시 쳔니(千里)의 ᄌᆞ모(慈母)ᄅᆞᆯ 원니(遠離)ᄒᆞᄂᆞᆫ 눈믈이 빵메(雙袂)ᄅᆞᆯ 젹시고 의모(義母)의 뜻을 엇디 못 ᄒᆞ여 블효죄인(不孝罪人)이 될가 졀박ᄒᆞᆫ 근심이 향긔로온 촌장을 ᄉᆞᆯ와 슈통(愁痛)이 포쳡ᄒᆞ나 텬싱아딜(天生雅質)이 탈연긔특(脫然奇特)ᄒᆞ여 우고험난(憂苦險難)의 ᄡᆞ혀시나 댱셩슈미(長成秀美)ᄒᆞ미 일호미딘(一毫未盡)ᄒᆞ미 업셔 일빵명모(一雙明眸)ᄂᆞᆫ 효셩(曉星)이 츄파(秋波)의 ᄌᆞᆷ겻ᄂᆞᆫ ᄃᆞᆺ 팔ᄌᆞ아황(八字蛾黃)은 프ᄅᆞᆫ 거ᄉᆞᆯ ᄆᆞᆺ거시며 단혈(丹穴)의 븕은 빗ᄎᆞᆫ
20면 잉슌(櫻脣)을 졈쳣고 녹슈부용(綠水芙蓉)은 보압을 븟그리며 ᄉᆡᆼ혀난 신댱과 깁을 ᄆᆞᆺ근 허리 규귀(閨矩) 합도(合道)ᄒᆞ고 농셤(濃纖)이 득듕(得中)ᄒᆞ여 ᄇᆡᆨ쳬유슈(百體有秀)ᄒᆞ고 쳔ᄐᆡ구비(千態具備)ᄒᆞ니 덕은 댱강(莊姜)[28]의 가ᄌᆞᆨᄒᆞ고 덕요(德耀)·문희(文姬)[29]ᄂᆞᆫ 용모졀ᄒᆡᆼ(容貌節行)이 가히 븟그러올디라. 교상셰 ᄆᆡ양 칭디왈(稱之曰)

"쳔고(千古)의 무빵긔ᄉᆡᆨ(無雙奇色)이오 셰간의 독보(獨步)ᄒᆞᆫ 슉녀라. 어나 곳의 오ᄋᆞᄅᆞᆯ ᄇᆡ(配)ᄒᆞᆯ 옥인군ᄌᆡ(玉人君子) 학ᄒᆡᆼ(學行)은 칠십ᄌᆞ(七十子)의 후셕(後席)을 니으며 용모ᄂᆞᆫ 반하(潘何)[30]ᄅᆞᆯ 타비(唾鄙)ᄒᆞ리 잇ᄂᆞᆫ고? ᄐᆡᆨ셔(擇婿)의 념녜 일시ᄅᆞᆯ 방하(放下)치 못ᄒᆞ나 ᄆᆞᄋᆞᆷ의 드ᄂᆞᆫ ᄌᆞᄅᆞᆯ 만나디 못ᄒᆞ니 텬하의 인ᄌᆡ 업ᄉᆞᆫ작가 스ᄉᆞ로 ᄊᆡ닷디 못ᄒᆞ

28 댱강(莊姜): 장강. 제(齊)나라 공녀로 위후(衛侯) 장공(莊公)에게 시집감. 어질고 용모가 아름다웠으나 위장공이 첩에게 미혹되어 냉대를 받음.

29 문희(文姬): 채문희. 동한(東漢) 시기 채옹의 딸 채염인데 진(晉)나라 사마소의 이름을 피휘(避諱)하여 문희(文姬)로 고침. 문학, 음악, 서법(書法)에 능했으며 작품으로 〈비분시(悲憤詩)〉 2수(首)와 〈호가십팔박(胡笳十八拍)〉이 전함.

30 반하(潘何): 반악(潘岳)과 하안(何晏). 모두 중국 고대의 미남자.

리로소이다.”

ᄒᆞᆫ ᄌᆞ 공쥐 왈

“나의 쇼교ᄂᆞᆫ 옥장(玉帳)의 ᄆᆡ화(梅花)오 유곡(幽谷)의 향난(香蘭)이라. ᄒᆞᆫ갓 용모긔딜(容貌氣質)은 니ᄅᆞ디 말고 셩ᄒᆡᆼ부덕(聖行婦德)이 크게 규구의 합ᄒᆞ여 슉녀현부(淑女賢婦)의 미딘(未盡)ᄒᆞ미 업ᄉᆞ니 그 ᄇᆡ필을 ᄐᆡᆨᄒᆞᄆᆡ 과연 셰쇽 범범ᄒᆞᆫ 가ᄉᆞ와 등한ᄒᆞᆫ 용모ᄂᆞᆫ 의논치 못ᄒᆞᆯ디라. 맛당이 고문화벌(高門華閥)의 현부형ᄌᆞ뎨(賢父兄子弟)로 도학(道學)이 안ᄆᆡᆼ졍쥬(顏孟程朱) ᄀᆞᆺᄐᆞ니ᄅᆞᆯ 구ᄒᆞ리니 ᄇᆡᆨᄉᆞ(百事)의 ᄒᆞᆫ가디나 미 21면
딘(未盡)ᄒᆞ여도 난ᄋᆞ의 ᄡᆞᆨ이 아니라. 오ᄋᆞᄂᆞᆫ 모로미 동셔의 무심치 말고 그윽이 현ᄉᆞ(賢士)ᄅᆞᆯ 광문(廣問)ᄒᆞ여 져의 평ᄉᆡᆼ을 져ᄇᆞ리디 말나.”

병뷔 ᄇᆡ샤슈명(拜謝受命)ᄒᆞ고 딘실노 ᄐᆡᆨ셔(擇壻)의 념이 쳔 니의 ᄆᆡᆺ쳐 놉흔 가문의 어진 ᄌᆞ뎨ᄅᆞᆯ 구ᄒᆞᄃᆡ 미문한쳔(微門寒賤)ᄒᆞᆫ ᄌᆞ뎨도 교시로 ᄇᆡ우(配偶)코져 ᄒᆞ리 업ᄂᆞᆫ 고로 ᄆᆡ작(媒酌)이 문의 니ᄅᆞ디 아니니 슬프다 쥬ᄋᆞ 셩염의 명되(命途) 이러ᄐᆞᆺ 엇디 긔궁조험(奇窮阻險)ᄒᆞ여 그 ᄉᆡᆼ셰 반년이 못 ᄒᆞ여 텬뉸을 실ᄒᆡᄒᆞ여 ᄉᆡᆼ부모ᄅᆞᆯ 아득히 일코 교가의 의탁ᄒᆞ여 진나라 피살을 피ᄎᆡ 다 ᄡᆡ닷디 못ᄒᆞ거ᄂᆞᆯ 또 믄득 친뫼(親母)라 일홈ᄒᆞᆫ 호시ᄅᆞᆯ 쳔니의 상니(相離)ᄒᆞ여 원모디회(遠慕之懷) 심골의 박힌 병이 된 바로 녀시의 간흉극악(奸凶極惡)을 ᄒᆡᆼᄒᆞ여 쳔금지질(千金之質)의 괴로오믈 면치 못ᄒᆞ여 유부방신(柔膚芳身)이 즐타의 상ᄒᆞ믈 면치 못ᄒᆞ고 당하 쳔비쇼확(天妃少獲)[31]의 뉴도 ᄌᆞ

31 쳔비쇼확(天妃少獲): 천비소확. 신분이 낮은 종과 나이 어린 종.

로 당치 못ᄒᆞᆯ ᄐᆡ벌(笞罰)과 독장(毒杖)이 고요ᄒᆞᆫ 낫과 무인심야(無人深夜)의 피육(皮肉)이 후란(朽爛)ᄒᆞ고 셩혈(腥血)이 만뉴(滿流)ᄒᆞ여

22면 소견(所見)의 참담(慘憺)ᄒᆞᄃᆡ 녀시의 ᄯᅳᆺ은 일분 측은디심(惻隱之心)이 업고 ᄆᆡ양 너흐디[32] 못ᄒᆞ믈 한ᄒᆞ거ᄂᆞᆯ 임의 댱셩슈미(長成秀美)ᄒᆞ미 나흐로조ᄎᆞ ᄂᆡ도ᄒᆞ여 부도녀ᄒᆡᆼ(婦道女行)이 향규슉완(香閨淑婉)으로 규덕(閨德)이 깁히 니러시니 상셔ᄂᆞᆫ 본 젹마다 ᄋᆡ련칭긔(愛憐稱奇)ᄒᆞ미 더으고 공쥬ᄂᆞᆫ ᄉᆞᄌᆞ일녀(四子一女)의 층층(層層)ᄒᆞᆫ 손ᄋᆡ(孫兒) 개ᄀᆡ히 교연쇄쇄(皎然灑灑)ᄒᆞ여 졍이 닛글닐 ᄇᆡ로ᄃᆡ 다만 슉난일인이 이시믈 알고 기여(其餘)ᄂᆞᆫ 등한이 니ᄌᆞᆫ ᄃᆞᆺᄒᆞ믈 더옥 싀오(猜惡)ᄒᆞ여 ᄒᆡ키ᄅᆞᆯ 쐬ᄒᆞ고 누얼(陋孼)을 깃치고져 ᄒᆞᄆᆡ 음흉파측(陰凶叵測)디 아니미 업ᄂᆞᆫ디라. ᄋᆞ시비 뉴의 ᄌᆞ식이 졀등ᄒᆞ고 음졍(淫情)이 탕일(蕩逸)ᄒᆞᆫ 거ᄉᆞᆯ ᄀᆞᆯ희여 낫ᄎᆡ 디분(脂粉)을 난만이 칠ᄒᆞ고 머리의 쥬취ᄅᆞᆯ 얽어 칠보셩장(七寶盛裝)을 찬난이 ᄒᆞ여 삼춘화시(三春花時)와 국월단풍(菊月丹楓)의 짐ᄌᆞᆺ 손으로 ᄭᅩᆺᄎᆞᆯ 드러 두어 ᄲᅡᆼ 시녀와 쥬호(酒壺)와 향을 밧드러 ᄌᆞᆺ게 ᄒᆞ여 원님ᄎᆡ루(園林彩樓)와 외원화졍(外園花庭)의 허다유ᄀᆡᆨ(許多遊客)들 다 나ᄂᆞᆫ ᄃᆡᄅᆞᆯ ᄎᆞᄌᆞ 나가 놀나ᄒᆞᄃᆡ 사ᄅᆞᆷ이 뭇거든 교병부의 만금일교(萬金一嬌)오 안셩 공쥬의 쟝니(掌裡) 구ᄉᆞᆯ이라 ᄃᆡ답ᄒᆞ여 근본의 쳔ᄒᆞ믈 낫토디 말고 상셔와 공쥐

23면 모로게 단니라 ᄒᆞ니 요음간비(妖淫奸婢) 놉히 쥬인 귀쇼져의 일홈을 비러 단니믈 영화로이 넉여 ᄆᆡ양 녀녀의 디교(指敎)ᄅᆞᆯ 쥰봉(遵奉)ᄒᆞ

32 너흐디: 너흘다. 물어뜯다.

여 삼츈가졀(三春佳節)과 ᄇᆡᆨ노금풍(白露金風)의 소인믁ᄀᆡᆨ(騷人墨客)의 무리 교부 화원을 왕반(往返)ᄒᆞ여 츈화(春花)의 작작ᄒᆞ며 송듁(松竹)의 ᄉᆡᆨᄉᆡᆨᄒᆞ믈 완경(玩景)ᄒᆞᄂᆞᆫ 바의 가칭(假稱) 교시ᄅᆞᆯ ᄌᆞ로 만나니 ᄉᆞ유(士類)로 일홈 가져 유식건체 ᄒᆞᄂᆞ니ᄂᆞᆫ 션ᄌᆞ(扇子)로 면ᄎᆞ(面遮)ᄒᆞ고 도라가나 술의 잠기고 ᄉᆡᆨ의 졍을 일허 탕음무디(蕩淫無知)ᄒᆞᆫ 광부취ᄀᆡᆨ(狂夫醉客)은 일호 삼가미 업셔 졍을 머므ᄅᆞ니 그 흉음난탕(凶淫亂蕩)ᄒᆞ미 목도(目睹)ᄒᆞᄂᆞᆫ ᄌᆡ 무슈ᄒᆞ고 초부목동(樵夫牧童)이라도 교부 화원을 드된ᄌᆞᆨ 가교시 ᄃᆡᄒᆞ미 쉬오니 일노조ᄎᆞ 음악누셜(淫惡累說)이 크게 ᄉᆞ린(四隣)의 회ᄌᆞ(膾炙)ᄒᆞ여 만셩(滿城)의 모로리 업ᄉᆞ니 허명(虛名)이 블측(不測)ᄒᆞ여 쇼져의 일신(一身)의 참뉘(塹累) 다 못기니 한문쳔유(寒門賤儒)의 미말궁ᄉᆡ(未末窮士)라도 춤 밧타 측ᄒᆞ믈 니긔디 못ᄒᆞ니 뉘 그 쳥혼을 고개 조으리오? ᄎᆞ고(此故)로 사ᄅᆞᆷ이 다 교한필의 부귀ᄅᆞᆯ 흙ᄀᆞᆺ치 넉이고 교시의 ᄉᆡᆨ모(色貌)ᄅᆞᆯ 분취(糞臭)ᄀᆞᆺ치 니ᄅᆞ니 이 듕의 별유ᄉᆞ고(別有事故)ᄒᆞ여 진짓 쇼져의 쳥고결개(淸高潔介)ᄒᆞᆷ과 졍뎡담담(貞靜淡淡)ᄒᆞ미 ᄇᆡᆨ옥(白玉)이 무하(無瑕)ᄒᆞ고 쳥상(青霜)을 능두(凌頭)ᄒᆞ여 츄월(秋月)이 빙호(氷湖)의 빗최고 징패(澄波) 빗ᄎᆞᆯ 더어 공강(共姜)[33]의 녈녈(烈烈)ᄒᆞᆷ과 경강(敬姜)[34]의 녜듕(禮重)ᄒᆞ므로 ᄇᆡᆨ희(伯姬)의 고집(固執)을 아오라 념시[35]

24면

33 공강(共姜): 위나라 태자 공백의 아내. 태자가 요절한 후 부모가 개가를 권유하자 〈백주시〉를 읊으며 수절을 맹세함.

34 경강(敬姜): 춘추시대 노나라 대부(大夫) 공보목백의 부인이자 공보문백의 어머니. 남편의 상에는 낮에 울고 아들의 상에는 밤낮으로 곡을 하여 공자가 예를 안다고 평가함.

35 념시: 미상.

의 고드미 잇고 결쳥(潔淸)ᄒᆞ여 왕가부[36]의 할비(割臂)ᄅᆞᆯ 올히 녁이ᄂᆞᆫ 강개녀ᄉᆡ(慷慨女士)며 당당녈부(堂堂烈婦)로 뇨됴슉완(窈窕淑婉)과 유한셩녀(幽閑聖女)의 ᄒᆞᆫ 터럭 겸연(慊然)ᄒᆞ미 업ᄉᆞ믈 ᄭᆡ다ᄅᆞᆯ ᄌᆡ 이시리오? 이 다 쇼져의 조흔긔화(阻釁奇禍)로 비로ᄉᆞ미니 명도(命途)ᄅᆞᆯ 늣기고 시운(時運)을 탄(歎)ᄒᆞᆯ ᄲᅳᆫ이오 ᄒᆞᆫ갓 녀녀ᄅᆞᆯ 원(怨)치 못ᄒᆞᆯ 바ᄂᆞᆫ 댱손탈이 쇼져ᄅᆞᆯ 가져 녀시ᄅᆞᆯ 주디 아냐시면 길너 창누(娼樓)의 팔기ᄅᆞᆯ 마디 아냐실디라. 이 조각의 쇼제 비록 버셔날딘들 그 욕되고 한심ᄒᆞ미 당금취명(當今臭名)의 더으디 아니리오? 녀시 흉모곡계(凶謀曲計)로 쇼져ᄅᆞᆯ 함디ᄌᆡᆼ참(陷池坑塹)ᄒᆞ여시ᄃᆡ 오히려 브죡(不足)ᄒᆞ여 상셰 ᄉᆡ로 광실(廣室)을 니ᄅᆞ혀ᄂᆞᆫ 바의 길흘 당ᄒᆞ여 ᄐᆡᆨ션누ᄅᆞᆯ 팔

25면 작(八作)을 놉히 디어 녕농휘황(玲瓏輝煌)ᄒᆞᆫ 단쳥과 표묘(縹緲)ᄒᆞᆫ 가형이 인간딘뉘(人間塵樓)믈 ᄭᆡ닷디 못ᄒᆞ여 임의 필역(畢役)ᄒᆞᄆᆡ 쇼져ᄅᆞᆯ 명ᄒᆞ여 ᄐᆡᆨ션누의 이시라 ᄒᆞ니 쇼제 담연(淡然)ᄒᆞᆫ 청심(淸心)과 결졍(潔淨)ᄒᆞᆫ 디의(志意)로ᄡᅧ 샤곡(邪曲)ᄒᆞᆫ 바의 념(念)이 잇디 아니ᄒᆞ고 흉음(凶淫)ᄒᆞᆫ 바의 의심을 두디 아니나 야애 ᄉᆡ로 졔루 니ᄅᆞ혀믈 너모 댱녀광활(壯麗廣闊)ᄒᆞ여 슝검(崇儉)ᄒᆞᆫ 덕이 져ᄅᆞ고 슉당제죵(叔堂諸宗)이 ᄒᆞᆫ가지로 샤치ᄅᆞᆯ 돕고 부귀ᄅᆞᆯ 탐ᄒᆞ여 근신졀ᄎᆞ(謹身切磋)ᄒᆞ믈 쳔니(賤吏)갓치 녁이믈 개탄ᄒᆞ고 블쾌ᄒᆞ여 듕니(中裏)의 근심을 ᄆᆡᄌᆞᆺ거ᄂᆞᆯ 녀시의 명이 ᄌᆞ긔ᄅᆞᆯ ᄐᆡᆨ션누의 이시라 ᄒᆞ니 블열고사(不悅苦辭) 왈

36 왕가부: 왕과부. 왕응의 처 이씨로 추정. 이씨가 남편의 뼈를 지고 여관에 들어갔는데 여관 주인에게 팔이 잡히자 도끼로 팔을 베어 버렸다고 함.

“쇼녜 오히려 태모와 ᄌᆞ위(慈闈) 금니(衾裏)의 아회(雅懷)ᄒᆞ시믈 밤
마다 엇디 못 ᄒᆞᆯ가 근심ᄒᆞᄋᆞᆸᄂᆞᆫ 바로 쳐소ᄅᆞᆯ 각각 뎡ᄒᆞ믈 블원ᄒᆞᄋᆞᆸᄂᆞ
니 져 고루ᄎᆡ각(高樓彩閣)이 엇디 쇼녀의 머믈 ᄇᆡ리잇고? ᄌᆞ위협실
(慈闈夾室)이 븨디 아닛ᄂᆞᆫ 날은 태모협실(太母夾室)의 은신(隱身)코
져 ᄒᆞᄋᆞᆸᄂᆞ니 ᄌᆞ위ᄂᆞᆫ 브졀업시 쇼녀의 슉소ᄅᆞᆯ 뎡치 마ᄅᆞ쇼셔.”
녀시 그 역명(逆命)ᄒᆞ믈 대로(大怒)ᄒᆞ나 상셰 ᄌᆡ좌(在座)ᄒᆞ여시니 즐 26면
ᄆᆡ난타(叱罵亂打)ᄒᆞ믈 ᄉᆡᆼ의(生意)치 못ᄒᆞ여 양쇼왈(佯笑曰)
“네 비록 존고와 내 픔을 못 ᄯᅥ날 줄노 아라 각소ᄅᆞᆯ 고샤ᄒᆞ나 언마ᄒᆞ
여 집을 ᄇᆞ리고 어믜 픔을 ᄯᅥ나리오? 그런 시졀의ᄂᆞᆫ ᄋᆡ친ᄒᆞᄂᆞᆫ 효셩도
ᄉᆞᆺ쳐디리니 내 어ᄃᆡ 두고 보리라.”
쇼져ᄂᆞᆫ 옥면을 숙여 말을 아니 ᄒᆞ고 상셔ᄂᆞᆫ ᄋᆡ듕ᄒᆞᄂᆞᆫ 졍을 니긔디 못
ᄒᆞ여 집슈무ᄇᆡ(執手撫背)ᄒᆞ여 흔연쇼왈(欣然笑曰)
“녀ᄌᆞ유ᄒᆡᆼ(女子有行)이 원부모형뎨(遠父母兄弟)나 셰쇽이 ᄀᆞᆺᄐᆞ여 규
식(規式)을 조ᄎᆞ미 업ᄂᆞ니 타일 군ᄌᆞᄅᆞᆯ 우귀(于歸)ᄒᆞ미 이시나 즉시
도라와 작소(鵲巢)ᄅᆞᆯ 이에 뎡ᄒᆞᆯ디라. 므ᄉᆞ 일 집을 ᄇᆞ리고 어미ᄅᆞᆯ ᄯᅥ
나리오? 원간 오ᄋᆡ 효도롭고 졍셩되여 부모 ᄉᆞ랑홈과 밧들미 동쵹(洞
屬)ᄒᆞ여 순증(舜曾)의 남은 회 이시니 비록 먼니 니슬(離膝)ᄒᆞ나 졍셩
이 변치 아니리니 부인이 아모리 두고 보나 오ᄋᆞ의 ᄋᆡ친효ᄉᆞ(愛親孝
事)ᄂᆞᆫ 젼후의 다ᄅᆞ미 업ᄉᆞ리라.”
녀시 기리 포회비쇼(抱懷誹笑)ᄒᆞ여 명공의 효녜 긴 날 졍셩을 보리라
ᄒᆞ며 디금 결승졍약(結繩定約)ᄒᆞᆫ 곳이 업ᄉᆞ믈 울울이 근심ᄒᆞᄂᆞᆫ ᄃᆞᆺ 념
녀ᄒᆞᄂᆞᆫ ᄃᆞᆺ 간교로온 졍ᄐᆡ 무비(無比)ᄒᆞᄃᆡ 교ᄌᆞ의 사ᄅᆞᆷ 보ᄂᆞᆫ 구술이 27면
암미혼녈(闇迷昏劣)ᄒᆞ여 능히 그 블인을 ᄭᆡ닷디 못ᄒᆞᄂᆞᆫ디라. 녀시 다

시 ᄀᆞᆯ오ᄃᆡ

"쳡이 ᄐᆡᆨ션누ᄅᆞᆯ 각별신칙(各別申飭)ᄒᆞ여 인녁을 무궁히 허비ᄒᆞ고 ᄌᆡ믈을 만히 드려 긔묘히 디으믄 젼혀 녀ᄋᆞ의 쳐소ᄅᆞᆯ 삼고ᄌᆞ ᄒᆞ미러니 난ᄋᆡ 각소(各所)ᄅᆞᆯ 블원(不願)ᄒᆞ니 강박디 못ᄒᆞ나 누호(樓戶)ᄅᆞᆯ 헛되게 ᄒᆞᆯ디라. 쳡이 간간이 등누(登樓)ᄒᆞ여 노샹(路上)의 디나ᄂᆞᆫ 쇼년뉴(少年類)의 의푀(儀表) 츌인(出人)ᄒᆞᆫ 군ᄌᆞᄅᆞᆯ 친히 ᄉᆞᆯ펴 ᄐᆡᆨ뎡(擇定)코ᄌᆞ ᄒᆞᄂᆞ니 군의 ᄯᅳᆺ이 엇더ᄒᆞ시니잇가?"

병뷔 쇼왈(笑曰)

"노변(路邊)의 얼픗 디나ᄂᆞᆫ 손을 초솔(草率)이[37] 동상(東床)을 의논ᄒᆞᆯ ᄇᆡ 아니나 부인의 ᄐᆡᆨ셔(擇壻)ᄒᆞᄂᆞᆫ ᄯᅳᆺ이 학싱과 일반이라. 아모커나 오ᄋᆞ(吾兒)ᄅᆞᆯ ᄇᆡ(配)ᄒᆞᆯ 옥인가ᄉᆡ(玉人佳士) 잇ᄂᆞᆫ가 ᄉᆞᆯ필디어다."

셜파(說罷)의 셔로 웃고 훤당(萱堂)의 드러가 보션(母前)의 녀시 ᄐᆡᆨ션누의 가 ᄒᆡᆼᄀᆡᆨ(行客) 듕 옥인군ᄌᆡ(玉人君子) 잇ᄂᆞᆫ가 보려 ᄒᆞ믈 고(告)ᄒᆞ니 공쥐 쇼왈(笑曰)

"이ᄂᆞᆫ 일시희담(一時戲談)이어니와 금애 ᄌᆞ승(紫繩)의 호연(好緣)을 긔약(期約)디 못ᄒᆞ니 엇디 굼겁디 아니리오? 일노ᄡᅧ 심우(深憂)ᄅᆞᆯ 삼
28면 으니 그런가 작셕(昨夕)의 노궁인(老宮人) 화일션이 동긔ᄅᆞᆯ ᄎᆞᄌᆞ 보고 오ᄂᆞᆫ 길ᄒᆡ 일개(一個) 신승(神僧)이 옥뇨패 일 줄을 주어 왈 '이ᄂᆞᆫ 텬샹(天上) 단년(鍛鍊)ᄒᆞᆫ 긔뵈(奇寶)라. 모로미 반ᄃᆞ시 님ᄌᆞᄅᆞᆯ 만낫ᄂᆞ니 상궁(尙宮)이 갓다가 귀궁옥쥬(貴宮玉主)긔 드려 ᄋᆞ쇼져(兒小

37 초솔(草率)이: 초솔하다. 거칠고 엉성하여 볼품이 없다.

姐) 인연을 뎡(定)ᄒᆞ미 되리니 경(輕)히 ᄇᆞ리디 말나.' ᄒᆞ고 표연이 가더라 ᄒᆞ거ᄂᆞᆯ 내 일션의 위인(爲人)이 져머셔브터 튱근신실(忠謹信實)ᄒᆞ미 늙도록 부허요망(浮虛妖妄)ᄒᆞ미 업ᄉᆞ믈 아ᄂᆞᆫ 고로 무가듕보(無價重寶)ᄅᆞᆯ 거리ᄭᅵ디 아니코 바다 협ᄉᆞ(篋笥)의 너헛거니와 글노 드ᄃᆡ여 인연을 뎡ᄒᆞᆯ 바ᄅᆞᆯ ᄉᆡᆼ각디 못ᄒᆞᆯ노다."

샹셔ᄂᆞᆫ 남ᄌᆡ라 무심히 드ᄅᆞᄃᆡ 녀시 이 므ᄉᆞᆷ 신징(信徵)과 이ᄉᆡᆫ(異事)고 깃거 아냐 보기ᄅᆞᆯ 쳥ᄒᆞᄃᆡ 공쥐 침협(枕篋)을 들혀고 ᄂᆡ여 노흐니 이 곳 됴시(趙氏)의 년셩(連城)ᄒᆞ던 벽(璧)[38]이라. 제작(製作)이 긔묘ᄒᆞᆷ만 아니라 샹광(祥光)이 녕녕(玲玲)ᄒᆞ고 셔긔춍농(瑞氣聰瓏)ᄒᆞ니 아윤빙셜ᄒᆞ여[39] 경히 군ᄌᆞ의 긔딜 ᄀᆞᆺ고 쳥담고결(淸淡高潔)ᄒᆞ여 아ᄉᆞ의 녈셩ᄒᆞᆷ[40] ᄀᆞᆺᄐᆞᆫ디라. 녀시 일견(一見)의 대경(大驚)ᄒᆞ여 믄득 욕홰(慾火) 동(動)ᄒᆞ믈 ᄭᆡ닷디 못ᄒᆞ니 긔딘이보(奇珍異寶)와 패산디뉴(佩珊之類) 술위에 시러도 업ᄉᆞᆯ 거시 아니로ᄃᆡ 이 ᄀᆞᆺᄐᆞᆫ 옥픔(玉品)과 셔ᄎᆡ 29면
(瑞彩)ᄂᆞᆫ 보디 못ᄒᆞᆫ ᄇᆡ라. ᄌᆡ삼(再三) 어로만져 손의 노치 못ᄒᆞ더니 병뷔 날호여 긔이ᄒᆞᆫ 보ᄇᆡ믈 보고 친히 녀ᄋᆞ의 골흠의 ᄎᆡ오며

"딘실노 쥬믈(主物)의 빵(雙)이라. 옥이 님ᄌᆞᄅᆞᆯ 긔특이 만나고 네 ᄯᅩ 신변(身邊)의 두미 욕되디 아닌디라. 모로미 상시(常時) ᄎᆞ고 이시라."

쇼졔(小姐) 츌쳐(出處) 명ᄇᆡᆨ(明白)디 아닌 보믈(寶物)을 몸의 딘이

---

38 됴시(趙氏)의 년셩(連城)ᄒᆞ던 벽(璧): 연성벽(連城璧)을 말함. 진소왕(秦昭王)이 자기 나라의 15성과 조왕(趙王)이 가졌던 화씨벽(和氏璧)을 바꾼 데서 비롯한 말.

39 아윤빙셜ᄒᆞ여: 미상.

40 아ᄉᆞ의 녈셩ᄒᆞᆷ: 미상.

믈 블열(不悅)ᄒᆞ여 믈니치고ᄌᆞ ᄒᆞ나 부친이 친히 칙오고 화상궁의 위인이 딘실노 허탄(虛誕)치 아니믈 아ᄂᆞᆫ 고로 브득이 샤양치 아니나 흔연ᄒᆞ미 업더라. 녀시 등누(登樓)ᄒᆞ여 옥인가ᄉᆞ(玉人佳士)ᄅᆞᆯ 갈희여 동상(東床)을 뎡ᄒᆞ렷노라 ᄒᆞ믄 쇼져의 음일난탕(淫佚亂蕩)ᄒᆞ믈 낫타ᄂᆡ여 누얼(陋孼)을 ᄭᅵ치고ᄌᆞ ᄒᆞ미어ᄂᆞᆯ 공쥬와 병부ᄂᆞᆫ 등하블명(燈下不明)ᄒᆞ미 그 ᄒᆡ연ᄒᆞᆫ 거조ᄅᆞᆯ 막디 못ᄒᆞ니 녀시 혹 시ᄋᆞᄅᆞᆯ 거ᄂᆞ려 오로며 혹 영니ᄒᆞᆫ 시비ᄅᆞᆯ 디휘ᄒᆞ여 노샹 ᄒᆡᆼ긱을 ᄉᆞᆯ펴 져기 쳥년슈미(靑年秀美)ᄒᆞᆫ 뉴ᄂᆞᆫ 믄득 패산디뉴ᄅᆞᆯ 더디며 면모ᄅᆞᆯ 반만 ᄂᆡ여 경을 보ᄂᆡᄂᆞᆫ 형상을 디으니 도뉴(徒類) 다 음참(陰慘)ᄒᆞ믈 타비(唾鄙)

30면 ᄒᆞ여 비예오셩(非禮汚聲)이 교쇼져ᄅᆞᆯ 침신(沈身) 참누취명(慙累臭名)이 날노 더으ᄃᆡ 젼브디ᄌᆞ(全不知者)ᄂᆞᆫ 공쥬 모ᄌᆡ라. 시의 고문벌열(高門閥閱)의 ᄇᆡᆨ년거족(百年巨族)의 뎨일위인(第一爲人) 낭ᄌᆡ(郎材)[41]ᄂᆞᆫ 운계 션ᄉᆡᆼ 졍쳐ᄉᆞ의 뎨삼ᄌᆡ(第三子)라. 풍치문딜(風采文質)과 도덕션ᄒᆡᆼ(道德善行)이 부형의 도덕을 니을 ᄌᆞ로 조션여풍(祖先餘風)이 오롯 다ᄒᆞ여 칭앙경모(稱仰敬慕)ᄒᆞ리 무슈ᄒᆞᆫ디라. 병뷔 ᄯᅳᆺ을 기우려 여러 번 구혼ᄒᆞ믈 간졀이 ᄒᆞ나 졍쳐ᄉᆡ 기리 밀막아 블허(不許)ᄒᆞ니 심니(心裏)의 대로(大怒)ᄒᆞ여 셜한(雪恨)키ᄅᆞᆯ ᄆᆡᆼ셰ᄒᆞ더니 맛춤 녀시의 표뎨(表弟) 윤딕의 댱ᄌᆡ(長子) 이칠디셰(二七之歲)ᄅᆞᆯ 당ᄒᆞ여 풍미(風味) 아ᄅᆞᆷ답고 ᄌᆡ홰(才華)[42] 츌인(出人)ᄒᆞ여 칠보(七步)의 신쇽(迅

---

41 낭ᄌᆡ(郎材): 낭재. 신랑감.

42 ᄌᆡ홰(才華): 재화. 뛰어난 재능.

速)ᄒᆞᆷ[43]과 쥬옥(珠玉)이 년낙(連絡)ᄒᆞᄂᆞᆫ 문장녀필(文章麗筆)이 당금뎨일(當今第一)노 ᄌᆞ부(自負)ᄒᆞᄂᆞᆫ디라. 윤ᄃᆡᆨ은 쇼져의 덕셩긔질(德性氣質)을 본 ᄃᆞ시 아ᄂᆞᆫ 고로 허명(虛名)의 망측(罔測)ᄒᆞ믈 혐의(嫌疑)치 아냐 특별이 구혼(求婚)ᄒᆞ니 녀시 쇼져로 ᄒᆞ여곰 윤가의 편히 누릴 바ᄅᆞᆯ 그윽이 통한(痛恨)ᄒᆞ나 윤ᄃᆡᆨ으로 졍의ᄌᆞ별(情誼自別)ᄒᆞᆫ 남ᄆᆡ간(男妹間)이라 즐겨 구혼ᄒᆞᄂᆞᆫ 바의 져희치 못ᄒᆞ여 ᄆᆞᄋᆞᆷ의 ᄉᆡᆼ각ᄒᆞᄃᆡ 상셔의 허락이 반장(反掌) 갓ᄐᆞ리라 ᄒᆞ엿더니 상셰 윤가 쳥혼을 31면 듯고 빈미블쾌(顰眉不快)ᄒᆞ여 믁믁냥구(默默良久)의 날호여 회답왈(回答曰)

"명공(明公)이 미문쇼녀(微門小女)ᄅᆞᆯ 나디 구ᄒᆞ시니 후의다감(厚意多感)ᄒᆞ나 쇼녜 임의 표문(表門)을 녀가로 칭ᄒᆞ니 명공으로 친쳑의 분이 잇ᄂᆞᆫ 바의 의혼(議婚)ᄒᆞ미 블가ᄒᆞ고 시쇽의 듕표혼인(重表婚姻)이 간간이 잇ᄉᆞ나 이ᄂᆞᆫ 이젹디풍(夷狄之風)이라. ᄉᆡᆼ이 ᄎᆞ마 못 ᄒᆞᄂᆞ니 고체(固滯)ᄒᆞ믈[44] 웃디 마ᄅᆞ쇼셔."

녀시 ᄆᆡ파(媒婆)의 도라가믈 기다려 ᄀᆞᆯ오ᄃᆡ

"난ᄋᆡ 임의 도요(桃夭)의 시[45]ᄅᆞᆯ 읇흘 ᄡᆡ로ᄃᆡ 디금(至今)의 젹승(赤繩)의 가합(可合)ᄒᆞᆫ 혼쳐(婚處)ᄅᆞᆯ 엇디 못ᄒᆞ여 님하(林下)의 쳐ᄉᆞ(處士)

---

43 칠보(七步)의 신쇽(迅速)ᄒᆞᆷ: 칠보의 신속함. 일곱 걸음 만에 시를 완성하는 뛰어난 글재주를 말함. 조조의 셋째 아들 조식이 그의 형 조비가 일곱 걸음 안에 시를 짓지 못하면 죽이겠다고 하여 시를 썼던 일에서 유래한 말.

44 고체(固滯)ᄒᆞ믈: 고체하다. 성질이 편협하고 고집스러워 너그럽지 못하다.

45 도요(桃夭)의 시: 《시경》 〈도요(桃夭)〉 편을 말함. "복숭아나무의 야들야들함이여, 많고 많은 그 열매로다. 이 아가씨의 시집감이여, 그 집안을 화목하게 하리로다(桃之夭夭 有蕡其實 之子于歸 宜其家室)."라고 하여 혼인하여 집안을 이루는 즐거움을 노래한 시.

경숨의게 나디 구ᄒᆞ여 퇴탁(退託)ᄒᆞᄂᆞᆫ 욕을 보니 실노 ᄯᅩ 두미 어렵고 ᄋᆞ돌 둔 ᄌᆡ(者) 큰디라. 쳡은 분심(憤心)이 터질 ᄃᆞᆺᄒᆞᆫ 바의 윤가의 구혼(求婚)을 드ᄅᆞ니 의ᄉᆡ(意思) 쾌활(快闊)ᄒᆞ미 칠야(漆夜)의 명월(明月)을 마ᄌᆞ며 념텬하일(炎天夏日)의 쳥풍(淸風)을 일윈 ᄃᆞᆺᄒᆞ거놀 군ᄌᆡ 므ᄉᆞᆫ 쥬의(主義)로 당치 아닌 쳑의(戚義)를 닐너 블허(不許)ᄒᆞ시뇨? 인옹[46]으로 닐너도 피ᄎᆞ(彼此) 겸손(謙遜)ᄒᆞ미 업고 문미(門楣) 상당(相當)ᄒᆞ며 윤딜의 용화풍신(容華風神)과 문명ᄌᆡ홰(文名才華) 당금(當今)의

32면 독보(獨步)ᄒᆞ니 므어솔 브족(不足)ᄒᆞ여 일언(一言)의 쾌허(快許)ᄒᆞ믈 두디 아니코 어ᄃᆡ 가 윤딜의셔 나으니를 어드려 ᄒᆞ시ᄂᆞ니잇고?"

병뷔 빈미왈(顰眉曰)

"그ᄃᆡ 윤ᄌᆞ를 딘실노 모로고 이리 니ᄅᆞᄂᆞ냐, 알오ᄃᆡ 인옹과 부귀를 취ᄒᆞ미냐?"

녀시 변식왈(變色曰)

"윤딜의 긔특홈만 알 쁜이오 허믈을 모로ᄂᆞ니 엇디 알고 권ᄒᆞ리오?"

상셰 미쇼왈(微笑曰)

"윤가ᄂᆞᆫ 맛ᄎᆞᆷ니 길ᄒᆞᆫ 집이 아니오 윤ᄌᆞᄂᆞᆫ 녀호 밉시[47] 쥐 장식이오 ᄒᆞᆫ낫 쇼인(小人)이라. 문명ᄌᆡ화(文名才華)를 놉히 니른들 내 엇디 거량의 소ᄉᆞ[48]를 모로리오? 경가(程家)의 봉욕(逢辱)ᄒᆞ여 통한(痛恨)ᄒᆞ미 브ᄃᆡ 셜한(雪恨)코ᄌᆞ ᄒᆞ더니 윤아의셔 쳥혼ᄒᆞ믈 드ᄅᆞ니 심긔(心氣)

46 인옹: 미상. 문맥상 혼인 당사자의 아버지를 의미하는 것으로 추정.

47 밉시: 규장각본에는 '밉셰'로 되어 있음.

48 거량의 소ᄉᆞ: 미상.

난(亂)ᄒᆞ여 경가ᄅᆞᆯ 셜(雪)코ᄌᆞ ᄒᆞ던 뜻이 쥬러지고 다시 경ᄌᆞᄅᆞᆯ 구혼코ᄌᆞ 시브니 브득이 샤혼은디(賜婚恩旨)ᄅᆞᆯ 쳥ᄒᆞ리로다.”

녀시 강쇼왈(强笑曰)

“윤ᄌᆞ의 츌인(出人)ᄒᆞᆫ ᄌᆡ풍(才風)과 셩만(盛滿)ᄒᆞᆫ 부귀(富貴)ᄅᆞᆯ 져러ᄐᆞᆺ 나모라 ᄇᆞ리고 경가 봉욕을 감심(甘心)ᄒᆞ여 구ᄎᆞ히 ᄇᆞᄃᆡ 경ᄌᆞᄅᆞᆯ 동상(東床)을 삼고ᄌᆞ ᄒᆞ미 므ᄉᆞᆫ 쥬읜고 가히 ᄉᆡᆼ각디 못ᄒᆞᆯ소이다.”

샹셰 역쇼왈(亦笑曰)

“연작(燕鵲)이 홍곡(鴻鵠)의 뜻을 엇디 알니오? 경ᄌᆞ와 윤쥐 텬디현슈(天地懸殊)ᄒᆞ고 작인(作人)이 소양블모(霄壤不侔)ᄒᆞ니 그ᄃᆡ 비록 디안(知眼)이 블명(不明)ᄒᆞ나 타일(他日) 보면 알니라.” 33면

녀시 말노뻐 경가ᄅᆞᆯ 믈니치디 못ᄒᆞᆯ 줄 알고 다시 순셜(脣舌)을 허비(虛費)치 아니나 상셰 녀ᄋᆞᄅᆞᆯ 가져 당금(當今)의 무빵(無雙)ᄒᆞᆫ 줄노 아라 윤ᄌᆞᄅᆞᆯ 찰찰(察察)이[49] 나모라고 봉욕(逢辱)ᄒᆞᆫ 통ᄒᆡ(痛駭)ᄒᆞᆷ과 구ᄎᆞᆫ 괴로오믈 거리ᄭᅵ디 아니ᄒᆞ고 다시 경ᄌᆞ(程子)ᄅᆞᆯ 구ᄒᆞ여 문난(門欄)의 광ᄎᆡᄅᆞᆯ 돕고 난의 평ᄉᆡᆼ(平生)을 쾌(快)케 ᄒᆞ려 ᄒᆞ믈 만분분통(萬分憤痛)ᄒᆞ나 것ᄎᆞ로 미미(微微)히 웃고 됴흔 ᄃᆞᆺᄒᆞᄃᆡ 속으로 심담(心膽)이 분분(忿憤)ᄒᆞ여 ᄇᆞᄃᆡ ᄎᆞ혼(此婚)을 져희코ᄌᆞ ᄒᆞ고 쇼져의 젼졍(前程)을 아조 맛ᄎᆞ 일ᄉᆡᆼ을 볼 것 업시 ᄒᆞ려 ᄒᆞᄆᆡ 일일은 쇼져의 옥뇨ᄅᆞᆯ 글너 희롱왈(戲弄曰)

“ᄎᆞ믈(此物)은 이승(異僧)이 젼(傳)ᄒᆞ여 일노뻐 너의 인연(因緣)을 뎡

49 찰찰(察察)이: 찰찰히. 지나치게 꼼꼼하고 자세하게.

(定)ᄒᆞ리라 ᄒᆞᄃᆡ 그 엇더ᄒᆞᆫ 연분(緣分)이믈 ᄎᆞ즐 길히 업ᄉᆞ니 내 당당이 누(樓)의셔 이롤 더져 맛는 ᄌᆞ로 님ᄌᆞ롤 ᄲᅵ닷게 ᄒᆞ리라."

쇼제 쳥미(聽未)의 블승괴픠(不勝怪悖)ᄒᆞ고 ᄇᆡᆨ분참치(百分慚恥)ᄒᆞ여 낫빗치 프ᄅᆞ믈 ᄲᅵ닷디 못ᄒᆞ니 날호여 나즉이 ᄃᆡ왈(對曰)

"쇼녜 원간 무가보패(無價寶貝) 어드믈 즐기디 아니ᄒᆞ던 ᄇᆡ오나 모친이 녜듕(禮重)ᄒᆞ시므로 비록 쇼어간(笑語間)이나 이런 ᄒᆡ연(駭然)ᄒᆞᆫ 말숨을 ᄒᆞ실 줄은 의외(意外)라. 여ᄎᆞ디교(如此之敎)롤 블후지긔(不後提起)ᄒᆞ샤 쇼녀로 ᄒᆞ여곰 셰간(世間)의 무빵(無雙)ᄒᆞᆫ 누셜(累說)의 잠기게 마ᄅᆞ쇼셔."

언파(言罷)의 타연온유(妥然溫柔)ᄒᆞ미 ᄒᆞᆫ갈ᄀᆞᄐᆞ나 ᄉᆞ긔(士氣) 녈일뎡슉(烈日靜肅)ᄒᆞ여 셜봉한일(雪峯寒日)이오 츄상(秋霜)의 계디(桂枝) 움즉이는 둣 집녜(執禮) 쳔균(千鈞)이 경(輕)ᄒᆞ고 녈졀(烈節)이 창송(蒼松)을 약(弱)히 넉이ᄂᆞᆫ디라. 녀시 그 어려오믈 더옥 딜오(疾惡)ᄒᆞ여 위엄(威嚴)으로 즐미(叱罵)ᄒᆞ믈 날회고 우어 왈

"무식ᄒᆞᆫ 어미 녜듕(禮重)ᄒᆞᆫ ᄯᆞᆯ의 셩도(性度)롤 모로고 그릇 희롱ᄒᆞ도다."

이리 니ᄅᆞ고 옥뇨롤 가디고 주디 아니니 쇼제 다시 가디려 아니코 일노조ᄎᆞ ᄒᆡ변(駭變)을 디을가 블힝(不幸)ᄒᆞ믈 니긔디 못ᄒᆞ더라. 녀시 옥뇨롤 가져 누(樓)의 올나 ᄒᆡᆼᄀᆡᆨ(行客)을 ᄉᆞᆯ펴 외뫼(外貌) 쳥슈미려(淸秀美麗)ᄒᆞ나 오관칠졍(五官七情) 칠졍이[50] 삼기디 아닌 요졀단박

34면

50 오관칠졍(五官七情) 칠졍이: '칠졍'의 중복 필사. 규장각본에는 '오관칠졍이'로 되어 있음.

(夭折短薄)ᄒᆞᆫ 쇼년을 ᄀᆞᆯ희여 옥뇨ᄅᆞᆯ 가져 시험코ᄌᆞ ᄒᆞ나 ᄯᅳᆺᄀᆞᆺ치 만나ᄆᆞᆯ 엇디 못ᄒᆞ여 민민(憫憫)ᄒᆞ더니 윤시랑이 밀셔(密書)로 병부의 허혼 아닌 ᄯᅳᆺ을 므러 의괴(疑怪)ᄒᆞᆷ을 일ᄏᆞᄅᆞ시니 녀시 답언(答言)이 업셔 옥뇨 일ᄉᆞ(一射)로 공쥬의 ᄯᅳᆺ이 옥뇨로 텬연(天緣)을 뎡(定)코ᄌᆞ 35면
ᄒᆞ므로 병뷔 ᄌᆞ젼(自專)치 못ᄒᆞ미라 ᄒᆞ고 계교(計巧)ᄅᆞᆯ 획(劃)ᄒᆞ여 죵딜(從姪)노ᄡᅧ 누하(樓下)로조ᄎᆞ 왕반(往返)케 ᄒᆞᆯ딘ᄃᆡ 시ᄋᆞ(侍兒)로 옥뇨ᄅᆞᆯ 더져 맛치고 긔연(奇緣)이ᄆᆞᆯ 일홈ᄒᆞ여 공쥬 모ᄌᆞᄅᆞᆯ 권ᄒᆞ여 친ᄉᆡ(親事) 되도록 도모(圖謀)ᄒᆞ마 ᄒᆞ여시니 윤ᄃᆡᆨ이 과연(果然)ᄒᆞ여 기ᄌᆞ(其子) 경쥬로 ᄒᆞ여곰 교부 누하(樓下)의 ᄌᆞ로 반환(返還)ᄒᆞ여 옥뇨ᄅᆞᆯ 마ᄌᆞ미 되라 ᄒᆞ니 경쥐 즉시 틱션누 하로 향ᄒᆞ며 몬져 녀시긔 통ᄒᆞ니 녀시 혜오ᄃᆡ

'내 친히 옥뇨ᄅᆞᆯ 더져 윤딜을 맛치면 존고(尊姑)와 샹셔의 ᄯᅳᆺ의 신연(信然)치 아냐 긔봉텬연(奇逢天緣)으로 아디 아디 아니리니[51] 녈잉이 님시응변(臨時應變)을 잘 ᄒᆞ고 ᄆᆡᄉᆡ(每事) 영오(穎悟)ᄒᆞ여 내 ᄯᅳᆺ을 어긔오디 아니코 윤딜의 얼골을 아ᄂᆞᆫ ᄇᆡ니 고루(高樓)의셔 누하(樓下) 나존 ᄃᆡ 디나ᄂᆞᆫ 사ᄅᆞᆷ을 맛치미 공되(公道)라.'

ᄒᆞ여 잉을 블너 옥뇨ᄅᆞᆯ 주어 윤ᄌᆞ의게 더디믈 만만당부(萬萬當付)ᄒᆞ니 잉이 응명(應命)ᄒᆞ고 옥난쥬함(玉欄朱檻)의 비겨 원근(遠近)을 창망(悵望)ᄒᆞ여 기리 늣겨 ᄆᆞ음과 조어왈(措語曰)

'잉이 목숨을 ᄇᆞ려 쇼져ᄅᆞᆯ 보호코ᄌᆞ ᄒᆞ나 죵시(終是) 일목(一木)으로 36면

51 아디 아디 아니리니: '아디'의 중복 필사. 규장각본에는 '아디 아니리니'로 되어 있음.

망ᄉᆞ(亡舍)ᄅᆞᆯ 븟드디 못ᄒᆞ고 ᄒᆞᆫ ᄌᆞ로 ᄒᆞᆰ이 대ᄒᆡ(大海) 방활(放闊)ᄒᆞ믈 막디 못ᄒᆞᆯ디라. 아쥬(我主)의 쳥빙(淸氷)이 호호(晧晧)ᄒᆞ므로 신명을 잠가 말노뼈 벗기디 못ᄒᆞ고 여ᄎᆞ디고(如此之故)ᄅᆞᆯ 니ᄅᆞ디 못ᄒᆞ게 되여시니 엇디 통원(痛冤)치 아니리오? 내 발셔 죽어 누셜을 모로고져 ᄒᆞ나 쳐쥐 부인의 가 업ᄉᆞᆫ 부탁을 져ᄇᆞ리디 못ᄒᆞ므로 셰월을 쳔연(遷延)ᄒᆞ여 ᄯᅩ 금일의 밋쳐 사ᄅᆞᆷ의 ᄉᆡᆼ각디 못ᄒᆞᆯ 거조로 쇼져의 일ᄉᆡᆼ을 마희(魔戲)코ᄌᆞ ᄒᆞ니 내 비록 말고져 ᄒᆞ나 져 간흉이 질디이심(疾之已甚)히 옥ᄑᆡ로 윤가ᄅᆞᆯ 맛디고 긋칠디라. 져 윤가ᄂᆞᆫ 흰 낫치 미려(美麗)ᄒᆞ고 쥬슌(朱脣)이 찬연(燦然)ᄒᆞ여 용누(庸陋)ᄒᆞᆫ 골상(骨相)이오 문ᄎᆡ영발(文彩英發)ᄒᆞ나 노야의 니ᄅᆞ신 바 ᄀᆞᆺᄐᆞ여 쇼인의 톄뫼(體貌)라. 엇디 아쥬의 ᄉᆡᆼ셩대현(生成大賢)으로 ᄇᆡ합(配合)ᄒᆞᆯ ᄌᆡ리오? ᄎᆞᆯ하리 ᄒᆡᆼᄀᆡᆨ뉴(行客類)의 쇼져와 상젹(相敵)ᄒᆞᆫ 옥인군ᄌᆞ(玉人君子)ᄅᆞᆯ ᄀᆞᆯ희여 옥뇨ᄅᆞᆯ 더져 맛쳐 쇼져의 탕일(蕩逸)ᄒᆞᆫ 누셜(累說)은 낫타나나 평ᄉᆡᆼ은 그ᄅᆞ디 아니리니 엇디 신누(身累)ᄅᆞᆯ 죵시 신셜(伸雪)치 못ᄒᆞ리오? 녈부슉완(烈婦淑婉)이 슈ᄌᆡ누셜(數載累說)이나 비기죄
37면 애(非其罪也)라 앙블괴텬(仰不愧天)이오 브블괴디(俯不愧地)니 현마 엇디 ᄒᆞ리오?’

의ᄉᆡ 이에 밋쳐 ᄒᆡᆼ혀 군ᄌᆞ현딜(君子賢質)이 디나지 아닐가 착급(着急)ᄒᆞ고 윤경쥬의 누하(樓下)로 반환(返還)ᄒᆞ믈 에분통한(恚憤痛恨)ᄒᆞ여 옥뇨ᄅᆞᆯ 더질 의ᄉᆡ 업더니, 녀시 ᄯᅩ 시ᄋᆞᄅᆞᆯ 보ᄂᆡ여 ᄋᆡᆼ이 혹 ᄉᆞ긔(事機)ᄅᆞᆯ 그ᄅᆞᆺᄒᆞᆯ가 ᄌᆡ삼당부(再三當付)ᄒᆞ여 윤ᄌᆞᄅᆞᆯ 맛치라 ᄒᆞ고 밧그로 하리양낭(下吏養娘)을 보ᄂᆡ여 누샹(樓上)의셔 옥뇌 나려디ᄂᆞᆫ가 즉시 거두어 앗고 옥뇨 마ᄌᆞᆫ ᄌᆞᄅᆞᆯ ᄯᆞᆯ와가 셩명거쥬(姓名居住)ᄅᆞᆯ 아라 오

라 ᄒᆞᄂᆞ디라. 잉이 결(決)ᄒᆞ여 윤ᄌᆞ 못 맛친 죄로 죽으믈 당홀디언졍 쇼져 일싱을 ᄎᆞ마 그릇ᄒᆞ디 못ᄒᆞ리라 ᄒᆞ여 윤ᄌᆞ롤 디나 빈 싸흘 ᄇᆞ라고ᄌᆞ ᄒᆞ더니 홀연 냥위쇼년(兩位少年)이 광삼박ᄃᆡ(廣衫博帶)로 마혁(馬革)을 골와 나아오니 쳥빈(淸鬢)이 방소(方少)ᄒᆞ여 초산(楚山)의 구름이 무셩ᄒᆞ고 너른 니마의 함관이 텬되(天度) 광활ᄒᆞ고 디귀함션(至貴含善)ᄒᆞ여 팔ᄎᆡ(八彩) 요요(耀耀)히 텬창미(天蒼眉)롤 썰쳐시니 낭셩츄광(狼星秋光)의 샤양(斜陽)이 빗최ᄂᆞᆫ ᄃᆞᆺ 보옥빵험(寶玉雙頰)이 딘쥬(眞珠)롤 드리온 ᄃᆞᆺ 소안(素顔)이 쇄락(灑落)ᄒᆞ여 됴시(趙氏)의 년셩벽(連城璧)이 빗나디 못ᄒᆞ고 긔위(氣宇) 뎡슉(靜淑)ᄒᆞ여 츄텬(秋天)이 의의(猗猗)ᄒᆞ고 군ᄌᆞ도덕(君子道德)은 풍양(豊穰)을 둘너시니 잉이 잠간 현망(懸望)ᄒᆞ고 졍신이 용약(踊躍)ᄒᆞ여 맛치기롤 암튝(暗祝)ᄒᆞ며 썰니 더지니 과연 갓가이 잇ᄂᆞᆫ 윤ᄌᆞᄂᆞᆫ 몰을 머추어 옥뇨롤 기다리더니 맛디 못ᄒᆞ고 무심무려(無心無慮)히 치롤 바야 디나ᄂᆞᆫ 졍ᄌᆞ(程子)롤 맛쳐 ᄉᆞᄆᆡ 가온ᄃᆡ 들기롤 면치 못ᄒᆞᆫ디라. 윤지 옥뇌 타인의 슈듕(手中)의 들믈 보고 십분패흥(十分狽興)ᄒᆞ며 만분낙막(萬分落寞)ᄒᆞ여 즉시 도라가고 누샹시녜(樓上侍女) 녀시의 명으로 쇼져의 탕일(蕩逸)ᄒᆞ믈 낫타니려 일시(一時)의 훤괄(喧聒)이 우어 왈 38면

"옥뇨 마즌 ᄌᆡ 딘짓 쇼져의 ᄇᆡ필이라."

하리(下吏)로 ᄯᆞ라가 셩명거쥬(姓名居住)롤 아라 오ᄆᆡ 이 곳 졍쳐ᄉᆞ(程處士)의 뎨삼낭(第三郎)이라 ᄒᆞᄂᆞ디라. 녀시 잉의 옥뇨 더진 ᄇᆡ 윤ᄌᆞ롤 맛치려 ᄒᆞᄂᆞᆫ 거시 그릇 타인의 슈듕의 나려디믈 듯고 블쾌ᄒᆞ믈 니긔디 못ᄒᆞᄂᆞᆫ 듕 옥뇨 마즌 ᄌᆡ 쳔박단슈(淺薄短壽)ᄒᆞᆫ 용인쇽ᄌᆡ(庸人俗子)믈 죄오ᄂᆞᆫ 뜻이 금회(襟懷) 분분(紛紛)ᄒᆞ고 녕원이 요요(搖

搖)ᄒᆞ여 뎡치 못ᄒᆞ여셔 하리 경공ᄌᆡ믈 환보(還報)ᄒᆞ니 딘실노 일마다
39면 뜻 ᄀᆞᆺ지 못ᄒᆞ믈 에분(恚憤)ᄒᆞ나 발셔 계교(計巧) 그ᄅᆞᆺ된 바ᄅᆞᆯ 엇디 ᄒᆞ리오? 교힐간능(巧詰奸能)ᄒᆞ여 구밀복검(口密腹劍)을 잘 ᄀᆞᆷ초ᄂᆞᆫ디라. ᄎᆞ혼(此婚)이 셩여블셩간(成與不成間) 쇼져의 음누패ᄒᆡᆼ(淫陋悖行)이 만가디로 낫타나 만니젼졍(萬里前程)을 영영 맛기ᄅᆞᆯ 뎡ᄒᆞ나 밧그로 흔열쾌희(欣悅快喜)ᄒᆞᆫ 빗ᄎᆞᆯ 디어 공쥬와 상셔긔 녈ᄋᆡᆼ으로 ᄒᆞ여곰 옥뇨ᄅᆞᆯ 더디ᄆᆡ 경ᄌᆞ의 ᄉᆞᄆᆡ의 쒸여들믈 젼ᄒᆞ고 반ᄃᆞ시 텬연긔봉(天緣奇逢)이라 ᄒᆞ여 밧비 샤혼(賜婚)을 쳥ᄒᆞ미 올흐믈 일ᄏᆞᄅᆞ니 공쥬 모ᄌᆡ 범범쇽인(凡凡俗人)으로 져 흉교(凶狡)ᄒᆞᆫ 뜻을 엇디 알니오? 역시 신이(神異)ᄒᆞ믈 니ᄅᆞ고 맛ᄎᆞᆷᄂᆡ 졍가(程家)ᄅᆞᆯ 노흘 뜻이 업ᄂᆞᆫ 고로 옥뇨 일ᄉᆞᄅᆞᆯ 겸ᄒᆞ여 쎌니 가연(佳緣)을 ᄆᆡᆺ고ᄌᆞ 공쥐 즉일(卽日) 입궐됴회(入闕朝會)ᄒᆞ고 인ᄒᆞ여 샤혼디(賜婚旨)ᄅᆞᆯ 어더 도라오니 졍쳐ᄉᆡ ᄯᅩᄒᆞᆫ 셩명(聖命)을 조ᄎᆞ 샤양(辭讓)ᄒᆞ미 업ᄂᆞᆫ디라. 녀시 짐ᄌᆞᆺ 쇼져의 난일음패(亂逸淫悖)ᄒᆞ믈 졍가의 들니고ᄌᆞ 녀원홍을 쳥ᄒᆞ여 ᄐᆡᆨ일(擇日)을 보(報)ᄒᆞ고 여ᄎᆞ여ᄎᆞᄒᆞ라 ᄒᆞ니 원홍이 죵ᄆᆡ(從妹)의 흉활(凶猾)ᄒᆞ믈 모로고 그 말을 ᄒᆞᄆᆡ 쇼져긔 신누(身累)될 바ᄅᆞᆯ ᄭᆡ닷디 못
40면 ᄒᆞ여 ᄀᆞᄅᆞ친 ᄃᆡ로 ᄒᆞᆯ 쁜이니 이런 일을 공쥬 모ᄌᆞᄂᆞᆫ 아디 못ᄒᆞ더라. 윤ᄃᆡᆨ이 다시 녀시긔 글월을 브쳐 혼ᄉᆡ 그ᄅᆞᆺ되믈 한ᄒᆞ고 임의 셩디(聖旨) 계샤 ᄉᆞ혼(賜婚)ᄒᆞ신 ᄇᆡ니 도모(圖謀)ᄒᆞᆯ 길 업ᄉᆞᆫ 바ᄅᆞᆯ ᄋᆡ돌와 므ᄉᆞᆷ 쐬 잇ᄂᆞᆫ가 므러시니 녀시 회셔왈(回書曰)

"일이 이의 ᄆᆡᆺ촌 후ᄂᆞᆫ 다시 조슈(措手)ᄒᆞᆯ 길히 업ᄉᆞ니 졍개(程家) 나모라 ᄇᆞ리디 아니면 당당이 길일(吉日)의 뉵녜(六禮)ᄅᆞᆯ 구ᄒᆡᆼ(俱行)ᄒᆞ리니 쇼녀의 난ᄃᆡ 업ᄉᆞᆫ 허명(虛名)이 망측(罔測)ᄒᆞ여 사ᄅᆞᆷ이 타비(唾

鄙)ᄒᆞᄂᆞᆫ 디경(地境)의 이시니 졍ᄌᆡ 아니 츄(醜)히 넉일 줄 아디 못ᄒᆞ리니 비록 화쵹(華燭)의 녜(禮)ᄅᆞᆯ 일우나 금슬(琴瑟)이 됴화(調和)ᄒᆞ믈 엇디 못ᄒᆞᆫ즉 이ᄂᆞᆫ 규녀(閨女)와 다ᄅᆞ미 업ᄉᆞ니 현딜(賢姪)이 더럽다 아니면 죵용이 다시 상의ᄒᆞ리라.”

ᄒᆞ고 쇼져의 흉음대죄(凶淫大罪)ᄅᆞᆯ 가업시 일워ᄂᆡ려 ᄒᆞ여 츄연탄식(惆然歎息)고 공쥬긔 고왈(告曰)

“난ᄋᆞ의 길ᄉᆡ(吉事) 날노 다ᄃᆞᄅᆞ니 ᄒᆞᆫ갓 아ᄅᆞᆷ답고 두굿거올 ᄲᅳᆫ 아니라 ᄋᆞ히 ᄉᆡᆼ모(生母)의 얼골을 모로고 존고(尊姑)의 ᄋᆡ휼(愛恤)ᄒᆞ심과 쳡의 무양(撫養)ᄒᆞ믈 바다 ᄌᆞ라기의 밋쳐 일시니측(一時離側)을 ᄎᆞ마 못ᄒᆞᆯ 줄노 아ᄂᆞᆫ디라. 쳡이 그 졍ᄉᆞ(情事)ᄅᆞᆯ 년측(憐惻)ᄒᆞ여 ᄌᆞ연 41면 다ᄅᆞᆫ ᄋᆞ히와 다ᄅᆞᆫ디라. 그 향방ᄡᅡᆼ유(香房雙遊)ᄅᆞᆯ 존괴(尊姑) 보디 못ᄒᆞ시고 일개(一家) 구경치 못ᄒᆞ미 심히 셔운ᄒᆞᆫ디라. 졍부(程府)의 ᄉᆞ졍(事情)을 고ᄒᆞ고 신낭을 이에 머믈워 삼일 후 도라보ᄂᆡ믈 의논ᄒᆞ면 져 집은 발셔 졔ᄌᆞ녀(諸子女)ᄅᆞᆯ 셩혼취가(成婚娶嫁)ᄒᆞ여 작소(鵲巢)의 깃드리ᄂᆞᆫ ᄌᆞ미와 슬하 ᄡᅡᆼᄇᆡ(雙配)ᄒᆞᄂᆞᆫ ᄌᆞ미ᄅᆞᆯ ᄀᆞᆺ초 본 ᄇᆡ라. 녀ᄋᆞ의 현구고디녜(現舅姑之禮)ᄅᆞᆯ 그ᄃᆡ도록 급ᄒᆞ여 아닐 거시니 우리 집은 희한(稀罕)ᄒᆞᆫ 경홰(慶華)오 져 집은 범연(泛然)ᄒᆞᆫ 녜ᄉᆡ(例事)라. 존고의 ᄉᆞ졍이 그러ᄒᆞ시믈 조ᄎᆞ 당일 친영(親迎)을 욱이디 아닌즉 엇디 ᄒᆡᆼ(幸)이 아니리잇고?”

공쥐 대의(大義)ᄅᆞᆯ 모로디 아니나 난ᄋᆞ ᄌᆞᄋᆡ(慈愛)ᄂᆞᆫ 병된디라. 합환교ᄇᆡ(合歡交拜)의 냥신인(兩新人)이 상ᄃᆡᄒᆞ믈 보고져 녀녀의 말을 조ᄎᆞ 졍부의 뜻을 통ᄒᆞ여 허락을 어드ᄆᆡ 공쥬의 무한ᄒᆞᆫ 깃븜과 병부의 두굿기미 어ᄃᆡ 비기리오? 다만 금은필ᄇᆡᆨ(金銀疋帛)을 믈ᄀᆞᆺ치 흣터 혼구(婚具)ᄅᆞᆯ 셩비(盛備)ᄒᆞ며 즙믈(什物)을 치례(致禮)ᄒᆞ니 쳔승왕희(千乘王姬)의 부귀ᄅᆞᆯ 기우려 팔좌숭덕(八座崇德)의 긔구(機構)ᄅᆞᆯ 아오라 금디여엽(金枝餘葉)이며 텬가여손(天家餘孫)이라 위권(威
42면 權)이 늉듕(隆重)ᄒᆞ고 호령이 엄엄(嚴嚴)ᄒᆞ여 말이 발ᄒᆞᄆᆡ 만ᄉᆡ(萬事) ᄆᆞ옴을 좃고 범ᄇᆡᆨ(凡百)의 귀신이 돕ᄂᆞᆫ ᄃᆞᆺ 상고믈화(商賈物貨)ᄅᆞᆯ 극ᄐᆡᆨ(極擇)ᄒᆞ고 헌(獻)ᄒᆞᄂᆞᆫ 고장은 ᄌᆡ조ᄅᆞᆯ 다ᄒᆞ니 은난경요ᄂᆞᆫ ᄉᆞ셕(砂石)ᄀᆞᆺ치 쳔(賤)ᄒᆞ고 황금ᄇᆡᆨ은(黃金白銀)은 와장(瓦張)ᄀᆞᆺ치 흔ᄒᆞ거ᄂᆞᆯ 쵹단능나(蜀緞綾羅)ᄂᆞᆫ 셕은 플ᄀᆞᆺ치 흔ᄒᆞ니 치미(侈靡)ᄒᆞᆫ 결쇽(結束)과 댱녀(壯麗)ᄒᆞᆫ 믈ᄉᆡᆨ(物色)이 금달공쥬(禁闥公主)의 위의(威儀)라도 이에 더으디 못ᄒᆞᆯ디라. 일궁졔쇽(一宮諸屬)이 다 나ᄌᆞ로뼈 밤을 니어 분분ᄒᆞ여 능히 쉬디 못ᄒᆞᄂᆞᆫ ᄇᆡ 다 쇼져의 셩장화식(盛粧華飾)을 위ᄒᆞ미라. 쇼졔 규녀의 념치로 친ᄉᆞ(親事)[52]ᄅᆞᆯ 참논(參論)ᄒᆞ미 업ᄉᆞ나 녈잉이 옥뇨ᄅᆞᆯ 외인의게 더디고 왕모와 야애 일노뼈 신징이ᄉᆡ(信徵異事)라 ᄒᆞ여 샤혼(賜婚)을 쳥ᄒᆞ여 졍개(程家) 블원(不願)ᄒᆞᄂᆞᆫ 바ᄅᆞᆯ 위력(威力)으로 쳥(請)ᄐᆞ시 ᄒᆞ고 혼구범졀(婚具凡節)의 만금억ᄌᆡ(萬金億財)ᄅᆞᆯ 드려 치미ᄒᆞ며 부려(富麗)ᄒᆞ믈 취ᄒᆞ여 일분졀ᄎᆞ(一分切磋)ᄒᆞ미 업ᄉᆞ믈 만심(滿心)의 블안(不安)ᄒᆞ여 터럭이 숏그러ᄒᆞ믈 ᄭᆡ닷디 못ᄒᆞ고 인뉸대관(人倫大關)의 븟그러온 취명(臭名)이 잇셔 친ᄉᆡ 녜롭디 못ᄒᆞ믈 익익참괴(益益慙愧)ᄒᆞ니 몸이 ᄉᆡᆼ셰(生世)ᄒᆞᆫ
43면 바ᄅᆞᆯ 한ᄒᆞ여 심신(心身)이 ᄎᆞᆫ ᄌᆡ ᄀᆞᆺᄐᆞ니 ᄒᆞᆫ갓 모친이 쳐쥐 외로이 더

52 친ᄉᆞ(親事): 친사. 혼담.

지여 싱존을 고치 못ᄒᆞ고 ᄌᆞ식의 길셕대례(吉席大禮)를 당ᄒᆞ여 보디 못ᄒᆞ고 아디 못ᄒᆞ미 유명(幽明)의 격(隔)홈 ᄀᆞᆺᄐᆞ믈 슬허홀 쁜 아니라 평싱 슈힝집녜(修行執禮)ᄒᆞ믄 시(詩)를 ᄇᆡ호디 아냐시나 오딕 ᄂᆡ훈(內訓)의 녀계(女戒)를 보고 효경(孝經)과 논어(論語)를 ᄇᆡ호며 녀교(女敎)와 녈녀젼(列女傳)을 강학(講學)홀 쁜이오 ᄌᆡ긔(才氣)를 낫토며 ᄌᆞ랑ᄒᆞ미 업셔 비록 혼ᄌᆞ 잇ᄂᆞᆫ ᄣᅵ라도 브잡광망(浮雜狂妄)ᄒᆞᆫ 거ᄉᆞᆯ 보디 아냐 비례블견(非禮不見)ᄒᆞ고 비례블쳥(非禮不聽)ᄒᆞ여 년디삼ᄉᆞ셰(年至三四歲)의 가듕쇼장동ᄌᆞ(家中少壯童子)를 먼니 피ᄒᆞ고 외졍(外庭)을 엿보디 아니며 친쪽이라도 일궁디ᄂᆡ(一宮之內)의 머므디 아닌즉 야쵹(夜燭)을 당ᄒᆞ여 보디 아니코 녜의 졍슉ᄒᆞ고 법되 삼엄ᄒᆞ던 바로 공연이 헛곳의 븟쳐 죵신(終身)의 못 ᄲᅵᄉᆞᆯ 참뉘 쳥문ᄌᆞ(聽聞者)의 타비(唾鄙)ᄒᆞ믄 니ᄅᆞ디 말고 스ᄉᆞ로 거림ᄒᆞ고 아닛ᄭᅩ으미 일만장(一萬丈) 분곡(焚谷)의 ᄲᅢ딘 ᄃᆞᆺ 슬프고 원울(寃鬱)ᄒᆞ미 층만괴한ᄒᆞ여 경긱(頃刻)의 합연(溘然)ᄒᆞ여 모로고ᄌᆞ ᄒᆞ나 능히 결을치 못ᄒᆞ고 암약(暗弱)ᄒᆞ믈 ᄌᆞ탄(自嘆)ᄒᆞ여 명완(命頑)ᄒᆞ믈 한ᄒᆞ며 침슈와 음식을 믈니쳐 딘퇴(進退)의 긔운(氣運)을 슈습(收拾)디 못ᄒᆞ니 일즉 게 44면
어른 빗출 뵈디 아니ᄒᆞ며 눕기를 즐기디 아니턴 바로 근일의 밋쳐ᄂᆞᆫ ᄒᆞᆫ번 머리를 벼개의 더진즉 다시 닐기를 결박히 괴로와ᄒᆞ며 단장(丹粧)을 폐(廢)ᄒᆞ고 운발(雲髮)을 소하(梳下)치 아니ᄒᆞ고 옥안(玉顔)을 슈결(秀潔)ᄒᆞ믈 긋치고 빗 업ᄉᆞᆫ 녹삼(綠衫)의 투식(偸色)ᄒᆞᆫ ᄌᆞ군(紫裙)으로 신상을 슈습디 아니며 만ᄉᆡ 여몽ᄒᆞ여 은연이 셰상을 ᄊᆞᆺ고져 ᄒᆞ니 공쥬와 상셔ᄂᆞᆫ 므ᄉᆞᆷ 병이 잇ᄂᆞᆫ가 근심ᄒᆞ고 그 슬허ᄒᆞ미 망모(亡母)를 ᄉᆡᆼ각ᄒᆞ민가 ᄒᆞ여 상셰 온가지로 위로ᄒᆞ며 다리여

"네 이졔 셩인(成姻)ᄒᆞ기의 밋쳐시니 내 당당이 너의 모친 신위(神位)ᄅᆞᆯ 마ᄌᆞ 향ᄉᆞ(享祀)ᄅᆞᆯ 졍셩으로 밧들게 ᄒᆞ리니 디통(至痛)을 플고 촌심(寸心)을 쳑ᄒᆡᄒᆞ여 딜(疾)이 닐게 말나."

ᄒᆞ고 보유(補遺)ᄒᆞᆯ 찬션(饌饍)과 향긔로온 과실을 가져 쓰다ᄃᆞᆷ아 권ᄒᆞ니 엄부(嚴父)의 대쳬(大體)ᄒᆞ미 ᄌᆞ모(慈母)의 ᄌᆞ비(慈悲)ᄅᆞᆯ 겸ᄒᆞ여 년디ᄋᆡ지(戀之愛之)ᄒᆞ믈 능히 졀억(節抑)지 못ᄒᆞ니 쇼져의 ᄒᆞᆫ번 블평ᄒᆞ믈 보면 골졀(骨節)이 ᄲᆞᆯ히고 알히ᄂᆞᆫ ᄃᆞᆺ 그 ᄒᆞᆫ번 슬허ᄒᆞ믈 보면 조ᄎᆞ 울 ᄃᆞᆺ 심간(心肝)이 초조ᄒᆞ여 능히 견ᄃᆡ디 못ᄒᆞ니 쇼졔(小姐)
45면 ᄆᆡᆼ셰ᄒᆞ여 살 의ᄉᆡ(意思) 업다가도 야야(爺爺)의 이 ᄀᆞᆺᄐᆞ시믈 당ᄒᆞ여ᄂᆞᆫ ᄎᆞ마 블효(不孝)ᄅᆞᆯ 더으디 못ᄒᆞ여 ᄇᆡᆨ단관인(百端寬忍)ᄒᆞ고 화열(和悅)ᄒᆞ므로ᄡᅧ ᄃᆡ(對)ᄒᆞ더니 금ᄎᆞ혼ᄉᆞ(今此婚事)ᄒᆞ여ᄂᆞᆫ 취명(臭名)을 ᄎᆞᆷ디 못ᄒᆞ고 범졀(凡節)이 녜ᄉᆞ(例事)롭디 못ᄒᆞ믈 황괴(惶愧)ᄒᆞ여 능히 슈원(愁怨)을 믈니치[53] 못ᄒᆞ니 상셰 졔뎨(諸弟)로 외ᄉᆞ(外事)ᄅᆞᆯ ᄉᆞᆯ피라 ᄒᆞ고 친히 녀ᄋᆞ(女兒)ᄅᆞᆯ 븟드러 셰샹긔담(世上奇談)과 문견졀도디ᄉᆞ(聞見絶倒之事)ᄅᆞᆯ 닐너 그 슈회(愁懷)ᄅᆞᆯ 위로ᄒᆞ고 음식을 ᄊᆡ로 권ᄒᆞ여 유감(有感)을 빗최며 금ᄎᆞ(金釵)ᄅᆞᆯ 주어 션빈(蟬鬢)[54]을 다ᄃᆞᆷ으라 ᄒᆞ고 혹 희롱으로ᄡᅧ 더으며 쇼용(笑容)으로ᄡᅧ 다ᄅᆡ여 일편된 ᄌᆞᄋᆡ(慈愛) 당금(當今)의 업ᄉᆞ니 쇼졔 죽기ᄅᆞᆯ 결(決)치 못ᄒᆞ고 야야의 이우(怡憂)ᄅᆞᆯ 졀박(切迫)ᄒᆞ여 다시 화열(和悅)ᄒᆞ믈 공부ᄒᆞ며 통원(痛冤)을 ᄇᆡᆨ분졀억(百分節抑)ᄒᆞ여 야야의 과려(過慮)ᄒᆞ시믈 위로

53 믈니치: 규장각본에는 '믈니치지'로 되어 있음.

54 션빈(蟬鬢): 선빈. 여인의 고운 머리.

ᄒᆞ니 병뷔 쳔만ᄒᆡᆼ열(千萬幸悅)ᄒᆞ여 ᄌᆡ삼 어로만져 우슈쳑비(憂愁慽悲)ᄒᆞ믈 두디 말나 ᄒᆞ고 공쥐 그 단장(丹粧)을 폐(廢)ᄒᆞ고 우우(憂虞)[55]히 변고(變故)ᄅᆞᆯ 만난 바 ᄀᆞᆺᄐᆞ여 상시(常時) ᄀᆞᆺ디 아니믈 ᄉᆞ리(事理)로 ᄎᆡᆨ(責)ᄒᆞ고 친히 믈을 드러 셰안(洗顔)을 식이나 쇼졔 단졍으로 즐기디 아니니 쥬연(朱臙)과 칠보(七寶)ᄅᆞᆯ 응장셩식(凝粧盛飾)을 ᄎᆡᆼ치 못ᄒᆞ더라. 녀시 이홍으로 ᄒᆞ여곰 쇼져의 음일패란(淫佚敗亂)ᄒᆞ믈 졍가(程家)의 ᄌᆞ랑삼아 고ᄒᆞ나 쳐식 퇴혼(退婚)ᄒᆞ미 업고 길긔(吉期) 님박(臨迫)ᄒᆞ니 착급(着急)ᄒᆞ여 댱손탈노 ᄒᆞ여곰 일개(一個) ᄌᆞᄀᆡᆨ(刺客)을 어더 비록 인명(人命)을 살(殺)치 아니나 졍ᄌᆞ(程子)ᄅᆞᆯ 격동(激動)ᄒᆞ여 금슬(琴瑟)의 마얼(魔孼)이 되게 ᄒᆞ라 ᄒᆞᆫᄃᆡ 손탈 왈

"동뉴(同類) 왕술위 맛춤 노모와 쳐ᄌᆞᄅᆞᆯ 보려 졍부(程府) ᄒᆡᆼ각(行閣)의 와시니 보와 의논ᄒᆞ리라."

ᄒᆞ고 즉시 술위ᄅᆞᆯ ᄎᆞᄌᆞ ᄌᆞᄀᆡᆨ을 구ᄒᆞᆫᄃᆡ 술위 왈

"댱후셥이란 협ᄉᆡ(俠士) 효용(驍勇)이 졀뉸ᄒᆞ고 시뉼이 이상ᄒᆞ여 아모 경궁귀ᄐᆡᆨ(卿宮貴宅) 쳔문만호(千門萬戶)[56]라도 ᄌᆞ최 업시 나ᄂᆞᆫ ᄃᆞ시 왕반(往返)ᄒᆞ고 비슈(匕首)ᄅᆞᆯ 써 인명을 플 벼ᄃᆞᆺ ᄒᆞ니 됴히 쳔거(薦擧)ᄒᆞ려니와 졍이랑(程二郞) 닌듕 공ᄌᆞ로 교계(交計) 깁허 졈졈 존귀(尊貴)ᄒᆞᆫ ᄌᆞᄅᆞᆯ 결우고ᄌᆞ ᄒᆞ고 우리 ᄀᆞᆺᄐᆞᆫ 쳔ᄇᆡ(賤輩)로 즐겨 심곡(心曲)을 여디 아닐가 두리노라."

55 우우(憂虞): 근심하고 걱정함.

56 경궁귀ᄐᆡᆨ(卿宮貴宅) 쳔문만호(千門萬戶): 경궁귀택 천문만호. 신분이 매우 높은 집과 큰 부잣집.

46면

손탈이 대쇼왈(大笑曰)

"군이 엇디 녹녹ᄒᆞᆫ 말을 ᄒᆞᄂᆞ뇨? 후셥이 엇던 협ᄀᆡᆨ(俠客)인디 모로거

47면 니와 우리랏타 강용(强勇)이 져만 못ᄒᆞ리오마ᄂᆞᆫ 경셩의셔ᄂᆞᆫ 본슈단(本手段)을 ᄂᆡ디 말고ᄌᆞ ᄒᆞ미라. 졔 엇디 우리ᄅᆞᆯ 낫다 ᄒᆞ여 ᄉᆞ괴믈 념(厭)ᄒᆞ리오? 아모커나 셔로 보게 ᄒᆞ라."

술위 웃고 손탈을 닛그러 셔화문 외 벽광ᄉᆞ의 니ᄅᆞ니 일ᄀᆡ(一個) 화상(和尙)과 두어 쇼년이 잇고 기여화상(其餘和尙)은 다 나갓더라. 셔로 셩명을 통홀ᄉᆡ 화상의 법호(法號)ᄂᆞᆫ 회은당뇌라 ᄒᆞ고 셩명은 곰초완 디 오ᄅᆡ다 ᄒᆞ고 일 쇼년은 댱후셥이오 일은 원경ᄌᆡ라 ᄒᆞ니 다 용ᄆᆡᆼ(勇猛)이 졀뉸(絶倫)ᄒᆞ니 경ᄌᆞᄂᆞᆫ 문사고젹(文史古籍)을 박남(博覽)ᄒᆞ여 쳐신(處身)을 후셥의셔 더 놉히 ᄒᆞ고 후셥은 용ᄉᆞ협ᄀᆡᆨ(勇士俠客)의 나디 아니니 형가(荊軻)[57]·셥경(聶政)[58]을 흠모(欽慕)ᄒᆞᄂᆞ니라.

손탈을 깁히 ᄉᆞ괴믈 언약ᄒᆞ고 도라와 녀시긔 고ᄒᆞ니 즉시 ᄇᆡᆨ금을 봉ᄒᆞ고 ᄒᆞᆫ 장 셔간을 일워 장후셥을 주어 졍가(程家)의 ᄇᆞ리고 오라 ᄒᆞ니 셔듕(書中)의 '원'이라 ᄒᆞ믄 우연이 업ᄉᆞᆫ 거ᄉᆞᆯ 디어 쁜 ᄇᆡ ᄉᆡᆼ각 밧 원경ᄌᆡ 원가 ᄎᆞᄌᆞ(次子)로 후셥 등이 원이랑이라 브ᄅᆞ더니 녀시 셔ᄉᆞ(書辭)[59]ᄅᆞᆯ 보고 경ᄌᆡ 믄득 ᄇᆡᆨ디(白地)[60]의 흉심(凶心)을 ᄂᆡ여 니ᄅᆞᄃᆡ

---

57 형가(荊軻): 전국시대 연(燕)나라의 자객. 태자 단(丹)의 부탁으로 진시황을 죽이려다가 실패해서 죽임을 당함.

58 섭경(聶政): 섭정. 전국시대 한(韓)나라의 자객. 자신을 알아준 엄중자를 위해 연나라 재상 협루(俠累)를 암살하고 자결함.

59 셔ᄉᆞ(書辭): 서사. 편지글.

60 ᄇᆡᆨ디(白地): 백지. 아무 턱도 없이.

"이러틋 졍닌경이 교시롤 ᄇᆞ리면 나 경지 슈고 아냐 상부동상(相府東 48면
床)이 되리로다."

회은당뇌 쇼왈(笑曰)

"일이 니러 쾌ᄒᆞ믈 보고 말을 ᄒᆞ리니 엇디 너모 경셜(經說)ᄒᆞᄂᆞ뇨?"

경지 역쇼(亦笑) 희망(希望)ᄒᆞ미 그윽ᄒᆞ니 심의(甚矣)라 녀시 쥬쇼져로 므솜 쳑원(隻怨)이 잇관ᄃᆡ 공혹히 ᄒᆡᄒᆞ미 흉젹(凶賊)을 다리여 손을 빌고ᄌᆞ ᄒᆞᄆᆡ 뜻 밧 경지 흉심(凶心)을 동(動)ᄒᆞ니 그 난욕(難辱)을 어ᄃᆡ 비ᄒᆞ리오? 원ᄂᆡ 댱노요승과 경ᄌᆞ·후셥은 ᄒᆞᆫ 무리 간특(奸慝)ᄒᆞᆫ 젹당(賊黨)이라. 회은의의[61] 셩명은 댱형뇌니 댱ᄉᆞ셩의 후로ᄃᆡ 태죄 댱ᄉᆞ셩(張士誠)[62]·딘우량(陳友諒)[63] 등을 멸ᄒᆞ샤 남은 거시 업ᄉᆞᄃᆡ 힝혀 빨 ᄃᆡ 업ᄉᆞᆫ 거시 이신즉 타국의 머믈미 업ᄉᆞ나 발셔 셰월이 오ᄅᆡ고 댱형뇌 교디(交趾)[64]·남월(南越)[65] 등쳐의 반환츌몰(返還出沒)ᄒᆞ여 요괴(妖怪)로온 신술(神術)과 요약(妖藥)으로 인심(人心)을 현혹(眩惑)ᄒᆞ여 ᄌᆡ믈(財物)을 탈취(奪取)ᄒᆞ니 젼 교디 참졍 왕흠이 대로(大怒)ᄒᆞ여 좁아 죽이고ᄌᆞ ᄒᆞᆯ ᄎᆞ 졀도ᄉᆞ 셕홍이 형노의 집을 ᄡᆞ고 요슐노 탈취ᄒᆞᆫ 금빅(金帛)을 아ᄉᆞ 그 님ᄌᆞ롤 흣터 주고 형노롤 힘뼈 츄심(推尋)ᄒᆞ니 형뇌 창황(蒼黃)이 단발위승(斷髮爲僧)ᄒᆞ고 도망ᄒᆞᆯᄉᆡ 딜ᄌᆞ(姪子) 49면

---

61 회은의의: '의'의 중복 필사. 규장각본에는 '회은의'로 되어 있음.

62 댱ᄉᆞ셩(張士誠): 장사성(1321-1367). 원(元)나라 말기 군벌로 세력을 떨치며 진우량과 연합했으나 1363년 주원장과의 파양호 전투에서 대패하고 도주하여 다시 원에 투항함.

63 딘우량(陳友諒): 진우량(1316-1363). 원(元)나라 말기 대표 군웅 중 하나. 주원장에게 패함.

64 교디(交趾): 교지. 지금의 베트남 북부.

65 남월(南越): 지금의 광둥성, 광시성과 베트남 북부 지역 일대.

후셥과 뎨ᄌᆞ(弟子) 원경ᄌᆞ로 더브러 경ᄉᆞ의 와 쥬착(住着)을 못 어더 ᄒᆞ더니 다ᄒᆡᆼ(多幸)이 닌ᄃᆞᆼ을 만나 형뇌 본ᄃᆡ 상법(相法)이 신묘(神妙)ᄒᆞ고 사ᄅᆞᆷ의 소회(所懷) 알믈 신통(神通)이 ᄒᆞᄂᆞᆫ 고로 닌ᄃᆞᆼ의 포회(抱懷)ᄒᆞᆫ 심장(心腸)[66]과 영ᄆᆡ(英邁)ᄒᆞᆫ 긔질(氣質)을 ᄀᆞᆺ초 니ᄅᆞ고 상모(相貌)ᄅᆞᆯ 칭찬ᄒᆞ니 닌ᄋᆡ 대혹(大惑)ᄒᆞ여 궁극히 틈을 타 셔로 만난ᄌᆞᆨ 형뇌 요언(妖言)이 브졀여류(不絶如流)ᄒᆞ여 ᄃᆞᆼᄋᆞ의 ᄆᆞᄋᆞᆷ을 깃기고 요ᄉᆞ탕셜(妖邪蕩說)과 궁흉잡담(窮凶雜談)의 괴이ᄒᆞᆫ 글을 모화 ᄎᆡᆨ을 일워 주니 닌ᄋᆡ 더옥 대열(大悅)ᄒᆞ여 금은보화(金銀寶貨)로 ᄉᆡᆼ활을 도으니 형뇌 일노 드ᄃᆡ여 셔화문 외 부광ᄉᆞ 댱뇌 되여잇고 원·댱 등은 유학ᄒᆞᄂᆞᆫ 션빈 쳬ᄒᆞ여 머므ᄂᆞᆫ디라. ᄃᆞᆼᄋᆡ 회은과 경ᄌᆡ 등으로 더브러 은휘(隱諱)치 못ᄒᆞᆯ 고로 샤ᄇᆡᆨ(舍伯) ᄒᆡᄒᆞᆯ ᄭᅬᄅᆞᆯ 의논ᄒᆞᄆᆡ 타인이 드ᄅᆞ리 업ᄉᆞᆯ가 ᄒᆞᄃᆡ 홀노 졍부셔긔(程府書記) 홍윤이 십ᄉᆡᆼ구ᄉᆞ(十生九死)ᄒᆞ여 계오 졍부로 도라올 졔 님ᄃᆞᆼ(林中)의셔 이랑과 경ᄌᆡ 등의 ᄒᆞᄂᆞᆫ 말을 듯고 심골(心骨)이 셔늘ᄒᆞ여 샤인(舍人)긔 고(告)코져 ᄒᆞ나
50면 ᄌᆞᆼ용ᄒᆞᆫ ᄊᆡᄅᆞᆯ 타디 못ᄒᆞᆯ ᄲᅳᆫ 아니라 후셥 등이 대강 샤인은 햐슈(下手)치 못ᄒᆞᆯ 바로 아라 아모 졔나 침딜(沈疾)ᄒᆞ믈 타 날을 ᄲᅧ보ᄌᆞ ᄒᆞᄂᆞᆫ 고로 잠간 근심을 노화 츈뎡시의 니ᄅᆞ도록 유유ᄒᆞ여 발셜(發說)치 못ᄒᆞ엿더라. 원·댱 등이 태운산 그윽ᄒᆞᆫ 곳의 숨어 왕술위로 ᄒᆞ여곰 닌ᄃᆞᆼ을 쳥ᄒᆞ여 셔로 볼ᄉᆡ 닌ᄋᆡ 후셥의 요하(腰下)의 대되(大刀) 빗겨 셜인(雪刃)이 갑의 ᄀᆞᆷ초여시믈 보고 우어 왈

66 심장(心腸): 마음의 속내.

"댱군이 요하 대도ᄅᆞᆯ 빗기고 눈을 보ᄂᆡ여 사ᄅᆞᆷ의 긔ᄉᆡᆨ(氣色)을 보며 소ᄅᆡᄅᆞᆯ 드ᄅᆞᄆᆡ 먹음은 회푀(懷抱) 이시니 므ᄉᆞᆷ 일이 도모(圖謀)ᄒᆞ미 잇ᄂᆞ냐?"

후셥이 ᄃᆡ쇼왈(大笑曰)

"공ᄌᆡ 너모 ᄎᆞᆼ명ᄒᆞᆫ 쳬 말나. 비록 대도ᄅᆞᆯ ᄎᆞ신들 므ᄉᆞᆷ 도모ᄒᆞᄂᆞᆫ 일이 이시리오? 오ᄅᆡ 산ᄉᆞ의 은복(隱伏)ᄒᆞ여 디의ᄅᆞᆯ 방낭치 못ᄒᆞ니 울울ᄒᆞ여 날을 다ᄃᆞᆷ아 산금슈어(山禽水魚)ᄅᆞᆯ 죽여 보고ᄌᆞ ᄒᆞ미라."

닌듕이 쇼왈(笑曰)

"내 비록 블명(不明)ᄒᆞ나 군·댱 이군디ᄉᆡᆨ(二君之色)은 쾌히 아라 보ᄂᆞ니 원군은 두양이 바ᄅᆞ디 아니코 ᄒᆡᆼ보(行步)ᄅᆞᆯ 놉히 드ᄃᆡ니 기듕(其中)이 요요(搖搖)ᄒᆞ여 현망(懸望)ᄒᆞᄂᆞᆫ 긔미(幾微) 잇ᄂᆞᆫ가 시브니 날을 은휘(隱諱)치 말나."

냥쇽이 쳥파의 크게 웃고 교항졉이(交肮接耳)ᄒᆞ여 금야(今夜)의 닌경 51면
을 놀ᄂᆡ려 ᄒᆞ믈 니ᄅᆞ니 닌듕 왈

"내 교시의 블미디ᄒᆡᆼ(不美之行)이 만히 들니니 그 딘짓 말인가 아디 못ᄒᆞ리러라."

경ᄌᆡ 쇼왈(笑曰)

"ᄃᆡ강 정녈(貞烈)튼 못 ᄒᆞᆯ가 시브거니와 어미 ᄯᆞᆯ을 ᄉᆞ디(死地)의 함닉(陷溺)ᄒᆞ니 헛소문이야 어이 니ᄅᆞᆯ 거시 이시리오?"

닌듕이 의괴왈(疑怪曰)

"교한필이 다ᄅᆞᆫ 부인이 업고 규쉬(閨秀) 녀시의 소ᄉᆡᆼ(所生)이라 ᄒᆞ더니 엇디 어미 ᄯᆞᆯ을 이러ᄐᆞᆺ 히ᄒᆞᄂᆞ뇨? 일정 친뫼(親母) 아니로다."

후셥 왈

"우리 그런 곡졀(曲折)을 엇디 알니오? 오딕 그 쳥을 드롤 거시라. 공ᄌ 죵형뎨(從兄弟) ᄆᆡ양 일실년침(一室連寢)ᄒᆞ다 ᄒᆞᄆᆡ 공ᄌᆞ긔 미리 고ᄒᆞᄂᆞ니 ᄎᆞᄉᆞ(此事)를 블츌구외(不出口外)ᄒᆞ라."

닌ᄋᆡ 쇼왈(笑曰)

"군이 이런 말을 ᄒᆞ라 당부ᄒᆞᆫ들 므ᄉᆞ 일 간셥디 아닌 일을 아른 쳬ᄒᆞ리오? 다만 우리 계부(季父)ᄂᆞᆫ 쳔니(千里)를 좌탁(坐度)ᄒᆞᄂᆞᆫ 션견디명(先見之明)으로 죵형 태우[67]ᄂᆞᆫ 녁발산(力拔山)ᄒᆞᄂᆞᆫ 댱용(壯勇)이 잇ᄂᆞ니 듕야(中夜)의 드럿다가 일을 만날가 위틱롭도다."

후셥 왈

"이ᄂᆞᆫ 죡히 근심되디 아니타. 죵혀도 므어시 그리 놀나오리오? 죄를 교시긔 밀위고 ᄉᆞ긔(事機)를 보아 탈신(脫身)ᄒᆞ리니 그러타 힘힘히[68] 닌경 유ᄌ 놀닉기로 숙기의 니ᄅᆞ랴?"

닌듕 왈

"그러커니와 내 ᄆᆞ옴이 방하(放下)디 못ᄒᆞ니 금야(今夜)의 죵형(從兄)의 슉쳐(宿處)를 군(君)으로 ᄒᆞ여곰 다시 알게 ᄒᆞ리라."

ᄒᆞ고 도라와 셕식 후 혼뎡디녜(昏定之禮)를 일우고 태위 쳐ᄉᆞ를 시침(侍寢)ᄒᆞ고 닌경이 명광헌으로 믈너오믈 힝심(幸甚)ᄒᆞ여 거즛 여측(如厠)ᄒᆞᄂᆞᆫ 쳬ᄒᆞ고 나와 후셥을 보와 명광헌으로 오믈 니ᄅᆞ고 날호여 입실ᄒᆞ여 군죵형뎨(群從兄弟) 동금년침(同衾連枕)ᄒᆞ여 타연(妥然)이 잠드럿더니 ᄌᆞ긱(刺客)의 변을 인ᄒᆞ여 ᄭᆡᄆᆡ 임의 아ᄂᆞᆫ 일이라. 므어

52면

67 죵형 태우: 종형 태우. 간의 태우 정인광.

68 힘힘히: 힘히미. '심심히, 한가히'의 옛말. '부질없이'의 뜻.

시 놀나오리오마ᄂᆞᆫ 거ᄌᆞᆺ 경동(驚動)ᄒᆞᆷ과 ᄌᆞᄀᆡᆨ 잡을 의논을 죄오니 모다 크게 경동ᄒᆞᆷ과 ᄌᆞᄀᆡᆨ 좝다 ᄒᆞ미 간흉(奸凶)ᄒᆞᆫ ᄯᅳᆺ이믈 아디 못ᄒᆞ나 홀노 닌웅이 근심을 픔어 형의 위인을 우탄ᄒᆞ더라. 후셥이 임의 졍공ᄌᆞᄅᆞᆯ 놀ᄂᆡ여시ᄆᆡ 그만ᄒᆞ여 도라가고ᄌᆞ ᄒᆞ더니 댱손탈이 ᄯᅩ 금쥬(金珠)ᄅᆞᆯ 가져오고 공을 샤례ᄒᆞ며 도듕의 여ᄎᆞ여ᄎᆞᄒᆞ여 요ᄀᆡᆨ(繞客)[69]이 다 ᄒᆞᆫ가디로 보ᄂᆞᆫ 바의 작변(作變)ᄒᆞ라 ᄒᆞ니 후셥이 ᄯᅩᄒᆞᆫ 어렵디 아닌 ᄇᆡ라 ᄒᆞ여 금쥬ᄅᆞᆯ 밧고 비로소 녀부인이 쇼져의 친뫼 아니믈 므ᄅᆞ 53면
니 손탈이 ᄂᆡ도히 닐너 친뫼라 ᄒᆞ고 부인의 이러ᄒᆞ믄 쇼져ᄅᆞᆯ ᄒᆡᄒᆞ미 아니라 쇼졔 임의 유졍(有情)ᄒᆞᆫ 곳이 잇ᄂᆞᆫ 고로 졍가ᄅᆞᆯ 믈니치고ᄌᆞ ᄒᆞ미라 ᄒᆞ니 후셥이 그러히 넉여 도듕님목(道中林木)의 몸을 숨겨 졍공ᄌᆞ 신낭의 위의(威儀) 나오믈 젼ᄒᆞ고 ᄲᅩ아 비록 맛치디 못ᄒᆞ나 만목(萬目)의 흉악ᄒᆞ믈 닐위고 요술을 발ᄒᆞ여 ᄌᆞ최ᄅᆞᆯ 감초니 드ᄃᆡ여 신낭이 교부의 니ᄅᆞ니라.

화표. 길월(吉月) 냥신(良辰)은 곳 졍공ᄌᆞ의 교쇼져ᄅᆞᆯ 친영(親迎)ᄒᆞᄂᆞᆫ 날이라. ᄎᆞ일(此日) 쳥신(淸晨)[70]의 됴일(朝日)이 부상(扶桑)의 소ᄉᆞᄆᆡ 만방이 통화ᄒᆞ니 텬긔 화챵ᄒᆞ고 혜풍(惠風)이 한가ᄒᆞᆫᄃᆡ 뇨됴슉녀(窈窕淑女)ᄂᆞᆫ 군ᄌᆞ호귀(君子好逑)니 참치힝ᄎᆡ(參差荇菜)ᄅᆞᆯ 좌우모디(左右慕之)어ᄂᆞᆯ 군ᄌᆞ슉녀(君子淑女)의 시운(時運)이 블슌(不順)ᄒᆞ여 요얼(奴孼)이 작희(作戲)ᄒᆞ미 이러ᄐᆞᆺ 공혹ᄒᆞ니 엇디 통한치 아니리오? 어시의 교상셰 만금쇼교(萬金小嬌)의 길일(吉日)을 영ᄃᆡ(迎待)ᄒᆞᄆᆡ

69 요ᄀᆡᆨ(繞客): 요객. 혼인 때에 가족 중에서 신랑이나 신부를 데리고 가는 사람.

70 쳥신(淸晨): 청신. 맑은 첫 새벽.

대연(大宴)을 개장(開張)ᄒᆞ여 친쳑향당(親戚鄕黨)을 졔회(齊會)ᄒᆞ고 뉵녜(六禮)ᄅᆞᆯ 구ᄒᆡᆼ(具行)ᄒᆞ여 ᄇᆡᆨ냥(百兩)으로 신부ᄅᆞᆯ 우귀(于歸)[71]ᄒᆞᄂᆞᆫ

54면 날이라. ᄎᆡ셕(彩席)이 휘황ᄒᆞ고 명향(名香)이 ᄀᆡᄀᆡᄒᆞ며 보쵹(寶燭)이 위의ᄒᆞᆫ 가온ᄃᆡ 신낭의 영풍이 금고(今古)의 ᄃᆡ두(對頭)ᄒᆞ리 업ᄉᆞ니 상셔의 흔희쾌락(欣喜快樂)ᄒᆞᆫ 즐거오미 비ᄒᆞᆯ ᄃᆡ 업더니 날이 느ᄌᆞᄆᆡ 신낭이 니ᄅᆞ러 위의(威儀) 밋쳐 문의 드디 못ᄒᆞ여셔 인셩(人聲)이 훤괄(喧聒)ᄒᆞ며 만흔 사ᄅᆞᆷ이 믈 미듯 ᄒᆞᄂᆞᆫ 가온ᄃᆡ 나ᄂᆞᆫ 살이 신낭의 쇽뒤ᄅᆞᆯ 향ᄒᆞ여 맛치니 졍공ᄌᆡ 블의창황(不意蒼黃) 듕 대경ᄒᆞ여 두양을 잠간 기우려 살 맛기ᄅᆞᆯ 면ᄒᆞ나 만인이 경악ᄒᆞ믄 니ᄅᆞ디 말고 ᄎᆞ시 졍공ᄌᆞ의 위급ᄒᆞ미 누란(累卵)의 비ᄒᆞᆯ ᄇᆡ 아니라. 젹이 살흘 빗ᄡᅩ아 맛치디 못ᄒᆞᄆᆞᆯ 대로ᄒᆞ여 반공듕(半空中)의셔 셔리 ᄀᆞᆺᄐᆞᆫ 비슈ᄅᆞᆯ 두로며

"졍닌경 젹ᄌᆞ야. 네 교가녀ᄅᆞᆯ ᄇᆡᆨ냥우귀(百兩于歸)ᄒᆞ여 만셰동낙(萬歲同樂)ᄒᆞᆯ가 넉여도 내 몬져 거문고 줄을 니어 쳥산녹슈(靑山綠水)로 구든 ᄆᆡᆼ약을 져바리디 아닐 거시오, 교시의 소탁(所託)을 바다시니 너의 초로일명(草露一命)을 내 엇디 샤ᄒᆞ리오? 너 ᄀᆞᆺᄐᆞᆫ 구상유취(口尙乳臭) 마ᄅᆞ디 아닌 거시 이 대댱군의 위엄을 항거ᄒᆞ여 칼흘 능히 면ᄒᆞᆯ소냐?"

55면 일변(一邊) 웨며 칼흘 두르고 다라드니 경식(景色)의 ᄎᆞ악(嗟愕)ᄒᆞ미 텬디간대변(天地間大變)이라. 쳔만인(千萬人)이 황황실조(遑遑失措)ᄒᆞ니 신낭의 위의(威儀)예 도창(刀槍)이 업ᄂᆞᆫ디라. 쳔만블의(千萬不意)예 ᄎᆞ경(此境)을 당ᄒᆞ여시니 졍공ᄌᆞ의 신상(身上)이 여ᄒᆞ(如何)

71 우귀(于歸): 전통 혼례에서, 대례(大禮)를 마치고 3일 후 신부가 처음으로 시집에 들어가는 것.

오?

ᄎᆞ셜. 졍공ᄌᆡ 블의챵졸(不意倉卒)의 젹변(賊變)을 당ᄒᆞ여 셩명(性命)이 위ᄐᆡᄒᆞ다가 홀연 나ᄂᆞᆫ 살히 젹의 칼 잡은 손을 맛쳐 칼히 ᄯᅥ러디니 젹이 칼흘 밋쳐 거두디 못ᄒᆞ고 ᄯᅱ여 다라나니 잡으려 ᄒᆞ여도 반공듕(半空中)의 ᄯᅥ시니 창검이 이 ᄀᆞ온ᄃᆡ 업ᄉᆞ니 치와다 디ᄅᆞ디 못ᄒᆞ고 쇽을 업시 젹을 실포(失捕)ᄒᆞ니 교상셰 창황위급(蒼黃危急)ᄒᆞᆫ 가온ᄃᆡ 젹이 다라나믈 요ᄒᆡᆼ(僥倖)ᄒᆞ여 이에 신낭의 마혁(馬革)을 친히 닛그러 드러가려 ᄒᆞ니 졍공ᄌᆡ ᄎᆞ경을 당ᄒᆞ여 비록 블ᄒᆡᆼ이 그 집 문을 드러시나 홍안(鴻雁)을 젼(傳)ᄒᆞᆯ ᄠᅳᆺ이 업ᄉᆞ니 쾌히 도라가고ᄌᆞ ᄒᆞᄃᆡ 이 혼ᄉᆡ(婚事) 심상(尋常)ᄒᆞᆫ ᄆᆡ작(媒妁)으로 셩명(姓名)을 통(通)ᄒᆞ미 아니오 텬ᄌᆡ(天子) 샤혼(賜婚)ᄒᆞ시미라 교상셰 마혁을 노치 아냐 만만이 닷토ᄂᆞᆫ디라. 이 연분(緣分)은 샹뎨(上帝) 명ᄒᆞ신가 삼ᄉᆡᆼ(三生)의 미딘(未盡)ᄒᆞᆫ 연분으로 발셔 그 집 문의 드러시니 형셰 마디못ᄒᆞᆯ 56면
디라. 형셰 마디못ᄒᆞᆯ디라.[72] 만분강인(萬分强忍)ᄒᆞ여 안셔(安徐)히 하마(下馬)ᄒᆞ여 홍안(鴻雁)을 젼(傳)ᄒᆞ고 초례(醮禮)ᄅᆞᆯ 파(罷)ᄒᆞᄆᆡ 안연(晏然)이 그 집의 머믈 ᄠᅳᆺ은 업셔 도라가려 ᄒᆞᆯᄉᆡ 교상셰 길월영신(吉月靈辰)을 계오 영ᄃᆡ(迎待)ᄒᆞ여 인간의 흥취 이에 더으미 업다 ᄒᆞ여 ᄌᆡ산을 기우려 혼구(婚具)ᄅᆞᆯ 예비ᄒᆞ니 ᄉᆞᄉᆞ(事事)의 영합기의(迎合其意)러니 금일의 만금쇼교(萬金小嬌)ᄅᆞᆯ 셩인(成姻)ᄒᆞ려 ᄇᆡᆨ만흥미(百萬興味) 놉핫다가 ᄎᆞ경(此境)의 경혼(驚魂)이 미착(未着)ᄒᆞ니 신

72 형셰 마디못ᄒᆞᆯ디라: 중복 필사. 규장각본에는 없음.

ᄉᆡᆨ(神色)을 일코 계오 권면(勸勉)ᄒᆞ여 초례(醮禮)를 일우나 다시 머므로 념치(廉恥)ᄂᆞᆫ 업ᄂᆞᆫ디라. 창검궁시(槍劍弓矢)를 졈검(點檢)ᄒᆞ여 신낭을 호위ᄒᆞ여 환가(還家)ᄒᆞ니 이날의 흉참(凶慘)ᄒᆞᆫ 경ᄉᆡᆨ(景色)을 어이 다 니ᄅᆞ리오. 도ᄎᆞ(到此)로 숙난쇼져의 신세를 졈검ᄒᆞ여 교병부의 한업ᄉᆞᆫ 분통과 무궁ᄒᆞᆫ 경악통원(驚愕痛冤)을 비홀 곳이 업ᄉᆞ니 친옹(親翁)과 셔랑(壻郎)이며 경시일분(程氏一門)[73]을 다시 볼 안면(顏面)이 업ᄉᆞ니 셩히 베퍼던 잔치 긔구(器具)를 셔ᄅᆞ져 아ᄉᆞ라 ᄒᆞ고 문을 닷고 폐목잠와(閉目潛臥)ᄒᆞ여 좌ᄉᆞ우상(左思右想)ᄒᆞᄃᆡ 계교(計
57면 巧) 업ᄉᆞ니 여취여광(如醉如狂)ᄒᆞ더라. 어시의 졍부(程府)의셔 이 변을 듯고 합문(闔門)이 대경(大驚)ᄒᆞ여 인인(人人)이 혼블브톄(魂不附禮)러니 아이오 신낭이 환가(還家)ᄒᆞᄆᆡ 존당(尊堂)과 졔ᄀᆡᆨ(諸客)이 오히려 도라가디 아냣ᄂᆞᆫ디라. 아ᄌᆞ 변괴(變怪)를 져마다 치위(致慰)ᄒᆞ고 금ᄌᆞ(今者) 무ᄉᆞ환귀(無事還歸)ᄒᆞ믈 또ᄒᆞᆫ 치하(致賀)ᄒᆞ더라. 드ᄃᆡ여 빈ᄀᆡᆨ(賓客)이 도라간 후 쳐ᄉᆡ ᄌᆞ딜(子姪)을 거ᄂᆞ려 입ᄂᆡ(入內)ᄒᆞ니 ᄎᆞ시 태부인이 쳔망[74] 몽상디외(夢想之外)의 ᄒᆡ변(駭變)을 당ᄒᆞ여 비월(飛越)ᄒᆞᆫ 심혼(心魂)을 거두디 못ᄒᆞ다가 공ᄌᆡ 승당ᄇᆡ알(昇堂拜謁)ᄒᆞ믈 당ᄒᆞ여 밋쳐 그 졀ᄒᆞ믈 기다리디 못ᄒᆞ고 손을 잡고 등을 어로만져 놀납던 경ᄉᆡᆨ(景色)과 반기ᄂᆞᆫ 형상(形狀)이 일필난긔(一筆難記)니 화부인과 일가졔인(一家諸人)의 경황이 비비(悱悱)ᄒᆞ여 태

73 경시일분(程氏一門): 정씨일문. 장서각본에는 '일분'으로 표기되어 있으나 맥락상 '일문'으로 봄. 규장각본에도 '경시일문'으로 되어 있음.

74 쳔망: '천만(千萬)'의 오기. 규장각본에는 '쳔만'으로 되어 있음.

부인 심회와 ᄒᆞᆫ가디러라.

션셜. 졍부셔긔(程府書記) 홍윤이 도라올 ᄊᆡ 날이 져믈고 슈듕의 반
젼(盤纏)이 업ᄉᆞ니 인가ᄅᆞᆯ ᄎᆞᆺ디 못ᄒᆞ고 님목(林木) ᄉᆞ이의 업ᄃᆡ여 경
야(經夜)ᄒᆞᆯᄉᆡ 믄득 사ᄅᆞᆷ의 말 소ᄅᆡ 슈플 쇽의셔 은은이 들니니 반가
온 뜻이 ᄆᆡᆼ동(猛動)ᄒᆞ여 그 소ᄅᆡᄅᆞᆯ ᄎᆞᆺ고져 ᄒᆞ나 다시 ᄉᆡᆼ각ᄒᆞ니 이러
ᄐᆞᆺ 황야(荒野)의 은은ᄒᆞᆫ 말 소ᄅᆡ 결비호인(決非好人)이라. 졔 일명(一 58면
命)을 도ᄉᆡᆼ(圖生)ᄒᆞ여 십ᄉᆡᆼ구ᄉᆞ(十生九死)ᄒᆞ여 도라오ᄂᆞᆫ ᄒᆡᆼ도(行道)
로 두리오미 나ᄂᆞᆫ디라. ᄀᆞ마니 귀ᄅᆞᆯ 기우려 드ᄅᆞᄆᆡ 셔너 사ᄅᆞᆷ이 잠어
(潛魚)ᄒᆞᄃᆡ 이 다 교가의 셜홰(說話)라. 녀시의 ᄒᆡᆼ악(行惡)과 슉난의
젼졍(前程)을 아조 맛ᄎᆞ려 모의ᄒᆞᄂᆞᆫ 셜홰오 보화금은(寶貨金銀)이
며 쥬옥필ᄇᆡᆨ(珠玉疋帛)을 만히 바다 져희 도ᄉᆡᆼᄒᆞᆯ 계졔(階梯)라. 이 듕
의 녀녀의 과악(過惡)과 슉난의 도ᄒᆡᆼ녈졀(道行烈節)이 표표(表表)ᄒᆞ
여 소소(昭昭)히 드러나 블하일장(不下一杖)의 드러난디라. ᄎᆞ시(此
時)의ᄂᆞᆫ 교개 뉘 집이며 그 규슈(閨秀)의 누란(累卵)의 급홈과 일신
참누(一身慙累)ᄅᆞᆯ 잔인히 넉일디언졍 뉜 줄 모로고 드러실 ᄲᅳᆫ이오 졔
집 이랑(二郎)이 기듕(其中)의 참좌(參坐)ᄒᆞ여 ᄇᆡᆨ시(伯氏)의 일명(一
命)을 도모(圖謀)ᄒᆞ기ᄅᆞᆯ 밧바 ᄒᆞ니 대경ᄎᆞ악(大驚嗟愕)ᄒᆞ여 심혼(心
魂)이 경산(驚散)ᄒᆞ니 가연통셕(可然痛惜)ᄒᆞ고 노발이 디란ᄒᆞ여 분
원(忿怨)이 승텬입디(昇天入地)ᄒᆞᆯ 뜻이 이시ᄃᆡ 이ᄊᆡ의 졔 참쳥(參聽)
ᄒᆞᆫ 거ᄉᆞᆯ 젹도(賊徒)의 알오미 될딘ᄃᆡ 져의 일명을 보젼ᄒᆞᆯ 길히 업ᄂᆞᆫ
디라. 분을 ᄎᆞᆷ고 소ᄅᆡ도 업시 업ᄃᆡ엿더니 반야(半夜)ᄅᆞᆯ 젹도 등이 계
교모의(計巧謀議)ᄒᆞ여 흉참패셜(凶慘悖說)이 아니 밋ᄎᆞᆫ ᄃᆡ 업시 약 59면
쇽을 뎡ᄒᆞ고 파ᄒᆞ여 도라와 기모(其母) 심파랑다려 젼ᄒᆞᆯᄉᆡ 쥬군의 텬

셩효의(天性孝懿)로 여ᄎᆞ졍경(如此情景)을 몸소 당ᄒᆞ여 위ᄐᆡᄒᆞᆫ 경상(景狀)을 ᄉᆡᆼ각ᄒᆞ니 망극통도(罔極痛悼)ᄒᆞ여 좀 ᄌᆞ디 못ᄒᆞ고 밥 먹디 못ᄒᆞ니 하쳔비예(下賤婢隸)도 튱의관일(忠義貫日)ᄒᆞ고 ᄉᆞ리당연(事理當然)ᄒᆞ미 여ᄎᆞᄒᆞ거든 닌듕이 현부형ᄌᆞ뎨(賢父兄子弟)로 이ᄅᆞᆯ ᄒᆞ고 ᄎᆞ마 므ᄉᆞ 일을 못 ᄒᆞ리오? 가연통ᄌᆡ(可然慟哉)로다.

녀·교의 셜화(說話)ᄅᆞᆯ 옴기ᄆᆡ 심패 경왈(驚曰)

“교상셰 고루(高樓)ᄅᆞᆯ 디어 ᄐᆡᆨ셔(擇壻)ᄒᆞᆯᄉᆡ 옥뇨ᄅᆞᆯ 더져 삼공ᄌᆞ(三公子)ᄅᆞᆯ 맛ᄎᆞᄆᆡ ᄆᆡ작(媒妁)으로 구혼(求婚)ᄒᆞ며 ᄯᅩ 샤혼젼디(賜婚傳旨)이셔 ᄎᆞ혼(此婚)을 거절치 못ᄒᆞᆯ 형셰로ᄃᆡ 규슈의 ᄒᆡᆼ실의 블미(不美)ᄒᆞᆫ 셜홰(說話) 만셩(滿城)의 파다(播多)ᄒᆞ니 블ᄒᆡᆼᄒᆞ미 극ᄒᆞ더니 여ᄎᆞ ᄒᆡ이(駭異)ᄒᆞᆫ 가변(家變)이 그 집의 잇닷다. 교쇼져의 신셰 계활(計活)이 잔인ᄒᆞ던 줄 ᄋᆡ셕참도(哀惜慘悼)ᄒᆞ도다. 우리 부인 표분(表門) 호참졍 부인긔로 호쳐ᄉᆞᄃᆡᆨ 셩문(聲聞)이 닉으시니 이 말이 아니라도 우리 부인의 호ᄉᆡᆼ디덕(好生之德)으로 괄시(恝視)ᄒᆞ실 니 업ᄉᆞ니 교 60면 쇼져의 위ᄐᆡᄒᆞᆫ 신셰ᄅᆞᆯ 고렴(顧念)ᄒᆞ며 혼인을 거절치 아니시고 쇼져ᄅᆞᆯ 닐위여 누셜(累說) 가온ᄃᆡ 벗겨ᄂᆡ여 텬ᄉᆡᆼ아딜(天生雅質)을 져ᄇᆞ리디 아니려 ᄒᆞ시ᄂᆞ니라.”

긔 합슈튝텬(合手祝天) 왈

“셩덕(盛德)이 여ᄎᆞ(如此)ᄒᆞ시니 젹션디가(積善之家)의 필유여경(必有餘慶)이라 ᄒᆞ니 아모리 쇠ᄒᆞ여도 우리 대군이 당당ᄒᆞᆫ 텬명(天命)과 연원(淵源)ᄒᆞ신 도덕(道德)을 졔 엇디 ᄒᆞ리잇가? 쇼ᄌᆞ의 비원통셕(悲冤痛惜)ᄒᆞ미 오ᄂᆡ(五內) 븡녈(崩裂)ᄒᆞ여 디통(至痛)이 골슈(骨髓)의 ᄉᆞ못더니 도ᄎᆞ(到此)로 쥬군긔 텬디신기(天地神祇) 복우(福佑)ᄒᆞ리로소이다.[75]"

ᄒᆞ더라.

지셜. 홍윤이 사ᄅᆞᆷ 일은디 튱근영니(忠勤怜悧)ᄒᆞ고 문ᄌᆞ(文子)ᄅᆞᆯ ᄒᆡ통(解通)ᄒᆞ며 효용(驍勇)이 졀뉸(絶倫)ᄒᆞ여 무예(武藝) 졍슉(精熟)ᄒᆞᆫ디라.[76] 이날 신낭을 호위ᄒᆞ여 니ᄅᆞᆯᄉᆡ ᄀᆞ만ᄒᆞᆫ 념녜(念慮) 흉듕(胸中)의 ᄆᆡᆼ얼(萌孼)ᄒᆞ니 궁시(弓矢)ᄅᆞᆯ 요하(腰下)의 감초와 뒤ᄒᆡ 먼니 ᄯᆞᆯ오며 좌우젼후(左右前後)ᄅᆞᆯ 관망(觀望)ᄒᆞ며 찰ᄉᆡᆨ(察色)ᄒᆞ여 블의디변(不意之變)이 이실가 ᄃᆡ후(待候)ᄒᆞ다가 나ᄂᆞᆫ 살이 급히 시위ᄅᆞᆯ 응ᄒᆞ여 소ᄅᆡ 획획ᄒᆞ니 윤이 밋쳐 손을 놀니디 못ᄒᆞ여 ᄒᆞ마 공ᄌᆡ 위ᄐᆡᄒᆞᆯ 번ᄒᆞ니 대경대로(大驚大怒)ᄒᆞ여 급히 시위ᄅᆞᆯ 메워 젹의 손을 맛치니 샤법(射法)이 ᄇᆡᆨ보쳔양(百步穿楊)[77]을 묘시(藐視)ᄒᆞᄂᆞᆫ디라. 살촉의 독약을 발나시니 젹이 마ᄌᆞᄆᆡ 알프믈 니긔디 못ᄒᆞ여 칼흘 ᄇᆞ리고 다라나니 창황(蒼黃)ᄒᆞᆫ 가온ᄃᆡ 윤이 공ᄌᆞᄅᆞᆯ 보호ᄒᆞ여 도라올ᄉᆡ 젹의 칼히 발 아ᄅᆡ ᄎᆡ이니 급히 보ᄆᆡ 셔광(瑞光)이 찬난(燦爛)ᄒᆞ여 보ᄇᆡ의 긔운이 두우(斗牛)의 ᄲᅩ히니 범인은 모로나 윤은 아라보와 비상ᄒᆞᆫ 신검(神劍)인 줄 ᄭᆡ다라 거두어 허리의 ᄶᅵᄌᆞ 도라와 ᄌᆞ시 보ᄆᆡ 텬하졀뵈(天下絶寶)라. 믈(物)이 님ᄌᆞᄅᆞᆯ 만낫더라. 황혼을 당ᄒᆞ여 그 방심(放心)치 못ᄒᆞ여 공ᄌᆞᄅᆞᆯ 시위(侍衛)ᄒᆞ여 쳥샤(廳舍)의 몸을 곰초고 칼흘 벽의 걸고 ᄌᆞ지 못ᄒᆞ더니 시야삼경(是夜三更)의 츈바ᄅᆞᆷ이 슬슬(瑟瑟) 61면

75 복우(福佑)ᄒᆞ리로소이다: 규장각본에는 '복우로소이다'로 되어 있음.

76 졍슉(精熟)ᄒᆞᆫ디라: 정숙하다. 사물에 정통하고 능숙하다.

77 ᄇᆡᆨ보쳔양(百步穿楊): 백보천양. 활을 썩 잘 쏘는 것을 비유적으로 이르는 말. 활쏘기의 명수가 백 발자국 밖에 있는 버들잎을 하나하나 꿰뚫어 맞혔다는 데서 유래.

ᄒᆞ며 얼프시 눈의 뵈ᄂᆞᆫ 거시 이시니 그 칼흘 들냐 ᄒᆞ더니 벽샹의 비쉬(匕首) 징연(錚然)ᄒᆞ며 쒸여나 젹의 두 손을 버혀 나리치니 그 경황난측(驚惶難測)ᄒᆞᆫ 가온ᄃᆡ 젹을 잡으려 ᄒᆞᆯ ᄎᆞ 젹이 변ᄒᆞ여 일딘 바룸이 되여 다라나니 칼히 신검이라. 젹의 냥슈(兩手)롤 쓧쳐시나 그ᄂᆞᆫ 하쳔(下賤)이라. 졍인군ᄌᆡ(正人君子) 아닌 고로 젹이 환술(幻術)을 ᄆᆞ옴

62면 ᄃᆡ로 ᄒᆞ여 다라나시니 샤블범뎡(邪不犯正)이 여ᄎᆞᄒᆞ더라. 길 젹의 젹(賊)을 실포(失捕)ᄒᆞ고 금야(今夜)의 젹을 쏘 일흐니 어나 ᄯᅢ의 교시의 누얼(陋孼)을 신빅(申白)ᄒᆞᆯ 날이 이시리오? 가셕ᄌᆡ(可惜者)로다.

션설. 녀시 금은(金銀)과 쥬옥(珠玉)을 흣터 요모곡계(妖謀曲計)롤 널니 비포(排布)ᄒᆞ여[78] 슉난의 평싱젼졍(平生前程)을 영영(永永)이 맛ᄎᆞ오날 빅년군ᄌᆞ(百年君子)로 ᄒᆞ여곰 실신도명(失神逃命)ᄒᆞᄂᆞᆫ 흉참(凶慘)ᄒᆞᆫ 힝악(行惡)을 목도(目睹)ᄒᆞ미 져 군ᄌᆡ 셩덕문미(成德門楣)로 가졍을 예비ᄒᆞ여 힝검(行檢)이 승당입실(升堂入室)의 브족(不足)ᄒᆞ미 업ᄉᆞ므로 ᄎᆞ광경(此光境)을 몸소 당ᄒᆞ여시니 슉난이 삼목디형(三木之刑)[79]을 엇디 면ᄒᆞ며 삼쳑디동(三尺之童)이라도 타비(唾鄙)ᄒᆞ고 거둘 뜻이 업ᄉᆞ려든 ᄒᆞ믈며 졍시일문(程氏一門)의 쳐치(處置)ᄂᆞᆫ 보디 아냐 알지라. 쾌ᄒᆞ고 징그라오미 흔흔양양(欣欣揚揚)ᄒᆞ니 히변(駭變)을 거즛 놀나ᄂᆞᆫ 쳬ᄒᆞ며 춍춍이 슉난을 ᄎᆞᄌᆞ니 쇼계 혼식(昏塞)ᄒᆞ여 인ᄉᆞ(人事)롤 모로니 블너도 ᄃᆡ(對)치 못ᄒᆞ고 아관(牙關)[80]이 긴급(緊急)ᄒᆞ여

78 빈포(排布)ᄒᆞ여: 배포하다. 일을 조리 있게 계획하다.

79 삼목디형(三木之刑): 삼목지형. 죄인의 목에 칼을 씌우고, 손에 수갑을 채우고, 발에 차꼬를 채우던 형벌을 의미하기도 하고, 곤장(棍杖)으로 정강이를 치던 형벌을 의미하기도 함.

80 아관(牙關): 입 속 양쪽 구석의 윗잇몸과 아랫잇몸이 맞닿는 부분.

혼이 도라간 디 오란디라. 이에 시녀로 쇼져를 쓰어 후당으로 도라가 놉히 좌ᄒᆞ고 시비(是非)를 블문곡딕(不問曲直)ᄒᆞ고 대ᄆᆡ왈(大罵曰)

"요악(妖惡)ᄒᆞᆫ 음뷔(淫婦) 상문화벌(相門華閥)이오 텬가디엽(天家枝 63면
葉)으로 여ᄎᆞ변괴(如此變怪)를 디어ᄂᆡ고 거ᄌᆞᆺ 죽은 쳬ᄒᆞ여 또 므ᄉᆞᆫ 요악(妖惡)을 브리려 ᄒᆞᄂᆞᆫ다? 텬디신기(天地神祇) ᄌᆡ방(在傍)ᄒᆞ니 금일은 네 여ᄎᆞ죄악(如此罪惡)을 시러 보명(保命)을 ᄭᅬᄒᆞ지 못ᄒᆞ리니 내 장하(杖下)의 맛ᄎᆞ리라."

언파(言罷)의 큰 ᄆᆡ를 드러 치기를 한업시 ᄒᆞ니 쇼졔 옥골(玉骨)이 쇄삭(碎削)ᄒᆞ고 뉴혈(流血)이 만디(滿地)ᄒᆞ되 회소(回蘇)치 못ᄒᆞ니 남글 두다리며 돌흘 치ᄂᆞᆫ 형상이라. 녀시 교아졀치(咬牙切齒) 왈

"ᄎᆞ요믈(此妖物)이 가디록 졔 죄를 곰초와 죽은 쳬ᄒᆞ고 숨도 아니 쉬니 이 관영(貫盈)ᄒᆞᆫ 죄악은 요녀를 셤분(纖粉)을 만ᄃᆞ라도 쇽(贖)디 못ᄒᆞᆯ 거시로되 텬졍(天庭)의 쥬달(奏達)ᄒᆞ여 명졍기죄(明正其罪)ᄒᆞ리라."

ᄒᆞ고 심복시녀(心腹侍女)로 ᄒᆞ여곰 후원 ᄒᆡ심옥의 가도라 ᄒᆞ니라. 이에 난혜로 ᄒᆞ여곰 ᄀᆡ용단(改容丹)을 먹여 슉난의 얼골이 되여 의복을 ᄀᆞᆺ치 ᄒᆞ여 쇼졘 쳬ᄒᆞ되 금일 ᄒᆡ변(駭變)은 조곰도 거리ᄭᅵ미 업셔 화장(化粧)이 염염(艶艶)ᄒᆞ고 쥬취(朱翠) 일신(一新)ᄒᆞ여 후원 님목(林木) ᄉᆞ이로 완경(玩景)ᄒᆞ며 고루(高樓)의 올나 쥬션(紬扇)으로 반면(半面)을 ᄎᆞ용(遮容)ᄒᆞ고 왕ᄂᆡᄒᆡᆼ각(往來行客)[81]을 유졍찰시(有情察
視)ᄒᆞ여 타연(妥然)ᄒᆞ니 공쥐 슉난의 고ᄒᆡᆼ녈졀(高行烈節)이 하ᄌᆞ(瑕 64면

81 왕ᄂᆡᄒᆡᆼ각(往來行客): 규장각본에는 '왕ᄂᆡᄒᆡᆼᄀᆡᆨ'으로 되어 있음.

疵)ᄒᆞᆯ ᄇᆡ 업던 바로뼈 각골(刻骨)이 비상(非常)ᄒᆞ며 도로혀 괴이ᄒᆞ믈 측냥치 못ᄒᆞ니 용화(容華)ᄂᆞᆫ 분명 슉난이로ᄃᆡ ᄒᆡᆼ지(行止)의 괴려(乖戾)ᄒᆞ믄 쇼져라 ᄒᆞ미 만만가당(萬萬可當)치 아니니 귀ᄆᆡ(鬼魅)의 작얼(作孽)인가 의심되ᄃᆡ 딘짓 슉난은 거쳐ᄅᆞᆯ ᄎᆞᄌᆞᆯ 길히 업ᄉᆞ니 오ᄂᆡ(五內) 붕녈(崩裂)ᄒᆞ여 아모리 ᄒᆞᆯ 줄 모로니 침셕(枕席)의 몸을 ᄇᆞ려 낫ᄎᆞᆯ ᄡᆞ고 셰샹을 씻디 못ᄒᆞ믈 한ᄒᆞ더라.

어시(於是)의 교병뷔 가변(家變)을 당ᄒᆞ여 에분졀치(恚憤切齒)ᄒᆞ니 ᄉᆡᆼ각ᄒᆞᄃᆡ

'내 잠영화벌(簪纓華閥)이오 텬황디엽(天皇枝葉)의 귀ᄒᆞ믈 겸ᄒᆞ여 일ᄌᆞᆨ 닙신등양(立身騰揚)ᄒᆞ여 부귀호치(富貴豪侈)ᄒᆞ미 날을 결우리 업고 ᄒᆞ믈며 내 ᄯᆞᆯ이 뇨됴슉녀(窈窕淑女) 현완(賢婉)이라. 셰간(世間)의 독보(獨步)ᄒᆞ니 동상옥윤(東床玉允)을 ᄐᆡᆨ취(擇取)ᄒᆞᄆᆡ 여의(如意)치 아닌 ᄇᆡ 업거ᄂᆞᆯ 므ᄉᆞ 일노 젼셰(前世)의 원개(怨家)엇던디 금셰(今世)의 앙홰(殃禍) 듕(重)ᄒᆞ던디 긔졀(奇絶)ᄒᆞᆫ ᄯᆞᆯ을 영영(永永)히 맛ᄎᆞ 딘짓 졔 몸은 죽엇ᄂᆞᆫ디 ᄉᆞ랏ᄂᆞᆫ디 지향(指向)ᄒᆞ여 므ᄅᆞᆯ 곳이 업ᄉᆞ니 오날
65면 ᄂᆞᆯ 이 붓그러옴과 분통(憤痛)을 ᄎᆞᄉᆡᆼ(此生)의 ᄢᅵᄉᆞᆯ 길히 업ᄉᆞ니 이 일은 위엄으로 업시치 못ᄒᆞ고 취방(臭芳)[82]은 나의 부귀로도 마멸(磨滅)치 못ᄒᆞ리니 이 분(憤)을 엇디 ᄒᆞ여 셜한(雪恨)ᄒᆞ리오? 좌ᄉᆞ우상(左思右想)ᄒᆞ여도 호ᄎᆡᆨ(好策)이 업ᄉᆞ니 에분(恚憤)ᄒᆞ여 ᄇᆡ종(背腫)이 나리로다. 슉난이 고결교ᄒᆡᆼ(高潔僑行)ᄒᆞ니 분명 ᄌᆞ결(自決)ᄒᆞ여실 거시니

82 취방(臭芳): 취방. 악취와 향기. 악취는 악명(惡名)을, 향기는 훌륭한 명성을 의미하지만 여기서는 '좋지 않은 평판'의 뜻.

모비(母妃)와 날노 ᄒᆞ여곰 ᄌᆞ하(子夏)의 눈 멀기[83]룰 엇지 면ᄒᆞ리오?' ᄉᆡᆼ각이 이에 밋ᄎᆞᄆᆡ 흉간(胸肝)이 ᄇᆞᄋᆞ디고 쇼져룰 잔인참도(殘忍慘悼)ᄒᆞ여 눈믈이 슈염의 ᄆᆡᄌᆞᆯ ᄉᆞ이 업ᄉᆞ니 딘짓 텬눈(天倫)이 아니로ᄃᆡ 이러틋 ᄒᆞ니 이도 하날이 슉난을 ᄂᆡ샤 교한필을 맛져 져발ᄇᆡᄉᆞ(疽發背死)[84]ᄒᆞ게 ᄒᆞ시미오 한필이 슉난을 위ᄒᆞ여 텬눈의 다ᄅᆞ미 업ᄉᆞ니 기졍ᄌᆞᆨ쳐의(其情卽悽矣)러라. 이에 가연이 니러나 ᄂᆡ당(內堂)의 드러와 모친을 ᄇᆡ시(陪侍)[85]ᄒᆞ고 슉난의 ᄉᆞᄉᆡᆼ(死生)을 묻ᄌᆞ오니 공쥐 와셕좀쳘(臥席潛輟)ᄒᆞ여 셰렴(世念)을 ᄭᅳᆺ쳣더니 슉난의 말의 다ᄃᆞ라ᄂᆞᆫ ᄃᆡᄒᆞᆯ 말이 업ᄉᆞ니 시비로 ᄒᆞ여곰 슉난을 블너 면젼(面前)의 니ᄅᆞᄆᆡ 병뷔 ᄉᆡᆼ각ᄒᆞᄃᆡ 녀ᄋᆞ의 고결쳥상(高潔淸爽)ᄒᆞᆫ 녈졀(烈節)노 이 취명(臭名)은 비록 강한(江漢)의 탁(濯)ᄒᆞ고 츄양(秋陽)의 폭(曝)ᄒᆞ여도 희오디 못ᄒᆞ고 벗디 못ᄒᆞᆯ디니 비록 아비 명을 기다려 일명(一命)을 ᄭᅳᆺᄎᆞ려 죽디 아냐셔도 비원(悲怨)과 통셕(痛惜)을 쇄골붕삭(碎骨崩削)ᄒᆞ여 형ᄒᆡ(形骸) 업ᄉᆞ리라 아라 더옥 앗기고 참분통돌(慙憤痛咄)ᄒᆞ여 어로만져 아ᄃᆡᆨ 죽디 마라 나죵을 보아 신ᄇᆡᆨ(申白)ᄒᆞᆯ 조각을 기다리미 당연ᄒᆞ니 명ᄆᆡᆨ(命脈)을 보존ᄒᆞ라 다ᄅᆡ고져 ᄯᅳᆺ이러니 믄득 슉난이 노ᄉᆡᆨ(怒色)이 표연ᄒᆞ여 앏ᄒᆡ 와 고셩퇴흉(高聲槌胸) 왈 66면

83 ᄌᆞ하(子夏)의 눈 멀기: 자식을 잃은 슬픔을 가리킴. 자하는 하나뿐인 아들이 먼저 죽자 지나치게 슬퍼한 나머지 실명함. 《예기》 〈단궁상(檀弓上)〉에 나옴.

84 져발ᄇᆡᄉᆞ(疽發背死): 저발배사. 유방(劉邦)의 모사 진평의 이간질로 항우의 신임을 잃게 된 범증이 물러나 돌아가는 길에 등에 종기가 나서 생을 마친 데서 유래한 말로, 마음속에 쌓인 것이 등창이 되어 죽기에 이른다는 뜻.

85 ᄇᆡ시(陪侍): 배시. 어른이나 지위가 높은 사람을 곁에서 모시는 것.

“야애 엇디 ᄒᆞᆫ ᄯᆞᆯ의 평ᄉᆡᆼ(平生)[86]을 이러ᄐᆞᆺ 결과(結果)ᄒᆞ여 날노 ᄒᆞ여곰 셰간(世間)의 흥취(興趣) 업게 ᄒᆞᄂᆞ니잇가? 내 텬ᄉᆡᆼ특용(天生特容)으로 안ᄉᆡᆨ(顔色)이 ᄇᆡᆨ승셜(百勝雪)이라 겸ᄒᆞ여 부귀교ᄋᆞ(富貴嬌兒)로 날을 결오리 업거ᄂᆞᆯ ᄒᆞᄆᆞᆯ며 신승(神僧)이 옥뇨ᄅᆞᆯ 주어 결승(結繩)의 호연(好緣)을 디로(指路)ᄒᆞ니 당당ᄒᆞᆫ 월노홍승(月老紅繩)이 ᄆᆡ인 곳이 이시니 인녁(人力)의 ᄆᆡᆺ촐 ᄇᆡ 아니라. 쇼녜 스ᄉᆞ로 결가(結嫁)ᄒᆞ여 ᄇᆡᆨ년낭군(百年郎君)의 졍ᄆᆡᆼ(定盟)이 금셕(金石)의 구드미 이시니 뉴디침상(柳枝枕上)의 낙텬(洛川)의 화월몽(花月夢)을 일우고 문군(文君)이 ᄉᆞ마상여(司馬相如)의 봉황곡(鳳凰曲)을 응ᄒᆞ여시니 사ᄅᆞᆷ이 ᄲᅧ 슉난을
67면 ᄊᆞ디ᄌᆞᄃᆡ 심합규슈(深閤閨秀)로 부모의 결가ᄒᆞᄆᆞᆯ 기다리디 아니코 건상셥딘(褰裳涉溱)[87]의 누츄(陋醜)ᄒᆞᄆᆞᆯ 그ᄅᆞ다 ᄒᆞ려니와 쇼녀ᄂᆞᆫ 본ᄃᆡ 왕교랑[88]·가운화(賈雲華)[89]와 탁시(卓氏)[90]ᄅᆞᆯ 그ᄅᆞ다 아니ᄒᆞ여 몸소 다ᄒᆡᆼᄒᆞ거ᄂᆞᆯ 야애 엇디 졍닌경 용용쇽ᄌᆞ(冗用俗子)의게 쇼녀ᄅᆞᆯ 보ᄂᆡ려 ᄒᆞ시니 내 엇디 감심(甘心)ᄒᆞ리오? 여ᄎᆞ고(如此故)로 졍ᄌᆞᄅᆞᆯ 살신도명(殺身

86 평ᄉᆡᆼ(平生): 규장각본에는 ‘ᄉᆡᆼ싱’으로 되어 있음.

87 건상셥딘(褰裳涉溱): 건상섭진. 자신의 지조를 버리고 남을 따른다는 뜻으로, 《시경》〈정풍(鄭風)〉 ‘건상(褰裳)’에 “그대가 나를 사랑하여 그리워한다면 내 치마를 걷고 진수(溱水)를 건너가리(子惠思我 褰裳涉溱).”라고 한 데서 온 말.

88 왕교랑: 명나라의 맹칭순이 지은 〈교홍기(嬌紅記)〉의 등장인물로 추정. 신순과 서로 사랑하고 있었는데 다른 사람과 혼인하라는 핍박을 이기지 못하고 둘 다 죽었다고 함.

89 가운화(賈雲華): 명나라 이정의 전기소설 〈가운화환혼기(賈雲華還魂記)〉의 여주인공. 남주인공 위붕과의 사랑이 좌절되어 상사병을 앓다 죽었는데 이후 월아(月娥)라는 여성의 몸으로 환생하여 위붕과 결혼함.

90 탁시(卓氏): 탁씨. 탁문군. 과부였던 탁문군이 자기에게 반한 사마상여와 함께 야반도주한 일이 있었음.

圖命)ᄒᆞ고 영웅호걸을 ᄇᆡ(配)ᄒᆞ여 산ᄆᆡᆼᄒᆡ셰(山盟海誓)로 화됴월셕(花朝月夕)의 그림ᄌᆞ롤 조ᄎᆞ며 ᄌᆞ최롤 ᄯᆞ라 은한(銀漢)이 우녀셩(牛女星)의 나리디 아니리니 기리 ᄇᆡᆨ년광음(百年光陰)의 홍안(紅顔)이 울고 ᄇᆡᆨ발(白髮)이 쇠ᄒᆞ믈 긔약(期約)ᄒᆞᄂᆞ니 뉘 이셔 시비(是非)ᄒᆞ리오?"

언필(言畢)의 ᄃᆡ답을 기다리디 아니코 표연이 ᄐᆡᆨ션누로 도라가니 병뷔 ᄎᆞ경(此境)을 목도(目睹)ᄒᆞᄆᆡ 이 분명 슉난이 아니라. 대로ᄎᆞ악(大怒且愕)ᄒᆞ여 대호왈(大呼曰)

"요녀롤 활착(活捉)ᄒᆞ여 오라. 내 너롤 죽이고 내 ᄯᆞᆯ의 거쳐롤 ᄎᆞᄌᆞ리라."

난이 대곡왈(大哭曰)

"내 분명 슉난 쇼졔어늘 야애 텬뉸(天倫)을 버히려 ᄒᆞ시니 엇지 셟디 아니리잇가? 쇼네 어려셔 ᄌᆞ모(慈母)롤 조상(早喪)ᄒᆞ고 궁도인ᄉᆡᆼ(窮途人生)이라. 야야의 ᄌᆞᄋᆡ(慈愛)롤 바다 댱셩(長成)ᄒᆞᆫ디라. 이졔 죽이려 ᄒᆞ시고 슉난이 아니라 ᄒᆞ시니 이 셜우믈 엇디 ᄒᆞ리잇가? 유졍낭군(有情郎君)도 귀치 아니코 텬뉸을 끗출 일이 셜워 죽고ᄌᆞ ᄒᆞᄂᆞ이다." 68면

인ᄒᆞ여 광언망셜(狂言妄說)과 거디(擧止) 더옥 괴이ᄒᆞ니 상셰 이 ᄯᆞᆯ을 ᄌᆞᄋᆡᄒᆞ미 텬뉸(天倫)의 탁별(卓別)ᄒᆞ므로 믄득 슉난의 거동을 보아ᄒᆞ니 아마도 상셩(喪性)ᄒᆞᆫ가 귀ᄆᆡ(鬼魅) 슉난을 죽여 업시ᄒᆞ여 멸구(滅口)ᄒᆞ고 슉난의 얼골이 되엿ᄂᆞᆫ가 밋쳐 분완(憤惋)도 플 ᄯᅳᆺ이 업셔 어히 업고 경악(驚愕)ᄒᆞ니 신ᄉᆡᆨ(神色)[91]을 일코 ᄯᅳᆺ이 막연ᄒᆞ여 아

91 신ᄉᆡᆨ(神色): 신색. '안색(顔色)'의 높임말.

모리 홀 줄 모로더니 쳐완(悽惋)이 우는 거동을 보니 믄득 심ᄉᆡ(心事) 져상(沮喪)ᄒᆞ여 ᄆᆞ음이 알픈디라. 죽일 ᄯᅳᆺ이 삭연(索然)ᄒᆞ여[92] 관환(官宦)으로 슉난을 미러 쇼당(小堂)의 안치(安置)ᄒᆞ라 ᄒᆞ고 그 가는 ᄃᆡ롤 ᄇᆞ라보아 상연하루(爽然下淚)ᄒᆞ고 비읍(悲泣)ᄒᆞ여 골오ᄃᆡ

“이 엇딘 일이며 져 므ᄉᆞᆫ 형상인고? 아녀(我女)의 현완(賢婉)으로 져 변을 어더시니 병인(病人)의 패힝광언(悖行狂言)을 엇디 죡슈(足數)ᄒᆞ리오?”

셜파(說罷)의 역시 여취여광(如醉如狂)ᄒᆞ여 흉듕(胸中)의 화열(火熱)이 막딜녀 간장(肝腸)의 연염(煙炎)이 니러나니 식음(食飮)을 젼폐(全廢)ᄒᆞ고 술 ᄯᅳᆺ이 업더라. 신됴(晨朝)의 졔인(諸人)이 뎡당(正堂)의

69면 합좌(合坐)ᄒᆞ여[93] ᄋᆞ시비(兒侍婢) 눈을 모흐로 ᄯᅳ고 보보황황(步步遑遑)ᄒᆞ여 달녀드러 고ᄒᆞᄃᆡ

“쇼졔(小姐) 낙틱(落胎)ᄒᆞ셔이다. 쇼낭군(小郎君)이 형히(形骸) 다 니럿더이다.”

병뷔 여러 날 식음(食飮)을 젼폐(全廢)ᄒᆞ고 ᄌᆞ디 못ᄒᆞ여 쇽은 허(虛)ᄒᆞᆫᄃᆡ ᄆᆡ온 술이 장위(腸胃)롤 어ᄅᆡ워시니 계오 강인(强忍)ᄒᆞ여 졍신이 어득ᄒᆞ여[94] 안ᄌᆞᆺ더니 이 소ᄅᆡ롤 듯고 므ᄅᆞᄃᆡ

“허망(虛妄)ᄒᆞᆫ ᄋᆞ히 년이 므어시라 그리 ᄒᆞᄂᆞ뇨?”

졔인(諸人)이 밋쳐 ᄃᆡ(對)치 못ᄒᆞ여셔 시녜 ᄯᅩ 그ᄅᆞᄉᆡ 담은 거ᄉᆞᆯ 모든

92 삭연(索然)ᄒᆞ여: 삭연하다. 어떤 것에 대해 흥미가 없다.
93 합좌(合坐)ᄒᆞ여: 규장각본에는 ‘합좌ᄒᆞ여더니’로 되어 있음.
94 어득ᄒᆞ여: 규장각본에는 ‘아득ᄒᆞ여’로 되어 있음.

앏ᄒᆡ 드리니 만목(萬目)이 보건ᄃᆡ 그ᄅᆞᄉᆡ 젹혈(赤血)을 가득이 담고
그 가온ᄃᆡ 낙ᄐᆡ(落胎)ᄅᆞᆯ ᄒᆞᆫᄃᆡ[95] 담아시니 ᄋᆞᄒᆡ 형상(形狀)이 완연(完
然)ᄒᆞ더라. 병부ᄂᆞᆫ 무심듕(無心中) 이ᄅᆞᆯ 보고 실ᄉᆡᆨ(失色)ᄒᆞ여 업더디
고 졔인은 눈을 ᄀᆞᆷ고 보디 아니며 공쥬ᄂᆞᆫ ᄎᆞ악대경(嗟愕大驚) ᄒᆡ분
(駭憤)ᄒᆞ니 ᄉᆞᄆᆡ로 낫ᄎᆞᆯ ᄀᆞ리오고 블각통곡(不覺痛哭)ᄒᆞ니 이ᄂᆞᆫ 쇼
당(小堂)의 안치(安置)ᄒᆞᆫ 거시 슉난인디 아닌디 니ᄅᆞ도 말고 여ᄎᆞ참
측(如此慘惻)ᄒᆞᆫ 누명(陋名)을 쳔금쇼교(千金小嬌)의게 실니여 ᄎᆞᄉᆡᆼ
(此生)의 버ᄉᆞᆯ 길히 업ᄉᆞ니 참원비상(慘怨非常)ᄒᆞ믈 니긔디 못ᄒᆞ여
슉난을 ᄉᆡᆼ각고 통곡(痛哭)ᄒᆞ믈[96] 긋치디 못ᄒᆞ니 합개(闔家) 상ᄉᆞ(喪事) 70면
나니 ᄀᆞᆺ더라. 어시(於是)의 시어ᄉᆞ ᄆᆡ봉은 녀시의 표죵(表從)이라. 녀
시 ᄆᆡ봉을 부쵹(咐囑)ᄒᆞ여 슉난의 음ᄒᆡᆼ(淫行)을 상표탄박(上表彈迫)
ᄒᆞ니 소ᄉᆞ(疏辭)의 참측(慘惻)ᄒᆞ미 군ᄌᆞ(君子)의 쳥문(聽聞)ᄒᆞᆯ ᄇᆡ 아
니러라. 샹이 ᄒᆡ연대로(駭然大怒)ᄒᆞ샤 안셩공쥬의게 엄디(嚴旨)ᄅᆞᆯ 나
리오샤 황가지엽(皇家枝葉)으로 여ᄎᆞ 파측음ᄒᆡᆼ(叵測淫行)[97]을 교훈치
못ᄒᆞ믈 블승미안(不勝未安)ᄒᆞ샤 위션 공쥬의 삼월 녹봉(祿俸)을 거두
시고 교한필은 삭딕(削職)ᄒᆞ여 방숑젼니(放送田里)ᄒᆞ고 교녀ᄂᆞᆫ 쳐교
(處絞)[98]ᄒᆞ여 풍화(風化)ᄅᆞᆯ 징계(懲誡)ᄒᆞ라 ᄒᆞ시니 어시(於是)의 교병
뷔 대란(大亂)을 만나고 황샹쳐분(皇上處分)이 여ᄎᆞ(如此)ᄒᆞ시니 블
승젼뉼망극(不勝戰慄罔極)ᄒᆞ여 궐하(闕下)의 ᄃᆡ죄(待罪)ᄒᆞ고 공쥬ᄂᆞᆫ

95 ᄒᆞᆫᄃᆡ: 한데. 한곳이나 한군데.
96 니긔디 ~ 통곡(痛哭)ᄒᆞ믈: 규장각본에는 없음.
97 파측음ᄒᆡᆼ(叵測淫行): 파측음행. 헤아리기 어려운 음란한 행실.
98 쳐교(處絞): 처교. 죄인을 교수형에 처하는 것.

셕고(席藁)의 업듸여 슉난의 죄룰 듸신ᄒᆞ여 명을 밧고믈 샹표(上表)ᄒᆞ고 망극초황(罔極憔惶)ᄒᆞ여 비읍(悲泣)ᄒᆞ더니 시시(是時)의 녈잉이 쇼져의 참누(慙累)룰 비원통박(悲怨痛迫)ᄒᆞ여 격고(擊鼓)홀 의ᄉᆡ 졸극(猝劇)ᄒᆞ니 하회여하(下回如何)오. 급급셩남(急急釋覽)ᄒᆞ라.

(책임교주 전진아)

완월회맹연 玩月會盟宴

권디ᄉᆞ십칠 卷之四十七

1면 시ᄎᆞ(是此)의 녈ᄋᆡᆼ이 쇼져의 참누비원(慙累悲怨)을 통박(痛迫)ᄒᆞ여 격고(擊鼓)ᄒᆞᆯ 의ᄉᆡ 졸극(猝劇)ᄒᆞᄃᆡ 쇼져의 텬ᄉᆡᆼ특효(天生特孝)로 ᄎᆞᆯ하리 ᄌᆞ긔 누명(陋名)의 걸니여 죽을디언졍 녀시의 과악(過惡)이 들쳐날가 상거(常居)의 엄쥰계칙(嚴峻戒責)ᄒᆞ여 ᄌᆞ연ᄒᆞᆫ ᄒᆡᆼ실이 일월의 ᄇᆞᆰ으믈 교연(皎然)ᄒᆞ며 효ᄒᆡᆼ이 특뉸(特倫)ᄒᆞ니[1] 냥비ᄌᆞ(兩婢子)ᄅᆞᆯ 심복(心腹)의 두어 폐부(肺腑)의 친(親)과 슈죡(手足)의 졍(情)을 아오라시ᄃᆡ 스ᄉᆞ로 슈구여병(守口如瓶)ᄒᆞ고 방의여상(防意如城)ᄒᆞ여[2] 냥비(兩婢)ᄅᆞᆯ 경계ᄒᆞ니 냥비 통원(痛冤)을 픔언 디 격년녈셰(經年閱歲)[3]로ᄃᆡ 쥬인의 착ᄒᆞᆫ ᄒᆡᆼ실을 닥그며 엄ᄒᆞᆫ 경계ᄅᆞᆯ 칙녀(飭勵)ᄒᆞ니 냥비 쥬인의 뜻을 밧드러 ᄎᆞ마 져ᄇᆞ리디 못ᄒᆞ니 ᄎᆞ등ᄉᆞ(此等事)ᄅᆞᆯ 감히 개구(開口)치 못ᄒᆞ고 디통(至痛) ᄯᆞᄅᆞᆷ이러니 당ᄎᆞ(當此)ᄒᆞ여ᄂᆞᆫ 주인이 참누(慙累)ᄅᆞᆯ 시러 옥부방신(玉膚芳身)이 도궤(刀鋸)[4] 아ᄅᆡ 맛게 되니 셜영[5]이 각골원분(刻骨怨憤)ᄒᆞ미 ᄉᆡᆼ셰디념(生世之念)이 업ᄂᆞᆫ디라. 주인의 계칙(戒飭)을 도라보디 못ᄒᆞ여 쇼ᄋᆞ[6]의 근본(根本)을 ᄇᆞᆰ히 디
2면 긔(知機)ᄒᆞ니 가연이 격고(擊鼓)ᄒᆞ여 요ᄒᆡᆼ(僥倖) 쥬인을 신ᄇᆡᆨ(伸白)ᄒᆞ면 져ᄂᆞᆫ 일명(一命)을 죽여 주인의게 샤죄(謝罪)ᄒᆞ려 쥬의(主意)ᄅᆞᆯ

---

1 특뉸(特倫)ᄒᆞ니: 규장각본에는 '졍뉸ᄒᆞ니'로 되어 있음. 이는 '졀뉸(絶倫)ᄒᆞ니'의 오기로 보임.

2 슈구여병(守口如瓶)ᄒᆞ고 방의여상(防意如城)ᄒᆞ여: 입조심은 병마개로 막은 것처럼 하고 생각을 삼가는 것은 성을 방어하는 것처럼 해야 한다는 뜻. 《명심보감》 〈존심(存心)〉 편에 나오는 말. 규장각본에는 '슈구예병ᄒᆞ고 방의여샹ᄒᆞ여'로 되어 있음.

3 격년녈셰(經年閱歲): 경년열세. 여러 해를 지냈다는 뜻.

4 도궤(刀鋸): 도거. 죄인을 칼로 베거나 톱으로 켜는 형벌에 쓰던 형구.

5 셜영: 설영. 계영과 자매지간인 교숙란의 시비. 설앵이라 하기도 함.

6 쇼ᄋᆞ: 소아. 여씨의 시비 난혜. 여씨의 명으로 개용단을 먹고 가짜 교숙란으로 행동함.

뎡(定)ᄒᆞᄆᆡ 동뉴(同類)다려 니ᄅᆞ디 아니코 격고ᄒᆞᄆᆡ 옥관(獄官)이 ᄌᆞᆸ아 므ᄅᆞᆯᄉᆡ 영이 쇼ᄋᆞ의 음약(飮藥)ᄒᆞ고 주인의 얼골이 되여 쳔만ᄒᆡᆼ악(千萬行惡)과 목금(目今) 낙ᄐᆡ(落胎)ᄒᆞ여 취명(臭名)이 만셩(滿城)의 모로리 업ᄉᆞᆫ 말과 쇼졔 금옥조ᄒᆡᆼ(金玉操行)으로 이 누명(陋名)을 므ᄅᆞᆸ뼈 일시도 셰상(世上)의 머므ᄅᆞᆯ ᄇᆡ 아니로ᄃᆡ 나죵을 보아 요ᄒᆡᆼ 신ᄇᆡᆨᄒᆞᆯ 조각이 이실가 아ᄃᆡᆨ 일명(一命)을 보젼(保全)ᄒᆞ엿더니 나라 쳐분(處分)이 쳐교(處絞)ᄒᆞ라 ᄒᆞ시니 금일(今日)은 쳔ᄃᆡ하(泉臺下)[7]의 디원극통(至冤極痛)을 픔어 도궤(刀鋸)의 업딜디라. 일부함원(一婦含怨)의 오월비상(五月飛霜)이라 ᄒᆞ오니 명디찰디(明之察之)ᄒᆞ쇼셔. 말ᄉᆞᆷ이 ᄒᆡ비(該備)ᄒᆞ고 곡ᄃᆡᆨ(曲直)이 분명ᄒᆞ며 튱의관일(忠義貫日)ᄒᆞ니 옥관이 쳥파(聽罷)의 인가쳥의(人家靑衣)로 유식튱근(有識忠謹)ᄒᆞ믈 블승가디(不勝嘉之)ᄒᆞ고 측은ᄒᆞ니 이에 엄호발포(嚴號發布)ᄒᆞ여 쇼ᄋᆞᄅᆞᆯ ᄌᆞᆸ으려 ᄒᆞᆯᄉᆡ 위ᄉᆡ(衛士) 교부의 돌입(突入)ᄒᆞ여 가칭(假稱) 교시ᄅᆞᆯ 잡아 가니 옥관이 보건ᄃᆡ 교용염딜(嬌容艶質)이 일ᄃᆡ우믈(一代尤物)이니 하날 쳐분(處分)이 엄ᄒᆞ여 당시의 관형(官刑)의 복(服)ᄒᆞ여 신쉬(身首) 이쳐(異處)ᄒᆞ리니 이 딘짓 완젼아미(完全蛾眉)로 뉵군의 패ᄒᆞᆫ 노ᄅᆡ로 다ᄅᆞ미 업더라. 이에 엄문(嚴問)ᄒᆞᆯᄉᆡ 쇼ᄋᆡ ᄉᆡᆼ각ᄒᆞ니 교시의 얼골을 므ᄅᆞᆸ뼈 졔 힘힘히 도궤(刀鋸)의 죽을 의[8] 업ᄂᆞᆫ디라. 소ᄅᆡᄅᆞᆯ 크게 ᄒᆞ여 ᄀᆞᆯ오ᄃᆡ

3면

7 쳔ᄃᆡ하(泉臺下): 천대하. '천대'는 사람이 죽은 뒤에 그 혼이 가서 산다고 하는 세상이므로 '천대하'는 저승을 말함.

8 죽을 의: 규장각본에는 '죽을 의ᄉᆡ'로 되어 있음.

"내 본ᄃᆡ 교시 아니라 교녀의 ᄆᆡ골[9]을 뼈시니 내 본형(本形)을 ᄂᆡᆫ 후 곡졀(曲折)을 ᄒᆡ비(賅備)히 주(奏)ᄒᆞ리니 긴긴(緊緊)히 쇄박(鎖縛)ᄒᆞᆫ 거ᄉᆞᆯ 눅여주쇼셔."

옥관(獄官)이 ᄎᆞ녀(此女)의 말이 묘리(妙理) 이시니 명ᄒᆞ여 눅이라 ᄒᆞᆫᄃᆡ 이에 다못 ᄀᆞ온ᄃᆡ로셔 븕은 단약(丹藥)을 ᄂᆡ여 삼키ᄆᆡ 이윽고 얼골이 변ᄒᆞ여 ᄂᆡ도ᄒᆞᆫ 사ᄅᆞᆷ이 되여 아ᄌᆞ(俄者) 션완(善婉)이 곱던 용뫼(容貌) ᄇᆡ 알ᄂᆞᆫ 셔시(西施) ᄀᆞᆺ더니 금시(今時)의 변(變)ᄒᆞ여 용용(庸庸)[10]ᄒᆞᆫ 쳥의(靑衣)의 얼골이라. 뎐샹뎐ᄒᆡ(殿上殿下) 막블실ᄉᆡᆨ(莫不失色)ᄒᆞ여 '여ᄎᆞ 요괴로오미 쳥령 셰계의[11] 엇디 이시리오?' 괴이ᄒᆞ믈 브ᄅᆞᆯ ᄉᆞ이 공듕으로셔 홀연 모ᄅᆡ 날니며 ᄎᆞᆫ바ᄅᆞᆷ이 ᄡᅢᄅᆞᆯ ᄉᆞ못고 ᄇᆡᆨ뮈(白霧) ᄉᆞᄉᆡᆨ(四塞)ᄒᆞ더니 이윽고 업셔디니 모다 보건ᄃᆡ 셜ᄋᆡᆼ[12]·쇼ᄋᆞ
4면 두 사ᄅᆞᆷ의 머리ᄅᆞᆯ 버혀 간ᄃᆡ업고 몸만 잇ᄂᆞᆫ디라 제인(諸人)이 블각대경(不覺大驚)ᄒᆞ여 요술(妖術)을 측냥(測量)치 못ᄒᆞ더라. ᄎᆞᄉᆞ(此事)ᄅᆞᆯ 텬뎡(天庭)의 주달(奏達)ᄒᆞ니 샹이 ᄒᆡ연의괴(駭然疑怪)ᄒᆞ시ᄃᆡ 비록 냥녜(兩女) 결안(決案)치 못ᄒᆞ고 죽어시나 셜ᄋᆡᆼ의 격고(擊鼓)ᄒᆞᆫ ᄉᆞ에(事語) 명ᄇᆡᆨ(明白)ᄒᆞ고 소ᄋᆡ 밋쳐 승관(承款)[13]치 못ᄒᆞ나 요괴로온 약을 먹어 본상(本像)을 ᄂᆡ여 요악(妖惡)ᄒᆞᆫ 경젹(情迹)을 만목(萬目)이 구시(具視)ᄒᆞ여시ᄃᆡ ᄎᆡ 승관치 못ᄒᆞ여 교시의 누명(陋名)을 쾌

---

9 ᄆᆡ골: 매골. 축이 나서 못쓰게 된 사람의 모습을 뜻하나 여기서는 사람의 겉모습을 뜻함.

10 용용(庸庸): 평범한 모양.

11 쳥령 셰계의: 규장각본에는 '형졍 셰계의'로 되어 있음.

12 셜ᄋᆡᆼ: 설앵. '설영'의 다른 표기. 현대역본에서는 '설영'으로 통일.

13 승관(承款): 죄를 자백하는 것.

셜(快雪)치 못ᄒᆞ여시니 감등(減等)ᄒᆞ여 교녀의 ᄉᆞ명(死命)을 거두어 원디(遠地)의 뎍거(謫居)ᄒᆞᆯ 거시로ᄃᆡ 공쥬[14]의 졍ᄉᆞ(情事)ᄅᆞᆯ 가긍(可矜)ᄒᆞ여 병부의 죄ᄂᆞᆫ 믈시(勿施)ᄒᆞ고[15] 교녀ᄅᆞᆯ 뎐니(田里)의 방귀(放歸)ᄒᆞ라 ᄒᆞ시니 시의 교가의셔 하날 쳐분(處分)이 나리ᄆᆡ 슉난이 변ᄒᆞ여 믄득 쇼ᄋᆡ 되니 귀신(鬼神)의 희롱(戲弄)인가 요얼(妖孼)의 도술(道術)인가 의괴망측(疑怪罔測)ᄒᆞᆫ 듕 셜잉·쇼ᄋᆡ 삽시(霎時)ᄅᆞᆯ 일명(一命)이 ᄉᆞ던들 슉난의 누얼(陋孼)을 신셜(伸雪)ᄒᆞ고 쇼ᄋᆞ의 원슈ᄅᆞᆯ 갑흘 거시로ᄃᆡ 요술(妖術)인디 환술(幻術)인디 귀ᄆᆡ(鬼魅)의 작얼(作孼)인디 어ᄂᆡ ᄉᆞ이 호흡간(呼吸間) 폭ᄉᆞ(暴死)ᄒᆞ여 아조 영영 블 5면
희[16] 업시 신ᄇᆡᆨ(申白)ᄒᆞᆯ 길히 끗쳐디니 가지록 통완(痛惋)이 층츌(層出)ᄒᆞᆫᄃᆡ 소네 금일 당형(當刑)ᄒᆞ기ᄅᆞᆯ 면ᄒᆞ니 병뷔 환ᄒᆡᆼ쳔만(歡幸千萬)ᄒᆞ여 환가(還家)ᄒᆞ여 슉난을 ᄎᆞᄌᆞ니 슉난이 완연이 ᄐᆡᆨ션누의 이시니 교언녕식(巧言令色)으로 쥬취(朱翠)ᄅᆞᆯ ᄡᅳ리고[17] 디분(脂粉)을 낭ᄌᆞ(狼藉)히 ᄒᆞ여 향ᄌᆞ(向者) 쇼당(小堂)의 안치(安置)ᄒᆞᆫ 슉난의 의용(儀容)이오 딘짓 슉난의 고ᄒᆡᆼ녈의(高行烈儀)ᄂᆞᆫ 아니라. 막블경달(莫不驚怛) 상심의괴(傷心疑怪)러니 슉난이 흔연이 ᄀᆞᆯ오ᄃᆡ

“잉부(孕婦)의 낙ᄐᆡ(落胎)ᄒᆞ미 그 므ᄉᆞᆷ 괴ᄉᆡ(怪事)라 날을 쇼당의 안치ᄒᆞ고 금ᄌᆞ(今者) 므ᄉᆞᆷ 일 ᄎᆞᄌᆞ시ᄂᆞ니잇고? 드ᄅᆞ니 황애(皇爺) 날을

---

14 공쥬: 공주. 안성(안경)공주. 교한필의 어머니.

15 믈시(勿施)ᄒᆞ고: 물시하다. 하려던 일을 그만두거나 무효로 하다.

16 블희: '뿌리'의 옛말.

17 쥬취(朱翠)ᄅᆞᆯ ᄡᅳ리고: 규장각본에는 '추취를 ᄡᅳ을고'로 되어 있음.

문외(門外)의 닉치신다 ᄒᆞ니 날노뼈 ᄌᆞ옥·춰란[18]의게 비기며 하간(河間)[19]·상님(桑林)의 밀위믈 붓그려 아닛ᄂᆞ니 텬황디로(天惶地怒)ᄒᆞ여도 남녀(男女)의 이졍을[20] 옴기기 어려온디라. 엇디 고쇼원(固所願)이 아니리오?"

언파(言罷)의 표연이 도라가니 상셰 어히 셜영이 쇼ᄋᆞ로 좁아 밧쳐 법부(法府)의 쇼ᄋᆡ 졔 본상(本像)을 닉고 교시의 얼골을 버ᄉᆞ믄 만목소공지(萬目所共知)니 가닉(家內)의 딘짓 슉난이 이실가 ᄒᆞ엿더니

6면 쇼ᄋᆡ 죽어도 쏘 슉난이 여ᄎᆞ(如此)ᄒᆞ니 요얼(妖孽)의 셩ᄒᆞ민들[21] 엇디 이딕도록 ᄒᆞᆯ 니 이시리오? 아마도 죽어 이 흉교(凶狡)ᄒᆞᆫ 거동을 보디 아니미 원(願)이오 딘짓 슉난이 어딕 가 죽엇ᄂᆞᆫ가 ᄉᆞ랏ᄂᆞᆫ가 ᄎᆞᄌᆞᆯ 길히 업ᄉᆞ니 이 의심을 빙셕(氷釋)ᄒᆞ리오? 쥬ᄉᆞ야탁(晝思夜度)ᄒᆞ여도 모칙(謀策)을[22] 엇디 못ᄒᆞ고 울홰(鬱火) 셩ᄒᆞ니 가숨을 어로만져 비분ᄌᆞ통(悲憤刺痛)ᄒᆞ니 이에 분산의 도라가 ᄉᆞ뎡키롤 기다려 도라오리라 공쥬긔 하딕(下直)고 분산으로 힝ᄒᆞ니라.

익셜. 녀시 궁흉(窮凶)을 빅포(排布)ᄒᆞ여[23] 슉난의 젼졍(前程)을 이러ᄐᆞ시 영폐(永廢)ᄒᆞ여[24] 만인(萬人)이 타비(唾鄙)ᄒᆞ고 쳔인(千人)이 구

---

18 ᄌᆞ옥·춰란: 자옥과 취란. 미상.

19 하간(河間): 하간의 음란한 여자를 의미. 하간은 읍명인데 유종원의 〈하간전〉에서 음란한 부인이므로 성(姓)을 말하지 않고 읍명으로 칭한다고 함.

20 이졍을: 규장각본에는 '의졍을'로 되어 있음.

21 셩ᄒᆞ민들: 규장각본에는 '승ᄒᆞ민들'로 되어 있음.

22 모칙(謀策)을: 규장각본에는 '묘칙을'로 되어 있음.

23 궁흉(窮凶)을 빅포(排布)ᄒᆞ여: 규장각본에는 '댱흉을 픠로ᄒᆞ여'로 되어 있음.

24 영폐(永廢)ᄒᆞ여: 규장각본에는 '영치ᄒᆞ여'로 되어 있음.

ᄆᆡ(毆罵)ᄒᆞ니 쾌(快)ᄒᆞ고 양양(揚揚)ᄒᆞ여 심복시녀(心腹侍女) 셜화ᄅᆞᆯ 식여 잉츄(孕嫋)ᄒᆞᆫ 진납이ᄅᆞᆯ 죽여 그 삿기ᄅᆞᆯ ᄡᅢ혀 그ᄅᆞᆺᄉᆡ 담아 시비(侍婢)ᄅᆞᆯ 혼동(混同)ᄒᆞ여 모든 ᄃᆡ 보게 ᄒᆞ니 뉘 이셔 이 ᄌᆞᆫ납이며 ᄉᆞᄅᆞᆷ을 분변(分辨)ᄒᆞ리오? ᄋᆞ시비(兒侍婢) 대경(大驚)ᄒᆞ여 뎡당(正堂)의 가 고(告)ᄒᆞ게 ᄒᆞ며 ᄯᅩ 우몽(愚蒙)ᄒᆞᆫ 시녀ᄅᆞᆯ 식여 낙ᄐᆡ(落胎)라 ᄒᆞ고 저 그ᄅᆞᆺᄉᆡ ᄒᆞᆫᄃᆡ 담아 모든 ᄃᆡ 갓다가 드리니 ᄒᆞᆫ 일도 흉교치 아닌 ᄇᆡ 업ᄉᆞ니 모든 일이 다 녀시 지휘ᄒᆞ여 셜화ᄅᆞᆯ 식이ᄆᆡ 쥰봉(遵奉) 7면
ᄒᆞᆫ ᄇᆡ라. 녀시 장ᄎᆞᆺ 딘짓 슉난을 누얼(陋孽)[25]의 ᄆᆡ이여 ᄉᆞᆯ 도리 업셔 죽으려 ᄒᆞ여도 죽을 길도 빌니디 아니ᄒᆞ여 공쥬와 병부의 ᄋᆡ듕(愛重)ᄒᆞ던 젹원(積怨)과 노분(怒憤)을 쾌히 셜한(雪恨)ᄒᆞ고 대란(大亂)을 드ᄃᆡ여 텬춍(天寵)을 이례(逸豫)[26]ᄒᆞ여 쳐교(處絞)ᄒᆞᄂᆞᆫ 명이 나리ᄆᆡ 장ᄎᆞ 금일(今日)의 당형(當刑)ᄒᆞᆯ디라 긔특고 쾌ᄒᆞ더니 이에 셜영이 격고(擊鼓)ᄒᆞ고 소ᄋᆞᄅᆞᆯ 밧치니 냥녀(兩女)의 닙으로조ᄎᆞ 져의 젼젼과악(前前過惡)[27]이 유루(遺漏)치 아니ᄒᆞ여 소소(昭昭)히 다 드러날디라. 쳥텬(晴天)의 뇌졍(雷霆)이 나리ᄂᆞᆫ ᄃᆞᆺ 경악실식(驚愕失色)ᄒᆞ여 황황젼도(遑遑顚倒)히 시녀 셜화로 회은[28]의게 보ᄂᆡ여 ᄎᆞᄉᆞ(此事)ᄅᆞᆯ 고급(告急)ᄒᆞᆯᄉᆡ 쳔금(千金)을 ᄡᆞ고 쥬옥(珠玉)을 봉(封)ᄒᆞ여 주어 법부(法府)의 셜영이 격고ᄒᆞ고 소ᄋᆡ 잡혀시니 ᄢᅬ 옴디 못ᄒᆞ여 승관(承款)

---

25 누얼(陋孽)의: 규장각본에는 '누월의'로 되어 있음.

26 이례(逸豫)ᄒᆞ여: 일예하다. 마음대로 하다.

27 젼젼과악(前前過惡)이: 전전과악이. '전전과악'은 이전의 잘못이라는 뜻. 규장각본에는 '과이'로 되어 있음.

28 회은: 회은장로 장형로.

ᄒᆞ리니 냥녀(兩女)를 폭살멸구(暴殺滅口)ᄒᆞ여 ᄎᆞᄉᆞ(此事)를 마멸(磨滅)ᄒᆞ게 당부ᄒᆞ여 보ᄂᆡ니 셜홰 총망(悤忙)이 형노를 ᄎᆞᄌᆞ 가니 ᄢᅵ의
8면 당형뇌 법연(法筵)을 열고 뎨ᄌᆞ(弟子)를 모화 요술(妖術)을 강논ᄒᆞ다가 셜홰 낫다라 만복(萬福)을 쳥ᄒᆞᆫᄃᆡ 형뇌 눈을 곰고 미쇼왈(微笑曰)
"내 발셔 관환(官宦)이 오날놀 니를 줄 아랏ᄂᆞ니 슈고로이 말을 번득(飜得)디 말고 도라가면 내 말노 디교(指敎)ᄒᆞ신 바를 명심계디(銘心誡之)ᄒᆞ여 유명시죵(唯命始終)ᄒᆞ리이다[29] 고ᄒᆞ라."
언파(言罷)의 ᄉᆞᄆᆡ를 ᄯᅥᆯ쳐 바ᄅᆞᆷ이 되여 간 바를 모ᄅᆞᆯ너라. 셜홰 도라와 녀시의게 형노의 죵ᄃᆡ 언ᄉᆞ를 젼ᄒᆞ니 녀시 쳥미(聽未)의 합슈튝텬(手合祝天) 왈
"ᄉᆡᆼ아(生我)의 부뫼(父母)오 활아(活我)의 회은당뇌라."
ᄒᆞ며 죄오ᄂᆞᆫ 간장(肝腸)이 블이 니러 연염(煙焰)이 만신(滿身)을 ᄉᆞᆯ오더니 아이오 소ᄋᆞ·셜영이 폭ᄉᆞ(暴死)ᄒᆞ고 쇼졔 형뉵(刑戮)을 면ᄒᆞ나 방귀젼니(放歸田里)ᄒᆞᄂᆞᆫ 젼디(傳旨)를 밧ᄌᆞ오ᄆᆡ ᄉᆞᄉᆞ(事事)의 영합기의(迎合其意)ᄒᆞ니 윤경쥬의 쇽탁(屬託)을 마ᄌᆞ 맛칠디라. 긔긔ᄒᆞᆫ ᄉᆞᆰ의 우슴[30]과 양양(揚揚)ᄒᆞᆫ 긔ᄉᆡᆨ(氣色)이 안모(顔貌)의 낫타나니 아ᄌᆞ경ᄉᆡᆨ(俄者景色)으로 판이(判異)ᄒᆞ더라. ᄎᆞ야(此夜)의 쵹(燭)을 ᄃᆡ(對)ᄒᆞ여 슉난을 봉산으로 보ᄂᆡᆯ ᄢᅵ 장ᄎᆞᆺ 윤경쥬의 겁탈ᄒᆞᆯ 계교(計巧)를 ᄇᆡ포(排布)ᄒᆞ여 ᄉᆡᆼ각ᄒᆞ더니 찬ᄇᆞ람이 쵹(燭)을 휘리며 장외의 은
9면 은이 인젹이 잇더니 셰어(細語)로 시위(侍衛)를 브ᄅᆞᄂᆞ니 이시니 녀

29 유명시죵(唯命始終)ᄒᆞ리이다: 규장각본에는 'ᄒᆞ리이다'로 되어 있음.

30 ᄉᆞᆰ의 우슴: 삵의 웃음. 몹시 사납고 교활한 웃음.

시 셜화를 ᄡᅵ와 장외로 보ᄂᆡ여 뉜고 보라 ᄒᆞ니 사ᄅᆞᆷ은 보디 못ᄒᆞ고 셜영·쇼ᄋᆞ의 머리만 계샹(階上)의 노혓더라. 녀시 아ᄂᆞᆫ 일이나 놀나믈 마디 아니ᄒᆞ고 셜영의 죽은 목을 보ᄃᆡ 분한(憤恨)이 플니디 아냐 노즐왈(怒叱曰)

"요악(妖惡)ᄒᆞᆫ 년이 죽을 줄을 모로고 날노 ᄒᆞ여곰 심녀(心慮)를 허비(虛費)케 ᄒᆞ니 네 엇디 신슈(身首) 이쳐(異處)치 아닐다? 네 극악대죄(極惡大罪)를 져ᄌᆞ러시니 황쳔(黃泉)의 도라가 디옥(地獄)을 면치 못ᄒᆞᆯ 거시니 이 녀부인의 ᄆᆡ온 손ᄡᅵ를 ᄇᆞᆰ히 알고 디옥고초(地獄苦楚)를 바다도 네 감히 원망치 못ᄒᆞ리라."

언ᄎᆞ(言此)의 셜화로 ᄒᆞ여곰 냥녀(兩女)의 머리를 연디(蓮池)의 드리치라 ᄒᆞ니 셜홰 반야(半夜)의 죽은 사ᄅᆞᆷ의 머리를 보니 휘휘ᄒᆞᄃᆡ[31] 져다려 연디의 드리치라 ᄒᆞ니 십분 두리워 머리털이 숫그러 ᄒᆞᄃᆡ[32] 담(膽)을 크게 ᄒᆞ고 손의 ᄒᆞ나식 ᄀᆞ로들고[33] 년디(蓮池)로 가려 ᄒᆞ더니 ᄯᅵ의 미월(微月)이 희미ᄒᆞᄃᆡ 냥녀의 머리 믄득 말ᄒᆞ여 ᄀᆞᆯ오ᄃᆡ

"심의(甚矣)라, 여ᄎᆞ 잔젹디인(殘賊之人)이여. 통텬(通天)ᄒᆞᆫ 죄악으로 무고ᄒᆞᆫ 인명을 살히ᄒᆞ여 앙얼(殃孼)을 두리디 아니니 소ᄋᆞᄂᆞᆫ 죄악이 디옥을 면치 못ᄒᆞ려니와 셜영은 당당ᄒᆞᆫ 튱의녈졀(忠義烈節)을 하날이 가디ᄒᆞ샤 포장(褒獎)ᄒᆞ시ᄂᆞᆫ ᄇᆡ어놀 너 흉교(凶狡)ᄒᆞᆫ 년이 ᄋᆡᄆᆡ히 인명을 폭살(暴殺)ᄒᆞ고 감히 말ᄒᆞᆫ 양ᄒᆞ기를 잘 ᄒᆞ리오?" 10면

31 휘휘ᄒᆞᄃᆡ: 휘휘하다. 무서운 느낌이 들 정도로 고요하고 쓸쓸하다.

32 숫그러 ᄒᆞᄃᆡ: 숫그리려 하다. '숫그리다'는 '곤두세우다'의 뜻.

33 ᄀᆞ로들고: 가로들다. 물체를 가로로 비스듬히 들다.

녀시와 셜홰 이 소ᄅᆡ와 이 말을 듯고 혼블브톄(魂不附體)ᄒᆞ여 실ᄉᆡᆨ(失色)ᄒᆞ여 인ᄉᆞᄅᆞᆯ ᄎᆞᆯ히지 못ᄒᆞ더니 이윽고 녀시ᄂᆞᆫ 졍신을 뎡ᄒᆞ여시나 셜화ᄂᆞᆫ 인ᄒᆞ여 칠규(七竅)의 피ᄅᆞᆯ 흘니고 임의 죽어 ᄭᆡ다 못ᄒᆞ니 녀시 더옥 놀납고 숫그러 ᄒᆞ여 냥녀(兩女)의 머리ᄅᆞᆯ 연디(蓮池)의 너흘 의ᄉᆡ(意思) 업셔 날이 ᄇᆞᆰ으면 사ᄅᆞᆷ이 알니니 착급망조(着急罔措)ᄒᆞ여 녀시 심복시녀(心腹侍女)로 쵹(燭)을 ᄇᆞᆰ히고 포ᄇᆡᆨ(布帛)으로 머리ᄅᆞᆯ ᄡᆞ며 비러 ᄀᆞᆯ오ᄃᆡ

"내 임의 블인(不仁)을 힝ᄒᆞ여 너희ᄅᆞᆯ 죽게 ᄒᆞ니 내 죄어니와 너희ᄅᆞᆯ ᄉᆞᆯ오ᄆᆡ 내 죽으리니 금슈(禽獸)도 졔 몸을 앗기ᄂᆞᆫ 졍이 이시니 거륵히 슈륙(水陸)[34]ᄒᆞ여 너희로 ᄒᆞ여곰 ᄂᆡᄉᆡᆼ(來生)을 졔도(濟度)ᄒᆞ리니
11면 됴히 도라가 환도인ᄉᆡᆼ(還道人生)ᄒᆞ라."

언흘(言訖)의 녀시 그 머리 ᄡᆞᆫ 거ᄉᆞᆯ 딘녁(盡力)ᄒᆞ여 ᄭᅳ으러 년디(蓮池)의 드리치고 도라와 졍신을 슈습ᄒᆞ여 셜화의 시신을 슈쳐ᄒᆞᆯ 길히 업ᄉᆞ니 이에 두고 시녀의 금니(衾裏)[35]로 셜화의 몸을 덥헛더니 명효(明曉)의 졔시녜(諸侍女) ᄭᆡ어 셜화ᄅᆞᆯ ᄇᆞᆯ노 미러 ᄀᆞᆯ오ᄃᆡ

"이 ᄋᆞᄒᆡ 엇디 그져 ᄌᆞᄂᆞᆫ고? ᄭᆡ라."

ᄒᆞᄃᆡ 응치 아니니 괴이히 넉여 니블을 들혀보니[36] 칠규(七竅)의 피ᄅᆞᆯ 흘니고 일야디간(一夜之間)의 만신(滿身)이 창혹ᄒᆞ여 쳥화 ᄀᆞᄐᆞ니 소견(所見)의 흉참(凶慘)ᄒᆞ고 무셔운디라. 여러 시비 실ᄉᆡᆨ(失色)ᄒᆞ여

---

34 슈륙(水陸): 수륙. 수륙재(水陸齋). 불교에서 물과 육지의 홀로 떠도는 귀신들과 아귀(餓鬼)에게 공양하는 재.

35 금니(衾裏): 규장각본에는 '금이'로 되어 있음.

36 들혀보니: 규장각본에는 '들쳐보니'로 되어 있음.

것구러디거ᄂᆞᆯ 녀시 거ᄌᆞᆺ 놀나ᄂᆞᆫ 체ᄒᆞ고 작야(昨夜)의 셩ᄒᆞ더니 엇디 이리 죽으며 죽은들 내 침각(侵閣)의 죽으며 신톄(身體) 발셔 셕엇다다 ᄒᆞ니[37] 분명 동반(同伴) 듕의셔 치독(置毒)ᄒᆞ엿다 ᄒᆞ여 혼동ᄒᆞ니 졔시ᄋᆡ(諸侍兒) ᄋᆡ미ᄒᆞ믈 브ᄅᆞ고 원억(冤抑)이 각골(刻骨)ᄒᆞ더라.

화표. 션시(先時)의 졍부(程府) 화부인이 유한(幽閑)ᄒᆞᆫ[38] ᄌᆞ딜(資質)과 현슉(賢淑)ᄒᆞᆫ 덕냥(德量)이 디인(至仁)ᄒᆞᄉᆞ 관인(寬仁)ᄒᆞ며 뎡대현명(正大賢明)ᄒᆞ니 호쳐ᄉᆞ 부인 방시와 표죵디간(表從之間)이라. 여ᄎᆞ셩문(如此聲聞)[39]이 닉은 고로 • 호공ᄌᆞ 길녜(吉禮)의 친쳑(親戚)의 후 12면
졍(厚情)으로 부연(赴宴)ᄒᆞᆯᄉᆡ 호쳐ᄉᆞ 부인으로 졍의(情誼) 심후(深厚)ᄒᆞ여 쳥안[40]을 여러 아연(雅然)ᄒᆞᆫ 화긔(和氣)로 졍셜(情說)이 비비(比比)ᄒᆞ더니[41] 교쇼졔 니ᄅᆞᄆᆡ 방부인이 반겨 모든 ᄃᆡ 녜ᄇᆡ(禮拜)ᄒᆞᆯᄉᆡ ᄊᆡ의 화부인이 보건ᄃᆡ 쇼졔 나히 어려 미개개홰(未開花)[42] 동풍(東風)의 휘듯ᄂᆞᆫ ᄃᆞᆺ 화장(化粧)이 염염(冉冉)ᄒᆞ고[43] 옥음(玉音)이 낭낭(朗朗)ᄒᆞ여 텬양(天壤)의 ᄆᆞᆰ은 졍신이오 혜풍(惠風)[44]의 화(和)ᄒᆞᆫ 긔운이니 비컨ᄃᆡ 표표(漂漂)ᄒᆞᆫ[45] 긔운이 향슈의 어ᄅᆡ엿고 교교(皎皎)ᄒᆞᆫ 담월(淡

37 셕엇다다 ᄒᆞ니: '셕엇다 ᄒᆞ니'의 오기. 규장각본에는 '썩어다 ᄒᆞ니'로 되어 있음.
38 유한(幽閑)ᄒᆞᆫ: 유한하다. 여자의 인품이 조용하고 그윽하다.
39 여ᄎᆞ셩문(如此聲聞): 여차성문. 이러한 명성.
40 쳥안: 규장각본에는 '쳠안'으로 되어 있음.
41 비비(比比)ᄒᆞ더니: 비비하다. 많다, 흔하다, 잦다.
42 미개개홰(未開花): '미개홰'의 오기. 규장각본에는 '미ᄀᆡ홰'로 되어 있음.
43 염염(冉冉)ᄒᆞ고: 염염하다. 부드럽고 약하다, 은은하다.
44 혜풍(惠風): 음력 3월을 달리 이르는 말.
45 표표(漂漂)ᄒᆞᆫ: 표표하다. 공중이나 물 위에 떠 있는 모양을 이르는 말.

月)[46]이 츈공(春空)의 빗겨시며 팔ᄎᆡ아미(八彩蛾眉)의 딘산이 묘묘ᄒᆞ고 일빵나환의 초옥이 셤셤ᄒᆞ니 션빈슈긔(蟬鬢秀氣)ᄂᆞᆫ 곤산ᄇᆡᆨ옥(崑山白玉)[47]이오 화험츈광(花頰春光)은 요디(瑤池)의 벽되(碧桃)라. 갓가이 보ᄆᆡ 일월용화(日月容華)[48]ᄂᆞᆫ 단엄(端嚴)ᄒᆞᆫ 긔상이오 연하ᄒᆞᆫ 긔딜은 한가ᄒᆞᆫ ᄐᆡ되라. 뉴디(柳枝) ᄀᆞᆺᄐᆞᆫ 허리의 칠보 빙초상을 ᄆᆡ여시니 상광(祥光)이 ᄋᆡᄋᆡ(靄靄)ᄒᆞ고 일부 상환의ᄅᆞᆯ 닙어시니 광휘(光輝) 염염(炎炎)ᄒᆞ고 양ᄃᆡ(陽臺)의 션녀(仙女) 구구름을[49] ᄇᆞᆲ으며 낙포(洛浦)의 션ᄋᆡ(仙娥) 믈결을 희롱ᄒᆞᄂᆞᆫ ᄃᆞᆺ 옥패(玉佩) 장장(鏘鏘)ᄒᆞ고 화
13면 월ᄐᆡ되(花月態度) 연연ᄒᆞ니 귀ᄆᆞᆺᄎᆞᆫ 무산(巫山) ᄒᆞᆫ 조각 구름을 ᄡᅳ렷ᄂᆞᆫ ᄃᆞᆺᄒᆞᆫ디라. 난ᄌᆞ혜딜(蘭資蕙質)은 딘실노 텬하졀염(天下絶艶)이오 명모호치(明眸皓齒)[50]ᄂᆞᆫ 과연 인간의 보디 못ᄒᆞᆫ ᄇᆡ라. 셩젼운빙(星纏雲賓)[51]은 보옥(寶玉)이 어ᄅᆡ여시니 셩ᄌᆞ광휘(盛姿光輝)와 단일셩장(端一誠莊)[52]이 금고(今古)의 비ᄒᆞ리 업ᄉᆞ니 부인이 할연이 숨 쉬여

"이 ᄋᆞᄒᆡ 엇디 탁별(卓別)ᄒᆞ며 단장(端莊)ᄒᆞ미 여ᄎᆞᄒᆞ니잇고? 댱셩슈미(長成秀美)ᄒᆞᄆᆡ 규측(閨則)의 셩범(聖範)이 되리로소이다."

치하ᄒᆞ기ᄅᆞᆯ 마디 아니ᄒᆞ고 쇼져ᄅᆞᆯ 슬샹(膝上)의 교무(嬌撫)ᄒᆞ여 비길

46 담월(淡月)이: 규장각본에는 '존월리'로 되어 있음.

47 곤산빅옥(崑山白玉): 곤산백옥. 곤산의 흰 옥. 곤산은 옥으로 유명한 중국의 산.

48 일월용화(日月容華): 해와 달같이 예쁘게 생긴 얼굴.

49 구구름을: '구룸을'의 오기. 규장각본에는 '구람을'로 되어 있음.

50 명모호치(明眸皓齒)ᄂᆞᆫ: 규장각본에는 '오면모치ᄂᆞᆫ'으로 되어 있음.

51 셩젼운빙(星纏雲賓): 성전운빈. 규장각본에는 '셩젼운빈'으로 되어 있음.

52 단일셩장(端一誠莊): 단일성장. 단정하고 한결같고 성실하고 장중함. 한(漢)나라 유향(劉向)이 찬(撰)한 《고열녀전》 〈주실삼모(周室三母)〉에서 태임의 성품을 묘사한 말.

곳이 업ᄂᆞᆫ디라. 죵일 쇼져ᄅᆞᆯ 년무(戀撫)ᄒᆞ여 슬하의 써나디 아니ᄒᆞ니 ᄉᆞ오 셰 ᄒᆡ ᄋᆞ(孩兒)로 쳔연(天然)이 셩녀슉완(成女淑婉)이라 셩덕(盛德)이 여텬(如天)ᄒᆞ며 슉균(淑均)ᄒᆞᆫ 힝디(行止)ᄅᆞᆯ 년연(戀戀)ᄒᆞ여 ᄎᆞ마 써나디 못ᄒᆞ더라. 부듕(府中)의 도라와 교쇼져의 긔딜작셩(氣質作性)을 상상(常常)의 ᄉᆡᆼ각ᄒᆞ여 니ᄅᆞᄃᆡ

"슉난을 슬하의 닐위면 ᄉᆞ무여한(死無餘恨)이라."

ᄒᆞ더니 기후(其後) 드ᄅᆞ니 호부인니 구가(舅家)의 득죄(得罪)ᄒᆞ여 별셰(別世)ᄒᆞ고 호쥬ᄉᆞ 가듕(家中)이 다 낙향(落鄕)ᄒᆞ여 셩식(聲息)을 셔로 긋쳐시ᄃᆡ 부인이 일념(一念)의 슉난을 닛디 못ᄒᆞ여 챵결(悵缺)ᄒᆞᆫ 심ᄉᆞ(心事)ᄅᆞᆯ 금치 못ᄒᆞ더니 근ᄂᆡ의 슉난의 음힝패셜(淫行稗說)이 인이[53] 귀ᄅᆞᆯ ᄀᆞ리와 듯디 아니니 부인이 참연민측(慘然憫惻)ᄒᆞ여 그 긔특ᄒᆞᆫ ᄌᆞ딜과 단장(端莊)ᄒᆞᆫ 작셩(作性)을 남ᄌᆞ로 의논컨ᄃᆡ 승당입실(升堂入室)의 브죡디 아닐 바로 이럴 니 업ᄉᆞ리니 교시 시운(時運)이 궁익(窮阨)ᄒᆞ여 소실을[54] ᄉᆡᆼᄒᆞ고 의모(義母)의 부ᄌᆞ(不慈)ᄒᆞ믈 만나시니 ᄂᆡ쳑(內戚)[55]의 졍분으로 이 ᄋᆞᄒᆡᄅᆞᆯ 엇디 건져 구활(救活)ᄒᆞ여 긔특ᄒᆞᆫ ᄌᆞ질을 져바리디 아니리오? 참달ᄒᆞᆫ 심ᄉᆞᄅᆞᆯ ᄌᆞ연 닛디 못ᄒᆞ더니 쳔만의외(千萬意外) 샤혼젼디(賜婚傳旨) 잇고 교가의 쳥혼이 간졀ᄒᆞ여 녀원홍이 월뇌(月老) 되여 ᄆᆡ작(媒妁)을 소임을 소임ᄒᆞ고[56] 그 가온ᄃᆡ 표표히 교시의 음난패힝(淫亂悖行)을 현져(顯著)히 들추어 곰초디 아

14면

53 인이: 규장각본에는 '닌인이'로 되어 있음.

54 소실을: 규장각본에는 '소시를'로 되어 있음.

55 ᄂᆡ쳑(內戚): 내척. 아버지 쪽의 친척.

56 ᄆᆡ작(媒妁)을 소임을 소임ᄒᆞ고: 규장각본에는 'ᄆᆡ쟉을 소임ᄒᆞ고'로 되어 있음.

니ᄒᆞ니 이 분명 규슈를 장함ᄒᆞ민 줄 디ᄌᆞ(知者)를 기다리 아냐 알디
라. 쾌히 허혼ᄒᆞ여 교시를 슬하의 닐위미 디원 소ᄒᆡ를 존당의 딘달(陳
達)ᄒᆞ고 션ᄉᆡᆼ긔 젼후 교시의 잔인ᄒᆞᆫ 신셰를 아ᄂᆞᆫ 바를 옴겨 니ᄅᆞᆯ시
15면 운계 본ᄃᆡ 호쥬ᄉᆞ로 교계(交契) 심후(深厚)ᄒᆞ여 슉난을 유시(幼時)의
ᄌᆞ로 보미 잇셔 그 너모 이상(異常)ᄒᆞ믈 의려(疑慮)ᄒᆞ더니 부인의 셜
화(說話)를 드ᄅᆞ미 션ᄉᆡᆼ의 션견디명(先見之明)으로 엇디 ᄉᆡᆼ각디 못
ᄒᆞ며 슉난의 졍ᄉᆞ를 모ᄅᆞᆯ 니 잇ᄉᆞ리오? 가연이 낙혼(諾婚)ᄒᆞ여 거둘
ᄯᅳᆺ이 구드니 부인이 딘실노 영합소원(迎合所願)이라. 길일(吉日)을
영ᄃᆡ(迎待)ᄒᆞ여 슉난을 슬하의 닐위ᄆᆡ 평ᄉᆡᆼ여한(平生餘恨)이 업다
ᄒᆞ더니 쳔만 ᄯᅳᆺ밧긔 쳡쳡괴괴(疊疊怪怪)ᄒᆞᆫ 변괴를 드ᄅᆞ니 블승분울
통셕(不勝憤鬱痛惜)ᄒᆞ여 공ᄌᆞ의 유모 빙셤을 명ᄒᆞ여 ᄎᆔ월·홍ᄆᆡ를 다
려 교부의 가 여ᄎᆞ여ᄎᆞᄒᆞ라 ᄒᆞ고 츄긔(追記) 신밀(神密)ᄒᆞ여 타인이
ᄌᆞ최를 아라 독을 쇼져의게 더으게 말나 당부계칙(當付戒飭)ᄒᆞ여 보
ᄂᆡ니라.

화표. 졍공ᄌᆞ 닌경이 년시십이(年是十二)의 셩현여ᄆᆡᆨ(聖賢餘脈)으로
도학이 ᄌᆞ연ᄒᆞ며 톄형(體形)이 완연이 셩동의 디시니[57] 비컨ᄃᆡ 쳥텬ᄇᆡᆨ
일(靑天白日)이 확호소명(確乎昭明)ᄒᆞ며 광풍졔월(光風霽月)이 졍
무딘ᄋᆡ(正無塵埃)ᄒᆞ믄 그 흉금(胸襟)이라. 긔우(氣宇) 쳥고(淸高)ᄒᆞ
고 졍신(精神)이 탁낙(卓犖)ᄒᆞ여 놉흔 눈셥은 강산의 졍긔를 거두엇
16면 고 ᄆᆞᆰ은 금회(襟懷)ᄂᆞᆫ 텬디(天地)의 조화(造化)를 ᄀᆞ초와시니 유덕

57 셩동의 디시니: 15세를 의미하는 '성동지시(成童之時)'의 뜻으로 추정. 규장각본도 동일.

유안(有德猶顔)ᄒᆞ여 화풍경운(和風慶雲)[58]이라. 문산(文山)[59]의 의(義)와 듕ᄌᆞ(仲子)[60]의 쳥(淸)ᄒᆞ믈 가져시니 사ᄅᆞᆷ으로 ᄒᆞ여곰 ᄌᆞ연이 공경을 닐윌너라. 교시로 더브러 삼싱(三生)의 미딘(未盡)ᄒᆞᆫ 연업(緣業)이오 샹뎨(上帝) 명ᄒᆞ신 ᄇᆡᆨ년금슬(百年琴瑟)을 월뇌(月老) 결승(結繩)ᄒᆞ미 이 우연ᄒᆞᆫ 연분이 아니라 관관(關關)ᄒᆞᆫ 뇨됴슉녜(窈窕淑女) 군ᄌᆞ(君子)의 됴흔 ᄧᆞᆨ이니 무어ᄉᆞᆯ 하ᄌᆞ(瑕疵)ᄒᆞ리오마ᄂᆞᆫ 군ᄌᆞ슉녀(君子淑女)의 시운(時運)이 블니(不利)ᄒᆞ고 ᄋᆡᆨ쉬(厄數) 져기 미딘(未盡)ᄒᆞ미 잇ᄂᆞᆫ디라 요얼(妖孼)의 작얼(作孼)을 드ᄃᆡ여[61] 원앙(鴛鴦)이 실니(失離)ᄒᆞᄂᆞᆫ 탄(歎)이 잇도다. 텬ᄌᆞ(天子) 샤혼(賜婚)ᄒᆞ시고 부뫼(父母) 명(命)ᄒᆞ시니 ᄒᆞ믈며 슉녀명완(淑女明婉)을 구디브득(求之不得)이라 엇디 ᄒᆡᆼ희(幸喜)치 아니리오? 종고(鍾鼓)ᄅᆞᆯ 낙(樂)ᄒᆞ고 금슬(琴瑟)노 우(友)ᄒᆞ리니 엇디ᄒᆞ여 금현(琴絃)이 단졀ᄒᆞ미 존당이 심우(深憂)ᄒᆞ시고 스ᄉᆞ로 ᄎᆞ아(嗟訝)[62]ᄒᆞ기ᄅᆞᆯ 마디 아니니 이 다ᄅᆞᆫ 일이 아니라 슉녀(淑女)의 고ᄒᆡᆼ(苦行)을 참누(慙累)ᄅᆞᆯ 시ᄅᆞ믈 구연(懼然)ᄒᆞ니 도ᄎᆞ(到此)ᄒᆞ여 뉸긔예듕(倫紀禮重)ᄒᆞ믄 의논ᄒᆞᆯ ᄇᆡ 아니라 ᄒᆞ여 탄

---

58 화풍경운(和風慶雲): 온화한 바람과 상서로운 구름. 《근사록》에 "공자는 천지와 같고, 안자는 온화한 바람 상서로운 구름과 같고, 맹자는 태산의 우뚝한 바위 같은 기상이다."라는 말이 있음.

59 문산(文山): 남송 말기의 충신인 문천상의 호. 문천상은 송(宋)을 위해 원(元)나라 군대와 맞서 싸우다 사로잡혀 끝내 굴복하지 않은 채 '정기가(正氣歌)'를 부르고 시시(柴市)에서 죽음.

60 듕ᄌᆞ(仲子): 중자. 제(齊)나라의 세가(世家)로서 높은 벼슬을 사양하고 검소한 생활을 하여 청렴한 선비로 이름을 얻었던 진중자를 말함. 《맹자》 〈등문공 하(滕文公下)〉에 나옴.

61 드ᄃᆡ여: 드듸다. 딛다.

62 ᄎᆞ아(嗟訝): 차아. 슬픈 일을 당하여 몹시 놀란 상태.

17면 연평담(坦然平淡)ᄒᆞ여 거리ᄭᅵ디 아니터라. 일일(一日)의 니상셰 왕견녀ᄋᆞ(往見女兒)ᄒᆞᆯ시 이윽고 외헌(外軒)의 츌(出)ᄒᆞ여 태우 등으로 말숨ᄒᆞ더니 상셰 왈

"젹ᄌᆞ(赤子) 우믈을 님(臨)ᄒᆞ미 원슈라도 괄시(恝視)치 못ᄒᆞᄂᆞᆫ 거시 인졍의 당연ᄒᆞ니 교상셰 가란(家亂)을 만나 쳥문(聽聞)이 ᄒᆡ이(駭異)ᄒᆞ니 소견(所見)의 경참(驚慘)ᄒᆞ고 녕뎨(令弟)[63]의 쳐변(處變)이 ᄯᅩᄒᆞᆫ 블ᄒᆡᆼ(不幸)치 아니랴? 교시 슉녀현완(淑女賢婉)으로 닐너도 하ᄌᆞ(瑕疵)ᄒᆞᆯ 비 업ᄉᆞ니 목금(目今)의 죄루(罪累)의 쳐ᄒᆞ여 슈ᄉᆞ여루ᄒᆞᄃᆡ 일명(一命)을 ᄭᅳᆺ디 아니ᄒᆞ믄 이 과연 그 ᄒᆡᆼ실이 빙옥(氷玉)의 쳥졍(淸淨)ᄒᆞ미 츄양(秋陽)의 폭(曝)ᄒᆞ고 강한(江漢)의 탁(濯)ᄒᆞ여도 븟그러올 비 업ᄂᆞᆫ 고로 요ᄒᆡᆼ 텬일(天日)을 볼 날이 이실가 ᄒᆞ여 부모유톄(父母遺體)로ᄡᅧ 누셜(陋說) 가온ᄃᆡ 맛ᄎᆞᆫ즉 효ᄒᆡᆼ(孝行)의 죄뤼(罪累) 될 줄 헤아려 일뉘(一縷) 남아시나 참독ᄒᆞᆫ 경상이 셰간의 다시 잇디 아니ᄒᆞ고 교상셰 져독디졍(舐犢之情)[64]이 탁별(卓別)ᄒᆞ므로도 근간(近間) 녀ᄋᆞ(女兒)ᄅᆞᆯ 피ᄒᆞ여 션영(先塋)의 가형의 가 잇다 ᄒᆞ니[65] 그 아비 져기 여인(如人)ᄒᆞ면[66] 그 ᄯᆞᆯ의 젼졍(前程)이 져러ᄒᆞᆯ 니 업ᄉᆞ니 도시 한

18면 필의 무상(無常)ᄒᆞᆫ 허믈이라 통분(痛憤)ᄒᆞᄃᆡ 여ᄎᆞ인(如此人)의게 엇디 교시 ᄀᆞᆺᄐᆞᆫ 뇨됴슉녀(窈窕淑女) 잇ᄂᆞᆫ고? 이상ᄒᆞᆫ 일이러라. 내 친쳑

---

63 녕뎨(令弟): 영제. 남의 동생을 일컫는 말.

64 져독디졍(舐犢之情): 저독지정. 어미 소가 송아지를 핥아 주며 귀여워한다는 뜻에서 어버이의 지극한 자식 사랑을 뜻함.

65 가형의 가 잇다 ᄒᆞ니: 규장각본에는 '가 잇ᄯᅡ ᄒᆞ니'로 되어 있음.

66 져기 여인(如人)ᄒᆞ면: 규장각본에는 '적이 영니ᄒᆞ면'으로 되어 있음.

과 졀위(切友)[67] 아니로ᄃᆡ 격닌(隔隣)ᄒᆞ니 ᄌᆞ연 그 규슈의 향명(香名)이 들니더니 도ᄎᆞ(到此)ᄒᆞ여 착ᄒᆞᆫ 사ᄅᆞᆷ이 포원(抱怨)ᄒᆞ여 ᄉᆞ디 못ᄒᆞᆯ가 념녀(念慮) 깁고 녕뎨(令弟)도 여ᄎᆞ디원(如此之怨)이 이시믈 알니오? 일뷔(一婦) 함원(含怨)의 오월비상(五月飛霜)이라 셩셰(盛世)의 이 ᄀᆞᆺᄐᆞᆫ 블ᄒᆡᆼ(不幸)이 어이 잇ᄉᆞ리오? 녕존당(令尊堂)이 환귀(還歸)ᄒᆞ신ᄌᆞᆨ 교시의 디원(至冤)을 신ᄇᆡᆨ(伸白)ᄒᆞᆯ가 ᄒᆞ노라."

태위 쥰슌쳥디(浚巡聽之)의 교쇼져의 슉혜(宿慧)ᄒᆞᆫ[68] ᄌᆞ딜(資質)노 변고(變故)의 희한(稀罕)ᄒᆞ믈 당ᄒᆞ여시믈 ᄎᆞ탄(嗟歎)ᄒᆞ고 시운(時運)이 형통(亨通)ᄒᆞ고 운쉬(運數) 트이면 ᄌᆞ연이 요얼(妖孽)이 복(覆)ᄒᆞ고 현인(賢人)이 텬일(天日)을 보리니 ᄯᆡᄅᆞᆯ 기다려 샤뎨(舍弟)의 쳐변(處變)이 이시리로소이다. ᄯᆡ의 공ᄌᆡ ᄌᆡ좌(在座)ᄒᆞ여 니샹셔의 언ᄉᆞᄅᆞᆯ 츄이(推移)컨ᄃᆡ

'교시의 취언(臭言)이 원억(冤抑)ᄒᆞ면 그 집의 므ᄉᆞ 일 가란(家亂)이 그ᄃᆡ도록 괴려(乖戾)ᄒᆞ며 규슈의 몸으로 취명(臭名)은 엇디ᄒᆞᆫ 연괴(緣故)완ᄃᆡ 이ᄃᆡ도록 ᄒᆞ거ᄂᆞᆯ 한필이 호샤교만(豪奢驕慢)ᄒᆞ고 무상무도(無狀無道)ᄒᆞ나 엇디 졔 집안을 다ᄉᆞ리디 못ᄒᆞ여 텬뎡(天庭)을 드레고 만셩(滿城)이 타비(唾鄙)ᄒᆞ여 ᄒᆞᆫ ᄯᆞᆯ의 평ᄉᆡᆼ을 어ᄌᆞ럽게 ᄒᆞ니 그 19면
엇딘 일이며 니샹셔는 튱슌군ᄌᆡ(忠順君子)니 브졀업ᄉᆞᆫ 의문을 아닐디라. 이 ᄯᅩᄒᆞᆫ 나의 운쉬(運數) 됴치 못ᄒᆞᆫ 연괴(緣故)로다.'

ᄒᆞ더니 다시 ᄉᆡᆼ각ᄒᆞᄃᆡ

---

67 졀위(切友): 규장각본에는 '졀의'로 되어 있음.

68 슉혜(宿慧)ᄒᆞᆫ: 슉혜하다. 어릴 때부터 영리하다.

'군ᄌᆞᄂᆞᆫ 목블ᄉᆞᄉᆡᆨ(目不邪色)ᄒᆞ며 비례믈시(非禮勿視) 비례믈청(非禮勿聽)이라. 교가로 내 피ᄎᆞ 간셥디 아니니 여ᄎᆞ ᄉᆡᆼ각이 브졀업도다.' ᄒᆞ여 더옥 ᄆᆞ음의 거리ᄭᅵ디 아니터라. 어시(於是)의 졀셰(節序) ᄌᆞ로 뒤이져 츄풍(秋風)이 삽삽(颯颯)ᄒᆞ고 야긔(夜氣) 쳥뉴ᄒᆞ니 기러기 남으로 날고 실솔(蟋蟀)이 상하(床下)의 들미 엄경의 힝게 밋쳐 도라오디 못ᄒᆞ엿고 ᄇᆡᆨ부와 가형을 원별(遠別)ᄒᆞ고 념냥(炎凉)이 셰 번 밧괴이ᄆᆡ 앙호졍니롤 니긔디 못ᄒᆞ여 월ᄉᆡᆨ을 타 힝ᄆᆡ브디(行邁不止)ᄒᆞ여 슈압을 일우디 못ᄒᆞ더니 믄득 눈을 들ᄆᆡ ᄒᆞᆫ 빵 잉뮈 보ᄀᆡᆨ(報客)ᄒᆞᄂᆞᆫ 쇼ᄅᆡ로 압흘 인도ᄒᆞ여 ᄒᆞᆫ 곳의 다ᄃᆞᄅᆞᄆᆡ 흰구름이[69] 뫼흘 ᄀᆞ리ᄀᆞ리오고[70] 븕은[71] ᄭᅩᆺ치 믈을 둘너시니 믈외연화(物外煙火)오 경니강산(鏡裏江山)[72]이라. 스ᄉᆞ로 졍신이 샹쾌ᄒᆞ고 힝뵈 경경(輕輕)ᄒᆞ여 표연이 우화(羽化)홀 ᄯᅳᆺ이 잇더니 믄득 보니 일좌누각(一座樓閣)이 공듕의 표묘(縹緲)ᄒᆞᆫᄃᆡ 셔ᄋᆡ(瑞靄) 춍농ᄒᆞ고 한연이 애ᄋᆡᄒᆞ여 슈졍 기동은 놉히 하날의 다핫고 일월 문셩은 빗기 구소(九霄)의 열녀시니 ᄇᆡᆨ옥현판(白玉懸板)의 황금젼ᄌᆞ(黃金篆字)로 크게 ᄡᅥ시ᄃᆡ '텬댱디구삼쳥뎐(天長地久三淸殿)이오 학년난명십션뷔(鶴年鸞命十仙府)'라 삭여시니 먼니 ᄇᆞ라ᄆᆡ 졍신이 황홀ᄒᆞ고 갓가이 ᄃᆡᄒᆞᄆᆡ 이목(耳目)이 현난(眩亂)ᄒᆞ더라. 경히 문 밧긔셔 ᄇᆡ회(徘徊)ᄒᆞ더니 믄득 황뉵 노ᄅᆡ 곡됴롤 파ᄒᆞ고 ᄇᆡᆨ옥 퉁소 소ᄅᆡ롤 긋치ᄆᆡ ᄒᆞᆫ 녀동(女童)이 셩모월협(星眸

20면

69 흰구룸이: 규장각본에는 '흔구룸이'로 되어 있음.

70 ᄀᆞ리ᄀᆞ리오고: 'ᄀᆞ리오고'의 오기. 규장각본에는 'ᄀᆞ리오고'로 되어 있음.

71 븕은: 규장각본에는 '밝은'으로 되어 있음.

72 경니강산(鏡裏江山): 경리강산. 말끔한 강산.

月頰)과 운상무의(雲裳霧衣)로 압히 와 고ᄒᆞᄃᆡ

"ᄇᆡ야흐로 삼도부인과 왕모낭낭이 이곳의 모드시믄 셩군의 금일 오기룰 위ᄒᆞ엿ᄂᆞ니라."

ᄉᆡᆼ이 녀동의 인도ᄒᆞ믈 조ᄎᆞ 드러가니 벽도화하(碧挑花下)의ᄂᆞᆫ 봉황명(鳳凰鳴)을 경긔ᄒᆞ고 ᄇᆡᆨ년디쟝(白蓮池漳)의ᄂᆞᆫ 어룡희(魚龍戱)룰 부감(俯瞰)ᄒᆞ니 만일 항ᄋᆡ(姮娥) 월궁(月宮)의 모드미 아니면 왕뫼(王母) 요디(瑤池)의 부회(赴會)ᄒᆞ미라. 쳐음으로 구술발을 ᄎᆡ운(彩雲)의 것고 화연의 옥네(玉女) 모다 니러나니 셩젼운빈(星躔雲鬢)은 ᄎᆞ셔(次序)룰 뎡ᄒᆞ고 화어(和語)ᄂᆞᆫ 한훤(寒暄)을 파(罷)ᄒᆞ시 ᄉᆡᆼ이 ᄀᆞᆯ오ᄃᆡ

"금일(今日)의 돗글 븗으니 영홰(榮華) 극(極)ᄒᆞ고 은혜 깁도소이다. 원컨ᄃᆡ 졔션(諸仙)의 셩권(聖眷)[73]을 드러 쇽인(俗人)의 취몽(醉夢)을 ᄭᆡ닷게 ᄒᆞ쇼셔." 21면

상슈의 일위 부인이 운상무의(雲裳霧衣)로 셩관(星冠)이 ᄎᆞ아(嵯峨)ᄒᆞ고 월패(月佩) 징동(錚動)ᄒᆞ니 션빈슈긔(蟬鬢秀氣)ᄂᆞᆫ 곤산ᄇᆡᆨ옥(崑山白玉)이오 화험츈광(花頰春光)은 요디벽되(瑤池碧桃)라. 단슌(丹脣)을 여러 옥음(玉音)이 뇨료(窈寥)ᄒᆞ여 ᄀᆞᆯ오ᄃᆡ

"삼쳥(三淸)[74] 구유(久留)룰 그ᄃᆡ 돈연이 니졋도다. 금일 옥경의 됴회ᄒᆞ고 영소뎐 방ᄉᆞ쳔퇴룰 밧ᄌᆞ와 도라가ᄂᆞᆫ 길히라. 너룰 보아 잠간 졍을 니ᄅᆞ고ᄌᆞ ᄒᆞ미라."

인ᄒᆞ여 녀동(女童)을 도라보아 ᄀᆞᆯ오ᄃᆡ

73 셩권(聖眷): 성권. 임금의 총애. 여기서는 선녀들이 돌보아주는 은혜를 표현한 말.

74 삼쳥(三淸): 삼청. 도교에서 신선이 산다는 옥청(玉淸), 상청(上淸), 태청(太淸)의 세 궁(宮).

"딘몽(塵夢)을 씨오미 일비경쟝(一杯瓊醬)[75]의 잇도다."

아이오 빅옥종(白玉鍾)의 ᄌ하쥬(紫霞酒)[76]롤 나온딘 싱이 ᄒᆞᆫ번 드러 마시ᄆᆡ 믄득 운무(雲霧)롤 헷치고 쳥텬(晴天)을 본 ᄃᆞᆺᄒᆞ더라. 이에 그 부인이 싱을 나아오라 ᄒᆞ여 압ᄒᆡ 안치고 션메(仙袂)롤 드러 싱의 니마롤 어로만져 옥음이 뇨료ᄒᆞ여 ᄀᆞᆯ오딘

"나ᄂᆞᆫ 곳 너의 빅모(伯母) 양시니 내 너의 나기롤 기다리디 못ᄒᆞ고 도

22면 라와시니 나의 얼골을 네 아디 못ᄒᆞ려니와 너의 군ᄌᆞ 되오미 여ᄎᆞᄒᆞ니 내 엇디 두굿겁디 아니리오? 여형(汝兄)의 셩덕(盛德)이 승당입실(升堂入室)의 당당ᄒᆞᆫ디라 녜졀효ᄒᆡᆼ(禮節孝行)이 특텬ᄒᆞ니 내 비록 유명(幽明)이 노슈(路殊)ᄒᆞ나 흠연이 즐겁디 아니ᄒᆞ랴? 져의 운익(運厄)이 미딘(未盡)ᄒᆞ여 민ᄌᆞ(閔子)·왕상(王祥)의 소리 이시니 내 유유(幽幽)히 슬허ᄒᆞ딘 졔 명되(命途) 궁익(窮厄)디 아니니 길운(吉運)의 형통(亨通)ᄒᆞ미 쉬 이시리라. 네 ᄯᅩ 댱셩슈미(長成秀美)ᄒᆞ여 슉녀롤 취ᄒᆞᄆᆡ 샹뎨 명ᄒᆞ신 ᄇᆡ필이오 삼ᄉᆡᆼ(三生)의 미딘ᄒᆞᆫ 연분이라. 쥬시녜 초년이 험교(險阻)ᄒᆞ여 부모롤 실산ᄒᆞ고 교가의 의탁ᄒᆞ여 텬눈이 막연ᄒᆞ니 도시 녀녀의 과악(過惡)이라. 뉘 교시 슉난이 쥬시 셩염인 줄 알니오? 오ᄅᆡ디 아냐 녀녜 패운(敗運)이 들니니 교한필이 ᄉᆡ다ᄅᆞ미 잇셔 슉난의 고ᄒᆡᆼ이 표표히 탈쳑ᄒᆞ여 녀녀의 닙으로셔 슉난의 본ᄉᆡᆼ부모(本生父母)롤 ᄎᆞᄌᆞ닐 거시오 쥬시 녀ᄌᆞ의 팔 우ᄒᆡ 'ᄌᆞ셩' 두 글ᄌᆡ 이시니 죵ᄂᆡ(從來)의 일노 드ᄃᆡ여 징험(徵驗)ᄒᆞ리라. 녀녀의 죄악이 관영(貫

75 일비경쟝(一杯瓊醬): 일배경장. 한 잔의 좋은 술.

76 ᄌᆞ하쥬(紫霞酒): 자하주. 선궁에서 신선들이 마시는 술.

盈)ᄒᆞ니 하날 벌을 엇디 도망ᄒᆞ며 디옥고초(地獄苦楚)를 엇디 면ᄒᆞ리오? 쥬셩ᄋᆞ로 젼셰업원(前世業怨)이 듕(重)ᄒᆞ여 의모(義母)로 칭ᄒᆞ고 그 명ᄆᆡᆨ(命脈)을 쳔방ᄇᆡᆨ계(千方百計)로 ᄒᆡ(害)ᄒᆞᄃᆡ 쥬시녜 유덕유셩(有德猶聖)ᄒᆞ니 슉녀의 착ᄒᆞᆫ 셩을 특별이 하날긔 밧ᄌᆞ와 우믈의 겻굼글 ᄯᅮ러 일명(一命)을 보존ᄒᆞ니 엇디 착ᄒᆞ고 긔특디 아니리오? 일신(一身)의 참누(慙累)를 시러ᄃᆡ 쥬시녜 졍졍(正正)ᄒᆞᆫ ᄒᆡᆼ실(行實)과 쳥상(淸爽)ᄒᆞᆫ 녈졀(烈節)이 교연(皎然)이 일월(日月)노 징광(爭光)ᄒᆞ고 효ᄒᆡᆼ의 특츌ᄒᆞ믄 종시(從氏)[77]의 나리디 아니니 뇨됴슉녜(窈窕淑女) 군ᄌᆞ(君子)의 호귀(好逑)라 당시의 조험궁익(早驗窮厄)은 부운(浮雲)과 뉴슈(流水)의 븟치리라. 오날놀 특별이 너를 쳥ᄒᆞ믄 슉딜(叔姪)의 졍으로 유명(幽明)의 길히 격(隔)ᄒᆞ여 네 비록 나의 얼골을 아디 못ᄒᆞ나 심상의 네 늣기믈 마디 아니ᄒᆞᄂᆞᆫ 졍으로 초창(怊悵)ᄒᆞ믈 감동ᄒᆞ고 너의 ᄇᆡ쳬(配體)의 듕(重)ᄒᆞ므로 금슬(琴瑟)의 마장(魔障)이 여ᄎᆞ(如此)ᄒᆞ니 쥬시 녀ᄌᆞ를 쳥ᄒᆞ여 널노 ᄒᆞ여곰 셔로 보아 져의 ᄇᆡᆨ옥(白玉)의 틔 업ᄉᆞᆫ 줄 아라 슉녀의 평ᄉᆡᆼ을 져ᄇᆞ리디 말기를 부탁ᄒᆞ미라." 23면

언파(言罷)의 일위션낭(一位仙娘)을 나아오라 ᄒᆞ여 겻ᄐᆡ 안치고 ᄉᆡᆼ다려 니ᄅᆞᄃᆡ 24면

"이ᄂᆞᆫ 계궁딕녜(桂宮織女)니 아ᄌᆞ의 니른 바 쥬시 셩이라. 너의 ᄇᆡᆨ년가위(百年佳偶)니 초년의 비록 부명이 험조(險阻)ᄒᆞ여 친ᄉᆡᆼ부모(親生父母)를 실산(失散)ᄒᆞ고 젼셰과보(前世果報)로 흉휼(凶譎)ᄒᆞᆫ 녀녀

77 종시(從氏): 종씨. 사촌 형을 높여 부르는 말로, 여기서는 정인성을 가리킴.

의 슈듕(手中)의 곤(困)ᄒᆞ미 되여 일신(一身)의 참누(慙累)ᄅᆞᆯ 시러시나 옥조고ᄒᆡᆼ(玉條高行)이 호호교교(皓皓皎皎)ᄒᆞ여 문문[78]의 븟그럽디 아니니라."

이에 그 션낭의 션몌(仙袂)ᄅᆞᆯ 밀고 옥비(玉臂)ᄅᆞᆯ ᄲᅢ혀 뵐ᄉᆡ 힘줄노 졀노 삼긴 두 글ᄌᆡ 잇셔 ᄌᆞ셩 두 ᄌᆞᄅᆞᆯ ᄉᆡᆼ을 뵈여 ᄀᆞᆯ오ᄃᆡ

"네 이ᄅᆞᆯ 보아 죵ᄂᆡ(從來)의 졔 본ᄉᆡᆼ부모(本生父母)ᄅᆞᆯ ᄎᆞᄌᆞᆯ ᄯᆡ 징험(徵驗)ᄒᆞ라."

ᄉᆡᆼ이 보건ᄃᆡ 그 션낭(仙娘)이 년긔(年紀) 이뉵(二六)이 못 ᄒᆞ여 아ᄃᆡᆨ 미개홰(未開花) 동풍(東風)의 ᄡᅳᆯ님 ᄀᆞᆺᄐᆞ여 쳥양의 ᄆᆞᆰ은 졍신과 초월(初月)의 년미(軟美)ᄒᆞᆫ 긔딜(氣質)이라. 환패(環佩) 소ᄅᆡ 장장(鏘鏘)ᄒᆞ고 화월ᄐᆡ되(花月態度) 연연(娟娟)ᄒᆞ니 치마ᄂᆞᆫ 소상(瀟湘) 여ᄉᆞᆺ 복(幅) 프ᄅᆞᆫ 믈결을 말나시며 귀 밋ᄎᆞᆫ 부산(巫山)의 ᄒᆞᆫ 조각 구ᄅᆞᆷ을 ᄡᅳ렷거ᄂᆞᆯ 일빵아황(一雙蛾黃)의 초운이 셤셤ᄒᆞ니 셜부화안(雪膚花顔)의 소홰[79] ᄉᆞ라지고 셩모화협(星眸花頰)의 츈광(春光)이 초췌(憔悴)ᄒᆞ

25면 니 이 과연 셰상의 보디 못ᄒᆞᆫ 명염슉완(名艶淑婉)이라. 옥비의 글ᄌᆡ 분명ᄒᆞ고 일졈홍ᄋᆡᆼ(一點弘鶯)이 찬연ᄒᆞ여 비컨ᄃᆡ 흰 눈이 연디산(臙脂山)의 ᄡᅳ려시니 건곤(乾坤)의 졍슉(靜肅)ᄒᆞᆫ 긔운(氣運)과 상노(霜露)의 뇨락(搖落)ᄒᆞᆫ 졍신(精神)이라. ᄉᆡᆼ이 일견(一見)의 경아(驚訝)ᄒᆞ믈 마디 아니ᄒᆞ고 션낭이 취미(翠眉)의 기리 ᄇᆡᆨ우(百憂)ᄅᆞᆯ ᄯᅴ여 잠간 슈ᄉᆞᆸᄒᆞᄂᆞᆫ ᄐᆡᄅᆞᆯ ᄯᅴ오고 져기 무관(無關)ᄒᆞᆫ 빗치 이셔 화안(花顔)을 반

78 문문: 미상.

79 소홰: 규장각본에는 '소쇄'로 되어 있음.

만 숙이고 뉴미(柳眉)ᄅᆞᆯ 잠간 찡ᄀᆡ니 삼오년광(三五年光)이 밋디 못ᄒᆞ여시ᄃᆡ ᄇᆡᆨᄐᆡ쳔미(百態千美) 가ᄌᆞ시니 먼니 ᄇᆞ라보ᄆᆡ ᄌᆞ궁부인(紫宮夫人)이오 갓가이 ᄃᆡᄒᆞᄆᆡ 요디금뫼(瑤池金母)[80]라. 가ᄂᆞᆫ 눈섭은 변경 버들이 프ᄅᆞ럿고 ᄂᆡᆼ담ᄒᆞᆫ 안ᄉᆡᆨ은 옥병(玉甁)의 ᄆᆡ홰(梅花) 희엿ᄂᆞᆫ디라. 녹원홍슈(綠怨紅愁)ᄂᆞᆫ 미미(微微)히 셩모(星眸)의 어ᄅᆡ엿고 연어ᄋᆡᆼ셩(燕語鶯聲)은 오ᄅᆡ 쥬슌(朱脣)을 다다시니 옥언(玉言)을 블언(不言)ᄒᆞ여 ᄆᆡᆨᄆᆡᆨ냥구(脈脈良久)[81]러니 복슈쳥교(伏首聽敎)의 니러 하ᄃᆡᆨ고 도라가니 부인이 다시 니ᄅᆞᄃᆡ

"너의 ᄋᆡᆨ운이 오ᄅᆡ디 아냐 소셜(消雪)ᄒᆞ리니 부모ᄅᆞᆯ ᄎᆞᄌᆞ 도라가 효경훤당(孝敬萱堂)ᄒᆞ고 ᄇᆡᆨ년군ᄌᆞ(百年君子)로 금슬우디(琴瑟友之)의 종고낙디(鍾鼓樂之)ᄒᆞ여 ᄎᆞ후 계활(計活)의 됴히 ᄒᆞ라. 내 친히 너의 딘몽(塵夢)을 ᄭᆡ와 도라올 ᄭᆡ 이시리라."

26면

ᄉᆡᆼ이 션낭의 나가ᄂᆞᆫ ᄃᆡᄅᆞᆯ ᄇᆞ라보고 부인의 옥셩(玉聲)이 귀가의 낭낭(朗朗)ᄒᆞ니 다시 말ᄒᆞ고ᄌᆞ ᄒᆞ니 부인이 이에 ᄉᆡᆼ다려 닐너 갈오ᄃᆡ

"내 ᄋᆞᄒᆡ 도학(道學)과 효ᄒᆡᆼ(孝行)이 안증(顔曾)의 나리디 아니ᄒᆞ고 튱심의렬(忠心義烈)은 ᄀᆡ댱군(紀將軍)[82]·무안왕(武安王)[83]의 샤양치 아닐디라. 슈복(壽福)이 늉듕(隆重)ᄒᆞ니 곽분양(郭汾陽)의 더으리니 내

---

80 요디금뫼(瑤池金母): 요지금모. 도교의 여신 서왕모(西王母).

81 ᄆᆡᆨᄆᆡᆨ냥구(脈脈良久): 맥맥양구. '맥맥'은 말이 없는 모양, '양구'는 한참의 시간.

82 ᄀᆡ댱군(紀將軍): 기장군. 기신(紀信) 장군. 유방이 형양에서 항우에게 포위당했을 때, 기신이 유방의 모습을 하고 군사로 꾸민 여자 2천 명과 동문으로 나가 거짓 항복하는 사이 유방은 서문으로 탈출함. 《사기》 〈고조본기〉에 나옴.

83 무안왕(武安王): 삼국시대의 장수 관우. 북송 시대에 무안왕으로 추증됨.

상거(常居)의 흔희(欣喜)ᄒᆞᄃᆡ 형셰 비록 다ᄅᆞ나 믄득 대슌(大舜)의 소조(所遭)의 흡ᄉᆞ(恰似)ᄒᆞ니 졔 몸의 위ᄐᆡᄒᆞ미 누란(累卵)의 급ᄒᆞᆫ 디라. 도시 텬쉬(天數)오 져의 젼셰과뵈(前世果報)라 슈원슈한(誰怨誰恨)이리오마ᄂᆞᆫ 듕텬(重泉)[84]의 늣기믈 마디 못ᄒᆞ노라. ᄒᆞᆫ낫 단약(丹藥)과 일촌보경(一寸寶鏡)을 주ᄂᆞ니 이 약은 명왈금단(名曰金丹)이니 ᄒᆞᆫ번 삼키ᄆᆡ 독약을 비록 후간(喉間)의 너머도 금단을 삼킨 후ᄂᆞᆫ 독긔 드디 못ᄒᆞ여 장위(腸胃) 녹디 아니ᄒᆞᄂᆞ니 내 ᄋᆞ히 명이 완젼ᄒᆞ여 념네 업ᄉᆞᆯ 거시오 후일 농ᄉᆞ디오일(龍蛇之午日)[85]의 ᄌᆞᄀᆡᆨ디환(刺客之患)이 이실 거시니 이 거울을 신변의 두어신ᄌᆞᆨ 젹이 스ᄉᆞ로 ᄆᆡ이고 환술요변(幻術妖變)이 감히 발뵈디[86] 못ᄒᆞ여 위ᄐᆡᄒᆞ미 업ᄉᆞ리니 이 두 가디로 일ᄌᆞᄅᆞᆯ 어긔오디 마라. 셔기 홍윤을 발숑ᄒᆞ여 내 ᄋᆞ히로 ᄒᆞ여곰 반셕(盤石)의 구드미 잇게 ᄒᆞ라."

27면

공ᄌᆡ 샤ᄇᆡᆨ(舍伯)의 위ᄐᆡᄒᆞᆫ 형셰ᄅᆞᆯ 심상의 디통(至痛)이 ᄌᆡ심ᄒᆞ던 바로 부인의 디교(指教)ᄅᆞᆯ 듯ᄌᆞᆸ고 주ᄂᆞᆫ 바ᄅᆞᆯ 밧ᄌᆞ오ᄆᆡ 긔특고 신긔ᄒᆞ니 환연열디(歡然悅之)ᄒᆞ여 밋쳐 ᄃᆡ(對)치 못ᄒᆞ여셔 졍듕(庭中)의 학녀셩(鶴唳聲)이 뇨량(嘹喨)ᄒᆞ여 심동경각(心動警覺)ᄒᆞ니 이 침변일몽(枕邊一夢)이라. 남의 퇴침(退枕)ᄒᆞᄆᆡ 슈듕(手中)의 완연이 보경과 단약이 잇ᄂᆞᆫ디라. 이상ᄒᆞ고 긔ᄒᆡᆼ(奇幸)ᄒᆞ믈 니긔지 못ᄒᆞ여 ᄒᆞᄂᆞᆫ 듕

---

84 듕텬(重泉): 중천. 사람이 죽은 뒤에 그 혼이 가서 산다고 하는 세상. 저승.

85 농ᄉᆞ디오일(龍蛇之午日): 용사지오일. 용사는 용과 뱀을 뜻하는데 임진(壬辰), 기사(己巳) 등 진(辰)과 사(巳)가 들어 있는 해인 '용사지세(龍蛇之歲)'는 '전쟁'이나 '현인(賢人)의 죽음'을 비유함.

86 발뵈디: 발뵈이다. 남에게 자랑하기 위하여 자기가 가진 재주를 일부러 드러내 보이다.

부인의 장듕한아(莊重閑雅)ᄒᆞᆫ 의용(儀容)과 존듕(尊重)ᄒᆞᆫ 위의(威儀)예 ᄌᆞᆼ이 간득ᄒᆞ시던 ᄇᆡ 안져(眼底)의 녁녁(歷歷)ᄒᆞ니 쳐연이 영모비통(永慕悲痛)ᄒᆞ고 샤ᄇᆡᆨ(舍伯)의 목금(目今) 망극ᄒᆞᆫ 소조(所遭)ᄅᆞᆯ 유명(幽明)이 기리 격(隔)ᄒᆞ여시ᄃᆡ 음즐(陰騭)[87]ᄒᆞ시ᄂᆞᆫ 셩의(誠意)ᄅᆞᆯ ᄉᆡᆼ각ᄒᆞ여 상연이 슬프믈 니긔지 못ᄒᆞ더라. 교시녀의 동디형용(動止形容)이 ᄯᅩᄒᆞᆫ 이목(耳目)의 현연(顯然)ᄒᆞ니 이 ᄀᆞᆺᄐᆞ여 ᄉᆞ렴(思念)ᄒᆞ미 아니로ᄃᆡ ᄌᆞ연이 녁녁(歷歷)ᄒᆞ니 심여언왈(心與言曰)

'이 일이 ᄯᅩ 이상ᄒᆞ니 교시 아니라 쥬시라 ᄒᆞ시고 ᄇᆡᆨ분원억(百分冤抑)ᄒᆞ믈 니ᄅᆞ시니 과연 몽듕ᄉᆞ(夢中事) ᄀᆞᆺᄐᆞ여 교시 아니오 쥬시 되여 날노 ᄒᆞ여곰 실우디탄(失偶之嘆)이 업ᄉᆞᆯ딘ᄃᆡ 엇디 ᄒᆡᆼ(幸)이 아니리오?' 28면

다시 ᄉᆡᆼ각ᄒᆞᄃᆡ

'져ᄂᆞᆫ 남의 집 일이니 내 ᄉᆡᆼ각을 호란(胡亂)[88]이 ᄒᆞ미 군ᄌᆞ의 ᄒᆡᆼ검(行檢)ᄒᆞᄂᆞᆫ 도리의 올치 아니ᄒᆞ도다.'

ᄒᆞ여 ᄆᆞ옴의 두디 아니ᄒᆞ더라. ᄎᆞ시(此時) 시야장반(時夜將半)이라 신셩(晨省)[89]의 ᄶᅵ 닐너시니 ᄂᆡ당(內堂)의 입ᄂᆡ(入內)ᄒᆞ지 못ᄒᆞ여 ᄂᆡ려 관소(盥梳)ᄒᆞ고 졍듕(庭中)의 ᄒᆡᆼᄆᆡ브디(行邁不止)ᄒᆞ여 건샹(乾象)을 앙관(仰觀)ᄒᆞ여 ᄇᆡᆨ부(伯父)와 샤ᄇᆡᆨ(舍伯)의 셩슈(星宿)ᄅᆞᆯ 혜아려 샤ᄇᆡᆨ의 ᄋᆡᆨ쉬(厄數) 머디 아니니 경악실ᄉᆡᆨ(驚愕失色)ᄒᆞᄃᆡ ᄆᆞ득 금

---

87 음즐(陰騭): 하늘이 말없이 보살펴 주는 복을 말함. 《서경》 〈홍범(洪範)〉에 "하늘은 보이지 않게 백성의 운명을 정해 놓고 그들의 삶을 돕고 화합하게 한다(惟天陰騭下民 相協厥居)."라는 말이 나옴.

88 호란(胡亂): 어수선한 모양.

89 신셩(晨省): 신성. 새벽에 부모의 밤사이 안부를 살핌.

단(金丹)과 보경(寶鏡)을 어더시니 심셰(心勢) 비열(悲咽)ᄒᆞᆫ 듕 극ᄒᆞᆫ ᄒᆡᆼ이로ᄃᆡ 윤을 맛져 만니의 보ᄂᆡᄆᆡ ᄉᆞ례 극ᄒᆞᄃᆡ 쳔ᄉᆞ만녀(千思萬慮)ᄅᆞᆯ 니긔디 못ᄒᆞ더니 이에 동방(東方)이 긔ᄇᆡᆨ(旣白)ᄒᆞᄆᆡ ᄂᆡ당의 입알(入謁)ᄒᆞ여 야ᄅᆡ존후(夜來尊候)ᄅᆞᆯ 뭇ᄌᆞ오ᄆᆡ 태부인이 화부인으로 더브러 션ᄉᆡᆼ의 ᄒᆡᆼ게 환가ᄒᆞᆯ ᄊᆡᄅᆞᆯ 일ᄏᆞ라 말ᄉᆞᆷᄒᆞ시ᄂᆞᆫ디라. ᄉᆡᆼ이 이윽이 뫼셔 슉ᄆᆡ금장(叔妹錦帳)이 신셩ᄒᆞ여 이윽고 퇴ᄒᆞ여 도라가ᄆᆡ 공ᄌᆡ 태부인 겻ᄐᆡ 갓가이 뫼셔 야간(夜間) ᄌᆞ긔 몽ᄉᆞ(夢事)의 녁녁(歷歷)
29면 ᄒᆞᆷ과 단약과 보경을 부인긔 뵈와 긔ᄅᆞᆯ 금됴(今朝)의 니발(離發)ᄒᆞᆯ 줄노 고ᄒᆞ니 태부인이 쳥미(聽未)의 상연이 안쉬(眼水) 나리믈 ᄭᆡ닷디 못ᄒᆞ여 어로만져 ᄀᆞᆯ오ᄃᆡ

"현부(賢婦)의 녕ᄇᆡᆨ(靈魄)이 머디 아니ᄒᆞ도다. 내 져ᄅᆞᆯ 여희여 층봉(層峯)의 한(恨)[90]이 창녀(昌黎)[91]의 나리디 아니ᄒᆞ거ᄂᆞᆯ 노모의게 일ᄌᆞᆨ셔로 알뇌미 업ᄉᆞ니 내 더옥 통도비상(痛悼悲傷)ᄒᆞ노라."

화부인이 역시 쳬루(涕淚)ᄅᆞᆯ 드리워 태부인을 위안ᄒᆞ고 즉시 긔ᄅᆞᆯ 발숑ᄒᆞᆯᄉᆡ 셔장을 닥고 보경과 단약을 ᄌᆞ금궤(紫錦櫃)의 담아 보ᄂᆡᆯᄉᆡ 비밀ᄒᆞ여 가듕이 알 니 업더라.

ᄌᆡ셜. 녀시 셜ᄋᆡᆼ의 폭ᄉᆞ(暴死)ᄒᆞ믈[92] 쾌활ᄒᆞ나 소ᄋᆞ 잡아 밧치믈 통한ᄒᆞ여 그 한을 장·박의게 플고져 ᄒᆞ나 아ᄃᆡᆨ 쇼져ᄅᆞᆯ 윤가로 보ᄂᆡᆯ ᄭᅬᄅᆞᆯ 도모ᄒᆞᄆᆡ 밋쳐 타ᄉᆞ의 결을치 못ᄒᆞ고 ᄆᆡ란으로 날마다 ᄆᆡᆨ듁(麥粥)을

---

90 층봉(層峯)의 한(恨): 어린 딸을 잃은 슬픔. 한유가 조주 자사로 쫓겨나 임지로 가는 도중 어린 딸이 죽어 층봉역 근처에 임시로 묻은 일에서 유래.

91 창녀(昌黎): 창려. 당나라 때 문장가 한유(768-824)의 별호.

92 폭ᄉᆞ(暴死)ᄒᆞ믈: 규장각본에는 '폭살ᄒᆞ믈'로 되어 있음.

살마 ᄒᆡ심정의 두고 쇼져의 병이 하마 가경(佳境)의 잇던가 ᄆᆞᄅᆞᆫ즉 ᄆᆡ란이 일양 위듕(危重)타 ᄒᆞᄂᆞᆫ디라. 초의 혼혼블셩(昏昏不省)ᄒᆞᆫ ᄯᆡ로 비기ᄆᆡ 일분 나으므로 ᄃᆡᄒᆞ니 녀시 왈

"문츌죄인(門黜罪人)을 디금 부ᄂᆡ(府內)의 두미 블안ᄒᆞ고 난셤의 신술노 아딕 져ᄅᆞᆯ 몬져 보ᄂᆡ여시나 죵시 ᄆᆞ음이 노히디 아니ᄒᆞ니 져기 30면
졍신을 슈습(收拾)ᄒᆞᆯ 만ᄒᆞ거든 니ᄅᆞ라. 내가 봉산으로 보ᄂᆡ리라."

난이 슌슌슈명(順順受命)ᄒᆞ고 계영다려 젼ᄒᆞ니라. 시시(是時)의 계영이 셜영의 격고(擊鼓)ᄒᆞᆫ ᄇᆡ 허ᄉᆡ(虛事) 되여 쇼져의 참누(慙累)ᄂᆞᆫ 신ᄇᆡᆨ(申白)디 못ᄒᆞ고 소ᄋᆞ 역비(逆婢)로 일시폭ᄉᆞ(一時暴死)ᄒᆞ믈 ᄒᆞᆫ갓 동긔의 동긔의[93] 할반디통(割半之痛)[94]ᄲᅮᆫ 아니라 녈녈ᄒᆞᆫ 튱의(忠義)완[95] 당당ᄒᆞᆫ 딕긔 딘신녈ᄉᆞ(搢紳烈士)의 비겨 븟그럽디 아니커ᄂᆞᆯ 주인의 츌텬대효(出天大孝)ᄅᆞᆯ 감히 상ᄒᆡ오디 못ᄒᆞ여 녀시의 요악간교(妖惡奸巧)ᄅᆞᆯ 딕고(直告)튼 못ᄒᆞ고 미암이 쇼ᄋᆞᄅᆞᆯ 잡아 밧쳐 주인의 원억(冤抑)을 신셜(伸雪)코져 ᄒᆞ다가 도로혀 긴 명을 즈레 ᄭᅳᆺ쳐 튱셩이 ᄒᆡ음업시 오딕 원찬(遠竄)을 플 ᄲᅮᆫ이라. 원혹통도(怨酷痛悼)ᄒᆞ미 인간텬디(人間天地)의 이 ᄀᆞᆺᄐᆞ미 업셔 ᄇᆡᆨ통(百痛)이 구비(具備)ᄒᆞ고 쳔비(千悲) 촌ᄋᆡᄒᆞ니 ᄎᆞᆯ하리 형의 뒤흘 니어 텬문(天門)의 ᄇᆞᆨ을 울녀 원상을 할고져 ᄒᆞ나 쇼ᄋᆞᄂᆞᆫ 죽어시니 바로 녀시ᄅᆞᆯ 거들 다ᄅᆞ니ᄅᆞᆯ 다히리 업ᄉᆞ니 여ᄎᆞ즉 쇼제 원슈역비(怨讎逆婢)로 아라 ᄉᆡᆼ젼 ᄃᆡ하의 용

93 동긔의 동긔의: '동긔의'의 중복 필사. 규장각본에는 '동긔의'로 되어 있음.

94 할반디통(割半之痛): 할반지통. 몸의 반쪽을 베어내는 고통. 동기(同氣)가 죽은 슬픔을 이름.

95 튱의(忠義)완: 규장각본에는 '튱의왕'으로 되어 있음.

31면 납디 아니코 ᄉᆞ후(死後) 녕ᄇᆡᆨ(靈魄)도 감히 쇼져ᄅᆞᆯ 시위(侍衛)치 못ᄒᆞᆯ ᄇᆡ오 ᄉᆞ졍(事情)으로 닐너도 댱·박 이 댱쁜 두어 셜영이 폭ᄉᆞ(暴死)ᄒᆞᆫ 후 졀통(切痛)ᄒᆞ미 광분딜쥬(狂奔疾走)ᄒᆞ기의 밋쳐시니 계영이 만일 ᄯᅩ 마디못ᄒᆞᆯ딘ᄃᆡ 아븨 명을 ᄭᅳᆺᄎᆞ미라. 형이 님별(臨別)의 튱효(忠孝)ᄅᆞᆯ 완젼ᄒᆞ라 당부ᄒᆞ던 쵹어(囑語)ᄅᆞᆯ ᄉᆡᆼ각ᄒᆞᄆᆡ ᄯᅩᄒᆞᆫ ᄎᆞ마 져바리디 못ᄒᆞ여 쇼져ᄅᆞᆯ 밧들며 아비ᄅᆞᆯ 효도코져 ᄒᆞ여 ᄉᆞᆯ딘ᄃᆡ 하류쳔종(下流賤種)이나 쳔연연미(天然娟美)ᄒᆞ여 청빙(淸氷) ᄀᆞᆺᄐᆞ미 귀궁쇼져(貴宮小姐)의 ᄆᆞᆰ은 쳬(體) 이시므로 딘원(眞元)[96]이 소탈(銷脫)ᄒᆞ여 보젼(保全)ᄒᆞ기 어렵더라. 영이 비한(悲恨)을 셔리담고 안ᄉᆡᆨ을 디어 쇼져긔 나아가 상쳐의 약을 븟치믈 쳥ᄒᆞ니 쇼제 일야(一夜) 혼혼블셩(昏昏不醒)ᄒᆞ여 잠연이 셰상을 모로ᄂᆞᆫ ᄃᆞᆺ 명도(命途)의 완이(頑爾)ᄒᆞ미 일ᄆᆡᆨ(一脈)이 걸녀시믈 통졀(痛切)ᄒᆞ여 미(微)ᄒᆞᆫ 우름과 말 소ᄅᆡ도 업셔 잠쳘(潛輟)ᄒᆞ엿더니 계영의 약 븟치믈 쳥ᄒᆞᄂᆞᆫ 소ᄅᆡ로조ᄎᆞ 비로소 몸을 두로혀 츄파(秋波)ᄅᆞᆯ 미히 ᄲᅧ 영을 보며 문왈(問曰)

32면 “셜영이 너와 ᄀᆞᆺ치 고초ᄅᆞᆯ 감심코ᄌᆞ ᄒᆞ더니 어ᄃᆡ 가뇨?”

영이 쇼져의 통회(痛懷)ᄅᆞᆯ 도을가 ᄃᆡᆨ고(直告)치 못ᄒᆞ고 ᄃᆡ왈(對曰)

“아비 병이 근일(近日)의 심히 ᄌᆞᄌᆞ므로 보라 갓ᄂᆞ이다.”

쇼져 약 븟치믈 날회고 우왈(又曰)

“네 거동을 보니 만분비황(萬分悲惶)ᄒᆞ고 오오녈녈(嗚嗚咽咽)ᄒᆞ여 간곡이 졀ᄒᆞᄂᆞᆫ 형상이니 옥듕고초(獄中苦楚)ᄅᆞᆯ ᄉᆡ로이 슬허 이러치

---

96 딘원(眞元): 진원. 사람 몸의 원기(元氣).

아니리니 셜영의 거쳐를 딕고치 아니ᄒᆞᄂᆞ뇨? 내 낭긱(曩刻)의 잠간 좀을 드니 셜영이 압ᄒᆡ 와 눈믈을 흘니며 고두왈(叩頭曰) '비ᄌᆡ(婢子) 블민블튱(不敏不忠)ᄒᆞ여 일을 소활(疏闊)이 ᄒᆞ고 쇠를 그룻ᄒᆞ여 쇼져 참누(慙累)도 신ᄇᆡᆨ(申白)지 못ᄒᆞ고 도로혀 소ᄋᆞ 역비(逆婢)로 더브러 폭ᄉᆞ(暴死)ᄒᆞ미 되니 원ᄇᆡᆨ(寃魄)이 운쇼(雲霄)의 브ᄅᆞ디져 셜운 바ᄂᆞᆫ 노쥬디졍(奴主之情)이 늣겁고 부녀디의(父女之義) 유유ᄒᆞ니 ᄉᆞ라 튱효를 펴지 못ᄒᆞ고 죽어도 포한슈귀(抱恨羞鬼) 되믈 면치 못ᄒᆞᄂᆞ이다.' 그 밧 여러 말이 잇ᄉᆞ나 쇼졔 긔운이 밋디 못ᄒᆞ고 심ᄉᆡ(心事) 홀난(忽亂)ᄒᆞ니 다 옴기디 못ᄒᆞᄂᆞ니 병듕허약(病中虛弱)ᄒᆞ여 상(常) 업ᄉᆞᆫ 탄몽(誕夢)이면 ᄒᆡᆼ(幸)이ᄃᆡ 블연즉 영이 무ᄉᆞ(無事)치 못ᄒᆞᆫ가 시브니 엇디 은휘(隱諱)ᄒᆞᄂᆞ뇨?" 33면

셜파(說罷)의 빵셩(雙星)의 징쳥(澄淸)이 소ᄉᆞ 의상과 집ᄌᆞ리 져ᄌᆞ니 영이 이에 다ᄃᆞ라 은닉(隱匿)디 못ᄒᆞ여 젼후ᄉᆞ(前後事)를 대강 고ᄒᆞᆯ ᄉᆡ 목이 메고 흉금이 젼ᄉᆡᆨ(塡塞)ᄒᆞ여 소ᄅᆡ를 일우디 못ᄒᆞ니 홍뉘(紅淚) 경긱(頃刻)의 ᄂᆡ를 일우ᄂᆞᆫ디라. 쇼졔 비록 뭇디 아니며 드ᄅᆞ미 업ᄉᆞ나 ᄌᆞ긔 가ᄂᆞᆫ 곳의 ᄃᆡ신인 줄 디긔(知機)ᄒᆞ나 ᄎᆞ마 흉누악얼(凶累惡孼)을 깃치미 이 디경의 니ᄅᆞ고 법부고장(法府告狀)가디 밋출 줄이야 엇디 알니오? 쳥미(聽未)의 심골(心骨)이 경상(驚傷)ᄒᆞ고 두발이 숫그러 ᄒᆞ니 ᄌᆞ연 쪌니믈 ᄭᆡ닷디 못ᄒᆞ거놀 셜영의 죽은 바의 다ᄃᆞ라 그 삼오쳥츈(三五靑春)을 앗기고 혈심단튱(血心丹衷)을 감상통도(感傷痛悼)ᄒᆞ고 명위노쥬(名爲奴主)나 향규(香閨)의 벗이라 졍이 간측(懇惻)ᄒᆞᄃᆡ 냥비 노쥬의 분을 좁아 ᄉᆞ쥬(事主)ᄒᆞᄂᆞᆫ 녜(禮) ᄉᆞ군(事君)ᄒᆞᄂᆞᆫ 딘신디도(縉紳之道)를 다ᄒᆞ니 쇼졔 톄면을 일치 아니ᄒᆞ여 위

의ᄅᆞᆯ 좁으나 탁초(卓超)ᄒᆞᆫ 인믈이 딘ᄋᆡ(塵埃)의 무드디 아니ᄒᆞ믈 ᄉᆞ
랑ᄒᆞ고 가션(嘉善)ᄒᆞ여 침션방젹(針線紡績)과 문ᄉᆞ고젹(文詞古籍)을
34면 훈회(訓誨)ᄒᆞ여 디극ᄒᆞᆫ 뜻이 잠시 써나믈 훌연(欻然)ᄒᆞ니 냥비 감히
앙위라 ᄒᆞ지 못ᄒᆞ나 모로ᄂᆞᆫ 바ᄅᆞᆯ ᄊᆡ닷게 ᄒᆞ고 알고져 ᄒᆞᄂᆞᆫ 바ᄅᆞᆯ 니ᄅᆞ
니 대개 셜영은 강항딕ᄇᆡᆨ(强抗直白)ᄒᆞ여 계영의 온화슉ᄌᆞ(溫和淑慈)
ᄒᆞᆷ 만ᄒᆞ니 쇼제 ᄆᆡ양 계영을 ᄇᆡ호라 ᄒᆞᄃᆡ 텬셩(天性)을 곳치디 못ᄒᆞ
더니 그 요몰(夭沒)ᄒᆞ미 져의 명이 아니라 ᄌᆞ긔 환난을 인ᄒᆞ미니 ᄇᆡᆨ
인(伯仁)이 유이ᄉᆡ[97] 아니리오? 연이나 쇼ᄋᆞ·셜영은 죽으미 다ᄒᆡᆼᄒᆞᆫ 바
ᄂᆞᆫ ᄌᆞ긔(自己) 죄루(罪累)ᄅᆞᆯ 신ᄇᆡᆨ(申白)ᄒᆞ나 녀시의 과악(過惡)을 어
ᄂᆡ 싸ᄒᆡ ᄇᆞᆺ흐리오? 요ᄒᆡᆼ(僥倖)ᄒᆞᄃᆡ 위인(爲人)을 앗기고 튱의(忠義)
ᄅᆞᆯ 긍년(矜憐)ᄒᆞ여 옥슈(玉手)로 싸흘 치고 ᄋᆡ호일셩(哀號一聲)의 톄
뤼(涕流) 병뉴(倂流)ᄒᆞ니 말이 업더니 우호왈(又號曰)
"오호 ᄋᆡᄌᆡ라, 셜영아! 내 비록 용미(庸迷)ᄒᆞ나 너의 주인이라. 엇디
격고대ᄉᆞ(擊鼓大事)ᄅᆞᆯ ᄌᆞ젼(自專)ᄒᆞ여 혈심단튱(血心丹忠)이 쇽졀
업시 긴 명을 즈레 ᄉᆞᆺ쳐 날노 ᄒᆞ여곰 튱비(忠婢)ᄅᆞᆯ 마ᄌᆞ 일케 ᄒᆞᄂᆞ뇨?
내 본ᄃᆡ ᄌᆡ앙이 만ᄒᆞᆫ 몸이라. 완인(頑忍)ᄒᆞ여 죽디 아니ᄆᆡ 화ᄅᆞᆯ 네게
씨치니 엇디 ᄂᆡ 손으로 너ᄅᆞᆯ 죽임과 다ᄅᆞ리오? 초국(楚國)의 진납이
35면 ᄅᆞᆯ ᄉᆞ로ᄆᆡ 블이 님목(林木)의 님(臨)ᄒᆞ니 튱비(忠婢)의 원울참ᄉᆞ(寃

97 ᄇᆡᆨ인(伯仁)이 유이ᄉᆡ: 'ᄇᆡᆨ인이 유아이ᄉᆡ(由我而死)'의 오기. 규장각본에는 'ᄇᆡᆨ인이 유아이ᄉᆡ'로 되어 있음. 자신 때문에 무고한 타인이 죽게 되었음을 슬퍼하는 말. 동진(東晋)의 왕도(王導)는 자신을 도왔던 주백인(周伯仁)이 사형을 당할 때 도와주지 않은 것을 후회하며 "내가 비록 백인을 죽이지 않았지만 백인은 나로 인해 죽임을 당했다. 저승의 좋은 벗에게 빚을 지고 말았구나(我雖不殺伯仁 仁由我而殺 幽冥中負此良友了)."라고 통곡했음.

鬱慘死)ᄒᆞ미 박덕블인(薄德不仁)의 님ᄌᆞ로 말ᄆᆡ암아 이러ᄒᆞ미니 오딕 너의 요셩단박(夭性短薄)ᄒᆞ믈 참상(慘喪)ᄒᆞ나 일즉ᄎᆞ힝(一卽且幸)ᄒᆞ니 너를 져바리미 극ᄒᆞ도다."

셜파(說罷)의 통운참비(痛隕慘悲)ᄒᆞ믈 마디 아니니 계영이 더옥 원혹비만(寃惑悲懣)ᄒᆞ믈 니긔디 못ᄒᆞ나 일이 발셔 그ᄅᆞ고 슬허ᄒᆞ여 밋촐 길히 업ᄉᆞᆫ 바의 쇼져 통회를 더으디 못ᄒᆞ여 관비(寬悲)ᄒᆞ시믈 위로ᄒᆞ며 근일(近日)의 ᄆᆡ란의 젼어(傳語)를 고ᄒᆞ여 난예 요도(妖徒)를 몬져 봉산으로 보ᄂᆡ고 쇼져의 병셰 가경(佳境)을 기다려 조초 보ᄂᆡ려 ᄒᆞᄂᆞᆫ 바를 알외니 쇼졔 폐목무언(閉目無言)이라. 셜영의 죽으믈 참연ᄋᆡ졀(慘然哀切)ᄒᆞ고 ᄌᆞ가의 흉누악얼(凶陋惡孼)을 한심골경(寒心骨驚)ᄒᆞ여 합연(溘然)이 셰ᄉᆞ(世事)를 ᄉᆞᆺ촐 뜻이 급ᄒᆞ니 계영이 위로 보호ᄒᆞᄂᆞᆫ 졍셩이 동쵹(洞屬)ᄒᆞ고 ᄎᆞ시의 죽은즉 억만년의 신누를 셜원홀 길히 업ᄉᆞ믈 일ᄏᆞ라 관심(寬心)ᄒᆞ샤 필경(畢竟)을 보믈 슬피 비러 일월이 오릴ᄉᆞ록 호발(毫髮)의 게어ᄅᆞ미 업ᄉᆞ니 쇼졔 튱비(忠婢)의 디셩(至誠)을 더옥 늣겨 ᄉᆡᆼᄌᆞ(生者)ᄂᆞᆫ 만일이나 갑흘가 긔약(期 36면
約)ᄒᆞ나 ᄉᆞᄌᆞ(死者)ᄂᆞᆫ 갑흘 터히 업ᄉᆞ믈 통상(痛傷)ᄒᆞ여 병회(病懷) 더으나 부모의 ᄉᆡᆼ지(生之)ᄒᆞ신 유톄(遺體)를 검삭(劍槊)[98]의 더져 원요흉ᄉᆞ(寃夭凶死)ᄒᆞᆫ 혼빅 되믈 ᄎᆞ마 못 ᄒᆞ여 ᄌᆞ딘ᄌᆞ멸(自盡自滅)ᄒᆞ믈 기다리ᄃᆡ 일식(一息)이 디연(遲延)ᄒᆞ여 엄엄위위(奄奄委委)홀ᄃᆡ언졍 흐ᄅᆞᄂᆞᆫ 광음(光陰)을 보ᄂᆡᄆᆡ 누옥(陋屋) 삼삭(三朔)의 밋쳐 녹원 심

98 검삭(劍槊): 칼과 창을 아울러 이르는 말.

츄(深秋)ᄅᆞᆯ 당ᄒᆞ니 일긔(日氣) 쳐링(悽冷)ᄒᆞ고 삭풍(朔風)이 녈녈(冽冽)ᄒᆞ여 ᄆᆡ란다려 왈

“부인이 쇼져ᄅᆞᆯ 봉산으로 보ᄂᆡᄂᆞᆫ 날은 ᄉᆞᆯ믈 주디 아니시려니와 ᄂᆡᆼ옥누디(冷獄陋地)의 보명(保命)이 난연(難然)ᄒᆞ니 ᄎᆞᆯ하리 명일(明日)노 결단(決斷)이 슈히 나게 그ᄃᆡ 여ᄎᆞ여ᄎᆞᄒᆞ여 쇼져ᄅᆞᆯ 봉산으로 보ᄂᆡ게 ᄒᆞ라.”

난이 응낙ᄒᆞ고 녀녀다려 왈

“쇼졔 상쳬(傷處) 나으시ᄃᆡ ᄂᆡᆼ옥을 누디의 몸을 ᄇᆞ려 일양 위름(危懍)ᄒᆞ니 그만ᄒᆞ여 봉산으로 보ᄂᆡ시미 올흐이다.”

녀시 왈

“내 옴기고ᄌᆞ ᄒᆞ미 오ᄅᆡ나 친히 보고 보ᄂᆡ려 ᄒᆞᄂᆞᆫ 고로 움ᄌᆞᆨ이미 듕난(重難)ᄒᆞ여 쳔연(遷延)ᄒᆞ더니 명효(明曉)ᄂᆞᆫ 보ᄂᆡ리라.”

37면 시셕(是夕)의 궁듕소쇽(宮中所屬)이 각각 도라간 후 복심노ᄌᆞ(腹心奴子)로 오경(五更) ᄇᆞᆨ이 동ᄒᆞᆯ ᄣᆡ 원문(院門) 밧긔 술위ᄅᆞᆯ ᄃᆡ후(待候)ᄒᆞ라 ᄒᆞ고 쇼교(小轎)ᄅᆞᆯ ᄐᆞ ᄇᆞᆨ원으로 갈ᄉᆡ ᄆᆡ란 등이 일시의 쵹(燭)을 ᄌᆞᆸ아 ᄒᆡ심정의 니ᄅᆞ니 계영은 잠간 ᄎᆡ여 보디 아니터라. 녀시 ᄇᆞᆨ원의 다ᄃᆞ라 옥듕(獄中)의 향을 ᄑᆡ오고 포딘(鋪陳)[99]을 졍히 ᄒᆞ라 ᄒᆞ고 날호여 쇼교의 나려 쇼져ᄅᆞᆯ 볼ᄉᆡ 쇼졔 졍신이 혼미ᄒᆞ여 거젹의 ᄇᆞ리엿더니 밧기 분분(紛紛)ᄒᆞ고 쵹광(燭光)이 됴요(照耀)ᄒᆞ며 향연(香煙)이 ᄋᆡ애(靄靄)ᄒᆞᆫ 바의 ᄆᆡ란 등이 옥듕을 일시의 ᄡᅳ러 포진(鋪陳)을 졍

99 포딘(鋪陳): 포진. 바닥에 깔아 놓는 방석, 요, 돗자리 따위를 통틀어 이르는 말.

히 ᄒᆞ며 부인이 오신다 ᄒᆞ니 ᄌᆞ긔 영영 인ᄉᆞᄅᆞᆯ 모로미 아니오 일식(一息)이 니인 바로 누어 의모(義母)ᄅᆞᆯ 맛디 아니미 블가ᄒᆞ나 일신흉얼(一身凶孼)을 ᄉᆡᆼ각ᄒᆞᄆᆡ 죽디 아니미 명완(命頑)ᄒᆞᆫ 연괴(緣故)라 ᄎᆞ마 낫 드러 니러날 의ᄉᆡ 업셔 오ᄃᆡ 머리ᄅᆞᆯ 거젹의 박고 장궤(長跪) 읍읍오열(泣泣嗚咽)ᄒᆞᆯ ᄲᅳᆫ이러니 녀시 드러와 포진의 안ᄌᆞᄆᆡ 쇼제 계슈쳬읍(稽首涕泣) 왈

"블초녜(不肖女) 텬디의 특앙(特殃)을 바다 쳔고(千古)의 업ᄉᆞᆫ 흉얼(凶孼)을 므ᄅᆞᆸ뼈 몸이 죄루(罪累)의 쳐ᄒᆞ니 부모디젼(父母之前)의 뵈ᄂᆞᆫ 녜ᄅᆞᆯ 감히 힝치 못ᄒᆞᄋᆞᆸᄂᆞ니 셰간텬하(世間天下)의 쇼녀 ᄀᆞᆺᄐᆞᆫ 완명(頑命)이 어ᄃᆡ 이시리잇고? 오ᄃᆡ 완인(頑忍)ᄒᆞ여 구ᄎᆞ히 투ᄉᆡᆼ(偸生)ᄒᆞ여 참욕누셜(慙辱陋說)이 졈졈 더으믈 졀졀통혹(切切痛酷)ᄒᆞᄂᆞ이다." 38면

녀시 ᄒᆡᄒᆞᆯ 뜻이 급ᄒᆞᆫ 눈의도 그 셕고장궤브복(席藁長跪俯伏)ᄒᆞᄆᆡ 운환(雲鬟)이 삽ᄉᆞᆸᄒᆞ여 한풍의 븟치이고 셩빈(星鬢)이 염염ᄒᆞ여 교옥을 닷갓거ᄂᆞᆯ 봉익(鳳翼)이 아아(峨峨)ᄒᆞ여 나ᄂᆞᆫ 져비 업ᄃᆡ고 헌앙졀승(軒昂絶勝)ᄒᆞ미 누옥(陋獄) 틧글이 머므디 아냣거ᄂᆞᆯ 호흡(呼吸)이 쳔촉(喘促)ᄒᆞ고 명ᄆᆡᆨ(命脈)이 위위ᄒᆞ여 황양(黃壤)[100] 길흘 ᄇᆞ야믈 보니 갈호(蝎虎)[101]ᄀᆞᆺ치 모질고 독ᄒᆞ므로도 참연감동(慘然感動)ᄒᆞ여 일호(一毫) 그ᄅᆞ미 업시 이에 니ᄅᆞ게 ᄒᆞ미 다 져의 죄라 엇지 신기(神祇) 두립디 아니리오? 쳐음 뜻은 쇼져ᄅᆞᆯ 비밀히 보ᄂᆡ고 병이 쾌소(快蘇)ᄒᆞ엿거든 다시 일장(一場)을 난타(亂打)ᄒᆞ여 반죽엄을 ᄆᆡᆫᄃᆞ라 공쥬

100 황양(黃壤): 저승.

101 갈호(蝎虎): 도마뱀의 일종.

모ᄌᆞ의 편ᄋᆡ(偏愛)ᄒᆞᆯ ᄊᆡ 각골(刻骨)이 뮙고 가마니 분ᄒᆞ던 뜻을 마ᄌᆞ 쾌히 플고ᄌᆞ ᄒᆞ더니 이ᄀᆞᆺ치 위름(危懍)ᄒᆞ고 ᄋᆡ원쳐초(哀怨凄楚)ᄒᆞᆫ 거동을 보니 ᄎᆞ마 손을 드지 못ᄒᆞ여 도로혀 요음(妖淫)ᄒᆞᆫ 눈섭을 찡긔여 하루왈(下淚曰)

39면 "슈한슈원(誰恨誰怨)이리오? 녀ᄒᆡᆼ(女行)이 고결(高潔)치 못ᄒᆞ여 이에 니ᄅᆞ니 너의 욕되고 괴롭기ᄂᆞᆫ 니ᄅᆞ지 말고 조션츄락(祖先墜落)과 문호블ᄒᆡᆼ(門戶不幸)을 니ᄅᆞ리오? 네 날을 ᄉᆡᆼ뫼(生母) 아니라 ᄒᆞ여 젹을 블너드려 칼노 디ᄅᆞ려 ᄒᆞ나 나ᄂᆞᆫ 실노 친ᄉᆡᆼᄋᆞᄌᆞ(親生兒子)들과 달니ᄒᆞᆯ 뜻이 업ᄂᆞ니 왕ᄉᆞ(往事)ᄂᆞᆫ 믈결 ᄀᆞᆺ고 ᄎᆞ후(此後)나 ᄌᆞ칙(自責)ᄒᆞ여 어질믈 ᄇᆞ라노라. 향ᄌᆞ(向者) 분두(憤頭)의 듕치(重治)ᄒᆞ고 날포 되ᄆᆡ 잔인ᄒᆞᄃᆡ 네 죄 창대(昌大)ᄒᆞ여 졍장(呈狀)이 니러 졍위관(廷尉官)이 다 대란(大亂)을 만나고 필경 엇디 될 줄 아지 못ᄒᆞ니 나죵 결말을 보고져 이곳의 두고 텬문결ᄉᆞ(天門結事)ᄅᆞᆯ 기다리더니 요ᄒᆡᆼ(僥倖) ᄉᆞᄉᆞ(賜死)ᄒᆞᄂᆞᆫ 젼디(傳旨)ᄅᆞᆯ 거두고 문외벽쳐(門外僻處)로 옴기라 명이 나리니 블ᄒᆡᆼ듕ᄎᆞ열(不幸中且悅)ᄒᆞ여 위로ᄒᆞ미 되나 네 경위(傾危)ᄒᆞᆫ 약질이 참누(慙累)ᄅᆞᆯ 시러 나가ᄆᆡ 야촌(野村) 흉완(凶頑)ᄒᆞᆫ 인심이 블측(不測)ᄒᆞ니 므ᄉᆞᆫ 욕을 볼가 두려 환슐(幻術)ᄒᆞᄂᆞᆫ 이인(異人)을 어더 몬져 져곳의 보ᄂᆡ여 블의디변(不意之變)이 잇셔도 방비(防備)ᄒᆞᆯ 도리ᄅᆞᆯ ᄒᆞ엿더니 간 지 월여(月餘)의 굿ᄐᆞ여 놀나온 셩문

40면 (聲聞)이 업고 집의 ᄀᆞᆷ초여시미 도리의 블가ᄒᆞ여 금야(今夜)ᄂᆞᆫ 친히 니ᄅᆞ러 니별(離別)ᄒᆞ고 효신(曉晨)의 봉산으로 보ᄂᆡ려 ᄒᆞᄂᆞ니 모로미 고요히 잇셔 ᄆᆞ음을 안뎡(安靜)히 ᄒᆞ여 션도(善道)ᄅᆞᆯ 닷그라."

셜파(說罷)의 옥비셤슈(玉臂纖手)ᄅᆞᆯ 년(連)ᄒᆞ여 잠간 ᄋᆡ셕ᄒᆞᄂᆞᆫ 의ᄉᆡ

이시니 이ᄂᆞᆫ 당연ᄒᆞᆫ 인졍이로ᄃᆡ 녀여ᄂᆞᆫ 믈욕(物慾)의 믈드러 간흉극악(奸凶極惡)이 유시(幼時)의 기러시니 텬셩(天性)을 미튱(未沖)의 일헛ᄂᆞᆫ 바로 금일 홀연 인졍을 동ᄒᆞ미 쇼져의 ᄋᆡ원쳐졀(哀怨凄切)ᄒᆞᆫ 거동을 ᄃᆡᄒᆞᆫ 연괴(緣故)러라. 어시(於是)의 교쇼졔 귀ᄅᆞᆯ 막디 못ᄒᆞ고 녀시의 말을 드ᄅᆞᄆᆡ ᄌᆞ긔 젼졍만니(前程萬里)의 볼 것 업시 맛치인 바ᄂᆞᆫ ᄉᆡ로이 니ᄅᆞᆯ 거시 업ᄉᆞ나 모친의 신기(神祇)ᄅᆞᆯ 피치 아니ᄒᆞ고 ᄆᆞᄋᆞᆷ과 사ᄅᆞᆷ을 쇽여 니언간셜(利言姦說)노 블인(不仁)을 ᄀᆞᆷ초고 덕을 낫토와 은악양션(隱惡佯善)의 샹두(上頭)ᄅᆞᆯ 거ᄒᆞᆯ 바ᄅᆞᆯ ᄉᆡᆼ각ᄒᆞᄆᆡ 모녀의 명회(名號) 디듕호대(至重浩大)ᄒᆞ고 텬셩디회(天性之孝) 츌뉸(出倫)ᄒᆞ므로 그윽이 그 젹악(積惡)을 근심ᄒᆞ여 쳑연삼셩(慽然三聲)의 오읍경열(嗚泣硬咽)ᄒᆞ여 오ᄅᆡ 말을 못 ᄒᆞ더니 날호여 고두왈(叩頭曰)

41면

“블초녀(不肖女)의 죄루흉얼(罪累凶孼)이 텬디간(天地間) ᄇᆞᆺ흘 곳이 업ᄉᆞ니 ᄒᆞᆫ갓 신셰명도(身世命途)ᄅᆞᆯ 니ᄅᆞ지 말고 블효와 문호의 붓그러오믈 ᄉᆡᆼ각건ᄃᆡ 일만 번 죽으나 능히 쇽디 못ᄒᆞᆯ소이다. 연이나 텬지신지(天知神知)[102]ᄒᆞ니 ᄉᆡᆼ젼의 죄루의 쳐ᄒᆞ나 죽어 황양ᄇᆡᆨ골(黃壤白骨)의ᄂᆞᆫ 붓그러오미 업ᄉᆞᆸᄂᆞ니 궁극ᄒᆞᆫ 통원으로 디금 죽지 못ᄒᆞ믈 한ᄒᆞᄂᆞ이다. 태태 쇼녀의 쳔질을 념ᄒᆞ시고 야촌 강한ᄒᆞᆫ 인심을 측냥치 못ᄒᆞ샤 타인을 ᄃᆡ신ᄒᆞ여 안여위(安與危)ᄅᆞᆯ 시험ᄒᆞ시미 다 쇼녀ᄅᆞᆯ 연무(戀撫)ᄒᆞ시ᄂᆞᆫ 은ᄋᆡ의 비로ᄉᆞ신 ᄇᆡ나 죵시 딕도명졍(直道明正)ᄒᆞ미 아닌ᄌᆞᆨ 쇼녀의 죄ᄅᆞᆯ 더으미 되옵ᄂᆞ니 ᄎᆞ후ᄂᆞᆫ ᄉᆞ졍이 졀박ᄒᆞ시나 슐슈(術手)로ᄡᅧ 사ᄅᆞᆷ

---

102 텬지신지(天知神知): 천지신지. 하늘이 알고 귀신이 안다는 뜻.

을 속이디 마ᄅᆞ샤 블초(不肖)ᄂᆞᆫ 아이의 업더니로 아ᄅᆞ샤 셩녀(聖慮)의 거리ᄭᅵ디 마ᄅᆞ시고 기리 상봉하솔(上奉下率)의 안슌ᄒᆞ시면 쇼녜 비록 누셜의 얽히고 죄얼의 잠기나 족히 번난(煩亂)ᄒᆞᆫ 근심을 니ᄌᆞ리이다.”

언파(言罷)의 희허영탄(欷歔永嘆)ᄒᆞ니 녀시 비록 간심대악(姦心大惡)이나 그 온공슌일(溫恭純一)ᄒᆞ고 딕개(直介)ᄒᆞ미 져의 브뎡간흉
42면 (不正姦凶)을 ᄉᆡᆨ그미 되ᄂᆞᆫ디라 안ᄉᆡᆨ지참(顏色之慘)을 ᄭᆡ닷디 못ᄒᆞ여 ᄯᅩᄒᆞᆫ 기리 초창ᄒᆞ고 ᄆᆡᆨᄆᆡᆨ탄식(脈脈歎息)이러니 날호여 거ᄌᆞᆺ 명도ᄅᆞᆯ ᄂᆞᆺ기ᄂᆞᆫ 톄ᄒᆞ여 딤ᄌᆞᆺ 쇼져의 ᄯᅳᆺ을 ᄡᅧ볼ᄉᆡ 졍 업ᄉᆞᆫ 눈믈을 ᄡᅳ려 왈

“네 죄뤼(罪累) 참참(慘慘)ᄒᆞ니 졍가(程家)의셔 ᄒᆞᆫ번 뭇디 아니믈 엇디 한(恨)ᄒᆞ리오마ᄂᆞᆫ 원ᄂᆡ 졍ᄌᆞ(程子)의 박졍(薄情)이 극ᄒᆞ여 블미ᄒᆞᆫ 소문이 업ᄉᆞᆫ 젹도 염(厭)ᄒᆞ미 츌어현ᄉᆡᆨ(出於現色)이러니 근일의 다ᄃᆞ라ᄂᆞᆫ 타비즐욕(唾鄙叱辱)ᄒᆞ믈 마디 아니ᄒᆞ고 졍가 쇼확쳔뇌(小獲賤奴)라도 닙마다 타비즐욕ᄒᆞ여 납폐문명(納幣問名)[103]을 ᄎᆞᄌᆞ 파혼(破婚)ᄒᆞ미 올흐니라 ᄒᆞᆫ다 ᄒᆞ나 이거시 다 주인의 ᄀᆞᄅᆞ친 말이라. 반ᄃᆞ시 빙믈혼셔(聘物婚書)ᄅᆞᆯ ᄎᆞᆺᄂᆞᆫ 폐 이시리니 내 집이 아니 ᄂᆡ여주디 못ᄒᆞᆯ 거시오 연ᄌᆞᆨ 졍가로 남이 되ᄂᆞᆫ디라. 셕(昔)의 니릉(李陵)이 닙졍(立政)[104]다려 왈 ‘내 임의 호복(胡服)을 ᄒᆞ여시니 몸을 두 번 욕디 못ᄒᆞᆯ노라.’ ᄒᆞ고 한(漢)의 도라가디 아녓더니 튱신녈녀(忠臣烈女)의 졀(節)이 ᄒᆞᆫ가디라.

---

103 납폐문명(納幣問名): 납폐와 문명. 납폐는 혼인할 때 사주단자의 교환이 끝난 후 정혼이 이루어진 증거로 신랑 집에서 신부 집으로 보내는 예물. 문명은 혼인을 정한 여자의 장래 운수를 점칠 때 그 어머니의 성씨를 묻는 절차. 여기서는 그런 절차에 썼던 종이를 의미.

104 닙졍(立政): 입정. 임입정(任立政). 한선제(漢宣帝)가 흉노에 잡혀 있는 이릉을 데려오려고 파견한 세 사람 중 한 사람으로 이릉의 친구.

니릉이 본ᄃᆡ 한뎨(漢帝)ᄅᆞᆯ 져ᄇᆞ리고져 ᄒᆞ미 아니라 그ᄅᆞᆺ 목숨을 ᄉᆞ랑 ᄒᆞ여 대졀(大節)을 셰오디 못ᄒᆞ고 녀ᄌᆡ 본ᄃᆡ 졀이 나ᄌᆞ미 아니로ᄃᆡ 신 43면
셰명도(身世命途)ᄅᆞᆯ 그ᄅᆞᆺ쳐 디극히 슬프고 삼죵(三從)이 멸졀(滅絶) ᄒᆞ여 도라갈 ᄇᆡ 업ᄉᆞᆫ 후ᄂᆞᆫ 일졀(一節)을 딕희지 못ᄒᆞᄂᆞ니 ᄒᆞ믈며 졍개(程家) 초ᄀᆡ(草芥)갓치 ᄒᆞ면 너ᄂᆞᆫ ᄒᆡᆼ노(行奴)ᄀᆞᆺ치 ᄒᆞ리니 네 대인이 너ᄅᆞᆯ 다시 ᄌᆞ식으로 아디 아니ᄒᆞ니 네 삼죵(三從)의 쳣머리ᄅᆞᆯ 바랄 거시 업고 쇼텬(所天)이 업ᄉᆞ니 ᄉᆡᆼᄉᆡᆼ디니(生生之理)[105]ᄅᆞᆯ 알 길히 업ᄂᆞᆫ디라. 다시 어ᄃᆡᄅᆞᆯ 도라 의디(依支)ᄒᆞ리오? ᄒᆞ믈며 삼츈(三春)이 아니니 홍옥(紅玉)이 빗촐 변치 아냐셔 대계(大計)ᄅᆞᆯ 뎡ᄒᆞ미 니릉이 호복(胡服)홈 ᄀᆞᆺᄐᆞ여 ᄉᆞ마한ᄉᆞ(司馬漢史)[106]ᄅᆞᆯ 피람(披覽)ᄒᆞ여 진평(陳平) 쳐(妻)ᄅᆞᆯ 보라. 장부디녀손(張負之女孫)[107]이오 가뷔 소월의 쳡ᄉᆞ(疊死)ᄒᆞ다 ᄒᆞ엿ᄂᆞ니 기시(其時) 엇디 진평이 잇셔 댱시 박명(薄命)을 복되게 ᄒᆞ며 부귀(富貴)ᄅᆞᆯ 닐윌 줄 알니오? 시셰 비록 녜와 다ᄅᆞ나 비극태린(否極泰來)즉 너의 괴롭고 슬프미 ᄒᆞᆫ갈ᄀᆞᆺ디 아니리니 이제 쏘 진평이 업ᄉᆞᆯ 줄 엇디 알니오? 스ᄉᆞ로 몸을 보호ᄒᆞ고 덕을 닷가 소렬(昭烈)[108]의 오시(吳氏)로 뎡비(定妃)ᄅᆞᆯ 칙봉(冊封)ᄒᆞᄂᆞᆫ 영화(榮華)ᄅᆞᆯ 요망(要望)ᄒᆞ라."
쇼졔 쳥ᄎᆞ(聽此)의 빵메(雙袂)로 귀ᄅᆞᆯ ᄀᆞ리와 고요히 업ᄃᆡ엿더니 날 44면

---

105 ᄉᆡᆼᄉᆡᆼ디니(生生之理): 생생지리. 만물이 생겨나는 자연의 이치.

106 ᄉᆞ마한ᄉᆞ(司馬漢史): 사마한사. 사마천의《사기》.

107 장부디녀손(張負之女孫): 장부지여손. '장부의 손녀'라는 뜻. 전한(前漢)의 개국공신 진평은 젊은 시절 고향인 호유(戶牖)에서 가난하게 지냈는데, 호유의 부자 장부(張負)는 그가 범상치 않은 인물임을 알고는 손녀를 그에게 시집보냄.

108 소렬(昭烈): 소열. 촉한(蜀漢)의 황제 유비의 시호.

ᄒᆞ여 강개쳑츅(慷慨踖蹴) 왈
“쇼녜 비록 누셜의 잠기여 관형(官刑)의 복(服)ᄒᆞ고 형뉵(刑戮)의 업디나 일편뎡심(一便正心)인즉 상셩을 ᄀᆞᆯ와 댱강(莊姜)[109]의 ᄇᆡᆨ쥬(柏舟) 노ᄅᆡ를 ᄯᆞ오고ᄌᆞ ᄒᆞᄂᆞ니 태태(太太)ᄂᆞᆫ ᄋᆞᄒᆡ 젼졍(前程)을 념(念)ᄒᆞ시고 일식을 가셕ᄒᆞ시나 고ᄉᆞ(故事)를 비겨 니ᄅᆞ디 마ᄅᆞ쇼셔. 쇼녜 완인(頑忍)ᄒᆞ여 목숨을 가져 태산(太山)의 긔약(期約)ᄒᆞ오나 만일 블의지ᄉᆞ(不意之事)로 누셜을 실히오고ᄌᆞ ᄒᆞᆯ딘ᄃᆡ 일누(一縷)를 홍모(鴻毛)의 더디미 므어시 어려오리잇가?”
언파(言罷)의 ᄉᆞ긔녈일(士氣烈日)ᄒᆞ여 말ᄉᆞᆷ의 ᄯᅳᆺ이 업ᄉᆞ니 녀시 그 당당녈슉(堂堂烈肅)ᄒᆞ고 졍뎡결개(正正潔介)ᄒᆞ미 죽으나 ᄯᅳᆺ을 굽히디 아닐 바를 혜아리ᄆᆡ 만분블열(萬分不悅)ᄒᆞ나 비고(卑高)ᄒᆞ미 셰월노조ᄎᆞ 더으고 홍옥초츈(紅玉初春)의 공규(空閨) 폐륜디인(廢倫之人)이 되여 산촌의 젹막원혹(寂寞寃酷)ᄒᆞ미 만고를 기우려 비길 ᄃᆡ 업ᄉᆞ니 셰구년다(歲久年多)ᄒᆞᄆᆡ 회심ᄒᆞ미 이실가 요망ᄒᆞ미 잇더라.
이에 두어 가디 과픔(果品)과 일긔온미(一器溫糜)를 가져 권ᄒᆞ니 쇼졔 그 심슐을 ᄉᆞᆺ쳐 취봉산의도 무ᄉᆞ히 잇디 못ᄒᆞᆯ 바를 ᄎᆞ악(嗟愕)ᄒᆞ여 과연 술 의싀 업ᄉᆞᄃᆡ 져의 ᄒᆞᆫ 조각 인졍을 겸ᄒᆞᆫ 거동이 희귀ᄒᆞ고 임의 죽으믈 엇디 못ᄒᆞ여시니 봉변시(逢變時)의 결(決)코ᄌᆞ ᄒᆞ므로 그 권ᄒᆞᄂᆞᆫ 바를 샤양치 아니코 두어 번 마신 후 그릇ᄉᆞᆯ 믈니ᄆᆡ 이에 ᄀᆞᆯ오ᄃᆡ “태ᄐᆡ 엇디 효신(曉晨)을 기다리시리잇고? 뎡침(正寢)으로 도라가시

45면

109 댱강(莊姜): 장강. 위후(衛侯) 장공(莊公)의 부인. 어질고 용모가 아름다웠으나 위장공이 첩에게 미혹되어 냉대를 받음.

미 맛당ᄒᆞ이다.”

녀시 쇼져의 위름(危懍)ᄒᆞ미 경직(頃刻)의 딘(盡)홀 듯ᄒᆞ믈 보미 봉산을 밋쳐 가디 못홀가 념홀디언졍 왕모와 야야ᄅᆞᆯ 비샤ᄒᆞ고 가렷노라 셔들가 념은 업고 ᄉᆡᆼ셰디후(生世之後)로 이런 누옥(陋獄)은 보디 아녓ᄂᆞᆫ 고로 비구(髦裘)ᄅᆞᆯ 닙어시나 야긔풍상(夜氣風霜)이 괴로온디라. 쇼져의 말을 조ᄎᆞ 도라갈ᄉᆡ 옥슈(玉手)ᄅᆞᆯ 잡고 무ᄉᆞ(無事)ᄒᆞ믈 당부ᄒᆞ고 미란으로 쇼져의 가ᄂᆞᆫ 양을 보고 오라 ᄒᆞ니 난이 슈명ᄒᆞ고 쇼져ᄂᆞᆫ 톄루(涕淚)ᄒᆞ며 긴 말ᄉᆞᆷ을 펴디 못ᄒᆞ나 왕모와 야야ᄅᆞᆯ 비별치 못ᄒᆞ믈 슬허ᄒᆞ고 녀시 비록 블인악착(不仁齷齪)ᄒᆞ나 맛ᄎᆞᆷᄂᆡ 모녀지의(母女之義)로 긴 니별을 디으니 창결ᄒᆞᆫ 회푀 이셔 지삼 강건ᄒᆞ시믈 쳥ᄒᆞ미 디효(至孝)의 동쵹(洞屬)ᄒᆞ미 ᄌᆞ긔 쥬쳐ᄉᆞ와 뉴부인 구로ᄉᆡᆼ지(劬勞生之)ᄒᆞᆫ 바로 비록 ᄉᆡᆼ부뫼 ᄯᅩ로 이시믈 아디 못ᄒᆞ나 텬셩혈ᄆᆡᆨ(天性血脈)이 상응ᄒᆞ니 공쥬와 교병부와 호시ᄂᆞᆫ 쇼져긔 ᄂᆡ도ᄒᆞᆫ 빈니 혈ᄆᆡᆨ이 뉴동ᄒᆞᆫ 졍이 이실 거시 아니로ᄃᆡ 더옥 녀시ᄂᆞᆫ 심상치 아닌 원쉬어ᄂᆞᆯ 부모디명(父母之命)이 막대ᄒᆞ니 셩효의 디극ᄒᆞ믈 능히 막디 못ᄒᆞ미라. 더옥 공쥬 모ᄌᆡ 텬늅의 ᄌᆞ별ᄒᆞᆫ 졍이 업시 쇼져 ᄉᆞ랑이 병되기의 밋쳣다가 그 죄루ᄅᆞᆯ 골돌ᄒᆞ여 벗길 조각이 업ᄉᆞ나 ᄯᅩᄒᆞᆫ 맛ᄎᆞᆷᄂᆡ 음흉난일(陰凶亂逸)타 아니ᄒᆞᄃᆡ 그 인믈이 소양블모(霄壤不侔)ᄒᆞ여 젼후의 다ᄅᆞ믈 보미 분분초창(紛紛憔愴)ᄒᆞ여 화광질쥬(化狂疾走)홀 듯ᄒᆞ니 범연(泛然)ᄒᆞᆫ 졍과 ᄉᆞ랑이야 이러ᄒᆞ리오? 쥬쳐ᄉᆞ 부부라도 공쥬 모ᄌᆞ의 더으디 못홀 듯ᄒᆞ니 대개 이 부녀ᄂᆞᆫ 텬되(天道) 명ᄒᆞ여 의로 ᄆᆡᄌᆞ 부ᄌᆞ녀효(父慈女孝)ᄒᆞ미러라. 녀시 미란을 당부ᄒᆞ고 도라가니 난이 홀노 잇셔 쇼져ᄅᆞᆯ 뫼시고 영이 잠간 나가 아비ᄅᆞᆯ 보고 녀 46면

시 도라간 후 즉시 드러오니 쇼졔 고요히 누어 유연이 싱각는 빈 잇셔
47면 말을 아니 ᄒᆞ나 미란이 계영으로 니졍(離情)을 닐너 슬허ᄒᆞ믈 마지아
니니 영이 후의롤 샤ᄒᆞ고 노쥐 ᄎᆞ싱의 텬일(天日)을 볼진딘 보은홀
바롤 일ᄏᆞᄅᆞ니 난이 블열뎡식(不悅正色) 왈
"영낭이 괴이혼 말노 날을 용납홀 ᄯᆞ히 업게 ᄒᆞᄂᆞ뇨? 쇼져는 우리 쥬
인이라 의앙(依仰)ᄒᆞ미 영낭과 다ᄅᆞ리오마는 궁듕요얼(宮中妖孼)이
셩ᄒᆞ고 간신 흉ᄒᆞ니 감히 닙을 여러 쇼져긔 히롤 더으디 못ᄒᆞ여 영을
조ᄎᆞ ᄉᆞᄉᆞ의견(私私意見)을 두디 못ᄒᆞ나 도쳑(盜跖)을 비화 듕니(仲
尼)롤 훼(毁)ᄒᆞ리오? 그딘 칭은(稱恩)이 괴황(怪況)치 아니랴?"
영이 돈연샤례(頓然謝禮)ᄒᆞ딘 쇼졔 냥비(兩婢)의 다언(多言)ᄒᆞ믈 블
열(不悅)ᄒᆞ는 고로 말을 긋치고 공슈시호(拱手侍護)ᄒᆞ엿더니 쇼졔
홀연 헛튼 머리롤 쁠고 손을 드러 침음궁구(沈吟窮究)러니 악언변식
경디(愕然變色驚之)ᄒᆞ여 기리 혼 소릭롤 블너 왈
"이(哀)라 셜영아. 날을 위ᄒᆞ여 쇽졀업시 죽ᄂᆞ니 ᄉᆞ라셔 이 위란(危
亂)을 딘치 아니ᄒᆞᄂᆞ뇨?"
언파(言罷)의 도로 ᄡᅳ러지니 계영이 딘젼고왈(進前告曰)
"아비 형의 원요참ᄉᆞ(寃夭慘死)ᄒᆞ믈 슬허ᄒᆞ고 쇼져 시위(侍衛)홀 시
48면 비 맛당치 아니믈 민망ᄒᆞ니 일개 튱근(忠謹)혼 양낭(養娘)과 냥개(兩
個) 영오(穎悟)혼 쇼ᄎᆞ두롤 어더 힝거(行車)롤 시위ᄒᆞ여 취산으로 나
아가 신음코져 ᄒᆞ오나 쇼져 존의롤 믈나 취픔(取稟)[110]ᄒᆞᄂᆞ이다. 쇼비

110 취픔(取稟): 취품. 웃어른께 여쭈어서 그 의견을 기다림.

삼인을 보오니 딘실노 시위ᄒᆞ염즉 ᄒᆞ온디라. ᄉᆡ로이 망형(亡兄)을 ᄉᆡᆼ각고 통돌(痛咄)ᄒᆞ시니 만일 ᄡᅳ실 곳이 이시면 져 삼인을 블너 교임(敎任)ᄒᆞ시고 쇼비 슈블튱(雖不忠)이오나 형의 ᄃᆡᄅᆞᆯ 니어 ᄉᆞ디(死地)라도 사양치 아니리이다."

쇼졔 츄파ᄅᆞᆯ 흘녀 냥구슉시(良久熟視)의 날호여 답왈(答曰)

"내 죄루의 쳐ᄒᆞ미 아니라도 빵빵ᄒᆞᆫ 시ᄋᆞᄅᆞᆯ 모화 어ᄌᆞ럽고져 아니커ᄂᆞᆯ ᄒᆞ믈며 누셜의 잠기미냐? 두 낫 비ᄌᆞ의 ᄒᆞ나흔 나의 화앙(禍殃)으로 죽으미 되니 네라도 내 알ᄑᆡ 두믈 깃거 아니 ᄒᆞ거ᄂᆞᆯ 엇디 쇼ᄆᆡ 평ᄉᆡᆼ의 잡인(雜人)을 모흐리오? 여부(汝父)다려 니ᄅᆞ라. 내 한고(漢高)[111]의 창업(創業) 아니니 삼걸(三傑)이 이시나 ᄲᅳᆯᄃᆡ업ᄉᆞ니 브졀업시 시녀ᄅᆞᆯ 구ᄒᆞ지 말고 다만 효명(曉明)의 거교(車轎)ᄅᆞᆯ ᄃᆡ령ᄒᆞ믈 니ᄅᆞ라."

영이 경혹(驚惑)의 아아ᄒᆞ여 뭇ᄌᆞ오ᄃᆡ

"쇼져 ᄒᆡᆼ거(行車)ᄅᆞᆯ 부인이 명ᄒᆞ여 오경(五更) 븍이 동ᄒᆞ며 원문(院門) 49면
의 ᄃᆡ후(待候)ᄒᆞ라 ᄒᆞ여시니 ᄯᅩ 엇디 아비로 ᄃᆡᄒᆞ라 ᄒᆞ시ᄂᆞ니잇가?"

쇼졔 ᄆᆡᆨᄆᆡᆨ[112] 탄아슈셩(嘆訝愁聲)의 빵뉘(雙淚) 가바야이 ᄯᅥ러져 ᄀᆞᆯ오ᄃᆡ

"구ᄎᆞ히 욕을 면ᄒᆞ고 일누(一縷)ᄅᆞᆯ 디보(支保)코져 ᄒᆞ미 일마다 흉완(凶頑)ᄒᆞᆫ 연고(緣故)라 누셜(累說)의 잠기믈 한치 못ᄒᆞ리로다. 연이나 네 말을 밧고 내 결단코ᄌᆞ ᄒᆞᄂᆞ니 한고(漢高)의 창업(創業)이 아닌 후ᄂᆞᆫ 농안(龍顏)을 긔신(紀信)의게 빌미[113] 어려온 줄 모로미 아니로

---

111 한고(漢高): 한고조 유방.

112 ᄆᆡᆨᄆᆡᆨ: 맥맥. 기운이 막히고 답답한 상태.

113 농안(龍顏)을 긔신(紀信)의게 빌미: 용안을 기신에게 빎이. 한나라 장수 기신이 유방의 모습으로 꾸며 그를 대신해 항우의 군사를 유인한 일.

딕 너의 유미치 아님과 최파의 님시의논(臨時議論)이 이실 바로 니루ᄂᆞ니 궁노(宮奴) 딕후ᄒᆞᄂᆞᆫ 술위의 네 오로고 최패 조ᄎᆞ가다가 블의지변(不意之變)을 만나거든 여ᄎᆞ여ᄎᆞᄒᆞ여 젹을 믈니치고 신여명(身與命)이 구젼(俱全)ᄒᆞ여 노쥬(奴主) 산 낫ᄎᆞ로 딕홀진딕 셜영의 히오미 업시 죽ᄂᆞᆫ 바의 비길소냐? 네 만일 내 말딕로 홀진딕 내 ᄯᅩᄒᆞᆫ 여부(女父)의 딕ᄒᆞᆫ 술위의 올나 날호여 봉산으로 가리니 믹란이 날을 ᄎᆞᄌᆞ려 ᄒᆞ려니와 네 일을 그릇ᄒᆞ고 응변(應變)을 잘못ᄒᆞ여 살신셩명(殺身性命)ᄒᆞ미 될진딕 너를 내 마ᄌᆞ 죽이미라. 님군이 신하를 위ᄒᆞ여 죽ᄂᆞᆫ 빅 업고 항거시 죵을 위ᄒᆞ여 죽으미 업ᄉᆞ나 나의 궁진(窮盡)ᄒᆞᆫ 형셰ᄂᆞᆫ 너를 죽인 후ᄂᆞᆫ 더옥 디보(支保)홀 길히 업ᄉᆞ니 장ᄎᆞᆺ 죽디 아니ᄒᆞ고 엇디ᄒᆞ리오?”

50면

영이 복디문교(伏地聞教)의 빅슈계슈(拜手稽首) 왈

“쇼비 비록 블튱블민(不忠不敏)ᄒᆞ오나 쇼져의 졍녕(丁寧)ᄒᆞ신 디교(指教)와 말단ᄉᆞ의 ᄉᆞ싱을 긔약ᄒᆞ시ᄂᆞᆫ 하날 ᄀᆞᆺᄐᆞᆫ 은우(恩遇)를 념연(恬然)이[114] 져ᄇᆞ려 일편도이[115] 죽어 갑기를 긔약ᄒᆞ리잇가? 쇼져ᄂᆞᆫ 존톄(尊體)를 보듕(保重)ᄒᆞ시고 져 삼인(三人)을 믹졀치 못홀 곡졀이 잇ᄉᆞᆸᄂᆞ니 엇디 발셔 알외고져 아니리잇고마ᄂᆞᆫ 쇼졔 샹ᄉᆞ를 ᄆᆞᄋᆞᆷ의 두디 아니샤 인간 셩심을 블구이 쳥ᄒᆞ시니 쇼비 감히 호란(胡亂)이 다언(多言)치 못ᄒᆞ엿ᄉᆞᆸ더니이다. 져 양낭ᄌᆞ(養娘子)ᄂᆞᆫ 쥬군 졍샹공 유랑(乳娘) 빙셤이로라 ᄒᆞ고 ᄎᆞ환은 유ᄋᆞ의 소싱 홍미와 일인(一人)은 졍

114 념연(恬然)이: 염연히. 거리낌 없는 모양.

115 일편도이: 일편되다. 편벽되다.

부 화부인 교임ᄒᆞ시던 바 ᄎᆡ월이라. 쇼져의 참누악얼(慙累惡孼)을 져마다 타비욕미(唾鄙辱罵)ᄒᆞ믈 쇼비 더옥 분원쳘텬(忿怨徹天)ᄒᆞ여 형의 죽어 모로미 쾌ᄒᆞ믈 블워ᄒᆞ고 ᄒᆞ나토 아쥬(我主)를 원억(寃抑)ᄒᆞ므로 아지 아니믈 각골통도(刻骨痛悼)ᄒᆞ옵더니 졍부 화부인은 쇼져의 궁원극통(窮寃極痛)과 만만비회(萬萬悲懷)를 먼니 디긔(知機)ᄒᆞ시고 유랑모녀(乳娘母女)와 ᄎᆡ월을 보ᄂᆡ샤 쇼져를 보호ᄒᆞ게 ᄒᆞ신다 ᄒᆞ오니 셩명ᄒᆞ신 덕틱이 월노 비길디라.[116] 엇디 감은골슈(感恩骨髓)치 아니리잇가? 삼인이 쇼져를 뫼셔 취산으로 가믈 뎡ᄒᆞ고 비록 모라 ᄂᆡ치셔도 녀군 화부인 명을 밧ᄌᆞ온 바의 감히 헛도이 도라가지 못ᄒᆞᆯ다 ᄒᆞ오니 쇼졔 용납디 아니셔도 져 뉘 믈너나디 아닐너이다." 51면
쇼졔 쳥파(聽罷)의 발셔 짐작ᄒᆞᆫ 빅나 난연괴치(赧然愧恥)ᄒᆞ여 옥안(玉顔)의 쥬식(朱色)이 취영ᄒᆞ여 냥구(良久)의 왈
"나의 죄명이 망극ᄒᆞ여 누셜(累說)의 잠겨 눈강삼졍(倫綱三正)이 다 멸졀(滅絶)ᄒᆞ여 인뉴(人類)의 튱슈(充數)치 못ᄒᆞᆯ디라. 비록 문명녜폐(問名禮幣)[117]를 의디(依支)ᄒᆞ여 죵신(終身)코져 ᄒᆞ나 그 실은 니(理)의 절혼(絶婚)ᄒᆞ믈 붉히디 아닐디언졍 죄뤼(罪累) 현져(顯著)ᄒᆞ여 의졀(義絶)ᄒᆞᆫ 빅라. 므솜 뜻으로 졍시(程氏) 장확(臧獲)을 머므ᄅᆞ리오? 모로미 내 뜻이 사롬 보믈 블원(不願)ᄒᆞᆫ다 ᄒᆞ여 도라보ᄂᆡ라."
영이 ᄃᆡ왈(對曰)
"명ᄃᆡ로 ᄒᆞ오려니와 ᄎᆞ뉘(此類) 아뷔 집의 잇션 디 슌여(旬餘)의 ᄒᆞᆫ 52면

116 월노 비길디라: 규장각본에는 '월노 비길지라'로 되어 있음.
117 문명녜폐(問名禮幣): 문명예폐. 혼인 절차인 육례(六禮) 중 문명(問名)과 납채(納采).

갈ᄀᆞᆺ치 움ᄌᆞᆨ이디 아니코 녀군(女君)의 명이 쇼져ᄅᆞᆯ 뫼셔 보호ᄒᆞ믈 엇거든 일월(日月)이 오랄디라도 셰샹 소식을 ᄭᅳᆫ코 다만 쇼져의 누얼신ᄇᆡᆨ(陋孼申白)ᄒᆞ기만 기다려 네(禮)로 밧드러 도라오ᄂᆞᆫ 날의 ᄒᆞᆫ가지로 보믈 부촉(咐囑)ᄒᆞ신 ᄇᆡ라 ᄒᆞ여 쇼졔 용납디 아니시면 죽을디언졍 도라가든 못ᄒᆞ리니 쇼져 ᄃᆡᄒᆞ의셔 죽으렷노라 ᄒᆞᄋᆞᆸᄂᆞ니 쇼비의 미ᄒᆞᆫ 말이 ᄎᆞ인 등을 잘 도라보ᄂᆡ디 못ᄒᆞᆯ가 근심ᄒᆞᄂᆞ이다.”

쇼졔 빈미블열(顰眉不悅) 왈

“만승(萬乘)의 존(尊)으로도 필부디의(匹夫之意)ᄅᆞᆯ 앗디 못ᄒᆞᄂᆞ니 ᄎᆞ인 등이 비록 고집히 머믈고ᄌᆞ ᄒᆞ나 내 ᄀᆞᆺᄐᆞ여 두고ᄌᆞ 아니 ᄒᆞᆫᄌᆞᆨ 엇디 위력(威力)으로[118] 잇기ᄅᆞᆯ 잘 ᄒᆞ리오? 너의 다언ᄉᆞ리(多言事理)ᄒᆞ미 나의 통운(痛隕)ᄒᆞᆫ 회포(懷抱)ᄅᆞᆯ 아디 못ᄒᆞ고 오가(吾家) 블미(不美)ᄒᆞᆫ ᄉᆞ젹(事蹟)을 외인(外人)의게 젼파(傳播)ᄒᆞ여 나의 죄루(罪累) ᄂᆞᆼ 다시 만고블효디죄(萬古不孝之罪)ᄅᆞᆯ 더으고져 ᄒᆞ니 엇디 블힝치 아니리오?”

셜파(說罷)의 침음믁ᄉᆡᆨ(沈吟默色)ᄒᆞ니 긔위(氣宇) 쥰졍(峻整)ᄒᆞ여 우러러 말 븟치기 어려온디라. 영이 숑황(悚惶)ᄒᆞ여 고두샤죄(叩頭謝
53면 罪)ᄒᆞ고 나와 아비ᄅᆞᆯ ᄃᆡᄒᆞ여 명효(明曉)의 술위ᄅᆞᆯ ᄃᆡ후(待候)ᄒᆞ라 ᄒᆞ고 최파로 님시응변(臨時應變)ᄒᆞᆯ 바ᄅᆞᆯ 의논ᄒᆞ며 범ᄉᆞ(凡事)ᄅᆞᆯ 뇨리(料理)ᄒᆞ미 빙셤 등을 보아 쇼져의 ᄯᅳᆺ을 젼ᄒᆞ고 환가(還家)ᄒᆞ믈 쳥ᄒᆞ니 원ᄂᆡ 빙셤은 졍공ᄌᆞ 닌경의 유뫼[119] 홍미ᄂᆞᆫ 빙셤의 녀로 공ᄌᆞ와 동년

118 위력(威力)으로: 규장본에는 ‘위혁(威嚇)으로’로 되어 있음.

119 유뫼: 규장각본에는 ‘유뫼오’로 되어 있음.

이오 취월은 화부인 신임ᄒᆞᄂᆞᆫ 쇼ᄎᆞ두니 부인이 홍미·취월을 명ᄒᆞ여 삼공ᄌᆞ 실가(室家)로 주고져 ᄒᆞ엿ᄂᆞᆫ디라. 셤이 디극튱근(至極忠謹) ᄒᆞ므로 공ᄌᆞ롤 유양(乳養)[120]ᄒᆞ여 우러ᄂᆞᆫ 졍셩이 비길 ᄃᆡ 업거ᄂᆞᆯ 취여원통[121]ᄒᆞ미 계영의 나리디 아니ᄒᆞ나 쇼졔 누셜(累說)의 잠기고 븍원의 슈계(囚繫)ᄒᆞᄃᆡ 뜻이 단금(鍛金)과 구졍(九鼎) ᄀᆞᆺᄐᆞ여 의탄요망(疑歎要望)ᄒᆞ미 업ᄉᆞ믈 드ᄅᆞ미 감히 알현ᄒᆞ믈 쳥치 못ᄒᆞ여 유유히 최파의 집의셔 날을 보ᄂᆡ더니 쇼졔 임의 상쳬(傷處) 나아 문외로 나가려 ᄒᆞ믈 드ᄅᆞ미 계영으로 비로소 와시믈 고ᄒᆞ라 ᄒᆞ고 복시(服侍)ᄒᆞ믈 ᄇᆞ라더니 쇼졔 ᄉᆞᄉᆞ로 죄루(罪累)롤 므릅ᄡᅳ디언졍 의모(義母)의 과악(過惡)을 외인의게 챵셜(唱說)코ᄌᆞ 아니 ᄒᆞᄂᆞᆫ 고로 셤 등을 ᄆᆡ연이 머므롤 뜻이 업셔 도라가라 ᄒᆞᄂᆞᆫ디라. 셤 등이 션탄왈(羨嘆曰) 54면

"진실노 대효디셩(大孝至誠)이시니 쇼비 등이 토목 ᄀᆞᆺᄐᆞ나 쇼져의 츌텬대효(出天大孝)롤 상히와 삼촌 혀롤 어ᄌᆞ러이 놀녀 셜파(說破)ᄒᆞ리오? 우리 녀군이 발셔 쇼져의 뜻을 아ᄅᆞ샤 글을 븟쳐 쇼져로 ᄒᆞ여곰 아등을 쇼졔 뜻을 두로혀 ᄃᆡ하의 용납고ᄌᆞ ᄒᆞ신디라. 영낭이 가져 쇼져긔 드리라."

ᄒᆞ고 상협 ᄉᆞ이로조ᄎᆞ 봉셔(封書)롤 ᄂᆡ여주니 영이 춍망(悤忙)이 밧드러 도라와 쇼져긔 ᄎᆞᄉᆞ롤 알외고 봉셔롤 드리니 쇼졔 브득이 거두긔신(擧頭起身)ᄒᆞ여 탁열(坼閱)ᄒᆞ니 필법이 몬져 안목의 셧돌고 금옥이 징황ᄒᆞ니 니ᄉᆞᄂᆞᆫ 신긔ᄒᆞ믈 샤양ᄒᆞ고 위부인은 영발ᄒᆞ믈 밋디 못

120 유양(乳養): 젖 먹여 기름.

121 취여원통: 미상. '취어원통(就於怨痛)'으로 추정.

ᄒᆞ며 덕튁(德澤)이 왕실ᄒᆞ여 교쇼져의 현부(賢否)를 보도 못ᄒᆞ고 누셜(累說)이 ᄒᆡ이(駭異)ᄒᆞ여 셰간의 다시 업ᄉᆞ니 골돌ᄒᆞ미 극ᄒᆞᆫᄃᆡ 홍

55면 ᄆᆡ·ᄎᆡ월이 녀군의 용의를 우러지 못ᄒᆞ고 공ᄌᆞ의 금슬디낙(琴瑟之樂)이 밋쳐 곡됴(曲調)의 오ᄅᆞ디 못ᄒᆞ여셔 죵괴(鐘鼓) 파(罷)ᄒᆞ고 교칠(膠漆)[122]이 어긔믈 ᄋᆡ돌와 한심(寒心)ᄒᆞ미 셤과 ᄒᆞᆫ가지라. 화부인이 댱ᄌᆞ부부(長子夫婦)를 위ᄒᆞᆫ 근심과 ᄎᆞ부(次婦)의 병을 근심ᄒᆞᄂᆞᆫ 회푀(懷抱) 심번여란(心煩慮亂)ᄒᆞ믈 ᄭᆡ닷디 못ᄒᆞ니 교시의게 ᄆᆞ음이 밋디 못ᄒᆞᆯ ᄇᆡ나 그 죄뤼(罪累) 법부를 드레고 텬문(天門)을 ᄉᆞ못ᄎᆞ나 본ᄃᆡ 쳔니(千里)를 좌탁(坐度)ᄒᆞᄂᆞᆫ 셩명혜식(性明慧識)이라. 그 디원극통(至冤極痛)을 듯디 아냐셔 혁연(赫然)이 참절(慘絶)ᄒᆞᆫ 졍니(情理)를 ᄭᆡ다라 빙셤 등을 명ᄒᆞ여 근쳐의 가 소식을 탐문ᄒᆞ여 진짓 쇼져를 ᄎᆞᄌᆞ 보호ᄒᆞ고 경(輕)히 도라오디 말나 ᄒᆞ여 두어 줄 글을 깃쳐 쇼졔 보게 ᄒᆞ라 ᄒᆞ니 셤 등이 ᄇᆡ복슈명(拜伏受命)ᄒᆞ여 팔월디습(八月之拾)으로브터 구월디초(九月之初)의 니ᄅᆞ히 쇼져 소식을 탐문ᄒᆞᄂᆞᆫ 졍셩이 가ᄌᆞᆨᄒᆞ니 먹디 못ᄒᆞ고 ᄌᆞ디 못ᄒᆞ며 심방(尋訪)ᄒᆞ더니 요힝(僥倖) 최파를 만나 향문(嚮聞)ᄒᆞ여[123] ᄌᆞ연 셜영의 죽은 소식의 밋쳐ᄂᆞᆫ 최패 원망통호(怨望通號)ᄒᆞ믈 마디 아니ᄒᆞ니 셤 등이 기간ᄉᆞ(其間事)

56면 를 ᄆᆞ러 ᄇᆞ야흐로 쇼져의 원통비만(怨痛悲懣)ᄒᆞ미 쥬모(主母)의 혜아림과 ᄀᆞᆺᄐᆞ믈 ᄭᆡ다라 위ᄒᆞ여 슉녀(淑女) 졍심(貞心)과 쳘부(哲婦)의 규뫼(規模) 낫타나고 슈려녕농(秀麗玲瓏)ᄒᆞ여 오ᄎᆡ황황(五彩煌煌)ᄒᆞ

122 교칠(膠漆): 아교와 옻칠. 서로 떨어질 수 없는 사이를 이름.

123 향문(嚮聞)ᄒᆞ여: 향문하다. 지난 일을 듣다.

니 쇼졔 엇디 ᄉᆡᆼᄂᆡ(生來)의 이런 필쳬ᄅᆞᆯ 보아시리오? 흠복공경(欽服
恭敬)ᄒᆞ믈 니긔디 못ᄒᆞ여 ᄉᆞ의ᄅᆞᆯ 보아오ᄆᆡ 블과 두어 줄 글이나 쇼져
의 궁원극통(窮怨極痛)을 ᄉᆞ못ᄎᆞ 비최여시니 대개 쥬공(周公)의 ᄋᆡᆨ
(厄)ᄒᆞ심[124]과 증삼(曾參)의 살인디명(殺人之名)[125]이 그 므어시 허믈 되
리오? 빙셤 등을 머므ᄅᆞ미 유ᄒᆡ치 아니코 뽓ᄎᆞ 보ᄂᆡ미 일편 고집의
갓가오믈 닐너시니 문법이 유법ᄒᆞ여 대가의 낫타나고 ᄉᆞ의(辭意) 간
냑(簡略)ᄒᆞ여 디번(支煩)[126]ᄒᆞ믈 블취(不取)ᄒᆞ나 조곰도 ᄆᆡ몰ᄒᆞ미 업ᄂᆞᆫ
디라. 오ᄃᆡᆨ 고모(姑母)의 ᄋᆡ듕(愛重)ᄒᆞ미 모녀의 친ᄒᆞᄆᆡ 감치 아니므
로뼈 얼골을 못 보아시나 먼니 그 원억(冤抑)ᄒᆞ믈 디긔(知機)ᄒᆞ여 보
명(保命)을 당부ᄒᆞᆫ 쓰이 간곡(懇曲)ᄒᆞ니 모녀의 디극(至極)ᄒᆞ므로 다
ᄅᆞ디 아니ᄒᆞ니 쇼졔 텬셩대효(天性大孝)로 감은골슈(感恩骨髓)치 아
니리오? 스ᄉᆞ로 죄루(罪累)의 쳐(處)ᄒᆞ므로브터 셰ᄉᆞ(世事)ᄅᆞᆯ ᄆᆞ음
의 머므ᄅᆞ미 업ᄂᆞᆫ디라 오ᄃᆡᆨ 셔쟝(書狀)을 공경ᄒᆞ여 간ᄉᆞᄒᆞ고[127] 침잠무 57면
언(沈潛無言)이니 영이 그 쓰을 몰나 명을 쳥ᄒᆞ니 쇼졔 아황(蛾黃)이
졔졔(齊齊)ᄒᆞ고[128] 셩안(星眼)이 미미(微微)ᄒᆞ여 ᄀᆞᆯ오ᄃᆡ

124 쥬공(周公)의 ᄋᆡᆨ(厄)ᄒᆞ심: 주공이 액을 당한 일이라는 뜻으로, 주공이 무왕(武王) 사후에 어린 성왕을 대신하여 섭정하다가 모함을 받은 일을 말함.

125 증삼(曾參)의 살인디명(殺人之名): 공자의 제자인 증삼과 같은 이름을 가진 자가 있었는데 어떤 사람이 베를 짜고 있는 증삼의 어머니에게 와서 증삼이 사람을 죽였다고 하니 증삼의 어머니가 처음에는 믿지 않다가 세 번 반복해서 말하자 베 짜던 북을 던지고 일어나서 달려갔다고 함.

126 디번(支煩): 지번. 지리번쇄(支離煩瑣), 즉 자질구레하다는 뜻.

127 간ᄉᆞᄒᆞ고: 간사하다. '간수하다'의 뜻으로 추정.

128 졔졔(齊齊)ᄒᆞ고: 제제하다. '제제'는 공경하는 모양.

"삼죵(三從)이 졀(絶)ᄒᆞ고 뉸강(倫綱)이 파(罷)ᄒᆞᆫ 죄인이 엇디 조심ᄒᆞ
ᄂᆞᆫ 녜로 공경ᄒᆞᄂᆞᆫ 념치를 알니오마ᄂᆞᆫ 져 부인이 디교(指敎)ᄒᆞ시ᄂᆞᆫ 은혜·덕화를 겸ᄒᆞ여시니 나ᄂᆞᆫ 쇼ᄌᆡ(少者)오 져ᄂᆞᆫ 댱ᄌᆡ(長者)시니 쇼ᄌᆡ 쥰댱ᄌᆞ디교(遵長子之敎)ᄒᆞ여 어긔디 말고ᄌᆞ ᄒᆞ거니와 맛ᄎᆞᆷᄂᆡ 튝황블안(蹴惶不安)ᄒᆞ미 더으도다."

영이 환희ᄒᆞ여 밧비 나와 젼ᄒᆞᆯᄉᆡ 쇼졔 우왈(又曰)

"죵시(終是) ᄂᆡ외ᄒᆞᆯ 거ᄉᆞᆫ 아니나 취봉산의 가 보와도 늣디 아니니 모로미 져를 이곳으로 브ᄅᆞ디 말나."

영이 응명ᄒᆞ여 나와 셤 등을 보고 쇼져의 말을 니ᄅᆞ니 셤 등이 ᄒᆡᆼ심(幸甚)ᄒᆞ믈 니긔디 못ᄒᆞ여 왈

"ᄎᆔ월·홍낭 등이 쇼져긔 ᄃᆡ후(待候)ᄒᆞ미 오란디라. 쇼졔 ᄯᅩᄒᆞᆫ 영낭과 달니 아ᄅᆞ시미 업ᄉᆞᆯ 거시로ᄃᆡ 목금은 오히려 아둥으로ᄲᅧ 셔어(鉏鋙)히 넉이실디라. 형셰 가히 계랑이 일시 ᄯᅥ남즉디 아니니 ᄎᆔ월이 블민블튱(不敏不忠)이나 위쥬디심(爲主之心)이 견마(犬馬)의 힘을 다ᄒᆞ고ᄌᆞ ᄒᆞ나니 외람이 긔신(紀信)의 고ᄉᆞ(古事)[129]를 니어 술위 가온ᄃᆡ 내 몬져 ᄒᆡᆼ(行)ᄒᆞ리니 최미 뒤흘 니어 조ᄎᆞ 응변(應變)ᄒᆞ믈 향긱(嚮刻) 계ᄆᆡ와 의논ᄒᆞ던 ᄃᆡ로 ᄒᆞᆯ딘ᄃᆡ 월이 굿ᄐᆞ여 죽디 아니ᄒᆞ고 도로 취각으로 드러가리니 계ᄆᆡ와 유랑 모녀ᄂᆞᆫ 쇼져를 뫼셔 ᄒᆡᆼᄒᆞ라."

유랑 모녜 다 올흐믈 일ᄏᆞ라 계영의 ᄒᆡᆼᄒᆞᆯ 바를 월노 ᄃᆡᄒᆞ라 ᄒᆞᄃᆡ 영이 쇼져의 ᄯᅳᆺ을 모로고 월의 긔상이 녈일ᄒᆞ니 그릇 죽으미 이실가 두려

58면

129 긔신(紀信)의 고ᄉᆞ(古事): 기신의 고사. 한나라 장수 기신이 유방의 모습으로 꾸며 그를 대신해 항우의 군사를 유인한 일.

소임 밧고믈 허치 아니니 월이 미쇼ᄒᆞ고 ᄌᆡ삼 쳥ᄒᆞ더니 믄득 오덕(五德)[130]이 ᄉᆡᄇᆡ[131]ᄅᆞᆯ 보고 옥누(玉漏)의 종고(鐘鼓) ᄌᆞ로 동ᄒᆞ니 월이 영의 말을 기다리디 아니ᄒᆞ고 돌연이 니러나 의상을 곳치니 비록 죄루(罪累)의 쳐ᄒᆞᆫ 복ᄉᆡᆨ(服色)이나 오히려 ᄎᆞ환비ᄇᆡ(叉鬟婢輩)로ᄂᆞᆫ 다ᄅᆞ더라. 영의 손을 닛그러 원문을 ᄀᆞᄅᆞ치라 ᄒᆞ며 쇼져 명을 듯ᄌᆞᆸ지 못ᄒᆞ고 계ᄆᆡ의 소임을 아ᄉᆞ니 당돌ᄒᆞᆫ 죄ᄅᆞᆯ 면치 못ᄒᆞᆯ디라.

"취산으로 가ᄂᆞᆫ 날 죄ᄅᆞᆯ 밧ᄌᆞ오량으로 일이 급ᄒᆞ니 내 몬져 술위의 들니라. 계ᄆᆡᄂᆞᆫ 유랑 모녀로 더브러 쇼져ᄅᆞᆯ 뫼셔 평안이 ᄒᆡᆼᄒᆞ라." 59면

영이 졔 당ᄒᆞᆫ 바ᄅᆞᆯ 쇼졔 모로게 월의게 밀위디 못ᄒᆞᆯ 줄노 닷토나 월이 듯디 아니ᄒᆞ고 ᄯᅥᆯ쳐 븍원의 니ᄅᆞ니 최패 ᄯᅩᄒᆞᆫ 응계(應計)ᄒᆞ고ᄌᆞ 월을 좃ᄂᆞᆫ디라. 영이 두로 권ᄒᆞᆷ과 월의 딘졍으로 ᄒᆡᆼᄒᆞᄂᆞᆫ 튱의ᄅᆞᆯ 감격ᄒᆞ여 징힐(爭詰)치 못ᄒᆞ고 블안ᄒᆞ믈 ᄯᅴ여 근심ᄒᆞ믈 마지아니니 월이 웃고 믈우(勿憂)ᄒᆞ라 ᄒᆞ더라. 영이 월을 븍원의 머므ᄅᆞ고 쇼져긔 드러가 알외니 쇼졔 더옥 깃거 아냐 월의 ᄒᆡᆼᄒᆞ믈 말과ᄌᆞ ᄒᆞᄃᆡ 져 비ᄌᆡ(婢子) ᄌᆞ원(自願)ᄒᆞ여 닐너도 듯디 아닐디라. ᄌᆞ긔 졈과(占果)의 영이 당치 아니ᄒᆞ고 ᄂᆡ도ᄒᆞᆫ 사ᄅᆞᆷ의 응ᄒᆞ미 잇던 고로 젹은 일도 관슈(管守)ᄒᆞ믈[132] ᄭᆡ다ᄅᆞᆯ디라 막ᄌᆞᄅᆞ지 아니ᄒᆞᄃᆡ 명위노쥬(名爲奴主)언졍 실은 쇼ᄆᆡ 평ᄉᆡᆼ의 셩문(聲聞)이 블상급(不嘗及)ᄒᆞ미어ᄂᆞᆯ 져 비ᄌᆡ 홀노 현심튱의(賢心忠義)로 위란(危亂)을 ᄇᆞᆲ아 ᄉᆞ디(死地)ᄅᆞᆯ 나아가미 딘실노

---

130 오덕(五德): 닭의 별칭.

131 ᄉᆡᄇᆡ: 새배. '새벽'의 옛말.

132 관슈(管守)ᄒᆞ믈: 관수하다. 보관하여 잘 지키다.

쳔진(千載)의 드믄 튱의롤 긔특이 넉이나 졈졈ᄒᆞ여 ᄌᆞ긔 집 블미디ᄉᆞ

60면 (不美之事)롤 표표히 알오미 될 바롤 블열ᄒᆞ여 믹믹히 탄아슈셩(嘆訝愁聲)의 날호여 니ᄅᆞ디

"예ᄌᆞ(豫子)의 튱(忠)으로도 범듕항시(范中行氏)롤 듕인디녜(衆人之禮)로 보(報)ᄒᆞ엿고 디빅(知伯)을 국ᄉᆞ(國士)로 보게 ᄒᆞ엿거놀[133] 나는 져 뉴(類)의 얼골도 모로니 듕인디녜로 디지(對知)ᄒᆞ미 업ᄉᆞᆫ 바의 져 뉘 믄득 예양(豫讓)의 디빅 갑고ᄌᆞ ᄒᆞ믄 엇지오?"

영이 디왈(對曰)

"딘실노 드믄 튱일 쓴 아니라 부인의 쵹탕(囑託)ᄒᆞ신[134] 교명(敎命)이 범연(泛然)치 아닌가 시브더이다. 셕(昔)애 오원(伍員)[135]이 초(楚)의셔 망명(亡命)홀ᄉᆡ 어장인(漁丈人)과 표미(表妹) 믈의 ᄲᅢ져 죽어 목숨을 앗기디 아니ᄒᆞ니 디긔(知己)롤 갑하 대ᄉᆞ(大事)롤 일우고ᄌᆞ ᄒᆞ니 이제 쇼져의 당ᄒᆞ신 바는 ᄌᆞ셔(子胥)의 부형복슈(父兄復讎)로 니도ᄒᆞ시나 궁원ᄒᆞ신 형셰죽 고금의 비우홀 ᄇᆡ 업ᄉᆞ나 알 니 업거놀 화부인이 먼니 디긔(知機)ᄒᆞ시고 ᄎᆞ인 등을 보ᄂᆡ시니 삼인이 죽기롤 긔약ᄒᆞ

133 예ᄌᆞ(豫子)의 ~ ᄒᆞ엿거놀: 예자는 예양(豫讓). 예양은 춘추시대 말기 진(晉)의 경대부 지백의 가신이었는데 지백이 조양자에게 패하여 굴욕적인 죽음을 당하자 지백의 원수를 갚기 위해 조양자를 암살하려다 붙들렸음. 조양자가 예양에게 묻기를 '예양이 일찍이 범씨와 중항씨를 섬겼는데 그들을 멸한 지백에게는 복수하지 않고 왜 지백을 죽인 나에게만 복수를 하려 하는가?'라고 했더니 예양이 범씨와 중항씨는 모두 자신을 보통 사람으로 대우했기에 자신도 보통 사람으로서 그들에게 보답했을 뿐이고 지백은 자신을 국사로 대우했으므로 자신도 국사로서 그에게 보답하려는 것이라고 대답함.

134 쵹탕(囑託)ᄒᆞ신: '쵹탁하신'으로 추정. 규장각본도 동일.

135 오원(伍員): 춘추시대 오나라 재상 오자서. '원'은 그의 이름.

여 갑고ᄌᆞ ᄒᆞ니 예ᄌᆞ의 튱으로 니ᄅᆞ디 못ᄒᆞ리러이다."

쇼졔 탄식무언(歎息無言)이러니 댱손탈 등이 원문의 술위ᄅᆞᆯ ᄃᆡ후ᄒᆞ고 쇼져의 ᄒᆡᆼ거ᄅᆞᆯ ᄌᆡ촉ᄒᆞ니 ᄆᆡ란이 나가 ᄎᆡ월을 닛그러 거교(車轎)의 올 61면
니ᄆᆡ 최패 뒤흘 조ᄎᆞ ᄒᆡᆼᄒᆞᄂᆞᆫ디라. 난이 먼니 가도록 바라보아 그 의긔현튱(義氣賢忠)을 션탄(羨嘆)ᄒᆞ다가 드러가 쇼져긔 고별왈(告別曰)

"쇼비 감히 오ᄅᆡ 머므러 쇼져 ᄒᆡᆼ거ᄅᆞᆯ ᄇᆡ숑(陪送)치 못ᄒᆞ미 결연(缺然)ᄒᆞ오나 부인의 기다리시믈 앙탁(仰託)ᄒᆞᄆᆡ ᄶᆡ 오ᄅᆡᆫᄌᆞᆨ 의려ᄒᆞ시믈 더을가 두려 도라가ᄋᆞᆸᄂᆞ니 복원 쇼져ᄂᆞᆫ 셩후ᄅᆞᆯ 안보ᄒᆞ샤 존톄ᄅᆞᆯ 상손치 마ᄅᆞ시고 필경을 보쇼셔. 녈잉이 괴이ᄒᆞᆫ 병을 어더 누월 인ᄉᆞᄅᆞᆯ ᄇᆞ려 쇼져 화변(禍變)을 모로나 회소지경(回蘇之境)을 어드면 통원비울ᄒᆞ미 계영의 다ᄅᆞ디 아니리이다."

쇼졔 다만 태태(太太)ᄅᆞᆯ 봉시(奉侍)ᄒᆞ여 무ᄉᆞ히 이시라 ᄒᆞ고 녈잉을 힘ᄡᅧ 구호ᄒᆞ여 죽디 아니케 ᄒᆞ라 ᄒᆞ니 난이 ᄃᆡ왈(對曰)

"잉의 병은 믈우(勿憂)ᄒᆞ실 ᄇᆡ니이다. 부인이 쳔방ᄇᆡᆨ약(千方百藥)으로 브ᄃᆡ ᄉᆞᆯ오려 ᄒᆞ시니 졔 명이 긴ᄌᆞᆨ 죽지 아니ᄒᆞ리이다.[136]"

쇼졔 졈두(點頭)ᄒᆞ고 난이 졍당으로 드러간 후 잠간 디졍여[137] 동방이 긔ᄇᆡᆨ(旣白)ᄒᆞᄆᆡ 댱박이 비로소 거교ᄅᆞᆯ 가져 쇼져의 승교(乘轎)ᄒᆞ믈 기다리ᄂᆞᆫ디라. 쇼졔 계오 긔신(起身)ᄒᆞ여 훤졍(萱庭)[138]을 향ᄒᆞ여 네 번 62면
머리 좃고 여ᄃᆞᆲ 번 졀ᄒᆞᄆᆡ 홍뉘(紅淚) 방타(滂沱)ᄒᆞ여 ᄡᅡᆼ메(雙袂)ᄅᆞᆯ

136 부인이 ~ 아니ᄒᆞ리이다: 규장각본에는 없음.

137 디졍여: 지정이다. 지체하다.

138 훤졍(萱庭): 훤정. 훤당(萱堂) 등과 마찬가지로 어머니를 의미함. 여기에서는 여씨의 처소를 의미.

젹시고 오읍(嗚泣)ᄒᆞᄂᆞᆫ 소릐 긋쳐져 막힐 ᄃᆞᆺᄒᆞ니 영이 븟드러 간유ᄒᆞ여 거듕의 오롤ᄉᆡ 화부인 글월과 혼셔빙치(婚書聘采)롤 가져 교듕의 오ᄅᆞ미 쇄약(鏁鑰)을 가져 봉쇄ᄒᆞ기롤 맛고 술위롤 닌닌(轔轔)이 구을녀 원문으로 나니 금풍(金風)[139]이 쳐링(悽冷)ᄒᆞ여 의슈(衣袖)의 ᄉᆞ못고 상안(霜雁)[140]이 은은ᄒᆞ여 슬픠 브ᄅᆞ지디ᄂᆞᆫ디라 츄위 오동의 ᄯᅳᆺ들고 한상(寒霜)이 비비(霏霏)ᄒᆞ여[141] 일ᄉᆡᆨ(日色)이 닝담(冷淡)ᄒᆞ고 원님이 쳐량ᄒᆞ여 ᄒᆡᆼᄀᆡᆨ(行客)의 슬프믈 돕ᄂᆞᆫ디라. 빙셤 등이 등나(藤蘿)롤 헷치고 상노(霜露)롤 므룹뼈 거교롤 좃ᄎᆞ미 쥬인의 원억ᄒᆞ신 누와 통혹ᄒᆞᆫ 회포롤 혜아려 각각 슬프믈 니긔디 못ᄒᆞ니 ᄒᆞ믈며 쇼져의 비만(悲懣)ᄒᆞᆫ 통회(痛悔)리오? 명도(命途)의 긔구(崎嶇)ᄒᆞᆷ과 시운(時運)의 조험(阻險)ᄒᆞ미 만고(萬古)의 업ᄂᆞᆫ지라. 평ᄉᆡᆼ 슈신도ᄒᆡᆼ(修身道行)은 그린 ᄯᅥᆨ이 되여 문강(文姜)·션강(宣姜)[142]의 감(減)치 아니코 야야(爺爺)의 텬뉸(天倫) 밧 ᄌᆞᄋᆡ(慈愛)ᄂᆞᆫ 은ᄋᆡ(恩愛)롤 버혀시니 어ᄃᆡ롤 향ᄒᆞ여 비원(悲怨)을 고ᄒᆞ리오? 쳔통만원(千痛萬寃)을 시러 집을 하딕(下直)ᄒᆞ디 슬하의 하딕디 못ᄒᆞ니 무ᄎᆡ(舞彩)의 효(孝)[143]롤 닐월 날이

63면

139 금풍(金風): 가을바람.

140 상안(霜雁): 가을 기러기. 서리 맞은 기러기. 찬 기러기.

141 비비(霏霏)ᄒᆞ여: 비비하다. 부슬부슬 내리는 비나 눈의 모양이 배고 가늘다.

142 문강(文姜)·션강(宣姜): 문강과 선강. 춘추시대 제나라 희공의 세 딸로 선강, 문강, 애강(哀姜)이 있었는데 당대에는 절세미녀로 유명했으나 훗날 패륜자매로 평가됨. 그중 문강은 성적으로 매우 문란했다고 함.

143 무ᄎᆡ(舞彩)의 효(孝): 무채의 효. 색동옷을 입고 춤추는 효. 춘추시대 초(楚)나라 사람 노래자가 늙은 부모님을 즐겁게 해드리려고 일흔이라는 나이에도 어린아이가 입는 색동옷을 입고 춤을 추었다는 고사에서 유래.

업ᄉᆞᆯ가 ᄇᆡᆨ슈만회(百愁萬懷) 간장(肝腸)이 녹고 원억(冤抑)ᄒᆞᆫ 누쉬(淚水) 피ᄅᆞᆯ 화ᄒᆞ니 의슈(衣袖)ᄅᆞᆯ 잠가 완연이 홍화(紅花)ᄅᆞᆯ 쓰려시니 혈ᄉᆡᆨ(血色)이 낭ᄌᆞ(狼藉)ᄒᆞᆫ디라. 그 ᄉᆡᆼ뫼(生母) 이 경상(景狀)을 볼딘ᄃᆡ 녀녀ᄅᆞᆯ 만검(萬劍)의 쥬(誅)ᄒᆞ고ᄌᆞ 아니리오? ᄒᆡᆼᄒᆞ여 취봉산의 니ᄅᆞ러ᄂᆞᆫ 봉만(峯巒)이 졀이(絶異)ᄒᆞ고 디셰(地勢) 슈활(秀闊)ᄒᆞ여 쳔심미록의 난ᄋᆡ취벽(難崖翠壁)이라. 의의(猗猗)ᄒᆞᆫ 송듁(松竹)은 시ᄂᆡᄅᆞᆯ 인ᄒᆞ여 길흘 덥헛ᄂᆞᆫᄃᆡ 슈국상풍(水國霜楓)의 풍엽(楓葉)이 만산(滿山)ᄒᆞ여 비단 옷ᄉᆞᆯ 장엄ᄒᆞᆫ ᄃᆞᆺ 산광슈ᄉᆡᆨ(山光水色)이 졀승(絶勝)ᄒᆞ여 셔시(西施)[144]·태진(太眞)[145]의 디분(脂粉)ᄒᆞᆷ ᄀᆞᆺᄐᆞ니 쥬ᄉᆡᆨ텬향(朱色天香)이 쳔연ᄒᆞᆫ ᄐᆡ도ᄅᆞᆯ 띄여시나 빙셤 등이 유완(遊玩)의 뜻이 업셔 오딕 술위ᄅᆞᆯ ᄯᅩᆯ와 별원의 드러가니 녀시 몬져 난혜의게 통ᄒᆞ여 금일 쇼져 나가믈 닐넛ᄂᆞᆫ 고로 거일의 난혜 셩ᄂᆡ(城內)의 가 공쥬ᄅᆞᆯ 뫼셔 밤을 디ᄂᆡ고 도라오렷노라 ᄒᆞ고 완연이 거교ᄅᆞᆯ ᄎᆞᆯ혀 궁으로 향ᄒᆞ니 황장 노복이 그 안치죄인(安置罪人)으로 이 ᄀᆞᆺᄐᆞ믈 ᄀᆞ마니 꾸짓더니 딘짓 쇼져 ᄒᆡᆼ게(行車) 니ᄅᆞᄆᆡ 냥냥 복뷔 것인ᄉᆞ[146]로 알현(謁見)코ᄌᆞ ᄒᆞ거ᄂᆞᆯ 계영이 쇼져의 블평(不平)ᄒᆞ믈 닐너 믈니치고 거교ᄅᆞᆯ 바로 난함(欄檻) 압ᄒᆡ 다히ᄆᆡ 홍ᄆᆡ 듕문(中門)을 닷고 빙셤이 좌우ᄅᆞᆯ ᄉᆞᆯ펴 황장 비복의 무리도 업ᄉᆞ믈 인ᄒᆞ여 계영이 쇼져ᄅᆞᆯ 븟드러 입실ᄒᆞ니 빙셤 모녜 ᄇᆡ복현알(拜伏見謁)ᄒᆞᄂᆞᆫ 녜ᄅᆞᆯ 일우고 잠간 쳠망(瞻望)ᄒᆞᄆᆡ

64면

144 셔시(西施): 서시. 춘추시대 월나라 미녀.

145 태진(太眞): 양귀비의 호. 당나라 현종(玄宗)의 비(妃)로, 절세미인.

146 것인ᄉᆞ: 것인사. 겉인사. 겉으로만 형식적으로 성의 없이 하는 인사.

그 의복졔양(衣服制樣)이 죄인의 모양이오 또 규슈(閨秀)의 결쇽(結束)이라. 쳐초ᄋᆡ챵(悽楚哀愴)ᄒᆞ믈 보디 아냐 알 ᄇᆡ로ᄃᆡ 다만 그 흠션(欽羨)ᄒᆞᄂᆞᆫ 바ᄂᆞᆫ 의화골상(儀華骨相)이라. 셤 등이 본ᄃᆡ 계궁을 시위ᄒᆞ고 옥안을 닉이 보아 눈 놉흐미 쳥의하류(青衣下流)의 ᄲᅱ여나 님하의 풍ᄎᆡ와 졀부(節婦)의 디개(志概)ᄅᆞᆯ 아오라시나 쇼져의 용의(容儀)ᄅᆞᆯ 우럴ᄆᆡᄂᆞᆫ 할연이 숩 쉬여 그 비고ᄒᆞᆫ 형모와 초췌(憔悴)ᄒᆞᆫ 긔딜(氣質)이 더옥 소담졀셰ᄒᆞ여 묘묘무빵(妙妙無雙)ᄒᆞ니 옥협(玉頰)이 젹뇨(赤嫋)ᄒᆞ고 팔ᄎᆡ(八彩) 슈집(收集)ᄒᆞᄃᆡ 츄패(秋波) 미미(微微)ᄒᆞ여 경긔(精氣)ᄅᆞᆯ 브동(不動)ᄒᆞ니 츄셤(秋蟾)이 승회(勝會)ᄒᆞ여 양츈(陽春)을 거두엇ᄂᆞᆫ ᄃᆞᆺ 쳔ᄐᆡ(千態) 시초ᄉᆡᆼᄒᆞ고 만염(萬艷)이 겸발승ᄒᆞ니
65면 난(鸞)의 딜(質)과 봉(鳳)의 ᄌᆡ(才) 놉흐미 츌어범뉴(出於凡類)ᄒᆞ여 셩덕문광(聖德文光)이 은은이 셩ᄌᆞ긔ᄆᆡᆨ(聖者氣脈)을 아ᄉᆞ시니 션연ᄒᆞᆫ 광ᄎᆡᄅᆞᆯ ᄯᅴ여 슉아초셰(淑雅超世)ᄒᆞ미 톄찰 부인 니쇼져와 태우 부인 당쇼져긔 비겨 비록 상두(上頭)의 거치 못ᄒᆞ나 뎨삼(第三)을 샤양치 아닐디라. 쇼져의 긔위(氣宇) 가ᄇᆡ얍디 아니코 본ᄃᆡ ᄉᆞ쥬(事主)ᄒᆞᄂᆞᆫ 녜(禮) 딘신(縉紳)의 ᄉᆞ군(事君)홈과 ᄀᆞᆺ튼 고로 오딕 경근(敬謹)ᄒᆞᄂᆞᆫ 녜ᄅᆞᆯ 잡을 ᄲᅳᆫ이라. 쇼졔 ᄉᆞ 셰 젹 공쥐 상잠을 보고ᄌᆞ ᄒᆞ여 이에 와 슈일을 머믈ᄉᆡ 쇼졔 조ᄎᆞ와 별원(別院)을 두로 보미 잇더니 방금 이곳의 안치죄슈(安置罪囚)로 십년ᄂᆡ(十年內) 인ᄉᆡ(人事) ᄂᆡ도ᄒᆞ믈 더옥 늣기고 ᄎᆞ쳐(此處)의도 고요히 두디 아닐 바ᄅᆞᆯ ᄉᆡᆼ각ᄒᆞᄆᆡ 신ᄇᆡᆨ(神魄)이 경월(驚越)ᄒᆞ여 오날ᄂᆞᆯ 아조 벽실(僻室)의 도은(逃隱)ᄒᆞ여 더옥 셰샹을 ᄉᆞᆺ고ᄌᆞ 셕일(昔日) 유시(幼時)의 가형 졔착을 본 ᄇᆡ ᄒᆞᆫ 곳도 희미치 아닌디라. 셜원졍이란 집이 잇고 그곳의 협실이 이시ᄃᆡ 밧

그로ᄂᆞᆫ 겹문이 잇셔 아으라ᄒᆞ여 문이 놉흐니 안흔 졍(靜)ᄒᆞᆫ 방ᄉᆞ(房舍)로ᄃᆡ 밧근 놉흔 다락 ᄀᆞᆺᄐᆞ니 가형의 공교ᄒᆞ미 슈양뎨 미루 형상 ᄀᆞᆺᄐᆞ여 굿ᄐᆞ여 어둡디 아니나 사ᄅᆞᆷ이 그 방의 이시믈 아디 못ᄒᆞ니 안셩 66면
후 ᄌᆡ시의 인녁(人力)을 무슈히 드려 혹ᄌᆞ 이에 나오면 극ᄒᆞᆫ 듕긔ᄅᆞᆯ 두던디라. 쇼졔 영을 ᄃᆡᄒᆞ여 별원의 이시라 ᄒᆞ고 ᄌᆞ긔ᄂᆞᆫ 협실의 이시니 영이 헌칙(獻策)ᄒᆞ여 월이 계교(計巧)ᄅᆞᆯ 일워 도라오거든 쇼졔 인ᄒᆞ여 별셰(別世)ᄒᆞ므로 소문을 ᄂᆡ여 젹변(賊變)을 졔방(除防)ᄒᆞ미 올흐믈 알외니 쇼졔 탄왈(嘆曰)

"네 니ᄅᆞ디 아니나 내 본ᄃᆡ 격녈(激烈)치 못ᄒᆞ여 구ᄎᆞ히 험난(險難)의 투ᄉᆡᆼ(偸生)ᄒᆞ며 요괴로이 ᄉᆞᄉᆞᄒᆞᆫ 소문을 젼파치 말고ᄌᆞ ᄒᆞ미 아니로ᄃᆡ 원간 환슐(幻術)ᄒᆞᄂᆞᆫ 요ᄉᆡ(妖士) 샤법(邪法)이 만흐니 음양(陰陽)을 슈(數)ᄒᆞ여 ᄉᆡᆼᄉᆞ(生死)ᄅᆞᆯ 모로지 아니리니 샤ᄉᆞᄒᆞ미 들쳐나면 셜원졍 협실의 숨으리라."

영이 ᄭᆡ다라 셔어(鉏鋙)ᄒᆞᆫ ᄭᅬᄅᆞᆯ 다시 니ᄅᆞ디 아니터라. 오ᄃᆡᆨ 승명(承命)ᄒᆞ여 쇼졔 몸을 ᄃᆡ홀ᄉᆡ 쇼졔 영을 별원의 두고 ᄌᆞ가ᄂᆞᆫ 벽실(僻室)의 도은(逃隱)ᄒᆞ니 빙셤 모녜 고두(叩頭)ᄒᆞ여 조ᄎᆞ 뫼시믈 쳥ᄒᆞ니 쇼졔 영을 별원의 두고 ᄌᆞ가ᄂᆞᆫ 혼ᄌᆞ 벽실의 들미 어렵고 셤 등의 튱의ᄅᆞᆯ 감동ᄒᆞ여 스ᄉᆞ로 갑흘 길히 업ᄉᆞ믈 창한(悵恨)ᄒᆞ니 ᄆᆡ몰히 ᄯᅦ치지 못 67면
ᄒᆞ여 ᄒᆞᆫ가디로 들ᄉᆡ 인젹이 님치 아닌 지 팔구 년이오 황장 비복의 난홰 괴변을 집혀 잡귀요신(雜鬼妖神)을 밧드러 존경ᄒᆞ다가 ᄉᆞ오 년 젼 죽으니 님ᄉᆞ(臨死)의 셜원졍 협실의 드러지라 ᄒᆞ여 옴겨 방듕의 ᄌᆞ옥히 버리고 나와 죽으니 그 후 다른 사ᄅᆞᆷ이 벽실 틈을 드리미러 보면 뉴혈즉ᄉᆞ(流血卽死)ᄒᆞ리라 ᄒᆞ니 황장 노복이 감히 벽실을 보디 못ᄒᆞ

고 츈츄(春秋)로 벽실을 향ᄒᆞ여 ᄊᆡᄅᆞᆯ 어긔워 져기 만홀(漫忽)ᄒᆞᆫᄌᆞᆨ 징벌이 분명ᄒᆞ니 두려 경셩되미 부모망일(父母亡日)의셔 더ᄒᆞ거ᄂᆞᆯ 쇼졔 엇디 이런 쇼유(所由)ᄅᆞᆯ 알니오? 다만 오ᄅᆡ 폐ᄒᆞ여 인젹(人迹) 님(臨)치 아냐시므로 알고 심니(心裏)의 탄ᄒᆞ여 븍원의 인젹이 업던 바로 ᄯᅩ 이곳이 구폐(久廢)ᄒᆞ여 귀부음관(鬼府陰官) ᄀᆞᆺᄐᆞ믈 혜아려 ᄌᆞ긔 ᄋᆡᆨ화(厄禍)의 응ᄒᆞ여 심슈유벽(深邃幽僻)ᄒᆞ믈 도로혀 ᄒᆡ로와 아니 ᄒᆞᄂᆞᆫ디라. 셤 등과 계영이 딘녁(盡力)ᄒᆞ여 봉쇄ᄒᆞᆫ 거ᄉᆞᆯ 열ᄆᆡ 믄득
68면 방듕의 요신(妖神) 버린 거시 가득ᄒᆞ니 경ᄒᆡ(驚駭)ᄒᆞ여 셔로 도라볼ᄉᆡ 홀연 구러져 혼도(昏倒)ᄒᆞ니 쇼졔 나아가 삼비(三婢)ᄅᆞᆯ 보나 ᄀᆞᆺᄐᆞ여 약을 ᄡᅳ디 아니ᄒᆞ고 미미히 튝귀(逐鬼)ᄒᆞᄂᆞᆫ 글을 읇흐ᄆᆡ 오ᄅᆡ디 아냐 삼비 회소(回蘇)ᄒᆞ여 쇼져ᄅᆞᆯ 우러러 고두ᄇᆡ복(叩頭拜伏) 왈

"비ᄌᆞ 등이 쇼져의 구ᄒᆞ시미 아니런들 비록 죽디 아냐도 완인(完人)이 못 되여실너니이다. 쳐음 챵호(窓戶)ᄅᆞᆯ 열고 머리ᄅᆞᆯ 드리와다 보고ᄌᆞ ᄒᆞᆯ 젹 졍신이 현난튝황(眩亂踧惶)ᄒᆞᆫᄃᆡ 무셔온 귀졸요긔(鬼卒妖氣) 살과 칼히며 바ᄒᆞᆯ 가져 ᄇᆡᆨ 가지로 져히ᄂᆞᆫ[147] 듕 남녀 탁상의 좌ᄒᆞᆫ 귀신 왈 'ᄎᆞ인(此人)은 텬상셩신(天上星辰)을 시위(侍衛)ᄒᆞ고 디샹귀인(地上貴人)을 뫼셔시니 황장 곤튱(昆蟲)의 무리로 다ᄅᆞᆫ디라. 간ᄃᆡ로 혼ᄇᆡᆨ(魂魄)을 탈취(奪取)치 못ᄒᆞ리니 다만 우리ᄅᆞᆯ 여어본 져근 벌을 ᄡᅳ리라.' ᄒᆞ더니 믄득 돈족왈(頓足曰) 'ᄌᆞ음셩이 친님(親臨)ᄒᆞ시니 우리 엇디 감히 머믈니오? 아득ᄒᆞ여 대죄ᄅᆞᆯ 범ᄒᆞ괘라.' ᄒᆞ고 일시의 믈니어

---

147 져히ᄂᆞᆫ: 져히다. 두렵게 하다, 위협하다.

나가니 혼혼ᄒᆞᆫ 졍신과 음풍이 ᄒᆞᆫ가디로 ᄯᅩᆯ와가고 비ᄌᆞ 등의 졍신이 ᄀᆡ명(開明)ᄒᆞ여 인ᄉᆞ를 되ᄎᆞ니 엇디 쇼져의 덕턱이 아니리잇가? 과연 요블승덕(妖不勝德)이오 ᄉᆞ블범졍(邪不犯正)이믈 알니로소이다." 69면

쇼졔 그 망탄(妄誕)ᄒᆞ믈 블열(不悅)ᄒᆞ여 침음믁식(沈吟默塞)ᄒᆞ니 계영의 호란(胡亂)ᄒᆞ믈 니ᄅᆞ고ᄌᆞ 아니리오마ᄂᆞᆫ 셤의 모녜 ᄒᆞᆫ가지로 옴기니 쳐음 보ᄂᆞᆫ 날의 ᄎᆡᆨ어(責語)를 두미 너모 졸급(猝急)ᄒᆞ여 오딕 침잠ᄒᆞ니 삼비 ᄯᅩ 쇼져의 ᄯᅳᆺ을 앙탁(仰度)ᄒᆞ고 황공ᄒᆞ여 다시 말을 못ᄒᆞ고 다만 방듕의 버린 거술 셔ᄅᆞ져 먼니 가 소화(燒火)ᄒᆞ고 쇼졔 이에 쳐ᄒᆞ나 황장 노복이 아디 못ᄒᆞ더라. 계영이 온미(溫糜)를 나와 쇼져의 진음(進飮)ᄒᆞ믈 본 후 별원으로 가고 셤 등이 쇼져를 뫼셔 이에 잠기믜 텬일(天日)을 보기 어려오나 일호(一毫)도 괴로오믈 한치 아니ᄒᆞ고 쇼져를 밧드러 경셩과 의긔 죽기를 긔약ᄒᆞ니 쇼졔 비록 개구화졉(開口話接)ᄒᆞ미 업ᄉᆞ나 엇디 은혜를 치부ᄒᆞᄂᆞᆫ ᄯᅳᆺ이 업ᄉᆞ리오? ᄌᆞ긔 죵시(終是) 죄루 듕 맛츨딘ᄃᆡ 셤 등의 튱의를 일분도 갑디 못ᄒᆞᆯ가 그윽이 참연ᄒᆞ더라. 션시(先時)의 ᄎᆡ월이 노쥬디명(奴主之名)이 디듕ᄎᆞ대(至重且大)ᄒᆞ여 군신대의(君臣大義)로 다ᄅᆞ미 업ᄉᆞᄃᆡ

(책임교주 전진아)

완월회맹연
玩月會盟宴

권디ᄉᆞ십팔
卷之四十八

1면 션시(先時)의 칙월이 노쥬디명(奴主之名)이 디듕ᄎᆞ대(至重且大)ᄒᆞ여 군신대의(君臣大義)로 다ᄅᆞ미 업ᄉᆞᄃᆡ 비록 쇼져긔 알현(謁見)치 못ᄒᆞ여시나 임의 쥬인의 디원극통(至寃極痛)ᄒᆞᆫ 죄루(罪累)를 ᄭᅢ치ᄆᆡ 원분극통(怨憤極痛)ᄒᆞ여 쥬욕신ᄉᆞ(主辱臣死)를 효측(效則)ᄒᆞ고 긔신(紀信)의 고ᄉᆞ(故事)[1]를 입ᄂᆡ[2] ᄂᆡ고져 ᄒᆞ여 승교츌문(乘轎出門)ᄒᆞᄆᆡ 댱손탈 등이 ᄀᆞ쟝 조심ᄒᆞ여 술위를 구울니ᄂᆞᆫ 쳬ᄒᆞ고 딤줏 ᄒᆡᆼ(行)키를 날ᄂᆡ 아니터니 계오 동문 밧긔 가 슈십 보ᄂᆞᆫ 벽노(僻路)로 말ᄆᆡ암을ᄉᆡ 오히려 효ᄉᆡᆨ(曉色)이 창창(蒼蒼)[3]ᄒᆞ여 흑야(黑夜) ᄀᆞᄐᆞᆫᄃᆡ 님목(林木) ᄉᆞ이로 ᄒᆞᆫ ᄯᅦ 녕한(獰悍)ᄒᆞᆫ 젹되(賊徒) 셔리 ᄀᆞᄐᆞᆫ 날흘 번득이며 ᄂᆡ다라 술위를 에워ᄡᆞ며 왈

"우리 교쇼져 ᄒᆡᆼ거(行車)를 기다련 디 오린디라. 너의 살고ᄌᆞ ᄒᆞ거든 술위를 븟들고 이시라."

손탈이 발셔 맛촌 일이라 엇디 괴로이 닷토리오마ᄂᆞᆫ 오히려 최파의 눈을 위ᄒᆞ고 쇼져의 ᄯᅳᆺ을 몰나 거줏 황황(遑遑)ᄒᆞᆫ 쳬ᄒᆞ여 아모리 홀

2면 바를 모ᄅᆞᄂᆞᆫ ᄃᆞᆺᄒᆞ니 졔젹(諸賊)이 역노(亦怒)ᄒᆞ여 일시의 듯치고ᄌᆞ[4] ᄒᆞ니 손탈이 술위를 ᄇᆞ리고 몬져 다ᄅᆞ믈 시작ᄒᆞᄂᆞᆫ디라. 교뷔(轎夫) 목숨을 앗겨 손탈을 ᄯᆞᆯ와가니 최패 임의 아ᄂᆞᆫ 일이니 므슴 놀나오미 이시리오마ᄂᆞᆫ 쇼져디교(小姐之敎)를 역(逆)디 못ᄒᆞ여 망망돌돌(茫茫

---

1 긔신(紀信)의 고ᄉᆞ(故事): 한나라 장수 기신이 유방의 모습으로 꾸며 그를 대신해 항우의 군사를 유인한 일.

2 입ᄂᆡ: 입내. '흉내'의 옛말.

3 창창(蒼蒼): 새벽빛이나 달밤의 빛 등이 어둑한 상태를 형용하는 말.

4 듯치고ᄌᆞ: 듯치다. '덮치다'의 뜻으로 보임.

咄咄)이 슈산돈족(手散頓足)ᄒᆞ여 손탈과 졔노(諸奴)ᄅᆞᆯ 기리 브ᄅᆞ며
"거교(車轎)ᄅᆞᆯ 젹슈(賊手)의 더지고 어ᄃᆡ로 가ᄂᆞᆫ고?"
호원통도(呼冤痛悼)ᄒᆞ믈 마디 아니ᄒᆞ니 젹(賊)이 손탈 등을 ᄧᅩᆺ고 술위ᄅᆞᆯ 미러 호호양양(浩浩洋洋)이 닷고ᄌᆞ ᄒᆞ다가 최패 ᄯᆞ오믈 분연통증(憤然痛憎)ᄒᆞ여 믄득 죽이려 ᄒᆞ더니 거듕(車中)의셔 쇼져의 향음(響音)이 뇨뇨(嫋嫋)ᄒᆞ여 ᄀᆞᆯ오ᄃᆡ
"최파ᄂᆞᆫ 무익히 슬허 말나. 내 초(初)의 븍원의셔 죽디 못ᄒᆞ미 죵신참덕(終身慚德)이라. 구ᄎᆞ히 ᄉᆡᆼ도ᄅᆞᆯ 계교(計巧)ᄒᆞ여 황장 안치죄인(安置罪人)으로 일월(日月)을 보닐가 ᄒᆞ더니 ᄯᅩ 블의디변(不意之變)을 당ᄒᆞ니 죽디 아니코 엇디ᄒᆞ리오? 촌검(寸劍)이 ᄌᆡ슈(在手)ᄒᆞ니 나의 명을 맛촐디라. 그ᄃᆡᄂᆡ 말을 븟치ᄂᆞ니 나의 시신을 공산(空山)의 바려 오작(烏鵲)의 밥이 될디언졍 젹소(賊巢)의 더지디 말나."
인ᄒᆞ여 ᄋᆡ호일셩(哀呼一聲)의 최패 황황망망(遑遑茫茫)히 젹(賊)의 날을 블피(不避)ᄒᆞ고 ᄯᅱ여 술위의 올나 쟝(帳)을 들혀고 보더니 믄득 실셩호통(失聲呼痛) 왈
"쇼졔야, 쇼져야! 만단비원(萬端悲怨) 듕 보존ᄒᆞ신 바로 금일(今日) 살신ᄌᆞ멸(殺身自滅)ᄒᆞ시니 텬호텬호(天乎天乎)여!"
언파(言罷)의 통원비분(痛冤悲憤)이 븍밧쳐 경ᄀᆡᆨ(頃刻)의 ᄯᆞ와 죽고ᄌᆞ ᄒᆞ니 젹뉴(賊類) 비록 흉완(兇頑)ᄒᆞ나 경동낙담(驚動落膽)ᄒᆞ여 위슈젹이 쵹(燭)을 들고 돌연이 거쟝(車帳)을 헷쳐 교듕(轎中)을 관찰ᄒᆞ니 쇼졔 달 ᄀᆞᆺᄐᆞᆫ 용광(容光)과 ᄭᅩᆺ ᄀᆞᆺᄐᆞᆫ ᄐᆡ도(態度)의 일만궁원(一萬窮冤)을 시러 냥안(兩眼)을 젹뇨(寂寥)히 ᄀᆞᆷ고 빅셜 ᄀᆞᆺᄐᆞᆫ 안식이 프ᄅᆞ러시며 분흉(粉胸)을 삼촌단검(三寸短劍)으로 나리그어 명ᄆᆡᆨ이 졀 3면

(絶)ᄒᆞ고 뉴혈(流血)이 낭ᄌᆞ(狼藉)ᄒᆞ여 의상(衣裳)이 졋고 거듕(車中)의 좁겨시니 참담ᄋᆡ졀(慘憺哀切)ᄒᆞ믈 어ᄃᆡ 비기리오? 젹이 창졸(倉卒)의 긔댱군(紀將軍)[5]의 뇽안디상(龍顔之相)이 패공(沛公)[6]이 아니믈 엇디 알며 ᄯᅩ 그 명이 졀(絶)ᄒᆞ며 아냐시믈 ᄭᆡ다ᄅᆞ리오? ᄎᆞ악발비

4면 (嗟愕發悲)ᄒᆞ여 본ᄃᆡ 법다히 마ᄌᆞ 가던 ᄇᆡ 아니오 져의 작죄(作罪) 무겁거ᄂᆞᆯ ᄯᅩᄒᆞᆫ 경셩죄쉬(京城罪囚)라 지체ᄒᆞ다가 잡힐가 져허 일시의 눈 주어 믈 허여디ᄃᆞᆺ ᄒᆞ니 최패 환희ᄒᆞᄃᆡ 이목(耳目)을 두려 술위ᄅᆞᆯ 븟들고 통곡ᄒᆞ더니 졔 형의 집이 머디 아닌디라 금낭(錦囊)의 약간 쥬가(酒價)ᄅᆞᆯ ᄂᆡ여 힝인을 주고 술위ᄅᆞᆯ 모라 최쥬모의 집의 다ᄃᆞᄅᆞ니 밧비 드러가 그 형다려 대강 니ᄅᆞ고 그윽ᄒᆞᆫ 방을 어더 월을 븟드러 ᄂᆡ여 약믈노 구호ᄒᆞᆯᄉᆡ 날난 칼노 가ᄉᆞᆷ을 그어 보기의 경악(驚愕)ᄒᆞ고 참담(慘憺)ᄒᆞᄃᆡ 명 긋ᄎᆞ믄 업고 최패 혁모(革帽)의 양혈(羊血)노 월의 가ᄉᆞᆷ을 그을 젹 ᄂᆞ리브어 경참(驚慘)ᄒᆞ믈 더을디언졍 깁히 상ᄒᆞᆫ 일은 업ᄉᆞᄃᆡ 짐줏 호흡을 드리그어 분두(憤頭)의 엄홀(奄忽)[7]ᄒᆞ엿더니 회소(回蘇)ᄒᆞᄆᆡ 상쳐의 약을 븟치고 온미(溫糜)ᄅᆞᆯ 마셔 대단치 아니ᄒᆞᆫ 바로 슈일(數日) 됴리(調理)ᄒᆞᄆᆡ 최파로 더브러 취봉산의 니ᄅᆞ니 계영이 ᄇᆞ야흐로 쇼져ᄅᆞᆯ ᄃᆡ신ᄒᆞ여 별원의 창호(窓戶)ᄅᆞᆯ 구디 닷고

5면 머리ᄅᆞᆯ ᄂᆡ와드미 업ᄉᆞ니 황댱 노복 등이 셔로 니ᄅᆞᄃᆡ

"쇼졔 쳐음은 발호쾌활(跋扈快活)ᄒᆞ여 일호(一毫) 죄슈의 형상이 업

---

5 긔댱군(紀將軍): 기장군. 한나라 장수 기신(紀信). 여기서는 교숙란 행세를 하고 있는 채월을 비유.

6 패공(沛公): 한고조 유방. 여기서는 교숙란을 비유.

7 엄홀(奄忽): 갑자기 숨이 막힘.

더니 금번 셩닉의 단녀온 후ᄂᆞᆫ 믄득 너모 슈졸ᄒᆞ여 비복(婢僕)도 보디 아니ᄒᆞ니 엇디 젼후 다ᄅᆞᆫ 사ᄅᆞᆷ이 되엿ᄂᆞᆫ고? 실노 명도ᄂᆞᆫ 슬프도다.”

ᄒᆞ고 됴셕식봉(朝夕食封)의 졍셩이 업디 아니니 영이 ᄉᆡᆼ활이 근심되미 업ᄉᆞᄃᆡ 쇼져긔 냥시 밧드ᄂᆞᆫ 시션(視膳)[8]은 댱박이 니우ᄂᆞᆫ[9] 바로 ᄉᆞᄉᆞ로이 공봉(供奉)ᄒᆞ미 ᄌᆞ연 근노(勤勞)ᄒᆞ미 극ᄒᆞ더니 월이 니ᄅᆞ미 ᄉᆡᆼ득(生得)ᄒᆞᆷ을 환희ᄒᆞ고 쇼져 공봉ᄒᆞᄂᆞᆫ 바의 슈고롤 난홀 바롤 깃거 교항졉이(交頏接耳)ᄒᆞ여 화란(禍亂)을 문답ᄒᆞ며 쇼졔 셜원졍의 도은(逃隱)ᄒᆞᆷ을 니롤ᄉᆡ 월이 탄왈(嘆曰)

“쇼져의 명셩(明聖)ᄒᆞ신 혜식(慧識)이 그림ᄌᆞ롤 보디 못ᄒᆞ시나 실형(實形)을 ᄉᆞ못ᄎᆞ 도듕참욕(途中饞慾)을 면ᄒᆞ시니 우리 녀군의 쳔니롤 좌탁ᄒᆞ시ᄂᆞᆫ 통쳘ᄒᆞ신 계젹(繼蹟)ᄒᆞ실 ᄌᆞ뷔(子婦) 되시미 맛당ᄒᆞ신디라. 우러러 긔힝ᄒᆞᆷ을 니긔디 못ᄒᆞᄃᆡ 젹셰(賊勢)롤 ᄉᆞᆯ피ᄆᆡ 밋친 ᄀᆡ와 헛된 녀호 ᄀᆞᆺᄐᆞ여 교밀(巧密)ᄒᆞ미 업ᄉᆞ니 일시 놀나오미 싀랑의 낣쒸ᄂᆞᆫ ᄃᆞᆺᄒᆞ다가 사ᄅᆞᆷ의게 디은 죄 만흐므로 두려 ᄌᆞ최롤 숨기니 엇디 후란(後亂)의 근심이 업ᄉᆞᆫ ᄃᆞᆺᄒᆞ거ᄂᆞᆯ 벽실(僻室)의 도은(逃隱)ᄒᆞ샤 그ᄃᆡ로 ᄃᆡᄒᆞ시뇨?“ 6면

영 왈

“쇼졔 블의디변(不意之變)을 깁히 근심ᄒᆞ샤 ᄉᆞᄉᆞ로 벽실의 도은ᄒᆞ시니 젼후 념녀ᄒᆞ신 바의 헛되디 아니ᄒᆞ니 젹셰 허황ᄒᆞ므로 후환을 근

8 시션(視膳): 시선. 아침저녁으로 부모님의 진짓상을 돌보는 일이라는 뜻이나 여기서는 윗사람의 식사 준비를 의미.

9 니우ᄂᆞᆫ: 니우다. 잇다.

심치 아니리오? 내 명을 역(逆)디 못ᄒᆞᄂᆞ니 그ᄃᆡ 날노 더브러 됴셕식봉(朝夕食封)이 ᄡᆡ롤 어긔디 말미 가ᄒᆞᆫ져."

월이 그러히 넉여 드ᄃᆡ여 벽실의 나아가 몬져 홍ᄆᆡ로 화ᄅᆞᆯ 버셔 도라와시믈 알외고 미조ᄎᆞ 드러가 앙현투쳠(仰現偸瞻)ᄒᆞᄆᆡ 진짓 화부인ᄌᆞ뷔오니 댱등의 금장(錦帳)이라. 비록 금고(今古)의 업ᄉᆞᆫ 흉얼(凶孽)을 므롭뼈 죄루(罪累)의 쳐ᄒᆞ고 벽실의 머리ᄅᆞᆯ 움쳐 ᄌᆞ멸(自滅)을 긔약ᄒᆞ나 단엄(端嚴)ᄒᆞᆫ 위의와 탈쇄(脫灑)ᄒᆞᆫ 긔딜이 녕농찬난(玲瓏燦爛)ᄒᆞ여 흠명문ᄉᆡ(欽明文思) 안안(安安)ᄒᆞᆫ[10] 격(格)이 토계(土階) 우 요뎨(堯帝)[11] ᄀᆞᆺ고 온공윤식(溫恭允塞)[12]ᄒᆞ여 텬연이 남훈뎐(南薰殿)[13] 슌황(舜皇) ᄀᆞᆺᄐᆞ니 월이 복복경앙(服服敬仰)ᄒᆞ여 좌우의 시위복ᄉᆞ(侍位服

7면

事)ᄒᆞ믈 죵신극경(終身極慶)으로 환텬희디(歡天喜地)[14]ᄒᆞ더라. 원간 도듕적당(途中賊黨)은 원경ᄌᆡ·댱후셥의 무리니 초의 원경ᄌᆡ 교시 유셩타 ᄒᆞᄂᆞᆫ 음참디셜(陰慘之說)을 디어닌 바ᄅᆞᆯ ᄀᆞ장 인연의 구든 징조로 아라 흉ᄉᆞᄅᆞᆯ 통ᄒᆞᄆᆡ 교시의 쳥ᄒᆡᆼ고졀(淸行孤節)을 모로고 댱손탈노

---

10 흠명문ᄉᆡ(欽明文思) 안안(安安)ᄒᆞᆫ: 공경과 총명과 문채와 사려가 자연적으로 우러나왔다는 뜻으로, 요임금의 덕을 찬미한 말. 《서경》 〈요전(堯典)〉에 나옴.

11 토계(土階) 우 요뎨(堯帝): 흙으로 만든 섬돌 위의 요임금이라는 뜻으로, 요임금은 검소해서 집의 높이가 석 자였고 흙으로 쌓은 섬돌이 세 단이었다고 함.

12 온공윤식(溫恭允塞): 온공윤색. 온화하고 공손하고 미쁘고 성실함. 《서경》 〈순전(舜典)〉 첫머리에 나오는 순임금의 덕을 표현한 말.

13 남훈뎐(南薰殿): 남훈전. 순임금의 거처. 순임금이 오현금(五絃琴)을 처음으로 만들어 〈남풍가(南風歌)〉를 지어 부르면서 "훈훈한 남쪽 바람이여, 우리 백성의 수심을 풀어주기를. 제때 부는 남풍이여, 우리 백성의 재산을 늘려주기를(南風之薰兮 可以解吾民之慍兮 南風之時兮 可以阜吾民之財兮)."이라고 했다는 고사가 전함.

14 환텬희디(歡天喜地): 환천희지. 천지를 기쁘게 한다는 뜻. 여기서는 하늘과 땅만큼 기쁘다는 뜻으로 큰 기쁨을 표현한 말.

교결(交結)ᄒᆞ여 봉산 힝도의 겁탈ᄒᆞ여 져의 원을 일우고ᄌᆞ ᄒᆞ다가 ᄎᆡ월의 쇠를 ᄡᅵ닷디 못ᄒᆞ고 진짓 쇼졔 ᄌᆞ경이ᄉᆞ(自剄而死)ᄒᆞᆫ가 ᄎᆞ악(嗟愕)ᄒᆞᆯ ᄲᅮᆫ 아니라 만일 발각ᄒᆞᆫ즉 젼젼죄악(前前罪惡)을 아오라 숨길히 업ᄉᆞ니 황황이 흣터져 다시 시신을 ᄉᆞᆯ피디 아니니 손탈은 거즛 녁브족(力不足)ᄒᆞ여 거장(車帳)을 젹슈(賊手)의 아이고 온 쳬ᄒᆞ여 녀시긔 고ᄒᆞ니 녀시 쇼져ᄅᆞᆯ 죽이디 아니코 황장의 보ᄂᆡ믄 젼혀 경슈ᄅᆞᆯ 위ᄒᆞ미러니 경히블측(驚駭不測)ᄒᆞ여 즉시 헷쳐 ᄎᆞᆺ고ᄌᆞ ᄒᆞ거ᄂᆞᆯ 난혜 말녀 왈

"쇼져 운슈ᄅᆞᆯ 츄졈(推占)ᄒᆞ니 젹슈(賊手)의 ᄲᅥ러지디 아녀실디라. 부인은 믈우(勿憂)ᄒᆞ시고 황장 소식을 아라보쇼셔. 손탈의 거장 아이미 간샤ᄒᆞᆫ ᄯᅳᆺ이 아니로ᄃᆡ 쇼졔 신묘비계(神妙秘計)로 젹의 흉계ᄅᆞᆯ 파ᄒᆞ신가 ᄒᆞᄂᆞ이다." 8면

녀시 급히 시ᄋᆞ(侍兒)로 아라 오라 ᄒᆞ니 과연ᄒᆞᆫ디라. 녀시 놀난 ᄆᆞ음을 뎡ᄒᆞ고 혜다려 왈

"ᄉᆞ부의 신긔 아니면 내 만히 심녀(心慮)ᄅᆞᆯ 허비ᄒᆞᆯ낫다. 슉난의 민달(敏達)ᄒᆞ미 사ᄅᆞᆷ의 디나 금번 젹화ᄅᆞᆯ 방비ᄒᆞᆫ가 시브니 져 별원심쳐(別院深處)의 ᄂᆞᆯ노 더브러 셜계모의(設計謀議)ᄒᆞᆫ고 측냥치 못ᄒᆞ리로다."

난혜 왈

"쇼져ᄂᆞᆫ 신이며 현인이라. 긔운이 경경ᄒᆞ고 힝의 슉슉(肅肅)ᄒᆞ여 빅신(百神)이 그 딘양(眞陽)을 시위ᄒᆞ고 길신(吉神)이 좌우의 조ᄎᆞ시니 쇽인의 간ᄃᆡ로 히치 못ᄒᆞ고 심졍이 녕이ᄒᆞ여 샤광지총(師曠之聰)[15]과

15 샤광지총(師曠之聰): 사광지총. 사광의 귀 밝음. 사광은 춘추시대 진(晉)나라의 악사로 앞을 보지 못했으나 소리를 잘 분간하여 새소리를 듣고 제나라 군대가 도망친 것을 알아냈다고 함.

니루디명(離婁之明)[16]이 이시니 비록 보고 듯디 아니 ᄒᆞ나 ᄌᆞ연 ᄉᆞ못ᄎᆞ 신긔ᄒᆞ니이다."

녀시 쳥미(聽未)의 더옥 ᄉᆡ오(猜惡)[17]ᄒᆞ믈 마디아냐 왈

"ᄉᆞ부ᄂᆞᆫ 슌슌이 난의 긔특ᄒᆞᆷ만 일ᄏᆞᆺ고 쇽인이 ᄒᆡ치 못ᄒᆞᆷ만 니ᄅᆞ니 연ᄌᆞᆨ 윤딜이 죵시 난의 ᄇᆡ필이 되지 못ᄒᆞ랴?"

난혜 쇼이ᄃᆡ왈(笑而對曰)

"엇디 그러ᄒᆞ리잇고? 쇼졔 긔특ᄒᆞ실ᄉᆞ록 복녹이 듕ᄒᆞ시니 윤가의 도

9면 라가시ᄂᆞᆫ 날은 ᄇᆡᆨ우(百憂)ᄅᆞᆯ 떨치고 만감(萬感)을 ᄉᆞᆯ와 영녹(榮祿)이 호호(浩浩)ᄒᆞ시리니 오ᄃᆡᆨ 윤공ᄌᆞ 길시(吉時)ᄅᆞᆯ 기다려 쇼져ᄅᆞᆯ 마ᄌᆞ라 ᄒᆞ쇼셔. 방금은 인연이 다닷디 못ᄒᆞ엿ᄂᆞ이다."

녀시 졈두(點頭)ᄒᆞᄃᆡ 영녹이 호호타 말을 블열(不悅)ᄒᆞ고 난혜 요믈은 미ᄅᆡ(未來)ᄅᆞᆯ 소연명각(昭然明覺)ᄒᆞ여 쇼져의 조험궁ᄋᆡᆨ(阻險窮厄)이 ᄃᆡᆫ(盡)ᄒᆞᄂᆞᆫ 날은 녀시 허다죄악(許多罪惡)이 발각(發覺)ᄒᆞᆯ디라 이에 잇셔 도을 ᄯᅳᆺ이 업셔 녀녀의 금쥬보옥(金珠寶玉)을 무슈히 징ᄉᆡᆨ(徵索)ᄒᆞ여 가젓ᄂᆞᆫ 고로 거ᄌᆞᆺ ᄉᆞᄇᆡ 도라오믈 ᄌᆡ쵹ᄒᆞᆫ다 ᄒᆞ여 하ᄃᆡᆨᄒᆞ니 녀시 머므ᄅᆞ디 못ᄒᆞ여 다만 경도(京都)의 왕ᄂᆡ(往來)ᄒᆞᆯ ᄊᆡ ᄌᆞ로 보기ᄅᆞᆯ 쳥ᄒᆞ니 난혜 흐ᄅᆞᄂᆞᆫ 다시 ᄃᆡᄒᆞ고 표ᄒᆞᆯ이 교부ᄅᆞᆯ ᄢᅥ나 상부후문(相府侯門)의 투한요악(妬悍妖惡)ᄒᆞᆫ 녀ᄌᆞ로 결교(結交)ᄒᆞ여 혈심을

16 니루디명(離婁之明): 이루지명. 이루의 눈 밝음. 이루는 황제 때 사람으로 눈이 밝아서 백 보 밖에서 가을 터럭의 끝을 볼 수 있고, 천 리 밖에서 바늘 끝을 볼 수 있었다고 함.

17 ᄉᆡ오(猜惡): 시오. 시기하고 미워함.

ᄲᅳ드며 요ᄉᆞᆯ을 다ᄒᆞ니 일노 드ᄃᆡ여 휴휴댱부(休休丈夫)[18]와 소활ᄒᆞᆫ 남ᄌᆡ 연무듕(煙霧中) 몽농ᄒᆞ여 괴란(怪亂)을 니ᄅᆞ혀미 일이쳐(一二處)의 ᄉᆞᆺ디 아니나 녀녀ᄂᆞᆫ 다시 돕디 아니터라. 녀시 졍부(程府)의셔 빙치(聘采)롤 ᄎᆞᆺ디 아니코 졀의(絶義)ᄒᆞ믈 ᄇᆞᆰ히디 아니믈 블열(不悅)ᄒᆞ여 스ᄉᆞ로 혼셔빙믈(婚書聘物)을 도라보ᄂᆡ여 졍가(程家)의 졀혼(絶婚)ᄒᆞ려 쇼져 상협(箱篋)의 두로 어드ᄃᆡ 다ᄅᆞᆫ 거ᄉᆞᆫ 완연ᄒᆞ나 오딕 빙치문명(聘采問名)[19]이 업ᄉᆞ니 경아의괴(驚訝疑怪)ᄒᆞ여 모든 궁아복쳡(宮娥僕妾)을 져쥬고져 ᄒᆞ니 공줘 말녀 왈 10면

"난ᄋᆞ의 협ᄉᆞ(篋笥)의 금쥬패산(金珠貝珊)이 다 디극ᄒᆞᆫ 보ᄇᆡ로 졍가빙믈(程家聘物)의 비길 ᄇᆡ 아니로ᄃᆡ 일믈(一物)도 업디 아니코 오딕 납폐문명(納幣問名)이 업ᄉᆞ니 이ᄂᆞᆫ 난ᄋᆡ 졍가로 인연이 업ᄉᆞ미오 궁인(宮人)의 도젹ᄒᆞ미 아니니 더져두라."

녀시 공쥬의 명을 역(逆)디 못ᄒᆞ여 뭇디 못ᄒᆞ나 분울ᄒᆞ믈 니긔지 못ᄒᆞ여 그ᄋᆞᆨ이 탄왈(嘆曰)

"난 법ᄉᆡ 잇더면 닙각(立刻)의 알 거ᄉᆞᆯ 한홉다."

ᄒᆞ더라. 이에 심복시ᄌᆞ(心腹侍子)롤 졍부(程府)의 보ᄂᆡ여 상셔의 말노 파혼(破婚)ᄒᆞᄂᆞᆫ ᄯᅳᆺ을 쳔연이 고ᄒᆞ여 블초녀식(不肖女息)의 음흉ᄒᆞᆫ 죄악이 텬디간의 용납디 못ᄒᆞ리니 혼셔빙믈(婚書聘物)을 도라 보ᄂᆡ고져 ᄒᆞ더니 공연이 일코 ᄎᆞᆺ디 못ᄒᆞ믈 통한ᄒᆞ믈 니ᄅᆞ니라.

18 휴휴댱부(休休丈夫): 휴휴장부. 마음이 넓고 착한 남자. 휴휴는 《서경》 〈진서(秦誓)〉에 "그 마음이 아름다워 남을 포용함이 있는 듯하다(其心休休焉 其如有容焉)."라고 한 데서 나온 표현.

19 빙치문명(聘采問名): 빙채문명. 빙채는 정혼의 증거로 신랑 집에서 신부 집에 보낸 예물이고, 문명은 신랑이 신부 어머니의 이름을 묻는 문서.

션셜. 태운산 정부의셔 경조공이 닌경으로 더브러 츄셕졀향(秋夕節享)[20]으로 태쥬로 향ᄒᆞ연 디 날이 오ᄅᆡᄆᆡ 태부인이 일흔 거시 잇ᄂᆞᆫ ᄃᆞᆺ
11면 울울창결(鬱鬱悵缺)ᄒᆞᆫ 회포ᄅᆞᆯ 니긔디 못ᄒᆞ고 원슈 부ᄌᆞ의 츌뎡(出征)ᄒᆞ미 거의 삼졀(三節)의 교디(交趾)[21]ᄅᆞᆯ 딘복(鎭服)ᄒᆞ고 졀월(節鉞)을 남(南)으로 두로혀ᄂᆞᆫ 쥬문(奏文)이 텬졍(天庭)의 오로고 친위(親闈)와 곤계(昆季)의게 글을 븟쳐 동쵹(洞屬)ᄒᆞᆫ 효위(孝友) 만디(滿地)의 낫타날디언졍 스ᄉᆞ로 몸이 무양(無恙)ᄒᆞ믈 일ᄏᆞ라 힝역디고(行役之苦) ᄎᆞ치 말며 니측디념(離側之念)을 권치 마ᄅᆞ시믈 쳥ᄒᆞ고 각각 회포의 쳐황(悽惶)ᄒᆞ믈 베프지 아냐시니 글이 얼골을 옴기고 말이 소ᄅᆡᄅᆞᆯ 젼ᄒᆞ여 참졍과 샤인의 이셩낙식(怡聲樂色)이 친의ᄅᆞᆯ 위열ᄒᆞᄂᆞᆫ 거동이로ᄃᆡ 셔태부인은 참졍 부ᄌᆞ의 셔찰을 보ᄆᆡ 더옥 권권ᄉᆞ모(眷眷思慕)ᄒᆞ여 못 닛고 ᄉᆡᆼ각ᄂᆞᆫ 졍을 억졔치 못ᄒᆞᆯ 쁜 아니라 만니젼진(萬里戰陣)의 위봉(危鋒)을 근심ᄒᆞ여 비록 덕위지략(德威才略)으로 ᄒᆞ여곰 공필취(功必取)ᄒᆞ고 젼필승(戰必勝)ᄒᆞ믈 긔약ᄒᆞ나 맛ᄎᆞᆷᄂᆡ 쳔 니ᄅᆞᆯ 목견(目見)ᄒᆞᆯ와 ᄒᆞ여 몬져 긔필ᄒᆞ기로뼈 의려(疑慮)ᄅᆞᆯ 노키 어려온디라. 화됴월셕(花朝月夕)[22]의 운텬(雲天)을 ᄇᆞ라 초창(悄愴)ᄒᆞ고 됴모(朝暮)의 ᄉᆞ려(思慮)ᄒᆞᄆᆡ 침좌(寢坐)의 경경(耿耿)ᄒᆞ여 안
12면 식의 쳐초(凄楚)ᄒᆞ미 낫타나 말ᄉᆞᆷ의 산비(酸鼻)ᄒᆞ미 ᄌᆞ즈니 화부인이 쳬찰의 풍진위봉(風塵危鋒)을 근심ᄒᆞᆷ과 식부(息婦) 등의 험흔유익

---

20 츄셕졀향(秋夕節享): 추석절향. 추석을 맞이하여 지내는 제사.

21 교디(交趾): 교지. 지금의 베트남 북부.

22 화됴월셕(花朝月夕): 화조월석. 꽃 피는 아침과 달 밝은 밤이라는 뜻으로 경치가 좋은 시절을 뜻함.

(險釁有厄)ᄒᆞ믈 슬허ᄒᆞᄂᆞᆫ 회푀(懷抱) 범연(泛然)ᄒᆞᆫ ᄇᆡ 아니로ᄃᆡ 존고의 쳑비(慽悲)ᄒᆞ시믈 돕디 못ᄒᆞ여 쇼고(小姑)로 더브러 화안이셩(和顔怡聲)으로 위열(慰悅)ᄒᆞ믈 마지 아니 ᄒᆞ고 태위 일야(日夜) 밧드러 은은ᄒᆞᆫ 화긔와 풍셩ᄒᆞᆫ 담쇼로 냥대(兩代) 모친의 열의(悅意)ᄅᆞᆯ 구ᄒᆞ미 무치(舞彩)와 딜츄(跌墜)[23]ᄅᆞᆯ ᄋᆞ희의 희학(戲謔)이 ᄉᆞᆺ디 아니아니ᄒᆞ고[24] 군죵계뎨(群從諸弟)로 긔국(棋局)을 챵슈(唱酬)ᄒᆞ여 호활ᄒᆞᆫ 담쇠(談笑) ᄇᆡᆨ우(百憂)ᄅᆞᆯ ᄉᆞᆯ와ᄇᆞ리고 만영(萬榮)을 인도ᄒᆞ니 태부인이 ᄌᆞ연 위회(慰懷)ᄒᆞ시미 되여 슈안(愁顔)을 도로혀 희안(喜顔)을 동(動)ᄒᆞ더니 팔월디초(八月之初)의 텬ᄌᆡ 셩묘의 녜알(禮謁)ᄒᆞ시고 인ᄒᆞ여 국ᄌᆡᄅᆞᆯ 탁용(擢用)ᄒᆞ시니 상안국 곤계 삼인이 웅문(雄文)을 ᄯᅥᆯ쳐 셩명이 농방(龍榜)[25]을 드레고 셤궁(蟾宮)의 월계(月桂)ᄅᆞᆯ 어화쳥삼(御花青衫)[26]으로 태부인 슬하ᄅᆞᆯ 훤영(喧營)[27]ᄒᆞ니 인졍의 두굿기미 엇디 셩손(姓孫)[28]의 간격(間隔)ᄒᆞ리오? 부인이 어로만져 아름다오믈 니긔디 못ᄒᆞ고 그 문명ᄌᆡ혹(文名才學)으로 ᄎᆞ시등졔(此時登第)ᄒᆞ미 늣다 ᄒᆞᆯ ᄇᆡ나 그 너모 셩만(盛滿)ᄒᆞ믈 두려 기리 경계왈(警戒曰) 13면

23 무치(舞彩)와 딜츄(跌墜): 무채와 질추. 색동옷을 입고 화려하게 춤추고, 넘어져 떨어지는 일이라는 뜻으로 노래자의 효행을 의미.

24 아니아니ᄒᆞ고: '아니ᄒᆞ고'의 오기. 규장각본에는 '아니ᄒᆞ고'로 되어 있음.

25 농방(龍榜): 용방. 문과(文科)의 합격자 명단. 무과(武科) 합격자 명단은 호방(虎榜).

26 어화쳥삼(御花青衫): 어화청삼. 어화는 조선시대 문무과(文武科)에 급제한 사람에게 임금이 하사했던 종이로 만든 꽃인 어사화(御賜花)이고, 청삼은 푸른 적삼이라는 뜻으로, 품계가 낮은 관원의 복장. 여기서는 과거 급제자의 차림을 말함.

27 훤영(喧營): 좋은 일로 흥성거림.

28 셩손(姓孫): 성손. 자신의 세대에서 여러 세대가 지난 뒤의 자녀를 통틀어 이르는 말.

"부인은 올흐며 그ᄅᆞ미 업ᄉᆞ니 노모의 슬긔 엇디 손ᄌᆞ를 ᄀᆞᄅᆞ치리오마ᄂᆞᆫ 너의 대인이 작위 고듕(高重)ᄒᆞ고 네 집 문회(門戶) 셩만ᄒᆞᆫ 바의 여등이 일시의 농방(龍榜)의 승영ᄒᆞ여 부귀영녹(富貴榮祿)이 혁혁(赫赫)ᄒᆞ니 노뫼 도로혀 두로온 근심이 동ᄒᆞᄂᆞᆫ디라. 모로미 각각 가문셰덕(家門世德)과 표문쳥덕(表門淸德)으로 근근익익(勤勤翼翼)ᄒᆞ고 겸퇴졀ᄎᆞ(謙退切磋)ᄒᆞ여 복을 길우고 덕을 널니라."

안국 등이 ᄌᆡᄇᆡ쳥교(再拜聽敎)의 계슈슈명(稽首受命)ᄒᆞ여 존교를 간폐(肝肺)의 삭여 닛디 아니믈 ᄃᆡ(對)ᄒᆞ더라. 상ᄉᆡᆼ 등이 허다위의(許多威儀)와 창부희ᄌᆞ(倡夫戲子)를 거ᄂᆞ려 왕반ᄒᆞ여 환낙을 더으ᄃᆡ 시의 교시 음악(淫惡)ᄒᆞᆫ 취명이 졈졈 낫타나 임의 법부를 드레고 텬문을 어ᄌᆞ러이니 화부인이 ᄎᆞ악괴ᄒᆡ(嗟愕怪駭)ᄒᆞ믈 니긔디 못ᄒᆞᄂᆞᆫ 듕도 교시의 궁원극통(窮冤極慟)을 ᄉᆞ못ᄎᆞ 측은민ᄋᆡ(惻隱憫哀)치 아니미 아니로ᄃᆡ 듯ᄂᆞᆫ 니ᄂᆞᆫ 져마다 타비욕ᄆᆡ(唾鄙辱罵)ᄒᆞ믈 긋치 아니니 스ᄉᆞ
14면 로 식견(識見)이 통쳘(通徹)ᄒᆞ고 디의(旨義) 민달(敏達)ᄒᆞᆯ와 ᄒᆞ여 교시를 분분이 신ᄇᆡᆨ홈도 넘으ᄆᆡ 갓가온 고로 오ᄃᆡᆨ 모든 ᄯᅳᆺ이 통ᄒᆡᄒᆞ고 모든 입이 ᄭᅮ디ᄌᆞ나 부인은 ᄌᆞᆼ시 그 음흉ᄒᆞ믈 밀위여 ᄭᅮ짓디 아니코 ᄌᆞᆼ용이 글을 깃쳐 빙셤 등 삼비(三婢)를 보ᄂᆡ나 념연(恬然)이 거리ᄭᅵ디 아닛ᄂᆞᆫ ᄃᆞᆺᄒᆞ니 일가제인(一家諸人)이 오히려 부인의 보도 아닌 ᄌᆞ부를 위ᄒᆞ여 그 허다 죄루의 디원극통(至冤極痛)을 ᄭᆡ닷고 참연민셕(慘然憫惜)ᄒᆞ여 측은년디(惻隱憐之)ᄒᆞ미 친녀 ᄀᆞᆺᄐᆞ믈 능히 아지 못ᄒᆞ나 오ᄃᆡᆨ 태부인이 디긔(知機)ᄒᆞ여 ᄯᅩᄒᆞᆫ ᄎᆞ셕(嗟惜)ᄒᆞ고 닌경은 니상셔의 명견으로 인ᄒᆞ여 혹ᄌᆞ 교시 원억ᄒᆞᆫ가 ᄒᆞᄃᆡ 오히려 흉음(凶淫)이 넉이미 십분의 팔구나 ᄒᆞ여 호발도 ᄆᆞᄋᆞᆷ의 거리ᄭᅵ디 아니니 ᄯᅩᄒᆞᆫ

숙연평담(肅然平淡)ᄒᆞ여 교시다히 말을 입의 올니미 업ᄉᆞ니 뉸긔(倫
紀)의 듕(重)ᄒᆞ므로뼈 ᄉᆡᆼ각ᄒᆞ리오? 탄연무려(坦然無慮)히 간셥디 아
니미 교가의 문(門)의 홍신(鴻信)을 안으믈 일신누ᄒᆡᆼ(一身累行)으로
알고 그 밧근 졀의ᄒᆞᄆᆡ 교시 비록 션문디ᄒᆡᆼ(宣文之行)[29]이나 ᄌᆞ긔게 븟
그러오미 업ᄉᆞᆯ 고로 아이의 남의 부녀로 아ᄂᆞᆫ 뜻이라. 숙당군죵(叔堂 15면
群從)이 기의ᄅᆞᆯ 몰나 ᄌᆞ로 소의(所意)ᄅᆞᆯ 므ᄅᆞ면 공ᄌᆡ ᄲᅳ리쳐 ᄃᆡᄒᆞ고
태위 냥쇼져ᄅᆞᆯ ᄆᆡ연 거졀ᄒᆞᆫ 후로 ᄒᆞᆫ 조각 프ᄂᆞᆫ 뜻이 업ᄉᆞ니 조모와 졔
숙뫼 그 심쳔(深淺)을 블탁(不度)ᄒᆞ여 규시(窺視)ᄒᆞ나 태위 말ᄉᆞᆷ이 당
시다히 밋디 아니코 숙모와 져져 등이 그 오ᄅᆡ 도라오디 못ᄒᆞ믈 탄ᄒᆞ
나 ᄯᅩᄒᆞᆫ 드ᄅᆞᆫ 쳬ᄒᆞ미 업셔 다ᄅᆞᆫ 말ᄉᆞᆷ을 시작ᄒᆞ니 숙당졔ᄆᆡ(叔堂諸妹)
의아ᄒᆞ여 본ᄃᆡ 댱쇼져로 은ᄋᆡ 박ᄒᆞ던가 넉이니 더옥 댱쇼져ᄅᆞᆯ 위ᄒᆞ여
ᄎᆞ셕(嗟惜)ᄒᆞ믈 마디아니코 소시ᄂᆞᆫ 삼공ᄌᆞ 길신(吉辰)을 위ᄒᆞ여 구고
(舅姑) 소명(召命)으로 도라와시나 본의 댱부인을 조ᄎᆞ 거취 달니 말
고ᄌᆞᄒᆞᄂᆞᆫ 고로 댱부인이 도라오디 못ᄒᆞ여셔 ᄌᆞ긔 안연이 구가의 머믈
믈 블안튝황(不安蹴惶)ᄒᆞᆯ ᄲᆞᆫ 아니라 딘졍으로 부인을 앙모ᄉᆞ렴(仰慕
思念)ᄒᆞ여 그 ᄋᆡ화ᄅᆞᆯ 슬허ᄒᆞ미 스ᄉᆞ로 당ᄒᆞᆫ 바의 감치 아니니 마디못
ᄒᆞ여 존당의 신혼녜알(晨昏禮謁)을 폐치 아니나 쳐치(處置) 난연(難
然)ᄒᆞ고 딘퇴(進退) 얼울(臲卼)ᄒᆞ여 몸소 죄ᄅᆞᆯ 범ᄒᆞ고 허믈을 디은 ᄃᆞᆺ
ᄒᆞ니 태우의 건즐(巾櫛)을 소임ᄒᆞ미 업셔 님ᄌᆞ 업ᄉᆞᆫ 경운당의 두고 화 16면
부인 시녀 미협이 총찰(總察)ᄒᆞ여 태우의 유뎨(乳弟) 쇼학을 맛디더

29 션문디ᄒᆡᆼ(宣文之行): 선문지행. 선강(宣姜)과 문강(文姜)의 행동이라는 뜻. 선강과 문강은 춘추시대 제나라 희공의 딸로 패륜자매로 알려짐.

니 소시 도라와 날이 오릐고 일긔(日氣) 츄량(秋涼)ᄒᆞ야 져마다 츄의(秋衣)를 닙어시ᄃᆡ 태위 홀노 냥의의 포가를 ᄲᅧ닙어 의복이 닝박(冷薄)ᄒᆞᆫ디라. 니부인이 ᄌᆞ염이 맛참 귀령(歸寧)ᄒᆞ엿더니 나ᄌᆞ이 ᄀᆞᆯ오ᄃᆡ

"거거의 옷시 심히 닝박ᄒᆞ니 츄의를 취ᄒᆞ시미 올흘가 ᄒᆞᄂᆞ이다."

태위 왈

"굿ᄐᆞ여 몸이 칩디 아니니 아딕 츄의를 ᄎᆞᆺ디 아녓더니 현ᄆᆡ의 말을 조ᄎᆞ 옷ᄉᆞᆯ 갈니라."

됴부인 명염이 잠쇼왈(潛笑曰)

"안ᄒᆡ를 ᄂᆡ치고 빈희의게 소박 마ᄌᆞ 공연이 환부(鰥夫)의 우슈ᄒᆞᆫ 거동을 일워 츄긔상닝(秋氣爽冷)ᄒᆞ나 냥의를 갈 길히 업ᄉᆞ니 무죄ᄒᆞᆫ 사ᄅᆞᆷ을 박ᄃᆡᄒᆞ미 유ᄒᆡᄒᆞ미 졔 몸의 도라젓도다."

상부인이 태우의 눈ᄎᆡ를 ᄎᆡ보고ᄌᆞ ᄒᆞ여 슉연이 니ᄅᆞᄃᆡ

"댱시를 도라보ᄂᆡ믄 ᄌᆡ보[30]의 허믈이나 소시 이시니 엇디 각듕(閣中)

17면 의 가부의 졀복(節服) 밧들 쳐지 업다 ᄒᆞ리오마는 소시 고집ᄒᆞ여 이에 머믈기를 ᄎᆞ마 못 ᄒᆞᆯ 바로 알오미 이시니 내 실노 과도히 넉이노라. 금일노브터 ᄌᆡ보의 건즐을 옴겨 희당의 두고 소시로 ᄎᆡᆨ임케 ᄒᆞ미 올흐니라."

셜파(說罷)의 미협을 블너

"태우의 건즐을 희운당으로 옴기고 소시를 ᄃᆡᄒᆞ여 여ᄎᆞ여ᄎᆞᄒᆞᄃᆡ 굿ᄐᆞ여 우리 명이믈 니ᄅᆞ디 말나."

30 ᄌᆡ보: 재보. 정인광의 자.

협이 승명ᄒᆞ여 즉시 건즐을 옴겨 희운당의 니ᄅᆞ러 고왈(告曰)

"부인의 환귀(還歸) 지쇽(遲速)을 뎡치 못ᄒᆞ고 비ᄌᆞ 등이 ᄡᅵᄅᆞᆯ ᄯᅩᆯ와 능히 잘 밧드ᄋᆞᆸ디 못ᄒᆞ니 민울(悶鬱)ᄒᆞ여 댱부의 가 픔명(稟命)[31]ᄒᆞ온ᄌᆞᆨ 소임을 옴겨 희당 쇼져긔 ᄎᆡᆨᄒᆞᆯ 거시어ᄂᆞᆯ 엇디 와 ᄆᆞᆺᄂᆞ뇨 ᄒᆞ시니 금일노브터 이에 옴기ᄂᆞ이다."

소시 아미ᄅᆞᆯ ᄶᅵᆼ긔여 왈

"이 소임이 나의 ᄒᆞᆯ ᄇᆡ 아니라. 부인의 도라오시미 디어슈삭(至於數朔)의 그ᄃᆡ 등이 맛다 밧들디어다."

협이 ᄃᆡ왈(對曰)

"비ᄌᆡ 삼ᄉᆞ삭(三四朔) 건긔ᄅᆞᆯ 밧드오나 감히 놉흔 위풍을 우러지 못ᄒᆞ오니 비록 절셰(節勢)로조ᄎᆞ 가ᄅᆞ실 의복이 잇셔도 ᄎᆞᆺ디 아니신ᄌᆞᆨ 밧드디 못ᄒᆞ오니 엇디 누월(累月)을 춍찰(總察)ᄒᆞ리잇가? 방금도 하복 18면 (夏服)을 갈디 아냐 계시니 쇼졔 의법히 건긔ᄅᆞᆯ 밧드셤ᄌᆞᆨ ᄒᆞ니이다."

쇼졔 답왈(答曰)

"그ᄃᆡ 경ᄉᆞᆯ(經術)을 아지 못ᄒᆞᄂᆞ냐? 《츈츄(春秋)》의 님군을 셰오디 아니코 ᄌᆡ샹(宰相)이 일을 결(決)ᄒᆞ여 녀왕(厲王)이 쳬(彘)의셔 븡(崩)ᄒᆞ니 비로소 태ᄌᆞᄅᆞᆯ 셰오니[32] 덧덧ᄒᆞᆫ 법이 이러ᄒᆞᆫ디라. 내 엇디 감히 부인이 아니 계신 ᄡᅵ의 부인 소임을 ᄎᆞ디ᄒᆞ리오? 비록 존명이 계실디라도 내 감히 당치 못ᄒᆞ여 죽기로 샤양ᄒᆞ려든 엇디 그ᄃᆡ의 말을

---

31 픔명(稟命): 품명. 상관의 명령을 받는 일.

32 《춘츄(春秋)》의 ~ 셰오니: 주나라 여왕(厲王)이 포학하게 굴다가 체(彘)로 쫓겨났는데, 바로 다른 왕을 세우지 않고 재상이 일을 처리하다가 여왕이 체에서 죽은 뒤에 그의 아들 선왕(宣王)이 즉위한 일을 말함.

좃ᄎᆞ리오? 쎨니 거두어 도라가 그ᄃᆡ 아딕 검찰(檢察)ᄒᆞ여 부인의 환귀(還歸)ᄒᆞ시믈 기다리고 나의게 다시 니ᄅᆞ디 말나.”

협이 강쳥(强請)치 못ᄒᆞ고 도라와 슈말(首末)을 고ᄒᆞ니 태부인이 탄왈(嘆曰)

“닌광이 셩픔이 질통이 만흔 ᄋᆞᄒᆡ로 허믈이 업디 아니ᄒᆞ나 댱현부[33]와 소쇼뷔[34] 다 현텰특신ᄒᆞ니 엇디 긔특디 아니리오? 그 도리와 녜의 가족ᄒᆞ니 녀ᄋᆡ 져ᄅᆞᆯ ᄆᆡᆨ밧고ᄌᆞ[35] ᄒᆞ미 그ᄅᆞᆫ디라. 엇디 도로혀 븟그럽디 아
19면 니랴? 네 맛당이 경운당의 두고 젼일ᄀᆞᆺ치 왕ᄂᆡᄒᆞ여 소학으로 셤기게 ᄒᆞ라.”

ᄒᆞ시니 미협이 슈명이퇴(受命而退)ᄒᆞ고 졔부인(諸夫人)이 칙칙션탄(嘖嘖羨嘆)ᄒᆞ믈 마디아니나 태우ᄂᆞᆫ 유연이 승안ᄒᆞᄂᆞᆫ 화긔ᄅᆞᆯ 긋치디 아닐 ᄲᅳᆫ이오 댱여소ᄅᆞᆯ 굿ᄐᆞ여 아ᄅᆞᆷ다이 넘도 업고 모다 칭션ᄒᆞᄂᆞᆫ 바ᄅᆞᆯ 발연이 괴로와 드ᄅᆞᆷ도 업셔 긔위(氣宇) 늠연쥰슉(凜然峻肅)ᄒᆞ니 그 깁희ᄅᆞᆯ 탁냥(度量)키 어려오니 조모와 슉뫼 도로혀 괴이히 넉여 태위 군죵(群從)으로 더브러 퇴(退)ᄒᆞᆫ 후 태부인이 화부인다려 왈

“광ᄋᆡ 딘실노 ᄋᆞ부로 더브러 종젼은ᄋᆡ 변ᄒᆞ엿던가? 인졍 밧 거조로 죽기ᄅᆞᆯ 바야다가 도라보닌 후 긔식이 죵시(終是) 플니디 아니니 장ᄎᆞᆺ 엇디ᄒᆞ리오?”

부인이 ᄃᆡ왈(對曰)

---

33 댱현부: 장현부. 장성완.

34 소쇼뷔: 소소부. 소채강.

35 ᄆᆡᆨ밧고ᄌᆞ: ᄆᆡᆨ받다. 시험하다, 살피다.

"셩녜(聖慮) 맛당ᄒᆞ시나 ᄌᆞ녀의 졈졈 ᄒᆡ로오미 잇ᄉᆞ오니 오ᄅᆡ디 아냐 마ᄌᆞ 오올디라. 금년 ᄂᆡ로ᄂᆞᆫ ᄉᆞ톄(事體) 경도(傾倒)ᄒᆞ여 발셜치 아니ᄒᆞ오나 도금(到今)ᄒᆞ여ᄂᆞᆫ 젼 ᄆᆞ옴과 달나 가졍 훈계를 밧드ᄂᆞ니이다."

태부인이 졈두(點頭)ᄒᆞ고 우왈(又曰)

"소시 긔딜이 가션(嘉善)ᄒᆞ미 댱ᄋᆞ의 아ᄅᆡ 일인이오 ᄇᆡᆨ집ᄉᆞ(百執事)의 능당(能當)ᄒᆞ나 광ᄋᆞ의 긔쉭이 ᄯᅩᄒᆞᆫ ᄂᆡᆼ담ᄒᆞ니 엇디 괴이치 아니리오?" 20면

화부인이 ᄃᆡ왈(對曰)

"ᄋᆞᄒᆡ 심히 궤고강확(詭固剛確)ᄒᆞ여 픔되 거만키를 면치 못ᄒᆞ엿삽거ᄂᆞᆯ 소시 ᄯᅩᄒᆞᆫ 탁뉸초월(卓倫超越)ᄒᆞ여 ᄀᆞ장 비상ᄒᆞ온디라. ᄒᆞᆫ갓 위의(威儀)로 딘복(鎭服)ᄒᆞ여 굴강(屈降)ᄒᆞ기 어려올가 도로혀 졔 긔상을 엄히 ᄒᆞ여 부녀의 쇼쇼ᄉᆞ졍(小小事情)과 괴로온 회포를 빗최디 못ᄒᆞ게 ᄒᆞ오미니 이 ᄯᅩᄒᆞᆫ 군ᄌᆞ의 슉연ᄒᆞᆫ ᄇᆡ 아니니이다."

태부인이 쇼왈(笑曰)

"그러ᄒᆞ거니와 노모ᄂᆞᆫ 쳣 ᄯᅳᆺ의 광ᄋᆡ 소시의게 만히 경ᄋᆡ 익졍ᄒᆞᄂᆞᆫ가 녁엿더니 오히려 뎡실을 존경ᄒᆞ고 졔 긔상을 일치 아니니 원간 ᄋᆞᄒᆡ 셩졍이 태강견고(太康堅固)ᄒᆞ여 ᄇᆡᆨ미인(百美人)과 쳔요ᄉᆡᆨ(千妖色)을 맛져도 외입경외홀 픔되 아니라. 엇디 일ᄏᆞ롬즉디 아니리오?"

쇼부 부인 셔시 쇼이고왈(笑而告曰)

"ᄇᆡᆨ모ᄂᆞᆫ ᄌᆡ보의 강확ᄒᆞ믈 두굿기시나 쇼딜은 과연 어엿버 아니 ᄒᆞᄂᆞ이다. 위친(爲親)ᄒᆞ여 슈욕(受辱)을 복셜(復雪)ᄒᆞᆫ들 엇지 그ᄃᆡ도록 싀험ᄒᆞ리잇가? ᄌᆡ보와 댱시를 볼딘ᄃᆡ 남ᄌᆡ 쾌홈과 녀ᄌᆡ 괴로오믈 더옥 ᄭᆡ닷ᄉᆞ올디라. 쇼딜은 엄ᄌᆡ 만일 슉염을 ᄌᆡ보의 댱시쳐로 보친즉 녀ᄋᆡ 죽기 젼 몬져 에분필ᄉᆞ(恚憤必死)홀지라. 댱공 부부ᄂᆞᆫ ᄌᆞ작디얼 21면

(自作之孼)도 잇거니와 대개 셩졍이 관유(寬裕)ᄒᆞ여 ᄀᆞ장 참고 견ᄃᆡ믈 잘ᄒᆞᄂᆞ이다."

상부인이 쇼왈(笑曰)

"텬작얼(天作孼)은 유가위(猶可爲)어니와 ᄌᆞ작얼(自作孼)은 블가활(不可活)이라. ᄌᆡ보의 친위(親闈)를 위ᄒᆞ여 슈욕(受辱)을 셜(雪)코ᄌᆞᄒᆞ미 조급ᄒᆞ미 갓가오나 ᄯᅩᄒᆞᆫ 셩효로 비로ᄉᆞ미니 엇디 큰 허믈노 니ᄅᆞ리오? 슈빅과 현ᄆᆡ 엄ᄌᆞ를 향ᄒᆞ여 댱공 부부 ᄀᆞᄐᆞᆫ 허믈을 디을진ᄃᆡ 엄ᄌᆡ 슉염을 죽이믈 결을치 못ᄒᆞ리니 현ᄆᆡ ᄆᆞᄉᆞᆷ 낫ᄎᆞ로 엄ᄌᆞ를 한ᄒᆞ리오? 댱공과 박시 셩픔이 관유치 아냐도 스ᄉᆞ로 죄과를 ᄲᅡ하시니 ᄌᆡ보의 노긔 아모 디경의 밋쳐도 결우 못ᄒᆞ며[36] 탓ᄒᆞ지 못ᄒᆞ리라."

셔부인이 쇼왈(笑曰)

"져져의 ᄆᆞ음이 고로지 못ᄒᆞ셔이다. 젼일의 댱시를 위ᄒᆞ여 참연긍민(慘然矜悶)ᄒᆞ실 젹은 ᄌᆡ보를 싀험블인(猜險不仁)으로 밀위시더니 도금(到今)ᄒᆞ여ᄂᆞᆫ ᄌᆡ보를 무과(無過)타 ᄒᆞ고 댱공 부부를 그 죄 깁흐니 ᄌᆡ보의 일이 당연ᄒᆞᆫ 올흔 일이라 ᄒᆞ여 댱시 위ᄒᆞᆫ 졍이 어ᄃᆡ로 가고 업ᄂᆞ니잇가?"

22면

상부인이 낭쇼왈(朗笑曰)

"나의 댱시 위ᄒᆞᆫ 졍이 젼후 ᄒᆞᆫ가디로ᄃᆡ 현ᄆᆡ ᄌᆡ보의 쳐ᄉᆡ 그룸만 알고 올흐믄 모를ᄉᆡ 댱공 부부의 허믈을 니ᄅᆞ미라. 내 ᄆᆞ옴이 디공무ᄉᆞ(至公無私)ᄒᆞ니 엇디 고ᄅᆞ디 못ᄒᆞ리오?"

---

36 결우 못ᄒᆞ며: 규장각본에는 '결우지 못ᄒᆞ며'로 되어 있음.

경조 부인 쇼화시 잠쇼왈(潛笑曰)

"져져의 ᄌᆞ보롤 위ᄒᆞ여 이러ᄐᆞᆺ ᄒᆞ심도 맛당ᄒᆞ시거니와 댱시 졍ᄉᆞ롤 ᄉᆡᆼ각ᄒᆞᄆᆡ 심히 잔인ᄒᆞ고 칼과 깁이며 약을 주어 죽기롤 ᄇᆡ야ᄂᆞᆫ 시졀은 ᄌᆞ보롤 인졍이라 니ᄅᆞ디 못ᄒᆞ리니 셔부인 말숨이 ᄯᅩ 둔 ᄌᆞ의 개연(慨然)ᄒᆞ믈 면치 못ᄒᆞ시민가 ᄒᆞᄂᆞ이다."

경언간의 쇼뷔 드러오니 졔부인(諸夫人)이 니러 맛고 상부인이 우음을 ᄯᅴ여 셔부인·화부인 말숨을 젼ᄒᆞ고 ᄌᆞ긔 닌광을 위ᄒᆞ여 분변ᄒᆞᆫ 바롤 니ᄅᆞ니 쇼뷔 함쇼왈(含笑曰)

"댱시 뇨됴현쳘(窈窕賢哲)ᄒᆞ므로 가부듕ᄃᆡ(家夫重對)롤 못 어더 ᄒᆞᆫ 허믈이 업시 구가(舅家)롤 하딕ᄒᆞ고 스ᄉᆞ로 죄루(罪累)의 쳐ᄒᆞ니 인가 부인ᄂᆡ 효효(囂囂)[37]히 근심ᄒᆞ여 닌광으로ᄲᅧ ᄆᆞ숌 댱공의 부도나 잇ᄂᆞᆫ ᄃᆞ시 댱시롤 빅화의 슬프므로 ᄎᆞ셕ᄒᆞ니 이 곳 토ᄉᆞ호비(兎死狐悲)[38] 갓ᄐᆞᆫ디라. 닌광이 도로혀 독뷔(獨夫) 되미 블상치 아니리잇가? 향ᄌᆞ의 광딜이 댱시롤 죽으라 ᄌᆡ촉ᄒᆞ믄 과급(過急)ᄒᆞ나 아모 온냥(溫良)ᄒᆞ니라도 그 친위(親闈)예 욕이 그 디경의 밋ᄎᆞᆫ즉 능히 타연(妥然)치 못ᄒᆞᆯ ᄇᆡ오 ᄯᅩ 안연믈시(晏然勿視)ᄒᆞ믄 일이 블가(不可)ᄒᆞ니 분외(憤惡) 급발(急發)ᄒᆞ믈 인ᄒᆞ여 과격ᄒᆞᆫ 거죄 엇디 괴이ᄒᆞ리잇고? 져져의 딜ᄋᆞ 편드ᄅᆞ시미 올흐시니이다."

태부인이 미쇼왈(微笑曰)

23면

---

37 효효(囂囂)히: '효효'는 왈가왈부하는 모양. 시끄러운 모양.

38 토ᄉᆞ호비(兎死狐悲): 토사호비. 토끼가 죽으니 여우가 슬퍼한다는 뜻으로, 같은 무리의 불행을 슬퍼함을 이르는 말.

“뉴뉴샹죵(類類相從)ᄒᆞ고 논위인식이라. 딜ᄋᆡ 광ᄋᆞ의 독ᄇᆡ 되여시믈 블상타 ᄒᆞ믄 댱ᄌᆞ의 녜ᄉᆡ(例事)어니와 녀ᄋᆞ의 광ᄋᆞᄅᆞᆯ 위ᄒᆞ여 대ᄉᆞ로이 분변ᄒᆞ믄 너모 말 만흔 연괴라. 댱ᄋᆞ의 무죄히 ᄌᆞ쳐죄루(自處罪累)ᄒᆞ미 광ᄋᆞ의 온용치 못ᄒᆞᆫ 탓시니 엇디 ᄇᆡᆨ화의 슬픔과 다ᄅᆞ다 ᄒᆞ리오?”

쇼ᄇᆡ 웃고 ᄃᆡ왈(對曰)

24면 “그러치 아니ᄒᆞ이다. 닌광의 위인이 비록 궤고(詭固)ᄒᆞ나 가장 통달ᄒᆞ고 상쾌ᄒᆞ여 군ᄌᆞ덕ᄒᆡᆼ(君子德行)을 니져바릴 ᄇᆡ 아니오 부훈(父訓)의 디극ᄒᆞ믈 밧드러 쥰격과급(峻激過急)ᄒᆞ믈 곳치ᄆᆡ 당금(當今)ᄒᆞ여ᄂᆞᆫ 득기듕도(得其中道)ᄒᆞ여 현보의 셩명대도(聖明大道)의 만히 나리디 아니니 엇디 무죄ᄒᆞᆫ 실가(室家)로 ᄒᆞ여곰 오ᄅᆡ 죄루(罪累)의 두리잇가? 블구(不久)의 마ᄌᆞ오리이다.”

태부인이 잠쇼(潛笑)ᄒᆞ고 ᄯᅩᄒᆞᆫ 그러히 넉이나 댱쇼졔 오ᄅᆡ 안젼의 업ᄉᆞ믈 능히 닛디 못ᄒᆞ여 울결ᄒᆞᆫ 병이 고황(膏肓)의 밋쳐시믈 깁히 우려ᄒᆞ더라. 시야(是夜)의 태위 냥대 ᄌᆞ젼의 혼뎡(昏定)ᄒᆞ고 믈너 명광헌의 도라오ᄆᆡ 닌경·닌웅은 쇼부ᄅᆞᆯ 시침(侍寢)ᄒᆞ고 혹ᄉᆞ 닌홍과 ᄃᆡᆨᄉᆞ 닌유ᄂᆞᆫ 입번(立番)ᄒᆞ고 닌영·닌홍은 외구(外舅) 화ᄂᆡᄉᆞᄅᆞᆯ 조ᄎᆞ 츌유(出遊)ᄒᆞ고 닌듕은 긋ᄐᆞ여 군죵(群從)을 ᄯᆞᆯ와 좌와(坐臥)의 그림ᄌᆞᄅᆞᆯ ᄒᆞᆫ가지로 ᄒᆞ미 업ᄂᆞᆫ 고로 이에 잇디 아닌더라. 각듕(閣中)이 공허ᄒᆞ고 좌위 젹뇨(寂寥)ᄒᆞ믈 인ᄒᆞ여 ᄒᆡ음업시 회푀 감상ᄒᆞ믈 ᄭᆡ닷디 못ᄒᆞ여 ᄋᆞᆺ듬은 ᄇᆡᆨ부와 샤ᄇᆡᆨ의 만니젼딘(萬里戰陣)의 흉봉(凶
25면 鋒)을 당ᄒᆞ여 노고ᄒᆞ믈 우려ᄒᆞ고 버거 야야(爺爺)의 귀긔(歸期) 오히려 일삭(一朔)이나 가려시니 효ᄌᆞ의 영모디졍(永慕之情)이 간졀ᄒᆞ여 능히 침슈(寢睡)의 ᄯᅳᆺ이 업ᄂᆞᆫ더라. 야심토록 명랑헌 계졍(階庭)의 힝ᄆᆡ 브디ᄒᆞ며 신충을 둘너 텬슈(天數)ᄅᆞᆯ 앙쳠(仰瞻)ᄒᆞ여 부형의 쥬셩(主星)을 조ᄎᆞ 긔게(起居) 안슌(安順)ᄒᆞ시믈 ᄡᆡ다ᄅᆞᄃᆡ ᄇᆡᆨ부 존당을 ᄯᅥ나고 곤계(昆季) 분슈(分手)ᄒᆞ미 얼프시 팔삭(八朔)의 밋쳐 숑츈과하(送春過夏)ᄒᆞ여 다시 츄긔상ᄂᆡᆼ(秋氣爽冷)ᄒᆞ니 졀(節)이 셰 번 변ᄒᆞ엿ᄂᆞᆫ디라. ᄂᆡ별이 잣고 회합이 드믈믈 그ᄋᆞᆨ이 슬허ᄒᆞ나 욕곡(欲哭)이 블가(不可)의 욕읍(欲泣)이 근어부인(近於婦人)[39]이라. ᄀᆞ마니 안하(眼下)의 출톄(出涕) 비하(飛下)ᄒᆞ나 그 듕회(中懷)챵연슈우(愴然愁憂)ᄒᆞ여 일뉸(日輪)이 슈운(愁雲)의 침면(沈沔)ᄒᆞ여 가월(佳月)의 그림ᄌᆡ 영합ᄒᆞ니 비컨ᄃᆡ 상텬(霜天)의 븍풍(北風)이 닐고ᄌᆞ ᄒᆞ며 쳔년노룡(千年老龍)이 음ᄋᆡ(陰崖)ᄅᆞᆯ 짓고ᄌᆞ ᄒᆞᄂᆞᆫ디라. 셔동 소학 등이 좌우로 시위ᄒᆞ여 송님의 힝ᄆᆡᄒᆞ고 감히 입실ᄒᆞ믈 쳥치 못ᄒᆞ니 태위 오ᄃᆡ 쳥텬(晴天)을 우러러 소월(素月)을 쳠망(瞻望)ᄒᆞᄆᆡ 만니댱공(萬里長空)의 담담ᄒᆞ여 편운(片雲)이 업ᄉᆞᆫᄃᆡ 계슈(桂樹) ᄎᆞᆫ ᄃᆞᆯ이 26면
걸녀시니 옥궁(玉宮)을 두려시 휘온 ᄃᆞᆺ 쇄락ᄒᆞᆫ 광명이 광능(廣陵) ᄡᅡ 보경(寶鏡)을 닷가 반공(半空)의 거러 팔황(八荒)을 빗최ᄂᆞᆫ ᄃᆞᆺᄒᆞᆫᄃᆡ 셩ᄑᆡ 만텬ᄒᆞ여 긔긔(騏驥) 쥰ᄆᆡ(俊邁)ᄒᆞᆫ 거ᄅᆞᆷ을 달니ᄂᆞᆫ ᄃᆞᆺ ᄇᆞᆰ은 빗치 여쥬(如晝)ᄒᆞ여 ᄇᆡᆨ일(白日)의 빗출 비지 아니니 츄텬(秋天)의 화연ᄒᆞᆷ과 졔월(霽月)의 쇄쇄ᄒᆞ미 샤ᄇᆡᆨ(舍伯)의 풍의긔상(風儀氣象)으

---

39 욕곡(欲哭)이 ~ 근어부인(近於婦人): 소리 내어 울고 싶어도 그럴 수 없고 눈물을 흘리며 우는 것은 부인의 일에 가까워서 할 수 없다는 뜻. 은(殷)나라 기자가 옛날 은나라 터를 지나다 궁실이 허물어진 곳에 벼와 기장이 생겨난 것을 보고는 상심하여 통곡하고 싶었지만 그럴 수 없었고 울고 싶었지만 부인의 일에 가까웠기에 〈맥수가〉를 지어 노래했는데 은나라 사람들이 그 노래를 듣고 모두 눈물을 흘렸다는 고사에서 비롯된 표현.

로 방블(髣髴)ᄒᆞ니 ᄆᆞ음이 ᄌᆞ연 환흡ᄒᆞ여 스ᄉᆞ로 계ᄌᆞᄅᆞᆯ 헷치고 명월을 청ᄒᆞ여 ᄌᆞᆸ을 ᄃᆞᆺᄒᆞ나 이 곳 허령ᄒᆞᆫ 뜻이라. ᄒᆞᆫ갓 ᄉᆞ모 상심ᄒᆞ믈 ᄶᆡ닷디 못ᄒᆞ여 슈히 당샹의 오로디 못ᄒᆞ니 옥노(玉露)ᄂᆞᆫ 녕녕ᄒᆞ여 나말(羅末)을 침노ᄒᆞ고 금풍(金風)이 냥냥(凉凉)ᄒᆞ여 츄의(秋衣)ᄅᆞᆯ ᄌᆡ촉ᄒᆞ니 임의 ᄆᆡ얌이 쇠ᄒᆞ미 오ᄅᆡ고 년실니고ᄒᆞ며 초목이 황냥(荒凉)ᄒᆞ니 댱ᄆᆡ 딘ᄒᆞ고 담텬이 ᄇᆞ야흐로 ᄎᆞᆫ디라. 국화ᄂᆞᆫ 봉오리의 픠고 ᄌᆞ ᄒᆞ고 난초ᄂᆞᆫ 비로소 무셩ᄒᆞ여 유한(幽閒)ᄒᆞᆫ 방향(芳香)이 ᄆᆞᆰ게 니

27면 러나 습습히 코희 ᄡᅩ히고 ᄇᆡ와 감이며 귤이 다 황냥ᄒᆞᆫ 닙 ᄉᆞ이의 ᄇᆞᆰ은 빗과 누른 거시 월광을 인ᄒᆞ여 본나거ᄂᆞᆯ 솔 졍ᄌᆞ 아ᄅᆡ ᄡᅡᆼ학이 ᄃᆡᄒᆞ여 조을고 못 쇽의 원앙이 녹슈의 조경ᄒᆞ니 태위 당당ᄒᆞᆫ 군ᄌᆡ라 ᄉᆡᆨ(色)을 모ᄒᆞ미 아니오 낙(樂)ᄒᆞ여 황(荒)ᄒᆞ믈 구치 아니나 뇨됴셩녀(窈窕聖女)로 됴흔 ᄧᆞᆨ을 삼앗다가 일뇨(一朝)의 ᄒᆞᆫ 너럭 죄괘(罪過) 업시 녹슈(綠水)의 노ᄅᆞᆷ을 파ᄒᆞ여 금슬(琴瑟)이 단현(斷絃)ᄒᆞ고 종괴(鐘鼓) 졀영(絶影)ᄒᆞ여 풍ᄂᆔ(風流) 돈연(頓然)ᄒᆞ니 상시(常時) 뉸강(倫綱)을 듕히 ᄒᆞ고 효위(孝友) 졀뉸(絶倫)ᄒᆞ므로 블인ᄒᆞᆫ 빙악(聘岳)의 ᄇᆡ은망혜(背恩忘惠)ᄒᆞᆷ과 광망(狂妄)ᄒᆞᆫ 악모(岳母)의 무례ᄒᆞᆫ 욕셜을 ᄉᆡᆼ각ᄒᆞᄆᆡ 심신이 어리고 담이 놀나와 분뇌(忿怒) ᄎᆞ골(次骨)[40] ᄒᆞ니 ᄉᆡᆼᄂᆡ의 그 ᄌᆞ식으로 부부디의(夫婦之義)ᄅᆞᆯ ᄭᅳᆺ기로 뎡ᄒᆞᄆᆡ 믭디 아니나 뫼오믈 짓고 죄 업ᄉᆞ나 죄 이시므로 밀위여 년좌(緣坐)ᄒᆞᄆᆡ 뜻과 긔ᄉᆡᆨ이 쥰졀싁싁ᄒᆞ여 ᄒᆞᆫ 조각 뉴련ᄒᆞ미 업더니 금야의 부형

40 ᄎᆞ골(次骨): 차골. 원한 등이 뼈에 사무치는 것.

슉당(父兄叔堂)을 영모(永慕)ᄒᆞᄂᆞᆫ 회푀 간절ᄒᆞ여 셩슈(星宿)로ᄡᅧ 졈 ᄒᆞ여 안부ᄅᆞᆯ ᄉᆞᆯ피ᄂᆞᆫ 결을의 ᄀᆞᆺᄐᆞ여 유의ᄒᆞ여 보려 ᄒᆞ미 업시 당쇼져 쥬셩(主星)이 안듕(眼中)의 빗최믈 면치 못ᄒᆞ여 ᄒᆞᆫ번 관찰ᄒᆞᄆᆡ 길긔 28면 와 경ᄎᆡ 당당이 원복을 긔필ᄒᆞᆯ ᄇᆡ로ᄃᆡ 흑긔와 병살이 동ᄒᆞ여 분명셩이 ᄀᆞ장 위ᄐᆡᄒᆞ니 잠간 녁슈(易數)ᄅᆞᆯ 츄슈(推數)ᄒᆞ고 다시 건슈(乾數)ᄅᆞᆯ ᄉᆞᆯ핀즉 금명년(今明年) ᄋᆡᆨ운이 비상ᄒᆞ여 위질(危疾)을 니ᄅᆞ혀ᄆᆡ ᄉᆞᄉᆡᆼ(死生)이 가례라. 만균디듕(萬均之重)과 구정지심(九鼎之心)으로도 진믈의 동의ᄒᆞ고 명의 ᄒᆡ로오며 위ᄐᆡᄒᆞ믈 경악ᄒᆞ여 ᄌᆞ연이 져의 명도ᄅᆞᆯ 위ᄒᆞ여 ᄎᆞ셕ᄒᆞᄂᆞᆫ 의ᄉᆡ 구름이 모히고 안개 집희ᄃᆞᆺ ᄒᆞ여 그윽이 그 평ᄉᆡᆼ을 졈검ᄒᆞ여 셩효녈졀(誠孝烈節)이 통고금궁만셰(通古今窮萬世)ᄒᆞ여 그ᄀᆞᆺᄐᆞᆫ ᄌᆞᄅᆞᆯ 엇디 못ᄒᆞᆯ ᄇᆡ오 인현슉ᄒᆡᆼ(仁賢淑行)이 당ᄃᆡ 부인 듕 홀노 셩현 되믈 샤양치 아닐 ᄇᆡ어ᄂᆞᆯ 그ᄅᆞᆺ 블인ᄒᆞᆫ 부모의 녀ᄌᆡ 되여 조흔참변(阻釁慘變)의 혈육디신(血肉之身)이 능히 디보(支保)치 못ᄒᆞᆯ 바로 요ᄒᆡᆼ 텬디신명(天地神明)이 다 ᄒᆞᆫ가지로 보우ᄒᆞ믈 힘닙어 훼면할이(毁面割耳)와 투강닉슈(投江溺水)의 ᄉᆞᄌᆡ(死者) 브ᄉᆡᆼ(復生)ᄒᆞ여 긔특이 구ᄆᆡᆼ(舊盟)을 완젼(完全)ᄒᆞ고 인뉸(人倫)을 구셩(構成)ᄒᆞ나 남의녀심(男意女心)이 다 블연미쾌ᄒᆞ니 ᄒᆞ나 29면 흔 디극ᄒᆞᆫ 셩효로ᄡᅧ 부슉(父叔)을 ᄒᆡ코ᄌᆞ ᄒᆞᄂᆞᆫ 블인의 ᄉᆡᆼ훈(生訓)이믈 통한ᄒᆞ고 ᄒᆞ나흔 참니괴황(慙怩愧惶)ᄒᆞ여 스ᄉᆞ로 셰간의 머므ᄂᆞᆫ 바ᄅᆞᆯ 슬허 그윽이 앗춤 이슬이 합연(溘然)키ᄅᆞᆯ 원ᄒᆞ여 호황이 돈무(頓無)타가 ᄒᆞᆫ번 풍파ᄅᆞᆯ 인ᄒᆞ여 신검이 난호이고 파경(破鏡)이 졀연이 ᄯᆞ려디니 어딘 덕과 ᄆᆞᆰ은 혜셩이며 향긔로온 긔딜과 옥 ᄀᆞᆺᄐᆞᆫ ᄌᆞ최 부ᄂᆡ(府內)의 머므디 아니미 발셔 ᄉᆞ삭(四朔)의 밋ᄎᆞᄃᆡ 구ᄐᆞ여 심니

(心裏)의 ᄉᆞ모ᄒᆞᆷ을 두디 아니타가 홀연 그 심회 궁측민ᄋᆡ(窮惻憫哀)ᄒᆞᆷ과 쳐디(處地) 난연얼울(難然孼鬱)ᄒᆞᆷ을 ᄉᆡᆼ각ᄒᆞ여 츄연감동(惆然感動)ᄒᆞ고 ᄌᆞ긔 실우 니ᄇᆡ(離配)ᄒᆞ여 가ᄉᆡ(家事) 착난(錯亂)ᄒᆞ니 셰간의 무쳐(無妻)ᄒᆞᆫ 사ᄅᆞᆷ이 되여시믈 ᄭᆡᄃᆞ라 회픠 울연(鬱然)ᄒᆞ믈 니긔디 못ᄒᆞ더니 야뢰(夜露) 습인(襲人)ᄒᆞ고 듕쇠(中宵) 그윽ᄒᆞ니 괴로이 계졍숑님(階庭松林)의 ᄒᆡᆼ미ᄒᆞ여 ᄉᆡ오디 못ᄒᆞᆯ디라. 날호여 실(室)의 드러 벼개의 나아가니 슉상(宿床)이 방한(方寒)ᄒᆞ고 침쉬 무류ᄒᆞᆫ디라. 심하(心下)의 초창(怊悵)ᄒᆞ여 잠을 일우디 못ᄒᆞ니 냥풍(凉

30면

風)의 어ᄌᆞ럽고 초듕(草蟲)은 듁창(竹窓)의 즉즉(喞喞)ᄒᆞᆫᄃᆡ 분벽실솔(粉壁蟋蟀)은 실을 드리온 ᄃᆞᆺᄒᆞ고 옥누종졈(玉漏鐘占)은 ᄌᆞ로 경(更)을 보ᄒᆞ니 쳔년송하(千年松下)의 조으던 학이 ᄭᆡ여 ᄯᅩᄒᆞᆫ ᄀᆞ을밤 경을 마ᄃᆡ마ᄃᆡ 보(報)ᄒᆞ니 심번여란(心煩慮亂)ᄒᆞ여 츄경졀구(秋景絶句) 일슈(一首)ᄅᆞᆯ 디어 두어 번 읇다가 셔집의 ᄭᅵ우고 심하(心下)의 탄상(嘆傷)ᄒᆞᄃᆡ

‘ᄌᆞ고(自古) 현셩군ᄌᆞ(賢聖君子)와 쳘부셩녜(哲婦聖女) 만히 그 명(命)이 긔(奇)ᄒᆞ고 복(福)이 박(薄)ᄒᆞᆫ ᄌᆡ(者) ᄒᆞ나둘히 아니로ᄃᆡ 조험변고(阻險變故)ᄂᆞᆫ 댱시 ᄀᆞᄐᆞᆫ ᄌᆡ ᄀᆞ장 희한ᄒᆞᆫ디라. 초(初)의 훼면할이(毁面割耳)ᄒᆞ여 신톄(身體)ᄅᆞᆯ 병잔(病殘)ᄒᆞᆯ디언졍 일누(一縷)ᄅᆞᆯ 디연(遲延)코ᄌᆞ ᄒᆞ기ᄂᆞᆫ 그 부모로 ᄒᆞ여곰 ᄌᆞ긔 죽인 과실을 면코ᄌᆞ ᄒᆞ니 곳 대슌(大舜)의 쳐변(處變)이오 내 ᄯᅩ 죽기ᄅᆞᆯ 핍박ᄒᆞ미 인졍의 먼거죄 이시되 오히려 유유디지ᄒᆞ여 그 명(命) 졀(絶)ᄒᆞ미 태산ᄀᆞᆺ치 듕ᄒᆞ믈 낫타ᄂᆡ니 진실노 살고ᄌᆞ ᄒᆞ여 살 ᄇᆡ 아니로ᄃᆡ 그 지식이 통쳘(通徹)ᄒᆞ고 셩회(誠孝) 츌뉴(出類)ᄒᆞ여 우리 존당부모(尊堂父母)의 디우지은(知遇之恩)[41]을 ᄎᆞ마 져ᄇᆡ리디 못ᄒᆞᆯ 쁜 아니라 날노 ᄒᆞ여곰 잔잉 박힝(殘忍薄行)[42]의 허믈과 친명(親命)을 역(逆)ᄒᆞᄂᆞᆫ 큰 죄ᄅᆞᆯ 면케 ᄒᆞ니 분뇌 팅듕(撐中)ᄒᆞᆯ[43] 졔ᄂᆞᆫ 아득히 ᄭᆡ닷디 못ᄒᆞ여시나 엄훈(嚴訓)을 31면 조ᄎᆞ 젼 그ᄅᆞ믈 곳치ᄆᆡ 엇지 다감(多感)ᄒᆞᆫ 의ᄉᆡ 잘 업ᄉᆞ리오마ᄂᆞᆫ 박시의 참욕을 ᄉᆡᆼ각ᄒᆞ면 골경신ᄒᆡ(骨驚神駭)ᄒᆞ믈 니긔디 못ᄒᆞ여 영영 마ᄌᆞ 올 뜻이 업더니 이제 그 쥬셩(主星)을 보건ᄃᆡ ᄋᆡᆨ운의 ᄡᆞ혀 병살(病煞)이 동ᄒᆞ니 위ᄐᆡᄒᆞ미 심ᄒᆞᆫ디라. 만일 다시 화평ᄒᆞ믈 보디 못ᄒᆞ고 그 부모의 우혹블인(愚惑不仁)ᄒᆞ믈 ᄭᆡ닷디 못ᄒᆞ여셔 젹상(積傷)ᄒᆞᆫ 병이 더어 소향새옥디탄(燒香碎玉之嘆)이 이실딘ᄃᆡ 존당친위(尊堂親闈)예 블효ᄂᆞᆫ 니ᄅᆞ디 말고 나의 참연ᄒᆞᆫ 통회ᄂᆞᆫ 미ᄉᆞ디젼(未死之前) 플 길히 업ᄉᆞ니 스ᄉᆞ로 신슉의 어리믈 본바다 타인으로 더브러 금ᄉᆞᆯ(琴瑟)의 낙을 두디 아니ᄒᆞᆫ들 져의게 므ᄉᆞᆷ 유익ᄒᆞ며 ᄯᅩ 져의 어질믈 갑흐미 되리오? 통한ᄌᆡ(痛恨哉)라. 댱튝이 비록 무상ᄒᆞᆫ들 박시조ᄎᆞ 그ᄃᆡ도록 광망괴려(狂妄乖戾)ᄒᆞ여 날노ᄡᅧ 실가(室家)의 화열(和悅)ᄒᆞ믈 두디 못ᄒᆞ고 댱야(長夜)의 궁상져이 혬 만흔 사ᄅᆞᆷ이 되게 ᄒᆞᄂᆞ뇨? 소시ᄂᆞᆫ 고문 대가의 디란옥슈(芝蘭玉樹) ᄀᆞᆺᄐᆞᆫ ᄉᆞ덕슉녜(四德淑女)[44]라. 부인의 셩ᄌᆞ인풍(盛姿仁風)으로ᄡᅧ 화목ᄒᆞ여 규문을 다ᄉᆞ 32면

---

41 디우지은(知遇之恩): 지우지은. 자신을 알아준 은혜.

42 잔잉박힝(殘忍薄行): 잔인박행. 잔인하고 경박한 행실이라는 뜻. '잔잉하다'는 '애처롭고 불쌍하여 차마 보기 어렵다'는 뜻의 고유어이나 여기서는 문맥상 한자어 '잔인'으로 봄.

43 팅듕(撐中)ᄒᆞᆯ: 탱중하다. 화나 욕심 따위가 가슴속에 가득 차 있다.

44 ᄉᆞ덕슉녜(四德淑女): 사덕숙녀. 사덕이 갖추어진 정숙한 여자. 사덕은 여자로서 갖춰야 할 네 가지 덕으로 '부덕(婦德), 부용(婦容), 부언(婦言), 부공(婦功)'을 말함.

릴딘ᄃᆡ 내 엇디 관져(關雎)의 시ᄅᆞᆯ 화치 못ᄒᆞ리오? 뎡실(正室)을 폐츌(廢黜)ᄒᆞ고 쇼가ᄅᆞᆯ 젼툥(專寵)ᄒᆞ믄 나의 ᄠᅳᆺ이 아니오 ᄯᅩ 소시 죽어 브죵(不從)ᄒᆞ리니 여ᄎᆞ디도(如此之道)의 내 엇디 환거(鰥居)ᄒᆞᄂᆞᆫ 괴로오믈 면ᄒᆞ며 댱부의 회푀 구구ᄒᆞ믈 버셔나리오? 이 다 댱튝 부부의 연괴라 가히 증분(憎憤)치 아니랴? 연이나 댱시 무죄ᄒᆞ미 ᄇᆡᆨ옥무하(白玉無瑕)ᄒᆞ니 부모 명을 조ᄎᆞ 슈히 마ᄌᆞ 오리라.'

ᄒᆞ더니 홀연 경계왈(警戒曰)

"텬하(天下)의 듕(重)ᄒᆞ기ᄂᆞᆫ 부뫼시니 인ᄌᆡ(人子) 부모 욕ᄒᆞᆫ 사ᄅᆞᆷ의 ᄌᆞ식으로ᄡᅧ 눈긔 듕타 ᄒᆞ여 관듕(寬重)이 넉이리오? 내 바야흐로 ᄇᆡᆨ부와 형댱의 만니위봉(萬里危鋒)을 근심ᄒᆞ고 대인의 원졍구치(遠征驅馳)ᄅᆞᆯ 초민(焦悶)ᄒᆞ거ᄂᆞᆯ 어ᄂᆞ 결을의 념녜 댱시긔 밋ᄎᆞ리오? 이 ᄯᅩ 나의 효의 쳔박ᄒᆞ미라 맛ᄎᆞᆷᄂᆡ 식을 모ᄒᆞᄂᆞᆫ 허믈을 면치 못ᄒᆞ리로다."

ᄒᆞ고 개연(介然)이 댱부인 념녀ᄒᆞᄂᆞᆫ ᄆᆞᄋᆞᆷ을 긋쳐 ᄇᆞ리고 부형을 원모(遠慕)ᄒᆞᄂᆞᆫ ᄆᆞᄋᆞᆷ이 간절ᄒᆞ니 근심이 계오므로 인ᄒᆞ여 잠을 일우디 못
33면 ᄒᆞ여셔 원문(轅門)의 븍이 옥누(玉漏)의 계언을 조ᄎᆞ 분분ᄒᆞ니 즉시 니러 관소(盥梳)ᄒᆞ고 신셩(晨省)ᄒᆞᄆᆡ 조뫼 효션(曉饍)을 나와 먹이고 날호여 니ᄅᆞᄃᆡ

"댱부 뎨삼ᄌᆞ 길일(吉日)이 금일이라. 네 박시ᄅᆞᆯ ᄇᆞᆺ비 보디 아니나 외연(外宴)을 참예ᄒᆞ며 요킥(繞客) 되미 므ᄉᆞᆷ 유ᄒᆡᄒᆞ리오?"

태위 브복문교(俯伏聞敎)의 ᄇᆡ이ᄃᆡ왈(拜而對曰)

"존괴 맛당ᄒᆞ시나 쇼손이 댱가의 빈빈왕ᄂᆡ(頻頻往來)ᄒᆞ여 흔연녜알(欣然禮謁)키ᄅᆞᆯ ᄎᆞ마 못 ᄒᆞᆯ ᄲᅳᆫ 아니라 댱계승[45]의 길신연셕(吉晨宴席)의도 블참ᄒᆞ엿ᄉᆞᆸᄂᆞ니 셰린의 길신의 ᄯᅩ 굿ᄐᆞ여 가리잇가?"

태부인이 그 뜻이 구드믈 보고 침음왈(沈吟曰)

"연ᄌᆞ 맛ᄎᆞᆷᄂᆡ 댱시ᄅᆞᆯ ᄇᆞ리고 빙가(聘家)ᄅᆞᆯ 졀의(絶義)ᄒᆞ랴?"

태위 ᄇᆡ쥬왈(拜奏曰)

"쇼손이 댱시ᄅᆞᆯ 마ᄌᆞᆫ ᄇᆡ 큰 블힝이라. 엇디 ᄇᆡ톄디의(配體之義)ᄅᆞᆯ 완젼코ᄌᆞ ᄒᆞ리잇고마ᄂᆞᆫ 엄명이 졀의치 못ᄒᆞᆯ 바로 니ᄅᆞ시고 져ᄅᆞᆯ 도라보ᄂᆡ시미 폐츌(廢黜)ᄒᆞ시미 아니니 쇼손이 엇디 부명(父命)을 위역(違逆)ᄒᆞ여 두 번 그ᄅᆞ미 이시리잇고? 연이나 댱가의ᄂᆞᆫ 젼ᄌᆞ(前者)의도 왕알(往謁)ᄒᆞ미 업던 바로 졸연이 졍셩을 닐위여 그 슬하ᄅᆞᆯ 튱만(充滿)코ᄌᆞ 연셕(宴席)을 님ᄒᆞ미 ᄎᆞ마 못 ᄒᆞᆯ ᄇᆡ로소이다."

부인 왈

"연ᄌᆞ 굿ᄐᆞ여 권유(勸誘)ᄒᆞ랴? 다만 너의 가ᄉᆡ 완젼ᄒᆞ여 부창부슈(夫 34면
唱婦隨)의 화긔 온ᄌᆞ(醞藉)ᄒᆞᆯ 길히 업ᄉᆞᆯ가 노뫼 너의 궤고쥰격(詭固峻激)ᄒᆞ믈 블열(不悅)ᄒᆞ노라."

태위 블초블민(不肖不敏)ᄒᆞ믈 일ᄏᆞ라 이우(貽憂)[46]ᄅᆞᆯ 증(增)ᄒᆞ믈 쳥죄(請罪)ᄒᆞ고 화연이 다ᄅᆞᆫ 말ᄉᆞᆷ을 시작ᄒᆞ니 조모와 슉뫼 것딜너 다시 댱가의 가라 니ᄅᆞ디 못ᄒᆞ고 이날 학ᄉᆞ 등이 츌번ᄒᆞ여 댱부의 연을 참예ᄒᆞ고 경조부인과 쇼부부인이 상부인으로 더브러 ᄌᆞ부ᄅᆞᆯ 거ᄂᆞ려 댱시 보믈 위ᄒᆞ여 댱부 ᄂᆡ연(內宴)을 님ᄒᆞ니 박시의 망패괴란(妄悖怪亂)ᄒᆞ믄 다시 졔긔(提起)ᄒᆞᆯ ᄇᆡ 아니라. 연부인이 뎡·양·쥬 등 졔부ᄅᆞᆯ 거ᄂᆞ려 가ᄉᆞᄅᆞᆯ 춍찰(總察)ᄒᆞᄆᆡ 규귀(規矩) 졍졔(整齊)ᄒᆞ고 범졀이 녜슉

45 댱계승: 장계승. '계승'은 장희린의 자.

46 이우(貽憂): 남에게 근심이나 걱정을 끼침.

ᄒᆞ여 효효착난(曉曉錯亂)ᄒᆞ미 업더라. 댱쇼져ᄂᆞᆫ ᄌᆞ쳐죄루(自處罪累)ᄒᆞ여 듕인회좌(衆人會坐)의 츌두ᄒᆞ미 업ᄂᆞᆫ 고로 셔·화·상 삼부인이 졔쇼져(諸小姐)로 더브러 그 쳐소의 와 보건ᄃᆡ ᄃᆡ상셕침(臺上石枕)이 의연이 죄인의 거쳐오 뵈 니블과 플 ᄌᆞ리 그 슈졸(守拙)ᄒᆞᄂᆞᆫ 지조ᄅᆞᆯ 알더라. ᄒᆞᆫ갓 경상이 쳐량ᄒᆞᆯ 쁜 아니라 병셰 위위엄엄(委委奄奄)ᄒᆞ
35면 믄 정부(程府)의 이실 젹이셔 더으고 호리(毫釐)도 나으미 업ᄉᆞ니 옥골(玉骨)이 니쳑(黧瘠)[47]ᄒᆞ고 셤셤(纖纖)ᄒᆞ여 응디(凝指) ᄀᆞᆺᄐᆞᆫ 긔부(肌膚)의 나믄 향긔 쁜이니 위ᄐᆡᄒᆞ미 경ᄀᆡᆨ의 ᄉᆞ라질 ᄃᆞᆺᄒᆞᆫ디라. 삼부인이 경참(驚慘)ᄒᆞ여 이윽이 어로만져 음식을 권ᄒᆞ고 됴보(調保)ᄒᆞ여 딘일(盡日)의 ᄯᅥ나고져 아니나 일ᄉᆡᆨ(日色)이 창창(蒼蒼)ᄒᆞ여 정의(情誼)의 무궁(無窮)ᄒᆞ믈 펼 길히 업ᄉᆞ므로 오ᄃᆡᆨ 신양(身恙)이 가복(可復)ᄒᆞ믈 기다려 ᄒᆞᆫ 당의 못기ᄅᆞᆯ 긔약ᄒᆞ고 ᄌᆡ삼 됴호(調護)ᄒᆞᄂᆞᆯ 니ᄅᆞᄆᆡ 총총이 도라갈ᄉᆡ 삼부인과 졔쇼졔 님별(臨別)의 함연쳬루(涵然涕淚)ᄒᆞ믈 금치 못ᄒᆞ니 댱쇼졔 황공감골(惶恐感骨)ᄒᆞ여 ᄯᅩᄒᆞᆫ 취산이 함연ᄒᆞ고 옥ᄉᆡᆨ이 쳐긔ᄒᆞ여 나ᄌᆞᆨ이 셩덕을 샤ᄒᆞ고 계오 긔거ᄒᆞ여 슉당을 ᄇᆡ숑ᄒᆞ고 졔쇼져로 분슈(分手)ᄒᆞ니 모다 본부로 도라와 태부인긔 뵈옵고 댱가 신부의 상뫼(相貌) 험괴(險怪)턴 바ᄅᆞᆯ 주ᄒᆞ며 댱시 질셰(疾勢) 오히려 쾌소(快蘇)치 못ᄒᆞ믈 고ᄒᆞ고 엄엄위위(奄奄委委)턴 바ᄅᆞᆯ 일ᄏᆞᆺ디 아니니 태부인은 그ᄃᆡ도록 ᄒᆞ믈 아디 못ᄒᆞ고 다만 셰린의 박면누딜(薄面陋質)의 우패블인(愚悖不仁)을 취ᄒᆞ믈 ᄎᆞ셕(嗟惜)ᄒᆞ여 ᄀᆞᆯ오ᄃᆡ

47 니쳑(黧瘠): 이척. 병으로 인해 피부가 검어지고 야위는 것.

“댱가 삼낭은 아직 녜의(禮儀)를 혹(學)디 못ᄒᆞ여 비컨ᄃᆡ 단년(鍛鍊)치 아닌 황금 ᄀᆞᆺᄐᆞ나 작셩픔긔(作性稟 器) 십분비상(十分非常)커놀 ᄇᆡ톄(配體)를 그릇 만나도다.” 36면

소부인이 ᄃᆡ왈(對曰)

“그 신부의 긔딜(氣質)인즉 ᄒᆡ연(駭然)ᄒᆞ니 아모 화홍군ᄌᆡ(和弘君子)라도 의 이실가 ᄒᆞ여 낙이쳐로(樂爾妻帑)[48]ᄒᆞ미 잇디 아닐 ᄇᆡ어놀 더옥 댱ᄌᆞ눈 영호걸츌(英豪傑出)ᄒᆞᆫ 긔남(奇男)이라 졀등(絶等)ᄒᆞᆫ 호승(好勝)이 이실디니 신부의 그ᄃᆡ도록 츄악(醜惡)ᄒᆞ믈 능히 견ᄃᆡ여 잘 인도ᄒᆞ눈 덕이 이실 바룰 긔필(期必)치 못ᄒᆞᆯ너이다.”

태부인이 졈두왈(點頭曰)

“댱ᄌᆞ의 위인이 디릉다ᄌᆡ(知能多才)ᄒᆞᆫ 인걸긔남(人傑奇男)은 되거니와 온냥슌비(溫良淳備)ᄒᆞᆫ 도학군ᄌᆞ(道學君子)눈 아니라. 무염(無鹽)의 어디롬과 밍시(孟氏)의 덕(德)[49]이라도 용뫼 덕요(德耀)·무염 ᄀᆞᆺ틀딘ᄃᆡ 셰린이 반ᄃᆞ시 염박(厭薄)[50]ᄒᆞ미 이실 바의 ᄒᆞ믈며 신부의 언ᄉᆞ거동(言辭擧動)이 우패광망(愚悖狂妄)ᄒᆞ믈 겸(兼)ᄒᆞ미냐? 일노조ᄎᆞ 댱ᄌᆡ 더옥 힝실을 삼가디 아니ᄒᆞ고 일장ᄒᆡ거(一場駭擧)로 ᄉᆞ류(士流)의 우음을 취ᄒᆞ리로다.”

---

48 낙이쳐로(樂爾妻帑): 낙이처로. 아내를 즐겁게 한다는 뜻. 《시경》 〈소아(小雅)〉 ‘상체(常棣)’의 “너의 집안을 좋게 하며 너의 처자를 즐겁게 한다(宜爾室家 樂爾妻帑).”에서 온 표현.

49 밍시(孟氏)의 덕(德): 맹씨의 덕. 맹씨는 후한 양홍의 처 맹광. 몸집이 크고 얼굴이 검은 추녀였으나 항상 덕행을 닦음. 부유한 집안 출신이었으나 남편의 뜻을 따라 가시나무로 만든 비녀를 하고 검소하게 지내며 끼니때마다 밥상을 높이 들어(거안제미) 남편에 대한 공경심을 표했다고 함.

50 염박(厭薄): 싫어하고 박대함.

졔부인(諸夫人)이 맛당ᄒᆞ시믈 일ᄏᆞᆺ고 날호여 각소(各所)로 퇴(退)ᄒᆞᆯᄉᆡ 경조부인이 봉일누의 니ᄅᆞ러 대화부인을 보고 댱시의 병셰 가디록

37면 위ᄐᆡ턴 바ᄅᆞᆯ 젼ᄒᆞ고 거쳐형용(居處形容)을 ᄃᆡᄒᆞᆫ ᄃᆞ시 옴기니 부인이 탄식왈(嘆息曰)

"난쉬 고(告)ᄒᆞ믈 조ᄎᆞ 병의 위듕홈과 쳐변의 심상치 못ᄒᆞ믈 ᄇᆞᆰ히 알거니와 드ᄅᆞᆯᄉᆞ록 근심이 깁흐ᄃᆡ 능히 쳐디ᄅᆞᆯ 타연(妥然)케 못 ᄒᆞ고 그 심ᄉᆞᄅᆞᆯ 안온(安穩)케 못 ᄒᆞ며 병을 가경(佳境)의 니ᄅᆞ게 못 ᄒᆞ니 어ᄂᆞ 씃ᄐᆡ 고부(姑婦)의 졍이 잇다 ᄒᆞ리오?"

셜파(說罷)의 츄연희허(惆然噫噓)러니 태우와 공ᄌᆡ 드러와 뫼실ᄉᆡ 뭇ᄌᆞ와 ᄀᆞᆯ오ᄃᆡ

"ᄌᆞ안(慈顔)이 블예(不豫)ᄒᆞ시니 셩톄(聖體) 블안(不安)ᄒᆞ시니잇가? 임의 야심커ᄂᆞᆯ 침구ᄅᆞᆯ 베프미 업ᄂᆞ니잇고?"

부인 왈

"ᄀᆞᆺᄐᆞ여 알픈 곳이 업ᄉᆞ니 몸이 블안ᄒᆞ미 아니라 ᄆᆡᄆᆡ(妹妹) 댱부 연셕(宴席)을 참예ᄒᆞ고 도라와 ᄋᆞ부의 슈졸죄루(守拙罪累)ᄒᆞᄂᆞᆫ 도리 과도(過度)ᄒᆞ여 스ᄉᆞ로 계계ᄒᆞ여 두문폐호(杜門廢戶)의 블견텬일(不見天日)ᄒᆞ고 병셰 위듕ᄒᆞ여 젼ᄌᆞ로 더으미 잇더라 ᄒᆞ니 딜녀와 난쉬 젼ᄒᆞ믈 조ᄎᆞ 그 의식이 극죄누인(極罪累人) ᄌᆞ쳐(自處)ᄒᆞ믈 아랏거니와 딜셰(疾勢) 졈졈 더으고 오히려 ᄌᆞ시 몰낫더니 그 위ᄐᆡᄒᆞ믈 드ᄅᆞ미 ᄆᆞ음이 엇디 편ᄒᆞ리오? 네 또 인졍이라 무죄ᄒᆞ미 ᄇᆡᆨ일 ᄀᆞᆺᄐᆞᆫ 바

38면 로뼈 공연이 폐츌ᄒᆞ여 슈졸(守拙)ᄒᆞ미 이 ᄀᆞᆺᄐᆞ믈 드ᄅᆞ나 감동ᄒᆞᄂᆞᆫ 뜻이 업ᄂᆞ냐?"

태위 ᄇᆡ슈왈(拜首曰)

“원ᄂᆡ 셩의 이러ᄒᆞ닷다소이다. ᄋᆞᄒᆡ ᄯᅩ 우회(愚懷)ᄅᆞᆯ 앙쥬(仰奏)ᄒᆞ리이다. 블초(不肖)의 댱시 취ᄒᆞ믄 딘실노 텬연(天緣)과 긔봉(奇逢)이 아니라 못 ᄒᆞ올디라. 피ᄎᆞ(彼此) 치발(齒髮)이 미쳐 ᄌᆞ라디 못ᄒᆞ여셔 냥가친위(兩家親闈) 금셕(金石)의 구드므로뼈 ᄆᆡᆼ약(盟約)을 두시니 납폐문명(納幣問名)과 뎐안독좌(奠雁獨坐)[51]의 녜(禮)ᄅᆞᆯ ᄒᆡᆼ치 아니ᄒᆞ오나 져ᄂᆞᆫ 쇼ᄌᆞ의 실가(室家)오 쇼ᄌᆞᄂᆞᆫ 져의 가뷔(家夫)라 아랏더니 듕도(中途)의 져 집이 실신ᄇᆡ약(失信背約)ᄒᆞ고 원슈로뼈 은혜ᄅᆞᆯ 갑고ᄌᆞ ᄒᆞ여 허다블인(許多不仁)ᄒᆞ믄 쇼ᄌᆡ ᄯᅩ 션실기도(先失其道)[52] ᄒᆞ여 댱부(丈夫)의 쳥텬ᄇᆡᆨ일(青天白日)[53]노뼈 간ᄉᆞ히 음양(陰陽)을 변톄(變態)ᄒᆞ여 댱가ᄅᆞᆯ 쇽이니 박브득이(迫不得已)[54] ᄉᆡᆼ도(生道)ᄅᆞᆯ 구ᄒᆞ미로ᄃᆡ 과연 쇼ᄌᆞ의 죵신참덕(終身慙德)이라. 쇼ᄌᆡ 임의 죽으믈 버셔나고 대인이 구약(舊約)을 셩젼(成全)코ᄌᆞ ᄒᆞ시니 쇼ᄌᆡ 비록 화홍활대(和弘闊大)치 못ᄒᆞ나 화상디ᄉᆞ(畫像之事)의 무상ᄒᆞᆷ 곳 아니 보아시면 졔 날을 ᄒᆡ코ᄌᆞ ᄒᆞ던 ᄇᆡ라 ᄒᆞ여 엇디 통한ᄒᆞ믈 두리잇가마ᄂᆞᆫ 인
ᄌᆞ디심(人子之心)의 혜오ᄃᆡ 부슉(父叔)을 ᄒᆡ코ᄌᆞ ᄒᆞᆫ즉 원쉬 크며 젹 39면
으미 다 ᄒᆞᆫ가디라. ᄯᅳᆺ을 결ᄒᆞ여 댱가의 문의 홍안(鴻雁)을 젼치 말고ᄌᆞ ᄒᆞ엿ᄉᆞᆸ더니 소위공의 쇽임과 친위(親闈)의 명ᄒᆞ시므로 져ᄅᆞᆯ 그ᄅᆞᆺ

51 뎐안독좌(奠雁獨坐): 전안독좌. 전안은 혼례 때 신랑이 신부 집에 기러기를 가지고 가서 상위에 놓고 절하는 예(禮). 대개 납폐(納幣)를 할 때 같이 함. 독좌는 혼인 후 신랑과 신부가 함께 음식을 먹는 상견례(相見禮)로 동뢰연(同牢宴)이라고도 함. 서류부가혼(壻留婦家婚)에서는 3일 만에 독좌를 했으나 반친영혼(半親迎婚)에서는 혼인 당일날 독좌가 이루어졌음.

52 션실기도(先失其道): 선실기도. 일의 시작부터 방법이 잘못됨.

53 쳥텬ᄇᆡᆨ일(青天白日): 청천백일. 푸른 하늘의 밝은 해. 말이나 행실이 떳떳하고 정당함을 비유.

54 박브득이(迫不得已): 박부득이. 상황이 급박하여 어찌할 수 없는 상태.

연시로 알고 취ᄒᆞ여 비로소 댱시를 ᄭᆡ다ᄅᆞᄆᆡ ᄉᆞ심이 분만(憤懣)ᄒᆞ믈
니긔디 못ᄒᆞ오나 엄괴(嚴敎) 슌슌화열(恂恂和悅)[55]ᄒᆞ믈 명ᄒᆞ시고 댱시
졀조녈ᄒᆡᆼ(節操烈行)이 ᄆᆞᄋᆞᆷ의 다감(多感)ᄒᆞ올ᄉᆡ 뉸긔(倫紀) 듕(重)
ᄒᆞ믈 도라보아 박멸ᄒᆞ미 업ᄉᆞᆯ ᄲᆞᆫ 아니라 쇼ᄌᆡ 남화위녀(男化爲女)ᄒᆞ
미 아니면 댱가의 무상ᄒᆞ믈 다 알 ᄇᆡ 아닌 고로 그ᄅᆞ미 쇼ᄌᆞ의게도 업
디 아니ᄒᆞ온디라. ᄎᆞ고(此故)로 내 허믈을 ᄉᆡᆼ각ᄒᆞ고 댱가만 ᄉᆡᆼ각ᄒᆞ미
업ᄉᆞᆸ더니 그 망패괴란(妄悖怪亂)ᄒᆞᆫ 박시 녀ᄌᆡ 소시 이시믈 ᄭᅴ려 그
ᄯᅳᆯ을 긔도방술(奇道方術)노ᄡᅧ 권ᄒᆞ여 소시ᄅᆞᆯ 업시코ᄌᆞ ᄒᆞ니 댱시 위
인이 이도(異道)와 괴ᄉᆞ(怪事)의 ᄲᆡ디지 아닐 줄이야 어이 모로리잇
고마ᄂᆞᆫ 죵시 블쾌ᄒᆞ미 업디 아냐 그 좌우ᄅᆞᆯ 경칙(警責)ᄒᆞ나 깁히 허
믈ᄒᆞ미 아니오니 대강 패려디언(悖戾之言)이 셜ᄉᆞ ᄋᆞᄒᆡᄅᆞᆯ 모욕ᄒᆞ미
40면 아모 디경이나 친위예 욕이 밋디 아니면 쇼ᄌᆡ 엇디 ᄉᆞ체(事體) 모로
ᄂᆞᆫ 부녀ᄅᆞᆯ ᄀᆞᆯ와노ᄒᆞ리잇고? 거동(去冬) 연회디일(宴會之日)의도 쇼
ᄌᆡ 그 참욕을 친히 드러시나 이 다만 쇼ᄌᆞ와 소시ᄅᆞᆯ 욕ᄒᆞᆯ ᄲᆞᆫ인 고로
ᄆᆞᄋᆞᆷ의 거리ᄭᅵ디 아냣ᄉᆞᆸᄂᆞ니 비록 패만(悖慢)ᄒᆞ나 옥화ᄉᆞ담(屋話私
談)으로 그 집의셔 무심ᄒᆞᆫ 말이야 쇼ᄌᆡ 듯디 못ᄒᆞ니 현마 엇디ᄒᆞ리잇
고마는 졸연이 우리 부듕(府中)의 니ᄅᆞ러 참욕난셜(讒辱亂說)이 친위
(親闈)예 밋ᄎᆞ니 이ᄂᆞᆫ 쇼ᄌᆞ로 토목(土木)ᄀᆞᆺ치 넉이미라. 쇼ᄌᆡ 블ᄒᆡᆼ이
그 난셜을 ᄒᆞᆫ번 드ᄅᆞᄆᆡ 강한(江漢)의 탁(濯)ᄒᆞ고 츄양(秋陽)의 폭(暴)
ᄒᆞᆫ들 엇디 ᄲᅵᄉᆞ리잇가? 스ᄉᆞ로 블초ᄒᆞ여 친위예 효ᄅᆞᆯ 닐위디 못ᄒᆞ고

55 슌슌화열(恂恂和悅): 순순화열. 신실하게 화락함.

슈욕(羞辱)을 닐위니 분완통울(憤惋痛鬱)ᄒᆞ미 쇼ᄌᆡ 죽고ᄌᆞ 의ᄉᆡ 잇ᄂᆞᆫ디라 엇디 ᄎᆞ마 견ᄃᆡ리잇가? 당당이 져의 ᄢᅵ로 더브러 ᄇᆡᆨ년동노(百年同老)ᄒᆞᆯ 부뷔 되디 못ᄒᆞᆯ 거시어ᄂᆞᆯ 대인이 블초(不肖)의 졍니(情裏)ᄅᆞᆯ 도라보디 아니시니 ᄉᆡᆼ각건ᄃᆡ 엄명(嚴命)을 조ᄎᆞ 져ᄅᆞᆯ 두ᄆᆡ 모녀텬뉸(母女天倫)을 ᄭᅳᆺ디 못ᄒᆞ여 평상 여젼ᄒᆞᆫ즉 부모 욕ᄒᆞᆫ 원슈ᄅᆞᆯ 됴히 보아 염연ᄌᆞ약(恬然自若)[56]ᄒᆞ미 ᄎᆞ마 못 ᄒᆞᆯ ᄇᆡ라. 졀노ᄲᅧ 내 ᄯᅳᆺ을 뵈여 41면
죽기ᄅᆞᆯ ᄌᆡ쵹ᄒᆞ여 부모 욕ᄒᆞᆫ 원슈ᄅᆞᆯ 쾌히 갑고 ᄒᆞᄋᆡ ᄯᅩ 져ᄅᆞᆯ 갑하 다시 인뉸을 ᄎᆞᆯ히디 아니려 뎡ᄒᆞ오ᄆᆡ 비록 션ᄇᆡ 온용(溫容)ᄒᆞᄆᆡᄂᆞᆫ 병된 줄 아오나 한뮈(漢武) 종샤(宗社)ᄅᆞᆯ 위ᄒᆞ여 구익(鉤弋)[57]의 무죄(無罪)ᄒᆞ믈 알며 죽이고 숑뎨 ᄆᆞ음 버히믈 위ᄒᆞ여 궁인의 ᄌᆞᄂᆞᆫ 거ᄉᆞᆯ ᄀᆞ마니 죽이니 이뎨(二帝)의 일이 뎡대(正大)튼 아니나 결단은 ᄇᆞᆰ으니 부모긔 슈욕을 복슈코ᄌᆞ ᄒᆞ여 그 ᄌᆞ식을 죽이미 셩현은 병되이 넉이시나 영웅걸ᄉᆞ(英雄傑士)의 의긔(義氣)ᄂᆞᆫ 될가 ᄒᆞ여 핍살(逼殺)ᄒᆞ온 ᄇᆡ러니 도금(到今)ᄒᆞ여 ᄉᆡᆼ각ᄒᆞᆫ즉 부뫼 져ᄅᆞᆯ ᄉᆞ랑ᄒᆞ시미 쇼ᄌᆞ의 우흐로 ᄒᆞ샤 그 긔딜을 ᄌᆞ못 허ᄃᆡ(許對)ᄒᆞ시고 그 무죄ᄒᆞ믈 년측(憐惻)ᄒᆞ샤 ᄒᆡᄋᆞ로 ᄒᆞ여곰 죽이믈 의논치 말고 살와 의졀(義絶)ᄒᆞ믈 말과ᄌᆞ ᄒᆞ시니 져 망패(妄悖)ᄒᆞᆫ 박시ᄅᆞᆯ 믜워 그 ᄋᆡ녀(愛女)ᄅᆞᆯ 죽여 낙담(落膽)ᄒᆞ믈 닐위미 도로혀 우리 부모의 쇼ᄋᆡᄌᆞ(所愛者)ᄅᆞᆯ 죽여 그 ᄆᆞ음의 최졀(摧折)ᄒᆞ시믈 인ᄒᆞ미 블효되믈 ᄉᆡᆼ각디 못ᄒᆞ고 그 살와 용납(容納)ᄒᆞ

56 염연ᄌᆞ약(恬然自若): 염연자약. 마음이 흔들리지 않고 보통 때처럼 침착한 모양.
57 구익(鉤弋): 한무제의 후궁 구익부인 조첩여. 한무제는 태자를 폐하고 뒤늦게 낳은 조첩여의 아들을 태자로 삼은 후 조첩여가 권력을 휘두를까 걱정해 자결을 명함.

42면 믈 응명(應命)ᄒᆞ고 ᄭᆡ 넘디 아냐 브ᄃᆡ 죽여 업시코ᄌᆞ ᄒᆞ니 이ᄂᆞᆫ 친위(親闈)ᄅᆞᆯ 위역(違逆)ᄒᆞ여 항거(抗拒)ᄒᆞ미라. 그 죄 실노 명교(名敎)[58]의 간범(干犯)ᄒᆞ니 젼혀 기모(其母)ᄅᆞᆯ 쳘골통한(徹骨痛恨)ᄒᆞ여 기녀(其女)ᄅᆞᆯ 죽일 ᄯᅳᆺ이 바야흐로 미친 셩이 급발(急發)ᄒᆞᆫ 탓시오 엄졍(嚴庭)을 긔망(欺妄)ᄒᆞ미 아니러니이다. 졔 딘실노 형셰 궁딘(窮盡)히 된디라. ᄒᆡᄋᆞ의 말을 딕희여 슌(順)ᄒᆞ나 노(怒)ᄒᆞ여 역졍(逆情)ᄒᆞ나 듕의 ᄉᆞᄉᆡᆼ을 경히 결ᄒᆞ엿던들 ᄒᆞᆫ갓 ᄋᆞᄒᆡ 잔인ᄒᆞᆫ 허믈ᄲᅳᆫ 아니라 대인이 고우(故友)의 안면이 업셔지고 그 죄 경(輕)ᄒᆞ고 다ᄉᆞ리미 듕(重)ᄒᆞ여 야야(爺爺)의 가졔(家齊) 블엄ᄒᆞ심과 쇼ᄌᆞ의 부명(父命) 역(逆)ᄒᆞᆫ 죄 셰샹의 젼ᄒᆞ고 닌국(隣國)의 들니디 못ᄒᆞᆯ ᄇᆡ어ᄂᆞᆯ ᄒᆞᆫ갈ᄀᆞᆺ치 아인(啞人)과 폐ᄆᆡᆼ(廢盲) ᄀᆞᆺ고 희로ᄋᆡ락(喜怒哀樂)을 아디 못ᄒᆞᆷ ᄀᆞᆺᄐᆞ여 일죵 엄의ᄅᆞᆯ 밧들고 ᄒᆞᆫ 조각 ᄉᆞᄉᆞ의견(私私意見)을 누미 업셔 스ᄉᆞ로 우몽블민(愚蒙不敏)ᄒᆞ여 슉ᄆᆡᆨ블변(菽麥不辨)의 갓가올디언졍 춍오민쳡(聰悟敏捷)ᄒᆞ여 경도호란(傾倒胡亂)ᄒᆞᄆᆡ 니ᄅᆞ디 아니니 쇼ᄌᆡ 아득ᄒᆞᆯ 졔ᄂᆞᆫ 그 몽완견고(蒙頑堅固)ᄒᆞ믈 더옥 통ᄒᆡᄒᆞᄋᆞᆸ더니 엄훈(嚴訓)
43면 을 조ᄎᆞ ᄭᆡ치오ᄆᆡ 엇디 다ᄒᆡᆼ코 감동치 아니리잇고마ᄂᆞᆫ 임의 졔 ᄌᆞ죄위거(自罪圍巨)ᄒᆞᄆᆡ 니ᄅᆞᆫ 후ᄂᆞᆫ 일이 젼도(顚倒)ᄒᆞ여 간ᄃᆡ로 슈히 마ᄌᆞ오디 못ᄒᆞ오리니 잠간 셰월을 기다려 샤(赦)ᄒᆞ여 녯 위예 두미 맛당ᄒᆞ온디라. 니합(離合)이 져근덧 ᄉᆞ이오 졔 비록 깃친 병이 잇ᄉᆞ오나 ᄇᆡ야 당년(壯年)이라 ᄉᆞᄉᆡᆼ(死生)의 위ᄐᆡ(危殆)ᄒᆞ미 잇디 아니니 엇디

58 명교(名敎): 인륜의 명분에 대한 가르침.

ᄉᆞ려(思慮)ᄒᆞ시믈 너모 과히 ᄒᆞ시ᄂᆞ니잇고? 만일 위환(爲患)ᄒᆞ시미 니ᄅᆞ올딘ᄃᆡ 명일(明日)이라도 브ᄅᆞ실디니 엇디 이만 일 셩녀(聖慮)롤 동(動)ᄒᆞ시리잇고? ᄒᆞ믈며 그 도라가미 죄명(罪名)을 니ᄅᆞ미 업고 존당부뫼(尊堂父母) 다 은우(恩遇)롤 두샤 당당이 귀령디거(歸寧之去)오 츌화디힝(黜禍之行)이 아니라 엇디 ᄌᆞ쳐(自處)ᄒᆞ미 그러ᄐᆞᆺ 과도(過度)ᄒᆞ리잇고? 비록 슈졸(守拙)ᄒᆞ나 그럴 거ᄉᆞᆫ 아니니이다."

부인이 쳥파(聽罷)의 ᄋᆞ지 쾌히 ᄭᆡ다라 말ᄉᆞᆷ이 듕도(中道)롭고 통활(通闊)ᄒᆞ믈 ᄀᆞ장 깃거 왈

"너의 힝ᄉᆡ 한심터니 이제 후회ᄒᆞ미 만흐니 ᄯᅩᄒᆞᆫ 허믈 곳치ᄂᆞᆫ 거시 더옥 아름다오니 네 말은 이러ᄒᆞ나 현부ᄂᆞᆫ 네 ᄯᅳᆺ이 ᄒᆡ위(解圍)[59]ᄒᆞ믄 모로고 가뷔(家夫) 블공디슈(不共之讐)로 마련ᄒᆞ여 욕살디인(欲殺之人)이 되어ᄉᆞ니 텬디(天地)의 용납(容納)디 못홀 줄노 알디라. 엇디 그 쳐변(處變)이 평상(平常)ᄒᆞ리오? ᄉᆞᄉᆞ로 됴셕(朝夕)의 ᄃᆡᄉᆞ디인(待死之人) 될 줄노 아라 죽을 죄슈(罪囚)의 거동을 ᄒᆞᄂᆞᆫ디라. 지란약딜(芝蘭弱質)의 슉딜(宿疾)이 침노ᄒᆞ여 고항(膏肓)의 ᄆᆡᆺ쳣거ᄂᆞᆯ 슉야 황황초창(遑遑怊悵)ᄒᆞ니 그 오ᄅᆡ미 엇디 ᄉᆞᄉᆡᆼ(死生)의 우례(憂慮) 업ᄉᆞ리오? 모로미 슈히 샤(赦)ᄒᆞ여 브ᄅᆞ고 셰월을 쳔연(遷延)ᄒᆞ여 후회롤 닐위디 말나." 44면

태위 슌슌왈(順順曰)

"져의 왕환(往還)이 굿ᄐᆞ여 어려온 일이 아니니 원컨ᄃᆡ 믈녀(勿慮)ᄒᆞ

59 ᄒᆡ위(解圍): 해위. 포위나 형벌을 풀어준다는 뜻. 여기서는 정인광의 마음이 풀어진 것을 말함.

쇼셔. 졔 잠간 잇셔 기모(其母)의 뜻이 도로현 후 오게 ᄒᆞ미 맛당ᄒᆞ니이다."

인ᄒᆞ여 미미히 우어 왈

"면부(面膚)롤 할훼(割毁)ᄒᆞ나 능히 평상(平常)ᄒᆞ고 쳔쳑강심(千尺江心)의 써러지나 또 능히 회싱(回生)ᄒᆞᄂᆞᆫ 바로 사ᄅᆞᆷ이 겻티셔 죽기를 ᄇᆞ야 칼과 딤(鴆)을 주어도 브ᄃᆡ 살믈 구ᄒᆞᄂᆞᆫ 명완(命頑)이 져근 병의 간ᄃᆡ로 죽을 거시라 니위ᄂᆞᆫ 브졀업시 경동(驚動)ᄒᆞ믈 닐위샤 ᄌᆞ정졀우(慈庭切憂)롤 닐위시ᄂᆞ니잇고? 원간 삼위숙뫼(三位叔母) 그 연셕(宴席)의 참예(參預)ᄒᆞ시ᄂᆞᆫ 바롤 쇼ᄌᆡ 블힝이 넉엿ᄂᆞ이다."

45면 쇼화부인이 잠쇼왈(潛笑曰)

"져곳의 힝ᄒᆞ미 딘실노 현딜을 위ᄒᆞ여 져의 간쳥ᄒᆞ믈 믈니치지 못ᄒᆞ고 임의 간ᄉᆞᆨ 딜부(姪婦)롤 보아 그 병상과 거쳐를 본 ᄃᆞ시 져져긔 고ᄒᆞ미오 굿ᄐᆞ여 졀우(切憂)롤 더으고ᄌᆞ ᄒᆞ미 아니라. 네 또 ᄌᆞ셔히 드ᄅᆞ미 ᄉᆞ렴(思念)ᄒᆞ던 회포롤 위로ᄒᆞ리니 엇디 아등(我等)이 댱가의 간 바롤 블긴(不緊)타 ᄒᆞᄂᆞ뇨?"

태위 이연ᄃᆡ왈(怡然對曰)

"ᄉᆞ렴ᄒᆞ올딘ᄃᆡ 가셔 보오리니 굿ᄐᆞ여 이위긔 구문을 빌니잇가?"

언파(言罷)의 닌경으로 더브러 모친 침구롤 포셜(鋪設)ᄒᆞ고 안휴(安休)ᄒᆞ시믈 쳥ᄒᆞ니 쇼화부인이 날호여 도라가고 부인이 또 이ᄌᆞ롤 나가 쉬라 ᄒᆞ며 드ᄃᆡ여 상의 나아가니 태우 형뎨 태운뎐의 와 왕모 침쉬 안온ᄒᆞ시믈 보고 비로소 명광헌으로 퇴휴(退休)ᄒᆞ더라.

화표. 션시의 댱삼낭 셰린의 ᄌᆞᄂᆞᆫ 문승이니 방년(芳年)이 삼오(三五)의 밋ᄎᆞ미 신댱긔골(身長氣骨)이 엄연이 대댱부의 위풍을 일워실 쁜 아니라 톄뫼(體貌) 호아ᄒᆞ고 표치(標致)[60] 쇄연(灑然)ᄒᆞ여 난봉(鸞鳳)의 ᄌᆞ딜(資質)이오 뇽닌(龍麟)의 긔상(氣像)이라. 팔ᄎᆡ가월(八彩佳月)은 아아(峨峨)히 텬창을 쩔치고 빵셩봉목(雙星鳳目)은 은은이 화 46면
빈의 빗겻거ᄂᆞᆯ 쥬슌(朱脣)은 단ᄉᆞ(丹沙)ᄅᆞᆯ 졈치고 화험(花頰)은 텬향(天香)이 어ᄅᆡ니 만면(滿面)의 아릿다옴과 일신(一身)의 화긔로오미 ᄒᆞᆫ번 우ᄉᆞᄆᆡ 양ᄎᆡᄅᆞᆯ 미(迷)케 ᄒᆞ며 ᄒᆞᆫ번 찡긔ᄆᆡ 됴슈ᄅᆞᆯ 혹(惑)게 ᄒᆞ니[61] 거디표연(擧止飄然)ᄒᆞ여 단산(丹山)의 봉됴(鳳鳥) ᄀᆞᆺ고 신ᄎᆡ발양(身體發揚)ᄒᆞ여 ᄒᆡ구의 난(鸞)이 나린 ᄃᆞᆺ 가ᄂᆞᆫ 허리ᄂᆞᆫ 편편(翩翩)ᄒᆞ여[62] 미앙궁(未央宮) 버들이 휘드ᄅᆞ며 소양뎐 츄월(秋月)이 ᄇᆞᆰ앗ᄂᆞᆫ ᄃᆞᆺ 쥬랑(周郞)[63]의 옥 ᄀᆞᆺ튼 긔질의 숑옥(宋玉)[64]의 탁월ᄒᆞᆫ 졍신을 겸ᄒᆞ여 만복금슈문댱(滿腹錦繡文章)이 은하근원(銀河根源)을 ᄉᆞ못ᄎᆞ니 니두(李杜)[65]의 호일(豪逸)ᄒᆞ믈 효측(效則)ᄒᆞ여 ᄒᆞᆫ번 붓술 쩔치ᄆᆡ 긔샹의 운영이 쥐디ᄒᆞ고 경개ᄅᆞᆯ 쫄와 시ᄅᆞᆯ 디으ᄆᆡ 귀신을 울닐 ᄌᆡ죄 당금(當今)의 독보(獨步)ᄒᆞᆫ디라. 인졍이 범범ᄒᆞᆫ 쇽미 작셩긔딜(作性氣質)이라도 ᄌᆞ연 ᄋᆡ듕ᄒᆞ여 필ᄌᆞ(畢子)ᄅᆞᆯ ᄉᆞ랑ᄒᆞ거ᄂᆞᆯ ᄒᆞ믈며 공ᄌᆞ의 문ᄎᆡ긔상(文彩氣像)이 이러틋 비상츌뉴(非常出類)ᄒᆞ니 댱공과 박시 만금소ᄋᆡ(萬金所愛)ᄅᆞᆯ 엇디 모양ᄒᆞ여 비ᄒᆞᆯ 곳이 이시리오? 보면 웃ᄂᆞᆫ 입 47면

60 표치(標致): 아름다운 얼굴.

61 ᄒᆞᆫ번 ~ ᄒᆞ니: 미상.

62 편편(翩翩)ᄒᆞ여: 편편하다. 가볍고 날쌘 모양.

63 쥬랑(周郞): 주랑. 미남으로 유명했던 삼국시대 오나라 주유(175-210).

64 숑옥(宋玉): 송옥. 기원전 3세기경 중국의 시인. 굴원의 후계자로 알려져 있으며, 〈고당부〉, 〈신녀부〉 등을 지음.

65 니두(李杜): 이두. 이백과 두보.

이 벌고 두굿기는 눈셥이 춤추여 언언(言言)이 긍과(矜誇)ᄒᆞ고 ᄉᆞᄉᆞ(事事)의 칭이(稱愛)ᄒᆞ여 ᄆᆞ옴의뼈 혜오ᄃᆡ '듕니·쥬공디셩(仲尼周公之聖)과 안밍·졍쥬디도(顔孟程朱之道)라도 오ᄋᆞ(吾兒)의 더으믄 업ᄉᆞ리라.' ᄒᆞ여 힝블하ᄌᆞ(行不瑕疵)ᄒᆞ며 터럭만치도 교훈을 두는 도리 잇디 아니니 원간 인픔셩딜(人品性質)이 쳔빅층(千百層)이라 ᄉᆡᆼ디지셩(生知之聖)은 빅ᄃᆡ이젼(百代以前)으로조ᄎᆞ 빅ᄃᆡ이후(百代以後)의 공부ᄌᆞ(孔夫子)[66] ᄯᆞ롬이어니와 혹이시습(學而時習)ᄒᆞ고 공이디지ᄒᆞ니 증ᄌᆞ(曾子)의 대효(大孝)로도 증셕(曾晳)의 과도(過度)ᄒᆞ미 잇고 밍ᄌᆞ(孟子)의 대도(大道)로도 밍뫼(孟母) 삼쳔(三遷)ᄒᆞ시는 슈고로오믈 두샤 너비 교훈ᄒᆞ미 계시니 ᄒᆞ믈며 츈츄(春秋)는 셰원(世遠)ᄒᆞ고 셩인(聖人)은 긔망(旣亡)ᄒᆞ니 텬하(天下) 무도구의(無道久矣)라. 방금말쇽(方今末俗)의 거셰(擧世) 념위(廉義)[67] ᄲᅳᆯ니이고[68] 뉸강(倫綱)이 파멸(破滅)ᄒᆞ니 엇디 사ᄅᆞᆷ마다 ᄉᆡᆼ이디지(生而知之)ᄒᆞ는 셩(性)과 요요디지ᄒᆞ는 셩이 이시리오? 댱공ᄌᆞ의 작픔긔셩(作稟氣性)이 쇽뉴(俗流)로 비컨ᄃᆡ 빅승쳔츌(百勝千出)ᄒᆞ여 과연이 아름답고 딘실노 초월ᄒᆞᄃᆡ 빅호미 업시 ᄉᆡᆼ댱(生長)ᄒᆞ여 봉친위열디효(奉親慰悅之孝)

48면 와 경댱존ᄉᆞ디녜(敬長尊事之禮)룰 촐히미 잇디 아니ᄒᆞ더니 공지 칠셰 된 후의야 샤빅(舍伯) 어ᄉᆞ공[69]이 텬뉸(天倫)을 단원(團圓)ᄒᆞ여 도라오ᄆᆡ 그 셩(性)이 온냥ᄌᆞ인(溫良慈仁)ᄒᆞ고 겸공하ᄉᆞ(謙恭下士)ᄒᆞ

66 공부ᄌᆞ(孔夫子): 공부자. 공자를 높여 이르는 말.

67 념위(廉義): 염의. 염치와 의리.

68 ᄲᅳᆯ니이고: ᄲᅳᆯ리이다. 닳아 없어지다.

69 샤빅(舍伯) 어ᄉᆞ공: 사백 어사공. 장창린.

여 효(孝)ᄒᆞ미 증삼(曾參)[70]을 벗ᄒᆞ고 튱(忠)ᄒᆞ미 이윤(伊尹)[71]을 골오고 녈(烈)ᄒᆞ미 농방(龍逄)[72]을 ᄯᆞ르고 념(廉)ᄒᆞ미 슉졔(叔齊)[73]와 친(親)ᄒᆞ고 의(義)ᄒᆞ미 관공(關公)[74]의 더으며 명(明)ᄒᆞ미 니루(離婁)[75]의 견조고 춍(聰)ᄒᆞ미 일뉘니[76] ᄇᆡᆨᄒᆡᆼ(百行)이 완젼특이(完全特異)ᄒᆞ여 공ᄌᆞ 등의 본바 쳐음이라. 비록 우러러 다 ᄇᆡ화 ᄀᆞᆺ기롤 엇디 못ᄒᆞ나 비로소 강패(强悖)ᄒᆞᆫ 셩(性)과 급거(急遽)ᄒᆞᆫ[77] 픔(品)을 곳치고 망녕된 언어와 무례ᄒᆞᆫ 거조롤 더러 샤ᄇᆡᆨ의 디효대셩(至孝大聖)을 ᄇᆡᆨ디일(百之一)이나 앙망(仰望)코ᄌᆞ ᄒᆞ니 ᄎᆞ공ᄌᆞ(次公子) 희린은 도로혀 본셩(本性)을 다 일코 텬연(天然)이 순일(純一)ᄒᆞ며 튱후(忠厚)ᄒᆞᆫ 인믈이 되여 강포(强暴)ᄒᆞ므로ᄡᅥ 온냥(溫良)ᄒᆞᆷ을 밧고고 교일(驕逸)ᄒᆞ므로ᄡᅥ 겸공(謙恭)ᄒᆞᆷ을 밧고아 춍오영발(聰悟英發)ᄒᆞᆷ을 곳쳐 완듕슉목(完重肅穆)고ᄌᆞ ᄒᆞ니 얼골이 다ᄅᆞ디 아닐디언졍 셩질은 젼후의 다ᄅᆞᆫ 사ᄅᆞᆷ

---

70 증삼(曾參): 효로 이름난 공자의 제자. 부모를 봉양할 때 그 뜻을 받들었다고 하여 '양지(養志)의 효(孝)'라고 함.

71 이윤(伊尹): 은나라 재상. 왕위에 오른 태갑을 바로잡기 위해 동궁으로 추방했다가 태갑이 개과천선하자 다시 황제로 맞아들임.

72 농방(龍逄): 용방. 관용방(關龍逄). 하나라 걸왕 때의 충신으로 직간하다 죽임을 당함.

73 슉졔(叔齊): 숙제. 은나라 말 고죽군의 아들. 주 무왕이 은나라를 멸망시키고 천하를 차지하자 주나라의 곡식을 먹을 수 없다며 수양산에 들어가서 고사리를 캐서 연명하다 굶주려 죽음.

74 관공(關公): 관우(關羽).

75 니루(離婁): 이루. 황제 때 사람으로 눈이 밝아서 100보 밖에서 가을 터럭의 끝을 볼 수 있고, 천 리 밖에서 바늘 끝을 볼 수 있었다고 함.《장자》〈병무(騈拇)〉에 나옴.

76 춍(聰)ᄒᆞ미 일뉘니: '춍ᄒᆞ미 샤광으로 일뉘니'의 오기로 추정. 사광은 춘추시대 진(晉)나라의 음악가로 거문고의 명인. 앞을 보지 못했으나 소리를 잘 분간하여 새들의 소리를 듣고 제나라 군대가 도망친 것을 알아냈다는 고사가《춘추좌씨전》에 나옴.

77 급거(急遽)ᄒᆞᆫ: 급거하다. 매우 서두르며 급작스럽다.

이 되엿고 삼공ᄌᆞ(三公子)ᄂᆞᆫ 샤ᄇᆡᆨ의 훈의(訓義)ᄅᆞᆯ 밧드러 유시(幼時)
49면 무례망측(無禮罔測)[78]ᄒᆞ던 바ᄅᆞᆯ 뉘웃고 ᄇᆞᆺ그려 ᄋᆡ친경댱(愛親敬長)을 다훌디언졍 텬픔(天禀)의 발양호호(發揚浩浩)ᄒᆞ믈 곳치디 못ᄒᆞ여 샤ᄇᆡᆨ(舍伯)의 면젼을 써난족 희쇼잡담(戱笑雜談)과 음쥬달난(飮酒達亂)이 긋칠 ᄉᆞ이 업ᄉᆞ니 원ᄂᆡ 쥬량(酒量)이 남다ᄅᆞ고 또 ᄉᆡᆨ욕(色慾)이 극ᄒᆞ여 홍장아ᄐᆡ(紅粧娥態) 묘려졀셰(妙麗絶世)ᄒᆞᆫ 미ᄋᆞ(美兒)ᄅᆞᆯ 유졍(有情)ᄒᆞ미 ᄉᆞ오인(四五人)이로ᄃᆡ ᄒᆡᆼᄉᆡ(行事) 능녀(凌厲)ᄒᆞ므로 가듕(家中)이 아디 못ᄒᆞ고 ᄌᆞ최 댱화ᄃᆡ(墻花臺)ᄅᆞᆯ 디나미 ᄉᆞᄉᆞ로 유의ᄒᆞ미 업ᄉᆞᄃᆡ 분 바ᄅᆞᆫ 낫치 결을 업시 드러나고 가ᄂᆞᆫ 손가락과 입이 밤븨여[79] 은은히 니ᄅᆞᄃᆡ ‘젹션(謫仙)이 ᄌᆡᄉᆡᆼ(再生)ᄒᆞ고 반악(潘岳)[80]이 도라오나 엇디 이 풍치와 긔상을 밋ᄎᆞ리오?’ ᄒᆞ여 닷토아 귤을 더디며 졍을 보ᄂᆡ여 ᄉᆡᆼ의 ᄒᆞᆫ번 도라보믈 만고풍뉴(萬古風流)ᄅᆞᆯ 삼고ᄌᆞ ᄒᆞᄃᆡ ᄉᆡᆼ이 오히려 ᄇᆡᆨ시(伯氏)의 엄명뎡대(嚴命正大)ᄒᆞᆫ 경계ᄅᆞᆯ 조ᄎᆞ 쳥누쥬ᄉᆞ(青樓酒肆)의 ᄌᆞ최ᄅᆞᆯ 머믈믄 잇디 아니ᄃᆡ 안목이 일편되이 고듕(高重)ᄒᆞ고 ᄇᆡ톄(配體)ᄅᆞᆯ 원ᄒᆞ미 또 만히 과람(過濫)ᄒᆞ여 ᄌᆞ긔 위인이 샤ᄇᆡᆨ의 ᄇᆡᆨ디일급(百之一及)이믈 모로디 아니ᄒᆞᄃᆡ 실가(室家)ᄅᆞᆯ
50면 바라믄 ᄇᆡᆨ슈(伯嫂) 졍부인[81]의 놉흔 셩덕(盛德)과 빗난 안홰(顔華) 아

78 무례망측(無禮罔測): 차마 보기 어려울 정도로 예의가 없음.

79 밤븨여: 밤븨다. 멍해지다, 입이 동그랗게 되다.

80 반악(潘岳): 중국 서진(西晉)의 문장가로 외모가 수려해서 문을 나서면 여인들이 던진 귤로 수레가 가득 찰 정도였다고 함.

81 ᄇᆡᆨ슈(伯嫂) 졍부인: 백수 정부인. 맏형수 정월염.

니면 져져 졍의군[82]의 쳔고무빵(千古無雙)ᄒᆞᆫ 슉ᄌᆞ난딜(淑姿蘭質)[83]이라. 스ᄉᆞ로 니ᄅᆞᄃᆡ

“덕요(德耀)ᄅᆞᆯ 어디지 아니타 ᄒᆞ미 아니라 용모의 더러오미 결증(潔症) 잇ᄂᆞᆫ 쥰걸(俊傑)의 ᄧᆞᆨ디을 ᄇᆡ 아니오 묘희ᄅᆞᆯ 곱디 아니타 ᄒᆞ미 아니라 졀힝(節行)의 나ᄌᆞ라오미 개결(介潔)ᄒᆞᆫ 군ᄌᆞ의 타비(唾鄙)ᄒᆞᆯ ᄇᆡ니 덕(德)이 잇ᄉᆞ나 ᄉᆡᆨ(色)이 ᄀᆞᆺ디 아닌즉 죡히 일ᄏᆞ람 즉ᄒᆞ미 업고 ᄉᆡᆨ이 이시나 덕이 잇디 아니면 가히 더브러 동노(同老)ᄒᆞᆯ ᄇᆡ 아니라.”

ᄒᆞ니 댱공과 박시ᄂᆞᆫ 그 말이 맛당ᄒᆞ믈 닐너 더옥 두굿기ᄃᆡ ᄇᆡᆨ형 어ᄉᆡ 그윽이 삼뎨(三弟)의 ᄇᆡ우(配偶)ᄅᆞᆯ 근심ᄒᆞ고 ᄯᅩ 어ᄉᆡ 언ᄉᆞ의 무식ᄒᆞ믈 칙ᄒᆞ여 부녀의 용ᄉᆡᆨ(容色)으로ᄡᅧ 의논ᄒᆞ미 경박탕일(輕薄蕩逸)ᄒᆞ믈 경계ᄒᆞ나 공ᄌᆡ 능히 텬셩을 ᄇᆞ리디 못ᄒᆞ더니 어ᄉᆡ 관셔ᄅᆞᆯ 안무(按撫)ᄒᆞ라 ᄒᆞ신 명을 밧ᄌᆞ와 단봉(丹鳳)[84]의 샤됴(辭朝)ᄒᆞ고 친위ᄅᆞᆯ ᄇᆡ별ᄒᆞ여 졀월(節鉞)을 셔흐로 두로혀ᄆᆡ 이랑과 삼낭이 안항(雁行)의 머리ᄅᆞᆯ 일허 창연(愴然)이 결훌(缺欻)ᄒᆞᆫ 회포ᄅᆞᆯ 니긔디 못ᄒᆞᄂᆞᆫ 듕 이랑 51면
은 시친봉효(侍親奉孝) 여가(餘暇)의 문ᄉᆞ고젹(文史古籍)을 박남(博覽)ᄒᆞ여 공뷔 젼일ᄒᆞ고 학되 슉연ᄒᆞ여 대유(大儒)의 ᄌᆞ리ᄅᆞᆯ 니엇고 군ᄌᆞ의 유풍을 가져시ᄃᆡ 삼낭은 발월ᄒᆞᆫ 긔운을 스ᄉᆞ로 것ᄌᆞᆸ디 못ᄒᆞ여 디의ᄅᆞᆯ 호탕ᄒᆞ며 소유ᄒᆞ여 방낭ᄒᆞ기ᄅᆞᆯ ᄌᆞ유로 됴히 넉이ᄆᆡ ᄇᆡᆨ형이 관셔로 향ᄒᆞᆫ 후ᄂᆞᆫ 더옥 긔탄(忌憚)이 업ᄉᆞᆫ ᄃᆞᆺᄒᆞ니 이랑이 간간이 칙ᄒᆞ여

82 져져 졍의군: 저저 정의군. 장세린의 누나이자 정인광의 부인인 장성완.

83 슉ᄌᆞ난딜(淑姿蘭質): 숙자난질. 정숙한 자태와 난초 같은 기질.

84 단봉(丹鳳): 단봉성(丹鳳城)의 준말. 황제의 도성을 가리킴.

경계ᄒᆞ며 학업을 힘ᄡᅳ라 당부ᄒᆞᆫ즉 공ᄌᆡ 화열(和悅)이 샤죄(謝罪)ᄒᆞ고 흔연(欣然)이 응쥰(應準)ᄒᆞ여 ᄒᆞᆫ가지로 문답을 화답ᄒᆞᆫ즉 범ᄇᆡᆨᄌᆡ죄(凡百才調) 이랑의 능히 아디 못ᄒᆞᄂᆞᆫ 바ᄅᆞᆯ 삼낭이 쾌히 반통ᄒᆡ발(反通偕發)ᄒᆞ여 텬문디리(天文地理)의 미묘ᄒᆞᆫ 곳을 ᄉᆞ뭇고 병셔(兵書) 승패디니(勝敗之理)와 합변디슐(合變之術)을 통ᄒᆞ여 ᄒᆞᆫ갓 문댱ᄌᆡ화(文章才華)의 츌뉴탁월(出類卓越)ᄒᆞᆯ ᄯᆞᄅᆞᆷ이 아닌디라. 이랑이 장ᄎᆞ 므어ᄉᆞᆯ 미딘(未盡)ᄒᆞ여 다시 ᄎᆡᆨ(責)ᄒᆞᆯ 말이 이시리오? 다만 니ᄅᆞᄃᆡ

"ᄌᆡ죄 덕을 니긔디 못ᄒᆞᄂᆞᆫ ᄌᆞᄂᆞᆫ 쇼인의 ᄌᆞ최ᄅᆞᆯ 닛고 욕심이 올흔 ᄌᆞ
52면 ᄅᆞᆯ 니긔ᄂᆞᆫ ᄌᆞᄂᆞᆫ 간당의 훗ᄭᅩ리[85]ᄅᆞᆯ 닛ᄂᆞ니 너희 ᄌᆡ학문딜(才學文質)이 범범슉미(凡凡肅美)ᄒᆞ므로 의논치 못ᄒᆞᆯ 거시로ᄃᆡ 홀노 군ᄌᆞ의 대도ᄅᆞᆯ 우러디 못ᄒᆞ미 ᄌᆡ릉(才能) 민쇽(敏速)디 아님만 ᄀᆞᆺ디 못ᄒᆞᆯ디라. 모로미 ᄒᆡᆼ필독경(行必篤敬)ᄒᆞ고 언근튱신(言謹忠信)ᄒᆞ여 우리 ᄇᆡᆨ시(伯氏)의 슝학대도(崇學大道)ᄅᆞᆯ 앙망(仰望)ᄒᆞᄂᆞᆫ 어딘 군ᄌᆡ 될디어다."

공ᄌᆡ 슌슌ᄇᆡ샤슈명(順順拜謝受命)ᄒᆞ나 잠간 도라셔면 호방ᄒᆞᆫ 거죄 업디 아니ᄃᆡ 능녀(凌厲)ᄒᆞ고 영명(英明)ᄒᆞ여 남다ᄅᆞᆫ 고로 사ᄅᆞᆷ이 오히려 ᄌᆞ가의 발월호탕(發越豪宕)ᄒᆞ믈 알게 아니 ᄒᆞᄂᆞᆫ디라. 댱공과 박시의 일편된 ᄌᆞᄋᆡ와 별뉸디졍(別倫之情)으로ᄡᅧ ᄋᆞᄌᆞ의 호구(好逑)ᄅᆞᆯ 놉히 구ᄒᆞᄂᆞᆫ ᄠᅳᆺ이 ᄯᅩ 공ᄌᆞ의 ᄇᆡ톄(配體)ᄅᆞᆯ 과람(過濫)이 원ᄒᆞᆷ과 ᄀᆞᆺᄐᆞ여 녀ᄋᆞ와 툥부(冢婦)의 용광(容光)과 ᄉᆡᆨ모(色貌)와 셩효덕ᄒᆡᆼ(誠孝德行)으로 흡ᄉᆞᄒᆞ미 아닌즉 셰ᄋᆞ의 ᄇᆡ필이 아니라 ᄒᆞ여 일죽 젹승(赤

---

85 훗ᄭᅩ리: 훗꼬리. 뒤꼬리.

纚)의 가연(佳緣)을 뎡약(定約)ᄒᆞ미 업더니 국구(國舅) 녀형슈의 댱ᄌᆞ 녀원홍이 쇼년등뎨(少年登第)ᄒᆞ여 당금(當今)의 작슝고(爵崇高)ᄒᆞ여 츄밀ᄉᆞ의 니ᄅᆞ고 권위당당(權威堂堂)ᄒᆞ여 됴야(朝野)ᄅᆞᆯ 기우리 53면 ᄂᆞᆫ 바로 일녀ᄅᆞᆯ 두고 댱공ᄌᆞ 셰린의 탁츌비상(卓出非常)ᄒᆞ믈 닉이 아ᄂᆞᆫ디라 흠션(欽羨)ᄒᆞ믈 니긔디 못ᄒᆞ여 댱공의 혼ᄌᆞ 잇ᄂᆞᆫ ᄶᆡᄅᆞᆯ 타 니ᄅᆞ러 낫출 ᄃᆡᄒᆞ여 호언(好言)으로 은근이 인아(姻婭)[86]의 듯터오믈 ᄆᆡᄌᆞ 셔로 ᄌᆞ녀ᄅᆞᆯ 밧고믈 간졀이 쳥ᄒᆞ니 댱공의 부귀ᄅᆞᆯ 탐ᄒᆞᆷ과 위권(威權)을 취ᄒᆞᄂᆞᆫ 츄셰비린디심(趨勢鄙吝之心)은 평ᄉᆡᆼ의 큰 병이 되여 잘 곳치디 못ᄒᆞᄂᆞᆫ디라. 녀츄밀이 국(國)의 ᄌᆡ(宰)오 황후(皇后)의 뎨남(弟男)으로 문달존귀(聞達尊貴)ᄒᆞ미 엇기 어려온 인친(姻親)[87]이라 ᄒᆞ여 규슈의 미박현블(美薄賢不)은 ᄉᆡᆼ각도 아니코 나디 구혼(求婚) ᄒᆞᄂᆞᆫ 덕의(德意)ᄅᆞᆯ 도로혀 황공치샤(惶恐致謝)ᄒᆞ니 녀원홍이 댱공의 듕무소쥬(中無所主)ᄒᆞ믈 아ᄂᆞᆫ디라 그 쾌ᄒᆞᆫ 허락을 어드ᄆᆡ 혹 다시 변ᄒᆞ미 이실가 두려 돗 우ᄒᆡ셔 뉵합(六合) 졍상일[88]을 ᄐᆡᆨᄒᆞ니 냥길일(兩吉日)이 디격일슌(只隔一旬)이오 ᄒᆡᆼ빙(行聘)이 우명일(又明日)[89]이라. 드ᄃᆡ여 뎡일노 셩녜ᄒᆞ믈 당부ᄒᆞ니 댱공이 녀츄밀의 의려(疑慮) 만흐믈 개연ᄒᆞ여 웃고 왈

---

86 인아(姻婭): 혼인으로 맺어지는 인척 관계. 여기서는 사돈 관계를 의미.

87 인친(姻親): 사돈.

88 뉵합(六合) 졍상일: 육합 정상일. 육합은 음양가(陰陽家)의 학설에 '자(子)와 축(丑), 인(寅)과 해(亥), 묘(卯)와 술(戌), 진(辰)과 유(酉), 사(巳)와 신(申), 오(午)와 미(未)가 서로 합하는 것'으로, 곧 일시(日時)가 좋음을 뜻함.

89 우명일(又明日): 모레.

54면 "댱뷔 ᄒᆞᆫ번 말을 ᄂᆡ미 죽을 일이라도 곳치지 아니코 ᄇᆡᆨ 년 안희 변ᄒᆞ미 업술 거시어놀 ᄒᆞ믈며 피ᄎᆞ ᄌᆞ녀롤 가져 결승(結繩)을 뎡ᄒᆞ미니잇가? 명공이 이러틋 밧바 아니시면 복(僕)의 댱ᄌᆡ(長子) 도라오기롤 기다려 계ᄋᆞ(季兒)의 가취(嫁娶)롤 의논홀 거시로ᄃᆡ 명공이 심히 밧비 넉이시고 상면뎡약(相面定約)으로 일슌(一旬)이 격ᄒᆞᆫ 혼ᄉᆞ롤 오히려 그룻될가 의려(疑慮)ᄒᆞ시니 이논 복(僕)을 신ᄉᆞ로 아디 아니시미라. ᄒᆡᆼ빙(行聘)이 우명일(又明日)이어니와 명공의 의려(疑慮)롤 프러 보시논 바의 혼셔(婚書)롤 쓰샤이다."

셜파(說罷)의 디필(紙筆)을 나와 혼셔롤 쓰고 일변으로 쥬찬을 나와 빈쥬(賓主) 즐기믈 마디 아니니 댱공은 타의 업시 환열ᄒᆞ논 바논 녀츄밀의 일교(一嬌) 상문교옥(相門嬌玉)으로ᄡᅧ 쵸방디친(椒房之親)[90]을 겸ᄒᆞ여 ᄉᆡᆼ냥부귀(生長富貴)ᄒᆞ미 그 아롬다오미 반ᄃᆞ시 미옥(美玉)을 취식(取色)ᄒᆞ고[91] 명쥬(明珠)롤 통쳘(洞徹)홈 ᄀᆞᆺᄐᆞ리라 ᄒᆞ여 스ᄉᆞ로 식부(息婦)롤 잘 엇괘라 ᄒᆞ미오 녀원홍은 댱공ᄌᆞ의 쵸츌특이(超

55면 出特異)ᄒᆞ믈 아논 고로 굿ᄐᆞ여 블너 보기롤 쳥치 아니ᄒᆞ고 다만 댱공의 뎡녕(丁寧) 약혼(約婚)ᄒᆞ믈 다시 ᄯᅳᆺ을 변치 못ᄒᆞ게 길일(吉日)을 즉뎡(卽定)ᄒᆞ고 혼셔(婚書) ᄡᅳ믈 보ᄆᆡ 쾌락ᄒᆞ믈 니긔디 못ᄒᆞ여 이윽이 한화(閑話)ᄒᆞ다가 도라가니 댱공이 즉시 ᄂᆡ루(內樓)의 드러가 두 부인을 ᄃᆡᄒᆞ여 셰린의 친ᄉᆞ(親事)[92]롤 녀가의 뇌약(牢約)ᄒᆞ믈 니ᄅᆞ니

90 쵸방디친(椒房之親): 초방지친. 후비(后妃)나 왕비의 친족.

91 미옥(美玉)을 취식(取色)ᄒᆞ고: 아름다운 옥을 갈고 다듬어 윤을 냄.

92 친ᄉᆞ(親事): 친사. 혼담.

박시야 엇디 뎡ᄒᆞᆫ 뜻이 이시며 먼니 ᄉᆡᆼ각ᄒᆞᄂᆞᆫ ᄆᆞᄋᆞᆷ이 이시리오? 다만 귀문일녀(貴門一女)믈 흔희(欣喜)ᄒᆞ여ᄒᆞ여[93] 왈

"인픔ᄉᆡᆨ광(人品色光)이 쳔ᄇᆡᆨ층(千百層)이어니와 연이나 상문디츌(相門之出)과 대가디녀(大家之女)ᄂᆞᆫ 긔딜픔싊(氣質稟受) 낫ᄀᆞ온 ᄌᆡ 드므디라. 녀가 규싊 츄밀공의 만금농쥐(萬金弄珠)오 셩모낭낭 친딜(親姪)노 국구(國舅)의 귀ᄒᆞᆫ 손녀니 고문(高門)의 빗난 교훈을 인ᄒᆞ여 셩딜(性質)의 ᄲᅧ여남과 안목(眼目)의 고듕(高重)ᄒᆞ미 미문쇽ᄋᆞ(微門俗兒)와 ᄀᆞᆺ디 아니리니 하날이 내 ᄋᆞᄒᆡᄅᆞᆯ ᄂᆡ시ᄆᆡ ᄇᆡ필이 엇디 빗나디 아니리오?"

ᄒᆞ여 즐기믈 마디 아니ᄒᆞᄃᆡ 홀노 연부인이 블열미쾌(不悅未快)ᄒᆞ여 날호여 ᄀᆞᆯ오ᄃᆡ

"ᄇᆡᆨᄋᆡ(伯兒) 님ᄒᆡᆼ(臨行)의 상공긔 고ᄒᆞᄃᆡ '삼뎨(三弟)의 언건댱슉(偃蹇長熟)ᄒᆞ미 치몽(稚蒙)의 미셩(未成)ᄒᆞᆫ 쳬(體)ᄅᆞᆯ 면(免)ᄒᆞ연 디 오ᄅᆡ 56면
니 등한(等閑)이 ᄀᆞᆯᄒᆡ디 못ᄒᆞ리니 잠간 쇼ᄌᆞ의 ᄒᆡᆼ거(行車)ᄅᆞᆯ 기다려 가합쳐(可合處)ᄅᆞᆯ 어더 뎡혼(定婚)ᄒᆞ믈 ᄇᆞ라노라 ᄒᆞ더니 상공이 엇디 창닌의 도라올 ᄉᆞ이ᄅᆞᆯ 기다리지 아니ᄒᆞ고 경솔이 녀가의 뎡혼ᄒᆞ믈 굿게 ᄒᆞ시뇨? 원간 부녀(婦女) 대ᄉᆞ(大事)의 참논(參論)ᄒᆞ미 블가(不可)ᄒᆞ거니와 일즉 녀원홍의 부귀ᄅᆞᆯ 드ᄅᆞᆯ디언졍 쳥덕(淸德)을 듯디 못ᄒᆞ엿고 사ᄅᆞᆷ이 그 셰엄(勢嚴)을 니ᄅᆞᆯ디언졍 그 쳥검(淸儉)ᄒᆞ믈 니ᄅᆞ디 아니니 어딘 ᄌᆡ상이 아니믈 알디라. 므어시 인아(姻婭)의 됴흔 뜻

93 흔희(欣喜)ᄒᆞ여ᄒᆞ여: 규장각본에는 '흔희ᄒᆞ야ᄒᆞ여'로 되어 있음.

이 잇셔 희린다려도 뭇디 아니시고 계ᄋᆞ(季兒)의 인뉸대ᄉᆞ(人倫大事)
ᄅᆞᆯ 탄솔(坦率)[94]이 뎡ᄒᆞ시니 엇디 ᄋᆡ둛디 아니리잇고?"

뎡언간(正言間)의 이공ᄌᆡ 삼공ᄌᆞ로 더브러 드러오니 공이 녀가의 뎡혼ᄒᆞ믈 셜니 니ᄅᆞᆫᄃᆡ 냥인이 경악블승(驚愕不勝)이러니 셰린이 믄득 분연(憤然)ᄒᆞ여 왈

"녀원홍이 감언미셜(甘言美說)노 대인(大人)의 경(輕)히 허혼(許婚)ᄒᆞ시믈 어덧거니와 블초(不肖)의 뜻이 취부(取婦)치 못ᄒᆞ여 머리 희기의 니ᄅᆞ러도 녀가의 입장(入丈)[95]키ᄂᆞᆫ 원치 아니ᄒᆞᄋᆞᆸᄂᆞ니 우명일(又
57면 明日) 힝빙(行聘)을 날회고 실노뼈 블초의 뜻을 니ᄅᆞ샤 믈니치ᄂᆞᆫ 거시 맛당ᄒᆞ니이다."

이랑이 침음냥구(沈吟良久)의 왈

"딘실노 블힝ᄒᆞ기니와 능히 면ᄒᆞᆯ 조각이 업ᄉᆞ니 출하리 뎡혼 날 종용이 취ᄒᆞᄂᆞᆫ 거시 올치 아니랴?"

삼공ᄌᆡ 익익분연(益益憤然) 왈

"오가(吾家)의셔 믈니치면 녀가의셔 므ᄉᆞᆷ 념치로 쳥혼ᄒᆞ리오? 비록 쳥ᄒᆞ여 듯디 아니면 므ᄉᆞ 일 면치 못ᄒᆞᆯ 거시라 블힝ᄒᆞᆫ 바의 굿ᄐᆞ여 취ᄒᆞ리잇고?"

이랑이 뎡ᄉᆡᆨ왈(正色曰)

"과연 네 소원과 ᄀᆞᆺ디 아니ᄒᆞ고 딘뎡(眞情)으로 괴롭건마ᄂᆞᆫ 믈니쳐

---

94 탄솔(坦率)이: 탄솔하다. 성품이 너그럽고 대범하며 솔직하다. 여기서는 문맥상 '대수롭지 않게 경솔히'라는 뜻.

95 입장(入丈): 장가를 드는 것.

그만ᄒᆞ지 못홀 ᄇᆡ 잇ᄂᆞ니 대인이 임의 졀노 면약뇌뎡(面約牢定)ᄒᆞ시ᄆᆡ 몬져 혼셔(婚書)를 ᄲᅧ 번치 아닐 ᄯᅳᆺ을 뵈여 계시거놀 네 ᄆᆞ옴의 블합(不合)ᄒᆞ여 엄위(嚴闈)의 약혼(約婚)ᄒᆞ신 바를 감히 믈니치디 못홀 ᄇᆡ오 대인이 비록 너의 죽기로ᄡᅧ 샤양ᄒᆞ믈 니ᄅᆞ고 퇴혼(退婚)ᄒᆞ시나 져 원홍이 텬졍(天庭)의 쥬달(奏達)ᄒᆞ여 야야(爺爺)의 실신ᄇᆡ약(失信背約)ᄒᆞ믈 낫타ᄂᆡ고 임의 혼셔를 ᄲᅢᆺ던 ᄇᆡ라 ᄒᆞ여 외쳑(外戚)으로 샤혼(賜婚)ᄒᆞ시ᄂᆞᆫ 젼디(傳旨)를 어더 친ᄉᆞ(親事)를 셩젼(成全)커나 그러치 아니면 우리 집을 일장함ᄒᆡ(一場陷害)[96]ᄒᆞ미 업디 아니리니 그러ᄒᆞ미 네 몸가지ᄆᆡ 이신즉 족히 놀납디 아니ᄒᆞ고 ᄯᅩ 일장풍파(一場風波)를 디닐디라도 졀노 더브러 구싱(舅甥)[97]의 의(義)를 밋디 아니미 힝(幸)ᄒᆞᆫ 밧지라도 졔 ᄒᆡ코ᄌᆞ ᄒᆞᆫ즉 반ᄃᆞ시 대인(大人)의 실신(失信)ᄒᆞ시므로ᄡᅧ 말놀 삼아 ᄒᆡᄒᆞ리니 여ᄎᆞ디도(如此之道)의 너의 블효(不孝)와 블힝(不幸)을 어나 곳의 ᄇᆞ흐리오? 이 ᄯᅩ 명(命)애라 현마 엇디ᄒᆞ리오? 슬희여도 녀가의 녀ᄌᆞ를 취홀 밧 다ᄅᆞᆫ 모칙(謨策)이 업ᄂᆞ니라." 삼공지 쳥파(聽罷)의 일이 그러홀 ᄲᅳᆫ 아니라 원간 야야(爺爺)의 실신무의(失信無義)ᄒᆞᆫ 허믈이 가득ᄒᆞ믈 븟그리ᄂᆞᆫ디라 ᄌᆞ긔 녀가의 셔랑(壻郞)이 되ᄂᆞᆫ 날은 사ᄅᆞᆷ이 다 부친의 츄셰비린(趨勢鄙吝)ᄒᆞ믈 니ᄅᆞᆯ디언졍 ᄉᆡ로이 젼과(前過)를 드러ᄂᆡ고 ᄯᅩ 상면뇌약(相面牢約)ᄒᆞᆫ 친ᄉᆞ(親事)를 믈니쳐 슌슌이 무신블의(無信不義)ᄒᆞ믈 텬졍(天庭)의 ᄉᆞ못ᄂᆞᆫ 요란홈과 죄를 논ᄒᆞ여 일즉 칙디 못홀 블효와 졀박ᄒᆞᆫ 경계ᄂᆞᆫ 잇 58면

96 일장함ᄒᆡ(一場陷害): 일장함해. 한바탕 남을 모함하여 해를 입히는 것.

97 구싱(舅甥): 구생. 장인과 사위.

디 아닐디라. 스스로 부명의 긔구(崎嶇)홈과 빅쳬(配體)롤 그룻 만나
59면 믈 탄(嘆)홀디언졍 퇴혼(退婚)ᄒᆞ여 면치 못홀 바롤 혜아려 도로혀 ᄉᆞ식(辭色)을 화(和)히 ᄒᆞ고 궤이복슈(跪而伏首) 왈

“쇼뎨 조협블통(躁狹不通)ᄒᆞ여 일을 싱각디 못ᄒᆞ므로 녀가롤 믈니쳐 능히 면홀가 ᄒᆞ엿더니 형댱의 니ᄅᆞ시믈 조ᄎᆞ 과연 되디 못홀 바롤 ᄭᆡ닷ᄂᆞ니 엇디 쇼뎨의 익경(厄境)이 아니리잇고?”

이랑이 ᄯᅩ 위로ᄒᆞ여 왈

“녀가롤 만나미 소원이 아니언마ᄂᆞᆫ 텬연(天緣)이 듕(重)ᄒᆞ므로 인녁(人力)으로 못홀 빈오 ᄯᅩ 문벌(門閥)인즉 환혁(煥赫)ᄒᆞᆫ디라. 규쉬 만일 상문화벌(相門華閥)노 유한슉뇨(幽閒淑窈)홀딘ᄃᆡ 너의 복이 아니리오?”

공ᄌᆡ 믁연(默然)이 말이 업ᄉᆞ니 박시 믄득 희린을 ᄭᅮ디저 왈

“아이 유복(有福)ᄒᆞ여 상문고벌(相門高閥)의 입장(入丈)케 되니 너ᄂᆞᆫ 도로혀 복통(腹痛)ᄒᆞ여 소원(所願)이 아니라 ᄒᆞᄂᆞᆫ다? 녀쥬밀이 비록 현명ᄒᆞᆫ 지상이 못되나 져 무명ᄒᆞᆫ 산님쳐ᄉᆞ(山林處士) 쥬슈량[98]의 비ᄒᆞ며 녀시 비록 특이치 못ᄒᆞ나 블미(不美)코 우용(愚庸)ᄒᆞ미 쥬시[99]로 의논ᄒᆞ라[100]. 길일(吉日)의 보면 알녀니와 부귀로 닐너도 져희 감히 우러러보디 못ᄒᆞ리라.”

60면 삼낭이 드롤ᄉᆞ록 한심ᄒᆞ고 히연(駭然)ᄒᆞ여 이셩쥬왈(怡聲奏曰)

98 쥬슈량: 주수량. 장희린의 장인.

99 쥬시: 주씨. 장희린의 부인.

100 의논ᄒᆞ라: ‘의논하랴’의 오기로 보임. 규장각본도 동일함.

"태태(太太) 엇디 쥬슈로뼈 브힝부덕(婦行婦德)의 미딘(未盡)이 녁이미 계시니잇고? ᄒᆞ믈며 쥬뷔 빈곤ᄒᆞᆫ 집이 아니라 ᄌᆡ곡(財穀)이 젹여구산(積如丘山)이오 노복(奴僕)이 브디기쉬(不知其數)로ᄃᆡ 쥬션ᄉᆡᆼ과 뉴부인이 쳥검(淸儉)ᄒᆞ샤 ᄉᆞ치(奢侈)ᄅᆞᆯ 원슈ᄀᆞᆺ치 ᄒᆞ고 농상(農桑)을 힘뼈 냥홍(梁鴻)·덕요(德耀)의 고ᄉᆞᄅᆞᆯ 니으니 엇디 항복(降服)되디 아니리잇고? 쇼ᄌᆞ로뼈 쥬슈의 장ᄃᆡ하 쇼비(小婢)ᄅᆞᆯ 취(取)ᄒᆞ라 ᄒᆞ시면 오히려 녀원홍의 상문고벌(相門高閥)의셔 나을소이다마ᄂᆞᆫ 일이 ᄯᅳᆺ ᄀᆞᆺ디 못ᄒᆞ니 닐너 쁠ᄃᆡ업ᄂᆞ이다."

박시 크게 우어 ᄀᆞᆯ오ᄃᆡ

"위ᄌᆞ(慰藉)[101]도 너모 근ᄉᆞ(近似)치 아니ᄒᆞ니 다시 니ᄅᆞ디 말나. 쥬쳐ᄉᆡ 십ᄉᆡᆼ구ᄉᆞ(十生九死)ᄒᆞᆫ들 녀츄밀의 부귀ᄅᆞᆯ 앙망(仰望)이나 ᄒᆞᆯ소냐? 규쉬 반ᄃᆞ시 츌뉴특이(出類特異)ᄒᆞ리니 모로미 길일(吉日)을 기다려 관경(觀境)ᄒᆞᆯ디어다."

셜파(說罷)의 늉늉이 즐기믈 마디 아니ᄃᆡ 댱공은 연부인의 깃거 아님과 이ᄌᆞ의 블ᄒᆡᆼ경ᄒᆡ(不幸驚駭)ᄒᆞ믈 보ᄆᆡ 깃브미 주려져 탄솔(坦率)이 뎡혼(定婚)ᄒᆞ믈 그윽이 뉘웃ᄎᆞᄃᆡ 시러곰 믈니칠 계괴 업셔 믁믁(默默)히 말을 못 ᄒᆞ더니 임의 납빙길일(納聘吉日)이 다ᄃᆞᄅᆞᄆᆡ 혼셔 61면 빙폐(婚書聘幣)ᄅᆞᆯ 당ᄒᆞ고 얼픗ᄒᆞᆫ ᄉᆞ이의 일슌(一旬)이 디나ᄆᆡ 길일(吉日)을 당ᄒᆞ니 댱공이 대연(大宴)을 개댱(開場)ᄒᆞ여 친쳑향당(親戚鄕黨)을 졔회(齊會)ᄒᆞ고 뉵녜(六禮)ᄅᆞᆯ 구ᄒᆡᆼ(具行)ᄒᆞ여 신낭을 보ᄂᆡ며

---

101 위ᄌᆞ(慰藉): 위자. 위로하고 도와줌.

신부ᄅᆞᆯ 마ᄌᆞᆯᄉᆡ 이날 당공ᄌᆞ의 ᄇᆡᆨ냥(百兩)으로 녀시ᄅᆞᆯ 우귀(于歸)ᄒᆞᄂᆞᆫ ᄆᆞ옴이 결박히 고염(苦厭)ᄒᆞ믈 니긔디 못ᄒᆞ고 병이 업시 머리 앏ᄒᆞ고 입이 ᄡᅳ믈 ᄭᆡ닷디 못ᄒᆞᄃᆡ ᄯᅩ 능히 믈니쳐 ᄒᆡᆼ녜(行禮)치 말믈 엇디 못ᄒᆞ고 ᄇᆞ득이 녀가의 홍신(鴻信)을 젼ᄒᆞ고 신부ᄅᆞᆯ 친영(親迎)ᄒᆞ여 허다요ᄀᆡᆨ(許多繞客)과 당ᄒᆞᆫ 위의(威儀)로 도라올ᄉᆡ 신낭의 영풍옥골(英風玉骨)이 ᄇᆡᆨ일징휘(白日爭輝)ᄒᆞ여 텬션(天仙)이 하강ᄒᆞᆫ가 의심ᄒᆞ더라. ᄒᆡᆼᄒᆞ여 본아(本衙)의 도라와 듕쳥(中廳)의 금년ᄎᆡ셕(錦筵彩席)이 휘황ᄒᆞ고 명향(名香)이 긔긔(奇奇)ᄒᆞ며 보쵹(寶燭)이 의의(猗猗)ᄒᆞᆫ 가온ᄃᆡ 냥신인(兩新人)이 녜ᄇᆡ(禮拜)ᄅᆞᆯ 일울ᄉᆡ 공ᄌᆡ 젼혀 무심ᄒᆞ여 신부ᄅᆞᆯ ᄉᆞᆯ피미 업더니 홀연 괴이ᄒᆞᆫ 숨소ᄅᆡ 귀가의 들니
62면 ᄃᆡ 완연이 뉵월념텬(六月炎天)의 장기[102]ᄅᆞᆯ 메온 쇠 숨소ᄅᆡ 갓ᄐᆞᆫ 바의 죡젹(足跡)이 용둔(庸鈍)ᄒᆞ고 난잡(亂雜)ᄒᆞ여 정함옥난(庭檻玉欄)이 움즉이고 합환교셕(合歡交席)이 밀니여 졍졔(整齊)ᄒᆞ믈 엇디 못ᄒᆞ고 브졍괴ᄒᆡ(不淨怪駭)ᄒᆞ미 밋친 돗[103]ᄎᆞᆯ 닛글며 ᄉᆞ오나온 일희[104]ᄅᆞᆯ ᄇᆞᆺ드러심 ᄀᆞᆺᄐᆞ믈 의아ᄒᆞ여 ᄒᆞᆫ번 빵광(雙眶)을 흘니 ᄯᅳᄆᆡ 허다시ᄋᆡ(許多侍兒) 우두나찰(牛頭羅刹)을 젼ᄎᆞ후옹(前遮後擁)ᄒᆞ여 작션(雀扇)을 가리오고 면ᄉᆞ(面紗)[105]ᄅᆞᆯ 쾌히 벗기디 아녀실 ᄲᅮᆫ 아니라 그 일신두면(一身頭面)을 다 보옥(寶玉)으로 얽고 금쥬(金珠)로 ᄭᆞ며 션광(鮮光)

102 장기: 쟁기.

103 돗: 돼지.

104 일희: 이리.

105 면ᄉᆞ(面紗): 면사. 면사보. 공주의 결혼식 때 공주가 쓰던 붉은 빛깔의 깁으로 만든 물건. 금박으로 봉황 무늬와 '壽福康寧(수복강녕)'이라는 한자를 수놓음.

이 됴요(照耀)ᄒᆞ고 보ᄎᆡ휘휘(寶彩輝輝)ᄒᆞ나 그 녕한(獰悍)ᄒᆞᆫ 톄제(體制)와 험괴(險怪)ᄒᆞᆫ 상모(相貌)ᄂᆞᆫ 이 가온ᄃᆡ 더옥 표표(表表)ᄒᆞ여 흉참(凶慘)ᄒᆞ고 취루ᄒᆞᆷ을 비ᄒᆞᆯ 곳이 업ᄉᆞ니 셰간의 엇디 이 ᄀᆞᆺᄐᆞᆫ 작인(作人)과 이 ᄀᆞᆺᄐᆞᆫ 흉상이 이시믈 ᄯᅳᆺᄒᆞ여시리오? ᄉᆞᄉᆞ로 넉시 날고 ᄇᆡᆨ(魄)이 흣터디ᄂᆞᆫ 가온ᄃᆡ 분뇌 돌원ᄒᆞ여 경직(頃刻)의 신부와 녀가 복부(僕夫)를 다 ᄶᅩᆺᄎᆞ ᄂᆡ칠 ᄯᅳᆺ이 이시니 어ᄃᆡ로조ᄎᆞ 동방화쵹(洞房華燭)을 인ᄒᆞ여 언연(偃然)이 ᄶᅡᆼᄃᆡ(雙對)ᄒᆞᆯ ᄆᆞ옴이 이시리오? 계오 녜(禮)를 파(罷)ᄒᆞᄆᆡ 분연이 ᄉᆞᄆᆡ를 ᄯᅥᆯ쳐 외루(外樓)로 향ᄒᆞ니 신뷔 ᄆᆞ득 흉녕(凶獰)ᄒᆞ고 거쉰 소ᄅᆡ를 ᄲᅡᆯ니ᄒᆞ여 골오ᄃᆡ 63면

"혼녜(婚禮)ᄂᆞᆫ 인디대관(人之大關)이오 뉸디죵(倫之宗)이라. 이셩(二姓)의 합(合)[106]을 일우ᄆᆡ 만복(萬福)의 근원을 구ᄒᆞ니 쇼쇼미ᄉᆡ(小小微事)라도 졀ᄎᆞ(節次)를 인ᄒᆞ여 규구(規矩)를 다ᄒᆞᆯ 거시어ᄂᆞᆯ 낭군이 년쇼(年少)ᄒᆞ여 ᄉᆡ닷디 못ᄒᆞ고 가듕(家中)이 분분(紛紛)ᄒᆞ여 능히 디휘(指揮)치 못ᄒᆞ므로 옥셕(玉席)의 ᄌᆞ하상(紫霞觴)을 난호디 못ᄒᆞ고 향방(香房)의 상ᄃᆡ(相對)ᄒᆞ믈 힝치 못ᄒᆞ여셔 낭군이 거롬을 두로혀니 당당ᄒᆞᆫ 대례(大禮)를 폐(廢)치 못ᄒᆞ리라. 모로미 도로 쳥ᄒᆞ여 법규(法規)의 착난(錯亂)ᄒᆞ미 업게 ᄒᆞ라."

녀가 복뷔(僕夫) 일시의 신부를 흔드러 말을 긋치믈 쳥ᄒᆞᄃᆡ 신뷔 조곰도 슈습(收拾)ᄒᆞ미 업셔 놉흔 소ᄅᆡ를 낫초디 아냐 ᄌᆡ삼 신낭을 도로 쳥ᄒᆞ라 ᄒᆞ니 ᄉᆡᆼ이 엇디 나갈 졔 이 소ᄅᆡ를 듯디 못ᄒᆞ리오? 더옥 ᄒᆡ

106 이셩(二姓)의 합(合): 이성의 합. 서로 다른 두 성이 합했다는 뜻으로 남녀의 혼인을 뜻함.

연참측(駭然慘惻)ᄒᆞ믈 니긔디 못ᄒᆞ여 믁믁(默默)ᄒᆞᆫ 미우(眉宇)의 셜풍이 은은ᄒᆞ여 ᄲᅧᆯ니 나아가니 어나 담 큰 양낭이 앏흘 당ᄒᆞ여 도로 드러오믈 쳥ᄒᆞ리 이시리오? ᄒᆞᆫ갓 신부ᄅᆞᆯ ᄇᆞᆺ드러 향방의 나아가 단장을 64면 다시 곳칠ᄉᆡ 신뷔 신낭의 다시 드러오디 아니믈 크게 한ᄒᆞ고 ᄌᆞ하상(紫霞觴)을 난호디 못ᄒᆞᆷ과 동방(洞房)의 상ᄃᆡ(相對)치 못ᄒᆞ믈 울울분만(鬱鬱憤懣)ᄒᆞ여 ᄀᆞᆯ오ᄃᆡ

“뉸상(倫常)의 큰 녜(禮)ᄂᆞᆫ 혼인(婚姻)의 디나미 업ᄉᆞ니 ᄒᆞᆯ노 폐(廢)치 못ᄒᆞ며 마디못ᄒᆞᆯ ᄇᆡ어ᄂᆞᆯ 댱낭이 엇디 규례(規例)ᄅᆞᆯ 덜고 내 쳥ᄒᆞᄃᆡ 조ᄎᆞ미 업ᄂᆞ뇨? 졔 임의 녜ᄅᆞᆯ 다ᄒᆞ지 아니ᄒᆞ니 내 므ᄉᆞᆷ 뜻으로 져의 친위(親闈)에 폐ᄇᆡᆨ(幣帛)을 헌(獻)ᄒᆞ고 팔ᄇᆡ(八拜)로ᄡᅧ 알현(謁見)ᄒᆞ여 몸을 ᄂᆞᆺ브게 ᄒᆞ리오?”

ᄒᆞ고 믄득 발연(勃然)[107]이 소ᄅᆡ 질너 블슌이 ᄃᆡ답고ᄌᆞ ᄒᆞ거ᄂᆞᆯ 연부인이 단엄(端嚴)이 금디(禁止)ᄒᆞ고 녀가 복뷔(僕夫) 좌우(左右)로 씨드러 녑흘 디ᄅᆞ며 입을 ᄀᆞ리와 잡담패셜(雜談悖說)을 못 ᄒᆞ게 ᄒᆞ여 계오 초초히 ᄌᆡᄇᆡ이알(再拜而謁)ᄒᆞᄆᆡ 딘퇴쥬션(進退周旋)[108]을 다시 의논ᄒᆞᆯ ᄇᆡ 아니로ᄃᆡ ᄒᆡᆼ보(行步)의 용둔(庸鈍)ᄒᆞᆷ과 ᄌᆞᆨ용(足容)[109]의 광잡(狂雜)ᄒᆞ미 볼ᄉᆞ록 괴패망측(乖悖罔測)ᄒᆞ여 더럽고 아닛ᄭᅩ오미 비위(脾胃)ᄅᆞᆯ 뎡(定)ᄒᆞ여 ᄃᆡ(對)키 어려오니 댱공이 만분(萬分) 블ᄒᆡᆼᄎᆞ악(不幸嗟愕)ᄒᆞ여 즉시 외루(外樓)로 나아가고 박시 쇼·년부인[110]의 말님

107 발연(勃然)이: 발연히. 왈칵 성을 내거나 세차고 갑작스럽게.

108 딘퇴쥬션(進退周旋): 진퇴주선. 나아가고 물러나는 행동거지.

109 ᄌᆞᆨ용(足容): 족용. 걸음걸이.

110 쇼·년부인: 소·연부인. 소부인과 연부인.

과 희린의 간ᄒᆞ므로 인ᄒᆞ여 분을 셔리담고 다시 말을 아니 ᄒᆞ니 합가(闔家)의 므ᄉᆞᆷ 화긔(和氣) 이시리오? 듕긱(衆客)이 쥬인의 즐기디 아니ᄒᆞ믈 인ᄒᆞ여 믁믁(默默)히 하어(賀語)를 일위디 못ᄒᆞ고 일ᄌᆞᆨ 파연(罷宴)ᄒᆞ여 각산기가(各散其家)ᄒᆞ고 졍부(程府)의셔도 상부인과 경조부인이 쇼부부인으로 더브러 녀부 등을 거ᄂᆞ려 참연(參宴)ᄒᆞ엿더니 신부를 잠간 보고 경히(驚駭)ᄒᆞ믈 씌여 은셜각의 니ᄅᆞ러 댱쇼져를 보아 이윽이 한화(閑話)ᄒᆞ다가 도라가니 댱쇼져의 ᄌᆞ쳐죄루(自處罪累)ᄒᆞ여 두문폐호(杜門閉戶)ᄒᆞ고 블견텬일(不見天日)ᄒᆞ미 완연이 듕죄(重罪)를 짓고 큰 허믈을 ᄡᅡ하심 ᄀᆞᆺ틀 ᄲᅮᆫ 아니라 병셰비경(病勢非輕)ᄒᆞ여 위팅ᄒᆞ미 심ᄒᆞ믈 슬허ᄒᆞ고 념녀ᄒᆞ여 츄연동식(惆然動色)ᄒᆞ믈 ᄭᅢ닷디 못ᄒᆞ더라. 이날 댱공ᄌᆞ 셰린이 신부의 흉험누질(凶險陋質)과 광탕난어(狂宕亂語)를 잠간 보고 드ᄅᆞ믹 심니(心裏)의 밉고 분ᄒᆞ미 경긱(頃刻)의 칼흘 드러 일쳔 조각의 ᄲᅧ흐러도 ᄒᆞᆫ 조각 츄연(惆然)ᄒᆞᆫ 의ᄉᆡ 업ᄉᆞᆯ디라. 평ᄉᆡᆼ ᄇᆡ필을 ᄇᆞ라ᄂᆞᆫ ᄠᅳᆺ이 고산태악(高山泰嶽) ᄀᆞᆺ던 바로 범범용상인(凡凡庸常人)도 만나믈 엇디 못ᄒᆞ여 쳔고(千古)의 듯디 못ᄒᆞ던 흉상박식(凶相薄色)의 광탕누인(狂宕陋人)을 우(遇)ᄒᆞ니 부명(父命)의 긔구(崎嶇)홈과 일ᄉᆡᆼ의 괴로오미 이에 디난 밧ᄭᅵ 업ᄉᆞᆫ디라. 녀원홍이 ᄌᆞ긔 집을 업슈히 넉이고 ᄌᆞ긔를 ᄒᆞᆫ낫 토목(土木)으로 아라 져 갓ᄐᆞᆫ 블인누녀(不人陋女)를 술연이 미러 맛디믈 ᄉᆡᆼ각ᄒᆞ믹 분뇌 돌원ᄒᆞ여 녀시를 모라ᄂᆡ고 녀원홍을 일장면욕(一場面辱)ᄒᆞ여 그 눈의 ᄌᆡ를 너코 낫ᄎᆡ 춤 밧타도 ᄌᆞ긔 분을 셜(雪)홀 길히 업거ᄂᆞᆯ 도로혀 머리를 굽혀 취루블인(臭陋不人)을 맛딘 욕을 감심(甘心)ᄒᆞ고 됴히 져를 머므러 ᄒᆞᆫ 터럭 분을 프디 못ᄒᆞ니 ᄋᆡ돏고 노호오미 골결 65면 66면

의 ᄉᆞ못ᄎᆞ 스ᄉᆞ로 ᄆᆞ옴과 조어ᄒᆞ여 ᄀᆞᆯ오ᄃᆡ

'댱문승이 녀원홍의 토목ᄀᆞᆺ치 업슈히 넉인 한을 비록 셜치 못ᄒᆞ나 녀가 츄용누녀(醜容陋女)로 부부뉸의(夫婦倫義)를 긋ᄎᆞ리니 ᄇᆡ톄(配體)로 화합(和合)ᄒᆞᄂᆞᆫ 낙ᄉᆞ(樂事)를 두디 못ᄒᆞᄂᆞᆫ 나의 회포도 괴롭거니와 댱뷔 녀ᄌᆞ와 ᄀᆞᆺ디 아니ᄒᆞ니 죵닋의 ᄒᆞᆫ낫 슉녀(淑女)를 구ᄒᆞ여 실가(室家)의 흡연(洽然)ᄒᆞ믈 닐위고 말녀니와 원홍은 ᄒᆞᆫ ᄯᆞᆯ의 두 ᄉᆞ

67면 회를 엇디 못ᄒᆞ고 ᄇᆡᆨ두죵시(白頭終時)의 슌음(純陰)[111]을 면치 못ᄒᆞ여 건곤상친(乾坤相親)의 부부낙니(夫婦樂理)를 아지 못ᄒᆞᄂᆞᆫ 박명디인(薄命之人)이 될ᄃᆡᆫᄃᆡ 엇디 화열(和悅)ᄒᆞ리오? 일노 드ᄃᆡ여 나의 분의 호발(毫髮)이나 플미 되리로다.'

ᄒᆞ더니 홀연 광미(廣眉)를 거ᄉᆞ리고 봉안(鳳眼)이 두렷ᄒᆞ여 ᄀᆞᆯ오ᄃᆡ

"흉음누녀(凶淫陋女)를 일시도 ᄃᆡ키 어려오니 내 비록 슌음으로 늘딘들 내 집의 두고 내 엇디 비위를 잡아 견ᄃᆡ며 타일의 덕용(德容)이 겸젼(兼全)ᄒᆞᆫ 슉녀를 취ᄒᆞᆫ다 ᄒᆞᆫ들 몬져 취ᄒᆞᆫ ᄇᆡ 그러ᄐᆞᆺ 비루참측(鄙陋慘惻)ᄒᆞ니 내 쳐궁(妻宮)의 괴이ᄒᆞ믈 알 ᄇᆡ라. 나의 운익(運厄)이 엇디ᄒᆞ여 이 ᄎᆞᆷ디 못ᄒᆞᆯ 통앙(痛怏)ᄒᆞ믈 당ᄒᆞ거뇨?"

의ᄉᆡ 이에 밋쳐ᄂᆞᆫ 스ᄉᆞ로 여취여광(如醉如狂)ᄒᆞ믈 ᄭᆡ닷디 못ᄒᆞ니 쥬호(酒壺)를 나와 슈십 ᄇᆡ를 쾌히 거후ᄅᆞ고 인ᄒᆞ여 상샹(牀上)의 ᄇᆡᆺ기누어 셕반(夕飯)을 블식(不食)ᄒᆞ고 날이 어두오믈 아디 못ᄒᆞ여 혼혼블셩(昏昏不醒)이러니 이랑이 대셔헌으로조ᄎᆞ 니ᄅᆞ러 소릐ᄒᆞ여 ᄀᆞᆯ

111 슌음(純陰): 순음. 숫처녀의 음기.

오ᄃᆡ

"문승아, 임의 날이 어두엇거ᄂᆞᆯ 엇디 혼뎡(昏定)ᄒᆞᆯ 의ᄉᆞ를 아니 ᄒᆞ고 술의 잠겨 이리 누엇ᄂᆞ뇨?" 68면

ᄉᆡᆼ이 마디못ᄒᆞ여 니러나 ᄀᆞᆯ오ᄃᆡ

"쇼뎨 본ᄃᆡ 심졍이 굿디 못ᄒᆞᆫ 바로 쥬셕의 잠간 녀가 흉믈을 보ᄆᆡ 놀나온 심ᄇᆡᆨ(心魄)이 경월산비(驚越散飛)ᄒᆞ믈 ᄭᆡ닷디 못ᄒᆞ니 취ᄒᆞᆯ 바를 모로디 아니ᄒᆞᄃᆡ 스ᄉᆞ로 술을 마셔 놀난 ᄆᆞ음을 뎡코ᄌᆞ ᄒᆞᄆᆡ 날이 어두어 오ᄂᆞᆫ 줄 아디 못ᄒᆞ과이다."

이랑이 빈미탄식(顰眉嘆息) 왈

"비록 ᄇᆞ라던 바와 ᄂᆡ도ᄒᆞ나 엇디 말을 과히 ᄒᆞ여 위인의 현블초(賢不肖)를 아디 못ᄒᆞ며 믄득 흉믈(凶物)이라 디목(指目)ᄒᆞᄂᆞ뇨? 우형이 딘실노 너의 가ᄉᆞ(家事)를 깁히 근심ᄒᆞᄂᆞ니 모로미 ᄇᆡᆨ시(伯氏)의 항상 경계ᄒᆞ던 바를 조ᄎᆞ 흠덕(欽德)ᄒᆞᄂᆞᆫ 군ᄌᆡ 되고 취ᄉᆡᆨ(取色)ᄒᆞᄂᆞᆫ 경박(輕薄)ᄒᆞ믈 ᄇᆞ리라."

ᄉᆡᆼ이 의ᄃᆡ(衣帶)를 곳치며 손을 져어 ᄀᆞᆯ오ᄃᆡ

"쇼뎨 ᄇᆡᆨ난(百難)의 군ᄌᆞ 되오미 잇셔도 발셔 덕요(德耀)를 맛나디 못ᄒᆞ여 음흉취녀(淫凶臭女)를 우(遇)ᄒᆞ미 되여시니 냥홍(梁鴻)의 ᄆᆡᆼ광(孟光)으로 화락(和樂)ᄒᆞ믈 블워ᄒᆞ여도 엇디 못ᄒᆞᆯ ᄇᆡ어ᄂᆞᆯ ᄒᆞ믈며 쇼뎨의 경박(輕薄)ᄒᆞᆫ 셩(性)이 ᄉᆡᆨ(色)을 취(取)ᄒᆞ미니잇가? 동시(東施)[112] ᄒᆞᆫ번 ᄶᅵᆼ긔ᄆᆡ 칠빈이 다 경동(驚動)ᄒᆞ여 부ᄌᆡ(富者) 폐문(閉門)ᄒᆞ 69면

112 동시(東施): 월나라 미인 서시(西施)가 가슴병을 앓아 찡그리던 것을 흉내 내던 이웃 마을의 못생긴 여인. 동시가 서시를 흉내 내어 찡그리면 사람들이 보기 싫어 문을 닫았다고 함.

고 빈ᄌᆡ(貧者) 분쥬(奔走)ᄒᆞ여 밋친 개와 쥬린 범ᄀᆞᆺ치 녁이므로 쳥년의 더러온 일홈이 더옥 낫타나거니와 쇼녀의 만난 바ᄂᆞᆫ 취녀의 호빈ᄒᆞ던 바의 ᄇᆡᆨ분(百分) 더으미 이시니 쇼뎨 약ᄒᆞᆫ 비위로 누누 아니ᄭᅩ으믈 엇디 견딜 ᄇᆡ리잇고? 하날 위엄과 군부디명(君父之命)이라도 ᄆᆡᆼ셰ᄒᆞ여 죽기ᄅᆞᆯ 당ᄒᆞᆯ디언졍 녀가 누녀(陋女)로 더브러 부부뉸의(夫婦倫義)ᄅᆞᆯ 온젼치 못ᄒᆞ리니 ᄉᆡᆨ덕간(色德間)의 다시 니ᄅᆞ디 마ᄅᆞ쇼셔. 쇼뎨 블민(不敏)ᄒᆞ나 사ᄅᆞᆷ 보ᄂᆞᆫ 구ᄉᆞᆯ이 부희디[113] 아녓ᄂᆞ니 녀가 흉믈(凶物)이 ᄒᆞᆫ갓 외모의 츄루(醜陋)ᄒᆞᆷ만 아니라 안졍(眼睛)[114]이 음잡(淫雜)ᄒᆞ고 미위(眉宇) ᄉᆡ포(猜暴)ᄒᆞ여 블인(不人)이 발어면목(發於面目)이라. 그 궁흉블길(窮凶不吉)ᄒᆞ믈 졔 몸의 쇽ᄒᆞ여 우리의 갓친 범과 그믈의 어리인 고기ᄀᆞᆺ치 스ᄉᆞ로 셔돌고 스ᄉᆞ로 쒸노라 밧비 죽으면 모로거니와 그러치 아니ᄒᆞᆫ죽 사ᄅᆞᆷ의 집을 업치고 사ᄅᆞᆷ의 샤ᄅᆞᆯ [115]졀 문호(門戶)ᄅᆞᆯ 복멸(覆滅)ᄒᆞ고 말디니 그 가히 놀납디 아니ᄒᆞ며 가히 흉참(凶慘)치 아니리잇가?”

70면 이랑이 뎡ᄉᆡᆨ(正色)고 괴이ᄒᆞᆫ 말을 긋치라 ᄒᆞᄃᆡ 공ᄌᆡ 능히 에분통ᄒᆡ(恚憤痛駭)ᄒᆞ믈 긋치지 못ᄒᆞᆯ ᄲᆞᆫ 아니라 녀시의 상뫼 ᄒᆞᆫ갓 취루험괴(臭陋險怪)ᄒᆞ믈 니ᄅᆞ디 못ᄒᆞ여 ᄉᆡ포블길(猜暴不吉)ᄒᆞ미 업디 아니므로 공ᄌᆡ 더옥 놀나이 녁이미라. 이에 곤계(昆季) ᄒᆞᆫ가디로 부모긔 혼뎡디녜(昏定之禮)ᄅᆞᆯ 일울ᄉᆡ ᄎᆞ시 댱공의 츄셰비린디심(趨勢鄙吝之

113 부희디: 부희다. 부옇다.

114 안졍(眼睛): 안정. 눈동자.

115 샤ᄅᆞᆯ 졀: 미상. 후사를 끊는다는 뜻의 ‘샤(嗣)ᄅᆞᆯ 졀(絶)ᄒᆞ고’의 오기로 추정. 규장각본도 동일.

心)으로도 ᄎᆞ마 ᄋᆞᄌᆞᄅᆞᆯ 신방(新房)으로 가라 니ᄅᆞ디 못ᄒᆞ고 신부ᄅᆞᆯ 상문일쾨(相門一嬌)[116]라 ᄒᆞ여 위왓디[117] 못ᄒᆞ더라.

(책임교주 전진아)

116 상문일쾨(相門一嬌): 상문일교. 재상가의 외동딸.

117 위왓디: 위왓다. 받들다.

완월회맹연 玩月會盟宴

권디수십구 卷之四十九

1면 ᄎᆞ셜. 댱공의 츄셰비린디심(趨勢鄙吝之心)으로도 ᄎᆞ마 ᄋᆞᄌᆞᄅᆞᆯ 신방으로 가라 니ᄅᆞ디 못ᄒᆞ고 신부ᄅᆞᆯ 상문일괴(相門一嬌)[1]라 ᄒᆞ여 위왓디 못ᄒᆞ여 우우(憂虞)히 눈셥을 찡긔고 믁믁히 말이 업고 박시ᄂᆞᆫ 비로소 댱공의 쇼루(疏漏)히 뎡혼(定婚)ᄒᆞ여 ᄋᆞᄌᆞ의 인뉸대ᄉᆞ(人倫大事)ᄅᆞᆯ 그ᄅᆞᆺᄒᆞ믈 원한(怨恨)ᄒᆞ고 녀가ᄅᆞᆯ 참욕(慘辱)ᄒᆞ여 ᄋᆞᄌᆞ의 ᄌᆡ풍(才風)으로뼈 ᄒᆞᆫ낫 범용쇽골(凡庸俗骨)도 만나디 못ᄒᆞ여 고금(古今)의 잇디 아닌 험괴블인(險怪不人)으로 ᄡᆞᆨ디어 욕되며 더러오미 이에 더은 밧ᄌᆡ 업ᄉᆞ믈 비분통ᄒᆡ(悲憤痛駭)ᄒᆞ여 셕식(夕食)을 믈니치고 침금(寢衾)의 몸을 더져 병 업시 ᄆᆞ옴을 알하 눈믈이 비ᄀᆞᆺ치 ᄯᅥ러디믈 ᄭᆡᄃᆞᆺ디 못ᄒᆞ니 졍·양·쥬 등 졔뷔(諸婦) 블승우황(不勝憂惶)ᄒᆞ고 연부인의 블힝ᄎᆞ악(不幸嗟愕)ᄒᆞ미 ᄯᅩ 엇디 등한(等閑)ᄒᆞ리오마ᄂᆞᆫ 셰린의 쳐궁(妻宮)의 박ᄒᆞᆷ과 인연의 긔구(崎嶇)ᄒᆞ믈 슬허ᄒᆞ고 탄ᄒᆞ여 밋ᄎᆞᆯ
2면 길 업ᄉᆞ므로 도로혀 박시ᄅᆞᆯ 위로ᄒᆞ고 셰린을 ᄃᆡᄒᆞ여 ᄀᆞᆯ오ᄃᆡ

“신부의 블미(不美)ᄒᆞ미 평일(平日)의 ᄇᆞ라던 ᄇᆡ 아니니 ᄌᆞ모의 ᄯᅳᆺ이 엇디 열(悅)ᄒᆞ미 이시리오마ᄂᆞᆫ ᄎᆞ역텬연(且亦天緣)이라. 져근 일도 명슈(命數)[2] 밧긔 나디 아니ᄒᆞ니 ᄒᆞ믈며 인뉸대관(人倫大關)[3]이랴? 연이나 그 위인의 현브(賢否)ᄅᆞᆯ 밋쳐 아디 못ᄒᆞ고 ᄒᆞᆫ갓 용ᄉᆡᆨ(容色)이 블미(不美)타 ᄒᆞ여 몬져 ᄃᆡ졉의 박ᄒᆞ믈 낫타ᄂᆡ믄 허믈이 네 몸의 잇고 그ᄅᆞ미 졔 몸의 잇디 아니믈 ᄉᆡᆼ각ᄒᆞ라.”

---

1 상문일괴(相門一嬌): 상문일교. 재상 집안의 한 딸.

2 명슈(命數): 명수. 운명과 재수.

3 인뉸대관(人倫大關): 인륜대관. 혼인이나 제사 등 사람이 치르는 큰 행사.

셰린이 밋쳐 ᄃᆡ답디 못ᄒᆞ여셔 박시 분연왈(忿然曰)

“부인은 그 흉상누녀(凶相陋女)의 인믈현우(人物賢愚)ᄅᆞᆯ 다시 니ᄅᆞ지 마ᄅᆞ쇼셔. 옥반(玉盤)을 ᄯᆞ리고 구고긔 뵈ᄂᆞᆫ 녜ᄅᆞᆯ 일우디 아녀셔 그 언ᄉᆡ 그러ᄐᆞᆺ 패만(悖慢)ᄒᆞᆫ 녀ᄌᆡ 엇디 어딜기의 갓가오리잇고? 셩되(性度) 상모(相貌)와 방블(彷彿)ᄒᆞ여 흉험방ᄌᆞ(凶險放恣)ᄒᆞ미 ᄡᆞᆨ업ᄉᆞᆯ 거시러이다.”

셰린이 더윽 경ᄒᆡ(驚駭)ᄒᆞ여 옥반을 ᄭᆡ친 연유ᄅᆞᆯ 뭇ᄌᆞ온ᄃᆡ 박시 엇디 ᄎᆞᆷ을 길히 이시리오? 셕상(席上)의 신뷔 옥반의 딘뉼(榛栗)[4]을 더지고 언에(言語) 여ᄎᆞ여ᄎᆞ 패악블슌(悖惡不純)턴 바ᄅᆞᆯ 옴겨 니ᄅᆞ니 ᄉᆡᆼ이 듯기ᄅᆞᆯ ᄎᆡ 못ᄒᆞ여셔 노목(怒目)이 둥글고 분ᄉᆡᆨ(憤色)이 층가(層加)ᄒᆞ여 피셕(避席) 돈슈왈(頓首曰) 3면

“이 다 블초(不肖)의 연괴(緣故)라. 녀원홍의 ᄯᆞᆯ을 니ᄅᆞ디 말고 금달공쥐(禁闥公主)라도 셩ᄒᆡᆼ(性行)이 그러ᄐᆞᆺ ᄒᆞᆫ 후ᄂᆞᆫ ᄎᆞ마 후ᄃᆡ(厚待)키 어려오니 엇디 녀가의 권위(權威)ᄅᆞᆯ 거리셔 머므ᄅᆞ리잇가? 셕상(席上)의 휘모라 ᄂᆡ치디 못ᄒᆞ미 한 되온디라. 명일의 이 소유(所由)ᄅᆞᆯ ᄲᅧ 녀가의 니ᄅᆞ고 기녀(其女)ᄅᆞᆯ 도라보ᄂᆡ여 가ᄂᆡ(家內)ᄅᆞᆯ 어ᄌᆞ러이디 아니ᄒᆞ미 ᄒᆡᆼ심(幸甚)이로소이다.”

댱공이 탄식왈(嘆息曰)

“발셔 만나기ᄅᆞᆯ 블ᄒᆡᆼ이 ᄒᆞ엿거니와 명일 도라보ᄂᆡ믄 일이 가치 아니ᄒᆞ고 져 집이 원독(怨毒)[5]을 픔으ᄆᆡ 여뷔(汝父) 화의 ᄡᆡ디믈 면치 못

4 딘뉼(榛栗): 진율. 개암.

5 원독(怨毒): 원망이 심해져 생긴 독기.

ᄒᆞ리니 ᄋᆞᄒᆡᄂᆞᆫ 모로미 과격ᄒᆞ믈 덜고 온냥(溫良)ᄒᆞ믈 힘뼈 아뷔 ᄆᆞᄋᆞᆷ을 편케 ᄒᆞ라."

셜파의 길게 ᄉᆞᆷ쉬여 파ᄅᆞᆷᄒᆞ고 쵹블을 ᄉᆞ못 보아 숑구(悚懼)ᄒᆞᆷ과 무안(無顏)ᄒᆞ미 만발(滿發)ᄒᆞ고 통혹(通惑)ᄒᆞᆷ과 난쳐(難處)ᄒᆞ미 교집(交集)ᄒᆞ여 아모리 ᄒᆞᆯ 바ᄅᆞᆯ 아디 못ᄒᆞ니 그 ᄃᆡ져(大抵) 무안ᄒᆞ믄 ᄌᆞ긔 탄솔(坦率)[6]이 뎡혼(定婚)ᄒᆞ여 흉상누딜(凶相陋質)의 블인취녀(不人醜女)로뻐 셰린의 ᄇᆡ우(配偶)ᄅᆞᆯ 삼으ᄆᆡ 블힝ᄒᆞ믄 버금되고 셰린의 쳐음브터 원치 아니턴 바로 증염(憎厭)ᄒᆞ미 극ᄒᆞ믈 보ᄆᆡ 그윽이 ᄌᆞ참(自慚)ᄒᆞ여 블평(不平)ᄒᆞ미 타인의 ᄆᆡ작(媒妁)[7]을 그ᄅᆞᆺᄒᆞᆷ ᄀᆞᆺ고 숑구(悚懼)ᄒᆞ믈 픔으믄 박시 말이 ᄲᆞᆯ나 신부ᄅᆞᆯ 덧ᄂᆡ고 셰린의 거동이 화락(和樂)ᄒᆞᆯ 길히 업ᄉᆞ믈 보ᄆᆡ 녀원홍이 분발(忿發)ᄒᆞ미 이신즉 ᄌᆞ긔ᄅᆞᆯ 함ᄒᆡ(陷害)ᄒᆞ미 될가 모발(毛髮)이 숫그러 ᄒᆞ믈 ᄊᆡ닷디 못ᄒᆞ여 동한(痛恨)ᄒᆞ믄 녀개 ᄌᆞ긔ᄅᆞᆯ 업슈히 넉여 블미누녀(不美陋女)로 술연이 텬션(天仙) ᄀᆞᆺᄐᆞᆫ 셰린을 맛디미오. 난쳐(難處)ᄒᆞ믄 상문일교(相門一嬌)ᄅᆞᆯ 간ᄃᆡ로 박멸(撲滅)ᄒᆞ여 뽓촐 길히 업ᄉᆞ미라. 만심우의(滿心憂義)와 ᄇᆡᆨ단절녜(白段切慮) 현어형ᄉᆡᆨ(見於形色)ᄒᆞ고 발어구두(發於口頭)ᄒᆞ여 크게 즐기디 아니ᄒᆞ고 그 용녈(庸劣)ᄒᆞ고 츄비(醜鄙)ᄒᆞ믈 어ᄃᆡ 비ᄒᆞ리오? ᄊᆡ의 어ᄉᆞ의 당ᄌᆞ 현윤이 초뉵튱년(初六冲年)이로ᄃᆡ 거연(居然)이 쇼당부(小丈夫)의 체(體)로 좌하(座下)의 공슈시립(拱手侍立)ᄒᆞ여시ᄆᆡ 슈이(殊異)ᄒᆞ고 쇄락(灑落)ᄒᆞ여 의홰(儀華) 동

4면

6 탄솔(坦率): 너그럽고 대범한 성품.

7 ᄆᆡ작(媒妁): 매작. 다른 사람의 결혼을 중개하는 일.

탕(動蕩)[8]ᄒᆞ고 쥬션(周旋)이 듕규(中規)ᄒᆞ여 국궁이경(鞠躬而敬)ᄒᆞ고
딘톄이공(盡瘁而恭)ᄒᆞ여[9] 호흡을 나ᄌᆞᆨ이 ᄒᆞ고 언어ᄅᆞᆯ 삼가ᄆᆡ 힝실이
죡ᄒᆞ고 인의 범범(凡凡)ᄒᆞᆫ 뉴(類)로 ᄀᆞᆺᄐᆞ리오? 금일 삼슉(三叔)의 분 5면
분(紛紛)ᄒᆞᆫ 노긔(怒氣)와 돌원(突怨)ᄒᆞᆫ 증홰(憎火) 신부와 녀원홍을
통한(痛恨)ᄒᆞ미로ᄃᆡ 조부의 근심ᄒᆞᄂᆞᆫ 뜻을 ᄭᆡ닷디 못ᄒᆞ고 녀시를 뎡
ᄒᆞ여 조부의 난연(赧然)코 절박(切迫)ᄒᆞ믈 더으ᄂᆞᆫ 바ᄅᆞᆯ 민망ᄒᆞ여 이
에 삼슉을 ᄃᆡᄒᆞ여 ᄭᅮ러 ᄀᆞᆯ오ᄃᆡ

"효ᄂᆞᆫ 반ᄃᆞ시 안디(安之)ᄒᆞ미 대ᄌᆞ(大者)오 ᄇᆡ톄(配體) 역듕(亦重)ᄒᆞ
여 뉸긔(倫紀) 블경(不經)ᄒᆞ니 이제 ᄉᆡ슉뫼(叔母) 비록 존의(尊儀)예
블합(不合)ᄒᆞ시나 냥가(兩家) 친위(親位) 상면뇌약(相面牢約)ᄒᆞ신 친
ᄉᆞ(親事)ᄅᆞᆯ 계뷔(季父) 임의 홍신(鴻信)으로ᄡᅥ 젼ᄒᆞ고 ᄇᆡᆨ냥(百兩)으
로ᄡᅥ 영(迎)ᄒᆞ여[10] 뉵녜(六禮) 졔졔(齊齊)ᄒᆞ고 뉸긔(倫紀) 당당(堂堂)
커ᄂᆞᆯ 오날ᄂᆞᆯ 우귀(于歸)ᄒᆞ신 바로 ᄇᆞᆰ난 날 츌거(黜去)ᄒᆞ믈 의논ᄒᆞ시
믄 ᄉᆞ쳬(事體) 젼도(顚倒)ᄒᆞ여 타인(他人) 쳥문(聽聞)의도 블가ᄒᆞᆯ ᄲᅮᆫ
아니라 왕뷔(王父)[11] 셩의(聖意)에 열(悅)치 아니시미 디극ᄒᆞ시니 셩의
로ᄡᅥ 봉슌위열(奉順慰悅)ᄒᆞ샤믈 유ᄌᆞ(幼者)의 튱미(冲迷)ᄒᆞ므로ᄡᅥ
간ᄒᆞᆯ ᄇᆡ 아니로ᄃᆡ ᄉᆡ슉모(叔母)ᄅᆞᆯ 고염(苦厭)ᄒᆞ시미 과도ᄒᆞ시믈 인

---

8 동탕(動蕩)ᄒᆞ고: 동탕하다. 얼굴이 잘생기고 살집이 있다.

9 국궁이경(鞠躬而敬)ᄒᆞ고 딘톄이공(盡瘁而恭)ᄒᆞ여: '국사를 위해 노고를 마다하지 않았다'는 뜻의 '국궁진췌'는 제갈량의 〈후출사표〉에 있는 구절.

10 ᄇᆡᆨ냥(百兩)으로ᄡᅥ 영(迎)ᄒᆞ여: '백냥'은 백승(百乘)과 같은 말로, 혼인을 맺는 것을 이름. 《시경》 〈소남(召南)〉 '작소(鵲巢)'에 "까치 보금자리에 비둘기 옮겨 사네. 그녀가 시집옴에 백량의 수레로 맞이하네."라고 한 데서 유래함.

11 왕뷔(王父): 왕부. 편지 등에서 자신의 할아버지를 일컫는 말.

ᄒᆞ여 ᄉᆞ심(私心)의 분연(忿然)ᄒᆞ믈 니긔디 못ᄒᆞ실ᄉᆡ 유ᄌᆡ 감히 어린 소회(所懷)ᄅᆞᆯ 주(奏)ᄒᆞᆸᄂᆞ니 고인이 기톄(氣體) 블합(不合)ᄒᆞ나 부
6면 뫼 왈 여쳬(汝妻) 날을 잘 셤긴다 ᄒᆞ면 기ᄌᆡ(其子) 몰신경디(沒身敬之)ᄒᆞ여 쇠치 아닛ᄂᆞᆫ다[12] ᄒᆞ니 계뷔(季父) 비록 슉모(叔母)ᄅᆞᆯ 츌(黜)코ᄌᆞ ᄒᆞ시나 왕뷔 츌치 말고ᄌᆞ ᄒᆞ시니 양지디되(養志之道)[13] 닷토디 못ᄒᆞ올디라. 복원(伏願) 계부ᄂᆞᆫ 우흐로 왕부(王父) 셩의(聖意)ᄅᆞᆯ 위열(慰悅)ᄒᆞ시고 ᄀᆞ온ᄃᆡ로 듕구(衆口)의 시비(是非)ᄅᆞᆯ 취치 마ᄅᆞ샤 가도(家道)의 화평ᄒᆞ믈 ᄉᆡᆼ각ᄒᆞ시미 ᄒᆡᆼ심(幸甚)이로소이다."

셩음(聲音)이 더옥 이이(異異)ᄒᆞ고 안ᄉᆡᆨ(顔色)이 더옥 신신(申申)ᄒᆞ여 우희염 ᄌᆞᆨᄒᆞᆫ 화긔(和氣)ᄂᆞᆫ 목년(木蓮)이 동풍(東風)의 춤추고 유연(幽然)ᄒᆞᆫ 픔딜(稟質)은 은은(隱隱)ᄒᆞ여 츈양(春陽)이 ᄭᅩᆺ 우희 더엇ᄂᆞᆫ ᄃᆞᆺ 텬디만믈(天地萬物)을 ᄉᆡᆼ화(生化)ᄒᆞᆯ 조홰(造化) 은연(隱然)이 표문여풍(表門餘風)으로 다시 그 부친의 셩효셩ᄒᆡᆼ(聖孝聖行)을 니어더니 그 영요(榮耀)ᄒᆞᆫ 안화(顔華)ᄅᆞᆯ ᄃᆡᄒᆞᆫ ᄌᆡ 일ᄇᆡᆨ 가지 블평ᄒᆞ믈 ᄉᆞᆯ와ᄇᆞ리고 유이(柔易)ᄒᆞᆫ 소ᄅᆡᄅᆞᆯ 듯ᄂᆞᆫ ᄌᆡ 일쳔 가지 노호오믈 프러ᄇᆞ려 심안(心安)이 긔화(氣和)ᄒᆞᄆᆡ 니ᄅᆞᄂᆞᆫ디라. 삼낭(三郞)이 바야흐로 통완(痛頑)ᄒᆞᆫ 분긔(憤氣)ᄅᆞᆯ 억제치 못ᄒᆞ여 명일 녀시ᄅᆞᆯ 보ᄂᆡ기로 결단코ᄌᆞ ᄒᆞ더니 현윤의 말을 드ᄅᆞᄆᆡ 과연 그 부친의 블평코 난안(赧顔)

12 기ᄌᆡ(其子) 몰신경디(沒身敬之)ᄒᆞ여 쇠치 아닛ᄂᆞᆫ다: 《소학》의 "부모가 계집종의 자식 및 서자(庶子)와 서손(庶孫)을 매우 사랑하시거든 비록 부모가 돌아가시더라도 몸을 마치도록 그들을 공경하여 쇠하지 않아야 한다."라는 말에서 나옴. 이 문맥에서는 몸을 바치도록 여씨를 공경하며 그 마음을 약하게 해서는 안 된다는 의미로 쓰임.

13 양지디되(養志之道): 양지지도. 부모님을 봉양하는 도리.

ᄒᆞ믈 ᄭᆡ다라 스ᄉᆞ로 ᄋᆞ딜(兒姪)의 대효(大孝)ᄅᆞᆯ 밋ᄎᆞᆷ 길 업ᄉᆞ믈 희허 7면
영탄(欷歔永嘆)ᄒᆞ여 집슈무ᄇᆡ(執手撫背)의 복복칭희(僕僕稱喜) 왈
“현ᄌᆡ현ᄌᆡ(賢哉賢哉)라. 오형디ᄉᆡᆼ(吾兄之生)이오 오슈디ᄌᆞ(吾嫂之子)로 엇디 이러치 아니리오마ᄂᆞᆫ 블초(不肖)ᄒᆞᆫ 아ᄌᆞ비 ᄉᆞ심(私心)의 분ᄒᆡ(忿害)ᄒᆞᆫ 거ᄉᆞᆯ ᄎᆞᆷ디 못ᄒᆞ여 친위(親位)예 열(悅)치 아니시믈 앙탁(仰度)디[14] 못ᄒᆞ엿더니 뉵셰유딜(六歲幼姪)의 간ᄒᆞ므로조ᄎᆞ 비로소 ᄭᆡ닷ᄂᆞ니 너의 현효(賢孝)ᄒᆞ고 조셩(早成)ᄒᆞ믈 보ᄆᆡ 나의 블초ᄒᆞ고 우미(愚迷)ᄒᆞ믈 더윽 알니로다.”

윤이 ᄌᆡᄇᆡ궤복(再拜跪伏)ᄒᆞ여 고샤블감(固辭不敢)ᄒᆞ니 일좨(一坐) ᄉᆡ로이 칭ᄋᆡ과듕(稱愛過重)ᄒᆞ고 댱공이 희미늉늉(喜眉隆隆)ᄒᆞ여 어로만져 ᄀᆞᆯ오ᄃᆡ

“셰ᄋᆞ의 니ᄅᆞᆫ바 창닌디ᄉᆡᆼ이오 현부디ᄌᆡ(賢婦之子)라. 오문(吾門)의 유경(有慶)이오 텬니(天里)의 농귀(龍駒)라. 댱시 종종ᄒᆞ여 쥬국디챵(周國之昌)은 니으리니 내 므ᄉᆞᆫ 복덕(福德)으로ᄡᅧ 챵ᄋᆞ ᄀᆞᆺᄐᆞᆫ ᄋᆞ돌과 졍현부 ᄀᆞᆺᄐᆞᆫ 며ᄂᆞ리ᄅᆞᆯ 두고 다시 윤ᄋᆞ ᄀᆞᆺᄐᆞᆫ 긔윤(奇胤)을 두엇ᄂᆞ뇨? 이 도시 부인의 셩덕여음(聖德餘陰)이라.”

이러ᄐᆞᆺ 흔연(欣然)ᄒᆞ여 ᄋᆡ듕(愛重)ᄒᆞ니 신부의 블인괴려(不仁乖戾)
ᄒᆞ믈 다시 니ᄅᆞ디 아니ᄒᆞ고 각각 침상(寢牀)의 안휴(安休)ᄒᆞᆯᄉᆡ 연부 8면
인이 셰린의 거동이 동혀 신방의 드려보ᄂᆡ여도 슌히 밤을 디ᄂᆡ고 나오디 못ᄒᆞᆯ ᄇᆡ믈 보ᄆᆡ 다시 권(勸)치 아니ᄒᆞ고 오ᄃᆡᆨ 믁믁(默默)히 탄식

14 앙탁(仰度)디: 앙탁하다. 윗사람의 의중을 우러러 헤아리다.

ᄒᆞ여 비록 텬연(天緣)을 도망치 못ᄒᆞ나 댱공이 소리(率爾)히 허혼(許婚)ᄒᆞ믈 ᄋᆡᄃᆞᆯ아 ᄒᆞ더라. 삼공ᄌᆡ(三公子) 부모의 안휴(安休)ᄒᆞ시믈 보고 퇴(退)ᄒᆞ여 셔루(書樓)로 나오ᄆᆡ 이랑(二郞)이 쵹을 ᄇᆞᆰ히고《시젼(詩傳)》[15]을 독숑(讀誦)ᄒᆞ며 우어 ᄀᆞᆯ오ᄃᆡ

"ᄂᆡ 널노 더브러 ᄒᆞᆫ가디로 드러가 ᄒᆞᆫ가지로 ᄆᆞᆯ너와시ᄃᆡ ᄀᆞᆺᄐᆞ여 밧비 잘 ᄯᅳᆺ이 업ᄉᆞ니 네 ᄯᅩ 신방(新房)의 슉침(宿寢)키ᄅᆞᆯ 밧비 넉이디 아니커든 날노 더브러 글을 ᄂᆞᆰ어 밤을 ᄉᆡ올 거시라."

삼낭(三郞)이 머리ᄅᆞᆯ 흔드러 ᄀᆞᆯ오ᄃᆡ

"놀나온 신방 말솜을 엇디 ᄒᆞ시ᄂᆞ니잇고? 다만 시젼을 ᄃᆡᄒᆞ여 쇼뎨의 ᄯᅳᆺ이 더옥 분분(紛紛)ᄒᆞᆫ디라. 문왕은 셩현이샤ᄃᆡ 뇨됴슉녀(窈窕淑女)ᄅᆞᆯ 오ᄆᆡ샤복(寤寐思服)ᄒᆞ샤 구디브득(求之不得)ᄒᆞ시ᄆᆡ[16] 젼뎐반측(輾轉反側)ᄒᆞ시고 님의 득ᄒᆞ시ᄆᆡ 좌우모디(左右芼之)ᄒᆞ사 ᄌᆞᆼ고낙디(鍾鼓樂之)ᄒᆞ시며 금슬우디(琴瑟友之)ᄒᆞ시ᄆᆡ 〈상톄(常棣)〉[17]의 ᄀᆞᆯ와시ᄃᆡ

9면

ᄃᆡ 의이실가(宜爾室家)ᄒᆞ고 낙이쳐로(樂爾妻孥)ᄒᆞ여 쳐ᄌᆞ(妻子) 호합(好合)이 여고금슬(如鼓瑟琴)이라 ᄒᆞ시니 인눈(人倫)의 디락(至樂)이 부부호합(夫婦好合)의 더은 밧ᄌᆡ 업거ᄂᆞᆯ 쇼뎨ᄂᆞᆫ 셰간의 잇디 아닌 취루흉인(臭陋凶人)으로 우(偶)ᄒᆞ니 ᄉᆞᄉᆞ로 회포(懷抱)ᄅᆞᆯ 금억(禁抑)ᄒᆞ여 부명(父命)의 긔구(崎嶇)ᄒᆞ믈 ᄉᆡᆼ각디 말고ᄌᆞ ᄒᆞ나 녀가ᄅᆞᆯ 통한(痛恨)ᄒᆞ미 잘 플니디 아니ᄒᆞ니 과연 심ᄉᆡ 아ᄅᆞᆷ답디 아닌디라. 다시

15 《시젼(詩傳)》: 《시전》. 《시경(詩經)》을 풀이한 책.

16 오ᄆᆡ샤복(寤寐思服)ᄒᆞ샤 구디브득(求之不得)ᄒᆞ시ᄆᆡ: 규장각본에는 두 단어 사이에 '종고낙지ᄒᆞ시며 금살우귀ᄒᆞ사ᄆᆡ'가 추가되며 강조 표시가 되어 있음.

17 〈상톄(常棣)〉: 〈상체〉. 《시경》에 수록된 시.

술을 마시고 좀을 깁히 들녀 ᄒᆞᄂᆞ니 형댱(兄丈)도 독셔를 날회시고 ᄒᆞᆫ가디로 ᄌᆞ샤이다."

셜파의 셔동(書童)을 명ᄒᆞ여 술을 가져오라 ᄒᆞ여 과음(過飮)ᄒᆞ거ᄂᆞᆯ 이랑이 쥬호(酒壺)[18]를 아ᅀᆞ 믈니치고 회포를 닛고 ᄌᆞ고ᄌᆞ ᄒᆞ믈 쏘ᄒᆞᆫ 츄연블낙(惆然不樂)ᄒᆞ여 그 뜻을 욱이디 아니ᄒᆞ고 ᄒᆞᆫ가디로 침상의 나아가 밤을 디ᄂᆡ니라. 어시의 신뷔 신낭이 드러오기를 현망(懸望)ᄒᆞᄂᆞᆫ 눈이 ᄯᅮ러지고 심신의 블이 닐믈 ᄭᅴ닷디 못ᄒᆞ딕 맛ᄎᆞᆷᄂᆡ 죡젹(足跡)이 돈연(頓然)ᄒᆞ니[19] 헛도이 긴 밤을 다ᄒᆞ여 원문(院門)[20]의 오경(五更) 븍이 옥누(玉漏)[21]의 계셩(鷄聲)을 조ᄎᆞ 분분(紛紛)ᄒᆞ고 가을바름이 들남긔 니러나딕 그늘이 옥창(玉窓)을 어ᄌᆞ러이 침노(侵擄)ᄒᆞ고 빅월(白月)이 암실(闇室)의 됴요(照耀)ᄒᆞ고 초둥이 분박의 걸녀시며 금농(金籠)이 슈호(繡戶)를 ᄉᆞ못ᄎᆞ 나의(羅衣)를 움즉이ᄂᆞᆫ디라. 상안(霜雁)이 옹옹(雝雝)[22]ᄒᆞ여 집말늘 디나 하날가의 슬피 브ᄅᆞ디지고 이슬이 오동의 뜻드ᄅᆞ며 실솔(蟋蟀)이 동방의 우디지니 경믈(景物)이 쳐초(凄楚)ᄒᆞ거ᄂᆞᆯ 한상(寒霜)이 쳐릭(處來)ᄒᆞ고 공방(空房)이 젹뇨(寂寥)ᄒᆞ여 옥인걸ᄉᆞ(玉人傑士)의 흔연(欣然)이 도라보믈 엇디 못ᄒᆞ니 탁셩 댱시언졍 건곤(乾坤)이 상친(相親)의 음양(陰陽)이 됴화(調和)ᄒᆞ믄 쳔니(千里)의 멀오미 잇셔 무산초협(巫山楚峽)의 운위(雲雨) 협흡 10면

18 쥬호(酒壺): 주호. 술을 담는 주전자나 그릇.

19 돈연(頓然)ᄒᆞ니: 돈연하다. 조금도 돌아봄이 없다.

20 원문(院門): 관아의 문.

21 옥누(玉漏): 옥루. 옛날에 궁중에서 사용하던 옥으로 만든 물시계.

22 옹옹(雝雝): (새가) 즐겁게 우는 소리.

(浹洽)ᄒᆞᄂᆞᆫ 넉ᄉᆞᆯ[23] ᄇᆞ라도 못ᄒᆞ고 신혼초일(新婚初日)의 박멸(薄蔑)ᄒᆞᄂᆞᆫ 뜻을 낫토아 일실상ᄃᆡ(一室相對)도 고염(苦厭)ᄒᆞ니 빵금요셕(雙錦褥席)을 병셜(倂設)ᄒᆞ여시나 군ᄌᆞ의 ᄌᆞ최 머러시니 녀시 블인이 홀노 밤 디ᄂᆡ믈 슬허 달야(達夜)토록 상 우ᄒᆡ 오로디 아니ᄒᆞ고 기다리ᄂᆞᆫ 뜻이 착급(着急)ᄒᆞ다가 임의 바라미 어긔고 졔ᄉᆞ졔인(諸舍諸人)이 계셩(鷄聲)을 인ᄒᆞ여 니러나니 무류코[24] 분홈과 슬프고 노호오미 좌우로 병츌(竝出)ᄒᆞ여 능히 소ᄅᆡ 나믈 ᄭᆡ닷디 못ᄒᆞ고 읍읍통열(泣泣痛咽)ᄒᆞ여
11면 원망과 욕셜이 쳡쳡(疊疊)ᄒᆞ여 그 ᄒᆡ이참측(駭異慘惻)ᄒᆞ믈 비ᄒᆞᆯ 곳이 업ᄉᆞᆫ디라. 유ᄋᆞ 등과 ᄉᆞ디 양낭이 졀박초민(切迫焦悶)ᄒᆞ믈 니긔디 못ᄒᆞ여 쳔언만단(千言萬端)으로 블가ᄒᆞ믈 간ᄒᆞ고 구고긔 신셩(晨省)을 아니치 못ᄒᆞ리라 ᄒᆞᆫᄃᆡ 녀시 노한(怒恨)과 비분(悲憤)을 억졔ᄒᆞ여 듕회(衆會)의 날 길 업ᄉᆞᆫ 고로 침금(寢衾)의 머리ᄅᆞᆯ 박고 누어 울기ᄅᆞᆯ 마디 아니ᄒᆞ니 신셩을 블참(不參)ᄒᆞᄃᆡ 댱공과 연부인이 굿ᄐᆞ여 뭇디 아니ᄒᆞ고 박시ᄂᆞᆫ 도로혀 아니 뵈ᄂᆞᆫ 바ᄅᆞᆯ 싀훤이 넉이더라. 이후로 녀시 상셕(床席)의 언와(偃臥)ᄒᆞ여 흉패(凶悖)ᄒᆞᆫ[25] 원언(怨言)과 싀포(猜暴)ᄒᆞᆫ 욕셜(辱說)을 ᄊᆞᆺᄎᆞ며 비읍통도(悲泣痛悼)ᄒᆞ여 거죄 날노 ᄒᆡ이ᄒᆞᄃᆡ 가듕(家中)이 아ᄅᆞᆫ 쳬ᄒᆞ미 업고 삼낭은 그 눕고 니디 아니미 듕회(衆會)의 나단니ᄂᆞᆫ 바의 낫게 넉여 ᄆᆞ음의 그 유무평부(有無平否)ᄅᆞᆯ 거리

23 무산초협(巫山楚峽)의 운위(雲雨) 협흡(浹洽)ᄒᆞᄂᆞᆫ 넉ᄉᆞᆯ: 무산초협의 운우 협흡하는 넋. 남녀의 육체적 관계를 이르는 말. 중국 초나라의 희왕이 비와 구름으로 변신하는 무산신녀와 육체적 사랑을 나누었다고 함.

24 무류코: 무류하다. 무안하다.

25 흉패(凶悖)ᄒᆞᆫ: 규장각본에는 '흉쇄한'으로 되어 있음.

ᄡᅴ디 말기를 공부ᄒᆞᄃᆡ 흉ᄒᆞ고 츄ᄒᆞ며 분ᄒᆞ믈 잘 닛디 못ᄒᆞ더니 녀시 음패흉광디심(淫悖凶狂之心)으로ᄡᅧ 댱ᄉᆡᆼ의 영풍쥰골(英風俊骨)과 옥면션치(玉面仙采)를 화쵹디하(華燭之下)의 잠간 보고 흠경(欽敬)ᄒᆞ고 ᄉᆞ상(思相)ᄒᆞᄂᆞᆫ 졍을 니긔디 못ᄒᆞ여 다시 용모나 쳠망(瞻望)키를 계교(計巧)ᄒᆞ여 침실의 드러누어셔ᄂᆞᆫ 일빅 날이라도 어더보미 어렵다 ᄒᆞ여 졸연이 닐더나 츄용누딜(醜容陋質)의 화장셩식(華粧盛飾)을 ᄀᆞᆺ초아 구고긔 문후(問候)ᄒᆞᆯᄉᆡ 이에 온 디 슌여(旬餘)의 비로소 존당(尊堂)을 님ᄒᆞ여 구고와 금장슉슉(錦帳叔叔)을 다시 요쳠(遙瞻)ᄒᆞᄆᆡ 댱공의 풍미(風味) 호화ᄒᆞᆷ과 박시의 졀셰교염(絶世嬌艶)ᄒᆞ믄 삼츈(三春)이 방셩(方盛)ᄒᆞᆫ ᄃᆞᆺᄒᆞ나 ᄀᆞᆺᄐᆞ여 엄위(嚴威) ᄉᆡᆨᄉᆡᆨᄒᆞᆫ 군ᄌᆞ 슉녀ᄂᆞᆫ 아니로ᄃᆡ 연부인은 위의(威儀) 슉졍(肅靜)ᄒᆞ고 ᄉᆞ긔(辭氣) 한일(閑逸)ᄒᆞ여 고현군ᄌᆞ(古賢君子)의 풍이 이시니 화열(和悅)ᄒᆞ미 양츈(陽春) ᄀᆞᆺᄐᆞ나 단엄(端嚴)ᄒᆞ미 츄텬(秋天) ᄀᆞᆺᄐᆞ니 것치 놉고 ᄇᆞᆰ으며 안히 너ᄅᆞ고 졍ᄒᆞ니 사ᄅᆞᆷ으로 ᄒᆞ여곰 긔탄경지(奇嘆驚之)ᄒᆞᆯ ᄇᆡ라. 졍부인 효렬군이 졔ᄉᆞ(娣姒)[26]의 머리 디어 구고를 뫼시며 금장을 인도ᄒᆞ여 범빅(凡百)을 슈응(酬應)ᄒᆞ니 ᄎᆞ비 양시와 졔ᄉᆞ 쥬시 딘퇴긔거(進退起居)의 그림ᄌᆞ를 조ᄎᆞ 감고ᄋᆡ락(甘苦哀樂)을 ᄒᆞᆫ가지로 ᄒᆞᆫ ᄇᆡ라. 슉ᄌᆞ월광(淑姿月光)이 유한졍뎡(幽閒貞精)ᄒᆞ여 녀ᄉᆞ(女士)의 슉슉(肅肅)ᄒᆞᆫ 풍모와 교교(皎皎)ᄒᆞᆫ ᄐᆡ되(態度) 초츌이 ᄒᆡ화(海火)[27]를 혯치며 염염(冉

12면

26 졔ᄉᆞ(娣姒): 제사. 동서.

27 ᄒᆡ화(海火): 해화. 밤에 바다에서 보이는 환한 빛.

13면 冉)ᄒᆞ여[28] 션홰(鮮花)[29] 경조(鏡照)의 빗겻ᄂᆞᆫ ᄃᆞᆺ 초벽(楚璧)[30]이 휘휘(輝輝)ᄒᆞ고 위쉬(渭水) 황황(洸洸)ᄒᆞ니 쇄연(灑然)ᄒᆞᆫ 덕셩이 츌어미목(出於眉目)ᄒᆞ여 그 효의졍녈(孝義貞烈)이 금ᄌᆞ어필(金字御筆)노 졍문(旌門) 포댱(褒獎)ᄒᆞ신[31] 바 디덕(至德)의 셩광 현부인 효렬군이믈 뭇디 아냐 알디라. 양쇼져의 션풍아딜(仙風雅質)과 인ᄌᆞ혜ᄒᆡᆼ(仁慈慧行)은 졍부인긔 나리미 업ᄉᆞ니 딘실노 황영(皇英)[32]의 ᄌᆞᆺ다오믈 ᄯᆞᆯ오거ᄂᆞᆯ 쥬시의 쳥한슉결(淸閒淑潔)ᄒᆞ미 요요찬연(耀耀燦然)ᄒᆞ여 ᄌᆞ틔로온 ᄇᆡ 아니로ᄃᆡ 안히 됴코 어질며 밧기 화열안상(和悅安常)ᄒᆞ야 면모의 ᄌᆞ연이 ᄆᆞᆰ은 졍홰(精華) ᄂᆡ러나니 놉흔 니마와 긴 눈셥이며 깁흔 눈이 딘실노 아릿다이 ᄉᆞ랑홉다 니ᄅᆞ디 못ᄒᆞ나 놉고 표연(飄然)ᄒᆞᆫ 긔딜(氣質)이 명홍(冥鴻) 슈국(水菊)의 옥누(玉淚)ᄅᆞᆯ ᄯᅥᆯ쳣ᄂᆞᆫ ᄃᆞᆺ 츄궁(秋窮)[33] 계쉬(桂樹) 옥상(玉霜)을 므릅쁜 ᄃᆞᆺᄒᆞ미 도로혀 그 부ᄌᆞ 댱이랑(張二娘)이 쳥미쇄려(淸美灑麗)ᄒᆞᄆᆡ셔 놉흐미 더ᄃᆡ[34] 졍·양으로 비기ᄆᆡ 텬디현격(天地懸隔)ᄒᆞ니 그 쇼고(小姑) 션의군의 긔이ᄒᆞ믄 오히려 졍부인긔 더으믄 아디 못ᄒᆞ고 졍·양의 한화긔딜(閒和器質)을 우러러 엇디 텬디간의 져ᄃᆡ도록 별이(別異)ᄒᆞᆫ 작셩긔딜(作性氣質)이 잇ᄂᆞᆫ고 ᄒᆞ여 보기
14면 ᄅᆞᆯ 닉이 ᄒᆞ며 도라 져의 취루(醜陋)ᄒᆞ믈 ᄉᆡᆼ각ᄒᆞᄆᆡ 븟그리미 ᄌᆡ젼(再

28 염염(冉冉)ᄒᆞ여: 염염하다. 부드럽다.
29 션홰(鮮花): 선화. 고운 빛깔의 꽃.
30 초벽(楚璧): 변화(卞和)가 초왕(楚王)에게 바쳤다는 보옥(寶玉).
31 포댱(褒獎)ᄒᆞ신: 포장하다. 나라에서 공덕을 기리고 칭찬하여 장려하다.
32 황영(皇英): 요임금의 두 딸이자 순임금의 아내인 아황과 여영.
33 츄궁(秋窮): 추궁. 곡식을 아직 수확하기 전의 늦가을.
34 더ᄃᆡ: 규장각본에는 '더으ᄃᆡ'로 되어 있음.

傳)ᄒᆞᄃᆡ ᄯᅩ 뮙고 한 되미 잇셔 혜오ᄃᆡ 댱낭이 져 ᄀᆞᆺᄐᆞᆫ 용의ᄉᆡᆨ광(容儀色光)을 보아 사ᄅᆞᆷ마다 져 ᄀᆞᆺᄐᆞᆯ가 ᄒᆞ다가 나의 ᄉᆡᆨ의 ᄲᅢ혀나디 못ᄒᆞ믈 일안(一眼)의 고염(苦厭)ᄒᆞ여 친영슌여(親迎旬餘)의 면목블견(面目不見)ᄒᆞ여 박ᄃᆡ태심(薄待太甚)ᄒᆞ니 나의 박명(薄命)이 졍·양의 별츌특이(別出特異)ᄒᆞᆫ 연괴(緣故)라 엇디 원슈롭디 아니리오? 뎡히 눈믈을 먹음고 분원(憤怨)ᄒᆞᆫ ᄉᆞ졍(私情)을 펴고ᄌᆞ ᄒᆞ더니 삼낭이 녀시의 나와시믈 아지 못ᄒᆞ고 현윤의 손을 닛그러 드러오니 풍뉴(風流) 쇄연(灑然)ᄒᆞ고 거디(擧止) 헌앙(軒昂)ᄒᆞ여 편편(翩翩)ᄒᆞᆫ[35] 신광(身光)[36]의 녹삼(綠衫)이 표표(飄飄)ᄒᆞ고 가ᄂᆞᆫ 허리의 셰최(細綃)[37] 의의(猗猗)ᄒᆞᆫᄃᆡ 옥면(玉面)이 교교(皎皎)ᄒᆞ여 남젼(藍田)[38] ᄇᆡᆨ벽(白璧)이 틋글을 ᄢᅵ셔시며 ᄆᆞᆰ은 눈셥은 뉵낭(六郎)[39]의 담긔(淡氣)ᄅᆞᆯ 장ᄒᆞ고 ᄲᅢ혀난 눈ᄢᅵᄂᆞᆫ 와룡(臥龍)의 신약(神略)을 ᄀᆞᆷ초와 볼ᄉᆞ록 긔이ᄒᆞ고 황홀ᄒᆞ니 녀시 일견쳠망(一見瞻望)의 실혼동ᄉᆡᆨ(失魂動色)ᄒᆞ니 비둔(肥鈍)ᄒᆞᆫ 몸을 ᄲᅧᆯ니 움ᄌᆞᆨ이고 놉흔 슘소ᄅᆡ 더옥 형상(形狀)치 못ᄒᆞ여 반기ᄂᆞᆫ 낫과 노ᄒᆞᄂᆞᆫ 형상이 ᄀᆞᆺ초 긔긔괴괴(奇奇怪怪)ᄒᆞ여 졸연(猝然)이 낭군 두 ᄌᆞ 15면
ᄅᆞᆯ 브ᄅᆞ며 분분(紛紛)이 말ᄒᆞ고ᄌᆞ 은은(隱隱)이 갓갑고ᄌᆞ ᄒᆞ여 황홀ᄒᆞᆫ 음졍(淫情)과 탕일(蕩逸)ᄒᆞᆫ 욕심을 스ᄉᆞ로 억졔치 못ᄒᆞᄂᆞᆫ디라. 싱

---

35 편편(翩翩)ᄒᆞᆫ: 편편하다. 풍채가 멋스럽다.

36 신광(身光): 부처나 보살의 몸에서 나오는 빛.

37 셰최(細綃): 세초. 질이 좋은 비단.

38 남젼(藍田): 남전. 중국 섬서성(陝西省)에 있는 현(縣)의 이름으로, 좋은 옥이 많이 나는 것으로 유명함.

39 뉵낭(六郎): 육랑. 당나라 때 아름다운 얼굴로 측천무후의 총애를 받은 장창종(張昌宗)을 말함.

이 져 블인누믈(不人陋物)이 훈번 침당(寢堂)의 머리롤[40] 박은 후 다시 듕회(衆會)의 나디 아니믈 그윽이 힝심(幸甚)ᄒᆞ여 닋헌(內軒) 츌입(出入)의 만나디 아닐 바롤 잠간 깃거ᄒᆞᄂᆞᆫ 빅러니 금일 뜻ᄒᆞ디 아닌 흉인(凶人)이 이에 잇셔 험괴박면(險怪博面)을 놉히 들고 쳥슌흑치(靑脣黑齒)롤 움ᄌᆞᆨ이며 ᄌᆞ긔롤 블너 마조 나오며 므솜 말을 ᄒᆞ고ᄌᆞ ᄒᆞ믈 보미 ᄉᆡ로이 심화(心火)롤 니긔디 못홀 쁜 아니라 슌슌이 놀납고 흉히(凶害)ᄒᆞ여 현윤의 손을 노화 ᄇᆞ리고 몸을 두로혀 쏠니 나가니 힝뵈(行步) 나는 ᄃᆞᆺᄒᆞ여 ᄯᆞ라 밋출 길히 업ᄂᆞᆫ디라. 녀시 일마다 무류ᄒᆞ고 노ᄒᆞ여 원한(怨恨)이 각골(刻骨)ᄒᆞ니 엇디 인ᄉᆞ(人事)롤 도라보리오? 믄득 구고(舅姑) 면젼(面前)의셔 일장(一場)을 통곡ᄒᆞ며 졍·양 등 졔ᄉᆞ롤 요식(妖色)이라 ᄒᆞ고 댱셰린 탕ᄌᆞ(蕩子) 졍·양 ᄀᆞᄐᆞᆫ 요식을 ᄇᆞ라다가 덕요(德耀) ᄀᆞᄐᆞᆫ 유덕박식(有德薄色)의 안히롤 만나미 훈 터럭 죄괘(罪過) 업시 염박(厭薄)ᄒᆞ미 다 졍·양을 보아 눈과 뜻이 병든 연괴(緣故)라 ᄒᆞ여 히괴패셜(駭怪悖說)이 브졀여루(不絶如縷)ᄒᆞ니 좌위 히연통증(駭然痛症)ᄒᆞ고 댱공이 딘실노 분완통히(憤惋痛駭)ᄒᆞ딕 그 부조(父祖)의 안면을 거리쪄 일언(一言)을 못 ᄒᆞ고 블힝만심(不幸滿心)ᄒᆞ여 역시 니러 밧그로 나가니 이랑이 뫼셔 나가ᄂᆞᆫ디라. 졍부인이 금댱(錦帳)의 이 ᄀᆞᄐᆞᆫ 블인(不人)이 삼기믈 깁히 탄ᄒᆞ나 그 인믈이 음패난일(淫悖亂逸)ᄒᆞ고 흉광포려(凶狂暴戾)ᄒᆞ며 무디막측(無知莫測)ᄒᆞ여 비록 셩언현어(聖言賢語)로 경계ᄒᆞ여도 능히 회과(悔過)

---

40 침당(寢堂)의 머리롤: 규장각본에는 '머리롤 침당(寢堂)의'로 되어 있음.

ᄒᆞᆯ 픔되(稟度) 아니라 닐너 ᄲᅳᆯᄃᆡ업고 ᄀᆞᄅᆞ쳐 무익(無益)ᄒᆞ믈 혜아려 슌셜(脣舌)을 허비(虛費)치 아니코 다만 유ᄋᆞ로 명ᄒᆞ여 침당(寢堂)으로 도라가 노(怒)ᄅᆞᆯ 딘뎡케 ᄒᆞ라 ᄒᆞ고 박시의 분분통ᄒᆡ(忿忿痛駭)ᄒᆞᄂᆞᆫ 바ᄅᆞᆯ 나ᄌᆞᆨ이 간유(懇諭)ᄒᆞ여 신부로 더브러 셜젼(舌戰)ᄒᆞ며 즐타ᄒᆞᄂᆞᆫ 요란이나 업게 ᄒᆞᆯ ᄯᆞᄅᆞᆷ이오 신부의 너ᄅᆞᆫ 식냥(食量)과 츄ᄒᆞᆫ 탐심(貪心)을 아라 됴셕(朝夕) 시식(時食)을 타인의셔 ᄇᆡ(倍)ᄅᆞᆯ 주어 긔아(饑餓)의 괴로오미 업게 ᄒᆞ니 녀시 졍부인의 어질며 긔특ᄒᆞ믈 젼혀 우몽(愚蒙)ᄒᆞ여 모로미 아니로ᄃᆡ 그싼의 투현딜능(妬賢嫉能)ᄒᆞᄂᆞᆫ 블인디심(不仁之心)이 남다ᄅᆞᆫ디라. 져의 셩현뉴풍(聖賢遺風)과 슉녀ᄉᆞ덕(淑女四德)을 혜아리고 져의 작셩픔도(作性稟度)ᄅᆞᆯ 비겨 쳔 번 죽어 만 번 환ᄉᆡᆼᄒᆞ여도 져의 ᄃᆡ하(臺下) 시녀(侍女)의 무리의도 튱슈(充數)치 못ᄒᆞᆯ 바ᄅᆞᆯ 그윽이 앙앙(怏怏)ᄒᆞ여 믜오믈 픔어 간간이 패악디실(悖惡之實)노 더으니 가듕이 비록 보기ᄅᆞᆯ 언졍(蝘蜓)[41]ᄀᆞᆺ치 ᄒᆞ고 알기ᄅᆞᆯ 구쳬(狗彘)[42]ᄀᆞᆺ치 ᄒᆞ여 인뉴(人類)로 ᄎᆡᆨ망(責望)치 아니나 졍부인이 셩덕으로ᄡᅧ 취루광교(醜陋狂狡)의 참욕(慘辱)을 당ᄒᆞ믈 블승분ᄒᆡ(不勝忿駭)ᄒᆞᄃᆡ 오딕 졍부인이 시이블견(視而不見)ᄒᆞ고 쳥이블문(聽而不聞)ᄒᆞ여[43] 일ᄌᆞᆨ 그 ᄒᆡ참(駭慚)ᄒᆞᆫ[44] 인믈을 언두(言頭)의 니ᄅᆞ미 업더라. ᄎᆞ후로 삼낭이 안 츌입을 십분 상심(詳審)ᄒᆞ여 녀가 블인을 만나디 아

17면

---

41 언졍(蝘蜓): 언정. 도마뱀붙이.

42 구쳬(狗彘): 구체. 개와 돼지.

43 시이블견(視而不見)ᄒᆞ고 쳥이블문(聽而不聞)ᄒᆞ여: 《대학장구(大學章句)》에 "마음이 있지 않으면 보아도 보이지 않고 들어도 들리지 않고 먹어도 맛을 모른다."라는 구절이 있음.

44 ᄒᆡ참(駭慚)ᄒᆞᆫ: 해참하다. 몹시 괴상하고 야릇하며 남부끄럽다.

니키로 위쥬(爲主)ᄒᆞ나 녀시 ᄯᅩ 념치(廉恥) 인ᄉᆞ(人事)ᄅᆞᆯ ᄇᆞ려 쥬야로 댱ᄉᆡᆼ 만나기ᄅᆞᆯ 계교(計巧)ᄒᆞ여 냥존고(兩尊姑) 침뎐(寢殿)을 ᄌᆞ로 왕ᄂᆡᄒᆞ여 댱ᄉᆡᆼ의 ᄌᆞ최ᄅᆞᆯ 현망(懸望)ᄒᆞ여 흉음(凶淫)ᄒᆞᆫ ᄯᅳᆺ을 금치 못ᄒᆞ니 엇디 외루(外樓)의 ᄯᆞ라 나가기ᄅᆞᆯ 어려이 넉이리오? 필경(畢竟)은
18면 사ᄅᆞᆷ이 무심ᄒᆞᆫ ᄣᅵᄅᆞᆯ 타 삼낭의 ᄌᆞ최ᄅᆞᆯ ᄯᆞᆯ와 외헌(外軒)의 니ᄅᆞ러 삼낭을 븟들고 졍회(情懷)ᄅᆞᆯ 펴고ᄌᆞ[45] ᄒᆞ더니 ᄉᆡᆼ이 불연(勃然)이 옷ᄉᆞᆯ ᄯᅥᆯ치고 니러나 먼니 피ᄒᆞ여 너ᄅᆞᆫ ᄉᆞᄆᆡ ᄣᅵ여디고 긴 옷시 ᄆᆡ여져 오히려 녀시 슈듕(手中)의 쥐인 바로ᄃᆡ ᄉᆡᆼ의 운뇽풍호(雲龍風虎) ᄀᆞᄐᆞᆫ 긔상을 다시 보기 어려오니 그 날ᄂᆡ미 비호(飛虎) ᄀᆞᆺ고 표표(飄飄)ᄒᆞ미 ᄒᆡ학(海鶴) ᄀᆞᄐᆞ여 경ᄀᆡᆨ(頃刻)의 간 바ᄅᆞᆯ 아디 못ᄒᆞ니 녀시 슌슌이 무류 앙통(怏痛)ᄒᆞ여 일신을 브드잇고 별학ᄀᆞᆺ치 소ᄅᆡᄒᆞ여 통곡ᄒᆞ니 무심코[46] 나오다가 놀나오믈 니긔디 못ᄒᆞ여 혜오ᄃᆡ 삼뎨(三弟)의 과급(過急)ᄒᆞᆫ 셩졍이 아니라도 ᄎᆞ인으로 됴히 화락ᄒᆞᆯ 길 업ᄉᆞᆯ디라. 일노조ᄎᆞ 화광실셩디인(化狂失性之人)이 되ᄂᆞᆫ 폐단(弊端)이 잇고 가듕은 요요분난(擾擾紛亂)ᄒᆞ여 슉쳥(淑清)ᄒᆞ믈 어들 날이 머럿도다 ᄒᆞ여 블ᄒᆡᆼᄎᆞ악(不幸嗟愕)ᄒᆞ믈 형상치 못ᄒᆞ나 져 광인을 셔실(書室)의 머므러 두디 못ᄒᆞ여 그 시ᄋᆞ(侍兒)ᄅᆞᆯ 블너 ᄭᅳ드러 ᄂᆡ당(內堂)으로 드러가게 ᄒᆞ고 ᄎᆞ후 듕문(重門)마다 복부(僕夫)ᄅᆞᆯ ᄃᆡ희워 ᄂᆡ당 시위(侍衛) ᄎᆞ환(叉鬟)이
19면 라도 무고(無故)히 오디 못ᄒᆞ게 ᄒᆞ니 녀시 ᄆᆞ음ᄃᆡ로 ᄂᆡ닷디 못ᄒᆞ고 더옥 분앙(忿怏)ᄒᆞ여 이랑을 마ᄌᆞ 한ᄒᆞ고 ᄆᆡ워ᄒᆞ더라. 삼공지 녀시ᄅᆞᆯ 쥐

45 펴고ᄌᆞ: 규장각본에는 '플고져'로 되어 있음.

46 통곡ᄒᆞ니 무심코: 규장각본에는 '통곡ᄒᆞ니 이랑이 무심코'로 되어 있음.

ᄒᆞᆫ 후로 심니 분에(憤恚)ᄒᆞ고 회푀(懷抱) 울울(鬱鬱)ᄒᆞ여 스ᄉᆞ로 ᄎᆞ악(嗟愕)ᄒᆞ며 통히(痛駭)ᄒᆞ믈 프러 닛고ᄌᆞ ᄒᆞ나 능히 닛디 못ᄒᆞ고 업ᄉᆞ니로 아라 거리ᄭᅵ디 말고ᄌᆞ ᄒᆞ나 일심의 흉ᄒᆞ고 츄ᄒᆞ미 ᄆᆡ쳐 ᄯᅩ 능히 아니 거리ᄭᅵ디 못거디 약취여광(若醉如狂)ᄒᆞᆯ ᄲᅮᆫ 아니라 학공(學工)의 ᄆᆞ옴을 두디 아니ᄒᆞ고 일일 과음(過飮)ᄒᆞ여 미란딘취(迷亂盡醉)ᄒᆞ고 원님(園林) 산졍(山頂)의 ᄒᆞᆺ거러 젼일 유졍(有情)ᄒᆞᆫ 바 옥운·경난 등 오녀로 유희달난(遊戲團欒)ᄒᆞ고 블연즉 궁시(弓矢)를 ᄎᆞ고 몰을 달녀 뫼 즘싱을 죽이며 들돗[47]츨 ᄧᅩᆺ고 디긔(志氣)를 호탕ᄒᆞ여 조곰도 ᄉᆞ유(士儒)의 온듕침믁(穩重沈默)ᄒᆞ미 잇디 아니ᄒᆞ니 이랑이 근심ᄒᆞ고 블열ᄒᆞ여 그 취광패리(醉狂悖理)ᄒᆞ미 크게 셩문(聖門)[48]의 득죄(得罪)ᄒᆞ믈 칙ᄒᆞᆫ즉 공지 것ᄎᆞ로 샤죄(謝罪)ᄒᆞ나 호발(毫髮)도 가다듬ᄂᆞᆫ ᄯᅳᆺ이 업셔 날노 방탕호일(放蕩豪逸)ᄒᆞᄃᆡ 댱공이 ᄒᆞᆫ 일 계칙(戒飭)ᄒᆞ미 업고 박시ᄂᆞᆫ 더옥 그 ᄇᆡ필을 그릇 만나믈 ᄋᆡ둛고 잔인ᄒᆞ여 두로 소유 20면
방낭(逍遊放浪)ᄒᆞ여 심ᄉᆞ(心思)를 븟치라 ᄒᆞ니 이랑이 쥬야(晝夜) 븟들고 잇디 못ᄒᆞ고 ᄯᅩ 급거(急遽)ᄒᆞᆫ 픔도(稟度)와 강패(强悖)ᄒᆞᆫ 셩딜을 곳쳐 듕후근신(忠厚謹愼)ᄒᆞᆫ 후ᄂᆞᆫ 잠간 프러져 유화(柔和)ᄒᆞ미 부인 ᄀᆞᆺ고 강밍(强猛)ᄒᆞ미 부죡ᄒᆞᆫ디라. ᄋᆞ의 방일호탕(放逸豪宕)ᄒᆞ미 날노 음쥬달난(飮酒團欒)ᄒᆞ여 그릇 화광실셩(化狂失性)ᄒᆞᆯ가 근심이 깁고 념녀 듕ᄒᆞᄃᆡ 엄졀(嚴切)이 칙ᄒᆞ고 이심(已甚)히 딕희여 좌와(坐臥)의 ᄯᅥ나디 못ᄒᆞ게 잡쥐디 못ᄒᆞ여 일시(一時) 뎡도(正道)로 계칙(戒責)ᄒᆞ

47 들돗: '돗'이 '돼지'의 옛말이므로 '멧돼지'로 추정.

48 셩문(聖門): 성문. 유학.

다가도 샤죄(謝罪)ᄒᆞ면 드ᄅᆞ면 다시 니ᄅᆞ디 못ᄒᆞ고 잡아 안쳐두디 못ᄒᆞ여 ᄌᆞ연 삼낭의 ᄆᆞ옴ᄃᆡ로 소유탕일(逍遊蕩逸)ᄒᆞ미 되엿ᄂᆞᆫ디라. 일일은 삼낭이 옥운 등으로 더브러 딘취달난(盡醉團欒)이러니 날이 져믈고 즐기미 극ᄒᆞᄆᆡ 옥운 등이 맛춤 유고(有故)ᄒᆞ여 믈너가믈 쳥ᄒᆞ니 공ᄌᆡ 산샹의셔 몰을 달녀 밤을 ᄉᆡ오고ᄌᆞ ᄒᆞ여 옥운 등을 도라보ᄂᆡ고 뎡히 곽외(郭隗)[49] 쳔니구(千里駒)롤 그ᄅᆞ고ᄌᆞ ᄒᆞ더니 홀연 일개 쇼동
21면
이 밧그로셔 ᄲᅡᆯ니 드러와 고두ᄇᆡ복(叩頭拜伏)ᄒᆞ고 금ᄉᆞ보(金絲褓)ᄒᆡ ᄡᅳᆫ 일복(一幅) 화도(畵圖)롤 밧드러 드리거놀 공ᄌᆡ 몽농(朦朧)ᄒᆞᆫ 취안(醉眼)을 드러 쇼동(小童)을 보건ᄃᆡ 년긔(年紀)ᄂᆞᆫ 십셰ᄂᆞᆫ ᄒᆞᄃᆡ 거동이 춍오(聰悟)ᄒᆞ고 긔딜(器質)이 쳥슈(淸秀)ᄒᆞᄃᆡ 용용누쉬(庸庸類數) 아니라. 복식은 산님(山林) 도동(道童) ᄀᆞᆺ고 톄도(體度)ᄂᆞᆫ 인간 ᄉᆞ령(使令)[50] ᄀᆞᆺᄐᆞ니 의아ᄒᆞ여 므ᄅᆞᄃᆡ

"네 엇던 ᄋᆞᄒᆡ로 이에 날을 ᄎᆞᄌᆞ 뵈ᄂᆞᆫ ᄯᅳᆺ이 엇딘 일이며 주ᄂᆞᆫ 거ᄉᆞᆫ 므어시뇨?"

기동(其童)이 복디왈(伏地曰)

"쇼동은 오딕 ᄉᆞ부의 명을 밧드러 이에 현알(見謁)ᄒᆞᄂᆞᆫ ᄇᆡ니 다ᄅᆞᆫ ᄯᅳᆺ이 엇디 이셔 귀퇴(貴宅)을 ᄎᆞᄌᆞ미리잇고? 쇼동의 ᄉᆞ부 화산 옥화딘인은 숑 젹 셕상을 비겨 일ᄇᆡᆨ 날 잠ᄌᆞ던 딘도람의 휘라. 공ᄌᆞ로 더브러 일면(一面)의 교분(交分)이 업ᄉᆞ니 공ᄌᆞ롤 아디 못ᄒᆞ실 ᄇᆡ로ᄃᆡ ᄉᆞ부ᄂᆞᆫ 젼셰(前世)와 금ᄉᆡᆼ(今生)을 녁녁(歷歷) 소상(昭詳)ᄒᆞ여 셰쇽비린

49 곽외(郭隗): 천리마를 알아볼 수 있는 식견이 있었다는 사람.

50 ᄉᆞ령(使令): 사령. 관아에서 심부름을 하던 사람.

(世俗鄙吝)의 ᄀᆞ리미 업ᄂᆞᆫ디라. 공ᄌᆡ 월하옹(月下翁)[51]의 일시 흙셩 구ᄌᆞᆫ 유희(遊戲)ᄅᆞᆯ 인ᄒᆞ여 츈몽(春夢) ᄀᆞᆺᄐᆞᆫ 괴로오믈 ᄎᆞᆷ디 못ᄒᆞ시고 딘짓 텬연(天緣)이 ᄆᆡ인 곳을 ᄭᆡ닷디 못ᄒᆞ샤 한상요금(寒床寥衿)의 죵야블ᄆᆡ(終夜不寐)ᄒᆞ고 젼뎐반측(輾轉反側)ᄒᆞ샤 오ᄆᆡ(寤寐)의 오ᄅᆡ ᄉᆡᆼ각ᄂᆞᆫ 회푀(懷抱) 날이 만흐ᄆᆡ 딜(疾)이 일디라. 고로 ᄉᆞ뷔 젼셰(前世) 졀위(切友)런 고로 닛디 못ᄒᆞ여 이 화도(畵圖)ᄅᆞᆯ 드려 약슈(弱水) 삼쳔니(三千里)[52]ᄅᆞᆯ 디쳑(只尺) 상망디(相望地)의 두고 은하(銀河) 하한(河漢) 가의 작교(鵲橋)의 신을 젼치 못ᄒᆞ시고 공ᄌᆞ의 몽완(夢玩)ᄒᆞ신 연고ᄅᆞᆯ 알고ᄌᆞ ᄒᆞ시미니 화도ᄅᆞᆯ 보시면 거의 ᄭᆡ다ᄅᆞ실가 ᄒᆞᄂᆞ이다." 22면

셜파의 다시 니러 두 번 졀ᄒᆞ고 표홀(飄忽)이 거롬을 두로혀니 ᄇᆞᆯ 아ᄅᆡ 비분(飛粉)이 니ᄂᆞᆫ ᄃᆞᆺᄒᆞ며 머므ᄅᆞ디 못ᄒᆞ더라. 댱공ᄌᆡ 만일 미란(迷亂)[53]이 취ᄒᆞ미 아니오 본심이 온젼ᄒᆞ여 화광분분(化狂紛紛)ᄒᆞ미 아니면 기동(其童)의 말이 허무ᄒᆞ고 황당ᄒᆞ여 가히 취신(取信)ᄒᆞᆯ ᄇᆡ 아니믈 엇디 모로리오마ᄂᆞᆫ 근ᄂᆡ(近來)의 어린 ᄃᆞᆺ 밋친 ᄃᆞᆺ 뎡ᄒᆞᆫ 거시 ᄀᆞᆺ디 못ᄒᆞᆫᄃᆡ ᄆᆡ온 술이 장위(腸胃)ᄅᆞᆯ 흐리워 골졀(骨節)이 다 프러지고 졍신이 혼탁ᄒᆞ여 연무듕(煙霧中) 사ᄅᆞᆷ이 되엿ᄂᆞᆫ디라. 젼일 두쥬(斗酒)[54]ᄅᆞᆯ ᄒᆞᆫ번의 거후ᄅᆞ던 ᄇᆡ로ᄃᆡ ᄀᆞᆺᄐᆞ여 과취(過醉)ᄒᆞ미 업셔 실톄실언(失體失言)ᄒᆞ미 업더니 ᄌᆡ작일(再昨日) 산샹(山上)의셔 ᄆᆞᆯ을 달

---

51 월하옹(月下翁): 부부의 인연을 맺어 준다는 전설상의 노인.

52 약슈(弱水) 삼쳔니(三千里): 서방(西方)에 있는 약수삼천리(弱水三千里)는 물이 부력이 약해서 배가 뜨지 못한다고 함. 평범한 사람은 건널 수 없는 선계로 가는 길목을 이름.

53 미란(迷亂)이: 미란하다. 정신이 혼미하고 어지럽다.

54 두쥬(斗酒): 두주. 한 말의 술.

23면 녀 젼야의 나려 길가 쥬모의 일호쥬(一壺酒)[55]ᄅᆞᆯ ᄉᆞ 마신 후 정신(情神) 인ᄉᆡ(人事) ᄒᆞᆫ가디로 흐리고 본질(本質)의 ᄎᆞᆼ명상쾌(聰明爽快)ᄒᆞᆷ과 특이명달(特異明達)ᄒᆞ믈 쇽졀업시 일흐미 되여시ᄃᆡ ᄯᅩ 스ᄉᆞ로 화광실셩(化狂失性)ᄒᆞ믈 ᄭᆡ칠 길 업ᄂᆞᆫ디라. 기동의 말을 ᄀᆞ장 신연(信然)이 넉여 ᄲᅧᆯ니 화도(畫圖)ᄅᆞᆯ 펴 볼ᄉᆡ 이 믄득 미인도(美人圖)로ᄃᆡ ᄎᆡ식(彩色)의 녕농(玲瓏)ᄒᆞᆷ과 화법(畫法)의 긔묘(奇妙)ᄒᆞ믄 니ᄅᆞ디 말고 모발이 ᄉᆡᆼ화(生化)ᄒᆞᄃᆡ 일월녕긔(日月靈氣)ᄅᆞᆯ 거두어 긔이ᄒᆞᆫ ᄌᆞ질과 탁월ᄒᆞᆫ 문광(文光)이 쇄연(灑然)이 그림이믈 ᄭᆡ닷디 못ᄒᆞ고 안개 ᄀᆞᆺ튼 긔상과 구름 ᄀᆞᆺ튼 귀밋ᄐᆡ ᄎᆡ식이 녕녕(盈盈)ᄒᆞ고 화ᄐᆡ(花態) 연연(娟娟)ᄒᆞ여 쇼상(昭詳)ᄒᆞᆫ 골격이며 상낭(爽朗)ᄒᆞᆫ 졍신이 학가난참(鶴駕鸞驂)[56]으로 빙허어풍(憑虛禦風)[57]ᄒᆞᄂᆞᆫ 농옥공쥐(弄玉公主)[58] 취미궁 옥난을 비기고 남악 위부인이 옥경의 도라오ᄂᆞᆫ ᄃᆞᆺ 소ᄋᆡ(素娥)[59] 계슈궁(桂樹宮)[60]의 옥창(玉窓)을 여러시며 왕뫼(王母) ᄌᆞ개봉(紫蓋峯)의 슈졍념(水晶簾)을 거덧ᄂᆞᆫ ᄃᆞᆺ 졈졈 보아오ᄆᆡ 취ᄒᆞᆫ 눈과 흐린 졍신이 상연개랑(爽然開朗)ᄒᆞ여 회졔디야(晦除之夜)의 명월을 마

24면 ᄌᆞ며 염쇼하일(炎霄夏日)의 쳥풍을 ᄃᆡᄒᆞᆫ ᄃᆞᆺ 신긔코 이상ᄒᆞ며 황홀코 경동(輕動)ᄒᆞ믈 측냥(測量)치 못ᄒᆞ니 즉시 납쵹(臘燭)을 ᄇᆞᆰ히고 각듕

---

55 일호쥬(一壺酒): 규장각본에는 '일후쥬'로 되어 있음.

56 학가난참(鶴駕鸞驂): 학과 난새에 멍에를 채워 이들을 타고 날아간다는 뜻.

57 빙허어풍(憑虛禦風): 허공을 타고 바람을 몰아간다는 뜻. 소식의 〈적벽부〉에서 차용.

58 농옥공쥐(弄玉公主): 농옥공주. 춘추시대 진(秦) 목공(穆公)의 딸. 피리의 명인 소사(簫史)에게 퉁소를 배워 함께 신선이 됨.

59 소ᄋᆡ(素娥): 소아. 달에 산다는 항아를 말함.

60 계슈궁(桂樹宮): 계수궁. 달에 있다는 월궁.

(閣中)의 드러와 화도(畫圖)의 눈을 옴기디 아니ᄒᆞ고 복복션탄(僕僕羨嘆) 왈

"내 ᄆᆡ양 우리 ᄇᆡᆨ슈(伯嫂)와 져져(姐姐)의 셩덕문딜(盛德文質)노 상우(相遇)ᄒᆞᆫ 현녀슉완(賢女淑婉)을 ᄇᆞ라던 ᄇᆡ로ᄃᆡ 셰간의 우리 ᄇᆡᆨ슈와 져졔 이심도 ᄀᆞ장 괴이ᄒᆞ니 ᄯᅩ 엇디 그 ᄀᆞᆺᄐᆞ미 이시리오 ᄒᆞ엿더니 ᄎᆞ 화듕미인(畵中美人)을 보건ᄃᆡ ᄇᆡᆨ슈와 져졔 좌ᄒᆞ시ᄆᆡ 상두(上頭)롤 거하(拒下)ᄒᆞ고 뎨삼 되기롤 샤양치 아니리니 원간 덕용(德容)이 겸젼(兼全)ᄒᆞᆫ 슉뇨명염(淑窕明艶)이 ᄒᆞ나둘히 아니믈 알니로다."

념복위신(斂服爲新)ᄒᆞ여 슈졍관ᄃᆡ(遂正冠帶) 왈

"ᄎᆞ인 문광(文光)과 쇄질(灑質)이 이러틋 탄연슈이(坦然殊異)ᄒᆞ여 은은이 셩ᄌᆞ의 긔ᄆᆡᆨ을 타시니 비록 녀ᄌᆡ나 이 ᄀᆞᆺᄐᆞᆫ 현딜(賢質)의 화롤 가히 공경치 아념 즉ᄒᆞ랴?"

ᄒᆞ다가 믄득 실쇼영탄(失笑永嘆) 왈

"내 일이 가쇠(可笑)로다. 딘짓 사ᄅᆞᆷ이 이 ᄀᆞᆺᄐᆞᆯ ᄃᆡᄒᆞ여 공경ᄒᆞ믄 가히 우을 ᄇᆡ 아니어니와 이ᄂᆞᆫ 일복화되(一幅畫圖)라. 그림ᄌᆞ롤 보나 실형(實形)을 보기 어렵고 풍의(風儀)롤 혜아리나 딘짓 상을 ᄃᆡ키 어려오니 헛도이 화상(畫像)을 견앙(見昻)ᄒᆞ고 그 사ᄅᆞᆷ을 ᄎᆞᆺ디 못ᄒᆞ미 우ᄆᆡ(愚昧)치 아니랴? 아디 못게라. 도동이 약슈(弱水) 삼쳔니(三千里)롤 디쳑(咫尺) 상망디(相望地)의 두고 은하(銀河) ᄒᆞᆫ 가의 작교(鵲橋)의 젼치 못ᄒᆞ미 나의 몽농(朦朧)ᄒᆞᆫ 연괴(緣故)라 ᄒᆞ니 텬연(天緣) 뎡ᄒᆞᆫ 바 슉녀가인(淑女佳人)이 어나 곳의 잇ᄂᆞᆫ가? 엇디 뼈곰 ᄎᆞ즐 도리 이실고? 졍셩이 디극ᄒᆞ면 텬신(天神)도 감동ᄒᆞ미 되ᄂᆞ니 내 뇨조현완(窈窕賢婉)을 오ᄆᆡᄉᆞ복(寤寐思服)ᄒᆞ여 밤을 니어 나ᄌᆡ ᄆᆞᄋᆞᆷ이 25면

한가치 아닌디라. 이 미인도(美人圖)ᄅᆞᆯ 두고 딘짓 사ᄅᆞᆷ을 구ᄒᆞ여 경셩을 다ᄒᆞᆯ딘ᄃᆡ 엇디 죵ᄂᆡ(從來) 우봉(遇逢)치 못ᄒᆞ리오?"

의ᄉᆡ(意思) 이에 밋쳐 산샹(山上)의 오유(遨遊)키ᄅᆞᆯ 긋치고 죵야(終夜)토록 화도(畫圖)ᄅᆞᆯ ᄃᆡᄒᆞ여 ᄉᆞ모(思慕)ᄒᆞ믈 마디 아니터니 날이 ᄇᆞᆰ으ᄆᆡ 미인도ᄅᆞᆯ 거두어 깁히 간샤ᄒᆞ고 부모긔 춍춍이 문안ᄒᆞ여 녀시 블인을 만날가 두려 즉시 나와 일심의 갈망초챵(渴望悄愴)ᄒᆞ여 미인도의 근본을 아라 그 딘짓 사ᄅᆞᆷ을 취ᄒᆞ여 ᄇᆡ톄(配體)ᄅᆞᆯ 빗ᄂᆡ고 규ᄂᆡ
26면 (閨內)ᄅᆞᆯ 슉쳥(肅淸)ᄒᆞ여 평ᄉᆡᆼ 소원을 다ᄒᆞ고ᄌᆞ ᄒᆞᄆᆡ ᄆᆞ음이 타ᄉᆞ(他事)의 밋디 아냐 다시 옥운 등도 브ᄅᆞ디 아니ᄒᆞ고 좌우의 사ᄅᆞᆷ이 업시 고요ᄒᆞᆫ ᄣᆡᄅᆞᆯ 타면 믄득 화도(畫圖)ᄅᆞᆯ ᄂᆡ여 안샹(案上)의 놉히 언고 눈을 ᄡᅩ아 어린 ᄃᆞ시 관경(觀景)ᄒᆞ고 혜오ᄃᆡ

'화도ᄅᆞᆯ 일일상ᄃᆡ(日日相對)ᄒᆞ여 졍과 ᄆᆞ옴을 ᄡᅩ다시나 그 사ᄅᆞᆷ을 만날 길히 업ᄉᆞ니 화도인(畫圖人)을 ᄎᆞᄌᆞ미 경화슈월(鏡花水月)[61]을 디탁(持橐)디 못홈 ᄀᆞᄐᆞ나 내 몸이 화산(華山)[62]의 분주(奔走)ᄒᆞ여 옥화 딘인을 ᄎᆞᄌᆞ 화도의 근본을 아라볼 거시라.'

ᄒᆞ고 졸연이 집을 ᄯᅥ나 화산을 향코ᄌᆞ ᄒᆞᄃᆡ 화도의 곡졀(曲折)을 향인(向人)ᄒᆞ여 니ᄅᆞ미 가쇼롭고 부모 슬하ᄅᆞᆯ 무고히 ᄯᅥ나믈 ᄎᆞ마 못ᄒᆞ여 유유디지(悠悠遲遲)ᄒᆞ나 화산 딘인을 ᄎᆞᄌᆞᆯ 의ᄉᆡ 십분탈디(十分奪志)ᄒᆞᄃᆡ 심혼(心魂)이 졈졈 현난(眩亂)ᄒᆞ고 긔운이 날노 슈패(瘦敗)

61 경화슈월(鏡花水月): 경화수월. '거울 속의 꽃이나 물에 비친 달'이라는 뜻으로, 눈에 보이지만 닿을 수 없는 것.

62 화산(華山): 중국의 오악 중 하나. 산시성 동부에 있음.

ᄒᆞ여 옥골(玉骨)이 초췌(憔悴)ᄒᆞ고 화풍(和風)이 돈감(頓減)ᄒᆞ여 장ᄎᆞᆺ 대병(大病)이 발ᄒᆞᆯ ᄃᆞᆺᄒᆞ니 스ᄉᆞ로 의아ᄒᆞ여 ᄉᆡᆼ각ᄒᆞᄃᆡ

'내 녀가 흉믈(凶物)을 취ᄒᆞ므로 분울통히(鬱憤痛駭)ᄒᆞ미 심니의 병이 되여시나 오히려 식음(食飮)이 감(減)ᄒᆞ미 업고 ᄯᅩ 괴로이 딜통(疾痛)ᄒᆞᄂᆞᆫ 바ᄂᆞᆫ 잇디 아니니 긔운이 슈패(瘦敗)ᄒᆞᆯ 일 업ᄉᆞᄃᆡ 근일의 돌연 27면 이러ᄒᆞ여 누으ᄆᆡ 닐기 어렵고 닐ᄆᆡ 거ᄅᆞᆷ이 밧븐디라. 모ᄅᆞᄂᆞᆫ 가온ᄃᆡ 므ᄉᆞᆫ 병이 깁히 드러 셩년당긔(盛年壯氣)ᄅᆞᆯ 감(減)ᄒᆞᆫ ᄇᆡ 되엿ᄂᆞᆫ가?'

ᄒᆞᄃᆡ 굿ᄐᆞ여 긔력(氣力)이 젼일과 다ᄅᆞ믈 일ᄏᆞᆺ디 아니코 화도(畫圖)의 ᄆᆞ음을 ᄲᅩ아 쥬야(晝夜)로 상ᄉᆞ디심(想思之心)이 간졀ᄒᆞ여 이목(耳目)이 번거치 아닌즉 화도ᄅᆞᆯ 겻ᄐᆡ 노코 홀홀경탄(忽忽驚歎)ᄒᆞ여 그림이며 사ᄅᆞᆷ이믈 분변(分辨)치 못ᄒᆞ더라. 시시(是時)의 졍공ᄌᆞ 닌듕이 와시믈 니ᄅᆞ디 아니코 소ᄅᆡ 업시 개호입실(開戶入室)ᄒᆞ니 삼낭이 바야흐로 화도의 졍신을 ᄲᅩ아 사ᄅᆞᆷ의 ᄂᆡ왕(來往)을 알녀 아니 ᄒᆞᄂᆞᆫ디라. 닌듕이 비로소 쇼ᄅᆡᄒᆞ여 ᄀᆞᆯ오ᄃᆡ

"오ᄅᆡ 현형(賢兄)을 보디 못ᄒᆞ니 비린디ᄆᆡᆼ(鄙吝之萌)[63]이 동ᄒᆞ여 니ᄅᆞ럿더니 손의 오믈 보ᄃᆡ 쥬인이 젼브동(全不動)ᄒᆞ여 아ᄅᆞᆫ 쳬ᄒᆞ미 업ᄉᆞ니 뎡히 무류ᄒᆞ믈 형용치 못ᄒᆞᄂᆞᆫ 가온ᄃᆡ 형의 뎨ᄅᆞᆯ 향ᄒᆞᆫ ᄯᅳᆺ이 뎨의 형을 우럼만 ᄀᆞᆺ디 못ᄒᆞ믈 유감ᄒᆞ노라."

이리 니ᄅᆞ며 나와 화도ᄅᆞᆯ 잠간 보고 변ᄉᆡᆨ경의(變色驚意)ᄒᆞ여 측냥(測 28면

---

63 비린디ᄆᆡᆼ(鄙吝之萌): 비린지맹. 인품이 좋은 친구와 함께하고자 하는 마음. 후한에 인품이 훌륭한 황헌이라는 사람이 있었는데 그와 같은 고향 사람인 진번(陳蕃)과 주거(周擧) 등이 '잠시라도 황생을 보지 못하면 마음속에 인색한 생각이 싹튼다.'라고 한 고사가 전함.

量)치 못ᄒᆞᄂᆞᆫ 거동이 이시니 댱싱이 닌듕의 소릐를 듯고 쏘ᄒᆞᆫ 놀나 밧비 화도(畫圖)를 거두어 안상(案上)의 언고ᄌᆞ ᄒᆞ나 졔 발셔 보기를 ᄌᆞ시ᄒᆞ고 놀나며 이상히 넉이ᄂᆞᆫ 거동이 현져(顯著)ᄒᆞ니 임의 본 바를 착급히 곰초디 못ᄒᆞ여 쳔쳔이 거두어 ᄉᆞᄆᆡ의 너코 녕샤(迎謝)ᄒᆞ여 ᄀᆞᆯ오ᄃᆡ "문승이 엇디 졍우(情友)를 ᄉᆞ모(思慕)ᄒᆞ미 깁디 아니리오마ᄂᆞᆫ 근일의 병이 잇고 본ᄃᆡ 츌입이 게어른 고로 오ᄅᆡ 이보를 ᄎᆞᆺ디 못ᄒᆞ엿더니 금일 이뵈 특별이 누샤(陋舍)를 도라보ᄃᆡ 뎨의 우용(愚庸)ᄒᆞ미 즉시 아디 못ᄒᆞ여 쏄니 맛ᄂᆞᆫ 녜를 일우디 못ᄒᆞ나 엇디 보고 짐즛 아른 톄 아니미 이시리오? 이ᄂᆞᆫ 억견(憶見)이라. 타인유심(他人有心)을 여촌탁디(予忖度之)[64]니 이뵈 손을 보고 그리ᄒᆞ미로라."

셜파의 화연(和然)이 웃고 좌를 쳥ᄒᆞ니 닌듕이 오히려 경혹(驚惑)ᄒᆞᄂᆞᆫ 빗출 뎡치 못ᄒᆞ여 ᄀᆞᆯ오ᄃᆡ

"몬져 말은 희언(戲言)이어니와 형의 잠심목도(潛心目睹)ᄒᆞ여 졍신을 일코 ᄃᆡᄒᆞ엿던 화되 어ᄃᆡ셔 난 거시뇨? 쇼뎨 굿ᄐᆡ여 므를 일이 업
29면
ᄉᆞᄃᆡ 그 화듕(畫中) 사ᄅᆞᆷ의 골상(骨相)이 심히 눈 닉으니 의아ᄒᆞ믈 니긔디 못ᄒᆞ여 밧비 곡딕(曲直)을 알고ᄌᆞ ᄒᆞ노라."

댱싱의 도동(道童)의 말을 니ᄅᆞ미 허탄(虛誕)ᄒᆞ여 쓰러져 답ᄒᆞᄃᆡ

"오뉵일(五六日) 젼 맛촘 여러 화도(畫圖)를 팔 니 잇셔 그 가온ᄃᆡ 미인도(美人圖) 일복(一幅)이 ᄎᆡ홰(彩畵) 더옥 비상ᄒᆞ거늘 나의 셩픔이 셔화(書畫)를 됴히 넉이ᄂᆞᆫ 고로 우연이 산 ᄇᆡ로ᄃᆡ 츌쳐곡딕(出處曲

---

64 타인유심(他人有心)을 여촌탁디(予忖度之): 타인이 품고 있는 마음을 자신이 헤아려 보아서 안다는 뜻. 《시경》 〈소아(小雅)〉 '소민지십(小旻之什) 교언(巧言)'에 나옴.

直)이야 어이 알니오? 다만 화듕 미인이 시쳬복ᄉᆡᆨ(時體服色)[65]이니 녯 그림이 아니오 시졀(時節) 사ᄅᆞᆷ인가 시브ᄃᆡ 근파(根派)ᄂᆞᆫ 파뎐 ᄋᆞᄒᆡ도 모로노라 ᄒᆞ니 다시 뭇디 못ᄒᆞ고 심히 울울(鬱鬱)ᄒᆞ여 ᄌᆡ삼(再三) 보ᄂᆞᆫ ᄇᆡ러니 이뵈 그림을 보고 딘짓 사ᄅᆞᆷ을 아노라 ᄒᆞ니 이 원간 엇던 사ᄅᆞᆷ이뇨? 모로미 ᄒᆞᆫ번 니ᄅᆞ믈 앗기디 말나."

닌듕의 닙 쇽의 너허두고 ᄀᆞ마니 ᄀᆞᆯ오ᄃᆡ

"상운각 ᄆᆡ져(妹姐)의 협듕(篋中)의 문승의 화상이 이심도 괴이ᄒᆞᆫ 변이어ᄂᆞᆯ 상당 ᄆᆡ져의 화상이 문승의 슈듕긔홰(手中奇貨) 되엿ᄂᆞ뇨? 실노 측냥치 못ᄒᆞᆯ 일이로다."

이리 니ᄅᆞ며 ᄆᆞᄋᆞᆷ과 조어(鳥語)ᄒᆞᄂᆞᆫ 쳬 ᄒᆞ여 댱ᄉᆡᆼ은 못 듯ᄂᆞᆫ가 넉이고 댱ᄉᆡᆼ의 뭇ᄂᆞᆫ 바ᄅᆞᆯ 홀연 쩨쳐 ᄀᆞᆯ오ᄃᆡ 30면

"형이 미인도ᄅᆞᆯ 가져 딘짓 사ᄅᆞᆷ을 ᄃᆡᄒᆞᆫ ᄃᆞ시 황홀침혹(恍惚沈惑)ᄒᆞ미 심히 우어 뵐ᄉᆡ 쇼뎨 거ᄌᆞᆺ 화듕 사ᄅᆞᆷ을 눈 닉다 ᄒᆞ여 화도(畫圖)의 츌쳐ᄅᆞᆯ ᄌᆞ시 알고ᄌᆞ ᄒᆞ미러니 형이 그림을 살디언졍 곡딕(曲直)을 슌젼(純全)이 아디 못ᄒᆞᄂᆞᆫ가 시브니 쇼뎨 더옥 엇디 알 길히 이시리오? 원컨ᄃᆡ 다시 ᄂᆡ라. 쇼뎨 다시 구경이나 ᄒᆞ고 가리라."

댱ᄉᆡᆼ이 닌듕의 ᄀᆞ마니 ᄒᆞᄂᆞᆫ 소ᄅᆡᄅᆞᆯ 임의 다 듯고 화듕 미인을 닌듕은 알오ᄃᆡ 딤ᄌᆞᆺ 쩨치ᄂᆞᆫ 바ᄅᆞᆯ 보ᄆᆡ 심듕의 착급ᄒᆞ여 화도ᄅᆞᆯ 다시 ᄂᆡ여 닌듕의 앏ᄒᆡ 펴고 간졀이 므러 왈

"이뵈 쳐음 이 그림을 보고 놀나ᄂᆞᆫ 긔ᄉᆡᆨ(氣色)이 반ᄃᆞ시 화듕 사ᄅᆞᆷ을

65 시쳬복ᄉᆡᆨ(時體服色): 시체복색. 당시에 유행하던 복식.

아ᄂᆞᆫ ᄇᆡ라. ᄒᆞᆫ갓 희언(戲言)으로 곡딕을 알고ᄌᆞ ᄒᆞ미 아닌 줄 모로디 아니커ᄂᆞᆯ 엇디 경ᄀᆡᆨ(頃刻)의 말을 달니 ᄒᆞ여 아디 못ᄒᆞ믈 ᄢᅦ치ᄂᆞ뇨? 이 그림이 만일 ᄉᆞ문규녀(士門閨女)의 화(畵) 될딘ᄃᆡ 내 슈듕(手中)의 두고[66] 쥬야(晝夜)로 ᄃᆡᄒᆞ미 심히 블가ᄒᆞ니 ᄒᆞᆫ번 근파(根派)ᄅᆞᆯ 드ᄅᆞ
31면 면 즉시 이보ᄅᆞᆯ 주고 다시 ᄉᆡᆼ각디 아니리니 쳥컨ᄃᆡ 이보ᄂᆞᆫ 잠간 니ᄅᆞ라. 내 ᄆᆞ옴이 본ᄃᆡ 급거(急遽)ᄒᆞ여 블관(不關)ᄒᆞᆫ 거시라도 알고 시븐 거ᄉᆞᆯ 모로고 이시려 ᄒᆞ면 울울(鬱鬱)ᄒᆞ미 ᄆᆡᆺᄎᆞᆯ ᄃᆞᆺᄒᆞ니 이보ᄂᆞᆫ 친우디간(親友之間)의 ᄂᆡ외(內外)ᄒᆞ믈 두디 말디어다.”

닌듕이 그림을 볼ᄉᆞ록 경의난측(驚儀難測)[67]ᄒᆞᄂᆞᆫ ᄉᆡᆨ이 츌어면모(出於面貌)ᄒᆞ여 믁믁히 말을 못 ᄒᆞ더니 댱ᄉᆡᆼ이 녀ᄒᆞ여 간졀이 므ᄅᆞ믈 듯고 슌슌이 ᄢᅦ쳐 ᄀᆞᆯ오ᄃᆡ

“쇼뎨 만일 화듕 사ᄅᆞᆷ을 알오미 이실딘ᄃᆡ 그 ᄒᆞᆫ번 니ᄅᆞ미 므어시 듕난(重難)ᄒᆞ여 맛ᄎᆞᆷᄂᆡ 은닉(隱匿)ᄒᆞ고 셜화치 아니리오마ᄂᆞᆫ 과연 아디 못ᄒᆞ미 형과 일반이라. 다만 화도(畫圖)의 긔이ᄒᆞ믈 션탄(羨嘆)ᄒᆞ거니와 다못 형과 쇼뎨 남ᄌᆞ의 몸으로ᄡᅥ 녀ᄌᆞ의 화도ᄅᆞᆯ ᄃᆡᄒᆞ미 블가ᄒᆞ니 거두어 간ᄉᆞᄒᆞ거나 소화(消火)ᄒᆞ여 업시ᄒᆞ미 맛당ᄒᆞ도다.”

셜파의 스ᄉᆞ로 마라 셔안(書案)의 언고 다시 보디 아니ᄒᆞ니 댱ᄉᆡᆼ이 긔ᄉᆡᆨ의 슈상홈과 상운각 ᄆᆡ져라 분명이 드ᄅᆞ므로 심신이 익동(益動)ᄒᆞ나 지리히 뭇디 못ᄒᆞ여 긋치고 다ᄅᆞᆫ 말을 시작ᄒᆞ여 한화(閑話)ᄒᆞ다

66 28면 후반의 ‘ᄀᆞᆯ오ᄃᆡ’부터 30면의 ‘슈듕(手中)의 두고’까지는 규장각본에서 누락된 내용임.
67 경의난측(驚儀難測): 규장각본에는 ‘격의난측’으로 되어 있음.

가 졍공ᄌᆡ 도라가ᄆᆡ 댱ᄉᆡᆼ이 다시 화도(畫圖)ᄅᆞᆯ 가져 혜요ᄃᆡ[68] 32면
‘이 반ᄃᆞ시 졍문 녀ᄌᆞ의 화(畫) 된가 시브거니와 나의 화상(畫像)이 ᄯᅩ 져곳의 잇다 ᄒᆞ니 그ᄂᆞᆫ 엇딘 일인고? 아니 도인(道人)이 텬연(天緣)이며 긔봉(奇逢)이믈 ᄭᆡ닷게 ᄒᆞ여 각각 화도ᄅᆞᆯ 일워 남녀의게 보ᄂᆡ미 되엿ᄂᆞᆫ가? 이 그림을 현윤을 뵈면 졔 표문(表門) 규슈 ᄃᆞᆼ의 아묀 줄을 쾌히 알녓마ᄂᆞᆫ ᄋᆞᄒᆡ 심히 침원홍ᄃᆡ(沈遠弘大)ᄒᆞ고 춍명특달(聰明特達)ᄒᆞ여 나의 ᄉᆞ모ᄒᆞᄂᆞᆫ ᄠᅳᆺ을 몬져 ᄉᆞᆺ치고[69] 바로 니ᄅᆞ디 아닐 ᄃᆞᆺ ᄒᆞ니 눌다려 므ᄅᆞᆯ고?’

ᄒᆞ다가 홀연 ᄭᆡ쳐 ᄀᆞᆯ오ᄃᆡ

“슈오일 젼 산샹의 졍참군 셤의 ᄌᆞ 닌의ᄅᆞᆯ 보니 심히 튱근(忠勤)ᄒᆞ고 냥션(良善)ᄒᆞ여 셰ᄐᆡ(世態)의 교샤(巧詐)ᄒᆞ미 잇디 아니코 쳔연(天然)이 샹고(上古) 젹 풍이 이이시니 이 ᄋᆞᄒᆡᄅᆞᆯ ᄃᆡᄒᆞ여 화도ᄅᆞᆯ 뵈여 그 눌 ᄀᆞᆺᄐᆞ고 므ᄅᆞ면 반ᄃᆞ시 긔이디 아니코 니ᄅᆞ리라.”

ᄒᆞ여 화도ᄅᆞᆯ 신변(身邊)의 진이고 ᄌᆞ로 산상과 도곡(道谷)의 나가 닌의ᄅᆞᆯ 만나고ᄌᆞ ᄒᆞ더니 원간 닌의 향니(鄕里)로조ᄎᆞ 올나완 디 날이 오ᄅᆡ디 아닌디라. 셔아(西衙)의 가 표문 젹족(嫡族)을 ᄇᆡ견(拜見)ᄒᆞ고 도라오다가 댱ᄉᆡᆼ을 만나 공슈복알(拱手伏謁)ᄒᆞ니 ᄉᆡᆼ이 흔연(欣然) 33면
이 쳥ᄒᆞ여 셔실(書室)의 도라와 ᄠᅳᆺ의 업ᄉᆞᆫ 말을 시작ᄒᆞ여 그 ᄇᆡ혼 글ᄌᆞᄅᆞᆯ 뭇고 향니 풍쇽을 뭇ᄂᆞᆫ 쳬ᄒᆞ여 이윽이 말ᄉᆞᆷᄒᆞ다가 슈련이 ᄉᆞᄆᆡ의 화도(畫圖)ᄅᆞᆯ ᄂᆡ여 닌의ᄅᆞᆯ 뵈여 ᄀᆞᆯ오ᄃᆡ

---

68 혜요ᄃᆡ: 규장각본에는 없는 내용임.

69 ᄉᆞᆺ치고: 규장각본에는 ‘싀치고’로 되어 있음.

“향ᄀᆡᆨ(嚮刻)의 이런 명화ᄅᆞᆯ 귀경치 못ᄒᆞ여실 ᄃᆞᆺᄒᆞ니 내 군을 ᄒᆞᆫ번 뵈기ᄅᆞᆯ 위ᄒᆞ여 남의 가져가ᄂᆞᆫ 거ᄉᆞᆯ 아ᄉᆞ 두엇더니라.”

ᄒᆞᆫᄃᆡ ᄂᆡᆫ의 거안일쳠(擧眼一瞻)의 ᄒᆞᆫ갓 긔이히 넉일 ᄲᅳᆫ 아니라 경혹변ᄉᆡᆨ(驚惑變色)ᄒᆞ여 유유믁믁(悠悠默默)이러니 날호여 샤례[70] ᄀᆞᆯ오ᄃᆡ

“샹공이 향니쇼ᄋᆞ(鄕里小兒)의 무된 눈을 빗ᄂᆡ고ᄌᆞ ᄒᆞ샤 이런 긔화(奇畫)ᄅᆞᆯ 뵈시니 셩의ᄅᆞᆯ 블승황감(不勝惶感)이로소이다. 연이나 이 그림이 시졀 사ᄅᆞᆷ의 화되오 녯 그림이 아니라. 어ᄃᆡ 가 어드시니잇가?”

ᄉᆡᆼ이 함쇼왈(含笑曰)

“군은 화도의 츌쳐ᄅᆞᆯ 뭇디 말고 화듕 사ᄅᆞᆷ이 눌노 더브러 ᄀᆞᆺᄐᆞ뇨 아라ᄂᆡ라.”

ᄂᆡᆫ의 나히 져고 셰ᄉᆞ(世事)ᄅᆞᆯ 경녁(經歷)디 못ᄒᆞ여실 ᄲᅳᆫ 아니라 텬셩이 튱후슌박(忠厚淳朴)ᄒᆞ여 사ᄅᆞᆷ이 뭇ᄂᆞᆫ 바의 셰 ᄠᅳᆺ을 은닉ᄒᆞᆯ 줄 아
34면 디 못ᄒᆞ고 ᄯᅩ 샤곡브뎡(邪曲不淨)키의 념녜 잇디 아닌디라. 이에 댱ᄉᆡᆼ의 뭇ᄂᆞᆫ 바ᄅᆞᆯ ᄃᆡᄒᆞ여 ᄀᆞᆯ오ᄃᆡ

“화듕 사ᄅᆞᆷ의 용의긔상(容儀氣相)인즉 죵ᄆᆡ(從妹) 상운각 쇼져로 심히 방블(髣髴)ᄒᆞ이다마ᄂᆞᆫ 쇼져의 화도(畫圖)ᄅᆞᆯ 일운 ᄇᆡ 업고 ᄯᅩ 상공긔 이실 일이 업ᄉᆞ니 반ᄃᆞ시 이 시졀의 ᄯᅩ 이 ᄀᆞᆺᄐᆞᆫ 사ᄅᆞᆷ이 잇셔 얼골을 그려 ᄂᆡ엿ᄂᆞᆫ가 ᄒᆞᄂᆞ이다.”

ᄉᆡᆼ이 화도ᄅᆞᆯ 어든 후로 딘짓 사ᄅᆞᆷ의 유무근파(有無根派)ᄅᆞᆯ 아디 못ᄒᆞ여 울울초창(鬱鬱悄愴)ᄒᆞ던 바의 ᄂᆡᆫ듕의 가만ᄒᆞᆫ 말을 인ᄒᆞ여 경부 졔

70 샤례: 규장각본에는 ‘사례ᄒᆞ여’로 되어 있음.

쇼져 뉴의 나디 아니믈 디긔(知機)ᄒᆞᄃᆡ 오히려 그 뉘 녀ᄌᆡ며 어ᄂᆡ 쇼져믈 모로다가 닌의예 말의 졍경조의 쳔금농쥬(千金弄珠)믈 ᄉᆡ치ᄆᆡ 흉금(胸襟)이 상연쾌활(爽然快活)ᄒᆞ여 흔흔경탄(欣欣驚歎)ᄒᆞ믈 니긔디 못ᄒᆞ나 늠연(凜然)이 블변안ᄉᆡᆨ(不變顏色)ᄒᆞ여 심동열지(心動悅之)ᄒᆞ믈 낫토디 아니ᄒᆞ고 이연(怡然)이 ᄀᆞᆯ오ᄃᆡ

"이졔와 녯일이 다ᄅᆞ고 의복졔양(義服製樣)을 닐러도 시쇽(時俗)이 젼과 다ᄅᆞ거니와 내 ᄉᆡᆼ각건ᄃᆡ 사ᄅᆞᆷ인ᄌᆞᆨ 졈졈 고인(古人) 금인(今人)이 ᄀᆞᆺ디 아니니 화되 녯사ᄅᆞᆷ을 의방(依倣)ᄒᆞ여 그린 거시오 이졔 사ᄅᆞᆷ이 아닌가 ᄒᆞ여 우연이 유희(遊戲)로 군을 ᄃᆡᄒᆞ여 므ᄅᆞ미오 ᄀᆞᆺᄐᆞ여 35면
딘짓 사ᄅᆞᆷ을 알고ᄌᆞ ᄒᆞ미 아니러니 녕죵ᄆᆡ(令從姉) 쇼져ᄅᆞᆯ 비겨 니ᄅᆞ니 말이 듕난(重難)ᄒᆞᆫ 곳의 범ᄒᆞ미 블승미안(不勝未安)ᄒᆞᆫ디라. 화도(畫圖)ᄅᆞᆯ 즉시 업시ᄒᆞ미 맛당ᄒᆞ도다."

언필(言畢)의 ᄡᅳ리쳐 앗고 다ᄅᆞᆫ 말을 시작ᄒᆞ니 닌의 화도ᄅᆞᆯ ᄃᆡᄒᆞ여 딘짓 셩염쇼져 아니믈 ᄉᆡ닷디 못ᄒᆞ고 이상이 ᄀᆞᆺᄐᆞ믈 결을치 못ᄒᆞᄆᆡ 무심히 젹죵ᄆᆡ(嫡從妹)와 ᄀᆞᆺ다 ᄒᆞ엿더니 댱ᄉᆡᆼ의 말노조ᄎᆞ 실언ᄒᆞ믈 뉘웃ᄎᆞ니 댱ᄉᆡᆼ의 긔ᄉᆡᆨ이 조곰도 유의(留意)ᄒᆞ미 업셔 젼혀 무심ᄒᆞ니 ᄯᅩᄒᆞᆫ 방심ᄒᆞ여 거리ᄭᅵ디 아니코 다ᄅᆞᆫ 말을 ᄃᆡᄒᆞ다가 날이 느ᄌᆞᄆᆡ 도라가니 댱ᄉᆡᆼ이 닌의ᄅᆞᆯ 보ᄂᆡ고 그 화도의 딘짓 사ᄅᆞᆷ을 알ᄆᆡ 만심환희(滿心歡喜)ᄒᆞ나 딘인으로 더브러 호연(好緣)을 일울 가망이 업ᄉᆞ믄 과연 약슈 삼쳔니ᄅᆞᆯ 격ᄒᆞᄆᆡ 다ᄅᆞ미 업ᄉᆞ니 무산(巫山)의 소식을 드ᄅᆞᄃᆡ 초협(楚峽)의 운우(雲雨)ᄅᆞᆯ 디어 양ᄃᆡ(陽臺)의 츈풍낙(春風樂)을 베프[71]디 못ᄒᆞᄂᆞᆫ 근심이 ᄇᆡ브ᄅᆞ니 울울번민(鬱鬱煩悶)ᄒᆞ믈 아디 못ᄒᆞ던 ᄉᆡ의 ᄒᆞᆫ층이 더ᄒᆞᆯ ᄲᆞᆫ 아니라 도동의 니ᄅᆞᆫ바 디쳑상망(咫尺相望)이라. 후

36면 졍(後庭) 산원(山園)과 고루(高樓) 님목(林木) 듕의 ᄒᆡᆼ미브디(行邁不知)ᄒᆞ여 암암히 졍부ᄅᆞᆯ ᄇᆞ라ᄆᆡ 홀홀초창(忽忽怊悵)ᄒᆞ여 ᄀᆞᆯ오ᄃᆡ

"심의(甚矣)라 졍졍조여. 디은 원쉬 업시 오가(吾家)ᄅᆞᆯ 심히 ᄇᆡ쳑(排斥)ᄒᆞ여 나의 ᄌᆡ풍(才風)이 초셰(超世)ᄒᆞ믈 보ᄃᆡ 일분(一分)도 동상(東牀)[72]을 유의ᄒᆞ미 업던디라. 내 취쳐(娶妻) 아닌 공믈(空物)노 이셔도 져의 일교(一嬌)로 젹승(赤繩)의 가연(佳緣)[73]을 일우기 어려오미 쳥텬(晴天) 등승(登昇)의 비ᄒᆞ거놀 ᄒᆞ믈며 녀가 블인흉녀(不人凶女)ᄅᆞᆯ 취ᄒᆞ미냐? 만일 텬연(天緣)이 아닐딘ᄃᆡ 져의 화도(畫圖)ᄅᆞᆯ 내 구ᄒᆞ미 업고 져의 유무ᄅᆞᆯ 내 알녀 ᄒᆞ미 업시 인이 화도ᄅᆞᆯ 보ᄂᆡ여 긔연(奇緣)을 ᄭᆡ닷게 ᄒᆞ니 일노 보아ᄂᆞᆫ 졍가 쇼졔 문승의 가인(家人)이 되믈 면치 못ᄒᆞ려니와 졍의계 고집을 내 알거니 오가ᄅᆞᆯ 본ᄃᆡ 깃거 아닛ᄂᆞᆫ 바로 날을 ᄯᅩ 눈의 ᄎᆞ디 아니커니 엇디 쳔금교옥(千金嬌玉)을 개연이 허ᄒᆞ여 나의 ᄌᆡ실(再室)노 도라보닐 니 이시리오? 연ᄌᆞᆨ 화도의 이ᄉᆡ(異事) 거즛 거시 되고 내 쇽졀업시 져ᄅᆞᆯ ᄉᆞ상(思想)ᄒᆞ여 츈광(春光)이 밋쳐 다ᄒᆞ지 못ᄒᆞ여셔 셩명을 ᄇᆞ리ᄆᆡ 친위에 블효ᄂᆞᆫ 니ᄅᆞ디 말
37면 고 내 ᄯᅩ 칠쳑댱부(七尺丈夫)의 쳥텬ᄇᆡᆨ일(晴天白日)로ᄡᅧ 용용음누(庸庸淫陋)히 일녀ᄌᆞ(一女子)ᄅᆞᆯ ᄉᆞ상(思想)ᄒᆞ여 헛되이 포한(抱恨)ᄒᆞᆫ 원귀(寃鬼) 되리니 궁텬혼ᄇᆡᆨ(窮天魂魄)이라도 난연(赧然)이 븟그

71 초협(楚峽)의 운우(雲雨)ᄅᆞᆯ ~ 춘풍낙(春風樂)을 베프디: 초나라 왕이 무산신녀와 하룻밤을 보내었다는 고사에서 유래하여 남녀 간의 육체적 관계를 비유하는 표현이 됨.

72 동상(東牀): '동쪽 평상'이라는 뜻으로, 사위를 비유하는 말.

73 적승(赤繩)의 가연(佳緣): 적승의 가연. '혼인의 아름다운 인연'이라는 뜻으로, 월하노인이 부부가 될 남녀를 붉은 끈으로 이어준다는 고사에서 나온 말.

리믈 먹음고 졔연이 귀신 뉴의 용납디 못ᄒᆞ리니 여ᄎᆞ디도(如此之道)의 블힝ᄒᆞ믈 가히 니ᄅᆞᆯ 것가? 통한ᄌᆡ(痛恨哉)라. 이 뉘 타시뇨? 젼혀 녀가 흉믈의 연괴니 엇디 원슈(怨讎) 심상(尋常)ᄒᆞ리오?"

의ᄉᆡ 이에 밋쳐 녀시 증염(憎厭)ᄒᆞ믄 일익층심(日益層深)ᄒᆞ고 경조의 일교ᄅᆞᆯ ᄉᆞ상ᄒᆞ믄 시시로 층가(層加)ᄒᆞ여 혹 취광탕심(醉狂蕩心)이 발연(發然)ᄒᆞᆯ ᄯᆡᄂᆞᆫ 셩교(聖敎)[74]의 죄인이 되여 유림(儒林)[75]의 튱슈(充數)치 못ᄒᆞ고 향당(鄕黨)[76]의 ᄇᆞ리미 되여 영웅긔ᄌᆡ(英雄器才)ᄅᆞᆯ 초목(草木)ᄀᆞᆺ치 ᄇᆞ릴디언졍 월장투향(越墻偸香)[77]ᄒᆞᄂᆞᆫ 난일비쳔(亂逸卑賤)ᄒᆞ미라도 피치 못ᄒᆞᆯ ᄃᆞᆺᄒᆞ다가도 홀연 샤ᄇᆡᆨ(舍伯)의 광명딘슉(光明振肅)ᄒᆞᆫ 경계ᄅᆞᆯ ᄉᆡᆼ각ᄒᆞᆫᄌᆞᆨ 스ᄉᆞ로 ᄌᆞ긔 무식음일(無識淫佚)ᄒᆞ믈 ᄭᆡ디져 츈심(春心)을 구디 잡아 음패디ᄉᆞ(淫悖之事)ᄅᆞᆯ ᄒᆡᆼ치 아니나 맛ᄎᆞᆷᄂᆡ ᄉᆞ상디심(思想之心)을 끗디 못ᄒᆞ니 안ᄌᆞᄆᆡ 포슬(抱膝)ᄒᆞ고 거ᄅᆞᄆᆡ 파롬ᄒᆞ여 졔연이 머리ᄅᆞᆯ 슉이ᄆᆡ 망연ᄌᆞ실(茫然自失)ᄒᆞ여 ᄉᆡᆼ각ᄂᆞᆫ 졍이 듕ᄒᆞ고 홀홀히 넉ᄉᆞᆯ ᄉᆞᆯ와 경ᄀᆡᆨ의 댱부 구졍(九腸)[78]이 셤진(纖塵) ᄀᆞᆺ고 38면
영웅의 댱심(壯心)이 소삭(消索)ᄒᆞ여 댱야(長夜)의 ᄌᆞ디 못ᄒᆞ고 댱일(長日)의 먹디 못ᄒᆞ여 노심초ᄉᆞ(勞心焦思)ᄒᆞ고 젼뎐반측(輾轉反側)

---

74 셩교(聖敎): 성교. 성인의 가르침.

75 유림(儒林): 유학자의 무리.

76 향당(鄕黨): 자신이 태어난 고장 사람들.

77 월장투향(越墻偸香): 담을 넘고 향을 훔침. 향을 훔친다는 것은 남녀 간에 정을 통하는 것이나, 은밀히 통한 정을 숨기기 어렵다는 의미.

78 구졍(九腸): 구정. 규장각본에는 '구쟝'으로 되어 있음. 심장, 간장, 비장, 폐장, 신장, 위장, 대장, 소장, 방광의 아홉 가지 내장을 이름.

ᄒᆞ여 ᄀᆞ만ᄒᆞᆫ 탄셩이 야경(夜更)[79] 종졈(終點)을 맛초와 옥누(玉漏)[80] 계언(鷄言)을 ᄃᆡᄒᆞ니 쳘장금심(鐵腸金心)이 삭졀(索切)ᄒᆞ여 영풍(英風)이 날노 감ᄒᆞ고 옥골(玉骨)이 ᄣᆡ로 표연(飄然)ᄒᆞ여 상요(床褥)의 침면(寢眠)ᄒᆞ미 업ᄉᆞ나 위ᄐᆡ(危殆)ᄒᆞ미 극ᄒᆞᆫ디라. 부형(父兄)과 냥ᄌᆞ당(兩慈堂)이 그 낫ᄎᆞᆯ ᄃᆡᄒᆞ면 슈미빈튝(愁眉嚬蹙)ᄒᆞ여 ᄀᆞᆯ오ᄃᆡ

"너의 거동이 오라디 아냐 ᄉᆞᄉᆡᆼ(死生)이 가디(可知)[81]라. 이 엇던 연괴며 그 므ᄉᆞᆷ 병으로 셩년댱가(成年壯家)의 이러ᄐᆞᆺ 놀나이 되엿ᄂᆞ뇨? 원ᄂᆡ 네 픔슈(稟受) 산악의 구드미 잇ᄂᆞᆫ가 ᄒᆞ더니 금일 보건ᄃᆡ 디란(芝蘭)의 약ᄒᆞ미 잇ᄂᆞᆫ디라. 아디 못게라. ᄇᆡ톄(配體)ᄅᆞᆯ 그ᄅᆞᆺ 만나 심화(心火)ᄅᆞᆯ 인ᄒᆞ미냐? 다ᄅᆞᆫ 일이 심곡(心曲)의 거리쪄 념념블망(念念不忘)ᄒᆞ여 몸이 상ᄒᆞ고 긔운이 패ᄒᆞ미냐? ᄒᆞᆫ번 셜파ᄒᆞ여 인녁으로 네 ᄠᅳᆺ을 편히 ᄒᆞ고 네 심우(心憂)ᄅᆞᆯ 덜작시면 엇디 난안(赧顔)코 구ᄎᆞᄒᆞ믈 도라보리오? 맛당이 네 소원을 조ᄎᆞ리니 텬셩(天性)의 친(親)[82]과
39면 동긔(同氣)의 졍(情)으로ᄡᅧ 뭇ᄂᆞᆫ 바ᄅᆞᆯ ᄂᆡ외ᄒᆞ여 남모로ᄂᆞᆫ 회포(懷抱)ᄅᆞᆯ 삼디 말나."

ᄉᆡᆼ이 그 모친 쳐ᄉᆞ(處事)[83]ᄅᆞᆯ 아ᄂᆞᆫ디라 셔의ᄒᆞᆫ[84] 말을 ᄂᆡ엿다가 인연의 길흔 망ᄆᆡ(茫昧)ᄒᆞ고 도로혀 졍경조의 일장모욕(一場侮辱)을 당ᄒᆞᆯ가

---

79 야경(夜更): 밤 열한 시부터 새벽 한 시 사이.

80 옥누(玉漏): 옥루. 궁정에서 사용하던 옥으로 만든 물시계.

81 가디(可知): 규장각본에는 '가기'로 되어 있음.

82 텬셩(天性)의 친(親): 천성의 친. 부자관계.

83 쳐ᄉᆞ(處事): 처사. 일 처리.

84 셔의ᄒᆞᆫ: 서의하다. 엉성하다.

두려 상ᄉᆞ일질(想思一疾)노 죽을디언졍 회포ᄅᆞᆯ 발셜치 못ᄒᆞ고 이셩화긔(怡聲和氣)ᄒᆞ여 스ᄉᆞ로 회픠 잇디 아님과 빈톄(配體)ᄅᆞᆯ 그ᄅᆞᆺ 만나나 글노 심우(心憂)ᄒᆞ여 침식(寢食)의 감ᄒᆞ미 업ᄉᆞᄃᆡ 우연ᄒᆞᆫ 병이 실녀 대단이 고통ᄒᆞ미 업ᄉᆞ나 면식(眠食) 평담(平澹)치 못ᄒᆞ므로ᄡᅧ 긔뷔(肌膚) 슈약(瘦弱)ᄒᆞ나 져근 병이 념녀ᄒᆞᆯ ᄇᆡ 업ᄉᆞ믈 ᄃᆡᄒᆞ여 믈우(勿憂)ᄒᆞ시믈 쳥ᄒᆞ니 연부인이 탄왈(嘆曰)

"부모 동긔다려 니ᄅᆞ디 못ᄒᆞᆯ 회포ᄂᆞᆫ 별단(別段) 괴참ᄃᆞᄉᆡ(愧慙之事)믈 알녀니와 부ᄉᆡᆼ모휵(父生母畜)의 ᄉᆡᆼ디지은(生之至恩)을 ᄐᆞᆺ글의 더디고 츈심[85](春心)의 탕일(蕩逸)ᄒᆞᆷ과 ᄉᆞ려(思慮)의 분분(紛紛)ᄒᆞ믈 억졔치 못ᄒᆞ여 스ᄉᆞ로 긴 명을 ᄌᆡ촉ᄒᆞ여 부모로 ᄒᆞ여곰 ᄌᆞ하의 상명(喪明)을 니을 바ᄅᆞᆯ 단연이 긔렴(忌念)치 아니니 블초무상(不肖無狀)ᄒᆞ미 엇디 이에 밋ᄎᆞᆯ 줄 알니오?"

ᄉᆡᆼ이 복디문파(伏地聞罷)의 참황뉵니(慘況忸怩)ᄒᆞ여 고두쳥죄(叩頭請罪)ᄒᆞᆯ ᄯᆞᄅᆞᆷ이라 능히 말로ᄡᅧ 그러치 아니믈 일ᄏᆞᆺ디 못ᄒᆞ니 댱공은 평신(平身)ᄒᆞ믈 니ᄅᆞ고 박시ᄂᆞᆫ 골졀(骨節)이 ᄋᆞᆲ하 ᄋᆞᄌᆞ의 슈쳑ᄒᆞ믈 우려ᄒᆞ미 극ᄒᆞ니 ᄉᆡᆼ이 엇디 부모 졀우(切憂)ᄅᆞᆯ 민박(憫迫)디 아니리오마ᄂᆞᆫ ᄉᆞ상(思想)ᄒᆞᄂᆞᆫ ᄯᅳᆺ을 �ᆺ디 못ᄒᆞ니 오딕 화도(畫圖)ᄅᆞᆯ 가져 슈듕디보(手中之寶)ᄅᆞᆯ 삼아 무심히도 노화두디 못ᄒᆞ더니 구월 듕양졀(重陽節)의 졍학ᄉᆞ 닌홍이 완월ᄃᆡ의 술을 두어 군죵곤계(群從昆季)로 즐기며 댱공ᄌᆞ 형뎨ᄅᆞᆯ 쳥ᄒᆞ니 이랑과 삼낭이 비록 닛다감 졍부의 40면

---

85 츈심(春心): 춘심. 정욕.

왕ᄂᆡᄒᆞ여 쳐ᄉᆞᄅᆞᆯ ᄇᆡ견ᄒᆞ고 쇼년으로 셔로 보믈 폐치 못ᄒᆞ나 져져의 츌화(黜禍) 후로 졍태위 박부인의 부모[86] 즐욕(叱辱)ᄒᆞ믈 셜한(雪恨)치 못ᄒᆞ믈 에분(恚憤)ᄒᆞ고 박졀ᄒᆞ믈 뵈여 댱싱 등을 듕인 회좌(會坐)의 만나나 소ᄃᆡ(疎待)ᄒᆞ미 심ᄒᆞ여 졔 졀ᄒᆞ면 손샤답네(遜謝答禮)ᄒᆞ고 말ᄒᆞ면 흠신(欠身)ᄒᆞ여 듯고 유유믁믁(悠悠默默)ᄒᆞᆯ ᄲᅳᆫ이니 댱싱 형뎨 황괴참안(惶愧慙顔)ᄒᆞ여 출하리 아니 봄만 ᄀᆞᆺ디 못ᄒᆞᆫ 고로 졍태위
41면 집의 잇ᄂᆞᆫ ᄊᆡᄂᆞᆫ 가기ᄅᆞᆯ 더옥 어려이 넉이더니 금일 학ᄉᆡ 쳥ᄒᆞᆯ ᄲᅳᆫ 아니라 졍태위 입번(入番)ᄒᆞ믈 방심ᄒᆞ여 완월ᄃᆡ의 니ᄅᆞ니 ᄯᅥ디니[87] 업ᄉᆞᄃᆡ 과연 태위 업더라. 졍학ᄉᆞ와 공ᄌᆞ 닌경이 댱싱 형뎨ᄅᆞᆯ 마ᄌᆞ ᄃᆡ상(臺上)의 좌ᄅᆞᆯ 일울ᄉᆡ 딕ᄉᆞ 닌유와 셔길ᄉᆞ 닌명이 쇼왈(笑曰)

"계승 형뎨ᄂᆞᆫ 풍쳥월ᄇᆡᆨ디야(風淸月白之夜)와 삼춘화락디초(三春和樂之初)의 후졍 산원과 풍님(風林) 송하(松下)의 ᄇᆡ쥬(杯酒)[88]로 즐기고 시ᄉᆞ(詩詞)로 챵화(唱和)ᄒᆞ여 한가ᄒᆞᆫ 흥이 긴 날의 무궁ᄒᆞᄃᆡ 일ᄌᆞᆨ 아등을 쳥ᄒᆞ여 즐기믈 난호디 아니니 봉우(朋友)ᄅᆞᆯ 향ᄒᆞᆫ ᄯᅳᆺ이 박ᄒᆞ믈 알니로다. 아등(我等)은 이형(二兄)을 앙모(仰慕)ᄒᆞᄂᆞᆫ 졍이 간졀ᄒᆞ여 곤계 모드면 이형을 쳥ᄒᆞ더니 방금 듕양졀(重陽節)을 당ᄒᆞ여 완월ᄃᆡ 츄경(秋景)이 ᄯᅩᄒᆞᆫ 보암ᄌᆞᆨᄒᆞᆫ디라. 각각 박쥬(薄酒)[89]ᄅᆞᆯ 가져 이에 모닷더니 형 등이 ᄇᆡᆺᄂᆡ 님ᄒᆞ니 가히 비린디밍(鄙吝之萌)을 위로ᄒᆞ리로다."

---

86 부모: 규장각본에는 없는 내용임.

87 ᄯᅥ디니: 'ᄯᅥ디다'는 '떨어지다'의 뜻. 즉 '떨어진 사람'.

88 ᄇᆡ쥬(杯酒): 배주. 한 잔 술.

89 박쥬(薄酒): 박주. 맛이 좋지 않은 술이라는 뜻으로, 손님에게 대접하는 술을 겸손하게 이르는 말.

냥댱이 쇼왈

"형 등은 ᄌᆞ각단누(紫閣丹樓)의 영통(榮寵)[90]을 ᄡᅴ여 쳥ᄉᆞ아당(廳事亞堂)의 명듕(名重)ᄒᆞᆫ 믈망(物望)이오 일언(一言)의 왕톄(王體)ᄅᆞᆯ 결(決)ᄒᆞ고 국녹(國祿)을 ᄡᅵᄒᆞᄆᆡ 공부(公府)의 큰 그릇시오 동냥(棟梁)의 아름다온 ᄌᆡ목이라. 옥빈향온(玉杯香醞)의 은녜(恩禮)[91] 죵죵(種種)ᄒᆞ고 산히이육(山海異肉)은 각읍군현(各邑郡縣) 봉딘(奉進)ᄒᆞ미 되여 곤계 모드면 돗글 열미 되고 초희월녀(楚姬越女)ᄂᆞᆫ 쳥가묘무(淸歌妙舞)로 즐기ᄂᆞᆫ 흥을 도으며 옥빈경장(玉杯瓊漿)[92]은 인인(人人)의 장위(腸胃)ᄅᆞᆯ 취와 희ᄉᆡ(喜事) 쳡쳡(疊疊)ᄒᆞ여 일ᄃᆡ명뉴(一代名流)[93]와 등당한원(登堂翰苑)[94]으로 연음달난(宴飮團欒)ᄒᆞ나 쇼뎨 등은 님하셔ᄉᆡᆼ(林下書生)이라 빅운마을의 ᄌᆞ디(紫芝)[95]ᄅᆞᆯ 노릐ᄒᆞᆯ디언졍 영쥐각(瀛洲閣)[96] 쳥운(靑雲)[97]으로 길히 다ᄅᆞᆫ디라. 감히 누쳐의 굴ᄒᆞ믈 쳥치 못ᄒᆞᆫ 연괴오 졍이 박ᄒᆞ미 아니어놀 형 등이 쇼뎨ᄅᆞᆯ 블너 쥬찬(酒饌)을 난호고ᄌᆞ ᄒᆞᄆᆡ 스ᄉᆞ로 봉우ᄅᆞᆯ 관졉(款接)컨 톄ᄒᆞ니 셰티의 간ᄉᆞᄒᆞ믈 알니로다." 42면

90 영통(榮寵): 영총. 임금의 은총.

91 은녜(恩禮): 은례. 임금이 은총을 베풀며 예우를 갖추어 대하는 것.

92 경장(瓊漿): 매우 맛있다는 음료수.

93 명뉴(名流): 명류. 이름난 사람들의 모임.

94 한원(翰苑): 한림원과 예문관을 합쳐서 이르는 말.

95 ᄌᆞ디(紫芝): 자지. 진(秦)나라 말기에 동원공, 기리계, 하황공, 녹리선생 등이 폭정을 피해 상산(商山)에 들어가서 자지, 즉 영지를 캐어 배고픔을 달래며 천하가 안정되기를 기다렸다고 함.

96 영쥐각(瀛洲閣): 영주각. 당나라 때 집현전 역할을 했던 기구.

97 쳥운(靑雲): 청운. 높은 지위를 이르는 말.

졔경이 대쇼왈(大笑曰)

"계승 곤계ᄂᆞᆫ 능ᄒᆞᆫ 거 구셜(口舌)이라. 스ᄉᆞ로 몸이 됴졍(朝政)의 나디 아니믈 한ᄒᆞ여 ᄉᆞ환(仕宦)ᄒᆞᄂᆞᆫ ᄌᆞ롤 비쇼(誹笑)ᄒᆞ거니와 군등이 ᄯᅩᄒᆞᆫ 쇼허(巢許)[98]의 쳥심(淸心)이 아니라 타일 농갑(龍甲)을 더위잡아 구텬의 어향(御香)을 ᄡᅩ이미 부귀영낙(富貴榮樂)이 아등을 ᄃᆡᄒᆞ여 니룬 바 ᄀᆞᆺᄐᆞ리니 그ᄯᅵ롤 당ᄒᆞ여 내 ᄇᆞ롤 노ᄅᆡ롤 군이 화ᄒᆞ믈 탄박(彈駁)ᄒᆞ리라. 아등은 년쇼(年小)로브터 늙기의 니ᄅᆞ러도 풍되(風道) ᄆᆡ몰(埋沒)ᄒᆞ여 샤두의 뉴랑(流浪)ᄒᆞ믈 ᄇᆡ호디 아녀시니 월녀(越女) 초희(楚姬) 아녀 텬손(天孫) 농옥(弄玉)이라도 눈을 기우리디 아니리니 군 등은 그러치 아니리라."

43면

댱삼낭이 쇼왈(笑曰)

"인ᄉᆡᆼ이 ᄇᆡᆨ 년이 아니오 남ᄌᆡ(男子) 녀인(女人)과 다ᄅᆞ니 혹ᄌᆞ 즐기ᄂᆞᆫ ᄯᅵ롤 당ᄒᆞ여 월녀의 흰 낫출 유의ᄒᆞ고 초희의 가ᄂᆞᆫ 허리롤 됴히 넉이미 그 므솜 훼졀(毁節)이랴? 형 등이 ᄯᅩᄒᆞᆫ 셕가(釋迦)의 참션(參禪)ᄒᆞᄂᆞᆫ ᄆᆞ음과 동빈(洞賓)[99]의 쳥허(淸虛)ᄒᆞᆫ ᄯᅳᆺ이 아니니 엇디 미인을 ᄉᆞ랑치 아니리오? ᄂᆡ령(內令)이 엄ᄒᆞ여 방외(房外) 연낙(連絡)을 허치 아니시미라. 모로미 너모 두리디 말고 ᄉᆡᆼ셰디락(生世之樂)을 다ᄒᆞ라. 존

98 쇼허(巢許): 소부와 허유. 중국 고대 요임금 시절의 선비. 허유가 영천(潁川)에서 귀를 씻은 후 기산(箕山)에 들어가 은거하자 소부는 영천의 물이 더럽혀졌다며 몰고 온 소에게 마시지 못하게 하였다고 함.

99 동빈(洞賓): 여동빈(呂洞賓). 당나라 때의 신선.

합(尊閤)이 현마[100] 위징(魏徵) 쳐의 고ᄉᆞᄅᆞᆯ[101] 니으시랴?"

졔인(諸人)이 웃고 셔로 담화ᄒᆞ여 츄경(秋景)을 완상(玩賞)ᄒᆞ여 션츌봉의 오르니 슈국(水國) 상츄(上秋)의 풍엽(楓葉)이 만산(滿山)ᄒᆞ여 비단 옷ᄉᆞᆯ 장엄ᄒᆞᆫ ᄃᆞᆺ 아미(峩眉) 만학(萬壑)이 녹슈(綠樹)의 쵹농(燭膿)ᄒᆞ여 젹홰(赤火) 듕듕(重重)이 삼츈(三春)을 아ᄉᆞ시니 산광슈ᄉᆡᆨ(山光水色)이 유승(愈勝)ᄒᆞ거ᄂᆞᆯ 금닌옥쳑(金鱗玉尺)은 완농탄(頑龍灘)의 쒸노라 징패(澄波) 장장(長長)ᄒᆞ고 시ᄂᆡ 잔잔ᄒᆞ미 도로혀 뇨뇨(寥寥)히[102] 브동(不動)ᄒᆞ니 쳥산이 ᄀᆞᆯ와 ᄇᆞᆰ아시며 옥경(玉鏡)[103]이 닷토와 걸녓ᄂᆞᆫᄃᆡ 녕ᄒᆞᆫ 거븍이 못 가의 왕ᄂᆡ(往來)ᄒᆞ니 니마의 프ᄅᆞᆫ 터럭이 ᄌᆞ라시며 흰 ᄉᆞ숨이 브드러온 플흘 므러 젼도(前導)ᄒᆞ니 오ᄉᆡᆨ산죄(五色山鳥) 만비(萬飛)ᄒᆞ여 은은(隱隱)이 우러 상화답명(相和答鳴)ᄒᆞ니 졍히 일ᄇᆡᆨ(一白) 풍뉴(風流)ᄅᆞᆯ 베펏ᄂᆞᆫ ᄃᆞᆺ 난경(蘭徑)[104]이 창창(蒼蒼)ᄒᆞ니 몸을 소소와 고쥬(孤舟)의 밋고 눈을 드러 난경의 보ᄂᆡ니 졀이(絶異)ᄒᆞᆫ 산슈와 녕신(靈神)ᄒᆞᆫ 조홰(造化) 반ᄃᆞ시 인걸(人傑)을 비져ᄂᆡ여 텬디 조화ᄅᆞᆯ 거둘 알디라. ᄇᆡᆨ셕(白石)이 층층(層層)ᄒᆞ여[105] 갓가이 앙도(踉跳)ᄒᆞᄂᆞᆫ ᄆᆡᆼ호(猛虎)ᄅᆞᆯ 볼디라. 원근산쳔(遠近山川)이 목하(目下)의 버러시니 졔쇼년이 유흥(游興)이 발발(勃勃)ᄒᆞ여 일시의 운(韻)을 브ᄅᆞ고 시ᄅᆞᆯ 화

44면

---

100 현마: 설마.

101 위징(魏徵) 쳐의 고ᄉᆞ: 위징의 처는 남편을 장사 지낼 때 임금의 하사품이 과하다고 일부 거절했다고 함.

102 뇨뇨(寥寥)히: 요요하다. 고요하고 쓸쓸하다.

103 옥경(玉鏡): 옥거울이라는 뜻으로 달을 비유함.

104 난경(蘭徑): 난초가 자라는 오솔길.

105 층층(層層)ᄒᆞ여: 규장각본에는 '층등ᄒᆞ여'로 되어 있음.

ᄒᆞ여 은하(銀河)의 근원을 거후ᄅᆞ니 시의(詩意) 암암(巖巖)ᄒᆞ고[106] ᄉᆞ홰(詞華) 망망(茫茫)ᄒᆞ여 금옥(金玉)이 ᄀᆡᆼ장(鏗鏘)ᄒᆞ고 귀신이 놀나 니ᄇᆡᆨ(李伯)의 호일(豪逸)홈과 동파(東坡)의 딘션(盡善)ᄒᆞ믈 겸ᄒᆞ여 ᄒᆞ나토 용미(庸迷)ᄒᆞ미 업ᄉᆞᄃᆡ 그 가온ᄃᆡ 셩문학톄(聖門學體)로 니두(李杜)와 창녀(昌黎)[107]의 슉창(熟漲)ᄒᆞ므로도 능히 우러디 못홀 바ᄂᆞᆫ 졍ᄌᆞ 닌웅이

45면 뎨일이오 기ᄎᆞ(其次)의 닌경이니 댱공ᄌᆞ 셰린의 시의 듕심으로조ᄎᆞ 바라나니 니ᄅᆞᆫ바 동호샤톄(動乎四體)ᄒᆞ고 현호시귀(現乎蓍龜)[108]라. 문댱(文章)이 발월(發越)ᄒᆞ고 필법(筆法)이 휘황(輝煌)ᄒᆞ여 ᄌᆞᄌᆞ금슈(字字錦繡)와 언언쥬옥(言言珠玉)으로[109] 풍운이 변식ᄒᆞ고 귀신이 브ᄅᆞ디지ᄂᆞᆫ ᄀᆞ온ᄃᆡ나 의ᄉᆡ(意思) 쳐초(凄楚)ᄒᆞ고 회픠 가득ᄒᆞ여 은연이[110] 상ᄉᆞ편(想思篇)의 갓가온디라. 졔졍이 그 시의롤 아롬다이 넉이디 아니나 굿ᄐᆞ여 낫토디 아니ᄃᆡ 홀노 졍학ᄉᆡ 봉우칙션(朋友責善)이 업디 못ᄒᆞ리라 ᄒᆞ여 댱삼낭을 도라보아 ᄀᆞᆯ오ᄃᆡ

“문승의 초출ᄒᆞᆫ 영ᄌᆡ(英材)와 탁월ᄒᆞᆫ 문화(文華)[111]로 엇디 ᄠᅳᆺ 잡기롤 광명딕ᄇᆡᆨ(光明直白)히 못 ᄒᆞ여 부박(浮薄)히 ᄋᆡ츈(愛春)ᄒᆞᄂᆞᆫ 회포롤

---

106 암암(巖巖)ᄒᆞ고: 암암하다. 산세가 높고 험하다는 뜻으로, 여기서는 시의 뜻이 높다는 것을 의미함.

107 창녀(昌黎): 한창려. 당나라 때의 정치가이자 사상가 한유. 송대 이학(理學)의 선구자로 여겨지며 당송팔대가 중 한 사람.

108 동호샤톄(動乎四體)ᄒᆞ고 현호시귀(現乎蓍龜): 《중용장구(中庸章句)》 23장에서 국가가 망하려고 할 때는 반드시 요괴스러운 일이 있어서 거북점에 나타나고 사체를 움직인다는 데서 나옴.

109 언언쥬옥(言言珠玉)으로: 규장각본에는 ‘언언쥬옥이라’로 되어 있음.

110 은연이: 규장각본에는 ‘은은이’로 되어 있음.

111 문화(文華): 화려하고 아름다운 문장.

두엇ᄂᆞ뇨? 그ᄃᆡ 듯디 못ᄒᆞ엿ᄂᆞ냐? 셔듕(書中)의 유녀(有女) 안여옥(顏如玉)이라[112] ᄒᆞ니 문승이 문당대ᄌᆡ(文章大才)로 ᄒᆞᆫ번 일홈을 뇽갑의 걸고 몸이 영쥐(瀛洲)예 오로ᄆᆡ[113] 어나[114] 집이 뇨됴현녀(窈窕賢女)로뼈 결가(結嫁)ᄒᆞ믈 원치 아니리오? 당금 문승이 만난 밧ᄌᆡ 소원이 아니믈 ᄃᆡ강 드럿거니와 댱뷔 엇디 ᄒᆞᆫ낫 슉녀ᄅᆞᆯ 만나디 못ᄒᆞᆯ가 울울(鬱鬱)히 괴로온 회포ᄅᆞᆯ 요동ᄒᆞ리오? 죵데(從弟) 운보ᄂᆞᆫ 취실(娶室)ᄒᆞ 46면
ᄆᆡ 과연 블힝망측(不倖罔測)ᄒᆞ여 교가의 취명(醜名)과 누얼(陋孼)이 크게 챵져(彰著)ᄒᆞ여 디어텬졍(至於天庭)을 어ᄌᆞ러이고 간관(諫官)의 탄박(彈駁)이 니러나ᄃᆡ 운뵈 호발(毫髮)도 거리ᄭᅵ믈 두디 아냐 할연(豁然)이 괴롭고 요란ᄒᆞᆫ 심녜(心慮) 업ᄂᆞᆫ디라. 운보ᄂᆞᆫ 녀국구의 외손녀ᄅᆞᆯ 취ᄒᆞ고 문승은 셩손녀ᄅᆞᆯ 취ᄒᆞ여시니 모로미 운보의 담연무려(澹然無慮)ᄒᆞ믈 효측ᄒᆞ라."

댱ᄉᆡᆼ이 긔신샤례(起身謝禮) 왈

"명ᄌᆡ명ᄌᆡ(明哉明哉)라. 디극ᄒᆞ다. 허믈을 니ᄅᆞᄂᆞᆫ 니ᄂᆞᆫ 스ᄉᆡᆼ이라."

ᄒᆞ고 공ᄌᆡ(公子) 왈

"허믈이 이시ᄆᆡ 아ᄂᆞᆫ 니 잇다 ᄒᆞ시니 쇼데 평ᄉᆡᆼ의 존문제형(尊門諸兄)의 덕ᄒᆡᆼ을 앙복(仰服)ᄒᆞ여 만일의 ᄒᆞ나흘 효측ᄒᆞ여 ᄆᆡᆺ디 못ᄒᆞ더니

---

112 셔듕(書中)의 유녀(有女) 안여옥(顏如玉)이라: 책 속에 얼굴이 옥처럼 아름다운 여인이 있다는 뜻. 고문진보의 〈진종황제권학(眞宗皇帝勸學)〉의 구절로, 남아가 책을 읽으면 뜻을 이루어 부귀영화 등을 이룰 수 있다는 맥락에서 등장함.

113 몸이 영쥐(瀛洲)예 오로ᄆᆡ: 선비가 이름을 날리는 것을 전설 속의 산인 영주산에 오른다는 것으로 비유함. 규장각본에는 '영쥐의'로 되어 있음.

114 어나: 규장각본에는 '어ᄂᆡ'로 되어 있음.

오날 더옥 심다롤디라. 본디 져근 괴로오믈 춤디 못ᄒᆞᄂᆞᆫ 바의 딘실노 견듸디 못홀 두통을 만나니 과연 심위(心憂) 되ᄂᆞᆫ디라. 굿ᄐᆞ여 ᄉᆞ상(思想)ᄒᆞᄂᆞᆫ 곳이 업ᄉᆞ듸 젼뎐반측(輾轉反側)ᄒᆞ나 만나지 못ᄒᆞ믈 한ᄒᆞ믜 디어(至於) 글귀의 브뎡(不淨)ᄒᆞ미 낫타나니 엇디 운보의 도학션힝(道學善行)을 ᄇᆞ라리오? 다만 형의 디셩칙계(至誠責戒)ᄒᆞ믈 감샤ᄒᆞ노라."

47면

학시 회샤블감(回謝不堪)ᄒᆞ고 죵일 유완(遊玩)홀ᄉᆡ 당싱은 눈이 경믈(景物)의 잇디 아녀[115] 쥬산 봉두(峯頭)의 올나 경부롤 유심히 솔피믜 과연 상운각이라 졔익(題額)ᄒᆞᆫ 당ᄉᆡ(堂舍) 이셔 표묘(縹緲)ᄒᆞᆫ 져근 집이 팔작(八作)[116]으로 가ᄂᆞᆫ듸 좁은 난간이 놉히 화계(花階)롤 비겻고 낙일(落日)이 곡난(曲欄)의 됴요ᄒᆞᆫ듸 붉은 구름이 쥬렴(珠簾)의 어릐고 쳥풍(淸風)이 소슬ᄒᆞ여 향긔(香氣)롤 붓쳐니니 은연(隱然)이 희강(嵇康)[117]의 션졍(仙庭)을 듸ᄒᆞᆫ ᄃᆞᆺᄒᆞᆫ디라. 싱이 쳠망냥구(瞻望良久)의 듕심이 여취(如醉)ᄒᆞ니 스ᄉᆞ로 소릐 나믈 ᄭᆡ닷디 못ᄒᆞ여 왈

"그윽ᄒᆞᆫ 골 쇽의 신션의 ᄭᅩᆺ출 곰초다 ᄒᆞ니 졍히 이롤 니ᄅᆞ미로다. 원ᄂᆡ 이졍(二情)이 다 ᄒᆞᆫ가디니 남녀의 다ᄅᆞ미 업ᄉᆞ믜 내 져롤 위ᄒᆞᆫ ᄯᅳᆺ이 상심실셩(喪心失性)키의 밋쳐시니 졔 홀노 담연무려(澹然無慮)ᄒᆞ랴?"

셜파의 희허영탄(欷歔永嘆)ᄒᆞ고 난두(欄頭)의 것구러져 흔흔이 인ᄉᆞ롤 바리니 졔졍이 대경ᄒᆞ고 이랑이 창황(蒼黃)ᄒᆞ여 일시의 븟드러 완

---

115 아녀: 규장각본에는 '아니ᄒᆞ고'로 되어 있음.

116 팔작(八作): 팔작집. 네 귀퉁이에 모두 추녀를 단 집.

117 희강(嵇康): 해강. 죽림칠현 중 한 명.

월ᄃᆡ의 드러가 약믈(藥物)노 구호ᄒᆞᄃᆡ ᄉᆡᆼ이 아모란 줄 모로고 면뫼(面貌) 한회(寒灰) ᄀᆞᆺ고 슈죡(手足)이 궐닝(厥冷)ᄒᆞ여 졍학ᄉᆞ 등이 본ᄃᆡ ᄇᆡᆨ기(百技) 능통ᄒᆡ박(能通該博)ᄒᆞ여 의리(醫理)[118]의 ᄉᆞᆨ달ᄒᆞᆫ디라. 좌우로 둘너안ᄌᆞ 관형찰ᄉᆡᆨ(觀形察色)ᄒᆞ고 ᄆᆡᆨ후(脈候)ᄅᆞᆯ 보ᄆᆡ 임의 상ᄉᆞ일념(想思一念)이 고항(膏肓)[119]의 깁허 ᄯᅳᆺ을 일우디 못ᄒᆞᄆᆡ 죽으미 반ᄃᆞᆺᄒᆞᆯ ᄲᅮᆫ 아니라 요약(妖藥)이 장부(臟腑)[120]ᄅᆞᆯ 흐리워 본ᄃᆡᆯ의 당당ᄒᆞᆫ 졍긔(精氣)ᄅᆞᆯ 흐리오고 텬픔(天稟)의 ᄉᆞᆨᄉᆞᆨᄒᆞᆫ 빗ᄎᆞᆯ 믓질너 경ᄃᆡ(瓊臺)의 강츙(驚虫)[121]이 분분요요(紛紛擾擾)ᄒᆞ여 오관(五官) 안ᄒᆡ ᄃᆡᆨ흰 거시 업고 십이경(十二景)의 누운(壘雲)이 탕탕(蕩蕩)ᄒᆞ여 비컨ᄃᆡ 모ᄃᆡᆫ 즘ᄉᆡᆼ과 어ᄌᆞ러온 형극(荊棘)이 울울(鬱鬱)ᄒᆞᆫᄃᆡ 일만 ᄉᆞ긔(邪氣)와 브졍ᄒᆞᆫ 거시 함취(咸聚)ᄒᆞ여 일월의 광화(光華)ᄒᆞ믈 비최디 아녀시니 그 별노 상ᄒᆞ미 남은 터히 업ᄂᆞᆫ디라[122]. 졔경이 ᄎᆞ악블승(嗟愕不勝)ᄒᆞ여 이랑을 도라보아 ᄀᆞᆯ오ᄃᆡ

"녕뎨의 슈쳑(瘦瘠)ᄒᆞ미 ᄉᆞ딜(死疾)을 디닌 사ᄅᆞᆷ ᄀᆞᆺᄐᆞ믈 우리 위ᄒᆞ여 념녀ᄒᆞᄃᆡ 그 본ᄃᆡ 양댱(陽壯)ᄒᆞ미 져근 병의 근심ᄒᆞᆯ ᄇᆡ 아니오 또 년긔 졍셩(鼎盛)ᄒᆞ여 츈광(春光)[123]이 져믈 날이 머러시니 ᄉᆞᄉᆡᆼ위려(死生爲慮)ᄂᆞᆫ 념녀치 아녓더니 졸연 엄ᄉᆡᆨ(掩色)[124]ᄒᆞ믈 인ᄒᆞ여 좌우슈(左右

48면

---

118 의리(醫理): 의학적 이론.

119 고항(膏肓): 고황. 심장과 횡격막의 사이로, 이곳에 병이 들면 치료가 어렵다고 함.

120 장부(臟腑): '오장육부'의 준말로 내장을 이름.

121 강츙(驚虫): 규장각본에는 '경츙'으로 되어 있음.

122 업ᄂᆞᆫ디라: 규장각본에는 '어블지라'로 되어 있음.

123 츈광(春光): 춘광. 젊은 사람의 나이를 비유하는 말.

124 엄ᄉᆡᆨ(掩色): 엄색. 부처가 세상을 떠나는 것을 이름.

49면 手)롤 간믹(看脈)건디 병근(病根)이 비상(非常)ᄒᆞ여 우연이 신음ᄒᆞ미 아니오 또 괴이ᄒᆞᆫ 요약(妖藥)이 댱부(臟腑)롤 어리워 병의 위티(危殆)ᄒᆞ믈 돕고 텬셩(天性) 춍명(聰明)ᄒᆞ믈 아ᄉᆞ시니 아디 못게라. 문승을 뉘 믜워ᄒᆞ미 이셔 요약으로뼈 쳔년 댱긔(壯氣)롤 손상케 ᄒᆞ엿ᄂᆞ뇨?"

댱이랑이 아의 위티ᄒᆞ믈 디ᄒᆞ여 심담(心膽)이 쒸노라 븟들고 항뉘(行淚) 비비(霏霏)ᄒᆞ여 능히 말을 못 ᄒᆞ더니 제경의 말을 듯고 더옥 놀나 디ᄒᆞ여 골오디

"쇼뎨 블우무상(不遇無狀)ᄒᆞ여 샤뎨 외입광패(誤入狂悖)ᄒᆞ믈 막연브디(漠然不知)ᄒᆞ고 다만 젼월(前月)의 취실(娶室) 후로 증한(憎恨)ᄒᆞᄂᆞᆫ 뜻을 것줍디 못ᄒᆞ여 고산원졍(高山遠庭)과 쳥누쥬샤(青樓酒肆)[125]의 오유(遨遊)ᄒᆞ믈 알고 금단(禁斷)치 못ᄒᆞ더니 근일 졸연이 침병(侵病)ᄒᆞ여 침식(寢食)을 젼혀 못 ᄒᆞ니 ᄉᆞ려(思慮)ᄒᆞᄂᆞᆫ 회픽 이시믈 씨다라 므ᄅᆞ디 은휘(隱諱)ᄒᆞ고 니ᄅᆞ미 업ᄉᆞ니 친위 일노뼈 졀우(切憂)ᄒᆞ시고 뎨의 민울(悶鬱)ᄒᆞ믈 비홀 디 업ᄉᆞ디 쇼용미렬(小庸微劣)ᄒᆞ여 능히 아을 계칙(戒責)ᄒᆞ여 뎡도(正道)의 닐위디 못ᄒᆞ고 또 져의 ᄉᆞ렴(思念)ᄒᆞᄂᆞᆫ 바롤 다리여 쥬션(周旋)ᄒᆞᄂᆞᆫ 쳐변(處變)을 일우디 못ᄒᆞ여 죵ᄂᆡ(終來) 블힝ᄒᆞ미 이실가 슬허ᄒᆞ나 요약이 댱부(臟腑)롤 흐리옴과 병셰(病勢) 이디도록 ᄲᆞᄅᆞ고 급ᄒᆞ여 ᄉᆞᄉᆡᆼ(死生)이 슈유(須臾)의 이시믄 ᄉᆡᆼ각디 아녓더니 금일 엄식(掩色)ᄒᆞ믈 조ᄎᆞ 졔형의 고명(高明)ᄒᆞᆫ 의견이 그 장부롤 ᄉᆞ못ᄎᆞ 이러틋 니ᄅᆞ니 비록 상ᄉᆞ(想思)ᄒᆞᄂᆞᆫ 바롤 긋쳐 잡념

50면

125 쥬샤(酒肆): 주사. 술집.

녀(雜念慮)ᄅᆞᆯ 못 ᄒᆞ게 ᄒᆞ나 요약을 프러ᄂᆡ여 복듕(腹中)이 편케 ᄒᆞ여 쳠가(添加)ᄒᆞᆫ 증셰나 덜고 졍신이나 쳥명케 ᄒᆞ여 연믜(煙霧) 침침ᄒᆞᆫ 거ᄉᆞᆯ 업시ᄒᆞᆯ 당제(當劑)[126]ᄅᆞᆯ ᄉᆡᆼ각ᄒᆞ여 아을 구ᄒᆞ믈 ᄇᆞ라노라."

경학ᄉᆡ 즉시 셔길ᄉᆞ 닌명과 공ᄌᆞ 닌웅으로 상의논증(相議論症)ᄒᆞ여 요약을 프러ᄂᆡᆯ 당제ᄅᆞᆯ 젹어 댱이랑을 주고 이윽이 구호(救護)ᄒᆞᄆᆡ 황혼의 비로소 댱삼낭이 졍신을 슈습ᄒᆞ여 숨을 ᄂᆡ쉬고 눈을 ᄠᅧ 좌우ᄅᆞᆯ ᄉᆞᆯ피ᄂᆞᆫ디라. 이랑이 ᄒᆡᆼ열(幸悅)ᄒᆞ고 제정이 졸연 혼도(昏倒)ᄒᆞᆫ 바ᄅᆞᆯ 인ᄉᆞᄒᆞ니 댱ᄉᆡᆼ이 실노 ᄌᆞ긔 병근(病根)이 참괴(慙愧)ᄒᆞᆫ디라. 제졍의 ᄎᆞᆼ명으로 반ᄃᆞ시 상ᄉᆞ디질(想思之疾)이믈 ᄭᆡ다라 ᄌᆞ긔ᄅᆞᆯ 더러이 녁일 바ᄅᆞᆯ 디긔(知機)ᄒᆞᄆᆡ 말이 빗치 업ᄉᆞᆫ디라. 오딕 미미(微微)ᄒᆞᆫ 통셩(痛聲)을 동ᄒᆞ고 괴로이 눈셥을 ᄶᅵᆼ그여 ᄀᆞᆯ오ᄃᆡ 51면

"쇼뎨 대단이 딜통(疾痛)ᄒᆞ미 업ᄉᆞ나 슉식을 폐ᄒᆞ연 디 여러 날이라. 스ᄉᆞ로 괴이ᄒᆞ믈 니긔디 못ᄒᆞ더니 금일 블의(不意)예 혼도(昏倒)ᄒᆞ여 제우(諸友)의 연회ᄅᆞᆯ 파ᄒᆞ니 병을 시러 ᄇᆡ반(杯盤)[127]의 참예(參與)ᄒᆞ믈 후회ᄒᆞᄂᆞ이다."

셜파의 기형(其兄)을 도라보아 ᄀᆞᆯ오ᄃᆡ

"쇼뎨 동신(動身)ᄒᆞᆯ 근녁(筋力)이 업ᄉᆞ니 편ᄒᆞᆫ 교ᄌᆞ(轎子)의 부듕(府中)으로 도라가고ᄌᆞ ᄒᆞᄂᆞ이다."

이랑이 시동(侍童)을 명ᄒᆞ여 교ᄌᆞᄅᆞᆯ 가져오라 ᄒᆞ여 아을 올니고 도라가니 댱공과 박시 냥ᄌᆡ 완월ᄃᆡ의 제졍으로 즐기믈 아라 ᄎᆞᆺ디 아니ᄒᆞ

126 당제(當劑): 당제. 어떤 병에 딱 맞는 약.

127 ᄇᆡ반(杯盤): 배반. 흥취 있게 노는 잔치.

더니 삼낭이 교ᄌᆞ의 실녀 셔당(書堂)의 와 누으믈 드ᄅᆞᄆᆡ 대경(大驚)ᄒᆞ여 나[128] 븟들고 통쳐(痛處)ᄅᆞᆯ 므ᄅᆞ며 의외 이 ᄀᆺᄐᆞ믈 ᄎᆞ악(嗟愕)ᄒᆞ여 젼심초려(煎心焦慮)ᄒᆞ믈 마디 아니니 ᄉᆡᆼ이 블효ᄅᆞᆯ 슬허ᄒᆞ나 병을 강인ᄒᆞᆯ 길 업고 이랑이 아의 혼도ᄒᆞ엿던 바ᄅᆞᆯ 고치 아니코 본딜이 슈고견강(守固堅强)ᄒᆞ니 일시 침병(侵病)으로 관겨(關係)치 아닐 바ᄅᆞᆯ 고ᄒᆞ나 댱공과 박시 목젼(目前) 경ᄉᆡᆨ(景色)을 보아 초조ᄒᆞ고 이랑이 초
52면 박(焦迫)ᄒᆞ믈 니긔디 못ᄒᆞ여 졔경의 명약(命藥)ᄒᆞ던 바로ᄡᅧ 약을 ᄡᅳ니 ᄉᆡᆼ이 약을 음(飮)ᄒᆞᄂᆞᆫ 족족 누ᄅᆞ고 괴이ᄒᆞᆫ 믈을 무슈히 토ᄒᆞ니 박시ᄂᆞᆫ ᄉᆞ긔(邪氣)ᄅᆞᆯ 모로고 즉금 먹ᄂᆞᆫ 약이 당제 아니라 ᄒᆞᄃᆡ 이 곳 닌웅과 학ᄉᆞ의 상의(相議)ᄒᆞᆫ 바로 명약ᄒᆞ미라. 셩인의 졍일(精一)ᄒᆞᆫ 긔ᄆᆡᆨ(氣脈)으로 텬디의 녕화(英華)ᄒᆞᆫ 초목을 ᄀᆞᆯᄒᆡ여 모든 음예(陰翳)ᄅᆞᆯ 모라 ᄂᆡ치니 아닛고이 검고 누른 믈을 토ᄒᆞ고 졍신이 혼모(昏耗)ᄒᆞ여 맛참ᄂᆡ 마신 괴쇽(怪粟)과 연무(煙霧)의 ᄡᆞ힌 어림장이 ᄀᆺ던 ᄇᆡ 즉ᄀᆡᆨ의 긔운이 운건청쳥(雲騫淸淸)[129]ᄒᆞ니 졍쇼져 ᄉᆞ모ᄒᆞᄂᆞᆫ ᄠᅳᆺ이 아오로 업셔지미 아니로ᄃᆡ 요약의 상ᄒᆞᆫ 바ᄂᆞᆫ 쾌소가복(快蘇可復)ᄒᆞ니 일슌디후(一瞬之後)의 병장(屛帳)을 것고 관소(盥梳)ᄒᆞ여 부모긔 문후(問候)ᄒᆞᆯᄉᆡ 여러 날 침병(侵病)ᄒᆞ여 셩녀(聖慮) 깃치믈 샤죄ᄒᆞ니 쇄락(灑落)ᄒᆞᆫ 풍광과 윤염(潤艶)ᄒᆞᆫ 용뫼 완연 복소(復蘇)ᄒᆞ여 엄엄위위(奄奄危危)히 니쳑슈븨(瘐瘠瘦膚)ᄒᆞ던 바와 ᄂᆡ도ᄒᆞ니 비로소 약효의 신긔ᄒᆞ믈 무슈히 일ᄏᆞ라 환희ᄒᆞ믈 니긔디 못ᄒᆞ고 댱공이 ᄯᅩᄒᆞᆫ 졔경의 특

128 나: 규장각본에는 '나아가'로 되어 있음.

129 운건청쳥(雲騫淸淸): 운건청청. 구름처럼 자유분방하고 맑다는 의미.

달(特達)ᄒᆞ미 만믈디니(萬物之理)의 무블능통(無不能通)ᄒᆞ믈 칭복
(稱服)ᄒᆞ며 ᄋᆞᄌᆞ의 위질(危疾)이 쾌소(快蘇)ᄒᆞ믈 경환(慶歡)ᄒᆞ니 합 53면
문의 깃브미 ᄌᆞ아져시ᄃᆡ 녀시 댱싱을 원망ᄒᆞ미 날노 더으고 ᄉᆞ모ᄒᆞ
미 시로 극ᄒᆞ여 ᄉᆞ상지질(思想之疾)이 된 바로 싱의 침질(侵疾)ᄒᆞ믈
듯고 혼혼(昏昏)ᄒᆞ여 인ᄉᆞ롤 모로ᄂᆞᆫ 씨의 ᄂᆡᄃᆞ라 음누(淫陋)ᄒᆞᆫ 뜻을
펴고ᄌᆞ ᄒᆞᄃᆡ ᄂᆡ루의 이심과 다ᄅᆞ고 듕문(中門)을 임의로 나디 못ᄒᆞ
여 분분앙앙(忿忿怏怏)ᄒᆞ다가 싱이 ᄎᆞ복(差復)ᄒᆞ여 니러나믈 보ᄆᆡ 져
의 더러온 계괴(計巧) 헛곳의 도라가믈 울분(鬱憤)ᄒᆞ여 가득ᄒᆞᆫ 원한
을 필디어셔(筆之於書)ᄒᆞ여 부모 존당(尊堂)의 하소[130]키롤 마디 아니
니 국구와 츄밀이 므ᄉᆞᆫ 념치로 댱싱을 한ᄒᆞ리오? ᄒᆞ믈며 댱싱이 비ᄇᆡ
(婢輩)의 젼어(傳語)로조ᄎᆞ 녀시 취ᄒᆞ믈 에분딜통(恚憤疾痛)ᄒᆞ여 ᄉᆞ
병(思病)이 일게 되엿다 ᄒᆞ니 부부 밀은(密隱)의 다ᄃᆞ라ᄂᆞᆫ 위셰로 협
박디 못ᄒᆞᆯ디라. 심니(心裏)의 블쾌(不快)ᄒᆞ나 녀ᄋᆡ 남 ᄀᆞᆺ디 못ᄒᆞ니 ᄒᆞᆯ
일업셔 오딕 부도(婦道)로뼈 경계ᄒᆞᆯ ᄯᆞ롬이로ᄃᆡ 녀츄밀의 부인 만시
ᄂᆞᆫ 녀ᄋᆞ의 망측취루(罔測醜陋)ᄒᆞᆷ과 ᄂᆡ도ᄒᆞ여 안ᄉᆡᆨ이 빗나고 언ᄉᆡ(言
辭) 유여(有餘)ᄒᆞ여 간힐능녀(奸黠凌厲)ᄒᆞᆫ 인믈노 험난ᄒᆞᆫ 디슐(智 54면
術) 업ᄂᆞᆫ디라. 녀ᄋᆞ의 블안누악(不安陋惡)ᄒᆞ미 구가의 브득블용(不
得不用)ᄒᆞ믄 괴이히 아니믈 모로디 아니나 스ᄉᆞ로 ᄉᆞ졍(私情)의 일편
(一遍)되므로뼈 그 젼졍(前程)을 도모코ᄌᆞ ᄒᆞᄆᆡ 요ᄉᆞ간계(妖邪奸計)
로 셔랑(壻郞)의 박ᄒᆞᆫ 뜻을 후히 ᄒᆞ고 댱공 부부의 부ᄌᆞ(不慈)ᄒᆞ믈 디

130 하소: 억울함을 토로하는 것.

극게 ᄒᆞ여 녀ᄋᆞ로뼈 구고(舅姑)의 ᄉᆞ랑과 가부(家夫)의 듕ᄃᆡ(重待)를 엇고ᄌᆞ ᄒᆞᄆᆡ 요악(妖惡)ᄒᆞᆫ 무녀(巫女)와 허무(虛無)ᄒᆞᆫ 슐ᄉᆞ(術士)를 모화 산쳔(山川)의 긔도(祈禱)ᄒᆞ고 텬디(天地)의 튝원(祝願)ᄒᆞ여 녀ᄋᆞ의 슈복(壽福)을 빌고 은화(銀貨)를 널니 ᄒᆞᆺ터 요괴로온 약뉴(藥類)를 구ᄒᆞ여 녀ᄋᆞ의 유모 ᄆᆡᆼ뉴랑을 주어 당공 부부와 셔랑의 딘(進)ᄒᆞᄂᆞᆫ 음식 가온ᄃᆡ 화ᄒᆞ라 ᄒᆞᄃᆡ 연부인이 가ᄉᆞ(家事)를 총찰(總察)ᄒᆞ여 법녕(法令)이 슉연(肅然)ᄒᆞᆯ ᄲᆞᆫ 아니라 정부인이 감탕(甘湯)을 밧드러 온ᄂᆡᆼ(溫冷)을 친집(親執)ᄒᆞ니 샹봉하휼(上奉下恤)의 ᄇᆡᆨᄒᆡᆼ(百行)이 딘슉(振肅)ᄒᆞ고 ᄉᆞ덕(四德)[131]이 슉뇨(肅窈)ᄒᆞ여 스ᄉᆞ로 텰부(哲婦)의 디식을 낫토디 아니ᄃᆡ 담담이 말 업ᄉᆞᆫ ᄀᆞ온ᄃᆡ 아ᄂᆞᆫ 거시 여신(如神)ᄒᆞ니 망디여운(望之如雲)ᄒᆞ고 취디여일(就之如日)ᄒᆞ여[132] 셰쇄(細瑣)ᄒᆞ고 가찰(苛察)ᄒᆞᄆᆡ ᄂᆡ도ᄒᆞᄃᆡ ᄯᅩᄒᆞᆫ ᄒᆡ완(懈緩)ᄒᆞ고 ᄆᆞᆼ농(朦朧)

55면 ᄒᆞ여 ᄉᆞᆯ피디 못ᄒᆞ미 업ᄉᆞ니 그 ᄎᆞᆼ(聰)ᄒᆞ미 샤광(師曠) ᄀᆞᆺ고 ᄇᆞᆰ으미 니루(離婁) ᄀᆞᆺᄐᆞ여 안광이 일빵 됴마경(照魔鏡)[133]을 ᄇᆞᆰ게 닷근 ᄃᆞᆺᄒᆞ니 음샤(淫邪)ᄒᆞ고 브졍ᄒᆞ미 감히 어ᄅᆞᆫ기디 못ᄒᆞ고 셩심(聖心) 은ᄐᆡᆨ(恩澤)이 합문(闔門)의 덥히고 구죡(九族)의 먼니 흘너 인인이 덕화(德化)를 감열(感悅)ᄒᆞ고 듕확(衆獲)이 은혜를 목욕(沐浴)ᄒᆞ여 젹ᄌᆡ(赤子) 모

131 ᄉᆞ덕(四德): 사덕. 여자가 갖추어야 할 네 가지 덕. 마음씨(婦德), 말씨(婦言), 맵시(婦容), 솜씨(婦功).

132 아ᄂᆞᆫ 거시 여신(如神)ᄒᆞ니 망디여운(望之如雲)ᄒᆞ고 취디여일(就之如日)ᄒᆞ여: 《사기》 권1 〈오제본기(五帝本紀)〉에서 제요(帝堯)를 설명하는 데 쓰인 말. "제요란 분은 이름이 방훈이니, 그 인덕(仁德)은 하늘과 같았고, 그 지혜는 신과 같았으며, 가까이 나아가 보면 따스한 햇볕과 같았고, 멀리서 바라보면 촉촉이 비를 내려 주는 구름 같았다."

133 됴마경(照魔鏡): 조마경. 마귀의 진정한 모습을 비춘다는 거울.

(母)ᄅᆞᆯ ᄇᆞ람 ᄀᆞᆺᄐᆞ니 원망ᄒᆞᄂᆞᆫ ᄆᆞᄋᆞᆷ과 은복(隱伏)ᄒᆞᆫ 뜻을 두디 아닌 바의 어ᄃᆡ로 인연ᄒᆞ여 놀노 더브러 ᄭᅬᄒᆞ여 댱공 부부 딘ᄒᆞᄂᆞᆫ 바 시션(視膳)의 요약을 셧그리오? ᄆᆡᆼ유랑의 위쥬튱심(爲主忠心)이 범홀(泛忽)ᄒᆞᆫ[134] ᄇᆡ 아니로ᄃᆡ 감히 손을 놀니디 못ᄒᆞ여 유유(悠悠)히 날을 보ᄂᆡᆯ ᄲᅳᆫ이러니 박댱군이 유질(有疾)ᄒᆞ믈 인ᄒᆞ여 박부인이 친부(親府)로 나아가니 ᄆᆡᆼ패 녀시 젼어(傳語)로 거ᄌᆞᆺ 문후(問候)컨 쳬ᄒᆞ고 ᄌᆞ로 왕ᄂᆡᄒᆞ다가 박부 시ᄋᆞ(侍兒) 등을 ᄉᆞ괴여 졍의 디극ᄒᆞᄆᆡ 밋ᄎᆞ니 혹 밤을 지ᄂᆡ며 날이 져므러 박부인 시션의 요약을 화(和)ᄒᆞᄃᆡ 시ᄋᆡ 젼혀 무심(無心)홀 ᄲᅳᆫ 아니라 ᄆᆡᆼ파의 쳐ᄉᆡ(處事) 간능민쇽(奸能敏速)ᄒᆞ믈 ᄭᆡ다ᄅᆞᆯ 지 업ᄂᆞᆫ디라. 박시 요약을 딘ᄒᆞᄆᆡ 본ᄃᆡ 허망(虛妄)ᄒᆞ고 호란(胡亂) 56면
ᄒᆞᆫ 심졍의 그 변ᄒᆞ미 타인의셔 ᄇᆡ(倍)ᄒᆞᆫ디라. 두어 날 일신(一身) 복부(腹部)ᄅᆞᆯ 어연 가복(可復)ᄒᆞ믈 엇고 믄득 녀시의 신셰ᄅᆞᆯ 긍민(矜悶)ᄒᆞᄂᆞᆫ[135] 의ᄉᆡ 니러나ᄂᆞᆫ디라. 계오 부친 환휘(患候) ᄎᆞ헐(差歇)ᄒᆞ믈 보고 ᄲᆞᆯ니 도라오ᄆᆡ 녀시 졍·양·쥬 등을 조ᄎᆞ 영지알현(迎之謁見)ᄒᆞᄂᆞᆫ디라. 그 흉참(凶慘)ᄒᆞᆫ 상모(相貌)와 누츄(陋醜)ᄒᆞᆫ 죵쳐(腫處)의 농즙(膿汁)이 ᄀᆞ로 흐ᄅᆞ믈 아닛ᄭᅩ으며 믜오믈 니긔디 못ᄒᆞᄂᆞᆫ ᄇᆡ러니 이날 그 츄용누질(醜容陋質)이 도로혀 유덕슌편(有德順便)ᄒᆞ여 뮙디 아녀 뵈ᄂᆞᆫ디라. 흔연(欣然) 집슈(執手)ᄒᆞ여 그ᄉᆞ이 무양(無恙)턴 바ᄅᆞᆯ 므ᄅᆞ니 녀시 흉광블초(凶狂不肖)ᄒᆞ나 ᄌᆞ모의 당부ᄒᆞᄂᆞᆫ 셜홰(說話) 날마다 만디(滿紙)의 가득ᄒᆞ여 음패난일(淫悖亂逸)ᄒᆞ믈 ᄎᆞᆷ으라 ᄒᆞ고 ᄯᅩ 요모곡

---

134 범홀(泛忽)ᄒᆞᆫ: 범홀하다. 데면데면하다. 여기에서는 문맥상 '소홀하다'는 뜻으로 해석.

135 긍민(矜悶)ᄒᆞᄂᆞᆫ: 긍민하다. 가엾게 여기다.

계(妖謨曲計)로뼈 져의 젼졍(前程)을 도모ᄒᆞᄂᆞᆫ 바ᄅᆞᆯ 아ᄂᆞᆫ디라. 잠간
ᄆᆞᄋᆞᆷ을 가다ᄃᆞᆷ아 구고(舅姑)의 ᄉᆞ랑을 엇고ᄌᆞ ᄒᆞ여 ᄯᅩᄒᆞᆫ 효슌(孝順)
컨 쳬ᄒᆞ고 댱군의 환휘 즉ᄎᆞ(卽差)ᄒᆞᆷ과 존고(尊姑)의 신양(身恙)이 쾌
복(快復)ᄒᆞ믈 흔하(欣賀)ᄒᆞ여 셩덕디하(聖德之下)의 미신(微身)이 무
양(無恙)턴 바ᄅᆞᆯ ᄃᆡᄒᆞ니 박시 ᄒᆡ옴업시 그 명박(命薄)ᄒᆞ믈 슬피 넉이
57면 고 슌효(順孝)ᄒᆞ믈 ᄉᆞ랑ᄒᆞ여 이날노브터 범ᄉᆞ(凡事)의 구구계렴(區區
繫念)ᄒᆞ고 쵹쳐(觸處)[136]의 어엿비 넉이믈 마디 아니니 입문(入門) 초일
(初日)의 댱셜젼(長舌戰)으로 믜오미 ᄉᆞᆷ킬 ᄃᆞᆺᄒᆞ고 통한(痛恨)ᄒᆞ미 죽
일 ᄃᆞᆺᄒᆞ던 바로 졸연 연디휼디(憐之恤之)ᄒᆞ고 ᄋᆡ디민디(哀之愍之)ᄒᆞ
여 ᄀᆞ장 녜ᄉᆞ롭디 못ᄒᆞ니 연부인이 이상ᄒᆞ믈 니긔디 못ᄒᆞ고 양·쥬 등
이 의혹ᄒᆞ나 요약으로뼈 변심(變心)ᄒᆞ믄 ᄭᆡ닷디 못ᄒᆞᄃᆡ 졍부인은 박
시의 심졍이 굿디 못ᄒᆞᆯ ᄲᅳᆫ 이니라 젼후 요약의 변심상셩(變心喪性)ᄒᆞ
던 바ᄅᆞᆯ 만히 보앗ᄂᆞᆫ디라. ᄯᅩ 본셩을 일코 그ᄅᆞᆺ되미 심ᄒᆞ믈 헤아리ᄆᆡ
깁히 블힝ᄒᆞ믈 니긔디 못ᄒᆞᄃᆡ ᄉᆞ식(辭色)디 아니터라. 박시 변심ᄒᆞ므
로 녀시ᄅᆞᆯ ᄉᆞ랑ᄒᆞ미 극ᄒᆞᄆᆡ 녀시 ᄯᅩ 존고 년ᄋᆡ(憐愛)ᄒᆞ믈 어드니 졍
셩을 낫토아 친부로조ᄎᆞ 만반딘슈(滿盤珍羞)와 산ᄒᆡ지믈(山海之物)
을 ᄀᆞᆺ초와 가져와 부인의 딘ᄒᆞ시믈 쳥ᄒᆞ니 박시 슌슌이 그 셩효(誠孝)
ᄅᆞᆯ 칭찬ᄒᆞ며 댱공과 ᄒᆞᆫ가지로 술을 마시며 딘찬(珍饌)을 딘ᄒᆞᄆᆡ 댱공
이 ᄯᅩᄒᆞᆫ 일진졍양(一陣正陽)의 당당ᄒᆞᆫ 졍화(精華)로 작픔긔셩(作稟
58면 氣性)ᄒᆞᆫ ᄇᆡ 아니라 므ᄉᆞᆫ 덕이 능히 요괴로온 거ᄉᆞᆯ 믈니치고 므ᄉᆞᆫ 뎡대

136 쵹쳐(觸處)의: 촉처의. 닥치는 곳마다.

(正大)ᄒᆞ미 능히 샤특(邪慝)ᄒᆞᆫ 긔운을 먼니ᄒᆞ리오? 힘힘히 요약의 셩졍을 밧고와 녀시 일인 밧긔 다ᄅᆞᆫ ᄌᆞ뷔(子婦) 이시믈 ᄭᆡ닷디 못ᄒᆞ고 셰린이 필ᄌᆡ(畢子)[137]라 통ᄋᆡ(寵愛)ᄒᆞ미 일ᄌᆞᆨ 그ᄅᆞ미 잇셔도 온당치 아니믈 아디 못ᄒᆞ며 ᄒᆡᆼ블하ᄌᆞ(行不瑕疵)ᄒᆞ고 그 ᄒᆡᆼᄉᆞᄅᆞᆯ 보면 희미늉늉(喜眉隆隆)ᄒᆞ던 ᄇᆡ로ᄃᆡ 근일의 다ᄃᆞ라ᄂᆞᆫ 홀연 녀시ᄅᆞᆯ 박ᄃᆡ(薄待)ᄒᆞ미 인졍의 갓갑디 아닌 거죄(擧措) 만흠과 뎡실을 용ᄉᆡᆨ(容色)으로 취ᄒᆞ여 안홰(顔華) 빗나디 못ᄒᆞᆫ 거ᄉᆞᆯ 고염(苦厭)ᄒᆞ미 경박ᄌᆞ(輕薄者)의 탕일무ᄒᆡᆼ(蕩逸無倖)ᄒᆞ미오 ᄉᆞ유(斯儒)의 온용유식(溫容有識)ᄒᆞ미 아니믈 ᄎᆡᆨ(責)ᄒᆞ여 믄득 눈을 바로 ᄯᅥ 보디 아니ᄒᆞ니 ᄉᆡᆼ이 부모의 마ᄌᆞ이러ᄒᆞ믈 블승의혹(不勝疑惑)ᄒᆞᆯ ᄲᅳᆫ 아니라 녀시ᄅᆞᆯ 관ᄃᆡ(寬大)ᄒᆞᄆᆡ 다ᄃᆞ라ᄂᆞᆫ ᄎᆞᆯ하리 위역(違逆)ᄒᆞᆫ 죄ᄅᆞᆯ 바다 죽을디언졍 능히 부부의 뉸의(倫義)ᄅᆞᆯ 온젼(穩全)치 못ᄒᆞᆯ 바ᄅᆞᆯ 주ᄒᆞ나 평ᄉᆡᆼ 교ᄋᆡᄅᆞᆯ ᄯᅴ여 ᄒᆞᆫ 조각 그ᄅᆞᆺ 넉이믈 보디 못ᄒᆞ엿다가 쳔만 ᄯᅳᆺᄒᆞ지 아닌 바의 녀시ᄅᆞᆯ 편ᄋᆡ년무(偏愛憐撫)ᄒᆞ고 ᄌᆞ긔ᄅᆞᆯ 미편(未便)ᄒᆞ여 본 젹마다 녀지 후ᄃᆡ(厚待)ᄒᆞ믈 당부ᄒᆞ니 더옥 심녜 어ᄌᆞ러오믈 니긔디 못ᄒᆞ고 비록 요약의 상 59면
ᄒᆞᆫ 병이 쾌소(快蘇)ᄒᆞ여 본딜의 영오총민(英悟聰敏)ᄒᆞ믈 회복ᄒᆞ여시나 화상(畫像) 일졀(一節)의 다ᄃᆞ라ᄂᆞᆫ 텬뎡가연(天定佳緣)과 ᄇᆡᆨ셰긔봉(百世奇逢)을 염연이 더져두디 못ᄒᆞ고 타문규슈(他門閨秀)의 화도(畫圖)ᄅᆞᆯ ᄌᆞ긔 신변(身邊)의 진여 ᄆᆡ일(每日)의 ᄉᆞ모ᄒᆞ여 그 딘짓 사ᄅᆞᆷ으로 더브러 하날의 이셔도 비익되(比翼鳥) 되믈 원ᄒᆞ고 ᄯᅡᄒᆡ이셔

---

137 필ᄌᆡ(畢子): 필자. 막내아들.

도 년니디(連理枝) 되믈 ᄇᆞ라미 딘실노 음일패만(淫佚悖慢)ᄒᆞ믈 모로디 아니ᄒᆞᄃᆡ 또 그ᄅᆞ믈 ᄭᆡ닷디 못ᄒᆞ여 크게 일공이 막혓ᄂᆞᆫ디라. 쥬야(晝夜) 상운각을 ᄇᆞ라 넉ᄉᆞᆯ ᄉᆞᆯ오고 ᄋᆡᄅᆞᆯ 긋쳐 경ᄀᆡᆨ(頃刻)의 냥익(兩翼)을 고상(翺翔)ᄒᆞ여 초ᄃᆡ(楚臺)ᄅᆞᆯ 만나 무산(巫山)의 션젹(仙籍)을 규시(窺視)ᄒᆞᆯ ᄯᅳᆺ이 블ᄀᆞᆺ치 니러나고 살ᄀᆞᆺ치 ᄲᆞᆯ나 헛도이 소혼실셩(消魂失性)ᄒᆞ여 엄엄히 긔ᄉᆡᆨ혼도(氣塞昏倒)ᄒᆞ여 졔붕(諸朋)의 누연(陋然)이 넉이믈 어드니 비록 남ᄌᆞ의 쾌활ᄒᆞ미나 엇디 셩현군ᄌᆞ(聖賢君子)ᄅᆞᆯ ᄃᆡᄒᆞ미 황연괴참(惶然愧慙)치 아니리오마ᄂᆞᆫ 능히 허믈 ᄭᆡ다라 뎡도(正道)의 나아가디 못ᄒᆞᄂᆞᆫ디라. 딜셰가복(疾勢可復)ᄒᆞ여 긔운이
60면 여상(如常)ᄒᆞ고 졍신이 ᄉᆡᆨᄉᆡᆨᄒᆞ미 향ᄌᆞ(向自)의 일신 빅ᄒᆡ(百害)ᄅᆞᆯ 괴로이 무겁던 바와 심번여란(心煩慮亂)ᄒᆞᆷ도 너모 이상ᄒᆞ여 침식을 아조 폐ᄒᆞ엿던 바로 괴이히 넉이나 졍쇼져ᄅᆞᆯ ᄉᆞ상(思想)ᄒᆞᄂᆞᆫ ᄯᅳᆺ인ᄌᆞᆨ 졈졈 바다ᄀᆞᆺ치 깁고 금셕(金石)ᄀᆞᆺ치 구더 만일 ᄌᆞ긔 가인(家人)을 ᄉᆞᆷ디 못ᄒᆞᆯ딘ᄃᆡ 상ᄉᆞ일념(想思一念)을 니긔디 못ᄒᆞ여 쇽졀업시 황길[138]흘 ᄇᆞ얄 줄노 긔약ᄒᆞ니 엇디 댱부(臟腑)의 얽히고 고항(膏肓)의 박힌 큰 병이 아니리오? 쳐음은 복부 편힝ᄒᆞᆫ 요약을 ᄲᅵ셔ᄂᆡ니 빅병(百病)이 즉ᄎᆞ(卽差)ᄒᆞ며 먹으ᄆᆡ 마시 잇고 ᄌᆞᄆᆡ 평안(平安)ᄒᆞ여 ᄉᆞ상(思相)ᄒᆞᄂᆞᆫ 회푀(懷抱) 심동여란(心動慮亂)ᄒᆞ므로조ᄎᆞ 더으ᄂᆞᆫ디라. 다시 밥 먹디 못ᄒᆞ고 ᄌᆞᆷ ᄌᆞ디 못ᄒᆞ기ᄅᆞᆯ 시작ᄒᆞᄆᆡ 신광(身光)과 풍뫼(風貌) 도로 슈쳑(瘦瘠)ᄒᆞ여 졈졈 초췌(憔悴)ᄒᆞ니 연부인과 이랑이 극녀(極慮)ᄅᆞᆯ 두

138 황길: 규장각본에는 '황뎐길'로 되어 있음.

ᄃᆡ 박시와 댱공은 보면 변ᄉᆡᆨ노즐(變色怒叱) 왈
"어딘 녀ᄌᆞᄅᆞᆯ 무고(無故)히 박ᄃᆡ(薄待)ᄒᆞ믈 ᄎᆡᆨᄒᆞ니 연부인이 댱공과 박시의 셩졍(性情)을 긔괴히 넉이나 변심ᄒᆞ미 심상치 아니믈 슌셜(脣舌)노 도로혀디 못ᄒᆞ고 오딕 셰린을 각별(各別) 보호(保護)ᄒᆞ여 이랑으로 ᄒᆞ여곰 의약(醫藥)을 힘뼈 삼낭(三郎)의 병이 더으게 말나." 61면
ᄒᆞ고 긔이ᄒᆞᆫ 음식과 보유(補遺)ᄒᆞᆫ 찬미(饌味)로 유ᄋᆞ ᄀᆞᆺ치 어로만져 권ᄒᆞ니 삼낭이 ᄌᆞ졍(慈庭)의 이우(貽憂)[139]ᄅᆞᆯ 민망ᄒᆞ여 마디못ᄒᆞ여 슬흔 거ᄉᆞᆯ 강인ᄒᆞ니 졈졈 음식을 먹으ᄆᆡ 그 마시 엇더ᄒᆞ믈 아디 못ᄒᆞ고 누으ᄆᆡ 혼침(惛沉)ᄒᆞ여 혹 ᄌᆞ는 ᄃᆞᆺᄒᆞᆫ ᄣᆡ 이시나 기실은 ᄌᆞ디 못ᄒᆞ니 ᄯᅩ 장ᄎᆞᆺ 대병이 나ᄆᆡ 날을 혜여 긔필(期必)ᄒᆞᆯ ᄇᆡ어ᄂᆞᆯ 댱공과 박시ᄂᆞᆫ ᄋᆞᄌᆞ의 몸을 념녀(念慮)ᄒᆞ믄 몽니(夢裏)의 더져두고 녀시ᄅᆞᆯ 긍민년ᄋᆡ(矜悶憐愛)ᄒᆞ여 ᄆᆡ양 그 단장박명(斷腸薄命)을 참연(慘然)ᄒᆞ니 도라다ᄅᆞᆫ ᄌᆞ녀의 유무평부(有無平否)ᄂᆞᆫ 능히 결을치 못ᄒᆞ여 아디 못ᄒᆞᄂᆞᆫ디라. ᄣᆡ의 졍태우 부인 당시 젹상(積傷)ᄒᆞᆫ 병이 날노 더어 능히 촌보(寸步)ᄅᆞᆯ 긔거(起居)치 못ᄒᆞ연 디 날이 오ᄅᆡᄃᆡ 야야(爺爺)와 냥ᄌᆞ(兩慈)[140] 졀우(切憂)ᄅᆞᆯ 민박(憫迫)ᄒᆞ여 괴로이 질통(疾痛)ᄒᆞᆷ과 놀나이 토혈(吐血)ᄒᆞ믈 뵈디 아니며 일ᄏᆞᆺ디 아니ᄆᆡ 부뫼 니ᄅᆞ러 병을 믓ᄂᆞᆫ ᄣᆡ의ᄂᆞᆫ 나ᄌᆞᆨ이 니블을 밀고 강질(强疾)[141]ᄒᆞ여 마ᄌᆞ 온화(溫和)ᄒᆞᆫ 안ᄉᆡᆨ과 유열(愉悅)ᄒᆞᆫ 셩음(聲音) 병셰 대단치 아니므로뼈 ᄃᆡᄒᆞ고[142] 힝혀도 ᄋᆞ 62면

139 이우(貽憂): 근심과 걱정.

140 냥ᄌᆞ(兩慈): 규장각본에는 'ᄂᆞᆼᄌᆞ졍'으로 되어 있음.

141 강질(强疾): 억지로 병을 참음.

142 ᄃᆡᄒᆞ고: 규장각본에는 'ᄒᆞ고'로 되어 있음.

용(憂容)과 슈안(愁顔)으로써 뵈디 아냐 비록 폐기(廢棄)훈 죄인(罪人)으로 조쳐(自處)ᄒᆞ나 곡곡이이(曲曲哀哀)히 신셰를 탄ᄒᆞ며 명도(命途)를 슬허ᄒᆞ미 업셔 일양(一様) 온유안상(溫柔安常)ᄒᆞ미 ᄒᆞᆫ 조각 근심도 픔은 바 ᄀᆞᆺ디 아니ᄃᆡ 다만 듕하(仲夏)[143]의 든 후로 여름이 딘(盡)ᄒᆞ고 가을이 다ᄒᆞᄃᆡ ᄇᆡᆨ쳑(百尺) 오운(烏雲)[144]을 소화(消火)치 아니ᄒᆞ고 옥안(玉顔)을 슈결(秀潔)치 아냐 봉관화리(鳳冠華履)를 셕탈(釋脫)ᄒᆞ고 프른 뵈치마와 흰 단삼(單衫)이 ᄒᆞᆫ갈ᄀᆞᆺ치 몸을 가리와 졀세로조ᄎᆞ[145] 밧고미 잇디 아니ᄒᆞ니 댱공이 이를 더옥 슬허ᄒᆞ고 박시ᄂᆞᆫ ᄎᆞ마 보디 못ᄒᆞ여 언언(言言)이 셔랑(壻郞)을 한ᄒᆞ여 ᄉᆞᄉᆞ(事事)의 욕미(辱罵)ᄒᆞ믈 마디 아니나 녀ᄋᆞ로써 쳐디(處地)를 평상(平常)이 ᄒᆞ고 은의를 닙으라 못ᄒᆞ믄 쇼져의 ᄉᆞ긔(辭氣) 화평ᄒᆞ며 언에(言語) 온유(溫柔)ᄒᆞᆫ 가온ᄃᆡ노 의리(義理) 당당(堂堂)ᄒᆞ고 녜뫼(禮貌) 슉슉(肅肅)ᄒᆞ여 ᄌᆞ긔 과연 이 셕고(席藁)[146] 일슌의 죄인으로 다ᄉᆞ리미 업ᄉᆞ니 비록 귀령(歸寧)으로 일홈ᄒᆞ여 명복(命服)으로 도라오고 구고 존당의 년ᄋᆡ후은(憐愛厚恩)이 협골흡톄(浹骨洽體)ᄒᆞ나 ᄌᆞ긔 도린즉 딘가
63면 (眞假)를 미히(未解)의 ᄌᆞ의를 블변훌 ᄇᆡ어놀 쥬ᄒᆞ여 ᄋᆡᆨ운을 슬허ᄒᆞ미 업ᄉᆞᄃᆡ 쳐디 그러치 아니믈 사ᄅᆞᆷ이 니를 말이 업셔 ᄒᆞ니 ᄒᆞ믈며 박시ᄂᆞᆫ ᄌᆞ가(自家)의 비로ᄉᆞᆫ 풍패(風波)라 므ᄉᆞᆫ 말을 ᄒᆞ리오? ᄒᆞᆫ갓 부광(浮光)ᄒᆞᆫ 쓴 긔운으로 소시를 참욕(慘辱)ᄒᆞ고 경ᄌᆞ를 원망ᄒᆞ나 경

143 듕하(仲夏): 중하. 음력 5월.
144 오운(烏雲): 먹구름.
145 졀세로조ᄎᆞ: 규장각본에는 '졀셰로조ᄎᆞ'로 되어 있음.
146 셕고(席藁): 석고. 죄인이 엎드려 벌 받기를 기다리는 거적때기.

쳐ᄉᆞ 부부와 태부인의 홍은혜홰(鴻恩惠化)[147] ᄒᆞᆫ갈ᄀᆞᆺ치 디극ᄒᆞ여 쇼졔 이에 도라오ᄆᆡ 글월노뼈 위유(慰諭)ᄒᆞ고 약음(藥飮)으로뼈 권ᄒᆞ여 일ᄐᆡᆨ(一宅)의 머믈 바의 감치 아니ᄒᆞ니 박시 므어ᄉᆞᆯ 브ᄌᆞᆨᄒᆞ여 졍시 일문을 즐욕(叱辱)ᄒᆞ리오? 녀ᄋᆞ의 졍ᄃᆡ(正大)ᄒᆞ고 졀듕(節中)[148]ᄒᆞ여 온냥(溫良)ᄒᆞ고 슌달(順達)ᄒᆞᆫ 졍간(正諫)[149]을 귀 가온ᄃᆡ 닉이 드ᄅᆞᆫ ᄇᆡ라 ᄌᆞ긔 요망패란(妖妄敗亂)ᄒᆞ믈 져기 츄회(追悔)ᄒᆞ여 욕셜패언(辱說悖言)이 쳐ᄉᆞ 부부와 태부인긔ᄂᆞᆫ 다시 밋디 아니ᄒᆞ고 태우와 소시ᄅᆞᆯ 한ᄒᆞ믈 맛ᄎᆞᆷᄂᆡ 긋치디 아니ᄒᆞ나 병셰 졈졈 위듕ᄒᆞ믄 오히려 ᄭᆡ닷디 못ᄒᆞ여 그 신셰ᄅᆞᆯ 슬허ᄒᆞᆯ디언졍 병후(病候)ᄅᆞᆯ 극녀(極慮)ᄒᆞ믄 잇디 아냐 타일의 소시ᄅᆞᆯ 업시ᄒᆞ고 졍가의 다시 도라가 기리 부귀ᄅᆞᆯ 누릴가 희망ᄒᆞ미 이시나 목금(目今) ᄒᆞᆫ낫 기뷔(棄婦) 되여시믈 극졀비도(極切悲悼)ᄒᆞ여 통셕(痛惜)ᄒᆞ믈 마디 아니ᄒᆞᄂᆞᆫ 가온ᄃᆡ 져기 ᄌᆞ모(慈母)의 죵용이 년ᄌᆞ(憐子)ᄒᆞ믈 ᄭᆡ다라 연부인을 ᄎᆞᄌᆞ 날마다 녀ᄋᆞᄅᆞᆯ 와 보고 어로만져 ᄎᆞ탄(嗟歎)ᄒᆞ믈 니긔디 못ᄒᆞ더니 녀시의 요약(妖藥)을 딘ᄒᆞᆫ 후ᄂᆞᆫ 녀ᄋᆞ도 니ᄌᆞ미 되여 단연(斷然)이 가 보디 아니ᄒᆞ니 연부인이 공과 박시ᄅᆞᆯ ᄃᆡᄒᆞ여 ᄀᆞᆯ오ᄃᆡ 64면

“므ᄅᆞᆺ 사ᄅᆞᆷ이 ᄌᆞ식을 ᄉᆞ랑ᄒᆞᄂᆞᆫ 졍이 궁딘(窮盡)치 아니니 비록 여러히라도 어엿븜과 귀듕ᄒᆞ미 다 각각이어ᄂᆞᆯ 상공과 박ᄆᆡᄂᆞᆫ 엇더ᄒᆞ여 ᄌᆞ부녀ᄋᆞ 간의 ᄒᆞ나ᄒᆞᆯ 년ᄋᆡᄒᆞᆫᄌᆞᆨ 기여(其餘)ᄅᆞᆯ 다 등한(等閑)이 니ᄌᆞ미 되여

---

147 홍은혜홰(鴻恩惠化): 홍은혜화. 넓고 큰 은혜와 교화.

148 졀듕(節中)ᄒᆞ여: 절중하다. 형편과 사리에 알맞다.

149 졍간(正諫): 정간. 윗사람에게 바른말로 충고를 드림.

시니 쳡이 딘실노 의혹ᄒᆞ믈 니긔디 못ᄒᆞᄂᆞ니 금일의 녀식부의 단장박명(斷腸薄命)을 슬허 타ᄉᆞ(他事)ᄅᆞᆯ 결치 못ᄒᆞᆯ딘들 삼ᄋᆞ의 슈븨니쳑(瘦膚黧瘠)[150]ᄒᆞᆷ과 녀ᄋᆞ의 위름질통(危懍疾痛)ᄒᆞ믈 ᄉᆡᆼ각도 못 ᄒᆞ시ᄂᆞ뇨?"

댱공이 비로소 잠간 ᄭᆡ다라 즉시 녀ᄋᆞᄅᆞᆯ 가 볼ᄉᆡ 녀시의 ᄉᆡᆨ뫼(色貌) 염염(艶艶)치 못ᄒᆞᆯ디언졍 덕셩이 아름다온 녀ᄌᆞᄅᆞᆯ 셰린이 무죄히 박

65면 ᄃᆡᄒᆞ믈 닐너 츄연민디(惆然愍之)ᄒᆞ미 친ᄉᆡᆼ 녀ᄋᆞ ᄀᆞᆺᄐᆞ니 쇼제 당일의 모친이 녀시ᄅᆞᆯ 뽓ᄎᆞ ᄂᆡ치디 못ᄒᆞ믈 한ᄒᆞ던 바로ᄡᅧ ᄌᆞᄋᆡᄅᆞᆯ 뽀다 긍민년디(矜悶憐之)ᄒᆞ미 너그러온 셩덕(聖德)이 아니오 ᄯᅩ 녀시의 ᄉᆡᆨ이 박ᄒᆞᆯ디언졍 무염(無艶) ᄆᆡᆼ광(孟光)의 형슉(賢淑)ᄒᆞᆫ 무리 아니니 부모의 ᄉᆞ랑을 엇기 어렵거ᄂᆞᆯ 야야(爺爺)와 태태(太太)의 졸연 이 ᄀᆞᆺᄐᆞ미 반ᄃᆞ시 변심ᄒᆞᄂᆞᆫ 괴ᄉᆞ(怪事)ᄅᆞᆯ ᄒᆡᆼᄒᆞ여시믈 ᄭᆡ다라 빵셩(雙星)을 드러 부안(父顔)과 ᄌᆞ안(慈顔)을 쳠망(瞻望)ᄒᆞ미 본ᄃᆡ 탁월치 못ᄒᆞᆫ 녕긔(英氣)와 신긔치 못ᄒᆞᆫ 졍화(精華)ᄅᆞᆯ 만히 일허시니 부랑(浮浪)ᄒᆞᆫ 쁜 긔운과 망허ᄒᆞᆫ 잡 ᄆᆞ옴이 머므러시니 놀납고 ᄎᆞ악(嗟愕)ᄒᆞ여 나ᄌᆞᆨ이 뭇ᄌᆞ오ᄃᆡ

"엄위(嚴位) 태ᄐᆡ(太太) 신광(身光)이 환탈(換奪)ᄒᆞ샤 젼일(前日)과 ᄂᆡ도ᄒᆞ시니 식치(食値)와 침슈지절(寢睡之節)이 엇더ᄒᆞ시니잇고? 블초(不肖)의 미ᄒᆞᆫ 신양(身恙)은 됴보(調保)ᄒᆞ믈 읏듬ᄒᆞ여 상풍하난(上風下暖)이 보됴ᄒᆞ니 감돈실셥(嵌頓失攝)[151]ᄒᆞ미 될가 머리ᄅᆞᆯ ᄂᆡ왓디 아니ᄒᆞ므로 측(側)의 뫼시믈 폐(廢)ᄒᆞ와 쳔효박셩(淺孝薄誠)을 펴지 못

---

150 슈븨니쳑(瘦膚黧瘠): 수부이척. 피부가 검게 되고 여위는 상태.

151 감돈실셥(嵌頓失攝): 감돈실섭. 탈장하고 몸조리를 잘하지 못하는 것.

ᄒᆞ오나 샤빅이 나간 ᄊᆡ로ᄃᆡ 이뎨(二弟) 이셔 슬하의 뫼시고 졍져졔 감탕(甘湯)을 밧드러 슉야(夙夜) 동동쵹쵹(洞洞屬屬)ᄒᆞ니 봉효(奉孝)의 디극ᄒᆞ믈 인ᄒᆞ와 셩휘(聖候) ᄆᆡ일 녕슌(寧順) 안강(安康)ᄒᆞ시니 66면
인ᄉᆡᆼ의 디락(至樂)이 이에 더으미 업ᄂᆞᆫ가 ᄒᆞ여ᄉᆞᆸ더니 엇디 졸연 슈쳑(瘦瘠)ᄒᆞ시미 이ᄃᆡ도록 ᄒᆞ시니잇가?”

언파의 감오(感悟)ᄒᆞ여 옥ᄉᆡᆨ(玉色)이 쳐긔(凄棄)ᄒᆞ고 아미(蛾眉) 합영(合影)ᄒᆞ여 셔일(曙日)의 슈운(愁雲)이 침침ᄒᆞ고 쥬졈 담텬(曇天)의 슈ᄉᆡᆨ(羞色)ᄒᆞᄂᆞᆫ ᄃᆞᆺ 슈광(秀光)ᄒᆞᆫ 빗난 것과 졀츌(切出)ᄒᆞᆫ 고은 ᄐᆡ되 근심을 인ᄒᆞ여 더옥 교교무빵(皎皎無雙)ᄒᆞ니 댱공과 박시 비록 번심(飜心) 상셩(喪性)ᄒᆞ여 녀시 일인 밧긔 황홀년ᄋᆡ(恍惚憐愛)ᄒᆞᄂᆞᆫ 밧ᄌᆡ 업ᄉᆞ나 녀ᄋᆞ의 셩명덕딜(聖明德質)의 완슌혜아(婉順慧雅)ᄒᆞ믈 ᄃᆡᄒᆞ여 그 명도(命途)의 괴로오믈 슬허 아니 ᄒᆞ고 부모의 신광(身光)이 슈븨(瘦膚)ᄒᆞ믈 놀나고 근심ᄒᆞ여 안ᄉᆡᆨ의 쳐감ᄒᆞ미 낫타나믈 보ᄆᆡ 토목의 무디홈과 요약의 상ᄒᆞᆫ ᄇᆡ로ᄃᆡ 혈ᄆᆡᆨ(血脈)의 상응(相應)ᄒᆞᄂᆞᆫ 졍이 ᄒᆡ음업시 뉴동(流動)ᄒᆞ여 겻ᄐᆡ 나오혀 귀밋ᄎᆞᆯ 쓰다돔고 등을 어로만져 탄식고 츄연이 안ᄉᆡᆨ이 비만(悲滿)ᄒᆞ여 ᄀᆞᆯ오ᄃᆡ

“여부(汝父)와 여모(汝母)ᄂᆞᆫ 옥누고ᄃᆡ(玉樓高臺)의 무ᄉᆞ안와(無事安臥)ᄒᆞ여 침식을 평온이 ᄒᆞ고 의복이 한셔ᄅᆞᆯ 조ᄎᆞ 일즉 몸을 상ᄒᆡ오미 업ᄉᆞ니 일시 슈패(瘦敗)ᄒᆞ미 므ᄉᆞᆷ 놀나온 념녜 되리오마ᄂᆞᆫ 너ᄂᆞᆫ 연연(軟娟)[152] 약질이 디란 ᄀᆞᆺ고 혜초 갓ᄐᆞᆫ 바로뼈 젼후 사ᄅᆞᆷ의 당치 못ᄒᆞᆯ 화 67면

152 연연(軟娟): 연연하다. 가냘프고 약하다.

고풍상(禍故風霜)을 ᄀᆞᆽ초 디ᄂᆡ고 당금(當今)의 공연(空然)이 경가의 기뷔(棄婦) 되여 이에 파쳔(播遷)ᄒᆞ니[153] 구고(舅姑)ᄅᆞᆯ 블경(不敬)ᄒᆞ미 업고 냥인(良人)[154]을 블슌(不順)ᄒᆞ미 업셔 칠거(七去)의 ᄒᆞ나흘 범치 아냐시니 홀노 어딘 부모의 ᄯᆞᆯ이 되디 못ᄒᆞᆫ 타ᄉᆞ로 은연(隱然)ᄒᆞᆫ 츌거(黜去)ᄅᆞᆯ 바다 스ᄉᆞ로 안치(安置)[155] 죄인이 되여 플벼개와 집ᄌᆞ리 하복(夏服)을 유일(唯一)ᄒᆞ여 먹ᄂᆞᆫ 바와 닙은 ᄇᆡ 혈육디신(血肉之身)의 견딜 ᄇᆡ 아니로ᄃᆡ 오히려 ᄉᆞ질(死疾)을 니ᄅᆞ혀미 업ᄉᆞ니 블ᄒᆡᆼ(不幸) 듕이나 깃븐 ᄇᆡ로ᄃᆡ 부모의 졍니(情理) 참연(慘然)홈과 네 ᄆᆞ음의 깁히 상ᄒᆞ미야 엇디 니ᄅᆞᆯ 거시 이시리오? 브졀업시 부모로뼈 병들가 근심치 말고 네 몸을 보호ᄒᆞ여 우리 부부로 ᄒᆞ여 역니(逆理)로 우ᄂᆞᆫ 통[156]을 더으디 말게 ᄒᆞ라."

셜파의 함비슈루(含悲垂淚)ᄒᆞ여 산인코[157] 어엿브믈 니긔디 못ᄒᆞ니 쇼져(小姐) 블효(不孝)ᄅᆞᆯ 기리 한ᄒᆞ고 부모의 초븨(憔憊)ᄒᆞ미 요샤(妖邪) 괴슐(怪術)노 비로ᄉᆞ믈 경ᄒᆡᄎᆞ악(驚駭嗟愕)ᄒᆞ나 ᄌᆞ긔 슈안비식(愁顔悲色)을 낫타ᄂᆡ미 부모의 쳑연통회(惕然痛駭)ᄅᆞᆯ 더을가 민망ᄒᆞ
68면 여 도로혀 이셩낙식(怡聲樂色)으로 야야(爺爺)와 ᄐᆡᄐᆡ(太太)ᄅᆞᆯ 위로ᄒᆞ고 좌하(座下)의 뫼셔 ᄋᆞ딜(雅質)을 가ᄎᆞ(假借)ᄒᆞ여 부모의 우으시

---

153 파쳔(播遷)ᄒᆞ니: 파천하다. 임금이 도성을 버리고 피란하다. 여기서는 시집간 딸이 재앙을 피해서 친정으로 돌아오는 것을 말함.

154 냥인(良人): 양인. 부부가 서로 상대를 일컫는 말.

155 안치(安置): 조선시대에 주거 범위를 제한하는 형벌.

156 역니(逆理)로 우ᄂᆞᆫ 통: 역리지통. 천리(天理)를 어기는 아픔이라는 뜻으로, 부모가 자식을 잃는 슬픔을 말함.

157 잔인코: 자닝하다. 애처롭고 안쓰러워서 차마 보기 어렵다.

믈 요구ᄒᆞ더니 날호여 주왈(奏曰)

"쇼녜 근일 삼뎨ᄅᆞᆯ 보니 도로 초뷔슈쳑(憔憊瘦瘠)ᄒᆞ여 대병이 미구(未久)의 날 ᄃᆞᆺᄒᆞ오니 비록 블통고집(不通固執)ᄒᆞ여 엄훈(嚴訓)과 ᄌᆞ교(慈教)ᄅᆞᆯ 위월(違越)ᄒᆞ고 뎡실(正室)을 박ᄃᆡ(薄待)ᄒᆞ여 뉸긔(倫紀)ᄅᆞᆯ 경히 넉이나 본ᄃᆡ 과도ᄒᆞ신 교ᄋᆡ(嬌愛)ᄅᆞᆯ 밧ᄌᆞ와 일ᄌᆞᆨ 미안(未安)ᄒᆞ신 ᄎᆡᆨ교(責教)ᄅᆞᆯ 듯ᄌᆞ오미 업던 바로 근일 졸연이 외오 넉이시믈 인 황숑(惶悚)ᄒᆞ고 울민(鬱悶)ᄒᆞ미 아모리ᄒᆞᆯ 바ᄅᆞᆯ 모로ᄂᆞᆫ디라. 혹ᄌᆞ 우슈(憂愁)ᄒᆞᄂᆞᆫ 상박ᄒᆞ여 심녀의 번민ᄒᆞ믈 더은ᄌᆞᆨ 병의 유ᄒᆡ(有害)ᄒᆞ미 되ᄋᆞᆸᄂᆞ니 ᄌᆞ로 엄칙(嚴責)ᄒᆞ믈 두디 마ᄅᆞ시고 죵용이 경계ᄒᆞ샤 스ᄉᆞ로 블통우혹(不通愚惑)ᄒᆞ믈 ᄊᆡ닷게 ᄒᆞ쇼셔."

공과 박시 머리ᄅᆞᆯ 흔드러 왈

"ᄌᆞ식이 어버의 뜻을 ᄉᆞᄉᆞ(事事)의 슌(順)ᄒᆞᄂᆞᆫ ᄌᆞᄂᆞᆫ 디회(至孝)라. 사ᄅᆞᆷ이 져마다 효ᄌᆡ(孝子) 되기 쉬오리오마ᄂᆞᆫ 셰ᄋᆞ ᄀᆞᆺᄐᆞᆫ ᄌᆞᄂᆞᆫ ᄇᆡᆨ만ᄉᆞ(百萬事)의 위역(違逆)ᄒᆞ미 극ᄒᆞ고 블슌무식(不順無識)ᄒᆞ미 심ᄒᆞ여 부모의 졍을 조곰도 ᄉᆡᆼ각디 못ᄒᆞ고 ᄇᆡ쳬(配體)의 뉸의(倫義)ᄅᆞᆯ ᄀᆞᆺ쳐 취ᄉᆡᆨ경덕(取色輕德)ᄒᆞ미 함위텬하경박ᄌᆡ(陷爲天下輕薄者)[158]라. 우리 블엄블명(不嚴不明)ᄒᆞ여 ᄌᆞᄋᆡ(慈愛)만 두터이 ᄒᆞ고 일ᄌᆞᆨ 계훈(戒訓)ᄒᆞ믈 두디 아니ᄒᆞ므로 블초ᄌᆡ(不肖子) 아비ᄅᆞᆯ 압두(壓頭)ᄒᆞ고 어미ᄅᆞᆯ 업ᄉᆞᆫ 것ᄀᆞᆺ치 넉여 쳔 번 다ᄅᆡ고 경계(警戒)ᄒᆞ니 귀가의 바ᄅᆞᆷ을 디 69면

158 함위텬하경박ᄌᆡ(陷爲天下輕薄者): 함위천하경박자. 《후한서》 권24 〈마원열전〉에 "두계량을 제대로 본받지 못하면 천하의 경박한 사내가 되고 말 것이니, 이른바 범을 그리다가 이루지 못하면 도리어 개처럼 되고 만다는 것이다."라고 한 구절이 있음.

나침ᄀᆞᆺ치 응슌(應順)ᄒᆞ미 업ᄉᆞ니 엇디 통ᄒᆡ(痛駭)치 아니리오? 져의 니쳑(痍瘠)ᄒᆞᆷ과 슈븨(瘦膚)ᄒᆞ믈 념녀치 아니미 아니로ᄃᆡ 그 블초ᄒᆞ미 통증(痛症)ᄒᆞ여 보면 계칙ᄒᆞ믈 두ᄆᆡ 믄득 원망ᄒᆞᄂᆞᆫ 긔ᄉᆡᆨ이 이셔 거동이 졈졈 포려(暴戾)ᄒᆞ니 져런 거ᄉᆞᆯ 인효(仁孝)ᄒᆞᆫ가 ᄉᆞ랑ᄒᆞ던 일이 통분(痛忿)ᄒᆞ도다.”

“쇼졔 부모의 ᄆᆞ옴이 대단이 변ᄒᆞ여시믈 보ᄆᆡ 슌셜(脣舌)이 무익ᄒᆞᄃᆡ 셰린을 너모 보ᄎᆡ여 조급ᄒᆞᆫ 셩의 얼울(艶脆)ᄒᆞᆫ 회포ᄅᆞᆯ 니긔디 못ᄒᆞ여 더옥 병이 될가 근심ᄒᆞ여 ᄌᆡ삼 ᄌᆞᄋᆡ로뼈 훈칙(訓飭)ᄒᆞ시고 너모 위엄으로 구쇽(拘束)디 마ᄅᆞ시믈 간ᄒᆞ고 부모의 냥슈(兩手)ᄅᆞᆯ 밧드러 잠간 딘ᄆᆡᆨ(診脈)ᄒᆞ니 음예브졍(淫穢不正)ᄒᆞᆫ 요샤지긔(妖邪之氣) 폐부(肺腑)의 셩ᄒᆡᆼ(盛行)ᄒᆞ여 본딜(本質) 졍화(精華)ᄂᆞᆫ 곰초이미 되엿ᄂᆞᆫ디라. 가ᄂᆡ의 음샤브졍디인(陰邪不正之人)이 드러와 부모의 ᄌᆞ로 변심ᄒᆞ시미 이 갓톰과 음화디초와 흉독디뉴(凶毒之類)로 작환(作丸)ᄒᆞᆫ

70면 요약(妖藥)을 딘ᄒᆞ샤 긔운이 상ᄒᆞ시미 극ᄒᆞ시믈 초박민우(焦迫憫憂)ᄒᆞ여 ᄀᆞᆯ오ᄃᆡ 야야(爺爺)와 ᄐᆡ태(太太) 셩톄(聖體) 각별 블안ᄒᆞ샤미 업ᄉᆞ믈 니ᄅᆞ시나 ᄆᆡᆨ되(脈度) 부삭(浮數)ᄒᆞ여 평온치 아니시고 긔휘(氣候) 심블안(甚不安)ᄒᆞ신 바의 안홰(顔華) 쇠쳐(衰凄)ᄒᆞ샤 평일(平日) 소광(所光)으로 ᄂᆡ도ᄒᆞ시니 엇디 초박(焦迫)ᄒᆞᆫ 근심이 업ᄉᆞ리잇고? 원컨ᄃᆡ 약셕(藥石)[159]을 나오시고 긔운을 됴호(調護)ᄒᆞ실디니이다.”

공의 부뷔 쇼왈(笑曰)

---

159 약셕(藥石): 약석. 약과 침이라는 뜻으로, 치료를 의미.

“네 비록 어버이로 ᄒᆞ여곰 미양 겸엇과ᄌᆞ ᄒᆞ나 우리 년긔(年紀) 졍셩(鼎盛)ᄒᆞᆫ 봄을 하딕(下直)ᄒᆞ엿거니 낫 우희 츈식(春色)이 쇼시(小時)와 ᄀᆞᆺᄐᆞ리오? 병 업시 약 먹기ᄂᆞᆫ 실노 두통이라. 괴로오미 그 갓ᄐᆞ미 업ᄉᆞ니 므솜 일 구미(口味)를 거ᄉᆞ려 비위를 상히오리오?”
쇼졔 그러치 아니믈 주ᄒᆞ고 죵용이 말솜ᄒᆞ더니 날호여 공의 부뷔 드러가미 쇼졔 계오 니러 비숑(陪送)ᄒᆞ고 츄홍을 명ᄒᆞ여 졍부인의 강님(降臨)ᄒᆞ믈 쳥ᄒᆞ니 부인이 니ᄅᆞ러 골오ᄃᆡ
“앗츰의 현미(賢妹)를 보ᄃᆡ 각별 말이 업더니 쳥ᄒᆞ믄 하유ᄉᆡ(何由事)오?”
ᄒᆞ더라.

(책임교주 남혜경)

완월회맹연
玩月會盟宴

권디오십
卷之五十

1면 어시의 당쇼졔 계오 니러 ᄇᆡ숑(拜送)ᄒᆞ고 츄홍을 명ᄒᆞ여 졍부인의 강님(降臨)ᄒᆞ시믈 쳥ᄒᆞ니 부인이 니ᄅᆞ러 ᄀᆞᆯ오ᄃᆡ

"앗츰의 현ᄆᆡ(賢妹)ᄅᆞᆯ 보ᄃᆡ 각별 말이 업더니 쳥ᄒᆞ믄 하유ᄉᆡ(何由事)오?"

쇼졔 나ᄌᆞᆨ이 부인의 좌(坐)ᄅᆞᆯ 쳥ᄒᆞ야 엇게ᄅᆞᆯ ᄀᆞᆯ오고[1] 므ᄅᆞᆸ흘 년(連)ᄒᆞ여 날호여 ᄀᆞᆯ오ᄃᆡ

"쇼뎨의 우용암견(愚庸暗見)을 달(達)치 아냐셔 져져(姐姐)의 신춍(神聰)과 디명(至明)으로ᄡᅥ 엄위(嚴闈)[2]와 ᄌᆞ경(慈庭)[3]의 슈쳑쇠ᄇᆡ(瘦瘠衰憊)ᄒᆞ신 바ᄅᆞᆯ ᄇᆞᆰ히 ᄉᆡᆼ각ᄒᆞ실디라. 엇디 각별 말ᄉᆞᆷ을 ᄇᆞᆺ치리오마ᄂᆞᆫ 아ᄃᆡᆨ 거게(哥哥) 도라오디 못ᄒᆞ여 계시고 냥뎨(兩弟) ᄒᆡᆷ이 져ᄅᆞ며 아ᄂᆞᆫ 거시 져져의 시경(視輕)ᄒᆞᆷ만 ᄀᆞᆺ디 못ᄒᆞᆯ디라. ᄒᆞᆫ갓 엄위와 ᄌᆞ경을 우러와 니쳑(黧瘠)[4]ᄒᆞ시믈 졀민(切憫)ᄒᆞᆯ ᄯᆞᄅᆞᆷ이오 약셕(藥石)[5]을 보호ᄒᆞ믄 막연이 아디 못ᄒᆞᄂᆞᆫ디라. 져져의 명논(明論)을 듯고ᄌᆞ ᄒᆞ여 감히 강님ᄒᆞ시믈 쳥ᄒᆞ미로소이다."

졍부인 왈

"쳡이 우몽(愚蒙)ᄒᆞ나 구고(舅姑)의 니쳑슈ᄇᆡ(黧瘠瘦憊)ᄒᆞ시믈 우
2면 러와 숑구쳐황(悚懼悽惶)ᄒᆞᆯ디언졍 엇디ᄒᆞᆯ 바ᄅᆞᆯ ᄭᆡ닷디 못ᄒᆞ고 위인의 용암(庸暗)ᄒᆞᆷ과 셩효(誠孝)의 쳔박(淺薄)ᄒᆞ믈 깁히 한탄ᄌᆞ죄(恨嘆

---

1 ᄀᆞᆯ오고: 갈오다. 나란히 하다.

2 엄위(嚴闈): 부친.

3 ᄌᆞ경(慈庭): 자정. 모친.

4 니쳑(黧瘠): 이척. 병들어 피부가 검게 되고 여위는 상태.

5 약셕(藥石): 약석. 약과 침. 여러 약제의 총칭.

自罪)홀 쓴이러니 현민(賢妹)의 명견달식(明見達識)으로 반드시 혜아리미 쳡의 밋출 빈 아니리니 시험흐여 방문(方文)을 닉쇼셔. 쳡이 쏘흔 우견(愚見)을 다흐리라."

쇼졔 손샤블감(遜辭不堪)이라가 이윽이 싱각흐여 방문을 젹어 부인을 뵌딕 졍부인이 칭션왈(稱善曰)

"현민의 신명(神明)흐므로뻐 가치 아니미 이시리오마는 요약(妖藥)을 여러 슌(旬) 딘음(進飮)흐샤 장부(臟腑)의 편만(遍滿)흐여 상흐시미 오릭니 직류(材類)롤 더 너허 작환(作丸)흐미 엇더흐뇨?"

쇼졔 왈

"방문을 보와 작환흐려니와 쇼민의 혼녈(昏劣)흐미 져져(姐姐)의 신명흐심과 굿디 못흔디라 만일 잘못흐미 이실가 두리누이다."

부인이 호치현영(皓齒現影)흐여 미쇼왈(微笑曰)

"쳡은 쇼견이 우광(愚狂)흐여 다 젹디 못흔디라. 일즉 아는 바롤 숨기미 업고 말솜의 겸샤(謙辭)롤 두디 아니커놀 현민는 뼈 니루딕 날노 더브러 동긔(同氣)의 졍이 즈민의 의롤 아오라 폐부(肺腑)의 친(親)[6]을 두노라 흐딕 언언(言言)이 겸양(謙讓)흐고 닉외(內外)흐미 이시니 아디 못게라. 쳡의 블민박녈(不敏薄劣)흐미 더브러 심혈을 기우려 딕 3면
졉디 아냠 즉흐미냐? 현민(賢妹)의 싱디(生知)[7]흐는 셩(性)[8]과 신긔흔

6 폐부(肺腑)의 친(親): 마음을 터놓는 관계.

7 싱디(生知): 생지. 나면서부터 저절로 앎. 《중용장구(中庸章句)》에 "어떤 이는 태어나면서부터 알고, 어떤 이는 배워서 알고, 어떤 이는 많이 노력한 뒤에야 안다(或生而知之 或學而知之 或困而知之)."라는 말이 나옴.

8 셩(性): 규장각본에는 '식'으로 되어 있음.

붉으므로뼈 므ᄉᆞ 곳의 딘치 못ᄒᆞ여 슈십 개 단약을 작환(作丸)ᄒᆞ믈 그ᄅᆞᆺᄒᆞ리오?"

쇼제 탄왈(嘆曰)

"져져(姐姐)ᄂᆞᆫ 이리 니ᄅᆞ디 마ᄅᆞ쇼셔. 쇼ᄆᆡ ᄋᆞ시로브터 화고(禍故)의 샹ᄒᆞ고 우환(憂患)의 ᄡᆞ히여 험난의 얽힌[9] ᄯᆞ롬이오 범ᄇᆡᆨ(凡百)의 셰샹을 유의(有意)ᄒᆞ미 업ᄉᆞ니 그 므ᄉᆞ 거ᄉᆞᆯ 알오미 이시며 그 므어ᄉᆞᆯ 학(學)ᄒᆞ미 잇ᄂᆞ니잇고? 고로 져져의 ᄎᆞᆼ신슉달(聰神熟達)ᄒᆞ심만 ᄀᆞᆺ디 못ᄒᆞᆯ가 ᄒᆞ미오 굿ᄐᆞ여 겸양이[10] 아니니이다."

부인이 역시 ᄌᆞ긔 디난 바ᄅᆞᆯ ᄉᆡᆼ각고 탄식ᄒᆞ나 굿ᄐᆞ여 긴 셜화로뼈 슬프며 괴롭던 바ᄅᆞᆯ 일ᄏᆞᆮ디 아니ᄒᆞ고 다만 쇼져ᄅᆞᆯ 위로ᄒᆞ여 혹 화담쇼어(和談笑語)로 회포(懷抱)ᄅᆞᆯ 소셕(消釋)ᄒᆞ고 약ᄌᆡ(藥材)ᄅᆞᆯ 가져 ᄒᆞᆫ가디로 상의작환(相議作丸)ᄒᆞ니 이 본ᄃᆡ 규합(閨閤)의 결군(結裙)ᄒᆞᆫ 셩인이오 계ᄎᆞ(繫釵)ᄒᆞᆫ 현ᄉᆡ(賢士)라. 편작(扁鵲)[11]의 담 밧긔 사ᄅᆞᆷ의 폐부(肺腑)ᄅᆞᆯ ᄉᆞᄆᆞᆺᄂᆞᆫ 신통(神通)이 잇고 기ᄇᆡᆨ(岐伯)[12]의 만믈소ᄉᆡᆼ근(萬物所生根)을 통ᄒᆞᄂᆞᆫ 조화로 헌원(軒轅)[13]의 오관십부(五官十腑)[14]ᄅᆞᆯ 통정(通精)ᄒᆞᆯ 녁냥(力量)이 이시니 엇디 일시 요약(妖藥)의 상ᄒᆞᆫ 바ᄅᆞᆯ 도로혀 평셕(平昔)ᄀᆞᆺ치 못ᄒᆞ리오? 죵용(從容)이 작환(作丸)ᄒᆞ여

4면

---

9 얽힌: 규장각본에는 '얽히여실'로 되어 있음.

10 겸양이: 규장각본에는 '겸양ᄒᆞ미'로 되어 있음.

11 편작(扁鵲): 중국 전국시대 의사로 명의(名醫)의 상징. 환자의 오장을 투시하는 경지에 이르렀다고 함.

12 기ᄇᆡᆨ(岐伯): 기백. 중국 전설 속 황제(黃帝) 시대의 명의.

13 헌원(軒轅): 삼황오제 중 한 명으로 기백과 함께 의학의 시조로 알려짐.

14 오관십부(五官十腑): 다섯 개의 감각기관과 열 개의 장기.

연부인긔 드려 공과 박시ᄅᆞᆯ 딘(進)ᄒᆞ게 ᄒᆞ려 ᄒᆞ더라. 공과 박시 녀ᄋᆡ 셰린을 ᄌᆞᄋᆡ(慈愛)로ᄡᅧ 경계ᄒᆞ라 ᄒᆞ믈 드ᄅᆞᄃᆡ 녀시ᄅᆞᆯ 참연ᄋᆡ셕(慘然哀惜)ᄒᆞᄂᆞᆫ ᄯᅳᆺ이 니ᄅᆞᆫ바 ᄒᆞᆫ낫 비인졍(非人情)이라. 쇼친ᄌᆞ(所親者)의 박(薄)ᄒᆞ고 쇼박ᄌᆞ(所薄者)의 친(親)ᄒᆞ여 텬뉸(天倫)의 디ᄌᆞ(止慈)[15]와 툥ᄋᆡ(寵愛)의 타별(他別)홈도 이ᄢᅴ의 다ᄃᆞ라ᄂᆞᆫ ᄒᆞᆫ 조각 본심이 업ᄉᆞ므로 특별턴 ᄉᆞ랑이 이상ᄒᆞᆫ 믜오미 되고 무궁(無窮)턴 귀듕(貴重)이 도로혀 등한쳔ᄃᆡ(等閑賤待)ᄒᆞ미 되어 녀시의 박명(薄命)ᄒᆞ미 잔인ᄒᆞ믈 닐너 신셰ᄅᆞᆯ 고렴(顧念)ᄒᆞ믈 무슈히 니ᄅᆞᄃᆡ 봉승(奉承)ᄒᆞ미 업ᄉᆞ믈 대로(大怒)ᄒᆞ여 고셩즐ᄆᆡ(高聲叱罵)ᄒᆞ믈 마디 아니ᄒᆞ다가 일일은 녀시의 비원(悲怨)ᄒᆞᆫ 회포와 궁민(窮憫)ᄒᆞᆫ 졍유(情由)ᄅᆞᆯ 드ᄅᆞᄆᆡ 위ᄒᆞ여 골졀(骨節)이 져리고 블상코 어엿브믈 니긔디 못ᄒᆞ여 싱을 통한(痛恨)ᄒᆞ미 더으ᄆᆡ ᄡᆞᆯ니 블너 쳐음은 다ᄅᆡ고 나죵은 ᄭᅮ디뎌 녀시ᄅᆞᆯ ᄒᆞᆫ번 위로ᄒᆞ라 ᄒᆞᄃᆡ 싱이 죽기로ᄡᅧ 역명(逆命)ᄒᆞᆫ 죄ᄅᆞᆯ 쳥ᄒᆞ고 녀 5면
시로ᄂᆞᆫ 부부 뉸의(倫義)ᄅᆞᆯ ᄭᅳᆺ기로 결단ᄒᆞ니 댱공과 박시 니ᄅᆞ다가 못ᄒᆞ여 무식상패(無識傷悖)ᄒᆞᆫ 셩이 발ᄒᆞ여 밋친 개와 쥬린 범이 날치ᄃᆞᆺ 헬 거시 업셔 공은 겻ᄐᆡ 노힌[16] 목침(木枕)을 드러 난타ᄒᆞ고 박시ᄂᆞᆫ 금쳑(金尺)을 가져 일신ᄇᆡᆨ톄(一身百體)ᄅᆞᆯ 혜지 아니코 두다리니 이리ᄒᆞᆯ 젹 연부인과 뎡쇼져ᄂᆞᆫ 응셜각의 쇼져ᄅᆞᆯ 보라 가고 이랑은 셔헌(書軒)의 잇ᄂᆞᆫ디라 알 니 업ᄉᆞ믈 인ᄒᆞ여 삼낭을 구ᄒᆞ리 업ᄂᆞᆫ디라. 무

15 디ᄌᆞ(止慈): 지자. 자식에 대한 부모의 지극한 사랑.

16 노힌: 규장각본에는 '노은'으로 되어 있음.

식패란(無識悖亂)이 즐타(叱打)ᄒᆞᄂᆞᆫ 바의 두골(頭骨)이 ᄯᆞ려디고[17] 폐
뷔(肺腑) 상훼(傷毁)ᄒᆞ여 곳곳이 뉴혈(流血)이 돌츌(突出)ᄒᆞᄃᆡ 공ᄌᆡ
ᄯᅩᄒᆞᆫ 머리ᄅᆞᆯ 두다려 위역(違逆)ᄒᆞᆫ 죄ᄅᆞᆯ 쳥ᄒᆞ여 긋치디 아니ᄒᆞ고 녀녀
ᄅᆞᆯ ᄃᆡ치 못ᄒᆞᆯ 바ᄅᆞᆯ 언언이 닷토니 댱공과 박시 분을 니긔디 못ᄒᆞ여 식
경(食頃)이나 두다리다가 댱공은 그 손을 닛글고 박시ᄂᆞᆫ 등을 미러 녀
시 침소의 휘모라 드리치고 좌우 창호(窓戶)ᄅᆞᆯ 다 밧그로 걸고 문 밧
6면 긔 셔시니 ᄉᆡᆼ이 비록 두로 상ᄒᆞ여 머리로브터 낫치 두로 가죡이 버셔
지고 곳곳이 젹혈(赤血)[18]이 낭ᄌᆞ(狼藉)ᄒᆞ나 오히려 졍신인ᄉᆡ(精神人
事) 그ᄅᆞ디 아냣ᄂᆞᆫ디라. 엇디 죽기ᄅᆞᆯ 그음ᄒᆞ여 다라날 줄을 모로리오
마ᄂᆞᆫ 부모의 실덕실테(失德失體)ᄒᆞ미 이 ᄀᆞᆺᄐᆞᆫ 바의[19] ᄌᆞ긔마ᄌᆞ 실셩
광패(失性狂悖)ᄒᆞ여 부모ᄅᆞᆯ 아디 못ᄒᆞᄂᆞᆫ 난ᄌᆡ(亂子) 되디 못ᄒᆞ여 비
위(脾胃)ᄅᆞᆯ 단단이 ᄒᆞ여 ᄆᆞ옴을 굿게 ᄒᆞ고 광슈(廣袖)로 ᄂᆞᆺ출 ᄀᆞ리
와 ᄒᆞᆫ 구셕의 ᄡᅳ러지니 쟝쳐(杖處)의 괴로이 알힘과 거조(擧措)의 ᄒᆡ
이(駭異)ᄒᆞᆷ도 밋쳐 ᄭᆡ닷디 못ᄒᆞ고 녀시 흉인(凶人)이 겻ᄐᆡ 이시믈 분
분통ᄒᆡ(忿憤痛駭)ᄒᆞ여 심홰(心火) 블 니ᄃᆞᆺ ᄒᆞᄃᆡ 부모의 녀시 ᄉᆞ랑ᄒᆞ
시믈 ᄉᆡᆼ각ᄒᆞ여 감히 ᄎᆞ더디며 즛울히디[20] 못ᄒᆞ고 도로혀 죽은 ᄃᆞᆺ시 노
분(怒忿)을 셔리담아 누어시니 녀시 블인(不人)은 이러ᄐᆞᆺ 분난(紛亂)
듕이나 일실(一室)의 누어시믈 환텬희디(歡天喜地)ᄒᆞ여 겻ᄐᆡ 나아가
쳔 가지 더러온 졍ᄐᆡ(情態)와 만 가디 음악(淫惡)ᄒᆞᆫ 거동(擧動)의 어

17 ᄯᆞ려디고: 따려지다. 깨뜨려지다.

18 젹혈(赤血): 규장각본에는 '유혈'로 되어 있음.

19 바의: 규장각본에는 '바를'로 되어 있음.

20 즛울히디: 즛울히다. 짓쳐 때리다.

리고 넘나며 밋치고 막측(莫測)ᄒᆞ믈 ᄀᆞᆺ초 겸ᄒᆞ여 혹 히아쳐[21] 말ᄒᆞ며
혹 그 거동의 괴이(怪異)ᄒᆞ믈 비쇼(誹笑)ᄒᆞ여 니ᄒᆡ(利害)로 유셰(誘 7면
說)ᄒᆞ야 이러ᄐᆞᆺ ᄒᆞ여 ᄉᆡᆼ의 몸의 ᄒᆡ(害) 이심과 인ᄌᆞ(人子)의 봉순열디
지되(奉順悅志之道)[22] 아니믈 ᄀᆞᆺ초 닐너 혹 위엄(威嚴)으로 져히며 울
혀 만 가디 분ᄒᆡ(忿駭)ᄒᆞ미 ᄎᆞᆷ기 어려오ᄃᆡ ᄉᆡᆼ이 드른 쳬 아니ᄒᆞ야 잠
연(潛然)이 눈을 ᄀᆞᆷ고 입을 움ᄌᆞᆨ이미 업ᄉᆞ니 녀시 믄득 그 낫ᄎᆞᆯ ᄀᆞ린
ᄉᆞᄆᆡᄅᆞᆯ 들혀고 은연(隱然)이 졉싀교면(接腮交面)ᄒᆞ여 음일(淫佚)ᄒᆞᆫ
뜻을 펴고ᄌᆞ ᄒᆞᄂᆞᆫ 바의 다ᄃᆞ라ᄂᆞᆫ 하날 위엄과 텬ᄌᆞ의 명되(命詔)라도
능히 삼갈 길히 업ᄂᆞᆫ디라. 창 외예 부뫼 계시믈 알오ᄃᆡ 분화(忿火)ᄅᆞᆯ
니긔디 못ᄒᆞ여 좌우 문호(門戶)ᄅᆞᆯ 걸닌 ᄌᆡ 두고 사ᄅᆞᆷ 업ᄂᆞᆫ 뒷벽을 딘
녁(盡力)히 ᄎᆞ바리니 이 본ᄃᆡ 뫼흘 ᄲᆡ히고 구졍(九鼎)을 ᄒᆞᆫ 팔 ᄀᆞ온ᄃᆡ
움ᄌᆞᆨ이ᄂᆞᆫ 용녁(勇力)이라. 쳘셕(鐵石)ᄀᆞᆺ치 구든 벽이 ᄒᆞᆫ 번 ᄎᆞᄇᆞ리ᄆᆡ
헛도이 울허지니 나갈 문이 이시믈 쾌상(快爽)ᄒᆞ여 나ᄂᆞᆫ ᄃᆞ시 ᄉᆞᄆᆡᄅᆞᆯ
쩔쳐 셔헌(書軒)으로 나가니 벽이 울히ᄂᆞᆫ 소ᄅᆡ의 녀시 쳔만 ᄉᆡᆼ각디
아닌 빈 고로 놀나미 업디 아냐 ᄉᆡᆼ을 밋쳐 붓드디 못ᄒᆞ고 댱공과 박시 8면
드립써 잡디 못ᄒᆞ여 쇽졀업시 일허바리미 된디라. 일시의 두다려 죽
이디 못ᄒᆞ고 ᄒᆞᆯ일업셔 혀 ᄎᆞ고 녀시ᄅᆞᆯ 위로왈(慰勞曰)

“블초ᄋᆡ 어버이 말을 듯디 말을 듯디[23] 아니ᄒᆞ고 실셩패광(失性悖狂)
ᄒᆞ미 남은 터히 업ᄉᆞ니 이 ᄯᅩ 현부(賢婦)의 ᄋᆡᆨ운(厄運)이라. 혹ᄌᆞ 나히

---

21 히아쳐: 희짓다. 희롱하다.

22 봉순열디지되(奉順悅志之道): 규장각본에는 ‘봉심열지지되’로 되어 있음.

23 말을 듯디 말을 듯디: 중복 오기. 규장각본에는 ‘말을 듯디’로 되어 있음.

ᄎᆞ고 혬이 길면 죵시 ᄉᆡ다ᄅᆞᆯ가 ᄒᆞᄂᆞ니 현부ᄂᆞᆫ 조급히 박명(薄命)을 슬허치 말고 심ᄉᆞ(心思)ᄅᆞᆯ 널니 ᄒᆞ여 ᄋᆞᄌᆞ의 감동(感動)ᄒᆞ믈 기다리라."

녀시 브드잇고 울며 죽기로ᄡᅧ 져혀 망측ᄒᆞᆫ 거조ᆡ(擧措) 더옥 통ᄒᆡ(痛駭)ᄒᆞᄃᆡ 댱공과 박시 ᄌᆡ삼 위로ᄒᆞ고 무유(撫諭)ᄒᆞ여 옴겨 안신(安身)ᄒᆞ게 ᄒᆞ더라.

어시의 댱공ᄌᆡ 녀시 블인(不人)의 음일광패(淫佚狂悖)홈과 참측ᄒᆡ연(慘惻駭然)ᄒᆞ믈 능히 참고 견ᄃᆡ여 보디 못ᄒᆞ여 딘녁(盡力)히 벽을 ᄎᆞ문희치고 발연(勃然)이 몸을 ᄲᆡ혀 셔실노 나올올ᄉᆡ[24] 스ᄉᆞ로 일신(一身)을 살피건ᄃᆡ 머리 우ᄒᆡ 관이 잇디 아니코 블 아ᄅᆡ 신이 업ᄉᆞᆯ ᄲᅮᆫ 아니라 믜여진[25] 의ᄃᆡ(衣帶)와 ᄡᅳ리인 혈흔(血痕)이 슈참ᄒᆡ이(愁慘駭異)ᄒᆞ여 광분질쥬(狂奔疾走)ᄒᆞᆫ 모양이 아니면 악귀잡신(惡鬼雜神)을 들닌 형상이라. 비록 형당(兄丈)의 도ᄉᆡ 아닐 바ᄅᆞᆯ 거리ᄭᅵ미 잇디 아냐[26] 비복(婢僕) 쳠시(瞻視)의도 괴ᄒᆡ(怪駭)ᄒᆞ믈 일단 슈치(羞恥)ᄒᆞᄃᆡ 다만 취루블인(臭陋不仁)의 소(所)ᄅᆞᆯ ᄡᅧ나 나오미 가장 쾌창(快暢)ᄒᆞᆫ디라. 보보뎐경(步步顚傾)ᄒᆞ여 듁화원의 나오ᄆᆡ 이랑(二郞)이 바야흐로 셔안을 ᄃᆡᄒᆞ여 《녜긔(禮記)》ᄅᆞᆯ 독숑(讀誦)ᄒᆞ더니 아을 보ᄆᆡ 대경(大驚)ᄒᆞ여[27] ᄲᆞᆯ니 니러나 그 ᄡᆞ린 머리ᄅᆞᆯ 븟들며 손을 ᄌᆞᆸ아 ᄎᆞ악블승(嗟愕不勝) 왈

"문안(問安) 파후(罷後)의 너ᄅᆞᆯ 보디 못ᄒᆞ니 ᄎᆞᆺ고ᄌᆞ ᄒᆞ더니 이 엇딘

9면

24 나올올ᄉᆡ: 중복 오기. 규장각본에는 '나올ᄉᆡ'로 되어 있음.

25 믜여진: 믜여디다. 미어지다. 해어져서 구멍이 나다.

26 거리ᄭᅵ미 잇디 아냐: 규장각본에는 '거리ᄭᅵ지 아냐'로 되어 있음.

27 대경(大驚)ᄒᆞ여: 규장각본에는 '대경'으로 되어 있음.

거죄(擧措)뇨? 슈시(嫂氏) 비록 네 ᄆᆞ옴의 합션(合善)치 못ᄒᆞ나 친위(親闈) 뼈곰 어디다 ᄒᆞ샤 비체(配體)의 눈(倫)을 페치 말과ᄌᆞ ᄒᆞ시니 네 의이실가(宜爾室家)[28]ᄒᆞ여 여고금슬(如鼓琴瑟)[29]의 즐기미 업ᄉᆞ나 오딕 이열친의(怡悅親意)ᄒᆞ고 봉슌존명(奉順尊命)ᄒᆞ며 면강상딕(勉强相對)ᄒᆞ여 망눈졀의(忘倫絶義)ᄒᆞ미나 뵈디 말미 올커놀 우봉삼월(遇逢三月)의 ᄒᆞᆫ갈ᄀᆞᆺ치 고집박멸(固執薄蔑)ᄒᆞ여 면목블견(面目不見)ᄒᆞ니 부모의 외오 넉이시미 엇디 댱벌(杖罰)노뼈 다ᄉᆞ리미 니ᄅᆞ디 아니ᄒᆞ리오? 너의 블통블슌(不通不順)ᄒᆞ믄 이에셔 더ᄒᆞᆫ 듕장(重杖)을 밧ᄌᆞ와도 그 죄롤 가히 다 쇽(贖)디 못홀 비어니와 본딕 디극ᄒᆞ신 교익(嬌愛)롤 밧ᄌᆞ와 평싱의 크게 칙벌(責罰)ᄒᆞ시믈 듯줍디 못ᄒᆞᆫ 바로 졸연이 톄부(體膚)롤 상ᄒᆞ여 이러ᄐᆞᆺ 경참(驚慘)ᄒᆞ여 뵈니 우형이 심골(心骨)이 여졀홀 ᄲᅳᆫ 아니라 신톄발부(身體髮膚)는 다 부모의 주신 비라 젼이싱디(全以生之)ᄒᆞ시니 젼이치디(全以治之)홀 거시어놀[30] 네 이제 살히 헤여져 피 ᄡᅩ다지딕 앗기고 슬허ᄒᆞ미 업고 낫 우희 분식(憤色)과 노긔 어릐여 은은이 원망ᄒᆞ는 ᄯᅳᆺ이 이시니 엇디 히연(駭然)치 아니리오?" 10면

28 의이실가(宜爾室家): 집안을 화목하게 함. 《시경》 〈상체(常棣)〉에 "네 집안을 화목하게 하며 네 처자식을 즐겁게 한다(宜爾室家 樂爾妻帑)."라는 말이 있음.

29 여고금슬(如鼓琴瑟): 비파와 거문고를 타는 것처럼 부부 사이가 화목함. 《시경》 〈상체〉에 "처자와 잘 화합함이 비파와 거문고를 타는 것과 같다(妻子好合 如鼓琴瑟)."라는 말이 있음.

30 젼이싱디(全以生之)ᄒᆞ시니 젼이치디(全以治之)홀 거시어놀: 《예기》 〈제의(祭義)〉에 "부모가 온전히 낳아주셨으면 자식이 온전히 지켜 돌아가야(全以生之 全以歸之) 효(孝)라 할 수 있다."라는 말이 있음. 여기서는 '전이귀지(全以歸之)' 대신 '전이치지(全以治之)'라고 하여 의미를 약간 바꿈.

일변 니ᄅᆞ며 닛그러 ᄌᆡ리ᄅᆞᆯ 베퍼 눕기ᄅᆞᆯ 권ᄒᆞᆯᄉᆡ 안ᄉᆡᆨ이 츄연(惆然)ᄒᆞ여 빵광(雙眶)의[31] 신쳔(辛泉)[32]이 ᄌᆞ로 뜻드러[33] 그 듕상(重傷)ᄒᆞ여시믈[34] ᄎᆞ마 보디 못ᄒᆞ여 ᄒᆞ니 삼낭이 형의 이ᄀᆞᆺ치 슬허ᄒᆞᆷ과 종용(從容)ᄒᆞᆫ 경계ᄅᆞᆯ 드ᄅᆞᄆᆡ 또ᄒᆞᆫ 심ᄉᆡ 츄연감오(惆然感悟)ᄒᆞᆯ 쁜 아니라 비로소 두로 상ᄒᆞᆫ 곳이 어득히 앏흔 줄을 ᄭᆡ다ᄅᆞ니 능히 안ᄌᆞᆺ디 못ᄒᆞ여 ᄀᆞᆯ오ᄃᆡ

11면 “블초뎨 본ᄃᆡ 효셩이 쳔박(淺薄)ᄒᆞ여 엄위(嚴闈)와 ᄌᆞ졍(慈庭)의 별뉸디ᄌᆞ(別倫之慈)ᄅᆞᆯ 아디 못ᄒᆞ고 스ᄉᆞ로 ᄒᆡᆼ신(行身)의 학(學)디 못ᄒᆞ여 친의(親意)ᄅᆞᆯ 블봉(不奉)ᄒᆞ고 엄교(嚴教)ᄅᆞᆯ 위월(違越)ᄒᆞ여 허다(許多) 무상블초(無狀不肖)ᄒᆞ믄 진실노 죄ᄅᆞᆯ 결을ᄒᆞ여 혜디 못ᄒᆞᆯ디라. 과연 만ᄉᆞ무셕(萬死無惜)이어니와 녀가 흉믈을 위ᄒᆞ여 졸연(猝然) 과ᄎᆡᆨ(過責)ᄒᆞ샤믄 앙탁(仰度)기 어려온 ᄇᆡ로ᄃᆡ 쇼뎨 너기 흉음난녀(凶淫亂女)ᄅᆞᆯ 절치(切齒)ᄒᆞᆯ디언졍 감히 원망을 픔디 아닛ᄂᆞ니 형댱이 엇디 쇼뎨의 쳔ᄒᆞᆫ 회포ᄅᆞᆯ 아디 못ᄒᆞ시고 블초ᄒᆞ므로ᄡᅧ 친위ᄅᆞᆯ 원ᄒᆞᄂᆞᆫ가 의심ᄒᆞ시ᄂᆞᆫ ᄆᆞ음이 의외의 계시니잇고? 다만 몸이 상ᄒᆞᄃᆡ 그 알프믈 알고 앗길 줄을 아디 못ᄒᆞ엿더니 형댱의 교(教)ᄅᆞᆯ 조ᄎᆞ 악졍ᄌᆞ츈(樂正子春)[35]의 니ᄅᆞᆫ 바로 ᄂᆡ도ᄒᆞ믈 ᄭᆡ다라 붓그럽고 슬프미 더

31 빵광(雙眶)의: 규장각본에는 ‘빵광’으로 되어 있음.

32 신쳔(辛泉): 신천. 매운맛이 나는 샘물이라는 뜻으로, 쓰라린 눈물을 비유함.

33 뜻드러: 뜻듯다. 떨어지다.

34 듕상(重傷)ᄒᆞ여시믈: 규장각본에는 ‘듕상하시믈’로 되어 있음.

35 악졍ᄌᆞ츈(樂正子春): 악정자춘. 중국 춘추시대 노(魯)나라 사람으로, 마루에서 내려오다 발에 상처를 입자 부모가 물려주신 몸을 지키지 못했다고 자책했다고 함. 《예기》〈제의(祭義)〉에 나옴.

ᄒᆞ도소이다. 원간 쇼뎨 녀녀 흉믈을 만나던 날브터 뜻을 결ᄒᆞ여 부부 뉸의(倫義)ᄅᆞᆯ 슷기ᄅᆞᆯ 뎡ᄒᆞ엿ᄂᆞ니 이졔 친의ᄅᆞᆯ 역ᄒᆞ여 몸이 장하(杖下)의 맛ᄎᆞᆯ디언졍 녀녀 흉믈 당면상ᄃᆡ(當面相對)치 못ᄒᆞ리니 형댱은 다시 니ᄅᆞ디 마ᄅᆞ쇼셔."

셜파의 비위 거ᄉᆞ려 그ᄅᆞᄉᆞᆯ 나와 회구(廻嘔)[36]ᄒᆞ믈 마디 아니니 스ᄉᆞ로 12면
그러코ᄌᆞ ᄒᆞ미 아니로ᄃᆡ 녀시의 음탕난일(淫蕩亂逸)턴 바ᄅᆞᆯ 눅눅 아ᄂᆡᆺᄉᆞᆯ이 넉이ᄆᆡ 앗ᄎᆞᆷ 먹엇 바ᄅᆞᆯ 능히 슌강(順降)치 못ᄒᆞ여 일일 구토ᄒᆞ니 이랑이 그 금슬을 권ᄒᆞ미 무익ᄒᆞ믈 ᄭᆡ다라 다시 말을 아니코 오ᄃᆡ 상쳐의 약을 ᄡᆞᄆᆡ고 낭듕(囊中)으로조ᄎᆞ 구미(口味)ᄅᆞᆯ 뎡ᄒᆞᆯ 단약을 ᄂᆡ여 회구ᄒᆞ믈 딘뎡케 ᄒᆞᆯᄉᆡ 공ᄌᆡ ᄒᆞᆫ번 누으ᄆᆡ 다만 상쳬 알힐 ᄯᆞᄅᆞᆷ이 아니라 일신만톄(一身萬體)ᄅᆞᆯ ᄀᆞᆺ초 삭졀(削切)ᄒᆞ여 태산이 디ᄌᆞ리[37] 누ᄅᆞᆫ ᄃᆞᆺᄒᆞ여 머리ᄅᆞᆯ 들기 어렵고 ᄉᆞ디(四肢)ᄅᆞᆯ 움ᄌᆞᆨ이미 어려온디라. 스ᄉᆞ로 슈히 니디 못ᄒᆞᆯ 바ᄅᆞᆯ ᄭᆡ다라 그으이 블힝ᄒᆞᄃᆡ 능히 강인치 못ᄒᆞ고 긔운을 슈습디 못ᄒᆞ니 이랑이 깁히 근심ᄒᆞ고 념녀ᄒᆞ여 ᄯᅩᄒᆞᆫ 몸이 앏흔 ᄃᆞᆺ 위ᄒᆞ여 그 병을 난호디 못ᄒᆞ믈 한ᄒᆞᄃᆡ 부모 면젼의 나아가ᄆᆡ 온ᄌᆞᄒᆞᆫ 화긔 츈풍혜일(春風惠日) ᄀᆞᆺᄐᆞ여 우슈쳑쳑(憂愁慽慽)ᄒᆞ믈 낫토
디 아니터라. 이날 댱공과 박시 셰린을 무슈 난타ᄒᆞ여 그 가죡이 버셔 13면
지고 살이 상ᄒᆞ야 피 소ᄉᆞ나믈 보ᄃᆡ ᄒᆞᆫ 조각 앗길 의ᄉᆡ 업셔 녀시의 소의 모라 너헛다가 죵용이[38] 잇디 아니ᄒᆞ고 쇠셩 ᄀᆞᆺᄐᆞᆫ 구든[39] 벽을 ᄎᆞ바리

---

36 회구(廻嘔): 구토.

37 디ᄌᆞ리: 지즐이다. 지질리다. 짓눌리다.

38 죵용이: 규장각본에는 '죵죵용이'로 되어 있음.

39 구든: 규장각본에는 없음.

고 썰쳐 나가믈 더옥 통한(痛恨)ᄒᆞ여 본ᄃᆡ 위엄과 법도로ᄡᅧ 슬하의 더으디 못ᄒᆞ여시므로 다시 잡아오디 못ᄒᆞ고 ᄒᆞᆫ갓 녀시를 위로ᄒᆞ며 ᄋᆞᄌᆞ의 위인을 한홀 ᄯᆞ롬이러라. 듕ᄌᆞ의 드러와 뵈믈 인ᄒᆞ여 셰린의 ᄒᆞᆫ가디로 오디 아닛ᄂᆞᆫ 연고롤 므ᄅᆞ니 이랑이 ᄋᆞ의 상체 념녀로오믈 일ᄏᆞ라 잠간 됴리ᄒᆞ라 ᄒᆞ고 ᄌᆞ긔ᄂᆞᆫ 드러오므로 ᄃᆡᄒᆞ니 연부인이 응셜각으로 조ᄎᆞ 비로소 도라와 므러 알고 댱공과 박시의 변심상셩(變心喪性)ᄒᆞ미 남은 터히 업ᄉᆞ믈 ᄒᆡ이ᄒᆞ여 아미롤 ᄶᅵᆼ긔고 왈

“쇼친ᄌᆞ(所親者)의 박(薄)ᄒᆞ고 쇼박ᄌᆞ(所薄者)의 후(厚)ᄒᆞ믄 곳 비인졍(非人情)이라. 며ᄂᆞ리 비록 ᄉᆞ랑호오나 ᄋᆞ돌의 ᄯᆞᄅᆞ인 ᄇᆡ니 삼ᄋᆞᄂᆞᆫ 상공과 박ᄆᆡ의 ᄌᆡ오 녀시ᄂᆞᆫ 식뷔라. 비록 ᄋᆡ듕ᄒᆞ미 친싱의 감치 아니
14면 나 엇디 굿ᄐᆞ여 며ᄂᆞ리롤 위ᄒᆞ여 ᄋᆞ돌을 듕히 쳐 상ᄒᆡ오며 녀시의 념ᄎᆡ로 니룬들 져ᄒᆡ 빌ᄆᆡ로 디아비 죄칙(罪責)을 바드ᄆᆡ 그 엇디 안안(晏晏)ᄒᆞ리오? ᄋᆞᄒᆡ 본ᄃᆡ 블통고집(不通固執)ᄒᆞ여 어버이 말을 듯디 아니ᄒᆞ고 ᄯᅳᆺ을 슌(順)치 아니나 발셔 교ᄋᆡ의 버ᄅᆞ시 ᄉᆞ오나온 거술 일시의 그ᄅᆞ다 칙벌ᄒᆞ여 곳칠 ᄇᆡ 아니니 인의로 화ᄒᆞ고 ᄌᆞᄋᆡ로 합ᄒᆞ미 올커놀 엇디 녜 업던 위엄을 그리 졸연이 발ᄒᆞ시뇨? 부인은 더옥 ᄌᆞ모(慈母)의 약ᄒᆞ므로 ᄋᆞ돌ᄌᆞ식을 창쥰티칙(唱準治責)ᄒᆞ미 ᄀᆞ장 블가홀 쁜 아냐 부인도 ᄋᆞᄒᆡ 니쳑(羸瘠)흠과 슈비(瘦憊)ᄒᆞ미 도로혀 대병이 나게 되어시믈 보ᄂᆞᆫ ᄇᆡ어놀 그 우ᄒᆡ ᄆᆡ롤 더어 밧그로 상체 듕(重)ᄒᆞ고 안흐로 병근(病根)이 익동(益動)ᄒᆞ믄 엇딘 ᄯᅳᆺ이뇨?”

셜파의 블열믁식(不悅墨塞)ᄒᆞ니 박시 잠간 뉘웃쳐 왈

“쳡인들 엇디 믜워 즐타ᄒᆞ며 일편되이 식부만 ᄉᆞ랑ᄒᆞ여 그러ᄒᆞ리잇고마ᄂᆞᆫ ᄋᆞᄒᆡ 블통고집ᄒᆞ여 하 남다룰ᄉᆡ 통완(痛惋)ᄒᆞ믈 니긔디 못ᄒᆞ

여 분두(忿頭)의 ᄉᆡᆼ각디 못ᄒᆞ고 ᄎᆡᆨ벌ᄒᆞ미러니 마이 상ᄒᆞᆫ가 시브니 부인의 말ᄉᆞᆷ을 조ᄎᆞ 츄회(追悔)ᄒᆞ믈 ᄭᆡ닷디 못ᄒᆞ리로소이다." 15면

댱공이 ᄯᅩᄒᆞᆫ 희린을 명ᄒᆞ여 셰린의 병을 잘 구호ᄒᆞ여 상체 슈히 낫게 ᄒᆞ라 ᄒᆞᄃᆡ 녀시 신셰 명도(命途)ᄅᆞᆯ 슬피 넉이믈 마디 아니니 연부인이 그 변심ᄒᆞ믈 도로혀 우히 넉여 다시 말을 아니코 삼낭의게 듁음(粥飮)과 찬션(饌饍)을 ᄀᆞᆺ초와 ᄌᆞ로 보ᄂᆡ여 먹기ᄅᆞᆯ 권딘ᄒᆞ여 슈히 소셩(蘇醒)ᄒᆞ믈 당부ᄒᆞ니 삼낭이 딘실노 일시 누엇기ᄅᆞᆯ 굼거이 넉이고 더옥 부모의 ᄎᆡᆨ벌을 인ᄒᆞ여 오ᄅᆡ 니디 아니믈 졀박히 넉이ᄃᆡ 음식이 날노 거ᄉᆞ리고 병셰 날노 위듕ᄒᆞ여 ᄒᆞᆫ갓 만신 상체 덧날 ᄲᅮᆫ 아니라 복부 골졀을 ᄀᆞᆺ초 알하 좌와(坐臥)ᄅᆞᆯ 임의치 못ᄒᆞ니 엇디 슈히 소셩ᄒᆞ믈 ᄇᆞ라리오? 이 가온ᄃᆡ 녀시 블인(不人)을 ᄉᆡᆼ각ᄒᆞ면 심홰 블 니ᄃᆞᆺ ᄒᆞ고 아닛고으미 비위ᄅᆞᆯ 뎡치 못ᄒᆞ여 반ᄃᆞ시 회구ᄒᆞ믈 마디 아니니 딘실노 하날 위엄과 군부(君父) 명녕이라도 그 ᄠᅳᆺ을 두로혀기 어려온디라. 그 염(厭)ᄒᆞᄂᆞᆫ ᄠᅳᆺ과 증분(憎憤)ᄒᆞᄂᆞᆫ ᄆᆞᄋᆞᆷ이 화듕[40] 미인을 ᄉᆞ상(思 16면
想)ᄒᆞᄂᆞᆫ 회푀 일일층가(日日層加)ᄒᆞ여 비록 거동이 어렵고 슈죡을 움ᄌᆞᆨ이미 졀박ᄒᆞ나 좌우의 사ᄅᆞᆷ이 업ᄉᆞ믈 본ᄌᆞᆨ 침협(寢篋)을 들혀고 화도(畫圖)ᄅᆞᆯ ᄂᆡ여 그 셩ᄌᆞ난딜(盛姿蘭質)과 셩풍아ᄐᆡ(盛風雅態)ᄅᆞᆯ 복복칭션(僕僕稱善)ᄒᆞ여 딘짓 사ᄅᆞᆷ을 ᄃᆡᄒᆞᆫ ᄃᆞ시 반기고 긔이히 넉이믈 마디 아니타가 인젹이 이시면 ᄲᆞ리쳐 곰초ᄃᆡ ᄉᆞ모ᄒᆞ고 념념(念念)ᄒᆞ여 쥬쥬야야(晝晝夜夜)의 잠간도 니ᄌᆞ미 업ᄉᆞ니 일노 드ᄃᆡ여 병셰 시

40 ᄆᆞᄋᆞᆷ이 화듕: 규장각본에는 'ᄆᆞᄋᆞᆷ이 화증을 일워거ᄂᆞᆯ 화듕'으로 되어 있음.

로 침듕(沈重)ᄒᆞ여 의형(儀形)이 쳑골환탈(瘠骨換脫)ᄒᆞ여 깁 ᄀᆞᆺᄐᆞᆫ 가족과 슈졍 ᄀᆞᆺᄐᆞᆫ 골싊(骨髓) 상연(傷然)ᄒᆞ여 ᄒᆞᆫᄂᆞᆺ 쵹뉘(髑髏)[41] 되어시니 어름을 삭이고 눈을 쥐여 작ᄒᆞᆫ 사ᄅᆞᆷ이오 녯날 풍염쥰아(豊艶俊雅)ᄒᆞ던 뎡공지 아니라. 이랑이 일야의 구호ᄒᆞ여 그 디극ᄒᆞᆫ 질통과 우슈(憂愁)ᄒᆞᄂᆞᆫ 바ᄅᆞᆯ 난호디 못ᄒᆞᄆᆞᆯ 슬허ᄒᆞ고 가듕(家中)이 우황(憂慌)ᄒᆞ여 화긔 ᄉᆞ연(捨然)ᄒᆞ니 졍부인이 구고의 변심(變心)홈과 우환의 년쳡(連疊)ᄒᆞ므로 잠간도 틈을 ᄐᆞ디 못ᄒᆞ여 니부의 오릐 왕ᄇᆡ(往拜)치 못홀 ᄲᅳᆫ 아냐 본ᄃᆡ 디쳑이오 니쇼졔 웅비(熊羆)의 길경(吉慶)을 드ᄃᆡ여

17면 일개 긔린을 ᄉᆡᆼᄒᆞᄆᆞᆯ 드ᄅᆞᄃᆡ 나아가 종샤의 대경(大慶)을 흔하(欣賀)치 못ᄒᆞ여 ᄒᆞᆫ갓 심듕의 환열(歡悅)홀 ᄯᆞᄅᆞᆷ이오 뎡시ᄂᆞᆫ 셔로 ᄃᆡᄒᆞ여 경환ᄒᆞᄆᆞᆯ 니ᄅᆞᆯ ᄲᅳᆫ이니 엇디 시러곰 현ᄇᆡ(見拜) ᄉᆡᆼ각ᄒᆞ리오? ᄊᆡ의 녀시 요모곡계(妖謀曲計) 아니 밋ᄎᆞᆫ 곳이 업셔 심복 비ᄌᆞ로 더브러 밀밀모계(密密謀計)ᄒᆞ고 쳔금을 흣터 변심(變心)ᄒᆞᄂᆞᆫ 요약을 ᄆᆡ득(買得)ᄒᆞ여 년일 틈을 어더 됴셕(朝夕) 찬션(饌饍)의 두어 구고긔 나오니 미급슌여(未及旬餘)의 뎡공 부ᄇᆡ 홀연 변심상셩(變心喪性)ᄒᆞ여 ᄒᆞᆫ낫 어림장[42]이 되어시니 졍부인이 임의 간인의 흉계ᄅᆞᆯ 디긔(知機)ᄒᆞ고 음샤브졍디인(淫邪不淨之人)의 소슐(所術)이 아모 곳의 밋ᄎᆞᆯ 줄 아디 못ᄒᆞ여 가ᄇᆡ야이 본부의도 왕알(往謁)치 못ᄒᆞ고 오딕 쇼고(小姑)로 더브러 의논ᄒᆞ여 단약을 작환ᄒᆞ미 연부인긔 드려 공과 박부인긔 딘ᄒᆞ시게 ᄒᆞ니 뎡공과 박시 환약을 삼키미 이윽ᄒᆞᆫ 후 구토ᄒᆞᄆᆞᆯ 마디 아니ᄒᆞᄃᆡ 슌

41 쵹뉘(髑髏): 촉루. '해골'이라는 뜻.

42 어림장: 어리석은 사람.

슌이 토ᄒᆞᄂᆞᆫ 바의 괴이ᄒᆞᆫ ᄂᆡ음이 잇고 ᄀᆞᆺᄐᆞ여 혈담도 아니오 농즙도 아니로ᄃᆡ 검고 누ᄅᆞᆫ 더러온 ᄆᆞᆯ[43]을 년일 회구(廻嘔)ᄒᆞ더니 믄득 ᄉᆞ오일 후 ᄀᆞᆺ치고 안졍(眼精)이 그ᄅᆞᆺ되엿던 ᄇᆡ 만히 평셕 ᄀᆞᆺᄐᆞ여 ᄉᆡ로이 츄광 18면
(秋光)이 의연이 동졍(動靜)ᄒᆞ고 면모(面貌)의 흑ᄆᆡ(黑霧)ᄶᅵ이고 황염(黃染)이 어린 ᄃᆞᆺᄒᆞ던 거시 환연(渙然)이 거더디고 다시 윤염(潤艶)ᄒᆞᆫ 빗치 잇더니 홀연 츈몽(春夢)이 ᄭᆡᆫ ᄃᆞᆺ 본심이 도라지니 신혼셩졍(晨昏省定)의 이랑이 현윤[44]만 다리고 면젼의 니ᄅᆞ믈 당ᄒᆞ여 공과 박시 ᄒᆞᆫ가지로 셰린을 오ᄅᆡ 보디 못ᄒᆞ믈 울연(鬱然)이 즐겨 아냐 문왈(問曰)

"셰린을 보디 못ᄒᆞ연 ᄃᆡ 일망(一望)이 넘엇ᄂᆞᆫ디라. 아디 못게라. 그 병이 엇더ᄒᆞ여 ᄃᆡ금 니지 못ᄒᆞᄂᆞ뇨?"

ᄃᆡ왈(對曰)

"근위(筋痿)[45] 가ᄇᆡ얍디 아니ᄒᆞ오ᄃᆡ ᄀᆞᆺᄐᆞ여 위듕ᄒᆞ믄[46] 잇디 아니니 엇디 니러 단니디 아니리잇고마ᄂᆞᆫ 일한(日寒)이 졸극(猝谻)[47]ᄒᆞ니 쵹상(觸傷)ᄒᆞ미[48] 되올딘ᄃᆡ 신고(辛苦)ᄒᆞ미[49] 오ᄅᆡ올가 ᄒᆞ여 아ᄃᆡᆨ 됴리ᄒᆞ엿ᄂᆞ이다."

공이 미우(眉宇)ᄅᆞᆯ 삥긔여 왈

---

43 ᄆᆞᆯ: 규장각본에는 '말'로 되어 있음.

44 현윤: 장현윤. 장창린의 맏아들.

45 근위(筋痿): 위증(痿症)의 하나로, 근육이 오그라들어 거동이 안 되고, 입이 쓰고, 손발톱이 마르며 점차 여위게 됨. 여기서는 일반적인 병을 지칭하는 것으로 해석함.

46 위듕ᄒᆞ믄: 규장각본에는 '위듕ᄒᆞ오믄'으로 되어 있음.

47 졸극(猝谻): 병세가 갑자기 악화되는 것을 말함.

48 쵹상(觸傷)ᄒᆞ미: 규장각본에는 '쵹샹ᄒᆞ오미'로 되어 있음.

49 신고(辛苦)ᄒᆞ미: 규장각본에는 '신고ᄒᆞ오미'로 되어 있음.

“그러치 아니타.[50] 아ᄒᆡ ᄑᆞᆷ되 발양(發揚)ᄒᆞ여 완침(緩寢)ᄒᆞ지 못ᄒᆞ니 병이 듕치 아닐진ᄃᆡ 됴리ᄒᆞ믈 위ᄒᆞ여 오ᄅᆡ 누엇디 아니리니 내 근일 졍혼(精魂)이 어린 ᄃᆞᆺᄒᆞ고 신긔 블안ᄒᆞ여 져롤 가 보디 아녓거니와 19면 이졔 가 보면 그 병의 경듕과 증졍(症情)의 가헐(可歇)을 알지니 반ᄃᆞ시 ᄉᆞᄉᆡᆼ의 우례 잇ᄂᆞᆫ가 ᄒᆞ노라.”

셜파의 번연(幡然)이 니러나 듁화헌의 니ᄅᆞ니 박시 ᄯᅩᄒᆞᆫ 텬뉸(天倫)이 ᄌᆞ동(自動)ᄒᆞ여 ᄋᆞᄌᆞ롤 보고져[51] ᄯᅳᆺ이 잇ᄂᆞᆫ 바의 엇디 외헌(外軒)을 구ᄋᆡᄒᆞ리오? 즉시 셔동의 뉴롤 ᄎᆡ오고 공을 조ᄎᆞ 셔실의 나오니 ᄊᆡ의 삼낭이 만신 상쳐 크게 셩농(成濃)ᄒᆞ여 것ᄎᆞ로 ᄲᅮ시고 알힐 ᄲᅳᆫ 아냐 두뷔(頭部) 각별 무겁고 ᄉᆞ말(四末)과 뉵니(六裏)롤 ᄆᆞ옴ᄃᆡ로 움ᄌᆞᆨ이지 못ᄒᆞᄂᆞᆫ 바의 흉복(胸腹)과 젼회(全懷)[52]롤 ᄀᆞᆺ초 고통ᄒᆞ고 화열(火熱)이 셩ᄒᆞ여 허번(虛煩)[53]ᄒᆞ미 극ᄒᆞᆫ 가온ᄃᆡ ᄆᆞ음이 능히 슌강(順降)ᄒᆞ믈 엇디 못ᄒᆞ고 약믈이 능히 후셜(喉舌)을 잘 넘디 못ᄒᆞ여 구토ᄒᆞ믈 마디 아니니 긔운이 엄엄(奄奄)ᄒᆞ고 졍신이 현난ᄒᆞ여 ᄌᆞ로 인ᄉᆞ롤 슈습디 못ᄒᆞ니 사ᄅᆞᆷ이 들며 나믈 아디 못ᄒᆞᆯ 적이 만흔디라. 이날도 졍쇼져 ᄉᆞ상ᄒᆞᄂᆞᆫ ᄯᅳᆺ이 간위 ᄭᅳᆺ쳐질 ᄃᆞᆺ 쇽졀업시 화도롤 어로만져 희허초창(噫噓憔愴)ᄒᆞ여 ᄀᆞ마니 니ᄅᆞᄃᆡ

“댱ᄌᆞ 문승[54]이 졍쇼져의 슉ᄌᆞ월풍(淑姿月風)을 그림 ᄀᆞ온ᄃᆡ 구경ᄒᆞ므

---

50 아니타: 규장각본에는 ‘아니타 ᄒᆞ여’로 되어 있음.

51 보고져: 규장각본에는 ‘보고ᄌᆞ’로 되어 있음.

52 젼회(全懷): 전회. 마음.

53 허번(虛煩): 기력이 약해지고 열이 나 답답하고 불안한 증상을 뜻함.

54 문승: 장세린.

로조ᄎᆞ 앙모션복(仰慕羨服)ᄒᆞ며 ᄉᆞ렴흠탄(思念欽歎)ᄒᆞ여 신혼(神魂) 20면
이 다 상운각[55] ᄀᆞ온ᄃᆡ 도라져시ᄃᆡ 인연의 길히 아득ᄒᆞ믄 은하 ᄒᆞᆫ 가의 작교(鵲橋)의 신(信)을 젼치 못ᄒᆞ므로 비치 못ᄒᆞ리니 ᄎᆞᄉᆡᆼ의 젹승가회(赤繩佳會)ᄅᆞᆯ ᄇᆞ리디[56] 못ᄒᆞᆯ디라. 헛되이 영웅을 툭굴(逐屈)ᄒᆞ여 댱부의 셕장(石臟)이 ᄌᆡ 되며 갈니 되어 삼오츈광(三五春光)의 ᄉᆞ상일념(思想一念)을 드ᄃᆡ여 황원ᄇᆡᆨ골(荒原白骨)이 되기ᄅᆞᆯ 면치 못ᄒᆞ리니 친위예 슬하디쳑(膝下之慼)과 동긔예 할반디통(割半之痛[57])을 도라보디 아니코 귀문교와(貴門嬌瓦)ᄅᆞᆯ 상모ᄒᆞ여 인병이ᄉᆞ(因病而死)ᄒᆞ미 야ᄃᆡ(夜臺)의 도라가도 블효음비(不孝淫鄙)ᄒᆞᆫ 귀신이 되고 쾌활ᄒᆞᆫ 혼ᄇᆡᆨ이 되디 못ᄒᆞ리니 비록 사ᄅᆞᆷ이 아디 못ᄒᆞ나 ᄉᆞ라셔 디극히 븟그러올 ᄇᆡ오 죽어셔 ᄆᆞᆰ은 귀신이 되디 못ᄒᆞ미 엇디 눅눅 비아(非雅)치 아니리오? 내 ᄆᆞ음을 능히 긋치지 못ᄒᆞ며 ᄇᆞ리디 못ᄒᆞ여 졍시ᄅᆞᆯ 쾌히 닛디 못ᄒᆞ니 화도ᄅᆞᆯ 어드미 엇디 원싊 아니리오? 아디 못게라. 졍쇼져ᄂᆞᆫ 나의 ᄌᆞ가ᄅᆞᆯ 위ᄒᆞ여 목숨 ᄇᆞ리믈 몽ᄆᆡ(夢寐)의나 ᄭᆡ다ᄅᆞ미 잇ᄂᆞ
냐? 연즉 졀개 잇ᄂᆞᆫ 녀질딘ᄃᆡ 엇디 일ᄉᆡᆼ의 긔렴(忌念)ᄒᆞ미 되디 아니 21면
며 화도(畵圖)ᄅᆞᆯ 내 슈듕의 너허두고 타문의 도라가미 ᄇᆡᆨ옥(白玉)의 하졈(瑕點)이 아니리오?”

ᄯᅩ 영희댱탄(永噫長嘆) 왈

“나의 졍가 교옥(嬌玉)을 ᄉᆞ상ᄒᆞ믄 스ᄉᆞ로 긴 명을 쵹ᄒᆞᆯ ᄲᆡ라 블ᄒᆡᆼ이

---

55 상운각: 정성염의 처소.

56 ᄇᆞ리디: 규장각본에는 ‘바라지’로 되어 있음.

57 할반디통(割半之痛): 할반지통. 몸의 반을 베어내는 아픔. 형제 잃은 아픔을 뜻함.

화도ᄅᆞᆯ 어든 연괴어니와 경시ᄂᆞᆫ 심합(深閤) 규쉬라. 문풍셰덕(門風世德)을 니어 녀ᄒᆡᆼ이 결개(潔介)ᄒᆞ고 픔딜이 경슉ᄒᆞ여 반ᄃᆞ시 왕교랑[58] 가운화[59]의 무리ᄅᆞᆯ 타비(唾鄙)ᄒᆞ리니 므ᄉᆞᆫ 뜻으로 부모의 아ᄅᆞᆷ다이 결가(結嫁)ᄒᆞ믈 기다리디 아니코 ᄉᆞᄉᆞ 음비(淫鄙)ᄒᆞ믈 픔어 댱문승의 ᄉᆞ상(思想)ᄒᆞᄂᆞᆫ 뜻을 ᄉᆞᄆᆞᆺᄎᆞ 알오미 되리오? 내 다만 져ᄅᆞᆯ 위ᄒᆞ여 잠ᄌᆞᆷ철철(潛潛惙惙)이 죽을 ᄯᆞᄅᆞᆷ이로다."

셜파의 화열이 막딜녀[60] 흉금이 연염(煙炎)이 니러나니 호흡이 쳔촉(喘促)ᄒᆞ고 졍신이 엄엄(奄奄)ᄒᆞ여 실낫ᄀᆞᆺᄐᆞᆫ 긔운이 허번(虛煩)ᄒᆞᆫ 화열을 씌여 졸연이 벼개ᄅᆞᆯ 밀치고 니블을 박ᄎᆞ 머리ᄅᆞᆯ 들고 몸을 움ᄌᆞᆨ여 니러 안ᄌᆞ니 분분황황(紛紛遑遑)ᄒᆞ여 놀납고 위ᄐᆡᄒᆞ미 더으더니 믄득 ᄒᆞᆫ 소ᄅᆡᄅᆞᆯ 크게 ᄒᆞ고

22면 도로 것구러져 혼도ᄒᆞ니 셔동비 창황착급(愴惶着急)ᄒᆞ여 아모리 ᄒᆞᆯ 바ᄅᆞᆯ 아디 못ᄒᆞ다가 부인이 나온다 ᄒᆞ여 ᄎᆡ오라 ᄒᆞ믈 조ᄎᆞ 일시의 믈너나니 댱공 부뷔 이에 다ᄃᆞ라 ᄋᆞᄌᆞ의 혼졀(昏絶)ᄒᆞᆫ 거동을 보고 ᄎᆞ악발비(嗟愕發悲)ᄒᆞ여 좌우로 븟들고 소ᄅᆡ 나믈 ᄭᆡ닷디 못ᄒᆞ여 크게 울며 ᄋᆞᄌᆞᄅᆞᆯ 브ᄅᆞ기 원ᄐᆡᄃᆞᆺ 마디 아니ᄃᆡ 싱이 능히 아디 못ᄒᆞᄂᆞᆫ디라. 이랑이 ᄋᆞ의 병이 졈졈 위듕ᄒᆞ믈 민녀(憫慮)ᄒᆞᆯ 쁜 아냐 부모의 이러

---

58 왕교랑: 왕교랑은 명나라의 맹칭순이 지은 〈교홍기(嬌紅記)〉의 등장인물로 추정. 신순과 서로 사랑하고 있었는데 다른 사람과 혼인하라는 핍박을 이기지 못하고 둘 다 죽었다고 함.

59 가운화: 《전등여화(剪燈餘話)》 중 〈가운화환혼기(賈雲華還魂記)〉의 여주인공. 남주인공 위붕과의 사랑이 좌절되어 상사병을 앓다 죽음. 이후 월아(月娥)라는 여성의 몸으로 환생하여 위붕과 결혼한 인물.

60 막딜녀: 막딜니다. 막질니다. 막히다.

ᄐᆞᆺ ᄒᆞ시믈 당ᄒᆞ여 ᄎᆞᆯ하리 변심상셩(變心喪性)ᄒᆞ여 텬뉸ᄌᆞᄋᆡ(天倫慈愛)ᄅᆞᆯ ᄭᆡ닷디 못ᄒᆞ고 연무(煙霧) ᄃᆞᆼ 혼혼침침(昏昏沈沈)ᄒᆞ여실 ᄭᆡ만 ᄀᆞᆺ디 못ᄒᆞ여 그 황황초박(遑遑焦迫)ᄒᆞ여 일시 혼도(昏倒)ᄒᆞᆫ 바의 과히 상회(傷懷)ᄒᆞ시미 블가ᄒᆞ믈 간ᄒᆞ고 약믈을 드리워 ᄭᆡ기ᄅᆞᆯ 기다리더니 이윽고 삼낭이 숨을 ᄂᆡ두ᄅᆞ고 눈을 ᄯᅥ 좌우ᄅᆞᆯ 보다가 그 부친과 ᄌᆞ뫼 겻ᄐᆡ 이셔 ᄌᆞ긔 손을 ᄌᆞᆸ고 머리ᄅᆞᆯ 집허 블승비도(不勝悲悼)ᄒᆞ믈 보고 비록 신졍(神精)이 홀난ᄒᆞ고 냥목(兩目)이 신화(新花)[61]ᄒᆞᆫ 가온ᄃᆡ나 크게 반기고 ᄯᅩ 블효ᄅᆞᆯ 슬허 황망이 니러나고ᄌᆞ ᄒᆞ나 긔운이 밋 23면
디 못ᄒᆞ여 오딕 야야(爺爺)와 태태(太太)의 손을 밧들고 머리ᄅᆞᆯ 조아 오ᄅᆡ 침질(侵疾)ᄒᆞ여 셩뎡(省定) 폐ᄒᆞ믈 샤죄ᄒᆞᄆᆡ 소ᄅᆡ ᄌᆞ로 ᄭᅳᆺ쳐디고 옥셜긔뷔(玉雪肌膚) 슈쳑(瘦瘠)ᄒᆞ여 젼일 영풍신ᄎᆡ(英風神彩) 돈연(頓然)이 변ᄒᆞᄆᆡ 다만 ᄆᆞᆰ고 됴흐미 더어 깁 ᄀᆞᄐᆞᆫ 가죡의 어ᄅᆞᆷ ᄀᆞᄐᆞᆫ ᄲᅨ 셔로 년ᄒᆞ여 소소히 빗최니 그 위태ᄒᆞ미 누란(累卵)의 급ᄒᆞᆷ ᄀᆞᄐᆞᆫ 디라. 공과 박시 바야흐로 츈몽(春夢)이 상연(爽然)ᄒᆞ여 흑무(黑霧)ᄅᆞᆯ 헤치고 연염(煙炎)을 믈니쳐 텬셩(天性)과 본졍(本情)을 회복ᄒᆞ엿거니 세린을 년ᄋᆡᄒᆞ며 귀듕ᄒᆞ믈 어ᄃᆡ 비ᄒᆞ며 므어ᄉᆞ로 형언ᄒᆞᆯ ᄇᆡ리오마ᄂᆞᆫ 그 병후의 위독ᄒᆞ미 능히 ᄉᆡᆼ도ᄅᆞᆯ ᄇᆞ라지 못ᄒᆞᄆᆡ 밋쳐시니 그 병근의 괴이ᄒᆞᆫ 곡졀은 ᄭᆡ닷디 못ᄒᆞ고 ᄌᆞ긔 부뷔 즐ᄆᆡ난타(叱罵亂打)ᄒᆞ므로뼈 놀나고 상ᄒᆞ미 깁허 침찬ᄒᆞ기의 니ᄅᆞᆫ가 참연(慘然)이 뉘웃ᄂᆞᆫ

---

61 신화(新花): 눈앞이 어질어질함. 눈이 침침하고 불똥이 아른아른 보이는 증세인 안화(眼花)라는 말이 있음.

뜻이 ᄇᆡ복을 물고[62] 스ᄉᆞ로 몸을 두다리고ᄌᆞ ᄒᆞ나 능히 밋디 못ᄒᆞ여 ᄒᆞᆫ
24면 갓 붓들고 누쉬(淚水) 여우(如雨)ᄒᆞ여 기리 통탄왈(痛嘆曰)
“널노 ᄒᆞ여곰 ᄇᆡ톄(配體)를 그릇 만나게 ᄒᆞ고 또 긴 명을 즈레 긋쳐 그 쇽슈합연(束手溘然)[63]케 ᄒᆞ니 다 블명블인(不明不仁)ᄒᆞᆫ 아비와 어믜 탓시라. 이졔 ᄌᆞ하(子夏)의 쳑(慼)[64]을 당ᄒᆞᆫ들 그 누를 한ᄒᆞ며 므어ᄉᆞᆯ 탓ᄒᆞ리오? 스ᄉᆞ로 골육을 잔ᄒᆡ(殘害)ᄒᆞ여 아름다온 ᄌᆞ식을 공연이 손으로 맛촐 통이 ᄉᆞ라셔 ᄇᆡᆨ검을 삼킨 ᄃᆞᆺ 죽어 눈을 곰디 못ᄒᆞᆯ 귀신이 될 ᄲᅳᆫ 아니라 내 ᄋᆞᄒᆡ 탁월ᄒᆞᆫ 문ᄎᆡ긔딜(文彩氣質)노ᄡᅧ 호분(毫分)을 펴디 못ᄒᆞ고 블힝이[65] ᄉᆞ오나온 어버이 ᄌᆞ식이 된 연고로 삼ᄋᆞ의 쇽졀업시 비명요몰(非命夭沒)ᄒᆞ미 될딘ᄃᆡ 잔인ᄒᆞᆫ 원ᄇᆡᆨ(冤魄)이 운소(雲霄)의 브ᄅᆞ디져 기리 함통회원(含痛懷冤)ᄒᆞ믈 마디 아니리니 야ᄃᆡ(夜臺)의 만일 명뷔(冥府) 이셔 인간 과악(過惡)을 뎡쇠(定罪)ᄒᆞ미 분명ᄒᆞ거든 내 아ᄒᆡ는 아비와 어미라 ᄒᆞ여 거리ᄭᅵ믈 두디 말고 너의 원혐과 우리 블인ᄒᆞ믈 셰셰히 디부(地府) 명왕(冥王)긔 고ᄒᆞ여 타ᄉᆡᆼ(他生)의 현부형(賢父兄)의 ᄌᆞ뎨 되어 영녹달슈(榮祿達壽)의 ᄇᆡᆨ복(百福)이 완젼ᄒᆞ고 우리 ᄉᆞ오나오믈 명ᄉᆞ(冥司)의 다ᄉᆞ리게 ᄒᆞ라. 아
25면 디 못게라. 내 밋치디 아니코 병드디 아냣거ᄂᆞᆯ 엇디 ᄎᆞ마 어딘 ᄌᆞ식

62 ᄇᆡ복을 물고: 사향노루가 사람에게 잡히면 제 배복(배꼽)의 향내 때문이라 생각하고 배꼽을 물어뜯는 것. 일이 잘못된 뒤에는 후회해도 소용없다는 말. 서제막급(噬臍莫及).

63 쇽슈합연(束手溘然): 속수합연. 꼼짝없이 갑자기 죽음.

64 ᄌᆞ하(子夏)의 쳑(慼): 자하의 척. 자식 잃은 슬픔을 가리킴. 자하는 아들을 잃고 슬피 울다 눈이 멀었음.

65 블힝이: ‘힝이’부터 26면 ‘과동봉츈’까지는 규장각본에서 누락됨.

을 무죄히 살히 써러지고 피 흐ᄅᆞ게 두다려 이 경상(景狀)이 되게 ᄒᆞ믄 그 므ᄉᆞᆷ 뜻이런고? 아니 하날이 명ᄒᆞ고 귀신이 ᄌᆡ촉ᄒᆞ여 골육을 잔ᄒᆡ(殘害)ᄒᆞᄂᆞᆫ 악ᄉᆞ(惡事)ᄅᆞᆯ 식이미냐? 너희 상쳐ᄅᆞᆯ 보건ᄃᆡ 완환(頑悍)ᄒᆞᆫ 쳔확(賤獲)이라도 능히 ᄉᆞ디 못ᄒᆞ리니 네 엇디 이 병의 회두(回頭)ᄒᆞ믈 어드리오?"

언필의 호통읍졀(號痛泣切)ᄒᆞ여 그 상쳐ᄅᆞᆯ 어로만져 앗기고 슬허ᄒᆞ미 완연ᄒᆞᆫ 시신을 ᄃᆡᄒᆞᆫ ᄃᆞᆺᄒᆞ니 ᄉᆡᆼ이 부모의 이 ᄀᆞᆺᄐᆞ시믈 ᄃᆡᄒᆞᄆᆡ ᄌᆞᄀᆡ 블효ᄂᆞᆫ 죽어 뭇칠 ᄯᆞ히 업ᄂᆞᆫ디라. 역시 촌심(寸心)이 여쇄여졀(如碎如切)ᄒᆞ여 봉안(鳳眼)의 누쉬(淚水) 삼삼ᄒᆞ여 옥면(玉面)을 젹시며 쳥죄왈(請罪曰)

"블초ᄌᆡ 엄위(嚴闈)와 ᄌᆞ졍(慈庭)의 별눈ᄌᆞᄋᆡ(別倫慈愛)ᄅᆞᆯ 밧ᄌᆞ와 ᄉᆡᆼ댱부귀(生長富貴)의 셰샹ᄉᆡ 즐거오믈 알고 괴로오믈 ᄊᆡ닷디 못ᄒᆞ던 ᄇᆡ오나 ᄃᆡ실노 픔쉬(稟受) 강장(强壯)ᄒᆞᆯ진ᄃᆡ 엇디 뜻 ᄀᆞᆺ디 못ᄒᆞ므로 심우(心憂)ᄅᆞᆯ 삼아 병 나도록 ᄒᆞ오며 일시 ᄎᆡᆨ계(責戒)ᄒᆞ시ᄂᆞᆫ 쟝벌(杖罰)의 깁히 병을 일워 슌망(旬望)을 언와(偃臥)ᄒᆞ미 이시리잇고마
ᄂᆞᆫ 원간 근일의 침식이 블평ᄒᆞ고 신ᄀᆡ 블안ᄒᆞ여 진발(疹發)ᄒᆞ미 됴셕 26면
의 잇ᄉᆞᆸ던 고로 ᄒᆞᆫ번 누으ᄆᆡ 슈히 니디 못ᄒᆞ와 여러 날 신혼(神魂)을 구졀(俱絶)ᄒᆞ오나 조곰도 댱쳐(杖處)ᄅᆞᆯ ᄌᆞ통(自痛)ᄒᆞ미 업ᄉᆞᆸ거ᄂᆞᆯ 대인과 ᄌᆞ졍이 ᄎᆞ마 인ᄌᆞ의 듯ᄌᆞᆸ디 못ᄒᆞᆯ 바ᄅᆞᆯ 니ᄅᆞ시고 ᄯᅩ 셩의ᄅᆞᆯ 과상(過傷)ᄒᆞ샤 블초ᄌᆞ의 무거온 죄 우희 다시 큰 죄로ᄡᅧ 더으시ᄂᆞ니잇가? 업ᄃᆡ여 빌건ᄃᆡ 믈우소려(勿憂消慮)ᄒᆞ샤 블초로ᄡᅧ 아이의 업ᄂᆞᆫ 거ᄉᆞ로 아ᄅᆞ샤 셩녀(聖慮)의 거리씨믈 두디 마ᄅᆞ시면 ᄒᆡᄋᆡ(孩兒) 져기 안심도섭(安心調攝)ᄒᆞ와 과동봉츈(過冬逢春)ᄒᆞ여 일긔(日氣) 훈

화(薰和)ᄒᆞᆫ ᄣᆡᄅᆞᆯ 당ᄒᆞᆫᄌᆞᆨ 거의 가복(可復)ᄒᆞ믈 어들가 ᄇᆞ라오ᄃᆡ 대인과 ᄌᆞ졍이 이러ᄐᆞᆺ 졀우과려(切憂過慮)ᄒᆞ실진ᄃᆡ 블초의 심신이 민황초박(憫惶焦迫)ᄒᆞ와 능히 병이 낫기ᄅᆞᆯ 기다리디 못ᄒᆞ고 강질(强疾)ᄒᆞ여 뫼실딘ᄃᆡ 블최 스ᄉᆞ로 ᄉᆞᄉᆡᆼ을 관듕(關重)이 넉이미 아니라 친위 블초의 잠간 유병ᄒᆞᆷ도 이러ᄐᆞᆺ 과려ᄒᆞ시니 더옥 블힝ᄒᆞ므로ᄡᅧ 의논치 못ᄒᆞᆯ디라. 병이 낫디 못ᄒᆞ여 니러 단니미 쏘 위증(危症)을 더으미니 졈졈 근위(筋痿) 비경(非輕)ᄒᆞᄆᆡ 밋ᄎᆞᆫᄌᆞᆨ 화ᄐᆡ(華陀)의 슐과 편작
27면 (扁鵲)의 신을 만나도 어렵ᄉᆞ올디라. 만일 병을 잘 곳치디 못ᄒᆞ여 약이 당졔(當劑)ᄅᆞᆯ 일위디 못ᄒᆞ면 위ᄐᆡᄒᆞ미 극ᄒᆞ오리니 엄위(嚴闈)와 ᄐᆡᄐᆡ(太太)ᄂᆞᆫ 블초의 초민(焦悶)ᄒᆞᆫ 뜻을 구버ᄉᆞᆯ피샤 이에 더져두시믈 ᄇᆞ라ᄂᆞ이다."

공의 부뷔 ᄋᆞᄌᆞ의 졍신을 슈습ᄒᆞ여 이언(語言)이 이 ᄀᆞᆺᄐᆞ믈 드ᄅᆞᄆᆡ 그 상쳐ᄅᆞᆯ ᄎᆞ마 보디 못ᄒᆞ고 그 니쳑(羸瘠)ᄒᆞ믈 ᄎᆞ마 ᄃᆡ치 못ᄒᆞ여 앗기ᄂᆞᆫ 뜻이 골(骨)을 삭(削)ᄒᆞ고 육(肉)을 할(割)ᄒᆞᄂᆞᆫ ᄃᆞᆺ 항뉘(行淚) 비비(霏霏)[66]ᄒᆞ고 흉금(胸襟)이 옹식(壅塞)ᄒᆞ여 낭일(曩日)[67]의 공연이 조ᄅᆞ고 보ᄎᆡ던 바ᄅᆞᆯ 졀졀(切切)이 뉘웃고 슬허ᄒᆞ나 밋디 못ᄒᆞᆯ디라. 비로소 의ᄌᆞ(醫者)ᄅᆞᆯ 브ᄅᆞ며 약음(藥飮)을 ᄀᆞᆺ초와 구호ᄒᆞ믈 디극히 ᄒᆞᆯᄉᆡ 가ᄂᆡ 딘경(振驚)ᄒᆞ여 미듁(麋粥)을 밧들고 ᄎᆞ환(叉鬟)이 블이 ᄡᅡ히 븟디 아니며 의ᄌᆞᄅᆞᆯ 쳥ᄒᆞᄂᆞᆫ 하리(下吏) 슘을 ᄂᆡ두로디 못ᄒᆞ여

66 비비(霏霏): 비나 눈이 가늘게 끊이지 않고 내리는 모양. 여기서는 눈물이 끊임없이 솟아나는 모양을 가리킴.

67 낭일(曩日): 지난번.

황황분분(遑遑紛紛)ᄒᆞ미 상변(喪變)의 다ᄅᆞ미 업셔 므ᄉᆞᆷ 일 만난 집 ᄀᆞᆺᄐᆞ니 ᄉᆡᆼ이 ᄌᆞ긔 병을 능히 강인(强忍)튼 못ᄒᆞ고 부모의 우려ᄒᆞ며 요요분난(擾擾紛亂)ᄒᆞ믈 더어 병심(病心)을 단뎡치 못ᄒᆞ니 신졍(神精)이 어둑ᄒᆞ미 젼일의 더을 쁜 아냐 블효를 슬허ᄒᆞ고 부모의 과려ᄒᆞ시믈 초민ᄒᆞ여 관심믈녀(寬心勿慮)ᄒᆞ시믈 년ᄒᆞ여 비러 긋치디 아니 28면
니 공의 부뷔 ᄯᅩᄒᆞᆫ ᄋᆞᄌᆞ의 병듕 민박(憫迫)ᄒᆞ믈 더으미 블가ᄒᆞ여 마디못ᄒᆞ여 쥬야로 병소(病所)의 잇기를 긋치나 의ᄌᆞ(醫者)의 말을 드ᄅᆞ미ᄂᆞᆫ ᄉᆡᆼ의 질휘 젼혀 ᄉᆞᄉᆡᆼᄒᆞᄂᆞᆫ ᄯᅳᆺ이 심녀로 비로ᄉᆞᆫ ᄇᆡ라 ᄒᆞ고 만일 ᄆᆞᄋᆞᆷ의 ᄉᆡᆼ각ᄂᆞᆫ 바를 닐위지 못ᄒᆞᆫ즉 기ᄇᆡᆨ이 다시 살고 편작(扁鵲)이 ᄌᆡᄉᆡᆼ(再生)ᄒᆞ나 가복(可復)ᄒᆞ믈 엇디 못ᄒᆞ리라 ᄒᆞ여 벅벅이 ᄉᆞ상지딜(思想之疾)노 니ᄅᆞ니 공의 부부ᄂᆞᆫ ᄋᆞᄌᆞ의 ᄆᆞᄋᆞᆷ을 아디 못ᄒᆞ고 셕연(釋然)이 ᄇᆡ톄(配體)를 그ᄅᆞᆺ 만나므로ᄡᅥ 심위(心憂) 되어 일병이 회우(會遇)ᄒᆞ여 위독기의 니ᄅᆞ므로 아라 더옥 한ᄒᆞᄂᆞᆫ 고로 비만(痞滿)ᄒᆞ믈 니긔디 못ᄒᆞ여 녀시를 위ᄒᆞ여 ᄎᆞ셕년디(嗟惜憐之)ᄒᆞᄂᆞᆫ ᄯᅳᆺ이 어ᄃᆡ로 간동 알니오? 박시 가ᄉᆞᆷ을 두다리고 블을 굴너 ᄋᆞᄌᆞ의 위ᄐᆡᄒᆞ믈 졍·양·쥬 삼부다려 니ᄅᆞᆯᄉᆡ

"녀녀의 흉상박ᄉᆡᆨ(凶相薄色)을 만나지 아냐시면 내 ᄋᆞᄒᆡ 엇디 심우(心憂)를 인ᄒᆞ여 위질(危疾)의 밋츨 ᄇᆡ리오? 만일 오ᄋᆡ(吾兒) ᄉᆞ디 못ᄒᆞᆫ즉 내 당당이 흉인(凶人)의 간을 회 먹으리라."

ᄒᆞ고 ᄯᅱ놀며 통도(痛悼)ᄒᆞ믈 마디 아니니 그 거동이 망녕된 진납이 날 29면
치고 ᄌᆞ근 개 밋쳐셔 돌미라. 졍·양·쥬 삼인이 나즉이 간위(懇慰)ᄒᆞ며 삼슉의 츈취(春秋) 방강(方强)ᄒᆞ고 긔운이 산악 ᄀᆞᆺᄐᆞ시므로 일시 침질(沈疾)이 위려(危慮)의 밋디 아닐 바를 고ᄒᆞᄃᆡ 박시 심장을 낫낫치

ᄉᆞᆯ오고 간폐(肝肺)ᄅᆞᆯ 촌촌이 ᄀᆞᆺ쳐 초젼우상(焦戰憂傷)ᄒᆞ믈 마디 아니니 녀시 그 고모의 변심상셩(變心喪性)ᄒᆞ여 일편도이 년무(憐撫)ᄒᆞ고 ᄋᆡ휼(愛恤)ᄒᆞ믈 깁히 밋다가 오날놀 도로 본심을 발ᄒᆞ여 통증(痛憎)ᄒᆞᆷ과 분완(憤惋)ᄒᆞ미 젼일의 더으믈 보ᄆᆡ ᄉᆡ로온 은원(恩怨)이 텰텬(徹天)ᄒᆞ여 니ᄅᆞᆯ 갈고 ᄂᆡ다라 블공지셜(不恭之說)노 박시ᄅᆞᆯ 욕ᄆᆡ(辱罵)ᄒᆞ여 간부(肝腑)ᄅᆞᆯ 회 먹을 원쉬 므ᄉᆞᆷ 일인고 다앗기ᄅᆞᆯ[68] 마디 아니니 박시 ᄯᅩ 엇디 톄모(體貌)ᄅᆞᆯ 딕희고 위의(威儀)ᄅᆞᆯ 엄히 ᄒᆞ여 져 블인(不人)의 밋친 말을 결우디 아닐 니 이시리오? 졸연이 ᄂᆞᆲ써나[69] 녀시ᄅᆞᆯ ᄭᅳ드러 읅잡고 모진 셩을 발ᄒᆞ여 뎡히 무러 ᄯᅳᆺ고 결우려 ᄒᆞ더니 녀시 ᄯᅩ 흉장(凶壯)ᄒᆞᆫ 힘을 다ᄒᆞ여 존고의 두 손을 졔 손으로 모도ᄌᆞᆸ고 ᄒᆞᆫ 손을 드러 ᄆᆡ이 밀쳐 것구ᄅᆞ치고ᄌᆞ ᄒᆞᆯ 즈음의 졍부인이 황망이 박시ᄅᆞᆯ 붓들고 양·쥬 등이 딘녁(盡力)히 녀시ᄅᆞᆯ 믈니쳐 계오 듕상(重傷)ᄒᆞ믈 면ᄒᆞ나 그 고부(姑婦)의 참혹패셜(慘酷悖說)을 엇디 비ᄒᆞᆯ ᄀᆞᆺ이 잇ᄉᆞ리오? 댱공이 이 거동을 목도(目睹)ᄒᆞ고 ᄒᆡ연참측(駭然慘惻)ᄒᆞ여 ᄆᆡᆼ파ᄅᆞᆯ 블너 녀츄밀긔 말ᄉᆞᆷ을 젼ᄒᆞ여 가ᄋᆞ의 병이 ᄉᆞᄉᆡᆼ의 츌몰ᄒᆞᄂᆞᆫ 바의 식부의 패란(悖亂)ᄒᆞ미 우환(憂患)을 더으미 되어시니 잠간 다려가미 돈의[70] 질ᄎᆞ 후 다시 도라보ᄂᆡ미 무방ᄒᆞ믈 일ᄏᆞᄅᆞ니 ᄆᆡᆼ패 쥬인의 무ᄒᆡᆼ파측(無行叵測)ᄒᆞ미 이 ᄀᆞᆺᄐᆞ믈 보ᄆᆡ 감히 원망을 ᄑᆞᆷ디 못ᄒᆞ고 도라와 댱공의 젼어ᄅᆞᆯ 츄밀긔 알외니 녀원홍이 공검관대(恭儉

30면

---

68 다앗기ᄅᆞᆯ: 다왇다. 다그치다.

69 ᄂᆞᆲ써나: 넓더나다. 벌떡 일어나다.

70 돈의: 규장각본에는 '돈ᄋᆡ'로 되어 있음.

寬大)ᄒᆞ믄 쳔 니의 멀오미 이시나 녀ᄋᆞ의 ᄇᆡᆨᄒᆡᆼ만ᄉᆡ(百行萬事) 다 블인괴ᄒᆡ(不仁怪駭)ᄒᆞ며 흉패난일(凶悖亂逸)ᄒᆞ미 그 ᄡᅥᆨ이 업ᄉᆞᆫ 바의 댱가로 므어시라 ᄒᆞᆫ 조각인들 원ᄒᆞ미 이시리오? 믁믁(默默) 블쾌(不快)ᄒᆞ믈 먹음어 말이 업더니 날호여 거교(車轎)ᄅᆞᆯ 보ᄂᆡ여 녀ᄋᆞᄅᆞᆯ 다려갈ᄉᆡ 녀시 댱ᄉᆡᆼ을 구슈(仇讐)ᄀᆞᆺ치 원망ᄒᆞᄂᆞᆫ 가온ᄃᆡ 그 풍의골상(風儀骨相)을 흠앙ᄉᆞ모(欽仰思慕)ᄒᆞ여 비록 셔로 ᄃᆡᄒᆞ여 뉸의(倫義)예 온젼ᄒᆞ믈 엇디 못ᄒᆞ나 ᄎᆞ마 샤ᄒᆞ여 그 집을 ᄯᅥ나 도라갈 ᄯᅳᆺ이 업ᄉᆞᆫ 고로 병을 탁ᄒᆞ고 공거(空車)ᄅᆞᆯ 환숑코ᄌᆞ ᄒᆞ거ᄂᆞᆯ 댱공이 밍파ᄅᆞᆯ ᄌᆡ쵹ᄒᆞ여 아ᄃᆡᆨ 다려가라 ᄒᆞ고 박시 ᄯᅩ 고셩욕ᄆᆡ(高聲辱罵)ᄒᆞ여 어셔 가믈 바야니[71] 그 엇디 ᄂᆡ치ᄂᆞᆫ 바의 다ᄅᆞ미 이시리오? 밍파 등이 욱임질노 녀시ᄅᆞᆯ 븟드러 교듕(轎中)의 올니ᄆᆡ 녀시 ᄲᅱ여 ᄂᆡ닷기ᄅᆞᆯ 두어 번의 존고로 일장(一場)을 셜젼(舌戰)ᄒᆞ여 셔로 욕ᄆᆡᄒᆞ미 무궁ᄒᆞ더니 댱부 시ᄋᆞ 등과 밍파 등이 협녁ᄒᆞ여 다시 거듕의 너코 ᄣᅢᆯ니 집 문을 나니 녀시 댱ᄉᆡᆼ을 ᄉᆞ모ᄒᆞᄂᆞᆫ 졍과 원한ᄒᆞᄂᆞᆫ ᄯᅳᆺ을 억졔치 못ᄒᆞ여 거듕의셔 기리 통곡ᄒᆞ며 본부로 도라오니 만시 일편된 ᄉᆞ졍의도 오히려 앙앙(怏怏)ᄒᆞ여 녀ᄋᆞᄅᆞᆯ 위로ᄒᆞ며 ᄯᅩ 경계ᄒᆞ여 괴이ᄒᆞᆫ 거조(擧措)ᄅᆞᆯ 말나 ᄒᆞ고 은화ᄅᆞᆯ 허비ᄒᆞ여 변심ᄒᆞᄂᆞᆫ 약을 어더 효험을 기리 보디 못ᄒᆞ고 밋쳐 댱ᄉᆡᆼ을 시험치 못ᄒᆞ여셔 댱공과 박시 본셩을 회복ᄒᆞ미 쉬오믈 능히 측냥치 못ᄒᆞ고 ᄯᅩ 슬허 일마다 녀ᄋᆞ의 명되(命途) 박ᄒᆞ믈 탄ᄒᆞ니 밍패 탄왈(嘆曰) 31면

71 바야니: 바야다. 재촉하다.

"부인이 심모비계(深謀秘計)로 엇디 쇼져의 젼졍(前程)을 도모치 못
32면 ᄒᆞ실 ᄇᆡ리잇고마ᄂᆞᆫ 쇼져의 셩ᄒᆡᆼ(性行)이 딘실노 부가의 용납ᄒᆞ믈 엇디 못ᄒᆞ실 바의 ᄯᅩ 만나믈 블ᄒᆡᆼ이 ᄒᆞ샤 구고 냥위ᄂᆞᆫ ᄀᆞᆺᄐᆞ여 샤광디총(師曠之聰)과 니루디명(離婁之明)[72]이 아니로ᄃᆡ 연부인 엄명뎡슉(嚴明貞淑)ᄒᆞ심과 금장(錦帳)[73] 졍부인의 셩신탁이(性神卓異)ᄒᆞ시믄 당금의 잇디 아닌 쳘부셩ᄉᆡ(哲婦聖士)라. 규법(閨法)이 ᄒᆞᆫ갓 쳥한졍슉(淸閑貞淑)ᄒᆞᆯ ᄯᆞ롬[74]이 아니라 덕ᄒᆡᆼ(德行)이 슐연 ᄌᆞ댱(自長)ᄒᆞ샤 비록 낫타ᄂᆡ지 아니시나 ᄌᆡ국(才局)이 비상ᄒᆞ여 당태종(唐太宗)의 긔량과 한고조(漢高祖)의 무가무블가(無可無不可)[75]ᄅᆞᆯ 겸ᄒᆞ여 일월봉졍(日月鳳精)을 ᄒᆞᆯ니ᄂᆞᆫ 바의 사ᄅᆞᆷ의 심간을 빗최니 비컨ᄃᆡ 됴마(照魔)의 거울[76]이 놉히 걸녀 요괴로온 ᄌᆞ최ᄅᆞᆯ 빗최여 휘각(揮却)ᄒᆞ고 부녀ᄂᆞᆫ 쳥회탐탐(靑虎耽耽)ᄒᆞ며 빙상(氷霜)이 엄엄(嚴嚴)ᄒᆞ여 쳥승(靑蠅)의 븟졉디 못ᄒᆞᆷ과 ᄀᆞᆺᄐᆞ니 변심약의 효험이 기디 못ᄒᆞ미 졍부인의 의심이 동ᄒᆞ여 댱노야와 박부인으로 ᄒᆞ여곰 본심을 회복ᄒᆞᆯ 약을 ᄡᅳ민

72 샤광디총(師曠之聰)과 니루디명(離婁之明): 사광지총과 이루지명. 사광의 귀 밝음과 이루의 눈 밝음. 사광은 춘추시대 진(晉)나라의 유명한 음악가로 거문고의 명인이며, 이루는 황제 때 사람으로 눈이 무척 밝은 사람으로 유명함. 《맹자》 〈이루상(離婁上)〉에 나옴.

73 금장(錦帳): 금장소고(錦帳小姑). 아름다운 휘장 속의 젊은 시누이와 동서를 가리키는 말. 여기서는 여씨와 동서 관계에 있는 정월염을 가리킴.

74 ᄯᆞ롬이: 규장각본에는 '쁜'으로 되어 있음.

75 한고조(漢高祖)의 무가무블가(無可無不可): 무가무불가(無可無不可)는 반드시 가(可)한 것도 없고 반드시 불가(不可)한 것도 없다는 말로, 무슨 일을 할 때 미리 주장하는 것이 없고 때에 맞게 적절하게 함을 말함. 《통감절요(通鑑節要)》에 후한 광무제 때 장군 마원이 한고조 유방을 '무가무불가'한 사람으로 평가하는 구절이 있음. 《논어》 〈미자(微子)〉에도 "나는 이와 달라서 가한 것도 없고 불가한 것도 없다(我則異於是 無可無不可)."라는 공자의 말이 있음.

76 됴마(照魔)의 거울: 조마의 거울. 요괴의 본성을 비추어 보인다는 신이한 거울.

가 ᄒᆞᄋᆞᆸᄂᆞ니 냥평(良平)[77]의 디모(智謀)와 의딘(儀秦)[78]의 션변(善辯)이라도 졍부인은 계교로ᄡᅧ 쇽이디 못ᄒᆞ며 말노ᄡᅧ 긔이디 못ᄒᆞ리니 오딕 쇼졔 허믈을 곳쳐 부힝(婦行)을 닷그면 비록 댱낭군의 후ᄃᆡ(厚待)ᄅᆞᆯ 33면
엇디 못ᄒᆞ시나 구고(舅姑)와 금장(錦帳) 숙ᄆᆡ(叔妹)의 츄연민디(惆然憫之)ᄒᆞ믈 어드신족 졈졈(漸漸)ᄒᆞ여 군ᄌᆞ의 구든 뜻을 일분이라도 두로혀미 이실가 ᄒᆞᄋᆞᆸᄂᆞ니 쇼졔 댱아의 슈삼월을 머므ᄂᆞᆫ ᄉᆞ이 졍부인 셩덕광휘(聖德光輝)ᄅᆞᆯ ᄌᆞ로 쳠망(瞻望)컨ᄃᆡ 쳔심(賤心)의ᄂᆞᆫ 복복흠탄(僕僕欽歎)ᄒᆞᆯ 쁜 아니라 블인(不仁)턴 ᄆᆞ음과 간악던 뜻이 젼연(全然)이 어지러질 젹이 잇ᄂᆞᆫ디라. 괴이ᄒᆞᆫ 요약으로 댱노야와 박부인의게 시험ᄒᆞᆫ ᄇᆡ 그으이 뉵니괴황(忸怩愧惶)ᄒᆞ여 ᄆᆡ양 ᄉᆞ죄(死罪)ᄅᆞᆯ 범ᄒᆞᆫ ᄃᆞᆺᄒᆞ더니 오날ᄂᆞᆯ 쇼졔 도라오시니 졀졀(節節)이 ᄌᆞ작디얼(自作之孽)이라. 사ᄅᆞᆷ을 탓ᄒᆞ며 귀신을 원치 못ᄒᆞ리니 ᄎᆞ후ᄂᆞᆫ 잡술괴법(雜術怪法)으로 젼졍(前程)을 도모치 마ᄅᆞ시고 회과칙션(悔過責善)ᄒᆞ시미 큰 복이니이다."

만시 츄연오열(惆然嗚咽)ᄒᆞ고 희허장탄(噫噓長嘆) 왈

"너희 졍시ᄅᆞᆯ 복복칭션(僕僕稱善)ᄒᆞ믈 듯건ᄃᆡ 내 ᄆᆞ음이 ᄯᅩᄒᆞᆫ 흠앙(欽仰)ᄒᆞ믈 ᄭᆡ닷디 못ᄒᆞ리로다. 슈연이나 사ᄅᆞᆷ의 딜픔긔셩(質品氣性)이 다 각각이라. ᄒᆞᆫ갈ᄀᆞᆺ치 어질고 긔특ᄒᆞ기ᄅᆞᆯ 바라리오마ᄂᆞᆫ 녀ᄋᆞᄂᆞᆫ 셰쇽(世俗) 범뉴(凡類)의도 참예치 못ᄒᆞ니 가히 ᄋᆡᄃᆞᆲ디 아니랴? 변심약을 신고(辛苦)히 어더 기리 효험을 보디 못ᄒᆞ고 댱낭은 다ᄅᆞᆫ 쳐쳡 34면

77 냥평(良平): 장량(張良)과 진평(陳平).

78 의딘(儀秦): 의진. 장의(張儀)와 소진(蘇秦).

이 업시 녀ᄋᆞ를 우봉초일(遇逢初日)브터 고염(苦厭)ᄒᆞ미 극ᄒᆞ니 녀ᄋᆞ의 젼졍(前程)이 임의 판단ᄒᆞ엿ᄂᆞᆫ디라. 다시 바랄 거시 어이 이시리오? 셜ᄉᆞ 개심슈덕(改心修德)ᄒᆞᆫ들 댱군의 감동ᄒᆞ믈 어이 어드리오? 도쳑(盜跖)의 개 공ᄌᆞ를 즈ᄌᆞ니 부ᄌᆡ 어디지 아니샤미 아니라 그 님ᄌᆡ 아니므로쎄라. 네 비록 졍시를 흠션ᄒᆞ나 맛ᄎᆞᆷᄂᆡ 네 주인이 아니라 능히 그 ᄃᆡ하(臺下)의 복시(服侍)ᄒᆞ믈 엇디 못ᄒᆞ리니 션악 간의 녀ᄋᆞ를 조촐 ᄯᆞ롬이어니와 쳔ᄉᆞ만상(千思萬想)ᄒᆞ여도 녀ᄋᆞ의 신셰를 쾌히 ᄒᆞᆯ 도리 업고 댱공 부부를 쇽이미 어렵디 아니나 연부인의 명슉(明淑)ᄒᆞᆷ과 졍시의 신셩(神聖)ᄒᆞ미 그 ᄀᆞᆺᄐᆞᆫ죽 셔의(齟意)ᄒᆞᆫ 죄를 발뵈디 못ᄒᆞ리니 과연 만나믈 블힝이 ᄒᆞ엿도다.”

비쥐(婢主) ᄃᆡᄒᆞ여 이러틋 탄돌(嘆咄)ᄒᆞ믈 마디 아니나 방금 댱ᄉᆡᆼ의 병휘 위독ᄒᆞ고 녀ᄋᆡ 박시의 구박ᄒᆞ여 도라보ᄂᆡ믈 닙어 아ᄃᆡᆨ 도라갈 모칙(謨策)도 업ᄉᆞ므로 아ᄃᆡᆨ 분을 ᄲᆞ흐며 노를 셔릴 ᄯᆞ롬이언졍 댱
35면 가의 작변ᄒᆞᆯ 의ᄉᆞ를 못 ᄒᆞ더니 ᄎᆞ시[79] 댱가 삼낭(三郞)이 녀시 블인(不人)이 도라가믈 듯고 일단 쾌흔(快欣)ᄒᆞ미 업디 아냐 ᄌᆞ긔 병근인즉 ᄀᆞᆺᄐᆞ여 녀시로 심우(心憂)를 삼앗던 말을 ᄒᆞᆯ ᄇᆡ 아니니 딘짓 ᄉᆞ상(思想)ᄒᆞᄂᆞᆫ 옥인(玉人)을 우봉(遇逢)ᄒᆞᆯ 긔약이 묘연ᄒᆞ믈 인ᄒᆞ여 심녜(心慮) 날노 어ᄌᆞ럽고 회푀 시로 더ᄒᆞᆫ 바의 녀[80] 잇디 아니므로뼈 ᄎᆞ헐(差歇)ᄒᆞ믈 어드리오? 졈졈ᄒᆞ여 곡긔를 긋치고 약음(藥飮)을 회구(廻口)ᄒᆞ여 비록 간졀이 후셜(喉舌)을 넘기고져 ᄒᆞ나 임의 듕니(中裡)의 얽

79 ᄎᆞ시: 규장각본에는 없음.
80 녀: 규장각본에는 ‘녀시’로 되어 있음.

히고 밋쳐 댱야(長夜)의 ᄌᆞ디 못ᄒᆞ고 댱일(長日)의 먹디 못ᄒᆞ여 셰간ᄇᆡᆨ념(世間百念)이 ᄌᆡᄀᆞᆺ치 ᄉᆞ라지고 ᄂᆡᄀᆞᆺ치 ᄒᆞᆺ터디ᄂᆞᆫ 가온ᄃᆡ도 화도ᄅᆞᆯ 귀듕ᄒᆞ여 슈듕긔화(手中奇貨)ᄅᆞᆯ 삼고 ᄃᆞᆫ짓 사ᄅᆞᆷ을 념념상모(念念想慕)ᄒᆞ믄 잠시 일ᄀᆞᆨ도 방하치 못ᄒᆞ니 침식을 젼폐ᄒᆞ미 날이 오란 바의 밧그로 상체 듕ᄒᆞ고 안흐로 심녀ᄅᆞᆯ 허비ᄒᆞ미 무궁ᄒᆞ니 토목(土木)의 무디(無知)ᄒᆞᆷ과 쳘셕(鐵石)의 견졍(堅貞)ᄒᆞ미 아니오 혈육디신(血肉之身)으로 년쇼약긔(年少弱氣)예 능히 ᄉᆡᆼ도ᄅᆞᆯ ᄇᆞ라디 못ᄒᆞᆯ디라. 화열이 오ᄅᆞ면 격간(膈肝)이 막딜니고[81] 신졍(神精)이 요요(擾擾)ᄒᆞ여 분분이 몸을 동ᄒᆞ다가 엄홀(奄忽)ᄒᆞ여 인ᄉᆞ(人事)ᄅᆞᆯ ᄇᆞ리고 화열이 나 36면
리면 혼혼침침(昏昏沈沈)이 상셕(床席)의 몸을 ᄇᆞ려 능히 눈을 ᄯᅳᆯ 긔운이 업ᄉᆞᄃᆡ 오히려 희허영탄(噫歔永嘆)ᄒᆞ믈 마디 아니니 그 죽으미 됴셕(朝夕)의 잇ᄂᆞᆫ디라. 슈플 갓ᄐᆞᆫ 의관이 손을 ᄊᆞᆺ고 입을 다다 능히 약을 의논치 못ᄒᆞ고 보ᄂᆞᆫ ᄌᆡ 다 실ᄉᆡᆨᄎᆞ악(失色嗟愕)ᄒᆞ여 그 나흘 ᄂᆞᆺ기고 그 ᄌᆡ화(才華)ᄅᆞᆯ 앗겨 참연위쳑(慘然慰慽)ᄒᆞ믈 ᄭᆡ닷디 못ᄒᆞ니 이ᄯᆡᄅᆞᆯ 당ᄒᆞ여 댱공 부부의 참통ᄋᆡ졀(慘痛哀切)ᄒᆞ미 엇디 시슈(屍首)ᄅᆞᆯ ᄃᆡᄒᆞ므로 다ᄅᆞ미 이시리오[82]? 역시[83] 음식을 긋치고 잠을 폐ᄒᆞ여 죽화헌의 왕ᄂᆡ(往來)ᄒᆞ므로ᄡᅧ 날을 보ᄂᆡ고 우러러 하날의 빌며 구버 ᄯᅡᄒᆡ 고ᄒᆞ여 스ᄉᆞ로 목숨을 가져 ᄋᆞᄌᆞ의 명을 ᄃᆡ코져 ᄒᆞ니 경상(景狀)이 참담ᄒᆞᆫ디라. 연부인이 ᄋᆞᄌᆞ의 ᄉᆡᆼ되 망연(茫然)ᄒᆞ믈 보ᄆᆡ 칼흘

81 막딜니고: 막딜이다. 막질리다. 가로막히다.

82 다ᄅᆞ미 이시리오: 규장각본에는 '다ᄅᆞ리오'로 되어 있음.

83 역시: 규장각본에는 '연시'로 되어 있음.

삼키고 돌흘 먹음은 ᄃᆞᆺ 통도비졀(痛悼悲絶)ᄒᆞ나 그 픔슈긔딜(稟受氣質)이 삼오(三五)[84] 쵸츈(初春)의 몰몰이 긋치지 아닐 ᄇᆡ오 그 병이 ᄯᅩ 근위(筋痿) 비상(非常)ᄒᆞ여 위ᄐᆡᄒᆞ미 오라ᄃᆡ 오히려 ᄭᆡ니 죽디 아니코 인ᄉᆞ(人事)ᄅᆞᆯ 슈습디 못ᄒᆞ미 만흐ᄃᆡ 긴 탄식과 져ᄅᆞᆫ 한숨이 무궁ᄒᆞᆫ 회포ᄅᆞᆯ 시러 졀박히 상념(想念)ᄒᆞᄂᆞᆫ 밧 ᄌᆡ 되어시믈 임의 아ᄅᆞᆫ 디오란디라. 이랑으로 더브러 온가지로 ᄎᆡᆨᄒᆞ고 다ᄅᆡ여 소회(所懷)ᄅᆞᆯ 니ᄅᆞ라 ᄒᆞᄃᆡ 삼낭이 이에 다ᄃᆞ라ᄂᆞᆫ 죽을디언졍 ᄎᆞ마 발셜(發說)치 못ᄒᆞ여 기리 함인(含忍)ᄒᆞ니 연부인이 ᄒᆞᆯ일업셔 녀ᄋᆞᄅᆞᆯ ᄃᆡᄒᆞ여 셰린의 병셰ᄅᆞᆯ 일일이 니ᄅᆞ고 그 ᄉᆞ상(思想)ᄒᆞᄂᆞᆫ 병이믈 디긔(知機)ᄒᆞ나 그 눌을 엇디ᄒᆞ여 ᄉᆞ렴(思念)ᄒᆞ민고 맛ᄎᆞᆷᄂᆡ 니ᄅᆞ디 아니니 알 길히 업ᄂᆞᆫ디라. 이랑이 착급(着急)ᄒᆞᄃᆡ 쇼졔 침ᄉᆞ냥구(沈思良久)의 왈

"삼뎨(三弟)의 병이 비록 위악(危惡)ᄒᆞ나 그 긔딜이 결단ᄒᆞ여 삼오츈광(三五春光)의 요믈단박(夭沒短薄)ᄒᆞᆯ ᄇᆡ 아니니 졀우(切憂)ᄅᆞᆯ 더ᄅᆞ시고 그 침변(枕邊) 좌우ᄅᆞᆯ 유심히 ᄉᆞᆯ펴보쇼셔. 그 ᄉᆞ상ᄒᆞᄂᆞᆫ ᄇᆡ 사ᄅᆞᆷ을 들니기 어려온 참치(慙恥)ᄒᆞ미 이실ᄉᆡ ᄌᆞ위(慈闈)와 계승[85]의 간문(懇問)ᄒᆞᄆᆞᆯ ᄃᆡ치 못ᄒᆞᄋᆞᆸᄂᆞ니 이 가온ᄃᆡ 깁히 블힝ᄒᆞ미 만흘디라. 비록 셩학(聖學)이 미딘(未盡)ᄒᆞ고 ᄉᆞᄒᆡᆼ(四行)[86]이 졍숙디 못ᄒᆞᆫ들 엇디 이런 한심ᄒᆞᆫ 변을 닐월 줄 알니오? ᄆᆞᄋᆞᆷ이 산난ᄒᆞ고 인ᄉᆡ(人事) 아득ᄒᆞ여 ᄒᆞᆫ갓 ᄉᆞ상디념(思想之念)을 노치 못ᄒᆞᆯ디언졍 작시음영(作詩吟

37면

84 삼오(三五): 15세.

85 계승: 장희린의 자.

86 ᄉᆞᄒᆡᆼ(四行): 사행. 사덕(四德). 《주역》에서 말하는 천지자연의 네 가지 덕인 원(元)·형(亨)·이(利)·정(貞).

詠)ᄒᆞ믈 젼ᄀᆞᆺ치 ᄒᆞ여 그 침질(沈疾) 위름(危懍)치 아닌 젼의 져의 회포를 ᄉᆞ싱의 븟치미 이실 ᄃᆞᆺᄒᆞ오니 침변(枕邊)의 곰촌 거시 잇ᄂᆞᆫ가 ᄒᆞᆫ번 어더 ᄂᆡ실딘ᄃᆡ 거의 아뫼 줄 아니 알니잇가마ᄂᆞᆫ 드러ᄂᆡ여 아ᄂᆞᆫ 일이라도 블쾌ᄒᆞ고 착난(錯亂)ᄒᆞ미 이에 더으미 업솔 ᄃᆞᆺᄒᆞ니이다." 38면

시의 연부인이 쇼져의 말을 듯고 졈두왈(點頭曰)

"노뫼 혼망미각(昏妄未覺)이러니 너의 말노조ᄎᆞ 과연 ᄭᆡ치리로다. 듕ᄋᆞ다려 닐너 그 침변의 곰촌 거시 잇ᄂᆞᆫ가 보라 ᄒᆞ리라."

ᄒᆞ고 드ᄃᆡ여 이랑을 블너 쇼져의 말을 니른ᄃᆡ 이랑이 셕연돈오(釋然頓悟) 왈

"져져ᄂᆞᆫ 바 디춍(至聰)과 디명(至明)이라. 그림ᄌᆡ 잇디 아녀셔 실형(實形)을 디긔(知機)ᄒᆞ시니 쇼ᄌᆞ 등의 우용(愚庸)홈과 ᄂᆡ도ᄒᆞ시믈 알니로소이다. 문승[87]이 과연 사ᄅᆞᆷ이 못 볼 ᄯᅵ의 ᄆᆞ어솔 보ᄂᆞᆫ 거시 잇더라 ᄒᆞ고 졔 유뫼 니ᄅᆞ거ᄂᆞᆯ 쇼ᄌᆡ 무심히 듯고 이 반ᄃᆞ시 셔ᄉᆞ문젹(書史文籍)인가 ᄒᆞ엿더니 져져(姐姐)의 의심으로조ᄎᆞ 혜아리니 이 거시 ᄆᆞ솜 은밀ᄒᆞ미 이실디라. 향일(向日) 듕양졀(重陽節)의 제경이 완월ᄃᆡ의셔 술을 두어 즐길ᄉᆡ 쇼ᄌᆞ 등이 ᄒᆞᆫ가ᄃᆡ로 츄경(秋景)을 완상(玩賞)ᄒᆞ며 39면 졀구(絶句)롤 ᄲᅧ 화답ᄒᆞ더니 ᄋᆞ의 시ᄉᆡ(詩詞) 은연이 상ᄉᆞ편의 도라가니 제경이 ᄒᆡ연(駭然)ᄒᆞᆫ 빗치 이시ᄃᆡ ᄯᅳᆺ을 곳치디 못ᄒᆞ고 쥬산봉두(主山峯頭)의 올나 훌훌이 넉솔 일코 ᄆᆞ어솔 ᄇᆞ라보ᄂᆞᆫ ᄃᆞᆺᄒᆞ다가 믄득 여ᄎᆞ여ᄎᆞ 니ᄅᆞ고 혼도(昏倒)ᄒᆞ니 졍원보[88] 등이 ᄆᆡᆨ을 보고 단단이 상ᄉᆞ디

87 문승: 장세린의 자.

88 정원보: 정인흥. 원보는 정인흥의 자.

념(想思之念)이 깁허시믈 보고 요약(妖藥)이 장부ᄅᆞᆯ 흐리온다 ᄒᆞ여 계오 ᄒᆡ독ᄒᆞᆯ 약을 니ᄅᆞ거ᄂᆞᆯ 그ᄃᆡ로 약을 ᄡᅳ니 과연 신효(神效)ᄒᆞ더니 이번 침질(沈疾)ᄒᆞᄆᆡᄂᆞᆫ 경원보 등이 간ᄆᆡᆨᄒᆞ고 니ᄅᆞᄃᆡ 약이 능히 병을 곳치디 못ᄒᆞ고 음식이 능히 긔운을 븟드디 못ᄒᆞ리니 오딕 ᄌᆞ긔 ᄆᆞᄋᆞᆷ을 가다듬으ᄆᆡ 잇다 ᄒᆞ고 깁히 한심히 넉이고 크게 위ᄐᆡ이 넉여 날마다 문병ᄒᆞ고 념녀ᄒᆞ믈 골육의 우환(憂患) ᄀᆞᆺᄐᆞᄃᆡ 이심ᄒᆞ고 ᄆᆡ몰ᄒᆞᆫ ᄌᆞᄂᆞᆫ ᄌᆡ보[89] 형이러이다. 비록 션실기도(先失其道)[90]의 일편되이 한치 못ᄒᆞ나 져져(姐姐)의 무죄ᄒᆞ심과 쇼ᄌᆞ 등의 ᄒᆡ온 ᄇᆡ 아니민 줄 거의 아니 디긔(知機)ᄒᆞ리잇ᄀᆞ마ᄂᆞᆫ 의(義)ᄅᆞᆯ 졀(絕)ᄒᆞᄆᆡ 말ᄉᆞᆷ과 긔ᄉᆡᆨ이 아오로 박
40면 졀ᄒᆞ여 군ᄌᆞ의 화홍관대(和弘寬大)ᄒᆞᆫ 덕이 업고 아의 병이 됴셕(朝夕)의 ᄃᆡ변(大變)ᄒᆞᄂᆞᆫ 디경이로ᄃᆡ ᄒᆞᆫ번 몸소 문병ᄒᆞ미 아니니 사ᄅᆞᆷ이 엇디 그ᄃᆡ도록 용치 아니리잇고? 쇼ᄌᆡ 진실노 위험이 넉이ᄂᆞ이다.”

부인이 탄왈(嘆曰)

“션실기도(先失其道)ᄂᆞᆫ 위법ᄌᆞ폐(違法自弊)[91]라. 젼후 허믈을 ᄡᆞ코 그ᄅᆞ믈 힝ᄒᆞ여 필경 효ᄌᆞ의 부모ᄅᆞᆯ 참욕ᄒᆞ니 졍태위 엇디 노ᄒᆞ디 아니며 분치 아니리오? 임의 녀ᄋᆞᄅᆞᆯ 도라보ᄂᆡ고 의(義)ᄅᆞᆯ 긋ᄎᆞᄆᆡ 여등을 년좌(緣坐)ᄒᆞ미 분명ᄒᆞᆯ 쁜 아냐 우리 집의 불을 드ᄃᆡ지 아니려 ᄒᆞ므로 셰ᄋᆞ의 병을 뭇디 아닛ᄂᆞ니 그 실노 괴이ᄒᆞᆫ ᄇᆡ 아니어ᄂᆞᆯ 네 엇디 도로혀 박히 넉이ᄂᆞ뇨? 스ᄉᆞ로 그ᄅᆞ믈 혜아리고 졍ᄌᆞᄅᆞᆯ 한치 말나.”

---

89 ᄌᆡ보: 재보. 정인광의 자.

90 션실기도(先失其道): 선실기도. 일의 시작부터 방법이 잘못됨.

91 위법ᄌᆞ폐(違法自弊): 위법자폐. 자기가 정한 법을 어겨 스스로 일을 망침.

이랑이 ᄯᅩᄒᆞᆫ 탄식고 즉시 니러 병소로 향ᄒᆞ니 부인이 녀ᄋᆞᄅᆞᆯ 어로만져 그 병이 깁고 긔운이 실낫ᄀᆞᆺᄐᆞᄃᆡ 오히려 강작(强作)ᄒᆞ여 위ᄐᆡᄒᆞᆫ 바ᄅᆞᆯ 낫타ᄂᆡ디 아니믈 더옥 어엿비 녁이고 명도(命途)ᄅᆞᆯ 늣겨 츄연(惆然)이 됴흔 빗치 업셔 왈

"셰ᄋᆞ의 ᄉᆞ상(思想)ᄒᆞᄂᆞᆫ 바ᄂᆞᆫ 그 엇던 녀ᄌᆞᆫ고? 아디 못ᄒᆞ거니와 져 41면
희 셩회(誠孝) 쳔박(淺薄)ᄒᆞ미 아니로ᄃᆡ 맛ᄎᆞᆷᄂᆡ ᄒᆡᆼ신(行身)이 학(學)디 못ᄒᆞ고 셩문(聖門)의 디게ᄅᆞᆯ 엿보디 못ᄒᆞ여 탁월ᄒᆞᆫ ᄌᆡ화(才華)와 츌인(出人)ᄒᆞᆫ 긔딜이로ᄃᆡ 오히려 경박탕ᄌᆞ(輕薄蕩子)의 취ᄉᆡᆨ허랑(取色虛浪)ᄒᆞ미 업디 아니니 딘실노 완젼ᄒᆞᆫ 군ᄌᆡ(君子) 희한ᄒᆞ믈 알니로다. 괴이ᄒᆞᆫ 병을 니ᄅᆞ혀 어버이 심장을 ᄉᆞᆯ오니 열의(悅意)ᄒᆞᄂᆞᆫ 셩효와 ᄂᆡ도치 아니리오? 디어녀ᄋᆞ(至於女兒)ᄒᆞ여ᄂᆞᆫ 연연약딜(軟軟弱質)이 유란(累卵)과 혜초(蕙草) ᄀᆞᆺᄐᆞᆫ 바의 젹상(積傷)ᄒᆞᆫ 병이 졈졈 위듕ᄒᆞ고 내 그ᄋᆞᆨ이 ᄉᆞᆯ피니 잉신(孕身)ᄒᆞ미 분명ᄒᆞᆫ가 시브나 ᄒᆞᆫ갈ᄀᆞᆺ치 강질(強疾)ᄒᆞ고 작긔(作氣)ᄒᆞ여 엄엄(奄奄)ᄒᆞᆫ 병상(病狀)과 위위(危危)ᄒᆞᆫ 의형(儀形)으로ᄡᅧ 어버이ᄅᆞᆯ 뵈디 아니니 이 ᄯᅩᄒᆞᆫ 대효(大孝)와 대의(大義)에 비로ᄉᆞᆫ ᄇᆡ어니와 너희 알ᄂᆞᆫ 바ᄅᆞᆯ 듯고 거동(擧動)을 ᄉᆞᆺ치건ᄃᆡ 잉부(孕婦)의 위증(危症)과 ᄐᆡ달(笞韃)ᄒᆞᆫ 병을 ᄀᆞᆺ초 겸ᄒᆞ여시니 필경 우례(憂慮) 무궁ᄒᆞᆯ디라. 만일 부모로 ᄒᆞ여곰 져ᄅᆞᆯ 우러 셔하(西河)의 탄(嘆)[92]이 상명(喪明)의 밋게 ᄒᆞᆯ딘ᄃᆡ 이 ᄀᆞᆺᄐᆞᆫ 셩졍(性情)과

92 셔하(西河)의 탄(嘆): 서하의 탄. 자식을 잃은 슬픔을 뜻함. 공자의 제자인 자하가 서하에 있을 때 자식을 잃고 너무 슬프게 울어 눈이 멀게 된 데서 비롯된 말. '상명지통(喪明之痛)'이라고도 함.

42면 효힝(孝行)이 엇디 헛곳의 도라지디 아니리오? 모로미 몸을 보호ᄒᆞ고 병을 됴리(調理)ᄒᆞ여 브졀업시 알픈 거솔 강인(强忍)ᄒᆞ고 괴로이 엄엄(奄奄)ᄒᆞᆫ 긔운을 딧디 말디어다."

쇼졔 잉신(孕身) 칠 삭의 밋쳐시ᄃᆡ 댱공과 박시 아득히 아디 못ᄒᆞ고 졍부인이 그윽이 디긔(知機)ᄒᆞᄃᆡ 아른 쳬ᄒᆞ미 업ᄉᆞ니 가듕(家中)의 알 니 업순가 넉이다가 연부인이 발셔 알고 이러ᄐᆞᆺ 니ᄅᆞ믈 드ᄅᆞᄆᆡ 모녀디친(母女至親)이라도 유신(有娠)ᄒᆞ믈 낫토미 오히려 슈괴(羞愧)ᄒᆞ고 옥면(玉面)의 홍예(紅霓) ᄌᆞ연 침노(侵擄)ᄒᆞ니 딘슈아미(螓首蛾眉)롤 더옥 나족이 ᄒᆞ고 날호여 ᄀᆞᆯ오ᄃᆡ[93]

"삼뎨의 ᄉᆞ상(思想)ᄒᆞᄂᆞᆫ 바ᄂᆞᆫ 오히려 슈히 아ᄅᆞ시려니와 곡딕(曲直)을 아라 쾌ᄒᆞ미 업고 블힝홈만 더으리이다. 쇼녀의 딜양(疾恙)은 임의 날이 오란디라. ᄉᆞᄉᆞ로 괴로올 ᄯᆞ름이언졍 대단ᄒᆞᆫ 우례 되디 아니ᄒᆞ오리니 셩녀(聖慮)의 번거ᄒᆞ믈 더으디 마ᄅᆞ시고 ᄯᅩ 유신ᄒᆞ믈 판단치 못ᄒᆞ웁ᄂᆞ니 그 혹ᄌᆞ 복병(腹病)인동 엇디 알니잇고? 말솜이 두로 젼ᄒᆞ여 요란ᄒᆞ고 취쇼(取笑)홀가 두리ᄂᆞ이다."

부인이 다시 ᄀᆞᆯ오ᄃᆡ

43면 "내 ᄯᅩ 그롤 모로며 네 대인(大人)[94]을 아디 못ᄒᆞ여 브졀업시 경셜(輕說)ᄒᆞ리오? 다만 너롤 ᄃᆡᄒᆞ여 뭇ᄂᆞ니 네 이졔 도라완 지 오뉵 삭이 디나시니 잉신(孕身)ᄒᆞ민죽 칠팔 월이 되엿ᄂᆞᆫ가 ᄒᆞᄂᆞ니 엇디 과도히 슈치(羞恥)ᄒᆞ믈 두어 모녀 간 긔휘(忌諱)ᄒᆞ미 잇ᄂᆞ뇨? 네 유시(幼時)로

93 날호여 ᄀᆞᆯ오ᄃᆡ: 규장각본에는 '날호여 ᄀᆞᆯ오ᄃᆡ 날호여 ᄀᆞᆯ오ᄃᆡ'로 되어 있음.

94 대인(大人): 규장각본에는 '개인'으로 되어 있음.

브터 빅우(百憂)를 쳡봉(疊逢)ᄒᆞ여 화익(禍厄)이 년쳡(連疊)ᄒᆞ미 디금의 평안ᄒᆞᆫ 시졀을 만나디 못ᄒᆞ고 ᄌᆞ쳐죄루(自處罪累)ᄒᆞ여 이 엄한풍셜(嚴寒風雪)의 고집히 뵈옷과 플 ᄌᆞ리를 가지[95] 못ᄒᆞ고 허다 괴롭고 슬픈 회푀 향인(向人)ᄒᆞ여 능히 니ᄅᆞ디 못ᄒᆞᆯ 비로ᄃᆡ 오히려 삼죵(三從)[96]이 구경ᄒᆞ여 이졔 복경(福慶)이 잇셔 삭슈(朔數) 포 되어시니 엇디 긔특디 아니리오?"

쇼졔 홀연 취산(翠山)[97]이 합영(合影)ᄒᆞ고 옥안(玉顔)이 쳑쳑(慽慽)ᄒᆞ여 나ᄌᆞᆨ이 탄식쥬왈(嘆息奏曰)

"쇼녀의 디난 바 화고풍상(禍故風霜)을 ᄉᆡᆼ각건ᄃᆡ 디금의 일식(一息)이 니어시미 이완(弛緩)ᄒᆞᆫ 연괴 ᄲᅳᆫ 아니라 맛ᄎᆞᆷᄂᆡ 친위(親闈)예 블효ᄒᆞᆫ ᄌᆞ식이라. 분호(分毫)도 효도로뼈 더으디 못ᄒᆞ고 참욕(慘辱)을 깃쳐 ᄉᆞ디(死地)의 능경(能徑)ᄒᆞ고 위딜(危疾)의 회두(回頭)ᄒᆞ여 몽미(夢寐)의도 원치 아닛ᄂᆞᆫ 태신(胎娠)이 칠 삭의 밋ᄎᆞ니 쇼녀ᄂᆞᆫ 다만 그 쳐음을 알고 기외(其外)ᄅᆞᆯ 모로고ᄌᆞ ᄒᆞᄋᆞᆸᄂᆞ니 삼죵(三從)이 구경ᄒᆞ미 므어시 다힝ᄒᆞ리잇고? 깁히 은실(隱室)의 머리ᄅᆞᆯ 박아 디게 밧글 나디 아니니 동일(冬日)이 한닝(寒冷)ᄒᆞ고 풍셜(風雪)이 엄엄(嚴嚴)ᄒᆞ나 뵈옷시 치우믈 아디 못ᄒᆞᄋᆞᆸᄂᆞ니 이런 곳의 셩녀(聖慮)ᄅᆞᆯ 동(動)ᄒᆞ시ᄂᆞ니잇고? 연이나 쇼녜 ᄌᆞ교(慈敎)ᄅᆞᆯ 밧ᄌᆞ와 목숨을 태산의 븟쳐 스ᄉᆞ로 결ᄒᆞ믈 ᄎᆞ마 못 ᄒᆞᄂᆞᆫ 바의 엇디 병을 됴리홈과 몸을 보호 44면

95 가지: ᄀᆞ지다. 갖추다.

96 삼죵(三從): 여자가 몸이나 마음을 의지하여 맡길 세 가지 대상. 아버지와 남편, 자식을 말함.

97 취산(翠山): 취산. 푸른 눈썹.

ᄒᆞ믈 등한(等閑)이 ᄒᆞ리잇고마ᄂᆞᆫ 병이 깁허 고항(膏肓)을 침노(侵擄)ᄒᆞ니 슈히 나으믈 엇디 못ᄒᆞ미니이다."

셜파의 유쳬(流涕) 빵연(雙連)ᄒᆞ여 젹뇨(寂寥)ᄒᆞᆫ 보험을 젹시니 쇼제 원ᄂᆡ 일누(一縷)[98]ᄅᆞᆯ 긋디 못ᄒᆞ나 졍문의 굿ᄐᆞ여 도라가믈 평싱 블힝으로 알 ᄲᅳᆫ 아냐 그 부모의 허믈이 듕ᄒᆞ나 ᄯᅩᄒᆞᆫ 극악대죄(極惡大罪)ᄂᆞᆫ 잇디 아니커ᄂᆞᆯ 졍태위 슉당 곤계(昆季)로 말ᄉᆞᆷᄒᆞ며 댱공을 들먹이ᄆᆡ 밋쳐ᄂᆞᆫ 언언이 댱튝이라 ᄒᆞ고 ᄉᆞᄉᆞ(事事)의 토목곤츙(土木昆蟲)ᄀᆞᆺ치 넉이믈 각골분완(刻骨憤惋)ᄒᆞ고 ᄌᆞ긔 딘실노 ᄒᆡᆼ실의 쳔ᄒᆞ미 업고 규법(閨法)의 어긔오미 업거ᄂᆞᆯ 태위 취광경박(醉狂輕薄)ᄒᆞ므로
45면 ᄂᆡ도ᄒᆞ여 녜법(禮法) ᄒᆡᆼ되(行道) 슉슉빈빈(肅肅彬彬)ᄒᆞᆫ 바로 뎡실(正室) ᄃᆡ졉ᄒᆞ믄 잠간 가바야온 ᄃᆞᆺᄒᆞ여 상경녜ᄃᆡ(相敬禮對)ᄒᆞ미 업ᄉᆞ믄 젼혀 댱공과 박시ᄅᆞᆯ 년좌(緣坐)ᄒᆞ여 블인디ᄌᆞ(不仁之子)ᄅᆞᆯ 업슈히 넉이미 나타나던 바ᄅᆞᆯ ᄯᅩ 엇디 분에(憤恚)ᄒᆞ미 업ᄉᆞ리오마ᄂᆞᆫ 스ᄉᆞ로 슉ᄆᆡᆨ블변(菽麥不辨)의 갓가오며 듕쳥(重聽)과 ᄆᆡᆼᄌᆞ(盲者)의 일뉴(一類)로 다시 아인(啞人)의 언어ᄅᆞᆯ 통치 못ᄒᆞ믈 겸ᄒᆞᄃᆞ시 오ᄃᆡᆨ 담담(淡淡)이 낫타ᄂᆡ디 아니코 기리 ᄆᆞᄋᆞᆷ 쇽의 곰초와시나 ᄌᆞ긔 능히 부모의 효도로온 ᄌᆞ식이 못 되어 취명(臭名)과 참덕(慙德)으로뼈 더으고 욕셜노뼈 깃치믈 각골통심(刻骨痛心)ᄒᆞ고 인뉸(人倫)이 온젼ᄒᆞ며 삼죵(三從)이 구경ᄒᆞ믈 ᄇᆞ라지 아니다가 풍파ᄅᆞᆯ 인ᄒᆞ여 도라오믈 영희한심(永噫寒心)ᄒᆞ미 아니로ᄃᆡ 졍태우의 박부인을 남은 짜히 업시 즐욕

98 일누(一縷): 일루. 한 가닥 목숨.

(叱辱)ᄒᆞ믈 ᄉᆡᆼ각ᄒᆞ면 삼혼(三魂)이 경니(驚離)ᄒᆞ여 과연 태우의 가상(家上)을 쳠(添)ᄒᆞ여 그 후ᄒᆞᆫ 뜻을 다시 엇고ᄌᆞ 의ᄉᆡ 몽니(夢裏)의도 잇디 아니커ᄂᆞᆯ 잉신(孕身)ᄒᆞ미 이시니 의절(義絶)ᄒᆞ미 명ᄇᆡᆨ(明白)디 아닐 바와 유ᄌᆞ블거(有子不去)ᄅᆞᆯ 혜아리ᄆᆡ 비록 입 밧긔 니ᄅᆞ디 못ᄒᆞ 46면
나 그윽이 블ᄒᆡᆼᄒᆞ믈 삼던 고로 연부인의 ᄆᆞᄅᆞ믈 조ᄎᆞ 딘심이 발ᄒᆞ여 ᄌᆞ긔로 인ᄒᆞ여 부모긔 욕이 더으믈 슬허 ᄌᆞ연 츌톄하루(出涕下淚)ᄒᆞ믈 ᄭᆡ닷디 못ᄒᆞ니 부인이 그 뜻을 아라 더옥 슬허ᄒᆞ고 년무(憐撫)ᄒᆞ여 말노뼈 위로ᄒᆞ며 ᄯᅩ 잠간 희ᄒᆡ(戲諧)로뼈 더어 모녜 상위(相慰)ᄒᆞ니 그 졍의 권권(眷眷)ᄒᆞᆷ과 ᄉᆞ랑의 디극ᄒᆞ미 엇디 친ᄉᆡᆼ(親生)의 다ᄅᆞ미 이시리오? 오히려 댱공과 박시로 ᄒᆞ여곰 그 유신(有娠)ᄒᆞ믈 모로게 ᄒᆞ믄 졍부(程府)의 요요(擾擾)히 젼ᄒᆞ여 유ᄌᆞ식블거(有子息不去)ᄒᆞᆯ 바ᄅᆞᆯ[99] 분분(紛紛)이 니ᄅᆞᆯ가 두리미러라. 이날 이랑이 ᄋᆞ의 병소(病所)의 나아가니 ᄉᆡᆼ이 혼혼블셩(昏昏不醒)ᄒᆞ여 인ᄉᆞ(人事)ᄅᆞᆯ ᄇᆞ리고 누엇ᄂᆞᆫ디라. 굿ᄐᆞ여 그ᄉᆞ이 동졍(動靜)을 뭇디 아니코 침변(枕邊) 좌우ᄅᆞᆯ ᄉᆞᆯ펴보ᄃᆡ 각별 ᄀᆞᆷ촌 거시 업거ᄂᆞᆯ 다시곰 낭(囊)을 보고 ᄯᅩ 침협(寢篋)을 여러 보ᄂᆞᆫ 소ᄅᆡᄅᆞᆯ 듯고 눈을 크게 ᄯᅳ고 소소와 쏠니 소ᄅᆡᄒᆞ여 왈

“뉘 나의 침협을 달호ᄂᆞ뇨?”[100]

ᄒᆞ거ᄂᆞᆯ 이랑이 화도(畫圖)ᄅᆞᆯ ᄡᅳ리쳐 노코 ᄀᆞᆯ오ᄃᆡ

“뉘 너의 침협을 달호리오? 젼일 환약(丸藥)을 너헛던 거시라 내 여러 47면
보와시ᄃᆡ 약이 잇디 아니니 도로 닷과라.”

---

99 유ᄌᆞ식블거(有子息不去)ᄒᆞᆯ 바ᄅᆞᆯ: 규장각본에는 ‘유ᄌᆞ식불거ᄒᆞ믈’로 되어 있음.

100 달호ᄂᆞ뇨: 달호나. 나루다. 여기서는 ‘만지다’의 뜻.

공지 번연경동(幡然驚動)ᄒᆞ믈 더어 왈
"협듕(匧中)의 약이 발셔 업션 디 오라니이다."
ᄒᆞ고 머리롤 두로혀 침협(寢匧)을 보며 팔흘 썰며 ᄯᅮ에[101]롤 여러 화도(畫圖)롤 엇다가 임의 업ᄉᆞ믈 보고 실식ᄎᆞ악(失色嗟愕)ᄒᆞ여 망망(茫茫)이 듕보(重寶)롤 일흔 바의 더으더니 믄득 손으로 침협을 먼니 더디고 소ᄅᆡ롤 계오 ᄒᆞ여 대탄왈(大嘆曰)
"심의(甚矣)라. 나의 슈듕긔화(手中奇貨)롤 뉘 아ᄉᆞ가뇨? 딘짓 사롬을 만날 긔약이 아득ᄒᆞ나 일복 화도의 그 의용풍치(儀容風采)롤 머므러시니 내 ᄆᆞ옴의 듕히 넉이미 만금(萬金)의 비길 ᄇᆡ 아니러니 이제 이롤 마ᄌᆞ 아ᄉᆞ믄 나의 명(命)을 쵹(促)ᄒᆞ미라."
언필의 혼졀(昏絶)ᄒᆞ여 긔식이 엄엄(奄奄)ᄒᆞ니 이랑이 창황(蒼黃)이 약을 드리워 구호ᄒᆞ여 이윽훈 후 ᄉᆡᆼ되(生道) 잇ᄂᆞᆫ ᄃᆞᆺ훈디라. 이랑이 어로만져 블너 왈
"문승아! 네 엇디 그ᄃᆡ도록 블통집미(不通執迷)ᄒᆞ여 부모동긔(父母同氣)롤 긔휘(忌諱)ᄒᆞ미 밋쳣ᄂᆞ뇨? 너의 협듕 화도롤 내 잠간 보고
48면 도로 녯 곳의 두어든 므어시 유ᄒᆡ(有害)타 ᄒᆞ고 이러ᄐᆞᆺ 놀나고 ᄆᆡ야[102]이 구ᄂᆞ뇨? 아디 못게라. 비러 뭇ᄂᆞ니 이 화되(畫圖) 어ᄃᆡ로조ᄎᆞ 난 거시뇨? 우형이 비록 블우무상(不遇無狀)ᄒᆞ나 너롤 위ᄒᆞ여 긋쳐진 명(命)을 닛고ᄌᆞ ᄒᆞ미 스ᄉᆞ로 목슘이라도 앗기디 아니커놀 엇디 힘으로ᄡᅧ 쥬션홀 바의 괄연(恝然)이 더져두어 죽기롤 등ᄃᆡ(等待)ᄒᆞ리오?

101 ᄯᅮ에: 뚜에. 뚜껑.
102 ᄆᆡ야이: 매야이. 매정하게.

너의 병이 상ᄉᆞ일념(想思一念)을 드ᄃᆡ여 고항(膏肓)의 박힌 ᄇᆡ 되엿ᄂᆞ니 그 ᄉᆞ상(思想)ᄒᆞᄂᆞᆫ 사ᄅᆞᆷ을 쾌히 닐너 알게 ᄒᆞ라.”

ᄉᆡᆼ이 어득ᄒᆞᆫ 심신(心身)의도 듕시(仲氏)의 말을 듯고 화도ᄅᆞᆯ 아조 일치 아냐시믈 깃거ᄒᆞ나 ᄎᆞ마 졍경조의 일교(一嬌)ᄅᆞᆯ ᄉᆞ상ᄒᆞ여 병이 ᄎᆞ경(此境)의 밋ᄎᆞ믈 니ᄅᆞ디 못ᄒᆞ여 다만 탄식고 요요(搖搖)히 말을 못ᄒᆞ더니 날호여 ᄀᆞᆯ오ᄃᆡ

“쇼뎨 음ᄑᆡ탕일(淫悖蕩逸)ᄒᆞ여 ᄌᆞ유(自幼)로 쳥고(淸高)ᄒᆞᆫ ᄒᆡᆼ실이 잇디 아니므로 병들ᄆᆡ 믄득 사ᄅᆞᆷ을 상ᄉᆞᄒᆞ미라 밀위여 친위(親闈) 북당(北堂)[103]이 다 ᄒᆡ연(駭然)이 넉이시고 형댱(兄丈)이 ᄯᅩ 의심ᄒᆞ샤 이러ᄐᆞᆺ ᄆᆞᄅᆞ시나 쇼뎨 딘실노 그 아뫈 줄을 아디 못ᄒᆞ고 과연 화상을 우연이 디나ᄂᆞᆫ 상고(商賈)의게 ᄉᆞ므로 그 딘짓 사ᄅᆞᆷ을 ᄉᆞ렴(思念)ᄒᆞᄂᆞᆫ ᄯᅳᆺ이 업디 아니나 일노 드ᄃᆡ여 죽기의 니ᄅᆞ든 아니ᄒᆞ리니 이 병이 엇 49면 디 ᄉᆞ상지질(思想之疾)이리잇고? 쇼뎨 이 밧근 다ᄅᆞᆫ 회픠 잇디 아니ᄒᆞ이다.”

이랑이 그 바로 니ᄅᆞ디 아니믈 보고 구ᄐᆞ여 이심(已甚)히 뭇디 아니코 다만 화도(畫圖)ᄅᆞᆯ 져져(姐姐)ᄅᆞᆯ 뵈고져 ᄒᆞ여 날호여 몸을 니러 응셜각의 니ᄅᆞᄆᆡ 부인이 오히려 도라가디 아니코 이에 이셔 쇼져로 죵용(從容)이 말ᄉᆞᆷᄒᆞᄂᆞᆫ디라. ᄉᆡᆼ이 ᄉᆞᄆᆡ로조ᄎᆞ 화도ᄅᆞᆯ ᄂᆡ여 져져 압ᄒᆡ 더지고 낭ᄀᆡᆨ(囊刻)의 삼낭의 ᄒᆞ던 말과 혼졀(昏絶)턴 거동(擧動)을 ᄀᆞᆺ초 옴기고 뉴미(柳眉)ᄅᆞᆯ ᄧᅵᆼ그여 왈

103 북당(北堂): 모친의 거처. 여기에서는 부모님의 거처를 뜻함.

“쇼뎨 져의 침협(寢匧)을 들혀ᄆᆡ 화되 드럿거ᄂᆞᆯ[104] 집어 ᄂᆡ여시ᄃᆡ 굿ᄐᆞ여 보디 아니코 와시니 ᄒᆞᆫ가지로 보샤이다 ᄏᆞ니와 반ᄃᆞ시 니ᄅᆞ기ᄅᆞᆯ 참난(慙赧)ᄒᆞ미 이실시 은휘(隱諱)ᄒᆞ믈 심히 ᄒᆞ거니 그러치 아니면 엇디 발셔 니ᄅᆞ디 아녀시리잇고?”

쇼졔 즉시 화도ᄅᆞᆯ 펴 보ᄆᆡ 일복 깁 우ᄒᆡ 샹운(祥雲)이 ᄋᆡᄋᆡ(靄靄)ᄒᆞ고 셔ᄎᆡ(瑞彩) 휘휘(輝輝)ᄒᆞᆫᄃᆡ 일위 미쇼졔(美小姐) 슉연단좌(肅然端坐)ᄒᆞᄆᆡ 문질(文質)이 빵젼(雙全)ᄒᆞ고 덕틱(德澤)이 온냥(溫良)ᄒᆞ니
50면 쳬원(體圓)ᄒᆞᆫ 격조(格調)와 유묘(幽妙)ᄒᆞᆫ 영풍(英風)으로 신신뇨뇨(申申夭夭)[105]ᄒᆞ여 츄양(秋陽)의 폭(暴)ᄒᆞ고 강한(江漢)의 탁(濯)ᄒᆞᆫ ᄃᆞᆺ[106] 슈미(秀眉) ᄀᆡ동(起動)ᄒᆞ고 모발이 ᄉᆡᆼ화(生和)ᄒᆞ여 동황(東皇)[107]이 훈풍을 보ᄂᆡᄆᆡ 셔일(瑞日)이 양츈(陽春)을 도로혀니 만믈이 부휵(扶畜)ᄒᆞ여 텬디지락(天地至樂)ᄒᆞᆫ ᄃᆞᆺ 소상빙호(瀟湘氷湖)의 츄월(秋月)이 ᄇᆞᆰ아시며 만 니 쟝ᄒᆡ(長海)의 빙연(氷煙)이 틋글을 ᄲᅳ리친 ᄃᆞᆺ 한업ᄉᆞᆫ 풍ᄎᆡ의 그음업ᄂᆞᆫ ᄆᆞᆰ으미 진누(塵陋)의 버셔지고 탁쇽(濁俗)의 ᄲᅱ여나니 정경조의 만금(萬金) 일교(一嬌) 셩염 쇼졔 아니오 뉘리오? 완연이

---

104 드럿거놀: 규장각본에는 ‘잇거놀’로 되어 있음.

105 신신뇨뇨(申申夭夭): 신신요요. 공자의 모습을 묘사한 것으로 “공자가 한가히 거처할 적에는 마음이 활짝 풀어진 듯하고 즐거운 듯하였다(子之燕居 申申如也 夭夭如也).”라는 말이 《논어》 〈술이(述而)〉에 나옴.

106 츄양(秋陽)의 폭(暴)ᄒᆞ고 강한(江漢)의 탁(濯)ᄒᆞᆫ ᄃᆞᆺ: 추양과 강한은 공자의 모습을 비유한 말. 《맹자》 〈등문공 상(滕文公上)〉에 공자가 죽은 뒤에 자하, 자유 등이 유약(有若)의 모습이 공자와 비슷하다 하여 공자를 섬기던 예로 그를 섬기려 하자 증자가 반대하며 “공자는 장강과 한수 물로 씻고 가을 햇볕에 말린 것이어서 더할 수 없이 깨끗하다(江漢以濯之 秋陽以暴之 皓皓乎不可尙已).”라고 하는 말이 나옴.

107 동황(東皇): 봄을 맡은 동쪽의 신(神).

딘짓 사ᄅᆞᆷ을 ᄃᆡᄒᆞᆫ ᄃᆞᆺ 깁 우희 ᄎᆡ화(彩畫)ᄅᆞᆯ 의거(依據)ᄒᆞᆫ 얼골이믈 ᄊᆡ닷디 못ᄒᆞᆯ ᄇᆡ어ᄂᆞᆯ 그 아ᄅᆡ 삼낭이 ᄉᆞ운(四韻) 뉼시(律詩)ᄅᆞᆯ 디어 인연의 길히 아득ᄒᆞ믈 탄ᄒᆞ고 스ᄉᆞ로 ᄉᆞ상ᄒᆞᄂᆞᆫ 뜻을 니긔디 못ᄒᆞ믈 베퍼시니 그 ᄆᆞ옴과 졍이 크게 기우러 ᄒᆞᆫ 조각 금셕(金石)이 되어시니 ᄎᆞ셰의 인연을 일우디 못ᄒᆞᆯ딘ᄃᆡ ᄉᆞ상일딜(思想一疾)이 삼오(三五) 쳥년의 바려 황원ᄇᆡᆨ골(荒原白骨)의도 됴흔 슈귀(愁鬼) 되기ᄅᆞᆯ 면치 못ᄒᆞᆯ디라. 쇼졔 일견찰남(一見察覽)의 만심(滿心)이 ᄎᆞ악(嗟愕)ᄒᆞ믈 ᄊᆡ닷디 못ᄒᆞ고 연부인과 이랑이 ᄯᅩᄒᆞᆫ 눈을 ᄲᅩ아 화법(畵法)의 비상(非常)ᄒᆞᆷ과 미인의 긔이ᄒᆞ믈 흠션경복(欽羨敬服)ᄒᆞ여 어린 ᄃᆞ시 말을 못 51면
ᄒᆞ더니 쇼져의 ᄉᆞ식(辭色)이 다ᄅᆞ믈 보고 부인이[108] ᄀᆞᆯ오ᄃᆡ

“화도(畫圖)의 긔이ᄒᆞ믈 보건ᄃᆡ 셰ᄋᆞ의 허랑(虛浪)ᄒᆞᆫ 츈심(春心)을 가히 ᄎᆡᆨ망(責望)치 못ᄒᆞ리로다. 원간 화듕(畫中) 미인의 형모(形貌) 긔질이 딘셰(塵世)의 벌골(凡骨)[109]노 ᄂᆡ도ᄒᆞᆯ ᄲᅳᆫ 아냐 문광(文光)이 탁연(卓然)ᄒᆞ고 텬ᄌᆡ 초츌(超出)ᄒᆞ여 교교(皎皎)ᄒᆞᆫ ᄆᆞᆰ은 빗과 슉슉(肅肅)ᄒᆞᆫ 놉흔 거시 은연ᄒᆞᆫ 졍시 졔인(諸人)으로 방블ᄒᆞ니 만일 졍가 규쉴딘ᄃᆡ 녀ᄋᆞᄂᆞᆫ 화도로조ᄎᆞ 그 아뫼 줄 거의 디긔(知機)ᄒᆞᆯ디라. 너의 경동(驚動)ᄒᆞᄂᆞᆫ ᄉᆞ식(辭色)이 ᄯᅩ 슈상ᄒᆞ니 아디 아디[110] 못게라. 화도와 면목(面目)이 갓ᄐᆞᆫ ᄌᆡ 잇ᄂᆞ냐?”

쇼졔 슉시냥구(熟視良久)의 화도ᄅᆞᆯ 거두어 안샹(案上)의 언고 나ᄌᆞᆨ이

---

108 부인이: 규장각본에는 ‘부인’으로 되어 있음.

109 벌골(凡骨): 규장각본에는 ‘범골’로 되어 있음.

110 아디 아디: 중복 오기. 규장각본에는 ‘아디’로 되어 있음.

듸왈(對曰)

"화상을 인ᄒᆞ여 딘면(眞面)을 디목(指目)디 못ᄒᆞᆯ ᄇᆡ오 ᄯᅩ ᄀᆞᆺᄐᆞᆫ ᄌᆞ도 니ᄅᆞ랴 ᄒᆞ미 ᄀᆞ장 듕난(重難)ᄒᆞ여 발셜(發說)이 가치 아냐이다마ᄂᆞᆫ 모녀 남ᄆᆡ 디친(至親)으로뼈 엇디 긔휘(忌諱)ᄒᆞ미 이시리잇고? 화듕 미인의 골상(骨相)을 의논컨듸 경조 대인의 일녀(一女) 졍쇼져와 호분(毫分)도 다ᄅᆞ미 업ᄉᆞ니 엇디 괴이코 놀납디 아니리잇고?"

이랑이 악연(愕然)

52면 "족[111] ᄎᆞ싱의 우봉(遇逢)키를 긔필치 못ᄒᆞ리니 문승은 쇽졀업시 상ᄉᆞ일딜(相思一疾)노 드듸여 쳥년츈광(靑年春光)을 바리리로소이다."

쇼제 쌍미(雙眉)를 찡긔여 왈

"우연이 ᄀᆞᆺᄐᆞ니를 니ᄅᆞ미언졍 이 화되(畫圖) 아모 곳으로 나믈 아디 못ᄒᆞ고 문승은 ᄀᆞᆺ᠋ᄐᆞ여 졍쇼져를 ᄉᆞ상(思想)ᄒᆞ민 줄 모로ᄂᆞᆫ 바의 잇디 그 셩언(成言)ᄒᆞ여 상ᄉᆞ일딜노 니ᄅᆞᄂᆞ뇨?"

이랑 왈

"그러도 ᄒᆞ이다. 쇼뎨 비로소 문승의 ᄯᅳᆺ을 혜건듸 졍경조의 고집격상(固執激上)ᄒᆞ미 우리 집을 이심(已甚)히[112] ᄇᆡ쳑(排斥)ᄒᆞ여 년친(連親)ᄒᆞᆯ 의ᄉᆡ 업ᄉᆞᆯ 바를 디긔(知機)ᄒᆞ여 죽을디언졍 발구(發口)치 아니려 ᄒᆞ엿ᄂᆞ니 이 화되 명시 졍쇼져 화상(畫像)이니이다."

쇼제 탄왈(嘆曰)

---

111 족: 51면의 '악연'에 이어지는 장세린의 발화 부분인데, 이와 같은 방식으로 인물의 발화를 표시하는 것이 어색하므로 51면과 52면 사이에 몇 글자가 생략된 것으로 보임.

112 이심(已甚)히: 규장각본에는 '이상이'로 되어 있음.

"문승의 뜻이 현뎨(賢弟)의 니롬 굿트여 경조 대인 격녈준위(激烈俊威)ᄒᆞ시믈 아라 ᄎᆞ마 발구(發口)치 못ᄒᆞᄂᆞᆫ 념치(廉恥)로 둘진ᄃᆡ 엇디 ᄉᆞ상ᄒᆞᄂᆞᆫ ᄆᆞ음을 버히지 못ᄒᆞᄂᆞᆫ고? 가히 ᄒᆡ연망측(駭然罔測)ᄒᆞ도다. 원간 경조공이 일녀롤 두샤 편ᄋᆡ귀듕(偏愛貴重)ᄒᆞ시미 텬눈(天倫) 밧긔 ᄌᆞ별(自別)ᄒᆞ실 ᄲᅮᆫ 아니라 쇼져의 초미탁월(超美卓越)ᄒᆞ믈 인ᄒᆞ여 ᄐᆡᆨ셔(擇婿)ᄒᆞ시ᄂᆞᆫ 뜻이 고산태악(高山泰嶽) 굿ᄐᆞ시니 엇디 셰린 탕직(蕩客)으로뼈 동상(東床)을 유의(有意)ᄒᆞ리오? 더옥 블미(不美)ᄒᆞᆫ 53면 소문을 드ᄅᆞ실딘ᄃᆡ 쇼져롤 공규(空閨)의 폐륜디인(廢倫之人)[113]을 삼을지언졍 문승의 탕심(蕩心)을 맛치디 아니리니 여ᄎᆞ디두(如此之頭)의 두로 권면(勸勉)ᄒᆞ고 ᄒᆡ유(解諭)ᄒᆞ여 쇼져롤 공연(空然)이 폐륜치 못홀 바롤 일월이 오란 후 경조공이 혹ᄌᆞ 쏘ᄒᆞᆫ ᄆᆞ음을 두로혀실가 모로거니와 아딕은 이 ᄉᆞ단을 드ᄅᆞ시ᄆᆡ 참분통ᄒᆡ(慙憤痛駭)ᄒᆞ믈 니긔디 못ᄒᆞ시리니 졀졀(節節)이 블힝ᄒᆞ고 난안(赧顔)ᄒᆞ미 심ᄒᆞ도다."

연부인이 ᄌᆞ녀의 말을 듯고 능히 슈미(愁眉)롤 펴지 못ᄒᆞ고 우ᄉᆡᆨ(憂色)을 거두디 못ᄒᆞ여 왈

"셰샹ᄉᆞ롤 가히 측냥치 못ᄒᆞ리로다. 경시 남녀 졔인이 녜의고듕(禮儀高重)ᄒᆞ므로 규녀(閨女)의 화상(畫像)을 일워 외인(外人)을 뵐 ᄇᆡ 아니오 경쇼졔 쏘ᄒᆞᆫ 장신(藏身)ᄒᆞ믈 범연(泛然)이 홀 ᄇᆡ 아니로ᄃᆡ 엇디ᄒᆞ여 그 화상이 셰ᄋᆞ의 손의 도라와 일이 이러ᄐᆞᆺ 블힝민박(不幸憫迫)ᄒᆞᄆᆡ 밋쳣ᄂᆞ뇨? 화법의 묘싊(妙手) 신긔ᄒᆞ미 용인쇽ᄌᆞ(庸人俗者)의

113 폐륜디인(廢倫之人): 폐륜지인. 혼인을 하지 않거나 못한 사람.

뉘 아니니 허무ᄒᆞᆫ 가온ᄃᆡ 므ᄉᆞᆫ 신징이ᄉᆡ(神徵異事) 이셔 셰ᄋᆞ의 ᄆᆞᄋᆞᆷ을 동(動)ᄒᆞ고 긔봉가연(奇峰佳緣)을 일우게 ᄒᆞ미냐? 딘실노 화도의 54면 츌쳐(出處)ᄅᆞᆯ ᄭᆡ닷디 못ᄒᆞ리로다."

쇼계 ᄃᆡ왈(對曰)

"ᄌᆞ괴(慈敎) 맛당ᄒᆞ시나 신징(神徵)과 이ᄉᆡ(異事)라 ᄒᆞ시믄 가치 아니니이다. 졍쇼져의 슈힝집녜(修行執禮)ᄒᆞ미 ᄇᆡᆨ옥이 무하(無瑕)ᄒᆞ고 쳥빙(淸氷)이 교결(皎潔)ᄒᆞᆷ ᄀᆞᆺᄐᆞ니 녀ᄌᆞ디되(女子之道) ᄇᆡᆨ희(伯姬)[114]의 당(堂)을 하(下)치 아님과 ᄇᆡᆨ영(伯嬴)[115]의 난을 듯디 아니믈 흠모ᄒᆞ니 당금(當今) 승평안락디시(昇平安樂之時)ᄅᆞᆯ 니ᄅᆞ디 말고 화고풍상(禍故風霜)의 드러도 반ᄃᆞ시 낫 가리오ᄂᆞᆫ 녜(禮)ᄅᆞᆯ 엄히 ᄒᆞ리니 그 얼골을 엇디 외인(外人)이 구경ᄒᆞᆯ 니 이시며 ᄯᅩ 부ᄂᆡ(府內)의셔 엇디 화상(畫像)을 일워 밧긔 닐 ᄌᆡ 이시리잇고마ᄂᆞᆫ 그ᄋᆞᆨ이 ᄉᆞ디(思之)컨ᄃᆡ 혹ᄌᆞ 일가의 어디지 못ᄒᆞᆫ ᄌᆡ 삼뎨(三弟)의 탕일취광(蕩逸醉狂)ᄒᆞ믈 타 짐ᄌᆞᆺ 뵈여 일이 어ᄌᆞ럽게 ᄒᆞᄂᆞᆫ가 ᄒᆞᆸᄂᆞ니 ᄎᆞ역텬애(此亦天也)라 ᄒᆞ려니와 ᄀᆞᆺᄐᆞ여 신징이ᄉᆞ(神徵異事)로 그러ᄒᆞ믄 아니이다."

---

114 ᄇᆡᆨ희(伯姬): 백희. 춘추시대 노(魯)나라 선공(宣公)의 딸로, 송(宋)나라 공공(恭公)에게 시집갔으나 남편이 세상을 떠나고 홀로 지내게 됨. 그러던 어느 날 궁궐에 불이 났을 때 관리가 피하라고 했으나 부인은 한밤에 보모 없이 집을 나설 수 없다고 고집을 부려 결국 불 속에서 죽었다고 함.

115 ᄇᆡᆨ영(伯嬴): 백영. 진나라 공주. 초나라 평왕이 태자 건(建)의 태자비를 맞으려 소부 비무기를 진나라로 보냈는데 비무기는 진나라 공주 백영의 아름다움을 보고 그를 평왕의 측실로 삼을 것을 건의하여 결국 초 평왕의 측실이 됨. 비무기는 태자 건이 태자비를 빼앗겼다고 자신을 원망할까 봐 두려워 평왕에게 태자 건이 자신을 모함했다고 거짓말하여 변방으로 보내 국경 수비를 하게 만들고, 이후로도 평왕에게 건이 한을 품고 반란을 음모했다고 함.

부인이 졈두왈(點頭曰)

“네 말이 졍언(正言)이어니와 원간 졍가의 블녕디인(不佞之人)이 업고 졍경조 부부의 덕셩(德性)이 사ᄅᆞᆷ의 원(怨)을 닐위지 아닐 ᄇᆡ오[116] 졍시ᄂᆞᆫ 더옥 향규(香閨) 쇼녜니 ᄉᆡᆼ셰디후(生世之後)의 ᄒᆡ(害)오미 업ᄉᆞ리니 사ᄅᆞᆷ이 ᄆᆡ워ᄒᆞ리 잇디 아닐 거시어ᄂᆞᆯ 뉘 이셔 므ᄉᆞᆷ 용심(用心)[117]으로 그 젼졍(前程)을 마희(魔戲)코ᄌᆞ ᄀᆞ만ᄒᆞᆫ 가온ᄃᆡ 공교(工巧)ᄒᆞᆫ 55면 그림으로ᄡᅧ 셰ᄋᆞ의 ᄆᆞᄋᆞᆷ을 어ᄌᆞ러여 그 병이 죽기의 니ᄅᆞ고 졍시로 ᄒᆞ여곰 평ᄉᆡᆼ(平生)이 측(惻)ᄒᆞ고 분ᄒᆞ믈 픔게 ᄒᆞᆯ ᄌᆡ 잇ᄂᆞ뇨?”

쇼제 의심이 도라가ᄂᆞᆫ 곳이이[118] 이시나 친히 보디 못ᄒᆞᆫ 바의 말ᄉᆞᆷ이 듕난(重難)ᄒᆞ여 다만 ᄀᆞᆯ오ᄃᆡ

“경조 대인 광명돈목(光明敦睦)ᄒᆞ심과 화부인의 심인후ᄐᆡᆨ(甚仁厚澤)을 일가노유(一家老幼) 뉘 아니 흠칭감열(欣稱感悅)ᄒᆞ리잇고마ᄂᆞᆫ 인심이 ᄒᆞᆫ갈ᄀᆞᆺ디 아니리 이셔 ᄒᆡ(害)ᄒᆞ미 쇼져의게 밋ᄎᆞᆫ가 ᄒᆞ미언졍 스ᄉᆞ로 보며 듯디 못ᄒᆞᆫ 바로 그 ᄂᆡᆫ동 알니잇고? 오히려 이 화상(畫像)이 졍쇼져 화상인 줄 분명이 아디 못ᄒᆞᆯ 쁜 아냐 셰간(世間)의 얼골이 혹 ᄀᆞᆺᄐᆞᆫ ᄌᆡ 이시니 만일 졍쇼져의 화상이 아니면 쇼녜 솔구이발(率口而發)ᄒᆞ여 허믈을 면치 못ᄒᆞ고 도로혀 ᄒᆡ로올디라. ᄌᆞ위(慈闈) 계승으로 더브러 병소(病所)의 님ᄒᆞ샤 삼뎨(三弟)ᄅᆞᆯ 보시고 화도의 츌쳐ᄅᆞᆯ 다시 간문(懇問)ᄒᆞ시면 셰린이 굿ᄐᆞ여 ᄒᆞᆫ갈ᄀᆞᆺ치 은휘(隱諱)치 아니리이다.”

116 닐위지 아닐 ᄇᆡ오: 규장각본에는 ‘닐월 ᄇᆡ 아니오’로 되어 있음.

117 용심(用心): 남을 미워하고 시기하는 심술궂은 마음.

118 곳이이: 중복 오기. 규장각본에는 ‘곳이’로 되어 있음.

부인이 슌슌졈두(順順點頭)ᄒᆞ고 즉시 이랑을 다리고 공ᄌᆞ의 병소(病
56면 所)의 니ᄅᆞ니 댱공과 박시 이에 나와 ᄋᆞᄌᆞᄅᆞᆯ 어로만져 호읍통열(號泣痛咽)ᄒᆞ다가 이랑을 보고 좌우의 잇디 아니믈 칙ᄒᆞ니 희린이 블민(不敏)ᄒᆞ믈 기리 샤죄ᄒᆞ고 연부인이 나아 안ᄌᆞ ᄋᆞᄌᆞ의 엄엄위위(奄奄危危)ᄒᆞ미 명ᄌᆡ됴셕(命在朝夕)이믈 볼ᄉᆞ록 ᄎᆞ악비도(嗟愕悲悼)ᄒᆞ나 일단 픔슈긔질(稟受氣質)을 미드미 잇고 화도(畫圖)로 드ᄃᆡ여 상ᄉᆞ딜(相思疾)이믈 쾌히 알ᄆᆡ 비록 아ᄅᆞᆷ답디 아니코 사ᄅᆞᆷ을 들니미 깃브디 아니나 슈치(羞恥)ᄒᆞ고 블쾌ᄒᆞ므로뼈 인력(人力)으로 도모ᄒᆞᆯ 바ᄅᆞᆯ 더져두어 죽게 못 ᄒᆞᆯ디라. 만분난연(萬分赧然)ᄒᆞ며 ᄇᆡᆨ분구ᄎᆞ(百分苟且)ᄒᆞ미 이시나 그 ᄉᆡᆨ우(色憂)[119]ᄅᆞᆯ 도모ᄒᆞᆯ ᄇᆡ 이시믈 듕심(中心)의 영환(永歡)ᄒᆞ여 아조 ᄉᆞ(死)ᄒᆞ던 참통(慘痛)ᄒᆞ므로 비치 못 ᄒᆞᆯ 거시로ᄃᆡ 댱공과 박시의 념치상진(廉恥喪盡)ᄒᆞ믈 이ᄂᆞᆫ 고로 블미디ᄉᆞ(不美之事)ᄅᆞᆯ 쎨니 발셜(發說)치 못ᄒᆞ여 잠간 유유디지(悠悠遲遲)ᄒᆞ여 ᄋᆞᄌᆞᄅᆞᆯ ᄃᆡᄒᆞ여 뭇기ᄅᆞᆯ 날회ᄃᆡ 심안(心眼)이 긔화ᄒᆞ여 연부인과 이랑은 통졀(痛切)ᄒᆞᆫ 비회(悲懷) 댱공과 박시로 져기 다ᄅᆞ미 잇더니 이윽고 댱공이 빈ᄀᆡᆨ(賓客)이 니ᄅᆞ믈 듯고 대셔헌으로 나가ᄆᆡ 연부인이 박시ᄅᆞᆯ 몬져 ᄂᆡ루(內樓)로 보ᄂᆡ고 ᄋᆞᄌᆞ의 진(進)ᄒᆞᆯ 바 미음과
57면 찬션을 ᄌᆡ촉ᄒᆞ여 보ᄂᆡ라 ᄒᆞ고 좌우의 사ᄅᆞᆷ이 업ᄉᆞ믈 보고 ᄋᆞᄌᆞ의 머리ᄅᆞᆯ 쁠고 손을 ᄌᆞᆸ아 화도(畫圖)의 츌쳐ᄅᆞᆯ 간졀이 므ᄅᆞ니 공ᄌᆡ 비록 혼혼블셩(昏昏不醒)ᄒᆞ여 인ᄉᆞ(人事)ᄅᆞᆯ 부운(浮雲)의 ᄒᆞᆺ터시나 졍쇼

119 ᄉᆡᆨ우(色憂): 색우. 걱정스러운 낯빛.

져 ᄉᆞ상(思想)ᄒᆞᄂᆞᆫ ᄯᅳᆺ이 화도로뼈 당금(當今)의 ᄧᅡᆨ 업ᄉᆞᆫ 듕보(重寶)로 아ᄂᆞᆫ ᄆᆞᄋᆞᆷ은 ᄒᆞᆫ 조각 금셕(金石)이 되어시니 ᄇᆡᆨ골(白骨)이 진퇴(塵土) 되어도 니ᄌᆞᆯ 길히 업ᄉᆞᆫ 고로 ᄌᆞ위(慈闈)에 간문(懇問)ᄒᆞ시믈 범연(泛然)이 곡딕간(曲直間) 알녀 ᄒᆞ시ᄂᆞᆫ ᄇᆡ 아니믈 앙탁(仰度)ᄒᆞᄆᆡ 비록 괴연(愧然)ᄒᆞ고 슈치(羞恥)ᄒᆞ미 ᄌᆡ젼(在前)ᄒᆞ나 희ᄒᆡᆼ(喜幸)ᄒᆞᆫ[120] 의ᄉᆡ(意思) 동(動)ᄒᆞ여 믄득 슉연이 ᄃᆡ왈(對曰)

“화도 듕 미인의 딘면(眞面)을 져져(姐姐)와 ᄇᆡᆨ슈(伯嫂)ᄂᆞᆫ ᄒᆞᆫ번 보시ᄆᆡ 거의 아ᄅᆞ실 ᄃᆞᆺᄒᆞᆫ디라. ᄌᆞ위 이졔 져져와 ᄇᆡᆨ슈긔 ᄆᆞᄅᆞ시고 블쵸(不肖)의게 뭇디 마ᄅᆞ쇼셔. 쇼ᄌᆡ 과연 모월 모일의 우연이 화도ᄅᆞᆯ 어더시ᄃᆡ 그 진짓 사ᄅᆞᆷ을 아득히 아지 못ᄒᆞ고 ᄒᆞᆫ갓 화법의 졀이(絶異)ᄒᆞᆷ과 풍모(風貌)의 비상(非常)ᄒᆞ믈 션탄(羨歎)ᄒᆞᆯ ᄲᅳᆫ이러니 얼프시 드ᄅᆞᄆᆡ 졍가 규슈의 화상이라 ᄒᆞᄂᆞᆫ디라. 즉시 ᄡᅳ리쳐 업시ᄒᆞ고 쇼ᄌᆞ의 신변(身邊)의 머므ᄅᆞᆯ ᄇᆡ 아니믈 엇디 아지 못ᄒᆞ리잇고마ᄂᆞᆫ 흠복(欽 58면
服)ᄒᆞᄂᆞᆫ ᄆᆞᄋᆞᆷ과 ᄉᆞ모(思慕)ᄒᆞᄂᆞᆫ 졍을 억졔치 못ᄒᆞ여 화도(畫圖)ᄅᆞᆯ 디우금일(至于今日)의 업시치 못ᄒᆞ고 스ᄉᆞ로 명교(明敎)의 죄인이 되고 유림(儒林)의 튱슈(充數)치 못ᄒᆞᆯ 바ᄅᆞᆯ 모로디 아니ᄒᆞᄃᆡ[121] 고항(膏肓)의 깁흔 병을 잘 믈니치디 못ᄒᆞ여 친위(親闈)에 졀우(絶憂)ᄅᆞᆯ 깃치고 형댱(兄丈)의 쥬야(晝夜) 초려(焦慮)ᄒᆞ믈 더으니 효우(孝友)의 쳔박ᄒᆞᆷ과 ᄒᆡᆼ신의 무상ᄒᆞ미 비록 죽으나 죄ᄅᆞᆯ 쇽기 어렵도소이다.”

부인이 쳥파(聽罷)의 ᄉᆡ로이 괴한경ᄒᆡ(愧恨驚駭)ᄒᆞ믈 니긔디 못ᄒᆞ나

---

120 희ᄒᆡᆼ(喜幸)ᄒᆞᆫ: 규장각본에는 ‘희한한’으로 되어 있음.

121 아니ᄒᆞᄃᆡ: 규장각본에는 ‘아니ᄃᆡ’로 되어 있음.

ᄋᆞᄌᆞ의 위ᄐᆡ(危殆)ᄒᆞ믈 목도(目睹)ᄒᆞᄆᆡ 그 형용을 ᄃᆡᄒᆞ여 십악대죄(十惡大罪)ᄅᆞᆯ 디어시미라도 ᄎᆞ마 강녈(强烈)이 ᄎᆡᆨᄆᆡ(責罵)ᄒᆞᆯ ᄆᆞ음이 나디 아닐 ᄲᆞᆫ 아니라 그 쇼원을 일우디 못ᄒᆞ여ᄂᆞᆫ 죽으미 목젼(目前)의 이시니 모ᄌᆞ(母子)의 눈(倫)과 디ᄌᆞ(止慈)의 타별(他別)ᄒᆞ므로ᄡᅧ 엇디 착급(着急)ᄒᆞᆫ 의ᄉᆡ 잘 업ᄉᆞ리오? ᄒᆞᆫ갈ᄀᆞᆺ치 소ᄅᆡᄅᆞᆯ ᄇᆞ드러이 ᄒᆞ여 ᄀᆞᆯ오ᄃᆡ

"너의 병근(病根)이 크게 아름답디 아니믄 임의 혜아렷거니와 이 화도 일졀(一節)은 ᄡᅧ 졍가 규슈ᄅᆞᆯ ᄉᆞ상(思想)ᄒᆞ미야 몽니(夢裏)의나 ᄉᆡᆼ각
59면 ᄒᆞ여시리오마ᄂᆞᆫ 네 누의 병이 괴이(怪異)ᄒᆞ믈 듯고 반ᄃᆞ시 침변(寢邊)의 ᄀᆞᆷ촌 거시 이시리라 ᄒᆞ여 희린으로ᄡᅧ 화도(畫圖)ᄅᆞᆯ 어더 ᄒᆞᆫ번 보고 졍경조의 녀ᄌᆞ의 풍모긔상(風貌氣像)으로 방블(彷彿)ᄒᆞ믈 경아긔이(驚訝奇異)ᄒᆞ엿더니 네 원간 졍가 녀ᄌᆞ로 알고 ᄉᆞ상(思想)ᄒᆞᄂᆞᆫ ᄠᅳᆺ을 ᄀᆞᆺ치지 못ᄒᆞ엿다가 이 쇼유(所由)ᄅᆞᆯ 졍부(程府)의 고ᄒᆞ여 혼인을 구ᄒᆞ여 보려니와 녜ᄒᆡᆼ군ᄌᆞ(禮行君子)와 유유도ᄌᆞ(悠悠道者)의 면젼(面前)의 발셜(發說)이 참괴(慙愧)ᄒᆞ고 겸ᄒᆞ여 졍의계ᄂᆞᆫ 격녈(激烈)ᄒᆞᆫ 장ᄇᆡ라. 반ᄃᆞ시 ᄒᆡ연참측(駭然慘惻)ᄒᆞ여 됴히 친ᄉᆞ(親事)ᄅᆞᆯ 일우고져 ᄒᆞ리오마ᄂᆞᆫ ᄇᆡᆨᄋᆞ 부부와 녀ᄋᆡ 냥간(兩間)의 난연(赧然)코 무안(無顔)ᄒᆞ미 업디 아니려니와 졍쇼져의 젼졍(前程)인ᄌᆞᆨ 네 손으로 희디음[122] ᄀᆞᆺᄐᆞ니 그 장ᄎᆞᆺ 어ᄃᆡ로 가리오? 공규의 폐륜(廢倫)키ᄅᆞᆯ 면코ᄌᆞ ᄒᆞᆫᄌᆞᆨ ᄌᆞ연이 탁셩(託姓) 당시ᄒᆞ여 너의 가인(家人)이 되리니 디쇽(遲速)을 뎡치

122 희디음: 희짓다. 희롱하다.

못홀디언정 친ᄉᆞ(親事)롤 일우믄 반ᄃᆞᆺ홀디라. 엇디 발셔 닐너 알게 아니코 함인(含忍)ᄒᆞ며 은닉(隱匿)ᄒᆞ여 남모르게 ᄉᆞ상ᄒᆞᄂᆞᆫ 회포만 더어 병의 위틱ᄒᆞ믈 돕고 부모의 젼심초려(煎心焦慮)ᄒᆞ믈 ᄉᆡᆼ각디 못ᄒᆞ니 블승집미(不勝執迷)ᄒᆞ미 심치 아니랴?" 60면

이랑이 작위화ᄉᆡᆨ(作爲和色)ᄒᆞ여 이연(怡然)이 모친 말ᄉᆞᆷ을 니어 ᄀᆞᆯ오ᄃᆡ

"너의 탕일경박(蕩逸輕薄)ᄒᆞ믄 딘실노 ᄉᆡ인대참(使人大慙)이라. 공연이 위딜(危疾)을 비져 ᄉᆞᄉᆡᆼ(死生)의 츌몰(出沒)ᄒᆞ미 한심괴히(閑心怪駭)ᄒᆞ나 요ᄒᆡᆼ ᄉᆡᆼ도(生道)롤 도모홀 계교 이시니 ᄎᆞ역블ᄒᆡᆼ듕일희(此亦不幸中一喜)라. 엇디 쾌히 닐너 즉시 알게 아니코 여러 일월을 쳔연(遷延)ᄒᆞ여 네 병이 고항(膏肓)의 침노ᄒᆞ고 친위(親闈)예 우젼과려(憂煎過慮)ᄒᆞ시미 침식(寢食)을 폐ᄒᆞ시ᄆᆡ 니ᄅᆞ게 ᄒᆞ고 졍경죄 본ᄃᆡ 오가(吾家)로 결친(結親)홀 ᄯᅳᆺ이 업고 너롤 긔특이 넉이디 아니턴 바의 발셔 녀원홍의 동상(東床)이 되여시니 다시 ᄌᆞ가의 ᄉᆡᆼ관(甥館)[123]의 입막(入幕)[124]기롤 현망(懸望)ᄒᆞ믄 몽니(夢裏)의도 ᄯᅳᆺᄒᆞ디 아녓다가 이 말을 드롤딘ᄃᆡ 에분통히(恚憤痛駭)ᄒᆞ려니와 맛ᄎᆞᆷᄂᆡ 일교(一嬌)롤 폐륜(廢倫)튼 못홀 거시오 ᄯᅩ 타문(他門)을 ᄉᆡᆼ각디 못ᄒᆞ리니 ᄌᆞ연디

123 ᄉᆡᆼ관(甥館): 생관. 사위가 거처하는 집.

124 입막(入幕): 입막지빈(入幕之賓)이 됨. 입막지빈은 장막 뒤에서 남의 말을 엿듣는 참모라는 뜻으로 특별히 가까운 손님이나 비밀을 서로 말할 수 있는 상대를 가리키는데, 이 문맥에서는 사위의 뜻으로 쓰임. 입막지빈은 진(晉)나라 사안(謝安)이 장막 속에서 엿듣던 환온(桓溫)의 참모인 치초(郗超)를 발견하고는 "치생은 장막 속의 손님이라고 말할 수 있겠다(郗生可謂入幕之賓矣)."라고 말한 고사에서 유래함.

듕(自然之中)의 네 쇼원이 일미 될디라. ᄒᆞ믈며 너의 쳥츈이 방셩(方盛)ᄒᆞ고 경쇼제 또 년유(年幼)ᄒᆞ여 닌흥의 아ᄅᆡ라 ᄒᆞ니 젼졍(前程)이 만니(萬里)오 녹발(綠髮)이 쇠ᄒᆞᆯ 날이 아으라ᄒᆞ니 므어시 그ᄃᆡ도록
61면 착급(着急)ᄒᆞ뇨? 비록 쾌치 아니나 너의 이 ᄀᆞᆺᄐᆞ믈 경부(程府)의셔 알게 ᄒᆞ여 경의계로 ᄒᆞ여곰 타쳐(他處)의 ᄐᆡᆨ셔(擇壻)ᄒᆞᆯ 뜻을 두디 못ᄒᆞ게 ᄒᆞ고 타일의 그 노분(怒憤)이 프러지기ᄅᆞᆯ 기다려 뉵녜(六禮)ᄅᆞᆯ 구ᄒᆡᆼ(具行)ᄒᆞ리니 모로미 탕일(蕩逸)ᄒᆞᆫ ᄉᆞ심과 요란ᄒᆞᆫ 잡념(雜念)을 셔려 식음(食飮)을 힘뼈 나오고 몸을 보호ᄒᆞ여 딜셰가복(疾勢可復)ᄒᆞ믈 엇게 ᄒᆞ라."

공ᄌᆡ 고요히 모형의 말ᄉᆞᆷ을 드러오ᄆᆡ 희ᄉᆡ(喜思) 동의(動意)ᄒᆞ여 아득던 심신이 개활(開豁)ᄒᆞ고 요요(搖搖)턴 회푀 화열안상(和悅安爽)ᄒᆞ여 념치인ᄉᆞ(廉恥人事)와 네의지졀(禮儀之節)을 도로혀 니ᄌᆞ미 되ᄂᆞᆫ디라. 화ᄐᆡ(華陀)의 신(神)과 편작(扁鵲)의 녕(靈)을 시험ᄒᆞ미 업시 고항(膏肓)의 깁흔 병이 두로혀 ᄉᆞᆺ쳐던 간위(肝胃) 완연이 셕구ᄒᆞ여 비컨ᄃᆡ 니운 플의 우뢰(雨露) 젓고 마ᄅᆞᆫ 남긔 ᄉᆡ 닙히 남 ᄀᆞᆺᄐᆞ니 누월 슈미(愁眉)ᄅᆞᆯ 일시의 딘탕(盡蕩)ᄒᆞ고 엄엄(奄奄)ᄒᆞᆫ 긔운을 슈습ᄒᆞ여 모형을 우러러 기리 샤죄왈(謝罪曰)

"블초ᄋᆡ 음패난일(淫悖亂逸)ᄒᆞᆷ과 무식광탕(無識狂蕩)ᄒᆞ믄 ᄉᆞ류(士類)의 셔지 못ᄒᆞᆯ 븟그러오미 이실 쁜 아니라 괴이ᄒᆞᆫ 병을 닐위여 친
62면 위(親闈)예 블효ᄅᆞᆯ 씻치고 형댱(兄丈)의 이우(貽憂)ᄅᆞᆯ 더으믄 딘실노 슈ᄉᆞ난쇽(雖死難贖)이로소이다. 스ᄉᆞ로 그ᄅᆞ믈 모로미 아니로ᄃᆡ 어ᄌᆞ러운 심녀(心慮)ᄅᆞᆯ 긋치디 못ᄒᆞ여 질셰ᄎᆞ헐(疾勢差歇)ᄒᆞ믈 엇디 못ᄒᆞ더니 오날ᄂᆞᆯ ᄌᆞ위(慈闈) 셩명(聖明)ᄒᆞ심과 형댱(兄丈)의 졍명(正

明)ᄒᆞ시미 블초뎨(不肖弟)의 어득ᄒᆞᆫ 심폐(心肺)를 ᄉᆞ못ᄎᆞ 화도(畫圖)의 곡딕(曲直)을 소연명각(昭然明覺)ᄒᆞ시니 블쵸 비록 념치상진(廉恥喪盡)ᄒᆞ나 엇디 참니괴황(慙怩愧惶)ᄒᆞ믈 ᄭᅢ닷디 못ᄒᆞ리잇고? 블힝이 화도를 어더 젼젼상념(輾轉想念)ᄒᆞ미 발셔 골졀의 박힌 병이 되어 과연 딘짓 사ᄅᆞᆷ을 ᄎᆞᄉᆡᆼ(此生)의 우봉(遇逢)치 못ᄒᆞᆯ딘ᄃᆡ 녈녈(烈烈)이 입을 좀으고 져를 위ᄒᆞ여 힘힘히 죽을 ᄯᆞᄅᆞᆷ이러니 ᄌᆞ위와 형당이 블초의 명을 앗기샤 ᄉᆞ죄(死罪)로 할연(豁然)이 셕(釋)ᄒᆞ시고 도로혀 ᄉᆡᆼ도(生道)로ᄡᅧ 도모ᄒᆞ시니 블쵸 비록 토목금슈(土木禽獸)의 무리로 블식무디(不識無知)ᄒᆞ미나 엇디 회심슈ᄒᆡᆼ(回心修行)ᄒᆞᆯ ᄯᅳᆺ이 업ᄉᆞ리잇고? ᄌᆞ금 이후의 음일취광(淫逸醉狂)ᄒᆞ미 업고ᄌᆞ ᄒᆞ오ᄃᆡ 녀가 흉믈(凶物)을 다시 목젼(目前)의 어ᄌᆞ로오믈 닐윌가 그윽이 통한(痛恨)ᄒᆞ미 업디 아니ᄒᆞ이다."

셜파의 스ᄉᆞ로 쾌활ᄒᆞ믈 낫타ᄂᆡ디 아니미로ᄃᆡ 혼혼침침(昏昏沈沈)이 인ᄉᆞ(人事)를 ᄇᆞ렷던 거동으로 ᄂᆡ도ᄒᆞ여 슈ᄇᆡ니쳑(瘦憊羸瘠)ᄒᆞ미 쵸연골닙(悄然骨立)ᄒᆞ여 옥을 ᄭᅡᆨ가 삭인 ᄃᆞᆺᄒᆞᆫ 가온ᄃᆡ도 열미희언(悅眉喜言)이 뇨뇨니이(夭夭怡怡)ᄒᆞ여 화긔 동황(東皇)을 회복ᄒᆞ니 셔일(瑞日)이 양츈(陽春)의 흗니ᄂᆞᆫ ᄃᆞᆺ 경ᄀᆡᆨ(頃刻)의 딘ᄒᆞ던 긔운이 당당이 ᄉᆞ로(死路)를 믈니치고 ᄉᆡᆼ노(生路)를 드ᄃᆡᄂᆞᆫ디라. 부인과 이랑이 이 거동을 ᄃᆡᄒᆞ여 더옥 ᄒᆡ연망측(駭然罔測)ᄒᆞ고 그 위인을 이돌니 녁이나 일시의 ᄎᆡᆨ션(責善)ᄒᆞ여 곳칠 ᄇᆡ 아니오 졍가 인연을 도모치 아닌즉 능히 ᄉᆞᆯ기 어려오믈 보ᄆᆡ 홀일업셔 도로혀 년무(憐撫)ᄒᆞ며 위유(慰諭)ᄒᆞ여 그 ᄆᆞ음을 편케 ᄒᆞ고 졍부인으로 ᄒᆞ여곰 이 소유를 졍부(程府)의 고코져 ᄒᆞ나 진실노 말이 빗치 업고 졍경조의 항항독독(抗 63면

抗獨獨)ᄒᆞᆫ 픔되 결단ᄒᆞ여 친ᄉᆞᄅᆞᆯ 화평이 허ᄒᆞᆯ 니 업ᄉᆞᆫ디라. 그윽이 민우(憫憂)ᄒᆞ고 블쾌ᄒᆞ믈 니긔디 못ᄒᆞ나 맛ᄎᆞᆷᄂᆡ 은휘(隱諱)ᄒᆞ고 등한(等閑)이 구혼ᄒᆞ여 되디 못ᄒᆞᆯ 거시므로 부인이 ᄋᆞᄌᆞᄅᆞᆯ ᄃᆡᄒᆞ여 ᄇᆡᆨᄋᆞ
64면 부부로 ᄆᆡ작(媒妁)을 삼아 졍부(程府)의 통ᄒᆞᆯ 뜻을 졍녕이 니ᄅᆞ고 다시 응셜각의 도라와 쇼져ᄅᆞᆯ 보아 셰린의 ᄒᆞ던 말을 젼ᄒᆞ니 쇼제 임의 디긔(知機)ᄒᆞᆫ ᄇᆡ나 드ᄅᆞᆯᄉᆞ록 ᄒᆡ연(駭然)ᄒᆞ고 경조의 항녈(抗烈)ᄒᆞᆫ 셩졍(性情)이 음패디ᄉᆞ(淫悖之事)의 원슈ᄀᆞᆺ치 ᄇᆡ쳑(排斥)ᄒᆞ믈 혜건ᄃᆡ 블힝ᄒᆞ미 극ᄒᆞ여 믁믁히 말을 못 ᄒᆞ더니 날호여 뭇ᄌᆞ와 ᄀᆞᆯ오ᄃᆡ

"이 일을 장ᄎᆞᆺ 엇디코ᄌᆞ ᄒᆞ시ᄂᆞ니잇가?[125]"

부인이 답왈(答曰)

"ᄇᆡᆨ계(百計)의 실무션ᄎᆡᆨ(實無善策)ᄒᆞ니 블미디ᄉᆞ(不美之事)ᄅᆞᆯ 은닉(隱匿)ᄒᆞ고 되지 못ᄒᆞᆯ디라. 바디못ᄒᆞ여 졍현부ᄅᆞᆯ 보ᄂᆡ여 졍경조 부부ᄅᆞᆯ ᄃᆡᄒᆞ여 셰ᄋᆞ의 유질(有疾)ᄒᆞ믈 실노뼈 고ᄒᆞ고 만만외월(萬萬畏越)ᄒᆞ며 괴연황숑(愧然惶悚)ᄒᆞ나 인명(人命)의 디듕ᄎᆞᄃᆡ(至重且大)ᄒᆞᆷ과 연분의 긔괴ᄒᆞ믈 ᄉᆡᆼ각ᄒᆞ여 낫고 더러오믈 혐의(嫌疑)ᄒᆞ여 믈니치디 마ᄅᆞ소셔 ᄒᆞ여 청ᄒᆞ여 보려니와 슌히 허혼ᄒᆞ믈 엇디 긔필(期必)ᄒᆞ리오? ᄒᆞ믈며 취쳐(娶妻) 아닌 공믈(空物)과 달나 몬져 녀가로 블샤(不似)ᄒᆞᆫ 인연을 디어시니 녀시 무상파측(無狀叵惻)ᄒᆞ믈 쇼화부인
65면 도 목도(目睹)ᄒᆞᆫ ᄇᆡ라. 맛ᄎᆞᆷᄂᆡ 교옥(嬌玉)으로뼈 셰ᄋᆞ의 ᄌᆡ실노 도라보ᄂᆡ여 녀시의 보ᄎᆡᄂᆞᆫ 죵을 삼디 아닐 ᄃᆞᆺᄒᆞ니 ᄎᆞ혼(此婚)을 셩젼(成

125 ᄒᆞ시ᄂᆞ니잇가: 규장각본에는 'ᄒᆞ시ᄂᆞ니잇고'로 되어 있음.

全)ᄒᆞ미 ᄀᆞ장 어려올가 ᄒᆞ노라."

쇼졔 빵아(雙蛾)의 슈긔은영(愁氣隱映)ᄒᆞ여 골오ᄃᆡ

"블초 등의 남ᄆᆡ눈 ᄒᆞᆫ 일도 친위(親闈)에 열의희ᄉᆞ(悅意喜事)로뼈 들니디 못ᄒᆞ고 도로혀 이우(貽憂)ᄅᆞᆯ 증(增)ᄒᆞ고 욕되믈 깃치니 ᄉᆞᄉᆞ로 그러코ᄌᆞ 홈도 아니엇마ᄂᆞᆫ 엇디 이ᄃᆡ도록 무상블초(無狀不肖)[126]ᄒᆞ니잇고? 셰린의의[127] 음패탕일(淫悖蕩逸)ᄒᆞ미라도 가히 용납ᄒᆞᆯ 곳이 업고 타연(妥然) 관겨히 넉이디 아닛ᄂᆞᆫ 집도 혹 업디 아니ᄒᆞ리이다마ᄂᆞᆫ 디어(至於) 경시 문풍(門風)ᄒᆞ여ᄂᆞᆫ 관유(寬裕)ᄒᆞ미 브죡ᄒᆞᆫ ᄇᆡ 아니오 활달(豁達)ᄒᆞ미 또 엇디 쇽인(俗人)의게 비ᄒᆞᆯ ᄇᆡ리잇고마ᄂᆞᆫ 녜모(禮貌)의 빈빈(彬彬)홈과 법도의 슉슉(肅肅)ᄒᆞ믈 니ᄅᆞᆯ딘ᄃᆡ 미말쳔확(微末賤獲)이라도 샤뎨(舍弟)의 음잡(淫雜)ᄒᆞᆫ 뜻은 업ᄉᆞᆯ디라. ᄎᆞ혼을 또 존귀(尊舅) 쥬당ᄒᆞ시ᄂᆞᆫ 바 ᄀᆞᆺᄐᆞ면 괴히(怪駭)ᄒᆞ며 참측(慘惻)ᄒᆞ믈 모로시ᄂᆞᆫ ᄇᆡ 아니로ᄃᆡ 폐단(弊端)ᄒᆞᆫ 말이 이 변의 니ᄅᆞ디 아니시믈 위ᄒᆞ고 블미(不美)ᄒᆞᆫ 셩문(聲聞)이 챵셜ᄒᆞ기ᄅᆞᆯ 덜ᄒᆞ여셔 ᄒᆞᆫ ᄯᆞᆯ을 ᄇᆞ리믈 결ᄒᆞ여 슌연이 쾌허(快許)ᄒᆞ샤 셩녜(成禮)ᄒᆞ믈 더ᄃᆡ지 아니시려니와 경조공은 셩딜이 존구(尊舅)의 홍대(弘大)ᄒᆞ심과 잠간 다ᄅᆞ시고 겸ᄒᆞ여 엄녈쥰위(嚴烈俊威)ᄒᆞ신디라. 이 소유(所由)ᄅᆞᆯ ᄒᆞᆫ번 드ᄅᆞ시ᄆᆡ 거좌(擧措) 크게 요란ᄒᆞ시리니 엇디 즐겨 허혼ᄒᆞ실 니 이시리잇고? ᄒᆞ믈며 우흐로 삼윤(三允)을 두시고 쇼져의 ᄎᆞ례 뎨 ᄉᆞ라. 아딕 삼낭이 취실(聚室)치 못ᄒᆞ여시니 쇼져의 친ᄉᆡ(親事) 밧브디 아닌 66면

126 무상블초(無狀不肖): 규장각본에는 '블초무샹'으로 되어 있음.

127 셰린의의: 중복 오기. 규장각본에는 '셰린의'로 되어 있음.

디라. 아름답디 아닌 말을 ᄀᆞᆺ초 드ᄅᆞ시ᄂᆞᆫ 날의 에분통히(恚憤痛駭)ᄒᆞ시믄 아모 ᄯᅵ라도 다ᄅᆞ미 업ᄉᆞ려니와 아딕 삼공ᄌᆞ 길긔(吉期)롤 뎡치 아닌 바의 깃브디 아닌 셜화롤 몬져 들니미 무익ᄒᆞᆫ디라. 죵용(從容)이 ᄯᅵ롤 타 경져로 ᄒᆞ여곰 존구긔 고ᄒᆞ여 경조공긔 젼ᄒᆞ미 되게 ᄒᆞ시고 ᄲᅧᆯ니 구혼ᄒᆞ믈 날회시디 셰린을 ᄃᆡᄒᆞ여ᄂᆞᆫ 졍부(程府)의 통ᄒᆞ시ᄃᆞ시[128] ᄒᆞ샤 병회(病懷)롤 위로ᄒᆞ여 쾌히 가복(可復)ᄒᆞ미 니ᄅᆞ게 ᄒᆞ쇼셔."

67면 부인인이[129] 졈두왈(點頭曰)

"가히 네 말ᄃᆡ로 ᄒᆞ려니와 졍경쇠 타일(他日)의 허혼ᄒᆞ미 업술진ᄃᆡ 셰ᄋᆞ의 초창실망(怊悵失望)ᄒᆞ미 또 방금 갓톨가 ᄒᆞ노라."

쇼제 ᄃᆡ왈(對曰)

"그러치 아니이다. 금애 삼데 ᄉᆞ상일딜(思想一疾)이 ᄉᆞᄉᆡᆼ(死生)의 츌몰(出沒)ᄒᆞ믄 다른 연괴 아니라 인연의 길히 아득ᄒᆞ여 ᄎᆞᄉᆡᆼ(此生)의 우봉(遇逢)ᄒᆞ믈 엇디 못홀가 초조ᄒᆞ고 심녀(心慮)롤 상ᄒᆞ미 되엿거니와 이 쇼유롤 고ᄒᆞᄆᆡ 경조공이 ᄒᆡ분증통(駭忿憎痛)ᄒᆞ시려니와 쇼져롤 타문(他門)의 도라보ᄂᆡ든 못ᄒᆞ시리니 필경 문승의 ᄇᆡ위(配偶)[130] 되려니와 다만 상봉(相逢)홀 긔약이 이심만 ᄒᆡᆼ심(幸心)ᄒᆞ고 길신(吉辰)의 조만(早晚)은 거리ᄭᅵᆷ디 아니리이다."

부인이 ᄀᆞᆯ오ᄃᆡ

"일이 네 말 ᄀᆞᆺᄐᆞ면 비록 블쾌ᄒᆞᆫ들 현마 엇디ᄒᆞ리오마ᄂᆞᆫ 졍경쇠 심히

---

128 통ᄒᆞ시ᄃᆞ시: 규장각본에는 '통ᄒᆞ신 ᄃᆞ시'로 되어 있음.

129 부인인이: 중복 오기. 규장각본에는 '부인이'로 되어 있음.

130 ᄇᆡ위(配偶): 규장각본에는 'ᄇᆡ필'로 되어 있음.

쥰위(俊威)ᄒᆞ니 일월이 오린 후 ᄯᅩᄒᆞᆫ 노롤 프러 셰ᄋᆞ로뼈 ᄉᆞ회 삼기도 밋디 못ᄒᆞ고 ᄒᆞᆫ 장 그림을 보고 ᄉᆞ상위질(思想危疾)을 니ᄅᆞ혀ᄂᆞᆫ 인ᄉᆡ 길신의 더ᄃᆡ믈 울민(鬱悶)ᄒᆞ여 병이 나디 아니킨들 어이 미드리오?"

쇼졔 ᄯᅩ ᄃᆡᄒᆞ여 ᄀᆞᆯ오ᄃᆡ

"인연의 길히 아득디 아니믈 안 후ᄂᆞᆫ 셰린이 다시 초우번민(焦憂煩悶)ᄒᆞ여 병 나든 아니ᄒᆞ오려니와 몬져 녀시롤 취ᄒᆞ여 가ᄉᆡ 허트러시니 슉녀의 초년(初年)이 심히 괴로올가 두리ᄂᆞ이다." 68면

부인이 셰린의 탕일(蕩逸)홈과 녀시의 블인(不仁)을 ᄀᆡ탄ᄒᆞ여 가ᄉᆡ 온젼홀 길히 업ᄉᆞ믈 ᄉᆡ로이 근심ᄒᆞ나 목젼의 오ᄃᆡᆨ ᄃᆡ변(待變)[131]ᄒᆞ던 우환(憂患)이 ᄒᆡᆼ열(幸悅)ᄒᆞ여 찬미(饌味)와 향과(香果)롤 친히 맛보아 ᄂᆡ여 보ᄂᆡ고 참뎐[132]의 도라와 좌위 고요ᄒᆞ믈 타 졍부인을 ᄃᆡᄒᆞ여 삼낭의 유질(有疾)ᄒᆞᆫ 곡졀을 니ᄅᆞ고 아롬답디 아닌 바롤 졍부(程府)의 고ᄒᆞ미 블쾌난연(不快赧然)ᄒᆞ나 실ᄉᆞ(實事)롤 은휘(隱諱)ᄒᆞ고 혼인을 구홀 계괴 업ᄉᆞ니 마디못ᄒᆞ여 쇼유롤 일일이 고ᄒᆞ여 디쇽(遲速)간의 허ᄒᆞ시믈 엇게 ᄒᆞ라 ᄒᆞᆫᄃᆡ 졍부인이 삼낭의 병휘(病候) 슈상ᄒᆞ믈 의려(疑慮)ᄒᆞ여 범연(泛然)ᄒᆞᆫ 증셰 아니믈 근심ᄒᆞ던 ᄇᆡ나 셩염쇼져의 화상(畫像)을 엿보고 인ᄒᆞ여 ᄉᆞ상(思想)ᄒᆞᄂᆞᆫ 병이 깁허시믈 ᄯᅳᆺᄒᆞ디 아닌 ᄇᆡ라. 소유롤 일쳥(一聽)의 경ᄒᆡ망측(驚駭罔測)ᄒᆞ믈 니긔디 못ᄒᆞ고 다시 경조의 셩졍(性情)을 혜아리미 친ᄉᆡ(親事) 슌히 일기롤 바리디 못ᄒᆞ니 냥간의 난연블ᄒᆡᆼ(赧然不幸)ᄒᆞ미 극ᄒᆞ나 밧 얼골의 ᄒᆡ연 69면

131 ᄃᆡ변(待變): 대변. 병이 몹시 심해 죽을 변고만 기다림.

132 참뎐: 맥락상 '침전'으로 보임.

동식(駭然動色)ᄒᆞ믈 낫토디 못ᄒᆞ여 낫빗출 곳치디 아니ᄒᆞ고 이셩(怡聲)으로 ᄃᆡ왈(對曰)

"삼슉의 쇼환(所患)이 오ᄅᆡ 침듕(沈重)ᄒᆞ시믈 민우초박(憫憂焦迫)ᄒᆞ올디언정 여ᄎᆞ ᄉᆞ괴 이시믈 ᄯᅳᆺᄒᆞ디 아녓ᄉᆞᆸ더니 원ᄂᆡ 미고(微故)로조ᄎᆞ 위환(危患)의 니ᄅᆞ도소이다. 이 ᄯᅩ 명운(命運)이며 텬연(天緣)이니 가히 믈니쳐 면치 못ᄒᆞᆯ ᄇᆡ로ᄃᆡ 죵슉(從叔)이 잠간 고집ᄒᆞ고 다만 일녜(一女)라 교ᄋᆡ(嬌愛)ᄒᆞ미 타인 부녀로 다ᄅᆞ미 잇ᄉᆞ니 ᄌᆡ실을 혐의(嫌疑)ᄒᆞ여 즉시 허ᄒᆞ미 업ᄉᆞ오려니와 필경 친ᄉᆡ 셩젼(成全)ᄒᆞ올디라. 슉슉(叔叔)의 통쳘(洞徹)ᄒᆞ시므로 ᄎᆞ혼이 근심되디 아니ᄒᆞ오믈 ᄇᆞᆰ히 디긔(知機)ᄒᆞ시리니 오딕 병후(病候)ᄅᆞᆯ 됴보(調保)ᄒᆞ시고 심녀(心慮)ᄅᆞᆯ 안온(安穩)이 ᄒᆞ샤 슈히 가경(佳境)의 니ᄅᆞ게 ᄒᆞ시미 일가디ᄒᆡᆼ(一家之幸)이로소이다. 죵슉이 삼낭 닌홍을 아딕 취실(聚室)치 못ᄒᆞ여시니 ᄐᆡᆨ셔(擇壻)ᄂᆞᆫ 더옥 념녀 밋디 아닌디라 죵용(從容)이 ᄐᆞᆷ을 타 쇼유ᄅᆞᆯ 젼ᄒᆞ리이다."

70면

부인이 탄왈(嘆曰)

"현뷔(賢婦) 이 말을 젼ᄒᆞ미 딘실노 난연(赧然)ᄒᆞᆯ ᄇᆡ나 현뷔 아니면 능히 이 소유ᄅᆞᆯ 고ᄒᆞ리 업ᄉᆞ리라."

ᄒᆞ더라.

(책임교주 정유진)

교주 완월회맹연 5

1판 1쇄 발행일 2023년 2월 27일

완월회맹연 번역연구모임

발행인 김학원
발행처 (주)휴머니스트출판그룹
출판등록 제313-2007-000007호(2007년 1월 5일)
주소 (03991) 서울시 마포구 동교로23길 76(연남동)
전화 02-335-4422 **팩스** 02-334-3427
저자·독자 서비스 humanist@humanistbooks.com
홈페이지 www.humanistbooks.com
유튜브 youtube.com/user/humanistma **포스트** post.naver.com/hmcv
페이스북 facebook.com/hmcv2001 **인스타그램** @humanist_insta

편집책임 문성환 **편집** 윤무재 **디자인** 박진영
용지 화인페이퍼 **인쇄·제본** 정민문화사

ISBN 979-11-6080-971-8 94810
979-11-6080-792-9 (세트)